Bombay 1975: Vier Menschen treffen aufeinander. Ihre Lebenswege verknüpft Rohinton Mistry mit Einfühlsamkeit und Meisterschaft zu einem großen Roman: Wir begegnen Dina Dalal, einer Frau Anfang Vierzig, und Maneck Kohlah, einem jungen Studenten aus dem Himalaja; dem unglaublich optimistischen Ishvar Darji und seinem widerspenstigen Neffen, zwei Schneidern, die vom Land in die Stadt geflüchtet sind. Seine großen erzählerischen Bögen spannt Mistry von den grünen Tälern des Himalaja bis in die Gassen von Bombay, wo sich die Menschen dichter und dichter drängen. Er berichtet von den chaotischen Zuständen während der indischen Staatsgründung ebenso wie von der Zeit des Ausnahmezustands unter Indira Gandhi. Wir hören die Geschichten von dem Haarsammler Rajaram, von dem geschäftstüchtigen Bettlermeister, der eine ganze Bettlerarmee kommandiert, oder von Mr. Valmik, dem Korrekturleser, der eine Allergie gegen Druckerschwärze entwickelt.
»Laß mich ein Geheimnis verraten«, sagt Mr. Valmik zu Maneck: »So etwas wie ein uninteressantes Leben gibt es nicht.« Auf nichts trifft das mehr zu als auf Mistrys mitfühlende Erkundung menschlicher Stärke und ihrer Zerbrechlichkeit. In ›Das Gleichgewicht der Welt‹ läßt er den ganzen indischen Subkontinent vor den Augen des Lesers entstehen – ein Kosmos, der nur auf den ersten Blick fremd erscheint.

Rohinton Mistry wurde 1952 in Bombay, Indien, geboren und lebt nun in Toronto, Kanada. Seine Romane wurden mehrfach ausgezeichnet, u. a. mit dem Kiriyama-Preis für ›Die Quadratur des Glücks‹ (Bd. 15635), dem kanadischen Staatspreis für ›Das Gleichgewicht der Welt‹ (Bd. 14583) und dem Commonwealth-Preis für ›So eine lange Reise‹ (Bd. 14006). Auch ›Das Kaleidoskop des Lebens‹ (Bd. 13981) liegt im Fischer Taschenbuch Verlag vor.

Unsere Adresse im Internet: www.fischerverlage.de

Rohinton Mistry

Das Gleichgewicht der Welt

Roman

Aus dem Englischen
von Matthias Müller

Fischer Taschenbuch Verlag

Limitierte Sonderausgabe
Veröffentlicht im Fischer Taschenbuch Verlag,
einem Unternehmen der S. Fischer Verlag GmbH,
Frankfurt am Main, März 2005

Die kanadische Originalausgabe erschien 1995 unter dem Titel
›A Fine Balance‹ im Verlag McClelland & Stewart, Toronto

Druck und Bindung: Clausen & Bosse, Leck
Printed in Germany
ISBN 3-596-50822-3

Für Freny

»Wenn Sie dieses Buch in der Hand halten und in Ihren weichen Sessel zurücksinken, werden Sie sich sagen: Vielleicht wird es mich unterhalten. Und nachdem Sie diese Geschichte großer Mißgeschicke gelesen haben, werden Sie zweifellos gut speisen, dem Autor die Schuld für Ihre Gefühllosigkeit geben, ihm wilde Übertreibung und blühende Phantasie vorwerfen. Aber seien Sie versichert: Diese Tragödie ist nichts Erfundenes. Alles ist wahr.«

Honoré de Balzac, *Le Père Goriot*

Inhalt

Prolog

1975

Der überfüllte Morgenexpreß verlangsamte seine Fahrt bis zu einem Kriechtempo und ruckte dann plötzlich vorwärts, als wollte er wieder zur vollen Geschwindigkeit zurückkehren. Das überraschende Manöver schüttelte die Fahrgäste durcheinander. Die Menschentraube, die aus der Wagentür heraushing, dehnte sich bedrohlich aus, wie eine Seifenblase kurz vor dem Zerplatzen.

Im Innern des Abteils hielt sich Maneck Kohlah, in dem Gedrängel gut gestützt, an der Haltestange über seinem Kopf fest. Er spürte, wie ihm seine Schulbücher von einem Ellbogen aus der Hand gestoßen wurden. Auf den Sitzen nebenan wurde ein dünner junger Bursche in die Arme des Mannes geschleudert, der ihm gegenübersaß. Manecks Schulbücher fielen auf die beiden drauf.

»Autsch!« sagte der junge Bursche, als ihm Band eins in den Rücken krachte.

Lachend lösten er und sein Onkel sich voneinander. Ishvar Darji, der eine entstellte linke Wange hatte, half seinem Neffen aus seinem Schoß heraus und wieder auf den Sitz zurück. »Alles in Ordnung, Om?«

»Bis auf die Delle in meinem Rücken ist alles in Ordnung«, sagte Omprakash Darji, indem er die beiden in braunes Papier eingewickelten Bücher aufhob. Er wuchtete sie in seinen schmalen Händen hoch und sah sich suchend nach dem Eigentümer um.

Maneck gab sich als dieser zu erkennen. Ihn schauderte bei dem Gedanken, daß seine schweren Schulbücher auf diese zarte Wirbelsäule gefallen waren. Er erinnerte sich an den Spatz, den er mal vor Jahren mit einem Stein getötet hatte. Danach war ihm schlecht geworden.

Er entschuldigte sich überschwenglich. »Tut mir furchtbar leid, die Bücher sind gerutscht und ...«

»Ist schon gut«, sagte Ishvar. »War nicht Ihre Schuld.« Zu

seinem Neffen gewandt fügte er hinzu: »Gut, daß es nicht umgekehrt passiert ist, ha? Wenn ich dir auf den Schoß gefallen wäre, hätte ich dir mit meinem Gewicht bestimmt die Knochen gebrochen.« Sie lachten wieder, und Maneck fiel mit ein, um seiner Entschuldigung Nachdruck zu verleihen.

Ishvar Darji war kein stämmiger Mann. Es war der Kontrast zu Omprakashs dürren Gliedern, der zu ihren kleinen Scherzen über sein Gewicht Anlaß gab. Die Witzeleien kamen manchmal von dem einen und manchmal von dem andern. Wenn sie ihre Abendmahlzeit einnahmen, tat Ishvar regelmäßig eine größere Portion auf den Emailleteller seines Neffen. Wenn sie an einem Straßen-Dhaba aßen, wartete er, bis Omprakash kurz fortging, um Wasser zu holen oder Wasser zu lassen, und packte schnell etwas von seinem eigenen Essen auf das andere Blatt.

Wenn Omprakash protestierte, sagte er: »Was wird man im Dorf denken, wenn wir zurückkehren? Daß ich in der Stadt meinen Neffen hab verhungern lassen und das ganze Essen selbst verdrückt hab? Iß, iß! Ich kann meine Ehre nur retten, indem ich dich mäste!«

»Keine Sorge«, neckte Omprakash zurück. »Wenn deine Ehre nur halb soviel wiegt wie du, dann ist das schon reichlich.«

Omprakashs Gestalt widersetzte sich jedoch den Bemühungen seines Onkels und blieb dünn wie ein Streichholz. Ihre Schicksale bewahrten sich ebenfalls hartnäckig ein mageres und hungriges Aussehen, und eine triumphale Rückkehr ins Dorf war immer noch ein ferner Traum.

Der nach Süden fahrende Expreß wurde wieder langsamer. Die Räder kamen mit einem pneumatischen Zischen klirrend zum Stillstand. Der Zug befand sich auf offener Strecke. Seine Luftbremsen atmeten noch einige Momente lang pfeifend aus und erstarben dann.

Omprakash sah aus dem Fenster, um festzustellen, wo sie hielten. Jenseits des Eisenbahnzauns standen roh zusammengezimmerte Hütten neben einem offenen Abwassergraben. Kinder spielten ein Spiel mit Zweigen und Steinen. Ein aufgeregter junger Hund tanzte um sie herum und versuchte mitzuspielen.

In der Nähe melkte ein Mann mit nacktem Oberkörper eine Kuh. Sie könnten überall sein.

Der scharfe Geruch eines Dungfeuers trieb zum Zug. Ein Stück weiter vorne hatte sich eine Menschenmenge bei einem Bahnübergang versammelt. Ein paar Männer sprangen vom Zug ab und gingen die Gleise hinunter.

»Hoffentlich kommen wir rechtzeitig an«, sagte Omprakash. »Wenn uns jemand zuvorkommt, sind wir erledigt, das steht fest.«

Maneck Kohlah fragte, ob sie es noch weit hätten. Ishvar nannte den Bahnhof.

»Oh, da will ich auch hin«, sagte Maneck, indem er seinen spärlichen Schnurrbart befingerte.

In der Hoffnung, ein Uhrenzifferblatt zu entdecken, blickte Maneck in ein Dickicht von deckenwärts gereckten Handgelenken. »Wie spät, bitte?« fragte er jemanden hinter sich. Der Mann schnickte modisch seine Manschette zurück, so daß seine Uhr zum Vorschein kam: Viertel vor neun.

»Na los, yaar, beweg dich!« sagte Omprakash und schlug auf den Sitz zwischen seinen Schenkeln.

»Nicht so gehorsam wie die Ochsen in unserm Dorf, nicht?« meinte sein Onkel, und Maneck lachte. Ishvar fügte hinzu, daß es wahr sei – seit seiner Kindheit hatte sein Dorf bei den Festtagen, an denen Wettbewerbe veranstaltet wurden, noch nie ein Ochsenkarrenrennen verloren.

»Gib dem Zug eine Dosis Opium, und er läuft wie die Ochsen«, sagte Omprakash.

Ein Kammverkäufer zwängte sich durch das überfüllte Abteil, wobei er die Plastikzähne eines großen Kammes schnalzen ließ. Seine Anwesenheit wurde als lästig empfunden, und man murrte und fauchte ihn an.

»Oi!« sagte Omprakash, um seine Aufmerksamkeit zu erregen.

»Plastik-Haarreifen, unzerbrechlich, Plastik-Haarklemmen, in Blumenform, in Schmetterlingsform, bunter Kamm, unzerbrechlich.« Der Kammverkäufer intonierte einen halbherzigen monotonen Gesang, unsicher, ob dies ein richtiger Kunde war oder nur ein Witzbold, der sich die Zeit vertreiben wollte.

»Großer Kamm und kleiner Kamm, rosa, orange, braun, grün, blau, gelber Kamm – unzerbrechlich.«

Omprakash machte mit verschiedenen Kämmen einen Probelauf durch seine Haare, bevor er sich für ein rotes Exemplar entschied, Taschengröße. Er kramte in seiner Hosentasche und zog eine Münze hervor. Der Kammverkäufer mußte feindselige Knuffe von Ellbogen und Schultern einstecken, während er das Wechselgeld zusammensuchte. Mit seinem Hemdsärmel wischte er das Haaröl von den zurückgewiesenen Kämmen ab und verstaute sie dann wieder in seiner Tasche, wobei er den großen Zweizahnigen in der Hand behielt, um mit leisem Schnalzen seinen Verkaufsgang durchs Abteil fortzusetzen.

»Was ist mit dem gelben Kamm passiert, den du gehabt hast?« fragte Ishvar.

»In zwei Stücke zerbrochen.«

»Wie?«

»Er war in meiner Hintertasche. Ich hab mich draufgesetzt.«

»Das ist der falsche Platz für einen Kamm. Der ist für deinen Kopf gedacht, Om, nicht für deinen Hintern.« Er nannte seinen Neffen immer Om und benutzte Omprakash nur, wenn er sich über ihn aufregte.

»Wenn es *dein* Hintern gewesen wäre, wäre der Kamm in hundert Stücke zerbrochen«, erwiderte sein Neffe, und Ishvar lachte. Seine entstellte linke Wange war kein Hindernis, sie blieb standfest wie eine Muring, um die herum sein Lächeln sich ungestört kräuseln konnte.

Er versetzte Omprakash einen Kinnstüber. Die meiste Zeit war ihr Altersunterschied – sechsundvierzig und siebzehn – ein irreführender Hinweis auf ihr tatsächliches Verhältnis. »Lächeln, Om. Dein zorniger Mund paßt nicht zu deiner Heldenfrisur.« Er zwinkerte Maneck zu, um ihn in den Spaß miteinzubeziehen. »Mit so einer Tolle werden viele Mädchen hinter dir her sein. Aber keine Sorge, Om, ich werde eine nette Frau für dich aussuchen. Eine, die groß und stark ist, mit Fleisch genug für zwei.«

Omprakash grinste und kämmte sich mit seinem neuen Kamm einen kleinen Schlenker ins Haar. Der Zug machte immer noch keine Anstalten, sich wieder in Bewegung zu setzen. Die Männer, die auf die Gleise gegangen waren, kamen mit der Nachricht zurück, daß schon wieder eine Leiche am Gleis in der Nähe des Bahnübergangs gefunden worden sei. Maneck schob sich zur Tür, um zuzuhören. Eine schöne, schnelle Art, sich zu verabschieden, dachte er, sofern der Zug den Betreffenden frontal erwischt hatte.

»Vielleicht hat es mit dem Ausnahmezustand zu tun«, sagte jemand.

»Was für ein Ausnahmezustand?«

»Die Ministerpräsidentin hat heute früh im Radio eine Rede gehalten. Irgendwas von wegen, daß das Land von innen bedroht wäre.«

»Hört sich wieder nach so einem Regierungs-Tamasha an.«

»Wieso müssen sich alle immer ausgerechnet die Bahngleise zum Sterben aussuchen?« beschwerte sich ein anderer. »Keine Rücksicht auf Leute wie uns. Mord, Selbstmord, Massaker durch die Naxaliten-Terroristen, Tod durch Polizeigewahrsam – immer werden die Züge durch so was aufgehalten. Was ist denn gegen Gift oder hohe Gebäude oder Messer einzuwenden?«

Endlich wanderte das langerwartete Rumpeln durch die Abteile, und ein Zittern lief das lange stählerne Rückgrat des Zuges entlang. Die Gesichter der Fahrgäste hellten sich erleichtert auf. Während die Abteile an dem Bahnübergang vorbeiratterten, reckten alle die Hälse, um zu sehen, was die Verzögerung verursacht hatte. Drei uniformierte Polizisten standen neben der hastig zugedeckten Leiche, die auf ihre Reise ins Leichenschauhaus wartete. Einige Passagiere berührten ihre Stirn oder legten die Hände zusammen und murmelten: »Ram, Ram.«

Maneck Kohlah stieg hinter Onkel und Neffe aus, und gemeinsam verließen sie den Bahnsteig. »Entschuldigen Sie«, sagte er, einen Brief aus seiner Tasche ziehend. »Ich bin neu in der Stadt, können Sie mir sagen, wie ich zu dieser Adresse komme?«

»Da fragen Sie die Falschen«, sagte Ishvar, ohne sie zu lesen. »Wir sind hier auch neu.«

Aber Omprakash warf einen Blick auf den Brief und sagte: »Guck mal, das ist ja derselbe Name!«

Ishvar zog ein Stück zerkrumpelten Papiers aus seiner Tasche und verglich die beiden Adressen. Sein Neffe hatte recht, da stand es: Dina Dalal, gefolgt von der Adresse.

Omprakash betrachtete Maneck mit plötzlicher Feindseligkeit. »Warum gehen Sie zu Dina Dalal? Sind Sie Schneider?«

»Ich, ein Schneider? Nein, sie ist eine Freundin meiner Mutter.«

Ishvar klopfte seinem Neffen auf die Schulter. »Siehst du, du bist schon gleich in Panik geraten. Komm, suchen wir das Gebäude.«

Maneck verstand nicht, was sie meinten, bis Ishvar es ihm außerhalb des Bahnhofs erklärte. »Sehen Sie, Om und ich sind Schneider. Dina Dalal hat Arbeit für zwei Schneider. Wir wollen uns bewerben.«

»Und ihr habt gedacht, ich renn hin, um euch euren Job wegzuschnappen.« Maneck lächelte. »Keine Sorge. Ich bin bloß Student. Dina Dalal und meine Mutter sind zusammen zur Schule gegangen. Sie läßt mich nur für ein paar Monate bei sich wohnen.«

Sie fragten einen Paanwalla nach der Richtung und gingen die Straße hinunter, die er ihnen gezeigt hatte. Omprakash war immer noch etwas mißtrauisch. »Wenn Sie ein paar Monate lang bei ihr bleiben, wo sind dann Ihr Koffer, Ihre Habseligkeiten? Zwei Bücher sind alles, was Sie haben?«

»Heute werde ich sie nur kennenlernen. Ich ziehe erst nächsten Monat mit meinen Sachen aus dem Studentenheim um.«

Sie kamen an einem Bettler vorbei, der auf einer kleinen, mit Rollen versehenen Holzplattform lag, die ihn etwa zehn Zentimeter über den Boden erhob. Ihm fehlten die Finger, und seine Beine waren fast bis zum Gesäß amputiert. »O babu, ek paisa day-ray!« sang er, eine Blechbüchse zwischen seinen bandagierten Handflächen schüttelnd. »O babu! Hai babu! Aray babu, ek paisa day-ray!«

»So was Schlimmes hab ich noch nicht gesehen, seit wir hier in der Stadt sind«, sagte Ishvar, und die andern beiden stimmten ihm zu. Omprakash blieb stehen, um eine Münze in die Büchse zu werfen.

Sie überquerten die Straße und fragten wieder nach dem Weg. »Ich lebe schon seit zwei Monaten in dieser Stadt«, sagte Maneck, »aber sie ist so riesig und verwirrend. Ich erkenne nur ein paar große Straßen wieder. Die kleinen Gassen sehen alle gleich aus.«

»Wir sind schon seit sechs Monaten hier und haben das gleiche Problem. Am Anfang waren wir völlig verloren. Das erste Mal konnten wir nicht mal einen Zug besteigen – erst nachdem zwei oder drei abgefahren waren, haben wir gelernt zu drängeln.«

Maneck sagte, er hasse es hier und könne es nicht erwarten, wieder nach Hause in die Berge zu fahren, nächstes Jahr, wenn er mit dem College fertig wäre.

»Wir sind auch nur für kurze Zeit gekommen«, sagte Ishvar. »Um etwas Geld zu verdienen, dann wollen wir in unser Dorf zurück. Was nützt so eine große Stadt? Lärm und Menschenmengen, kein Platz zum Wohnen, Wassermangel, überall Müll. Schrecklich.«

»Unser Dorf ist weit von hier«, sagte Omprakash. »Mit dem Zug braucht man einen ganzen Tag – von morgens bis abends –, um hinzukommen.«

»Mein Zuhause ist im Norden«, sagte Maneck. »Dauert einen Tag und eine Nacht und noch einen Tag, um hinzukommen. Vom Fenster unseres Hauses kann man schneebedeckte Berggipfel sehen.«

»In der Nähe unseres Dorfes fließt ein Fluß«, sagte Ishvar. »Man kann ihn glänzen sehen und singen hören. Es ist ein schöner Ort.«

Sie gingen eine Weile schweigend weiter, in Gedanken an zu Hause. Omprakash brach das Schweigen, indem er auf einen Wassermelonenbrause-Stand deutete. »Wär das nicht schön, an so einem heißen Tag?«

Der Verkäufer rührte mit seiner Kelle in dem Bottich, wobei Eiswürfel, die in einem dunkelroten Meer schwammen, klirrend aneinanderstießen. »Kaufen wir welche«, meinte Maneck. »Es sieht köstlich aus.«

»Nicht für uns«, sagte Ishvar schnell. »Wir hatten heute morgen ein großes Frühstück«, und Omprakash löschte das Verlangen aus seiner Miene.

»Okay«, sagte Maneck zweifelnd und bestellte ein großes Glas. Er betrachtete die Schneider, die mit abgewandtem Blick dabeistanden und weder zu dem verheißungsvollen Bottich noch zu dem geeisten Glas hinsahen. Er sah ihre müden Gesichter, wie armselig ihre Kleidung war, die abgewetzten Chappals.

Er trank die Hälfte und sagte: »Mir reicht's. Wollt ihr den Rest?«

Sie schüttelten die Köpfe.

»Es wird sonst verderben.«

»Okay, yaar, in dem Fall«, sagte Omprakash und nahm das Glas Brause. Er schluckte etwas herunter und gab es an seinen Onkel weiter. Ishvar leerte das Glas und gab es dem Verkäufer zurück. »Das war so lecker«, sagte er vor Vergnügen strahlend. »Es war sehr nett von Ihnen, es mit uns zu teilen, wir haben es wirklich genossen, vielen Dank.« Sein Neffe warf ihm einen mißbilligenden Blick zu, der ihn zur Mäßigung mahnen sollte.

Wieviel Dankbarkeit für ein bißchen Brause, dachte Maneck, wie ausgehungert nach normaler Freundlichkeit sie zu sein schienen.

* * *

An der Verandatür war ein Namensschild aus Messing: *Mr. & Mrs. Rustom K. Dalal*, dessen Buchstaben durch Jahre mit Grünspan angereichert waren. Auf das Klingeln erschien Dina Dalal an der Tür und nahm den zerknitterten Zettel entgegen, auf dem sie ihre eigene Handschrift erkannte.

»Ihr seid Schneider?«

»Hahnji«, sagte Ishvar, energisch nickend. Alle drei betraten auf ihre Aufforderung hin die Veranda und blieben dann unbehaglich stehen.

Die Veranda, die früher einmal eine offene Galerie gewesen war, war während der Kindheit von Dina Dalals verstorbenem Mann zu einem Extrazimmer umgebaut worden. Seine Eltern richteten es ihm als Spielzimmer ein, wofür in der winzigen Wohnung kein Platz gewesen wäre. Der Portikus war gemauert und mit einem vergitterten Fenster versehen.

»Aber ich brauche nur zwei Schneider«, sagte Dina Dalal.

»Entschuldigung, ich bin kein Schneider. Mein Name ist Maneck Kohlah.« Er trat hinter Ishvar und Omprakash hervor.

»Oh, du bist Maneck! Willkommen! Tut mir leid, ich konnte dich nicht erkennen. Es ist schon Jahre her, daß ich deine Mama das letzte Mal gesehen habe, und dich habe ich noch nie gesehen.«

Sie ließ die Schneider auf der Veranda stehen und ging mit ihm hinein, in das Wohnzimmer. »Kannst du ein paar Minuten lang hier warten, während ich mit den beiden da draußen weitermache?«

»Klar.«

Maneck betrachtete die schäbige Möblierung um sich herum: das zerschlissene Sofa, zwei Stühle mit fadenscheinigen Polstern, ein zerkratzter Teapoy, ein Eßtisch mit einer rissigen und verblichenen Wachstuchdecke. Sie kann hier nicht wohnen, beschloß er, dies war wahrscheinlich ein Familienbetrieb, eine Pension. Die Wände brauchten dringend einen neuen Anstrich. Er spielte mit den verfärbten Putzflecken, wie er es immer mit Wolken machte, stellte sich Tiere und Landschaften vor. Männchenmachender Hund. Ein Bussard im Sturzflug. Ein Mann mit Gehstock, der einen Berg besteigt.

Wieder auf der Veranda fuhr sich Dina Dalal mit einer Hand über die schwarzen Haare, die bis jetzt noch nicht von Grau belagert waren, und wandte ihre Aufmerksamkeit den Schneidern zu. Obwohl sie schon zweiundvierzig war, war ihre Stirn noch glatt. Die sechzehn Jahre, die sie sich alleine durchs Leben geschlagen hatte, hatten ihrer Schönheit nicht geschadet, die vor langer Zeit die Freunde ihres Bruders veranlaßt hatte, um ihre Gunst zu wetteifern.

Sie fragte die beiden nach ihren Namen und nach ihrer beruflichen Erfahrung. Die Schneider behaupteten, alles über Frauenkleidung zu wissen. »Wir können sogar direkt vom Körper der Kundin Maß nehmen und jede Mode schneidern, die Sie wollen«, sagte Ishvar zuversichtlich, der das Reden übernahm, während Omprakash nur zu allem nickte.

»Für diese Arbeit wird es keine Kundinnen zum Maßnehmen geben«, erklärte sie. »Es wird direkt von Schnittmustern genäht.

Jede Woche müßt ihr zwei bis drei Dutzend machen, je nachdem wieviel die Firma haben will und immer im gleichen Stil.«

»Kinderspiel«, sagte Ishvar. »Aber wir machen es.«

»Was ist mit dir?« sagte sie zu Omprakash, der verächtlich dreinschaute. »Du hast noch kein Wort gesagt.«

»Mein Neffe sagt nur etwas, wenn er nicht einverstanden ist«, erklärte Ishvar. »Sein Schweigen ist ein gutes Zeichen.«

Sie mochte Ishvars Gesicht. Die Sorte von Mensch, in dessen Gesellschaft man sich entspannt und zum Gespräch ermutigt fühlte. Aber da war der andere einsilbige Bursche, der die Worte wieder verscheuchte. Sein Kinn war zu klein für seine Gesichtszüge, aber wenn er lächelte, schien alles die richtigen Proportionen zu haben.

Sie nannte ihnen die Einstellungsbedingungen: Sie würden ihre eigenen Nähmaschinen mitbringen müssen, und es würde nach Stückzahl bezahlt. »Je mehr Kleider ihr macht, desto mehr verdient ihr«, sagte sie, und Ishvar stimmte ihr zu, daß das fair sei. Die Höhe des Stücklohnes würde entsprechend der Kompliziertheit des jeweiligen Schnitts festgesetzt. Arbeitszeit sei von acht bis achtzehn Uhr – weniger sei nicht akzeptabel, aber sie könnten jederzeit länger arbeiten. Und bei der Arbeit gäbe es weder Rauchen noch Paankauen.

»Paan kauen wir nie«, sagte Ishvar. »Aber manchmal rauchen wir gern eine Beedi.«

»Ihr werdet draußen rauchen müssen.«

Die Bedingungen waren annehmbar. »Wie ist die Adresse Ihrer Werkstatt?« fragte Ishvar. »Wo bringen wir die Nähmaschinen hin?«

»Hierher. Wenn ihr nächste Woche kommt, werde ich euch zeigen, wo ihr sie hintun sollt, im hinteren Zimmer.«

»Okayji, vielen Dank, wir werden mit Sicherheit am Montag kommen.« Sie winkten im Gehen Maneck zu. »Wir sehen uns bald wieder, hann.«

»Klar«, sagte Maneck und winkte zurück. Als er Dina Dalals stumme Frage bemerkte, erzählte er ihr von ihrer Begegnung im Zug.

»Du mußt vorsichtig sein, mit wem du redest«, sagte sie. »Man kann nie wissen, was für Gaunern man über den Weg läuft. Das ist hier nicht wie dein kleines Dorf in den Bergen, weißt du.«

»Sie haben sehr nett gewirkt.«

»Hmm, ja«, meinte sie, ohne sich eindeutig festzulegen. Dann entschuldigte sie sich wieder, daß sie ihn für einen Schneider gehalten hatte. »Ich konnte dich nicht richtig sehen, weil du hinter ihnen gestanden hast. Ich habe schwache Augen.« Wie töricht von mir, dachte sie, diesen prächtigen Jungen für einen krummbeinigen Schneider zu halten. Und er ist auch so kräftig. Muß die berühmte Bergluft sein, von der immer die Rede ist, das gesunde Essen und das frische Wasser.

Sie kam etwas näher, um ihn zu betrachten, und legte den Kopf schief. »Es ist schon über zwanzig Jahre her, aber ich kann deine Mama in deinem Gesicht erkennen. Du weißt, Aban und ich waren zusammen auf der Schule.«

»Ja«, erwiderte er. Er fühlte sich unbehaglich unter ihrem prüfenden Blick. »Mama hat es mir in ihrem Brief erzählt. Ich soll Ihnen auch sagen, daß ich ab nächsten Monat einziehe und daß sie Ihnen den Scheck für die Miete schicken wird.«

»Ja ja, das ist schon in Ordnung«, sagte sie, seine Sorge um die Details abtuend und wieder in die Vergangenheit schweifend. »Richtige kleine Ungeheuer waren wir damals als Schulkinder. Und da war noch ein drittes Mädchen mit von der Partie, Zenobia. Wenn wir drei zusammenwaren, hieß das Ärger, hundertprozentigen, wie die Lehrer immer sagten.«

Die Erinnerung zauberte ein wehmütiges Lächeln auf ihr Gesicht. »Na ja, dann will ich dir mal mein Haus und dein Zimmer zeigen.«

»Wohnen Sie auch hier?«

»Wo sonst?« Während sie ihn durch die trübe kleine Wohnung führte, fragte sie ihn, was er auf dem College lerne.

»Kühltechnik.«

»Na, dann hoffe ich, daß du irgendwas gegen dieses heiße Wetter unternimmst und mein Heim etwas gemütlicher machst.«

Er lächelte schwach, betrübt zu sehen, in was für Räumen sie hausen mußte. Nicht viel besser als das Studentenheim, dachte er. Und doch freute er sich darauf. Alles wäre besser nach dem, was dort passiert war. Er schauderte und versuchte, an etwas anderes zu denken.

»Das hier wird dein Zimmer.«

»Es ist sehr schön. Vielen Dank, Mrs. Dalal.«

In einer Ecke stand eine Kommode, auf der ein zerkratzter unförmiger Koffer lag. Daneben befand sich ein kleiner Tisch. Wie im vorderen Zimmer war auch hier die Decke dunkel und abgeblättert, die Wände waren verfärbt, an verschiedenen Stellen war der Putz herausgebrochen. Andere kahle, vor kurzem zementierte Stellen hoben sich wie frisch verheilte Wunden ab. An den Wänden standen zwei Einzelbetten im rechten Winkel zueinander. Er fragte sich, ob sie im selben Zimmer schlafen würde.

»Ich werde das eine Bett in das andere Zimmer tun, für mich.«

Er schaute durch die Tür und erblickte ein Zimmer, das noch winziger und in einem noch schlechteren Zustand war, vollgestellt mit einer Kommode (auf der ebenfalls ein Koffer lag), einem wackligen Tisch, zwei Stühlen und drei rostenden Truhen, die auf einem Bock gestapelt waren.

»Ich vertreibe Sie ja aus Ihrem eigenen Zimmer«, murmelte Maneck, den diese Umgebung zunehmend deprimierte.

»Unsinn.« Ihr Ton war forsch. »Ich wollte einen zahlenden Gast haben, und es ist mein großes Glück, einen netten Parsi-Jungen zu bekommen – den Sohn meiner alten Schulfreundin.«

»Es ist sehr nett von Ihnen, Mrs. Dalal.«

»Und noch was. Du mußt mich duzen und Tante Dina zu mir sagen.«

Maneck nickte.

»Du kannst deine Sachen jederzeit herüberbringen. Wenn du in dem Studentenheim nicht glücklich bist – dieses Zimmer steht bereit. Wir brauchen nicht bis zu einem bestimmten Tag im nächsten Monat zu warten.«

»Nein, das ist schon in Ordnung, aber trotzdem vielen Dank, Mrs. ...«

»Ahn, aufgepaßt.«

»Ich meine Tante Dina.« Sie lächelten.

Nachdem Maneck gegangen war, ging sie, plötzlich rastlos, im Zimmer auf und ab, als wäre sie im Begriff, eine lange Reise anzutreten. Jetzt war es nicht mehr nötig, ihren Bruder aufzusuchen und um die Miete für den nächsten Monat zu betteln. Sie atmete tief ein. Wieder einmal war ihre zerbrechliche Unabhängigkeit gerettet.

Morgen würde sie den ersten Schwung Nähaufträge von Au Revoir Exports mitbringen.

I

Die Stadt am Meer

Dina Dalal gestattete sich selten, mit Bedauern oder Verbitterung auf ihr Leben zurückzublicken oder sich zu fragen, wieso es gerade diesen Verlauf genommen und sie um die strahlende Zukunft betrogen hatte, die ihr jeder, als sie noch zur Schule ging, prophezeit hatte, als ihr Name noch Dina Shroff lautete. Und wenn sie tatsächlich einmal in eine dieser seltenen Stimmungen versank, schwamm sie schnell wieder heraus. Was hatte es für einen Sinn, die Geschichte immer aufs neue zu wiederholen, fragte sie sich – sie endete immer auf die gleiche Weise. Egal, welchen Gang sie wählte, sie fand sich am Schluß immer im selben Raum wieder.

Dinas Vater war Arzt gewesen, ein Allgemeinmediziner mit einer bescheidenen Praxis, der dem hippokratischen Eid etwas leidenschaftlicher verpflichtet war als andere seines Berufsstandes. Während der frühen Jahre seiner Laufbahn wurde Dr. Shroffs Hingabe an seine Arbeit von Kollegen, Familienmitgliedern und gestandenen Ärzten als typisch für den Eifer und die Energie ungestümer Jugend diagnostiziert. »Wie erfrischend, diese Begeisterung des jungen Menschen«, bemerkten sie lächelnd, weise nickend, überzeugt, daß die Zeit die Flammen des Idealismus mit einer gesunden Dosis aus Zynismus und Familienverpflichtungen schon noch löschen würde.

Aber die Ehe und die Ankunft eines Sohnes, elf Jahre später von einer Tochter gefolgt, änderten nichts für Dr. Shroff. Die Zeit verschärfte nur das Ungleichgewicht zwischen seinem leidenschaftlichen Bedürfnis, menschliches Leiden zu lindern, und seinem Wunsch, ein ausreichendes Einkommen zu verdienen.

»Wie enttäuschend«, sagten Freunde und Verwandte und schüttelten die Köpfe. »Wir hatten so große Erwartungen. Und er schuftet weiter wie ein Büroangestellter, wie ein Fanatiker, und weigert sich, das Leben zu genießen. Arme Mrs. Shroff. Nie mal Urlaub, nie mal eine Party – überhaupt kein Vergnügen in ihrem Dasein.«

Mit einundfünfzig, wenn die meisten praktischen Ärzte zu überlegen anfangen, nur noch halbtags zu arbeiten, einen billigen Juniorpartner einzustellen oder sogar die Praxis einer frühzeitigen Pensionierung zuliebe zu verkaufen, verfügte Dr. Shroff weder über das Bankkonto noch über das Temperament, sich einen derartigen Luxus zu leisten. Statt dessen erklärte er sich bereit, eine Kampagne junger Mediziner zu leiten, die in Regionen im Landesinnern tätig werden wollten. Dort, wo Typhus und Cholera, ungehindert von Wissenschaft oder Technologie, unter der dörflichen Bevölkerung regelmäßig ihre Opfer forderten, würde Dr. Shroff versuchen, dem Tod diese Sicheln zu entwenden oder sie, zumindest, stumpf zu machen.

Währenddessen unternahm Mrs. Shroff eine Kampagne anderer Art: ihrem Mann auszureden, dem, wie sie überzeugt war, sicheren Tod geradewegs in die Fänge zu laufen. Sie versuchte, Dina die Worte einzutrichtern, die ihren Vater umstimmen könnten. Schließlich war Dina mit ihren zwölf Jahren Papas Liebling. Mrs. Shroff wußte, daß ihr Sohn Nusswan bei diesem Unternehmen keine Hilfe sein würde. Ihn dafür einzuspannen hätte jede Chance ruiniert, ihren Mann zu einer Änderung seiner Meinung zu bewegen.

Der Wendepunkt in der Beziehung zwischen Vater und Sohn war sieben Jahre zuvor gekommen, an Nusswans sechzehntem Geburtstag. Onkel und Tanten waren zum Essen eingeladen worden, und jemand sagte: »Nun, Nusswan, nun wirst du ja bald studieren, um Arzt zu werden, genau wie dein Vater.«

»Ich will nicht Arzt werden«, erwiderte Nusswan. »Ich werde Geschäftsmann – Import-Export.«

Einige Onkel und Tanten nickten beifällig. Andere wichen mit gespielter Empörung zurück und fragten, zu Dr. Shroff gewandt: »Ist das wahr? Keine Vater-Sohn-Partnerschaft?«

»Natürlich ist es wahr«, sagte er. »Meinen Kindern steht es frei zu tun, was sie wollen.«

Aber die fünfjährige Dina hatte die verletzte Miene auf dem Gesicht ihres Vaters gesehen, bevor er sie verstecken konnte. Sie lief zu ihm und kletterte auf seinen Schoß. »Papa, aber *ich* will Ärztin werden, wenn ich mal groß bin, so wie du.«

Alle lachten und klatschten und sagten: Kluges kleines Mädchen, weiß, wie es sich bei Papa lieb Kind macht. Später flüsterten sie sich zu, daß der Sohn offenbar nicht aus dem gleichen Holz wie der Vater geschnitzt war – kein Ehrgeiz, aus dem würde nicht viel werden.

In den folgenden Jahren hatte Dina ihren Wunsch immer wiederholt, denn sie betrachtete ihren Vater als eine Art Gott, der den Menschen Gesundheit gab, der gegen Krankheit kämpfte und dem es manchmal gelang, den Tod, vorübergehend, zu vereiteln. Und Dr. Shroff war von seinem klugen Kind begeistert. Bei den Elternabenden in der Klosterschule lobten die Direktorin und die Lehrerinnen sie stets in den höchsten Tönen. Sie würde ihr Ziel erreichen, wenn sie es wollte, dessen war sich Dr. Shroff sicher.

Mrs. Shroff war sich auch sicher, daß ihre Tochter diejenige war, die sie für die Kampagne gegen Dr. Shroffs törichten philanthropischen Plan rekrutieren mußte, in entlegenen, gottverlassenen Dörfern zu arbeiten. Aber Dina verweigerte die Zusammenarbeit. Sie billigte es nicht, ihren geliebten Vater mit irgendwelchen Tricks zu Hause zurückzubehalten.

Dann verfiel Mrs. Shroff auf andere Methoden, versuchte nicht mit Geld oder seiner persönlichen Sicherheit oder der Familie zu argumentieren, weil sie wußte, daß sie damit kläglich scheitern würde. Statt dessen führte sie seine Patienten ins Feld, behauptete, er würde sie im Stich lassen, alt, hilflos und gebrechlich. »Was wird aus ihnen, wenn du so weit fortgehst? Sie vertrauen dir und verlassen sich auf dich. Wie kannst du so grausam sein? Du hast wirklich keine Vorstellung, wieviel du ihnen bedeutest.«

»Nein, darum geht's nicht«, entgegnete Dr. Shroff. Er war mit den gewundenen Argumenten vertraut, die ein Zeichen ihrer Liebe zu ihm waren. Geduldig erklärte er ihr, daß es eine Fülle praktischer Ärzte in der Stadt gebe, die sich um die Schmerzen und Wehwehchen kümmern konnten – dort, wo er hinging, hatten die Menschen niemanden. Er tröstete sie damit, daß es nur eine zeitlich begrenzte Mission sei, wobei er sie viel mehr umarmte und küßte, als er es üblicherweise tat. »Ich verspreche dir, daß ich bald zurück sein werde«, sagte er. »Bevor du dich überhaupt an meine Abwesenheit gewöhnt hast.«

Aber Dr. Shroff konnte sein Versprechen nicht halten. Drei Wochen nach Beginn der medizinischen Kampagne war er tot, gestorben nicht an Typhus oder Cholera, sondern an einem Kobrabiß, weit entfernt von einem lebensrettenden Schlangenserum.

Mrs. Shroff nahm die Nachricht äußerlich ruhig auf. Die Leute meinten, weil sie die Frau eines Arztes war, sei sie mehr als andere Sterbliche mit dem Tod vertraut. Sie überlegten sich, daß Dr. Shroff ihr oft eine derartige Nachricht bezüglich seiner Patienten überbracht haben dürfte, wodurch sie gewissermaßen auf das Unvermeidliche vorbereitet gewesen sei.

Als sie forsch die Bestattungsformalitäten in die Hand nahm, alles mit vorzüglicher Effizienz erledigte, fragten sich die Leute, ob ihr Verhalten vielleicht nicht doch etwas anormal war. Während sie zwischendurch ihrer Handtasche die Geldmittel für die verschiedenen Ausgaben entnahm, nahm sie Beileidsbekundungen entgegen, spendete trauernden Verwandten Trost, überwachte die Öllampe am Kopfende von Dr. Shroffs Totenbett, wusch und bügelte ihren weißen Sari und sorgte dafür, daß genügend Vorrat von Weihrauch und Sandelholz im Haus war. Sie instruierte persönlich die Köchin bezüglich des besonderen vegetarischen Essens für den nächsten Tag.

Nach Abschluß der viertägigen Trauerfeierlichkeiten weinte Dina immer noch. Mrs. Shroff, damit beschäftigt, die Gebühren für den Gebetsbungalow in den Türmen des Schweigens zu überprüfen, sagte mit forschem Ton: »Na komm, meine Tochter, sei jetzt vernünftig. Papa würde das nicht gefallen.« Und so strengte Dina sich an, sich zu beherrschen.

Dann fuhr Mrs. Shroff beiläufig fort, während sie den Scheck ausfüllte: »Du hättest ihn davon abhalten können, wenn du gewollt hättest. Auf dich hätte er gehört.«

Dinas Schluchzer brachen mit neuer Heftigkeit hervor. Zusätzlich zu der Trauer um ihren Vater beinhalteten ihre Tränen jetzt auch Zorn gegen ihre Mutter, sogar Haß. Sie würde mehrere Monate brauchen, um zu verstehen, daß in dem, was gesagt worden war, weder Bosheit noch Vorwurf lag, lediglich eine traurige und simple Feststellung einer Tatsache, so wie sie von ihrer Mutter gesehen wurde.

Sechs Monate nach Dr. Shroffs Tod, nachdem sie die Säule gewesen war, an die sich jeder lehnen konnte, begann Mrs. Shroff allmählich zusammenzubrechen. Sie zog sich aus dem Alltagsleben zurück und zeigte sehr geringes Interesse an der Führung des Haushalts oder an ihrer eigenen Person.

Für Nusswan, der dreiundzwanzig war und eifrig seine eigene Zukunft plante, machte es keinen großen Unterschied. Doch Dina, mit ihren zwölf Jahren, hätte noch gut einige Jahre eine Mutter gebrauchen können. Ihr Vater fehlte ihr schrecklich. Der Rückzug ihrer Mutter machte es noch viel schlimmer.

* * *

Nusswan Shroff hatte schon zwei Jahre vor dem Tod seines Vaters seinen eigenen Lebensunterhalt als Geschäftsmann verdient. Er war immer noch unverheiratet, lebte zu Hause, sparte sein Geld, während er nach einer geeigneten Wohnung und einer geeigneten Frau Ausschau hielt. Er erkannte, daß nach dem Dahinscheiden seines Vaters und dem inneren Rückzug seiner Mutter die Suche nach einer Wohnung unnötig war und die nach einer Frau dringlich.

Er übernahm jetzt die Rolle des Familienoberhaupts und gesetzlichen Vormunds für Dina. Ihre Verwandten waren sich alle einig, daß dies so war, wie es sein sollte. Sie lobten seine selbstlose Entscheidung, gaben zu, daß sie sich in bezug auf seine Fähigkeiten geirrt hatten. Er übernahm auch die Familienfinanzen, versprach, daß es seiner Mutter und seiner Schwester an nichts fehlen werde. Er würde sie aus seinem eigenen Einkommen versorgen. Doch selbst während er das sagte, wußte er, daß das nicht nötig war. Das Geld aus dem Verkauf von Dr. Shroffs Praxis war ausreichend.

Nusswans erste Entscheidung als Familienoberhaupt bestand darin, die Zahl der Hausangestellten zu verringern. Die Köchin, die halbtags kam und die beiden Hauptmahlzeiten vorbereitete, wurde behalten, Lily, das Dienstmädchen, das mit im Haus wohnte, mußte gehen. »Wir können nicht im selben Luxus wie vorher fortfahren«, erklärte er. »Ich kann mir die Löhne einfach nicht leisten.«

Mrs. Shroff nahm die Veränderung mit einigem Zweifel auf. »Wer wird die Putzarbeit erledigen? Meine Hände und Beine arbeiten nicht mehr so gut wie früher.«

»Mach dir keine Sorgen, Mama, wir werden sie uns aufteilen. Du kannst leichte Arbeit machen, wie Möbel abstauben. Und jeder kann doch sicherlich seine Tasse und Untertasse selber abwaschen. Und außerdem ist Dina ein junges Mädchen voller Energie. Es wird ihr guttun zu lernen, sich um den Haushalt zu kümmern.«

»Ja, vielleicht hast du recht«, sagte Mrs. Shroff, vage von der Notwendigkeit von Sparmaßnahmen überzeugt.

Doch Dina wußte, daß mehr dahintersteckte. In der Woche zuvor, als sie lange nach Mitternacht auf dem Weg zur Toilette an der Küche vorbeikam, hatte sie ihren Bruder zusammen mit der Ayah gesehen. Lily saß auf dem Küchentisch, die Füße auf den Rand gestützt. Nusswan stand mit heruntergelassener Pyjamahose zwischen ihren Schenkeln und umklammerte ihre Hüfte. Dina betrachtete sein nacktes Gesäß mit schläfriger Neugier und schlich dann wieder mit geröteten Wangen zurück ins Bett, ohne auf die Toilette zu gehen. Aber sie mußte einen Moment zu lange innegehalten haben, denn Nusswan hatte sie gesehen.

Es wurde nie ein Wort darüber gesprochen. Lily ging (mit einer bescheidenen Sondervergütung, von der Mrs. Shroff nichts wußte), unter Tränen beteuernd, daß sie nie wieder so eine nette Familie finden würde. Dina hatte Mitleid mit ihr, verachtete sie aber gleichzeitig.

Dann trat die neue Haushaltsregelung in Kraft. Jeder bemühte sich aufrichtig. Das Experiment in Selbständigkeit schien zunächst richtig Spaß zu machen. »Das ist ein wenig wie Zeltengehen«, meinte Mrs. Shroff.

»Das ist die richtige Einstellung«, sagte Nusswan.

Doch nach einiger Zeit begannen Dinas Pflichten zuzunehmen. Als Zeichen seiner Beteiligung wusch Nusswan weiterhin

Tasse, Untertasse und Frühstücksteller ab, bevor er zur Arbeit ging. Darüber hinaus tat er nichts.

Eines Morgens, nachdem er seinen letzten Schluck Tee heruntergestürzt hatte, sagte er: »Ich bin heute sehr spät dran, Dina. Bitte wasch meine Sachen für mich ab.«

»Ich bin doch nicht dein Dienstmädchen! Wasch dein drekkiges Geschirr selber ab!« Wochenlang aufgestauter Unmut sprudelte hervor. »Du hast gesagt, jeder soll seine eigenen Sachen aufräumen! Du überläßt alle deine stinkenden Sachen mir!«

»Jetzt hör sich mal einer die kleine Tigerin an«, sagte Nusswan amüsiert.

»So darfst du nicht zu deinem großen Bruder reden«, schalt Mrs. Shroff sie sanft. »Denk dran, jeder muß seine Pflicht tun genau wie der andere.«

»Er schummelt! Er macht gar nichts! Ich mach alles!«

Nusswan umarmte seine Mutter. »Wiedersehen, Mama«, und klopfte Dina zur Versöhnung sanft auf die Schulter. Sie wich vor ihm zurück. »Die Tigerin ist immer noch böse«, sagte er und machte sich auf den Weg zu seinem Büro.

Mrs. Shroff versuchte, Dina zu besänftigen, versprach ihr, später mit Nusswan darüber zu sprechen, ihn vielleicht dazu zu überreden, eine Teilzeit-Ayah einzustellen, aber die gute Absicht schmolz binnen weniger Stunden dahin. Es änderte sich nichts. Während die Wochen vergingen, wurde sie, anstatt in der Familie wieder Gerechtigkeit herzustellen, selber allmählich zu einer der Pflichten auf der ständig wachsenden Liste ihrer Tochter.

Jetzt mußte Mrs. Shroff gesagt werden, was sie tun sollte. Wenn ihr Essen vorgesetzt wurde, aß sie es, obwohl es ihr wenig nützte, denn sie nahm ständig ab. Man mußte sie daran erinnern, sich zu waschen und ihre Kleidung zu wechseln. Wenn man für sie Zahnpasta aus der Tube drückte und ihr die Zahnbürste gab, putzte sie sich die Zähne. Die unangenehmste Pflicht für Dina war, ihrer Mutter beim Haarewaschen zu helfen – es ging ihr in Büscheln aus, die auf den Badezimmerboden fielen, und mehr folgte, wenn sie es ihr kämmte.

Einmal im Monat ging Mrs. Shroff zu den Gebeten für ihren

Mann in den Feuertempel. Sie sagte, es spende ihr großen Trost, die lindernden Laute des bejahrten Dustoor Framji zu hören, wenn er für die Seele ihres Mannes betete. Dina ließ sich vom Unterricht befreien, um ihre Mutter zu begleiten, besorgt, sie könnte sich unterwegs verirren.

Bevor er mit der Zeremonie begann, schüttelte Dustoor Framji Mrs. Shroff salbungsvoll die Hand und bedachte Dina mit einer ausgedehnten Umarmung von der Sorte, die er sich für Mädchen und junge Frauen vorbehielt. Sein Ruf, derart zu drücken und zu tätscheln, hatte ihm den Titel Dustoor Daab-Chaab eingebracht, zusammen mit der Feindseligkeit seiner Kollegen, die weniger sein Tun mißbilligten als seinen Mangel an Subtilität, seine Weigerung, seine Umarmungen wenigstens mit dem Anschein väterlicher oder seelischer Fürsorge zu maskieren. Sie befürchteten, daß er irgendwann zu weit gehen, sich offen an seinen Opfern aufgeilen könnte oder etwas Derartiges, und damit den Feuertempel entweihen würde.

Dina wand sich in seinem Griff, während er ihr über den Kopf strich, den Hals streichelte, den Rücken rieb und sich an sie preßte. Er hatte einen sehr kurzen Bart, Stoppeln, die geriebenen Kokosflocken ähnelten, und er kratzte ihr die Wangen und die Stirn. Er ließ sie immer erst los, wenn sie gerade genügend Mut aufgebracht hatte, ihren gefangenen Körper aus seinen Armen zu reißen.

Wenn Dina nach dem Besuch im Feuertempel den restlichen Tag daheim verbrachte, versuchte sie, ihre Mutter zum Reden zu bringen, indem sie sie in Haushaltsdingen oder bei Kochrezepten um Rat fragte, und wenn das nichts fruchtete, fragte sie sie über Papa aus und über die Zeit, als sie jung verheiratet gewesen waren. Dina fühlte sich hilflos angesichts des verträumten Schweigens ihrer Mutter. Bald wurde die Sorge um ihre Mutter von dem Instinkt der Jugend gemäßigt, der sie zurückhielt – sie würde ihren Anteil an Kummer und Sorgen sicher noch früh genug bekommen, es war nicht nötig, sich die Last vorzeitig aufzubürden.

Und Mrs. Shroff sprach in einsilbigen Wörtern oder Seufzern und hielt mit starrem Blick Ausschau nach den Antworten in

Dinas Gesicht. Und was das Möbelabstauben anging, so kam sie nie weiter, als den Bilderrahmen abzuwischen, der das Foto ihres Mannes enthielt, das bei der Universitätsabschlußfeier aufgenommen worden war. Die meiste Zeit verbrachte sie damit, aus dem Fenster zu starren.

Nusswan zog es vor, den Zerfall seiner Mutter als die angemessene Entsagung einer Witwe zu betrachten, in der sie sich der Schlacken des Lebens entledigte, um sich spirituellen Dingen zuzuwenden. Er richtete seine Aufmerksamkeit darauf, Dina zu erziehen. Der Gedanke an die enorme Verantwortung, die auf seinen Schultern lastete, bereitete ihm ständige Sorge.

Er hatte seinen Vater immer als jemanden betrachtet, der auf strenger Disziplin bestand. Er hatte Ehrfurcht vor ihm empfunden, hatte sogar etwas Angst vor ihm gehabt. Wenn er an seine Stelle treten wollte, dachte er, würde er in anderen die gleiche Angst wecken müssen; er betete regelmäßig für die Willensstärke und den seelischen Beistand, die er für die Erfüllung dieser Aufgabe brauchte. Den Verwandten – den Onkeln und Tanten – vertraute er an, daß ihn Dinas Widerspenstigkeit und Dickköpfigkeit verrückt machten, und nur die Hilfe des Allmächtigen gebe ihm die Kraft, seine Pflicht zu erfüllen.

Seine Aufrichtigkeit rührte sie. Sie versprachen, ihn in ihre Gebete mit einzuschließen. »Keine Sorge, Nusswan, es wird alles gut werden. Wir werden im Feuertempel eine Lampe anzünden.«

Ermutigt von ihrer Unterstützung begann Nusswan, mit Dina einmal die Woche zum Feuertempel zu gehen. Dort schob er ihr eine Stange Sandelholz in die Hand und flüsterte ihr drohend ins Ohr: »Jetzt bete ordentlich – bitte Dadaji, ein braves Mädchen aus dir zu machen, bitte Ihn, dich gehorsam zu machen.«

Während sie sich vor dem Heiligtum verbeugte, bewegte er sich an der äußeren Wand entlang, die mit Bildern verschiedener Dustoors und Hohepriester behängt war. Er glitt von einem zum nächsten, streichelte die Girlanden, umarmte die Rahmen, küßte das Glas und beendete seinen Rundgang bei dem sehr großen Bild Zarathustras, auf das er eine volle Minute lang seine Lippen drückte. Dann entnahm er dem Aschebehälter im Eingang zum Heiligtum zunächst eine Prise, die er sich auf die Stirn schmierte, eine weitere für seine Kehle, und dann knöpfte er seine obersten beiden Hemdknöpfe auf, um sich eine Faustvoll Asche auf die Brust zu reiben.

Wie Körperpuder, dachte Dina, die in ihrer gebeugten Haltung aus dem Augenwinkel zusah, bemüht, nicht in Lachen auszubrechen. Sie hob den Kopf erst, als er seine Mätzchen beendet hatte.

»Hast du ordentlich gebetet?« wollte er wissen, als sie wieder draußen waren.

Sie nickte.

»Gut. Jetzt werden alle schlechten Gedanken deinen Kopf verlassen, du wirst in deinem Herzen Ruhe und Frieden empfinden.«

Dina durfte in den Ferien nicht mehr ihre Freundinnen zu Hause besuchen. »Das ist nicht nötig«, sagte Nusswan. »Du siehst sie ja jeden Tag in der Schule.« Allerdings durfte sie ihre Freundinnen zu sich einladen, nachdem sie seine Erlaubnis eingeholt hatte, aber das war nicht sehr lustig, da er immer um sie herumlungerte.

Einmal bekam er mit, wie sie sich im Nachbarzimmer zusammen mit ihrer Freundin Zenobia über seine Zähne lustig machte. Da sah er sich nur in seiner Überzeugung bestätigt, daß die kleinen Ungeheuer an die Kandare genommen werden mußten. Zenobia sagte gerade, er sehe aus wie ein Pferd.

»Ja, wie ein Pferd mit einem billigen Gebiß«, ergänzte Dina.

»Ein Elefant wäre stolz, so viel Elfenbein zu haben«, fuhr Zenobia fort, den Einsatz erhöhend.

Sie bogen sich vor Lachen, als er das Zimmer betrat. Er fixierte jede von beiden mit einem finsteren Starren und wandte sich dann mit bedrohlicher Langsamkeit ab. Er hinterließ eine Stimmung eingeschüchterten Schweigens. Ja, es funktionierte, erkannte er erstaunt und triumphierend – Angst funktionierte.

Nusswan war immer empfindlich gewesen wegen seiner schlechten Zähne und hatte versucht, als er noch Teenager war, sie korrigieren zu lassen. Dina, die damals erst sechs oder sieben war, hatte ihn deswegen gnadenlos geneckt. Aber die kieferorthopädische Behandlung war zu schmerzhaft gewesen, und er brach sie wieder ab, sich gleichzeitig beschwerend, daß es verwunderlich sei, daß nicht schon im Kindesalter etwas dagegen unternommen worden war, wo er doch einen Arzt als Vater habe. Als Beweis für die ungerechte Behandlung, die ihm widerfahren sei, zeigte er auf Dinas vollkommenes Gebiß.

Bekümmert über seine Verletztheit hatte seine Mutter versucht, es ihm zu erklären. »Es ist alles meine Schuld, mein Sohn. Ich wußte nicht, daß man die Zähne des Kindes täglich massieren und leicht nach innen drücken soll. Die alte Schwester, die bei Dinas Geburt dabei war, hat mir den Trick verraten, aber für dich war es schon zu spät.«

Nusswan hatte diese Erklärung nie überzeugt. Und jetzt, nachdem Dinas Freundin gegangen war, bezahlte sie dafür. Er forderte sie auf zu wiederholen, was gesagt wurde. Sie tat es, dreist.

»Du hast immer die Angewohnheit gehabt, daherzuplappern, was dir in dein loses Mundwerk kommt. Aber du bist kein Kind mehr. Irgend jemand muß dir Respekt beibringen.« Mit einem Seufzen sagte er: »Das ist wohl meine Pflicht«, und dann begann er sie ohne weitere Warnung zu schlagen. Er hörte auf, als ihr die Oberlippe aufplatzte.

»Du Schwein!« heulte sie. »Du willst mich so häßlich machen wie dich!« Worauf er ein Lineal ergriff und damit auf sie einschlug, wo immer er sie erwischte, während sie hin und her rannte, um den Schlägen zu entgehen.

Ausnahmsweise bemerkte Mrs. Shroff, daß etwas nicht stimmte. »Wieso weinst du, meine Tochter?«

»Dieser blöde Dracula! Er hat mich geschlagen, und jetzt blute ich!«

»Ts-ts, mein armes Kind.« Sie drückte Dina kurz an sich und kehrte dann wieder zu ihrem Platz am Fenster zurück.

Zwei Tage nach diesem Krach versuchte Nusswan, Frieden zu schließen, indem er Dina eine Sammlung Haarbänder mitbrachte. »Sie werden in deinen Zöpfen wunderschön aussehen«, sagte er.

Sie ging zu ihrer Schultasche, holte ihre Schere heraus und schnippelte die Bänder in kleine Stücke.

»Sieh dir das an, Mama!« sagte er, den Tränen nahe. »Sieh dir nur deine rachsüchtige Tochter an! Ich gebe mein hart verdientes Geld für sie aus, und das ist der Dank dafür.«

Das Lineal wurde zu Nusswans bevorzugtem Instrument in seinem Streben nach Disziplinierung. Seine Kleidung gab den häufigsten Anlaß für Dinas Bestrafung. Nach dem Waschen, Bügeln und Zusammenlegen mußte sie in seinem Schrank vier getrennte Stapel aufbauen: weiße Hemden, bunte Hemden, weiße Hosen, bunte Hosen. Manchmal plazierte sie strategisch ein Nadelstreifenhemd zwischen die weißen oder ließ sich eine Hose mit Hundezahnmuster zwischen die weißen verirren. Trotz der Prügel wurde sie nie müde, ihn zu provozieren.

»So wie sie sich benimmt, habe ich das Gefühl, daß Satan persönlich in ihrem Herz Zuflucht gesucht hat«, sagte er erschöpft zu den Verwandten, die sich nach dem Gang der Dinge erkundigten. »Vielleicht sollte ich sie einfach in ein Internat stekken.«

»Nein, nein, unternimm nicht diesen drastischen Schritt«, flehten sie ihn an. »Internat ist schon für viele Parsi-Mädchen zum Verderben geworden. Vertraue darauf, daß Gott dich für deine Geduld und Hingabe belohnen wird. Und Dina wird dir auch danken, wenn sie erst mal alt genug ist, um zu verstehen, daß es nur zu ihrem Besten ist.« Im Fortgehen murmelten sie, der Mann sei ein Heiliger – jedes Mädchen sollte das Glück haben, einen Bruder wie Nusswan zu haben.

Nachdem ihm wieder derart Mut gemacht worden war, bewies Nusswan neue Beharrlichkeit. Er übernahm es, Dinas Kleidung zu kaufen und persönlich zu entscheiden, was sich für ein junges Mädchen geziemte. Die Neuerwerbungen paßten gewöhnlich hinten und vorne nicht, weil Dina nicht dabeisein durfte, wenn er einkaufte. »Ich will keine lästigen Diskussionen im Beisein der Verkäufer«, sagte er. »Du bist mir immer peinlich.« Wenn sie neue Uniformen brauchte, ging er mit ihr an dem Tag, wo die Schneider kamen, zur Schule, um das Maßnehmen zu beaufsichtigen. Er fragte die Schneider über Preise und Stoffe aus und versuchte so, die Provision auszurechnen, die die Direktorin einstrich. Dina graute vor diesem jährlichen Ereignis und fragte sich, welche neue Demütigung ihr vor den Augen ihrer Klassenkameradinnen zugefügt würde.

Alle ihre Freundinnen trugen jetzt das Haar kurz, und sie bettelte darum, auch in den Genuß dieses Privilegs kommen zu dürfen. »Wenn du mir erlaubst, daß ich mir die Haare schneide, wische ich das Eßzimmer jeden Tag statt jeden zweiten Tag«, versuchte sie zu feilschen. »Oder ich kann jeden Abend deine Schuhe putzen.«

»Nein«, sagte Nusswan. »Vierzehn ist zu jung für neckische Frisuren. Für dich sind Zöpfe das richtige. Außerdem kann ich es mir nicht leisten, einen Friseur zu bezahlen.« Aber er setzte prompt Schuheputzen auf die Liste ihrer Pflichten.

Eine Woche nach ihrem letzten Appell schnitt sich Dina, assistiert von Zenobia, in der Schultoilette die Zöpfe ab. Zenobia hatte den Ehrgeiz, Friseuse zu werden, und sie war überwältigt von dem großen Glück, das ihr den Kopf ihrer Freundin in die Hände geführt hatte. »Komm, wir schneiden das ganze Gestrapse ab«, sagt sie. »Stutzen es ganz kurz.«

»Spinnst du?« entgegnete Dina. »Nusswan springt über den Mond.« Sie einigten sich auf einen Pagenschnitt, und Zenobia kürzte die Haare bis ungefähr zwei Zentimeter über den Schultern. Es sah ein bißchen zottelig aus, aber beide Mädchen waren von dem Ergebnis hell begeistert.

Dina zögerte, die abgetrennten Zöpfe in den Mülleimer zu werfen. Sie tat sie in ihre Schultasche und lief nach Hause. Sie stolzierte durchs Haus und ging mehrmals an den zahlreichen Spiegeln vorbei, um ihren Kopf aus verschiedenen Blickwinkeln zu betrachten. Dann ging sie in das Zimmer ihrer Mutter und wartete – auf ihre Überraschung oder ihre Freude oder irgend etwas. Doch Mrs. Shroff bemerkte nichts.

»Gefällt dir meine neue Frisur, Mama?« fragte sie schließlich.

Mrs. Shroff starrte sie einen Augenblick lang geistesabwesend an. »Sehr hübsch, meine Tochter, sehr hübsch.«

Nusswan kam an dem Abend spät nach Hause. Er begrüßte seine Mutter und sagte, es habe im Büro so viel Arbeit gegeben.

Dann sah er Dina. Er atmete tief durch und faßte sich an die Stirn. Erschöpft, wie er war, wünschte er sich, er könnte mit dieser Sache irgendwie anders fertigwerden als mit einem weiteren Streit. Aber ihre Unverschämtheit, ihre Widerspenstigkeit konnte er nicht ungestraft durchgehen lassen. Wie könnte er sich dann noch vorm Spiegel selbst unter die Augen treten?

»Bitte komm her, Dina. Erkläre mir, warum du mir nicht gehorcht hast.«

Sie kratzte sich am Hals, wo die Haut von den winzigen Haarschnipseln juckte. »Wieso hab ich dir nicht gehorcht?«

Er schlug sie. »Stell mir keine Gegenfragen, wenn ich dich was frage.«

»Du hast gesagt, du könntest dir meinen Haarschnitt nicht leisten. Der hier war kostenlos, ich hab's selber gemacht.«

Er schlug sie wieder. »Keine Widerworte, ich warne dich.« Er holte das Lineal und schlug es ihr mit der flachen Seite über die Handflächen, dann, weil er das Vergehen als äußerst schwer einschätzte, mit dem Rand über die Knöchel. »Das wird dir eine Lehre sein, wie ein loses Weib auszusehen.«

»Hast du deine Haare mal im Spiegel gesehen? Du siehst aus wie ein Clown«, sagte sie, entschlossen, sich nicht einschüchtern zu lassen.

Nusswans Frisur war in seiner eigenen Einschätzung ein Ausdruck würdevoller Eleganz. Er trug einen Mittelscheitel und schaffte auf beiden Seiten mit dezenten Applizierungen schwerer Pomade Ordnung. Dinas Spott entfesselte den Zorn des Zuchtmeisters. Mit Linealschlägen auf Waden und Arme trieb er sie ins Badezimmer, wo er begann, ihr die Kleider vom Leib zu reißen.

»Kein Wort mehr will ich von dir hören! Kein Wort! Heute bist du zu weit gegangen! Zuerst nimmst du ein Bad, du beschmutztes Geschöpf! Wasch diese Haarschnipsel weg, bevor du sie im ganzen Haus verteilst und Unglück über uns bringst!«

»Keine Sorge, dein Gesicht wird jedes Unglück vertreiben.« Sie stand jetzt nackt auf dem Kachelboden. »Ich brauche heißes Wasser«, sagte sie.

Er trat zurück und schleuderte einen Bechervoll kaltes Wasser aus dem Eimer in ihre Richtung. Zitternd starrte sie ihn trotzig an, während ihre Brustwarzen steif wurden. Er kniff eine fest, und sie zuckte zusammen. »Sieh dich an, wie deine kleinen Brüste schon anfangen zu wachsen. Du meinst, du bist schon eine Frau. Ich sollte sie dir abschneiden, zusammen mit deiner bösen Zunge.«

Er beäugte sie auf merkwürdige Weise, und sie bekam Angst. Sie begriff, daß ihre scharfen Antworten ihn erzürnten, daß es vage mit der Art zusammenhing, wie er auf den jungen Flaum zwischen ihren Beinen starrte. Es wäre sicherer, sich unterwürfig zu geben, seinen Zorn zu löschen. Sie wandte sich ab und begann zu weinen, das Gesicht in den Händen vergraben.

Befriedigt ging er fort. Ihre Schultasche, die auf dem Bett lag, erregte seine Aufmerksamkeit. Er öffnete sie zu einer Stichproben-Inspektion und fand obenauf die Zöpfe. Während er einen zwischen Zeigefinger und Daumen baumeln ließ, knirschte er mit den Zähnen, bis ein Lächeln langsam seine zornige Miene entspannte.

Als Dina fertig gebadet hatte, holte er eine Rolle schwarzen Isolierbands und befestigte die Zöpfe an ihren Haaren. »Du wirst sie so tragen«, sagte er. »Jeden Tag, auch in der Schule, bis deine Haare nachgewachsen sind.«

Sie wünschte, sie hätte die elenden Dinger ins Klo geworfen. Es war ein Gefühl, als würden ihr zwei tote Ratten vom Kopf hängen.

Am nächsten Morgen nahm sie die Rolle Klebeband heimlich mit zur Schule. Bevor sie in den Unterricht ging, wurden die Zöpfe abgerissen. Es war schmerzhaft, denn das schwarze Band klebte sehr fest. Nach der Schule befestigte sie sie wieder mit Zenobias Hilfe. Auf diese Art umging sie Nusswans Bestrafung an den Wochentagen.

Aber einige Tage später brachen in der Stadt Unruhen aus in der Folge der Teilung und des Abzuges der Briten, und Dina saß zu Hause mit Nusswan fest. In allen Vierteln gab es den ganzen Tag lang Ausgangssperre. Büros, Geschäfte, Colleges, Schulen, alles blieb geschlossen, und es gab keine Ruhepause von den verhaßten Zöpfen. Er erlaubte ihr nur, sie zum Baden zu entfernen, und überwachte ihre neuerliche Befestigung unmittelbar danach.

Eingesperrt in der Wohnung, beklagte Nusswan das Unglück des Landes und hörte nicht mehr auf zu jammern. »Jeden Tag, wo ich zu Hause hocke, verliere ich Geld. Diese verdammten unkultivierten Wilden haben die Unabhängigkeit nicht verdient. Wenn sie sich unbedingt gegenseitig tothacken müssen, dann sollen sie gefälligst woanders hingehen und es unauffällig erledigen. Vielleicht in ihren Dörfern. Ohne unsere schöne Stadt am Meer zu stören.«

Als die Ausgangssperre aufgehoben wurde, eilte Dina zur Schule davon, glücklich wie ein aus seinem Käfig befreiter Vogel, begierig auf ihre acht Stunden nusswanloser Existenz. Und auch er war erleichtert, in sein Büro zurückzukehren. Am ersten Abend, an dem in der Stadt wieder die Normalität eingekehrt war, kam er in einer äußerst fröhlichen Laune nach Hause. »Die Ausgangssperre ist vorbei, und deine Bestrafung ist vorbei. Wir können deine Zöpfe jetzt wegwerfen«, sagte er und fügte großzügig hinzu: »Weißt du, kurze Haare stehen dir doch gut.«

Er öffnete seinen Aktenkoffer und holte einen neuen Haarreif heraus. »Du kannst jetzt das hier tragen statt Isolierband«, scherzte er.

»Trag es selber«, erwiderte sie, sich weigernd, es anzunehmen.

Drei Jahre nach dem Tod seines Vaters heiratete Nusswan. Einige Wochen später hatte sich seine Mutter vollständig aus dem Leben zurückgezogen. Während sie zuvor gehorsam auf Anweisungen reagiert hatte – steh auf, trink deinen Tee, wasch dir die Hände, schluck deine Medizin –, war sie jetzt nur noch eine Mauer des Nichtverstehens.

Die Aufgabe, für sie zu sorgen, war Dina über den Kopf gewachsen. Als sich der Geruch aus Mrs. Shroffs Zimmer nicht mehr ignorieren ließ, sprach Nusswan das Thema zaghaft bei seiner Frau an. Er wagte es nicht, sie direkt um Hilfe zu bitten, hoffte aber, daß ihre Gutmütigkeit sie veranlassen würde, sie von sich aus anzubieten. »Ruby, Liebes, Mama geht es immer schlechter. Sie braucht viel Pflege, die ganze Zeit.«

»Tu sie in ein Pflegeheim«, schlug Ruby vor. »Das ist das beste für sie.«

Er nickte besänftigend und tat etwas weniger Kostspieliges und Menschlicheres, als seine Mutter in die Seniorenfabrik zu verfrachten – wie einige herzlose Verwandte es sicher bezeichnet hätten –, er stellte eine Krankenpflegerin ein, die rund um die Uhr zur Verfügung stand.

Die Aufgabe der Pflegerin war von kurzer Dauer. Mrs. Shroff starb später in jenem Jahr, und endlich hatten die Leute begriffen, daß die Frau eines Arztes genausowenig immun gegen Kummer war wie andere Sterbliche. Sie starb am gleichen Tag des Shahenshahi-Kalenders, an dem ihr Mann gestorben war. Ihre Gebete wurden nacheinander im selben Feuertempel von Dustoor Framji verrichtet. Inzwischen hatte Dina gelernt, der Falle seiner überfreundlichen Umarmungen zu entgehen. Wenn er sich näherte, streckte sie ihm höflich die Hand entgegen und trat einen Schritt zurück, und noch einen, und noch einen. Wenn er nicht durch die Gebetshalle zwischen den großen Schalen lodernden Sandelholzes hinter ihr herrennen wollte, konnte er nur dümmlich lächeln und die Verfolgung aufgeben.

Nachdem die Gebetszeremonien des ersten Monats beendet waren, befand Nusswan, daß es keinen Sinn hatte, daß Dina ihren Schulabschluß machte. Ihr letztes Zeugnis war sehr schlecht gewesen. Sie hätte die Klasse wiederholen müssen, hätte die Direktorin nicht in loyaler Erinnerung an Dr. Shroff die Noten als eine vorübergehende Entgleisung betrachtet.

»Sehr anständig von Miss Lamb, dich zu versetzen«, sagte Nusswan. »Aber das ändert nichts an der Tatsache, daß deine Noten hoffnungslos sind. Ich habe keine Lust, noch ein Jahr lang Geld für Schulgebühren zum Fenster rauszuwerfen.«

»Du läßt mich die ganze Zeit putzen und schrubben, ich kann nicht mal eine Stunde am Tag lernen! Was erwartest du denn?«

»Keine faulen Ausreden. Ein starkes junges Mädchen, das ein bißchen zusätzliche Hausarbeit macht – was hat das mit dem Lernen zu tun? Weißt du eigentlich, wie gut es dir geht? Es gibt Tausende von armen Kindern in der Stadt, die in den Bahnhöfen Schuhe putzen oder Papier, Flaschen und Plastik sammeln – und dann abends auch noch zur Schule gehen. Und du beschwerst dich? Was dir fehlt, ist der Wunsch nach Bildung. Das reicht, keine Schule mehr für dich.«

Dina war nicht bereit, sich kampflos zu fügen. Sie hoffte auch, daß Nusswans Frau sich für sie einsetzen würde. Aber Ruby zog es vor, sich aus dem Streit herauszuhalten, und so lief Dina am nächsten Morgen, als sie mit einer Einkaufsliste zum Markt geschickt wurde, zur Wohnung ihres Großvaters.

Großvater lebte bei einem ihrer Onkel, in einem Zimmer, das nach ranzigem Balsam roch. Sie hielt die Luft an, während sie ihn umarmte, und schüttete dann ihren Kummer in einer Flut von Worten aus. »Bitte, Großpapa! Bitte sag ihm, er soll aufhören, mich so zu behandeln!«

Bereits auf dem Weg in die Senilität, brauchte er eine Weile, bis ihm klar war, wer Dina überhaupt war, und noch länger, bis er verstand, was sie wollte. Er trug sein Gebiß nicht, so daß es schwierig war, ihn zu verstehen. »Soll ich dir deine Zähne holen, Großpapa?« bot sie an.

»Nein, nein, nein!« Er hob die Hände und schüttelte sie heftig. »Keine Zähne. Ganz krumm und schief sind die und tun im

Mund weh. So ein dummer Flegel, dieser Zahnarzt, nutzloser Bursche. Mein Schreiner könnte bessere Zähne machen.«

Sie wiederholte alles noch einmal langsam, und endlich begriff er, um was es ihr ging. »Abschluß? Wer, du? Natürlich mußt du deinen Abschluß machen. Natürlich. Natürlich. Du mußt die Schule abschließen. Und dann College. Ja, natürlich, ich werde diesem schamlosen Schurken sagen, daß er dich schicken soll. Ich werde es diesem Nauzer befehlen. Nein, Nevil – diesem Nusswan, ja, ich werde ihn zwingen.«

Er schickte einen Diener los, der Nusswan die Mitteilung überbrachte, er möge ihn so bald wie möglich aufsuchen. Nusswan konnte sich nicht weigern. Ihm lag sehr viel daran, welche Meinung die Familie von ihm hatte.

Nachdem er den Besuch mehrere Tage lang mit der Ausrede hinausgeschoben hatte, er hätte zuviel Arbeit im Büro, ging er schließlich, wobei er Ruby als Verbündete mitnahm. Sie hatte die Anweisung, sich auf jede mögliche Art bei dem alten Mann einzuschmeicheln.

Seit Dinas Besuch hatte Großvater wieder ein weiteres Stück von seinem Gedächtnis verloren. Er hatte keinerlei Erinnerung mehr an das Gespräch mit seiner Enkelin. Diesmal trug er seine Zähne, hatte aber sehr wenig zu sagen. Mit viel Zureden schien er sie schließlich wiederzuerkennen. Dann, Ruby völlig ignorierend, beschloß er abrupt, daß Nusswan und Dina Mann und Frau waren. Er weigerte sich, von dieser Überzeugung zu lassen, wie sehr Dina sich auch bemühte, ihn von seinem Irrtum abzubringen.

Ruby saß auf dem Sofa und hielt dem Alten die Hand. Sie fragte ihn, ob sie ihm die Füße massieren solle. Ohne auf eine Antwort zu warten, packte sie den linken und begann ihn zu kneten. Die Zehennägel waren gelb und mußten schon längst einmal geschnitten werden.

Aufgebracht entriß er ihr seinen Fuß. »Kya karta hai? Chalo, jao!«

Ruby war derart überrascht, auf hindi angesprochen zu werden, daß sie nur mit offenem Mund dasitzen konnte. Großvater wandte sich zu Nusswan. »Versteht sie nicht? Was für eine

Sprache spricht deine Ayah? Sag ihr, sie soll von meinem Sofa verschwinden und in der Küche warten.«

Ruby erhob sich beleidigt und stellte sich neben die Tür. »Unhöflicher alter Kerl!« zischte sie. »Bloß weil meine Haut etwas dunkel ist.«

Nusswan verabschiedete sich barsch und folgte seiner Frau, blieb zwischendurch kurz stehen, um Dina einen triumphierenden Blick zuzuwerfen, die versuchte, Ordnung in die Verwirrung zu bringen. Sie ging noch nicht, in der Hoffnung, Großpapa könnte doch noch irgendein Wundermittel parat haben, ihr zu Hilfe zu kommen. Nach einer Stunde gab sie auf, küßte ihm die Stirn und ging.

Es war das letzte Mal, daß sie ihn lebend sah. Im folgenden Monat starb er im Schlaf. Bei der Totenfeier fragte sich Dina, wieviel länger Großpapas Zehennägel unter dem weißen Laken, das alles verbarg außer seinem Gesicht, noch gewachsen sein mochten.

* * *

Vier Jahre lang hatte Nusswan gewissenhaft Geld für Dinas Hochzeit beiseite gelegt. Es war eine beträchtliche Summe zusammengekommen, und er hatte vor, sie in naher Zukunft zu verheiraten. Er war überzeugt, er würde keine Schwierigkeiten haben, einen guten Ehemann zu finden – wie er sich selber stolz bestätigte, war Dina zu einer schönen jungen Frau herangewachsen, sie verdiente nur das Beste. Es würde ein verschwenderisches Fest werden, wie es der Schwester eines erfolgreichen Geschäftsmannes geziemte, und man würde noch lange danach davon reden.

Als sie achtzehn wurde, begann er, begehrte Junggesellen ins Haus einzuladen. Sie fand sie ausnahmslos abstoßend, es waren die Freunde ihres Bruders und erinnerten sie in allem, was sie sagten und taten, an Nusswan.

Nusswan war überzeugt, daß es früher oder später jemanden geben würde, der ihr gefiel. Er konnte sie in ihrem Kommen und Gehen nicht mehr einschränken – diesen adoleszenten Kontrollen war sie entwachsen. Solange sie die Hausarbeit machte und das tägliche Einkaufen nach Rubys Liste erledigte, herrschte relativer Frieden im Haus. Wenn noch gestritten wurde, dann eher zwischen Ruby und Dina, als hätte Nusswan diese Funktion seiner Frau übertragen.

Auf dem Markt entwickelte Dina manchmal Eigeninitiative und kaufte Blumenkohl statt Kohl, oder sie verspürte ein plötzliches Verlangen nach Chickoos und kaufte welche anstatt Apfelsinen. Dann warf Ruby ihr prompt vor, ihre sorgfältig geplanten Mahlzeiten zu sabotieren: »Du böse, hinterhältige Frau ruinierst das Abendessen meines Mannes.« Sie sprach Beschuldigung und Urteil auf eine nüchterne, mechanische Art und Weise aus, alles Teil ihrer Rolle als pflichtbewußte Ehefrau.

Aber es gab nicht nur Gezänk und Streit zwischen ihnen. Immer mehr arbeiteten die beiden Frauen freundschaftlich zusammen.

Zu den Gegenständen, die Ruby nach der Hochzeit mit ins Haus gebracht hatte, gehörte eine kleine Nähmaschine mit einer Handkurbel. Sie zeigte Dina, wie man sie benutzte, brachte ihr bei, einfache Dinge zu nähen wie Kopfkissenbezüge, Bettlaken und Gardinen.

Als Rubys erstes Kind geboren wurde, ein Sohn, der den Namen Xerxes bekam, half Dina, ihn zu beaufsichtigen. Sie nähte Babykleider und strickte kleine Mützen und Pullover. Für den ersten Geburtstag ihres Neffen stellte sie ein paar gestrickte Babyschuhe her. An diesem fröhlichen Morgen behängten sie Xerxes mit Rosen und Lilien und machten ihm einen großen roten Teelo auf die Stirn.

»So ein süßer Fratz«, sagte Dina und lachte begeistert.

»Und diese Schuhe, die du gestrickt hast – so niedlich!« sagte Ruby und umarmte sie heftig.

Aber selten verging ein Tag, an dem nicht irgendwann gestritten wurde. War die Hausarbeit erledigt, zog Dina es vor, soviel Zeit wie möglich außerhalb des Hauses zu verbringen. Die Mittel für ihre Ausflüge waren auf das beschränkt, was sie von dem Einkaufsgeld abzweigen konnte. Sie hatte ein reines Gewissen: Sie betrachtete es als eine Teilzahlung für ihre Schufterei, ohnehin nur ein Bruchteil dessen, was ihr eigentlich zustand.

Ruby verlangte Rechenschaft bis zum letzten Paisa. »Ich will die Quittungen und Rechnungen sehen. Für jeden einzelnen Posten«, forderte sie, indem sie mit der Faust auf den Tisch schlug, so daß der Topfdeckel klapperte.

»Seit wann geben einem Fischverkäufer und Gemüsefrauen am Straßenrand Quittungen?« gab Dina zurück und warf ihr die Rechnungen von Ladeneinkäufen hin, zusammen mit dem Kleingeld, das sie bereithielt, nachdem sie unbelegte Preise manipuliert hatte. Sie rauschte aus der Küche, während ihre Schwägerin den Boden absuchte, um die Münzen einzusammeln und zu zählen.

Das Gesparte reichte für die Busfahrscheine. Dina ging in Parks, schlenderte durch Museen und Märkte, besuchte Kinos (nur von außen, um sich die Plakate anzusehen) und schlich sich zaghaft in öffentliche Büchereien. Angesichts der über Bücher gebeugten Köpfe kam sie sich fehl am Platz vor. Jeder da drinnen wirkte so belesen, und sie hatte nicht einmal ihren Schulabschluß gemacht.

Dieser Eindruck verflüchtigte sich, als ihr klar wurde, daß das Lesematerial in den Händen dieser ernsten Personen von so etwas Unaussprechlichem wie John Miltons *Areopagitica* bis zu *The Illustrated Weekly of India* reichen konnte. Schließlich wurden die riesigen alten Lesesäle, mit ihren hohen Decken, dem knarrenden Parkett und der dunklen Täfelung ihr bevorzugter Zufluchtsort. Die stattlichen Deckenventilatoren, die an langen Stangen herunterhingen, wischten mit einem besänftigenden *Wuusch* durch die Luft, und die tiefen Ledersessel, modrigen Gerüche und das Geraschel von gewendeten Seiten waren beruhigend.

Aber das beste war, daß nur geflüstert wurde. Nur ein einziges Mal hörte Dina ein lautes Wort, und zwar als der Türsteher einen Bettler ausschimpfte, der versucht hatte, sich hereinzuschleichen. Stunden verstrichen, während sie Enzyklopädien durchblätterte, in Kunstbücher starrte und neugierig staubige medizinische Wälzer aufschlug. Sie rundete ihren Besuch ab, indem sie sich für ein paar Minuten mit geschlossenen Augen in eine dunkle Ecke des Gebäudes setzte, wo man die Zeit stillstehen lassen konnte, wenn man es wollte.

Die moderneren Büchereien hatten auch Musikabteilungen. Sie hatten Neonlicht, Plastiktische, Klimaanlage und buntgestrichene Wände und waren immer voll. Dina fand sie kalt und unwirtlich und ging nur dann hin, wenn sie sich Platten anhören wollte. Sie wußte sehr wenig über Musik – ein paar Namen wie Brahms, Mozart, Schumann und Bach, die ihre Ohren in ihrer Kindheit aufgeschnappt hatten, wenn ihr Vater das Radio anstellte oder eine Platte auflegte, sie auf den Schoß nahm und sagte: »Dabei kann man die Sorgen dieser Welt vergessen, nicht?«, worauf Dina ernst nickte.

In der Bücherei wählte sie Platten aufs Geratewohl aus und versuchte sich die, die ihr gefielen, einzuprägen, so daß sie sie sich an einem andern Tag noch einmal anhören konnte. Das war nicht leicht, weil sich die Sinfonien, Konzerte und Sonaten nur durch Zahlen unterschieden, denen Buchstaben wie Op., KV. und BWV vorangestellt waren, und sie wußte nicht, was irgend etwas davon bedeutete. Wenn sie Glück hatte, fand sie etwas mit einem Namen, der in ihrer Erinnerung einen klangvollen Widerhall auslöste. Und wenn die vertraute Musik ihren Kopf erfüllte, war die Vergangenheit für kurze Zeit besiegt, und dann spürte sie den Schmerz, den ihr die Ekstase der Vollkommenheit bereitete, als hätte sie ein verlorenes Glied wiedergefunden.

Es verlangte sie nach diesen intensiven musikalischen Erlebnissen, und gleichzeitig graute ihr davor. Das vollkommene Glück des Musikzimmers wurde immer durch eine ungerichtete Wut verdrängt, wenn sie zu dem Leben mit Nusswan und Ruby zurückkehrte. Die erbittertsten Streite fanden an den Tagen statt, an denen sie die Plattensammlung besucht hatte.

Zeitschriften und Zeitungen waren erheblich unkomplizierter. Beim Lesen der Tageszeitung entdeckte sie, daß es verschiedene Kulturvereine gab, die Konzerte und Vortragsabende in der Stadt veranstalteten. Viele dieser Veranstaltungen – gewöhnlich diejenigen, die von örtlichen Amateuren oder obskuren Ausländern bestritten wurden – waren kostenlos. Immer öfter unternahm sie jetzt ihre Busfahrten zu diesen Konzerten, die sie als eine willkommene Abwechslung zur Bücherei empfand. Zweifellos waren auch die Künstler dankbar für ihre Anwesenheit bei diesen schlecht besuchten Abenden.

Vor Beginn der Konzerte und in den Pausen hielt sie sich immer am Rand der Menge auf und kam sich dabei wie eine Hochstaplerin vor. Alle anderen schienen so viel über Musik zu wissen, über die Künstler des Abends – danach zu urteilen, wie sachkundig sie ihre Programme hielten und sich gegenseitig auf einzelne Programmpunkte aufmerksam machten. Sie sehnte sich danach, daß endlich die Türen aufgingen und das abgedämpfte Saallicht ihre Unzulänglichkeit kaschierte.

Im Vortragssaal besaß die Musik nicht die Kraft, sie so zu berühren wie während ihrer einsamen Stunden in der Bücherei. Hier teilte sich die menschliche Komödie die Zeit mit der Musik. Und nach ein paar Konzerten erkannte sie allmählich die Stammbesucher unter dem Publikum wieder.

Es gab einen alten Mann, der bei jedem Konzert genau vier Minuten nach Beginn des ersten Stücks einschlief. Zuspätkommende übergingen seine Reihe rücksichtsvoll, um nicht gegen seine Knie zu stoßen. Nach sieben Minuten begann ihm die Brille die Nase herunterzurutschen. Und nach elf Minuten (wenn das Stück so lang war und er noch nicht durch den Applaus aufgeweckt worden war) kam sein falsches Gebiß zum Vorschein. Er erinnerte Dina an Großpapa.

Zwei Schwestern, in den Fünfzigern, groß und hager, mit spitzem Kinn, saßen immer in der ersten Reihe und klatschten oft an der falschen Stelle, womit sie unnötigerweise das Nikkerchen des Alten störten. Dina verstand selber nicht viel von Sonaten und Sätzen, begriff aber, daß ein Stück nicht unbedingt vorbei war, wenn in der Musik eine Pause eintrat. Sie orientierte sich an einem ziegenbärtigen Herrn, der eine Brille mit runden Gläsern und Drahtgestell trug, stets eine Baskenmütze aufhatte, wie ein Fachmann aussah und immer wußte, wann man klatschen mußte.

Dann gab es einen lustigen Burschen mittleren Alters, der bei jedem Konzert denselben braunen Anzug trug und jedermanns Freund war. Er schwirrte aufgeregt im Foyer umher, begrüßte andere Konzertbesucher mit hektischem Nicken und versicherte ihnen, was für ein wunderbarer Abend es werden würde. Seine Krawatten waren Gegenstand fortwährender Spekulation. An manchen Abenden hingen sie lang herunter, beherrschten seine Vorderseite, baumelten ihm zwischen den Beinen. An anderen reichten sie ihm kaum bis zum Zwerchfell. Die Knotengröße variierte von mikroskopisch klein bis zum Umfang eines klobigen Samosas. Und wenn er von einem Gesprächspartner zum nächsten wechselte, dann war das weniger ein Gehen als ein Tänzeln, wobei er jeden nur mit einem knappen Kommentar bedachte, weil, wie er gerne erklärte, der Vorhang schon in wenigen Minuten wieder hochgehen würde und es noch so viele gebe, die er zu begrüßen hatte.

Dina bemerkte im Foyer einen jungen Mann, der wie sie damit beschäftigt war, vom Rand aus das fröhliche Treiben der anderen Konzertbesucher zu beobachten. Begierig, schnell von daheim wegzukommen, war sie gewöhnlich schon früh da und erlebte immer, wie er auf seinem Fahrrad herangesaust kam, vor dem Eingang zackig abstieg und das Rad durch das Tor schob. Der Torwächter gestattete es ihm gegen ein Trinkgeld. Er stellte das Rad an der Seite des Gebäudes ab, verschloß es, nahm seine Aktentasche vom Gepäckträger, entfernte die Klammern von den Hosenbeinen und ließ sie in der Aktentasche verschwinden. Dann zog er sich im Foyer in seine Lieblingsecke zurück, um das Programm und das Publikum zu betrachten.

Manchmal trafen sich ihre Blicke, und es fand ein stillschweigendes Einvernehmen über ihre gemeinsame Verschwörung statt. Der komische Mann mit dem braunen Anzug ließ Dina in Ruhe, schloß ihn aber in seine Begrüßungsrunde mit ein. »Hallo, Rustom! Wie geht's?« fragte er ihn mit polternder Stimme, und auf diese Weise erfuhr Dina den Namen des jungen Mannes.

»Sehr gut, danke«, sagte Rustom, über die Schulter des braunen Anzugs zu Dina blickend, die amüsiert zusah.

»Sagen Sie mir, was halten Sie von dem Pianisten heute? Ist er zu der Tiefe fähig, die der langsame Satz erfordert? Finden Sie, daß das Largo – oh, entschuldigen Sie, entschuldigen Sie, ich bin gleich wieder da, muß nur schnell Mr. Medhora dort drüben begrüßen«, und weg war er. Rustom lächelte Dina zu und schüttelte den Kopf in gespielter Verzweiflung.

Die Glocke ertönte, und die Türen zum Saal gingen auf. Die beiden langen Schwestern eilten mit synchronen hüpfenden Schritten nach vorne zur ersten Reihe, klappten die braungepolsterten Sitze herunter, ließen sich triumphierend drauffallen und strahlten sich gegenseitig an, voller Genugtuung darüber, daß sie bei ihrer heimlichen Reise nach Jerusalem wieder einmal gewonnen hatten. Dina nahm wie üblich ihren Platz am Mittelgang ein, etwa auf halber Höhe.

Als sich der Saal zu füllen begann, trat Rustom neben sie. »Ist der Platz hier frei?«

Sie nickte.

Er setzte sich. »Dieser Mr. Toddywalla ist wirklich ein komischer Kauz, nicht?«

»Oh, heißt er so? Ja, er ist sehr komisch.«

»Selbst wenn das Konzert nicht so besonders ist – für Unterhaltung ist gesorgt, wenn er da ist.«

Das Licht wurde abgedämpft, und dann betraten die zwei Künstler unter magerem Beifall die Bühne. »Übrigens, ich bin Rustom Dalal«, sagte er, indem er sich herüberlehnte und die Hand ausstreckte, während die Flöte das silberne A des Klaviers empfing und mit ihrem eigenen goldenen antwortete.

»Dina Shroff«, flüsterte sie, ohne seine Hand zu ergreifen, da sie im Dunkeln nicht sogleich bemerkt hatte, daß sie ausgestreckt wurde. Und als sie es merkte, war es zu spät, er war schon dabei, sie wieder zurückzuziehen.

Während der Pause fragte Rustom sie, ob sie Lust hätte, einen Kaffee oder ein kaltes Getränk zu trinken.

»Nein, danke.«

Sie beobachteten das Publikum in den Gängen, das entweder den Toiletten oder den Erfrischungen zustrebte. Er schlug die Beine übereinander und sagte: »Wissen Sie, ich sehe Sie regelmäßig bei diesen Konzerten.«

»Ja, ich genieße sie sehr.«

»Spielen Sie selbst? Klavier oder . . .«

»Nein.«

»Oh. Sie haben so schöne Finger. Ich war mir sicher, Sie würden Klavier spielen.«

»Nein«, wiederholte sie. Ihre Wangen fühlten sich etwas heiß an, und sie blickte auf ihre Finger hinunter. »Ich versteh nichts von Musik, es macht mir einfach Spaß, sie mir anzuhören.«

»Das ist die beste Art, finde ich.«

Sie wußte nicht genau, wie er das meinte, nickte aber. »Und Sie? Spielen Sie?«

»Wie alle guten Parsi-Eltern haben meine dafür gesorgt, daß ich Geigenstunden bekam, als ich klein war«, sagte er lachend.

»Spielen Sie nicht mehr?«

»Oh, hin und wieder. Wenn ich Lust habe, mich zu foltern, hole ich sie aus ihrem Kasten und laß sie kratzen und heulen.«

Sie lächelte. »Wenigstens muß es Ihre Eltern glücklich machen, Sie spielen zu hören.«

»Nein, sie sind tot. Ich lebe allein.«

Ihr Lächeln fiel in sich zusammen, als sie sich bereit machte zu sagen, daß es ihr leid tue, aber er fügte schnell hinzu: »Nur die Nachbarn leiden, wenn ich spiele«, und sie lachten wieder.

Danach saßen sie immer nebeneinander, und in der folgenden Woche nahm sie in der Pause ein Mangola an. Während sie im Foyer standen, aus ihren eisgekühlten Flaschen schlürften und zusahen, wie Feuchtigkeitsperlen das Glas verzierten, kam Mr. Toddywalla auf sie zu.

»Nun, Rustom, wie fanden Sie die erste Hälfte? Meiner Meinung nach eine Aufführung, die hart an der Grenze ist. Der Flötist sollte erst mal ein paar Atemübungen machen, bevor er daran denkt, wieder aufzutreten.« Er verweilte lange genug, um Dina vorgestellt zu werden, weswegen er überhaupt gekommen war. Dann war er weg und tänzelte auf seine nächsten Opfer zu.

Nach dem Konzert begleitete Rustom, sein Fahrrad neben sich herschiebend, Dina zur Bushaltestelle, gefolgt von den Blicken des aufbrechenden Publikums. Um das Schweigen zu brechen, fragte sie: »Haben Sie nicht Angst, in diesem Verkehr Fahrrad zu fahren?«

Er schüttelte den Kopf. »Das mach ich seit Jahren. Es ist mir inzwischen in Fleisch und Blut übergegangen.« Er wartete, bis der Bus kam, und fuhr dann dem roten Doppeldecker hinterher, bis sich ihre Wege trennten. Er konnte nicht sehen, wie sie ihn vom Oberdeck aus beobachtete. Sie verfolgte seine kleiner werdende Gestalt, manchmal verlor sie ihn aus den Augen, dann tauchte er wieder unter einer Straßenlaterne auf, und so fuhr sie mit ihm zusammen, bis er zu einem Punkt wurde, den nur ihre Phantasie als Rustom erkennen konnte.

Nach ein paar Wochen betrachteten die Stammbesucher die beiden als ein Paar. Jede ihrer Bewegungen wurde mit Sorge und Neugier verfolgt. Rustom und Dina amüsierten sich über die Aufmerksamkeit, zogen es aber vor, sie als etwas abzutun, das in die gleiche Kategorie gehörte wie Mr. Toddywallas Eskapaden.

Einmal suchte Rustom nach seiner Ankunft Dina in der Menge. Eine der beiden Erste-Reihe-Schwestern trat sofort an ihn heran und flüsterte kokett: »Sie ist da, keine Angst. Sie ist nur auf der Damentoilette.«

Es hatte stark geregnet, und Dina, völlig durchnäßt, versuchte sich in der Damentoilette wiederherzurichten, aber ihr winziges Taschentuch war der Aufgabe nicht gewachsen. Das Handtuch an der Stange sah wenig einladend aus. Sie tat, was sie konnte, und ging wieder hinaus, immer noch mit triefenden Haaren.

»Was ist passiert?« fragte Rustom.

»Mein Regenschirm hat sich umgestülpt. Ich konnte ihn nicht schnell genug wieder grade kriegen.«

Er bot ihr sein großes Taschentuch an. Die Bedeutung dieses Angebots entging den Beobachtern um sie herum keineswegs. Würde sie oder würde sie nicht?

»Nein, danke«, sagte sie, sich durchs nasse Haar fahrend. »Es wird bald trocknen.« Die Konzertbesucher hielten den Atem an.

»Mein Taschentuch ist sauber, keine Sorge«, sagte er lächelnd. »Hören Sie, gehen Sie rein, und trocknen Sie sich ab, ich hol uns derweil zwei Tassen heißen Kaffee.« Als sie immer noch zögerte, drohte er, sein Hemd auszuziehen und ihr mitten im Foyer den Kopf trocken zu rubbeln. Lachend nahm sie das Taschentuch an und verschwand wieder in die Damentoilette. Die Stammbesucher atmeten erleichtert auf.

Drinnen rubbelte sich Dina die Haare mit dem Taschentuch. Es hatte einen angenehmen Duft, fand sie. Kein Parfüm, sondern ein sauberer menschlicher Geruch. Sein Geruch. Derselbe, den sie manchmal wahrnahm, wenn sie neben ihm saß. Sie hielt es sich an die Nase und atmete tief ein, dann legte sie es verlegen zusammen.

Als das Konzert zu Ende war, regnete es immer noch leicht. Sie gingen zur Bushaltestelle. Das Geniesel zischte in den Bäumen, als würden sie brutzeln. Dina zitterte.

»Ist Ihnen kalt?«

»Ein wenig.«

»Hoffentlich kriegen Sie kein Fieber. So durchnäßt, wie Sie waren. Hören Sie, nehmen Sie doch meinen Regenmantel, und ich nehme Ihren Regenschirm.«

»Seien Sie nicht albern, er ist doch kaputt. Und außerdem, wie können Sie mit Regenschirm Fahrrad fahren?«

»Natürlich kann ich das. Wenn's sein muß, kann ich auch im Kopfstand damit fahren.« Er insistierte, und im Wartehäuschen vollzogen sie den Tausch. Als er ihr in den Duckback-Regenmantel half, streifte seine Hand ihre Schulter. Seine Finger fühlten sich warm auf ihrer kalten Haut an. Bis auf die Ärmel, die etwas zu lang waren, paßte der Mantel ihr gut. Und schön von seinem Körper vorgeheizt, stellte sie fest, als die Kälte allmählich von ihr wich.

Sie standen eng nebeneinander und beobachteten die feinen Nadeln des Regens, die im Licht der Straßenlaterne schräg herunterkamen. Dann hielten sie zum ersten Mal einander die Hände, und es schien das Natürlichste der Welt zu sein. Es fiel ihnen schwer, wieder loszulassen, als der Bus kam.

Von nun an benutzte Rustom sein Fahrrad nur, um zur Arbeit zu fahren. Abends kam er mit dem Bus, damit sie zusammen fahren und er sie nach Hause begleiten konnte.

Dina war froh, daß er nicht mehr mit dem Fahrrad kam. Sie fand, er sollte es ganz aufgeben, es war zu gefährlich in dem Stadtverkehr.

Ich werde heiraten«, verkündete Dina beim Abendessen.

»Ah«, strahlte ihr Bruder. »Gut, gut. Wer ist es denn, Solly oder Porus?« – dies waren die Herren, die er ihr zuletzt vorgestellt hatte.

Dina schüttelte den Kopf.

»Dann muß es entweder Dara oder Firdosh sein«, sagte Ruby mit einem bedeutungsvollen Lächeln. »Die sind beide verrückt nach dir.«

»Er heißt Rustom Dalal.«

Nusswan war überrascht. Der Name gehörte nicht zu den zahlreichen Kandidaten, die er Dina im Verlauf der letzten drei Jahre vorgeführt hatte. Vielleicht war es jemand, den sie bei einem der Familientreffen kennengelernt hatte, die er so verabscheute. »Und wo sind wir ihm begegnet?«

»Wir sind ihm nicht begegnet. Ich bin ihm begegnet.«

Nusswan gefiel die Antwort gar nicht. Er war verletzt, daß alle seine Bemühungen, alle seine so sorgfältig ausgewählten Kandidaten von ihr zugunsten eines Wildfremden verschmäht wurden. »Und diesen Burschen willst du einfach so heiraten? Was weißt du über ihn und seine Familie? Was weiß er über dich und deine Familie?«

»Alles«, sagte Dina in einem Ton, bei dem ihm unbehaglich wurde. »Ich treffe mich jetzt schon seit anderthalb Jahren mit Rustom.«

»Aha. Ein gut gehütetes Geheimnis«, sagte er, sich sarkastisch gebend. »Und was macht er, dieser Dalal, dein versteckter Rustom?«

»Er ist Pharmazeut.«

»Ha! Pharmazeut! Ein verdammter Rezeptmischer! Wieso benutzt du nicht das richtige Wort? Das ist er doch, jemand, der den ganzen Tag lang hinter einer Theke Rezepte zusammenmischt.«

Er ermahnte sich selbst, daß es keinen Sinn hatte, jetzt schon zornig zu werden. »Und, wann werden wir diesen feinen Herrn kennenlernen, den du da aufgegabelt hast?«

»Wieso? Damit du ihn persönlich beleidigen kannst?«

»Ich habe keinen Grund, ihn zu beleidigen. Aber es ist meine Pflicht, ihn kennenzulernen und dich dann anschließend richtig zu beraten. Letztendlich bleibt es dir überlassen.«

Am vereinbarten Tag erschien Rustom mit einer Schachtel Süßigkeiten für Nusswan und Ruby, die er dem kleinen Xerxes in die Hände drückte, der jetzt fast drei war. Dina brachte er einen neuen Regenschirm mit. Die tiefere Bedeutung entging ihr nicht, und sie lächelte. Er zwinkerte ihr zu, als die andern gerade nicht hinsahen.

»Er ist wunderbar«, sagte sie, während sie ihn öffnete. »Was für eine wunderschöne Pagodenform.« Der Stoff war meergrün, und die Stange war aus rostfreiem Stahl, mit einem wuchtigen Stachel an der Spitze.

»Das ist eine gefährliche Waffe«, scherzte Nusswan. »Paß auf, auf wen du damit zeigst.«

Es gab Tee mit Käsesandwiches und Butterkeksen, die Ruby und Dina vorbereitet hatten, und die Zeit verging in einer nicht unfreundlichen Stimmung. Aber an dem Abend, nachdem der Besuch gegangen war, sagte Nusswan, er verstehe einfach nicht, was seine Schwester im Kopf habe – Grips oder Sägespäne.

»Sich jemanden auszusuchen, der nicht gut aussieht, der kein Geld und keine vielversprechende Karriere in Aussicht hat. Manche Verlobte schenken einen Diamantring. Andere eine goldene Uhr oder wenigstens eine kleine Brosche. Und was bringt dieser Bursche mit? Einen verdammten Regenschirm! Wenn ich mir überlege, wieviel Zeit und Energie ich damit verschwendet habe, dich Anwälten, Bilanzbuchhaltern, Polizeikommissaren und Ingenieuren vorzustellen. Alle aus angesehenen Familien. Wie stehe ich denn da, wenn die Leute erfahren, daß meine Schwester einen ehrgeizlosen, medizinmischenden Dummkopf geheiratet hat? Erwarte nicht von mir, daß ich jubiliere oder zur Hochzeit komme. Für mich wird es ein Tag der tiefen, dunklen Trauer sein.«

Es sei traurig, jammerte er, daß Dina, nur um ihn zu verletzen, ihr eigenes Leben ruiniere. »Laß dir gesagt sein, deine Boshaftigkeit wird dich später noch verfolgen. Ich bin machtlos, dich aufzuhalten, du bist einundzwanzig, kein kleines Mädchen mehr, um das ich mich kümmern muß. Wenn du entschlossen bist, dein Leben in die Gosse zu werfen, dann kann ich nur hilflos zusehen.«

Dina hatte das alles erwartet. Die Worte rauschten an ihr vorbei und verschwanden gurgelnd in der Vergessenheit, ohne sie zu berühren. So wie der Regen an Rustoms wunderbarem Regenmantel abgeperlt war, erinnerte sie sich, an diesem herrlichen Abend. Aber wieder fragte sie sich, wie so oft schon, wo ihr Bruder gelernt hatte, so genial zu wettern. Weder ihre Mutter noch ihr Vater hatte ein besonderes Talent dafür gezeigt.

Nach einigen Tagen wurde Nusswan ruhiger. Wenn Dina heiratete und den Haushalt endgültig verließ, war es doch besser, wenn es in freundlicher Atmosphäre geschah, ohne allzuviel Theater. Insgeheim war er auch erfreut, daß Rustom Dalal kein großer Fang war. Es wäre unerträglich gewesen, wären seine Freunde zugunsten von jemand noch Besserem abgewiesen worden.

Er beteiligte sich an der Planung für die Hochzeit mit mehr Begeisterung und Großzügigkeit, als Dina erwartet hatte. Er wollte für den Empfang einen Saal mieten und alles von dem Geld bezahlen, das er für sie zurückgelegt hatte. »Die Hochzeit machen wir nach Sonnenuntergang und danach das Essen. Wir werden ihnen zeigen, wie man so was macht – alle werden dich beneiden. Eine Vier-Mann-Musikgruppe, Blumenarrangements, Lichter. Ich kann für ungefähr dreihundert Gäste bezahlen. Aber kein Alkohol – zu teuer und zu riskant. Die Prohibitionspolizei ist überall – wenn man einen besticht, tauchen zehn weitere auf und verlangen ihren Anteil.«

In jener Nacht im Bett drückte Ruby, die mit einem zweiten Kind schwanger war, ihre Bestürzung über Nusswans Verschwendungssucht aus. »Rustom Dalal ist derjenige, der bezahlen muß, wenn sie heiraten wollen. Nicht deine Verantwortung – besonders wo du ihr nicht mal den Mann aussuchen durftest. Sie lehnt alles ab, was du für sie tust.«

Doch Rustom und Dina wollten das Ganze schlichter gestalten. Die Hochzeit fand am Morgen statt. Auf Dinas Wunsch war es eine stille Zeremonie im selben Feuertempel, wo die Gebete für ihre Eltern an jedem Todestag ausgeführt wurden. Dustoor Framji, alt und gebeugt, sah aus den Schatten heraus zu, verletzt, daß man ihn nicht gebeten hatte, die Hochzeitsriten zu leiten. Die Zeit ließ ihn langsam werden, und heutzutage wurde das Fleisch junger Frauen selten in seinen einstmals flinken Umarmungen eingefangen. Doch der Name Dustoor Daab-Chaab blieb an seinen Herbstjahren haften, selbst während alles andere verwelkte. »Es ist eine Schande«, beklagte er sich bei einem Kollegen. »Vor allem nach meiner langen Beziehung zur Familie Shroff. Für Tod kommen sie zu mir – für Saros-nu-paatru, für Afargan, baaj, faroksy. Aber für ein fröhliches Ereignis, für Hochzeits-Ashirvaad, bin ich unerwünscht. Eine schändliche Sache ist das.«

Abends gab es eine Party im Haus der Shroffs. Nusswan bestand auf wenigstens dieser kleinen Feier und beauftragte einen Partyservice. Es gab achtundvierzig Gäste, von denen sechs Rustoms Freunde waren, neben seiner Tante Shirin und seinem Onkel Darab. Die übrigen kamen aus Nusswans Freundeskreis, einschließlich entferntere Familienmitglieder, die man nicht übergehen konnte, ohne das Risiko einzugehen, sich Kritik von Verwandten einzuhandeln – diese anspielungsreiche, geflüsterte Kritik, gegen die er so empfindlich war.

Eßzimmer, Wohnzimmer, Nusswans Arbeitszimmer und die vier Schlafzimmer wurden so umgeräumt, daß die Gäste genügend Platz hatten, und es waren Tische mit Speisen und Getränken aufgestellt.

Der kleine Xerxes und seine Freunde rannten in einem Abenteuer- und Entdeckungstaumel kreischend und lachend von einem Zimmer zum anderen. Sie waren ganz aufgeregt darüber, welche Freiheit sie plötzlich in diesem Hause hatten, wo ihnen ihre bisherigen Besuche immer wie Arrest vorgekommen waren, der von Xerxes' sehr strengem Papa grimmig überwacht wurde. Nusswan selbst stöhnte jedesmal innerlich, wenn einer von ihnen mit ihm zusammenstieß, aber er lächelte und schickte das Kind mit einem Tätscheln des Kopfes auf den Weg.

Im Verlauf des Abends zauberte er unter allgemeinem Beifall vier Flaschen schottischen Whisky hervor. »Jetzt werden wir mal etwas Leben in diesen Abend bringen und in dieses frischverheiratete Paar!« sagten die Männer zueinander, mit viel Kopfnikken und Gelächter und Geflüster, das nicht für Frauenohren bestimmt war.

»Okay, Schwager«, sagte Nusswan, zwei leere Gläser vor Rustom zusammenklickend. »Du bist der Fachmann, jetzt fang mal an, für jeden eine Dosis Johnny-Walker-Medizin zu mischen.«

»Klar«, sagte Rustom gutmütig und nahm die Gläser.

»War bloß ein Witz, war bloß ein Witz«, sagte Nusswan, die Flasche festhaltend. »Wir können doch nicht zulassen, daß der Bräutigam bei seiner eigenen Hochzeit arbeitet, oder?« Es war sein einziger pharmazeutischer Seitenhieb an diesem Abend.

Eine Stunde nachdem der Scotch geöffnet worden war, ging Ruby in die Küche. Es war Zeit, das Abendessen zu servieren. Der Eßtisch war an die Wand geschoben und für ein Buffet hergerichtet worden. Die Männer des Partyservice schleppten schwere, dampfende Platten herein, indem sie sich mit Rufen von »Zur Seite bitte, zur Seite bitte!« einen Weg bahnten. Alle machten ehrfürchtig Platz für das Essen.

Die Düfte, die schon den ganzen Abend lang das Haus mit appetitmachenden Andeutungen erfüllt, Nasen und Gaumen gereizt und geneckt hatten, überwältigten plötzlich die Versammlung. Es wurde still im Raum. Jemand meinte kichernd, daß bei Parsis Essen Thema Nummer eins sei und Unterhaltung erst danach komme. Worauf jemand anders ihn korrigierte: Nein, nein, Unterhaltung komme erst an dritter Stelle, und das zweite könne in der Gegenwart von Frauen und Kindern nicht erwähnt werden. Jene in Hörweite belohnten den abgestandenen Witz mit herzhaftem Gelächter.

Ruby klatschte in die Hände. »Okay, Herrschaften! Das Abendessen ist serviert! Bitte bedient euch selbst, und seid nicht schüchtern, es gibt reichlich!« Sie schwirrte herum, um in altbewährter Manier die Gastgeberin zu spielen, vor jedem Gast bedauernd wiederholend: »Bitte entschuldigt, daß wir euch nichts anbieten können, was eurer würdig ist.«

»Was erzählst du da, Ruby, es sieht alles wundervoll aus«, erwiderten sie. Während alle sich bedienten, nutzte man die Gelegenheit, sich nach ihrer Schwangerschaft zu erkundigen und für wann die Niederkunft erwartet werde.

Nusswan prüfte die Teller, die an ihm vorbeigetragen wurden, und schimpfte fröhlich mit den Gästen, die zu wenig nahmen. »Was soll das denn, Mina, ist das ein Scherz? Selbst mein Hausspatz würde bei dieser Menge verhungern.« Er löffelte Mina noch mehr Biryani auf den Teller. »Warte, Hosa, warte, noch ein Kebab, es ist köstlich, glaub mir, noch eins, na komm, sei kein Spielverderber«, und er deponierte flink zwei Stück auf dem widerstrebend hingehaltenen Teller. »Du holst dir noch Nachschlag, versprochen?«

Als sich alle bedient hatten, bemerkte Dina Rustoms Tante Shirin und Onkel Darab auf der Veranda, etwas abseits von den übrigen Gästen, und ging zu ihnen. »Bitte eßt reichlich. Habt ihr euch genug genommen?«

»Mehr als genug, mein Kind, mehr als genug. Das Essen ist köstlich.« Tante Shirin winkte sie näher heran und winkte noch einmal, damit Dina sich vorbeugte, bis ihr Ohr dicht vor dem Mund war. »Wenn du jemals irgend etwas brauchst – irgend etwas, kannst du zu mir und Darab kommen.«

Und Onkel Darab nickte. Er hatte ein sehr gutes Gehör. »Egal, was es für ein Problem ist. Wir sind für Rustom wie Mutter und Vater. Und du bist wie unsere Tochter.«

»Vielen Dank«, sagte Dina, der klar war, daß dies mehr als die übliche Begrüßungsansprache der Gegenseite war. Sie setzte sich zu ihnen, während sie aßen. Nusswan, der beim Eßtisch stand, machte ihr mir Teller und Gabel Zeichen, daß sie sich etwas zu essen holen solle. Ja, später, erwiderte sie in Zeichensprache und blieb bei Tante Shirin und Onkel Darab, die sie beim Essen mit bewundernden Blicken betrachteten.

Ein paar Gäste waren noch übrig, als Nusswan den Leuten vom Partyservice grünes Licht zum Aufräumen gab. Die letzten Gäste kapierten den Wink, bedankten und verabschiedeten sich.

Auf dem Weg nach draußen packte jemand Rustom an den Jackenaufschlägen und flüsterte ihm kichernd unter seiner Whiskyfahne zu, daß Braut und Bräutigam großes Glück hätten, auf keiner Seite eine Schwiegermutter zu haben. »Nicht fair! Nicht fair! Niemand, der euch ausfragt, ob die Ausrüstung in der ersten Nacht funktioniert hat, du Glückspilz! Niemand, der das Bettlaken inspiziert!« Er stupste Rustom mit einem Finger in den Bauch. »Du kommst sehr billig davon!«

»Gute Nacht, ihr alle«, sagten Nusswan und Ruby. »Gute Nacht, gute Nacht. Schön, daß ihr da wart.«

Als der letzte Gast gegangen war, sagte Rustom: »Das war ein wundervoller Abend. Vielen Dank euch beiden, daß ihr ihn für uns ausgerichtet habt.«

»Ja, es war wirklich wundervoll, vielen, vielen Dank«, fügte Dina hinzu.

»Gern geschehen – sehr gern geschehen«, sagte Nusswan, und Ruby nickte. »Es war unsere Pflicht.«

Ursprünglich waren Dina und Rustom auf Nusswans Vorschlag eingegangen, die Nacht dort zu verbringen. Dann wurde ihnen aber klar, daß die Zimmer nach dem Fest erst wieder umgeräumt werden müßten. So war es bequemer, direkt zu Rustoms Wohnung zu gehen.

»Ihr braucht euch um nichts zu kümmern, diese Burschen werden hier saubermachen, dafür werden sie bezahlt«, sagte Nusswan. »Macht euch nur ruhig auf den Weg.« Er umarmte sie beide. Für Dina war es das zweite Mal an diesem Tag. Das erste Mal war am Morgen gewesen, nachdem der Dustoorji die Rezitation der Hochzeitssegnung beendet hatte. Es war auch das erste Mal seit sieben Jahren gewesen.

Ein kleiner Kloß stieg ihr in den Hals. Sie schluckte, als Nusswan sich schnell mit den Fingern über die Augen wischte. »Wünsch euch viel Glück miteinander.«

Dina holte eine Tasche, die für die Nacht schon fertig gepackt war. Ihre restlichen Sachen würden später nachgeschickt. Nusswan wollte ihr ein paar Möbelstücke aus dem Besitz ihrer Eltern überlassen. Er begleitete sie den Kopfsteinpflasterweg hinunter zu einem Taxi und winkte zum Abschied. Sie bemerkte überrascht, daß seine Stimme zitterte, als er sagte: »Alles Gute! Gott segne dich!«

* * *

Sie wachten am nächsten Morgen spät auf. Rustom hatte sich eine Woche Urlaub genommen, obwohl sie es sich nicht leisten konnten, auf Hochzeitsreise zu gehen.

Dina machte in der trüben Küche Tee, während er besorgt zusah. Die Küche war der schmuddeligste Raum der Wohnung, Decke und Putz waren von Rauch geschwärzt. Rustoms Mutter hatte ihr ganzes Leben lang auf Kohlefeuern gekocht. Ihre kurze Bekanntschaft mit Kerosin war nicht glücklich verlaufen – einmal war ihr etwas übergeschwappt, hatte Feuer gefangen und ihr Verbrennungen an den Schenkeln zugefügt. Kohle war gehorsamer, war ihr Fazit.

Rustom hatte die Küche wie auch die anderen Räume noch vor der Hochzeit frisch streichen wollen, aber das Geld hatte einfach nicht dafür gereicht. Er begann sich für den Zustand der Wohnung zu entschuldigen. »Du bist es nicht gewohnt, so zu leben. Sieh dir bloß diese grauenhaften Wände an.«

»Das macht doch nichts, das ist in Ordnung«, meinte sie glücklich. »Wir lassen es später mal streichen.«

Vielleicht lag es an ihrer Anwesenheit in der Wohnung, ungewohnt zur Frühstückszeit, aber er fing an, neue Unzulänglichkeiten um sich herum zu entdecken. »Nach dem Tod meiner Eltern bin ich viele Sachen losgeworden. Kam mir alles wie Gerümpel vor. Ich hatte vorgehabt, wie ein Sadhu zu leben, weißt du, nur mit meiner Violine als Gesellschaft. Statt eines Nagelbetts das Gekreische von Katzendarm, um mich selbst zu quälen.«

»Sind die Saiten wirklich aus Katzendarm?«

»Früher schon. Und sehr viel früher mußten die Geiger losziehen und ihre Saiten höchstpersönlich zur Strecke bringen. Es gab damals keine Musikgeschäfte, so wie L. M. Furtado oder

Godin & Company. In allen großen Konservatorien in Europa wurde nicht nur Musik, sondern auch das Ausweiden von Tieren unterrichtet.«

»Jetzt sei doch nicht schon am frühen Morgen so albern«, ermahnte sie ihn, aber es war gerade sein bizarrer Humor, was ihr am besten an ihm gefiel.

»Jedenfalls habe ich jetzt meinen schönen Engel gefunden, und die Sadhu-Zeiten sind vorbei. Der Katzendarm kann sich ausruhen.«

»Ich finde es schön, wenn du spielst. Du solltest mehr üben.«

»Soll das ein Witz sein? Ich hör mich schlimmer an als der Bursche, den wir letzte Woche in Patkar Hall gehört haben. Und der hat gespielt, als wären seine F-Löcher blockiert.«

»Tschiii, wie widerlich!«

Er lachte über die Grimasse, die sie machte. »Ich kann nichts dafür – so heißen die. Komm, ich zeig dir mal meine F-Löcher.« Er holte den Geigenkasten oben vom Schrank herunter. »Siehst du die Form der beiden Öffnungen im Resonanzkörper?«

»Oh, es sieht genau wie ein kursiv geschriebenes F aus.« Sie zog die Kurven mit dem Finger nach und berührte sachte die Saiten. »Spiel etwas, wo du sie gerade hier hast.«

Er klappte den Kasten zu und schob ihn wieder, sich etwas auf die Zehenspitzen stellend, oben auf den Schrank zurück. »Spiel, spiel, spiel – das haben meine Eltern auch immer gesagt.« Er nahm ihre Hand und drückte sie an seine Lippen. »Ich wünschte, ich hätte wenigstens ihr Doppelbett behalten.« Dann fragte er schüchtern: »Hast du es bequem gehabt heute nacht?«

»O ja.« Sie errötete bei der noch frischen Erinnerung an das schmale Bett, in dem sie aneinandergeklammert gelegen hatten.

Nach einem Frühstück bestehend aus Omelett und Buttertoast öffnete er die Haustür und sagte, er habe eine Überraschung für sie. »Gestern abend war es zu dunkel, um es dir zu zeigen.«

»Was ist es?«

»Du mußt rauskommen.«

Sie sah das neue Namensschild aus Messing, das in der Sonne glänzte und die Gravierung *Mr. & Mrs. Rustom K. Dalal* trug. Er sonnte sich in dem Vergnügen, das es ihr bereitete. »Vorgestern habe ich es angeschraubt.«

»Es sieht wunderschön aus.«

»Das Namensschild wechseln war leicht«, er kicherte. »Es ist viel schwieriger, den Namen auf der Mietrechnung zu ändern.«

»Was meinst du damit?«

»Die Miete wird auf den Namen meines Vaters eingezogen, obwohl er schon seit neun Jahren tot ist. Der Vermieter hofft, daß ich ungeduldig werde und ihm Geld anbiete, daß die Wohnung auf meinen Namen übertragen wird. Er macht ständig solche Andeutungen.«

»Und, wirst du?«

»Natürlich nicht. Er kann nichts dagegen machen, das Mietergesetz schützt uns. Es spielt keine Rolle, auf wessen Namen die Mietrechnung ausgestellt wird. Und du als meine Frau hast auch das Recht, hier zu leben. Selbst wenn ich morgen sterben würde.«

»Rustom! Sag nicht solche Sachen!«

Er lachte. »Wenn der Mieteintreiber mit der Rechnung kommt, die auf den Namen meines Vates ausgestellt ist, habe ich manchmal Lust, ihm zu sagen, er soll doch hochgehen, in den Himmel, da wo sein Mieter jetzt wohnt.«

Dina legte den Kopf auf seine Schulter. »Für mich ist der Himmel in dieser Wohnung.«

Rustom zog sie an sich und umarmte sie. »Für mich auch.« Dann wischte er das Namensschild noch einmal mit seinem Ärmel blank. Während sie dastanden und es bewunderten, kamen zwei Handkarren an und hielten vor ihrer Tür, beladen mit Gegenständen vom Haus der Shroffs.

Zuerst hatte Rustom einen kleinen Lastwagen organisiert, weil Dina Nusswan gebeten hatte, ihr Papas riesigen Kleiderschrank zu überlassen, der mit dem geschnitzten Rosenholzaufsatz mit Sonnenstrahlenmuster und Blumen. Sie würde auf alles andere verzichten, sagte sie, für dieses eine Stück. Nusswan versprach, es sich zu überlegen, lehnte aber letztendlich ab. Er sagte, der Kleiderschrank würde beschädigt werden, wenn man ihn durch die enge Tür von Rustoms Wohnung schob, und die Kratzer würden das Andenken ihres Vaters beschädigen, und außerdem würden seine Dimensionen nicht zu den winzigen Räumen passen.

Und so überließ er ihr einen anderen Schrank, der kleiner und schlichter war, einen kleinen Tisch und zwei Betten. Es gab auch einen großen Kasten mit Küchenutensilien, den Ruby zusammengestellt hatte, nachdem sie sich diskret erkundigt hatte, ob Rustoms Küche ordentlich ausgestattet sei. Für einen ersten Anfang gab sie Töpfe und Pfannen her, einen Kocher, etwas Besteck, ein Brett und ein Nudelholz.

Die zwei Handkarren wurden entladen und die zwei Betten zusammenmontiert. Einer der Fuhrmänner bot an, das Einzelbett zu kaufen. Rustom gab es ihm für dreißig Rupien, und von dem anderen Mann bekam er zehn für die Matratze.

Während Dina zusah, wie sie es wegschleppten, sagte er: »Ich weiß, was du denkst. Aber in der Wohnung ist kein Platz für ein Extrabett.« Sie fragte sich, wie nahe beieinander sie heute nacht schlafen würden, jetzt, wo es ein Doppelbett gab.

Aber natürlich war eins von beiden so gut wie unbenutzt, als sie an ihrem zweiten Morgen aufwachten. Beruhigt verbrachte sie den Tag damit, ihr neues Zuhause so einzurichten, wie sie es haben wollte. Zuallererst kündigte sie Seva Sadan und beendete die Lieferung von Rustoms Abendmahlzeiten. Und zum Mittagessen würde sie ihm etwas einpacken, wenn er in der folgenden Woche wieder zur Arbeit ging.

»Schluß mit dem Unsinn von wegen auswärts essen oder gar nichts essen«, sagte sie und kletterte auf einen Stuhl, um das oberste Regal zu überprüfen. Sie entdeckte eine Reihe von Messing- und Kupfergefäßen, einen Kessel und einen Satz Küchenmesser.

»Die taugen alle nichts mehr«, sagte Rustom. »Ich wollte sie schon längst als Schrott verkaufen. Morgen, ich versprech's dir.«

»Unsinn, das ist alte Wertarbeit. Man kann sie reparieren und verzinnen lassen. Heutzutage gibt's solche Qualität gar nicht mehr zu kaufen.«

Das nächste Mal, als ein Kesselflicker vor ihrem Fenster lautstark seine Dienste anbot, rief sie ihn herein und gab ihm die leckenden Gefäße und den Kessel, dessen abgebrochener Griff genietet werden mußte. Sie sah ihm bei der Arbeit zu, um sicherzugehen, daß er sie ordentlich machte. Wenn er einen Topf fertig hatte, ging sie damit ins Bad und prüfte ihn mit Wasser.

Der Messerschleifer kam vorbei, seinen Schleifstein über die Schulter gehängt. Der Kesselflicker hörte mit dem Hämmern auf, während sie klatschte, um die Aufmerksamkeit des Messerschleifers zu erregen.

Die stumpfen Klingen begannen bald wieder scharf zu blitzen. Sie genoß die Energie, die Aufmerksamkeit, das Hämmern und Schlagen, wie alles zusammenwirkte, ihren Haushalt für Jahrzehnte ehelichen Glücks mit Rustom herzurichten. Ein ganzes Leben mußte geformt werden, genauso wie alles andere, dachte sie, es mußte geschmiedet, gehämmert und poliert werden, um aus ihm das Beste herauszuholen.

Der Messerschleifer wandte das Gesicht ab, als Funken von dem wirbelnden Schleifstein aufsprühten. Wie Divali-Feuerwerk, dachte sie, während die Hammerschläge des Kesselflickers ihr fröhlich in den Ohren dröhnten.

Dina und Rustom feierten ihren ersten Hochzeitstag, indem sie ins Kino und danach essen gingen. Sie sahen sich *Submarine Command* an, mit William Holden, der einen amerikanischen Marinekommandeur in Korea spielte. Sie hielten sich während des Films an den Händen, und danach aßen sie im Wayside Inn Chicken Biryani.

Im nächsten Jahr wollte Dina etwas weniger Ernstes sehen. Und so wählten sie Bing Crosbys *High Society*, der gerade neu in die Kinos gekommen war. Sie hatte für den Anlaß ein neues Kleid gekauft, blau, mit einem Jäckchen, das beim Gehen aufsprang.

»Ich weiß nicht, ob du das tragen solltest«, sagte Rustom, während er hinter sie trat und ihr über die Hüfte strich.

»Wieso nicht?« fragte sie lächelnd und wackelte hin und her, um ihn zu necken.

»Du wirst mir die Männer auf der Straße verrückt machen. Nimm lieber deinen spitzen Pagodenschirm mit, um dich zu verteidigen.«

»Willst du mich denn nicht beschützen und sie abwehren?«

»Okay. In dem Fall trage ich deinen Speer. Noch besser – ich nehme meine Geige mit –, das Gekratze wird ihnen noch mehr Angst einjagen.«

Der Film machte ihnen ungeheuren Spaß. Das blaue Kleid war den ganzen Abend lang ihr privater Witz, während sie sich vorstellten, wie neidische Frauen und lüsterne Männer danach dürsteten, es in die Hände zu kriegen. Zum Abendessen gingen sie zu Mongini's, die Desserts dort waren berühmt.

An ihrem dritten Hochzeitstag beschlossen sie, Nusswan, Ruby und die Kinder (es gab jetzt zwei) zum Abendessen einzuladen. Seit der Hochzeit waren die Beziehungen zwischen ihnen herzlich geblieben. Dina und Rustom wurden immer zu den Geburtstagen der Kinder eingeladen, und auch zu Navroze und Khordad Sal. Dina hatte sich angewöhnt, mit Süßigkeiten für die Kinder vorbeizugehen, manchmal allein, manchmal mit Rustom, oder einfach nur, um hallo zu sagen. Die früheren Mißstimmungen waren so spurlos verschwunden, daß es schwierig war, sich überhaupt noch deutlich an sie zu erinnern. Man war versucht, daraus zu schließen, daß man sich alles nur eingebildet hatte.

Die kleine Party verlief in bester Stimmung. Dina konnte sich nichts Neues zum Anziehen leisten und trug das blaue Kleid vom Vorjahr. Ruby bewunderte es und lobte Dinas Kochkünste. Sie sagte, das Pulao-dal sei wirklich schmackhaft. Dina entgegnete schmeichelnd, sie habe sehr viel von ihrer Schwägerin gelernt. »Aber ich habe noch einen langen Weg vor mir, bis ich dein Niveau erreicht habe.«

Für die beiden Jungs, die erst sechs und drei waren, hatte Dina getrennt gekocht, ohne scharfe Gewürze. Doch Xerxes und Zarir bestanden darauf, das gleiche wie die Erwachsenen zu essen. Ruby ließ sie ein bißchen kosten, und sie wollten mehr, obwohl ihnen die Zungen heraushingen.

»Keine Sorge«, sagte Dina lachend. »Das Eis wird den Brand schon löschen.«

»Kann ich es jetzt kriegen?« fragten die Kinder im Chor.

»Onkel Rustom muß es erst holen«, sagte Dina. »Wir haben keinen Eisschrank so wie ihr, wo wir es aufbewahren können. Hier gibt's was für euch, bis es soweit ist«, sagte sie, und sie steckte ihnen Zuckerkristalle von dem zeremoniellen Tablett mit Girlanden und Kokosnüssen in den Mund.

Später, während sie mit Rubys Hilfe den Tisch abräumte, fand Rustom, daß es Zeit sei, die Kwality-Familienpackung zu holen. »Falls es keins mehr mit Erdbeergeschmack gibt – was wollt ihr haben, Schokolade oder Vanille?«

»Schokolade«, sagte Xerxes.

»Lanille«, sagte Zarir, und alle lachten.

»Lanille!« neckte Rustom. »Du mußt immer deinen eigenen Kopf haben, nicht?«

»Ich frag mich, wo er das wohl her hat«, meinte Nusswan. »Von seinem Vater bestimmt nicht«, und wieder lachten alle. Er nutzte die Gelegenheit, um hinzuzufügen: »Aber was ist mit euch beiden, Rustom? Allmählich Zeit, eine Familie zu gründen, finde ich. Drei Jahre sind lang genug für einen Urlaub.«

Rustom antwortete nur mit einem Lächeln, um zu vermeiden, eine Diskussion in Gang zu setzen. Als er die Tür aufmachte, um das Haus zu verlassen, sprang Nusswan auf. »Soll ich dich begleiten?«

»Ach nein, mach's dir einfach bequem, du bist der Gast. Und außerdem dauert es zu lang, wenn wir zu Fuß gehen. Allein kann ich das Rad nehmen und in zehn Minuten zurück sein.«

Dina deckte saubere Teller und Löffel für das Eis und setzte den Kessel auf. »Der Tee müßte gerade schön fertig sein, wenn er wiederkommt.«

Eine Viertelstunde später warteten sie immer noch. »Wo steckt er bloß? Vielleicht solltet ihr beide euren schon mal trinken.«

»Nein, wir warten auf Rustom«, sagte Ruby.

»Wahrscheinlich herrscht großer Andrang im Eisladen«, meinte Nusswan.

Dina setzte einen zweiten Kessel Wasser auf, um den Tee zu verdünnen. Sie tat die Kanne wieder unter den Teewärmer. »Eine Dreiviertelstunde, seit er weg ist.«

»Vielleicht war es im ersten Laden ausverkauft«, sagte Nusswan. »Erdbeer ist sehr beliebt, immer ausverkauft. Vielleicht mußte er noch woanders hinfahren, weiter weg.«

»Das würde er nicht, er weiß, ich würde mir Sorgen machen.«

»Vielleicht hat er einen Platten«, sagte Ruby.

»Selbst mit einem Platten zurücklaufen würde bloß zwanzig Minuten dauern.«

Sie ging auf die Veranda, um zu sehen, ob sie ihn in der Ferne heranradeln sehen könnte. Es erinnerte sie an die Abende, wenn sie sich nach den Konzerten trennten und sie auf dem Oberdeck des Busses war und versuchte, sein immer kleiner werdendes Fahrrad im Blick zu behalten.

Sie lächelte bei der Erinnerung, aber das Lächeln verschwand schnell unter der gegenwärtigen Beunruhigung. »Ich glaube, ich gehe mal hin, um zu sehen, was los ist.«

»Nein, laß mich gehen«, bot Nusswan an.

»Aber du weißt nicht, wo der Laden ist oder welchen Weg Rustom nimmt. Ihr könntet euch verfehlen.«

Schließlich gingen sie beide. Als er sah, wie angespannt Dina war, wiederholte er immer wieder: »Muß eine ganz einfache Erklärung geben.« Sie nickte und ging schneller. Er hatte Mühe, Schritt zu halten.

Es war nach neun, und in den Straßen war es ruhig. In dem Sträßchen, an dessen Ende sich der Eisladen befand, hatte sich eine Menschentraube auf dem Bürgersteig versammelt. Als sie näher kamen, bemerkten Nusswan und Dina, daß auch Polizei anwesend war.

»Was da wohl los ist«, meinte Nusswan und versuchte, seine Beunruhigung zu verbergen.

Dina entdeckte Rustoms Fahrrad als erste. »Es gehört Rustom«, sagte sie. Ihre Stimme hatte sich in die einer Fremden verwandelt, die ihr in den eigenen Ohren unvertraut klang.

»Bist du sicher?« Er wußte, daß sie es war. Das Fahrrad war übel zugerichtet, aber der Sattel war ganz. Er bahnte sich einen Weg durch die Menge zu dem Polizisten. Ein brüllender Sturm erfüllte ihre Ohren, und der Wortwechsel der beiden Männer drang nur schwach zu ihr, wie aus großer Entfernung.

»Ein verdammter Lkw-Fahrer«, sagte der Unterinspektor. »Fahrerflucht. Keine Chance für den armen Mann, glaube ich. Schädel völlig zertrümmert. Aber der Krankenwagen hat ihn trotzdem ins Krankenhaus gebracht.«

Ein streunender Hund leckte an der dicken rosafarbenen Pfütze neben dem Fahrrad. Erdbeereis war also doch vorrätig, dachte Dina wie gelähmt. Ein Polizist versetzte dem sandfarbenen Köter einen Fußtritt. Er jaulte, zog sich zurück und kam dann wieder, um weiterzulecken. Als er ihn wieder trat, schrie sie.

»Aufhören! Er tut Ihnen doch nichts! Lassen Sie ihn fressen!«

Überrascht sagte der Polizist: »Ja, Madam«, und zog sich zurück. Der Hund schlürfte hungrig, vor Freude winselnd, während er ein wachsames Auge auf den Fuß des Mannes hielt.

Nusswan ließ sich den Namen des Krankenhauses geben. Der Unterinspektor notierte sich seine Adresse und bat dann Dina, die auf das verbogene Fahrrad starrte, um ihre. Das Fahrrad würde vorläufig als Beweismittel sichergestellt – falls der Lastwagenfahrer gefunden würde, erklärte er sanft. Er bot ihnen an, sie zum Krankenhaus zu fahren.

»Danke«, sagte Nusswan. »Aber zu Hause wird man sich fragen, was passiert ist.«

»Das ist schon okay. Ich schicke einen Wachtmeister hin, der ihnen sagt, daß sie sich keine Sorgen machen sollen, es hätte einen Unfall gegeben und Sie wären zum Krankenhaus gefahren«, sagte der Unterinspektor. »Dann können Sie ihnen später alles erklären.«

Dank der Hilfe des Unterinspektors wurden die Formalitäten im Krankenhaus rasch erledigt, so daß Nusswan und Dina schnell wieder gehen konnten. »Nehmen wir ein Taxi«, schlug Nusswan vor.

»Nein, ich möchte laufen.«

Als sie wieder zu Hause ankamen, strömten ihr die Tränen bereits die Wangen herunter. Nusswan hielt sie fest und streichelte ihren Kopf. »Meine arme Schwester«, flüsterte er. »Meine arme kleine Schwester. Ich wünschte, ich könnte ihn dir wiederbringen. Weine nur, das ist schon gut, weine, soviel du weinen mußt.« Er weinte selbst ein bißchen, als er Ruby flüsternd von dem Unfall erzählte.

»O mein Gott«, schluchzte Ruby. »Was soll so ein schreckliches Unglück bedeuten? Innerhalb von ein paar Minuten ist Dinas ganze Welt zerstört! Wieso darf so was passieren? Warum läßt Er so was geschehen?« Sie faßte sich wieder, bevor sie die Kinder weckte, während Dina sich umziehen ging.

»Können wir jetzt das Erdbeereis essen?« fragten Xerxes und Zarir schläfrig.

»Onkel Rustom geht es nicht gut, wir müssen jetzt heimgehen«, sagte Ruby, die es für ratsamer hielt, es ihnen schonend beizubringen.

Dina kam bald wieder aus ihrem Zimmer heraus, und Nusswan trat an ihre Seite. »Du mußt auch mit uns kommen, du kannst hier nicht allein bleiben.«

»Natürlich, unbedingt«, bekräftigte Ruby, ergriff ihre Hand und drückte sie.

Mit einem Nicken ging Dina in die Küche und begann, den übriggebliebenen Pulao-Dal einzupacken. Ruby sah ihr neugierig zu, bevor sie, halb ängstlich, fragte: »Kann ich dir helfen?«

Dina schüttelte den Kopf. »Hat keinen Sinn, das Essen verderben zu lassen. Wir können es unterwegs einem Bettler an der Ecke geben.«

Später würde Nusswan jedem, dem er die Ereignisse schilderte, sagen, daß er wirklich beeindruckt gewesen sei, wie würdevoll seine Schwester sich an diesem grausamen Abend verhalten habe. »Kein Heulen, kein Gegen-die-Brust-Schlagen, kein Haare-Ausreißen, wie man es von einer Frau erwarten könnte, die so einen Schock, so einen Verlust erlitten hat.« Aber er erinnerte sich auch an die Würde seiner Mutter bei einer ähnlichen Gelegenheit und an den Zerfall, der danach eingesetzt hatte. Er hoffte, Dina würde nicht demselben Muster folgen.

Dina packte einen weißen Sari in ihre Tasche, zusammen mit anderen Dingen, die sie für die nächsten Tage brauchen würde. Es war dieselbe Tasche, die sie drei Jahre zuvor in ihrer Hochzeitsnacht mitgenommen hatte.

* * *

Nach der Totenfeier und viertägigen Gebeten bereitete Dina sich darauf vor, in die Wohnung zurückzukehren. »Wozu die Eile?« fragt'e Nusswan. »Bleib doch noch etwas hier.«

»Natürlich«, stimmte Ruby zu. »Hier bist du bei der Familie. Was willst du ganz allein dort machen?«

Dina ließ sich leicht umstimmen, denn eigentlich fühlte sie sich noch nicht bereit zurückzukehren. Die schwierigsten Stunden waren diejenigen kurz vor Tagesanbruch. Sie schlief mit einem Arm über dem Kissen. Manchmal stieß sie das Kissen leicht mit dem Ellbogen an, ihr Zeichen für Rustom, daß er den Arm um sie legen sollte. Als das menschliche Gewicht nicht zustande kam, wachte sie in der Leere auf, erlebte in der Dunkelheit vor Sonnenaufgang den Verlust aufs neue. Manchmal rief sie seinen Namen, und Ruby oder Nusswan kamen in ihr Zimmer, wenn sie sie hörten, hielten sie fest und strichen ihr übers Haar.

»Denk nicht, daß du eine Last für uns wirst, wenn du bleibst«, sagte Nusswan. »Im Gegenteil, Ruby wird sich freuen, Gesellschaft zu haben.«

Und so blieb Dina. Es sprach sich herum, daß sie vorläufig bei ihrem Bruder wohnte, und ein Strom von Verwandten fand sich zu Beileidsbesuchen ein. Nachdem der formelle Zweck des Besuchs erfüllt war, nahm die Unterhaltung den Charakter eines fröhlichen Beisammenseins an, und Nusswan und Ruby genossen die Gesellschaft. »Das ist jetzt das beste für Dina«, befanden beide.

Rustoms Tante Shirin und Onkel Darab hatten an allen vier Gebetstagen in den Türmen des Schweigens teilgenommen, kamen aber nach einer Woche wieder zu Besuch. Sie saßen eine Weile da, tranken ein Glas Zitronensirup und sagten: »Für uns ist es so, als hätten wir einen Sohn verloren. Aber vergiß nicht, du bist immer noch unsere Tochter. Wenn du jemals etwas brauchst, kannst du immer zu uns kommen. Denk dran, egal, was es ist.«

Ruby bekam das mit und bemerkte gereizt: »Das ist sehr lieb von euch. Aber wir sind ja da, Nusswan und ich, um uns um sie zu kümmern.«

»Ja, natürlich, Gott sei Dank«, sagte das ältere Ehepaar, befremdet von dem scharfen Ton in ihrer Stimme. »Möge Er euch beiden ein langes, gesundes Leben schenken. Dina hat großes Glück, daß sie euch beide hat.« Sie gingen kurz darauf und hofften, daß es ihnen gelungen war, Rubys verletzte Gefühle zu besänftigen.

Nachdem ein Monat vergangen war, verfiel Dina in ihren früheren Tagesablauf und nahm ihren ehemaligen Platz im Haushalt ein. Das Dienstmädchen wurde entlassen. Dina hatte nichts dagegen, so hatte sie an ihren langen, leeren Tagen etwas zu tun. Xerxes und Zarir waren natürlich begeistert, daß Tante Dina bei ihnen wohnte. Xerxes war in der zweiten Klasse der Grundschule, und Zarir war gerade in den Kindergarten gekommen. Sie bot an, sie morgens dorthin zu bringen. Es wäre keine Mühe, morgens auf dem Weg zum Basar.

An den Sonntagabenden veranstaltete Nusswan Kartenspiele. Die drei Erwachsenen spielten ein paar Stunden lang Rommé, während die Kinder zusahen. Manchmal erlaubte Dina Xerxes und Zarir, ihre Karten zu halten. Um sieben begannen die Frauen mit der Zubereitung des Abendessens, und Nusswan vergnügte sich damit, mit den Kindern zusammen ein Kartenhaus zu bauen oder ein zweites Mal die Sonntagszeitung durchzublättern.

Einmal die Woche ging Dina in ihre leere Wohnung, um Staub zu wischen und sauberzumachen. Dort folgte sie der genauen Abfolge der Hausarbeit, die sie zu Rustoms Lebzeiten entwickelt hatte. Nach dem Putzen machte sie sich einen Tee. Dort, allein in der trüben Küche, saß sie mit ihrer Tasse, gab sich ihren Erinnerungen hin, weinte manchmal leise, und gewöhnlich wurde der Tee kalt. Oft goß sie ihn weg, nachdem sie eine halbe Tasse getrunken hatte.

Nachdem sie einige Wochen lang dieses heimliche Muster des Trauerns verfolgt hatte, gestattete sie allmählich einem Teil von sich, so zu tun, als wäre alles normal, als wäre die Wohnung bewohnt und die Trennung nur vorübergehend. Sie sah nicht, was das schaden könnte, und die Illusion war so tröstend.

Dann, eines Abends, als es dämmerte und die Autos ihre Scheinwerfer anstellten, ertappte sie sich dabei, wie sie von der Veranda hinausstarrte und nach Rustoms Fahrrad Ausschau hielt. Ihr lief ein kalter Schauer über den Rücken. Was zuviel ist, ist zuviel, befand sie. Mit dem Wahnsinn zu flirten war eine Sache, aber wenn der Wahnsinn zurückflirtete, war es an der Zeit, die ganze Sache abzublasen.

Sie gab das wöchentliche Putzritual auf. Wenn ein Besuch in der Wohnung notwendig wurde, zog sie es vor, nicht alleine hinzugehen, und nahm ihre kleinen Neffen mit. Xerxes und Zarir machte es Spaß, die unbewohnten Räume zu erforschen. Die vertrauten Räume wirkten plötzlich fern und geheimnisvoll, gefüllt mit Möbeln, doch unerklärlich leer. Die museale Stille verblüffte sie. Sie riefen, rannten und hüpften durch die Wohnung, um zu sehen, ob sie die Leere verbannen konnten.

Als Dina eines Nachmittags vorbeischaute, um ein paar Sachen zu holen, fand sie einen Brief vom Vermieter vor. Die Kinder begannen, ein Querfeldeinrennen zu organisieren, für das Xerxes die Route festlegte. »Wir starten auf der Veranda, dann rennen wir bis zur Küche, dann bis zum WC, dann wieder den ganzen Weg zurück durch alle Räume. Verstanden, Zarir?«

»Okay«, sagte Zarir. Dina sagte auf die Plätze, fertig, los. Sie öffnete die Fenster im vorderen Zimmer und las den Brief. Darin stand, da die Räumlichkeiten nicht mehr bewohnt würden, sei die Wohnung zu räumen, die Schlüssel seien innerhalb von dreißig Tagen abzugeben.

Als sie am Abend Nusswan den Brief zeigte, wurde er fuchsteufelswild. »Sieh dir diesen schamlosen Gauner von einem Vermieter an. Noch keine drei Monate her, daß der arme Rustom von uns gegangen ist, und schon ist die Schlange bereit zum Angriff. Kommt nicht in Frage. Du *mußt* die Wohnung behalten.«

»Ja, ich glaube, ich werde nächste Woche wieder hinziehen«, stimmte sie zu.

»So habe ich das nicht gemeint. Bleib ein Jahr hier, zwei Jahre – solange du willst. Aber gib nicht dein Recht auf. Laß dir gesagt sein, die Zeit ist nicht mehr weit, wo es unmöglich sein wird, in dieser Stadt eine Unterkunft zu finden. Eine alte Wohnung wie deine wird eine Goldgrube sein.«

»Das stimmt«, sagte Ruby. »Ich hab gehört, daß Putli Maasis Sohn ein Pugree von zwanzigtausend Rupien bezahlen mußte, nur um einen Fuß in die Tür zu kriegen. Und die Miete ist fünfhundert im Monat. Seine Wohnung ist sogar noch kleiner als deine.«

»Schon«, sagte Dina, »aber meine Miete ...«

»Mach dir keine Sorgen, ich bezahl sie«, sagte Nusswan. »Und diesen Brief wird mein Anwalt beantworten.«

Er war vorausschauend: Früher oder später würde Dina wieder heiraten. In dem Fall wäre es sehr ungünstig, wenn das Fehlen einer Wohnung einen Hinderungsgrund darstellen würde. Er würde auf keinen Fall wollen, daß das Paar bei ihm wohnte. Reibereien und Streit wären vorprogrammiert.

An Rustoms erstem Todestag nahm sich Nusswan den Vormittag frei. Tags zuvor hatte er Mitteilungen an Xerxes' Schule und Zarirs Kindergarten geschickt, daß sie fehlen würden, um an den Gebeten für ihren verstorbenen Onkel im Feuertempel teilzunehmen. Dina war dankbar für die Anwesenheit der ganzen Familie.

»Man glaubt es nicht«, sagte Nusswan, als sie wieder zu Hause waren, »schon ein ganzes Jahr vergangen. Wie die Zeit fliegt.«

Einige Tage später signalisierte er das offizielle Ende der Trauerperiode, indem er einige Freunde zum Tee einlud.

Unter ihnen befanden sich auch Porus und Solly, zwei der vielen begehrten Junggesellen, die er Dina einige Jahre zuvor so bemüht empfohlen hatte. Die beiden waren immer noch Junggesellen und, Nusswan zufolge, immer noch begehrt, wenn man bereit war, ihnen kleinere Mängel nachzusehen wie Bauchansatz und ergrauende Haare.

Stolz auf sein Taktgefühl, sagte er zu Dina, als sie allein waren: »Weißt du, sowohl Porus als auch Solly würden ohne zu zögern die Gelegenheit ergreifen, dein Ehemann zu werden. Porus' Anwaltspraxis gedeiht unglaublich. Und Solly ist jetzt gleichberechtigter Teilhaber in einem Steuerberaterbüro. Sie hätten auch kein Problem damit, daß du Witwe bist.«

»Wie großzügig von ihnen.«

Der Sarkasmus gefiel ihm nicht. Es war eine Erinnerung an die alte Dina – die dickköpfige, unverschämte, widerspenstige Schwester, von der er angenommen hatte, daß sie sich in einen besseren Menschen verwandelt hätte. Aber er schluckte und fuhr mit ruhiger Stimme fort.

»Weißt du, Dina, ich bin von deinem Verhalten sehr beeindruckt. Niemand kann dir vorwerfen, während der Trauerzeit frivol gewesen zu sein. Du hast dieses ganze Jahr lang deine Rolle so korrekt, so makellos gespielt.«

»Ich habe nicht gespielt. Und es war nicht schwierig.«

»Ich weiß, ich weiß«, sagte er hastig, seine Wortwahl bedauernd. »Was ich sagen wollte, war, ich bewundere deine Würde. Aber weißt du, du bist noch so jung. Ein Jahr ist jetzt vergangen, und du mußt an deine Zukunft denken.«

»Schon gut, ich verstehe deine Sorge.«

»Gut. Mehr wollte ich nicht sagen. Komm, Zeit zum Kartenspielen. Ruby!« rief er zur Küche. »Zeit für Rommé!« Jetzt würde es Fortschritte geben, da war sich Nusswan sicher.

Im Verlauf der nächsten Wochen fuhr er fort, die alte Mischung von Junggesellen einzuladen. »Komm, Dina«, pflegte er zu sagen, »ich möchte dir jemanden vorstellen.« Dann, eine Gedächtnislücke vortäuschend, rief er aus: »Warte, warte mal, was sag ich denn da, wo hab ich bloß meinen Kopf? Du kennst Temton ja schon. Nennen wir es also der Vorstellung zweiter Teil.«

All das wurde auf eine Art angebracht, die andeuten sollte, daß eine Beziehung von tiefer Bedeutung wiederaufgenommen wurde, eine Leidenschaft neu entfacht. Es irritierte Dina heftig, aber sie versuchte, nicht die Stirn zu runzeln, während sie den Tee einschenkte und die Sandwiches herumreichte. Wenn die Besucher gegangen waren, setzte Nusswan seine Holzhammer-Andeutungen fort, pries das Aussehen des einen, empfahl die Vorzüge der Karriere des anderen, wies auf die Erbschaft hin, die ein dritter erwartete.

Nach vier Monaten der Junggesellenbewirtung, ohne spürbares Entgegenkommen seitens Dina, verlor Nusswan die Geduld. »Ich war taktvoll. Ich war großzügig, ich war verständnisvoll. Aber auf welchen Prinzen wartest du denn? Bei jedem Burschen, den ich dir vorstelle, wendest du das Gesicht ab und verziehst dich in die andere Ecke des Zimmers. Was willst du denn?«

»Nichts.«

»Wie kannst du denn nichts wollen? Dein ganzes Leben wird nichts. Sei doch vernünftig.«

»Ich weiß, daß du nur mein Bestes willst, aber ich habe einfach kein Interesse.«

Die Antwort erinnerte Nusswan ein weiteres Mal an die alte Dina, die undankbare kleine Schwester. Er vermutete, daß sie auf seine Freunde herabsah. Und es waren so prachtvolle Burschen, allesamt. Egal, er würde sich nicht von ihr aufbringen lassen.

»Na gut. Wie gesagt, ich bin ein verständnisvoller Mensch. Wenn dir diese Männer nicht gefallen, bitte, niemand zwingt dich. Such dir selber einen. Oder wir können einen Ehevermittler engagieren. Wie ich höre, hat Mrs. Ginwalla die höchste Erfolgsquote für erfolgreiche Kaaj. Sag mir, was du willst.«

»Ich will nicht so bald wieder heiraten.«

»Bald? Das nennst du bald? Du bist schon sechsundzwanzig. Worauf wartest du denn noch? Daß ein Wunder geschieht und Rustom zurückkommt? Paß bloß auf, sonst wirst du noch verrückt wie Tante Bapsy – sie hatte wenigstens eine Ausrede, der Körper ihres Mannes wurde nach der Hafenexplosion nie gefunden.«

»Wie kannst du nur so was Schreckliches sagen!« Dina wandte sich empört ab und verließ den Raum.

Sie war jung gewesen, als es passiert war, erinnerte sich aber sehr gut an den Tag, im Krieg, als zwei britische Munitionsschiffe nach dem Anlegen in die Luft geflogen waren und in einem großen Umkreis vom Hafen Tausende getötet wurden. Noch während die Detonationen im Gange waren, begannen Gerüchte über Nazispione die Runde zu machen. Die offiziellen Stellen sagten, daß viele der Verschollenen während der tödlichen Explosionen verdampft seien, aber Tante Bapsy weigerte sich, diese Theorie zu akzeptieren. Sie hatte das Gefühl, ihr Mann war am Leben und irrte irgendwo mit verlorenem Gedächtnis umher, und es sei nur eine Frage der Zeit, bis er gefunden wurde. Wahlweise räumte Tante Bapsy auch ein, daß vielleicht irgendein skrupelloser Sadhu ihn hypnotisiert oder ihm etwas ins Essen gemischt hatte, um ihn danach in die Sklaverei zu verschleppen. In beiden Fällen war sie überzeugt, daß ihr Mann gefunden würde. Daß seit dem Unglück siebzehn Jahre vergangen waren, tat ihrem Glauben keinen Abbruch. Sie verbrachte ihre Zeit damit, geschäftig mit seiner Fotografie zu plaudern, die in einem schweren Silberrahmen neben ihrem Bett stand, und berichtete ihm in allen Einzelheiten die Ereignisse und den Tratsch des Tages.

»Es ist dein deprimierendes Verhalten, was mich an Tante Bapsy erinnert«, sagte Nusswan, der Dina ins Nachbarzimmer gefolgt war. »Welche Ausrede hast du denn? Du warst bei der Totenfeier dabei, du hast Rustoms Leichnam gesehen, du hast die Gebete gehört. Er ist jetzt schon seit über einem Jahr tot und verdaut.« Sowie ihm diese Worte entfuhren, verdrehte er die Augen himmelwärts, um um Vergebung für diese Respektlosigkeit zu bitten.

»Weißt du, wie glücklich du dich schätzen kannst, in unserer Gemeinschaft zu sein? Bei den Unaufgeklärten werden Witwen wie Müll weggeworfen. Wenn du eine Hindu wärst und früher gelebt hättest, hättest du als brave kleine Sati auf den Scheiterhaufen deines Ehemannes springen müssen, um dich mit ihm zusammen braten zu lassen.«

»Ich kann ja jederzeit zu den Türmen des Schweigens gehen und mich von den Geiern auffressen lassen, wenn dich das glücklich macht.«

»Schamloses Weib! Was für ein loses Mundwerk! So eine Blasphemie! Ich sage nur, sei dir darüber im klaren, wie günstig deine Situation vergleichsweise ist. Du hast die Möglichkeit, ein vollwertiges Leben zu führen, wieder zu heiraten, Kinder zu bekommen. Oder ist es dir lieber, dich dein Leben lang von mir aushalten zu lassen?«

Dina entgegnete nichts darauf. Aber am nächsten Tag, während Nusswan im Büro war, begann sie damit, ihre Sachen zurück zu Rustoms Wohnung zu schaffen.

Ruby versuchte es ihr auszureden, während sie ihr von einem Zimmer ins nächste folgte. »Du weißt doch, was für ein Hitzkopf dein Bruder manchmal ist. Er meint nicht alles, was er sagt.«

»Und er sagt auch nicht alles, was er meint«, erwiderte sie und fuhr mit dem Packen fort.

Am Abend erzählte Ruby Nusswan, was inzwischen passiert war. »Ha!« sagte er verächtlich, laut genug, daß Dina es hören konnte. »Soll sie doch gehen, wenn sie unbedingt will. Würde mich brennend interessieren, wovon sie dort leben will.«

Nach dem Abendessen, als sie am Tisch saßen, räusperte er sich. »Als Familienoberhaupt ist es meine Pflicht, dir zu sagen, daß ich nicht gutheiße, was du da machst. Du begehst einen großen Fehler, den du bereuen wirst. Es ist eine harte Welt da draußen, aber ich werde dich nicht anbetteln zu bleiben. Du bist hier willkommen, wenn du vernünftig bist.«

»Danke für die Rede«, sagte Dina.

»Ja, mach dich ruhig über mich lustig. Das hast du schon dein ganzes Leben lang gemacht, warum jetzt damit aufhören. Vergiß nicht, dies ist deine Entscheidung, niemand wirft dich raus. Keiner deiner Verwandten wird es mir zum Vorwurf machen, ich habe alles getan, um dir zu helfen. Und werde es weiterhin tun.«

Es dauerte nicht lange, bis auch den Kindern klar wurde, daß Tante Dina sie verlassen würde. Zuerst waren sie verwirrt, dann zornig. Xerxes versteckte ihre Handtasche und schrie: »Nein, Tante! Du darfst nicht gehen!« Als sie drohte, ohne die Handtasche zu gehen, holte Zarir sie unter Tränen wieder aus dem Versteck.

»Ihr könnt mich jederzeit besuchen«, versuchte sie die beiden zu trösten, während sie sie umarmte und ihre Augen trocknete. »Samstags und sonntags. Und vielleicht auch während der Ferien. Das wird lustig.« Die Aussicht fanden sie aufregend, aber es wäre ihnen trotzdem lieber gewesen, wenn sie auf immer bei ihnen geblieben wäre.

An dem Morgen nach ihrem Umzug ging Dina Rustoms Onkel Darab und Tante Shirin besuchen. »Darab! Sieh mal, wer da ist«, rief Shirin aufgeregt. »Unsere liebe Dina! Komm rein, mein Kind, komm rein!«

Onkel Darab erschien, noch in seinem Schlafanzug, und umarmte Dina mit den Worten, daß sie lange auf diesen Moment gewartet hätten. »Entschuldige mein Aussehen«, sagte er und nahm mit einem breiten Lächeln ihr gegenüber Platz.

Wie immer war Dina gerührt, wie sehr sie sich freuten, sie zu sehen. Ihre Liebe, die sich über sie ergoß, spürte sie wie etwas Greifbares. Es erinnerte sie an das Milchbad, das ihr von ihrer Mutter zum Geburtstag bereitet wurde, als eine halbe Tasse warme Milch, auf der Rosenblätter schwammen, ihr in winzigen weißen Rinnsalen über die hellbraune Haut von Gesicht, Hals und Brust rannen.

»Das Schwerste war«, sagte sie, »der Abschied von den beiden Jungs. Sie sind mir so ans Herz gewachsen.«

»Ja, so ist das mit den Kindern«, sagte Tante Shirin. »Aber weißt du, Rustom hat uns erzählt, wie schäbig dein Bruder dich in den Jahren vor deiner Heirat behandelt hat.«

»Er ist kein schlechter Mensch«, protestierte Dina schwach. »Er hat einfach seine eigenen Vorstellungen.«

»Ja, natürlich«, sagte Tante Shirin, die das Gewicht der Familienloyalität spürte. »Jedenfalls kannst du natürlich bei uns wohnen. Wir freuen uns so sehr, daß du gekommen bist.«

»Oh«, erwiderte Dina, bemüht, das Mißverständnis nicht noch größer werden zu lassen. »Ich hab eigentlich beschlossen, ab jetzt in Rustoms Wohnung zu leben. Ich bin nur gekommen, um euch zu fragen, ob ihr mir helfen könnt, eine Arbeit zu finden.«

Bei ihren Worten begann sich Onkel Darabs Mund zu bewegen. Er strengte sich an, die Enttäuschung herunterzuschlucken, die plötzlich seinen Mund füllte. Seine leisen schlürfenden Geräusche zerrten an der Stille, während Tante Shirin verzweifelt mit dem Saum ihrer Hausschürze spielte. »Arbeit«, sagte sie, leer, unfähig zu denken. »Mein liebes Kind ... ja, Arbeit, du mußt arbeiten. Was für Arbeit, Darab? Was könnte sie für Arbeit machen, meinst du?«

Dina wartete in schuldbewußtem Schweigen auf seine Antwort. Aber er kämpfte noch mit seinem Mundvoll. »Geh dich umziehen«, ermahnte Tante Shirin ihn. »Schon fast Nachmittag, und du treibst dich immer noch in deinem Schlafanzug herum.«

Er erhob sich gehorsam und ging hinaus. Tante Shirin ließ den Saum los, rieb sich das Gesicht und setzte sich aufrecht. Als Onkel Darab wiederkam, jetzt in einer Khakihose und einem Buschhemd, hatte sie schon den Ansatz einer Lösung für Dinas Problem.

»Sag, mein Kind, kannst du nähen?«

»Ja, ein bißchen. Ruby hat mir beigebracht, wie man mit einer Nähmaschine umgeht.«

»Gut. Dann wird es Arbeit für dich geben. Ich habe noch eine zweite Singer, die du haben kannst. Sie ist recht alt, läuft aber immer noch gut.«

Jahrelang hatte Tante Shirin das Einkommen ihres Mannes, das er von der Staatlichen Transportgesellschaft bezog, aufgebessert, indem sie für ein paar Familien nähte. Sie machte einfache Sachen wie Schlafanzüge, Nachthemden, Babyblusen, Bettlaken, Kopfkissenbezüge und Tischtücher. »Du kannst meine Partnerin sein«, sagte sie. »Es gibt eine Menge Arbeit, mehr als ich schaffen kann mit meinen schwachen alten Augen. Wir fangen gleich morgen früh an.«

Dina nahm ihre Handtasche und umarmte Tante Shirin und Onkel Darab. Sie begleiteten sie zur Tür. Dann lockte sie ein ungewohnter Lärm auf der Straße auf den Balkon. Ein riesiger Protestmarsch strömte die Straße entlang.

»Wieder so ein dummer Morcha wegen der Sprache«, sagte Onkel Darab, nachdem er ein Banner entdeckt hatte. »Die Dummköpfe wollen den Staat nach Sprachgrenzen aufteilen.«

»Immer wollen die Leute alle möglichen Dinge verändern«, klagte Tante Shirin. »Wieso können die Menschen nicht lernen, mit den Dingen zufrieden zu sein, so wie sie sind? Gehen wir wieder hinein. Dina kann jetzt nicht gehen. Der ganze Verkehr ist zusammengebrochen.« Sie klang ziemlich erfreut darüber und genoß Dinas Gesellschaft noch zwei weitere Stunden, bis auf den Straßen wieder Normalität eingekehrt war.

Während der nächsten Tage wurde Dina mitgenommen und den Kunden vorgestellt. Bei jeder Station wartete sie nervös an Tante Shirins Seite, lächelte schüchtern, während sie versuchte, die Vielzahl von Namen und Schnittanweisungen aufzunehmen. Tante Shirin gab die meisten der neuen Aufträge gleich an sie weiter.

Am Ende der Woche protestierte Dina schließlich: »Ich kann nicht soviel annehmen, ich kann dich doch nicht um dein Einkommen bringen.«

»Mein liebes Kind, du beraubst mich überhaupt nicht. Darabs Rente reicht uns. Ich wollte das Nähen sowieso aufgeben. Es wird mir zu mühsam. Hier, vergiß nicht diesen neuen Schnitt.«

Zusammen mit den Aufträgen gab Tante Shirin auch Hintergrundinformationen über die Kunden weiter, die Dina in ihrem Umgang mit ihnen nützlich sein würden. »Die Familie Munshi sind die besten – bezahlen immer sofort. Die Parekhs auch, außer daß sie gerne feilschen. Bleib einfach hart, sag ihnen, ich hätte die Preise festgesetzt. Wer noch? Ach ja, Mr. Savukshaw. Er hat ein großes Problem mit der Flasche. Am Monatsende hat seine arme Missis kaum noch Geld übrig. Paß auf, daß du dich im voraus bezahlen läßt.«

Bei den Surtees war die Situation recht einzigartig. Wann immer sich Mr. und Mrs. Surtee stritten, kochte sie kein Essen. Statt dessen zerrte sie alle seine Schlafanzüge aus dem Schrank und zündete sie an. Sie bewahrte die Asche und die verkohlten Stoffetzen auf, um sie ihm am Abend, wenn er von der Arbeit nach Hause kam, auf einem Teller zu servieren.

»Das Ergebnis«, sagte Tante Shirin, »ist mehr Arbeit für dich. Alle zwei, drei Monate, wenn sie sich wieder versöhnt haben, wird Mrs. Surtee dir einen großen Auftrag für Schlafanzüge erteilen. Aber du mußt so tun, als wäre das ganz normal, sonst bist du sie los.«

Dinas Sammlung häuslicher Porträts wuchs, während Tante Shirin Beschreibungen der Davars und Kotwals, der Mehtas und Pavris, der Vatchas und Seervais lieferte und sie der Mappe hinzufügte. »Du mußt von diesen ganzen Details allmählich genug haben«, meinte sie. »Nur noch eine letzte Sache, und die allerwichtigste: Nimm bei den Misters nie im Schritt Maß. Bitte um ein Muster, nach dem du nähen kannst. Und wenn das nicht möglich ist, sorge dafür, daß jemand anders anwesend ist, wenn du Maß nimmst, eine Frau oder Mutter oder Schwester. Sonst passiert dir nämlich, bevor du dich versiehst, daß sie sich hierhin und dorthin bewegen und dir etwas in die Hand schieben, was du nicht haben willst. Glaub mir, ich hatte mal ein häßliches Erlebnis, als ich jung und unschuldig war.«

Dieser letzte gute Rat war Dina am gegenwärtigsten, als sie mitgenommen wurde, um Mr. Fredoon kennenzulernen, einen Junggesellen, der allein lebte. Tante Shirin warnte sie, ihn nicht allein aufzusuchen. »Er ist zwar ein vollendeter Gentleman, aber die Zungen der Leute sind bösartig. Sie werden herumerzählen, daß da etwas Faules vor sich geht. Dein Name wird verdorben.«

Dina gab nichts auf die Zungen anderer Leute und verspürte keine Bedrohung durch Fredoon, obwohl sie bereit war, sofort die Flucht zu ergreifen, falls er sie jemals bitten sollte, in seinem Schritt Maß zu nehmen. Um Tante Shirin zu beruhigen, sagte sie, es sei immer eine Freundin dabei. Was sie nicht sagte, war, daß diese Freundin ein Freund war und daß dieser Freund Fredoon selbst war. Denn das wurde er bald für sie. Seine Aufträge bestanden hauptsächlich aus kleinen Röcken, kurzen Hosen und Kitteln. Um Dina zu helfen, schenkte er bei Geburtstagen von Freunden und Verwandten deren Kindern Kleidungsstücke anstatt Umschläge, die mit Rupien vollgestopft waren.

Ihre Freundschaft vertiefte sich. Dina begleitete ihn oft zu Textilgeschäften, um ihm zu helfen, Stoff für die Geschenke auszuwählen. Nach dem Einkaufen kehrten sie bei Bastani's zu Tee und Kuchen ein. Manchmal lud Fredoon sie zum Abendessen bei sich zu Hause ein und kaufte dafür unterwegs noch gebratene Lammkoteletts oder Vindaloo ein. Er ermutigte sie immer, neue Rockmuster auszuprobieren, gegenüber ihren Kunden energisch aufzutreten und höhere Preise zu verlangen.

Während der nächsten paar Monate wuchs Dinas Selbstvertrauen in ihre Fähigkeiten. Das Nähen fiel ihr leicht, dank der Ausbildung bei ihrer Schwägerin. Und wenn es irgend etwas Heikles gab, zog sie Tante Shirin zu Rate. Ihre Besuche bescherten den beiden alten Leuten so viel Freude, daß sie regelmäßig hinging und so tat, als sei ihr irgend etwas unklar – gerüschte Kragen, Raglanärmel, Ziehharmonikafalten.

Bei der Näharbeit blieben täglich kleine Stoffreste übrig, und Tante Shirin schlug vor, sie zu sammeln. »Wirf nichts weg – denk dran, alles hat einen Zweck. Diese Reste können sehr nützlich sein.« Sie demonstrierte ihr das schnell, indem sie eine klumpige Damenbinde herstellte.

»Das ist aber eine gute Idee«, sagte Dina. Ihr Budget brauchte soviel Entlastung wie möglich. Die Stoffüllung war nicht so saugfähig wie die Binden, die sie gewöhnlich kaufte, aber die selbstgemachten konnte man öfter wechseln, da sie nichts kosteten. Als zusätzliche Vorsichtsmaßnahme trug sie jedoch während der Zeit einen sehr dunklen Rock.

Durch die Arbeit vergingen die Stunden schnell in der kleinen Wohnung. Während Augen und Finger in die Näharbeit vertieft waren, erwarb sie sich eine verschärfte Wahrnehmung für die Geräusche aus den Wohnungen um sie herum. Sie sammelte die Geräusche, sortierte sie, spielte sie ab und schuf sich ein Bild der Leben, die von ihren Nachbarn gelebt wurden, so wie sie Maße in Kleidungsstücke umwandelte.

Rustoms Einstellung gegenüber Nachbarn hatte darin bestanden, ihnen möglichst aus dem Weg zu gehen. Ein kleines Sahibjisalaam reiche, hatte er gesagt, sonst führe es zu Tratsch und Kanaa-sori, das schnell ausarten könne. Aber Geschirrspülen, ein Klingeln an der Haustür, Feilschen mit Verkäufern, das Klatschen und Schlagen von Wäsche in Seifenwasser, Familienstreitereien und Auseinandersetzungen mit Bediensteten – all das kam ihr auch wie Tratsch vor. Und ihr wurde klar, daß die Geräusche, die aus ihrer eigenen Wohnung drangen, den Ohren der Nachbarn ihre Lebensgeschichte erzählen würden, wenn sie sich die Mühe machten hinzuhören. Völlige Privatheit gab es nicht, das Leben war eine ewige Konzerthalle mit einem gefesselten Publikum.

Manchmal lockte es sie, ihren alten Zeitvertreib, kostenlose Konzerte zu besuchen, wiederaufzunehmen, aber sie zögerte, es zu tun. Sie war auf der Hut vor allem, was nach einem Klammern an vergangene Zeiten aussah. Der Weg zur Selbständigkeit konnte nicht durch die Vergangenheit führen.

Als das Schneidern für Dina zur Routine geworden war, brachte Tante Shirin ihr bei, Pullover zu stricken. »Es gibt nicht viel Nachfrage für Wollsachen«, sagte sie, »aber manche Leute bestellen sie aus modischen Gründen, oder wenn sie Urlaub in einem Bergort machen wollen.« Während sie zu immer komplizierteren Schnitten übergingen, präsentierte Tante Shirin ihr ihre gesamte Kollektion von Schnittbüchern und Stricknadeln.

Zuletzt unterwies sie Dina in Stickerei, mit einer Warnung: »Stickerei auf Servietten und Untersetzern ist sehr beliebt und wird gut bezahlt. Aber es ist sehr anstrengend für die Augen. Mach nicht zuviel, sonst rächt es sich, wenn du über vierzig bist.«

Und so, drei Jahre später, als Tante Shirin verstarb, gefolgt von Onkel Darab einige Monate später, hatte Dina das Gefühl, daß sie allein zurechtkommen konnte. Sie fühlte sich aber sehr einsam, als hätte sie ein zweites Mal Mutter und Vater verloren.

Im Gegensatz zu Nusswans Überzeugung, daß niemand ihm die Schuld an Dinas Auszug geben würde, gruppierten sich die Verwandten rasch in zwei Lager. Während einige, die sich für neutral erklärten, sich auf beiden Seiten der Trennlinie wohl fühlten, ergriff mindestens die Hälfte energisch Partei für Dina. Um ihr zu zeigen, wie sehr sie ihren unabhängigen Geist befürworteten, warteten sie mit zahlreichen Vorschlägen auf, wie sie Geld machen könnte.

»Butterkekse. Da ist das große Geld.«

»Wieso gründest du nicht eine Kinderkrippe? Jede Mutter würde ihre Kinder lieber von dir beaufsichtigen lassen anstatt von irgendeiner Ayah.«

»Mach eine gute Rosenwasserlimonade, und du wirst es nicht bereuen. Die Leute werden es literweise kaufen.«

Dina hörte sich alles dankbar an, hielt interessiert den Kopf schief, während die hilfreichen Verwandten ihr diverse Pläne erläuterten. Sie wurde zur Expertin im unverbindlichen Kopfnicken. Wenn es mit den Nähaufträgen schleppend lief, kam sie ihren Bestellungen für Kuchen, Bhakras, Vasanu und Koomas nach.

Dann hatte ihre Freundin Zenobia einen Geistesblitz: Dina könne sich als hausbesuchende Friseuse für Kinderhaarschnitte anbieten. Zenobia hatte sich ihren Jugendtraum erfüllt: Sie war jetzt Chefcoiffeuse im Schönheitssalon Venus. Abends nach Geschäftsschluß bildete sie Dina an einer Perücke aus, die an einen Gipsschädel geklebt war. Der Kamm verfing sich ständig in den verknoteten Strähnen des billigen Mops.

»Keine Sorge«, beruhigte sie Dina. »Mit richtigen Haaren geht es viel leichter.« Aus den Überschußbeständen im Laden stellte sie einen Satz Frisierutensilien zusammen, bestehend aus Scheren, Haarschneidemaschine, Bürste, Kamm, Puder und Quaste. Dann setzten sie eine Liste von Freunden und Verwandten auf, deren Kinder man als Versuchskaninchen benutzen konnte. Xerxes' und Zarirs Namen wurden weggelassen. Denn obwohl Nusswan die Gelegenheit begrüßt hätte, beim Haareschneiden zu sparen, fühlte sich Dina jetzt unbehaglich in seinem Haus.

»Nimm dir die Rangen einfach eine nach der andern vor, bis du die ganze Truppe gestutzt hast«, sagte Zenobia. »Es ist nur eine Frage der Übung.« Sie überprüfte die Ergebnisse und erklärte Dina bald für fertig ausgebildet und einsatzbereit. Nun begann Dina, von Tür zu Tür zu gehen.

Aber nach ein paar Tagen ging das Unternehmen pleite, ohne daß auch nur ein einziges Haar abgeschnitten wurde. Weder sie noch Zenobia hatte bedacht, daß die meisten Leute Haarabfälle in ihren Wohnräumen als äußerst unglückbringend betrachteten. Dina berichtete ihrer Freundin, wie ihre eventuellen Kunden bei der Vorstellung, daß Haare zu Boden fallen könnten, an die Decke gegangen waren. »Madam, wie können Sie so rücksichtslos sein? Was haben wir Ihnen denn getan, daß Sie Unglück über unser Haus bringen wollen?«

Einige Leute waren zwar bereit, ihr die Köpfe ihrer Kinder zur Verfügung zu stellen, »aber nur, wenn Sie es draußen machen«, sagten sie. Dina lehnte ab. Es gab Grenzen für das, was sie zu tun gewillt war. Sie war eine Kinderfriseuse, die Hausbesuche machte, kein Freiluft-Straßenbarbier.

Danach hing sie ihre Schere jedoch nicht völlig an den Nagel. Die Kinder ihrer Freundinnen profitierten nach wie vor von ihren Künsten. Einige der kleinen Jungen und Mädchen, die sich an die Test-Haarschnitte erinnerten, versteckten sich, wenn Tante Dina kam. Als sie besser wurde, hatten die Kinder weniger Angst.

Bei alledem gab es auch magere Zeiten, in denen es schwierig war, die Miete oder die Stromrechnung zu bezahlen. Als Tante Shirin und Onkel Darab noch lebten, hatten sie ihr oft mit vierzig oder fünfzig Rupien ausgeholfen. Jetzt war die einzige Alternative nur noch Nusswan.

»Natürlich, es ist meine Pflicht«, sagte er fromm. »Bist du sicher, daß sechzig reichen werden?«

»Ja, vielen Dank. Ich zahl sie dir nächsten Monat zurück.«

»Keine Eile. Und, hast du inzwischen einen Schatz gefunden?«

»Nein«, erwiderte sie und fragte sich, ob er irgend etwas wegen Fredoon vermutete. Konnte irgend jemand sie zusammen gesehen und es Nusswan berichtet haben?

Im Verlauf der zwei Jahre seit Tante Shirins Tod war der Junggeselle vom Freund zum Geliebten avanciert. Obwohl ihr die Vorstellung von Heirat immer noch schwerfiel, genoß Dina Fredoons Gesellschaft, weil er sich völlig damit zufriedengab, seine Zeit mit ihr zu verbringen, ohne sich bemüßigt zu fühlen, kluge Konversation zu machen oder an den üblichen gesellschaftlichen Aktivitäten für Paare teilzunehmen. Es machte die beiden schon glücklich, in seiner Wohnung zusammenzusitzen oder in einem öffentlichen Park spazierenzugehen.

Aber wenn sie den Garten der Intimität betraten, war es eine schwierige Beziehung. Es gab bestimmte Dinge, zu denen sie sich nicht durchringen konnte. Das Bett – jedes Bett – war tabu, heilig und nur verheirateten Paaren vorbehalten. Und so benutzten sie einen Stuhl. Eines Tages, als sie ein Bein hochschwang, um sich rittlings auf Fredoon zu setzen, ließ ihre Geste plötzlich vor ihrem geistigen Auge Rustoms Bild auferstehen, wie er das Bein über sein Fahrrad schwang. Jetzt war der Stuhl, wie das Bett, nicht mehr möglich.

»Oh, Gott!« sagte Fredoon mit einem leisen Stöhnen. Er zog sich die Hose an und machte Tee.

Einige Tage später überredete er sie zu einer Stellung im Stand, und Dina hatte nichts dagegen einzuwenden. Allmählich verfeinerte er die Prozedur so weitgehend wie möglich, trieb für Dina ein niedriges Podest auf, auf dem sie stehen konnte, so daß sie mit ihrer unterschiedlichen Körpergröße besser zusammenpaßten, wenn sie sich umarmten. Als nächstes kaufte er einen Schemel, nahm einige Maße und sägte exakt fünfeinhalb Zentimeter ab, so daß sie ein Bein darauf abstellen konnte. Manchmal hob sie das linke, manchmal das rechte. Er ordnete diese Accessoires vor der Wand an und hängte an der Decke in geeigneter Höhe Kissen auf, als Polster für Kopf, Rücken und Hüfte.

»Ist es bequem?« fragte er zärtlich, und sie nickte.

Aber die volle Befriedigung, die im Bett möglich war, konnte nur annähernd erreicht werden. Was als gelegentliche Würze reizvoll gewesen wäre, eine Abwechslung zum üblichen Speiseplan, war zum Hauptgericht geworden, wodurch der Appetit oft verwirrt wurde oder ungestillt blieb.

In der Wand gegenüber war ein kleines Fenster. Einmal, zwischen Dämmerung und Einbruch der Nacht, als sie sich gerade in ihrer vertikalen Liebesumarmung befanden, begann es zu regnen. Ein feuchter Gartengeruch kam durch das Fenster herein. Durch ihre halbgeöffneten Lider sah Dina, wie das Nieseln wie Nebel im Licht der Straßenlaterne schwebte. Hin und wieder verirrte sich eine Hand, ein Ellbogen oder eine Schulter über die Kissen hinaus auf die nackte Wand, und der Beton fühlte sich auf ihrer erhitzten Haut köstlich kühl an.

»Mmm«, murmelte sie, den Moment mit allen Sinnen genießend, und er freute sich. Der Regen wurde jetzt stärker, pladderte in schrägen Strichen vor der Straßenlaterne herunter.

Sie sah eine Weile hin und erstarrte. »Bitte hör auf«, flüsterte sie, aber er bewegte sich weiter.

»Hör auf, hab ich gesagt! Bitte, Fredoon, hör auf!«

»Wieso?« bettelte er. »Wieso denn? Was ist denn jetzt schon wieder?«

Sie zitterte. »Der Regen ...«

»Der Regen? Ich mach das Fenster zu, wenn du willst.«

Sie schüttelte den Kopf. »Es tut mir leid, irgendwas hat mich an Rustom erinnert.«

Er nahm ihr Gesicht zwischen seine Hände, aber Dina schob sie weg. Sie schwamm aus seiner Umarmung heraus und hinein in die Erinnerung an diese Nacht, die so lange zurücklag: Sie trug Rustoms warmen Regenmantel, ihr Regenschirm war in dem Gewitter kaputtgegangen. Und nach dem Konzert, im Wartehäuschen, hatten sie sich zum allerersten Mal an den Händen gehalten, ihre Handflächen waren feucht von dem fein herabfallenden Nieselregen.

Während sie sich an die Reinheit dieses Augenblicks erinnerte, verglich Dina ihn mit dem gegenwärtigen. Was sie und Fredoon in diesem Zimmer miteinander machten, kam ihr wie eine schmutzige, mit Apparaturen befrachtete Prozedur vor, die sie mit Beschämung und Reue erfüllte. Sie schauderte.

Schweigend reichte Fredoon ihr ihren Büstenhalter und ihren Slip. Sie wich zu der kissenbestückten Wand zurück und kleidete sich, von ihm abgewandt, an. Er zog seine Hose an und machte Tee.

Später versuchte er sie aufzumuntern. »In den ganzen verdammten Hindi-Filmen bringt der Regen den Helden und die Heldin einander näher«, klagte er. »Aber von diesem Augenblick an ist er der Fluch meines Lebens.« Sie lächelte, und er fühlte sich ermutigt. »Keine Sorge, ich bau das hier wieder ab und entwerfe was Neues für unsere Darbietungen.«

Und Fredoon gab nicht auf. Doch trotz seiner Bemühungen und seines heimlichen Studiums von Sexualratgebern konnte die Vergangenheit nur unvollkommen auf Abstand gehalten werden. Sie war eine schlüpfrige Angelegenheit, entdeckte er, die beim geringsten Anlaß in die Gegenwart rutschte und die stärksten Verteidigungsanlagen überwand.

Aber er blieb klaglos, und Dina mochte ihn deswegen. Sie war entschlossen, ihn so lange wie möglich vor Nusswan geheimzuhalten.

»Noch immer keinen Freund?« fragte Nusswan, während er die Geldscheine aus seiner Brieftasche abzählte. »Vergiß nicht, du bist schon dreißig. Wenn du erst mal ausgetrocknet bist, ist es zu spät für Kinder. Ich kann dir immer noch einen anständigen Ehemann verschaffen. Wozu diese ganze Schufterei und Plackerei?«

Sie tat die sechzig Rupien in ihre Geldtasche und widersprach ihm nicht. Es waren die Zinsen, die er für seinen Kredit einforderte, dachte sie philosophisch – ein bißchen übertrieben, aber die einzige Währung, die sie sich leisten und er akzeptieren konnte.

* * *

Die Geige hatte seit fünf Jahren unberührt auf dem Schrank gelegen. Beim Wohnungsputz, der zweimal im Jahr stattfand, wenn Dina sich ein weißes Tuch um den Kopf wickelte und die Wände und Decken mit einem langstieligen Besen sauberwischte, putzte sie oben auf dem Schrank um den schwarzen Koffer herum.

Diese Strategie weitgehender Nichtbeachtung behielt sie auch noch die sechs folgenden Jahre bei. Inzwischen jährte sich Rustoms Todestag zum zwölften Mal. Zeit, die Geige zu verkaufen, beschloß sie. Besser, jemand spielte sie, statt daß sie dort oben verstaubte. Sie stieg auf einen Stuhl und holte den Kasten herunter. Die verrosteten Metallschlösser quietschten, als sie sie aufschnappen ließ. Dann hob sie den Deckel und hielt den Atem an.

Der Resonanzkörper war um die F-Löcher herum vollständig eingebrochen. Die vier Saiten hingen schlaff zwischen Saitenhalter und Wirbeln, der Filz auf der Innenseite des Kastens war von marodierendem Ungeziefer durchlöchert und zerfressen. Fetzen von burgunderroter Wolle klebten an ihren Händen. Sie hatte ein mulmiges Gefühl im Magen. Mit zitternder Hand zog sie den Bogen aus seiner Verankerung im Deckel. Die Haare hingen lose an einem Ende wie ein dünner Pferdeschwanz, kaum ein Dutzend Strähnen waren noch gespannt. Sie verstaute Geige und Bogen wieder im Kasten und beschloß, das Instrument zu L. M. Furtado & Co. zu bringen.

Unterwegs mußte sie kurz in einer Bücherei Zuflucht suchen, als Demonstranten durch die Straße stürmten, Schaufensterscheiben einschlugen und Parolen gegen die Zuwanderung von Südindern brüllten, die ihnen angeblich ihre Arbeitsplätze wegnahmen. Erst als die Demonstranten ihr Zerstörungswerk beendet hatten und verschwanden, traf die Polizei mit Jeeps ein. Dina wartete noch ein paar Minuten, bevor sie den Schutz der Bücherei verließ.

Bei L. M. Furtado & Co. beaufsichtigte Mr. Mascarenhas die Aufräumungsarbeit im Schaufenster, wo die Scherben der großen Scheibe zwischen zwei Gitarren, einem Banjo, einigen Bongos und den Noten von Cliff Richards neusten Songs blitzten. Als Dina das Geschäft mit dem Geigenkasten betrat, kehrte Mr. Mascarenhas wieder hinter den Verkaufstisch zurück.

»Wie schade«, sagte sie, zum Fenster deutend.

»Das gehört heutzutage einfach zu den Unkosten, wenn man ein Geschäft betreibt«, sagte er, während er den Kasten öffnete, den Dina vor ihm hingelegt hatte. Als er den Inhalt sah, hielt er mit grimmiger Miene inne. »Wie ist das denn passiert?« Er erkannte Dina nicht wieder. Es war schon sehr lange her, daß Rustom sie ihm vorgestellt hatte, als sie einmal zusammen im Geschäft gewesen waren, um eine E-Saite zu kaufen. »Spielt denn niemand drauf?«

»Schon seit Jahren nicht mehr.«

Mr. Mascarenhas kratzte sich am rechten Ohr und runzelte wild die Stirn um den dicken schwarzen Rahmen seiner Brille herum. »Eine Geige bewahrt man korrekt auf, indem man die Saiten entspannt und den Bogen lockert«, sagte er streng. »Wenn wir Menschen abends nach Hause kommen und uns entspannen wollen, dann lockern wir doch auch unseren Gürtel, oder etwa nicht?«

Dina nickte beschämt. »Kann man sie noch reparieren?«

»Man kann alles reparieren. Die Frage ist, wie wird sie klingen, wenn sie repariert ist?«

»Wie wird sie klingen?«

»Grauenhaft. Wie raufende Katzen. Aber wir können den Kasten mit neuem Filz auslegen. Es ist ein guter, stabiler Kasten.«

Sie verkaufte Mr. Mascarenhas den Kasten für fünfzig Rupien und ließ die Überreste der Geige gleich da. Er sagte, vielleicht würde ein Anfänger das reparierte Instrument mit Rabatt kaufen. »Anfänger kratzen und kreischen sowieso, da spielt der Klang keine Rolle. Wenn ich sie verkaufe, zahle ich Ihnen noch mal fünfzig.«

Der Gedanke, daß ein begeisterter Junge sie erwerben könnte, tröstete sie. Das hätte Rustom gefallen – die Vorstellung, daß seine Geige weiterhin die Menschheit quälte.

Hin und wieder wurde Dina von den Schuldgefühlen heimgesucht, die ihr die Sache mit der Geige bereitete. Wie dumm, dachte sie, sie zwölf Jahre lang achtlos oben auf dem Schrank liegen und verrotten zu lassen. Hätte sie sie doch wenigstens Xerxes und Zarir geschenkt und ihnen zugeredet, Unterricht zu nehmen.

Dann, eines Morgens, erschien jemand an der Haustür und verkündete, er habe etwas für Mrs. Dalal abzugeben.

»Das bin ich«, sagte sie.

Der junge Mann, der eine modische enge Hose und ein leuchtend gelbes Hemd trug, dessen oberste drei Knöpfe geöffnet waren, ging zu dem Lieferwagen zurück, um den Gegenstand zu holen. Dina fragte sich, ob es vielleicht die Geige sein könnte. Sechs Monate waren vergangen, seit sie sie zu L. M. Furtado & Co. gebracht hatte. Vielleicht schickte Mr. Mascarenhas sie zurück, weil sie nicht mehr zu retten war.

Der junge Bursche erschien wieder an der Tür, mit Rustoms zerbeultem Fahrrad. »Vom Polizeikommissariat«, sagte er.

Bevor er sie bitten konnte, den Empfang der Ware zu bestätigen, sank sie, wobei ihre Hand am Türpfosten entlangglitt, anmutig zu Boden und wurde ohnmächtig.

»Ma-ji.« Der Bote geriet in Panik. »Soll ich einen Krankenwagen rufen? Sind Sie krank?« Er fächelte ihr verzweifelt mit dem Klemmbrett zu, schwenkte es in verschiedenen Winkeln vor ihrem Gesicht herum, in der Hoffnung, daß einer dieser Luftströme funktionierte und ihr wieder den Atem in die Nasenlöcher zurückbrächte.

Sie rührte sich, und er fächelte heftiger. Durch die Besserung ihres Zustandes ermutigt, ergriff er ihr Handgelenk, als würde er den Pulsschlag überprüfen. Er wußte nicht genau, was er mit dem Handgelenk anstellen sollte, aber er hatte die Geste mehrmals in einem Film gesehen, in dem der Held ein Arzt war und seine treue und großbusige Krankenschwester die Heldin.

Dina rührte sich wieder, und der Botenjunge ließ ihr Handgelenk los, erfreut über seinen allerersten medizinischen Erfolg. »Ma-ji! Was ist passiert? Soll ich jemanden holen?«

Sie schüttelte den Kopf. »Die Hitze ... es geht schon wieder.« Der verbogene Rahmen und die Lenkstange kamen wieder verschwommen in Sicht. Einen Moment lang wunderte sie sich, wieso die Polizei das Fahrrad rotbraun gestrichen hatte. Es war früher schwarz gewesen.

Dann ging die Verschwommenheit vorüber, und sie konnte wieder normal sehen. »Es ist ja völlig verrostet«, sagte sie.

»Völlig«, stimmte er mit einem Nicken zu und sah dann auf das vergilbte Etikett mit der Aktennummer und dem Datum. »Kein

Wunder. Zwölf Jahre hat es in der Asservatenkammer gestanden, wo die Fenster zerbrochen sind und die Decke leckt. Bei zwölf Monsunregen würden sogar menschliche Knochen verrosten.«

Dina war innerlich so aufgewühlt, daß sie ihren Zorn gegen den Jungen richtete. »Ist das denn eine Art, mit wichtigen Beweismitteln umzugehen? Wenn sie den Verbrecher erwischen, wie wollen sie ihm dann die Tat vor Gericht beweisen – mit einem beschädigten Beweismittel?«

»Sie haben völlig recht. Aber in dem ganzen Gebäude leckt es. Die Angestellten werden genauso naß wie die Beweismittel. Auch wichtige Akten, so daß die Tinte zerläuft. Nur der große Boß hat ein trockenes Büro.«

Seine Erklärung spendete ihr wenig Trost, und er versuchte es noch mal. »Wissen Sie, ma-ji, einmal hatten wir einen Sack Weizen in der Kammer. Jemand hatte den Besitzer umgebracht, um ihn zu stehlen. Da waren Blutflecken auf dem Jutesack. Als der Fall dann endlich vor Gericht kam, hatten sich schon die Ratten durch den Sack durchgebissen und den größten Teil des Weizens aufgefressen. Der Richter hat die Klage abgewiesen, mangels Beweisen.« Er lachte vorsichtig, als er die Geschichte beendete, in der Hoffnung, Dina würde sie von ihrer komischen Seite sehen.

»Und Sie finden das auch noch zum Lachen?« sagte sie zornig. »Der Verbrecher geht straffrei aus. Und wo bleibt die Gerechtigkeit?«

»Es ist schrecklich, schrecklich«, stimmte er zu, während er ihr das Klemmbrett zum Unterschreiben reichte. Dann dankte er ihr und ging.

Sie betrachtete ihre Kopie der Empfangsbestätigung. Dort stand, daß der Fall zu den Akten gelegt werde und der persönliche Besitz dem nächsten Verwandten zurückgegeben worden sei.

Dina war kein abergläubischer Mensch. Aber nach dem Schicksal, das der Geige widerfahren war, war das Wiedererscheinen des Fahrrads mehr, als sie ertragen konnte. Sie kam zu dem Schluß, daß darin eine Botschaft für sie lag. Sie beendete Fredoons letzte Bestellung, ein Partyrock für eine Nichte, schüttelte ihm die Hand und sagte, sie würden sich nicht mehr sehen können, weil sie das Schneidern aufgeben und wieder heiraten würde.

* * *

Ab da begegnete Dina Fredoon nie wieder. Um zu vermeiden, daß sie ihm über den Weg lief, gab sie sogar andere Kunden in dem Gebäude auf. Es blieb genug Arbeit von ihren restlichen Einnahmequellen, um ihren Lebensunterhalt zu sichern.

Ganze fünf Jahre vergingen in diesem Stil. Dann, genau nach Zeitplan, erfüllte sich Tante Shirins Prophezeiung. Mit zweiundvierzig begannen die Augen Dina Probleme zu machen. Binnen zwölf Monaten mußte sie zweimal die Brille wechseln. Die Gläser waren inzwischen ganz dick geworden.

»Beenden Sie die Überanstrengung Ihrer Augen, oder finden Sie sich mit Ihrer Blindheit ab«, sagte der Arzt. Er war ein drahtiger kleiner Mann, der die komische Angewohnheit hatte, mit seinen Fingern überall im Raum herumzuwedeln, wenn er das periphere Sehvermögen überprüfen wollte. Es erinnerte Dina an Kinder, die Schmetterlinge spielten.

Aber seine abrupte, direkte Art empörte sie und machte ihr auch etwas angst. Sie wußte nicht, was sie tun würde, wenn sie nicht mehr in der Lage wäre zu nähen.

Das Schicksal, das seinem eigenen Zeitplan folgte, brachte eine Lösung. Ihre Freundin Zenobia erzählte ihr von der Leiterin der Exportabteilung einer großen Textilfirma. »Mrs. Gupta ist eine meiner Stammkundinnen. Ich hab ihr schon oft einen Gefallen getan, sie kann dir bestimmt irgendeine leichte Arbeit verschaffen.«

Eines Nachmittags in jener Woche, im Schönheitssalon Venus, inmitten der unangenehmen Gerüche von Wasserstoffperoxyd und anderen verschönernden Chemikalien, wartete Dina darauf, Mrs. Gupta vorgestellt zu werden, die unter einem Haartrockner verschanzt war. »Noch ein paar Minuten Geduld«, flüsterte Zenobia. »Ich mache ihr so eine wunderbare Hochfrisur. Sie wird in bester Stimmung sein.«

Dina sah von einem Stuhl im Warteraum zu, wie Zenobia

mit den Haaren der Exportleiterin architektonische, ja sogar skulpturelle Kunststücke anstellte und ein Monument schuf. Während der Bau voranschritt, warf Dina einen Seitenblick in einen Spiegel und stellte sich den hohen Turm auf ihrem Kopf vor.

Bald wurde das Gerüst von Clips und Lockenwicklern vorsichtig entfernt, und die Frisur war vollendet. Die beiden Frauen kamen zum Warteraum herüber. Mrs. Gupta strahlte.

»Es sieht wunderschön aus«, fühlte Dina sich verpflichtet zu sagen, nachdem sie einander vorgestellt worden waren.

»Oh, vielen Dank«, sagte die Exportleiterin. »Aber das Lob gebührt eigentlich ganz und gar Zenobia hier und ihrem Talent. Ich steuere nur den Rohstoff bei.«

Sie lachten, und Zenobia beharrte darauf, daß es überhaupt nicht an ihr liege. »Mrs. Guptas Gesichtsform ist das Entscheidende – sieh dir nur diese Wangenknochen an. Und diese Eleganz in ihrer Körperhaltung. Das sind die Dinge, die für die Gesamtwirkung verantwortlich sind.«

»Genug, genug! Ich muß ja gleich erröten!« quietschte Mrs. Gupta.

Den Zauber importierter Shampoos und Haarsprays erörternd, lenkte Zenobia das Gespräch zum Thema Textilindustrie, ebenso geschickt, wie sie die Wirbel und Spiralen gedreht hatte. Mrs. Gupta erzählte ganz gern über ihre Leistungen bei Au Revoir Exports.

»In nur einem Jahr habe ich den Umsatz verdoppelt«, sagte sie. »Hoch angesehene Marken aus der ganzen Welt verlangen meine Kreationen.« Ihre Firma – sie verwendete durchgehend das Possessivpronomen – hatte begonnen, Boutiquen in Amerika und Europa mit Damenkleidung zu beliefern. Es wurde vor Ort nach ausländischen Schnittmustern genäht, und die Aufträge wurden in kleinen Mengeneinheiten vergeben.

»Das ist für mich wirtschaftlicher. Besser als einen großen Betrieb zu haben, der durch einen Streik lahmgelegt werden kann. Wer will schon mit Gewerkschafts-Goondas zu tun haben, wenn es sich vermeiden läßt? Vor allem heutzutage, mit soviel Unruhen im Land. Und Politiker wie Jay Prakash Narayan, die zivilen Ungehorsam predigen. Macht einfach überall Probleme. Meint, er wäre Mahatma Gandhi der Zweite.«

Zenobias Stichwort folgend, stimmte Mrs. Gupta zu, daß Dina ideal für die Arbeit wäre. »Ja, Sie können ohne weiteres Schneider einstellen und sie beaufsichtigen. Sie brauchen sich nicht selbst anzustrengen.«

»Aber ich hatte noch nie mit komplizierten Sachen und neuen Moden zu tun«, bekannte Dina, und Zenobia warf ihr einen stirnrunzelnden Blick zu. »Nur einfache Sachen. Kinderröcke, Schuluniformen, Schlafanzüge.«

»Das hier ist auch einfach«, versicherte Mrs. Gupta. »Sie brauchen nur den Papierschnittmustern zu folgen, so wie Sie Ihrer Nase folgen.«

»Genau«, sagte Zenobia, verärgert über Dinas Zögern. »Und es ist keine weitere Investition nötig, zwei Schneider passen gut in dein hinteres Zimmer.«

»Was ist mit dem Vermieter?« fragte Dina. »Er könnte mir großen Ärger machen, wenn ich in meiner Wohnung eine Werkstatt einrichte.«

»Er braucht es ja nicht zu erfahren«, sagte Zenobia. »Behalt's einfach für dich, erzähl deinen Nachbarn nichts davon oder sonst jemandem.«

Die Schneider würden ihre eigenen Nähmaschinen mitbringen müssen, denn das war so üblich, Mrs. Gupta zufolge. Und Stückarbeit war besser, weil es einen Anreiz bot, während ein feststehender Tageslohn ein Rezept für Zeitvergeudung wäre. »Eins dürfen Sie nie vergessen«, betonte sie. »Sie sind der Boß, Sie bestimmen die Spielregeln. Verlieren Sie nie die Kontrolle. Schneider sind sehr seltsame Menschen – sie arbeiten mit winzigen Nadeln, aber stolzieren herum, als würden sie große Schwerter tragen.«

Und so ließ sich Dina schließlich überzeugen und machte sich daran, zwei Schneider zu suchen, durchkämmte das Labyrinth von Gassen in dem schmutzigen Bauch der Stadt. Tag für Tag betrat sie heruntergekommene Gebäude und Geschäfte, die unsicher wie zerdellte Kartenhäuser dastanden. Schneider fand sie in vielen – sie hockten in beengten Dachkammern, kauerten in

Kholis, die wie unterirdische Höhlen aussahen, saßen gebeugt in muffigen Kabuffs oder im Schneidersitz an Straßenecken – alle mit den unterschiedlichsten Tätigkeiten beschäftigt, von Matratzenbezügen bis zu Hochzeitsausstattungen.

Diejenigen, die begierig waren, für sie zu arbeiten, schienen nicht fähig zu sein, die Exportarbeit zu bewerkstelligen. Sie sah Proben ihrer Näharbeit: schiefe Kragen, ungleiche Nähte, nicht zueinander passende Ärmel. Und diejenigen, die geschickt genug waren, wollten die Arbeit gebracht bekommen. Aber das war Mrs. Guptas strenge Bedingung: Die Arbeit mußte unter der Aufsicht des Auftragnehmers erfolgen. Keine Ausnahmen, nicht einmal für Zenobias Freunde, weil Au Revoirs Schnittmuster streng geheim waren.

Das beste, was Dina tun konnte, war, ihre Adresse auf kleine Zettel zu schreiben und sie in Geschäften zu hinterlassen, wo die Qualität einigermaßen akzeptabel war. »Wenn Sie jemanden kennen, der so gute Arbeit leistet wie Sie und der einen Job sucht, schicken Sie ihn zu mir«, sagte sie. Viele Besitzer warfen den Zettel weg, sowie sie gegangen war. Einige rollten ihn zu einem festen Kegel zusammen, um sich damit in den Ohren zu kratzen, bevor sie ihn wegwarfen.

Währenddessen hatte Zenobia einen weiteren Vorschlag für Dina: einen Untermieter zu nehmen. Dazu würde nicht mehr gehören, als ein paar grundlegende Sachen zur Verfügung zu stellen, wie ein Bett, ein Schrank, ein Bad. Und für Mahlzeiten einfach etwas mehr von dem zu kochen, was sie selbst aß.

»Du meinst so was wie ein zahlender Gast?« sagte Dina. »Niemals. Zahlende Gäste bringen einem nur Ärger. Ich erinner mich an diesen Fall in Firozsha Baag. Wie furchtbar es den armen Leuten erging.«

»Sei nicht so paranoid. Wir lassen natürlich keine Gauner oder Spinner in deine Wohnung. Denk an die Miete, die du jeden Monat bekommst – garantiertes Einkommen.«

»Nein, Baba, das Risiko ist mir zu groß. Ich hab von vielen alten Leuten und Frauen gehört, die dann belästigt wurden.«

Aber als ihre mageren Ersparnisse abnahmen, gab sie nach. Zenobia versicherte ihr, sie würden nur jemand Verläßlichen akzeptieren, vorzugsweise einen vorübergehenden Besucher in der Stadt, der ein Zuhause hatte, zu dem er zurückkehren konnte. »Such du die Schneider«, sagte sie, »ich such den Untermieter.«

Und so fuhr Dina fort, ihren Namen und ihre Adresse in Schneiderwerkstätten zu verteilen, jetzt auch in entfernteren Gegenden, sie nahm den Zug in die nördlichen Vororte, in Stadtteile, die sie in all ihren zweiundvierzig Jahren noch nie gesehen hatte. Häufig wurde ihr Fortkommen gebremst, wenn der Verkehr durch Prozessionen und Demonstrationen gegen die Regierung blockiert wurde. Manchmal, wenn sie auf dem Oberdeck des Busses saß, hatte sie einen guten Blick auf die wogende Menge. Die Spruchbänder und Parolen warfen der Ministerpräsidentin Mißwirtschaft und Korruption vor und riefen sie auf, zurückzutreten und damit dem Gerichtsurteil Folge zu leisten, in dem sie der Wahlmanipulation für schuldig befunden worden war.

Und selbst wenn die Ministerpräsidentin zurücktreten würde – würde das irgend etwas nützen? fragte sich Dina.

Eines Abends, als der langsame Regionalzug auf einen Signalwechsel wartete, blickte sie über den Eisenbahnzaun, wo ein Strom schwarzen Abwasserschlamms aus einem unterirdischen Kanal herausschwappte. Männer zogen an einem Seil, das im Boden verschwand. Ihre Arme waren dunkel bis zu den Ellbogen, schwarzer Schleim tropfte von Händen und Seil. In dem Slum hinter ihnen schwelten Kochfeuer, deren Rauch die Luft befleckte. Die Arbeiter versuchten, den verstopften Kanal freizubekommen.

Dann tauchte, die Hände ums Seilende geklammert, ein Junge aus dem Boden auf. Er war von Kopf bis Fuß mit dem schlüpfrigen Abwasserschlamm bedeckt, und es war ein Anblick von schrecklicher, doch erhabener Schönheit, wie er sich da glänzend und schimmernd in der Sonne aufrichtete. Die schmutzstarrenden Haare standen ihm wie eine Krone schwarzer Flammen vom Schädel ab. Hinter ihm kringelte sich der Slumrauch in den Himmel hinauf, wodurch die ganze Szenerie endgültig einem Ebenbild der Hölle glich.

Dina starrte, schaudernd, gebannt von der Erscheinung des Jungen, und hielt sich die Nase gegen den Gestank zu, bis der Zug den Ort verlassen hatte. Aber die Vision aus der Unterwelt verfolgte sie noch den ganzen Tag und auch noch viele Tage danach.

Die langen deprimierenden Fahrten, die Szenen von Armut und Elend erschöpften sie. Ihre Lebensgeister waren so niedergeschlagen wie noch nie. Zenobia konnte es in ihrem Blick sehen. »Was machst du denn für ein Gesicht?« sagte sie und kniff Dina leicht in die Wange.

»Ich hab es satt, mich so abzurackern. Ich kann nicht mehr.«

»Du darfst jetzt nicht aufgeben. Hör zu, es haben sich einige Leute mit mir in Verbindung gesetzt, die ein Zimmer suchen. Und einer von ihnen ist Maneck Kohlah – Abans Sohn. Erinnerst du dich an sie? Sie war mit uns auf der Schule. Sie hat geschrieben, daß Maneck das Studentenheim von seinem College scheußlich findet, er will dringendst umziehen. Ich will nur sichergehen, daß wir jemand auswählen, der einen guten Charakter hat.«

»Diese ganzen Ausgaben für die Bahnfahrkarten sind herausgeworfenes Geld«, sagte Dina, die gar nicht zugehört hatte. Sie erhoffte sich die Zustimmung ihrer Freundin, daß sie diese seelenerschöpfenden Fahrten aufgeben könne.

»Aber überleg doch mal – wenn du erst mal zwei Schneider gefunden hast, wie einfach dann dein Leben wird. Willst du deine Unabhängigkeit aufgeben und wieder bei Nusswan wohnen, oder was?«

»Sag so was bitte nicht mal im Scherz.« Aber diese Aussicht veranlaßte sie, weiterzumachen und ihre Adresse in immer mehr Werkstätten zu hinterlassen. Sie fühlte sich wie die verlorenen Kinder in diesem Märchen, dessen Titel ihr entfallen war, die in der Hoffnung, gerettet zu werden, eine Spur von Brotkrumen hinterließen. Aber Vögel hatten die Brotkrumen vertilgt. Würde sie jemals gerettet, fragte sie sich, oder würde ihre Spur von Zetteln ebenfalls vertilgt, von dem Wind, dem schwarzen Abwasserschlamm, dem hungrigen Heer von Papiersammlern, die mit ihren Säcken durch die Straßen streiften?

Müde und entmutigt betrat sie eine Gasse, durch deren Mitte ein Abwasserrinnsal floß. Gemüseschalen, Zigarettenkippen, Eierschalen tanzten auf der Oberfläche. Etwas weiter verengte sich die Gasse und verwandelte sich fast vollständig in einen Rinnstein. Kinder ließen Papierschiffchen auf dem Abwasser schwimmen und jagten sie den trägen Strom entlang. Es waren Planken darübergelegt worden, um Übergänge zu Geschäften und Häusern zu schaffen. Wenn ein Schiffchen unter eine Planke segelte und auf der anderen Seite unbeschadet wieder auftauchte, klatschten die Kinder vergnügt in die Hände.

Dina vernahm aus einem Türeingang das vertraute Rattern und Summen einer Nähmaschine. Das wäre für heute der letzte Schneider, beschloß sie, vorsichtig die Planke überquerend, und dann würde sie schnurstracks heimfahren.

Auf halbem Weg brach sie mit dem Fuß durch eine morsche Stelle. Ein kurzer Schrei entfuhr ihr. Zwar schaffte sie es noch, das Gleichgewicht zu halten, verlor aber einen Schuh. Die Kinder wateten hinein und tasteten, einander zurufend, unter der dunklen Oberfläche herum, jedes begierig, den Schuh als erstes zu finden.

Sie erreichte den Werkstatteingang und nahm ihren triefenden Schuh von dem aufgeregten kleinen Finder entgegen, den sie mit einer Fünfundzwanzig-Paisa-Münze belohnte. Das Geräusch der Nähmaschine hatte aufgehört. Der sie bedient hatte, stand im Türeingang, von dem Krach herbeigelockt.

»Was treibt ihr Bengel denn da schon wieder?« schrie er die Kinder an.

»Sie haben mir geholfen«, sagte Dina. »Ich war auf dem Weg zu Ihrer Werkstatt, und mir ist ein Schuh reingefallen.«

»Oh«, brummte er, jetzt etwas kleinlauter. »Die Sache ist die, normalerweise haben die immer nur irgendwelche Streiche im Kopf.« Da er in Dina eine potentielle Kundin erkannte, änderte er seinen Tonfall. »Bitte treten Sie doch ein. Bitte sehr.«

Ihre Anfrage bezüglich arbeitswilliger Schneider enttäuschte ihn. Er tat sie mit einem gleichgültigen »Okay, ich versuch's« ab und spielte mit seinem Meterband, während sie ihren Namen und ihre Adresse aufschrieb.

Dann leuchtete sein Gesicht plötzlich auf. »Die Sache ist die, Sie sind hier goldrichtig. Ich habe zwei wunderbare Schneider für Sie. Ich werde sie Ihnen gleich morgen schicken.«

»Wirklich?« fragte sie, skeptisch angesichts dieses plötzlichen Sinneswandels.

»O ja, zwei wunderschöne Schneider, oder ich will nicht Nawaz heißen. Die Sache ist die, sie haben keine eigene Werkstatt, sie gehen auswärts arbeiten. Aber sie sind sehr geschickt. Sie werden mit ihnen so glücklich sein.«

»Okay, ich werde sie mir morgen ansehen.« Sie verabschiedete sich, ohne sich irgendwelche Hoffnungen zu machen. In den vergangenen Wochen hatte man ihr schon einige falsche Versprechungen gemacht.

Als sie wieder daheim war, wusch sie sich die Füße und reinigte ihre Schuhe. Ihr war übel bei dem Gedanken an diese Gasse, in der die Kinder mit ihren Papierschiffchen spielten. Sie weigerte sich, neuen Mut zu fassen – weder durch das Versprechen des Schneiders noch durch Zenobias Versicherung, daß ein Untermieter unmittelbar bevorstehe, daß Maneck Kohlah, der Sohn ihrer Schulfreundin, jetzt jederzeit vorbeikommen könne, um sich das Zimmer anzusehen.

Und so, als es am nächsten Morgen an der Tür klingelte, begrüßte Dina die Wende ihres Schicksals mit offenen Armen. Der zahlende Gast stand vor ihrer Tür, zusammen mit den Früchten des gestern abgegebenen Zettels: zwei Schneider namens Ishvar und Omprakash Darji.

Wie Zenobia es ausgedrückt hätte: Der ganze Haufen tauchte gleichzeitig vor ihrer Wohnung auf.

II

Damit Träume wachsen können

In den Büroräumen von Au Revoir Exports sah es aus und roch es wie in einem Lagerhaus. Auf den Böden stapelten sich Ballen mit Textilien, die in Sackleinwand eingewickelt waren, und in der Luft hing der scharfe chemische Geruch von frischem Stoff. Durchsichtiges Plastik, Papier, Bindfaden und Verpackungsmaterial lagen verstreut auf dem staubigen Boden herum. Dina fand die Exportleiterin an einem Schreibtisch, der hinter Metallregalen verborgen war.

»Hallo! Zenobias Freundin – Mrs. Dalal! Wie geht's?« sagte Mrs. Gupta.

Sie schüttelten sich die Hände. Dina berichtete, daß sie zwei fähige Schneider gefunden habe und jetzt startbereit sei.

»Wunderbar, ganz wunderbar«, sagte Mrs. Gupta, aber es war offensichtlich, daß ihre gute Laune nicht in erster Linie durch Dinas Ankündigung verursacht wurde. Der eigentliche Grund sprudelte bald hervor: Sie hatte am Nachmittag einen weiteren Termin im Schönheitssalon Venus. Unbotmäßige Locken, die sich während der vergangenen Woche selbständig gemacht hatten, würden gezähmt und wieder in den Schoß der Familie zurückgebracht werden.

Allein schon dieses Ereignis hätte ausgereicht, Mrs. Guptas Zufriedenheit sicherzustellen, aber es gab noch mehr frohe Botschaften. Kleinere Irritationen in ihrem Leben wurden ebenfalls beseitigt – nachdem die Ministerpräsidentin am Vortag den Ausnahmezustand ausgerufen hatte, war der größte Teil der parlamentarischen Opposition ins Gefängnis gewandert, zusammen mit Tausenden von Gewerkschaftern, Studenten und Sozialarbeitern. »Ist das nicht eine gute Nachricht?« Sie leuchtete vor Freude.

Dina nickte zweifelnd. »Ich dachte, das Gericht hätte sie für schuldig befunden, die Wahlen manipuliert zu haben.«

»Nein, nein, nein!« sagte Mrs. Gupta. »Das ist alles Unsinn. Es wird angefochten. Jetzt sind die Unruhestifter, die sie fälschlich beschuldigt haben, allesamt ins Gefängnis gesteckt worden. Schluß mit Streiks und Morchas und dummen Unruhen.«

»Oh, wie gut«, sagte Dina nervös.

Die Exportleiterin schlug ihr Auftragsbuch auf und wählte ein Schnittmuster für den ersten Auftrag aus. »Also, diese sechsunddreißig Kleider sind ein Test für Sie. Ein Test für Ordentlichkeit, Genauigkeit und Beständigkeit. Wenn sich Ihre beiden Schneider bewähren, gebe ich Ihnen weitere Aufträge. Viel größere«, versprach sie. »Wie ich Ihnen schon gesagt habe, ich arbeite lieber mit privaten Auftragnehmern. Gewerkschaftsfaulenzer wollen weniger arbeiten und mehr Geld haben. Das ist der Fluch dieses Landes – Faulheit. Und einige idiotische Politiker ermutigen sie sogar noch und raten der Polizei und der Armee, ungesetzliche Befehle zu verweigern. Jetzt frag ich Sie, wie kann das Gesetz ungesetzlich sein? Alberner Unsinn. Geschieht ihnen recht, wenn sie ins Gefängnis gesteckt werden.«

»Ja, geschieht ihnen recht«, wiederholte Dina, die in das Schnittmuster vertieft war. Sie wünschte, die Exportleiterin würde sich auf die Arbeit beschränken und nicht ständig in die Politik abschweifen. »Sehen Sie mal, Mrs. Gupta, der Saum am Musterkleid ist sieben Zentimeter breit, aber nach dem Schnittmuster soll er nur fünf Zentimeter breit sein.«

Die Diskrepanz war zu trivial, um eines Kommentars von Mrs. Gupta würdig zu sein. Sie nickte und zuckte die Achseln, wodurch ihr der Sari von der Schulter rutschte. Eine Hand schoß hervor, um die Rutschpartie zu stoppen. »Gott sei Dank hat die Ministerpräsidentin entschlossene Schritte unternommen, wie sie im Radio gesagt hat. Wir haben Glück, daß wir in diesen gefährlichen Zeiten jemand Starkes haben.«

Sie wehrte weitere Fragen mit einem Handwinken ab. »Ich vertraue Ihnen, Mrs. Dalal, folgen Sie einfach meinem Muster. Aber haben Sie die neuen Plakate heute gesehen? Sie werden überall angebracht.«

Dina hatte sie nicht gesehen. Sie wollte dringend die Stoffe ausmessen, die für die sechsunddreißig Kleider zur Verfügung gestellt wurden, ob es ein Defizit gab. Aber dann besann sie sich eines Besseren. Es könnte Mrs. Gupta beleidigen.

»›Disziplin ist das Gebot der Stunde‹ – das ist die Botschaft der Ministerpräsidentin auf dem Plakat.« Mrs. Gupta lehnte sich vor und sagte leise im vertraulichen Ton: »Wäre keine schlechte Idee, ein paar von den Plakaten am Eingang von Au Revoir hinzukleben. Sehen Sie sich diese beiden Burschen in der Ecke an. Plaudern, anstatt meine Regale aufzufüllen.«

Dina gab einen mitfühlenden Ton von sich und schüttelte den Kopf. »Soll ich in einer Woche wiederkommen?«

»Ja, bitte. Und viel Glück. Denken Sie dran, seien Sie hart mit Ihren Schneidern, sonst tanzen sie Ihnen bald auf der Nase herum.«

Dina begann, die Stoffballen aufzuheben, wurde aber gestoppt. Die Finger der Chefin schnippten zweimal, um einen Mann zu rufen, der das Material in den Aufzug schaffen sollte.

»Ich werde Zenobia von Ihnen grüßen, wenn ich sie heute nachmittag sehe. Wünschen Sie mir auch etwas Glück!« Mrs. Gupta kicherte. »Meine armen Haare kommen wieder unters Messer.«

»Ja, natürlich, viel Glück.«

Dina trug die Stoffballen nach Hause und machte im hinteren Zimmer Platz für die beiden Schneider. Der zahlende Gast würde erst im nächsten Monat einziehen. So hätte sie Zeit, sich erst einmal an eine Sache zu gewöhnen. Sie untersuchte die Schnittmuster und prüfte das Päckchen mit den Etiketten: Chantal Boutique, New York. Unruhig beschloß sie, schon mal die Schnittmuster auszuschneiden, so daß am Montag alles bereit wäre. Sie machte sich Gedanken über den Ausnahmezustand. Wenn es Unruhen gab, würden die Schneider vielleicht nicht kommen können. Sie wußte nicht einmal, wo sie wohnten. Es würde einen schrecklichen Eindruck machen, wenn bei diesem Probeauftrag der Ablieferungstermin nicht eingehalten würde.

* * *

Die Darjis trafen pünktlich am Montagmorgen um acht Uhr per Taxi mit ihren Nähmaschinen ein. »Auf Ratenzahlung«, sagte

Ishvar und klopfte stolz auf die Singer. »In drei Jahren, wenn die Zahlungen abgeleistet sind, werden sie uns gehören.«

Vermutlich war alles, was die Schneider erübrigen konnten, in die erste Ratenzahlung geflossen, denn Dina mußte das Taxi bezahlen. »Bitte ziehen Sie es von dem ab, was wir diese Woche verdienen«, sagte Ishvar.

Die Maschinen wurden ins Hinterzimmer getragen. Die Schneider legten die Treibriemen ein, justierten die verschiedenen Spannungen, luden die Spulen und machten schnell ein paar Nähte auf Stoffresten, um die Stiche zu testen. Eine Viertelstunde später waren sie bereit, mit dem Nähen zu beginnen.

Und wie sie nähten. Wie Engel, dachte Dina. Die Tretkurbeln der Singer ratterten, und die Schwungräder summten, während die Nadeln in ordentlichen engen Reihen auf dem Stoff tanzten und die Ballen nach und nach in Ärmel, Kragen, Vorderseiten, Rückseiten, Falten und Röcke verwandelt wurden.

Ich beaufsichtige die Arbeit, mußte sie sich ständig ermahnen, ich darf nicht mitmachen. Sie schwirrte herum, inspizierte fertiggestellte Stücke, erteilte Rat und Zuspruch. Sie beobachtete die über ihre Maschinen gebeugten Schneider, wie sie konzentriert die Stirn in Falten legten. Die zentimeterlangen Nägel an ihren kleinen Fingern faszinierten sie. Sie benutzten sie, um Säume umzulegen und Falten zu ziehen. Ishvars entstellte Wange war grotesk, fand sie: Wie könnte das passiert sein? Er wirkte nicht wie ein Typ, der in eine Messerstecherei geriet. Sein Lächeln und sein komischer unentschlossener Schnurrbart trugen aber dazu bei, den Schaden abzumildern. Ihr Blick wanderte zu dem schweigsamen Omprakash. Die abgemagerte Gestalt, scharf und kantig, wirkte wie eine mechanische Erweiterung der Nähmaschine. Zerbrechlich wie geschliffenes Kristall, dachte sie mit einem Anflug von Besorgnis. Und sein öliges Haar – sie hoffte, es würde keine Flecken auf dem Stoff verursachen.

Die Mittagspause kam und ging, und sie fuhren mit der Arbeit fort, unterbrachen sie nur, um um ein Glas Wasser zu bitten. »Vielen Dank«, sagte Ishvar und stürzte es herunter. »Sehr schön und kalt.«

»Eßt ihr um diese Zeit nicht zu Mittag?«

Er schüttelte heftig den Kopf, als sei dies ein ungeheuerlicher Vorschlag. »Eine Mahlzeit am Abend genügt. Mehr als das ist eine Verschwendung von Zeit und Essen.« Nach einer Pause fragte er: »Dinabai, was ist das für ein Ausnahmezustand, von dem wir gehört haben?«

»Politische Probleme – Spielchen, die von den Leuten gespielt werden, die an der Macht sind. Einfache Leute wie uns betrifft das nicht.«

»Das hab ich auch gesagt«, murmelte Omprakash. »Mein Onkel hat sich einfach Sorgen gemacht.«

Sie kehrten zu ihren Nähmaschinen zurück, und Dina fand, daß Stückarbeit eine brillante Idee war. Sie spülte das Glas und stellte es an einen gesonderten Platz. Ab jetzt würde es das Glas der Schneider sein.

Mit fortschreitendem Nachmittag wirkte Ishvar zunehmend unbehaglich an seiner Maschine. Dina fiel auf, daß er vornübergebeugt saß, die Beine eng zusammengepreßt, als hätte er Magenkrämpfe. Seine Füße an der Tretkurbel begannen zu erlahmen.

»Was ist los?« fragte sie.

»Nichts, nichts«, antwortete er mit einem verlegenen Lächeln.

Sein Neffe kam ihm zur Hilfe und hob den kleinen Finger. »Er muß mal.«

»Wieso hast du nicht früher etwas gesagt?«

»Es war mir peinlich zu fragen«, sagte Ishvar schüchtern.

Sie zeigte ihm das WC. Die Tür ging zu, und sie hörte, wie der Strahl die Kloschüssel traf. Es war ein zögerndes und stockendes Plätschern, wie es eine übervolle Blase verursacht.

Omprakash ging auch, nachdem Ishvar fertig war. »Die Spülung funktioniert nicht«, rief Dina ihm hinterher. »Spül mit etwas Wasser aus dem Eimer nach.«

Der Geruch im WC störte sie. Durch das lange Alleineleben bin ich zu heikel geworden, dachte sie. Andere Ernährung, andere Gewohnheiten – es war ganz natürlich, daß der Urin der Schneider einen fremden Geruch hinterließ.

Der Berg fertiggestellter Kleider wuchs, ohne daß Dina mehr zu tun brauchte, als jeden Morgen die Tür zu öffnen. Ishvar hatte stets einen Gruß oder ein Lächeln für sie, doch Omprakashs dürre Gestalt flitzte wortlos vorbei. Hockt auf seinem Schemel wie eine miesepetrige kleine Eule, dachte sie.

Die drei Dutzend Kleider waren vor dem Abgabetermin fertig. Mrs. Gupta war von dem Ergebnis begeistert. Sie genehmigte einen weiteren Auftrag, diesmal für sechs Dutzend Kleidungsstücke. Und in Dinas Geldbeutel wanderte das Geld für die erste Lieferung. Fast wie Geld für nichts, fand sie, mit einem Hauch von schlechtem Gewissen.

Wieviel leichter war das Leben auf einmal als in jenen wirren Zeiten, als ihre Finger und Augen immerzu in Näh- und Stickarbeit verstrickt waren.

Die Schneider waren ungeheuer erleichtert, daß ihre Arbeit von der Exportfirma für gut befunden worden war. »Wenn der erste Schwung abgenommen wurde, dann ist der Rest kein Problem mehr«, meinte Ishvar, vor Zuversicht übersprudelnd, während Dina ihnen ihren Lohn auszahlte.

»Schon«, ermahnte Dina ihn, »aber sie werden immer die Qualität prüfen, wir dürfen also nicht nachlässig werden. Und wir müssen rechtzeitig abliefern.«

»Hahnji, keine Sorge«, sagte Ishvar. »Immer beste Qualitätsproduktion, immer pünktlich.« Und Dina wagte zu glauben, daß ihre Tage des Schuftens und der Sorgen vorüber waren.

Die Schneider gingen dazu über, regelmäßig Mittagspause zu machen. Dina schloß daraus, daß die Eine-Mahlzeit-pro-Tag-Formel, die Ishvar letzte Woche verkündet hatte, eher durch den Geldbeutel diktiert worden war als durch Askese oder eine strenge Arbeitsmoral. Aber sie freute sich, weil ihr Unternehmen die Ernährung der beiden verbesserte.

Pünktlich um eins verkündete Omprakash: »Ich hab Hunger, gehen wir.«

Sie legten ihre Kleider beiseite, taten ihre kostbaren Zickzackscheren in die Schublade und zogen los.

Sie aßen im Vishram Vegetarian Hotel an der Ecke. Im Vishram gab es keine Geheimnisse – alles geschah gut sichtbar: der Mann, der das Gemüse kleinhackte, ein anderer, der es in einer riesigen geschwärzten Pfanne briet, ein Junge, der abspülte. Da es nur einen Tisch in dem Betrieb gab, warteten Ishvar und Omprakash nicht auf einen Sitzplatz, sondern aßen mit den vielen anderen, die draußen stehen mußten.

Dann eilten sie zur Arbeit zurück, an dem beinlosen Bettler vorbei, der sich auf seiner Plattform mit den quietschenden Rollen hin und her schob.

Bald fiel Dina auf, daß nicht mehr in dem anfänglichen halsbrecherischen Tempo genäht wurde. Die Pausen wurden immer zahlreicher, in denen die beiden draußen vor die Haustür gingen und Beedis pafften. Typisch, dachte sie, kaum bekommen sie ein bißchen Geld, fangen sie schon gleich an nachzulassen.

»Nein, nein, keine Sorge«, sagte Ishvar. »Es wird alles rechtzeitig fertig. Aber wenn Sie möchten, können wir beim Arbeiten rauchen, um Zeit zu sparen.«

Dina konnte den Geruch nicht ausstehen, außerdem könnte ein fliegender Funken ein Loch in den Stoff brennen. »Ihr solltet nirgendwo rauchen«, sagte sie. »Weder drinnen noch draußen. Krebs wird eure Lungen fressen.«

»Wegen Krebs brauchen wir uns keine Sorgen zu machen«, meinte Omprakash. »Zuerst wird uns diese teure Stadt lebendig auffressen, das steht fest.«

»Was ist das? Endlich höre ich Worte aus deinem Mund?«

Ishvar kicherte. »Ich habe Ihnen ja gesagt, er redet nur, wenn er nicht einverstanden ist.«

»Aber wieso sich Sorgen um Geld machen?« sagte sie. »Arbeitet hart, und ihr werdet reichlich verdienen.«

»Nicht so, wie Sie uns bezahlen«, murmelte Omprakash leise vor sich hin.

»Wie war das?«

»Nichts, nichts«, sagte Ishvar hastig. »Er hat mit mir geredet. Er hat Kopfschmerzen.«

Sie fragte, ob er gegen die Schmerzen ein Aspro nehmen wolle. Omprakash lehnte ab, aber von da an war seine Stimme immer öfter vernehmbar.

»Haben Sie einen weiten Weg zur Firma?« fragte er.

»Nicht weit«, erwiderte Dina. »Dauert etwa eine Stunde.« Sie freute sich, daß er sich offenbar allmählich einlebte, sich Mühe machte, freundlich zu sein.

»Wenn Sie Hilfe brauchen, die Kleider dort hinzubringen, sagen Sie uns Bescheid.«

Wie nett von ihm, dachte sie.

»Und wie heißt die Firma, zu der Sie immer gehen?«

Froh, daß sein mürrisches Schweigen jetzt beendet schien, hätte sie fast den Namen ausgeplappert, tat dann aber so, als hätte sie die Frage nicht gehört. Er wiederholte sie.

»Was spielt der Name schon für eine Rolle«, sagte sie. »Das einzige, was mir wichtig ist, ist die Arbeit.«

»Sehr wahr«, stimmte Ishvar zu. »Das ist auch das, was uns interessiert.«

Sein Neffe verzog das Gesicht. Nach einer Weile probierte er es wieder: Gab es nur eine Firma oder mehrere verschiedene? Wurde ihr eine Kommission bezahlt oder eine feste Summe für den gesamten Auftrag?

Ishvar wurde es peinlich. »Weniger reden, Omprakash, und mehr nähen.«

Jetzt sehnte sich Dina nach dem schweigsamen Neffen. Sie erkannte, hinter was er her war, und von diesem Tag an sorgte sie dafür, daß das Material von Au Revoir Exports keinen Hinweis auf seine Herkunft trug. Etiketten und Aufkleber wurden von den Päckchen gerissen, wenn der verräterische Name draufstand. Rechnungen wurden im Schrank weggeschlossen. In ihrem Optimismus zeigten sich Risse, während er versuchte, mit den Schneidern Schritt zu halten. Sie wußte, daß die Straße holprig geworden war.

* * *

Die Darjis wohnten weit weg und waren auf Gedeih und Verderb der Eisenbahn ausgeliefert. Trotzdem machte Dina sich jetzt immer Sorgen, wenn sie sich verspäteten, überzeugt, sie sei wegen einer besser bezahlten Arbeit verlassen worden. Und da sie es sich nicht leisten konnte, ihnen gegenüber ihre Ängste zu zeigen, tarnte sie die Erleichterung, die sie bei ihrem Eintreffen empfand, stets mit gespieltem Mißvergnügen.

Einen Tag vor dem Abgabetermin kamen sie erst um zehn Uhr. »Es gab einen Unfall, der Zug wurde aufgehalten«, erklärte Ishvar. »Wieder so ein armer Bursche tot auf den Schienen.«

»Das passiert zu oft«, sagte Omprakash.

Der Geruch von leerem Magen, der ihnen aus dem Mund strömte wie ein Kokon voller Worte, war unangenehm. Ihre Ausreden interessierten Dina nicht. Je schneller sie an ihren Nähmaschinen saßen, desto besser.

Aber wenn sie schwieg, konnte das als Schwäche ausgelegt werden, und so sagte sie trocken: »Unter dem Ausnahmezustand sind die Züge pünktlich, sagt die Regierung. Komisch, daß sich eurer immer verspätet.«

»Wenn die Regierung ihre Versprechen halten würde, würden die Götter herabkommen und sie mit Girlanden schmücken«, meinte Ishvar und lachte mit einem besänftigenden kreisförmigen Nicken.

Sein Friedensangebot amüsierte sie. Sie lächelte, und er war erleichtert. Er war der Meinung, daß es töricht wäre, das regelmäßige Einkommen aufs Spiel zu setzen – Omprakash und er hatten wirklich großes Glück, daß sie für Dina Dalal arbeiten durften.

Sie zogen ihre Holzschemel hervor, luden frische Spulen und begannen zu nähen, während sich der Himmel zum Regnen bereitmachte. Die Trübnis grauer Wolken sickerte in das Hinterzimmer. Omprakash deutete an, daß die Vierzig-Watt-Glühbirne zu schwach sei.

»Wenn ich über die monatliche Quote gehe, wird mein Zähler abgestellt«, sagte sie. »Dann sitzen wir ganz im Dunkeln.«

Ishvar schlug vor, die Maschinen ins vordere Zimmer zu verlegen, das viel heller war.

»Nicht möglich. Man wird die Maschinen von der Straße aus sehen, und dann gibt es Ärger mit dem Vermieter. Es ist verboten, in einer Wohnung einen Betrieb zu führen, auch wenn es nur zwei Nähmaschinen sind. Er schikaniert mich jetzt schon wegen anderer Dinge.«

Dafür hatten die Schneider Verständnis. Sie kannten sich aus mit Vermietern und Schikanierung. Sie arbeiteten mit knurrenden Mägen den Vormittag durch, sich auf die Mittagspause freuend. Sie hatten seit dem Aufstehen nichts gegessen.

»Doppelten Tee für mich heute«, sagte Omprakash. »Und ein Butterbrötchen zum Tunken.«

»Gib auf deine Maschine acht«, sagte Ishvar. »Sonst hast du noch doppelte Finger statt doppelten Tee.« Sie blickten beide immer wieder auf die Uhr. Als die Stunde der Erlösung gekommen war, verließen ihre Füße die Tretkurbeln und tasteten nach den Sandalen.

»Geht jetzt nicht«, sagte Dina. »Diese Arbeit drängt, und ihr seid heute morgen zu spät gekommen. Die Chefin wird sehr böse sein, wenn die Kleider nicht rechtzeitig fertig sind.« Sie machte sich Sorgen wegen dem Abgabetermin – was ist, wenn sie morgen wieder zu spät kommen? Sei energisch, sei streng, ermahnte sie sich.

Ishvar zögerte. Sein Neffe würde diesen Vorschlag nicht gut aufnehmen. Sein fragender Blick bestätigte das, als er mit einem zornigen Funkeln zusammenstieß.

»Gehen wir«, murmelte Omprakash, ohne Dina anzusehen. »Ich hab Hunger.«

»Dein Neffe ist immer hungrig«, sagte sie zu Ishvar. »Hat er Würmer?«

»Nein, nein. Om ist gesund.«

Dina war nicht überzeugt. Der Verdacht war ihr während der ersten Woche gekommen. Abgesehen von Omprakashs Magerkeit und seinen ständigen Klagen über Kopfschmerzen und Hunger, ertappte sie ihn oft dabei, wie er sich in seinem Fundament kratzte, und das, fand sie, war schlüssiger Beweis genug.

»Du solltest mit ihm zum Arzt gehen zu einem Check-up. Er ist so dünn – eine laufende Reklame für Wimco-Streichhölzer.«

»Nein, nein, ihm fehlt nichts. Und wer hat schon Geld für einen Arzt?«

»Arbeitet hart, und es gibt reichlich. Beendet diese Arbeit hier schnell«, lockte sie. »Je eher ich sie abliefere, desto schneller kriegt ihr euer Geld.«

»Auf fünf Minuten für Tee kommt es nicht an«, sagte Omprakash barsch.

»Aus euren fünf werden immer fünfunddreißig. Paßt auf, *ich* mach euch später Tee. Spezial-Luxus-Tee, nicht dieses verkochte, bittere Gift, das ihr da an der Ecke bekommt. Aber macht zuerst die Arbeit fertig. Auf die Weise wird jeder glücklich – ihr, ich und die Chefin.«

»Okay.« Ishvar gab nach, schüttelte seine Sandalen ab und nahm seinen Platz wieder ein. Das gußeiserne Tretpedal, das den ganzen Morgen von seinen Füßen gewärmt worden war, hatte noch keine Zeit gehabt abzukühlen.

Als die beiden Singer wieder ratterten, flitzte Omprakashs zorniges Flüstern durch die hämmernden Nadeln hindurch ans Ohr seines Onkels. »*Immer* läßt du sie uns herumkommandieren. Ich weiß wirklich nicht, was mit dir los ist. Überlaß in Zukunft *mir* das Reden.«

Ishvar nickte besänftigend. Es war ihm peinlich, in Hörweite von Dina mit Om zu streiten oder zu schimpfen.

Um zwei Uhr, als ihr schon die Schläfen von den Maschinen pochten, beschloß Dina, die bereits fertiggestellten Kleidungsstücke abzuliefern. Sie ärgerte sich über sich selbst. Mit Appellen an die Vernunft und Bestechungsversuchen mit Tee gab sie nicht gerade das Bild einer gestrengen Chefin ab. Sie kam zu dem Schluß, daß es noch einige Übung erfordern würde, bis sie sich an das Herumkommandieren gewöhnt hatte.

Sie holte unter dem Arbeitstisch die Plastikfolie und das Packpapier hervor, in dem die Stoffballen von Au Revoir gekommen waren. Sich an Tante Shirins Rat erinnernd, verschwendete sie nichts. Die kleinen Stoffreste häuften sich in großen Mengen an. Genug, dachte sie, um für ein ganzes Kloster voller Nonnen Damenbinden zu machen. Die größeren Reste wurden in einem Extrahaufen gesammelt. Sie war sich noch nicht sicher, wie sie sie verwenden wollte – vielleicht für eine Bettdecke.

Sie verpackte die fertigen Kleider und holte ihre Handtasche. Das würde Mrs. Gupta beeindrucken, wenn sie einen Tag vor dem Ablieferungstermin erschien.

Dann, angesichts Omprakashs Neugier, schloß sie die Haustür

von außen mit einem Vorhängeschloß ab, für den Fall, daß er vorhatte, ihr zu folgen.

* * *

Mit wunden Hintern und verschwiemelten Augen zogen sich die Schneider ins Vorderzimmer zurück. Nach der stundenlangen Härte der Holzschemel war das alte Sofa, trotz seiner gesprungenen Federn, ein süßer Luxus, und das Vergnügen um so intensiver, weil es verboten war. Die steife Haltung, in die ihr Handwerk ihre Körper zwängte, schmolz dahin, als sie in die Kissen sanken. Sie legten ihre nackten Füße auf den Teapoy, zogen ein Päckchen Ganesh-Beedis hervor, zündeten sich welche an und saugten gierig den Rauch ein. Der abgerissene Teil der Beedi-Verpackung diente als Aschenbecher.

Omprakash kratzte sich den Kopf und untersuchte die Schuppen, die seine Fingerspitzen geerntet hatten. Mit seinen zwei Zentimeter langen Nägeln der kleinen Finger machte er unter den anderen sauber und schnickte die öligen Ablagerungen auf den Boden. Er hätte nicht zugegeben, daß er sich langweilte – indem er Zeit vergeudete, überlistete er Dina Dalal. Wenn sie sich einbildete, sie könnte sie wie ein Paar dummer Ochsen vor ihrem Pflug hertreiben, dann hatte sie sich geirrt. Er hatte noch seinen männlichen Stolz, dachte er bitter, auch wenn sich sein Onkel manchmal anders verhielt.

Ishvar ließ seinen Neffen die Stunde vertrödeln. Der Stein des Hungers lag beiden schwer im Magen. Er sah belustigt zu, wie Omprakash sich in den Kissen wand und kuschelte, entschlossen, Dina Dalals Sofa ein Höchstmaß an Vergnügen abzuluchsen. Er befingerte nachdenklich die Wange, die die Hälfte seines Lächelns in erstarrtem Fleisch gefangenhielt.

Lachend, gähnend, sich streckend, rauchten sie die Zeit dahin, zeitweilige Könige des kaputten Sofas, Herren der winzigen Wohnung, als ihre heimliche Mußestunde durch ein Hämmern an der Haustür gestört wurde.

»Ich weiß, daß Sie da drin sind!« brüllte der Besucher. »Dieses Vorhängeschloß an der Tür kann mich nicht täuschen!«

Die Schneider erstarrten. Das Hämmern ging weiter. »Die

Miete zu bezahlen bedeutet gar nichts! Ich weiß, was hinter diesem Schloß vorgeht! Sie und Ihr illegaler Betrieb werden auf die Straße hinausgeworfen!«

Die Schneider begriffen – es hatte mit dem Vermieter zu tun. Aber was war das mit dem Vorhängeschloß? Das Hämmern an der Tür hörte auf. »Schnell, auf den Boden!« flüsterte Ishvar, falls der Türklopfer einen Blick durch das Fenster werfen sollte.

Etwas fiel durch den Briefkastenschlitz, und dann war Stille. Sie warteten einige Augenblicke, bis sie sich zur Tür wagten. Ein großer Umschlag, der an Mrs. Rustom Dalal adressiert war, lag auf dem Boden.

Ishvar drehte den Riegel. Die Tür bewegte sich einen Zentimeter und schlug gegen den Überwurf, wodurch das Vorhandensein des Vorhängeschlosses bestätigt war.

»Sie hat uns eingesperrt«, tobte Omprakash. »Diese Frau. Was bildet sie sich ein?«

»Muß einen Grund geben. Reg dich nicht auf.«

»Komm, wir machen ihren Brief auf.«

Ishvar riß ihn ihm aus der Hand und legte ihn weg. Sie versuchten, es sich wieder auf den Kissen bequem zu machen, zündeten sich neue Beedis an, aber die Störung hatte ihnen das Vergnügen vermiest. Die durchhängenden Annehmlichkeiten des Sofas verhärteten sich zu Klumpen der Unzufriedenheit. Vereinzelte Fäden, die an ihrer Kleidung klebten, erinnerten sie an die Arbeit, die im Hinterzimmer wartete. Die Uhr zeigte ihre starre Warnung an: Sie würde bald heimkommen. Bald würde dieses ganze verbotene Treiben aufhören müssen.

»Sie bescheißt uns«, meckerte Omprakash. »Wir sollten direkt für die Exportgesellschaft nähen. Wieso muß sie dazwischenstehen?« Seine Lippen vollführten kleine, vorsichtige Bewegungen, die zu Wörtern wurden, während die glimmende Beedi ihm verwegen aus dem Mundwinkel hing.

Ishvar lächelte nachsichtig. Die Unverschämtheit der baumelnden Beedi war, so tödlich wie eine Spielzeugpistole, auf Dina Dalal gerichtet. »Sowie es Zeit ist, daß sie wiederkommt, machst du ein Gesicht, als hättest du eine besonders saure Limone gegessen.«

Er fuhr fort, jetzt in einem ernsteren Ton. »Sie steht deswegen dazwischen, weil wir keine Werkstatt haben. Sie läßt uns hier nähen, sie bringt uns die Stoffe, sie bekommt die Aufträge von der Firma. Und außerdem sind wir mit Stückarbeit unabhängiger ...«

»Komm, hör auf, yaar. Sie behandelt uns wie Sklaven, und du redest von Unabhängigkeit. Macht Geld aus unserm Schweiß, ohne daß sie einen einzigen Stich macht. Sieh dir ihr Haus an. Mit Strom, Wasser, alles. Und was haben wir? Eine stinkende Hütte im Slum. Wir werden nie genug zusammenkriegen, um in unser Dorf zurückzukehren.«

»Gibst du jetzt schon auf? So gewinnt man nicht im Leben. Du mußt kämpfen, Om, selbst wenn dich das Leben beutelt.« Er hielt seine Beedi zwischen Ringfinger und kleinem Finger, machte eine lose Faust und hob sie an die Lippen.

»Ich krieg schon noch raus, wo sie hingeht, wart's nur ab«, sagte Omprakash, indem er den Kopf energisch zurückwarf.

»Deine Tolle bewegt sich wunderschön, wenn du das machst.«

»Wart's nur ab, ich werd die Adresse der Firma rauskriegen.«

»Wie? Meinst du, sie wird es dir erzählen?«

Omprakash ging ins Hinterzimmer und kam mit einer großen spitzen Schere zurück. Er hielt sie mit beiden Händen fest und stieß sie mit einer theatralischen Geste ins Leere. »Wenn wir ihr das hier an die Kehle halten, wird sie uns alles sagen, was wir wissen wollen.«

Sein Onkel versetzte ihm einen Schlag auf den Kopf. »Was würde dein Vater sagen, wenn er dich jetzt hören würde? Dumme Worte strömen aus deinem Mund wie Stiche aus deiner Maschine. Und genauso nachlässig.«

Omprakash brachte mit betretener Miene die Schere zurück. »Irgendwann werde ich sie aus der Mitte herausschneiden – ich werde ihr zur Firma folgen.«

»Hab gar nicht gewußt, daß du durch verriegelte Türen gehen kannst wie Goghia Pasha. Oder ist es Omprakash Pasha?« Er hielt inne, um einen Zug zu nehmen, stieß dann Rauch durch seine Nasenlöcher aus und lächelte dem finsteren Gesicht zu. »Hör zu, mein Neffe, so funktioniert die Welt. Manche Leute sind in der

Mitte, andere sind am Rand. Man braucht Geduld, damit Träume wachsen und Früchte tragen können.«

»Geduld ist gut, wenn du dir einen Bart wachsen lassen willst. Bei dem, was sie uns bezahlt, könnten wir uns nicht mal das Ghee und das Holz für unseren Bestattungsscheiterhaufen leisten.« Er kratzte sich heftig in den Haaren. »Und wieso redest du mit ihr immer in diesem albernen Ton, als wärst du irgendein Trottel vom Land?«

»Bin ich das nicht?« fragte Ishvar. »Leute haben gerne das Gefühl, daß sie was Besseres sind. Wenn mein Ton dazu beiträgt, daß Dinabai sich gut fühlt, was ist daran auszusetzen?« Genußvoll an seiner schrumpfenden Beedi ziehend, wiederholte er: »Geduld, Om. Einige Dinge lassen sich eben nicht ändern, du mußt sie einfach akzeptieren.«

»Du willst also sowohl so als auch so? Erst sagst du, kämpfe, gib nicht auf. Jetzt sagst du, du mußt es einfach akzeptieren. Wankst hin und her, wie ein Topf ohne Arsch.«

»Deine Großmutter Roopa hat das immer gesagt«, sagte Ishvar und lachte.

»Entscheide dich, yaar, wähl eins von beiden.«

»Wie kann ich? Ich bin doch bloß ein Mensch«, erwiderte er und lachte wieder. Auf halbem Wege wurde aus dem Lachen ein Husten, das ihn heftig schüttelte. Er ging zum Fenster, schob die Gardine beiseite und spuckte aus. Wäre er nahe genug gewesen, hätte er den üblichen Flecken Blut gesehen.

Ein Taxi näherte sich, als er gerade den Kopf vom Fenster zurückzog. »Schnell, sie kommt!« flüsterte er heiser.

Sie beseitigten rasch die Spuren ihres schlechten Benehmens: klopften die Kissen auf, stellten den Teapoy wieder gerade, ließen die Streichhölzer und die Asche verschwinden. Von der Beedi in Omprakashs Mund flog ein Funken, wie eine Verspottung seines vorherigen feuerspeienden Zorns. Er wedelte ihn von dem Polster weg. Während sie ins Hinterzimmer rannten, zogen sie noch ein letztes Mal an ihren Beedis, drückten dann die Stummel aus und schmissen sie aus dem hinteren Fenster.

Dina bezahlte das Taxi und tastete in ihrer Handtasche nach dem Schlüsselbund. Das fleckige Vorhängeschloß aus Messing hing grimmig und schwer da. Sie verspürte einen Stich von schlechtem Gewissen, als sie den Schlüssel umdrehte, denn im Herzen war sie keine Gefängniswärterin.

Omprakash streckte die Arme aus und nahm ihr das Paket ab. »Ich hab Sie kommen hören.«

»Es sind noch mehr da«, sagte sie, auf die Stoffbündel deutend, die vor der Tür gestapelt waren. Er sah sie durch, ob er den Firmennamen oder die Adresse entdecken konnte.

Als alles hereingebracht war, gab Ishvar ihr den Umschlag. »Jemand hat an der Tür gehämmert und gesagt, das Vorhängeschloß kann ihn nicht täuschen. Er hat das hier eingeworfen.«

»Muß der Mieteintreiber sein.« Sie legte den Brief beiseite, ohne ihn zu öffnen. »Hat er euch gesehen?«

»Nein, wir haben uns versteckt.«

»Gut.« Sie schloß ihre Geldbörse weg und wechselte aus den Schuhen in Sandalen.

»Haben Sie uns eingesperrt, als Sie gegangen sind?« fragte Ishvar.

»Habt ihr das nicht gewußt? Ja, das mußte ich.«

»Wieso?« fauchte Omprakash. »Meinen Sie, wir wären Diebe oder so was? Daß wir Ihre Besitztümer stehlen und weglaufen?«

»Sei nicht albern. Was für großartige Besitztümer hab ich denn schon? Der Grund ist der Vermieter. Er könnte hier hereinplatzen, während ich weg bin, und euch auf die Straße werfen. Aber wenn ein Schloß da ist, wird er es nicht wagen. Es ist verboten, ein Vorhängeschloß aufzubrechen.«

»Sehr richtig«, sagte Ishvar. Er wollte dringend den Schnitt für die neuen Kleider sehen. Während sein Neffe wütend schmollte, wurde das Tischtuch vom Eßtisch gezogen, um Platz für die Schnittmuster zu machen.

»Wieviel gibt's diesmal pro Kleid?« unterbrach Omprakash und befingerte den neuen Popelin.

Sie ignorierte ihn, während Ishvar die Teile herumschob. Wie ein Kind in ein Puzzle war er bald in die Komplexität der Details vertieft. Omprakash probierte es noch einmal. »Sehr schwieriger

Schnitt. Sieh nur, wie viele Godetfalten eingefügt werden müssen, um das Kleid auszustellen. Wir werden diesmal mehr berechnen müssen, mit Sicherheit.«

»Hör auf mit deinem Gemecker«, schimpfte sie. »Laß die Erwachsenen arbeiten. Hab wenigstens Respekt vor deinem Onkel, wenn schon nicht vor mir.«

Ishvar verglich die Teile mit dem Musterkleid und murmelte dabei vor sich hin: »Der Ärmel, ja. Und die Rückseite, mit einer Naht in der Mitte – ja, das ist leicht.« Sein Neffe quittierte dieses Eingeständnis mit einem Stirnrunzeln.

»Ja, sehr einfach«, sagte Dina. »Einfacher als die, die ihr gerade fertiggemacht habt. Und die gute Nachricht ist, daß sie trotzdem mit fünf Rupien das Stück bezahlt werden.«

»Nicht möglich für fünf Rupien«, sagte Omprakash. »Sie haben gesagt, Sie würden teure Kleider bringen. Das hier ist unsere Zeit nicht wert.«

»Ich muß bringen, was mir die Firma gibt. Sonst streichen sie uns von der Liste.«

»Wir machen es«, sagte Ishvar. »Es ist eine Sünde, Lohn mit Füßen zu treten.«

»Dann mach du es – ich kann's für fünf Rupien nicht machen«, sagte Omprakash, aber Ishvar nickte Dina beruhigend zu.

Sie ging in die Küche, um den Tee zu machen, wie sie versprochen hatte. Es war gut, daß sich die beiden nicht einig waren. Der Onkel würde den rebellischen Neffen zur Vernunft bringen. Sie spähte auf die Tassen und Untertassen, auf ihre Rosenmusterränder. Rosa oder rot? Die rosafarbenen für die Schneider, beschloß sie, dazu käme dann das Wasserglas. Rot für mich.

Während sie darauf wartete, daß das Wasser kochte, überprüfte sie den Maschendraht vor den kaputten Fensterscheiben und entdeckte ein Loch. Schon wieder diese lästigen Katzen, dachte sie aufgebracht. Schlichen sich herein, auf der Suche nach Fressen oder um Schutz vor dem Regen zu suchen. Und wer weiß, was für Krankheitserreger sie aus der Gosse einschleppten.

Sie verstärkte das Stück Maschendraht und drehte die Ecken um einen Nagel. Der Kessel plärrte seine Bereitschaft mit einem energischen Dampfstoß. Sie wartete noch einen Moment, bis das Wasser sprudelnd kochte, und genoß den dichter werdenden Nebel und das anhaltende Geblubber: eine Illusion von sorglosem Geplauder, Freundschaft, betriebsamem Leben.

Widerstrebend stellte sie die Flamme aus, und die weiße Wolke verflüchtigte sich in trägen Fetzen. Sie füllte drei Tassen und trug die beiden mit den rosafarbenen Rosen herein.

»Ah«, seufzte Ishvar und nahm den Tee dankbar entgegen. Omprakash nähte weiter, ohne aufzublicken, immer noch schmollend. Sie stellte die Tasse neben ihm ab.

»Ich will keinen«, murmelte er. Dina kehrte wortlos zur Küche zurück, um ihre eigene zu holen.

»Köstlich«, sagte Ishvar, als sie wiederkam. Er schlürfte laut und machte Geräusche, um seinen Neffen zu locken. »Viel besser als der vom Vishram Vegetarian Hotel.«

»Die kochen ihn wahrscheinlich den ganzen Tag lang«, sagte Dina. »Das verdirbt ihn. Es geht nichts über frischen Tee, wenn man müde ist.«

»Sehr richtig.« Er nahm einen weiteren Schluck und seufzte wieder einladend. Omprakash griff nach seiner Tasse. Die andern beiden taten so, als würden sie es nicht bemerken. Er schluckte den Tee durstig hinunter, ohne seine zornige Miene abzulegen.

Es waren noch zwei Stunden Näharbeit zu bewältigen, und er füllte sie mit schiefen Nähten und Gemecker. Ishvar war der Uhr dankbar, als sie sechs anzeigte. Es wurde allmählich schwierig, zwischen seinem Neffen und Dinabai Frieden zu halten.

* * *

Der Morgen schritt auf Mittag zu, als Ibrahim der Mieteintreiber langsam den Bürgersteig entlangschlurfte und sich bereitmachte, Dina Dalal aufzusuchen und eine Antwort auf den Brief zu verlangen, den er gestern abgegeben hatte. Würdevoll in seinem braunen Fez und schwarzen Sherwani, lächelte er Mietern zu, denen er unterwegs begegnete, sagte »Salaam« und »Wie geht es Ihnen?«. Er war mit einem automatischen Lächeln gesegnet. Es bildete sich, wann immer er den Mund zum Reden öffnete.

Diese fröhliche Eigenart seines Mundes wurde jedoch zu einem Nachteil, wenn der Anlaß seiner Mitteilung etwas mehr in Richtung einer ernsten Miene erforderte – eine Andeutung von Stirnrunzeln vielleicht, bei überfälligen Mieten.

Ibrahim war ein betagter Herr, sah aber noch älter aus, als er tatsächlich war. In der linken Hand, die vom gestrigen Hämmern an der Tür noch wund war, hielt er eine Plastikmappe, die durch zwei große Gummibänder gesichert war. Sie enthielt Mietquittungen, Rechnungen, Reparaturaufträge, Protokolle von Disputen und Prozessen, die im Zusammenhang mit den sechs Gebäuden standen, für die er zuständig war. Einige dieser Dispute stammten noch aus der Zeit, als er ein junger Mann von neunzehn Jahren gewesen war und gerade mit seiner Tätigkeit für den Vater des jetzigen Vermieters begonnen hatte. Andere Fälle, die Ibrahim von seinem Vorgänger übernommen hatte, waren noch antiker.

So gründlich war alles dokumentiert, daß Ibrahim manchmal das Gefühl hatte, die Gebäude mit sich herumzuschleppen. Die Mappe, die vor fast einem halben Jahrhundert von dem in Pension gehenden Mieteintreiber weitergegeben worden war, war nicht aus Plastik gewesen, sondern grob aus zwei Holzbrettern gefertigt, die mit einem Streifen Maroquin verbunden waren. Ihr hatte der Geruch des vorherigen Besitzers angehaftet. Um das Ganze herum verlief zur Sicherung des Inhalts ein zerfleddertes Baumwollband, das an das Leder angenäht war. Die dunklen rissigen Bretter hatten sich stark verworfen. Wenn sie geöffnet wurden, knarrten sie und gaben einen schwitzigen Tabakgeruch ab.

Jung und ehrgeizig, wie der junge Ibrahim damals war, schämte er sich, mit diesem Relikt gesehen zu werden. Es enthielt zwar nichts außer ehrbaren Mietquittungen, aber er wußte, daß die Leute es nach den Deckeln beurteilen würden, die den schmierigen Heftern glichen, die die verrufenen Marktplatz-Jyotshis und Wahrsager mit sich herumtrugen, um ihre Quacksalber-Schaubilder und Pseudo-Diagramme zu schützen. Daß man ihn fälschlicherweise für einen dieser widerlichen Scharlatane halten könnte, bereitete ihm große Seelenpein. Er begann schwerwiegende Zweifel bezüglich dieser Tätigkeit zu hegen, die ihn zwang, eine fragwürdige Mappe mit sich herumzutragen – er fühlte sich betrogen, als hätte ein Basarverkäufer die Gewichte manipuliert und die Waagschalen betrügerisch beschwert.

Dann, eines glücklichen Tages, brach der Maroquinrücken. Er führte das Wrack im Büro des Vermieters vor. Der Sekretär untersuchte es, bestätigte sein Hinscheiden durch natürlichen Verschleiß und füllte das erforderliche Antragsformular aus. Ibrahim wurde ein Bindfaden gegeben, um die Mappe zu ersetzen, während der Antrag bearbeitet wurde.

Nach zwei Wochen traf die neue Mappe ein. Sie war aus Karton, mit Buckram überzogen, sehr elegant und modern, farblich in einem würdevollen Umbrabraun gehalten. Ibrahim war begeistert. Er sah seine Berufsaussichten jetzt wieder in einem rosigeren Licht.

Mit der neuen Mappe unterm Arm konnte er erhobenen Hauptes mit wichtigtuerischer Miene wie ein Anwalt einherschreiten, während er seine Runden machte. Sie war viel raffinierter als die alte, mit großzügigen Taschen und Fächern. Instruktionen, Beschwerden und Korrespondenz konnten jetzt methodisch organisiert werden. Was ein Glück war, denn um diese Zeit herum nahmen Ibrahims Pflichten zu, sowohl bei der Arbeit als auch daheim.

Ibrahim, Sohn bejahrter Eltern, wurde Ehemann, dann Vater. Und die Rolle des Mieteintreibers begann auch vielseitiger zu werden. Er wurde zum Spion des Vermieters ernannt, zum Erpresser, Lieferanten von Drohungen und allgemeinen Schikaneur der Mieter. Zu seinen Aufgaben gehörte jetzt das Aufdecken von verstecktem Schmutz in seinen sechs Gebäuden, von Geheimnissen, wie etwa außerehelichen Affären, und ihm wurde von seinem Arbeitgeber beigebracht, wie man Ehebruch in Mieterhöhung umwandelte – die schuldige Partei würde nie protestieren oder es wagen, das Mieterschutzgesetz ins Feld zu führen. Wenn es die Umstände erforderten, konnte Ibrahim auch die Rolle des Bittenden und Flehenden spielen, falls der Vermieter zu weit gegangen war und gerichtliche Vergeltung drohte. Die Tränen des Mieteintreibers würden den Mieter dazu bewegen nachzugeben, Erbarmen mit dem armen, belagerten Vermieter zu haben, ein Märtyrer des modernen Immobilienwesens, der es doch überhaupt nicht böse gemeint hatte.

Um die vielfältigen Rollen von Ibrahims Repertoire zu sortieren, waren die Taschen und Abteilungen der Mappe unerläßlich. In dieser Phase seiner Laufbahn begann er jedoch die zunehmende Behinderung seines süßen automatischen Lächelns zu spüren. Drohungen und ernste Warnung auszusprechen, während er angenehm lächelte, war, wie er entdeckte, keine gute Strategie. Wenn er es zu einem bedrohlichen Lächeln hätte modifizieren können, wäre das ideal gewesen. Aber die fraglichen Muskeln entzogen sich seiner Kontrolle. Die Gelegenheiten, bei denen er Bedauern über verzögerte Reparaturen ausdrücken oder Beileid wegen eines Todesfalls in der Familie des Mieters übermitteln sollte, waren gleichermaßen schwierig. Es dauerte nicht lange, bis das belastende Zähnezeigen ihm den unverdienten Ruf einbrachte, herzlos, roh, unfähig, zurückgeblieben und sogar dämonisch zu sein.

Und so lächelte er seinen glücklosen Weg durch drei Buckrammappen, alle umbrabraun wie die erste, und sammelte vierundzwanzig Jahre auf seinem Buckel. Vierundzwanzig Jahre der Plackerei und Entbehrung, während derer seine Jugend dahinschwand und Verbitterung den leuchtenden Ehrgeiz seiner goldenen Jahre verdarb. Verzweifelt und gezeichnet von der Gewißheit, daß er keine Aussichten mehr hatte, sah er zu, wie seine Frau, seine beiden Söhne und seine Tochter immer noch an ihn glaubten und damit seine Seelenpein noch verstärkten. Er fragte sich, was er denn getan hatte, um ein Leben zu verdienen, das so schal, so bar jeglicher Hoffnung war. Oder sollten alle Menschen sich so fühlen? Hatte der Herr des Universums kein Interesse daran, die Waagschalen auszugleichen – gab es nicht so etwas wie ein gerechtes Maß?

Es schien keinen Sinn mehr zu machen, so oft zum Masjid zu gehen wie früher. Seine Anwesenheit beim Freitagsgebet wurde unregelmäßiger. Und er begann auf eine Art und Weise Orientierung zu suchen, die er früher als eine Domäne der Unwissenden verachtet hatte.

Er fand die Jyotshis und Wahrsager auf dem Marktplatz höchst tröstend. Sie boten Lösungen für seine Geldprobleme an sowie Ratschläge, wie er seine Zukunft verbessern konnte, die mit beängstigender Schnelligkeit zur Vergangenheit wurde. Er entdeckte, daß ihre zuversichtlichen Verkündungen eine lindernde Droge darstellten.

Auch beschränkte er sich nicht auf Handleser und Astrologen. Auf der Suche nach stärkeren Drogen wandte er sich noch an andere unorthodoxe Verkünder: kartenwählende Tauben, tabellenlesende Papageien, kommunizierende Kühe, schaubildererratende Schlangen. Stets besorgt, daß irgendein Bekannter ihn bei einer dieser fragwürdigen Exkursionen entdecken könnte, beschloß er, sehr widerstrebend, seinen unverkennbaren Fez daheimzulassen. Es war, als würde er einen guten Freund verlassen. Das einzige andere Mal, wo er sich diesen festen Bestandteil seiner täglichen Tracht versagt hatte, war während der Teilung gewesen, damals im Jahr 1947, als Massaker an der brandneuen Grenze überall Unruhen entfacht hatten und ein Fez in einem Hindu-Viertel zu tragen ebenso tödlich war, wie in einem muslimischen eine Vorhaut zu besitzen. In bestimmten Gegenden war es am klügsten, barhäuptig zu gehen, denn wenn man zwischen Fez, weißem Käppi und Turban aus Versehen das Falsche auswählte, konnte einen das den Kopf kosten.

Zum Glück waren seine Sitzungen bei den geflügelten Auguren relativ privat. Er konnte unbemerkt zusammen mit dem Besitzer des Tieres an einer Straßenecke hocken, die Frage stellen, worauf die Taube oder der Papagei aus dem Käfig hoppelte und ihn aufklärte.

Die Kuhvorstellungen dagegen waren größere Veranstaltungen, die richtige Menschenmengen anzogen. Die Kuh, mit bunten Brokatstoffen behängt, um den Hals eine Kette winziger Silberglöckchen, wurde von einem Mann mit einer Trommel in den Kreis der Zuschauer geführt. Obwohl Hemd und Turban des Burschen leuchtend bunt gefärbt waren, wirkte er recht grau neben der reich geschmückten Kuh. Die beiden liefen den Kreis ab: einmal, zweimal, dreimal – je nachdem, wie lange der Hüter brauchte, den Lebenslauf der Kuh zu rezitieren, mit besonderer

Betonung auf den Prophezeiungen, die bis dato richtig eingetroffen waren. Seine Stimme war ohrenbetäubend krächzend, seine Augen waren blutunterlaufen, seine Gesten manisch, ein wohlberechneter Wahnsinn, ein meisterhafter Kontrapunkt zu dem ruhigen Verhalten der Kuh. Nachdem die kurze Biographie erzählt war, erwachte die Trommel, die bisher stumm von seiner Schulter gehangen hatte, zum Leben. Es war eine Trommel, die nicht zum Schlagen, sondern zum Reiben bestimmt war. Er fuhr fort, die Kuh im Kreis herumzuführen, wobei er das Trommelfell mit einem Stock rieb, was ein grauenhaftes Blöken, Stöhnen und Heulen erzeugte. Es war ein Geräusch, um die Toten zum Leben zu erwecken und die Lebenden fassungslos zu machen, es war grauenerregend, es war eine Beschwörung von Geistern und Mächten, die nicht von dieser Welt waren, ein Ruf, herunterzukommen, Zeuge zu sein und der Prophezeiung des Rindes Beistand zu gewähren.

Als die Trommel wieder schwieg, brüllte der Mann der Kuh die Frage des zahlenden Kunden ins Ohr, so laut, daß sämtliche Umstehenden es mitbekamen. Und sie antwortete mit einem Nicken oder Schütteln ihres bunt geschmückten Hauptes, wobei die winzigen Glöckchen um ihren Hals bimmelten. Die Menge applaudierte verwundert und bewundernd. Dann setzte wieder das Trommelreiben ein, während Spenden gesammelt wurden.

Eine Tages, als Ibrahims Frage in das weiche, braune, ungeschützte Ohr gebrüllt wurde, kam keine Antwort. Der Mann wiederholte sie, lauter. Diesmal reagierte die Kuh. Ob es die irritierende Trommel war, die sie sich hatte jahrelang gefallen lassen müssen, oder das tägliche dumme Gebrüll in ihrem Ohr – sie spießte ihren Hüter mit ihren zinnoberroten Hörnern auf.

Zunächst dachten die Zuschauer, die Kuh würde nur etwas energischer als sonst auf die Frage reagieren. Aber dann schleuderte sie ihren Hüter zu Boden und trampelte ausgiebig auf ihm herum. Jetzt begriffen sie, daß es nicht Teil der Prophezeiungsprozedur war, vor allem als das Blut des Mannes zu fließen begann.

Mit Rufen von »Verrückte Kuh, verrückte Kuh!« stob die Menge auseinander. Aber nachdem ihr Peiniger erledigt war, stand sie friedlich da und blinkte mit ihren sanften, langwimprigen Augen und wedelte mit ihrem Schwanz die eutersuchenden Fliegen weg.

Der bizarre Tod des Mannes überzeugte Ibrahim, daß dies keine zuverlässige Methode war, göttlichen Rat einzuholen. Einige Tage später übernahm ein neues Team, bestehend aus Kuh und Trommelreiber, die freigewordene Ecke, doch Ibrahim mied die Vorstellungen. Es gab andere, sicherere Systeme, um sich übernatürliche Hilfe zu verschaffen.

Doch während ihm der Zwischenfall mit der verrückten Kuh noch frisch im Gedächtnis war, wurde er Zeuge eines weiteren Todes. Diesmal war es der Hüter einer zauberkräftigen Schlange, deren Giftdrüsen dringend gemolken werden mußten. Noch lange nachdem es passiert war, geriet Ibrahim ins Zittern, wenn er sich die Szene vor Augen führte: Die Kobra hätte ihre Zähne ebensogut in ihn hineinsenken können, denn er hatte nahebei gehockt, um ihre orakelnden Bewegungen zu verfolgen.

Erschüttert von den beiden Todesfällen, schwor der Mieteintreiber sämtlicher weissagenden Fauna ab. Als erwache er aus einem Alptraum, setzte er seinen verstoßenen Fez wieder auf und machte sich daran, sein verlorenes Ich wiederzufinden. Während er am Ufer des Meeres saß und die Masjid, die am Ende des langen Dammes schwebte, im Ozeanlicht der untergehenden Sonne gebadet wurde, wurde ihm klar, wieviel Geld diese blasphemische Sucht auf Kosten der Bedürfnisse seiner Familie verschlungen hatte. Sein Blick schweifte hinaus über die Ebbe, die die Geheimnisse unter den Wellen freilegte, und ihn schauderte. Seine eigenen dunklen Geheimnisse stiegen wieder herauf aus ihren trüben Tiefen der Verwirrung und Verzweiflung. Er versuchte, sie zurückzudrängen, wieder nach unten zu drücken, sie zu ertränken. Aber immer wieder entschlüpften sie ihm wie Aale, tauchten an der Oberfläche auf, um ihn zu verfolgen. Es gab nur einen Weg, sie zu besiegen – er kehrte reumütig zur Masjid zurück, bereit, sich mit allem abzufinden, was das Schicksal für ihn vorgesehen haben mochte.

Unter anderen Dingen war es die Plastikmappe. Vierundzwanzig Jahre Buckram waren vorüber, und jetzt war im Büro des Vermieters das Plastikzeitalter angebrochen. Ibrahim war es einerlei. Er hatte gelernt, daß sich Würde nicht durch Ausrüstung und Accessoires erwerben ließ. Sie kam unmaskiert, sie erwuchs aus der eigenen Fähigkeit zu erdulden. Hätte das Büro ihm den Korb eines Kulis überreicht, damit er die Dokumente auf seinem Kopf herumtrage, hätte er ohne Murren eingewilligt.

Aber einen Vorteil hatte die Plastikmappe – sie wehrte den Monsun ab. Jetzt mußte er nur noch selten Dokumente abschreiben, auf denen die Tinte beschlossen hatte, in irren Wirbeln mit dem Regen herumzutollen. Zu einer Zeit, in der seine Hände zu zittern begonnen hatten, war das ein Segen. Und außerdem, einmal mit einem feuchten Lappen drübergefahren, und alle Nieser- und Schnupfflecken, erbsengrün und braun, waren weggewischt, was ihm jetzt während der Besprechungen mit dem Vermieter viel Peinlichkeit ersparte.

Und auch daheim gab es Veränderungen, die er unterwürfig akzeptierte. Was für andere Möglichkeiten gab es denn? Seine ältere Tochter war an Tuberkulose gestorben, gefolgt von seiner Frau. Dann verschwanden seine Söhne in der Unterwelt, aus der sie in regelmäßigen Abständen zurückkehrten, um ihn zu beschimpfen. Und gerade als er glauben wollte, sie würde ihn für alles entschädigen, ging die verbliebene Tochter fort, um sich als Prostituierte zu verkaufen. Sein Leben, dachte er, war zum Drehbuch eines schlechten Hindi-Films geworden, abzüglich des Happy-Ends.

Wieso, so fragte er sich, arbeitete er immer noch weiter und machte in diesen sechs Gebäuden seine Runden, um Mieten einzutreiben? Wieso stürzte er sich nicht von einem herunter? Wieso errichtete er aus den Quittungen und Geldscheinen nicht einen Scheiterhaufen und warf sich selbst benzingetränkt darauf? Wie kam es, daß sein Herz weiterschlug, anstatt zu bersten, daß seine Gesundheit intakt war, anstatt wie ein herunterfallender Spiegel zu zerspringen? War alles in ihm aus widerstandsfähigem synthetischen Material, wie die unzerstörbare Plastikmappe? Und wieso war die Zeit, die doch sonst der große Vandale war, jetzt so nachlässig?

Aber auch Plastik hatte seine zugewiesene Spanne von Tagen und Jahren. Es konnte reißen und rissig werden wie Buckram, entdeckte er. Wie Haut und Knochen, erkannte er erleichtert. Es war nur eine Frage von Geduld. Und so war die gegenwärtige Mappe die dritte ihrer Art binnen einundzwanzig Jahren.

Er untersuchte sie hin und wieder und sah in ihren müden Deckeln die Furchen widergespiegelt, die sich ihm in die Stirn gegraben hatten. Die Plastikunterteilungen im Innern begannen zu reißen, und die säuberlichen Fächer schienen kurz davor zu sein zu rebellieren. In den Fächern seines Körpers hatte die Rebellion bereits begonnen. Wer würde diesen lächerlichen Wettlauf zwischen Plastik und Fleisch gewinnen, fragte er sich, als er Dinas Wohnung erreichte, sich den Schnupftabak von Nasenlöchern und Fingern wischte und klingelte.

Als sie seinen braunen Fez durch den Spion entdeckte, hieß sie die Schneider schweigen. »Kein Laut von euch, solange er hier drin ist«, flüsterte sie.

»Wie geht es Ihnen?« sagte der Mieteintreiber lächelnd, eine Reihe stark verfärbter Zähne und zwei Lücken entblößend: das süße, unschuldige Lächeln eines bejahrten Engels.

Ohne seinen Gruß zu beachten, sagte sie: »Ja? Die Miete ist noch nicht fällig.«

Er wechselte die Mappe in die andere Hand. »Das ist richtig, Schwester. Ich bin gekommen, um Ihre Antwort auf den Brief des Vermieters zu erhalten.«

»Aha. Warten Sie eine Minute.« Sie machte die Tür zu und ging den ungeöffneten Umschlag suchen. »Wo hab ich ihn hingetan?« flüsterte sie den Schneidern zu.

Zu dritt suchten sie in dem Durcheinander auf dem Tisch. Sie ertappte sich dabei, wie sie Omprakash beobachtete, mit seinen klammernden Handbewegungen. Seine knochige Eckigkeit störte sie inzwischen nicht mehr, sie hatte sogar begonnen, eine eigentümliche vogelartige Schönheit in ihm zu entdecken.

Ishvar stieß unter einem Kleidungsstapel auf den Umschlag. Sie riß ihn auf und las den Brief – beim ersten Mal schnell, dann langsam, um den juristischen Jargon zu entschlüsseln. Das Wesentliche wurde bald klar: Das Betreiben eines Wirtschaftsunternehmens in Wohnräumen sei verboten, sie müsse ihre kommerzielle Tätigkeit umgehend einstellen oder mit einer gerichtlichen Räumung rechnen.

Mit brennenden Wangen eilte sie zur Tür. »Was soll der Unsinn? Sagen Sie Ihrem Vermieter, daß seine Schikanierung nicht funktionieren wird!«

Ibrahim seufzte, zog die Schultern hoch und hob die Stimme. »Sie sind gewarnt worden, Mrs. Dalal! Man wird nicht dulden, daß die Vorschriften verletzt werden! Das nächste Mal gibt es keinen netten Brief, sondern den Befehl zur Räumung! Glauben Sie ja nicht, daß ...«

Sie knallte die Tür zu. Worauf er sein Gebrüll umgehend einstellte, erleichtert, daß ihm die vollständige Predigt erspart wurde. Er wischte sich keuchend die Stirn und entfernte sich.

Dina las den Brief noch einmal. Sie war entsetzt. Die Schneider waren kaum drei Wochen da, und schon gab es Ärger mit dem Vermieter. Sie fragte sich, ob sie das Schreiben Nusswan zeigen und ihn um Rat fragen sollte. Nein, entschied sie, er würde es zu wichtig nehmen. Es war besser, den Brief zu ignorieren und unauffällig weiterzumachen.

Ihr blieb jetzt keine andere Wahl, als die Schneider weiter ins Vertrauen zu ziehen, ihnen einzuschärfen, wie entscheidend es war, die Näherei geheimzuhalten. Sie besprach die Sache mit Ishvar.

Sie einigten sich auf die Geschichte, die verwendet werden sollte, falls der Mieteintreiber jemals die beiden beim Verlassen oder Betreten der Wohnung erwischte. Sie würden ihm erzählen, daß sie für Dina kochten und putzten.

Omprakash fühlte sich beleidigt. »Ich bin Schneider, nicht ihr Maaderchod-Diener, der putzt und fegt«, sagte er am Abend auf dem Heimweg von der Arbeit.

»Sei nicht kindisch, Om. Es ist doch bloß eine Geschichte, um Ärger mit dem Vermieter zu vermeiden.«

»Ärger für wen? Für sie. Was geht mich das an? Wir kriegen nicht mal einen gerechten Lohn von ihr. Wenn wir morgen tot sind, wird sie sich zwei neue Schneider besorgen.«

»Willst du immer nur reden, ohne nachzudenken? Was ist los mit dir? Das ist unsere erste anständige Arbeit, seit wir in der Stadt sind.«

»Und darüber soll ich mich freuen? Wird mit dieser Arbeit etwa alles wieder gut für uns?«

»Aber wir sind doch erst drei Wochen dabei. Geduld, Om. Es gibt viele Gelegenheiten in der Stadt, du kannst deine Träume noch wahrmachen.«

»Ich hab die Stadt satt. Nichts als Elend, seit wir angekommen sind. Wär ich doch in unserm Dorf gestorben. Wär ich doch auch verbrannt, wie der Rest meiner Familie.«

Ishvars Miene verdüsterte sich, seine entstellte Wange zitterte mit dem Schmerz seines Neffen. Er legte ihm den Arm um die Schultern. »Es wird bestimmt besser, Om«, sagte er flehend. »Glaub mir, es wird besser. Und wir werden bald in unser Dorf zurückkehren.«

III

In einem Dorf an einem Fluß

In ihrem Dorf waren die Schneider Schuster gewesen. Das heißt, ihre Familie gehörte der Chamaar-Kaste von Gerbern und Lederverarbeitern an. Aber vor langer Zeit, lange vor Omprakashs Geburt, als sein Vater Narayan und sein Onkel Ishvar noch kleine Jungs von zehn und zwölf waren, wurden die beiden von ihrem Vater fortgeschickt, um eine Schneiderlehre zu machen.

Die Freunde ihres Vaters bangten um die Familie. »Dukhi Mochi ist verrückt geworden«, klagten sie. »Mit weit geöffneten Augen bringt er Zerstörung über sein Heim.« Und im Dorf herrschte allgemeine Bestürzung: Jemand hatte es gewagt, die zeitlose Kette der Kaste zu zerbrechen, es würde umgehend Vergeltung folgen.

Dukhi Mochis Entschluß, aus seinen Söhnen Schneider zu machen, war in der Tat mutig, wenn man bedachte, daß die Blüte seines eigenen Lebens in gehorsamer Befolgung der Traditionen des Kastensystems erfolgt war. Wie seine Vorväter hatte er von Kindheit an das Handwerk akzeptiert, das für seine gegenwärtige Inkarnation vorbestimmt war.

Dukhi Mochi war fünf Jahre alt, als er begonnen hatte, an der Seite seines Vaters den Chamaar-Beruf zu erlernen. Da es in der Region nur eine sehr kleine muslimische Bevölkerung gab, war in der Nähe kein Schlachthaus, wo die Chamaar Felle bekommen konnten. Sie mußten warten, bis im Dorf eine Kuh oder ein Büffel eines natürlichen Todes starb. Dann wurden die Chamaar gerufen, den Kadaver zu beseitigen. Manchmal wurde der Kadaver verschenkt, manchmal mußten sie bezahlen, je nachdem, ob der Oberkasten-Eigentümer des Tieres während des Jahres den Chamaar genug unbezahlte Arbeit hatte abringen können.

Die Chamaar häuteten den Kadaver, aßen das Fleisch und gerbten das Fell, das zu Sandalen, Peitschen, Geschirr und Wasserhäuten verarbeitet wurde. Dukhi lernte, wie wichtig tote Tiere für den Lebensunterhalt der Familie waren. Und während er in die Geheimnisse des Handwerks eingeführt wurde, wurde unmerklich, doch unweigerlich Dukhis eigene Haut mit dem Geruch imprägniert, der zum Körpergeruch seines Vaters gehörte, der Gestank der Lederarbeiter, der nicht einmal wegging, wenn er sich in dem alles reinigenden Fluß gewaschen und geschrubbt hatte.

Daß seine Poren die Dämpfe aufgesaugt hatten, war Dukhi erst klar, als seine Mutter eines Tages, während sie ihn an sich drückte, die Nase rümpfte und sagte, eine Mischung aus Stolz und Trauer in der Stimme: »Du wirst erwachsen, mein Sohn, ich kann die Veränderung riechen.«

Noch eine ganze Weile danach hob er ständig den Unterarm an seine Nase, um zu sehen, ob der Geruch noch daran haftete. Er fragte sich, ob er ihn loswerden würde, wenn er sich häutete. Oder ging er tiefer unter die Haut? Er stach sich, um sein Blut zu riechen, aber der Test ergab keine eindeutige Antwort, der winzige Rubin auf seiner Fingerspitze war eine zu ungenügende Probe. Und was war mit Muskeln und Knochen, lauerte der Gestank auch in ihnen? Nicht, daß er ihn weghaben wollte. Er war glücklich, wie sein Vater zu riechen.

Außer Gerben und Lederverarbeitung lernte Dukhi auch, was es bedeutete, ein Chamaar zu sein, ein Unberührbarer in der Dorfgesellschaft. Für diesen Teil seiner Erziehung war kein besonderer Unterricht erforderlich. Wie der Schmutz toter Tiere, der ihn und seinen Vater bei ihrer Arbeit bedeckte, war die Moral des Kastensystems überall verschmiert. Und wenn das noch nicht reichte, füllten die Gespräche der Erwachsenen, die Unterhaltungen zwischen seiner Mutter und seinem Vater, die Lücken in seinem Wissen um die Welt.

Das Dorf lag an einem kleinen Fluß, und den Chamaar wurde erlaubt, in einem Bereich flußabwärts von den Brahmanen und Grundbesitzern zu leben. Abends saß Dukhis Vater zusammen mit den anderen Chamaar-Männern unter einem Baum in ihrem Teil des Dorfes, sie rauchten und redeten über den Tag, der zu Ende ging, und über den neuen, der morgen anbrechen würde. Vogelrufe flatterten zwischen ihrem Geplauder umher. Jenseits des Ufers signalisierte Kochrauch hungrige Botschaften, während Müll der Oberkasten auf dem trägen Fluß vorbeischwamm.

Dukhi sah aus einiger Entfernung zu und wartete darauf, daß sein Vater nach Hause kam. Als die Dämmerung voranschritt, wurden die Umrisse der Männer verschwommen. Bald konnte Dukhi nur noch die glühenden Spitzen ihrer Beedis sehen, die mit den Bewegungen ihrer Hände wie Glühwürmchen umherflitzten. Dann erloschen die brennenden Spitzen eine nach der anderen, und die Männer zerstreuten sich.

Während Dukhis Vater aß, wiederholte er für seine Frau alles, was er an diesem Tag erfahren hatte. »Der Kuh des Pandit geht es nicht gut. Er versucht, sie zu verkaufen, bevor sie stirbt.«

»Wer bekommt sie, wenn sie stirbt? Bist du schon dran?«

»Nein, Bhola ist dran. Aber dort, wo er gearbeitet hat, hat man ihm Diebstahl vorgeworfen. Selbst wenn der Pandit ihm den Kadaver überläßt, wird er meine Hilfe brauchen – sie haben ihm heute die Finger der linken Hand abgehackt.«

»Bhola hat Glück«, sagte Dukhis Mutter. »Letztes Jahr hat Chagan seine Hand am Handgelenk verloren. Gleicher Grund.«

Dukhis Vater nahm einen Schluck Wasser und spülte sich den Mund damit, bevor er es herunterschluckte. Er fuhr sich mit dem Handrücken über die Lippen. »Dosu wurde ausgepeitscht, weil er zu nah an den Brunnen gekommen ist. Er lernt es nie.« Er aß eine Zeitlang schweigend und lauschte den Fröschen, die in der feuchten Nacht bellten, dann fragte er seine Frau: »Ißt du nichts?«

»Es ist mein Fastentag.« In ihrem Code bedeutete das, daß es nicht genug Essen für beide gab.

Dukhis Vater nickte und nahm sich noch einen Mundvoll. »Hast du in letzter Zeit Buddhus Frau gesehen?«

Sie schüttelte den Kopf. »Schon seit vielen Tagen nicht mehr.«

»Und auch nicht für viele weitere. Sie muß sich in ihrer Hütte verstecken. Sie hat sich geweigert, mit dem Sohn des Zamindars aufs Feld zu gehen, und so haben sie ihr den Kopf geschoren und sie nackt über den Platz geführt.«

So lauschte Dukhi jeden Abend seinem Vater, wie er die ungeschönten Tatsachen über Ereignisse im Dorf berichtete. Im Verlauf seiner Kindheitsjahre meisterte er einen vollständigen Katalog der wirklichen und eingebildeten Verbrechen, die ein niederkastiger Mensch begehen konnte, und die entsprechenden Bestrafungen waren in seinem Gedächtnis eingegraben. Als er dreizehn war, hatte er bereits sämtliches Wissen erworben, das er brauchte, um diese unsichtbare Kastenlinie wahrzunehmen, die er nie überschreiten konnte, wenn er wie seine Vorfahren in dem Dorf überleben wollte, mit Demütigung und Selbstbeherrschung als ständigen Gefährten.

Bald nachdem Dukhi Mochi achtzehn geworden war, verheirateten seine Eltern ihn an ein Chamaar-Mädchen namens Roopa, die vierzehn war. Während ihrer ersten sechs Jahre zusammen gebar sie drei Töchter. Keine wurde älter als ein paar Monate.

Dann hatten sie einen Sohn, und die Familien freuten sich sehr. Das Kind wurde Ishvar genannt, und Roopa wachte über ihn mit der Leidenschaft und Hingabe, die, wie sie gelernt hatte, männlichen Kindern vorbehalten waren. Sie sorgte dafür, daß er immer genug zu essen bekam. Selbst zu hungern war eine Selbstverständlichkeit – das tat sie ohnehin schon oft, um Dukhi satt zu bekommen. Aber für dieses Kind zögerte sie auch nicht zu stehlen. Und sie kannte keine Mutter, die für ihren eigenen Sohn nicht das gleiche Risiko eingegangen wäre.

Nachdem ihre Milch ausgetrocknet war, begann Roopa, den Kühen der verschiedenen Grundbesitzer nächtliche Besuche abzustatten. Während Dukhi und das Kind schliefen, schlich sie sich mit einem kleinen Messing-Haandi aus der Hütte heraus, irgendwann zwischen Mitternacht und dem Hahnenschrei. Der stockdunkle Weg, den sie ohne zu stolpern entlangging, war während des Tages auswendig gelernt worden, denn eine Lampe mitzunehmen war zu gefährlich. Die Dunkelheit streifte ihre Wangen wie Spinnweben. Manchmal waren die Spinnweben echt.

Sie nahm ein bißchen von jeder Kuh. So würde der Eigentümer keine Abnahme im Ertrag bemerken. Wenn Dukhi am nächsten Morgen die Milch sah, verstand er. Wenn er nachts durch ihr Fortgehen aufwachte, sagte er nichts und lag zitternd da, bis sie wiederkam. Er fragte sich oft, ob er anbieten sollte, selbst zu gehen.

Bald bekam Ishvar seine Milchzähne, und Roopa begann, wöchentliche Besuche in Obstgärten zu unternehmen, die in Frucht standen und bereit zur Ernte waren. In der Dunkelheit befühlten ihre Finger die Frucht, ob sie reif war, bevor sie sie pflückte. Auch hier beschränkte sie sich auf ein paar von jedem Baum, damit ihr Fehlen nicht bemerkt würde. Die Dunkelheit um sie herum war mit dem Klang ihres eigenen Atems erfüllt und den Geräuschen kleiner Wesen, die sich vor ihr in Sicherheit brachten.

Eines Nachts, als sie ihren Beutel mit Orangen füllte, wurde plötzlich eine Laterne zwischen den Bäumen hochgehoben. In einer kleinen Lichtung saß ein Mann auf seiner Bambusseilliege und beobachtete sie. Ich bin erledigt, dachte sie, ließ ihren Beutel fallen und machte sich zur Flucht bereit.

»Hab keine Angst«, sagte der Mann. Er sprach leise, während seine Hand einen dicken Stock umklammert hielt. »Von mir aus kannst du ruhig welche nehmen.« Sie drehte sich um, keuchend vor Angst, und fragte sich, ob sie ihm glauben sollte.

»Na los, pflück noch ein paar«, wiederholte er lächelnd. »Der Besitzer hat mich angestellt, seinen Hain zu bewachen. Aber mir ist es egal. Er ist ein reicher Sack.«

Roopa hob nervös den Beutel auf und begann wieder zu pflükken. Ihre zitternden Finger ließen eine Orange fallen bei dem Versuch, sie durch die Öffnung des Beutels zu schieben. Sie warf einen Blick über die Schulter. Seine Augen verfolgten gierig ihren Körper, so daß ihr unbehaglich wurde. »Ich bin Ihnen dankbar«, sagte sie.

Er nickte. »Du hast Glück, daß ich hier bin und nicht irgendein böser Mann. Mach ruhig, nimm soviel du willst.« Er summte etwas Unmelodiöses. Es klang wie eine Mischung aus Stöhnen und Seufzen. Er gab das Summen auf und versuchte, die Melodie zu pfeifen. Das Ergebnis war ähnlich unmusikalisch. Er gähnte und verstummte, beobachtete sie aber weiter.

Roopa beschloß, daß sie genug Obst hatte. Es war Zeit, ihm zu danken und heimzugehen. Ihre Bewegungen verstehend, sagte er: »Ein Ruf von mir, und sie kommen alle gerannt.«

»Was?« Sie sah, wie sein Lächeln plötzlich verschwand.

»Ich brauch nur zu rufen, und der Eigentümer und sein Sohn würden sofort hier sein. Sie würden dich nackt ausziehen und wegen Diebstahl auspeitschen.«

Sie zitterte, und das Lächeln kehrte wieder. »Keine Sorge, ich werde nicht rufen.« Sie zog die Öffnung des Beutels zu, und er fuhr fort: »Nachdem sie dich ausgepeitscht haben, würden sie wahrscheinlich deine Ehre beflecken. Sie würden abwechselnd schamlose Dinge mit deinem wunderschönen weichen Körper machen.«

Roopa legte die Hände zum Dank und Abschied zusammen.

»Geh noch nicht, nimm soviel du willst«, sagte er.

»Danke, ich habe genug.«

»Bist du sicher? Ich kann dir ohne weiteres mehr geben, wenn du magst.« Er legte seinen Stock weg und erhob sich von der Liege.

»Danke, das hier reicht.«

»Wirklich? Aber warte, du kannst nicht einfach so weggehen«, sagte er mit einem Lachen. »Du hast mir noch nichts dafür gegeben.« Er ging auf sie zu.

Sie wich einen Schritt zurück und rang sich auch ein Lachen ab. »Ich habe nichts. Deswegen bin ich in der Nacht hierhergekommen, für mein Kind.«

»Doch, du hast etwas.« Er streckte die Hand aus und drückte ihre linke Brust. Sie schlug seine Hand weg. »Ich brauche nur einmal zu rufen«, warnte er und ließ seine Hand in ihre Bluse gleiten. Sie schauderte vor der Berührung, tat diesmal aber nichts.

Er führte die sich Windende zur Liege und riß ihre obersten drei Knöpfe auf. Sie kreuzte die Arme vor der Brust. Er zog sie herunter und vergrub den Mund in ihren Brüsten, leise lachend, als sie versuchte, sich wegzuwinden. »Ich hab dir so viele Orangen gegeben. Und du willst mich nicht mal deine süßen Mangos kosten lassen?«

»Bitte lassen Sie mich gehen.«

»Sobald ich meinen Bhojpuri brinjal gefüttert habe. Zieh dich aus.«

»Ich bitte Sie, lassen Sie mich gehen.«

»Ich brauch nur einmal zu rufen.«

Sie weinte leise, während sie sich auszog, und legte sich hin, wie er es ihr befahl. Auch während er sich keuchend auf ihr herumbewegte, weinte sie. Sie hörte das windbewegte Laub der Bäume rascheln, die wie nutzlose Wächter dastanden. Ein Hund heulte, gefolgt von einem Chor anderer. Das Kokosöl in den Haaren des Mannes hinterließ Streifen auf ihrem Gesicht und ihrem Nacken und beschmierte ihre Brust. Der Geruch hing ihr stark in der Nase.

Einige Minuten später rollte er von ihrem Körper herunter. Roopa schnappte sich ihre Sachen und den Beutel mit Orangen und rannte nackt durch den Hain davon. Als sie sicher war, daß er sie nicht verfolgte, blieb sie stehen und zog sich an.

Dukhi stellte sich schlafend, als sie die Hütte betrat. Während der Nacht hörte er mehrmals ihr ersticktes Schluchzen, und durch ihren Geruch wußte er, was mit ihr während ihrer Abwesenheit geschehen war. Er verspürte den Drang, zu ihr zu gehen, mit ihr zu reden, sie zu trösten. Aber er wußte nicht, welche Worte er verwenden sollte, und er hatte auch Angst, zuviel zu erfahren. Er weinte lautlos, machte seiner Beschämung, Wut und Demütigung in Tränen Luft. Er wünschte, er würde in dieser Nacht sterben.

Am nächsten Morgen tat Roopa so, als wäre nichts geschehen. Und so sagte Dukhi nichts, und sie aßen die Orangen.

Zwei Jahre nach Ishvars Geburt hatten Roopa und Dukhi noch einen Sohn. Dieser wurde Narayan genannt. Er hatte ein dunkelrotes Mal auf der Brust, und eine ältere Nachbarin, die Roopa bei der Geburt half, sagte, so ein Mal habe sie schon einmal gesehen. »Das bedeutet, daß er ein tapferes und großzügiges Herz hat. Dieses Kind wird dich sehr stolz machen.«

Die Nachricht von einem zweiten Sohn verursachte Neid in hochkastigen Heimen, wo man etwa zur gleichen Zeit geheiratet hatte wie Dukhi und Roopa, aber die Frauen noch kinderlos waren oder immer noch auf männliche Nachkommenschaft warteten. Es war schwer für sie, es den glücklichen Eltern nicht übelzunehmen – die Geburt von Töchtern bescherte ihnen oft

Prügel von ihren Ehemännern und deren Familien. Manchmal wurde ihnen befohlen, das Neugeborene diskret zu beseitigen. Dann blieb ihnen keine andere Wahl, als das Kind mit den Windeln zu erdrosseln, es zu vergiften oder verhungern zu lassen.

»Was ist mit der Welt los?« beschwerten sie sich. »Wieso zwei Söhne im Haus eines Unberührbaren und nicht einmal einer in unserem?« Was könnte ein Chamaar an seine Söhne weitergeben, daß die Götter ihn derart belohnen? Irgend etwas war nicht in Ordnung, Manus Gesetz war untergraben worden. Mit Sicherheit hatte irgend jemand im Dorf eine Tat begangen, die die Götter beleidigt hatte, es waren doch sicher irgendwelche besonderen Zeremonien erforderlich, um die Götter zu besänftigen und diese leeren Gefäße mit männlicher Frucht zu füllen.

Aber eine der kinderlosen Ehefrauen hatte eine nüchternere Theorie parat, um ihre ungeborenen Söhne zu erklären. Es könnte sein, sagte sie, daß diese beiden Jungen in Wirklichkeit gar nicht Dukhis waren. Vielleicht war der Chamaar weit fortgereist und hatte die Neugeborenen einer Brahmanin entführt – das würde alles erklären.

Als sich das Gerücht zu verbreiten begann, bangte Dukhi um seine Familie. Als Vorsichtsmaßnahme machte er besondere Anstrengungen, kriecherisch zu sein. Jedesmal, wenn er hochkastige Personen auf der Straße sah, warf er sich unterwürfig zu Boden, aber in sicherer Entfernung – so daß man ihm nicht vorwerfen konnte, er hätte sie mit seinem Schatten verunreinigt. Sein Schnurrbart wurde abrasiert, obwohl seine Länge und Form den Kastenvorschriften entsprochen hatten, mit demütig herabhängenden Spitzen, im Gegensatz zu den stolzen oberkastigen Schnurrbärten, die himmelwärts wuchsen. Er kleidete sich und seine Kinder in die schmutzigsten Lumpen, die er unter seinen mageren Besitztümern finden konnte. Um Beschuldigungen wegen Verunreinigung zu vermeiden, schärfte er Roopa ein, einen großen Bogen um den Dorfbrunnen zu machen. Ihre Freundin Padma holte für sie das Trinkwasser. Welche Arbeit man Dukhi auch zu tun befahl, er verrichtete sie, ohne zu fragen, ohne an Bezahlung zu denken, den Blick stets von dem hochkastigen

Gesicht abgewendet und sicher auf seine Füße gerichtet. Er wußte, wenn jemand auch nur die geringste Verärgerung über ihn empfand, konnte das einen Brand entfachen, der seine Familie verzehrte.

Zum Glück war die Mehrheit der Hochkastigen damit zufrieden, wegen des Problems des brachliegenden Schoßes philosophisch zu werden und es dabei zu belassen. Sie sagten, es sei klar, daß die Welt durch Kaliyug gehe, durch das Dunkle Zeitalter, und söhnelose Ehefrauen waren nicht die einzige Verirrung in der kosmischen Ordnung. »Denkt an die jüngste Dürre«, sagten sie. »Eine Dürre, die kam, obwohl wir alle nötigen Pujas korrekt verrichtet haben. Und als der Regen kam, fiel er in wilden Strömen. Denkt an die Überschwemmungen, die Hütten, die fortgespült wurden. Und was ist mit dem zweiköpfigen Kalb im Nachbardorf?«

Niemand im Dorf hatte das zweiköpfige Kalb gesehen, denn die Entfernung war groß, und es war nicht möglich, die Reise zu machen und bis zum Anbruch der Nacht wieder in die Sicherheit ihrer Hütten zurückzukehren. Aber sie hatten alle von dieser monströsen Mißgeburt gehört. »Ja, ja«, stimmten sie zu. »Die Pandits haben vollkommen recht. Kaliyug ist die Ursache für unser Mißgeschick.«

Das Heilmittel, so rieten die Pandits, hieß, mit größerer Sorgfalt die dharmische Ordnung zu befolgen. Es gab für jeden seinen richtigen Platz in der Welt, und solange jeder sich um seinen eigenen Platz kümmerte, würden sie die Finsternis von Kaliyug durchstehen und unbeschadet aus ihr hervorgehen. Aber wenn es Überschreitungen gab – wenn die Ordnung verunreinigt würde –, dann war nicht abzuschätzen, welches Unheil das Universum befallen könnte.

Nachdem dieser Konsens erreicht war, erlebte das Dorf einen dramatischen Anstieg bei den Auspeitschungen, mit denen Mitglieder der unberührbaren Kasten bestraft wurden, während die Thakurs und Pandits versuchten, die Welt wieder in die richtige Form zu prügeln. Die Verbrechen waren mannigfaltig und phantasievoll: Ein Bunghi hatte es gewagt, mit seinen unreinen Augen einen Brahmanen anzusehen; ein Chamaar war auf der falschen

Seite der Tempelstraße gegangen und hatte sie beschmutzt; ein weiterer hatte sich in die Nähe eines Puja verirrt, das gerade im Gange war, und seinen unwürdigen Ohren gestattet, die heiligen Shlokhas zu vernehmen; ein Bunghi-Mädchen hatte ihre Fußspuren nicht sauber genug im Staub des Hofes eines Thakurs verwischt, nachdem sie dort ihre Pflichten beendet hatte – ihre Erklärung, ihr Besen sei zu dünn gewesen, ließ man nicht gelten.

Dukhi trug auch etwas mit seiner Haut bei, das Universum aus dem Klammergriff der Finsternis zu befreien. Er wurde gerufen, eine Herde Ziegen zur Weide zu führen. Der Eigentümer würde während des Tages nicht im Dorf sein. »Bewache sie gut«, sagte der Mann, »vor allem die mit dem abgebrochenen Horn und dem langen Bart. Die ist ein richtiger Teufel.« Als Belohnung für die Arbeit wurde ihm ein Glas Ziegenmilch versprochen.

Dukhi verbrachte den Morgen damit, die Herde zu hüten und davon zu träumen, wie Ishvar und Narayan sich über die Milch freuen würden. Aber als der Tag voranschritt und der Nachmittag heißer wurde, schlief er ein. Die Tiere wanderten auf das Grundstück eines Nachbarn. Als der Eigentümer abends wiederkam, bekam Dukhi anstatt eines Glases Ziegenmilch die Peitsche.

Es war ein kleiner Preis, den er da bezahlte, fand er, wenn man bedachte, wieviel Schlimmeres ihm hätte blühen können, hätte dem Mann der Sinn danach gestanden. In jener Nacht schlich sich Roopa hinaus, um Butter zu stehlen, die sie auf die Striemen auf Rücken und Schultern ihres Mannes strich.

Butter war etwas, das Roopa ohne zu zögern stehlen konnte. Sie betrachtete es nicht einmal als Diebstahl. Hatte vor vielen Ewigkeiten der Herr Krishna nicht selbst es zu seiner Hauptbeschäftigung gemacht, während seiner Jugend in Mathura?

Als sie das entsprechende Alter erreicht hatten, begann Dukhi seinen Söhnen die Fertigkeiten des Handwerks beizubringen, an das sie von Geburt an gekettet waren. Ishvar war sieben, als er zu seinem ersten toten Tier geführt wurde. Narayan wollte auch mitkommen, aber Dukhi sagte, es sei noch nicht soweit für ihn, er sei noch zu jung. Er versprach dem Kind, daß es bei einigen Arbeiten mithelfen könne, wie das Salzen der Haut, Haare und Stücke verfaulten Fleischs mit einem stumpfen Messer abkratzen und die Früchte des Myrobalanbaumes sammeln, um die Haut zu gerben. Das munterte Narayan auf.

Dukhi und Ishvar fanden sich mit einigen anderen Chamaar auf Thakur Premjis Farm ein und wurden zu dem Feld gebracht, wo der Büffel lag. Ein Reiher stand auf dem dunklen Berg und pickte Insekten aus seiner Haut. Er flog davon, als sich die Männer näherten. Wolken von Fliegen summten über dem Tier.

»Ist er tot?« fragte Dukhi.

»Natürlich ist er tot«, entgegnete der Helfer des Thakur. »Glaubst du, wir können uns leisten, lebende Rinder zu verschenken?« Den Kopf schüttelnd und etwas über die Dummheit dieser achhoot Jatis murmelnd, ging er fort und ließ sie an die Arbeit gehen.

Dukhi und seine Freunde stellten den Karren hinter das Tier. Eine Holzplanke wurde schräg vom Karrenboden zum Tier gelegt. Sie packten seine Hinterläufe und begannen, den Koloß zentimeterweise die Planke hochzuziehen, wobei sie das Holz naß hielten, damit das Gewicht etwas leichter glitt.

»Seht mal!« sagte einer von ihnen. »Er lebt noch, er atmet!«

»Aray Chhotu, nicht so laut«, sagte Dukhi. »Sonst lassen sie uns ihn nicht mitnehmen. Jedenfalls ist er fast tot – höchstens noch ein paar Stunden.«

Sie arbeiteten weiter, schwitzend und grunzend, während Chhotu leise über den Thakur fluchte. »Verdammter Heuchler. Läßt uns hier schuften. Wäre soviel leichter, den Büffel zu töten, den Kadaver an Ort und Stelle zu häuten und ihn in kleine Stücke zu hacken.«

»Das stimmt«, sagte Dukhi. »Aber wie könnte Mr. hochkastiger Scheißsack das zulassen? Die Reinheit dieses Landes wäre verdorben.«

»Das einzig Hochkastige an ihm ist sein kleiner fleischfressender Lund«, sagte Chhotu. »Er frißt jede Nacht von dem hochkastigen Choot seiner Frau.«

Die Männer kicherten und erhöhten dann ihre Anstrengungen. »Man hat ihn einmal die Woche in der Stadt gesehen. Wie er sich mit Hühnchen vollstopft, mit Hammel, Rind, was er will.«

»Die sind doch alle gleich«, sagte Dukhi. »Öffentlich Vegetarier, privat Fleischfresser. Los, schieben!«

Ishvar verfolgte die Unterhaltung der Männer aufmerksam, beteiligte sich an der Arbeit mit seinen kleinen Händen, während die Männer ihn ermutigten. »Jetzt haben wir's gleich geschafft! Schieb, Ishvar, schieb! Fester, fester!«

Unter all dem Scherzen, Fluchen und Necken wurde der Büffel plötzlich lebendig und hob noch einmal den Kopf, bevor er verendete. Die Erwachsenen schrien überrascht und sprangen zurück, um den Hörnern auszuweichen. Aber die Spitze erwischte Ishvar an der linken Wange und schlug ihn bewußtlos. Er brach zusammen.

Dukhi packte den Jungen in seine Arme und rannte mit ihm heimwärts. Seine Beine verschlangen die Entfernung in weit ausholenden Schritten. Der verkümmerte Mittagsschatten ihrer miteinander verbundenen Gestalten blieb ihm treu an den Fersen. Schweiß rann ihm von der Stirn und besprenkelte das Gesicht seines Sohnes.

Da rührte Ishvar sich, und seine Zunge kam hervor und schmeckte das Salz seines Vaters auf den Lippen. Dukhi atmete auf, ermutigt von dem Lebenszeichen.

»Hai Bhagwan!« schrie Roopa, als sie ihren blutenden Sohn sah. »Aray Vater-von-Ishvar, was hast du mit meinem Kind gemacht? Wozu die große Eile, ihn heute mitzunehmen? So einen kleinen Jungen! Konntest du nicht warten, bis er älter ist?«

»Er ist sieben«, entgegnete Dukhi ruhig. »Mein Vater nahm mich mit, als ich fünf war.«

»Ist das ein Grund? Und wenn du mit fünf verletzt und getötet worden wärst, würdest du das gleiche deinem Sohn antun?«

»Wenn ich mit fünf getötet worden wäre, dann hätte ich keinen Sohn«, sagte Dukhi, noch ruhiger. Er ging hinaus, um die Blätter zu sammeln, die die Wunde heilen würden, und zerhackte sie sehr fein, bis sie fast eine Paste waren. Dann kehrte er zu seiner Arbeit zurück.

Roopa wusch die Wunde und trug die dunkelgrüne Salbe auf. Später, als sie sich wieder beruhigt hatte, ließ ihr Zorn auf Dukhi nach. Sie band ihrem Kind schützende Amulette um die Arme, denn sie vermutete, daß es das böse Auge der Brahmaninnen gewesen war, was Ishvar verletzt hatte.

Und die kinderlosen Frauen waren auch beruhigt: Das Universum wurde allmählich wieder normal. Der unberührbare Junge hatte kein hübsches Gesicht mehr, sondern war entstellt, und das war genauso, wie es sein sollte.

Am Abend kam Dukhi nach Hause und ließ sich in der Ecke auf dem Boden nieder, wo er seine Mahlzeiten einzunehmen pflegte. Ishvar und Narayan schmiegten sich an ihn, genossen den Geruch des Beedi-Rauchs, nach dem sein Atem roch und der den Gestank von Häuten, Tannin und Innereien vorübergehend abschwächte. Sie bekamen Hunger, als ihnen der Duft frischgebakkener Chapatis in die Nase stieg, die ihre Mutter für die Abendmahlzeit bereitet hatte.

Die Wunde eiterte ein paar Tage lang und begann dann zu verheilen, so daß bald kein Anlaß zur Sorge mehr war. Durch die Verletzung blieb jedoch dieser Teil von Ishvars Gesicht auf ewig erstarrt. In dem Versuch, es leichtzunehmen, sagte sein Vater: »Gott möchte, daß mein Sohn nur halb soviel weint wie andere Sterbliche.«

Dabei übersah er lieber die Tatsache, daß auch Ishvars Lächeln nur mit seinem halben Gesicht gelächelt werden konnte.

In dem Jahr, als Ishvar zehn und Narayan acht wurden, waren die Regenfälle ergiebig. Dukhi kämpfte sich durch die Monsunmonate, schnorrte Arme voller Stroh, um die Hütte wasserdicht zu halten. Die Felder erholten sich von der Dürre, und das Vieh wurde gesund. Dukhi wartete vergeblich darauf, daß Tiere starben und ihre Häute ließen.

Während das gute Wetter anhielt und eine reiche Ernte für die Zamindars versprach, waren es für die landlosen Unberührbaren magere Zeiten. Wenn die Erntezeit gekommen war, würde es Arbeit für sie geben, aber bis dahin waren sie auf Almosen angewiesen oder auf die kümmerlichen Brocken Knochenarbeit, die ihnen von den Grundbesitzern nach Gutdünken hingeworfen wurden.

Nach mehreren müßigen Tagen war Dukhi dankbar, daß Thakur Premji nach ihm schickte. Er wurde zur Rückseite des Hauses geführt, wo ein Sack getrockneter roter Chilis darauf wartete, zu Puder zermahlen zu werden. »Kannst du das bis Sonnenuntergang erledigen?« fragte Thakur Premji. »Oder vielleicht sollte ich zwei Männer kommen lassen.«

Dukhi wollte nur ungern die voraussichtlich geringe Belohnung teilen, die ihm winkte, und sagte: »Keine Sorge, Thakurji, es wird alles erledigt sein, bevor die Sonne untergeht.« Er füllte den massiven Steinmörser mit Chilis und wählte einen der drei langen schweren Stößel aus, die darin lagen. Er fing an, energisch zu stampfen, wobei er dem Thakur häufig zulächelte, der noch eine Weile blieb, um ihm zuzusehen.

Nachdem er gegangen war, drosselte Dukhi das Tempo. Der schnelle Rhythmus ließ sich nur aufrechterhalten, wenn drei Leute am Mörser saßen und die Stößel der Reihe nach betätigten. Zur Mittagszeit hatte er bereits den halben Sack fertig und machte eine Pause, um etwas zu essen. Er sah sich um, ob jemand gerade guckte, und griff dann in den Mörser und streute eine Prise Chilipuder auf sein Chapati. Gerade rechtzeitig, denn im nächsten Moment kam der Mann des Thakurs mit einer Kanne Wasser heraus.

Es war später Nachmittag, der Sack war fast leer, als sich der Unfall ereignete. Als der Stößel aufprallte und zurückschoß, so wie er es den ganzen Tag lang getan hatte, spaltete sich der Mörser ohne Vorwarnung säuberlich in zwei Hälften und brach auseinander. Eine Seite landete auf Dukhis Fuß und quetschte ihn.

Die Frau des Thakurs hatte vom Küchenfenster zugesehen. »Oiee, mein Ehemann! Komm schnell!« kreischte sie. »Der Chamaar-Esel hat unseren Mörser kaputtgemacht!«

Ihre Schreie weckten Thakur Premji, der, ein Enkelkind im Arm, unter dem Vordach auf der Vorderseite des Hauses döste. Er übergab das schlummernde Kind einer Dienerin und eilte nach hinten. Dukhi lag ausgestreckt auf dem Boden und versuchte, seinen blutenden Fuß mit dem Stoff zu verbinden, den er normalerweise wie einen kurzen Turban um den Kopf trug.

»Was hast du getan, du hirnloses Tier! Hab ich dich dafür angestellt?«

Dukhi blickte auf. »Vergeben Sie mir, Thakurji, ich hab nichts damit gemacht. Es muß ein Fehler im Stein gewesen sein.«

»Lügner!« Er hob drohend seinen Stock. »Erst machst du ihn kaputt, und dann lügst du mich auch noch an! Wenn du nichts getan hast, wie kann er dann zerbrechen? So ein großer solider Stein! Ist er etwa aus Glas, daß er einfach so zerbrechen kann?«

»Ich schwöre bei den Köpfen meiner Kinder«, flehte Dukhi, »ich habe bloß Chilis gestampft, so wie schon den ganzen Tag lang. Sehen Sie, Thakurji, der Sack ist so gut wie leer, die Arbeit ...«

»Steh auf! Verlaß auf der Stelle mein Grundstück! Ich will dich hier nie wieder sehen!«

»Aber Thakurji, die Arbeit ...«

Er schlug Dukhi mit dem Stock über den Rücken. »Steh auf, hab ich gesagt! Und verschwinde!«

Dukhi erhob sich und hinkte rückwärts, um außer Reichweite des Stocks zu kommen. »Thakurji, haben Sie Erbarmen, es hat seit Tagen keine Arbeit mehr gegeben. Ich habe nichts ...«

Der Thakur schlug wild um sich. »Hör zu, du stinkender Hund! Du hast mein Eigentum zerstört, und ich laß dich trotzdem laufen! Wenn ich nicht so ein weichherziger Dummkopf wäre, würde ich dich wegen deinem Verbrechen der Polizei ausliefern. Und jetzt verschwinde!« Er holte wieder mit dem Stock aus.

Dukhi wich aus, konnte sich aber mit seinem verletzten Fuß nicht schnell genug bewegen. Mehrere Schläge fanden ihr Ziel, bevor er durch das Tor geschlüpft war. Er humpelte nach Hause, den Thakur und seine Nachkommen verfluchend.

»Laß mich in Ruhe«, zischte er in Erwiderung auf Roopas ängstliche Fragen. Als sie nicht aufhörte, sich an ihn klammerte und bettelte, seinen verletzten Fuß untersuchen zu dürfen, schlug er sie. Wütend und gedemütigt saß er schweigend den ganzen

Abend lang in der Hütte. Ishvar und Narayan hatten Angst. So hatten sie ihren Vater noch nie erlebt.

Später ließ er Roopa die Wunde säubern und verbinden und aß das Essen, das sie ihm brachte, weigerte sich aber immer noch zu reden. »Es wird dir bessergehen, wenn du es mir erzählst«, sagte sie.

Zwei Tage später erzählte er es ihr, seine Verbitterung floß über wie der stinkende Eiter von seinem Fuß. Es hatte ihm nichts ausgemacht, als er damals wegen der streunenden Ziegen ausgepeitscht worden war. Es war seine Schuld gewesen, er war eingeschlafen. Aber diesmal hatte er nichts Unrechtes getan. Er hatte den ganzen Tag lang hart gearbeitet, aber er war geschlagen und um seine Bezahlung betrogen worden. »Und dazu ist auch noch mein Fuß zerquetscht«, sagte er. »Ich könnte ihn umbringen, diesen Thakur. Nichts als ein gemeiner Dieb. Und sie sind alle gleich. Sie behandeln uns wie die Tiere. Immer schon, seit den Zeiten unserer Vorväter.«

»Schh«, sagt sie. »Es ist nicht gut, wenn die Jungs solche Sachen hören. Es war einfach Pech, daß der Mörser zerbrochen ist, weiter nichts.«

»Ich spucke in ihre hochkastigen Gesichter. Ab jetzt verzichte ich auf ihre elenden Arbeiten.«

Als sein Fuß verheilt war, kehrte Dukhi dem Dorf den Rücken zu. Er brach bei Sonnenaufgang auf, und da es ihm gelang, sich von mehreren Ochsenkarren und einem Lastwagen mitnehmen zu lassen, erreichte er die Stadt noch vor der Mittagszeit. Er suchte sich eine Straßenecke aus, wo keine anderen Schuster in der Nähe waren. Seinen Metalleisten, Vorstecher, Hammer, Nägel und Lederflicken in einem Halbkreis um sich herum angeordnet, ließ er sich auf dem Bürgersteig nieder und wartete darauf, das Schuhwerk der Stadtbewohner zu reparieren.

Schuhe, Mokassins, Slipper stapften in einer Vielfalt von Modellen und Farben an ihm vorbei, die ihn faszinierte und beunruhigte. Falls einer von ihnen stehenblieb, würde er in der Lage sein, die Reparatur vorzunehmen? Es schien alles viel komplizierter zu sein als die schlichten Sandalen, die er gewohnt war.

Nach einiger Zeit blieb jemand vor Dukhi stehen, schüttelte sich den Chappal vom rechten Fuß und zeigte mit dem großen Zeh auf den kaputten Querriemen. »Wieviel, um das hier zu reparieren?«

Dukhi hob ihn auf und drehte ihn um. »Zwei Annas.«

»Zwei Annas? Bist du paagal oder was? Dann kann ich mir ja gleich neue Chappals kaufen, wenn ich einem Mochi wie dir zwei Annas bezahle.«

»Aray Sahab, wer wird Ihnen neue Chappals für zwei Annas geben?« Sie feilschten eine Weile und einigten sich dann auf eine Anna. Dukhi kratzte die Sohlen ab, um die Rille freizulegen, in der sich die gerissenen Nähte befanden. Der Schmutz blätterte in großen Placken ab. Er stellte fest, daß es keinen Unterschied zwischen Dorfschmutz und Stadtschmutz gab, er sah gleich aus und roch auch gleich.

Er steckte die Riemen in die Schlitze und befestigte sie mit einer neuen Naht. Bevor er den Chappal wieder anzog, zerrte der Mann an dem reparierten Riemen. Dann tat er ein paar Probeschritte, wackelte mit den Zehen umher, brummte zufrieden und bezahlte.

Sechs Stunden und fünf Kunden später war es Zeit, den Heimweg anzutreten. Dukhi machte mit dem Geld ein paar Einkäufe – etwas Mehl, drei Zwiebeln, vier Kartoffeln, zwei scharfe grüne Chilis –, dann begab er sich auf die Straße zurück zu seinem Dorf. Es gab weniger Verkehr als am Morgen. Er mußte lange laufen, bevor er eine Mitfahrgelegenheit bekam. Es war schon Nacht, als er endlich zu Hause war. Roopa und die Kinder erwarteten ihn voller Sorge.

Nach einigen Tagen an der Straßenecke sah Dukhi seinen Freund Ashraf auf dem Bürgersteig auf sich zukommen. »Wußte gar nicht, daß du in meinem Viertel schusterst«, sagte Ashraf, überrascht, ihn zu sehen.

Ashraf war der muslimische Schneider der Stadt. Er war in Dukhis Alter, und er war es, den Dukhi bei den seltenen Gelegenheiten aufzusuchen pflegte, wenn er es sich leisten konnte, etwas für Roopa oder die Kinder zu kaufen – der Hindu-Schneider nähte nicht für Unberührbare.

Nachdem Dukhi ihm von seinen Mißgeschicken im Dorf berichtet hatte, fragte ihn Ashraf: »Willst du mal was anderes ausprobieren? Etwas, was mehr Geld bringt?«

»Wo?«

»Komm mit.«

Er sammelte sein Werkzeug ein und eilte mit Ashraf davon. Sie gingen zur anderen Seite der Stadt, über die Eisenbahngleise, zum Holzlager. Dort wurde Dukhi Ashrafs Onkel vorgestellt, der die Leitung hatte.

Von nun an gab es für ihn immer Arbeit im Lager: Lastwagen beladen oder entladen, oder er half beim Ausliefern mit. Dukhi war die körperliche Arbeit des Hebens und Tragens, aufrecht unter Männern zu gehen, viel lieber, als den ganzen Tag lang auf dem Bürgersteig zu hocken und sich mit den Füßen von Fremden zu unterhalten. Und der Duft von frischem Holz war eine willkommene Erholung von dem Gestank schmutzigen Schuhwerks.

Eines Morgens unterwegs zum Holzlager bemerkte Dukhi, daß viel mehr Verkehr als sonst herrschte. Der Ochsenkarren, auf dem er fuhr, wurde in dichte Staubwolken eingehüllt. Er mußte oft an den Rand fahren, und einmal, als ein großer Bus vorbeifuhr, wäre er fast in den Graben abgedrängt worden.

»Was ist hier los?« fragte er den Fuhrmann. »Wo gehen die alle hin?« Der Mann zuckte die Schultern und konzentrierte sich auf die Aufgabe, seinen Ochsen wieder auf die Straße zu bekommen. Sein Stochern mit dem Stock bewirkte nichts, und die beiden Männer mußten abspringen und dem Tier helfen.

Als sie in der Stadt ankamen, sah Dukhi, daß die Straßen mit Bannern und Fahnen geschmückt waren. Er erfuhr, daß irgendwelche Politiker vom Indischen Nationalkongreß zu Besuch in der Stadt waren. Er ging hinüber zu Ashrafs Werkstatt, um ihm davon zu berichten, und sie beschlossen, der Menge zu folgen.

Die Politiker begannen mit ihren Reden. Sie sagten, sie seien gekommen, um die Botschaft des Mahatma zu verbreiten, in der es um den Freiheitskampf gehe, den Kampf für Gerechtigkeit. »Schon viel zu lange sind wir Sklaven in unserem eigenen Land.

Und die Zeit ist gekommen, für die Freiheit zu kämpfen. Für diesen Kampf brauchen wir weder Gewehre noch Schwerter. Wir brauchen keine verletzenden Worte oder Haß. Mit Wahrhaftigkeit und Ahimsa werden wir die Briten davon überzeugen, daß es Zeit ist für sie, zu gehen.«

Die Menge applaudierte. Der Redner fuhr fort. »Ihr werdet mir zustimmen, daß wir stark sein müssen, wenn wir das Joch der Sklaverei abschütteln wollen. Das kann niemand bestreiten. Und nur die wirklich Starken können die Macht der Wahrheit und Gewaltlosigkeit anwenden. Aber wie können wir überhaupt anfangen, stark zu sein, wenn es in unserer Mitte eine Krankheit gibt? Zuerst müssen wir diese Krankheit loswerden, die den Körper unseres Mutterlandes quält.

Was ist das für eine Krankheit? werdet ihr fragen. Diese Krankheit, meine Brüder und Schwestern, ist die Vorstellung der Unberührbarkeit, die uns seit Jahrhunderten schwächt und unseren Mitmenschen die Menschenwürde verweigert. Diese Krankheit muß aus unserer Gesellschaft ausgemerzt werden, aus unseren Herzen und aus unserem Denken.

Niemand ist unberührbar, denn wir sind alle Kinder desselben Gottes. Denkt daran, was Gandhiji gesagt hat, daß Unberührbarkeit den Hinduismus vergiftet wie ein Tropfen Arsen die Milch.«

Danach ergriffen andere Redner das Wort und sprachen über Dinge, die mit dem Freiheitskampf zu tun hatten, über die Helden des zivilen Ungehorsams, die im Gefängnis saßen, weil sie sich geweigert hatten, ungerechte Gesetze zu befolgen. Dukhi und Ashraf blieben bis zum Schluß, als die Politiker die Menge aufforderten, das Gelübde abzulegen, aus ihren Gedanken, Worten und Taten jegliche Kastenvorurteile auszumerzen. »Wir ziehen mit dieser Botschaft durchs ganze Land und bitten die Menschen überall, sich zu vereinen und dieses ungöttliche System der Heuchelei und des Bösen zu bekämpfen.«

Die Menge schwor den Eid, zu dem der Mahatma sie so eindringlich mahnte, und wiederholte voller Begeisterung die vorgesprochenen Worte. Damit war die Kundgebung beendet.

»Ich frage mich«, meinte Dukhi zu Ashraf, »ob die Zamindars

in unserem Dorf jemals eine Rede beklatschen würden, in der die Abschaffung des Kastensystems gefordert wird.«

»Sie würden klatschen und wie gehabt weitermachen«, sagte Ashraf. »Der Teufel hat ihnen ihr Gefühl für Gerechtigkeit gestohlen, nah – sie können weder sehen noch fühlen. Aber du solltest dein Dorf verlassen und deine Familie hierherbringen.«

»Und wo würden wir wohnen? Dort haben wir wenigstens eine Hütte. Außerdem haben meine Vorfahren schon immer dort gelebt. Wie kann ich diese Erde verlassen? Es ist nicht gut, sich weit von seinem Heimatdorf zu entfernen. Dann vergißt du, wer du bist.«

»Das stimmt«, sagte Ashraf. »Aber schick wenigstens für kurze Zeit deine Söhne hierher. Damit sie ein Handwerk lernen können.«

»Man würde ihnen nicht erlauben, es im Dorf auszuüben.«

Ashraf verlor die Geduld mit Dukhis Schwarzseherei. »Die Dinge werden sich verändern, nah. Du hast doch diese Männer auf der Versammlung gehört. Schick deine Söhne zu mir. Ich werde ihnen in meiner Werkstatt das Schneidern beibringen.«

Einen Moment lang leuchteten Dukhis Augen auf, als er sich vorstellte, was die Zukunft versprach. »Nein«, sagte er. »Es ist besser, wir bleiben, wo wir hingehören.«

Es war Erntezeit, und Dukhi ging jetzt nicht mehr zum Holzlager. Sein Gelübde, die Grundbesitzer zu meiden, war schwach geworden, denn die Entfernung zur Stadt war groß, wenn es keinen verläßlichen Transport gab. Noch vor Tagesanbruch ging er hinaus auf die Felder, um die Ernte einzuholen, und kehrte erst nach der Abenddämmerung zu seiner Familie zurück, mit schmerzendem Rücken und all den Neuigkeiten aus den umliegenden Dörfern, die er in den vergangenen Monaten verpaßt hatte.

Die Neuigkeiten waren von der gleichen Art wie die, die Dukhi während seiner Kindheit Abend für Abend gehört hatte, nur die Namen waren andere. Weil sie auf der hochkastigen Straßenseite gegangen war, wurde Sita gesteinigt, doch nicht zu Tode – beim ersten Anzeichen von Blut wurden die Steinwürfe eingestellt. Gambhir hatte weniger Glück: Ihm wurde flüssiges Blei in die Ohren gegossen, weil er in Hörweite des Tempels geraten war, während Gebete im Gange waren. Dayaram, der die Vereinbarung hatte platzen lassen, das Feld eines Grundbesitzers zu pflügen, war gezwungen worden, auf dem Dorfplatz die Exkremente des Grundbesitzers zu essen. Dhiraj versuchte, im voraus mit Pandit Ghanshyam den Lohn für das Holzfällen auszuhandeln, anstatt sich mit den paar Zweigen zufriedenzugeben, die er am Ende des Tages erwarten konnte. Der Pandit regte sich auf, beschuldigte Dhiraj, er würde seine Kühe vergiften, und ließ ihn aufhängen.

Während Dukhi auf den Feldern schuftete und Lederarbeit selten blieb, gab es keine Arbeit für seine Söhne. Roopa versuchte Ishvar und Narayan zu beschäftigen, indem sie sie zum Brennholzsuchen losschickte. Gelegentlich fanden sie auch unbeanspruchte Kuhfladen, die von den Kuhhirten übersehen worden waren, obwohl das selten geschah, denn das kostbare Produkt wurde von den Eigentümern der Kühe sorgfältig eingesammelt. Roopa verwendete den Dung nicht zum Feuermachen, sie zog es vor, ihn am Eingang der Hütte flachzustreichen. Wenn er getrocknet war, hart und glatt war, erfreute sie sich für eine Weile an einer Schwelle, die so fest war wie Terrakotta, wie die auf den Höfen der Rinderhüter.

Trotz ihrer Pflichten hatten die Jungen viel freie Zeit, in der sie am Fluß herumtoben oder Wildkaninchen jagen konnten. Sie wußten genau, was für ihre Kaste erlaubt und was verboten war. Durch Instinkt und indem sie die Gespräche der Erwachsenen belauschten, wurden die Grenzen in ihrem Bewußtsein so klar abgesteckt wie Steinmauern. Trotzdem machte sich ihre Mutter Sorgen, daß sie in Schwierigkeiten geraten könnten. Sie wartete voller Ungeduld darauf, daß das Dreschen und Worfeln endlich beendet war, denn dann wären die beiden unter ihren Augen damit beschäftigt, die Spreu nach versprengten Körnern zu durchsuchen.

Manchmal verbrachten die Brüder die Vormittage in der Nähe der Dorfschule. Sie hörten zu, wie die hochkastigen Kinder das Alphabet aufsagten und kleine Lieder sangen, in denen es um

Farben, Zahlen und den Monsun ging. Die schrillen Stimmen flogen wie Spatzenschwärme aus den Fenstern. Später, zwischen den Bäumen am Fluß versteckt, versuchten die beiden, aus dem Gedächtnis zu wiederholen, was die Kinder gesungen hatten.

Wenn ihre Neugier Ishvar und Narayan zu nah heranlockte und der Lehrer sie entdeckte, wurden sie sofort verjagt. »Schamlose kleine Esel! Verschwindet, sonst brech ich euch die Knochen!« Aber Ishvar und Narayan waren recht geschickt darin, die Klasse zu belauschen. Sie konnten sich so nahe heranschleichen, daß sie die Kreide auf den Tafeln quietschen hören konnten.

Die Kreiden und Tafeln faszinierten sie. Sie sehnten sich danach, die weißen Stangen in den Händen zu halten und kleine weiße Kritzeleien zu machen wie die anderen Kinder, Bilder von Hütten, Kühen, Ziegen und Blumen zu malen. Es war wie Zauberei, die Dinge aus dem Nichts erscheinen zu lassen.

Eines Morgens, als Ishvar und Narayan hinter den Büschen versteckt waren, wurden die Schüler in den Vorhof geholt, wo sie für das Erntefest einen Tanz einüben sollten. Der Himmel war wolkenlos, und von den Feldern in der Ferne waren Fetzen von Gesang zu hören. In den Gesängen der Arbeiter steckte die Qual ihrer schmerzenden Rücken, ihrer Haut, die unter der Sonne briet. Ishvar und Narayan lauschten, ob sie die Stimme ihres Vaters heraushören konnten, vermochten aber im Chor keine Einzelstimmen zu erkennen.

Die barfüßigen Schüler hielten sich an den Händen und bildeten zwei konzentrische Kreise, die sich in entgegengesetzte Richtungen bewegten. Hin und wieder wechselten die Kreise die Richtung. Dies war die Ursache für viel Belustigung, weil einige Kinder für den Wechsel länger brauchten, so daß es zu viel Durcheinander und Verknäuelungen kam.

Nachdem sie eine Weile zugesehen hatten, erkannten Ishvar und Narayan plötzlich, daß das Schulgebäude leer war. Sie schlichen auf allen vieren um den Hof, bis sie hinter der Hütte waren, und stiegen durch ein Fenster ein.

In einer Ecke war das Schuhwerk der Kinder in säuberlichen Reihen angeordnet, in einer anderen, neben der Tafel, waren ihre Jausenkästen. Essensgerüche vermischten sich mit dem Duft von

Kreidestaub. Die Jungen steuerten auf den Schrank zu, wo die Tafeln und Kreiden aufbewahrt wurden. Sie schnappten sich jeder eine und setzten sich im Schneidersitz auf den Boden, die Tafeln im Schoß, so wie sie es so oft bei den Kindern beobachtet hatten. Aber die beiden waren sich unsicher, was als nächstes kam. Narayan wartete darauf, daß sein älterer Bruder begann.

Ishvar hielt die Kreide nervös über der Tafel und hatte ein wenig Angst, was wohl als nächstes passieren könnte. Zaghaft setzte er die Kreide auf und zog eine Linie, dann eine weitere, und noch eine. Er grinste Narayan an – wie leicht es war, eine Spur zu hinterlassen!

Jetzt zog Narayan, dem die Finger vor Aufregung zitterten, eine kurze weiße Linie und zeigte sie voller Stolz seinem Bruder. Sie wurden allmählich kühner, verließen die graden Linien, bedeckten die Tafeln mit Kringeln, Kurven und Kritzeleien unterschiedlichster Größe und Form, hielten nur inne, um ihr Werk zu bewundern und über die Leichtigkeit zu staunen, mit der sie mit einem Schwung der Hand nach Belieben erschaffen, wegwischen und wieder erschaffen konnten. Und der Kreidestaub an ihren Fingern und Handflächen brachte sie auch zum Kichern – damit konnte man sich komische dicke Linien auf die Stirn malen, wie die Kastenmarken der Brahmanen.

Sie gingen zum Schrank, um seinen restlichen Inhalt zu untersuchen, entrollten Alphabetlisten und schlugen Bilderbücher auf. So vertieft waren sie in die verbotene Welt, daß sie weder bemerkten, daß das Tanzen im Hof aufgehört hatte, noch hörten, wie der Lehrer sich hinter ihnen heranschlich. Er packte sie an den Ohren und zerrte sie nach draußen.

»Ihr Chamaar-Lausbuben! Ihr seid aber sehr mutig geworden, daß ihr es wagt, die Schule zu betreten!« Er verdrehte ihnen die Ohren, bis sie vor Schmerzen schrien und zu weinen anfingen. Die Schüler kauerten sich ängstlich zusammen.

»Ist es das, was eure Eltern euch beibringen? Die Werkzeuge des Lernens und des Wissens zu beschmutzen? Antwortet! Ist es das?« Er ließ ihre Ohren kurz los, um ihnen stechende Schläge gegen die Köpfe zu versetzen, und dann packte er wieder fest zu.

Schluchzend sagte Ishvar: »Nein, Masterji, ist es nicht.«

»Warum wart ihr dann hier drin?«

»Wir wollten nur sehen ...«

»Wollten nur sehen! Nun, dann werd ich euch jetzt mal was zeigen! Ich werd euch meinen Handrücken zeigen!« Während er Narayan festhielt, gab er Ishvar in schneller Folge sechs Ohrfeigen und tat dann das gleiche mit seinem Bruder. »Und was ist das hier auf eurer Stirn, ihr schamlosen Kreaturen? Welche Gotteslästerung!« Er schlug sie wieder, aber inzwischen tat ihm die Hand weh.

»Hol den Stock aus dem Schrank«, befahl er einem Mädchen. »Und ihr beide zieht eure Hosen aus. Wenn ich mit euch fertig bin, wird keinem von euch beiden achhoot Jungs mehr einfallen, mit Sachen herumzuspielen, die ihr nicht berühren sollt.«

Ihm wurde der Stock übergeben, und er wies vier ältere Schüler an, die beiden Übeltäter an Händen und Füßen mit dem Gesicht nach unten auf dem Boden festzuhalten. Die Züchtigung begann. Er teilte die Hiebe abwechselnd aus, und die zusehenden Kinder zuckten jedesmal zusammen, wenn der Stock auf dem bloßen Hintern landete. Ein kleiner Junge begann zu weinen.

Als die beiden jeder zwölf Hiebe erhalten hatten, hörte der Lehrer auf. »Das soll euch eine Lehre sein«, keuchte er. »Und jetzt verschwindet, und laßt eure unreinen Gesichter hier nie wieder blicken.«

Ishvar und Narayan rannten mit heruntergelassenen Hosen los und boten einen komischen Anblick, wie sie stolperten und strauchelten. Die anderen Kinder waren dankbar für die Gelegenheit und brachen in befreiendes Gelächter aus.

* * *

Dukhi erfuhr erst am Abend von der Bestrafung seiner Söhne. Er wies Roopa grimmig an, mit dem Backen der Chapatis zu warten. »Warum?« fragte sie beunruhigt. »Nach einem ganzen Tag auf den Feldern bist du nicht hungrig? Wo willst du denn nur wieder hin?«

»Zu Pandit Lalluram. Er muß irgendwas dagegen unternehmen.«

»Warte noch damit«, bat sie ihn. »Es ist besser, so einen wichtigen Mann nicht beim Abendessen zu stören.« Aber Dukhi wusch sich den Staub des Tages von den Händen und ging.

Pandit Lalluram war nicht bloß irgendein Brahmane, er war ein Chit-Pavan Brahmane – stammte von den Reinsten der Reinen ab, von den Hütern des Heiligen Wissens. Er war weder der Dorfälteste noch ein Staatsbeamter, aber seine Kastenbrüder sagten, mit seinem Alter, seinem Gerechtigkeitssinn und dem Heiligen Wissen, das in seinen großen glänzenden Schädel eingeschlossen sei, genieße er ihren unbeirrbaren Respekt.

Dispute jeglicher Art, über Land, Wasser oder Tiere, wurden ihm zur Schlichtung vorgelegt. Familienstreitereien bezüglich ungehorsamer Schwiegertöchter, dickköpfiger Ehefrauen und fremdgehender Ehemänner fielen ebenfalls in seinen Zuständigkeitsbereich. Dank seines makellosen Rufs gingen alle stets zufrieden wieder heim: dem Opfer wurde die Illusion von Gerechtigkeit zuteil; der Übeltäter durfte weitermachen wie gehabt; und Pandit Lalluram wurde für seine Bemühungen von beiden Seiten mit Stoff, Getreide, Früchten und Naschwerk beschenkt.

Der weise Pandit genoß auch den Ruf, die Harmonie in der Dorfgemeinschaft zu fördern. Während der immer wiederkehrenden Proteste gegen Moslems und Rinderschlachtung zum Beispiel überzeugte Pandit Lalluram seine Glaubensgenossen, daß es nicht richtig sei, wenn die Hindus die Kuhesser verurteilten. Er erklärte, der Moslem habe durch seine Religion die Last von vier Ehefrauen zu tragen, armer Kerl, und er müsse das Fleisch von Tieren essen, um sein Blut aufzuheizen und diese vier Ehefrauen zu bedienen – er sei ein Fleischfresser aus Not, nicht aus Begeisterung für Kuhfleisch oder weil es ihm Spaß mache, Hindus zu provozieren, und als solchen solle man ihn bedauern und ihn ungestört seine religiösen Verpflichtungen erfüllen lassen.

Angesichts seiner untadeligen Leistungen gab es viele, die auf Pandit Lalluram schworen. So ehrlich und gerecht sei er, sagten sie, daß selbst ein Unberührbarer sein Recht bei ihm bekommen könne. Daß seit Menschengedenken kein Unberührbarer diese Behauptung je hatte nachprüfen können, war unerheblich. Die Leute schienen sich verschwommen an das eine Mal zu erinnern, als ein Grundbesitzer einen Bunghi zu Tode geprügelt hatte, weil er zu spät im Haus eingetroffen war, lange nach Sonnenaufgang, um die Exkremente der Familie fortzuschaffen. Pandit Lalluram hatte entschieden – oder vielleicht war es sein Vater gewesen, oder möglicherweise sein Großvater; irgend jemand hatte jedenfalls entschieden –, daß das Vergehen ernst gewesen sei, aber wiederum nicht so ernst, um die Tötung zu rechtfertigen, und daß der Grundbesitzer als Entschädigung für die nächsten sechs Jahre der Ehefrau und den Kindern des Getöteten Nahrung, Behausung und Kleidung zur Verfügung zu stellen habe. Oder war es für sechs Monate, oder vielleicht sechs Wochen?

Im Vertrauen auf diesen legendären Ruf, Gerechtigkeit walten zu lassen, saß Dukhi nun Pandit Lalluram zu Füßen und berichtete ihm von den Prügeln, die Ishvar und Narayan bezogen hatten.

Der weise Mann, der gerade seine Abendmahlzeit beendet hatte, ruhte in einem Sessel und rülpste mehrmals laut während der Erzählung seines Besuchers. Dukhi hielt bei jedem Aufstoßen höflich inne, während Pandit Lalluram »Hai Ram« murmelte, in Dankbarkeit für einen Verdauungstrakt, der mit solch energievollen digestiven Kräften gesegnet war.

»Wie schlimm er meine Söhne geohrfeigt hat – Sie sollten mal ihre geschwollenen Gesichter sehen, Panditji«, sagte Dukhi. »Und ihre Hintern sehen aus, als hätte ein wütender Tiger seine Krallen an ihnen gewetzt.«

»Die armen Kleinen«, sagte Pandit Lalluram teilnahmsvoll. Er erhob sich und ging ins Haus zu einem Regal. »Hier, reib ihnen den Rücken mit dieser Salbe ein. Es wird den brennenden Schmerz lindern.«

Dukhi beugt den Kopf. »Vielen Dank, Panditji, Sie sind wirklich großzügig.« Er entfernte das Tuch von seinem Kopf und wickelte die kleine flache Dose darin ein. »Panditji, vor einiger Zeit wurde ich von Thakur Premji übel geschlagen, ohne daß ich

Schuld hatte. Aber ich ging nicht zu Ihnen. Ich wollte Sie nicht belästigen.«

Pandit Lalluram hob die Augenbrauen und rieb sich den großen Zeh. Mit dem Kopf nickend, knetete er Schweiß und Schmutz zu kleinen schwarzen Rollen, die ihm von den Fingern fielen.

»Damals habe ich stumm gelitten«, sagte Dukhi. »Aber wegen meiner Kinder bin ich jetzt zu Ihnen gekommen. Sie sollten keine ungerechten Strafen erdulden müssen.«

Pandit Lalluram, der immer noch nichts sagte, schnüffelte an den Fingern, mit denen er sich den großen Zeh massiert hatte. Er hob eine Gesäßbacke an und ließ einen Wind streichen. Dukhi lehnte sich zurück, um ihn ungehindert vorbeiziehen zu lassen, wobei er sich fragte, welche Bestrafung das Vergehen nach sich ziehen könnte, in den Weg brahmanischer Blähungsströme zu geraten.

»Sie sind doch nur Kinder«, gab er zu bedenken, »und sie haben nichts Böses getan.« Er wartete auf eine Reaktion. »Sie haben nichts Böses getan, Panditji«, wiederholte er. Er wollte, daß der weise Mann ihm zumindest zustimmte. »Dieser Lehrer sollte bestraft werden für das, was er getan hat.«

Pandit Lalluram stieß einen langen tiefen Seufzer aus. Er lehnte sich zur Seite und blies einen dicken Strahl Schleim aus seiner Nase auf die trockene Erde. Durch die Wucht des Aufpralls stieg ein winziges Staubwölkchen auf. Er rieb sich die Nase und seufzte ein weiteres Mal. »Dukhi Mochi, du bist doch ein braver, fleißiger Mann. Ich kenne dich schon lange. Du versuchst immer, deine Pflicht zu tun, nicht wahr, wie es deine Kaste vorschreibt?«

Dukhi nickte.

»Und das ist sehr weise von dir«, lobte Pandit Lalluram, »denn es ist der Weg zur Glückseligkeit. Sonst würde im Universum das Chaos herrschen. Du verstehst, es gibt in der Gesellschaft vier Varnas: Brahman, Kshatriya, Vaishya und Shudra. Jeder von uns gehört einer dieser vier Varnas an, und sie können sich nicht vermischen. Richtig?«

Dukhi nickte wieder, seine Ungeduld verbergend. Er war nicht gekommen, um sich einen Vortrag über das Kastensystem anzuhören.

»Nun, genauso wie du als Lederarbeiter deine dharmische Pflicht gegenüber deiner Familie und der Gesellschaft erfüllen mußt, muß der Lehrer seine erfüllen. Das würdest du doch nicht bestreiten, nicht wahr, Dukhi?«

Dukhi schüttelte den Kopf.

»Deine Söhne für ihre Missetaten zu bestrafen gehörte zur Pflicht des Lehrers. Er hatte keine Wahl. Verstehst du das?«

»Ja, Panditji, Bestrafung ist manchmal notwendig. Aber so eine fürchterliche Auspeitschung?«

»Es war auch ein fürchterliches Vergehen, das sie ...«

»Aber sie sind doch nur Kinder und einfach neugierig, wie alle...«

Pandit Lalluram quittierte die Unterbrechung mit einem Augenrollen und deutete mit dem Zeigefinger seiner rechten Hand himmelwärts, um Dukhi zum Schweigen zu bringen. »Wie kann ich es dir bloß klarmachen? Du besitzt nicht das Wissen, das dir helfen würde, diese Dinge zu verstehen.« Jetzt wurde der Ton stillen Erduldens in seiner Stimme durch etwas Härteres verdrängt. »Deine Kinder haben den Klassenraum betreten. Sie haben den Ort verunreinigt. Sie haben Werkzeuge des Lernens berührt. Sie haben Tafeln und Kreiden geschändet, die hochkastige Kinder berühren würden. Du kannst von Glück reden, daß in dem Schrank kein heiliges Buch wie das Bhagavad Gita lag, keine heiligen Schriften. Sonst wäre die Bestrafung endgültiger gewesen.«

Dukhi war innerlich ruhig, als er zum Abschied Pandit Lallurams Sandalen berührte. »Ich verstehe vollkommen, Panditji. Danke, daß Sie es mir erklärt haben. Was habe ich für ein Glück – Sie, ein Chit-Pavan Brahmane, der seine kostbare Zeit auf einen unwissenden Chamaar wie mich verschwendet.«

Pandit Lalluram hob zerstreut die Hand zum Abschied. Er war sich nicht ganz sicher, ob ihm eine Schmeichelei oder eine Beleidigung zuteil geworden war. Doch alsbald kam ein weiterer energischer Rülpser grollend hochgewandert, der den Zweifel verdrängte und sowohl Seele wie Bauch beruhigte.

Auf dem Heimweg begegnete Dukhi seinen Freunden, die immer noch rauchend unter dem Baum am Fluß saßen. »Oyeh, Dukhi, noch so spät unterwegs in diesem Teil des Dorfes?«

»Hab diesen Chit-Pavan Brahmanen besucht«, sagte Dukhi und schilderte seinen Besuch in allen Einzelheiten. »Er sollte lieber Goo-Khavan Brahmane heißen.«

Sie lachten vergnügt, und Chhotu stimmte ihm zu, daß Scheißefressender Brahmane tatsächlich ein passenderer Name wäre. »Aber wie schafft er es, noch genug Appetit zu haben, nachdem er ein Pfund Ghee und zwei Pfund Süßigkeiten bei jeder Mahlzeit in sich hineingestopft hat?«

»Er hat mir für die Kinder diese Salbe hier gegeben«, sagte Dukhi. Sie ließen die Dose kreisen, untersuchten und beschnüffelten den Inhalt.

»Für mich sieht das aus wie Schuhcreme«, meinte Chhotu. »Wahrscheinlich schmiert er sich das jeden Morgen auf den Schädel. Deswegen glänzt er so wie die Sonne selbst.«

»Aray bhaiya, du verwechselst seinen Kopf mit seinem Arschloch. Da schmiert er sich die Creme hin – da scheint die Sonne raus, seinen Kastenbrüdern zufolge. Deswegen versuchen sich die Scheißefresser alle da hineinzulecken.«

»Ich habe für die ganze Gesellschaft einen guten Shlokha-Rat«, sagte Dayaram und rezitierte im Sanskrit-Stil, wobei er die überschwenglichen Kadenzen eines Pujari imitierte, der die heiligen Texte liest: »Goluma Ekdama Tajidevum! Chuptum Makkama Jhaptum!«

Die Männer brüllten vor Lachen über die Anspielungen auf Analverkehr und Kopulation. Dukhi warf die Dose in den Fluß. Er ließ seine Freunde weiter darüber spekulieren, was, wenn überhaupt etwas, unter den Fettwülsten lag, aus denen Pandit Lallurams Bauch bestand, und ging nach Hause.

Er sagte Roopa, daß er früh am nächsten Morgen in die Stadt gehen würde. »Ich habe mich entschieden. Ich werde mit Ashraf dem Schneider sprechen.«

Sie fragte nicht, warum. Ihre Gedanken waren damit beschäftigt, die Strategie für einen weiteren nächtlichen Überfall auf jemandes Butterfaß zu planen, diesmal für die Hintern ihrer Kinder.

Ashraf wollte keine Bezahlung dafür, daß er Dukhis Söhne in die Lehre nahm. »Sie werden mir eine Hilfe sein«, meinte er. »Und wieviel können zwei kleine Jungs schon essen? Was wir kochen, teilen wir uns mit ihnen. Das ist doch in Ordnung, nah? Keine Einwände?«

»Keine Einwände«, sagte Dukhi.

Zwei Wochen später erschien er wieder in der Schneiderwerkstatt, diesmal mit Ishvar und Narayan. »Ashraf ist wie ein Bruder für mich«, erklärte er den Kindern. »Deswegen müßt ihr immer Ashraf Chacha zu ihm sagen.«

Der Schneider strahlte vor Freude, er fühlte sich von dem Titel Onkel geehrt, und Dukhi fuhr fort: »Ihr werdet einige Zeit bei Ashraf Chacha bleiben und bei ihm lernen. Achtet gut auf alles, was er sagt, und behandelt ihn mit der gleichen Achtung wie mich.«

Die Jungen waren schon vorher von ihrem Vater auf die Trennung vorbereitet worden. Dies war nur noch die offizielle Ankündigung. »Ja, Bapa«, antworteten sie.

»Ashraf Chacha wird Schneider aus euch machen, so wie er selbst einer ist. Ab jetzt seid ihr keine Schuster mehr – wenn euch jemand nach eurem Namen fragt, dann sagt nicht Ishvar Mochi oder Narayan Mochi. Von nun an seid ihr Ishvar Darji und Narayan Darji.«

Dann gab Dukhi jedem einen kleinen Klaps auf den Rücken und einen kleinen Schubs, als wollte er sie in die Obhut des anderen Mannes treiben. Sie verließen die Seite ihres Vaters und traten auf den Schneider zu, der die Hände ausstreckte, um sie zu empfangen.

Dukhi beobachtete Ashraf, mit welcher Wärme er die Schultern der Kinder packte. Ashraf war ein guter, sanfter Mann, Dukhi wußte, daß seine Söhne in guten Händen waren. Trotzdem legte sich ihm ein eisiger Schmerz ums Herz.

Auf der Heimfahrt zurück ins Dorf sackte er völlig erschöpft auf dem Ochsenwagen zusammen, nahm kaum wahr, wie die

Räder über Furchen und Huckel hoppelten und seine Knochen durcheinanderrüttelten. Doch gleichzeitig spürte er eine wilde Energie in sich aufwallen, den Drang, von dem Karren herunterzuspringen und loszurennen. Er wußte, daß er für seine Söhne das Beste getan hatte, was er tun konnte, und eine Last war von ihm gewichen. Wieso fühlte er sich dann nicht erleichterter? Was war dieses andere, das ihn so niederdrückte?

Am späten Nachmittag sprang er vom Ochsenkarren herunter auf die Dorfstraße. Roopa saß müßig in der Hütte und starrte hinaus, als dort sein Schatten im Eingang erschien. Er sagte ihr, es sei alles geregelt.

Sie sah ihn vorwurfsvoll an. Er hatte in ihrem Leben ein Loch verursacht, das durch nichts gefüllt werden konnte. Jedesmal, wenn sie an ihre beiden Söhne denke – durch viele Meilen von ihr getrennt, um bei einem Fremden zu leben, und dazu auch noch einem Moslem –, springe ihr der Kummer an die Kehle und sie habe das Gefühl zu ersticken, gestand sie ihrem Mann. Er bemerkte bitter, daß er von seinem muslimischen Freund immerhin besser behandelt werde als von seinen hinduistischen Brüdern.

Die Muzaffar Tailoring Company befand sich in einer Straße, in der kleine Familienbetriebe angesiedelt waren. Es gab einen Eisenwarenladen, einen Kohlenhändler, einen Banya und einen Müller, alle in einer Reihe. Die Geschäfte glichen sich allesamt in Form und Größe und waren nur durch die Geräusche und Gerüche, die aus dem Innern kamen, zu unterscheiden. Die Muzaffar Tailoring Company war das einzige Geschäft, das ein Ladenschild hatte.

Ashrafs Werkstatt war sehr beengt, ebenso wie das Wohnquartier darüber: ein Zimmer und eine Küche. Er hatte letztes Jahr geheiratet und hatte eine einen Monat alte Tochter. Seine Frau, Mumtaz, war weniger glücklich als er darüber, daß noch zwei hungrige Münder bei ihnen wohnen würden. Es wurde beschlossen, daß die Lehrlinge in der Werkstatt schlafen sollten.

Ishvar und Narayan waren ganz überwältigt von der plötzlichen Veränderung in ihrem Leben. Gebäude, elektrisches Licht, Wasser, das aus Wasserhähnen floß – alles war so anders als im Dorf und so erstaunlich. Am ersten Tag saßen sie tief beeindruckt auf den Steinstufen draußen vor der Werkstatt, beobachteten das Geschehen auf der Straße und sahen ein Universum von beängstigendem Chaos. Allmählich nahmen sie den Verkehrsfluß auf der Straße wahr, und darin die Strömungen von Handkarren, Fahrrädern, Ochsenkarren, Bussen und gelegentlich einem Lastwagen. Jetzt lernten sie das Wesen des wilden Flusses kennen. Und sie waren beruhigt, daß nicht alles nur Irrsinn und Lärm war, daß die Dinge einem Muster folgten.

Sie beobachteten, wie Leute zum Banya kamen, um Salz, Gewürze, Kokosnüsse, Hülsenfrüchte, Kerzen und Öl zu kaufen. Sie sahen, wie Getreide zum Müller gebracht wurde, um dort zu Mehl verarbeitet zu werden. Die Arme des Müllers wurden bei der Arbeit allmählich weiß, manchmal auch sein Gesicht und seine Wimpern. Die Arme und das Gesicht des Kohlenhändlers dagegen wurden schwarz, während die Stunden verstrichen.

Seine Träger rannten den ganzen Tag lang mit Körben voller Kohle hin und her. Ishvar und Narayan sahen immer besonders gern zu, wenn sich ihre Nachbarn abends wuschen und ihr Braun wieder unter den Farben des Tages zum Vorschein kam.

Ashraf ließ die beiden zwei Tage lang in Ruhe, bis sich ihre Neugier ganz von selbst auf die Schneiderwerkstatt richtete. Der Gegenstand ihres Verlangens war natürlich die Nähmaschine. Um sie zu befriedigen, ließ er jeden abwechselnd die Tretkurbel betätigen, während er einen Stoffetzen unter der Nadel entlangführte. Die Brüder waren ganz aus dem Häuschen, daß sie die Maschine in Bewegung setzen konnten. Es war genauso inspirierend, wie mit Kreide ihre Spuren auf den Tafeln zu hinterlassen.

Jetzt waren sie bereit, sich mit weniger aufregenden Dingen zu beschäftigen, wie etwa Nadeleinfädeln oder Handnähen. Lernbegierig, wie sie waren, beeindruckten sie Ashraf mit ihrer schnellen Auffassungsgabe. Als das nächste Mal ein Kunde die Muzaffar Tailoring Company besuchte, beschloß er, Ishvar die Maße aufschreiben zu lassen.

Der Mann hatte einen gestreiften Stoff dabei, aus dem er sich ein Hemd machen lassen wollte. Ashraf schlug eine neue Seite im Auftragsbuch auf, notierte den Namen des Kunden und entrollte dann sein Maßband mit einer schwungvollen Geste, die die beiden Jungen einfach herrlich fanden. Sie hatten schon begonnen, sie insgeheim zu üben, sehr zu Ashrafs Belustigung.

»Kragen, sechsunddreißig Zentimeter«, diktierte er. »Brust, achtzig.« Er warf einen Blick zu Ishvar, der über das Buch gebeugt war und vor lauter Konzentration die Zunge heraushängen ließ. Sich wieder zum Kunden wendend, fuhr Ashraf fort: »Ärmel. Kurz oder lang?«

»Sie müssen lang sein«, sagte der Mann. »Ich will es zur Hochzeit eines Freundes tragen.« Als die Formalitäten beendet waren, ging der Kunde, nachdem man ihm versichert hatte, daß sein Hemd für die Hochzeit nächste Woche fertig sein würde.

»Jetzt laß mal die Maße sehen«, sagte Ashraf.

Ishvar reichte ihm mit einem stolzen Lächeln das Buch. Die Seite war mit schwarzen Kratzern und Kringeln bedeckt.

»A-ha.« Ashraf verbarg sein Entsetzen und klopfte dem Jungen anerkennend auf die Schulter. »Ja, sehr gut.« Er notierte schnell, was er von den Maßen noch behalten hatte.

Nach dem Abendessen begann er, ihnen das Alphabet und Zahlen beizubringen. Mumtaz war nicht erfreut. »Jetzt wirst du auch noch ihr Schulmeister. Was kommt als nächstes? Wirst du für sie auch noch auf Brautschau gehen, wenn sie alt genug sind?«

Am nächsten Tag stellte er das Hemd für den Hochzeitsgast fertig. Der Mann kam gegen Ende der Woche vorbei und probierte es an. Ashraf hatte alles richtig gemacht bis auf die Länge: Es ging zu weit über die Knie. Der Mann blickte zweifelnd in den Spiegel, drehte sich hin und her.

»Perfekt«, meinte Ashraf bewundernd. »Dieser nördliche Pathani-Stil ist in letzter Zeit sehr in Mode gekommen.« Als der Mann, immer noch etwas zweifelnd, gegangen war, brachen die drei in Gelächter aus.

Einen Monat nachdem die Lehrlinge ihre Ausbildung begonnen hatten, wurde Ashraf nachts von einem leisen Winseln geweckt. Er setzte sich auf und lauschte, aber es kam nichts mehr. Er legte sich hin und döste wieder ein.

Einige Minuten später holte das Geräusch ihn wieder aus seinem Schlaf. »Was ist?« fragte Mumtaz. »Wieso wachst du immer auf?«

»Ein Geräusch. Hat die Kleine geweint?«

»Nein, aber sie wird es noch, wenn du ständig aufspringst.«

Dann ertönten wieder die leisen Schluchzer. »Es kommt von unten.« Er stieg aus dem Bett und zündete die Lampe an.

»Und wieso mußt du hingehen? Bist du ihr Vater?«

Ihre Vorwürfe folgten ihm, als er die Treppe hinunter in die Werkstatt ging. Er betrat sie und hielt die Lampe hoch. Das Licht fiel auf Narayans tränenglänzende Wangen. Ashraf kniete sich neben ihm auf den Boden und rieb ihm sanft den Rücken.

»Was hast du, Narayan?« fragte er, obwohl er die Antwort schon kannte, denn er hatte früher oder später mit einem Anfall von Heimweh gerechnet. »Ich hab dich weinen hören. Tut dir irgendwas weh?«

Der Junge schüttelte den Kopf. Ashraf legte den Arm um ihn. »Wenn dein Vater nicht da ist, stehe ich an seiner Stelle. Und

Mumtaz Chachi ist wie eure Mutter, nah? Du kannst uns alles sagen.«

Darauf brach Narayan in Schluchzen aus. Jetzt erwachte auch Ishvar, rieb sich die Augen und hielt schützend die Hand gegen das Licht.

»Weißt du, warum dein Bruder weint?« fragte Ashraf.

Ishvar nickte ernst. »Er denkt jede Nacht an zu Hause. Ich denk auch dran, aber ich weine nicht.«

»Du bist ein tapferer Junge.«

»Ich will auch nicht weinen«, sagte Narayan. »Aber wenn es dunkel wird und alle schlafen, dann muß ich an meinen Vater und meine Mutter denken.« Er schniefte und wischte sich die Augen. »Ich sehe unsere Hütte, und das macht mich sehr traurig, und dann muß ich weinen.«

Ashraf half ihm auf seinen Schoß und meinte, es sei ganz in Ordnung, an seine Eltern zu denken. »Aber sei nicht traurig, dein Bapa wird in ein paar Wochen kommen, um euch zu einem Besuch daheim abzuholen. Und wenn ihr alles übers Schneidern gelernt habt, dann werdet ihr eure eigene Werkstatt aufmachen und viel Geld verdienen. Wie stolz eure Eltern dann auf euch sein werden, *nah*?«

Er sagte den Jungen, wenn sie traurig wären, könnten sie jederzeit zu ihm kommen und ihm von ihrem Dorf, dem Fluß, den Feldern und ihren Freunden erzählen. Wenn sie gemeinsam darüber redeten, würde sich die Traurigkeit in Fröhlichkeit verwandeln, versicherte er ihnen. Er blieb neben ihnen liegen, bis sie wieder eingeschlafen waren, und schlich dann wieder mit klein gestellter Lampe nach oben.

Mumtaz saß im Dunkeln wach und wartete auf ihn. »Ist alles in Ordnung?« fragte sie besorgt.

Er nickte, von ihrer Fürsorge beruhigt. »Sie haben sich bloß einsam gefühlt.«

»Vielleicht sollten wir sie ab morgen hier oben schlafen lassen.«

Ihr Angebot rührte ihn, und seine Augen gingen vor Liebe über. »Sie sind tapfere Jungs. Sie werden lernen, alleine zu schlafen. Es tut ihnen gut, wenn sie abgehärtet werden«, sagte er.

In Dukhis Dorf hatte es sich bald herumgesprochen, daß seine Kinder ein anderes Handwerk als Lederverarbeitung lernten. In den alten Zeiten wäre die Strafe für das Verlassen der eigenen Kaste der Tod gewesen. Dukhis Leben blieb verschont, aber es wurde ein sehr hartes Leben. Ihm wurden keine Kadaver mehr überlassen, und er mußte große Entfernungen zurücklegen, um Arbeit zu finden. Manchmal bekam er heimlich eine Haut von anderen Chamaar. Sie hätten Probleme gekriegt, wenn es entdeckt worden wäre. Die Gegenstände, die er von diesem verbotenen Leder herstellte, mußten an weit entfernten Orten verkauft werden, wo man von der Sache mit ihm und seinen Söhnen nichts wußte.

»Soviel Leid hast du über unser Haupt gebracht«, sagte Roopa fast täglich. »Keine Arbeit, kein Essen, keine Söhne. Welche Verbrechen hab ich denn begangen, daß ich so bestraft werde? Mein Leben ist jetzt nur noch ein Schatten.«

Aber an ihrem Horizont zeigte sich ein Silberstreifen, als der Tag nahte, an dem die Kinder zu Besuch kommen sollten. Sie träumte und schmiedete Pläne, und ihr Kummer wurde von dem Wunsch verdrängt, ihnen irgendeine besondere Freude zu bereiten. Und wenn die Freude nicht zu bezahlen war, beschloß sie, dann würde sie sie eben ohne Geld besorgen, in der Dunkelheit.

Zum ersten Mal seit der Geburt ihrer Kinder gab ihr Dukhi zu verstehen, daß er von ihren nächtlichen Gängen wußte. Als sie sich nach Mitternacht verstohlen erhob, sagte er: »Hör mal, Mutter von Narayan, ich finde, du solltest nicht gehen.«

Roopa fuhr zusammen. »Oh, hast du mir einen Schreck eingejagt! Ich dachte, du schläfst!«

»Es ist dumm, so ein Risiko einzugehen.«

»Das hast du vorher nie gesagt.«

»Damals war das was anderes. Es ist nicht so, daß die Jungs verhungern werden, wenn sie keine Butter oder keinen Pfirsich oder kein Stück Jaggery bekommen.«

Roopa ging und gelobte sich, daß es das letzte Mal sein würde. Schließlich waren ihre Kinder drei Monate fortgewesen, sie mußte ihnen etwas Besonderes geben.

An dem lang ersehnten Tag brach Dukhi in der Morgendämmerung auf und holte seine Söhne für eine Woche heim. Die beiden Jungen saßen sehr dicht neben ihrem Vater und mußten ihn während der Fahrt immerzu anfassen. Sie lehnten sich von beiden Seiten gegen ihn, Narayan hielt sich an seinem Knie fest, während Ishvar sich an seinen Arm klammerte. Sie redeten pausenlos und wiederholten dann alles für ihre Mutter, als sie am späten Nachmittag zu Hause eintrafen.

»Die Maschine ist toll«, sagte Ishvar. »Das große Rad ist ...«

»Man macht mit den Füßen so-und-so«, sagte Narayan, indem er mit den Händen wedelte, um das Tretpedal nachzuahmen. »Und die Nadel hüpft auf und ab, das ist so toll ...«

»Ich kann's schon sehr schnell, aber Ashraf Chacha kann es sehr, sehr schnell.«

»Ich mag auch die kleine Nadel, sie geht ganz leicht durch den Stoff rein und raus, und sie ist ganz spitz, und einmal hab ich mir in den Daumen gestochen.«

Ihre Mutter verlangte sofort, den Daumen zu sehen. Nachdem sie sich vergewissert hatte, daß kein bleibender Schaden entstanden war, ließ sie sie mit der Geschichte fortfahren. Als es Zeit fürs Abendessen war, waren die Jungen so erschöpft, daß sie beim Essen einnickten. Roopa putzte ihnen Hände und Münder ab, und dann führte Dukhi sie zu ihren Schlafmatten.

Lange Zeit betrachteten die Eltern ihre schlafenden Kinder, bevor sie ihre eigenen Matten ausrollten. »Sie sehen gesund und munter aus«, sagte sie. »Sieh mal ihre Wangen.«

»Hoffentlich ist es keine krankhafte Schwellung«, meinte Dukhi. »So wie die geschwollenen Bäuche, die kleine Kinder in Hungersnöten bekommen.«

»Was redest du denn da nur wieder für einen Unsinn? Mit meinem Mutterinstinkt würde ich sofort merken, wenn es meinen Kindern nicht gutginge.« Aber sie verstand, daß seine Zweifel durch den Ärger darüber verursacht wurden, daß ihre Kinder im Haus eines Fremden besser versorgt waren als im eigenen Elternhaus. Sie teilte seine Beschämung. Sie gingen mit einer Mischung aus Dankbarkeit und Trauer schlafen.

Am nächsten Morgen ging die Aufregung in der Familie weiter. Die Jungen hatten ein Maßband, ein leeres Blatt und einen

Bleistift von Muzaffar Tailoring mitgebracht und wollten bei ihren Eltern Maß nehmen. Ashraf hatte ihnen für die Wörter, die ständig verwendet wurden, wie Kragenweite, Taille, Brust und Ärmel, entsprechende Zeichen beigebracht.

Die Jungen kamen nicht bis oben heran, und so mußten sich die beiden Kunden für einige Maße herunterbeugen oder sich auf den Boden setzen: zuerst ihre Mutter und dann ihr Vater. Während sie Dukhis Maße aufschrieben, rief Roopa ihre Freundinnen von den umliegenden Hütten herbei, damit sie zusehen sollten. Jetzt wurde Ishvar etwas befangen und lächelte scheu, aber Narayan, der die Aufmerksamkeit genoß, vollführte seine Schlenker mit dem Maßband und machte zunehmend ausholendere Gesten.

Alle klatschten begeistert in die Hände, als die beiden fertig waren. Am Abend lieh sich Dukhi das Blatt Papier aus, um es seinen Freunden unter dem Baum am Fluß zu zeigen. Er trug es die restliche Woche mit sich herum.

Dann war es wieder Zeit, zu Muzaffar Tailoring zurückzukehren. Die Gedanken der Eltern richteten sich ein weiteres Mal voller Angst auf die drohende Leere in ihrem Leben, in ihrer Hütte. Ishvar bat seinen Vater um das Blatt Papier mit den Maßen.

»Kann ich es nicht behalten?« fragte Dukhi. Die Jungen überlegten sich die Bitte ihres Vaters, suchten dann nach einem Fetzen Papier und schrieben die Zahlen ab, so daß er das Original behalten konnte.

Bis zum nächsten Besuch vergingen wieder drei Monate. Diesmal brachten die Jungen ihren Eltern Geschenke mit. Ishvar und Narayan hatten sich ausgedacht, sie an der Nase herumzuführen und ihnen zu erzählen, daß sie in einem großen Geschäft in der Stadt für sie Geschenke gekauft hätten, genauso, wie es die reichen Städter machten.

»Was soll denn das nur wieder?« fragte Roopa unbehaglich. »Wo habt ihr das Geld her?«

»Wir haben sie gar nicht gekauft, Ma! Wir haben sie selbst gemacht!« sagte Narayan, seinen kleinen Scherz vergessend. Ishvar erklärte ganz aufgeregt, wie Ashraf Chacha ihnen geholfen hatte, die Stoffreste von den Kundenbestellungen auszusuchen und zusammenzustellen. Das Hemd für ihren Vater war leicht gewesen, es hatte genügend weiße Popelinreste gegeben. Der Choli für ihre Mutter hatte etwas mehr Planung erfordert. Ein Druckstoff mit roten und gelben Blumen bildete die Vorderseite der Bluse. Der Rücken war einfarbig rot, und die Ärmel waren aus einem zinnoberroten Stoffrest gefertigt.

Sowie Roopa den Choli angezogen hatte, brach sie in Tränen aus. Ishvar und Narayan blickten erschrocken zu ihrem Vater, der ihnen erklärte, daß sie weine, weil sie glücklich war.

»Ja, das bin ich!« bestätigte sie durch ihre Schluchzer hindurch. Sie kniete sich vor ihnen nieder und drückte sie nacheinander an sich und dann beide zusammen. Als sie bemerkte, daß Dukhi zusah, führte sie die Jungen zu ihm. »Umarmt auch euren Vater«, sagte sie. »Heute ist ein ganz besonderer Tag.«

Sie verließ die Hütte auf der Suche nach ihren Nachbarinnen. »Padma! Savitri! Kommt und seht euch das an! Amba und Pyari, kommt auch! Seht, was meine Söhne mitgebracht haben!«

Dukhi grinste die Jungen an. »Heute gibt's sicher kein Abendessen. So begeistert wie eure Ma von ihrem neuen Choli ist, wird sie alles andere vergessen und den restlichen Tag nur noch vor ihren Freundinnen herumstolzieren.« Er klopfte sich auf die Brust und die Seiten. »Das paßt mir viel besser als mein altes. Das Material ist auch schöner.«

»Schau, Bapa, es hat auch eine Tasche«, sagte Narayan.

Roopa und Dukhi trugen die neuen Kleidungsstücke die ganze Woche lang. Danach, als die Jungen wieder in der Stadt waren, zog sie ihren Choli aus und verlangte von ihm sein Hemd.

»Wieso?« fragte er.

»Um es zu waschen.«

Aber als es wieder trocken war, weigerte sie sich, es ihm zurückzugeben. »Was ist, wenn du es zerreißt oder so?« Sie legte beide Stücke zusammen, wickelte sie in Sackleinen ein und sicherte das Päckchen mit einem Faden. Dann hängte sie es an die Decke der Hütte, wo es vor Überschwemmungswasser und Nagetieren sicher war.

Ishvars und Narayans Lehrjahre wurden in Dreimonatsperioden abgemessen, die durch die einwöchigen Besuche in ihrem Dorf etwas abgemildert wurden. Sie waren jetzt achtzehn und sechzehn, ihre Ausbildung näherte sich allmählich ihrem Ende, und es war vorgesehen, daß sie die Muzaffar Tailoring Company irgendwann nach dem Monsun verließen. Ashrafs Familie war gewachsen – es gab jetzt vier Töchter: die jüngste war drei, die älteste acht. Mumtaz nahm regen Anteil an den Plänen der Lehrlinge. Je früher sie verwirklicht werden konnten, desto mehr Platz gäbe es für ihre eigenen Kinder, dachte sie, obwohl sie inzwischen die beiden jungen Männer, die still und immer hilfsbereit waren, ins Herz geschlossen hatte.

Narayan wollte sich lieber im Dorf niederlassen und für seine eigenen Kastengenossen nähen. Ishvar zog es vor, in der Stadt zu bleiben, in dieser oder einer anderen, und als Assistent in irgendeiner Werkstatt zu arbeiten. »Im Dorf kannst du nicht viel verdienen«, sagte er. »Alle sind so arm. In einer großen Stadt hast du mehr Möglichkeiten.«

Währenddessen breiteten sich die sporadischen Unruhen, die mit der Diskussion über die Unabhängigkeit begonnen hatten, immer weiter aus, als die Teilung des Landes Wirklichkeit wurde. »Vielleicht ist es besser, wenn ihr erst mal bleibt, wo ihr seid«, meinte Ashraf, wofür er von Mumtaz böse Blicke erntete. »In unserer Stadt treibt der Teufel noch nicht sein böses Unwesen. Ihr kennt alle Nachbarn, ihr habt viele Jahre hier gelebt. Und selbst wenn es in eurem Dorf friedlich ist – es ist trotzdem die falsche Zeit, um ein Geschäft zu gründen.«

Ishvar und Narayan ließen ihren Eltern über einen Durchreisenden die Mitteilung zukommen, daß sie bei Ashraf Chacha bleiben würden, bis die schlechten Zeiten vorüber wären. Roopa war niedergeschlagen. Nach der jahrelangen Trennung wurde die Rückkehr ihrer Söhne noch weiter verzögert – wann würden sich die Götter endlich erbarmen und ihre Bestrafung beenden?

Auch Dukhi war enttäuscht, aber er sah ein, daß es unter den Umständen die einzig richtige Entscheidung war. Es geschahen beunruhigende Dinge um sie herum. Fremde, die einer Hindu-Organisation angehörten und weiße Hemden und Khakihosen trugen und ihre Mitglieder dazu drillten, wie Soldaten herumzumarschieren, hatten den Distrikt besucht. Sie berichteten, daß in vielen Landesteilen Hindus von Moslems angegriffen würden. »Wir müssen uns bereitmachen, uns zu verteidigen«, sagten sie. »Und auch, uns zu rächen. Wenn die das Blut unserer Hindu-Brüder vergießen, dann wird dieses Land rot werden mit den Strömen von Moslem-Blut.«

In Dukhis Dorf gab es so wenige Moslems, daß sie für niemanden irgendeine Bedrohung darstellten, doch die Grundbesitzer sahen in den Warnungen der Fremden eine günstige Gelegenheit, die Menschen gegen die eingebildete Gefahr in ihrer Mitte aufzuhetzen. »Besser, wir vertreiben die muselmanische Bedrohung, bevor wir in unseren Hütten bei lebendigem Leibe verbrannt werden. Jahrhundertelang haben sie uns überfallen, unsere Tempel zerstört und unseren Reichtum gestohlen.«

Die Männer in den weißen Hemden und Khakihosen versuchten es noch einige Tage lang, hatten aber bei der großen Mehrheit kein Glück. Die unteren Kasten ließen sich von den leeren Phrasen nicht beeindrucken. Sie hatten immer friedlich mit ihren muslimischen Nachbarn zusammengelebt. Außerdem hatten sie schon mehr als genug damit zu tun, Leib und Seele zusammenzuhalten.

Und so verlief der Versuch, die Moslems des Dorfes zu vertreiben, im Sande. Nachdem sie noch einige finstere Drohungen ausgestoßen hatten, wie sie mit Verrätern umspringen würden, vor allem mit dem Oberverräter Mohandas Karamchand Gandhi, zogen die Männer von der Hindu-Organisation weiter. Orte mit größerer Bevölkerung und mit Geschäften und Handel boten ihnen mehr Aussicht auf Erfolg. Dort konnten sie sich hinter dem Mantel städtischer Anonymität verstecken, dort fanden Falschmeldungen und Gerüchte einen fruchtbaren Boden.

Abends am Fluß diskutierten Dukhi und seine Freunde über die jüngsten Entwicklungen. Die verschiedenen Berichte über

Ereignisse in fernen Städten und Dörfern, die ihnen zu Ohren gekommen waren, beunruhigten sie.

»Die Zamindars haben uns immer schon wie Tiere behandelt.«

»Schlimmer als Tiere.«

»Und wenn es stimmt? Wenn die muselmanische Horde über unser Dorf herzieht, so wie die Khakihosen es uns vorausgesagt haben?«

»Die haben uns noch nie belästigt. Warum sollten sie es jetzt tun? Warum sollten wir ihnen was tun, nur weil irgendwelche Fremden uns Geschichten erzählen?«

»Ja, es ist sonderbar, daß wir auf einmal alle Hindu-Brüder geworden sind.«

»Die Moslems haben sich mehr wie unsere Brüder verhalten als die verdammten Brahmanen und Thakurs.«

Aber die Geschichten häuften sich: Jemand war auf dem Basar in der Stadt erstochen worden; ein Sadhu war beim Busbahnhof zu Tode gehackt worden; eine Siedlung war dem Erdboden gleichgemacht worden. Die Spannungen breiteten sich durch den ganzen Distrikt aus. Und es war alles glaubhaft, weil es genau dem ähnelte, was die Leute in den letzten Tagen in den Zeitungen gelesen hatten: Berichte über Brandstiftung und Unruhen in großen Ortschaften und Städten; über schwere Körperverletzungen und Massaker auf allen Seiten; über die riesigen und furchtbaren Bevölkerungsbewegungen, die zu beiden Seiten der neuen Grenze begonnen hatten.

* * *

Die Morde begannen in den ärmeren Stadtvierteln und breiteten sich immer weiter aus. Am nächsten Tag war der Basar leer. Es gab kein Obst oder Gemüse mehr zu kaufen, die Milchmänner rührten sich nicht, und die einzige Bäckerei des Ortes, die einem Moslem gehörte, war bereits niedergebrannt worden.

»Brot wird jetzt seltener als Gold«, sagte Ashraf. »Was für ein Wahnsinn. Diese Menschen haben über Generationen zusammengelebt, haben zusammen gelacht und geweint. Jetzt schlachten sie sich gegenseitig ab.« Er arbeitete nicht an diesem Tag, verbrachte die Stunden damit, zur Tür hinaus auf die verlassene Straße zu starren, als warte er darauf, daß sich ihm irgend etwas Schreckliches offenbarte.

»Ashraf Chacha, das Abendessen ist fertig«, sagte Narayan, Mumtaz' Zeichen weitergebend. Ihr Mann hatte schon den ganzen Tag lang nichts gegessen. Sie hoffte, er würde sich jetzt zu ihnen setzen.

»Ich muß dir etwas sagen«, sagte er zu Mumtaz. »Und euch auch«, zu Ishvar und Narayan gewandt.

»Komm, das Essen ist fertig, später können wir reden«, sagte sie. »Es gibt heute nur Dal und Chapati, aber du mußt wenigstens ein bißchen essen.« Sie hob den Topf vom Herd.

»Ich habe keinen Hunger. Eßt ihr ruhig, du und die Kleinen«, sagte Ashraf und schob die vier Kinder zum Essen hin. Sie zögerten, weil sie die Unruhe ihrer Eltern spürten. »Los, Jungs, ihr auch.«

»Ich mache mir die Mühe zu kochen, und Nawab-Sahib will das Essen nicht einmal mit den Fingern berühren«, sagte Mumtaz.

In seiner gegenwärtigen Stimmung hörte er in ihrer alltäglichen Klage scharfe Obertöne heraus. Er brüllte sie an, was er selten tat. »Was soll ich denn tun, wenn ich keinen Hunger habe? Mir den Teller um den Bauch binden? Red doch einmal ein vernünftiges Wort, *nah*!« Die beiden Jüngsten begannen zu weinen. Eine stieß mit dem Ellbogen ein Glas Wasser um.

»Bist du jetzt zufrieden?« sagte Mumtaz höhnisch, während sie das Verschüttete aufwischte. »Versucht, mir mit seinem großen Geschrei angst zu machen. Nur die Kleinen fürchten sich vor dir, laß dir das gesagt sein.«

Ashraf nahm die beiden weinenden Kinder auf den Arm. »Schon gut, schon gut, nicht weinen. Kommt, wir werden alle zusammen essen.« Er fütterte sie von seinem Teller und steckte sich einen kleinen Bissen in den Mund, wenn sie darauf zeigten. Es wurde bald ein neues Spiel daraus, und sie waren wieder fröhlich.

Das Abendessen war schnell beendet, und Mumtaz wollte mit dem Topf und dem Schöpfer nach draußen zum Wasserhahn gehen, um sie zu spülen. Ashraf hielt sie auf. »Ich wollte vor dem Abendessen etwas sagen, bevor du mit deinem großen Geschrei angefangen hast.«

»Ich höre jetzt.«

»Es geht um ... um das, was jetzt überall passiert.«

»Was?«

»Soll ich dir das etwa vor den Kindern beschreiben?« flüsterte er aufgebracht. »Wieso stellst du dich so dumm an? Früher oder später werden die Unruhen auch zu uns kommen. Egal, was passiert, zwischen den beiden Gemeinschaften wird es nie wieder so sein wie vorher.«

Er bemerkte, daß Ishvar und Narayan entsetzt zuhörten, und fügte hastig hinzu: »Uns meine ich nicht damit, Jungs. Wir werden immer wie eine Familie sein, selbst wenn wir getrennt sind.«

»Aber Ashraf Chacha, wir müssen nicht getrennt sein«, sagte Narayan. »Ishvar und ich haben nicht vor, jetzt schon zu gehen.«

»Ja, ich weiß. Aber Mumtaz Chachi und die Kinder und ich, wir müssen fortgehen.«

»Mein armer paagal Nawab-Sahib – ist jetzt völlig verrückt geworden«, sagte Mumtaz. »Will fortgehen. Mit vier kleinen Kindern? Wohin willst du gehen?«

»Dahin, wo alle andern hingehen. Über die Grenze. Was willst du machen? Hier hockenbleiben und warten, bis Haß und Wahnsinn mit Schwertern, Keulen und Benzin vor der Tür stehen? Das heißt, daß ich morgen früh zum Bahnhof gehen und unsere Bahnfahrkarten kaufen werde.«

Mumtaz blieb dabei, daß er sich wie ein törichter alter Mann aufführe. Aber er weigerte sich, ihr zu gestatten, sich in trügerischer Sicherheit zu wiegen, indem sie die Augen vor der Gefahr verschloß. Er sei entschlossen, lieber die ganze Nacht lang mit ihr zu streiten, sagte er, als so zu tun, als ob alles normal wäre.

»Ich werde das tun, was ich tun muß, um meine Familie zu retten. Wie kannst du denn so blind sein? Ich werd dich an den Haaren zum Bahnhof schleifen, wenn es sein muß.« Bei dieser Drohung fingen die Kinder wieder an zu weinen.

Sie trocknete ihre Tränen an ihrem Dupatta und gab ihren

Widerstand gegen den Plan auf. Es war nicht so, daß sie für die Gefahr blind war – die Gefahr konnte man meilenweit riechen, ihr Mann hatte recht. Es fiel ihr nur schwer, die Augenbinde zu entfernen, weil sie Angst davor hatte, was sie sehen könnte.

»Wir werden nicht viel mitnehmen können, wenn wir schnell aufbrechen müssen«, sagte sie. »Kleidung, einen Ofen, ein paar Töpfe. Ich fange gleich an zu packen.«

»Ja, mach alles für morgen früh bereit«, sagte Ashraf. »Den Rest verschließen wir in der Werkstatt. Inshallah, werden wir irgendwann wiederkommen können und es holen.« Er rief die Kinder, um sie ins Bett zu bringen. »Kommt, wir müssen heute sehr früh schlafen gehen. Morgen haben wir eine lange Reise vor uns.«

Narayan fand es unerträglich, sich das alles anhören zu müssen und zu beobachten, wie sie mit sorgenvollen Mienen ihre Vorbereitungen trafen. Er bezweifelte, daß er mit seinen Worten irgend etwas bewirken könnte. Er gab vor, nach unten in die Werkstatt zu gehen, und schlüpfte statt dessen durch den Hintereingang hinaus zu ihrem Nachbarn und erzählte ihm von der geplanten Flucht.

»Ist das sein Ernst?« fragte der Eisenwarenhändler. »Als wir uns heute morgen unterhalten haben, waren wir uns einig, daß wir hier in unserem Viertel nichts zu befürchten haben.«

»Jetzt sieht er das anders.«

»Warte. Ich gehe sofort zu ihm.«

Er holte den Kohlenhändler, den Banya und den Müller, und dann klopften sie an Ashrafs Tür. »Verzeih, daß wir dich um diese Zeit stören. Können wir eintreten?«

»Natürlich. Möchtet ihr etwas essen? Etwas zu trinken?«

»Nein, vielen Dank. Wir sind gekommen, weil wir etwas erfahren haben, das uns großen Kummer bereitet.«

»Und was ist das?« Ashraf war sehr beunruhigt und fragte sich, ob vielleicht in einer der Familien jemand den Unruhen zum Opfer gefallen war. »Kann ich irgendwie helfen?«

»Ja, das kannst du. Du kannst uns sagen, daß es nicht stimmt.«

»Daß was nicht stimmt?«

»Daß du uns verlassen willst, den Ort verlassen willst, wo du geboren wurdest und wo deine Kinder geboren wurden. Das bereitet uns Kummer.«

»Ihr seid liebe Menschen.« Ashrafs Augen wurden feucht. »Aber ich habe wirklich keine Wahl, *nah*.«

»Setz dich mit uns zusammen, und überleg dir alles in Ruhe«, sagte der Eisenwarenhändler, indem er den Arm um Ashrafs Schultern legte. »Die Lage ist schlimm, das stimmt, aber es wäre Wahnsinn, jetzt fortgehen zu wollen.«

Die anderen nickten zustimmend. Der Kohlenhändler legte Ashraf die Hand aufs Knie. »Jeden Tag überqueren Züge diese neue Grenze, und sie sind vollbesetzt mit Leichen. Mein Agent ist gestern aus dem Norden eingetroffen, er hat es mit eigenen Augen gesehen. Die Züge werden an den Bahnhöfen angehalten, und alle werden abgeschlachtet. Auf beiden Seiten der Grenze.«

»Was soll ich denn tun?«

Die Verzweiflung in seiner Stimme ließ die Hand des Eisenwarenhändlers wieder zu seiner Schulter wandern. »Bleib hier. Hier bist du unter Freunden. Wir erlauben nicht, daß deiner Familie irgendwas passiert. Wo gibt es in unserem Viertel irgendwelche Probleme? Wir haben hier immer friedlich zusammengelebt.«

»Aber was passiert, wenn diese Unruhestifter von außerhalb hier eintreffen?«

»Dein Geschäft ist das einzige muslimische in der Straße. Meinst du etwa, wir alle zusammen könnten nicht ein Geschäft verteidigen?« Sie umarmten ihn und versprachen ihm, daß er nichts zu befürchten habe. »Wenn du dir wegen irgendwas Sorgen machst, kannst du zu jeder Tages- und Nachtzeit mit deiner Frau und deinen Kindern zu uns kommen.«

Nachdem die Nachbarn gegangen waren, hatte Narayan eine Idee. »Wegen dem Schild draußen – Muzaffar Tailoring Company. Wir könnten es auswechseln.«

»Wieso?« fragte Ashraf.

Narayan zögerte, deutlich zu werden. »Ein neues . . .«

Dann begriff Ashraf, was er meinte. »Ja, mit einem neuen Namen. Einem Hindu-Namen. Das ist eine sehr gute Idee.«

»Machen wir's gleich«, schlug Ishvar vor. »Ich kann ein neues

Brett vom Holzlager deines Onkels holen. Kann ich das Rad nehmen?«

»Natürlich. Aber sei vorsichtig, fahr nicht durch ein Moslem-Viertel.«

Eine Stunde später kehrte Ishvar mit leeren Händen zurück, ohne sein Ziel erreicht zu haben. »Überall brennen Geschäfte und Häuser. Ich bin immer weitergefahren – ganz langsam. Dann hab ich ein paar Leute mit Äxten gesehen. Die haben auf einen Mann eingehackt. Da hab ich Angst gekriegt und bin umgekehrt.«

Ashraf fühlte sich plötzlich schwach und setzte sich. »Das war klug von dir. Was machen wir jetzt?« Er konnte vor Angst nicht mehr denken.

»Wieso brauchen wir eigentlich ein neues Brett?« sagte Narayan. »Wir können doch die Rückseite des alten nehmen. Wir brauchen bloß etwas Farbe.«

Er ging wieder nach nebenan, und der Eisenwarenhändler überließ ihm einen Topf blauer Farbe, der schon angebrochen war. »Das ist eine gute Idee«, sagte er. »Was für einen Namen willst du draufschreiben?«

»Ich glaube, Krishna Tailors«, sagte Narayan willkürlich.

»Das Blau wird gut dazu passen.« Er deutete auf den Horizont, wo Rauch und ein rotes Glühen den Himmel erfüllten. »Ich hab gehört, es ist das Holzlager. Aber erzähl es Ashraf jetzt noch nicht.«

Als sie mit dem Malen der neuen Aufschrift endlich fertig waren, war es draußen bereits dunkel. »Auf dem alten Holz sieht die Farbe aber sehr frisch aus«, meinte Ashraf, als das Schild wieder über dem Laden hing.

»Ich reib eine Handvoll Asche drüber«, sagte Ishvar. »Morgen früh, wenn die Farbe getrocknet ist.«

»Falls wir nicht im Schlaf schon alle zu Asche werden«, sagte Ashraf leise. Das zerbrechliche Gefühl von Sicherheit, das aus den Versicherungen seiner Nachbarn gewebt worden war, begann Risse zu zeigen.

Als er im Bett lag, war jedes Geräusch in der Dunkelheit eine Gefahr, die sich näherte, um seine Familie zu bedrohen, bis er es als etwas Harmloses identifizieren konnte. Er lernte die vertrauten Geräusche, zu denen er sein ganzes Leben lang eingeschlafen war, wieder neu. Das Bumsen, das der Charpoy des Kohlenhändlers machte, der gerne im Freien in seinem Hinterhof schlief (er knallte das Gestell jeden Abend auf den Boden, um die Bettwanzen herauszuschütteln). Das Krachen, wenn der Banya nachts seine Tür abschloß. Sie klemmte und ließ sich nur mit einem ordentlichen Schwung bewegen. Das Klappern von irgendeinem Eimer – Ashraf kam nie dahinter, wem er gehörte und was damit zu dieser späten Stunde gemacht wurde.

Irgendwann nach Mitternacht schreckte er aus dem Schlaf, ging hinunter in die Werkstatt und fing an, die drei gerahmten Koranzitate zu entfernen, die an der Wand hinter dem Zuschneidetisch hingen. Ishvar und Narayan rührten sich, geweckt von seinem Herumtasten im Dunkeln, und machten das Licht an.

»Ist schon gut«, sagte er, »schlaft weiter. Mir sind plötzlich diese Rahmen hier eingefallen.« Dort, wo die Rahmen gehangen hatten, war die Tapete dunkler. Ashraf versuchte vergebens, den Unterschied mit einem feuchten Tuch wegzuwischen.

»Wir haben was, was du statt dessen aufhängen kannst«, sagte Narayan. Er zog ihren Koffer unter dem Zuschneidetisch hervor und fand drei kartonverstärkte Bilder mit kleinen Bindfadenschleifen zum Aufhängen. »Ram und Sita, Krishna und Laxmi.«

»Ja, sehr gut«, sagte Ashraf. »Und morgen werden wir diese Urdu-Zeitschriften und Zeitungen verbrennen.«

* * *

Am nächsten Morgen um halb neun machte Ashraf wie üblich die Werkstatt auf, entfernte das Vorhängeschloß von den äußeren stählernen Klapptüren, die er aber nicht zurückklappte. Die innere Holztür ließ er angelehnt. Wie schon am Tag zuvor war die Straße menschenleer.

Gegen zehn Uhr rief der Sohn des Kohlenhändlers durch das Gitter. »Vater sagt, ich soll Sie fragen, ob Sie irgend etwas vom Markt brauchen, falls er geöffnet ist. Er sagt, es ist besser, wenn Sie nicht hingehen.«

»Gott segne dich, mein Sohn«, sagte Mumtaz. »Ja, etwas Milch, wenn es geht, für die Kinder. Und irgendwelches Gemüse – ein paar Kartoffeln oder Zwiebeln, was ihr finden könnt.«

Eine Viertelstunde später kam der Junge mit leeren Händen zurück. Der Markt war leer. Später schickte ihnen der Kohlenhändler einen Krug mit Milch von seiner Kuh. Mumtaz mußte auf den mageren Vorrat an Mehl und Linsen zurückgreifen, um die Mahlzeiten des Tages vorzubereiten. Bereits lange vor der Abenddämmerung legte Ashraf das Vorhängeschloß vor die Stahltür und verrammelte die inneren Türen.

Beim Abendessen wollten die Jüngsten, daß Ashraf sie fütterte, wie er es am Abend zuvor getan hatte. »Ah, das Spielchen gefällt euch wohl«, sagte er mit einem Lächeln.

Nach der Mahlzeit erhoben sich Ishvar und Narayan, um hinunterzugehen, damit sich die Familie fürs Schlafengehen bereitmachen konnte. »Bleibt«, sagte Ashraf, »es ist noch früh, *nah*. Ohne Kunden läßt der Teufel die Stunden langsam vorübergehen.«

»Ab morgen müßte es wieder besser werden«, meinte Ishvar. »Angeblich sollen bald die Soldaten eingreifen.«

»Inshallah«, sagte Ashraf, während er beobachtete, wie seine Jüngste mit einer Stoffpuppe spielte, die er ihr einmal gemacht hatte. Die älteste Tochter las in einem Schulbuch. Die anderen beiden vergnügten sich mit Stoffetzen und spielten, sie wären Schneiderinnen. Er machte Ishvar und Narayan auf die übertriebenen Gesten der Mädchen aufmerksam.

»Das habt ihr auch gemacht, als ihr hier angefangen habt«, sagte er. »Und wie gerne ihr mit dem Maßband gewedelt habt, bis es geschnalzt hat.« Sie lachten über die Erinnerung und verstummten dann wieder.

Die Stille wurde von einem Hämmern an der Ladentür unterbrochen. Ashraf sprang auf, aber Ishvar hielt ihn zurück. »Ich seh nach«, sagte er.

Vom Fenster im ersten Stock sah er eine Gruppe von zwanzig oder dreißig Männern auf dem Bürgersteig. Sie sahen ihn und riefen: »Mach die Tür auf! Wir wollen mit dir reden!«

»Sicher, einen Moment!« rief er zurück. »Hört zu«, flüsterte er.

»Ihr geht alle nach nebenan, ganz leise, über den oberen Gang. Ich geh mit Narayan runter.«

»Ya Allah!« rief Mumtaz leise. »Wir hätten gehen sollen, als es noch ging! Du hast recht gehabt, mein Mann, und ich hab dich töricht genannt, ich bin diejenige, die töricht ist, die nicht ...«

»Halt den Mund und komm schnell, schnell!« sagte Ashraf. Eins der Mädchen begann zu schniefen. Mumtaz nahm das Kind auf den Arm, um es zu beruhigen. Ashraf führte seine Familie hinaus, während Ishvar und Narayan hinunter in die Werkstatt gingen. Es wurde wütend gehämmert, mit harten Gegenständen, die durch das Gitter gegen die Holztüren gerichtet waren.

»Geduld!« brüllte Ishvar. »Ich muß zuerst die Schlösser aufschließen!«

Die Menge verstummte, als die beiden Gestalten durch das Gitter sichtbar wurden. Die meisten hatten irgendeine primitive Waffe in der Hand, einen Stock oder einen Speer, andere hatten Schwerter. Ein paar Männer trugen safrangelbe Hemden und waren mit Dreizacken bewaffnet.

Bei dem Anblick begann Ishvar zu zittern. Einen kurzen Augenblick lang war er versucht, ihnen die Wahrheit zu sagen und sie durchzulassen. Beschämt über diesen Gedanken schloß er das Gitter auf und schob es ein Stück weit hoch. »Namaskaar, Brüder.«

»Wer bist du?« fragte der Mann an der Spitze.

»Mein Vater ist der Besitzer von Krishna Tailors. Das hier ist mein Bruder.«

»Und wo ist dein Vater?«

»In unser Heimatdorf gefahren – einen kranken Verwandten besuchen.«

Man beriet sich, und dann sagte der Anführer: »Wir haben gehört, daß dies hier ein muslimisches Geschäft ist.«

»Was?« sagten Ishvar und Narayan im Chor. »Das Geschäft hier gehört unserem Vater schon seit zwanzig Jahren!«

Aus den hinteren Reihen der Menge kamen Beschwerden. Was soll das viele Gerede! Brennen wir es nieder! Wir wissen, daß es ein muslimisches Geschäft ist! Brennen wir es nieder! Und die, die lügen, um es zu schützen – die verbrennen wir gleich mit!

»Kann es sein, daß in diesem Geschäft Moslems arbeiten?« fragte der Anführer.

»Das Geschäft geht nicht gut genug, um irgend jemand einzustellen«, sagte Ishvar. »Kaum genug Arbeit für meinen Bruder und mich.« Einige Männer schoben sich an ihn heran und versuchten, einen Blick in die Werkstatt zu werfen. Sie atmeten schwer, und er konnte ihren Schweiß riechen. »Bitte, seht euch alles an«, sagte er, zur Seite tretend. »Wir haben nichts zu verbergen.«

Die Männer sahen sich schnell um, registrierten die Hindu-Gottheiten an der Wand hinter dem Zuschneidetisch. Einer der Männer im safrangelben Hemd trat hervor. »Hör zu, du Schlaumeier. Wenn du lügst, dann spieß ich dich höchstpersönlich auf den drei Zacken meines Trishul auf.«

»Wieso sollte ich lügen?« entgegnete Ishvar. »Ich bin einer von euch. Glaubst du, ich will sterben, nur um einen Moslem zu retten?«

Draußen vor dem Geschäft wurde wieder beraten. »Kommt auf den Bürgersteig raus und zieht eure Schlafanzughosen aus«, sagte der Anführer. »Beide.«

»Was?«

»Los, Beeilung! Sonst braucht ihr nie wieder eure Schlafanzughosen!«

In den Reihen kam Ungeduld auf. Sie hämmerten mit ihren Speeren auf den Boden und verlangten, daß das Geschäft endlich angezündet werden solle. Ishvar und Narayan ließen gehorsam ihre Schlafanzughosen herunter.

»Es ist zu dunkel, um was zu sehen«, rief der Anführer. »Gebt mir eine Laterne.« Die Lampe wurden von hinten nach vorne durchgereicht. Er beugte sich herunter, hielt die Lampe dicht vor ihre nackten Unterleiber und überzeugte sich. Die andern scharten sich um die beiden, um auch nachzusehen. Man war sich einig, daß die Vorhäute intakt waren.

Jetzt öffnete der Eisenwarenhändler sein oberes Fenster und brüllte herunter: »Was ist da los? Wieso belästigt ihr Hindu-Jungs? Sind euch die Moslems ausgegangen?«

»Und wer bist du?« brüllten sie zurück.

»Wer ich bin? Ich bin euer Vater und euer Großvater! Das bin ich! Und auch der Eigentümer dieser Eisenwarenhandlung! Ich brauch nur ein Wort zu sagen, und die ganze Straße wird sich wie ein Mann zusammentun und Hackfleisch aus euch machen! Könnt ihr nicht woanders hingehen?«

Der Anführer hielt es nicht für lohnend, es auf eine Konfrontation ankommen zu lassen. Seine Männer begannen sich zu trollen, Obszönitäten brüllend, um das Gesicht zu wahren. Sie fingen jetzt an, untereinander darüber zu streiten, daß man die Nacht verschwendet und irgend jemand ihnen falsche Informationen gegeben habe, durch die sie jetzt wie Trottel dastünden.

»Das habt ihr großartig gespielt«, sagte der Eisenwarenhändler und klopfte Ishvar und Narayan herzhaft auf die Schulter. »Ich hab das Ganze von oben beobachtet. Wenn irgendeine Gefahr bestanden hätte, daß euch was passiert, hätte ich alle zur Hilfe gerufen. Aber ich dachte, es ist besser, wenn es keine Konfrontation gibt, wenn man sie überzeugen kann und sie wieder friedlich abziehen.« Er sah sich um, um sich zu vergewissern, daß auch alle ihm glaubten.

Mumtaz fiel vor den beiden Lehrlingen auf die Knie. Ihr Dupatta rutschte ihr vom Nacken und drapierte die Füße der beiden Jungen. »Bitte, Chachi, tu das nicht«, sagte Ishvar, zurückweichend.

»Für immer und ewig, mein Leben, meine Kinder, das Leben meines Mannes, mein Zuhause – alles habe ich euch zu verdanken!« Sie umklammerte sie weinend. »Das kann ich euch niemals zurückzahlen!«

»Bitte steh auf«, flehte Ishvar sie an, ergriff ihre Handgelenke und versuchte sie dazu zu bewegen, sich zu erheben.

»Von jetzt an ist dieses Haus euer Haus, solange ihr uns mit eurer Anwesenheit beehren möchtet!«

Endlich schaffte es Ishvar, seine Knöchel aus ihren Händen zu befreien. »Chachi, du bist wie unsere Mutter, wir haben seit sieben Jahren Essen und Dach mit dir geteilt.«

»Inshallah, werdet ihr noch siebzig weitere Jahre bleiben und mit uns essen.« Immer noch schluchzend legte sie sich ihren Dupatta wieder um den Hals und nahm einen Zipfel, um sich die Augen zu trocknen.

Ishvar und Narayan gingen wieder nach unten. Als die Kinder eingeschlafen waren, ging Ashraf ebenfalls nach unten. Die Jungen hatten ihre Schlafmatten noch nicht entrollt. Die drei saßen einige Minuten lang schweigend beisammen. Dann sagte Ashraf: »Wißt ihr, als das Hämmern begann, dachte ich, es ist aus mit uns.«

»Ich hab auch Angst gehabt«, sagte Narayan.

Ihr nächstes Schweigen dauerte noch länger. Ashraf räusperte sich. »Ich bin heruntergekommen, um euch nur noch eins zu sagen.« Tränen liefen ihm die Wangen herunter. Er hielt inne, um sie sich wegzuwischen. »Der Tag, an dem ich euren Vater traf – der Tag, an dem ich Dukhi vorschlug, mir seine beiden Söhne in die Schneiderlehre zu geben, dieser Tag war der glückbringendste Tag meines Lebens.« Er umarmte sie, küßte sie dreimal auf die Wangen und ging dann nach oben.

Von einer Rückkehr der beiden Brüder ins Dorf wollte Ashraf nichts wissen, und Mumtaz unterstützte ihn darin. »Bleibt als meine bezahlten Assistenten hier«, sagte er, obwohl er ganz genau wußte, daß er es sich nicht leisten konnte.

Roopa beklagte sich bei Dukhi, es sei höchste Zeit, daß sie ihre beiden Söhne wiederbekomme. »Du hast sie in die Lehre geschickt. Jetzt haben sie das Handwerk gelernt, warum leben sie jetzt also immer noch bei Fremden? Sind ihre eigenen Mutter-Vater etwa tot oder so was?«

Aber niemand konnte voraussagen, wie es zwei in Schneider verwandelten Chamaar in dem Dorf ergehen würde. Sicher, diese neuen Zeiten waren voller Hoffnung, Veränderung lag in der Luft, und mit der Erlangung der Unabhängigkeit herrschte allenthalben strahlende Zuversicht. Ashraf fühlte sich sogar wieder so sicher, daß er es wagte, das ›Krishna Tailors‹-Schild umzudrehen und die Seite mit ›Muzaffar Tailoring‹ auszuhängen.

Trotzdem war nicht sicher, ob sich jahrhundertealte Traditionen so leicht außer Kraft setzen ließen. Und so kamen sie überein, daß Ishvar als Ashrafs Assistent bleiben und Narayan zurückkehren sollte, um das Wasser zu prüfen. Damit war jeder zufrieden: Muzaffar Tailoring Company konnte gerade mit Mühe einen Assistenten bezahlen; Dukhi bekäme die zusätzliche Unterstützung durch den Lohn, den Ishvar in der Stadt verdiente; und Roopa hätte ihren jüngeren Sohn wieder bei sich.

Sie nahm das Päckchen herunter, das sieben Jahre lang von der Decke gehangen hatte. Die Knoten des Bindfadens waren geschrumpft und ließen sich nicht mehr öffnen. Sie zerschnitt den Faden, entfernte das schützende Sackleinen und wusch dann Hemd und Choli. Es sei Zeit, sie wieder zu tragen, sagte sie Dukhi, um die Heimkehr zu feiern.

»Es ist etwas weit«, sagte er.

»Meins auch«, sagte Roopa. »Der Stoff wird sich mit der Zeit gedehnt haben.«

Ihre Erklärung gefiel ihm. Das war schonender, als die mageren Jahre beim Namen zu nennen, während derer sie beide zusammengeschrumpft waren.

In der Chamaar-Gemeinschaft war man stillschweigend stolz auf Narayan. Allmählich fanden die Leute den Mut, seine Kunden zu werden, obwohl für Narayan nicht viel Geld dabei heraussprang, weil sie es sich selten leisten konnten, etwas Neues schneidern zu lassen. Sie trugen die Kleidungsstücke, die die oberen Kasten weggeworfen hatten. So erledigte er hauptsächlich Änderungs- und Flickarbeiten. Er verwendete eine alte Nähmaschine mit Handkurbel, die Ashraf für ihn aufgetrieben hatte. Sie konnte nur einen geraden Steppstich ausführen, aber das reichte für die Arbeit, die er machte.

Das Geschäft verbesserte sich, als die Kunde von demjenigen, der das Undenkbare getan hatte, die umliegenden Dörfer erreichte: der das Leder zugunsten von Stoff aufgegeben hatte. Sie kamen ebensosehr, um diesen tapferen Chamaar-Schneider, diesen Widerspruch in sich, mit eigenen Augen zu sehen, wie um sich von ihm ihre Kleidung ausbessern zu lassen. Viele waren ein wenig enttäuscht von ihrem Besuch. In der Hütte gab es nichts Außergewöhnliches zu sehen. Bloß einen jungen Mann mit einem Maßband um den Hals und einem Bleistift hinter einem Ohr.

Narayan führte ein Register seiner Aufträge und Geschäfte, so wie Ashraf es ihm beigebracht hatte, notierte Namen, Datum und geschuldete Beträge. Roopa ernannte sich selbst zur Geschäftsführerin, stand mit wichtiger Miene herum, während er die Maße des Kunden nahm und die Zahlen in sein Buch eintrug. Mit ihrem Schälmesser sorgte sie dafür, daß seine Bleistifte immer gut gespitzt waren. Sie konnte sein Register zwar nicht lesen, hatte aber die außenstehenden Beträge genau im Kopf. Wenn jemand, der seine Schulden von einem vorherigen Auftrag noch nicht beglichen hatte, mit dem nächsten kam, stellte sie sich hinter den Kunden und rieb Daumen und Zeigefinger aneinander, um ihren Sohn zu erinnern.

Eines Morgens, etwa sechs Monate nach Narayans Rückkehr

ins Dorf, näherte sich ein Bunghi der Hütte. Roopa war gerade dabei, draußen Wasser über einem Feuer zu erhitzen, fröhlich auf das gedämpfte Klappern der Nähmaschine lauschend, als sie den Burschen bemerkte, der zögernd näher kam. »Wo willst du denn hin?« schrie sie, worauf er erstarrte.

»Ich suche Narayan den Schneider«, sagte der Mann und hielt schüchtern ein Paar Lumpen hoch.

»Was?!« Seine Unverfrorenheit verblüffte sie. »Erzähl mir keinen Unsinn! Ich werd dir deine dreckige Haut mit diesem kochenden Wasser waschen! Mein Sohn näht nicht für Leute wie dich!«

»Ma! Was tust du da?« rief Narayan, der gerade aus der Hütte kam, als der Mann losrannte. »Warte! Warte!« rief er dem Burschen hinterher. Voller Angst, daß ihm sofortige Vergeltung drohte, rannte der Bunghi nur noch schneller.

»Komm zurück, Bhai, es passiert dir nichts!«

»Ein andermal«, rief der verängstigte Mann. »Vielleicht morgen.«

»Gut, ich erwarte dich«, sagte Narayan. »Bitte komm auf jeden Fall.« Er kehrte kopfschüttelnd zur Hütte zurück, ohne seine Mutter zu beachten, die ihn zornig anfunkelte.

»Schüttel mir nicht den Kopf, du!« sagte sie aufgebracht. »Was soll das nur wieder für ein Unsinn sein, ihn für morgen zu bestellen? Wir wollen mit solchen niederkastigen Leuten nichts zu tun haben! Wie kannst du auch nur daran denken, bei jemand Maß zu nehmen, der die Scheiße aus anderer Leute Häuser wegkarrt?«

Narayan antwortete nichts darauf. Nachdem er ein paar Minuten gearbeitet hatte, ging er hinaus zum Feuer, wo sie immer noch ihre heftige Wut in den Topf hineinrührte.

»Ma, ich glaube, du hast unrecht«, sagte er, wobei er seine Stimme so leise hielt, daß sie in dem Knistern des Feuers fast unterging. »Ich glaube, ich sollte für jeden nähen, der zu mir kommt, ob es ein Brahmane ist oder ein Bunghi.«

»Das glaubst du, ja? Warte nur, bis dein Vater heimkommt, und was der dazu zu sagen hat! Brahmane ja, Bunghi nein!«

Am Abend erzählte Roopa Dukhi von den empörenden Vorstellungen ihres Sohnes, und er wandte sich zu Narayan. »Ich glaube, deine Mutter hat recht.«

Narayan ließ die Hand von der Kurbel sinken und stoppte das Schwingrad. »Wieso hast du mich in die Schneiderlehre geschickt?«

»So eine dumme Frage. Um dein Leben zu verbessern – warum sonst?«

»Ja. Weil die da oben uns so schlecht behandeln. Und jetzt benimmst du dich genau wie sie. Wenn du das wirklich willst, dann gehe ich in die Stadt zurück. So kann ich hier nicht mehr leben.«

Roopa war von dem Ultimatum wie vor den Kopf geschlagen und entsetzt, als sich Dukhi zu ihr wandte und sagte: »Ich glaube, er hat recht.«

»Vater-von-Ishvar, entscheide dich! Erst sagst du, ich habe recht, dann sagst du, er hat recht! Du schwankst hin und her wie ein Topf ohne Arsch! Und das haben wir jetzt davon, daß du ihn in die Stadt geschickt hast! Daß er die Gebräuche des Dorfes vergißt! Das bringt nur Unglück!« Wütend vor sich hinschimpfend verließ sie die Hütte, um Amba, Pyari, Padma und Savitri zu rufen, damit sie sich anhörten, was nun wieder für verrückte Dinge in ihrer vom Schicksal geschlagenen Familie geschahen.

»Toba, toba!« sagte Savitri. »Arme Roopa, ist so aufgeregt, daß sie zittert.«

»Kinder – Hai Ram«, sagte Pyari und warf die Hände hoch. »Wie leicht sie die Gefühle einer Mutter vergessen.«

»Was soll man machen«, sagte Amba. »Wenn sie klein sind, füttern wir sie mit Milch von unserer Brust, aber mit Vernunft können wir sie nicht füttern.«

»Hab Geduld«, sagte Padma. »Es wird schon alles wieder gut werden.«

Nachdem sie genügend im Mitleid ihrer Nachbarinnen gebadet hatte, beruhigte sich Roopa wieder etwas. Die Vorstellung, daß sie ihren Sohn ein zweites Mal verlieren könnte, brachte sie dazu nachzudenken. Sie verzieh ihm seine verrückten Vorschläge und erklärte sich bereit, darüber hinwegzusehen, wenn er sich auf einen Kompromiß einließe: Sie würde sich das Recht vorbehalten zu bestimmen, wer ihre Hütte betrat und wer nicht. Einige Kunden müßten ihre Geschäfte draußen abwickeln.

* * *

Zwei Jahre später konnte Narayan es sich leisten, sich eine eigene Hütte zu bauen, neben der seiner Eltern. Roopa weinte und warf ihm vor, er würde sie verlassen. »Wieder und immer wieder bricht er seiner Mutter das Herz«, klagte sie. »Wie soll ich mich jetzt noch um ihn und sein Geschäft kümmern? Wieso muß er sich von uns trennen?«

»Aber Ma, es ist doch nur zehn Meter entfernt«, sagte Narayan. »Du bist dort jederzeit willkommen, wenn du meine Bleistifte anspitzen willst.«

»Bleistifte anspitzen, sagt er! Als würde ich sonst nichts für ihn tun!«

Doch schließlich gewöhnte sie sich an die Vorstellung und erzählte sogar ihren Freundinnen voller Stolz, daß die neue Hütte ihres Sohnes jetzt seine Fabrik sei. Er kaufte einen großen Arbeitstisch, einen Kleiderständer und eine neue fußbetriebene Nähmaschine, mit der man gerade und Zickzackstiche nähen konnte.

Für diese letzte Erwerbung ließ er sich von Ashraf Chacha beraten. Die kleine Stadt war seit seinem Weggang gewachsen, und die Muzaffar Tailoring Company machte gute Geschäfte. Ishvar hatte sich in der Nähe der Werkstatt ein Zimmer gemietet. Inzwischen hatte Ashraf ihn vom Assistenten zum Partner befördert. Die Brüder waren sich einig, daß ihr Vater nicht mehr arbeiten müßte, gemeinsam würden sie für ihre Eltern sorgen.

»Ihr seid so gute Kinder«, sagte Dukhi, als Narayan ihm ihre Entscheidung mitteilte. »Wir sind wirklich von Gott gesegnet.«

Roopa holte das Hemd und den Choli, die vor so langer Zeit von ihren Kinder hergestellt worden waren und inzwischen ganz verblichen waren. »Erinnert ihr euch an die hier?«

»Ich wußte gar nicht, daß ihr die noch habt.«

»Als du und Ishvar sie uns mitgebracht habt, da wart ihr noch beide so jung«, sagte sie, in Tränen ausbrechend. »Aber schon damals hab ich tief in meinem Herzen gewußt, daß am Ende alles gut werden würde.« Sie ging fort, um die gute Neuigkeit ihren Freundinnen zu erzählen, die sie umarmten und neckten, daß sie wohl bald reich werden würde und dann nichts mehr mit ihnen zu tun haben wolle.

»Aber eins steht fest«, sagte Padma. »Es ist bald Zeit, daß sie heiraten.«

»Du mußt anfangen, dich nach zwei geeigneten Schwiegertöchtern umzusehen«, sagte Savitri.

»Zögere es nicht mehr so lange hinaus«, sagte Pyari.

»Wir helfen bei allem mit, keine Sorge«, sagte Amba.

Die frohe Botschaft verbreitete sich in ihrer Gemeinschaft und auch außerhalb. Unter den oberen Kasten herrschten immer noch Wut und Verärgerung darüber, was ein Chamaar erreicht hatte. Besonders ein Mann, Thakur Dharamsi – der in Wahlzeiten immer den Gang zur Urne kontrollierte und der politischen Partei seiner Wahl die Stimmen zuschusterte – provozierte den Schneider immer wieder.

»Da wartet eine tote Kuh auf dich«, ließ er Narayan durch einen Diener wissen. Narayan gab die Botschaft einfach an andere Chamaar weiter, die froh waren, den Kadaver zu bekommen. Ein anderes Mal, als eine Ziege in einem der Wassergräben auf Thakur Dharamsis Grundstück verendet war, schickte er nach Narayan. Narayan schickte ihm die höfliche Antwort zurück, daß er dankbar für das Angebot sei, aber jetzt nicht mehr diese Art von Arbeit mache.

Unter den Chamaar im Dorf wurde er nun als der Sprecher ihrer Kaste betrachtet, als ihr inoffizieller Führer. Dukhi genoß den Erfolg seines Sohnes unauffällig in aller Stille und gestattete es sich nur manchmal in der Öffentlichkeit, wenn er mit seinen Freunden rauchend unterm Baum am Fluß saß. Allmählich wurde sein Sohn wohlhabender als viele höherkastige Dorfbewohner. Narayan ließ mit seinem Geld einen neuen Brunnen im unberührbaren Teil des Dorfes graben. Er pachtete das Grundstück, auf dem die beiden Hütten standen, und ersetzte sie durch ein prächtiges Haus, eines von nur sieben im ganzen Dorf. Es war so groß, daß sowohl seine Eltern als auch sein Geschäft darin

Platz hatten. Und hoffentlich, dachte Roopa liebevoll, würden auch bald noch eine Ehefrau und Kinder dazukommen.

Dukhi und ihr wäre es lieber gewesen, wenn ihr älterer Sohn zuerst geheiratet hätte. Aber als sie ihm anboten, eine Ehefrau für ihn zu suchen, stellte Ishvar klar, daß er kein Interesse habe. Inzwischen hatte Roopa gelernt, daß es ein nutzloses Unterfangen war, ihre Söhne zu etwas zu überreden, was sie nicht tun wollten. »Hast die städtischen Gewohnheiten gelernt«, murrte sie, »und vergißt unsere alten«, wobei sie es beließ und ihre Aufmerksamkeit Narayan zuwandte.

Sie holten Erkundigungen ein, und alsbald wurde ein geeignetes Mädchen aus einem anderen Dorf empfohlen. Es wurde ein Brautschautag vereinbart, an dem die Familie des Jungen der Familie des Mädchens einen Besuch abstatten würde. Roopa sorgte dafür, daß Amba, Pyari, Padma und Savitri an dem geplanten Besuch teilnahmen – sie gehörten fast zur Familie, sagte sie. Ishvar zog es vor, nicht mitzukommen, organisierte aber einen siebenundzwanzigsitzigen Leyland, der die Brautschaugesellschaft befördern sollte.

Um neun Uhr morgens traf der zerdellte Kleinbus im Dorf ein und hielt in einer Staubwolke. Die seltene Gelegenheit, eine Busfahrt zu unternehmen, lockte etliche Freiwillige für das glückbringende Ereignis an, viel mehr, als sich in jenem bescheidenen Transportmittel unterbringen ließen.

»Narayan ist wie ein Sohn für mich«, sagte einer. »Es ist meine Pflicht mitzukommen. Wie kann ich ihn in diesem wichtigsten Moment seines Lebens enttäuschen?«

»Ich werde mein Haupt nicht mehr heben können, wenn ihr mich nicht mitnehmt«, bettelte ein anderer, der ein Nein nicht gelten lassen wollte. »Bitte laßt mich nicht zurück.«

»Ich habe bis jetzt an jeder Brautschau in unserer Gemeinschaft teilgenommen«, prahlte ein dritter. »Ihr braucht mein erfahrenes Urteil.«

Viele hielten es für selbstverständlich, daß sie mitkommen könnten, und kletterten in den Bus, ohne Dukhi oder Roopa um Erlaubnis zu bitten. Als eine Stunde später die Reise beginnen konnte, hatten sich achtunddreißig Personen hineingeklemmt, und zwölf weitere saßen mit gekreuzten Beinen auf dem Dach. Der Fahrer, der auf den Landstraßen schon häßliche Unfälle mit niedrigen Ästen erlebt hatte, weigerte sich loszufahren. »Runter vom Dach! Alles runter!« brüllte er denen zu, die sich seelenruhig im Lotussitz niedergelassen hatten. Und so mußten die zwölf wieder vom Dach heruntersteigen, worauf der Bus endlich in einem vernünftigen Kriechtempo losfahren konnte.

Zweieinhalb Stunden später erreichten sie ihr Ziel. Die Eltern des Mädchens waren, wie auch das gesamte Dorf, von dem Bus und der Größe der Besucherdelegation beeindruckt. Die achtunddreißig Besucher standen unsicher herum. In dem Haus war nicht Platz für alle. Nach langem Ringen wählte Dukhi eine Gruppe von sieben Personen aus, darunter seine besten Freunde Chhotu und Dayaram. Padma und Savitri schafften es auch, doch Amba und Pyari mußten zusammen mit den restlichen einunddreißig Glücklosen draußen warten und die Vorgänge durch den Türeingang beobachten.

Drinnen trank der innere Kreis mit den Eltern des Mädchens Tee und beschrieb die Reise. »Viel prächtige Landschaft haben wir unterwegs gesehen«, sagte Dukhi zu dem Vater der Braut in spe.

»Einmal hat der Bus plötzlich ein lautes Geräusch gemacht und ist stehengeblieben«, erzählte Chhotu. »Es hat eine Weile gedauert, bis er wieder weitergefahren ist. Wir hatten schon Angst, daß wir zu spät kommen.«

Schließlich begannen die Eltern ihre Stammbäume und Familiengeschichten zu vergleichen, und Roopa erzählte der Mutter des Mädchens in bescheidenem Ton von Narayans Erfolg. »Wieviel Kunden er hat! Alle wollen sich nur von Narayan ihre Kleidung machen lassen. Als gäbe es im ganzen Land keinen anderen Schneider. Mein armer Sohn arbeitet von morgens bis abends, näht, näht und näht. Aber seine teure neue Maschine ist so gut. Was sie alles nur wieder für wunderbare Sachen kann.«

Dann war der Zeitpunkt für die Brautschau gekommen. »Komm, meine Tochter«, rief die Mutter beiläufig. »Biet unseren Gästen etwas Süßes an.«

Das Mädchen, Radha, sechzehn Jahre alt, trat mit einem

Tablett Laddoos ein. Die Unterhaltung verstummte. Jeder sah sie sich gut an, während sie die Runde machte, den Kopf keusch gesenkt, den Blick abgewendet. Draußen gab es viel Geflüster und Gerangel um einen guten Platz, während man versuchte, einen Blick zu erhaschen.

Als sie vor Narayan stehenblieb, behielt er den Blick auf die Laddoos gerichtet. Er war zu nervös, um hinzusehen – ihre Familie beobachtete ihn, wie er reagieren würde. Das Tablett hatte schon fast das Ende der Runde erreicht. Wenn er sie jetzt nicht ansah, gäbe es keine zweite Chance, sie würde nicht wiederkommen, das war sicher, und er würde eine blinde Wahl treffen müssen. Sieh hin, los, sieh hin! sagte er sich – und sah hin. Er sah ihre Gesichtszüge im Profil, als sie sich gerade vor ihrer Mutter herunterbeugte.

»Nein, Tochter«, sagte die Mutter, »nichts für mich«, und danach war Radha wieder verschwunden.

Dann war es Zeit, die Heimreise anzutreten. Auf der Rückfahrt wurden jene, die von draußen nichts hatten sehen oder hören können, ausführlich ins Bild gesetzt. Jetzt waren die Tatsachen allen bekannt, so daß sie daheim im Dorf an der endgültigen Diskussion teilnehmen konnten. Die Meinungen wurden in der Rangordnung des Alters zum Ausdruck gebracht.

»Ihre Größe ist gut, und ihre Farbe ist gut.«

»Die Familie sieht auch ehrlich und fleißig aus.«

»Vielleicht sollte man vor der endgültigen Entscheidung die Horoskope vergleichen.«

»Keine Horoskope! Wozu Horoskope! Das ist alles brahmanischer Unsinn, unsere Gemeinschaft macht so was nicht.«

So ging es eine Weile weiter, und Narayan hörte schweigend zu, bis auch er, ganz am Schluß, nach seiner Meinung gefragt wurde. Seine Zustimmung war zwar nicht wesentlich, trug aber doch dazu bei, den Konsens zu verstärken, sehr zur Erleichterung seiner Eltern und unter dem Beifall der Versammelten.

Jetzt begannen die Vorbereitungen. Narayan bestand darauf, daß einige der traditionellen Ausgaben übergangen wurden. Er wollte nicht, daß Radhas Familie bis in alle Ewigkeit beim Geldverleiher verschuldet blieb. Das einzige, was er bereit war, von ihnen anzunehmen, waren sechs Messinggefäße: drei mit rundem Boden und drei mit flachem.

Roopa war außer sich. »Was verstehst du denn nun wieder von so schwierigen Dingen wie Mitgift? Bist du vielleicht schon mal verheiratet gewesen?«

Dukhi war auch aufgebracht. »Uns steht viel mehr als sechs Gefäße zu. Es ist unser Recht.«

»Seit wann praktiziert unsere Gemeinschaft Mitgift?« fragte Narayan ruhig.

»Wenn es für die da oben in Ordnung ist, dann können wir es auch machen.«

Aber Narayan, von Ishvar unterstützt, blieb hart. »Wieder diese Stadtgewohnheiten«, murrte ihre Mutter, dem Willen ihres Sohnes ein weiteres Mal unterlegen. »Vergißt alle unsere Dorfgewohnheiten.«

In letzter Minute gab es noch einen Haken. Zwei Tage vor der Hochzeit verweigerten die Dorfmusiker ihre Dienste, nachdem sie von Thakur Dharamsi und anderen unter Druck gesetzt worden waren. Sie hatten so große Angst, daß sie sich nicht einmal mit der Familie treffen wollten, um über das Problem zu reden. Und so organisierte Ishvar Ersatzmusiker aus der Stadt. Es machte Narayan nichts aus, die Kosten für den Transport der Musiker und ihrer Instrumente zu übernehmen. Es war ein kleiner Preis, fand er, für das Vergnügen, die Grundbesitzer zu ärgern.

Den neuen Musikern waren einige der örtlichen Hochzeitslieder unbekannt. Die älteren unter den Gästen machten sich nicht geringe Sorgen – fremde Hymnen und Lieder könnten der Ehe Unglück bringen. »Vor allem fürs Kinderkriegen«, meinte eine alte Frau, die bei Geburten geholfen hatte, bevor sie zu alt und schwach geworden war. »Der Schoß wird nicht einfach so fruchtbar, ohne die richtigen Verfahren.«

»Stimmt«, sagte eine andere. »Ich habe es mit eigenen Augen gesehen. Wenn die Lieder nicht richtig gesungen werden, gibt es nichts als Unglück für Mann und Frau.« Sie berieten sich in besorgten Gruppen, debattierten und diskutierten, versuchten, das Gegenmittel zu bestimmen, womit das drohende Mißgeschick abgewendet werden könnte. Sie blickten mißbilligend auf jene, die sich an all dieser fremden Musik und dem Getanze erfreuten.

Die Feierlichkeiten dauerten drei Tage, während derer die Chamaar-Familien im Dorf die besten Mahlzeiten ihres Lebens aßen. Ashraf und seine Familie waren die Ehrengäste, wurden in Narayans Haus untergebracht und betreut, worüber einige Leute gar nicht glücklich waren. Es wurde über die unglückbringende Anwesenheit eines Moslems gemurrt, aber die Proteste waren nur vereinzelt und gedämpft. Und in der dritten Nacht hatten die Musiker, sehr zur Erleichterung der Ältesten, bereits viele der örtlichen Lieder gelernt.

Radha und Narayan wurde ein Sohn geboren. Sie nannten ihn Omprakash. Die Leute kamen, um mit ihnen gemeinsam das glückliche Ereignis mit Gesang zu feiern. Der stolze Großvater gab in jedem Haus im Dorf höchstpersönlich ein Geschenk von Naschwerk ab.

Später in der Woche kam Dukhis Freund Chhotu mit seiner Frau vorbei, um sich das Neugeborene anzusehen. Er nahm Dukhi und Narayan beiseite und flüsterte: »Die da oben haben die Süßigkeiten auf den Müll geworfen.«

Sie zweifelten nicht an seinen Worten. Er mußte es wissen, denn er sammelte von vielen Haushalten den Abfall ein. Die Nachricht war schmerzlich, aber Narayan tat sie mit einem Lachen ab. »Dann gab's um so mehr für die, die die Päckchen gefunden haben.«

Ständig kamen Besucher vorbei, die staunten, wie gesund das Kind aussah, dafür daß es das Kind eines Chamaar war, und wie es immerzu lächelte. »Selbst wenn er Hunger hat, gibt's kein Jaulen und Maulen«, prahlte Radha mit der Zeit gerne. »Macht nur ein winziges *kurr-kurr*, das aufhört, sowie er meine Brust bekommt.«

Nach Omprakash wurden noch drei Töchter geboren. Zwei überlebten. Sie wurden Leela und Rheka genannt. Es wurde kein Naschwerk verteilt.

Narayan begann, seinem Sohn Lesen und Schreiben beizubringen, erteilte ihm Unterricht, während er nähte. Der Mann saß an der Nähmaschine, das Kind saß mit Tafel und Kreide daneben. Mit fünf konnte Omprakash bereits vollendet Knöpfe annähen, wobei er seinen Vater nachahmte, wenn dieser mit einer schwungvollen Geste den Faden anleckte und ihn durch das Nadelöhr stieß oder mit der Nadel durch den Stoff stach.

»Den ganzen Tag klebt er an seinem Bapa«, murrte Radha glücklich, während ihr Blick auf dem bewundernden Vater und seinem Sohn ruhte.

Ihre Schwiegermutter betrachtete die Szene und nahm sie voller Genugtuung in sich auf. »Für die Töchter sind die Mütter verantwortlich, aber Söhne gehören dem Vater«, verkündete Roopa, als sei ihr eine brandneue Erleuchtung beschieden worden, und Radha nahm sie als solche entgegen und nickte feierlich.

In der Woche nach Omprakashs fünftem Geburtstag nahm Narayan ihn zur Gerberei mit, wo die Chamaar fleißig bei der Arbeit waren. Seit seiner Rückkehr ins Dorf hatte er sich in regelmäßigen Abständen immer wieder an ihrer Arbeit beteiligt, half beim Häuten, Trocknen, Gerben oder Färben mit, je nachdem, was gerade dran war. Und jetzt zeigte er seinem Kind voller Stolz, wie es gemacht wurde.

Doch Omprakash scheute davor zurück. Narayan gefiel dieses Verhalten nicht. Er bestand darauf, daß der Junge sich die Hände schmutzig machte.

»Iiiih! Es stinkt!« kreischte Omprakash.

»Ich weiß, daß es stinkt. Tu es trotzdem.« Er packte die Hände seines Sohnes und tauchte seine Arme bis zu den Ellbogen in den Gerbbottich. Er schämte sich dafür, wie sich sein Sohn vor den anderen Chamaar aufführte.

»Ich will das nicht machen! Ich will nach Hause! Bitte, Bapa, bring mich jetzt nach Hause!«

»Ob mit oder ohne Tränen, du wirst dieses Handwerk lernen«, sagte Narayan grimmig.

Omprakash schluchzte und heulte, verfiel in Wutkrämpfe, zerrte seine Hände weg. »Wenn du nicht aufhörst, werf ich dich mit deinem ganzen Körper hinein«, drohte sein Vater und tunkte die Arme seines Sohnes immer wieder ein.

Die anderen redeten Narayan zu, es gutsein zu lassen – das Kind könnte irgendeine Art von Anfall bekommen, befürchteten sie, so hysterisch, wie es herumschrie. »Es ist sein erster Tag«, sagten sie. »Nächste Woche wird es schon besser gehen.« Aber Narayan zwang ihn weiterzumachen, bis er ihn eine Stunde später von seiner Qual erlöste.

Als sie zu Hause ankamen, weinte Omprakash immer noch. Radha saß auf der Veranda und massierte ihrer Schwiegermutter gerade die Kopfhaut mit Kokosöl. In ihrer Eile, den Kleinen zu trösten, stießen sie die Flasche um.

Roopa wollte ihr Enkelkind umarmen, aber bei dem Anblick der dünnen grauen Strähnen, die ihr ölig und steif in die Stirn hingen, wich er zurück. So schrecklich hatte seine Großmutter noch nie ausgesehen.

»Was fehlt ihm? Was hast du mit ihm angestellt? Mein armer Kleiner, der doch sonst immer so fröhlich spielt!«

Narayan erklärte, wie sie den Morgen verbracht hatten, und Dukhi lachte, als er es hörte. Die ganze Geschichte machte Radha fuchsteufelswild. »Wieso mußt du ihn so quälen? Es ist doch nicht nötig, meinen Om so eine Dreckarbeit machen zu lassen!«

»Dreckarbeit? Du, die Tochter eines Chamaar! Nennst das Dreckarbeit!«

Sein Ausbruch erschreckte sie. Es war das erste Mal, daß Narayan sie angebrüllt hatte. »Aber wieso muß er ...«

»Wie soll er denn schätzen lernen, was er hat, wenn er nicht lernt, was seine Vorväter getan haben? Einmal in der Woche wird er mit mir gehen! Ob er will oder nicht!«

Radha appellierte stumm an ihren Schwiegervater und machte sich daran, das Kokosöl aufzuwischen. Dukhi antwortete, indem er den Kopf neigte. Später, als er mit Narayan allein war, sagte er: »Mein Sohn, ich geb dir recht. Aber egal, was wir denken, einmal die Woche ist bloß ein Spiel. Es wird für ihn nie so werden, wie es für uns war. Und Gott sei Dank dafür.«

Omprakash verbrachte den restlichen Tag unglücklich an seine Mutter geklammert in der Küche. Radha streichelte ihm während der Arbeit immerzu über den Kopf. »Läßt mich einfach nicht in Ruhe«, beklagte sie sich glücklich bei ihrer Schwiegermutter. »Ich muß noch den Spinat kleinhacken und die Chapatis machen. Weiß Gott, wann ich damit fertig werde.«

Roopa runzelte die Stirn. »Wenn Söhne unglücklich sind, erinnern sie sich an ihre Mütter.«

Als am Abend sein Vater sich mit geschlossenen Augen auf der Veranda entspannte, schlich sich Omprakash heraus und fing an, ihm die Füße zu massieren, so wie er es bei seiner Mutter beobachtet hatte. Narayan schreckte auf und öffnete die Augen. Er blickte hinunter, sah seinen Sohn und lächelte. Er breitete die Arme aus.

Omprakash sprang hinein und warf die Arme um den Hals seines Vaters. Sie verharrten einige Minuten lang in der Umarmung, ohne etwas zu sagen. Dann befreite er sich aus den klammernden Fingern des Kindes und schnüffelte an ihnen. Er hielt ihm seine hin. »Siehst du? Jetzt haben wir beide den gleichen Geruch. Es ist ein ehrlicher Geruch.«

Das Kind nickte. »Bapa, soll ich für deine Füße noch mehr Chumpee machen?«

»In Ordnung.« Er sah liebevoll zu, wie sein Sohn, Radhas methodische Vorgehensweise nachahmend, ihm die Ferse drückte, den Spann rieb, die Fußsohle knetete und jeden Zeh massierte. Roopa und Radha standen verborgen im Türeingang und strahlten sich gegenseitig an.

Während der nächsten drei Jahre gingen die wöchentlichen Lektionen in Lederverarbeitung weiter. Omprakash wurde beigebracht, wie man die Häute mit Salz bepackte, um sie zu trocknen. Er sammelte die Früchte des Myrobalanbaumes, um die Tanninlösung herzustellen. Er lernte, wie man Farbstoffe herstellte und wie man das Leder damit imprägnierte. Das war die schmutzigste Arbeit von allen, bei der sich ihm der Magen umdrehte.

Als er acht war, ging die Tortur zu Ende. Er wurde zu seinem Onkel Ishvar geschickt, um bei der Muzaffar Tailoring Company seine Schneiderausbildung fortzusetzen. Außerdem wurde in der Schule in der Stadt jetzt jeder zugelassen, hohe Kasten wie niedrige, während der Besuch der Dorfschule immer noch beschränkt war.

* * *

Radha und Narayan waren nicht so niedergeschlagen, wie Roopa und Dukhi es gewesen waren, als ihre Söhne fortgegangen waren, um bei Ashraf Chacha in die Lehre zu gehen. Dank einer neuen Straße und einer Busverbindung war die Entfernung zwischen Dorf und Stadt geschrumpft. Sie konnten sich auf häufige Besuche von Omprakash freuen, und außerdem blieben ihnen noch ihre beiden kleinen Töchter.

Trotzdem fühlte sich Radha ihres Sohnes ungerechterweise beraubt. In dieser Zeit wurde ein populäres Lied über einen Vogel, der der ständige Begleiter des Sängers gewesen war, aber aus irgendeinem unerklärlichen Grund beschlossen hatte davonzufliegen, Radhas Lieblingslied. Wenn das vertraute Vorspiel erklang, rannte sie zu ihrem neuen Murphy-Kofferradio, drehte die Lautstärke auf und ermahnte alle, ruhig zu sein. Wenn ihr Sohn daheim war, bedeutete ihr das Lied nichts.

Omprakashs Schwestern ärgerten sich sehr über seine Besuche. Wenn ihr Bruder daheim war, wurden Leela und Rheka von niemandem beachtet. Das fing an, sowie er durch die Tür kam.

»Seht euch nur mein Kind an! Wie dünn er geworden ist!« klagte Radha. »Füttert dich dein Onkel nicht?«

»Er sieht dünn aus, weil er größer geworden ist«, lautete Narayans Erklärung.

Aber sie benutzte die Ausrede, um ihn mit Sahne, getrocknetem Obst und Süßigkeiten zu verwöhnen, und platzte schier vor Vergnügen, während sie ihm beim Essen zusah. Ab und zu nahm sie mit flinken Fingern einen Bissen von seinem Teller und steckte ihn ihm zärtlich in den Mund. Keine Mahlzeit war vollständig, bevor sie ihm nicht etwas mit eigenen Händen gefüttert hatte.

Auch Roopa genoß den Anblick ihres speisenden, kauenden Enkels. Wie eine Schiedsrichterin saß sie da, streckte den Arm aus, um ihm einen Krümel aus dem Mundwinkel zu wischen, füllte seinen Teller auf, schob ihm ein Glas Lassi hin. Ein Lächeln erschien auf ihrem runzligen Gesicht, und das scharfe Licht ihrer Erinnerung flackerte über jene stockdunklen Nächte, die so viele Jahre zurücklagen, als sie in Feindesland geschlichen war, um für Ishvar und Narayan Leckerbissen zu sammeln.

Omprakashs Schwestern waren stumme Zuschauer bei dem Mahlzeitritual. Leela und Rheka sahen neidisch zu, hüteten sich aber, zu protestieren oder bei den Erwachsenen zu betteln. In seltenen Augenblicken, wenn sonst niemand in der Nähe war, teilte Omprakash die Köstlichkeiten mit ihnen. Aber meistens weinten die beiden Mädchen nachts still in ihren Betten.

Narayan saß in der Dämmerung auf der Veranda, die bejahrten Füße seines Vaters im Schoß, und massierte die rissigen, müden Fußsohlen. Omprakash, inzwischen vierzehn, wurde morgen zu einem einwöchigen Besuch erwartet.

»Ah!« seufzte Dukhi genüßlich und fragte Narayan dann, ob er nach dem neugeborenen Kalb gesehen habe.

Es kam keine Antwort. Er wiederholte die Frage und stupste Narayans Brust mit seinem großen Zeh an. »Junge? Hörst du mir nicht zu?«

»Doch, Bapa, ich hab bloß nachgedacht.«

Er setzte die Massage fort und starrte in die Dämmerung. Seine Finger arbeiteten besonders energisch, als Ausgleich für sein Schweigen.

»Was gibt's, was beschäftigt dich?«

»Ich hab nur gerade gedacht, daß ... daß sich nichts verändert. Jahre vergehen, und nichts verändert sich.«

Wieder seufzte Dukhi, aber nicht mehr genüßlich. »Wie kannst du so was sagen? Es hat sich so viel verändert. Dein Leben, mein Leben. Dein Beruf, von Leder zu Stoff. Und sieh dir dein Haus an, und deine ...«

»Die Sachen schon. Aber was ist mit den wichtigeren Dingen? Die Regierung verabschiedet neue Gesetze, sagt: Schluß mit der Unberührbarkeit, und doch bleibt alles beim alten. Die hochkastigen Dreckskerle behandeln uns immer noch schlimmer als die Tiere.«

»Solche Dinge brauchen Zeit.«

»Seit der Unabhängigkeit sind jetzt schon über zwanzig Jahre vergangen. Wie lange sollen wir noch warten? Ich will aus dem Dorfbrunnen trinken können, im Tempel beten, gehen, wo ich will.«

Dukhi zog seinen Fuß aus Narayans Schoß und setzte sich auf. Er dachte an seinen eigenen Widerstand gegen das Kastensystem, als er seine kleinen Söhne zu Ashraf geschickt hatte. Er empfand Stolz bei Narayans Worten, aber auch Angst. »Mein Sohn, das sind gefährliche Dinge, die du verlangst. Du hast dich vom Chamaar zum Schneider verwandelt. Sei damit zufrieden.«

Narayan schüttelte den Kopf. »Das war dein Sieg.«

Er fuhr wieder fort, seinem Vater die Füße zu massieren, während um sie herum die Nacht hereinbrach. Drinnen war Radha in fröhliche Vorbereitungen für die Ankunft ihres Sohnes am nächsten Tag vertieft. Nach einiger Zeit brachte sie eine Lampe auf die Veranda. Binnen weniger Sekunden zog sie Wolken von Mücken an. Dann kam ein brauner Falter, zu einem Stelldichein mit dem Licht. Dukhi sah zu, wie er, in dem Versuch, an das Licht zu gelangen, mit seinen zerbrechlichen Flügeln gegen das Lampenglas schlug.

In jener Woche wurden Parlamentswahlen abgehalten, und die Region wurde von Politikern, Phrasendreschern und Speichellekkern heimgesucht. Wie üblich garantierte die bunte Mischung von politischen Parteien und ihren Wahlkampfmätzchen lebhafte Unterhaltung für das Dorf.

Einige Leute klagten, es sei schwierig, das alles richtig zu genießen, wo die Luft so heiß sei, daß sie einem die Lungen versengte – die Regierung hätte ruhig bis zum Beginn der Regenzeit warten können. Narayan und Dukhi gingen mit ihren Freunden zu den Kundgebungen und nahmen auch Omprakash mit, damit er den Spaß mitbekam. Roopa und Radha ärgerten sich, daß ihnen von der so kurz bemessenen Zeit, die sie mit dem Jungen verbringen durften, auch noch etwas gestohlen wurde.

Die Reden waren mit Versprechungen aller Art gespickt: Man versprach neue Schulen, sauberes Wasser und Krankenversorgung; man versprach den landlosen Bauern Land, Umverteilung und strenge Durchsetzung des Gesetzes zur Begrenzung von Grundeigentum; man versprach drakonische Gesetze, die jegliche Diskriminierung und Schikanierung der rückständigen Kasten durch obere Kasten unter Strafe stellen würden; man versprach die Abschaffung von Schuldknechtschaft, Kinderarbeit, Sati, Mitgiftsystem und Kinderehen.

»Es muß viele doppelte Gesetze in unserem Land geben«, bemerkte Dukhi. »Jedesmal, wenn Wahlen sind, reden sie davon, die gleichen Gesetze zu erlassen, die schon vor zwanzig Jahren erlassen wurden. Es sollte sie mal jemand dran erinnern, daß Gesetze auch angewendet werden müssen.«

»Gesetze erlassen ist für Politiker das gleiche wie Wasser lassen«, erwiderte Narayan. »Beides geht den Gully runter.«

Am Wahltag stellten sich die Wahlberechtigten vor dem Wahllokal auf. Wie üblich kontrollierte Thakur Dharamsi die Stimmenabgabe. Sein System, unterstützt von den anderen Grundbesitzern, hatte schon seit Jahren reibungslos funktioniert.

Der Wahlbeamte wurde beschenkt und fortgeführt, um den restlichen Tag mit Speisen und Getränken bewirtet zu werden. Die Türen öffneten sich, und die Wahlberechtigten marschierten durch. »Streckt eure Finger aus«, sagte der Aufseher, der die Warteschlange beaufsichtigte.

Die Wähler gehorchten. Der Sekretär am Schreibtisch schraubte eine kleine Flasche auf und markierte jeden ausgestreckten Finger mit wasserunlöslicher schwarzer Tinte, um Betrug zu verhindern.

»Und jetzt macht eure Daumenabdrücke hier drauf«, sagte der Sekretär.

Sie drückten ihre Daumen auf das Register, um zu bestätigen, daß sie gewählt hatten, und gingen dann wieder heim.

Anschließend wurden die leeren Stimmzettel von den Männern des Grundbesitzers ausgefüllt. Nach Schließung kehrte der Wahlbeamte zurück, um den Transport der Wahlurnen zur Auszählungsstelle zu überwachen und zu bezeugen, daß die Wahl auf faire und demokratische Weise verlaufen war.

Manchmal gab es mehr Aufregung, wenn rivalisierende Grundbesitzer in der Region ihre Differenzen nicht beilegen konnten und unterschiedliche Kandidaten unterstützten. Dann wurde die Entscheidung zwischen den Banden ausgetragen. Natürlich wurden die Kandidaten jener Anhänger gewählt, die die meisten Wahllokale eroberten und die meisten Wahlurnen mit ihren Zetteln vollstopfen konnten.

Aber dieses Jahr gab es keine Kämpfe oder Schießereien. Insgesamt war es ein langweiliger Tag, und Omprakash war niedergeschlagen, als er mit seinem Vater und Großvater wieder nach Hause kam. Morgen mußte er zur Muzaffar Tailoring Company zurückkehren. Die Woche war viel zu schnell verstrichen.

Sie saßen auf dem Charpoy draußen vor dem Haus, um die Abendluft zu genießen, während Omprakash Wasser für sie holte. Die Bäume waren laut von hektischem Vogelgesang. »Bei der nächsten Wahl will ich meinen Stimmzettel selbst ankreuzen«, sagte Narayan.

»Sie werden dich nicht lassen«, meinte Dukhi. »Und wozu sich die Mühe machen? Meinst du vielleicht, dadurch wird sich irgend etwas ändern? Deine Geste wird wie ein Eimer sein, der in einen Brunnen fällt, der tiefer als Jahrhunderte ist. Den Platscher wird niemand sehen oder hören.«

»Es ist trotzdem mein Recht. Und ich werde es bei der nächsten Wahl ausüben, das versprech ich dir.«

»In letzter Zeit grübelst du zuviel über Rechte nach. Leg diese gefährliche Gewohnheit wieder ab.« Dukhi hielt inne, während er eine Kolonne roter Ameisen wegwischte, die auf den Fuß des Charpoy zumarschierte. Die Tiere stoben in alle Richtungen davon. »Angenommen, du machst dein Kreuz selbst. Glaubst du vielleicht, sie können nicht die Urne aufbrechen und die Stimmzettel vernichten, die ihnen nicht gefallen?«

»Das können sie nicht. Der Wahlbeamte muß für jeden Zettel Rechenschaft ablegen.«

»Schlag dir diese Gedanken aus dem Kopf. Du verschwendest deine Zeit – und deine Zeit ist dein Leben.«

»Leben ohne Würde ist wertlos.«

Die roten Ameisen hatten sich wieder neu gesammelt, was Dukhi nicht mehr sehen konnte, weil es inzwischen dunkel geworden war. Radha brachte die Lampe hinaus auf die dämmerige Veranda, die sich sogleich mit Schatten bevölkerte. Der Duft von Holzrauch hing in ihrer Kleidung. Sie verweilte einen Augenblick in der Stille, und ihr Blick suchte das Gesicht ihres Mannes.

»Die Regierung hat den Verstand verloren«, beklagten sich die Leute über die Wahlen zum Bundesparlament. »Aber gründlich. Es ist der falsche Monat. Wer hat denn Zeit, ans Wählen zu denken, wenn die Erde ausgedörrt ist und die Luft brennt? Vor zwei Jahren haben sie genau den gleichen Fehler gemacht.«

Narayan hatte das Versprechen nicht vergessen, das er vor zwei Jahren seinem Vater gegeben hatte. Er ging an diesem Morgen alleine zum Wahllokal. Die Beteiligung war gering. Es hatte sich neben der Tür des Schulgebäudes, das als Wahllokal eingerichtet worden war, nur eine kurze, unordentliche Schlange gebildet. Drinnen erinnerten ihn der Geruch von Kreidestaub und abgestandenem Essen an jenen Tag vor vielen Jahren, als er noch ein kleiner Knirps gewesen und zusammen mit Ishvar von dem Lehrer verprügelt worden war, weil sie die Tafeln und Bücher der hochkastigen Kinder berührt hatten.

Er schluckte seine Angst hinunter und verlangte seinen Stimmzettel. »Nein, das ist schon in Ordnung«, erklärten die Männer an dem Tisch. »Du machst hier einfach deinen Daumenabdruck, und wir erledigen den Rest.«

»Daumenabdruck? Ich werde mit meinem vollen Namen unterschreiben. Nachdem Sie mir meinen Stimmzettel gegeben haben.«

Zwei Männer, die hinter Narayan in der Schlange standen, fühlten sich von ihm ermutigt. »Ja, gebt uns unsere Stimmzettel«, sagten sie. »Wir wollen auch unser Kreuz machen.«

»Das können wir nicht, wir haben keine Anweisungen.«

»Ihr braucht keine Anweisungen. Das ist unser Recht als Wähler.«

Die Assistenten berieten sich flüsternd und sagten dann: »Okay, wartet bitte.« Einer von ihnen verließ das Wahllokal.

Kurze Zeit später kam er mit einem Dutzend Männer wieder. Unter ihnen war Thakur Dharamsi, der vor sechzehn Jahren den Musikern verboten hatte, auf Narayans Hochzeit zu spielen. »Was ist los, was gibt's für Probleme?« fragte er laut von draußen.

Sie zeigten durch die Tür auf Narayan.

»Soso«, murmelte Thakur Dharamsi. »Hätt ich mir denken können. Und wer sind die andern beiden?«

Sein Assistent kannte ihre Namen nicht.

»Ist egal«, sagte Thakur Dharamsi. Seine Männer traten mit

ihm zusammen ein, und es wurde drinnen sehr eng. Er wischte sich die Stirn und hielt Narayan seine nasse Hand unter die Nase. »An so einem heißen Tag muß ich wegen dir mein Haus verlassen, um zu schwitzen. Willst du mich demütigen? Hast du keine Kleider zum Nähen? Oder eine Kuh, die du vergiften und häuten kannst?«

»Wir gehen wieder, sobald wir unsere Stimmzettel angekreuzt haben«, sagte Narayan. »Das ist unser Recht.«

Thakur Dharamsi lachte, und seine Männer fielen zustimmend mit ein. Als er aufhörte zu lachen, hörten sie auch auf. »Genug gescherzt. Mach deinen Daumenabdruck und verschwinde.«

»Wenn wir gewählt haben.«

Diesmal lachte er nicht, sondern hob die Hand wie zum Abschied und verließ das Wahllokal. Die Männer ergriffen Narayan und die anderen beiden. Sie drückten ihnen mit Gewalt die Daumen auf die Stempelkissen und erledigten die Registrierung. Thakur Dharamsi wies seinen Assistenten flüsternd an, dafür zu sorgen, daß die drei auf seine Farm gebracht würden.

Den ganzen Tag über wurden die drei Männer, die man mit den Füßen an den Ästen eines Banyanbaumes aufgehängt hatte, immer wieder ausgepeitscht. Ihre Schreie wurden allmählich schwächer, als sie immer aufs neue das Bewußtsein verloren und wieder daraus erwachten. Thakur Dharamsis kleine Enkelkinder mußten im Haus bleiben. »Macht eure Aufgaben«, sagte er ihnen. »Lest eure Bücher, oder spielt mit euren Spielsachen. Mit der schönen neuen Spielzeugeisenbahn, die ich euch gekauft habe.«

»Aber es ist doch Feiertag«, bettelten sie. »Wir wollen draußen spielen.«

»Heute nicht. Da sind ein paar böse Männer draußen.« Er scheuchte sie von den hinteren Fenstern fort.

In der Ferne auf dem hintersten Feld urinierten seine Männer auf die drei herabbaumelnden Gesichter. Die Gepeinigten, die nur noch halb bei Bewußtsein waren, waren dankbar für die Flüssigkeit und leckten das Rinnsal mit ausgedörrten Lippen begierig auf. Thakur Dharamsi schärfte seinen Leuten ein, daß sich die Nachricht vorerst nicht verbreiten dürfe, vor allem nicht in der Siedlung stromabwärts. Das könnte die Stimmabgabe stören und die Wahlkommission veranlassen, das Ergebnis anzufechten, was wochenlange Arbeit zunichte machen würde.

Am Abend, als die Wahlurnen fortgebracht worden waren, wurden den drei Männern glühende Kohlen an die Genitalien gehalten und ihnen dann in den Mund gestopft. Ihre Schreie wurden im ganzen Dorf gehört, bis ihnen Lippen und Zungen schmolzen. Dann wurden die reglosen stummen Körper vom Baum genommen. Als sie sich wieder rührten, wurden ihnen die Seile von den Knöcheln entfernt und um den Hals gelegt, und dann wurden sie erhängt. Die Leichen wurden auf dem Dorfplatz zur Schau gestellt.

Thakur Dharamsis Goondas, die jetzt von ihren Wahlpflichten befreit waren, wurden auf die unteren Kasten losgelassen. »Ich will diesen achhoot Jatis eine Lektion erteilen«, sagte er zu seinen Männern, während er vor ihrem nächsten Einsatz reichlich Alkohol an sie verteilte. »Ich will, daß es wieder so wird wie früher, als in unserer Gesellschaft noch Respekt, Disziplin und Ordnung herrschten. Und achtet besonders auf das Haus von diesem Chamaar-Schneider. Sorgt dafür, daß keiner entkommt.«

Die Goondas arbeiteten sich zum Viertel der Unberührbaren vor. Sie schlugen auf den Straßen willkürlich Leute zusammen, rissen einigen Frauen die Kleidung vom Leib, vergewaltigten andere, setzten ein paar Hütten in Brand. Die Nachricht von dem Raubzug verbreitete sich rasch, und die Menschen flüchteten sich in diverse Verstecke, um dort auszuharren, bis sich der Sturm gelegt hatte.

»Gut«, sagte Thakur Dharamsi, als es Nacht wurde und ihn die ersten Berichte über den Erfolg seiner Männer erreichten. »Ich glaube, das werden sie nicht so bald vergessen.« Er ordnete an, daß die Leichen der beiden Namenlosen am Flußufer liegengelassen werden sollten, damit ihre Verwandten sie holen konnten. »Ich habe ein weiches Herz«, sagte er. »Diese beiden Familien, wer immer sie sind, haben genug gelitten. Sollen sie ihre Söhne betrauern und bestatten.«

Damit war die Bestrafung beendet, aber nicht für Narayans

Familie. »Er verdient keine ordentliche Feuerbestattung«, sagte Thakur Dharamsi. »Und der Vater ist schuldiger als der Sohn. Mit seiner Arroganz hat er alles, was uns heilig ist, mit Füßen getreten.« Was die Jahrhunderte zusammengefügt hatten, hatte Dukhi gewagt auseinanderzubrechen. Er hatte Schuster in Schneider verwandelt und damit das zeitlose Gleichgewicht der Gesellschaft verzerrt. Wer die Kastengrenzen überschritt, mußte mit äußerster Strenge bestraft werden, sagte der Thakur.

»Fangt sie alle – die Eltern, Frau, Kinder«, befahl er seinen Männern. »Sorgt dafür, daß keiner entkommt.«

Als die Goondas in Narayans Haus einbrachen, schrien Amba, Pyari, Savitri und Padma, die sich auf der Veranda versammelt hatten, daß sie ihre Freunde in Ruhe lassen sollten. »Wieso schikaniert ihr sie? Sie haben nichts Unrechtes getan!«

Die Frauen wurden von ihren Familien, die um ihr Leben bangten, in ihre Hütten zurückgeholt. Ihre Nachbarn wagten es nicht einmal hinauszusehen, kauerten beschämt und entsetzt in ihren Hütten und beteten darum, daß die Nacht schnell vergehen möge und nicht noch mehr Unschuldige von der Gewalt verschlungen würden. Als Chhotu und Dayaram versuchten, sich davonzuschleichen, um beim Distrikt-Thanedar um Hilfe zu bitten, machten die Goondas Jagd auf sie und stachen sie nieder.

Dukhi, Roopa, Radha und die Töchter wurden gefesselt und in den großen Raum geschleppt. »Es fehlen zwei«, sagte Thakur Dharamsi. »Sohn und Enkel.« Jemand erkundigte sich und informierte ihn, daß sie in der Stadt lebten. »Na ja, egal, diese fünf reichen.«

Der mißhandelte Leichnam wurde hereingebracht und vor die gefesselten Angehörigen gelegt. Es war dunkel im Raum, und Thakur Dharamsi ließ eine Lampe holen.

Das Licht riß den barmherzigen Mantel der Dunkelheit fort. Das Gesicht des nackten Leichnams war ein verbranntes und zerbrochenes Etwas. Nur an dem roten Muttermal auf der Brust konnte die Familie Narayan erkennen.

Ein langgedehntes Heulen brach aus Radha hervor. Aber bald vermischte sich das Wehklagen der Trauernden mit den Schreien ihrer Todesqualen. Das Haus wurde in Brand gesetzt. Die ersten Flammen züngelten an den gefesselten Leibern. Die trockenen Winde, die den Brand wütend anfachten, zeigten den einzigen Funken Erbarmen in dieser grausamen Nacht. Die Feuersbrunst verschlang schnell alle sechs.

* * *

Als die Nachricht Ishvar und Omprakash in der Stadt erreichte, war die Asche bereits erkaltet, und die verkohlten Leichen wurden gebrochen und in den Fluß gestreut. Mumtaz Chachi hielt Omprakash fest an sich gedrückt, während Ashraf Chacha mit Ishvar zur Polizeistation ging, um Anzeige zu erstatten.

Der Unterinspektor, der an Ohrenschmerzen litt, stocherte sich ständig mit dem kleinen Finger im Ohr herum. Er hatte Mühe, sich zu konzentrieren. »Wie war der Name? Buchstabier ihn noch mal. Langsam.«

Um sich bei der Autoritätsperson einzuschmeicheln, empfahl Ashraf ihm ein Hausrezept, obwohl er innerlich vor Wut kochte und dem Burschen am liebsten eine Ohrfeige gegeben hätte, damit er ihnen endlich zuhörte. »Warmes Olivenöl wird Ihnen Erleichterung bringen«, sagte er. »Meine Mutter hat es mir immer gemacht.«

»Wirklich? Wieviel? Zwei oder drei Tropfen?«

Schließlich ging die Polizei, sehr widerstrebend, zu dem Haus, um die in der Anzeige, dem First Information Report, erhobenen Beschuldigungen zu überprüfen. Man berichtete, daß man nichts gefunden habe, womit sich die Vorwürfe von Brandstiftung und Mord belegen ließen.

Der Unterinspektor war böse mit Ishvar. »Was ist das denn für eine Gaunerei? Den F.I.R. mit Lügen füllen? Ihr dreckigen achhoot Kasten seid immer darauf aus, Unruhe zu stiften! Verschwinde, bevor wir dir eine Anzeige wegen groben Unfugs verpassen!«

Ishvar war sprachlos angesichts dieser Ungeheuerlichkeit. Er blickte hilfesuchend zu Ashraf, der versuchte, sich für ihn einzusetzen. Der Unterinspektor schnitt ihm rüde das Wort ab:

»Diese Sache betrifft deine Gemeinschaft nicht. Wir mischen uns auch nicht ein, wenn ihr Moslems und eure Mullahs über Probleme in eurer Gemeinschaft diskutiert, oder?«

Die nächsten beiden Tage hielt Ashraf seine Werkstatt geschlossen, zutiefst niedergeschlagen über seine Hilflosigkeit. Mumtaz und er wagten es nicht, Omprakash oder Ishvar zu trösten – welche Worte gab es denn schon für einen derartigen Verlust und für eine so ungeheuerliche Ungerechtigkeit? Mit ihnen zusammen zu weinen und zu trauern war das beste, was sie tun konnten.

Am dritten Tag bat Ishvar ihn, das Geschäft aufzumachen, und sie fingen wieder an zu nähen.

Ich werde eine kleine Armee von Chamaar zusammenstellen, ihnen Waffen geben, und dann werden wir gegen die Häuser der Grundbesitzer marschieren«, sagte Omprakash, während seine Nähmaschine raste. »Es wird leicht sein, genug Männer zu finden. Wir machen es wie die Naxaliten.« Den Kopf über die Arbeit gebeugt, beschrieb er Ishvar und Ashraf Chacha die Strategien, die bei den Bauernaufständen im Nordosten angewendet wurden. »Am Schluß schneiden wir ihnen die Köpfe ab, spießen sie auf Stangen und stellen sie auf dem Marktplatz zur Schau. Danach werden die anderen Grundbesitzer es nie wieder wagen, unsere Gemeinschaft zu unterdrücken.«

Ishvar versuchte nicht, ihm seine Rachegedanken auszureden. Seine erste spontane Reaktion war genau dieselbe gewesen. Wie konnte er es da seinem Neffen übelnehmen? Die Hände ließen sich leicht mit Nähen ablenken, aber die gequälte Seele ließ sich nur schwer aus dem inneren Aufruhr befreien. »Sag mal, Om, woher weißt du soviel darüber?«

»Ich hab in der Zeitung darüber gelesen. Aber sagt einem das nicht der gesunde Menschenverstand? In jeder niedrigkastigen Familie gibt es irgend jemanden, der von Zamindars mißhandelt wird. Sie werden begierig sein, Rache zu üben, das steht fest. Wir schlachten die Thakurs und ihre Goondas ab. Und diese Polizeiteufel.«

»Und dann?« fragte Ishvar sanft, als er fand, es sei Zeit, daß sein Neffe seine Gedanken wieder vom Tod weg zum Leben lenkte. »Sie werden dich vor Gericht stellen und dich aufhängen.«

»Das ist mir egal. Ich wäre jetzt sowieso tot, wenn ich bei meinen Eltern gelebt hätte statt in Sicherheit in diesem Geschäft.«

»Om, mein Kind«, sagte Ashraf. »Rache sollte nicht unsere Sorge sein. Die Mörder werden bestraft. Inshallah, in dieser Welt oder der nächsten. Vielleicht ist es ja schon geschehen, wer weiß?«

»Ja, Chachi, wer weiß?« wiederholte Omprakash sarkastisch und ging zu Bett.

Seit jener schrecklichen Nacht vor sechs Monaten hatte Ishvar auf Ashrafs Drängen die Unterkunft in der Pension aufgegeben. Es gebe genügend Platz im Haus, behauptete er, jetzt, da seine Töchter alle geheiratet hatten und fortgegangen waren. Er unterteilte den Raum über der Werkstatt – eine Seite für Mumtaz und sich, die andere für Ishvar und seinen Neffen.

Sie hörten Omprakash oben herumlaufen, während er sich fürs Bett bereitmachte. Mumtaz saß hinten im Haus und betete. »Dieses Gerede von Rache ist in Ordnung, wenn es Gerede bleibt«, sagte Ishvar. »Aber was, wenn er ins Dorf zurückkehrt und irgend etwas Unüberlegtes tut?«

Noch stundenlang sorgten und quälten sie sich über die Zukunft des Jungen und gingen dann schließlich die Treppe hoch, um sich für die Nacht zurückzuziehen. Ashraf folgte Ishvar um die Trennwand herum, wo Omprakash schlief, und sie standen eine Weile zusammen da und betrachteten ihn.

»Armes Kind«, flüsterte Ashraf. »Wieviel er gelitten hat. Wie können wir ihm bloß helfen?«

Diese Frage wurde beizeiten durch die schlechter gehenden Geschäfte der Muzaffar Tailoring Company beantwortet.

Ein Jahr nach den Morden eröffnete in der Stadt ein Bekleidungsgeschäft mit Konfektionsware. Es dauerte nicht lange, und Ashrafs Kundenstamm begann zu schrumpfen.

Ishvar meinte, der Verlust wäre nur vorübergehend. »Ein großes neues Geschäft mit Stapeln von Hemden zur Auswahl – das zieht Kundschaft an. Da kommen sie sich wichtig vor, wenn sie verschiedene Muster anprobieren. Aber die Verräter werden schon wiederkommen, wenn der Reiz des Neuen vorbei ist und die Sachen nicht gut passen.«

Ashraf war weniger zuversichtlich. »Diese niedrigen Preise werden uns besiegen. Sie stellen die Kleidungsstücke zu Hunderten in großen Fabriken in der Stadt her. Wie können wir damit konkurrieren?«

Bald mußten die beiden Schneider und ihr Assistent sich

glücklich schätzen, wenn sie an einem Tag der Woche etwas zu tun hatten. »Seltsam, nicht?« sagte Ashraf. »Etwas, das ich noch nie gesehen habe, ruiniert mir mein Geschäft, das ich seit vierzig Jahren besitze.«

»Aber du hast das Bekleidungsgeschäft doch gesehen.«

»Nein, ich meine die Fabriken in der Stadt. Wie groß sind sie? Wem gehören sie? Was bezahlen sie? Alles das weiß ich nicht, außer daß sie uns zu Bettlern machen. Vielleicht muß ich bei ihnen Arbeit suchen, wenn ich ein alter Mann bin.«

»Niemals«, sagte Ishvar. »Aber vielleicht sollte ich gehen.«

»Niemand geht irgendwohin.« Ashrafs Faust knallte auf den Arbeitstisch herab. »Wir werden teilen, was wir hier haben. Ich habe das bloß als Scherz gesagt. Glaubst du etwa, ich würde meine eigenen Kinder fortschicken?«

»Reg dich nicht auf, Chachaji, ich weiß, daß du das nicht so gemeint hast.«

Aber es dauerte nicht lange, bis aus dem Scherz eine ernsthafte Überlegung wurde, als immer mehr Kunden zu dem Bekleidungsgeschäft abwanderten. »Wenn das so weitergeht, werden wir drei von morgens bis abends hier herumsitzen und Fliegen totschlagen«, sagte Ashraf. »Für mich spielt es keine Rolle. Ich habe mein Leben gelebt – seine Früchte gekostet, die süßen wie die bitteren. Aber für Om ist es so ungerecht.« Er senkte die Stimme. »Vielleicht wäre es für ihn das beste, es woanders zu versuchen.«

»Aber wo immer er hingeht, würde ich auch hingehen müssen«, sagte Ishvar. »Er ist noch zu jung, zu viele dumme Gedanken verkleben ihm noch den Kopf.«

»Nicht seine Schuld. Der Teufel ermutigt ihn. Natürlich mußt du bei ihm bleiben, du bist jetzt sein Vater. Ihr könntet beide für kurze Zeit fortgehen. Muß nichts Endgültiges sein. Ein oder zwei Jahre. Arbeitet hart, verdient Geld und kommt wieder.«

»Das stimmt. Angeblich kann man in der Stadt sehr schnell Geld verdienen. Es gibt so viel Arbeit und Möglichkeiten.«

»Genau, und mit dem Kapital könnt ihr hier irgendein Geschäft aufmachen, wenn ihr wieder da seid. Einen Paanladen, oder einen Obststand, oder Spielzeug. Ihr könnt vielleicht sogar

Konfektionskleidung verkaufen, wer weiß.« Sie lachten darüber, waren sich aber einig, daß es für Omprakash das beste wäre, für ein paar Jahre wegzugehen.

»Da ist nur eine Schwierigkeit«, sagte Ishvar. »Ich kenne niemand in der Stadt. Wo soll ich anfangen?«

»Es wird sich alles finden. Ich habe einen sehr guten Freund, der euch helfen wird, Arbeit zu finden. Er heißt Nawaz. Er ist auch Schneider und hat dort seine eigene Werkstatt.«

Sie blieben bis nach Mitternacht auf und schmiedeten Pläne, stellten sich die neue Zukunft in der Stadt am Meer vor, in der Stadt, die voller großer Gebäude war, breiter, wunderbarer Straßen, schöner Gärten und Millionen und Millionen von Menschen, die hart arbeiteten und Wohlstand schufen.

»Sieh dir nur an, wie aufgeregt ich bin, als würde ich mit euch gehen«, sagte Ashraf. »Und wenn ich jünger wäre, würde ich das auch. Es wird hier einsam sein. Mein Traum war, daß du und Om bis ans Ende meiner Tage bei mir bleiben würdet.«

»Aber das werden wir«, sagte Ishvar. »Om und ich werden bald wiederkommen. Das haben wir doch ausgemacht, oder?«

Ashraf schrieb seinem Freund mit der Bitte, Ishvar und Omprakash aufzunehmen, wenn sie kämen, und ihnen beim Einleben in der Stadt zu helfen. Ishvar hob seine Ersparnisse von der Post ab und kaufte die Bahnfahrkarten.

Am Abend vor ihrer Abreise machte Ashraf ihnen seine kostbare Zickzackschere zum Geschenk. Ishvar protestierte, daß das eine zu großzügige Gabe sei. »Unsere Familie hat schon so viel Güte von euch erfahren, schon über dreißig Jahre lang.«

»Eine Ewigkeit von Güte kann nicht aufwiegen, was du und Narayan für meine Familie getan haben«, sagte Ashraf und schluckte. »Komm, tu die Schere in deinen Koffer, mach einen alten Mann glücklich.« Er trocknete sich die Augen, aber sie wurden wieder feucht. »Vergiß nicht, ihr seid hier jederzeit willkommen, wenn es dort nicht klappt.«

Ishvar umfaßte seine Hand und drückte sie sich an die Brust. »Vielleicht besuchst du uns in der Stadt, bevor wir wiederkommen.«

»Inshallah. Ich wollte immer schon einmal auf die Hadsch gehen, bevor ich sterbe. Und die großen Schiffe fahren alle von der Stadt ab. Also, wer weiß?«

Mumtaz stand früh am nächsten Morgen auf, um ihnen ihren Tee zu machen und ein Eßpaket für ihre Reise vorzubereiten. Ashraf saß schweigend dabei, während sie aßen, von dem Augenblick überwältigt. Nur einmal redete er, als er fragte: »Hast du Nawaz' Adresse auch sicher verstaut?«

Sie leerten ihre Tassen, und Omprakash sammelte sie zum Abspülen ein. »Laß«, sagte Mumtaz mit tränenüberströmtem Gesicht. »Ich mach das später.«

Es war Zeit, zu gehen. Sie umarmten Ashraf und Mumtaz, küßten sie dreimal auf die Wangen. »Ach, diese nutzlosen alten Augenhöhlen«, sagte Ashraf. »Sie lecken ständig, das ist eine richtige Krankheit.«

»Und wir haben uns bei dir angesteckt«, sagte Ishvar, während er und Omprakash sich ihrerseits die Augen wischten. Die Sonne war noch nicht aufgegangen, als sie den Koffer und ihre Schlafmatten nahmen und Richtung Eisenbahngleise gingen.

Es war Nacht, als die Schneider in der Stadt eintrafen. Ächzend und ratternd fuhr der Zug im Bahnhof ein, während aus den Lautsprechern eine Ansage herausdröhnte, die wie Kauderwelsch klang. Passagiere strömten heraus in das Meer wartender Freunde und Familien. Es gab Schreie des Wiedererkennens und Tränen der Freude. Der Bahnsteig wurde ein brodelnder Wirbel von Menschen. Kulis drängten sich forsch dazwischen, um ihre Muskelkraft anzubieten.

Ishvar und Omprakash standen wie erstarrt am Rand des Treibens. Das Gefühl von Abenteuer, das auf der Fahrt zögernd erblüht war, verwelkte wieder. »Hai Ram«, sagte Ishvar, der sich wünschte, irgendein vertrautes Gesicht zu sehen. »Was für eine riesige Menschenmenge.«

»Komm«, sagte Omprakash. Er ergriff den Koffer, drückte sich heftig gegen die Mauer aus Körpern und Gepäck, als sei er sich sicher, daß alles in Ordnung sein würde, wenn sie erst einmal hier hindurchgekommen waren – die Stadt der Verheißung lag hinter diesem letzten Hindernis.

Sie bahnten sich einen Weg durch die Menschenmenge auf dem Bahnsteig und kamen in der riesigen Eingangshalle des Bahnhofs heraus, deren Decke so hoch war wie der Himmel und deren Säulen emporragten wie steinerne Bäume. Sie irrten wie benommen umher, holten Erkundigungen ein, baten um Hilfe. Leute gaben ihnen eilige Antworten auf ihre Fragen oder deuteten in eine Richtung, und sie nickten dankbar, ohne etwas zu erfahren.

Sie brauchten eine Stunde, bis sie entdeckten, daß sie einen Lokalzug nehmen mußten, um zu Ashrafs Freund zu kommen. Die Fahrt dauerte zwanzig Minuten.

Jemand, den sie nach der Richtung fragten, zeigte ihnen die richtige Straße. Der Laden, der gleichzeitig auch Wohnung war, befand sich zehn Minuten zu Fuß vom Bahnhof. Die Bürgersteige waren mit schlafenden Menschen bedeckt. Ein trübes gelbes Licht von den Straßenlampen fiel wie gefärbter Regen auf die in Lumpen gehüllten Leiber, und Omprakash schauderte. »Sie sehen wie Leichen aus«, flüsterte er. Er starrte sie an, suchte nach einem Lebenszeichen – eine sich hebende Brust, ein zitternder Finger, ein bebendes Augenlid. Aber in dem kümmerlichen Laternenlicht ließen sich solche winzigen Bewegungen nicht ausmachen.

Als sie sich dem Haus von Ashraf Chachas Freund näherten, wurden ihre Ängste von Erleichterung verdrängt. Der Alptraum der Ankunft war kurz davor, zu Ende zu gehen. Um zum Geschäft zu gelangen, überquerten sie die Bretter, die über die offene Kanalisation gelegt waren. Omprakash brach mit dem Fuß beinahe durch eine morsche Stelle in dem Brett. Ishvar packte ihn am Ellbogen. Sie klopften an die Tür.

»Salaam alaikum«, begrüßten sie Nawaz und sahen ihn mit einem Gesichtsausdruck an, wie es sich einem Wohltäter gegenüber geziemt.

Nawaz erwiderte den Gruß kaum. Zunächst behauptete er, nichts von ihrem Kommen zu wissen. Aber nach mehrmaligem Abstreiten gab er zu, daß ein Brief von Ashraf gekommen sei, und erklärte sich widerwillig bereit, sie für ein paar Tage unter dem Vordach hinter der Küche schlafen zu lassen, bis sie eine Unterkunft gefunden hatten. »Ich tue das nur Ashraf zuliebe«, betonte er. »Die Sache ist die, hier ist kaum Platz für meine eigene Familie.«

»Vielen Dank, Nawazbhai«, sagte Ishvar. »Ja, nur für ein paar Tage, vielen Dank.«

Sie rochen den Duft von Essensvorbereitungen, doch Nawaz lud sie nicht zum Essen ein. Sie fanden vor dem Haus einen Wasserhahn und wuschen sich Gesicht und Hände und tranken anschließend aus ihren gehöhlten Händen. Durch das Küchenfenster strömte Licht aus dem Haus. Sie setzten sich darunter und verspeisten die restlichen Chapatis, die Mumtaz Chachi ihnen eingepackt hatte, und lauschten auf die Geräusche aus den Gebäuden um sie herum.

Der Boden unter dem Vordach war übersät mit Laub, Kartoffelschalen, unidentifizierbaren Obstkernen, Fischgräten und zwei Fischköpfen mit leeren Augenhöhlen. »Wie sollen wir hier schlafen?« sagte Omprakash. »Es ist schmutzig.«

Er sah sich um und entdeckte einen Reisigbesen, der neben Nawaz' Hintertür ans Abflußrohr gelehnt war. Er nahm ihn und begann, den Müll wegzukehren, während Ishvar becherweise Wasser brachte und den Boden besprenkelte, bevor sie eine zweite Runde mit dem Besen machten.

Das Geräusch lockte Nawaz heraus. »Ist euch dieser Platz etwa nicht gut genug? Niemand zwingt euch zu bleiben.«

»Nein, nein, er ist genau richtig«, sagte Ishvar. »Wir haben nur ein bißchen saubergemacht.«

»Das ist mein Eigentum, was ihr da benutzt«, sagte Nawaz, auf den Besen zeigend.

»Ja, wir wollten ...«

»Die Sache ist die, ihr müßt fragen, bevor ihr etwas nehmt«, fauchte er und ging wieder hinein.

Sie warteten, bis der Boden unter dem Vordach wieder trokken war, und entrollten dann ihre Schlafmatten und Decken. Der Lärm von den umliegenden Gebäuden ließ nicht nach. Radios plärrten. Ein Mann brüllte eine Frau an, schlug sie, hörte kurz auf, als sie um Hilfe schrie, und machte wieder weiter. Ein Betrunkener fluchte, und es gab wildes Gelächter auf seine Kosten. Das Kreischen des Verkehrs war ständig zu hören. Ein flackerndes Glühen aus einem Fenster machte Omprakash neugierig. Er erhob sich und spähte hinein. Er machte Ishvar Zeichen, daß er kommen und es sich ansehen solle. »Doordashan!« flüsterte er aufgeregt. Nach ein paar Minuten entdeckte drinnen jemand, wie sie auf das Fernsehgerät starrten, und verscheuchte sie.

Sie kehrten zu ihrem Nachtlager zurück und schliefen schlecht. Einmal wurden sie von Schreien geweckt, die so klangen, als kämen sie von einem Tier, das gerade geschlachtet wurde.

Am nächsten Morgen wurde ihnen vom Hausherrn keine Tasse Tee angeboten, was Omprakash recht beleidigend fand. »In der Stadt herrschen andere Bräuche«, sagte Ishvar.

Sie wuschen sich, tranken Wasser und warteten, bis Nawaz sein Geschäft aufmachte. Er sah sie auf den Stufen, wie sie die Hälse verrenkten, um einen Blick hineinzuwerfen. »Ja? Was wollt ihr?«

»Entschuldigen Sie die Störung, aber wissen Sie, daß wir auch Schneider sind?« sagte Ishvar. »Können wir für Sie nähen? In Ihrer Werkstatt? Ashraf Chacha hat uns gesagt ...«

»Die Sache ist die, es gibt nicht genug Arbeit«, sagte Nawaz, der sich, noch während er redete, wieder in den Raum begab. »Ihr werdet woanders suchen müssen.«

Ishvar und Om fragten sich laut auf den Stufen draußen – war das alles, das ganze Ausmaß von Nawaz' Hilfe? Aber eine Minute später kam er mit Papier und Bleistift wieder, diktierte ihnen die Namen von Schneiderwerkstätten und die nötigen Wegbeschreibungen. Sie dankten ihm für seinen Rat.

»Übrigens«, sagte Ishvar, »wir haben gestern nacht schreckliche Schreie gehört. Wissen Sie, was passiert ist?«

»Das waren diese Bürgersteigschläfer. Ein Bursche hat auf dem Platz von jemand anderem geschlafen. Und so haben sie einen Backstein genommen und ihm den Schädel eingeschlagen. Tiere sind das, allesamt.« Er ging wieder an seine Arbeit, und die Schneider machten sich auf den Weg.

Nachdem sie an einem Straßenstand etwas Tee getrunken hatten, verbrachten die beiden einen ergebnislosen, schrecklichen Tag mit dem Versuch, die Adressen zu finden. Manchmal fehlten die Straßenschilder, oder sie waren mit Parteiplakaten oder Werbung überklebt. Sie mußten oft stehenbleiben und Ladenbesitzer oder Straßenhändler nach dem Weg fragen.

Sie versuchten, der Anweisung Folge zu leisten, die auf mehreren Plakattafeln wiederholt wurde: »Fußgänger! Geht auf dem Bürgersteig!« Aber das ließ sich kaum verwirklichen, wegen den Verkäufern, die auf dem Beton ihre Stände aufgebaut hatten. Und so gingen sie auf der Straße wie alle anderen, völlig entsetzt von den Autos und Bussen und voller Bewunderung für die Menschenmengen, die sich geschickt durch den Verkehr fädelten, mit dem Instinkt, zur richtigen Zeit zur Seite zu springen, wenn die Situation es erforderte.

»Braucht nur etwas Übung«, meinte Om mit kennerhafter Miene.

»Übung in was? Im Umbringen oder Umgebrachtwerden? Tu nicht so dreimalklug, sonst wirst du noch überfahren.«

Aber das einzige Mißgeschick, das sie an diesem Tag erlebten, betraf den Handwagen eines Mannes. Das Seil, das einen Stapel Kisten zusammenhielt, riß, so daß die Ladung auf die Straße fiel. Sie halfen ihm, den Wagen wieder zu beladen.

»Was ist denn da drin?« fragte Om neugierig, als er es in den Kisten klappern hörte.

»Knochen«, erwiderte der Mann.

»Knochen? Von Kühen und Büffeln?«

»Von Leuten wie euch und mir. Für den Export. Das ist ein sehr gutes Geschäft.«

Sie waren froh, als der Wagen davonrollte. »Wenn ich gewußt hätte, was da drin ist, wäre ich nicht stehengeblieben, um zu helfen«, sagte Ishvar.

Bis zum Abend hatten sie alle Adressen auf der Liste abgehakt, ohne daß es auch nur einmal Aussicht auf Arbeit gegeben hätte. Sie versuchten, den Weg zurück zu Nawaz' Geschäft zu finden. Obwohl sie diese Strecke erst am Morgen entlanggegangen waren, kam ihnen auf einmal alles so unvertraut vor. Oder es sah alles gleich aus.

So oder so war es verwirrend. Die hereinbrechende Dunkelheit machte es noch schlimmer. Die Kinoplakate, die sie hofften als Wegweiser benutzen zu können, führten sie in die Irre, weil es plötzlich so viele zu geben schien. Mußten sie rechts oder links bei der *Bobby*-Werbung abbiegen? War es die Straße mit dem Plakat, wo Amitabh Bachchan sich einem Kugelhagel entgegenstellt, während er einem Bösewicht, der mit einem Maschinengewehr herumfuchtelt, einen Tritt ins Gesicht versetzt, oder mit dem, wo er eine schüchterne, ländlich aussehende Maid mit einem Heldenlächeln anblitzt?

Ausgehungert und erschöpft fanden sie schließlich Nawaz' Straße und überlegten sich, ob sie sich noch etwas zu essen kaufen sollten, bevor sie zum Vordach zurückkehrten. »Lieber nicht«, entschied Ishvar. »Nawaz und seine Bibi wären gekränkt, wenn sie erwarten, daß wir heute mit ihnen zusammen essen. Vielleicht waren sie gestern abend bloß nicht auf Besuch eingestellt.«

Als sie am Geschäft vorbeigingen, saß ihr Gastgeber noch an der Nähmaschine. Sie winkten, aber er schien sie nicht zu bemerken, und so gingen sie hinters Haus. »Ich bin erledigt«, sagte Omprakash, rollte das Bettzeug aus und ließ sich draufplumpsen.

Auf dem Rücken liegend, hörten sie zu, wie Nawaz' Frau in der Küche arbeitete. Ein Wasserhahn lief, Gläser klirrten, und irgend etwas klapperte. Dann hörten sie, wie er »Miriam!« rief. Sie verließ die Küche, und ihre Worte waren so leise, daß sie sie nicht verstehen konnten. Dann ertönte von vorne wieder seine laute, mürrische Stimme. »Das ist nicht nötig, das hab ich dir doch schon gesagt.«

»Aber es ist doch bloß etwas Tee«, erwiderte Miriam. Jetzt waren Mann und Frau in der Küche.

»Haramzadi! Keine Widerworte! Nein heißt nein!« Sie hörten das scharfe Klatschen einer Ohrfeige, und Omprakash zuckte zusammen. Ein Schrei entfuhr ihren Lippen. »Sollen sie in ein Restaurant gehen! Die Sache ist die, wenn du sie verwöhnst, wirst du sie nie wieder los!«

Wegen Miriams Schluchzen bekamen die beiden draußen nicht mit, was sie sagte, bis auf einige Bruchstücke: »Aber wieso...« und dann »... Ashrafs Familie ...«

»Nicht meine Familie«, zischte er.

Die Schneider verließen das Vordach und gingen zu dem Stand, wo sie am Morgen ihren Tee getrunken hatten. Nachdem er einen Teller voll Puri-bhaji verschlungen hatte, sagte Omprakash: »Was mich wundert, ist, wie Ashraf Chacha jemand so Scheußliches als Freund haben kann.«

»Die Menschen sind nicht alle gleich. Außerdem hat sich Nawaz durch all die Jahre in der Stadt sicher verändert. Orte können einen Menschen verändern, weißt du. Zum Guten oder zum Schlechten.«

»Kann sein. Aber Ashraf Chacha würde sich schämen, ihn jetzt zu hören. Wenn wir bloß woanders wohnen könnten.«

»Geduld, Om. Dies ist unser erster Tag. Wir werden bald etwas finden.«

Aber vier Wochen des Suchens brachten ihnen bloß drei Tage Arbeit ein, in einem Betrieb, der Advanced Tailoring hieß. Der Besitzer, ein Mann namens Jeevan, stellte sie ein, weil er einen Ablieferungstermin einhalten mußte. Die Arbeit war sehr einfach: Dhotis und Hemden, je hundert.

»Wer braucht so viel?« fragte Omprakash erstaunt.

Jeevan befingerte seine geschürzten Lippen, als prüfe er ein Stück Gemüse. Das machte er immer, wenn er im Begriff war, eine seiner Meinung nach bedeutende Äußerung von sich zu geben. »Erzählt es niemandem weiter – die Sachen sind für Bestechungsgeschenke.« Von jemandem bestellt, der für eine Nachwahl kandidiert, erklärte er. Der Kandidat wollte sie an diverse wichtige Personen in seinem Wahlkreis verteilen.

In Advanced Tailoring war nur Platz für einen Schneider, aber Jeevan hatte im hinteren Teil die nötigen Requisiten, um die Werkstatt schnell in einen Drei-Mann-Betrieb umzuwandeln. In einer Höhe von etwa anderthalb Metern über dem Boden legte er Bretter quer auf eine Reihe von Winkelträgern, die an den Wänden befestigt waren, wodurch ein provisorischer Hängeboden entstand. Die Bretter wurden unten mit Bambusstangen abgestützt. Dann mietete er zwei Nähmaschinen, wuchtete sie auf den Hängeboden und schickte Ishvar und Om hinterher.

Sie ließen sich unsicher auf ihren Schemeln nieder. »Ihr braucht keine Angst zu haben«, sagte Jeevan, seine Lippen betastend. »Euch passiert schon nichts, das hab ich schon oft gemacht. Schaut, ich arbeite unter euch – wenn das da oben zusammenbricht, werde ich auch zerquetscht.«

Die Konstruktion war wackelig und zitterte stark, wenn die Tretkurbeln in Betrieb waren. Wenn in der Straße Fahrzeuge vorbeifuhren, schüttelte es Ishvar und Om auf ihren Schemeln hin und her. Wenn irgendwo im Gebäude eine Tür zugeknallt wurde, klapperten ihre Scheren. Aber sie gewöhnten sich bald an die Unsicherheit ihrer Existenz.

Als sie nach drei Tagen mit je zwanzig Stunden Arbeit wieder auf festen Boden zurückkehrten, fehlten ihnen die ständigen

Vibrationen gradezu. Sie dankten Jeevan, halfen ihm, den Hängeboden wieder abzubauen, und kehrten erschöpft zu ihrem Vordach zurück.

»Jetzt erst mal ausruhen«, sagte Omprakash. »Ich will den ganzen Tag nur schlafen.«

Nawaz kam mehrmals vorbei, um seine Mißbilligung kundzutun, während sie sich auf ihren Schlafmatten erholten. Er baute sich mit einem angewiderten Blick in der Hintertür auf und murmelte irgend etwas zu Miriam über nutzlose, faule Leute. »Die Sache ist die, Arbeit kommt nur zu jenen, die sie wirklich wollen«, predigte er. »Diese beiden sind Taugenichtse.«

Ishvar und Omprakash waren zu erschöpft, um Empörung zu empfinden, geschweige denn etwas Stärkeres. Nach ihrem Tag der Erholung nahmen sie ihr tägliches Programm wieder auf: morgens nach dem Weg fragen und bis zum Abend nach Arbeit suchen.

»Weiß Gott, wie lange wir diese beiden noch ertragen müssen.« Die Klage drang durch das Küchenfenster nach außen. Nawaz machte sich nicht einmal die Mühe, leise zu sprechen. »Ich hab dir gesagt, du sollst Ashraf absagen. Aber du wolltest ja nicht auf mich hören.«

»Sie stören uns doch nicht«, flüsterte sie. »Sie wollen doch nur...«

»Paß doch auf, das tut weh. Du schneidest mir in den Zeh!«

Ishvar und Omprakash tauschten fragende Blicke aus, während Nawaz seine Tirade fortsetzte. »Die Sache ist die, wenn ich wollte, daß Leute unter meinem Vordach wohnten, dann würde ich es für gutes Geld vermieten. Weißt du, wie gefährlich es ist, sie so lange hierzubehalten? Sie brauchen nur irgendwann offiziell Anspruch auf den Platz zu erheben, und dann können wir uns vorm Gericht – aah! Haramzadi! Ich hab gesagt, du sollst aufpassen! Du machst noch einen Krüppel aus mir, so wie du mit der Klinge da herumsäbelst!«

Die Schneider setzten sich erschrocken auf. »Ich muß nachsehen, was da los ist«, flüsterte Omprakash.

Er stellte sich auf die Zehenspitzen und spähte durch das Küchenfenster. Nawaz saß auf einem Stuhl und hatte einen

Fuß auf einen niedrigen Schemel gelegt. Davor kniete Miriam mit einer Rasierklinge und schälte Bahnen von Hornhaut von seinen Hühneraugen und Schwielen herunter.

Omprakash ließ sich wieder vom Fenster herunter und beschrieb den Anblick für seinen Onkel. Sie kicherten lange darüber. »Was mich wundert, ist, wie dieser Chootia zu seinen Hühneraugen kommt, wenn er den ganzen Tag an seiner Nähmaschine sitzt«, sagte Omprakash.

»Vielleicht ist er in seinen Träumen viel zu Fuß unterwegs«, meinte Ishvar.

Eines Morgens, etwa vier Monate nach ihrer Ankunft, wurde Nawaz zornig, als die Schneider ihn um Rat fragten. »Jeden Tag belästigt ihr mich bei der Arbeit. Dies ist eine sehr große Stadt. Denkt ihr, ich kenne die Namen aller Schneider, die es hier gibt? Geht selber suchen. Und wenn ihr keine Schneiderarbeit findet, probiert was anderes. Arbeitet als Kulis am Bahnhof. Benutzt eure Köpfe, tragt Weizen und Reis für die Kunden in den Bezugsläden. Macht irgendwas, egal, was.«

Omprakash sah, daß dieser Ausbruch seinen Onkel aus der Fassung brachte, und so gab er scharf zurück: »Dagegen hätten wir überhaupt nichts. Aber es wäre eine Beleidigung für Ashraf Chacha, der uns so viele Jahre lang ausgebildet und uns seine Kenntnisse weitergegeben hat.«

Es war Nawaz peinlich, an den Namen erinnert zu werden. »Die Sache ist die, ich bin jetzt gerade sehr beschäftigt«, murmelte er. »Bitte geht.«

Auf der Straße klopfte Ishvar seinem Neffen auf die Schulter. »Sabaash, Om. Das war eine erstklassige Antwort, die du ihm da gegeben hast.«

»Die Sache ist die«, äffte Omprakash Nawaz nach, »die Sache ist die, ich bin so ein erstklassiger Bursche.« Sie lachten und stießen am Straßenstand mit Tee auf ihren winzigen Sieg an.

Die Feierstimmung hielt jedoch nicht lange vor, sie erlosch alsbald wieder angesichts der Wirklichkeit ihrer abnehmenden Ersparnisse. Aus lauter Verzweiflung nahm Ishvar für zwei Wochen Arbeit bei einem Schuster an, der auf maßgeschneiderte Schuhe und Sandalen spezialisiert war. Seine Arbeit bestand darin, das Leder für die Sohlen und Fersen vorzubereiten. Um die für diesen Ledertyp notwendige Härte zu erzeugen, verwendete die Werkstatt eine pflanzliche Gerbung. Er war mit dem Verfahren vertraut, das er noch aus seiner Zeit im Dorf kannte.

Sie hielten die Arbeit geheim, denn Ishvar schämte sich sehr deswegen. Der Gestank, der von seinen Händen aufstieg, war stark, und er hielt Abstand zu Nawaz.

Ein weiterer Monat verging, ihr sechster in der Stadt, die Aussichten waren so düster wie eh und je, als Nawaz eines Abends die Hintertür öffnete und sagte: »Kommt rein, kommt rein. Trinkt etwas Tee mit mir. Miriam! Dreimal Tee!«

Sie näherten sich und steckten die Köpfe durch den Türeingang. Hatten sie richtig gehört, fragten sie sich.

»Steht nicht herum – kommt rein, setzt euch«, sagte er fröhlich. »Es gibt eine gute Nachricht. Die Sache ist die, ich habe Arbeit für euch.«

»Oh, vielen Dank«, sagte Ishvar, der sogleich in Dankbarkeit ausbrach. »Das ist die beste Neuigkeit! Sie werden es nicht bereuen, wir werden für Ihre Kunden wunderschön nähen ...«

»Nicht in meinem Geschäft«, unterbrach Nawaz ihn rüde und erstickte den Überschwang sofort wieder. »Es ist woanders.« Er versuchte, wieder freundlich zu sein, lächelte und fuhr fort: »Diese Arbeit wird euch gefallen, glaubt mir. Ich will euch mehr davon erzählen. Miriam! Dreimal Tee, hab ich gesagt. Wo steckst du?«

Sie kam mit drei Gläsern herein. Ishvar und Omprakash erhoben sich und sagten, die Hände zusammengelegt: »Salaam, bibi.« Ihre sanfte, silbrige Stimme hatten sie oft gehört, aber dies war das erste Mal, daß sie sich von Angesicht zu Angesicht gegenüberstanden. Allerdings nur im übertragenen Sinne, denn eine schwarze Burka verhüllte ihr Antlitz. Ihre Augen, im Käfig der beiden spitzenbedeckten Öffnungen, blitzten.

»Ah, gut, endlich ist der Tee fertig«, sagte Nawaz. Er zeigte auf die Stelle, wo die Gläser stehen sollten, und entließ sie dann mit einem knappen Handwedeln.

Nach ein paar Schluck kam er wieder zur Sache. »Eine reiche Parsi-Dame war heute hier, während ihr weg wart. Ihr Schuh ist ihr in die Gosse gefallen.« Er kicherte. »Die Sache ist die, sie hat eine sehr große Exportgesellschaft und sucht zwei gute Schneider. Sie heißt Dina Dalal, und sie hat euch ihre Adresse hinterlassen.« Er zog sie aus seiner Hemdtasche.

»Hat sie gesagt, was es für Näharbeit ist?«

»Top-Qualität, neueste Mode. Aber leicht auszuführen – sie hat gesagt, es werden Papierschnittmuster mitgegeben.« Er beobachtete sie mit banger Erwartung. »Ihr geht doch hin, oder?«

»Ja, natürlich«, sagte Ishvar.

»Gut, gut. Die Sache ist die, sie hat gesagt, daß sie diese Zettel in vielen Geschäften verteilt. Es werden sich also viele Schneider bewerben.« Auf die Rückseite des Zettels schrieb er eine Wegbeschreibung und notierte den Bahnhof, wo sie aussteigen mußten. »Paßt auf, daß ihr euch unterwegs nicht verlauft. Geht heute abend früh zu Bett, steht morgen ganz früh auf. Schön und frisch, mit klarem Kopf, damit ihr auch sicher die Arbeit bei der Dame bekommt.«

Wie eine Mutter, die geschäftig ihre Schützlinge an ihrem ersten Schultag vor sich her treibt, öffnete Nawaz bei Tagesanbruch die Tür und weckte sie, indem er sie an den Schultern rüttelte, und als sie widerwillig die Augen öffneten, begrüßte er sie mit einem breiten Lächeln. »Ihr wollt euch doch nicht verspäten. Bitte kommt zum Tee herein, wenn ihr mit Waschen und Gurgeln fertig seid. Miriam! Zwei Tees für meine Freunde!«

Während sie tranken, gab er ihnen murmelnd Zuspruch, Ratschläge und Ermahnungen mit auf den Weg. »Die Sache ist die, ihr müßt die Dame beeindrucken. Aber es darf nicht wie Prahlerei klingen. Beantwortet alle ihre Fragen höflich, und unterbrecht sie nie. Kratzt euch nicht am Kopf oder an irgendeinem andern Körperteil – feine Damen wie sie können diese Gewohnheit nicht ausstehen. Sprecht selbstbewußt, mit einer mittellauten Stimme. Und nehmt einen Kamm mit, seht zu, daß ihr adrett und ordentlich ausseht, bevor ihr bei ihr klingelt. Ungepflegte Haare machen einen sehr schlechten Eindruck.«

Sie hörten aufmerksam zu, und Omprakash nahm sich vor, unterwegs einen neuen Kamm zu kaufen. Sein alter war ihm letzte Woche kaputtgegangen. Als der Tee getrunken war, drängte Nawaz zum Aufbruch. »Khuda hafiz, und kommt bald wieder. Kommt erfolgreich wieder.«

Sie kamen erst nach drei Uhr wieder und erklärten betreten einem beunruhigten Nawaz, daß sie zwar rechtzeitig hingekommen seien, es aber schwierig gewesen sei, den Bahnhof für die Rückfahrt zu finden.

»Aber das muß doch derselbe gewesen sein, wo ihr am Morgen ausgestiegen seid.«

»Ich weiß«, sagte Ishvar mit einem verlegenen Lächeln. »Ich begreife einfach nicht, was passiert ist. Die Adresse war so weit weg, wir sind noch nie dort gewesen, und wir ...«

»Ist egal«, sagte Nawaz großzügig. »Ein neues Ziel wirkt immer weiter weg, als es tatsächlich ist.«

»Jede Straße sieht gleich aus. Selbst wenn man Leute fragt, sind die Angaben verwirrend. Sogar dieser nette College-Junge, den wir im Zug kennengelernt haben, hatte das gleiche Problem.«

»Paßt bloß auf, mit wem ihr redet. Ihr seid hier nicht in eurem Dorf. Ein netter Junge könnte euer Geld stehlen, euch die Kehle durchschneiden und euch in die Gosse werfen.«

»Ja, aber er war sehr freundlich, er hat sogar seine Wassermelonen-Limonade mit uns geteilt, und ...«

»Die Sache ist die, habt ihr die Arbeit bekommen?«

»O ja, wir fangen am Montag an«, sagte Ishvar.

»Das ist wunderbar. Viele, viele Glückwünsche und Gratulationen. Kommt herein, setzt euch zu mir, ihr müßt müde sein. Miriam! Dreimal Tee!«

»Sie sind zu großzügig«, sagte Omprakash. »Genau wie Ashraf Chacha.«

Die sarkastische Spitze ging an Nawaz spurlos vorüber. »Oh, es ist meine Pflicht, Ashrafs Freunden zu helfen. Und jetzt, wo ihr Arbeit gefunden habt, ist es meine nächste Pflicht, für euch eine Wohnung zu finden.«

»Keine Eile, Nawazbhai«, sagte Ishvar, etwas erschrocken. »Wir sind glücklich dort, wo wir sind. Ihr Vordach ist wunderschön, sehr bequem.«

»Überlaßt es nur mir. Die Sache ist die, es ist fast unmöglich, in dieser Stadt ein Haus zu finden. Wenn etwas erhältlich ist, muß man sofort zuschnappen. Kommt, trinkt aus, und dann gehen wir.«

»Endstation!« rief der Schaffner und schlug mit seinem Fahrscheinknipser gegen die Chromstange. Der Bus fuhr an den düsteren Slumstraßen vorbei, bog stöhnend um eine Ecke und hielt.

»Das hier ist die neue Siedlung«, sagte Nawaz, auf das Feld deutend, das im Begriff war, von dem Slum annektiert zu werden. »Gehen wir den Leiter suchen.«

Sie traten zwischen zwei Hüttenreihen, und Nawaz fragte jemand, ob Navalkar da sei. Die Frau streckte den Arm aus. Sie fanden ihn in einer Hütte, die offenbar sein Büro war.

»Ja«, sagte Navalkar, »wir haben noch ein paar Häuser zu vermieten.« Sein zotteliger Schnurrbart blähte sich wichtigtuerisch auf, wenn er sprach. »Ich zeig euch mal was.«

Sie gingen wieder durch die beiden Hüttenreihen hindurch. »Dieses Eckhaus hier«, sagte Navalkar. »Es steht leer. Wenn ihr es haben wollt. Kommt, seht es euch von innen an.«

Als er die Tür der Hütte aufmachte, verließ sie ein Pariah-Hund durch ein Loch im hinteren Teil. Der Lehmboden war teilweise mit Brettern bedeckt.

»Ihr könnt noch mehr Holz reinlegen, wenn ihr wollt«, schlug Navalkar vor. Die Wände waren ein Flickwerk aus Sperrholz und Walzblech. Das Dach bestand aus altem Wellblech, das an rostigen Stellen mit durchsichtigem Plastik wasserdicht gemacht worden war.

»Der Wasseranschluß ist gleich hier draußen, mitten auf der Straße. Sehr bequem. So habt ihr keinen weiten Weg zum Wasser, wie in anderen, weniger hochwertigen Siedlungen. Das ist eine schöne Gegend.« Er machte mit dem Arm eine ausladende Bewegung, die das Feld mit einbezog. »Neu errichtet, nicht zu dicht besiedelt. Die Monatsmiete beträgt einhundert Rupien. Im voraus.«

Nawaz klopfte mit den Fingern an die Wände, wie ein Arzt, der die Brust eines Patienten abhört, stampfte dann mit dem Fuß auf ein Bodenbrett, so daß es wackelte. »Solide gebaut«, flüsterte er den Schneidern zu.

Navalkar nickte kreisend. »Wir haben sogar noch bessere Hütten. Wollt ihr sehen?«

»Kann nicht schaden, sie sich mal anzusehen«, meinte Nawaz.

Sie wurden hinter die Reihen von Blech-und-Plastik-Jhopadpattis zu einer Ansammlung von acht Hütten mit Backsteinmauern geführt. Auch hier waren die Dächer aus verrostetem Wellblech. »Diese kommen auf zweihundertfünfzig Rupien im Monat. Aber für das Geld bekommt ihr einen erstklassigen Fußboden und Strom.« Er zeigte auf die Maste, die den von der Straßenbeleuchtung abgezapften Strom über Drähte zu den einzelnen Hütten leiteten.

Drinnen inspizierte Nawaz die nackten Backsteine und kratzte an einem mit dem Daumennagel. »Sehr gute Qualität«, sagte er. »Wollt ihr wissen, was ich denke? Für den ersten Monat nehmt das billigere Haus. Und dann, wenn die Arbeit gut läuft und ihr es euch leisten könnt, zieht in das hier um.«

Navalkar behielt sein kreisendes Nicken bei. Das Schweigen der Schneider war Nawaz unheimlich. »Was ist los, gefällt es euch nicht?«

»Nein, nein, es ist sehr schön. Aber das Problem ist das Geld.«

»Geld ist für jeden ein Problem«, sagte Navalkar. »Wenn man kein Politiker oder Schwarzmarkthändler ist.«

Als das gezwungene Lachen beendet war, sagte Ishvar: »Das mit der Miete im voraus ist schwierig.«

»Habt ihr nicht mal hundert Rupien?« fragte Nawaz ungläubig.

»Es ist wegen der Dame mit der Schneiderarbeit. Sie hat uns gesagt, wir müßten unsere eigenen Nähmaschinen mitbringen. Und wir haben gerade genug Geld für die Leihgebühr. In diesen letzten Monaten ohne Arbeit haben wir immer nur ausgegeben und . . .«

»Ihr nutzlosen Menschen!« zischte Nawaz, der seinen Plan, sie loszuwerden, schon scheitern sah. »Verschwendet einfach euer Geld!«

»Wenn wir noch eine Weile bei Ihnen bleiben könnten«, bat Ishvar, »könnten wir genug sparen ...«

»Denkt ihr, dieses Haus wird auf euch warten?« fauchte Nawaz, und Navalkar schüttelte wie verabredet den Kopf.

Voller Verzweiflung wandte sich Nawaz an ihn. »Können Sie nicht eine Ausnahme machen, Mr. Navalkar? Fünfundzwanzig Rupien heute, die ich bezahlen werde. Und fünfundzwanzig von den Schneidern, jede Woche, für den Rest?«

Navalkar zog die Lippen zurück, kaute mit den unteren Schneidezähnen an seinem Schnurrbart. Er wischte die nassen Haare mit den Fingerknöcheln beiseite. »Nur weil Sie's sind. Weil ich Ihnen vertraue.«

Nawaz zählte das Geld hin, bevor es sich irgend jemand anders überlegen konnte. Sie gingen zu der ersten Hütte zurück, wo Navalkar ein Schloß vor die Sperrholztür hängte und Ishvar den Schlüssel überreichte. »Das ist jetzt euer Haus. Mögt ihr gut darin leben.«

Sie gingen den Weg zurück über das Ödland zur Bushaltestelle. Die Schneider machten besorgte Mienen. »Ein weiteres Mal meine Glückwünsche und Gratulationen«, sagte Nawaz. »An einem einzigen Tag habt ihr Arbeit und ein neues Haus gefunden.«

»Nur mit Ihrer Hilfe«, sagte Ishvar. »Ist Navalkar der Vermieter?«

Nawaz lachte. »Navalkar ist ein kleiner Gauner, der für einen großen Gauner arbeitet. Ein Slumlord namens Thokry, der alles in dieser Gegend kontrolliert – Landschnaps, Haschisch, Bhung. Und wenn Unruhen sind, entscheidet er, wer verbrannt wird und wer überlebt.«

Als er die Besorgnis in Ishvars Miene sah, fügte er hinzu: »Ihr braucht nichts mit ihm zu tun zu haben. Wenn ihr eure Miete pünktlich zahlt, ist alles in Ordnung.«

»Aber wem gehört dann dieses Land?«

»Niemandem. Der Stadt gehört es. Diese Burschen bestechen die Stadtverwaltung, Polizei, Wasserinspektoren, Elektrizitätsbeamte. Und sie vermieten an Leute wie euch. Tut niemandem weh. Leeres Land, das nutzlos rumsteht – wenn obdachlose Menschen dort leben können, was ist da schlecht dran?«

An diesem letzten Abend spornte Nawaz' Erleichterung ihn zu noch größerer Großzügigkeit an. »Bitte eßt mit mir«, sagte er, sie hereinbittend. »Beehrt mich wenigstens einmal, bevor ihr geht. Miriam! Dreimal Essen!«

Er fragte sie, ob sie unter dem Vordach zufrieden seien. »Wenn es euch lieber ist, könnt ihr auch drinnen schlafen. Die Sache ist die, als ihr gekommen seid, wollte ich euch sowieso eigentlich hier drinnen unterbringen. Aber dann hab ich gedacht, im Haus ist es so eng und voll, und ihr seid lieber draußen an der frischen Luft.«

»Ja, ja, viel besser«, sagte Ishvar. »Wir müssen Ihnen für Ihre sechsmonatige Freundlichkeit danken.«

»War es wirklich so lang? Die Zeit ist wie im Fluge vergangen.«

Miriam brachte die Speisen auf den Tisch und zog sich wieder zurück. Selbst noch hinter der verhüllenden Burka hatten Ishvar und Omprakash sehen können, wie die Beschämung über die Heuchelei ihres Mannes sich wie eine Wolke über ihren Blick legte.

IV

Kleine Hindernisse

Spiegel, Rasierer, Rasierpinsel, Plastikbecher, Loata, kupferner Wassertopf – Ishvar ordnete sie auf einem umgedrehten Pappkarton in einer Ecke der Hütte an. Koffer und Bettzeug beanspruchten den größten Teil des restlichen Platzes. Ihre Kleidung hängte er an rostigen Nägeln auf, die durch die Sperrholzwände ragten. »So hat jetzt alles seine Ordnung. Wir haben Arbeit, wir haben ein Haus, und bald werden wir eine Frau für dich finden.«

Om lächelte nicht. »Ich finde es gräßlich hier«, sagte er.

»Willst du vielleicht zurück zu Nawaz und seinem Vordach?«

»Nein. Ich will zurück zu Ashraf Chacha und seinem Geschäft.«

»Armer Ashraf Chacha – von seinen Kunden in Stich gelassen.« Ishvar nahm den Kupfertopf und ging Richtung Tür.

»Ich hol das Wasser«, bot Om an.

Er ging zu dem Wasserrohr auf der Straße. Vom dunklen Türeingang ihrer Hütte sah eine grauhaarige Frau zu, wie er mit dem Griff kämpfte, um das Wasser anzustellen. Nichts passierte. Er trat gegen die Steigleitung und schüttelte das Rohr, wodurch sich ein paar Tropfen lösten.

»Weißt du denn nicht Bescheid?« rief die Frau. »Es läuft nur morgens.«

Om drehte sich um, um zu sehen, wer da mit ihm sprach. Die Frau in dem Türeingang schien sehr klein zu sein. »Wasser kommt nur morgens«, wiederholte sie.

»Das hat mir niemand gesagt.«

»Bist du ein Kind, daß man dir alles sagen muß?« spottete sie und trat aus ihrer Hütte heraus. Jetzt sah er, daß sie gar nicht so klein war, sondern nur stark gebeugt. »Kannst du nicht deine Intelligenz benutzen?«

Er versuchte zu entscheiden, womit er seine Intelligenz am besten unter Beweis stellen könnte: indem er eine scharfe Erwiderung gab oder einfach wegging. »Komm«, sagte sie und zog sich wieder in die Hütte zurück. Er warf einen Blick in den Eingang. Sie sprach wieder aus der Dunkelheit: »Willst du etwa bis zum Morgengrauen beim Wasserrohr warten?«

Sie öffnete den Deckel eines rundbauchigen Matka und goß zwei Gläservoll in seinen Kupfertopf um. »Vergiß nicht, du mußt deinen Vorrat früh auffüllen. Wenn du spät aufwachst, mußt du durstig bleiben. Wie Sonne und Mond wartet das Wasser auf niemanden.«

* * *

Als die Schneider am nächsten Morgen mit Zahnbürsten und Seife erschienen, um zu warten, bis sie an der Reihe waren, hatte sich bereits eine lange Schlange vor dem Wasserrohr gebildet. Aus der Nachbarhütte trat ein Mann lächelnd heraus und schnitt ihnen den Weg ab. »Namaskaar«, begrüßte er sie. »Aber so könnt ihr nicht gehen.«

»Wieso nicht?«

»Wenn ihr am Wasserrohr steht, euch die Zähne putzt, euch einseift, schrubbt und wascht, dann werdet ihr eine Riesenprügelei verursachen. Die Leute wollen auffüllen, bevor das Wasser abgestellt wird.«

»Aber was sollen wir tun?« sagte Ishvar. »Wir haben keinen Eimer.«

»Keinen Eimer? Das ist nur ein kleines Hindernis.« Ihr Nachbar verschwand wieder in seiner Hütte und erschien mit einem Blecheimer. »Ihr könnt den hier benutzen, bis ihr einen habt.«

»Und du?«

»Ich hab noch einen anderen – ein Eimervoll reicht mir.« Er raffte seine Haare zu einem Schwanz zusammen und zog daran, bevor er sie ausbreitete. »So. Was braucht ihr sonst noch? Eine kleine Dose oder so was, für die Toilette?«

»Wir haben einen Loata«, sagte Ishvar. »Aber wo können wir hingehen?«

»Kommt mit. Es ist nicht weit.« Sie holten ihr Wasser, deponierten den schweren Eimer in ihrer Hütte und gingen dann mit ihrem Loata in Richtung auf die Eisenbahngleise hinterm Feld. Das Wasser in dem Gefäß schwappte etwas hin und her, während sie über Hügel von Betonschutt und Glassplittern kraxelten. Zwischen den Hügeln rann ein übelriechendes Rinnsal, gelblichgrau, das in seinem trägen Fluß diversen schwimmenden Abfall mit sich trug.

»Kommt auf die rechte Seite«, sagte er. »Die linke Seite ist nur für Damen.« Sie folgten ihm, froh, einen Führer zu haben. Es wäre peinlich gewesen, wenn ihnen hier ein dummer Fehler unterlaufen wäre. Aus dieser Richtung kamen, begleitet von dem Gestank, Frauenstimmen, die ihren Kindern gut zuredeten. Weiter unten hockten Männer auf den Gleisen oder an dem Graben am Rand, bei den stacheligen Büschen und Brennesseln, die Rücken dem Bahndamm zugekehrt. Der Graben war eine Fortsetzung des Abwasserkanals an der Straße, in den die Hüttenkolonie ihren Müll warf.

Die drei gingen an den hockenden Männern vorbei und fanden eine geeignete Stelle. »Die Stahlschiene ist sehr nützlich«, sagte ihr Nachbar. »Funktioniert genau wie eine Plattform. Man hockt höher über dem Boden, und die Scheiße kitzelt einen nicht am Hintern, wenn sie sich auftürmt.«

»Du kennst ja alle Tricks, das steht fest«, meinte Om, während sie ihre Hosen aufmachten und ihre Stellung auf dem Gleis einnahmen.

»Man braucht nicht lange, um das zu lernen.« Er deutete auf die Männer im Gebüsch. »Also, da zu hocken kann gefährlich sein. Da kriechen giftige Hundertfüßler herum. Ich würde für die nicht meine Weichteile entblößen. Und außerdem, wenn man in den Büschen das Gleichgewicht verliert, hat man den Arsch voller Dornen.«

»Sprichst du aus Erfahrung?« fragte Om, der auf der Schiene hockte und vor Lachen hin- und herschwankte.

»Ja – aus der Erfahrung anderer. Vorsicht mit eurem Loata«, warnte er. »Wenn ihr das Wasser verschüttet, müßt ihr mit einem klebrigen Hintern umkehren.«

Ishvar wünschte sich, der Bursche würde endlich mal den Mund halten. Er fand das Gewitzel nicht hilfreich für die Lösung der bevorstehenden Aufgabe, vor allem da seine Verdauung unangenehm auf die Gemeinschaftstoilette reagierte. Es war schon

Jahrzehnte her, daß er nach draußen gegangen war, als Kind. Mit seinem Vater, im Halbdunkel des frühen Morgens, wie er sich erinnerte. Als die Vögel laut waren und das Dorf still. Und danach hatten sie sich im Fluß gewaschen. Aber in den Jahren bei Ashraf Chacha hatte er sich die Gewohnheiten der Stadt angeeignet und die des Dorfes vergessen.

»Gibt nur ein Problem, wenn man auf der Schiene hockt«, sagte der langhaarige Nachbar. »Man muß aufstehen, wenn der Zug kommt, egal, ob man fertig ist oder nicht. Die Eisenbahn hat keinen Respekt vor unseren Freiluft-Sundaas.«

»Das sagst du uns jetzt erst!« Ishvar verrenkte den Hals in beide Richtungen und hielt nervös Ausschau.

»Entspann dich, entspann dich. Der nächste Zug kommt frühestens in zehn Minuten. Und man kann immer noch rechtzeitig abspringen, wenn man ein Rumpeln hört.«

»Das ist ein sehr guter Rat, vorausgesetzt, man ist nicht taub«, meinte Ishvar brummig. »Und wie heißt du?«

»Rajaram.«

»Wir haben großes Glück, dich zu unserem Guru zu haben«, sagte Om.

»Ja, ich bin euer Goo Guru«, erwiderte er und lachte in sich hinein.

Ishvar fand das nicht komisch, aber Om brüllte vor Lachen. »Sag mir, o großer Goo Guruji, empfiehlst du uns, einen Zugfahrplan zu kaufen, wenn wir uns jeden Morgen auf die Gleise hocken wollen?«

»Das ist nicht nötig, mein gehorsamer Jünger. In ein paar Tagen werden deine Gedärme die Zugzeiten besser gelernt haben als der Bahnhofsvorsteher.«

Der nächste Zug war erst zu hören, als sie schon fertig waren, sich gewaschen und sich die Hosen wieder zugeknöpft hatten. Ishvar beschloß, am nächsten Morgen hinauszuschleichen, bevor Rajaram aufwachte. Er hatte keine Lust, sich neben diesen Philosophen der Darmentleerung zu hocken.

Entlang der Strecke verließen Männer und Frauen die Gleise und warteten am Rand des Grabens darauf, daß die Unterbrechung aus Eisen und Stahl vorbeifuhr. Die in den Büschen blieben, wo sie waren. Rajaram deutete auf ein Zugabteil, als es langsam an ihnen vorbeiglitt.

»Seht euch diese Mistkerle an«, rief er. »Gucken Leuten beim Scheißen zu, als wären sie selbst ohne Verdauung. Als ob das eine Zirkusnummer wäre, wie eine Wurst aus einem Arschloch kommt.« Er schleuderte den Passagieren obszöne Gesten zu, so daß einige sich abwandten. Ein Beobachter nahm Anstoß und spuckte von seinem Fensterplatz aus, aber ein günstiger Wind trug den Speichel zum Zug zurück.

»Ich wünschte, ich könnte mich vorbeugen, zielen und sie ihnen wie eine Rakete ins Gesicht schießen«, sagte Rajaram. »Sollen sie sie doch fressen, wenn sie sich so dafür interessieren.« Er schüttelte den Kopf, als sie sich auf den Weg zurück zu ihren Hütten machten. »So ein unverschämtes Benehmen regt mich furchtbar auf.«

»Ein Freund meines Großvaters, Dayaram, wurde einmal gezwungen, die Scheiße eines Grundbesitzers zu essen, nur weil er nicht rechtzeitig angefangen hatte, dessen Feld zu pflügen«, erzählte Om.

Rajaram leerte die letzten Tropfen aus seinem Kanister in seine Handfläche und klatschte sich die Haare an. »Hat dieser Dayaram danach irgendwelche Zauberkräfte entwickelt?«

»Nein, wieso?«

»Ich hab gehört, daß es eine Kaste von Zauberern gibt. Sie essen menschliche Scheiße. Das verleiht ihnen ihre schwarzen Kräfte.«

»Tatsächlich?« sagte Om. »Dann könnten wir ein Geschäft damit machen – wir sammeln all diese Haufen vom Gleis ein, verpacken sie und verkaufen sie an diese Kaste. Instant-Mittagessen, Pausen-Snacks, heiß und dampfend.« Rajaram und er lachten, aber Ishvar ging angewidert vor ihnen her und tat so, als hätte er nichts gehört.

Om ging noch einmal zum Wasserrohr, um den Eimer zu füllen. Die Schlange war erheblich gewachsen. Ein paar Plätze vor ihm sah er ein Mädchen, das einen großen Kupfertopf auf ihrer Hüfte balancierte. Als sie die Arme hob, um ihn sich auf den Kopf zu stellen, wanderte sein Blick zu der Schwellung unter ihrer Bluse. Das Gewicht auf ihrem Kopf modellierte ihr eine prächtige Schärfe in die Hüfte, als sie vorbeiging. Das Wasser schwappte über den Rand, rann ihre Stirn herunter. Glitzernde Tropfen hingen in ihren Haaren und ihren Wimpern. Wie Morgentau, dachte Om. Oh, sie war wunderschön. Für den Rest des Tages hatte er das Gefühl, vor Verlangen und Glück zu platzen.

Als das Wasser abgestellt wurde, hatte die Hüttensiedlung ihre morgendlichen Waschungen schon beendet und einen Boden zurückgelassen, der mit kleinen Rinnsalen von Schaum markiert war. Als der Tag voranschritt, wurde alles von der Erde und der Sonne bereitwillig verschluckt. Der Geruch von der Gleislatrine hielt sich länger. Die launenhafte Brise wehte den Gestank stundenlang zu den Hütten hinüber, bis sie irgendwann die Richtung wechselte.

Als die Schneider spät am Abend von ihrer Erkundungsrunde durch den Slum zurückkamen, saß Rajaram vor seiner Hütte und kochte etwas auf einem Primuskocher. Sie hörten, wie das Öl in der Pfanne zischte. »Habt ihr schon gegessen?« fragte er.

»Am Bahnhof.«

»Das kann teuer sein. Besorgt euch so schnell wie möglich eine Lebensmittelkarte und kocht euch euer Essen selbst.«

»Wir haben nicht mal einen Ofen.«

»Das ist nur ein kleines Hindernis. Ihr könnt meinen borgen.« Er erzählte ihnen von einer Frau in der Siedlung, die in den Wohnvierteln Obst und Gemüse verkaufte. »Wenn ihr am Ende des Tages noch was im Korb bleibt – ein paar Tomaten, Erbsen, Brinjal –, verkauft sie es billig. Ihr solltet von ihr kaufen, so wie ich es mache.«

»Gute Idee«, sagte Ishvar.

»Es gibt nur eine Sache, die sie euch nicht verkauft – Bananen.«

Om kicherte in Erwartung einer saftigen Pointe, aber es kam keine. Der Affenmann in der Siedlung hatte eine Vereinbarung mit der Frau. Ihre geschwärzten oder beschädigten Bananen bekamen seine beiden Hauptdarsteller. »Aber der arme Hund muß sich sein Fressen selbst zusammensuchen«, sagte Rajaram.

»Welcher Hund?«

»Der Hund von Affenmann. Er gehört zu der Nummer – die Affen reiten auf ihm. Aber er läuft ständig im Müll herum und sucht nach was zu fressen. Affenmann kann es sich nicht leisten, alle zu füttern.« Als der Primuskocher zweimal stotterte, pumpte Rajaram und rührte das Essen in der Pfanne um. »Einige Leute behaupten, Affenmann macht schmutzige unnatürliche Sachen mit den Affen. Ich glaub das nicht. Aber selbst wenn, na und? Jeder braucht irgendwie Trost, oder? Affe, Hure oder die eigene Hand – was spielt es für eine Rolle? Nicht jeder kann eine Frau haben.«

Er stocherte in dem brutzelnden Gemüse herum, um zu prüfen, ob es gar war, stellte dann den Kocher aus und teilte für die Schneider eine Portion auf einem Plastikteller aus.

»Nein danke, wir haben schon am Bahnhof gegessen, wirklich.«

»Beleidigt mich nicht – wenigstens einen kleinen Bissen.«

Sie nahmen den Teller an. Ein Mann, der eine Harmonika um den Hals hängen hatte, bekam im Vorbeigehen mit, was sie sagten. »Riecht gut«, sagte er. »Hebt doch noch einen Bissen für mich auf.«

»Ja, klar, komm.« Aber der Mann quetschte einen Akkord heraus, winkte und ging seines Wegs.

»Habt ihr ihn schon kennengelernt? Wohnt in der zweiten Reihe.« Rajaram rührte noch einmal um und tat sich selbst auf. »Er fängt abends an zu arbeiten. Sagt, die Leute geben großzügiger, wenn sie gerade am Essen sind oder sich entspannen. Nehmt noch was.«

Diesmal war ihre Ablehnung endgültig. Rajaram aß auf, was noch übrigblieb. »Es ist sehr schön für mich, daß ihr dieses Haus gemietet habt. Auf der anderen Seite«, sagte er, die Stimme zu einem Flüstern senkend, »wohnt nämlich ein nutzloser Bursche – ist die ganze Zeit betrunken. Schlägt seine Frau und seine sechs Kinder, wenn sie vom Betteln nicht genug nach Hause bringen.«

Sie blickten zu der Hütte, wo im Augenblick alles friedlich war. Die Kinder waren nicht zu sehen. »Schläft seinen Rausch aus. Und morgen geht's wieder von vorne los. Und sie muß mit den Kleinen auf die Straße gehen.«

Die Schneider saßen den restlichen Abend mit ihrem Nachbarn zusammen, erzählten von ihrem Dorf, von der Muzaffar Tailoring Company und von der Arbeit, die sie am Montag bei Dina Dalal beginnen würden. Rajaram nickte bei der vertrauten Geschichte. »Ja, viele Tausende kommen in die Stadt, weil in ihrer Heimat schlechte Zeiten herrschen. Ich bin aus dem gleichen Grund hergekommen.«

»Aber wir wollen nicht allzu lange bleiben.«

»Das will niemand«, sagte Rajaram. »Wer will denn schon so leben?« Seine Hand beschrieb einen müden Halbkreis über die elenden Hütten, das zerklüftete Ödland, den riesigen Slum auf der anderen Straßenseite, mit seiner übelriechenden Krone von Kochrauch und Industrieausdünstungen. »Aber manchmal hat man keine Wahl. Manchmal packt die Stadt dich, versenkt ihre Krallen in dich und läßt dich nicht mehr los.«

»Nicht bei uns, das steht fest. Wir sind hier, um etwas Geld zu machen, und dann wollen wir schnell wieder zurück«, sagte Om.

Ishvar wollte sich nicht an dieser Diskussion beteiligen, aus Angst, von Zweifeln angesteckt zu werden. »Was ist dein Handwerk?« fragte er, das Thema wechselnd.

»Barbier. Aber ich habe es vor einiger Zeit aufgegeben. Hatte das Nörgeln der Kunden satt. Zu kurz, zu lang, Tolle nicht groß genug, Koteletten nicht breit genug, dies und das. Jeder häßliche Bursche will wie ein Filmschauspieler aussehen. Also hab ich gesagt, mir reicht's. Seitdem hab ich viele verschiedene Arbeiten gemacht. Im Moment bin ich ein Haarsammler.«

»Das ist gut«, sagte Ishvar vorsichtig. »Was mußt du so tun als Haarsammler?«

»Haare sammeln.«

»Und da steckt Geld drin?«

»Oh, das ist ein sehr gutes Geschäft. Im Ausland gibt es große Nachfrage nach Haaren.«

»Was machen die denn damit?« fragte Om skeptisch.

»Viele verschiedene Sachen. Meistens tragen sie es. Manchmal malen sie es in verschiedenen Farben an – rot, gelb, braun, blau. Es macht ausländischen Frauen Spaß, anderer Leute Haare zu tragen. Den Männern auch, besonders wenn sie eine Glatze haben. In fremden Ländern haben die Leute Angst vor Haarausfall. Im Ausland sind die Leute so reich, daß sie es sich leisten können, alle möglichen albernen Sachen zu tragen.«

»Und wie sammelst du die Haare?« fragte Om. »Klaust du sie den Leuten vom Kopf?« Es lag Hohn in seiner Stimme.

Rajaram lachte gutmütig. »Ich gehe zu Straßenbarbieren. Sie überlassen sie mir im Austausch für ein Päckchen Klingen oder Seife oder einen Kamm. In Friseurgeschäften bekomme ich es geschenkt, wenn ich den Boden selbst fege. Kommt – kommt in mein Haus, ich zeig euch mein Lager.«

Rajaram zündete eine Lampe an, um die frühe Dämmerung in der Hütte zu vertreiben. Die Flamme flackerte, beruhigte sich und erblühte zu einem Orangerot, in dem jetzt Leinensäcke und Plastiktüten zum Vorschein kamen, die entlang der Wand aufgestapelt waren.

»Die Säcke sind von Straßenbarbieren«, sagte er und öffnete einen unter ihrem neugierigen Staunen. »Seht ihr, kurze Haare.«

Sie wichen vor dem unappetitlichen Inhalt zurück, und er griff tief hinein, um ihnen einen fettigen Klumpen zu zeigen. »Nicht länger als fünf oder sieben Zentimeter. Das bringt vierundzwanzig Rupien pro Kilo beim Exporthändler. Es taugt nur, um Chemikalien und Arzneimittel herzustellen, sagt er mir. Aber jetzt seht mal in diese Plastiktüte hier.«

Er band die Schnur auf und zog eine Handvoll langer Locken heraus. »Von einem Damenfriseur. Schön, nicht? Das ist das kostbare Zeug. Es ist ein großer Glückstag für mich, wenn ich solche Haare finde. Zwischen zwanzig und dreißig Zentimetern bringt es zweihundert Rupien pro Kilo ein. Wenn es länger als dreißig Zentimeter ist, sogar sechshundert Rupien.« Er fuhr sich durch die eigenen Haare und hielt sie wie eine Geige vom Körper ab.

»Deswegen läßt du dir deine so lang wachsen.«

»Natürlich. Eine von Gott geschenkte Ernte, die mich satt machen wird.«

Om nahm die Locken und streichelte sie. Von ihnen fühlte er sich nicht so abgestoßen wie von den Bergen kurzer Schnitthaare. »Fühlt sich gut an. Weich und glatt.«

»Wißt ihr«, sagte Rajaram, »wenn ich solche Haare finde, möchte ich immer gerne die Frau kennenlernen. Ich lieg nachts wach und denke an sie. Wie sieht sie aus? Wieso wurde es geschnitten? Wegen irgendeiner Mode? Wegen einer Bestrafung? Oder ist ihr Mann gestorben? Das Haar wird abgeschnitten, aber ein ganzes Leben ist damit verbunden.«

»Diese Haare haben bestimmt einer reichen Frau gehört«, meinte Om.

»Und wie kommst du darauf?« fragte Rajaram mit der Miene eines Mentors, der den Novizen prüft.

»Weil es so duftet. Riecht wie ein teures Haarwasser. Eine arme Frau würde rohes Kokosöl verwenden.«

»Ganz richtig«, sagte er und klopfte Om anerkennend auf die Schulter. »An ihren Haaren sollt ihr sie erkennen. Gesundheit und Krankheit, Jugend und Alter, Wohlstand und Armut – es zeigt sich alles in den Haaren.«

»Auch Religion und Kaste«, sagte Om.

»Genau. Du hast das Zeug zu einem Haarsammler. Sag mir Bescheid, wenn du das Schneidern satt hast.«

»Aber würde ich die Haare streicheln können, solange sie noch an der Frau befestigt sind? Alle Haare? Von oben bis unten und zwischen den Beinen?«

»Ein schlauer Bursche ist er schon, nicht?« sagte Rajaram zu Ishvar, der seinem Neffen mit der Hand drohte. »Aber ich bin strikter Profi. Ich gebe zu, wenn ich manchmal eine Frau mit langen Haaren sehe, würde ich gerne mit den Fingern hineinfahren, sie mir ums Handgelenk wickeln. Aber ich muß mich beherrschen. Bis der Friseur es abtrennt, kann ich nur davon träumen.«

»Du würdest ganz schön viel von unserer neuen Arbeitgeberin träumen, wenn du sie sehen würdest«, sagte Om. »Dina Dalals Haare sind wunderschön. Wahrscheinlich hat sie den ganzen Tag nichts anderes zu tun, als sich die Haare zu waschen, einzuölen und zu bürsten, so daß sie immer tipptopp aussehen.« Er hielt sich die Locken an den Kopf und alberte herum. »Na, wie sehe ich aus?«

»Ich hatte eigentlich vorgehabt, dir eine Ehefrau zu suchen«, sagte sein Onkel. »Wenn's dir lieber ist, können wir dir auch einen Ehemann suchen.« Rajaram nahm Om lachend die Haare aus den Händen und legte sie vorsichtig in die Plastiktüte zurück.

»Aber ich überlege gerade«, sagte Ishvar. »Könnte ein Haarsammler nicht bessere Geschäfte in einer Stadt wie Rishikesh machen? Oder in einer Tempelstadt wie Hardwar? Wo sich die Leute kahlscheren und ihre Haare Gott darbieten?«

»Du hast recht«, sagte Rajaram. »Aber da gibt es ein großes Hindernis. Ein Freund von mir, auch ein Haarsammler, ist nach Süden gegangen, nach Tirupati. Einfach um zu sehen, was in den Tempeln dort abfällt. Wißt ihr, was er gefunden hat? Etwa zwanzigtausend Leute am Tag, die kommen, um ihre Haare zu opfern. Sechshundert Barbiere, die in Acht-Stunden-Schichten arbeiten.«

»Das muß ja einen riesigen Hügel ergeben.«

»Hügel? Das ist ein Himalaja-Berg von Haaren. Aber Zwischenhändler wie ich haben keine Chance, es einzusammeln. Nachdem die Haare geopfert wurden, tun die sehr heiligen brahmanischen Priester sie in ihr sehr heiliges Lagerhaus. Und alle drei Monate veranstalten sie eine Versteigerung, wo die Exportgesellschaften sie direkt kaufen.«

»Du brauchst uns nichts von Brahmanen und Priestern zu erzählen«, sagte Ishvar. »Die Gier der oberen Kasten ist in unserem Dorf wohlbekannt.«

»Es ist überall das gleiche«, stimmte Rajaram zu. »Ich muß erst noch einem begegnen, der mich wie einen Gleichberechtigten behandelt. Wie einen Menschen – das ist alles, mehr will ich gar nicht.«

»Ab jetzt kannst du unsere Haare haben«, sagte Om großzügig.

»Danke. Ich kann es euch kostenlos schneiden, wenn ihr wollt, vorausgesetzt, ihr seid nicht heikel.« Er verstaute die Säcke mit den Haaren, holte Kamm und Schere hervor und bot ihnen auf der Stelle an, die Haare zu schneiden.

»Warte«, sagte Om. »Ich sollte es erst lang wachsen lassen, so wie deins. Dann kriegst du mehr Geld dafür.«

»Kommt nicht in Frage«, sagte Ishvar. »Keine langen Haare. Dina Dalal mag keine Schneider mit langen Haaren.«

»Eins steht fest«, sagte Rajaram. »Angebot und Nachfrage für Haare sind unbegrenzt, es wird immer ein großes Geschäft sein.« Als sie wieder hinaus in die Abendluft traten, fügte er hinzu: »Manchmal macht es auch großen Ärger.«

»Wieso Ärger?«

»Ich hab grade an das Haar vom Bart des Propheten gedacht. Als es aus der Hazrat-Bal-Moschee in Kaschmir verschwand, vor einigen Jahren. Erinnert ihr euch?«

»Ich schon«, sagte Ishvar. »Aber Om war damals noch ein kleines Kind. Er weiß nichts davon.«

»Erzähl. Erzähl, was passiert ist.«

»Genau das«, sagte Ishvar. »Eines Tages ist das heilige Haar verschwunden, und danach gab es schlimme Unruhen. Alle verlangten den Rücktritt der Regierung und meinten, die Politiker hätten sicher irgendwas damit zu tun. Um Unruhen zu provozieren, verstehst du, weil die Kaschmiris ihre Unabhängigkeit haben wollten.«

»Und dann«, fügte Rajaram hinzu, »nach zwei Wochen voller Unruhen und Ausgangssperren haben die Inspektoren der Regierung verkündet, daß sie das heilige Haar gefunden hätten. Aber die Leute waren nicht glücklich – was ist, wenn die Regierung uns bescheißt, haben sie gefragt. Was ist, wenn sie irgendein normales Haar für das heilige ausgeben? Und so hat die Regierung eine Gruppe von sehr gelehrten Mullahs zusammengestellt und ihnen sämtliche Vollmachten übertragen, das Haar zu untersuchen. Erst als sie bestätigt haben, daß es das richtige ist, kehrte wieder Frieden in den Straßen von Srinagar ein.«

Draußen hatte sich der Rauch der Kochfeuer der Luft bemächtigt. In der Dunkelheit brüllte eine Stimme: »Shanti! Beeil dich mit dem Holz!«, und ein Mädchen antwortete. Om sah hin: Es war sie, die mit dem großen Kupfertopf. Shanti, wiederholte er stumm und verlor das Interesse an der Geschichte des Haarsammlers.

Rajaram legte einen Stein gegen die Tür seiner Hütte, damit der Wind sie nicht aufblies, und begleitete dann die Schneider auf einem Rundgang durch das Viertel. Er zeigte ihnen eine Abkürzung zum Bahnhof, die durch eine Lücke in dem Bahndammzaun führte. »Geht in dieser Rinne immer geradeaus, bis ihr die großen Plakate für Amul Butter und Modern Bread seht. So spart ihr mindestens zehn Minuten, wenn ihr zur Arbeit geht.«

Er warnte sie auch vor dem Slum, der an ihr Feld angrenzte. »Die meisten Leute in dem Elendsviertel da sind anständige Menschen, aber einige Gassen sind sehr gefährlich. Mord und Raub sind dort ohne weiteres möglich, wenn ihr da durchgeht.« Im sicheren Teil des Slums machte er sie mit einem Teestand vertraut, dessen Besitzer er kannte, wo sie Tee und Imbiß auf Kredit bekommen konnten und erst am Monatsende zahlen mußten.

Zu später Stunde, als sie rauchend vor ihrer Hütte saßen, hörten sie den Harmonikaspieler. Er war mit seiner Arbeit fertig und spielte jetzt zum Spaß. Die heiseren Töne seines Instruments klangen in der trostlosen Umgebung so reich wie eine goldene Flöte. »Meri dosti mera pyar«, sang er, und das Lied über Liebe und Freundschaft nahm dem durchdringenden Rauch der schwelenden Feuer etwas von seiner Schärfe.

Der Rations Officer war nicht an seinem Schreibtisch. Ein Diener sagte, der Chef mache gerade seine Meditationspause. »Ihr solltet am Montag wiederkommen.«

»Aber am Montag müssen wir mit unserer neuen Arbeit anfangen«, sagte Ishvar. »Wie lange dauert denn die Meditationspause?«

Der Diener zuckte die Achseln. »Eine Stunde, zwei, drei – je nachdem, wieviel ihm auf der Seele liegt. Sahab sagt, ohne die Pause würde er noch vor Ende der Woche verrückt werden.« Die Schneider beschlossen, sich anzustellen.

Es mußte eine relativ leichte Woche für den Rations Officer gewesen sein, denn er erschien eine halbe Stunde später, eindeutig belebt, und gab den Schneidern ein Antragsformular für eine Lebensmittelkarte. Er sagte, draußen auf dem Bürgersteig gäbe es Fachleute, die es für sie gegen ein kleines Honorar ausfüllen würden.

»Das ist nicht nötig, wir können schreiben.«

»Wirklich?« sagte er. Er fühlte sich brüskiert. Er war stolz auf seine Fähigkeit, die Antragsteller, die jeden Tag an seinem Schreibtisch vorbeiströmten, mit einem Blick einzuschätzen – Herkunft, finanzielle Lage, Bildung, Kaste. Seine Gesichtsmuskeln zuckten und spannten sich an, der eben beendeten Meditation zum Trotz. Die kulturtechnische Fähigkeit der Schneider war ein Affront gegen seine Allwissenheit. »Füllt es aus, und bringt es zurück«, sagte er und entließ sie mit einem verdrießlichen Wedeln seiner Finger.

Sie gingen mit dem Formular in den Flur, um die leeren Kästchen auszufüllen, wobei sie das Fensterbrett als Schreibunterlage benutzten. Es war eine rauhe Oberfläche, und der Kuli stach mehrmals durch das Papier. Sie versuchten, das pockennarbige Blatt Papier wieder vorzeigbar zu machen, indem sie die Huckel mit den Fingernägeln glätteten. Dann reihten sie sich wieder in die Schlange ein.

Der Rations Officer überflog das Formular und lächelte. Es war ein überhebliches Lächeln: Mochte sein, daß sie Lesen und Schreiben gelernt hatten, aber von Ordentlichkeit hatten sie keine Ahnung. Er las die Antworten durch und hielt triumphierend bei dem Adreßteil inne. »Was soll der Unsinn hier?« Er tippte mit einem nikotingelben Finger auf die Stelle.

»Das ist da, wo wir wohnen«, sagte Ishvar. Er hatte den Namen der Straße eingetragen, die auf der Nordseite zu ihrer Hüttenreihe führte. Der Platz für Gebäudename, Wohnungsnummer und Straßennummer war freigelassen worden.

»Und wo genau ist euer Haus?«

Sie boten ihm zusätzliche Informationen an: die nächste Kreuzung, die Straßen östlich und westlich vom Slum, der Bahnhof, Namen von Kinos, das große Krankenhaus, das beliebte Süßigkeitengeschäft, ein Fischmarkt.

»Aufhören, das reicht«, sagte der Rations Officer und hielt sich die Ohren zu. »Ich muß mir nicht diesen ganzen Unsinn anhören.« Er holte ein Telefonbuch hervor, blätterte ein paar Seiten und sah dann auf einem Stadtplan nach. »Wie ich mir gedacht habe. Euer Haus ist in einem Jhopadpatti, stimmt's?«

»Es ist ein Dach über dem Kopf – vorläufig.«

»Ein Jhopadpatti ist keine Adresse. Das Gesetz verlangt, daß Lebensmittelkarten nur an Personen mit richtigen Adressen ausgegeben werden können.«

»Unser Haus ist richtig«, wandte Ishvar ein. »Sie können kommen und es sich ansehen.«

»Ob ich es sehe, ist irrelevant. Was zählt, ist das Gesetz. Und in den Augen des Gesetzes zählt euer Jhopdi nicht.« Er nahm einen Stapel Formulare in die Hände, schüttelte und rüttelte sie, um die Ränder zu begradigen, und schleuderte sie wieder in ihre Ecke zurück, wo sie sich unordentlich auffächerten und Staub aufwirbelten. »Aber man kann die Lebensmittelkarte auch auf andere Weise bekommen, wenn ihr Interesse habt.«

»Ja, bitte – wir tun gern alles Nötige.«

»Wenn ihr euch von mir für eine Vasektomie registrieren laßt, kann euer Antrag sofort positiv beschieden werden.«

»Vasektomie?«

»Ihr wißt schon, für Familienplanung. Das Nussbandhi-Verfahren.«

»Ach, das hab ich schon machen lassen«, log Ishvar.

»Dann zeig mir deine F.P.B.«

»F.P.B.?«

»Familienplanungsbescheinigung.«

»Oh, die hab ich nicht mehr.« Er überlegte schnell und sagte: »Daheim in meinem Dorf hat es einen Brand in meiner Hütte gegeben. Es wurde alles vernichtet.«

»Das ist kein Problem. Der Arzt, zu dem ich euch schicke, macht es dir noch mal als einen besonderen Gefallen und gibt dir eine neue Bescheinigung.«

»Zweimal die gleiche Operation? Ist das nicht schlecht?«

»Viele Leute lassen es zweimal machen. Bringt mehr Vergütungen. Zwei Kofferradios.«

»Wozu brauche ich zwei Kofferradios?« sagte Ishvar lächelnd. »Höre ich mir gleichzeitig zwei verschiedene Sender an, jeden mit einem Ohr?«

»Paß auf, wenn du vor dieser harmlosen kleinen Operation Angst hast, dann schick doch diesen jungen Burschen. Ich brauche nur eine Sterilisationsbescheinigung.«

»Aber er ist erst siebzehn! Er muß erst heiraten und ein paar Kinder kriegen, bevor sein Nuss abgebunden wird!«

»Wie ihr wollt.«

Ishvar stapfte entrüstet davon. Om eilte hinterher und versuchte, seinen Onkel zu beruhigen, der über diesen schockierenden, ja fast gotteslästerlichen Vorschlag vor Wut kochte. Es fiel aber niemandem auf, denn der Flur war voller Leute wie Ishvar, die, verloren und vor sich hin stolpernd, versuchten, sich auf ihrem Weg durch die Amtsstuben des Staates zurechtzufinden. Sie standen in verschiedenen Stadien der Verzweiflung wartend herum. Einige waren in Tränen, einige lachten hysterisch über bürokratische Absurditäten, während andere wieder mit dem Gesicht zur Wand standen und unheilschwanger vor sich hin murmelten.

»Nussbandhi, sagt er!« kochte Ishvar. »Schamloser Kerl! Nussbandhi, für einen jungen Mann! Jemand sollte dem häßlichen

Dreckskerl beim Meditieren das Rohr abschneiden!« Er stürzte den Flur entlang, die Treppe hinunter und zum Hauptausgang des Gebäudes hinaus.

Ein kleiner, bürokratisch aussehender Mann auf dem Bürgersteig bemerkte Ishvars Erregung und erhob sich von seinem Holzschemel, um ihn zu grüßen. Er trug eine Brille und ein weißes Hemd, und vor ihm auf einer Matte war Schreibmaterial ausgebreitet. »Sie haben ein Problem. Kann ich helfen?«

»Was können Sie schon helfen?« sagte Ishvar abschätzig.

Der Mann berührte Ishvars Ellbogen, damit er stehenblieb und ihm zuhörte. »Ich bin ein Erleichterer. Meine Arbeit, meine Spezialität, ist es, Leuten bei ihren Angelegenheiten mit den Amtsstuben zu helfen.« Wegen seiner laufenden Nase mußte er im Verlauf seiner Vorstellung mehrmals schniefen.

»Arbeiten Sie für den Staat?« fragte Ishvar mißtrauisch, auf das Gebäude deutend, das sie gerade verlassen hatten.

»Nein, niemals, ich arbeite für Sie und für mich. Ich helfe Ihnen, das zu bekommen, was die Leute vom Amt Ihnen so ungern geben. Daher mein Titel: Erleichterer. Geburtsurkunden, Totenscheine, Heiratsurkunden, jede Art von Genehmigungen und Beglaubigungen – ich kann alles organisieren. Sie brauchen bloß auszuwählen, welche Information Sie brauchen, und ich besorge das nötige Papier.« Er nahm die Brille ab und lächelte sein nichtssagendes Lächeln, das er gleich wieder an sechs heftige Nieser verlor. Die Schneider sprangen vor dem Sprühregen zurück.

»Wir wollten bloß eine Lebensmittelkarte, Mr. Erleichterer. Und der Bursche wollte im Tausch dafür unsere Männlichkeit haben! Was ist denn das für eine Wahl, zwischen Essen und Männlichkeit?«

»Ah, er wollte die F.P.B. haben.«

»Ja, so hat er es genannt.«

»Sehen Sie, seit Beginn des Ausnahmezustandes gibt es eine neue Vorschrift in der Abteilung – jeder Beamte soll die Leute auffordern, sich sterilisieren zu lassen. Wenn er seine Quote nicht erfüllt, wird er nicht befördert. Was soll er machen, der arme Bursche, er ist auch gefangen, oder?«

»Aber das ist nicht fair uns gegenüber!«

»Deswegen bin ich ja hier, oder? Wählen Sie einfach die Namen aus, die auf der Lebensmittelkarte stehen sollen, höchstens sechs, und welche Adresse Sie wollen. Es kostet nur zweihundert Rupien. Hundert jetzt und hundert, wenn Sie die Karte bekommen.«

»Aber wir haben nicht so viel Geld.«

Der Erleichterer sagte, sie könnten ja wiederkommen, wenn sie das Geld hätten, er würde auf jeden Fall da sein. »Solange es den Staat gibt, wird es Arbeit für mich geben.« Er schneuzte sich die Nase und kehrte zu seinem Platz auf dem Bürgersteig zurück.

* * *

Die Schneider nahmen die von Rajaram empfohlene Abkürzung und trotteten den Bahnsteig entlang auf das Ödland von Gleisen und Schotter zu, während sie zusahen, wie der Zug aus dem Bahnhof herausglitt und in den Abend verschwand. »Je näher der Stall, desto schneller galoppiert der müde Gaul«, sagte Ishvar, und Om nickte.

Ihr erster Tag bei Dina Dalal war vorüber. Von der heimwärts strebenden Schar getragen, erschöpft von zehn Stunden Nähen, teilten sie die Heiligkeit der Stunde mit der Menge, diese Zeit des Übergangs von Erschöpfung zu Hoffnung. Bald würde es Nacht sein. Sie würden sich Rajarams Kocher ausleihen, sich etwas kochen, essen. Sie würden ihre Pläne schmieden und von einer rosigen Zukunft träumen, bis es Zeit war, am nächsten Morgen den Zug zu nehmen.

Das Ende des Bahnsteigs neigte sich nach unten und ging in den Kies über, der die Schienen umgab. Hier befand sich die entscheidende Öffnung in dem endlosen gußeisernen Zaun, wo eine seiner speerspitzigen Stangen unter den Händen der Elemente verrostet und schließlich mit etwas Hilfe menschlicher Hände abgebrochen war.

Der anschwellende Pulk von Männern und Frauen zwängte sich durch die Lücke, weit von dem Ausgang entfernt, wo der Fahrkartenkontrolleur stand. Andere rannten, mit einer Behendigkeit, die durch ihren fahrkartenlosen Zustand verursacht wurde, weiter die Gleise entlang, über Schotter und Kies, der scharf war unter ihren nackten Sohlen und schlecht beschuhten Füßen. Sie rannten zwischen den Schienen, streckten ihre Schritte von einer abgenutzten Holzschwelle zur nächsten und hechteten in sicherer Entfernung vom Bahnhof über den Zaun.

Obwohl er eine Fahrkarte besaß, sehnte sich Om danach, ihnen in ihrem heldenhaften Sprint in die Freiheit zu folgen. Er hatte das Gefühl, auch er könnte schweben, wenn er alleine wäre. Dann warf er einen seitlichen Blick auf seinen Onkel, der Mehr-als-nur-Onkel war, den er niemals im Stich lassen könnte. Die Speere des Zaunes standen in der Dämmerung wie die verrostenden Waffen einer Phantomarmee. Die fahrkartenlosen Männer wirkten uralt, wie sie die feindlichen Linien durchbrachen, über die Spitzen schwebten, als würden sie nie mehr zur Erde zurückkehren.

Plötzlich tauchte ein Aufgebot müder Polizisten aus dem Zwielicht auf und umzingelte die lückensuchende Menge. Ein paar Beamte machten sich halbherzig an die Verfolgung der Zaunspringer in der Ferne. Der einzige unter ihnen, der irgendwelche Energie zeigte, war ein Inspektor, der mit einem Offiziersstöckchen herumfuchtelte und Befehle und Ermutigungen bellte.

»Fangt sie alle ein! Bewegung, Bewegung, Bewegung! Keiner entkommt mir! Zurück auf den Bahnsteig, ihr Gauner! Allesamt! Ihr da!« Er zeigte mit dem Offiziersstöckchen. »Nicht trödeln! Wir werden euch lehren, ohne Fahrkarten zu fahren!«

Der Versuch der Schneider, jemandem mitzuteilen, irgend jemandem, daß sie tatsächlich Fahrscheine besaßen, ging in dem Lärm und der Verwirrung unter. »Bitte, Havaldar, wir wollten nur eine Abkürzung nehmen«, flehten sie die nächste Uniform an, aber sie wurden mit allen anderen zusammengetrieben. Der Fahrkartenkontrolleur wedelte vorwurfsvoll mit dem Finger, als die Kolonne der Gefangenen an ihm vorbeitrottete.

Draußen wurden die Gefangenen auf einen Polizeilastwagen geladen. Die letzten paar wurden mit Hilfe der Ladeklappe hochgehievt. »Wir sind erledigt«, sagte jemand. »Ich hab gehört, unter dem Notstandsgesetz bedeutet Schwarzfahren eine Woche im Kittchen.«

Eine Stunde lang warteten sie schwitzend auf dem Lastwagen, während der Inspektor irgendeine Angelegenheit im Fahrkartenbüro regelte. Dann setzte sich der Lastwagen in Bewegung, die Bahnhofsstraße entlang, gefolgt von dem Jeep des Inspektors. Nach zehnminütiger Fahrt bogen sie in eine Baulücke ein, wo die Ladeklappe aufgeklappt wurde.

»Raus! Alles raus! Raus, raus, raus!« brüllte der Inspektor, der offenbar eine Schwäche für Triolen hatte, und klatschte mit seinem Offiziersstöckchen gegen den Reifen des Lastwagens. »Männer auf die eine Seite, Frauen auf die andere!« Er organisierte die beiden Gruppen zu einer Formation von Sechserreihen.

»Alles herhören! Packt eure Ohren! Na los, packt sie! Packt, packt, packt! Worauf wartet ihr? Jetzt macht ihr fünfzig Baithuks! Fertig, los! Eins! Zwei! Drei!« Er schlich zwischen den Reihen herum, überwachte zählend die Kniebeugen, vollführte plötzliche Kehrtwendungen, um etwaige Drückeberger zu erwischen. Wenn er jemanden beim Schummeln erwischte, der nicht ganz nach unten in die Hocke ging oder seine Ohren losließ, dem zog er eins mit seinem Stock über.

». . . achtundvierzig, neunundvierzig, fünfzig! Das war's! Und wenn ihr noch mal ohne Fahrschein erwischt werdet, dann werd ich dafür sorgen, daß ihr euch an eure Großmütter erinnert! Jetzt geht nach Hause! Los! Worauf wartet ihr? Verschwindet! Los, los, los!«

Die Menge zerstreute sich schnell, nicht ohne sich vorher noch über die Bestrafung und den Inspektor ordentlich lustig zu machen. »Blöder Rajaram«, sagte Om. »In Zukunft glaub ich kein Wort mehr, das aus seinem Mund kommt. Besorgt euch eine Lebensmittelkarte, hat er uns gesagt, das ist ganz leicht. Nehmt die Abkürzung, so spart ihr Zeit.«

»Ach, ist doch nichts passiert«, meinte Ishvar gut gelaunt. Am Bahnhof hatte er noch ziemliche Angst gehabt. »Sieh mal, die Polizei hat uns den Fußmarsch erspart, wir sind fast in der Siedlung.«

Sie überquerten die Straße und näherten sich der Siedlung. Die vertraute Plakatwand tauchte auf, aber das Bild hatte sich verändert.

»Was ist passiert?« sagte Om. »Wo sind Modern Bread und Amul Butter geblieben?«

Die Werbung war durch das Konterfei der Ministerpräsidentin ersetzt worden, das verkündete: »Eiserner Wille! Harte Arbeit! Das gibt uns Kraft!« Es war ein typisches Exemplar des Gesichts, das sich auf Plakaten in der ganzen Stadt ausbreitete. Ihre Wangen waren in dem gleichen schreienden Rosa wie die der Filmstars auf den Filmplakaten. Andere Teile des Porträts hatten eine etwas verzerrtere Wiedergabe erfahren. Ihr Blick schien ein heftiges Unbehagen über ein nicht zu linderndes Jucken irgendwo am ministeriellen Korpus auszudrücken. Die Absicht des Künstlers, ihr ein gütiges Lächeln ins Gesicht zu zaubern, war ebenfalls danebengegangen – um ihre Lippen spielte eine Mischung aus einem hämischen Grinsen und der essigsauren Strenge einer Zuchtmeisterin. Und diese vertraute Strähne weißer Haare über der Stirn, so imposant zwischen all dem Schwarz, lag ihr übern Schädel geplatscht wie der strategisch plazierte Kot eines sehr großen Vogels.

»Guck mal, Om. Sie macht das Saure-Limonen-Gesicht, genau wie du, wenn du dich aufregst.«

Om antwortete darauf, indem er den Ausdruck imitierte und lachte. Während das hoch aufragende Konterfei den Zügen, die auf der einen Seite vorbeirumpelten, und den Bussen und Autos, die auf der anderen in Abgaswolken vorbeihechelten, seine erstarrte Ermahnung erteilte, trotteten die Schneider in die Siedlung hinein.

Als sie gerade ihre Hütte aufschließen wollten, erschien der Haarsammler. »Ihr ungezogenen Kinder, so spät kommt ihr erst«, beschwerte er sich.

»Aber ...«

»Macht nichts, ist nur ein kleines Hindernis. Das Essen wird bald wieder warm. Ich hab den Kocher ausgestellt, weil das Gemüse trocken wurde.« Er verschwand drinnen und kam im nächsten Moment mit der Pfanne und drei Tellern heraus. »Bhaji und Chapati. Und mein besonderes Masala Wada mit Mango Chutney, um euren ersten Arbeitstag zu feiern.«

»Wieviel Mühe du dir unseretwegen machst«, sagte Ishvar.

»Ach, das ist nichts.«

Rajaram wärmte das Essen kurz auf und gab dann die Teller aus, auf deren Rand säuberlich die vier Beilagen arrangiert waren. In der Pfanne war noch eine beträchtliche Menge übrig. »Du hast zuviel gekocht«, meinte Ishvar.

»Ich hatte heute etwas extra Geld, also hab ich mehr Gemüse gekauft. Für die da«, sagte er und deutete mit dem Ellbogen zu der anderen Hütte. »Die Kleinen von dem betrunkenen Burschen da sind immer hungrig.«

Während sie aßen, beschrieben die Schneider die Polizeimaßnahme gegen Schwarzfahren. Das Geschenk des Abendessens linderte den anklagenden Ton, den Om eigentlich verwenden wollte. Statt dessen erzählte er es wie ein Reiseabenteuer.

Rajaram schlug sich dramatisch mit der Hand an die Stirn. »Wie konnte ich nur so dumm sein! Ich hab völlig vergessen, euch zu warnen. Es ist nämlich schon viele Monate her seit der letzten Razzia.« Er schlug sich wieder gegen die Stirn. »Manche Leute fahren ihr ganzes Leben lang, ohne eine einzige Fahrkarte zu kaufen. Und ihr beide werdet gleich am ersten Tag erwischt. Und sogar mit Fahrkarten.« Er kicherte.

Ishvar und Om sahen jetzt auch die komische Seite und fielen in sein Lachen ein. »Einfach Pech. Muß eine neue Politik sein, wegen des Ausnahmezustandes.«

»Aber es war alles eine große Show. Wieso hat der Inspektor denn alle laufen lassen, wenn sie wirklich strenger geworden sind?«

Rajaram dachte darüber nach, während er kaute und für jeden ein Glas Wasser holte. »Vielleicht blieb ihnen nichts anderes übrig. Nach dem, was ich höre, sind die Gefängnisse voll mit den Feinden der Ministerpräsidentin – Gewerkschaftler, Zeitungsleute, Lehrer, Studenten. Vielleicht ist also kein Platz mehr in den Gefängnissen.«

Während sie über den Vorfall nachgrübelten, ertönten Freudenschreie aus der Nähe des Wasserrohrs. Es hatte angefangen zu gurgeln! Und so spät am Abend! Die Leute beobachteten mit angehaltenem Atem das Rohr. Ein paar Tropfen tröpfelten heraus. Dann ein kleiner Strom. Sie feuerten es wie ein gewinnendes Rennpferd an, als es an Kraft zunahm und schließlich voll und kräftig herausschoß. Ein Wunder! Die Hüttenbewohner klatschten und stießen aufgeregte Rufe aus.

»Das ist schon einmal passiert«, sagte Rajaram. »Ich glaube, jemand im Wasserwerk hat einen Fehler gemacht, aus Versehen das falsche Ventil geöffnet.«

»Solche Fehler sollten sie öfter machen«, sagte Ishvar.

Frauen rannten zum Hahn, um das zufällige Wassergeschenk zu nutzen. Die Babys auf ihren Armen quietschten vor Vergnügen, als das kühle Wasser über ihre klebrigen Leiber rann. Ältere Kinder hüpften fröhlich herum, brachen in kleine spontane Tänze aus, freuten sich auf eine großzügige Dusche anstatt der dürftigen Bechervoll, die sie bei Tagesanbruch bekamen.

»Vielleicht sollten wir jetzt auch auffüllen«, meinte Om. »So sparen wir uns Zeit am Morgen.«

»Nein«, entgegnete Rajaram. »Laß den Kleinen ihren Spaß. Wer weiß, wann sie wieder so eine Gelegenheit haben.«

Die Festlichkeiten dauerten weniger als eine Stunde. Das Wasser hörte ebenso plötzlich auf, wie es gekommen war. Kinder, die sich schon eingeseift hatten, mußten abgewischt und enttäuscht heimgeschickt werden.

Im Verlauf der nächsten vierzehn Tage ließ der Slumlord weitere fünfzig roh zusammengezimmerte Hütten auf dem Feld errichten, die Navalkar alle an einem einzigen Tag vermietete, wodurch sich die Bevölkerung verdoppelte. Von nun an hing der Gestank von dem Graben ständig über den Hütten, dicker als Rauch. Jetzt unterschied sich die kleine Hüttensiedlung in nichts mehr von dem riesigen Slum auf der anderen Straßenseite. Sie war jetzt in das Inferno eingegliedert worden. Der Ansturm auf den Wasserhahn nahm bedrohliche Ausmaße an. Jeden Morgen kam es zu gegenseitigen Anschuldigungen wegen Vordrängelns, es wurde gerempelt und geschoben, Handgemenge brachen aus, Töpfe wurden umgestoßen, Mütter schrien, Kinder heulten.

Dann begann der Monsun, und in der ersten Regennacht wurden die Schneider von dem Leck im Dach geweckt, durch das das Wasser auf ihr Lager tropfte. Sie kauerten sich in die einzige trockene Ecke. Der Regen schüttete neben ihnen in einem steten Strom herunter und lullte sie allmählich wieder in den Schlaf. Dann ließ der Regen nach. Das Leck wurde ein nerventötendes Tröpfeln. Om begann, für sich die Platscher zu zählen. Er erreichte hundert, tausend, zehntausend, zählte, addierte, als hoffte er, sie auszutrocknen, wenn er eine Zahl erreichte, die hoch genug war.

Sie schliefen sehr wenig in dieser Nacht. Am nächsten Morgen kletterte Rajaram aufs Dach, um das Wellblech zu untersuchen. Er half ihnen, ein Stück Plastik über die leckende Stelle zu breiten, aber es war nicht breit genug.

Später in der Woche, beflügelt von ihrer ersten Lohnzahlung, die sie von Dina Dalal erhalten hatten, plante Ishvar einen kleinen Einkaufsgang, um eine große Plastikplane und ein paar andere Sachen zu kaufen. »Was meinst du, Om? Jetzt können wir unser Haus etwas gemütlicher machen, was?«

Sein Vorschlag wurde mit mißmutigem Schweigen quittiert. Sie blieben bei einem Straßenstand stehen, wo Plastikschalen, Kästen und verschiedenes Eßgeschirr verkauft wurden.

»Also, in welcher Farbe wollen wir unsere Teller und Gläser kaufen?«

»Ist mir egal.«

»Ein Handtuch? Vielleicht das gelbe da mit den Blumen?«

»Von mir aus.«

»Hättest du gern neue Sandalen?«

»Meinetwegen«, hieß es wieder, und schließlich verlor Ishvar die Geduld. »Was ist denn zur Zeit los mit dir? Bei Dinabai machst du die ganze Zeit Fehler und streitest. Du zeigst überhaupt kein Interesse mehr fürs Schneidern. Egal, was ich dich frage, du sagst ›meinetwegen‹, ›von mir aus‹, ›ist mir egal‹. Reiß dich zusammen, Om, reiß dich zusammen.« Er brach den Einkaufsgang ab, und sie machten sich auf den Heimweg mit zwei roten Plastikeimern, einem Primuskocher, fünf Litern Kerosin und einem Päckchen Jasmin-Räucherstäbchen.

Vor sich hörten sie das vertraute *dhuk-dhuka dhuk-dhuka* der Handtrommel des Affenmannes. Die Rassel, die mit einem Faden um sein Handgelenk befestigt war, hüpfte mit, wenn er mit der Hand hin und her wirbelte. Er beabsichtigte nicht, Zuschauer anzulocken, sondern begleitete nur seine Schützlinge nach Hause. Einer seiner kleinen braunen Affen hockte ihm auf der Schulter, während der andere träge nebenherschlenderte. Der abgemagerte Hund folgte in einiger Entfernung, schnüffelte und kaute auf Zeitungspapier, in das einmal Essen eingewickelt war. Affenmann pfiff und rief »Tikka!«, und der Köter trabte heran.

Die Affen fingen an, Tikka zu necken, kniffen ihm in die Ohren, verdrehten ihm den Schwanz und zupften an seinem Penis. Er ertrug seine Peiniger mit würdevollem Gleichmut. Erleichterung kam für ihn, als die beiden roten Plastikeimer, die von Oms Händen schaukelten, die Aufmerksamkeit der Affen erregten. Sie entschieden sich für eine genauere Untersuchung und hüpften hinein.

»Laila! Majnoo! Laßt das!« schimpfte ihr Herrchen und zerrte an ihren Leinen. Sie steckten die Köpfe über die Eimerränder.

»Ist okay«, sagte Om, dem ihre Streiche Spaß machten. »Sollen sie ruhig ihren Spaß haben. Sie haben sicher den ganzen Tag lang hart gearbeitet.«

Zusammen gingen sie zur Hüttensiedlung; die Schneider, der Affenmann und die Tiere bewegten sich zu dem hypnotischen *Dhuk-dhuka* der Trommel. Laila und Majnoo verloren bald das Interesse an den Eimern und fingen an, auf Om herumzuklettern, setzen sich ihm auf die Schultern oder auf den Kopf, hängten sich an seine Arme, klammerten sich an seine Beine. Er lachte den ganzen Weg nach Hause, und Ishvar lächelte froh.

Oms Verspieltheit verschwand wieder, als sich ihre Wege trennten. Erneut versank er in seine trübe Stimmung und warf einen angewiderten Blick zu Rajaram, der draußen vor der Hütte seine Tüten mit Haaren sortierte. Die kleinen schwarzen Hügel sahen wie eine Kollektion zotteliger menschlicher Köpfe aus.

Als er die beiden mit ihren Einkäufen beladen sah, beglückwünschte Rajaram sie. »Macht mich froh, zu sehen, daß ihr auf dem Weg zum Wohlstand seid.«

»Du brauchst eine Brille, wenn du glaubst, daß das hier der Weg zum Wohlstand ist«, fauchte Om. Er ging hinein und entrollte sein Bettzeug.

»Was hat er denn«, fragte Rajaram gekränkt.

»Ich glaube, er ist bloß müde. Aber hör zu, heute mußt du mit uns essen. Um unseren neuen Kocher zu feiern.«

»Wie kann ich solch guten Freunden eine Bitte abschlagen?«

Sie bereiteten das Essen gemeinsam vor und riefen Om, als es fertig war. Mitten beim Essen fragte Rajaram, ob sie ihm zehn Rupien leihen könnten. Die Bitte überraschte Ishvar. Er hatte angenommen, der Haarsammler mache gute Geschäfte in seinem Beruf, nach seinen begeisterten Erzählungen während der letzten zwei Wochen zu urteilen.

Seiner Miene war sein Zögern anzusehen, denn Rajaram fügte hinzu: »Ich zahl's in einer Woche zurück, keine Sorge. Im Moment geht das Geschäft etwas schleppend. Aber für Frauen kommt jetzt eine neue Frisur in Mode. Demnächst werden sie sich alle ihre Zöpfe abhacken lassen. Diese langen Chotelas werden mir direkt in den Schoß fallen.«

»Hör auf, ständig von Haaren zu reden«, sagte Om. »Da wird mir ganz schlecht von.« Nach dem Essen, anstatt mit ihnen draußen zu hocken und zu rauchen, sagte er, er habe Kopfschmerzen, und ging ins Bett.

Sein Onkel kam eine Stunde später herein und stand eine Weile da und betrachtete Oms Hinterkopf. Armes Kind, was für eine Last furchtbarer Erinnerungen er mit sich herumschleppen mußte. Er beugte sich über ihn und sah, daß seine Augen geöffnet waren. »Om? Kopfschmerzen weg?«

Om stöhnte und verneinte.

»Geduld, Om, sie werden schon weggehen.« Um ihn aufzumuntern, fügte Ishvar hinzu: »Unsere Sterne müssen jetzt endlich in der richtigen Position sein. Es läuft doch alles gut, nicht?«

»Wie kannst du bloß immer so einen Unsinn reden? Wir leben in einem miesen, stinkigen Haus. Unsere Arbeit ist gräßlich, diese Dinabai beobachtet uns wie ein Geier, schikaniert uns, schreibt uns vor, wann wir essen und wann wir rülpsen dürfen.«

Ishvar seufzte. Sein Neffe befand sich in einer seiner unerbittlichen schwarzen Stimmungen. Er zündete zwei Stäbchen aus dem Päckchen Jasmin-Agarbatti an. »Die verbreiten einen guten Geruch in unserem Haus. Schlaf gut, morgen früh sind deine Kopfschmerzen weg.«

Spät am Abend, als das Lied des Harmonikaspielers verstummt war und Tikka aufgehört hatte zu bellen, waren es die Geräusche aus der Hütte des Haarsammlers, die Om nicht schlafen ließen. Ihr Nachbar hatte Besuch. Eine Frau kicherte, dann lachte Rajaram. Bald keuchte er, und die Laute, die durch die Sperrholzwände drangen, zermarterten Om. Er stellte sich die beiden nackt vor, zwischen diesen unheimlichen Tüten mit Haaren, wie sie sich in den erotischen Posen von Filmplakaten verrenkten. Er dachte an Shanti beim Wasserrohr, an ihr wunderschönes glänzendes Haar, wie ihre Bluse eng wurde, als sie den großen Messingtopf auf den Kopf hob, an die Dinge, die er mit ihr in den Büschen am Bahndamm tun könnte. Er sah zu seinem Onkel, der fest schlief. Er erhob sich von seinem Bett, ging an die Seite der Hütte und masturbierte. Die Frau nebenan war gerade dabei zu gehen. Er versteckte sich im Schatten, bis sie fort war.

Nach Mitternacht schlief er schließlich ein, wurde aber bald darauf von durchdringenden Schreien geweckt. Diesmal wachte Ishvar auch auf. »Hai Ram! Was kann das sein?«

Draußen liefen sie Rajaram in die Quere, der zufrieden lächelte. Om sah ihn mißmutig an und empfand gleichermaßen Neid und Verachtung. In der ganzen Zeile kamen Leute aus ihren Hütten. Es hieß, es sei eine Frau in den Geburtswehen, und so gingen alle wieder schlafen. Nach einer Weile verstummten die Schreie.

Am nächsten Morgen erfuhren sie, daß in den frühen Morgenstunden ein kleines Mädchen geboren worden sei. »Gehen wir hin, und wünschen wir ihnen alles Gute«, sagte Ishvar.

»Geh du ruhig, wenn du willst«, entgegnete Om mürrisch.

»Ach, sei doch nicht so unglücklich.« Er strubbelte ihm die Haare. »Wir werden dir eine Frau suchen, versprochen.«

»Such dir doch selbst eine, ich brauch keine.« Er entzog sich seinem Onkel und schnappte sich den Kamm, der auf dem Koffer lag, um sich die Haare wieder zu glätten.

»Bin in zwei Minuten wieder da«, sagte Ishvar. »Dann müssen wir los zur Arbeit.«

Om saß im Eingang und spielte mit einem Stück Chiffon, das er gestern von den Abfällen, mit denen der Boden bei Dina Dalal übersät war, eingesteckt hatte. Wie beruhigend es sich anfühlte, so fließend zwischen seinen Fingern – wieso konnte das Leben nicht so sein, weich und glatt. Er streichelte sich die Wange damit, während er beobachtete, wie die Kinder des Trinkers herumrannten, im Staub herumlagen und sich die Zeit vertrieben, bis ihre Mutter mit ihnen betteln ging. Eins von ihnen fand einen seltsam geformten Stein, mit dem es vor seinen Geschwistern angab. Dann jagten sie eine Krähe, die in irgendeinem Klumpen von Verfaultem stocherte. Der hartnäckige Vogel weigerte sich fortzufliegen, hüpfte, kreiste und kehrte zu dem stinkenden Etwas zurück, womit er den Kindern weitere Unterhaltung bot. Wie konnten sie bloß so fröhlich sein? fragte sich Om – schmutzig und nackt, schlecht ernährt, mit wunden Stellen im Gesicht und Ausschlag auf der Haut. Was gab es hier an diesem elenden Ort, worüber man lachen könnte?

Er steckte den Chiffon in die Tasche zurück und schlenderte zu Affenmanns Hütte. Laila war gerade dabei, Majnoo zu lausen, und er ließ sich nieder, um ihnen zuzusehen. Es dauerte nicht lange, und sie sprangen ihm beide auf die Schultern und fuhren ihm mit ihren zarten Kinderhändchen durchs Haar.

Als er sah, daß Om nichts dagegen hatte, lächelte Affenmann und ließ sie in Ruhe. »Das machen sie auch bei mir«, sagte er. »Das bedeutet, daß sie einen mögen. Das ist die beste Art, einen sauberen Schädel zu behalten.«

Laila fand etwas in Oms Haaren und hielt es hoch, um es zu untersuchen. Majnoo schnappte es ihr aus der Pfote und steckte es sich ins Maul.

Beim Fahrradverleih in der Straße, die zu Dina Dalals Wohnung führte, wählte Om ein schwarzes Hercules. Es hatte einen eindrucksvollen gefederten Korb über dem Hinterrad und eine große glänzende Klingel an der Lenkstange.

»Aber wozu brauchst du denn ein Fahrrad?« wollte Ishvar wissen. Sein Neffe lächelte listig, während der Mann mit einem Knochen die Sattelhöhe einstellte.

»Ein Monat ist jetzt vergangen, seit wir angefangen haben, hier zu arbeiten«, sagte Om. »Das reicht. Mein Plan ist fertig.« Die frisch aufgepumpten Reifen widerstanden dem prüfenden Fingerdruck. Er schob es auf die Straße hinaus. »Heute ist der Tag, wo sie zur Exportgesellschaft fährt, stimmt's? Und ich werde ihr Taxi auf dem Rad verfolgen.« Er schwang ein Bein schwungvoll über den Sattel und rollte los.

»Vorsicht«, sagte Ishvar. »Hier ist viel Verkehr. Das ist nicht unsere Dorfstraße.« Auf dem Bordstein beschleunigte er seine Schritte, um mitzuhalten. »Der Plan ist gut, Om, aber du hast was vergessen – ihre abgeschlossene Tür. Wie kommst du raus?«

»Wart's ab.«

Om, neben seinem Onkel herradelnd, war guter Dinge. Die Schutzbleche klapperten, und die Bremsen waren schlapp, aber die Klingel funktionierte bestens. *Tring-tring,* trieb sein Daumen sie voran, *tring-tring.* Überquellend vor Zuversicht stürzte er sich auf seinem bimmelnden Rad in den Verkehr, auf den Rädern, die helfen würden, die Zukunft zu richten.

Er kehrte zum sicheren Bordstein zurück, und Ishvar atmete auf. Der Plan war absurd, aber er freute sich, daß sein Neffe seinen Spaß dran hatte. Er sah zu, wie er die Lenkstange hin und her schwenkte und rückwärts trat, um nicht loszurasen. Auf dem Sattel vollführte Om einen komplizierten Tanz, den Tanz des Gleichgewichthaltens bei langsamem Tempo. Bald, so hoffte Ishvar, würde er seine verrückten Ideen wieder aufgeben und mit gleicher Geschicklichkeit den mühevollen Tanz des Nähens-für-die-Arbeitgeberin vollführen.

Auf Oms Drängen setzte sich Ishvar auf den Gepäckträger hinter dem Sattel. Er saß seitlich, die Beine ausgestreckt. Die Füße Zentimeter über dem Boden, wobei die Sandalen nur hin und wieder den Asphalt berührten, segelten sie von dannen. Oms Optimismus hallte in den Schauern von *tring-tring* wider, die aus seiner Klingel sprudelten. Für eine kurze Weile war die Welt in Ordnung.

Bald näherten sich die Schneider der Ecke, wo der Bettler auf seinem Brett herumrollte. Sie hielten an, um ihm eine Münze zuzuwerfen. Sie landete mit einem Klappern in der leeren Dose.

Sie versteckten das Fahrrad in sicherer Entfernung von Dina Dalals Wohnung, in einem spinnwebigen Treppenhaus, in dem es nach Urin und selbstgebranntem Schnaps roch. Sie ketteten es an eine alte Gasleitung an und verließen das Gebäude, wobei sie sich die unsichtbaren Fäden von Gesicht und Händen wischten. Die Geister der Spinnweben irritierten sie noch eine ganze Zeit lang. Ihre Finger wanderten immer wieder zu Stirn und Nacken, um Fäden zu entfernen, die nicht da waren.

* * *

Dinas Finger flirrten wie übermütige Schmetterlinge, als sie die Kleider zusammenlegte und für die Lieferung an Au Revoir Exports fertigmachte. Sie prüfte nach, ob auch alle Schnittmuster vollzählig vorhanden waren. Die Chefin hatte ihr wiederholt eingeschärft, wie wichtig sie seien. »Verteidigen Sie diese Muster mit Ihrem Leben«, sagte Mrs. Gupta immer. »Wenn sie in die falschen Hände gelangen, ist meine Firma ruiniert.«

Dina fand das etwas übertrieben. Trotzdem hatte sie das Gefühl, während sie die Packpapierschnitte von Oberteil, Ärmeln und Kragen sortierte, daß ihr eigener Torso, ihre Arme und ihr Hals auf dem Spiel standen. In letzter Zeit hatte sie eine Überheblichkeit an Mrs. Gupta wahrgenommen, als hätte die Chefin entdeckt, daß sie gesellschaftlich nicht gleichgestellt waren. Sie verließ jetzt nicht mehr ihren Schreibtisch, um Dina zu begrüßen oder zu verabschieden, und bot ihr auch weder Tee noch Limonade an.

Ihre Finger kehrten nervös zu den zusammengelegten Kleidungsstücken zurück. Sie nahm willkürlich eines heraus und überprüfte Nähte und Säume. Würde diese Lieferung Mrs. Guptas Qualitätskontrolle passieren? Wie viele Reklamationen? Die engelhaften Schneider waren in Ungnade gefallen. Bei ihrer Arbeit grassierte jetzt Nachlässigkeit.

Aus seiner Ecke beobachtete Om, wie Dina ihr wöchentliches Schauspiel der besorgten Chefin absolvierte. Seine Gedanken konzentrierten sich darauf, sich zusammenzureißen. Der Augenblick kam näher.

Jetzt war es soweit.

Sie ließ ihre Handtasche zuschnappen.

Er hieb sich mit der Schere in den linken Zeigefinger.

Der Schmerz, der stärker als erwartet war, ließ ihn heftig zusammenzucken. Er hatte angenommen, der Schmerz würde weniger intensiv sein, weil er erwartet war, so wie bei erwarteter Freude. Das Blut spritze in hellroten Bögen auf das gelbe Voile.

»O mein Gott!« sagte Dina. »Was hast du gemacht!« Sie hob schnell einen Fetzen Stoff vom Boden auf und preßte ihn auf die Wunde. »Heb die Hand hoch, heb sie hoch, sonst fließt noch mehr Blut.«

»Hai Ram!« sagte Ishvar und entfernte den befleckten Stoff unter dem Nähfuß der Singer. Gerade als er dachte, daß sein Neffe Fortschritte machte, stellte er so was an. Seine Besessenheit, die Exportgesellschaft zu finden, war nicht gesund.

»Schnell, weich das Kleid im Eimer ein«, sagte Dina. Sie holte eine Tinktur aus ihrem Erste-Hilfe-Kasten und trug sie großzügig auf. Die Wunde war nicht so schlimm, wie sie bei der Menge Blut vermutet hatte. Sie gönnte sich jetzt die Erleichterung einer Schelte.

»Achtloser Junge! Was wolltest du denn machen? Wo hast du deine Gedanken? So ein dünner Mensch wie du kann es sich nicht leisten, so viel Blut zu verlieren. Aber da ist immer so viel Wut und so viel Hast in allem, was du machst.«

Immer noch benommen von dem, was die Schere angerichtet hatte, brachte Om nur ein halbwegs böses Gesicht zustande. Ihm gefiel der scharfe Duft der goldbraunen Flüssigkeit, die seinen Finger bedeckte. Als die Blutung nur noch ein Tröpfeln war, klebte Dina einen Wattebausch fest über den Schnitt.

»Wegen deinem Finger bin ich jetzt spät dran. Jetzt wird sich die Chefin aufregen.« Sie erwähnte nicht die Kosten des blutbefleckten Kleidungsstücks. Lieber abwarten, ob das Voile zu retten war, bevor man über Schadenersatz redete. Sie schleppte das Bündel Kleider zur Tür und nahm das Vorhängeschloß.

»Es tut zu weh«, sagte Om. »Ich will zum Arzt gehen.«

Und jetzt begriff Ishvar: Die Begegnung zwischen Schere und Finger gehörte zu dem törichten Plan seines Neffen.

»Deswegen zum Arzt? Sei doch kein Baby«, sagte sie. »Ruh dich eine Weile aus, und halt die Hand hoch, und alles ist in Ordnung.«

Om verzog sein Gesicht zu einer Karikatur des Schmerzes. »Und wenn wegen Ihrem Rat mein Finger fault und abfällt? Sie tragen die Verantwortung, das steht fest.«

Sie hatte den Verdacht, daß das Ganze inszeniert wurde, um die Arbeit am Nachmittag zu umgehen, aber bei Oms Worten wurde ihr doch etwas unbehaglich. »Ist mir doch egal – geh ruhig, wenn du willst«, sagte sie brüsk.

Sie fand, daß der Streß, mit diesen beiden Burschen umzugehen, ihre schlampige Arbeit, ihre Säumigkeit, sie allmählich erschöpften. Es war nur noch eine Frage der Zeit, bis Mrs. Gupta die Vereinbarung aufkündigte. Die Frage war nur, was zuerst verschwinden würde, die Schneider oder ihre Gesundheit. Sie stellte sich zwei leckende Wasserhähne vor: Auf dem einen stand GELD, auf dem anderen GESUNDHEIT. Und beide tropften gleichzeitig.

Gott sei Dank, daß Maneck Kohlah morgen kam. Wenigstens waren sein Zimmer und seine Verpflegung hundertprozentig garantiertes Einkommen.

Seinen verletzten Finger hochhaltend, sah Om aus einiger Entfernung zu, wie Dina ins Taxi stieg. Dann, beflügelt vom Geruch des Erfolges, eilte er zu seinem Versteck.

Als er das Fahrrad aufgeschlossen und es unter der Treppe herausgeschoben hatte, war das Taxi bereits verschwunden. Er raste zu der Seitenstraße und entdeckte es wieder. Es wartete an einer roten Ampel. Er holte auf, hielt sich aber vorsichtshalber zwei Autos dahinter. Daß Dina für ihn sichtbar blieb, war ebenso wichtig, wie daß er für sie unsichtbar blieb. Er beschleunigte, wurde langsamer, duckte sich hinter Bussen und wechselte die Spuren wie ein Teufel. Autofahrer hupten ihren Protest. Leute brüllten ihn an und machten ihm häßliche Handzeichen. Er konnte nicht darauf reagieren, das Taxi und das Fahrrad erforderten seine ganze Aufmerksamkeit.

Er war jetzt derart zuversichtlich, Dina ihr Betriebsgeheimnis abtrotzen zu können, daß er zitterte. Es war ein seltsames Beben, die Aufregung des Jägers gemischt mit der Furcht des Gejagten.

Die Straße ging in die Hauptstraße über, und der Verkehr war jetzt dichter, verrückt und übellaunig, schlimmer als alles, was er jemals erlebt hatte. Binnen weniger Minuten hechelte er vor lauter Frustration. Das Taxi wurde ein halbes dutzendmal verloren und wiedergefunden, und sein Vorsprung vergrößerte sich immer mehr. Dutzende von identischen gelb-schwarzen Fiats, die durch die Straße schwärmten und deren klobige Uhren links herausragten, machten seine Aufgabe nicht leichter.

Om war verwirrt und begann die Nerven zu verlieren. Die kurze frühmorgendliche Fahrradfahrt vom Bahnhof war keine Vorbereitung für die Hysterie des Mittagsverkehrs gewesen. Es war so, als würde man wilde Tiere zuerst lethargisch in ihren Zookäfigen sehen und ihnen dann im Dschungel begegnen. Als er sich in einem letzten verzweifelten Versuch zwischen zwei Autos hindurchzwängte, wurde er von seinem Rad gestoßen. Vom Bürgersteig kamen erschreckte Rufe von Passanten.

»Hai Bhagwan! Der arme Junge ist erledigt!«

»Totgequetscht!«

»Vorsicht, vielleicht sind seine Knochen gebrochen!«

»Schnappt den Fahrer! Laßt ihn nicht entwischen! Schlagt den Burschen zusammen!«

Om, dem es peinlich war, soviel unnötige Aufregung zu verursachen, erhob sich und zog das Fahrrad hinter sich her. Er hatte sich den Ellbogen aufgeschürft und ein Knie gestoßen, war aber ansonsten unverletzt.

Jetzt war der Fahrer an der Reihe. Er stieg forsch aus dem Auto aus, in dem er bis jetzt ängstlich gekauert hatte. »Hast du Augen oder Murmeln im Kopf?« brüllte er. »Kannst du nicht aufpassen, wo du langfährst? Beschädigst anderer Leute Eigentum!«

Ein Polizist traf ein und erkundigte sich bei den Insassen des Autos fürsorglich nach ihrem Befinden. »Niemandem was passiert, Sahab?« Om sah zu, etwas benommen und auch mit Angst. Wurden Leute, die einen Unfall verursachten, ins Gefängnis gesteckt? Sein Finger blutete wieder und pochte wie verrückt.

Ein Mann in einem ockerfarbenen Safari-Anzug, der im Fond des Wagens saß, zog seine Brieftasche heraus. Er reichte dem Polizisten etwas Geld und winkte dann seinen Fahrer zum Fenster heran. Der Fahrer drückte Om etwas in die Hand. »Und jetzt verschwinde! Und paß in Zukunft besser auf, sonst bringst du noch jemanden um! Benutz deine gottgegebenen Augen!«

Om sah hinunter auf das, was in seinen zitternden Händen lag: fünfzig Rupien.

»Na los, du Paagal-ka-batcha!« brüllte der Polizist. »Nimm dein Rad, und mach die Straße frei!« Er winkte das Auto mit seinem flottesten VIP-Gruß durch.

Om schob das Rad an den Bordstein. Die Lenkstange war schief, und die Schutzbleche klapperten noch heftiger als vorher. Er klopfte sich die Hose ab und untersuchte die schwarzen Ölschmierer an den Aufschlägen.

»Wieviel hat er dir gegeben?« fragte jemand auf dem Bürgersteig.

»Fünfzig Rupien.«

»Du bist zu schnell aufgestanden«, sagte der Mann und schüttelte mißbilligend den Kopf. »Du darfst nie so schnell aufstehen. Bleib immer auf dem Boden und gib irgendein Stöhnen von dir. Ruf nach einem Arzt, ruf nach einem Krankenwagen, schreie, brülle, irgendwas. In so einem Fall kannst du mindestens zweihundert Rupien lockermachen.« Er redete wie ein Profi. Sein verdrehter Ellbogen baumelte ihm wie ein Nachweis seiner Qualifikation an der Seite.

Om steckte das Geld ein. Er klemmte sich das Vorderrad zwischen die Knie und zog an der Lenkstange, bis sie wieder gerade war. Während die Menge noch angeregt seinen Unfall analysierte, verschwand Om in einer Seitenstraße.

Es hatte keinen Sinn, zur Wohnung zurückzukehren, denn das Vorhängeschloß würde vor der Tür hängen, dunkel und schwer, wie der verlorene Hodensack eines Ochsen. Er wollte auch ungern das Fahrrad früher zurückbringen – er hatte eine Tagesmiete im voraus bezahlt. Jetzt wünschte er, er hätte am Morgen auf seinen Onkel gehört. Aber als er sich den Ablauf der Ereignisse ausgemalt hatte, die Gewißheit des Erfolges, der so strahlte wie die in der Sonne blitzende Lenkstange, war ihm der Plan so perfekt vorgekommen. Phantasie war etwas Gefährliches.

An einer Stelle, wo der Verkehr weniger bedrohlich war, bestieg er wieder das Rad und nahm die Straße Richtung Meer. Jetzt, da er nicht mehr Beute oder Verfolger war, konnte er die Fahrt genießen. Er hörte das Geklingel des Zuckerwattenmannes vor einer Schule. Er hielt an und linste in den Glasbehälter, den der Mann um den Hals gehängt hatte. Die sauberste Seite bot einen verwaschenen Blick auf rosafarbene, gelbe und blaue Wattekugeln.

»Wieviel?«

»Fünfundzwanzig Paisa das Stück. Oder probieren Sie eine Lotterie für fünfzig Paisa – gewinnen Sie zwischen ein bis zehn Kugeln.«

Om bezahlte und versenkte die Hand in die braune Lostüte. Auf das Los, das er herauszog, war eine 2 gekrakelt.

»Welche Farben?«

»Einmal rosa und einmal gelb.«

Der Mann zog den runden Deckel ab und griff hinein. »Nicht das, das daneben«, wies Om ihn an.

Der süße Schaum schmolz schnell in seinem Mund. Hab die größere rosa Kugel erwischt, das steht fest, dachte er zufrieden, als er einen Zehn-Rupien-Schein von dem knisternden Bündel von fünf herunternahm. Der Mann wischte sich die Finger an dem Halsband ab, bevor er das Geld nahm. Om steckte das Wechselgeld ein und setzte seine Fahrt Richtung Meer fort.

Am Strand hielt er an, um den gemeißelten Namen unter einer großen schwarzen Steinstatue zu lesen. Auf der Tafel stand, der Geehrte sei der Hüter der Demokratie. Om kannte den Namen aus dem Geschichtsunterricht, als sie die Geschichte des Freiheitskampfes durchgenommen hatten. Das Foto im Geschichtsbuch war schöner als die Statue, fand er. Er lehnte das Rad an den Sockel und ruhte sich im Schatten der Statue aus. Die Seiten des Sockels waren mit Plakaten vollgekleistert, auf denen die Vorteile des Ausnahmezustandes gerühmt wurden. Das obligatorische Antlitz der Ministerpräsidentin war allgegenwärtig. In Kleingedrucktem wurde begründet, weshalb die Grundrechte vorübergehend aufgehoben worden waren.

Er sah zu, wie am Strand zwei Männer an einem Zuckerrohrstand Saft herstellten. Einer drückte die Stangen gegen die mahlenden Räder und der andere kurbelte. Dieser zweite arbeitete mit nacktem Oberkörper, seine Muskeln waren in ständiger Bewegung, und seine Haut glänzte vor Schweiß, während er mit aller Kraft die Maschine betätigte. Er hatte die härtere Arbeit, dachte Om, und er hoffte, sie wechselten sich ab, sonst wäre es keine gerechte Partnerschaft.

Bei dem Anblick des schäumenden goldenen Safts lief Om das Wasser im Mund zusammen. Trotz des Geldes in seiner Tasche zögerte er. Kürzlich hatte er Geschichten im Basar gehört über einen Zuckerrohrstand, der zusammen mit dem Zuckerrohr einen Gecko verarbeitet hatte. Ein Versehen, hieß es – das Tier hatte wahrscheinlich in den Eingeweiden der Maschine gehockt und das zuckrige Gestänge und Getriebe abgeleckt –, aber viele Kunden waren vergiftet worden.

Verflüssigte Eidechsen drängten sich immer wieder in Oms Gedanken, während er an die Gläser erfrischenden goldgelben Safts dachte. Schließlich behielten die Eidechsen die Oberhand und erstickten jegliches Verlangen nach dem Getränk. Statt dessen kaufte er eine Stange Zuckerrohr, die geschält und in ein Dutzend Stücke zerhackt war. Diese kaute er genüßlich, saugte sie eines nach dem andern aus und spuckte die faserigen Reste so aus, daß sie zu Füßen der Statue einen kleinen ordentlichen Haufen bildeten. Seine Kiefer ermüdeten schnell, aber der Schmerz war ebenso wohltuend wie die Süße.

Die ausgesaugten Zuckerrohrscheiben lockten eine neugierige Möwe an. Beim nächsten Ausspucken zielte er auf den Vogel.

Die Möwe wich dem Geschoß aus und stocherte in den zerfaserten Stücken herum und verstreute den ordentlichen kleinen Haufen, bevor sie sich verächtlich abwandte.

Om warf ihr sein letztes unzerkautes Stück hin. Das Interesse der Möwe wurde erneut geweckt. Sie untersuchte den Happen ausführlich und weigerte sich zu glauben, daß ihr Schnabel nicht in der Lage sei, mit einem Stück Zuckerrohr fertigzuwerden.

Ein Straßenkind verscheuchte die Möwe und schnappte sich die Kostbarkeit. Es ging damit zum Saftstand und wusch den Sand in einem Eimer ab, in dem die Männer schmutzige Gläser spülten. Während er zusah, wie es an dem Stück kaute, wurden Om die Lider schwer. Er wünschte, er könnte mit dem wunderschönen Mädchen mit den glänzenden Haaren hierherkommen. Shanti. Er würde für sie beide Bhel-puri und Zuckerrohr kaufen. Sie würden im Sand sitzen und dem Spiel der Wellen zusehen. Dann würde die Sonne untergehen, der Abendwind würde aufkommen, und sie würden sich aneinanderkuscheln. Sie würden dasitzen, die Arme umeinandergelegt, und dann, das stand fest... Vor sich hin träumend, schlief er ein. Als er aufwachte, brannte die Sonne immer noch und schien ihm in die Augen. Es blieben ihm noch anderthalb Stunden Mietzeit für das Fahrrad, aber er beschloß, es trotzdem schon zurückzubringen.

Aus Oms unbekümmertem Grinsen, mit dem er seinen Platz an der Singer wieder einnahm, schloß Ishvar, daß sein Neffe sein Ziel erreicht hatte.

Dina, die schon seit Stunden wieder da war, schimpfte ihn aus. »Du willst doch nichts als Zeit vertrödeln. Hast du eine Stadtrundfahrt gemacht, oder was? Wo ist denn dein Arzt – an der südlichsten Spitze von Lanka?«

»Ja, ich wurde von Lord Hanuman durch den Himmel getragen«, erwiderte er und fragte sich, ob sie ihn vielleicht auf dem Fahrrad erspäht hatte.

»Dieser Bursche kriegt allmählich eine sehr scharfe Zunge.«

»Zu scharf«, sagte Ishvar. »Wenn er nicht aufpaßt, wird er sich wieder schneiden.«

»Und wie geht's dem Finger, der kurz vor dem Verfaulen war?« erkundigte sie sich. »Ist er schon abgefallen?«

»Es geht ihm besser. Der Doktor hat ihn versorgt.«

»Gut. Dann kannst du ja wieder arbeiten. Fang an zu treten, es gibt eine Menge neue Kleider.«

»Hahnji, sofort.«

»Du meine Güte. Kein Meckern mehr? Ich weiß nicht, was der Doktor dir für eine Medizin verschrieben hat, aber sie funktioniert. Du solltest jeden Morgen eine Dosis nehmen.«

Überraschenderweise verging die letzte Stunde des Tages, die normalerweise die schwierigste war, mit Geplänkel und Lachen. Wieso konnte es nicht jeden Tag so sein, fragte sich Dina. Bevor sie gingen, nutzte sie die gute Laune der beiden aus, um einige Möbel aus ihrem Zimmer in den Nähraum zu tragen.

»Räumen Sie die ganze Wohnung um?« fragte Ishvar.

»Nur dieses eine Zimmer. Ich muß mich auf meinen Gast vorbereiten.«

»Ach ja, der College-Junge«, erinnerte sich Om. Sie rollten die Matratze zusammen, trugen den Rahmen und die Latten rüber und legten die Matratze wieder drauf. Die Nähmaschinen, Schemel und Arbeitstische wurden enger zusammengerückt, um Platz zu machen. »Wann kommt er?«

»Morgen abend.«

Als sie gegangen waren, setzte Dina sich in den Nähraum und beobachtete, wie im Licht der Lampe Fussel umherschwebten. Der penetrant süßliche Geruch, der von dem gestärkten Stoff aus der Au-Revoir-Produktion ausging, vermischte sich mit dem Schweiß- und Tabakgeruch der Schneider. Solange der Raum mit ihrer Betriebsamkeit erfüllt war, gefiel ihr diese Geruchsmischung. Aber in den leeren Abenden bekam sie für Dina etwas Trostloses. Dann, fand sie, dünsteten die Stoffballen etwas Beißendes aus, das die Luft steif machte und Bilder von trüben Fabriken heraufbeschwor, von tuberkulosekranken Arbeitern und ihrem freudlosen Dasein. In dieser Stunde empfand sie die Leere ihres eigenen Daseins am bedrückendsten.

»Und, wie heißt die Firma?« fragte Ishvar.

»Ich weiß nicht.«

»Die Adresse?«

»Ich weiß nicht.«

»Wieso dann so vergnügt? Dein schlauer Plan hat dir nichts gebracht.«

»Geduld, Geduld«, äffte er seinen Onkel nach. »Er hat mir schon etwas gebracht.« Er ließ das Geld aufblitzen und erzählte seine nachmittäglichen Abenteuer.

Ishvar mußte lachen. »So was kann auch nur dir passieren.« Keiner von beiden schien enttäuscht. Vielleicht lag es an dem Geld, oder es war die Erleichterung über das Scheitern des Planes: Hätten sie die Exportfirma gefunden, stünden jetzt einige schwierige Entscheidungen an.

Als sie nach Hause kamen, sahen sie, daß draußen vor der Hüttensiedlung eine mobile Familienplanungsklinik geparkt war. Die Mehrheit der slumbewohnenden Massen machte einen großen Bogen um sie. Das Personal gab kostenlose Kondome aus, verteilte Broschüren über Maßnahmen zur Geburtenkontrolle, erläuterte Anreize, die in bar und in Naturalien angeboten wurden.

»Vielleicht sollte ich die Operation machen lassen«, sagte Om. »Dann kriegen wir ein Bush-Kofferradio. Und dann bekommen wir auch die Lebensmittelkarte.«

Ishvar gab ihm eine Kopfnuß. »Sag so was nicht einmal im Spaß!«

»Wieso nicht? Ich werd ja doch nie heiraten. Da kann ich genausogut ein Kofferradio bekommen.«

»Du wirst heiraten, wenn ich's dir sage. Keine Diskussion. Und was ist so wichtig an einem kleinen Radio?«

»Jeder hat eins heutzutage.« Er stellte sich Shanti am Strand vor, in der Dämmerung, während sein Kofferradio ihnen ein Ständchen spielte.

»Alle springen in den Brunnen, und deswegen willst du's auch? Gewöhnst dir die großstädtische Art an – vergißt unsere gute bescheidene kleinstädtische Art.«

»Laß du dir doch die Operation machen, wenn du was dagegen hast, daß ich sie mache.«

»Schamloser. Meine Männlichkeit für ein dummes Radio?«

»Ach was, yaar, die wollen doch nicht deine Männlichkeit haben. Der Arzt schneidet bloß ein winziges kleines Röhrchen drinnen durch. Du spürst es nicht mal.«

»Niemand setzt an meinen Eiern das Messer an. Willst du ein Kofferradio haben? Dann arbeite hart für Dinabai, und verdien dir etwas Geld.«

Rajaram kam herbei und zeigte ihnen die Kondome, die er sich bei der Klinik abgeholt hatte. Es wurden vier pro Person ausgegeben, und er fragte sie, ob sie ihre Quote abholen und ihm überlassen könnten, wenn sie sie nicht brauchten. »Wer weiß, wann der Wagen wieder mal hier vorbeikommt«, meinte er.

»Bist du ein häufiger Ficker, oder was?« sagte Om lachend, doch voller Neid. »Willst uns heute nacht doch nicht etwa wieder wachhalten, oder?«

»Unverschämter Bursche«, sagte Ishvar und versuchte, Om eine runterzuhauen, der aber geschickt auswich und davonsprang, um die Affen zu besuchen.

* * *

Dina las noch einmal Mrs. Kohlahs Brief, den sie zusammen mit dem ersten Mietscheck erhalten hatte, der auf Manecks Einzugstag datiert war. Die drei Seiten waren eine Liste von Anweisungen bezüglich der Pflege und des Wohlbefindens von Aban Kohlahs Sohn. Es gab Tips für sein Frühstück: Spiegeleier sollten in schwimmender Butter gebraten werden, weil er die ledrigen Ränder nicht mochte, die an der Pfanne hängenblieben. Rührei sollte leicht und schaumig sein, wozu in der letzten Kochphase Milch zuzufügen sei. »Da er in unserer gesunden Bergluft aufgewachsen ist«, fuhr der Brief fort, »hat er einen großen Appetit. Aber bitte gib ihm nicht mehr als zwei Eier, auch wenn er darum bittet. Er muß sich an eine ausgewogene Ernährung gewöhnen.«

Bezüglich seiner Studien schrieb Aban Kohlah: »Maneck ist ein guter, fleißiger Junge, aber er läßt sich manchmal ablenken, also bitte erinnere ihn daran, jeden Tag seine Aufgaben zu machen.« Er sei auch sehr genau bezüglich seiner Kleidung, wie sie gestärkt und gebügelt werde. Ein guter Dhobi sei unerläßlich für sein Wohlbefinden. Und Dina solle ihn ruhig Mac nennen, weil jeder in der Familie ihn so nenne.

Dina schnaubte und steckte den Brief weg. Eier in schwimmender Butter, von wegen! Und ein guter Dhobi, ausgerechnet! Was Eltern manchmal ihren Kindern für einen Unsinn aufdrängten. Als der Junge letzten Monat vorbeigekommen war, hatte er überhaupt nicht wie die Person gewirkt, die im Brief seiner Mutter beschrieben wurde. Aber das war immer so – Eltern sehen ihre Kinder selten so, wie sie wirklich sind.

Um das Zimmer für seine Ankunft herzurichten, trug Dina ihre Kleidung, Schuhe und Krimskrams heraus, für die sie zwischen den ganzen Nähutensilien Platz machte. In der Truhe auf dem Tapeziertisch fand sie Platz für ihren Vorrat an selbstgemachten Hygienebinden und Stoffresten. Die größeren Stoffreste, mit denen sie kürzlich begonnen hatte, eine Bettdecke zu entwerfen, wanderten in die unterste Schublade ihrer Kommode. Der Pagodenschirm blieb an der Kommode des zahlenden Gastes hängen, dort würde er ihm nicht im Weg sein.

Ihr altes Schlafzimmer war leer und bereit für Maneck Kohlah. Ihr neues Schlafzimmer war – schrecklich. Ich werde wahrscheinlich eine schlaflose Nacht verbringen und nach Luft ringen, dachte sie, eingeengt von den Stapeln Stoff. Aber den Mieter bei den Nähmaschinen unterzubringen kam nicht in Frage. Dann würde er gleich wieder zu seinem Studentenheim zurücklaufen.

Sie wählte einige Stoffstücke von dem Bündel unter dem Bett aus und ließ sich nieder, um weitere Flicken für die Bettdecke zu machen. Die Konzentration auf die Arbeit verdrängte die Sorgen um den Morgen. Lächerlich, dachte sie, auch nur daran zu denken, mit Aban Kohlah und dem Luxus ihres Hauses im Norden konkurrieren zu wollen. Maneck das Schlafzimmer zu überlassen war das einzige Eingeständnis, das sie machen würde.

V

Berge

Als Maneck Kohlah mit dem Umzug seiner Sachen vom Studentenheim zu Dinas Wohnung fertig war, war er in Schweiß gebadet.

Prächtige starke Arme, dachte sie, während sie zusah, wie geräuschlos er seinen Koffer und seine Kästen trug und wie vorsichtig er die Dinge abstellte.

»Es ist so feucht«, sagte er, sich die Stirn wischend. »Ich werd jetzt ein Bad nehmen, Mrs. Dalal.«

»Um diese Zeit am Abend? Du machst wohl Witze. Es gibt kein Wasser. Du mußt bis morgen früh warten. Und was soll dieses Mrs. Dalal schon wieder?«

»Verzeihung – Tante Dina.«

So ein gutaussehender Junge, dachte sie, und Grübchen, wenn er lächelt. Aber sie fand, er sollte sich von den paar Haaren auf seiner Oberlippe trennen, die sich so sehr anstrengten, ein Schnurrbart zu sein. »Soll ich dich Mac nennen?«

»Ich kann den Namen nicht ausstehen.«

Er packte aus, wechselte sein Hemd, und dann aßen sie zusammen zu Abend. Er blickte einmal von seinem Teller auf, begegnete ihrem Blick und lächelte traurig. Er aß wenig. Sie fragte, ob ihm das Essen schmecke.

»O ja, sehr lecker, vielen Dank, Tante.«

»Wenn Nusswan – mein Bruder – deinen Teller sehen würde, würde er sagen, daß sogar ein Spatz bei der Menge hungrig bleiben würde.«

»Es ist zu heiß, um so viel zu essen«, murmelte er entschuldigend.

»Ja, verglichen mit eurem gesunden Bergklima findest du es hier wahrscheinlich kochend heiß.« Sie fand, man müsse ihm ein bißchen die Befangenheit nehmen. »Und wie läuft es am College?«

»Gut, danke.«

»Aber das Studentenheim hat dir nicht gefallen?«

»Nein, da geht es sehr ruppig zu. Da kann man unmöglich in Ruhe lernen.«

Während der nächsten paar Bissen herrschte Schweigen, und der nächste Versuch, Konversation zu machen, kam von ihm. »Diese beiden Schneider, die ich letzten Monat kennengelernt habe – arbeiten die noch für dich?«

»Ja«, sagte sie. »Sie kommen morgen früh.«

»Oh, gut, es wird schön sein, sie wiederzusehen.«

»Wirklich?«

Die Spitze in ihrer Frage entging ihm, und er versuchte, freundlich zu nicken, während sie begann, den Tisch abzuräumen. »Laß mich helfen«, sagte er und schob seinen Stuhl zurück.

»Nein, ist schon gut.«

Er sah ihr zu, wie sie in der Küche das Geschirr für den nächsten Morgen einweichte. Die Wohnung deprimierte ihn, so wie beim ersten Mal, als er gekommen war, um sich das Zimmer anzusehen. In weniger als einem Jahr würde er hier wieder weg sein, Gott sei Dank. Aber für Tante Dina war das hier ihr Zuhause. Überall zeigten sich Zeichen ihres Kampfes, dem Elend immer ein Stück voraus zu sein, die Schäbigkeit der Armut mit Sauberkeit und Ordentlichkeit abzumildern. Er sah es an dem Maschendraht vor der kaputten Fensterscheibe, an den geschwärzten Wänden und der Decke der Küche, an dem abblätternden Putz, an den Ausbesserungen an Kragen und Ärmeln ihrer Bluse.

»Wenn du müde bist, kannst du ruhig ins Bett gehen, du brauchst nicht auf mich zu warten«, sagte sie.

Er faßte das als eine höfliche Entlassung auf und zog sich in sein Zimmer zurück – ihr Zimmer, dachte er schuldbewußt. Er setzte sich hin und lauschte den Geräuschen, die von hinten in der Wohnung kamen, und versuchte zu erraten, was sie gerade machte.

Bevor sie selbst ins Bett ging, dachte Dina daran, den Wasserhahn in der Küche aufzudrehen, um gleich zum Anfang der Wasserzeit von seinem Geprassel aufgeweckt zu werden. Sie lag lange wach und dachte über ihren Mieter nach. Der erste Eindruck war gut. Er schien überhaupt nicht heikel zu sein, war höflich, hatte gute Manieren und war sehr ruhig. Aber vielleicht war er heute bloß müde, könnte morgen etwas gesprächiger sein.

Maneck schlief nicht gut. Ein Fenster klapperte ständig im Wind, aber er traute sich nicht, aufzustehen und nachzusehen, weil er Angst hatte, im Dunkeln zu stolpern und Mrs. Dalal zu stören. Er wälzte und drehte sich, immer noch verfolgt von dem, was er im Studentenheim erlebt hatte. Gott sei Dank ist das vorüber, dachte er. Aber es wäre viel besser gewesen, gleich nach Hause zu fahren ...

Er war früh wach. Der geöffnete Wasserhahn wurde auch zu seinem Wecker. Nach dem Zähneputzen kehrte er in sein Zimmer zurück und machte Liegestütze in seiner Unterwäsche, ohne zu merken, daß Dina, die in der Küche fertig war, durch die halb geöffnete Tür zusah.

Sie bewunderte das Spiel seiner Trizepse, jedesmal, wenn er sich hochstemmte und wieder herunterließ. Ich hatte gestern abend recht, dachte sie, schöne starke Arme. Und so ein prachtvoller Körper. Dann errötete sie verwirrt – Aban mit mir zusammen auf der Schule ... jung genug, um mein Sohn sein zu können. Sie wandte sich von der Tür ab.

»Guten Morgen, Tante.«

Sie drehte sich behutsam um, erleichtert, daß er jetzt vollständig angezogen war. »Guten Morgen, Maneck. Hast du gut geschlafen?«

»Ja, danke.«

Sie machte ihn mit dem Badezimmer vertraut und damit, wie der Kochsieder funktionierte, dann ließ sie ihn allein. Er machte die Tür zu, um sich auszuziehen, bewegte sich vorsichtig in dem kleinen unvertrauten Raum. In dem Eimer dampfte und blubberte heißes Wasser. Er prüfte es mit den Fingerspitzen, tauchte dann seine Hand bis über das Handgelenk ein und genoß die Wärme. Er erkannte, daß es bloß der feuchte Monsuntag war, der den Dampf so bedrohlich dicht werden ließ, der nicht heißer war als der verträumte Nebel, der jetzt die Berge daheim umarmen würde.

Wenn er die Augen zumachte, sah er das Bild vor sich: Um

diese Zeit würde der Nebel in phantastischen Formen herumwirbeln und die schneebedeckten Gipfel umkreisen. Kurz nach Tagesanbruch war die beste Zeit, um diesen langsamen Tanz zu beobachten, bevor die Sonne so stark wurde, daß sie den Schleier fortreißen konnte. Und dann stand er immer am Fenster, betrachtete das Orange und Rosa des Sonnenaufgangs, stellte sich vor, wie der Nebel den Berg am Ohr kitzelte, ihm einen Kinnstüber gab oder eine Mütze für ihn webte.

Bald hörte er die vertrauten Geräusche von unten, wenn sein Vater den Laden aufmachte und hinaustrat, um die Veranda zu fegen. Zuerst begrüßte sein Vater immer die Hunde, die die Nacht auf der Veranda verbracht hatten. Es hatte nie Probleme mit den Streunern gegeben. Daddy hatte ein Abkommen mit ihnen: Sie konnten hier schlafen und Reste fressen, vorausgesetzt, sie verschwanden am Morgen wieder. Und sie zogen, wenn auch widerwillig, mit dem ersten Licht immer brav von dannen, nicht ohne vorher noch mit der Schnauze gegen seine Knöchel gestupst zu haben. In der Küche bestückte Mummy den Boiler mit glänzender schwarzer Kohle, füllte den Teekessel, schnitt das Brot und behielt den Herd im Auge.

Um diese Zeit, wenn die Pfanne zischte und stotterte, stieg der Duft von gebratenen Eiern nach oben und hinaus auf die Veranda. Der appetitmachende Gesandte brachte Maneck und seinem Vater wortlose Botschaften. Dann verließ Maneck das Panorama mit dem wabernden Nebel und eilte zum Frühstück, umarmte seine Eltern, flüsterte jedem ein guten Morgen zu und setzte sich auf seinen Platz. Sein Vater hatte einen besonderen großen Becher, aus dem er noch im Stehen große Schlucke Tee trank. Er trank seine erste Tasse immer im Stehen, ging in der Küche herum, blickte aus dem Fenster auf das frühmorgendliche Tal.

Wenn Maneck mit einer Erkältung im Bett lag oder in der Schule Prüfung hatte, durfte er aus der Tasse seines Vaters trinken, die so riesig war, daß Maneck dachte, er würde es nie schaffen, sie bis zur Neige zu leeren, und doch mußte er immer weitertrinken, wenn er triumphieren und das sternförmige Muster auf dem Boden enthüllen wollte, das im letzten Rest Flüssigkeit die Farbe wechselte, erschien und wieder verschwand, während er die Tasse hin und her schwenkte ...

Maneck, ein Katzenwäscher, schüttelte Wasser von seinem nassen Unterarm und versuchte, den tropfenden Hahn zuzudrehen, wobei er geistesabwesend auf die dampfigen Wirbel starrte, die seinen Eimer heißen Wassers wie ein Heiligenschein umgaben. In seiner von Heimweh geplagten Phantasie sah er wieder, wie die Berge durch den Nebel schwebten, vom Nimbus zum Nichts wechselten. Er seufzte, stellte sich auf die hohe Stufe, die die Badefläche umgab, und hängte seine Sachen an den leeren Nagel neben seinem Handtuch. Der dritte Nagel war mit einem Büstenhalter belegt, hinter dem noch etwas hing – aus starkem, grobem Garn gestrickt, wie ein daumenloser Handschuh. Er zog es neugierig hervor, um es sich näher anzusehen. Ein Waschlappen, befand er, trat von der Schwelle herunter und bückte sich nach dem Becher, um sich damit mit Wasser aus dem Eimer zu bespritzen.

Dann sah er die Würmer. *Phylum Annelida,* wie er sich aus dem Biologieunterricht erinnerte. Sie krochen in riesigen Mengen aus dem Abfluß, fadendünn und dunkelrot, glänzten auf dem grauen Steinboden, näherten sich mit einem hypnotisierenden Gleiten. Maneck erstarrte einen Moment, bevor er zurück auf die Schwelle und in Sicherheit sprang.

* * *

Wochen zuvor, als Dina erstmals erfahren hatte, daß der Mieter, den Zenobia für sie gefunden hatte, der Sohn einer ehemaligen Mitschülerin war, vermochte ihre Erinnerung nicht über die Jahre zurückzuspringen, um das fragliche Gesicht herauszupikken.

»Sie hatte einen Schönheitsfleck am Kinn«, erinnerte Zenobia sie, »und ihre Nase war etwas schief. Aber ich glaube, dadurch sah sie ganz süß aus.«

Dina schüttelte den Kopf, sie konnte sich immer noch nicht erinnern.

»Hast du vielleicht das Klassenfoto von ... mal sehen«, und

Zenobia zählte an ihren Fingern ab, »1946, '47, '48, '49 – das ist es, 1949.«

»Nusswan wollte mir damals nicht das Geld geben, es zu kaufen. Hast du vergessen, wie mein Bruder war, nachdem Papa gestorben war?«

»Ja, ich weiß. So ein gemeiner Kerl. Wie er dich gezwungen hat, diese lächerlich langen Uniformen zu tragen und diese schweren häßlichen Schuhe. Du Ärmste. Regt mich immer noch auf, nach all den Jahren.«

»Und wegen ihm hab ich mit allen den Kontakt verloren, außer mit dir.«

»Ja, ich weiß. Er hat dir nicht erlaubt, am Chor oder am Theater oder am Ballett teilzunehmen. Gar nichts durftest du machen.«

Den ganzen Abend lang gaben sie sich genußvoll ihren Erinnerungen hin, lachten über die Verrücktheiten und Tragödien ihrer Vergangenheit. Sehr oft lag ein wenig Traurigkeit in ihrem Lachen, denn es war ihre Jugend, die in ihren Erinnerungen wieder vor ihnen auferstand. Sie erinnerten sich an ihre Lieblingslehrerinnen und an Miss Lamb, die Direktorin, die Lambretta genannt wurde, weil sie immer die Flure entlanggeschossen war. Sie rechneten aus, wie alt sie wohl in der sechsten Klasse gewesen waren, als sie mit Französisch anfingen und die Französischlehrerin, die sie Mademoiselle Bouledogue tauften, ihnen das Leben dreimal die Woche zur Hölle machte. Jeder nahm an, der Spitzname sei ein Beispiel dafür, wie grausam Schülerinnen sein konnten, aber man hatte ihn ihr ebensosehr wegen ihrer ausgeprägten Hängebacken gegeben wie auch wegen ihrer kampfeslustigen Herangehensweise an unregelmäßige Verben und Konjugationen.

Nachdem Zenobia gegangen war, maß Dina eine halbe Tasse Reis ab, las die Steinchen zwischen den Körnern heraus und kochte das Wasser. Das Tageslicht wurde bis zum letzten ausgenutzt, erst dann wurde das Küchenlicht angeknipst. Durch das offene Fenster hörte sie eine Mutter ihre spielenden Kinder hereinrufen. Dann schwappte der Geruch von gebratenen Zwiebeln herein. Überall hatte jetzt die Kochstunde begonnen.

Während der Reis kochte, dachte sie daran, wie angenehm es gewesen war, sich an ihre Schulzeit zu erinnern – besser als das Grübeln und Tagträumen, dem sie sich in letzter Zeit hingegeben hatte und in dem sie sich mit Nusswan und Ruby beschäftigte, mit dem Haus ihres Vaters und mit ihren Neffen Xerxes und Zarir, inzwischen erwachsene Männer von zweiundzwanzig und neunzehn Jahren, die sie kaum öfter als einmal im Jahr sah.

Nach dem Abendessen setzte sie sich ans Fenster und sah zu, wie der Luftballonverkäufer auf der anderen Straßenseite vorbeikommende Kinder in Versuchung führte. Irgendwo plärrte ein Radio die Titelmelodie von ›Choice of the People‹. Acht Uhr, dachte Dina, als Vijay Correas Stimme das erste Lied vorstellte. Sie arbeitete etwa eine Stunde lang an ihrer Patchworkdecke. Bevor sie ins Bett ging, seifte sie ihre Kleider ein und ließ sie im Eimer, bereit für die morgendliche Wäsche.

Am nächsten Abend kam Zenobia auf dem Heimweg von ihrer Arbeit wieder vorbei und zog einen großen Umschlag aus ihrer Handtasche. »Na los, mach ihn auf«, sagte sie.

»Oh, es ist das Klassenfoto«, rief Dina begeistert aus.

»Sieh uns bloß an«, sagte Zenobia wehmütig. »Wir müssen so um die Fünfzehn gewesen sein.« Sie zeigte auf das Mädchen in der zweiten Reihe.

»Ja, jetzt erinnere ich mich an sie. Aban Sodawalla. Obwohl man auf dem Bild ihren Schönheitsfleck nicht sieht.«

»Wie die andern sie deswegen aufgezogen haben. Und diesen gemeinen Vers, den jemand gedichtet hat, weißt du noch? Aban Sodawalla, die sieht aus wie eine kleine graue Maus.«

»Seht auf ihrem Kinn den Fleck, ist so schwarz wie ein Stück Dreck«, vervollständigte Dina. »Wie dumm wir damals waren, so einen Unsinn aufzusagen.«

»Ich weiß. Und mit sechzehn hat der ganze Haufen von uns versucht, den Schönheitsfleck zu kopieren. War das nicht dämlich, zu versuchen, ihn aufzumalen?«

Dina betrachtete das Bild wieder. »Am besten kann ich mich an sie erinnern, als wir in der vierten Klasse waren. Als wir acht oder neun waren. Da waren wir drei immer zusammen. Sie war die, die so gut seilhüpfen konnte, nicht?«

»Ja, genau.« Zenobia freute sich, daß endlich eine eindeutige Einordnung erfolgt war. »Hundertprozentigen Ärger hat uns die Lehrerin genannt, weißt du noch?«

Sie nahmen die Spur der Nostalgie wieder dort auf, wo sie sie am Vorabend verlassen hatten: die Spiele, die sie in der großen und kleinen Pause gespielt hatten, und wieviel Spaß es gemacht hatte, sich gegenseitig Zöpfe zu flechten, Schleifen zu vergleichen und Haarspangen zu tauschen. Und als ihre Brüste angefangen hatten zu wachsen, wie sie vornübergebeugt gingen, um die peinlichen Wölbungen auszugleichen, oder, sogar in glühender Hitze, Pullover trugen, um sie zu verstecken, und wie sie sich über ihre erste Periode unterhielten und einen komischen Gang hatten, bis sie sich an die Binden gewöhnt hatten. Und die Nekkereien über erfundene Freunde und Küsse und Phantasien über Spaziergänge im Mondlicht durch romantische Gärten.

Am meisten bewunderten Dina und Zenobia, wie während jener Jahre ihrer furchtbaren Unschuld alle Mädchen praktisch alles über das Leben der anderen gewußt hatten. »Dann ist dein Vater gestorben«, sagte Zenobia. »Und dieser Bruder von dir hat dir alle Freundinnen verboten. Aber weißt du, soviel hast du auch wieder nicht verpaßt – nach dem letzten Jahr haben die meisten von uns sowieso den Kontakt mit der Bande verloren.«

Nach Beendigung der High-School hatten einige ihrer Gefährtinnen arbeiten gehen müssen, weil ihre Familien arm waren. Andere gingen weiter aufs College, und einige durften nicht, weil das College für das Leben angehender Ehefrauen und Mütter schädlich sein konnte – sie wurden zu Hause behalten und mußten in der Küche helfen. Wenn es keine jüngeren Schwestern gab, um die Bluse und den Kittel der Schuluniform zu tragen, wurden sie zu Wischlappen zerschnitten, um damit Herde zu reinigen oder heiße Töpfe und Pfannen zu tragen. Danach, wenn sie sich zufällig begegneten, waren die ehemaligen Schülerinnen ausweichend, sogar verschlossen. Es herrschte eine Stimmung von Verlegenheit darüber, wie sie ihre Zeit verbrachten, als hätte es eine geheime Absprache gegeben, einen kollektiven Verrat an ihrer Jugend und Kindheit zu begehen. Die meisten wußten praktisch nichts mehr über das Leben der anderen.

»Du warst die einzige, mit der ich in Verbindung blieb – du und Aban Sodawalla natürlich«, sagte Zenobia.

Sie erzählte dann die weitere Lebensgeschichte ihrer Schulfreundin: Bald nach ihrem Schulabschluß war Aban von Freunden der Familie einem gewissen Farokh Kohlah vorgestellt worden, der zu Besuch in der Stadt war und ein Geschäft im Norden hatte, weit weg, in einem Bergort. Die Familie Sodawalla war ihm sofort gewogen. Wie groß und stattlich der junge Parsi-Gentleman sei, hatte Mr. Sodawalla bemerkt, so ein feines Auftreten, das wahrscheinlich dem gesunden Leben in den Bergen zu verdanken sei. Mrs. Sodawalla war höchst beeindruckt von der hellen Hautfarbe des jungen Herrn. Nicht weiß wie ein europäisches Gespenst, erzählte sie ihren Freundinnen, sondern hell und goldfarben.

Im Hinblick auf die Möglichkeiten machte die Familie Sodawalla im folgenden Jahr einen taktischen Urlaub in dem Bergort.

Und alsbald zeitigte die Strategie das gewünschte Ergebnis. Aban verliebte sich in Farokh Kohlah und in die natürliche Schönheit der Gegend. Dann heiratete sie und ließ sich dort nieder.

»Sie schreibt mir immer noch regelmäßig einmal im Jahr«, sagte Zenobia. »So habe ich erfahren, daß sie ein Zimmer für ihren Sohn sucht.«

»Was mein großes Glück war«, sagte Dina. »Vielen Dank für deine Hilfe.«

»Gern geschehen. Aber nur Gott allein weiß, wie Aban es geschafft hat, all diese Jahre in so einem winzigen Bergörtchen zu leben. Vor allem wo sie in unserer wunderschönen Stadt geboren und aufgewachsen ist. Ehrlich gesagt, ich wäre schon längst verrückt geworden.«

»Wenn sie ihr eigenes Geschäft haben, müssen sie reich sein«, meinte Dina.

Zenobia hatte ihre Zweifel. »Wie wohlhabend kann man heutzutage denn schon werden mit einem kleinen Laden in so einem kleinen Bergort?«

Doch früher einmal war Manecks Familie äußerst wohlhabend gewesen. Getreidefelder, Obstgärten mit Äpfeln und Birnen, ein lukrativer Vertrag für Lebensmittellieferungen in Garnisonsstädte entlang der Grenze – all das gehörte zum Erbe des Farokh Kohlah, und er pflegte es gut, mehrte und vermehrte es für die Ehefrau, die er heiraten würde, und für den Sohn, der ihnen geboren würde.

Doch lange vor dieser begierig erwarteten Geburt gab es eine andere, blutigere Entbindung, als zwei Nationen sich aus einer inkarnierten. Ein Ausländer zog eine magische Linie auf einer Karte und nannte sie die neue Grenze. Sie wurde zu einem Fluß von Blut auf Erden. Und die Obstgärten, Felder, Fabriken, Geschäfte, die sich alle auf der falschen Seite dieser Linie befanden, verschwanden, als der bleiche Zauberer mit seinem Zauberstab wedelte.

Zehn Jahre später, als Maneck geboren wurde, reiste Farokh Kohlah, in den Fallen der Geschichte gefangen, immer noch regelmäßig zu Gerichten in der Hauptstadt, verstrickt in die Windungen des staatlichen Entschädigungsprogramms, während Akten herumgeschoben wurden und Diplomaten zwischen den beiden Ländern hin und her reisten. Zwischen den Reisen half er seiner Frau, die altmodische Gemischtwarenhandlung in dem Ort zu führen. Der Laden war alles, was von seinem riesigen Vermögen noch übriggeblieben war, da er den kartographischen Veränderungen entkommen war, indem er sich auf der richtigen Seite dieser magischen Linie befand.

Jahrelang hatte der Laden vor sich hin vegetiert, mehr ein Hobby oder ein Gesellschaftsklub als ein Unternehmen. Das eigentliche Einkommen war von jenen anderen, verlorenen Quellen gekommen. Jetzt mußte er mit aller Sorgfalt gehegt und gepflegt werden.

Aban Kohlah erwies sich in der Rolle der Geschäftsführerin als eine Naturbegabung. »Ich werd mit all dem ohne weiteres fertig«, sagte sie zu ihrem Mann. »Du hast wichtigere Dinge zu tun.«

Hinter der Theke wurde eine Wiege aufgestellt, so daß sie nicht von ihrem Kind getrennt sein mußte. Sie bestellte die Waren, führte Buch, füllte die Regale nach, bediente Kunden, und in ihren freien Minuten genoß sie von der Rückseite des Ladens in vollen Zügen die herrliche Aussicht auf das Tal. Das Leben in den Bergen paßte ihr bestens.

Farokh Kohlah hatte sich anfangs Sorgen gemacht, seine Frau könnte die Stadt und ihre Verwandten vermissen. Er befürchtete, wenn erst einmal der Reiz der exotischen Umgebung verblaßt war, würden die Klagen beginnen. Seine Befürchtungen erwiesen sich als unbegründet. Ihre Liebe für den Ort nahm mit der Zeit eher noch zu.

Die Wiege war bald zu klein geworden, und Maneck krabbelte um die Theke herum und watschelte dann zwischen den Regalen umher. Mrs. Kohlahs Wachsamkeit war jetzt bis zum äußersten beansprucht. Sie hatte Angst, dem Jungen könnten irgendwelche Sachen auf den Kopf fallen. Aber immer wenn es nicht anders ging, daß sie ihn sich selbst überließ, übernahmen die Kunden die Aufgabe, auf ihn aufzupassen und ihn zu beschäftigen, spielten mit ihm, erheiterten ihn mit Münzen und Schlüsselringen oder den leuchtenden Farben ihrer handgefertigten Schals und Kopftücher. »Hallo, baba! Ting-ting! Baba, akkoo!«

Mit fünf ging Maneck schon stolz seinen Eltern im Laden zur Hand. Er stand hinter der Theke, über die nur ein Schopf schwarzer Haare hervorragte, und wartete darauf, den Wunsch des Kunden zu hören. »Ich weiß, wo es ist! Ich hol's!« sagte er und rannte los, um das Gewünschte zu holen, unter den liebevollen Blicken von Mrs. Kohlah und der Kundin.

Nachdem im nächsten Jahr die Schule begonnen hatte, half er abends weiter aus. Er erfand sein eigenes System für die Stammkunden, hatte ihre täglichen Einkäufe – drei Eier, ein Brot, ein kleines Päckchen Butter, Kekse – vorbereitet auf der Theke liegen, wenn sie zur erwarteten Zeit kamen.

»Seht euch nur meinen Sohn an«, sagte Mr. Kohlah stolz. »Erst sechs Jahre alt, und wieviel Initiative er schon zeigt, wieviel organisatorische Geschicklichkeit.« Er genoß das Vergnügen, Maneck dabei zuzusehen, wie er die Kunden begrüßte und mit ihnen plauderte, ihnen von der aggressiven Horde Languren erzählte, die er an diesem Morgen vom Schulbus aus gesehen hatte, oder wie er sich an der Diskussion über einen versiegten Wasserfall beteiligte. Die entspannte Art der Dorfbewohner fiel Maneck leicht, da er dort geboren und großgeworden war, und sein Vater war begeistert zu sehen, daß er so gut mit allen zurechtkam.

Manchmal, in der Abenddämmerung, in dem geschäftigen Treiben des Ladens, wenn Mr. Kohlah von seiner Frau, seinem Sohn und den Kunden umgeben war, die auch ihre Freunde und Nachbarn waren, vergaß er beinahe die Verluste, die er erlitten hatte. Ja, dachte er dann, das Leben war doch schön.

Die Kohlahs verkauften Zeitungen, verschiedene Sorten Tee, Zucker, Brot und Butter, auch Kerzen und Eingemachtes, Taschenlampen und Glühbirnen, Kekse und Decken, Besen und Schokolade, Schals und Regenschirme. Dann gab es auch noch Spielzeug, Spazierstöcke, Seife, Seile und anderes. Es gab kein großartiges System der Sortimentsauswahl – einfach Grundnahrungsmittel, die wichtigsten Haushaltsgegenstände und ein paar Luxuswaren.

Die lockere Einstellung der Besitzer zum Handel machte den Laden zum Lieblingsgeschäft der Ortsansässigen wie auch der Leute aus den benachbarten Ortschaften. Wenn jemand zum Beispiel sich kein ganzes Päckchen Kekse leisten konnte, fand Mrs. Kohlah nichts dabei, es aufzureißen und die Hälfte zu verkaufen. Sie vertraute darauf, daß schon irgend jemand kommen würde, um die andere Hälfte zu kaufen. Wenn etwas nicht auf Lager war, war Mr. Kohlah gerne bereit, es zu bestellen, sofern der Kunde nicht heikel wegen des Lieferdatums war. Aber wenn das Lieferdatum wichtig war, konnte man nicht viel machen, denn Lieferungen waren von den Straßen abhängig und Straßen vom Wetter, und jeder wußte, daß das Wetter von dem Einen Dort Oben abhing. Die Morgenzeitung traf gewöhnlich bis zum frühen Abend ein, die Zeit, wo sich die Stammkunden auf der Veranda versammelten, rauchten oder Tee schlürften und über die Neuigkeiten diskutierten, während sie sich gegenseitig die Meldungen vorlasen. Und wenn Mr. Kohlah gerade im Laden herumwerkelte, riefen sie ihm die Schlagzeilen zu.

Trotz des Riesensortiments, das er besaß, war das Rückgrat des

Ladens letztlich eine geheime Erfrischungsgetränk-Formel, die seit vier Generationen in der Familie Kohlah weitergegeben worden war. Im Keller war eine kleine Fabrik, wo die Getränke gemischt, mit Kohlensäure versetzt und in Flaschen abgefüllt wurden. Ein Assistent wusch und bereitete das Leergut vor und füllte die Kisten zur Lieferung. Um das Geheimnis der Formel zu wahren, übernahm Mr. Kohlah das eigentliche Mischen und Herstellen persönlich. Seine Augenklappe war beredtes Zeugnis dafür. Sie bedeckte das Loch, das durch eine schadhafte Flasche entstanden war, die unter dem Druck der Saturation explodiert war.

Ein Taschentuch auf die Sauerei in seinem Gesicht drückend, war er nach oben zu seiner Frau gegangen. Seit ihrer Hochzeit war kaum ein Jahr vergangen, und es war ihre erste Krise. Würde sie weinen und heulen oder ohnmächtig werden oder gefaßt bleiben? Er war ebenso neugierig auf ihre Reaktion, wie er besorgt um sein Auge war.

Aban, im siebten Monat schwanger, ließ sich nicht aus der Ruhe bringen. »Farokh, möchtet du zuerst ein Glas Brandy?« Er bejahte. Sie nahm selbst einen winzigen Schluck und fuhr ihn dann ins Krankenhaus unten im Tal. Der Arzt sagte, er habe Glück, mit dem Leben davongekommen zu sein – seine Brille hatte die Durchschlagskraft des gläsernen Projektils abgeschwächt, so daß es nicht bis in sein Gehirn gelangt war. Aber das Auge war nicht mehr zu retten.

Mr. Kohlah sagte, das sei schon in Ordnung. »Ein Auge reicht für die Dinge, denen ich mit Freuden entgegensehe«, sagte er lächelnd und berührte den geschwollenen Bauch seiner Frau. Dagegen, fügte er hinzu, würde ihn die Häßlichkeit der Welt jetzt nur noch halb soviel stören.

Er weigerte sich, sich ein Glasauge einpassen zu lassen, nachdem die Augenhöhle verheilt war. Eine Augenklappe wurde Teil seiner täglichen Kleidung. Er trug sie bei der Arbeit und bei gesellschaftlichen Anlässen. Doch auf seinen langen Abendspaziergängen durch den Bergwald steckte er die Augenklappe in seine Tasche, während er zum zigsten Mal die Schönheit der Gegend bewunderte und an einer Karotte knabberte.

Der Verlust seines Auges erlaubte ihm, seiner Schwäche für Karotten zu frönen. Sie war von Mrs. Kohlah in Grenzen gehalten worden, die meinte, Karotten seien zwar etwas Gutes, aber jede Art von Manie sei etwas Schlechtes. Aber jetzt mußte sie seiner Leidenschaft freien Lauf lassen: Karottensaft, Karottensalat, Karotten-ma-gose, Karotten als Wegzehrung.

»Ich brauche Karotten«, betonte Mr. Kohlah. »Mein eines Auge muß gesünder denn je bleiben, es muß jetzt doppelte Arbeit leisten.«

Ihr kleiner Sohn, der schnell heranwuchs, erfuhr bald von der Leidenschaft seines Vaters. Wenn er mal ausgeschimpft wurde, weil er ungezogen gewesen war, stahl er eine Karotte aus der Küche und brachte sie seinem Vater als Friedensgeschenk, wobei er eine zweite Schelte von seiner Mutter riskierte.

Nach dem Unfall war Mr. Kohlah in dem Keller besonders vorsichtig. Er ließ niemand in die Nähe, während die müden alten Maschinen ratterten und zischten, füllte Flaschen mit sprudelndem Kohlahs Cola und die Kasse mit dringend benötigtem Geld.

Seine Freunde, die Angst um seine Sicherheit hatten, zeigten ihre Sorge, indem sie darüber scherzten. »Vorsicht, Farokh, es kann gefährlich werden, wenn du unter die Erde gehst. Cola-Abbau ist genauso riskant wie Kohleabbau.« Aber er lachte mit ihnen und scherte sich nicht um ihre Anspielungen.

Dann wurden sie deutlicher und schlugen ihm vor, daß er sich ernsthaft überlegen solle, die uralten Maschinen zu ersetzen und das ganze Unternehmen zu modernisieren und zu expandieren. »Paß auf, Farokh, sieh die Sache doch mal rational«, drängten sie ihn. »Kohlahs Cola ist so gut, daß es verdient, im ganzen Land bekannt zu werden, nicht nur in unserem kleinen Winkel.«

Doch Modernisierung und Expandierung waren ausländische Vorstellungen, unverständlich für jemanden, der sich sogar weigerte, irgendwelche Werbung zu machen. Kohlahs Cola (oder Kaycee, wie es genannt wurde) war in all den kleinen Ortschaften berühmt, die im Umkreis von vielen Meilen an den Berghängen lagen. Mundpropaganda sei für seine Vorväter gut genug gewesen, sagte er, und so sei es auch gut genug für ihn.

Hin und wieder tauchten Konkurrenten mit viel Trara auf, boten rivalisierende Marken an, machten aber alsbald wieder Pleite, nicht in der Lage, mit dem Kohlah-Familienprodukt zu konkurrieren. Nichts reiche an Kaycee heran, behaupteten die treuen Abnehmer – ihr köstlicher Geschmack sei so einzigartig wie die Bergluft. Das Erfrischungsgetränk und der Gemischtwarenladen gediehen.

Und als Maneck mit der Schule begann, befand sich das Unternehmen auf einer soliden Grundlage. Mr. Kohlah hütete sorgfältig die Formel, die ihnen ihren Lebensunterhalt garantierte, und wartete auf den Tag, an dem er sie Maneck verraten würde, so wie sein Vater sie ihm verraten hatte. Zufriedenheit umgab sein Leben, ein stiller Stolz, daß er die Feuerprobe überstanden hatte. Dieser Stolz kam zum Vorschein, wenn sich Nachbarn am Abend versammelten und das Gespräch sachte zu vergangenen Zeiten wanderte, zu den Geschichten ihres Lebens. Und wenn Mr. Kohlah an der Reihe war, erzählte er von den ruhmreichen Zeiten seiner Familie, nicht aus Selbstmitleid oder einer Vorstellung falscher Großartigkeit, noch um seine eigenen Leistungen in der Gegenwart zu besingen, sondern als eine Lektion darin, wie man an der Grenzlinie überlebte – moderne Landkarten mochten ihn ruinieren, aber den Träumen, die er für seine Familie hegte, konnten sie nichts anhaben.

Natürlich waren alle Geschichten schon viele Male erzählt und gehört worden, aber es war immer Platz für noch ein weiteres Mal. Und Mr. Kohlah war nicht der einzige, der sich der Wiederholung schuldig machte.

Die meisten seiner Freunde und Mrs. Kohlahs Freundinnen waren Armeeangehörige und ihre Ehefrauen, die sich ein Leben lang an das Leben im britischen Stil in Garnisonsstädten gewöhnt und es vorgezogen hatten, sich hier in den Bergen zur Ruhe zu setzen, da sie sich nicht vorstellen konnten, wieder in die staubigen Ebenen und die stinkenden Städte zurückzukehren. Auch sie hatten bereits oft zum besten gegebene Geschichten zu erzählen, von vergangenen Zeiten, als Disziplin noch Disziplin war und nicht irgendeine verwässerte Version, die diesen Namen nicht verdiente. Als Führer noch führen konnten, als jeder seinen

Platz in der Ordnung der Dinge kannte und das Leben in geordneten Bahnen verlief, ohne täglich vom Chaos bedroht zu sein.

Wenn diese pensionierten Brigadiers, Majors und Colonels bei den Kohlahs zum Tee erschienen, kamen sie ›geschniegelt und gestiefelt‹, wie sie es nannten, mit Uhren in ihren Uhrentaschen und Krawatten um den Hals. Dieser Firlefanz mochte auf einen nationalistisch veranlagten Betrachter komisch wirken, aber für ihre Träger hatten sie die Bedeutung von Talismanen. Es war das einzige, was noch zwischen ihnen und der Unordnung lag, die schon an ihre Türen klopfte. Mr. Kohlah hatte selbst auch eine Schwäche für akkurat gebundene Fliegen. Mrs. Kohlah servierte den Tee in feinem Aynsley-Porzellan, das Besteck war bestes Edelstahl aus Sheffield. Wenn es ein besonderes Abendessen an Navroze oder Khordad Sal war, benutzte sie das Wedgwood-Service.

»So ein wunderschönes Muster«, sagte Mrs. Grewal. »Werden die Leute in diesem Land je lernen, solche schönen Dinge herzustellen?«

Brigadier und Mrs. Grewal waren die unmittelbaren Nachbarn der Kohlahs und kamen ziemlich oft vorbei. Mrs. Grewal war auch die unangefochtene Sprecherin der Ehefrauen der Militärangehörigen. Ihr Stichwort aufgreifend, klopfte jemand leicht gegen ein Kristallglas, um die Reinheit seines Klanges zu prüfen, eine andere drehte einen Teller um, um liebevoll das Monogramm des Herstellers zu betrachten. Lob wurde zu gleichen Teilen auf das Essen wie auf die Schalen und Platten verteilt, die es trugen. Für einen weiteren Tag hatte man das Chaos erfolgreich in die Schranken verwiesen.

Später wanderte die Unterhaltung, wie schon zahllose Male zuvor, zu dem Alptraum, der sie bis ans Ende ihrer Tage verfolgen würde – sie analysierten die Teilung, rezitierten die Chronologie der Ereignisse und beklagten das sinnlose Blutvergießen. Brigadier Grewal fragte sich, ob die abgetrennten Teile jemals wieder zusammengefügt würden. Mr. Kohlah befingerte seine Augenklappe und sagte, alles sei möglich. Wie immer fand man Trost in einer vagen Kritik an den Kolonisatoren, denen der Mut gefehlt habe, einen richtigen Abschluß herbeizuführen, und die

Hals über Kopf das Land verlassen hatten. Doch der kritische Nachruf wurde stets durch die Sehnsucht nach den guten alten Zeiten entschärft.

Nach solchen Abenden fragte sich Mr. Kohlah, wieso sein Gefühl von Zufriedenheit ihm immer irgendwie zerzaust vorkam – nicht unterminiert, aber so, als wollte sich jemand oder etwas daran vergreifen. Er genoß die Dinners und Tea Partys sehr und hätte nicht um alles in der Welt darauf verzichtet. Doch war da etwas Unbehagliches, wie ein Geruch, der nicht hätte dasein sollen, der Geruch von etwas Verfaultem.

Es dauerte immer ein paar Tage, bis er sein Gleichgewicht wiedergefunden hatte. Dann bekam er wieder das Gefühl, daß die Entscheidung richtig gewesen war, sein Zuhause in den Bergen nicht zu verlassen, es war immer noch ein guter Platz für seine Familie. »Die Luft und das Wasser sind so rein, die Berge so schön, und das Geschäft läuft sehr gut«, schrieben er und Mrs. Kohlah an die Verwandten, die sie in regelmäßigen Abständen anflehten, doch wegzuziehen. »Nirgendwo sonst hat Maneck bessere Aussichten für seine Zukunft.«

Hätte man Maneck gefragt, hätte er dem voll und ganz zugestimmt. Aber eigentlich war die Zukunft gar nicht so wichtig, die Gegenwart, seine glückliche Kinderwelt, erfüllte ihm alle seine Wünsche. Seine Tage waren prall gefüllt und abwechslungsreich – morgens und nachmittags Schule, danach der Laden, gefolgt von einem Spaziergang mit seinem Vater am Abend, wenn er mit männlichen großen Schritten neben ihm herlief, um mitzukommen, sonst hätte Daddy ihn geneckt, daß Trödler zurückbleiben.

Aber Sonntag war der beste Tag. Sonntags kam ein Gaddi-Mann namens Bhanu, um den Garten hinterm Haus zu pflegen. Maneck freute sich die ganze Woche darauf, mit Bhanu draußen zu sein, auf dem Grundstück herumzuwandern und nach seinen Anweisungen kleine Arbeiten zu verrichten. Das Gelände nach den ersten fünfzig Metern, wo es anfing, bergab zu gehen, wildbewachsen mit Sträuchern, Bäumen und dichtem Gebüsch, war am interessantesten. Dort brachte Bhanu ihm die Namen seltsamer Blumen und Kräuter bei, Dinge, die vorne am Haus, wo die Rosen, Lilien und Ringelblumen waren, nicht wuchsen.

Er zeigte ihm die tödliche Datura-Pflanze und diejenige, die ihr Gegenmittel war, und die Blätter, die das Gift bestimmter Schlangen linderten, andere, die Magenleiden kurierten, und die Stengel, deren Mark Schnitte und Wunden verheilen ließen. Er zeigte Maneck, wie man ein Löwenmaul drückte, damit seine Kiefer aufgingen. Spät im Jahr, als das Wetter kühl wurde, sammelten sie trockene Zweige und Äste, wenn der Nachmittag zu Ende ging, und machten ein kleines Feuer.

Manchmal brachte Bhanu seine Tochter Suraiya mit, die so alt war wie Maneck. Dann teilte Maneck seine Zeit zwischen seinen kleinen Gartenarbeiten und Spielen auf. Mittags rief Mrs. Kohlah die Kinder zum Mittagessen. Suraiya war zuerst zu schüchtern, um am Tisch mitzuessen. In ihrem Haus gab es keine Stühle. Es waren erst einige Besuche nötig, bis sie mit Maneck hereingerannt kam und bereitwillig ihren Platz einnahm. Bhanu aß weiterhin sein Essen draußen.

Eines Nachmittags hockte Suraiya auf dem hinteren Hang zwischen den Büschen. Maneck wartete einen Augenblick lang außer Sichtweite und folgte ihr dann neugierig. Sie lächelte, als er näher kam. Er hörte das leise Zischen und beugte sich vor, um nachzusehen. Ihr kleiner Strahl hatte eine schaumige Pfütze gemacht.

Er knöpfte neben ihr seine Hose auf und erzeugte einen flüssigen Bogen. »Ich kann Soo-soo im Stehen machen«, sagte er.

Lachend machte sie fertig und zog ihre Unterhose hoch. »Mein Bruder kann das auch, er hat auch so einen kleinen Soosoti wie du.«

Ab da wurde es ein Ritual, in die Büsche zu gehen, jedesmal wenn Bhanu Suraiya zur Arbeit mitbrachte. Allmählich führte ihre Neugier zu eingehenderen anatomischen Untersuchungen.

»Was ist denn?« fragte Mrs. Kohlah, als sie zum Tee hereinkamen. »Wieso kichert ihr beide denn die ganze Zeit?«

Während der nächsten paar Sonntage beobachtete sie sie vom Küchenfenster aus und sah sie wiederholt den Hang hinuntergehen, wo ihr Blick ihnen nicht folgen konnte. Ihr Versuch, sich anzuschleichen, mißlang. Sie hörten ihre Schritte, bevor sie auch nur in der Nähe war, und kamen lachend herausgerannt.

Später vertraute sie Mr. Kohlah ihren Verdacht an. »Farokh,

ich glaube, du mußt Maneck mal ein bißchen im Auge behalten. Wenn Suraiya da ist.«

»Wieso, was hat er gemacht?«

»Na ja, sie gehen in die Büsche und ...«, sie errötete. »Direkt gesehen habe ich nichts, aber ...«

»Der kleine Schlawiner«, sagte Mr. Kohlah mit einem Lächeln. Am nächsten Sonntag blieb er draußen im Garten, überwachte Bhanus Arbeit und patrouillierte in der Umgebung des Hangs. Es wurde Teil seiner Routine für den Rest jenes Jahres. Die Kinder mußten ihren ganzen Listenreichtum aufbieten, um dem wachsamen Auge des Erwachsenen zu entgehen.

Als Maneck die vierte Klasse abgeschlossen hatte, begann Mr. Kohlah sich nach einem geeigneten Internat umzusehen, auf das sie ihn schicken könnten. Das Niveau des Unterrichts in der örtlichen Tagesschule war wirklich entsetzlich geworden – darin waren sich Brigadier Grewal und alle anderen einig. »Das Allerwichtigste ist eine gute Ausbildung«, sagten sie.

Das Internat, das sie auswählten, war acht Stunden Busfahrt entfernt. Maneck verabscheute die Entscheidung. Die Vorstellung, den Bergort zu verlassen – sein gesamtes Universum –, versetzte ihn in einen Zustand der Panik. »Ich mag meine Schule hier«, bettelte er. »Und wie soll ich abends im Laden arbeiten, wenn ihr mich fortschickt?«

»Hör auf, dir wegen Arbeit Sorgen zu machen, du bist erst elf«, sagte Mr. Kohlah lachend. »Du mußt erst mal deine Kindheit genießen. Es wird toll sein, mit Jungen in deinem Alter zusammenzuleben. Du wirst die Schule lieben. Und der Laden wird immer noch hier sein, wenn du in den Ferien herkommst.«

* * *

Maneck lernte, das Internat zu erdulden, aber nicht zu lieben. Er hatte das schmerzhafte Gefühl, verraten worden zu sein. Kein Tag verging, ohne daß er nicht an das Haus dachte, an seine Eltern, an den Laden, an die Berge. Er fand seine Schulkameraden sehr anders als die Jungen, die er gekannt hatte. Sie benahmen sich so, als wären sie etwas Besseres als er. Die älteren

Jungen redeten von Mädchen und berührten die jüngeren Jungen. Jemand zeigte ihm ein Kartenspiel, auf dem Bilder von nackten Frauen abgebildet waren. Die dunklen Flecken zwischen ihren Beinen entsetzten ihn. Das konnte nicht sein, die Bilder konnten nicht echt sein, dachte er, sich an das glatte, süß flüsternde Loch Suraiyas erinnernd.

»Das sind Haare – das ist so, wie es sein soll«, sagte der ältere Junge. »Das sind echte Bilder. Guck, ich zeig's dir.« Er knöpfte seine Hose auf, um seine Schamhaare vorzuzeigen, und holte seinen anschwellenden Penis heraus.

»Aber du bist ein Junge, das beweist noch nichts über Mädchen«, sagte Maneck. Er wollte sich die Karten näher ansehen. Der Junge wollte sie ihm nur zeigen, wenn er ihm einen Gefallen täte. Er hielt Maneck sehr dicht an sich, rieb sich gegen ihn und stöhnte. Es war ein seltsamer Laut, dachte Maneck, als versuche er, Kakka zu machen. Die Karten wurden übergeben, nachdem der Bursche abgespritzt hatte.

Maneck kam für die Divali-Ferien nach Hause, ließ zwei Tage verstreichen und versuchte dann seine Eltern zu überreden, ihn nicht mehr zurückzuschicken. Er machte so lange weiter, bis Mr. Kohlah böse wurde. »Es gibt keine weitere Diskussion über dieses Thema«, sagte er.

Maneck ging schlafen, ohne ihnen gute Nacht zu wünschen. Die Unterlassung quälte ihn lange und hinterließ ein Loch, das der Schlaf nicht füllen wollte. Nachdem es Mitternacht geschlagen hatte, überlegte er sich, zum Zimmer seiner Eltern zu gehen und seinen törichten Trotz wiedergutzumachen. Aber Stolz und die Angst, Daddy aufs neue zu erzürnen, hielten ihn im Bett.

Mit Tagesanbruch war er schon wieder auf, umarmte seine Mutter am Herd und murmelte guten Morgen, ging dann an seinem Vater am Küchenfenster vorbei und schlüpfte auf seinen Stuhl. »Seine kleine Lordschaft beliebt noch zu schmollen«, sagte Mr. Kohlah mit einem Lächeln.

Maneck sah auf seine Tasse hinunter und runzelte die Stirn. Er wollte nicht die Beherrschung über seinen Mund verlieren und zurücklächeln.

Es war Sonntag, und Bhanu kam wie üblich, um im Garten zu arbeiten. Suraiya war nicht bei ihm. Maneck trottete eine Weile mit, bevor er sich nach ihr erkundigte.

»Sie ist bei ihrer Mutter«, sagte Bhanu. »Und sie wird ab jetzt bei ihr bleiben.«

Maneck spürte, wie ein weiterer Teil seines Universums zusammenstürzte. Nach dem Mittagessen ging er nicht in den Garten zurück. Mrs. Kohlah nahm ihn beiseite und sagte, es sei nicht nett von ihm, so unfreundlich zu Daddy zu sein, der ihn doch so liebe. »Was er da macht, dich auf eine gute Schule zu schicken, ist zu deinem Besten. Du solltest es nicht als eine Bestrafung sehen.«

Am Abend bat Mr. Kohlah seinen Sohn, sich zu ihm aufs Sofa zu setzen. »Das Internat dauert nicht ewig«, sagte er. »Denk dran, Mummy und ich vermissen dich mehr, als du uns vermißt. Aber was haben wir für eine Wahl? Du willst doch nicht ungebildet bleiben, jemand, der nicht Schreiben und Lesen kann, wie diese armen Gaddi-Menschen, die frierend und hungrig durch ihr ganzes Leben gehen, mit ein paar Schafen oder Ziegen, und große Mühe haben zu überleben. Vergiß nicht, die Trödler bleiben zurück. Wenn du erst einmal den Sekundarschulabschluß hast, in sechs Jahren, dann wird dich hier niemand mehr wegschicken. Du wirst dieses Geschäft hier übernehmen.«

Maneck gestattete sich ein Lächeln, als sein Vater fortfuhr: »Und je eher das geschieht, desto besser für mich. Dann kann ich mich entspannen und den ganzen Tag wandern gehen.«

Am nächsten Morgen beim Frühstück gab Mr. Kohlah ihm die besondere große Tasse zum Trinken. Dann ließ er ihn an der Kasse sitzen, um den Kunden ihr Wechselgeld zu geben. Während seines restlichen Schuljahres behielt Maneck diesen Tag in kostbarster Erinnerung. Immer wenn der Schmerz der Verbannung in ihm aufstieg, beschwor Maneck diese glückliche Erinnerung herauf, als Gegenwicht zu seiner Verzweiflung, zu seinen düsteren Gedanken des Abgewiesenseins und der Einsamkeit.

Trotz seines anfänglichen Grauens vor der Ewigkeit, die für ihn sechs Jahre hieß, klopfte die Zeit drei davon langsam, aber sicher weg. Maneck wurde vierzehn und kam für die Mai-Ferien nach Hause. In diesem Jahr wollten seine Eltern ihn zum allerersten Mal für zwei Tage allein lassen, weil sie an einer Hochzeit teilnehmen wollten. Anstatt Haus und Laden abzuschließen und ihn bei einem Nachbarn unterzubringen, beschloß Mr. Kohlah als eine besondere Überraschung, ihm die Führung des Ladens zu überlassen.

»Mach einfach alles so, wie wir es machen, wenn ich da bin«, sagte er. »Dann wird alles glatt verlaufen. Vergiß nicht, die Flaschenkästen zu zählen, die der Fahrer mitnimmt. Und ruf wegen der Milch für morgen an – sehr, sehr wichtig. Wenn es irgendwelche Probleme gibt, ruf Onkel Grewal an. Ich hab ihn gebeten, später bei dir vorbeizuschauen.« Mr. und Mrs. Kohlah gingen noch einmal gemeinsam mit Maneck durch den Laden, erinnerten an dieses und zeigten auf jenes und machten sich dann auf den Weg.

Der Tag verging wie jeder andere. Es gab hektische Stunden gefolgt von Zeiten der Ruhe, in denen er die Vitrine abwischte, die Regale abstaubte und die Theke reinigte. Die Stammgäste erkundigten sich nach dem Grund für die Abwesenheit seiner Eltern und lobten seine Kompetenz. »Seht euch den Jungen an, hält die Kaserne in Topform. Hat einen Orden verdient.«

»Farokh und Aban könnten sich morgen schon zur Ruhe setzen, wenn sie wollten«, sagte Brigadier Grewal. »Alles bestens, jetzt wo Feldmarschall Maneck das Kommando hat.« Alle Anwesenden lachten herzhaft über seine Worte.

Spät am Abend wurde es still auf dem Platz, als das Tageslicht verschwand. Maneck ging die Verandalampe anzünden, stolz auf sein Tageswerk. Es war fast Zeit, den Laden zu schließen. Er mußte jetzt nur noch die Kasse leeren, das Geld zählen und den Betrag in das Buch eintragen. Von der Veranda aus sah er das

Innere des Ladens und hielt inne. Diese große Glasvitrine in der Mitte, mit Seifen und Körperpuder – die würde viel schöner aussehen, wenn sie weiter vorne stünde. Und der alte Zeitungstisch am Eingang, zerkratzt und wacklig – wäre es nicht besser, ihn an die Seite zu schieben?

Die Idee verfolgte Maneck und entzündete seine Phantasie, während er sich sein Essen wärmte. Je mehr er darüber nachdachte, desto mehr fand er, daß er damit eine entscheidende Verbesserung des Auslagenarrangements bewirken könne. Er könnte das leicht alleine schaffen, noch heute abend. Was für eine Überraschung für Mummy und Daddy, wenn sie wiederkämen.

Nach dem Abendessen ging er wieder zurück in den verdunkelten Laden, machte das Licht an und zog den alten Tisch aus dem Weg. Die Glasvitrine war schwieriger, sie war schwer und unhandlich. Er nahm die Ware heraus und schob die Vitrine langsam zu ihrem neuen, prominenten Platz. Dann tat er die Dosen und Kartons zurück, baute sie aber nicht wieder zu langweiligen Stapeln auf, sondern ordnete sie in interessanten Pyramiden und Spiralen an. Perfekt, dachte er, einen Schritt zurücktretend, um die Wirkung zu bewundern, und ging dann schlafen.

Am nächsten Abend kam Mr. Kohlah herein und sah die Veränderungen. Ohne Maneck auch nur zu begrüßen oder ihn zu fragen, wie es gelaufen sei, sagte er ihm, er solle die Tür abschließen und das Geschlossen-Schild aufhängen.

»Aber es ist doch noch eine Stunde übrig«, sagte Maneck, hungrig nach dem Lob des Vaters.

»Ich weiß. Schließ trotzdem ab.« Dann befahl sein Vater ihm, alles so zurückzutun, wie es gewesen war. Seine Stimme war bar jeden Gefühls.

Maneck wäre es lieber gewesen, wenn sein Vater ihn geschimpft oder geschlagen oder ihn sonstwie bestraft hätte. Aber diese Verachtung, diese Weigerung, auch nur darüber zu reden, waren schrecklich. Die Begeisterung schwand aus seinem Gesicht und ließ eine verwirrte Qual zurück, und er war kurz davor, in Tränen auszubrechen.

Seine Mutter fühlte sich bemüßigt, sich einzuschalten. »Aber

Farokh, findest du denn nicht, daß es schön aussieht, was Maneck da gemacht hat?«

»Wie es aussieht, ist unerheblich. Was für Anweisungen haben wir ihm gegeben, als wir ihm den Laden für zwei Tage anvertraut haben? So dankt er uns dafür. Es geht um Disziplin und um das Befolgen von Anweisungen, nicht ums Schön-Aussehen.«

Maneck stellte die Auslagen an ihren alten Standort zurück, weigerte sich aber für den Rest seiner Ferien, den Laden zu betreten. »Daddy braucht mich nicht – ich will nicht dort sein«, sagte er verbittert zu seiner Mutter. »Er will im Laden bloß einen Diener haben.«

Abends im Bett machte sie Mr. Kohlah klar, daß Manecks Gefühle sehr verletzt seien. »Das ist mir klar«, entgegnete er, das Gesicht von ihr abgewandt. »Aber er muß erst laufen lernen, bevor er rennen kann. Es tut einem Jungen nicht gut, wenn er sich vor seiner Zeit einbildet, daß er alles weiß.«

Sie blieb hartnäckig und hatte schließlich Erfolg, kurz bevor die Ferien zu Ende gingen. Der Friede zwischen Vater und Sohn wurde eines Morgens wiederhergestellt, als Mr. Kohlah anfing, eine der Glasvitrinen umzuordnen und Maneck in den Laden rief, um ihn um seine Meinung zu fragen. Als sich der Tag des Schulbeginns näherte, begannen sie zusammen in der Getränkefabrik im Keller zu arbeiten. Maneck brachte das gesäuberte Leergut herunter und trug dann die Kisten mit frisch abgefülltem Kaycee hinauf.

Am letzten Abend sagte Mr. Kohlah, als er die Maschine ausstellte: »Du wirst mir fehlen, wenn du morgen fortgehst.« In dem ersterbenden Pochen des Motors klammerten sich seine Worte hilflos an die feuchte unterirdische Luft. Er umarmte Maneck, als sie zusammen die Stufen hinaufgingen.

* * *

Das Internat war der Grund für Manecks zweite unfreiwillige Trennung von den Bergen. Die erste war erfolgt, als er sechs war, als er mit seiner Mutter eine zweitägige Zugreise machte, um ihre Familie in der Stadt zu besuchen. Er war von den aufragenden Gebäuden fasziniert gewesen, den palastartigen Kinos, der Lawine von Autos, Bussen und Lastwagen und der Helligkeit der Straßen, als nach Einbruch der Nacht überall die Lichter angingen. Aber nach den ersten paar Tagen begann ihm sein Vater fürchterlich zu fehlen. Als ihr Besuch zu Ende ging, konnte er es gar nicht abwarten, wieder nach Hause zu kommen.

»Ich werde die Berge nie wieder verlassen«, sagte er. »Nie, nie wieder.«

Mrs. Kohlah flüsterte Mr. Kohlah, der sie auf dem Bahnsteig erwartete, etwas ins Ohr. Er lächelte, umarmte Maneck und sagte, er auch nicht.

Aber bald kam der Tag, an dem die Berge begannen, sie zu verlassen. Es fing mit Straßen an. Ingenieure mit Tropenhelmen trafen mit ihren unheilverkündenden Instrumenten ein und verzeichneten ihre Pläne auf riesigen Papierbögen. Das würden moderne Straßen werden, versprachen sie, Straßen, auf denen der moderne Verkehr nur so entlangbrausen würde. Breite und belastbare Straßen, die die malerischen Bergpfade ersetzen würden, die zu eng waren für die großen Visionen der Architekten der Nation und der Funktionäre der Weltbank.

Eines Morgens wurde ein Minister mit Girlanden geschmückt, begleitet von den Klängen einer Kapelle. Es war die Bhagatbhai Naankhatai Marching Band: drei Blechbläser, zwei kleine Trommeln und eine Baßtrommel. Ihre Uniformen waren weiß, auf dem Rücken die goldgestickten Buchstaben BNMB. Auf die Baßtrommel waren die Initialen in Rot gemalt. Die Spezialität der Kapelle waren Hochzeitsmärsche, und das ministerielle Programm bestand aus dem Reigen der Brautmutter, dem Klagelied der Braut-Schwiegermutter, dem Triumphzug des Bräutigams, einer Ode an den Ehevermittler und einer Hymne an die Fruchtbarkeit. Doch die BNMB stimmte das Repertoire fachmännisch auf den Anlaß ab. Die Trommeln trommelten militärisch, verkündeten den Vormarsch des Fortschritts, während die Posaune auf ihre klagenden matrimonialen Glissandi zugunsten eines sonnenstrahlenden Stakkatos verzichtete.

Das Publikum arbeitsloser Dorfbewohner jubelte auf Befehl, bemüht, sich sein Beteiligungsgeld zu verdienen. Von einem provisorischen Podium wurden Reden gehalten. Der Minister schwenkte eine vergoldete Spitzhacke, die ihr Ziel verfehlte. Er grinste in die Menge und holte noch einmal aus.

Nachdem die Würdenträger abgezogen waren, rückten die Arbeiter an. Anfangs ging es sehr langsam voran, so langsam, daß Mr. Kohlah und alle Bewohner der Berge sich einer irrationalen Hoffnung hingaben: Die Arbeiten würden nie beendet, ihr kleines Paradies würde unversehrt bleiben. Währenddessen organisierte er zusammen mit Brigadier Grewal Versammlungen der Dorfbewohner, auf denen sie die verfehlte Entwicklungspolitik verurteilten, die Kurzsichtigkeit, die Gier, die die natürliche Schönheit des Landes dem Dämon des Fortschritts opferten. Sie unterzeichneten Petitionen, brachten ihren Protest bei den Behörden vor und warteten.

Aber die Straße schob sich langsam, aber sicher voran, verschlang alles, was sich in ihrem Weg befand. In den Hängen ihrer wunderschönen Berge taten sich Wunden und Narben auf. Oben von den Hängen aus wirkten die vorrückenden Trassen wie Flüsse von Schlamm, die der Erdanziehungskraft trotzten, als wäre die Natur verrückt geworden. Der ferne Donner von Sprengarbeiten und das Brüllen von Baumaschinen schwebten am frühen Morgen herauf, und die Verträumtheit des Dämmerungsnebels wurde zum Alptraum.

Mr. Kohlah sah hilflos zu, wie die Asphaltierung begann und die braunen Flüsse zu schwarzen wurden und die wundersame Verwandlung seiner geliebten Heimat vollendeten, wo seine Vorväter wie im Paradies gelebt hatten. Er sah machtlos zu, während zum zweiten Mal Linien auf dem Papier das Leben der Familie Kohlah ruinierten. Nur war es diesmal das Kartogramm eines einheimischen Vermessers, nicht die imperiale Landkarte eines Ausländers.

Als die Arbeiten beendet waren, kam der Minister wieder, um das Band zu durchschneiden. In den Jahren seit der Erschließungszeremonie war er korpulenter geworden, aber nicht weniger tolpatschig. Er schlurfte zum Band und ließ die vergoldete Schere fallen. Sieben übereifrige Parteigenossen sprangen zur Rettung herbei. Es entstand ein Handgemenge, der stärkste der sieben riß die Schere an sich und gab sie dem Minister zurück. Dieser fixierte sie alle mit einem bösen Blick, weil sie auf einen schlichten Patzer so viel Aufmerksamkeit gelenkt hatten, lächelte dann für die Menge und zerschnitt das Band mit einer schwungvollen Geste. Die Menge klatschte, die Bhagatbhai Naankhatai Marching Band spielte auf, und in dem schrägen Lärm der Blechbläser fiel niemandem auf, wie der Minister dezent versuchte, seine wurstigen Finger aus der Schere zu befreien.

Dann begannen die versprochenen Belohnungen auf der Straße in die Berge hochzurollen. Lastwagen, die groß wie Häuser waren, transportierten Waren aus der Stadt herbei und verpesteten die Luft mit ihren Abgasen. Tankstellen und Imbißstände sprossen entlang der Straße aus dem Boden, um die Maschinen und ihre Männer zu versorgen. Und Bauunternehmer begannen mit dem Bau von Luxushotels.

In jenem Jahr, als Maneck für die Ferien nach Hause kam, war er verwirrt (und später besorgt) festzustellen, daß sein Vater permanent gereizt war. Es war unmöglich, den Tag ohne Streit miteinander zu verbringen, den sie sogar in Anwesenheit der Kunden vom Zaun brachen.

»Was ist mit ihm los?« fragte Maneck seine Mutter. »Wenn ich hier bin, beachtet er mich entweder nicht, oder er streitet mit mir. Wenn ich in der Schule bin, schreibt er mir Briefe, in denen er sagt, wie sehr er mich vermißt.«

»Hab etwas Verständnis«, sagte Mrs. Kohlah, »Menschen ändern sich, wenn sich die Zeiten ändern. Das heißt nicht, daß er dich nicht liebt.«

Mrs. Kohlah würde diese unglückliche Ferienzeit als diejenige in Erinnerung behalten, in der Maneck seine Gewohnheit aufgab, seine Eltern zu umarmen und guten Morgen zu flüstern. Das erste Mal, als er herunterkam und schweigend seinen Platz einnahm, wartete seine Mutter mit dem Rücken zum Tisch, bis der Stich der Ablehnung vorüber war und ihre Hände wieder ruhig genug waren, um mit der heißen Pfanne umzugehen. Sein Vater bemerkte nichts.

Mit aufgewühltem Magen war Mr. Kohlah darin vertieft, das

Wachstum zu beobachten, mit dem die Bebauung in den Bergen voranschritt. Seine Freunde und er waren sich darin einig, daß es eine bösartige Wucherung war. Die Aussicht auf mehr Umsatz im Laden war kein Trost. Die Invasion war ein Generalangriff auf all seine Sinne. Die giftigen Abgase der Lastwagen verbrennten ihm die Nasenschleimhäute, sagte er Mrs. Kohlah, und das häßliche Wummern ihrer Motoren zerfetze ihm das Trommelfell.

Wo er sich auch hinwendete, sah er, wie sich Hütten und Slums ausbreiteten. Es erinnerte ihn an die Schnelligkeit, mit der die Räude seinen Lieblingshund überwältigt hatte. Die trostlosen Siedlungen kratzten an den Hängen herum, die Menschen kamen aus allen Richtungen, angelockt durch Geschichten von Bautätigkeit, Wohlstand und Arbeit. Aber die Zahl der Arbeitslosen war immer bedeutend größer als die der Arbeitsplätze, und ein hungriges Heer kampierte permanent auf den Hängen. Die Wälder wurden für Brennholz verschlungen, auf dem Körper der Berge zeigten sich kahle Stellen.

Dann rebellierten die Jahreszeiten. Der Regen, der früher die Dinge zum Wachsen und Reifen gebracht hatte, ging wolkenbruchartig auf die entblößten Hänge nieder, verursachte Erdrutsche und Schlammlawinen. Der Schnee, der den Bergen eine üppige Decke geschenkt hatte, wurde dürftig. Selbst mitten im Winter war jetzt die Decke zerzaust und fleckig.

Mr. Kohlah empfand eine perverse Genugtuung über die Rebellion der Natur. Es war eine Art Vergeltung: Er war nicht der einzige, der über diese scheußliche Vergewaltigung entsetzt war. Aber als sich die jahreszeitlichen Störungen Jahr für Jahr fortsetzten, konnte er keinen Trost darin finden. Je leichter die Schneedecke, desto schwerer war sein Herz.

Maneck sagte nichts, obwohl er fand, daß sein Vater die Sache übertrieben dramatisch nahm, als er erklärte: »Ein Spaziergang ist jetzt wie ein Gang durch ein Kriegsgebiet.«

Mrs. Kohlah hatte nicht viel fürs Spazierengehen übrig. »Ich seh mir die Aussicht lieber von der Küche aus an«, sagte sie immer, wenn ihr Mann sie einlud mitzukommen. »Das ist weniger ermüdend.«

Doch für Mr. Kohlah waren lange, einsame Wanderungen das

große Vergnügen seines Lebens, vor allem nach dem Winter, wenn jeder Ausflug mit köstlicher Ungewißheit verziert wurde – was lag hinter der nächsten Ecke? Vielleicht ein neues Bächlein? Wildblumen, die er gestern nicht bemerkt hatte? Zu seinen beeindruckenderen Erinnerungen gehörte ein mächtiger Felsblock, der von einem Strauch gespalten war, der aus ihm herauswuchs. Manchmal war er das Opfer eines schönen Überfalls: ein Blick auf das Tal aus einem bis dahin unbekannten Winkel.

Heutzutage war jeder Spaziergang wie eine Totenwache, um nachzusehen, was noch stand und was gefällt worden war. Wenn er zu einem Lieblingsbaum kam, blieb er eine Weile unter seinen Ästen stehen, bevor er weiterzog. Er fuhr mit seiner Hand den knorrigen Stamm entlang, glücklich, daß ein alter Freund einen weiteren Tag überlebt hatte. Viele der Felsvorsprünge, auf denen er früher gesessen hatte, um den Sonnenuntergang zu betrachten, waren mit Dynamit entfernt worden. Wenn er doch einen fand, verweilte er einige Minuten dort und fragte sich, ob er das nächste Mal auch noch für ihn da wäre.

Es dauerte nicht lange, bis im Ort über ihn geredet wurde. »Mr. Kohlahs Schraube wird allmählich etwas locker«, sagten sie. »Er spricht mit Bäumen und Felsen und streichelt sie, als wären es seine Hunde.«

Als Maneck den Tratsch hörte, brannte er vor Beschämung und wünschte, sein Vater würde mit diesem peinlichen Benehmen aufhören. Er war auch zornig, wünschte, er könnte etwas Vernunft in diese ignoranten, unsensiblen Leute hineinprügeln.

Am fünften Jahrestag der neuen Straße organisierte der örtliche Punchayet, der von einer neuen Rasse von Geschäftsleuten und Unternehmern beherrscht wurde, eine kleine Feier, zu der alle eingeladen wurden. Allein schon von dem Gedanken abgestoßen, verließ Mr. Kohlah den Laden frühzeitig an jenem Abend. Er nahm seine Augenklappe ab und begann seinen Spaziergang. Die gemieteten Lautsprecher, die in den Ästen der Bäume am Marktplatz hingen, verfolgten ihn eine Strecke weit mit scheppriger Musik und dem Geplapper hohler Reden.

Er mußte etwa drei Meilen gewandert sein, als das Tageslicht sich mit dem Versprechen eines Sonnenuntergangs verfärbte. Er blieb stehen und blickte Richtung Westen, begierig, den Augenblick voll auszukosten. In Momenten wie diesem wünschte er, er hätte wieder zwei Augen, um die Landschaft in einem größeren Radius betrachten zu können.

Dann wurde sein Blick nach unten gelenkt, über den baumlosen Hang. Von Hunderten von Hütten stieg der graue, stechende Rauch dürftiger Kochfeuer auf. Der Schleier verdeckte den Horizont. Im Gegenwind konnte er den beißenden Dunst riechen und dahinter den Gestank menschlicher Exkremente, der von diesem nur mühsam verhüllt wurde. Er verlagerte unsicher das Gewicht. Ein Zweig brach unter seinen Füßen. Er stand still, fragte sich, worauf er warte. Er hörte die strengen Stimmen von rufenden Müttern, das Gekreische von Kindern, das Gebell von Pariah-Hunden. Er stellte sich den kläglichen Inhalt der Töpfe vor, die über den Feuern schwarz wurden, umringt von hungrigen Mündern.

Plötzlich bemerkte er, daß die Dämmerung hereingebrochen war: Die Sonne ging hinter dem trüben Dunstschleier verloren. Und die gesamte Szene war so schäbig und erbärmlich im Zwielicht, so jenseits seiner Fähigkeit, sie zu begreifen oder zu akzeptieren. Er fühlte sich verloren und verängstigt. Wellen von Wut, Mitleid, Abscheu, Trauer, Scheitern, Verrat, Liebe – brausten heran und brachen sich, schüttelten und verwirrten ihn. Mit wem? Vor was? Und wieso? Könnte er doch nur …

Aber er wurde aus seinen Gefühlen nicht klug. Er empfand eine Enge in seiner Brust, dann zog sich seine Kehle zusammen, als würde er ersticken. Er weinte hilflos und stumm.

Der Abend wurde dunkler. Er holte sein Taschentuch hervor und wischte sich die Augen. Es dauerte einen Moment, bis ihm klar war, während er Phantomtränen wegtupfte, daß nur sein gesundes Auge naß war. Sonderbar, er hätte schwören können, auch das fehlende hätte geweint.

Auf dem Heimweg durch die Trübnis befand er, daß es ab jetzt keinen Sinn mehr hatte, Spaziergänge zu machen. Wenn es einen Sinn gab, dann war dieser zu neu und entsetzlich, als daß er ihn erforschen wollte.

Es gab keine Fluchtmöglichkeit, jedenfalls nicht für ihn. Seine Träume waren während ihrer Zusammenstöße mit den vergehenden Jahren untergegangen, so wie es geschehen mußte. Er hatte gekämpft, er hatte gewonnen, er hatte verloren. Er würde weiterkämpfen – was sollte er sonst tun?

Aber für seinen Sohn begann er jetzt zum ersten Mal andere Möglichkeiten zu erwägen.

Als Maneck für die zweiwöchigen Ferien vor seinem letzten Trimester nach Hause kam, verbesserte sich das Verhältnis zwischen ihm und seinem Vater nicht. Am häufigsten gab es Streit wegen der Führung des Ladens. Maneck war voller Ideen über Verkaufsförderung und Marketing, die sein Vater in Bausch und Bogen ablehnte.

»Laß mich wenigstens ausreden«, sagte Maneck. »Wieso bist du denn so stur? Wieso es nicht mal ausprobieren?«

»Das hier ist kein kleines Hobby, mit dem wir herumprobieren und spielen können«, sagte Mr. Kohlah mit jammervoller Miene. »Wir leben davon.«

»Streitet ihr beide etwa schon wieder?« fragte Mrs. Kohlah. »Ich werd noch verrückt, wenn ich mir das ständig anhören muß.«

»Du hast keine Kontrolle über deinen Sohn«, sagte Mr. Kohlah mit noch jammervollerer Miene. »Kannst du nicht irgendwas gegen sein ständiges Keech-kech unternehmen? Er widerspricht mir in allem, was ich sage. Er bildet sich ein, er hat eine neue Formel für den Erfolg. Er hält das hier für ein wissenschaftliches Experiment.«

Er erlaubte Maneck nicht, neue Sorten Seife oder Kekse zu bestellen, die sich anderswo als beliebt erwiesen hatten. Vorschläge, die Beleuchtung im trüben Innenraum zu verbessern, die Wände zu streichen, die Regale und die Vitrinen zu erneuern, um die Auslage attraktiver zu machen, wurden allesamt wie Blasphemie aufgenommen.

Maneck hatte Mühe, diesen absurd vorsichtigen Mann mit dem Bild zu versöhnen, das sich in seinem Kopf von den Geschichten gebildet hatte, die seine Mutter und die Freunde seines

Vaters erzählten: von dem furchtlosen Menschen, der sich in eine regengeschwollene Schlucht abgeseilt hatte, um einen kleinen Hund zu retten; der den Verlust seines Auges durch herumfliegendes Glas abgetan hatte, als wäre es nicht mehr als ein Mückenstich; und der einmal drei Diebe verprügelt hatte, die auf der Suche nach leichter Beute in den Laden gekommen waren, von dem Anblick der einsamen Frau hinter der Theke angelockt, nicht ahnend, daß ihr Mann im Keller Getränke in Flaschen abfüllte – wie Reissäcke habe Mr. Kohlah sie herumgeworfen, sagten seine Freunde.

Und jetzt verlor sein Vater schon wegen dem Bau einer albernen Straße die Fassung. Auch Maneck hatte neuerdings erlebt, wie sich die Welt um ihn herum veränderte. Aber mit dem Optimismus, der ihm durch die jugendlichen Adern strömte, war er zuversichtlich, daß die Dinge sich schon wieder richten würden. Er war fünfzehn: Er war unsterblich, die Berge waren ewig. Und der Gemischtwarenladen? Es gab ihn schon seit Generationen, und es würde ihn auch noch Generationen lang geben, daran hatte er keinerlei Zweifel.

Insgeheim hoffte Mr. Kohlah auch, daß es so wäre – daß die Vergangenheit durch ein Wunder wiederhergestellt würde. Aber er hatte die Zeichen gelesen, und die Botschaft verhieß nichts Gutes. Versteckt zwischen den Waren, die die verhaßten Lastwagen die Berge hochbeförderten, befand sich ein tödlicher Feind: Erfrischungsgetränke, zur Belieferung der neuen Geschäfte und Hotels. Anfangs tröpfelten sie in kleinen Mengen in den Ort – ein paar Kisten, die zahlenmäßig neben dem nach wie vor beliebten Kaycee nicht ins Gewicht fielen. Aus Neugier probierten die Leute gelegentlich die Neuankömmlinge, dann wandten sie sich achselzuckend wieder ab. Kohlahs Cola war nach wie vor die Nummer eins.

Aber die Riesenkonzerne zielten auf die Berge. Sie hatten Kaycee im Visier. Sie infiltrierten Mr. Kohlahs Territorium mit ihrer Managerarroganz, Werbekampagnen und ihren mörderischen Wettbewerbsmethoden. Vertreter kamen mit einem Angebot auf ihn zu: »Packen Sie Ihre Maschinen ein, treten Sie alle Rechte an Kohlahs Cola ab, und werden Sie ein Agent für unsere

Marke. Kommen Sie zu uns, wachsen Sie und gedeihen Sie mit uns.«

Natürlich lehnte Mr. Kohlah das Angebot ab. Für ihn war es nicht bloß eine geschäftliche Entscheidung, sondern eine Frage des Familiennamens und der Ehre. Außerdem war er überzeugt, seine guten Nachbarn und die Leute dieser Ortschaften würden nicht wankelmütig werden, würden Kohlahs Cola die Treue halten. Er war bereit, einen ehrlichen Kampf gegen seine Konkurrenten zu führen.

Aber wie Fliegen und Uhrenketten waren ehrliche Kämpfe aus der Mode geraten, während Mr. Kohlah nicht aufgepaßt hatte. Die Konzerne verteilten ihre Erzeugnisse kostenlos als Werbung, zettelten einen Preiskrieg an und errichteten riesige Plakatwände, auf denen glückliche Kinder und lächelnde Eltern abgebildet waren oder ein Mann und eine Frau, die zärtlich die Köpfe über einer Flasche zusammensteckten, aus der zwei Strohhalme zwischen die Lippen der Liebenden führten. Das Getröpfel der neuen Erfrischungsgetränke verwandelte sich in eine Sintflut. Marken, die sich seit Jahren in den großen Städten verkauft hatten, überschwemmten jetzt den kleinen Ort.

»Wir müssen zurückschlagen«, sagte Maneck. »Wir sollten auch Werbung machen – unsere Erzeugnisse kostenlos verteilen, genau wie die das machen. Wenn die Hard sell anwenden wollen, dann machen wir das eben auch.«

»Hard sell?« sagte Mr. Kohlah verächtlich. »Was sind denn das für Ausdrücke? Hört sich absolut unwürdig an. Wie Betteln. Sollen diese großen Konzerne aus der Stadt sich wie die Barbaren aufführen, wenn sie wollen. Wir hier sind zivilisierte Menschen.« Er schenkte Maneck seinen jammervollen Blick, enttäuscht, daß er überhaupt den Vorschlag gemacht hatte.

»Sieh ihn dir an«, appellierte Maneck an seine Mutter. »Da macht er wieder sein langes Gesicht. Egal, was ich sage, er macht dieses Gesicht. Er beachtet meine Vorschläge überhaupt nicht.«

Und so hatte Kohlahs Cola nie eine Chance. Das Rückgrat des Ladens war gebrochen, und die Reise der Geheimformel über die Generationen näherte sich ihrem Ende.

Mr. Kohlah machte sich an die Verwirklichung des alternativen Plans für seinen Sohn, der bald seinen SSC erwerben würde. Er begann, Erkundigungen einzuholen und sich von verschiedenen Colleges Broschüren schicken zu lassen.

»Bist du sicher, daß das nötig ist, Farokh?« fragte Mrs. Kohlah.

»Wer trödelt, bleibt zurück«, antwortete er. »Und ich will nicht, daß Maneck das gleiche passiert.«

»Oh, Farokh, wie kannst du denn so was sagen? Sieh dir doch deinen Erfolg an – du hast bei der Teilung alles verloren, und doch hast du uns allen so ein gutes Leben beschert. Wie kannst du dich als einen Trödler bezeichnen?«

»Vielleicht bin ich keiner – vielleicht bewegt sich die Welt einfach zu schnell. Aber das Ergebnis ist das gleiche.«

Er ließ sich von seinem Vorhaben nicht abbringen, und mit den treuen Familienfreunden wurden die Berufsaussichten diskutiert. Sie stimmten überein, daß es eine vorzügliche Idee sei, die Optionen offenzuhalten.

»Nicht daß dein Geschäft einzugehen droht«, sagte Brigadier Grewal. »Aber es ist gut, an allen Fronten gerüstet zu sein. Schön, eine große Kanone in Reserve zu haben.«

»Ganz meine Meinung«, sagte Mr. Kohlah.

»Wäre so schön, wenn er Arzt oder Anwalt werden könnte«, sagte Mrs. Kohlah, gleich in die Mitte der illustren Regionen vorstoßend.

»Oder Ingenieur.«

»Buchprüfer hat auch sehr viel Prestige«, sagte Mrs. Grewal.

Es blieb den alten Knaben von der Armee überlassen, die Diskussion wieder ins Reich des Praktischen zu lenken. »Wir müssen auf dem Boden der Tatsachen bleiben. Die Auswahl ist durch Manecks Schulnoten begrenzt.«

»Was nicht bedeutet, daß er nicht begabt ist.«

»Überhaupt nicht. Scharf wie ein Bajonett, wie sein Vater.«

»Und er ist handwerklich geschickt«, stimmte Mr. Kohlah zu, der das Kompliment ohne weiteren Kommentar zur Kenntnis nahm.

Etwas Technisches für Maneck, soviel war sicher, stimmten alle überein. Vorzugsweise in einer Industrie, die mit dem Wohlstand des Landes wachsen würde. Die Antwort, in einem Land, wo der größte Teil der Bevölkerung in tropischen oder subtropischen Regionen lebte, lag nahe und erfolgte einstimmig: »Kühltechnik.« Und wie sie entdeckten, befand sich das beste College, das Diplome in diesem Bereich vergab, in Mrs. Kohlahs Heimatstadt am Meer, die sie verlassen hatte, um Mr. Kohlah zu heiraten.

Als das letzte Trimester zu Ende war, kam Maneck nach Hause und erfuhr, was man für ihn beschlossen hatte, und er protestierte vehement. Der zweite Verrat wurde nicht mit einem langsamen Schmerz aufgenommen wie der erste. Er explodierte in ihm.

»Du hast mir versprochen, wenn ich meinen SSC habe, könnte ich bei dir arbeiten! Du hast gesagt, ich soll das Familiengeschäft übernehmen!«

»Beruhig dich – das wirst du auch, das wirst du auch«, sagte Mr. Kohlah, wobei er mehr Überzeugung aufbot, als er empfand. »Das hier ist nur für alle Fälle. Verstehst du, früher war es viel einfacher, Pläne für die Zukunft zu machen. Heutzutage sind die Dinge komplizierter, es gibt zuviel Unsicherheit.«

»Das ist Zeitverschwendung«, sagte Maneck. Er war überzeugt, sein Vater tat alles nur, um ihn loszuwerden – damit er sich nicht mehr im Laden einmischen konnte, als wäre er ein Rivale. »Wenn du willst, daß ich ein Handwerk oder so was lerne, dann kann ich in Mandalals Werkstatt Mechaniker lernen. Unten im Tal. Wieso muß ich so weit weggehen?«

Mr. Kohlah setzte wieder seine jammervolle Miene auf. Brigadier Grewal lachte gutgelaunt. »Junger Mann, wenn du vorhast, eine zweite Verteidigungslinie aufzubauen, dann sorg dafür, daß es eine starke ist. Sonst kannst du dir die Mühe sparen.«

Die Freunde der Familie sagten, daß Maneck ein Glückspilz sei und dankbar sein sollte für die Chance, die ihm geboten wurde. »In deinem Alter wäre das für uns das tollste gewesen, ein Jahr in der modernsten, kosmopolitischsten Stadt des ganzen Landes zu verbringen.«

Und so wurde Maneck an dem College angemeldet, und es wurden die Vorbereitungen für seine Abreise getroffen. Es wurde ein neuer Koffer gekauft. Seine Kleidung wurde sortiert, und für die verschiedenen Etappen der Reise wurden Fahrkarten bestellt.

»Keine Sorge«, sagte seine Mutter. »Es wird alles in Ordnung sein, wenn du in einem Jahr wiederkommst. Daddy macht sich nur Sorgen um deine Zukunft. Diese ganzen Veränderungen – sie sind zu schnell passiert. In einem Jahr müßte er ruhiger sein.«

Sie begann die Gegenstände zusammenzustellen, die er in Kästen mitnehmen würde. Aus Angst, irgend etwas zu vergessen, konsultierte sie oft die vorgeschlagene Checkliste im College-Handbuch. Immerzu klappte sie den Koffer auf und zu, holte Dinge heraus und tat sie wieder hinein, zählte und ordnete um. Die Frau, die mühelos die Waren des Gemischtwarenladens gehandhabt hatte, begann beim Packen für ihren Sohn die Fassung zu verlieren.

Immer wieder fragte sie ihren Mann um Rat. »Farokh, wie viele Handtücher soll ich ihm mitgeben? Meinst du, Maneck wird seine gute Hose brauchen, die graue Gabardine? Wieviel Seife und Zahnpasta, Farokh? Und welche Arzneimittel soll ich einpacken?«

Seine Antwort war immer die gleiche: »Belästige mich nicht mit solchen nebensächlichen Sachen. Entscheide du.« Er weigerte sich, dem wachsenden Haufen von Kleidung und persönlichen Gegenständen auch nur nahe zu kommen, als würde er seine Existenz bestreiten. Wenn er an dem geöffneten Koffer auf dem Tisch im oberen Flur vorbeigehen mußte, dann wandte er den Blick ab.

Mrs. Kohlah begriff sehr wohl, was das Verhalten ihres Mannes bedeutete. Sie hatte angenommen, wenn sie ihn einlud, an dem Planen und Packen teilzunehmen, würde es ihm helfen, es ihm leichter machen, die Tage durchzustehen, die ihnen allen so viel Schmerz bereiteten.

Nach seinen brüsken Entgegnungen ließ sie ihn lieber in Ruhe. Außerdem war sie von beiden die Stärkere, wenn es darum ging, mit solchen Dingen fertigzuwerden, obwohl bisher noch keiner von beiden eine derartig lange Trennung von Maneck erlebt hatte. Entfernung war eine gefährliche Sache, das wußte sie.

Entfernung veränderte die Menschen. Ihr eigener Fall war ein gutes Beispiel – sie könnte jetzt nie mehr zurückkehren, um mit ihrer Familie in der Stadt zu leben. Und allein schon der Aufenthalt im Internat hatte Maneck dazu gebracht, vor der Guten-Morgen-Umarmung zurückzuscheuen, die er früher nie ausgelassen hatte, nicht einmal an den Tagen, wo er krank war, wenn er so liebevoll herunterkam, die Arme um sie legte und dann wieder ins Bett ging. Wovor würde er nach dieser Trennung zurückscheuen? Schon jetzt war er in sich gekehrter, es war nicht mehr so leicht, mit ihm zu reden, sich mit ihm auszutauschen, und er sah immer so niedergeschlagen aus. Wie sehr würde er sich noch verändern? Was würde die Stadt ihrem Sohn alles antun? Verlor sie ihn endgültig?

Einmal, während sie gerade Kunden bediente, wanderte sie nachdenklich und besorgt aus dem Laden hinauf zu Manecks Kisten. Mr. Kohlah spürte, daß oben etwas nicht stimmte, stellte die Getränkemaschinen mitten während des Betriebs aus und sprang die Kellerstufen hoch, um sich bei der stehengelassenen Kundschaft zu entschuldigen.

An diesem Morgen zügelte er seinen Ärger. Aber beim nächsten Mal, als es passierte, rief er aus: »Aban! Darf ich fragen, was für einen Notfall du im Schlafzimmer betreuen mußt?«

Sarkasmus fiel ihm schwer und kam selten vor, und so überraschte es ihn und verletzte sie. Aber sie weigerte sich, sich auf einen Streit einzulassen, und antwortete gelassen: »Mir ist etwas sehr Wichtiges eingefallen. Mußte es sofort nachprüfen.«

»Deine Manie wird uns noch allesamt verrückt machen. Bitte begreife ein für allemal – wenn du irgendwas vergißt, können wir jederzeit ein Päckchen schicken.«

Aber die Dinge, um die sie sich Sorgen machte, ließen sich nicht in ein Päckchen packen und verschicken, und die Versuche, sie zu erklären, gingen immer frustrierend schief, die Worte kamen alle verkehrt heraus. »Du zeigst kein Interesse für Manecks Reisevorbereitungen, du willst keine Verantwortung übernehmen. Und dann sagst du zu mir, ich wäre manisch und verrückt? Hast du denn keine Angst um ihn? Was ist mit deinen Gefühlen passiert?«

Trotz seines eigenen verwirrenden Zorns verstand Mr. Kohlah, welche Bedeutung das Verhalten seiner Frau hatte. Eine Woche nach diesem Wortwechsel wachte er nachts auf, als sie aufstand, um das Zimmer zu verlassen. Die Uhr hatte erst vor ein paar Minuten zwölf geschlagen. Er stellte sich schlafend. Er hörte, wie es wischte und raschelte, als sie mit den Füßen nach ihren Hausschuhen tastete. Als sie die Tür hinter sich zugemacht hatte, stand er leise auf und folgte ihr.

Die Dielenbretter fühlten sich kalt an unter seinen bloßen Füßen. Er tappte den dunklen Flur entlang, und um die Ecke kommend, sah er sie vor dem Koffer stehen. Er wich einen Schritt zurück. Sie stand bewegungslos da, den Kopf gesenkt, ihre Hände in Manecks Kleidung vergraben. Als der wolkenverhangene Mond zum Vorschein kam, beleuchtete das silbrige Licht ihr Gesicht. Eine Eule schrie, und er war froh, daß er sich still verhalten hatte, ihr heimlich gefolgt war, um sie so zu sehen, so schön, so vertieft, wie sie dastand, wie sie die Jahre ihres gemeinsamen Lebens verkörperte, wie sich in ihrem Wesen ihrer aller Leben verschmolz und ihr Gesicht und ihre Augen belebte.

Wieder schrie die Eule. Das Mondlicht flackerte, zögernd, ließ eine Wolke vorbeiziehen. Ihre Hände bewegten sich in Manecks Koffer. Die Hunde auf der Veranda bellten – welchen Geist bellten sie an?

Farokh Kohlah hörte das Ticken der Uhr und dann das einzelne Bong der Viertelstunde. Er war der Nacht dankbar, daß sie ihm diese Gelegenheit geschenkt hatte, diese Vision im Mondlicht. Er kehrte zu seinem Bett zurück und störte sie nicht, als sie einige Minuten später unter das Laken kroch.

Die Zeit für die allerletzten Ratschläge war gekommen. Seine Eltern wiederholten noch einmal mehr oder weniger das gleiche, was sie ihm bereits gesagt hatten, seitdem Manecks Fortgang feststand, nämlich die Warnung, sich im College mit jenen einzulassen, die um Geld spielten, tranken oder rauchten. Sie sagten ihm, er solle vorsichtig mit seinem Geld umgehen und ein gesundes Mißtrauen walten lassen, denn die Leute seien sehr anders in der Stadt. »Während deines ganzen Lebens hier haben wir nie versucht, dir deine zutrauliche Art auszureden. Egal, ob deine Gefährten reich oder arm waren, und egal, welcher Kaste oder Religion sie angehörten – diese Unterschiede haben keine Rolle gespielt. Aber jetzt hast du es mit der wesentlichsten Veränderung überhaupt zu tun, indem du hier weggehst und in die Stadt ziehst. Du mußt sehr, sehr vorsichtig sein.«

Mr. Kohlah hatte vorgehabt, seinen Sohn auf der Busfahrt ins Tal und dann mit der Rikscha zum Bahnhof zu begleiten. Aber die Aushilfe, die versprochen hatte, früh zu kommen, um die morgendlichen Arbeiten zu übernehmen, war nicht erschienen. Und so brach Maneck alleine zu seiner langen, anderthalb Tage dauernden Reise in die Stadt auf.

»Besorg dir auf jeden Fall einen Kuli am Bahnhof«, sagte sein Vater. »Versuch nicht, alles selbst zu tragen. Und setz den Betrag fest, bevor er dein Gepäck anfaßt. Drei Rupien müßten reichen.«

»Willst du ihn denn nicht umarmen?« fragte Mrs. Kohlah verzweifelt, als sich die beiden die Hände schüttelten.

»Na gut«, sagte Maneck und legte die Arme um seinen Vater.

Der *Frontier Mail* stand schon im Bahnhof, als die klapprige Rikscha am Eingang vorfuhr. Maneck bezahlte und folgte dann dem Kuli über die Fußgängerbrücke, um zu dem Gleis zu gelangen, wo die Züge Richtung Süden abfuhren. Er blieb oben einen Moment stehen. Um den Zug, der sich lang und dünn unter ihm entlangzog, drängten sich die Menschen. Wie Ameisen, die versuchen, einen toten Wurm wegzutragen, dachte er.

Der Kuli war währenddessen weitergegangen, und Maneck rannte los, um ihn einzuholen. Beim Warteraum war ein Verkäufer, der Mais röstete und die krachenden Kohlen befächerte. Maneck nahm sich vor, sich noch einen Kolben zu holen, wenn er seinen Platz im Zug gefunden hatte.

»Ab jetzt kostet es fünfzig Rupien«, hörte er den Bahnhofsvorsteher sagen, gerade dabei, seinen wöchentlichen Tribut von Mais und Geld einzusammeln. »Du hast den besten Standort. Das ist der Preis, den alle anderen auch zahlen würden.«

»Den ganzen Tag lang habe ich den beißenden Rauch in den Augen und in der Lunge, ich bin schon halb blind und kriege kaum noch Luft«, sagte der Verkäufer. »Und sehen Sie nur meine Finger an – ganz schwarz verkohlt. Haben Sie etwas Erbarmen, Sahab.« Er drehte die Maiskolben geschickt um, damit sie nicht anbrannten. »Woher soll ich fünfzig Rupien nehmen? Die Polizei will auch zufriedengestellt sein.«

»Tu nicht so«, sagte der Bahnhofsvorsteher und steckte das Geld in eine Tasche seiner gestärkten weißen Uniform. »Ich weiß genau, wieviel du verdienst.«

Ab und zu explodierte ein Korn mit einem scharfen Knall. Das Geräusch und der Duft riefen bei Maneck die Erinnerung an seine erste Zugreise wach: als er mit seiner Mutter ihre Verwandten in der Stadt besucht hatte.

Daddy hatte sie zum Bahnhof gebracht. »Du wirst mir allmählich zu schwer«, hatte er scherzhaft gestöhnt, als er Maneck hochhob, damit er einen guten Blick auf die Dampflokomotive hatte. Wie riesig sie war, und der Zug, wie eine Kette von Bungalows, die sich endlos hinzog, in einer langen, langen Linie. Daddy trug ihn bis zum Ende des Bahnsteigs, ganz nah an das zischende, klappernde Ungetüm heran, während Maneck geschäftig an seinem Maiskolben nagte. Als er hineinbiß, landeten Spritzer des milchweißen Safts auf Daddys Brille.

Daddy machte eine Ziehbewegung mit dem Arm, die der Lokführer verstand. Er tippte forsch an seinen Mützenschirm und ließ für Maneck die Pfeife ertönen. Der durchdringende Schrei, der so nah war, daß er das Gefühl hatte, er sei seinem eigenen Herzen entsprungen, erschreckte ihn derart, daß er den Maiskolben fallen ließ. »Nicht so schlimm«, sagte Daddy, »Mummy kauft dir einen neuen.«

Als die Abfahrt des Zuges angesagt wurde, schob er Maneck durchs Fenster auf seinen Platz neben Mummy. Der Zug setzte sich in Bewegung, und der Bahnhof glitt langsam an ihnen vorbei. Daddy winkte lächelnd und warf ihnen Handküsse zu. Er ging neben dem Abteil her, rannte dann ein bißchen mit, blieb aber bald zurück, so wie der Maiskolben, der auf den Bahnsteig gefallen war. Alles Vertraute entschwand aus Manecks Blick ...

Maneck fand sein Abteil und bezahlte den Kuli, nachdem das Gepäck verstaut worden war. Der Bungalow auf Rädern aus seiner Kindheit war geschrumpft. Die Zeit hatte Verzaubertes in Banales verwandelt. Der Pfiff ertönte. Keine Zeit mehr, sich einen Maiskolben zu kaufen. Er sank auf seinen Platz neben seinem Nachbarn.

Der Mann unterstützte Maneck nicht in seinen Versuchen, ein Gespräch in Gang zu bringen, antwortete bloß mit Kopfnicken und Brummen oder vagen Handbewegungen. Er war adrett gekleidet und frisiert, mit einem akkuraten Linksscheitel. Seine Brusttasche starrte vor Füllern und Markern, die sich in einem speziellen Einstecketui befanden. Die beiden Plätze ihnen gegenüber waren von einer jungen Frau und ihrem Vater belegt. Sie strickte fleißig an irgend etwas. Aus dem Fragment, das von den Nadeln hing, versuchte Maneck sich zusammenzureimen, was es sein könnte – Schal, Pulloverärmel, Socke?

Der Vater erhob sich, um auf die Toilette zu gehen. »Warte,

Papaji, ich helf dir«, sagte sie, als er auf einer Krücke in den Mittelgang hinkte. Gut, dachte Maneck, sie würde die obere Liege nehmen müssen. Da er auch oben lag, würde er eine gute Sicht haben.

Am Abend bot Maneck seinem ordentlich gekleideten Nachbarn einen Gluco-Keks an. Er bedankte sich flüsternd. »Gern geschehen«, flüsterte Maneck zurück, in der Annahme, der Mann rede gern leise. Im Austausch für den Keks erhielt er eine Banane. Ihre Schale war in der Hitze schon schwarz geworden, aber er aß sie trotzdem.

Der Schlafwagenschaffner machte seine Runde mit Decken und Laken und richtete die Liegen für die Nacht. Nachdem er gegangen war, holte der ordentlich gekleidete Mann aus der Tasche, in der seine Bananen verstaut waren, eine Kette mit einem Vorhängeschloß heraus und schloß das Gepäckstück an einer Stange unter seinem Sitz an. Er beugte sich zu Manecks Ohr und erklärte vertraulich: »Wegen den Dieben – sie kommen ins Abteil, wenn die Fahrgäste eingeschlafen sind.«

»Oh«, meinte Maneck, etwas beunruhigt. Davor hatte ihn niemand gewarnt. Aber vielleicht war der Bursche bloß etwas überängstlich. »Wissen Sie, vor ein paar Jahren bin ich mit meiner Mutter in diesem gleichen Zug gefahren, und es wurde nichts gestohlen.«

»Bedauerlicherweise hat sich die Welt sehr verändert.« Der Mann zog sein Hemd aus und hängte es ordentlich an einen Haken am Fenster. Dann entfernte er das Plastiketui aus der Brusttasche und steckte es sich ans Unterhemd, wobei er darauf achtete, sich nicht die Brusthaare einzuklemmen. Als er bemerkte, wie Maneck ihn beobachtete, flüsterte er lächelnd: »Ich hänge sehr an meinen Füllern. Ich trenn mich nicht gerne von ihnen, nicht mal wenn ich schlafe.«

Maneck erwiderte das Lächeln und flüsterte: »Ja, ich habe auch einen Lieblingsfüller. Ich verleihe ihn nie an jemand – das verdirbt den Winkel der Feder.«

Vater und Tochter waren nicht erfreut über das Geflüster, durch das sie sich ausgeschlossen fühlten. »Was soll man machen, Papaji, einige Menschen werden einfach unhöflich geboren«, sagte sie, indem sie ihm seine Krücke reichte. Sie gingen wieder zur Toilette, wobei sie einen frostigen Blick auf die Plätze gegenüber warfen.

Er blieb unbemerkt, denn Maneck machte sich jetzt Sorgen um seinen Koffer. Die leisen Worte des Füllerfreundes bezüglich möglicher Diebe hatten ihm den Abend verdorben, und die Frau auf der oberen Liege hatte er völlig vergessen. Als sie ihm wieder einfiel, war sie bereits vor neugierigen Blicken geschützt, da Papaji ihr das Laken bis unters Kinn geklemmt hatte.

Bevor er zu seiner eigenen Liege hochkletterte, stellte Maneck seinen Koffer so hin, daß eine Ecke von oben zu sehen war. Er lag wach und sah ab und zu nach. Der Vater der jungen Frau sah ihn mehrmals den Hals recken und beäugte ihn mißtrauisch. Gegen Tagesanbruch wurde Maneck schließlich vom Schlaf übermannt. Bevor er in Schlummer versank, sah er nur noch, wie Papaji, auf einer Krücke balancierend, mit einem Laken einen Vorhang für seine Tochter bildete, als sie herunterstieg, ohne auch nur eine Wade oder einen Knöchel zu entblößen.

Er wachte erst auf, als der Schlafwagenschaffner vorbeikam, um das Bettzeug einzusammeln. Die junge Frau war bereits wieder fleißig am Stricken. Das undefinierbare Wollteil tanzte unter ihren Fingern. Es wurde Tee serviert. Nun war der ordentlich gekleidete Füllerfreund gesprächiger. Der Pulk von Stiften befand sich jetzt wieder in seiner Brusttasche. Maneck erfuhr, daß die gestrige Zurückhaltung durch ein Halsleiden bedingt gewesen war.

»Zum Glück hat es heute morgen etwas nachgelassen«, sagte der Mann, als er hustete, was so klang, als würde er gleich etwas hervorrotzen.

Als er daran dachte, wie er das heisere Flüstern des Mannes mit seinem theatralischen Geflüster beantwortet hatte, schämte sich Maneck im nachhinein etwas. Er fragte sich, ob er sich entschuldigen oder eine Erklärung abgeben sollte, aber der Füllerfreund schien es ihm nicht nachzutragen.

»Es ist ein sehr schweres Leiden«, erklärte er. »Und ich bin jetzt unterwegs, um mich von einem Spezialisten behandeln zu lassen.« Er räusperte sich wieder. »Nie hätte ich gedacht, damals, vor langer Zeit, als ich mit meinem Beruf begann, daß er mir das hier antun würde. Aber wie kann man gegen sein eigenes Schicksal ankämpfen?«

Maneck schüttelte mitfühlend den Kopf. »War es irgendeine Fabrikarbeit? Giftige Abgase?«

Der Mann lachte verächtlich über die Vorstellung. »Ich bin ein L.L.B., ein voll qualifizierter Anwalt.«

»Ach so. Dann haben wohl die langen Reden in staubigen Gerichtssälen Ihre Stimmbänder strapaziert und ruiniert.«

»Überhaupt nicht – ganz im Gegenteil.« Er zögerte. »Das ist so eine lange Geschichte.«

»Aber wir haben doch viel Zeit«, ermunterte Maneck ihn. »Es ist so eine lange Reise.«

Papaji und Tochter reichte es jetzt mit der geflüsterten Unterhaltung der anderen beiden. Papaji war überzeugt, daß ihr leises Lachen einen lüsternen Unterton enthielt, der direkt auf seine unschuldige Tochter zielte. Er verzog das Gesicht, ergriff seine Krücke, nahm seine Tochter an die Hand und stapfte einbeinig den Mittelgang hinunter. »Was soll man machen, Papaji«, sagte sie. »Manche Leute haben einfach kein Benehmen.«

»Was haben die beiden bloß?« meinte der Füllerfreund, während er die akkuraten, mechanischen Bewegungen der Krücke beobachtete. Er entkorkte eine kleine grüne Flasche, nippte dran und stellte sie beiseite. Während er liebevoll seine Stifte betastete, testete er seinen frisch verarzteten Kehlkopf mit dem Eröffnungssatz der Leidensgeschichte seiner Kehle.

»Mit dem Beruf des Anwalts – übrigens mein erster Beruf, der mir immer noch am liebsten ist – begann ich vor sehr langer Zeit. Im Jahr unserer Unabhängigkeit.«

Maneck zählte schnell nach. »Von 1947 bis 1975 – achtundzwanzig Jahre. Das ist eine lange Berufserfahrung.«

»Eigentlich nicht. Nach zwei Jahren wechselte ich den Beruf. Ich konnte es nicht ertragen, Tag für Tag vor einem Gerichtspublikum aufzutreten. Zuviel Streß für einen scheuen Menschen wie mich. Ich lag nachts immer schwitzend und zitternd im Bett, voller Angst vor dem nächsten Morgen. Ich brauchte eine Arbeit, wo ich alleine war. Wo ich *in camera* arbeiten konnte.«

»Fotografie?«

»Nein, das ist Latein und bedeutet privat.« Er kratzte seine Füller, als würde es sie irgendwo jucken, und setzte eine reuevolle Miene auf. »Das ist eine schlechte Angewohnheit von mir, wegen meines Jurastudiums – daß ich immer diese albernen Ausdrücke benutze anstatt gute allgemeinverständliche. Jedenfalls, weil ich ungestört arbeiten wollte, wurde ich Korrektor bei der *Times of India.*«

Wie könnte sich ein Korrektor wohl die Kehle ruinieren, fragte sich Maneck. Aber er hatte schon zweimal unterbrochen und sich lächerlich gemacht. Es war besser, wenn er den Mund hielt und zuhörte.

»Ich war der beste, den sie hatten, der absolut beste. Ich bekam immer die schwierigsten und wichtigsten Sachen. Den Leitartikel, Prozeßberichte, juristische Texte, Börsenberichte. Auch Politikerreden – so langweilig, daß man dabei ganz schläfrig wurde und einschlief. Und Schläfrigkeit ist *der* große Feind des Korrektors. Ich habe schon erlebt, wie sie so manchem vielversprechenden Kollegen die Reputation vernichtet hat.

Aber für mich war nichts zu schwierig. Die Buchstaben segelten vor meinen Augen, Zeile um Zeile, geordnete Flotten auf einem Ozean von Zeitungspapier. Manchmal kam ich mir wie ein Flottenadmiral vor, der das Oberkommando über die Marine der Drucker hatte. Und innerhalb weniger Monate wurde ich zum Oberkorrektor befördert.

Mein Nachtschweiß verschwand, ich schlief gut. Vierundzwanzig Jahre hatte ich diese Position inne. Ich war glücklich in meiner kleinen Kammer – in meinem Reich, mit meinem Tisch, meinem Stuhl und meiner Leselampe. Was könnte man sich noch mehr wünschen?«

»Nichts«, sagte Maneck.

»Genau. Aber Königreiche halten nicht ewig – nicht einmal bescheidene kleine Kammerkönigreiche. Eines Tages geschah es, ohne Vorwarnung.«

»Was?«

»Die Katastrophe. Ich überprüfte einen Leitartikel über einen Abgeordneten des Bundesparlaments, der sich an dem Dürrehilfsprojekt persönlich bereichert hatte. Meine Augen begannen zu jucken und zu tränen. Ohne mir was dabei zu denken, rieb ich sie mir, wischte sie trocken und setzte meine Arbeit fort. Innerhalb von Sekunden waren sie wieder feucht. Ich trocknete sie wieder. Aber es passierte immer wieder und immer wieder. Und es waren nicht mehr bloß ein paar Tränen, die man ignorieren konnte, sondern ein ständiger Strom.

Bald umringten mich meine besorgten Kollegen. Sie zwängten sich in meine kleine Kammer und spendeten mir reichlich Trost, in der Annahme, ich sei von Kummer übermannt. Sie dachten, daß die tägliche Lektüre über den traurigen Zustand des Landes, über Korruption, Naturkatastrophen, Wirtschaftskrisen, mich schließlich zerbrochen hatte. Daß ich in einem Anfall von Kummer und Verzweiflung die Fassung verloren hatte.

Sie irrten sich natürlich. Ich ließ nie zu, daß meine beruflichen Pflichten von Gefühlen beeinträchtigt wurden. Damit meine ich nicht, daß ein Korrektor herzlos sein sollte. Ich bestreite nicht, daß mir bei vielem, was ich las, oft zum Heulen zumute war – Geschichten über Elend, Kastengewalt, staatliche Gefühllosigkeit, bürokratische Arroganz, Polizeibrutalität. Ich bin sicher, vielen von uns ging es so, und ein Gefühlsausbruch wäre ganz normal gewesen. Aber ein Opfer, das zu lange währt, kann ein Herz zu Stein machen, wie mein Lieblingsdichter einmal schrieb.«

»Wer ist das?«

»W. B. Yeats. Und ich glaube, manchmal muß man es sich verkneifen, sich normal zu verhalten, wenn man weitermachen will.«

»Da bin ich mir nicht so sicher«, meinte Maneck. »Wäre es nicht besser, ehrlich zu reagieren, anstatt seine Gefühle zu verstecken? Vielleicht, wenn jeder im Land wütend oder verärgert wäre, könnte das die Dinge so verändern, daß die Politiker gezwungen wären, sich ordentlich zu benehmen.«

Die Augen des Mannes leuchteten auf, als sich die Gelegenheit zu einem Streitgespräch bot. »Theoretisch schon, da würde ich Ihnen zustimmen. Aber in der Praxis könnte es zu noch größeren Katastrophen führen. Versuchen Sie sich doch mal sechshundert

Millionen wütender, heulender, schluchzender Menschen vorzustellen. Jeder im ganzen Land – einschließlich Flugzeugpiloten, Lokführer, Bus- und Straßenbahnfahrer, die alle die Beherrschung verlieren. Was für eine Katastrophe. Flugzeuge würden vom Himmel fallen, Züge würden entgleisen, Schiffe sinken, Busse und Lastwagen und Autos würden zusammenstoßen. Chaos. Vollständiges Chaos.«

Er hielt inne, um Maneck Gelegenheit zu geben, sich die Details der Anarchie, die er gerade entfesselt hatte, auszumalen. »Und bitte denken Sie auch daran: Wissenschaftler haben die Auswirkungen von Massenhysterie und Massensuizid auf die Umwelt noch nicht erforscht. Nicht in diesem subkontinentalen Maßstab. Wenn der Flügelschlag eines Schmetterlings um den halben Globus herum atmosphärische Störungen verursachen kann, wer weiß, was in unserem Fall passieren könnte? Stürme? Wirbelstürme? Flutwellen? Und die Landmasse, würde sie vor Empathie beben? Würden die Berge explodieren? Und die Flüsse, würden sie durch die Tränen aus zwölfhundert Millionen Augen ansteigen und über die Ufer treten?«

Er nahm einen weiteren Schluck aus der grünen Flasche. »Nein, das ist zu gefährlich. Lieber so weitermachen wie bisher.« Er verkorkte die Flasche wieder und wischte sich über die Lippen. »Um zu den Tatsachen zurückzukommen. Da saß ich nun, mit üppig leckenden Augen, und vor mir die Korrekturbögen des Tages. Ich konnte kein einziges Wort lesen. Der Text, die disziplinierten Reihen und Spalten meuterten plötzlich, die Buchstaben wankten und schaukelten, brachen in einem Meer stürmischen Papiers auseinander.«

Er fuhr sich mit der Hand über die Augen, als er diesen schicksalhaften Tag noch einmal durchlebte. Dann streichelte er tröstend seine Füller, als könnten auch sie von der Heraufbeschwörung jener schmerzvollen Ereignisse beunruhigt worden sein. Maneck nutzte die Gelegenheit, um etwas Lob einzuflechten, damit die Geschichte weiterging. »Wissen Sie, Sie sind der erste Korrektor, dem ich begegnet bin. Ich hätte mir vorgestellt, das wären sehr langweilige Leute, aber Sie ... Sie reden so ... so anders. Fast wie ein Dichter.«

»Und warum sollte ich das nicht? Vierundzwanzig Jahre lang haben die Triumphe und Tragödien unseres Landes meine Atmung beschleunigt, meinen Puls vor Freude singen oder vor Kummer beben lassen. In vierundzwanzig Jahren Korrekturlesen flogen Schwärme von Wörtern durch die Fenster meiner Seele in meinen Kopf. Einige sind geblieben und haben dort Nester gebaut. Wieso sollte ich nicht wie ein Dichter reden, wo mir ein Commonwealth von Sprache zur Verfügung steht, das ständig durch Neuankömmlinge verstärkt wird?« Er stieß einen mächtigen Seufzer aus. »Natürlich nur bis zu jenem nassen Tag, als alles vorbei war. Als die Fenster zugeschlagen wurden. Und der Augenarzt mich zur Impotenz verurteilte und sagte, daß meine Zeiten als Korrektor vorbei seien.«

»Konnte er Ihnen denn nicht eine neue Brille geben oder so was?«

»Das hätte nichts geholfen. Das Problem war, daß meine Augen akut allergisch gegen Druckerschwärze geworden waren.« Er breitete die Hände in einer Geste der Leere aus. »Der Nektar, der mich ernährte, hatte sich in Gift verwandelt.«

»Und was haben Sie dann gemacht?«

»Was kann man schon unter solchen Umständen machen? Es akzeptieren und weitergehen. Bitte denken Sie immer daran, das Geheimnis des Überlebens besteht darin, Wandel und Veränderung anzunehmen und sich anzupassen. Um noch einmal zu zitieren: ›Alle Dinge fallen und werden neu erbaut, und jene, die sie erbauen, sind fröhlich.‹«

»Yeats?« riet Maneck.

Der Korrektor nickte. »Verstehen Sie, man kann sich nicht irgendwann Linien ziehen und Kästchen bauen und sich dann hartnäckig weigern, sie zu überschreiten. Manchmal muß man seine Mißerfolge als Trittsteine zum Erfolg benutzen. Man muß ein feines Gleichgewicht zwischen Hoffnung und Verzweiflung einhalten.« Er hielt inne und sann darüber nach, was er gerade gesagt hatte. »Ja«, wiederholte er, »letztendlich ist es alles eine Frage des Gleichgewichts.«

Maneck nickte. »Trotzdem, Sie müssen Ihre Arbeit sehr vermißt haben.«

»Nun, eigentlich nicht«, entgegnete er, Manecks Mitgefühl zurückweisend. »Die Arbeit an sich nicht. Das meiste Zeug in der Zeitung war reiner Müll. Eine große Menge von dem, was durch die Fenster meiner Seele hereinkam, wurde schnell wieder durch die Falltür entleert.«

Maneck fand, daß das dem widersprach, was der Mann zuvor gesagt hatte. Vielleicht war hinter dem Korrektor noch der Anwalt aktiv, der für beide Seiten der Medaille Argumente anführen konnte.

»Ein paar gute Dinge hatte ich behalten, und ich habe sie immer noch.« Der Korrektor klopfte sich hörbar zuerst auf die Stirn und dann auf das Plastiketui mit den Füllern. »Hier oben hab ich keinen Müll und keine Meisen – und in meinem Etui sind keine ausgetrockneten Füller.«

Das Klopfen der einzelnen Krücke im Mittelgang kündigte die Rückkehr von Papaji und Tochter an. Maneck und der Korrektor begrüßten sie mit einem freundlichen Lächeln. Aber so leicht ließen sie sich nicht besänftigen. Während er zu seinem Platz durchging, stieß Papaji mit seiner Krücke nach dem Fuß des Korrektors.

Er hätte ihn auch erwischt, hätte der Korrektor den Angriff nicht vorausgesehen.

»Verzeihung«, sagte Papaji in barschem Ton, enttäuscht über seinen Mißerfolg. »Was soll man machen, dumme Fehler passieren, wenn man in einer zweibeinigen Welt nur ein gesundes Bein hat.«

»Bitte machen Sie sich keine Gedanken«, sagte der Korrektor. »Es ist ja nichts passiert.«

Die Tochter begann wieder zu stricken, während Papaji seinen grimmigen Blick aus dem Fenster richtete und hin und wieder einen Bauern bei seiner Feldarbeit erschreckte, der zufällig seinen wütenden Blick erhaschte. Maneck wollte, daß der Korrektur fortfuhr. »Und sind Sie jetzt pensioniert?«

Er schüttelte den Kopf. »Kann ich mir nicht leisten. Nein, glücklicherweise war mein Redakteur sehr freundlich und hat mir eine andere Arbeit verschafft.«

»Aber was ist mit Ihrem Halsproblem?« Maneck nahm an, daß

die Pointe der gesamten Geschichte irgendwie übersehen worden war.

»Das ist bei meiner neuen Arbeit passiert. Wegen seiner Stellung war der Chefredakteur mit vielen Politikern befreundet und konnte mich als freien Mitarbeiter unterbringen, für Morcha-Produktion.« Als er die Frage in Manecks Gesicht sah, erklärte er: »Na ja, Parolen entwerfen, Teilnehmer anwerben und Kundgebungen oder Demonstrationen für verschiedene politische Parteien auf die Beine stellen. Das erschien mir nicht weiter problematisch, als er mir diese Gelegenheit anbot.«

»Und war es?«

»An der kreativen Front gab es keine Probleme. Reden schreiben, Spruchbänder entwerfen – das war leicht. Mit den vielen Jahren des Korrekturlesens auf dem Buckel war ich bestens vertraut mit dem Geschwätz und Geschwafel, das Berufspolitiker so lieben. Mein *modus operandi* war einfach. Ich legte drei Listen an: Errungenschaften des Kandidaten (tatsächliche und eingebildete), Vorwürfe gegen Gegner (einschließlich Gerüchte, Unterstellungen, Tiraden und Lügen) und leere Versprechungen (je unwahrscheinlicher, desto besser). Dann brauchte man nur noch die Punkte von den drei Listen zu Kombinationen zusammenzustellen, etwas Bombast beizumischen, ein paar örtliche Bezüge einzuflechten, und fertig – eine brandneue Rede. Es war ein richtiger Knüller bei meinen Kunden.« Ein Lächeln umspielte seine Lippen, als er sich seiner Erfolge erinnerte.

»Meine Schwierigkeiten lagen in der letzten Phase, draußen auf der Straße. Sehen Sie, ich hatte mein ganzes berufstätiges Leben in einem Büro verbracht, schweigend, und meine Kehle war ungeübt. Jetzt brüllte ich plötzlich Anweisungen, Parolen, rief die Mengen auf, meine Sprüche zu wiederholen. Das war *terra incognita* für jemanden mit meinem Werdegang. Es wurde zuviel. Viel zuviel für meinen ungeübten Kehlkopf. Meine Stimmbänder haben derart großen Schaden genommen, daß ich nach Auffassung der Ärzte nie wieder ganz gesund werde.«

»Das ist ja schrecklich«, sagte Maneck. »Sie hätten die anderen schreien und brüllen lassen sollen. Dafür werden die Mengen doch schließlich engagiert, oder?«

»Richtig. Aber die Gewohnheit, die ich mir in meinem vorigen Beruf zugelegt hatte – nämlich alles selbst zu machen, bis zur kleinsten Einzelheit –, war schwer abzugewöhnen. Ich konnte das Brüllen nicht der gemieteten Menschenmenge überlassen. Schließlich wird der Erfolg einer Demonstration in Dezibel gemessen. Mit zündenden Parolen und schicken Spruchbändern allein ist es nicht getan. Und so fand ich, ich müßte mit gutem Beispiel vorangehen, meine Stimme mit voller Begeisterung einsetzen, dröhnen und donnern, die Himmel anflehen, die Kräfte des Bösen verfluchen, das Lob auf den Wohltäter kreischen – brüllen und bellen und rufen und jubeln, bis der Sieg mein war!«

In der Erregung seiner Erinnerung wurde der Korrektor allmählich lauter. Er nahm einen Füller aus seinem Etui und fuchtelte damit herum, als wäre es ein Dirigentenstab. Dann wurde seine sinfonische Schilderung von einem heftigen Anfall von Husten, Keuchen und Würgen unterbrochen.

Papaji und Tochter zuckten zusammen, wichen auf ihren Plätzen zurück, besorgt, sie könnten sich an dem böse klingenden Husten anstecken. »Was soll man machen, Papaji«, schniefte die Tochter, während sie sich Nase und Mund mit ihrem Sari zudeckte. »Manche Leute nehmen einfach keine Rücksicht auf ihre Mitmenschen. Verbreiten einfach schamlos ihre Bakterien.«

Der Korrektor kam wieder zu Atem und sagte: »Sehen Sie? Sehen Sie, wie sehr ich leide? Das ist das Ergebnis des Morcha-Berufs. Eine zweite Impotenz.« Er hob die Hände und packte sich an die Gurgel. »Man könnte sagen, ich habe mir selbst die Gurgel durchgeschnitten.«

Maneck lachte anerkennend, aber der Korrektor hatte nicht vorgehabt, witzig zu sein. »Ich habe aus meiner Erfahrung gelernt«, sagte er ernst. »Jetzt habe ich einen Assistenten mit einer starken Kehle an meiner Seite, dem ich meine Anweisungen zuflüstere. Ich bringe ihm die Phrasierung bei, die Kadenz, die betonten und die unbetonten Silben. Dann führt er stellvertretend für mich die Brüllbrigaden an.«

»Und seine Kehle ist in Ordnung? Keine Probleme?«

»Ja, sie ist in Ordnung. Im großen und ganzen. Er war früher Hauptfeldwebel in der Armee. Trotzdem muß ich ihn mit Menthol-Halspastillen versorgen. Er ist es übrigens, der mich vom Bahnhof abholt. In der Stadt ist immer eine große Nachfrage nach Morchas. Diverse Gruppen befinden sich in einem Zustand permanenter Erregung – für mehr Essen, weniger Steuern, höhere Löhne, niedrigere Preise. Wir werden also auch geschäftlich zu tun haben, während ich mich ärztlich behandeln lasse.«

Gegen Ende der Geschichte sackte seine Stimme wieder zu dem schwachen Flüstern ab, das er sich so mühevoll in der Nacht zuvor abgerungen hatte, und Maneck bat ihn, er möge sich doch ja nicht weiter anstrengen.

»Sie haben recht«, sagte der Korrektor. »Ich hätte schon längst aufhören sollen zu reden. Übrigens, ich heiße Vasantrao Valmik«, sagte er und streckte die Hand aus.

»Maneck Kohlah«, erwiderte Maneck und schüttelte sie, während Papaji und Tochter wegsahen. Sie wollten keine unfreiwilligen Zuschauer sein, wenn diese beiden schlecht erzogenen Individuen sich vorstellten.

Sechsunddreißig Stunden nachdem er von seinem Zuhause Abschied genommen hatte, traf Maneck in der Stadt ein, mit völlig eingestaubter Kleidung und brennenden Augen. Seine Nase schmerzte, und seine Kehle fühlte sich wund an. Er fragte sich, welch zusätzlichen Schaden die Reise den geschundenen Stimmbändern des Korrektors zugefügt haben mochte.

»Auf Wiedersehen, Mr. Valmik – alles Gute«, sagte er, während er sich mit seinem Koffer und seinen Kisten nach draußen zwängte.

Vasantrao Valmik, der kläglich auf dem Bahnsteig stand und nach seinem pensionierten Hauptfeldwebel Ausschau hielt, war kaum noch in der Lage, eine Antwort zu krächzen. Er hob als Abschiedsgruß die Hand, die auf dem Weg nach unten seine Füller streichelte.

Manecks Taxi vom Bahnhof zum College-Wohnheim mußte wegen eines Unfalls einen kleinen Umweg nehmen. Ein alter Mann war von einem Bus angefahren worden. Der Schaffner stoppte andere Busse, um seine Fahrgäste umzuladen, während er auf Polizei und Krankenwagen wartete.

»Man muß jung und schnell sein, wenn man heil über die Straße kommen will«, sinnierte der Fahrer.

»Stimmt«, sagte Maneck.

»Verdammte Busfahrer, sie erkaufen sich ihren Führerschein mit Schmiergeld, ohne die Prüfung zu machen.« Die Stimme des Fahrers wurde böser, als er auf die Gegenfahrbahn fuhr, um zu überholen. »Sollte man allesamt ins Gefängnis stecken.«

»Sie haben recht«, sagte Maneck, der nur mit einem Ohr hinhörte. Gefiltert durch seine Erschöpfung schien die Stadt wie die Bilder einer Filmrolle am Taxifenster vorbeizurollen. Auf dem Gehsteig bewarfen Kinder einen Hund und eine Hündin, die gerade kopulierten, mit Steinen. Jemand leerte einen Eimer Wasser über die Tiere aus, um sie zu trennen. Das Taxi hätte beinahe den Hund erwischt, als er in den Verkehr rannte.

Bei der nächsten Ampel verhaftete die Polizei gerade einen Mann, der von einer Bande von sechs oder sieben jungen Burschen zusammengeschlagen worden war. Die Bewohner des Mohulla waren auf die Straße geströmt, um den Höhepunkt des Dramas mitzuerleben. »Was ist passiert?« fragte der Taxifahrer, den Kopf aus dem Fenster gereckt, einen der Schaulustigen.

»Hat seiner Frau Säure ins Gesicht geschüttet.«

Die Ampel wechselte, bevor sie erfahren konnten, warum. Der Fahrer spekulierte, daß sie sich vielleicht mit einem anderen Mann herumgetrieben hatte. Oder sie hatte das Abendessen des Mannes anbrennen lassen. »Manche Leute sind so verrückt, daß sie zu allem fähig sind.«

»Könnte auch ein Mitgiftstreit gewesen sein«, sagte Maneck.

»Vielleicht. Aber in solchen Fällen wird gewöhnlich Benzin benutzt, in der Küche.«

Es war spät in der Nacht, als Maneck schließlich im Wohnheim eintraf. Im Büro des Hausmeisters wurden ihm seine Zimmernummer genannt und Schlüssel und eine Hausordnung überreicht: Zimmer bitte immer abschließen. Bitte nicht mit scharfen Gegenständen auf Wänden schreiben oder kratzen. Bitte keine weiblichen Besucherinnen ins Zimmer bringen. Bitte keinen Müll aus dem Fenster werfen. Bitte nachts Nachtruhe beachten ...

Er zerknüllte die hektographierte Liste und schmiß sie auf den kleinen Tisch. Er war zu erschöpft, um noch zu essen oder sich zu waschen, packte ein weißes Bettlaken aus und legte sich sofort schlafen.

Er wachte von einem Krabbeln auf seiner Wade auf. Er richtete sich auf einen Ellbogen auf, um sich einen heftigen Schlag unterhalb des Knies zu versetzen. Es war dunkel draußen. Er zitterte, und sein Herz klopfte wild, voller Panik, weil er nicht wußte, wo er war. Wieso war sein Schlafzimmerfenster geschrumpft? Und wo war das Tal, das dahinterliegen sollte, mit den Lichtpunkten, die in der Nacht tanzten, und die Berge, die in der Ferne dunkel aufragten? Wieso war alles verschwunden?

Erleichterung bedeckte ihn wie eine Decke, als er die Umrisse seines Koffers auf dem Boden ausmachen konnte. Er war gereist.

Im Zug. Reisen ließ alles Vertraute verschwinden. Wie lange hatte er geschlafen – Stunden oder Minuten? Er spähte auf seine Uhr, um das Rätsel zu lösen, sann über die glühenden Ziffern nach.

Er fuhr zusammen, als ihm plötzlich einfiel, was ihn geweckt hatte. Das krabbelnde Etwas auf seinem Bein. Er sprang aus dem Bett, trat gegen den Koffer, stieß gegen den Stuhl und tastete hektisch die Wand ab. Der Schalter. Klick. Die nackte Glühbirne, die von der Decke hing, ging an, und das Bettlaken glänzte wie ein frisches, blendendes Schneefeld. Bis auf die Seite, wo er geschlafen hatte, die von seinem Gesicht und seiner Kleidung verschmiert war.

Dann sah er sie am Rand der weißen Weite. Vertrieben von dem grellen Licht, huschte sie auf den Spalt zwischen Bett und Wand zu. Er packte einen Schuh und hieb damit wild in die ungefähre Richtung.

Er hatte sehr schlecht gezielt. Die Kakerlake verschwand. Er kämpfte verdrossen gegen seine Müdigkeit an und widmete sich dem Problem mit mehr Entschlossenheit. Er zog das Bett von der Wand weg, langsam, um den Flüchtling nicht zu verscheuchen, bis genug Platz war, daß er sich dazwischenzwängen konnte.

Auf dem freigelegten Stück Boden kam eine Versammlung von Kakerlaken zum Vorschein. Er ging leise in die Hocke, hob den Arm und ließ ein Trommelfeuer von Schlägen herunterprasseln. Drei wurden Opfer seines Schuhs, die übrigen verschwanden unter dem Bett. Er ging auf alle viere, fest entschlossen, sie nicht entwischen zu lassen, damit sie ihm später den Schlaf raubten. Währenddessen fing sein Knöchel an zu jucken, und seine kratzenden Finger verspürten eine Schwellung. Er entdeckte ähnliche juckende gerötete Huckel auf seinen Armen.

Es klopfte an der Tür. Er zögerte, ließ nur ungern von seiner Beute ab – wenn es ihnen gelänge, sich wieder zu verstecken, wäre er ihnen die restliche Nacht schutzlos ausgeliefert.

Eine Stimme rief: »Hallo! Ist alles in Ordnung?«

Maneck kroch hinter dem Bett hervor und machte die Tür auf. »Hallo«, sagte der Besucher. »Ich bin Avinash. Von nebenan.« Er streckte die Rechte aus. In der Linken hielt er eine Sprühpumpe.

»Ich bin Maneck.« Er ließ den Schuh fallen und schüttelte Avinash die Hand, dann warf er einen besorgten Blick über die Schulter, um sich zu vergewissern, daß sein Feind nicht versuchte zu entkommen.

»Hab das Geklopfe gehört«, sagte Avinash. »Kakerlaken, stimmt's?«

Maneck nickte und hob seinen Schuh wieder auf.

»Entspann dich, ich hab dir etwas fortschrittliche Technologie mitgebracht.« Er hielt grinsend die Sprühpumpe hoch.

»Danke, das ist schon okay«, erwiderte Maneck, während er sich heftig an den roten Trophäen auf seinen Armen kratzte. »Ich hab drei getötet und ...«

»Du kennst dich hier nicht aus. Töte drei, und drei Dutzend kommen im Gänsemarsch anmarschiert, um Rache zu üben. Das ist wie in einem Hitchcock-Film.« Er lachte und kam näher, um die roten Beulen auf Manecks Armen leicht zu berühren. »Bettwanzen.«

Er riet ihm, das Zimmer auszuräuchern und eine Dreiviertelstunde draußen zu warten. »Anders wirst du heute nacht nicht zum Schlafen kommen, glaub mir. Das ist mein drittes Jahr im Wohnheim.«

Sie entfernten das Laken, hoben die Matratze an und behandelten den Rahmen und die Latten. Das restliche Zimmer wurde ebenfalls eingesprüht – entlang dem Fenstersims, in den Ecken, im Schrank. Der Koffer und die Kisten wurden in Avinashs Zimmer gebracht, um zu verhindern, daß die Kakerlaken und Bettwanzen dort Zuflucht suchten.

»Ich hab ein schlechtes Gewissen, daß ich so viel von deinem Spray verbrauche«, sagte Maneck.

»Keine Sorge, du wirst dir sowieso deine eigene Dose Flit kaufen müssen. Das nächste Mal kannst du mein Zimmer besprühen. Das muß man mindestens einmal die Woche machen.«

Sie ließen sich nieder, um zu warten, bis die Insekten starben, Maneck auf dem einzigen Stuhl, Avinash auf seinem Bett. »Also«, sagte er, sich auf die Ellbogen zurücklehnend.

»Vielen Dank für deine Hilfe.«

»Ist schon okay, yaar, war doch nur eine Kleinigkeit.« Es entstand eine Pause, in der beide abwarteten, wohin das Gespräch gehen würde. Es ging nirgendwohin. »Hast du Lust, Schach zu spielen oder Dame oder irgendwas, um die Zeit rumzukriegen?«

»Okay, Dame.« Maneck gefielen Avinashs Augen, die Art und Weise, wie er ihn direkt ansah.

Nachdem sie das Spiel begonnen und die Köpfe über das Brett gebeugt hatten, fiel das Reden leichter. »Und wo kommst du her?« fragte Avinash, während er sich seine erste Dame nahm.

Die Schilderung des Bergortes, der Siedlungen, der Berge, der Languren, des Schnees faszinierte Avinash. Als er das Spiel gewonnen hatte und das Brett für ein neues Spiel vorbereitete, gestand er, daß er noch nie irgendwohin gereist sei.

»Das Haus wurde von meinem Urgroßvater erbaut, an einem Hang«, fuhr Maneck fort. »Und wegen der starken Neigung haben wir Stahlkabel, um es zu fixieren.«

»Moment mal – das kannst du mir doch nicht erzählen.«

»Doch, wirklich. Es gab mal ein Erdbeben, und dabei ist das Fundament nach unten gerutscht. Deswegen wurden die Kabel angebracht.« Er beschrieb, wie die Reparaturarbeiten ausgeführt worden waren und erläuterte die technischen Details.

Seine Ernsthaftigkeit überzeugte Avinash. Die Vorstellung von einem Haus an einer Leine, an einem Bergfelsen angebunden, amüsierte ihn. »Klingt wie ein Haus mit Selbstmordabsichten.«

Sie lachten. Avinash bewegte einen seiner Steine und sagte: »Dame.« Ein paar Züge später gewann er wieder. »Und was macht dein Vater?«

»Wir haben einen Laden.«

»Ah, ein Geschäftsmann. Muß ja gut Geld machen, daß er dich hierher zum Studieren schicken kann.«

Der höhnische Unterton in seiner Stimme verletzte Maneck. »Es ist bloß ein kleiner Laden und sehr harte Arbeit für meine Eltern. Sie haben mich aufs College geschickt, weil es mit dem Geschäft bergab geht und ...«

Sie blickten beide gleichzeitig auf und lachten über die Wortwahl. Maneck fand, er hatte genug Fragen beantwortet. »Und du? Du studierst ja auch hier, also muß dein Vater genug Geld haben, um sich das leisten zu können.«

»Da muß ich dich leider enttäuschen. Ich hab ein Stipendium.«

»Herzlichen Glückwunsch.« Maneck überlegte sich seinen nächsten Zug. »Und was macht dein Vater?«

»Angestellter in einer Textilfabrik.«

»Ist er der Geschäftsführer?«

Avinash schüttelte den Kopf.

»Buchhalter?«

»Er bedient die Maschinen. Er arbeitet seit dreißig Jahren an einem Scheißwebstuhl, okay?« Seine Stimme bebte, als würde er gleich wütend werden, aber er beruhigte sich wieder.

»Tut mir leid«, sagte Maneck. »Ich wollte nicht ...«

»Wieso leid? Ich schäme mich für die Wahrheit. Mir sollte es leid tun, daß ich dir keine interessantere Geschichte als diese erzählen kann. Keine Berge, kein Schnee, keine flüchtenden Häuser – bloß ein Vater, der die besten Jahre seines Lebens der Fabrik geschenkt hat und dafür mit Tb belohnt wurde.«

Sie wandten sich wieder dem Spiel zu, und Avinash erzählte weiter. Nachdem er das Stipendium bekommen hatte, freute er sich auf ein Einzelzimmer im Wohnheim. Sein ganzes Leben lang hatte er zusammen mit Eltern und drei Schwestern in einer Ein-Zimmer-und-Küche-Wohnung gewohnt, die die Fabrik an sie vermietet hatte. Sein Vater litt jetzt schon seit einigen Jahren an Tuberkulose, war aber gezwungen, in dem Staub und den Fasern weiterzuarbeiten, um die Familie zu ernähren. Außerdem, wenn er kündigen würde, würden sie die Betriebswohnung räumen müssen, und sie wußten nicht, wo sie sonst unterkommen sollten.

Das Wohnheim, auf das er sich so gefreut hatte, war dann eine große Enttäuschung für ihn gewesen, schmutzig, voller Ratten und Kakerlaken. »Unsere Wohnung besteht vielleicht nur aus einem Zimmer und Küche, aber wenigstens halten wir sie sauber.« Dann erzählte er, wie frustriert er sei als Präsident der Studentenvereinigung und Vorsitzender des Wohnheimausschusses. »Ich bedaure jetzt, daß ich gewählt wurde. In der College-Broschüre steht nichts, was einen auf das Leben hier im Wohnheim vorbereitet.«

»Was meinst du damit?«

»Ich möchte dir nicht deinen ersten Tag verderben, indem ich es beschreibe. Was du bis jetzt gesehen hast, ist noch gar nichts. Aber wenn die Studenten Interesse zeigen und Verbesserungen fordern würden, dann könnten die Waschräume und Toiletten leicht repariert werden. Das gesamte Geld für die Wartung wandert in fremde Taschen. Bei der Mensa ist es das gleiche. Der Verpflegungsbetrieb hat einen dicken Vertrag und beliefert die Studenten mit Müll. Aber man kann sich wenigstens aussuchen, welchen Müll man ißt – vegetarisch oder nichtvegetarisch.«

»Mit Essen bin ich nicht heikel«, sagte Maneck tapfer.

Avinash lachte. »Das werden wir ja sehen. Tatsächlich ist die Wahl gar nicht so groß. Ich glaube, das vegetarische Essen ist das gleiche wie das nichtvegetarische, nur ohne Knorpel und Knochen.«

Maneck konzentrierte sich. Er glaubte, daß einer seiner Steine endlich die Verteidigungslinie durchbrechen könnte.

»Das Problem ist«, sagte Avinash, während er Manecks Hoffnung zunichte machte und seinen Stein schlug, »daß die meisten Studenten hier im Wohnheim aus armen Familien kommen. Sie haben Angst, sich zu beschweren. Sie wollen alle nur schnell ihr Studium absolvieren und einen Job finden, damit sie ihre Eltern und Geschwister unterstützen können.«

Wieder unterlegen, setzte Maneck einer weiteren von Avinashs Damen einen Stein auf und verlor das Spiel zwei Züge später. Es machte ihm nichts aus zu verlieren, weil sein Gegner sich nicht mit seiner Überlegenheit brüstete.

»Du siehst schläfrig aus«, sagte Avinash. »Kein Wunder, daß du dich nicht auf das Spiel konzentrieren kannst.«

»Ist schon okay. Laß uns noch eins spielen. Aber weißt du, du bist anders als die anderen Studenten.«

Avinash lachte. »Woher willst du das wissen? Du bist doch gerade erst angekommen.«

Maneck überlegte, wobei er mit einem Finger die konzentrischen Rillen nachzeichnete, die die Oberfläche der Steine zierte. »Weil ... wegen all dem, was du gerade gesagt hast. Weil du ihr Präsident geworden bist, um die Dinge zu verbessern.«

Avinash zuckte die Achseln. »Das glaube ich nicht. Ich habe vor zurückzutreten. Ich sollte meine Zeit und Energie lieber meinem Studium widmen. Ich war überhaupt der erste in meiner Familie, der jemals die High-School abgeschlossen hat. Alle verlassen sich auf mich. Auch meine drei jüngeren Schwestern. Ich muß Geld für ihre Mitgift sparen, sonst können sie nicht heiraten.« Er hielt inne und lächelte. »Als sie klein waren, haben sie mir in die Finger gebissen, wenn ich meiner Mutter half, sie zu füttern.« Er lachte über die Erinnerung. »Mein Vater sagt, das ganze Blut, das er spuckt, wird nicht umsonst gewesen sein, wenn ich meinen Abschluß mache und einen guten Job finde.«

Sie sahen von dem Spiel auf, und Avinash verstummte. Es war leicht gewesen, weiterzureden, solange ihre Blicke auf das Brett geheftet waren. Die Logik des Bretts war die vorwärtstreibende Kraft gewesen, ebensosehr für das Spiel wie für das Gespräch. Jetzt war der Faden abgerissen. Verlegenheit und Unbehaglichkeit machten sich breit.

»Ich muß auspacken.«

»Dein Zimmer müßte jetzt wieder betretbar sein. Sehen wir mal nach.«

Sie trugen den Koffer und die Kisten zurück, kehrten die toten Kakerlaken zusammen und machten das Bett. »Schieb es nicht ganz an die Wand«, sagte Avinash. »Es ist sicherer, eine Lücke zu lassen, mindestens einen halben Meter.« Er schlug auch vor, die Bettbeine in Dosen mit Wasser zu stellen, damit keine Viecher hochklettern konnten. »Für heute nacht hast du Ruhe.«

Maneck beschwerte sich im Büro des Hausmeisters, daß nichts passierte, wenn er an der Kette über der Toilette zog.

»Das kommt daher, weil der Spülungsbehälter kein Wasser bekommt«, sagte der Angestellte und sah von seiner Arbeit auf, die darin bestand, einige zerrissene Dokumente mit Tesafilm zusammenzukleben. »Die Baugesellschaft hat die Leitungen nicht verbunden, um Geld zu sparen. Das College prozessiert gerade gegen sie. Aber keine Sorge, der Reinigungsmann, der die Waschräume putzt, kümmert sich um das Problem.«

»Wie?«

»Mit Eimern voll Wasser.«

»Um wieviel Uhr kommt der Reinigungsmann?«

»Bevor das Wohnheim aufwacht – um vier Uhr morgens, manchmal um fünf.«

Maneck faßte auf der Stelle einen Entschluß: Jeden Morgen als erster auf der Toilette zu sein, egal, wie früh er für dieses Privileg aufstehen mußte.

Am nächsten Morgen kam Avinash, der ihn vor Tagesanbruch aufstehen hörte, vorbei, um nachzusehen. »Was ist los? Bist du krank oder irgendwas?«

»Nein, mir geht's gut – wieso?«

»Weißt du, wieviel Uhr es ist? Viertel nach fünf.«

»Ich weiß. Aber ich kann es nicht leiden, auf die Scheiße von jemand anderem starren zu müssen, wenn ich aufs Klo gehe.«

Avinash ärgerte sich, daß er sich unnötigerweise aus dem Bett geschleppt hatte, und lachte dann. »Ihr reichen Jungs. Wann werdet ihr mal realistisch?«

»Ich bin nicht reich, das hab ich dir doch gesagt. Unser Badezimmer zu Hause ist auch ganz einfach, so wie hier. Aber die Wasserspülung funktioniert. Und es stinkt nicht so.«

»Das Problem mit dir ist, du siehst zuviel und riechst zuviel. Das hier ist das Großstadtleben – Schluß mit den schönen schneebedeckten Bergen. Du wirst lernen müssen, deine empfindlichen Augen und deine Nase abzuhärten. Und noch was, auf das du dich lieber einstellen solltest: Studentenstreiche.«

»O nein«, sagte Maneck, sich an sein Internat erinnernd. »Sind diese Burschen etwa immer noch nicht erwachsen? Was machen sie denn? Einem Wasser ins Bett schütten? Oder Salz in den Tee?«

»So was in der Art.«

In dem Brief, den er am Ende der Woche nach Hause schrieb, hatte Maneck Mühe, irgend etwas zu finden, das nicht als Jammern mißverstanden werden könnte. Brigadier und Mrs. Grewal, und alle anderen, die den Brief mitlesen würden, sollten nicht denken, daß er ein Weichling sei und nicht alleine zurechtkomme.

Doch nach den ersten zwei Wochen, als Avinash und er gute

Freunde geworden waren, konnte er beinahe selber glauben, was man ihm vor seiner Abreise gesagt hatte: daß er im College eine schöne Zeit verbringen würde.

Eines Abends beim Damespielen gestand Maneck, daß er kein Schach spielen könne. Avinash entgegnete, er könne es ihm innerhalb von drei Tagen beibringen. »Das heißt, wenn du ernsthaft daran interessiert bist, das Spiel zu lernen.«

Da sie beide keine Vegetarier waren und in der gleichen Ecke des Speisesaals saßen, begannen die Schachlektionen während des Essens, mit Papier und Bleistift. Maneck sagte, die Ablenkung helfe ihm, den Mensafraß besser runterzukriegen.

»Jetzt fängst du an, was zu lernen«, sagte Avinash. »Das ist das Geheimnis – man muß seine Sinne ablenken. Hab ich dir schon meine Theorie darüber erzählt? Ich bin der Meinung, daß unsere Sinne, Sehen, Riechen, Tasten und Hören, alle darauf ausgerichtet sind, eine vollkommene Welt zu genießen. Aber da die Welt unvollkommen ist, müssen wir den Sinnen Scheuklappen aufsetzen.«

»Die Welt des Wohnheims ist mehr als nur unvollkommen. Sie ist eine riesige Deformation.«

Nach dem Essen zogen sie sich in den Aufenthaltsraum zurück, in dem es noch still war. Ein paar Studenten spielten Carrom. Jedesmal, wenn ein Stein an den Rand des Bretts knallte und zurückprallte, kommentierten die Zuschauer das mit einem anerkennenden oder bedauernden Gemurmel. Eine andere Gruppe kam lachend und lärmend herein und begann ›Den-Ventilator-Decken‹ zu spielen: Es ging darum, die Verschlußkappe eines Stiftes zu dem sich langsam bewegenden Deckenventilator so hochzuwerfen, daß sie auf einem der drei Blätter landete.

Nach mehreren mißlungenen Versuchen stieg der Erfinder des Spiels auf einen Stuhl, hielt den Ventilator an und legte die Kappe darauf. Sie drehten die Geschwindigkeit hoch und klatschten grölend, als die Kappe in hohem Bogen davonflog. Als nächstes packten sie einen aus ihrer Mitte, hoben ihn zum Ventilator hoch und drohten, ihn in die rotierenden Blätter zu stoßen. Er kreischte und heulte – aus Angst und auch, weil es von ihm erwartet wurde.

Maneck und Avinash sahen sich diese Albereien eine Weile an und gingen dann nach oben, um ihren Schachunterricht fortzusetzen. Avinashs Schachfiguren warteten schon auf seinem Tisch, in einem Sperrholzkasten, der mit einem kastanienbraunen glänzenden Lack überzogen war. Er entfernte den Schiebedeckel und leerte den Kasten auf das Brett aus.

Die Plastikfiguren, die herauspurzelten, waren grob geformt. Ihre Sockel waren mit grünem Filz bezogen. Maneck bemerkte ein Blatt Papier, das mit der beschriebenen Seite nach unten auf dem Boden des Kastens lag, und drehte es um.

»He, das ist privat«, sagte Avinash.

»Alle Achtung«, sagte Maneck, als er bewundernd das Zertifikat las: Das Spiel war als erster Preis im Klassenweiten Schachturnier von 1972 verliehen worden. »Hab gar nicht gewußt, daß mein Lehrer ein Schachmeister ist.«

»Ich wollte dich nicht nervös machen«, sagte Avinash. »Komm, gib jetzt acht.«

Nach dem dritten Tag hatte Maneck die Grundlagen des Spiels gelernt. Sie saßen im Speisesaal, grübelten über ein Problem, das Avinash vorgegeben hatte, wobei Weiß spielen und mit drei Zügen Schwarz matt setzen sollte. Plötzlich entstand Unruhe im vegetarischen Teil der Mensa. Studenten sprangen von ihren Plätzen auf, es wurden Tische umgestürzt, Teller und Gläser zerschmettert und Stühle gegen die Küchentür geschleudert. Bald erfuhr der gesamte Speisesaal den Grund für den Krawall: Ein Student hatte ein Stück Fleisch in seiner angeblich vegetarischen Linsensoße entdeckt.

In Windeseile verbreitete sich die Nachricht von diesem Dreckskerl, dem Chef des Verpflegungsbetriebes, der mit ihren religiösen Gefühlen spielte, auf ihren Überzeugungen herumtrampelte, ihr Wesen verunreinigte, nur um seinen elenden Geldbeutel zu mästen. Binnen weniger Minuten war jeder vegetarische Student, der im Wohnheim lebte, in die Mensa gestürmt und wütete über den Betrug. Einige von ihnen schienen am Rande eines Nervenzusammenbruchs zu sein, brüllten unzusammenhängendes Zeug, krümmten sich, steckten sich die Finger in den Hals, um die verbotene Substanz hochzuwürgen. Mehreren gelang es, ihr Abendessen zu erbrechen.

Aber es gab keine Finger, die lang genug waren, die Mahlzeiten zu erreichen, die seit Beginn des Trimesters verdaut worden waren. Dieses abstoßende Zeug war bereits absorbiert und Teil ihres eigenen Knochenmarkes und die Ursache ihrer Qual geworden. Sie kotzten, spuckten und stöhnten, wirbelten im Kreis herum, hielten sich die Köpfe, beweinten die Tragödie, weigerten sich einzusehen, daß ihre Mägen leer waren und es nichts mehr gab, das sich erbrechen ließ.

Die Hysterie fand ein befriedigenderes Ziel, als die Küchenhelfer herausgezerrt wurden. Die sechs Männer, die nach ranzigem Öl, Schweiß und heißen Herden rochen, zitterten vor ihren Anklägern. Ihre weißen Uniformen trugen Flecken von ihrer Arbeit mit dem Menü des Abends – braune Spritzer von Linsen, dunkelgrüne Schmierer von Spinat.

Die Aussicht auf Rache wirkte sich wie ein säurebindendes Mittel auf die vergewaltigten vegetarischen Eingeweide aus. Die Übelkeit ging zurück, der Ausstoß von Galle, Erbrochenem und grüngelbem Ausfluß wurde durch einen Sturzbach verbaler Gewalt ersetzt.

»Schlagt die Scheißdreckskerle zusammen!«

»Zertrümmern wir ihnen das Gesicht!«

»Zwingen wir sie, Fleisch zu fressen!«

Die Drohungen verwandelten sich nicht sofort in Schläge, weil die sechs klugerweise auf die Knie sanken und ein lautes Geheul anstimmten. Ihr Geschniefe und Gebettel um Erbarmen war ebenso hysterisch unzusammenhängend, wie es die brechreizfördernden Anstrengungen der Vegetarier gewesen waren.

Avinash sah eine Weile zu, wie sich das Drama entfaltete, und schob dann seinen Stuhl zurück. »Ich hab eine Idee. Behältst du ein Auge auf mein Schachspiel?«

»Du kriegst nur was ab«, sagte Maneck. »Wieso willst du dich da einmischen?«

»Keine Sorge. Mir passiert schon nichts.«

Maneck tat die Schachfiguren in den Kasten zurück und sah

aus seiner Ecke zu. Die Küchenhelfer und Studenten verharrten immer noch in ihren jeweiligen Posen: Das entlarvte Verbrechen kauerte um Begnadigung bettelnd zu Füßen von unversöhnlicher Vergeltung. Es wäre komisch gewesen, wäre da nicht die reale Gefahr gewesen, daß die Küchenhelfer zu Mus geschlagen wurden. Aber bis jetzt hielt die unsichtbare Linie stand, trennte das Mögliche von seiner Verwirklichung. Seltsam, daß unsichtbare Linien so mächtig sein konnten, dachte Maneck – stark wie eine Steinmauer.

»Stopp! Einen Moment!« rief Avinash und stellte sich zwischen die verängstigten Küchenhelfer und die Studenten.

»Was gibt's?« fragten sie ungeduldig, als sie ihren Vorsitzenden des Wohnheimausschusses und Präsidenten der Studentenvereinigung erkannten.

»Wartet einen Moment. Was hat es für einen Sinn, diese Burschen zu verprügeln? Der eigentlich Schuldige ist doch dieser Gauner von Verpfleger.«

»Der kriegt die Botschaft schon mit, wenn wir seinen Angestellten eine Abreibung verpassen. Der wird es nicht wagen, sich hier noch mal blicken zu lassen.«

»Ihr irrt euch. Er wird einfach mit Polizeischutz kommen.«

Ein großartiger Eröffnungszug, dachte Maneck – die Verstärkung der unsichtbaren Linie.

Avinash appellierte an die Vegetarier und an jeden, der das Essen abscheulich fand, mit ihm zusammen eine Beschwerde bei der College-Verwaltung einzureichen. »Laßt uns das demokratisch machen. Wir wollen uns doch nicht wie Goondas auf der Straße aufführen. Es ist schlimm genug, wenn es die verdammten Politiker tun.«

Schachmatt, dachte Maneck. Ein geschicktes Manöver.

Einige waren für und andere gegen den Vorschlag. Es gab ein neues Trommelfeuer vegetarischer Drohungen, was die Küchenhelfer mit einer Breitseite kriecherischen Winselns parierten. Aber die Heftigkeit nahm allmählich in beiden Lagern ab. Es meldeten sich mehr Stimmen, die Avinashs Appell befürworteten. Die vegetarische Offensive verstummte allmählich, und die Küchenhelfer stellten ihre Heulsalven ein, wenn sie auch die

Knie für ein schnelles Beugen in Bereitschaft hielten, falls es noch einmal erforderlich werden sollte.

Es wurden Pläne gemacht, am nächsten Morgen eine große Protestaktion vor dem Büro des Leiters zu organisieren. Inzwischen herrschte allgemeine Begeisterung über die gewählte Strategie. Selbst die striktesten Vegetarier hörten auf, sich zu übergeben, sammelten sich und gingen von dannen, um ihre Waschungen vorzunehmen, mit dem Versprechen, am nächsten Morgen zusammen mit den anderen zur Stelle zu sein.

Schachmatt, dachte Maneck. Die unsichtbare Linie war undurchdringlich.

»Ich schätze, du bist das, was man den geborenen Führer nennt«, sagte er später am Abend zu Avinash, halb neckend, halb bewundernd.

»Eigentlich nicht. Eher der geborene Dummkopf. Ich sollte bei meinem Entschluß bleiben und mich nur auf mein Studium konzentrieren. Komm, gehen wir nach oben.«

Der Erfolg der Mensaagitation versetzte Avinash und seine Anhänger in Erstaunen. Der Leiter kündigte den Vertrag mit dem Verpflegungsbetrieb. Der Wohnheimausschuß wurde autorisiert, einen Ersatz auszuwählen.

Jetzt hielten die jubelnden Studenten eine Siegesfeier ab und wurden noch ehrgeiziger. Ihr Präsident versprach, sie würden Stück um Stück alle Übel des Campus mit der Wurzel ausreißen: Vetternwirtschaft bei der Personaleinstellung, Schmiergelder für die Zulassung, Verkauf von Prüfungsarbeiten, Sonderprivilegien für Familien von Politikern, staatliche Einmischung beim Lehrplan, Einschüchterung von Fakultätsmitgliedern. Die Liste war lang, denn die Fäulnis ging tief.

Es herrschte eine Stimmung der Euphorie. Die Studenten glaubten leidenschaftlich daran, ihr Beispiel würde andere Universitäten im ganzen Land inspirieren, radikale Reformen vorzunehmen, die die basisdemokratische Bewegung des Jay Prakash Narayan ergänzen würden, der das Land aufrief, sich auf Gandhis Prinzipien zu besinnen. Dies würde zu einer Veränderung der gesamten Gesellschaft führen, sie von einem korrupten, hinfälligen Wesen in einen gesunden Organismus verwandeln, mit ihrem Erbe einer reichen und uralten Zivilisation und der Weisheit der Veden und Upanischaden, sie würden die Welt aufrütteln und den Weg weisen zur Aufklärung der gesamten Menschheit.

Es war leicht, in jenen wenigen Tagen nach dem Mensaprotest edle Träume zu träumen. Bei so viel Entschlossenheit und guten Absichten, die jetzt innerhalb der studentischen Körperschaft zirkulierten, wurden zahlreiche Unterausschüsse gegründet, Tagesordnungen aufgestellt, Protokolle angefertigt und Resolutionen verabschiedet. Die Mensamahlzeiten verbesserten sich. Es herrschte Optimismus.

Doch Maneck reichte es. Er wollte, daß sein und Avinashs Leben zu dem Ablauf zurückkehrte, den es vorher gehabt hatte. Dieses endlose Agitieren ging ihm auf die Nerven. Er versuchte, Avinash seine neue Leidenschaft abzugewöhnen, indem er einen, wie er meinte, listigen Zug machte: Er beschwor die Familie seines Freundes. »Ich glaube, du hattest recht. Was du damals gesagt hast, weißt du, von wegen sich auf das Studium konzentrieren wegen deinen Eltern und der Mitgift deiner Schwestern. Das solltest du wirklich machen.«

Die Erinnerung beunruhigte Avinash, und seine Miene verdüsterte sich. »Ich hab oft Schuldgefühle deswegen. Ich werde meinen Vorsitz abgeben. Sowie diese paar restlichen Probleme geregelt sind.«

»Was für Probleme?« Maneck war ungeduldig. »Auf all deinen Versammlungen hast du kein einziges Mal die verschmutzten Toiletten und Waschräume erwähnt. Kakerlaken und Bettwanzen sollten auf der Tagesordnung stehen. Mahatma Gandhi hätte deine Herangehensweise nicht gefallen, er hat fest an Sauberkeit geglaubt – körperliche Reinheit ist die Voraussetzung für geistige Reinheit ist die Voraussetzung für seelische Reinheit.«

Der Einwand munterte Avinash auf, und er legte Maneck lachend den Arm um die Schultern, während sie über den Hof gingen.

»Ich wußte gar nicht, daß du dich in Gandhis Philosophie so meisterhaft auskennst. Sag mal, würdest du gerne den Vorsitz für den Kakerlaken-Unterausschuß übernehmen? Ich befürworte den Antrag.«

Maneck nahm an einigen Kundgebungen und Protesten teil, nur um seinen Freund zu unterstützen. Nach einer Weile war nicht einmal das Grund genug. Er fand, daß sich alles immer nur nervtötend wiederholte, und irgendwann ging er nicht mehr hin.

Avinash hatte jetzt abends keine Zeit mehr für Schach. Sie aßen noch zusammen, waren aber selten allein, und Maneck störte das. Immer war sein Freund von einem Pulk Studenten umgeben, die mit ihm über Dinge stritten und diskutierten, die Maneck nicht verstand und nicht verstehen wollte. Sie verwendeten ständig Wörter wie Demokratisierung, Verfassung, Entfremdung, Degeneration, Kollektivierung, Nationalismus, Kapitalismus, Materialismus, Feudalismus, Imperialismus, Kommunalismus, Sozialismus, Faschismus, Relativismus, Determinismus, Kommunismus – ismus, ismus, ismus, die Wörter schwirrten um ihn herum wie brummende Insekten.

Wieso konnten diese Burschen denn nicht normal reden, fragte sich Maneck. Um sich die Zeit zu vertreiben, zählte er ihre verschiedenen Ismen und hörte auf, als er die Zahl zwanzig erreicht hatte. Manchmal kamen Hunde in ihren Debatten vor – imperialistische Hunde, fliehende Hunde des Kapitalismus. Manchmal waren die Hunde Schweine, Kapitalistenschweine. Geldverleihende Hyänen und landbesitzende Schakale hatten auch gelegentliche Auftritte. Und in letzter Zeit war da, neben ihren Ismen, dieser Ausnahmezustand, über den sie ständig redeten, und sie führten sich auf, als wäre der Himmel eingestürzt.

Maneck fühlte sich unbeachtet und ging gleich auf sein Zimmer, nachdem er fertiggegessen hatte. Er hatte noch die Schachfiguren aus Plastik, und er stellte sie auf, um gegen sich selbst zu spielen. Er machte einen Zug, drehte dann das Brett herum. Nach einer Weile begann er sich zu langweilen. Er versuchte es mit dem Buch, das Avinash ihm geliehen hatte und das eine Reihe von Endspielphasen-Problemen mit zunehmendem Schwierigkeitsgrad enthielt.

So schwer es ihm fiel, Maneck fuhr fort, seinem Freund aus dem Weg zu gehen. Dann, gerade als er nach ein paar Tagen Einsamkeit schwach wurde und beschlossen hatte, ihm noch eine Chance zu geben, klopfte Avinash an die Tür.

»Hallo, was gibt's Neues?« Er klopfte Maneck herzlich auf die Schulter.

»Dieses Spiel.«

»Spielst du allein?«

»Nein, mit mir selbst.« Maneck stieß seinen eigenen König um.

»Hab dich in letzter Zeit nicht viel gesehen. Bist du nicht neugierig, was so passiert ist?«

»Du meinst am College?«

»Ja – und überall, seit Verhängung des Ausnahmezustandes.«

»Ach, das.« Maneck setzte eine gleichgültige Miene auf. »Darüber weiß ich nicht soviel.«

»Liest du denn keine Zeitung?«

»Nur die Comics. Das politische Zeug ist zu langweilig.«

»Okay. Ich mach es schnell und einfach für dich, damit du nicht einschläfst.«

»In Ordnung. Ich stoppe die Zeit.« Maneck sah auf seine Uhr. »Achtung, fertig, los.«

Avinash holte tief Luft. »Vor drei Wochen befand das Oberste Gericht die Ministerpräsidentin für schuldig, bei den letzten Wahlen betrogen zu haben. Was bedeutete, daß sie hätte zurücktreten müssen. Aber sie weigerte sich. Dann organisierten die Oppositionsparteien, die Studentenorganisationen und Gewerkschaften Massendemonstrationen im ganzen Land. Und alle forderten ihren Rücktritt. Dann, um an der Macht zu bleiben, behauptete sie, die Sicherheit des Landes sei durch innere Unruhen gefährdet, und verhängte den Ausnahmezustand.«

»Neunundzwanzig Sekunden«, sagte Maneck.

»Warte, da kommt noch ein bißchen. Unter dem Vorwand des Ausnahmezustandes wurden die Grundrechte außer Kraft gesetzt, der größte Teil der Opposition ist verhaftet, Gewerkschaftsführer sind im Gefängnis und sogar einige Studentenführer.«

»Dann paß mal lieber auf.«

»Ach, keine Sorge, unser College ist nicht so wichtig. Aber das allerschlimmste ist, daß die Presse zensiert wird ...«

»Dann hat's ja nicht viel Sinn, die Zeitung zu lesen, oder?«

»Und sie hat rückwirkend die Wahlgesetze geändert und ihre Schuld in Unschuld verwandelt.«

»Und wegen all dem hast du keine Zeit mehr, Schach zu spielen.«

»Ich spiele es die ganze Zeit. Alles, was ich mache, ist Schach. Komm, mal sehen, wieviel du inzwischen gelernt hast.« Er stellte das Spiel auf und verbarg dann einen weißen und einen schwarzen Bauern hinter seinem Rücken. Maneck riet richtig und begann das Spiel, indem er den Bauern des Königs bewegte. Eine halbe Stunde später hatte er gewonnen, sehr zu seiner Überraschung.

»Geschieht mir recht, daß ich es dir so gut beigebracht habe«, meinte Avinash. »Aber wir werden bald eine Revanche spielen müssen.«

Jetzt wird es wieder wie früher, dachte Maneck. Jetzt würde er Avinash wieder ganz für sich haben. Insgeheim wünschte er sich, der College-Leiter würde die verdammte Studentenvereinigung wegen des Ausnahmezustandes verbieten, wie es schon in anderen Universitäten geschah. Dann gäbe es nichts, was seinen Freund ablenken könnte.

Aber Maneck wurde enttäuscht. Ihre Schachspielerei wurde nicht wiederaufgenommen. An mehreren Abenden klopfte er an Avinashs Tür, aber es kam keine Antwort. Zweimal schob er eine Nachricht unter den Türschlitz. »Hallo, wo versteckst du dich denn? Hast du Schiß, mir beim Schach zu begegnen, oder was? Bis bald – Maneck.«

Nach der zweiten Nachricht sah er ihn im Speisesaal, aber Avinash hatte nur Zeit für ein kurzes Winken. »Hab deine Nachricht gekriegt«, sagte er. »Bist du morgen frei?«

»Klar.«

Und am nächsten Abend wartete Maneck in seinem Zimmer, aber sein Freund erschien nicht. Wütend und verletzt ging er zu Bett und nahm sich vor, daß jetzt Schluß sei. Wenn Avinash ihn sehen wollte, dann konnte er zur Abwechslung mal hinter ihm herjagen.

Er vermißte Avinash. Seltsam, dachte er, wie eine Freundschaft plötzlich an einem Abend entstehen konnte, herbeigeführt durch Kakerlaken und Bettwanzen. Und dann genauso plötzlich wieder verschwinden konnte, aus ähnlich grotesken Gründen. Vielleicht war es dumm, überhaupt eine Freundschaft darin gesehen zu haben.

Alles Abstoßende am College, womit sich Maneck inzwischen abgefunden hatte, widerte ihn jetzt mit erneuter Heftigkeit an. Als Gegenmittel entwickelte er ein morgendliches Aufwachprogramm: Wenn er aufwachte, machte er die Augen wieder zu, und den Kopf noch auf dem Kissen, stellte er sich die Berge vor, den wirbelnden Nebel, Vogelgesang, das Tappen von Hundepfoten auf der Veranda, die kühle Frühmorgenluft auf seiner Haut, das aufgeregte Geschnatter der Languren, Frühstück, den Duft der Frühstücksvorbereitungen in der Küche, Toast und Spiegeleier auf seiner Zunge. Wenn alle seine Sinne derart von heimatlichen Vorstellungen gesalbt waren, schlug er die Augen wieder auf und erhob sich.

Auf dem Campus war eine neue Gruppe im Aufstieg begriffen, Studenten für Demokratie, die sich kurz nach Ausrufung des Ausnahmezustandes gebildet hatte. Ihre Schwesterorganisation, Studenten gegen Faschismus, bewahrte die Integrität beider Gruppen, indem sie jene mundtot machte, die sich gegen sie aussprachen oder den Ausnahmezustand kritisierten. Drohungen und Handgreiflichkeiten wurden etwas derart Normales, daß sie Teil des College-Lehrplans hätten sein können. Die Polizei war jetzt ständig anwesend und half, die neue und unheimliche Marke von Recht und Ordnung durchzusetzen.

Zwei Professoren, die es gewagt hatten, die Schlägertrupps auf dem Campus zu verurteilen, wurden von Polizisten in Zivil wegen staatsfeindlicher Aktivitäten verhaftet, nach dem Gesetz zum Schutz der Inneren Sicherheit. Ihre Kollegen setzten sich nicht für sie ein, weil dieses Gesetz Inhaftierung ohne Prozeß zuließ, und es war eine allseits bekannte Tatsache, daß jene, die das Gesetz in Frage stellten, sich früher oder später dafür verantworten mußten. Es war sicherer, sich nicht mit so etwas Bösartigem einzulassen.

Maneck machte sich Sorgen um Avinash. Als Präsident der ursprünglichen Studentenvereinigung drohte ihm doch sicherlich große Gefahr von den neuen Gruppen auf dem Campus. Nachts lauschte er auf Geräusche aus dem Zimmer nebenan. Das leise Schließen der Tür, das Geklapper des Metallregals, das Zischen der Sprühpumpe, das Knarren des Bettes verrieten, daß bei seinem Freund alles in Ordnung war, daß er nicht überfallen oder verschleppt worden war.

Maneck eilte zwischen Wohnheim und College hin und her, ohne sich die täglichen Farcen von Einschüchterung, Schikanierung und Unterwerfung anzusehen. Das Büro der Campus-Zeitung wurde überfallen, die Autoren und Redakteure wurden zusammengeschlagen und davongejagt. Früher hatte sich die Zeitung leichte Satire geleistet und sich gelegentlich über die Regierung oder die Universitätsverwaltung lustig gemacht, obwohl Satire in jüngster Zeit einen immer schwereren Stand gehabt hatte, weil der Staat diese Kunst in seinen eigenen Berichten für die zensierten Medien praktizierte, besser, als die Campus-Zeitung es je geschafft hatte.

Nachdem die Studenten für Demokratie die Redaktion in ihre Gewalt gebracht hatten, veröffentlichten sie in der nächsten Ausgabe eine Erklärung, daß die neue Stimme des Blattes in Zukunft repräsentativer für die Studenten des Colleges sein würde. Die restliche Zeitung war einem neuen Verhaltenskodex für Studenten und Lehrer gewidmet.

Eines Morgens wurde der Unterricht abgesagt, und es wurde auf dem Hof eine Fahnenzeremonie organisiert. Teilnahme war Pflicht und wurde von den Studenten gegen Faschismus durchgesetzt. Der Präsident der Studenten für Demokratie trat ans Mikrophon. Er appellierte an alle Autoritätspersonen, vorzutreten, ihre Liebe zu ihrem Land zu beweisen und mit gutem Beispiel für patriotisches Verhalten voranzugehen.

Wie auf ein Stichwort hin begaben sich außerordentliche Professoren, Vollprofessoren und Fakultätsleiter mit schlecht gespielter Spontaneität zum Podium. Die Organisatoren versuchten verstohlen, sie zu bremsen, damit es mehr wie ehrlich empfundene Unterstützung wirkte. Aber es war schon zu spät, um die Choreographie zu verbessern. Der gesamte Lehrkörper hatte bereits an dem Tisch Aufstellung genommen, wie Kunden vor einem staatlichen Bezugsladen. Gehorsam unterzeichneten sie Erklärungen, in denen stand, daß sie hinter der Ministerpräsidentin stünden, und hinter der Ausrufung des Ausnahmezustandes, und hinter ihrem Ziel, die antidemokratischen Kräfte zu bekämpfen, die das Land von innen bedrohten.

Ebensogroß wie seine Angst war Manecks Abscheu vor dem Ganzen. Aber für seine Lehrer empfand er nur Mitleid. Sie schlichen sich nach der Fahnenzeremonie mit beschämten Mienen davon.

In jener Nacht blieb es in dem Zimmer neben seinem still. Die vertrauten Laute, die sonst anzeigten, daß bei Avinash alles in Ordnung war, blieben aus. Maneck lag lange wach und machte sich bis in die frühen Morgenstunden Sorgen. Sollte er im Büro des Hausmeisters melden, daß sein Freund verschwunden war? Aber wenn er nur seine Familie besucht hatte oder es einen ähnlichen harmlosen Grund gab? Lieber noch ein, zwei Tage warten.

Beim Abendessen suchte er den Speisesaal nach Avinash ab, aber vergeblich. Er fragte jemanden an seinem Tisch beiläufig: »Was treibt denn der Vorstand der Studentenvereinigung so zur Zeit?«

»Die Jungs haben sich alle abgesetzt, yaar. Sind in den Untergrund gegangen. Es ist zu riskant, sich hier noch sehen zu lassen.«

Die Antwort beruhigte Maneck. Er war jetzt überzeugt, daß Avinash bloß irgendwo untergetaucht war, sich vielleicht bei seinen Eltern in der Betriebswohnung versteckte. Und er würde sicher bald wiederkommen – wie lange konnten denn dieser Ausnahmezustand und diese Goonda-Willkür andauern? Außerdem würde er sich nicht so leicht erwischen lassen. So gut, wie er Schach spielte.

Der frühere Verpflegungsbetrieb war jetzt wieder im Geschäft und übte gastronomische Rache. Maneck fühlte sich bestätigt, als er sich an den Zwischenfall mit den Vegetariern erinnerte, der alles ins Rollen gebracht hatte – er hatte Avinash geraten, sich nicht einzumischen, ihm prophezeit, es würde schlimm enden.

Jetzt, wenn das Essen besonders widerlich war, besorgte er sich Sandwiches oder Samosas an einem Stand in der Straße vor dem College. Er war bevorzugter als die meisten, weil er etwas Taschengeld von zu Hause bekam. Es tat gut, zuzusehen, wie Tomaten geschnitten und Brot mit Butter bestrichen wurden, das Brüllen des Ofens zu hören und das heiße Zischen von Gebratenem in der Pfanne.

Eines Abends, als er von seinem Straßensnack zum Wohnheim zurückkehrte, erklang der Ruf Strei-che! Strei-che! Strei-che! im Flur, wie ein Jagdruf. Im Freizeitraum sah er zu, wie zwei Erstsemestrige der Kraftfahrzeugtechnik von zwölf anderen Studenten in eine Ecke gedrängt und umzingelt wurden. Sie zogen einem die Hose herunter, hielten ihn vornübergebeugt auf dem Tischtennistisch fest und drückten dem andern eine leere Fanta-Flasche in die Hand. Ihm wurde befohlen zu demonstrieren, was man im Fach Verbrennungsmotoren über Kolben und Zylinder gelernt habe. Er gab seinen Widerstand auf, nachdem sie ihm angedroht hatten, ihn zum Zylinder zu machen, wenn er sich nicht kooperationsbereit zeigte.

Maneck schlich sich entsetzt davon. Ab da ging er nach dem Essen sofort auf sein Zimmer und schloß sich ein. Er sorgte dafür, daß er immer alles hatte, was er brauchte – Zeitung, Bibliotheksbücher, ein Glas Wasser –, so daß er sein Refugium nicht verlassen mußte, wenn die Streichespieler auf der Pirsch waren.

Eines Abends, als er schon seinen Schlafanzug angezogen hatte, begann es in seinem Magen unangenehm zu rumoren. Muß das Samosa-Chutney vom Imbißstand sein, nahm er an. Hätte es nicht essen sollen, hatte irgendwie komisch geschmeckt.

Er mußte dringend auf die Toilette, so schmutzig sie um diese Zeit auch sein mochte. Er öffnete behutsam die Tür. Der Flur war leer. Er ging schnell, blickte sich immer wieder um. Auf halbem Wege stürmten sie aus einem Lagerraum und packten ihn. Er wehrte sich. »Bitte! Ich muß aufs Klo! Ganz dringend!«

»Später«, sagten sie und drehten ihm die Arme auf den Rükken, damit er aufhörte, sich zu wehren.

»Auuuu!« schrie er.

»Hör zu, das ist doch nur ein Spiel«, versuchten sie ihm klarzumachen. »Wieso einen Kampf draus machen? Damit tust du dir nur selber weh.«

Er gab seinen Widerstand auf, und sie verringerten den Druck auf seine Arme. »Braver Junge. So, und jetzt verrat uns mal, was für ein Fach du studierst.«

»Kühl- und Klimatechnik.«

»Okay, wir machen mal einen kleinen Test mit dir. Um festzustellen, ob du auch brav gelernt hast.«

»Sicher. Aber kann ich zuerst aufs Klo?«

»Später.« Sie führten ihn zum Arbeitsraum, wo sich das große funktionierende Modell eines Kühlschranks befand, und forderten ihn auf, seine Kleidung abzulegen. Er rührte sich nicht. Sie packten ihn, um ihn auszuziehen.

»Bitte!« bettelte er, trat um sich und wich zurück. »Bitte nicht! Nein, bitte!« Er betete, Avinash möge wie ein Wunder erscheinen und ihn retten, so wie er die Küchenhelfer gerettet hatte.

Die Streichespieler gingen sehr effizient zu Werke. Sie brauchten weniger als eine Minute, um Maneck festzuhalten und ihn nackt auszuziehen. »Jetzt paß gut auf«, sagten sie. »Der erste Teil des Tests ist ganz einfach. Wir werden dich für zehn Minuten kühlstellen. Keine Panik.« Sie schoben ihn in den Kühlschrank, zusammengekrümmt, damit er hineinpaßte, und wuchteten die Tür zu. Die Finsternis eines Sarges umschloß ihn.

Sie warteten auf irgendeine Reaktion von ihm, über die sie lachen könnten. Eine Weile lang war nichts zu hören. Dann setzte ein Hämmern ein, das die nächsten zwei Minuten andauerte, gefolgt von einer kurzen Stille. Dann begann das Hämmern wieder – schwächer jetzt, sporadischer, ließ nach, wurde wieder stärker, erstarb.

Die Schläge wurden beunruhigend schwach, bevor sie völlig erstarben. Sie sahen auf ihre Uhren. Erst sieben Minuten der angekündigten zehn waren verstrichen. Sie beschlossen, die Tür aufzumachen.

»Aaach! Iiii!« Sie wichen zurück, als sie der Gestank traf. »Der Dreckskerl hat in den Kühlschrank geschissen!«

Maneck war steif und konnte nicht allein herauskommen. Sie zogen ihn heraus, festgeformt in seiner Krümmung, und schlugen die Tür zu, um den Geruch einzusperren. Er blickte sich benommen um, unfähig, sich aufzurichten.

Sie applaudierten spöttisch. »Sehr gut. Hundert Punkte für den ersten Test. Extrapunkte für die Scheiße. Sehr gut gemacht. Jetzt kommt der zweite Teil.«

Seine blauen Lippen zitterten, als er versuchte zu sprechen. Seine Hände griffen steif nach dem Schlafanzug. Jemand schnappte ihn ihm weg. »Noch nicht. Im zweiten Teil mußt du uns zeigen, daß dein Thermostat funktioniert.«

Er sah sie benommen und mit offenem Mund verständnislos an.

»Du hast gesagt, du studierst Kühl- und Klimatechnik. Was ist los, weißt du etwa nicht, was ein Thermostat ist?«

Maneck schüttelte den Kopf und probierte einen weiteren jämmerlichen Zeitlupengriff nach seinem Schlafanzug.

»*Das* ist dein Thermostat, du Idiot«, sagte einer und schlug ihm auf seinen erstarrten Penis. »Jetzt zeig uns, daß er funktioniert.«

Maneck blickte an sich herunter, als würde er ihn zum ersten Mal in seinem Leben sehen, und sie klatschten wieder. »Sehr gut! Thermostat richtig identifiziert! Aber funktioniert er auch?«

Er nickte.

»Beweis es.« Er war sich nicht sicher, was sie von ihm wollten. »Na los, bring ihn in Gang. Hol dir einen runter.« Dann grölten sie alle im Sprechchor: »Hol dir einen runter! Hol dir einen runter!«

Maneck begriff und entdeckte, daß seine Lippen soweit aufgetaut waren, daß er sprechen konnte. »Bitte, ich kann nicht. Bitte, kann ich jetzt gehen?«

»Der zweite Teil des Tests muß erfüllt werden. Sonst müssen wir den ersten Teil noch einmal wiederholen und dich diesmal zusammen mit deiner Scheiße einfrieren. Thermostat-Checkup ist Pflicht.«

Maneck ergriff seinen Penis mit schwachen Fingern, bewegte seine Hand ein paarmal hin und her und ließ ihn wieder los.

»Er funktioniert nicht! Gib dir mehr Mühe! Los, hol dir einen runter!«

Er schniefte und schob seine Vorhaut vor und zurück, während sie ihn grölend anfeuerten. Verzweifelt bemüht, die Demütigung endlich zu beenden, rackerte er sich ab, mit schmerzendem Handgelenk, ohne jegliches Gefühl im Penis, besorgt, daß irgendwas nicht stimmte, daß er durch den Aufenthalt im Kühlschrank beschädigt worden sein könnte. Nach großen Anstrengungen ejakulierte er ohne eine richtige Erektion.

Sie jubelten, pfiffen und grölten. Jemand gab ihm seinen Schlafanzug wieder, und dann verschwanden sie. Um zu vermeiden, mit ihnen zurückgehen zu müssen, blieb er im Arbeitsraum, bis es draußen ganz still war.

Er wusch sich seine Schenkel und Beine, wo er sich beschmutzt hatte, und kehrte in sein Zimmer zurück. Er stieg ins Bett und lag dann im Dunkeln zitternd auf dem Rücken und starrte zur Decke. Er fragte sich, was passieren würde, wenn der Lehrer das nächste Mal den Kühlschrank öffnete.

Eine Stunde später zitterten seine Glieder immer noch, und er holte die Decke aus dem Schrank. Er wußte, was er tun würde – sowie ihm etwas wärmer war, würde er aufstehen und packen. Am Morgen würde er sich ein Taxi zum Bahnhof nehmen und mit dem *Frontier Mail* heimfahren.

Aber was würden seine Eltern sagen? Daddys Reaktion konnte er sich ausrechnen – daß er wie ein Feigling weggelaufen sei. Und Mummy würde zuerst für ihn Partei ergreifen, dann würde sie sich anhören, was Daddy dazu zu sagen hatte, und ihre Meinung ändern, wie immer. Immer ändern. Das hatte doch der Korrektor im Zug gesagt – man kann Veränderung nicht vermeiden, man muß sich ihr anpassen. Aber das hieß doch sicher nicht, daß man eine Veränderung zum Schlechten akzeptieren sollte.

Die halbe Nacht lang kämpfte Maneck mit seinen Gedanken, während er langsam seine Kästen und seinen Koffer packte. Die andere Hälfte verbrachte er damit, alles wieder auszupacken und seinen Eltern zu schreiben. Er schrieb ihnen, daß er bis jetzt ihnen gegenüber nicht ehrlich gewesen sei und es ihm leid tue, aber er habe ihnen die Sorgen ersparen wollen: »Das Wohnheim ist so ein schrecklicher Ort, ich kann hier nicht mehr bleiben. Es ist nicht nur schmutzig und stinkt, was ich ertragen kann, aber die Leute hier sind widerwärtig. Viele von ihnen sind nicht einmal Studenten, und ich weiß nicht, wieso diesen Goondas erlaubt wird, in einem Studentenwohnheim zu leben. Sie nehmen Haschisch und Ganja, betrinken sich, prügeln sich. Es wird ganz offen um Geld gespielt, und sie verkaufen Drogen an die Studenten.« Er überlegte ein bißchen und fügte dann hinzu: »Einer hat sogar versucht, mir was zu verkaufen.« Das sollte sie nachdenklich machen. »Es ist absolut gräßlich, und ich will so schnell wie möglich wieder nach Hause. Ich arbeite im Laden, ohne mich einzumischen, und tue alles, was ihr mir sagt, versprochen.« Das war doch sicherlich drastisch genug, um seine Eltern zum Handeln zu veranlassen. Es war nicht nötig, ihnen die tatsächliche Demütigung zu verraten.

Insgeheim waren Mr. und Mrs. Kohlah beide begeistert, daß Maneck nach Hause kommen wollte. Sie vermißten ihn fürchterlich, hatten sich aber nie getraut, offen miteinander darüber zu reden. Sie taten lieber so, vor allem in Anwesenheit anderer, als ob sie stolz und glücklich seien, daß ihr Sohn fort war und eine lohnende Ausbildung machte.

Und Manecks dringlicher Brief änderte daran nichts. Sie kontrollierten ihre Reaktionen, um den Schein zu wahren. »Wie schade, wenn er schon so bald wiederkäme«, meinte Mr. Kohlah.

»Ja«, sagte Mrs. Kohlah. »So verliert er seine einzige Chance für einen guten Beruf. Was meinst du, Farokh, was sollen wir tun?«

In seinem Herzen wußte Mr. Kohlah, wenn sein Sohn unglücklich war, dann sollte er sofort nach Hause kommen. Aber vielleicht sollte man sich irgendwie bemühen, wie halbherzig auch immer, eine andere Lösung zu finden – das würde sicher jeder erwarten, einschließlich ihrer Freunde. Sonst könnte man ihm vorwerfen, ein zu nachsichtiger Vater zu sein.

»Mir scheint, es gibt wirklich Probleme in dem College-Wohnheim«, sagte er vorsichtig.

»Natürlich! Mein Sohn lügt doch nicht! Und man darf ihn einfach nicht an so einem bösen Ort lassen, voller Laster, Schurken und Schläger, nur wegen einem College-Diplom! Was wären wir denn für Eltern!«

»Ja, ja. Beruhig dich, ich versuch nachzudenken.« Er rieb sich die Stirn. »Wenn das Wohnheim ungeeignet ist, vielleicht sollten wir ihm irgendeine andere Unterkunft suchen. Privat, bei jemandem zu Hause. Das würde das Problem lösen.«

»Das ist eine gute Idee«, meinte Mrs. Kohlah, die den Ball aufgriff. Sie wollte nicht das lebenslängliche Etikett der besitzergreifenden Mutter mit sich herumtragen, die ihrem Sohn die Zukunft ruiniert hatte. »Wie wäre es, wenn ich meine Verwandten frage?«

»Nein, sie wohnen zu weit vom College entfernt, weißt du nicht mehr?« Und außerdem, wer wußte, welche verweichlichenden Gedanken sie Maneck in den Kopf setzen würden. Auch nach zwanzig Jahren hatten sie sich immer noch nicht daran gewöhnt, daß Aban nicht in ihrer Nähe lebte.

»Wenn wir für ihn doch nur ein nettes sicheres Zimmer finden könnten«, sagte sie. »Irgendwas, was wir uns leisten können.« Was so gut wie unmöglich war, dachte sie fröhlich, in einer Stadt, wo Millionen in Slums und auf den Gehsteigen lebten. Und nicht nur Bettler – sogar Leute, die Arbeit hatten und genug Geld, um Miete zu bezahlen. Nur gab es nichts zu vermieten. Nein, es gab keine Chance für Maneck, er würde bald wieder zu Hause sein. Und bei diesem schönen Gedanken erschien ein Lächeln auf ihrem Gesicht.

»Wieso lächelst du, wenn wir so ein großes Problem haben?« fragte Mr. Kohlah.

»Habe ich gelächelt? Nein, nichts, ich habe bloß an Maneck gedacht.«

»Hmm«, brummte er und hatte Mühe, seine eigene Freude zu verbergen. »Du könntest versuchen, dieser Freundin von dir zu schreiben. Vielleicht weiß sie irgendwas.«

»Ja, eine gute Idee. Ich schreibe Zenobia gleich nach dem Abendessen«, versprach Mrs. Kohlah, fröhlich in dem Wissen, daß bloß eine Briefmarke verschwendet würde.

Sie kehrten zu ihren Arbeiten zurück. Die Qual, Begeisterung mit Enttäuschung maskieren zu müssen, war vorbei. Jetzt ging es nur noch darum, darauf zu warten, daß ihre matten Bemühungen scheiterten und ihr Sohn nach Hause kam.

Einige Tage später mußten sie sich jedoch wieder verstellen, aber diesmal andersherum, als sie mit Verbitterung und zu ihrer großen Überraschung die Nachricht erhielten, daß man umgehend eine Unterkunft für Maneck gefunden habe. Jetzt mußten sie sich zwingen, Befriedigung darüber zu zeigen, daß seine Ausbildung weitergehen konnte, und die Reste ihrer kurzlebigen Hoffnungen fortkehren.

Mrs. Kohlah schrieb voller Widerwillen einen Dankesbrief an Mrs. Dalal unter der Adresse, die Zenobia ihr geschickt hatte. »Ob Dina noch immer so schön ist wie damals auf der High-School?« fragte sie sich und genoß das Geräusch, als sie das Blatt aus ihrem Schreibblock riß. Das Reißen war im Einklang mit ihrer gegenwärtigen Stimmung.

»Das kannst du Maneck fragen. Er wird dir bald einen ausführlichen Bericht aus ihrer Wohnung schicken können«, sagte Mr. Kohlah. »Vielleicht sogar ein aktuelles Foto, wenn du willst.« Während er sie an ihrem Schreibtisch beobachtete, wurde er das Gefühl nicht los, daß sich die Wichtigtuerinnen aus der Vergangenheit seiner Frau in sein Familienleben eingemischt und sich mit dem Ziel gegen ihn verschworen hatten, ihm seinen Sohn vorzuenthalten.

Gleich darauf sah er ein, wie töricht dieser Gedanke war. Er holte sein Scheckbuch hervor und stellte einen Scheck für die erste Monatsmiete aus. Mrs. Kohlah legte ihn ihrem Brief an Mrs. Dalal bei.

* * *

Dina lauschte aufmerksam auf irgendwelche Lebenszeichen aus dem stillen Badezimmer. Was machte er da bloß, wieso hörte man kein spritzendes Wasser? »Maneck? Ist alles in Ordnung? Ist das Wasser heiß genug?«

»Ja, danke.«

»Hast du die Kelle gefunden? Müßte neben dem Eimer sein. Und du kannst dich auf den Holzschemel setzen.«

»Ja, Tante.« Es war Maneck peinlich, die Würmer zu erwähnen, die in Bataillonsstärke aus dem Ausfluß herausgekrochen kamen. Er hoffte, sie würden bald von selbst wieder in ihre unterirdische Behausung zurückkehren. Aber vielleicht hätte ich einfach den Zug nehmen und nach Hause fahren sollen, dachte er bitter. Wie dumm von mir, einen Brief zu schreiben. Und zu hoffen, daß Daddy mich zurückkommen läßt.

Dina wartete immer noch auf das Klappern des Schöpfers und das Platschen des Wassers. Die Stille überdauerte ihre Geduld. »Was ist denn los, Maneck? Kannst du dich bitte beeilen? Ich muß mich auch noch waschen, bevor die Schneider kommen.«

Sie hoffte, es wäre noch genug Zeit, den Scheck einzulösen. Doch zuerst mußte sie Maneck zum College losschicken und für einen guten Start sorgen. Er wäre kein Problem, wenn er sich erst einmal an ihren Tagesablauf gewöhnt hatte. Und gelernt hatte, moderne Geräte zu benutzen, wie den Tauchsieder. Der arme Junge hatte keine Ahnung, was das war. Und als sie ihn gefragt hatte, wie sie bei ihm zu Hause Warmwasser bereiteten, beschrieb er ihr den Boiler, der jeden Morgen mit Kohle gefüllt wurde. Wie primitiv. Aber er hatte sein Bett gemacht, alles ordentlich zusammengefaltet – das war eindrucksvoll.

Sie ging zur Badezimmertür und fragte wieder: »Kommst du mit allem zurecht?«

»Ja, Tante. Aber da sind ein paar Würmer, die aus dem Ausfluß kriechen.«

»Ach die! Schütt einfach ein bißchen Wasser drauf, und dann gehen sie schon weg.«

Sie hörte ein Platschen, und dann war wieder Stille.

»Und?«

»Sie kommen immer noch.«

»Okay, dann laß mich mal nachsehen.«

Er begann sich anzuziehen, und sie klopfte. »Komm, bitte wikkel dir ein Handtuch um, und mach die Tür auf. Ich hab keine Zeit, hier den ganzen Morgen lang herumzustehen.«

Er zog sich ganz an, bevor er sie hereinließ.

»Du bist aber ein schüchterner Junge. Ich bin so alt wie deine Mutter. Was sollte ich dir denn abgucken? Also. Wo sind die Würmer, die dir solche Angst gemacht haben?«

»Ich hatte keine Angst. Sie sahen einfach nur so widerlich aus. Und es sind so viele.«

»Natürlich. Es ist die Jahreszeit für Würmer. Die kommen immer mit dem Monsun. Ich dachte, da, wo du wohnst, bist du an solche Sachen gewöhnt. In den Bergen, mit den wilden Tieren.«

»Aber bestimmt nicht im Badezimmer, Tante.«

»In meinem Badezimmer mußt du dich daran gewöhnen. Du kannst nur probieren, die Würmer zu verjagen, indem du Wasser drüberschüttest. Kaltes Wasser – nicht das heiße dafür aufbrauchen.« Sie zeigte es ihm, schob sich an ihm vorbei, um an den Eimer zu kommen, und schüttete einige Kellen voll Wasser aus, das die Würmer zum Ausfluß spülte. »Siehst du? Da verschwinden sie, in den Ausfluß.«

Die weichen Linien ihrer ausgestreckten Oberarme trugen mehr dazu bei, ihn zu beruhigen, als die Methode mit dem Wasser. Über die Stufe gebeugt, zog ihr Rücken das Nachthemd fest um ihre Hüften, wodurch die Umrisse ihrer Unterwäsche sichtbar wurden. Sein Blick ruhte darauf und wandte sich ab, als sie sich wieder aufrichtete.

»Und? Willst du dich jetzt waschen? Oder soll ich bleiben und dich vor den Würmern beschützen?« Er errötete, und weil sie sich Sorgen machte, daß die Schneider bald kommen könnten, sagte sie: »Hör zu, weil dies dein erster Morgen ist, werde ich etwas Besonderes für dich tun.«

Sie holte die Flasche Phenol von dem Regal vor dem WC, entkorkte sie und ließ die weiße Flüssigkeit auf die Würmer tröpfeln. Es funktionierte sofort, verwandelte sie in eine sich krümmende rote Masse und dann in kleine leblose Kringel.

»So. Aber denk dran, Phenol ist sehr teuer. Ich kann es nicht jeden Tag verschwenden. Du wirst lernen müssen, dich in ihrer Gesellschaft zu waschen.«

Er machte die Tür zu und zog sich wieder aus. Das Bild von ihr neben ihm, wie sie sich bückte und streckte, pulsierte ihm durch die Glieder. Aber der antiseptische Geruch des Phenols, der in der Luft hing, zerrte in die entgegengesetzte Richtung.

VI

Ein Tag im Zirkus, eine Nacht im Slum

Die frühmorgendliche Ansammlung von roten Doppeldeckerbussen vor dem Slum wurde zuerst von einem Kind aus der Familie des Trinkers bemerkt. Das kleine Mädchen kam hereingerannt, um es ihrer Mutter zu erzählen. Sie sah Ishvar und Om vor ihrer Hütte und erzählte es auch ihnen. Ihr Vater dämmerte noch in seinem Alkoholschlummer vor sich hin.

Die einparkenden Busfahrer begrüßten sich gegenseitig mit Hupsalven. Zweiundzwanzig Busse standen in zwei makellosen Reihen. Die Schneider holten ihr Wasser und machten sich auf den Weg zu den Gleisen. In der Nacht hatte es geregnet. Der Boden war aufgeweicht, und der Schlamm saugte an ihren Füßen wie ein vielmundiges Wesen.

»Laß uns heute früher zu Dinabai gehen«, sagte Om.

»Wieso?«

»Maneck wird schon da sein.«

Sie fanden eine Stelle, die Ishvar zusagte, und hockten sich hin. Er war froh, daß der Haarsammler mit seinem sinnlosen Geplapper nirgends zu sehen war. Er haßte Unterhaltungen während der Toilette, selbst vernünftige.

Sein Glück hielt nicht an. Rajaram erschien in der Kurve der Gleise und entdecke sie am hinteren Ende des Grabens. Er hockte sich neben sie und spekulierte über die Busse.

»Vielleicht richten sie eine neue Endstation ein«, meinte Om. »Wäre bequem für uns.«

»Aber würden sie nicht zuerst irgendein Schaltergebäude bauen?«

Sie wuschen sich und gingen dann zu den schlammbespritzten Fahrzeugen, um die Sache zu untersuchen. Die Fahrer in ihren Khakiuniformen standen an die Türen gelehnt oder hockten auf dem Bordstein, wo sie Zeitung lasen, rauchten oder Paan kauten.

»Namaskaar«, rief Rajaram zu niemand bestimmtem. »Wo geht's denn heute mit euren Luxuslimousinen hin?«

Einer von ihnen zuckte die Achseln. »Wer weiß. Der Aufseher hat gesagt, wir sollen mit den Bussen hierherkommen und auf einen Sondereinsatz warten.«

Es begann wieder zu regnen. Die Tropfen klopften auf die Dächer der leeren Busse. Die Fahrer zogen sich in ihre Fahrzeuge zurück und schlossen die schmierigen Fenster.

Alsbald traf der dreiundzwanzigste Bus ein, dessen Scheibenwischer unwirksam hin- und herschwang, lose und langsam, wie ein feuchtes Pendel. Dieser war voll besetzt, das Oberdeck mit uniformierten Polizisten, die an Bord blieben, während das untere Deck Männer mit Aktentaschen und Broschüren ausspuckte. Sie streckten sich, glätteten die Falten im Schritt ihrer hochgerutschten Hosen und betraten den Slum. Um ihre Ledersandalen zu schonen, gingen einige, unter aufgespannten Regenschirmen balancierend, mit angehobenen Fersen und auf Zehenspitzen über das vom Regen aufgeweichte Feld. Andere quietschten auf den Hacken entlang, um ihre Sohlen zu schonen, wobei sie das Gelände nach Grasbüscheln, Steinen, kaputten Backsteinen absuchten – irgend etwas, das einen weniger schlammigen Schritt ermöglichte.

Ihre Darbietung auf dem Hochseil zog rasch Schaulustige an. Ein Windstoß erfaßte die Regenschirme, die Männer wackelten. Das Publikum lachte. Einige Kinder ahmten den komischen Gang nach. Die Besucher opferten ihre Sandalen dem Schlamm, boten ihre ganze Würde auf und schritten auf die Schlange zu, die an der Wasserzapfstelle wartete.

Der mit dem feinsten Schuhwerk sagte, sie seien Parteiarbeiter mit einer Botschaft von der Ministerpräsidentin. »Sie schickt ihre Grüße und möchte euch alle wissen lassen, daß sie heute eine große Kundgebung veranstaltet. Alle sind eingeladen, daran teilzunehmen.«

Eine Frau stellte ihren leeren Eimer unter den Hahn. Das Trommelrollen des Wassers übertönte die Worte des Mannes, und er modifizierte seine Lautstärke. »Die Ministerpräsidentin möchte ganz besonders gerne mit ehrlichen, fleißigen Menschen wie euch reden. Diese Busse werden euch zu der Kundgebung fahren, kostenlos.«

Die Wasserwarteschlange rückte desinteressiert vor. Einige flüsterten miteinander, und es wurde gelacht. Der Parteiarbeiter probierte es noch einmal. »Die Botschaft der Ministerpräsidentin lautet, daß sie eure Dienerin ist und euch helfen möchte. Sie möchte die Dinge aus eurem eigenen Mund hören.«

»Erzählt's ihr doch selber!« rief jemand. »Ihr seht ja, in was für einem Wohlstand wir hier leben!«

»Ja! Erzählt ihr, wie glücklich wir sind! Wozu brauchen wir da noch zu kommen?«

»Wenn sie unsere Dienerin ist, dann soll sie doch hierherkommen!«

»Sollen eure Leute mit den Kameras ein paar Fotos von unseren wunderschönen Häusern schießen und von unseren gesunden Kindern! Die könnt ihr dann der Ministerpräsidentin zeigen!«

Es wurde noch weiter spöttisch gelacht und gemurmelt, was für unangenehme Dinge man mit Parteiarbeitern anstellen könnte, die arme Leute zur Wasserzeit belästigten. Die Besucher zogen sich zu einer kurzen Beratung zurück.

Dann ergriff der Anführer wieder das Wort. »Jeder Teilnehmer bekommt fünf Rupien ausgezahlt. Und zusätzlich kostenlos Tee und Imbiß. Bitte stellt euch draußen um halb acht an. Die Busse fahren um acht ab.«

»Steck dir die fünf Rupien in den Arsch!«

»Und zündet das Geld an!«

Aber die Beleidigungen versickerten bald, denn das neue Angebot stieß auf Interesse. Die Parteiarbeiter schwärmten aus, um die Botschaft im Slum zu verbreiten.

Ein Lumpensammler fragte, ob seine Frau und seine sechs Kinder auch mitkommen könnten. »Ja«, sagte der Organisator, »aber die kriegen nicht jeder fünf Rupien. Nur du.« Der hoffnungsvolle Vater wandte sich betreten ab und geriet erneut in Versuchung, als das Angebot für Tee und Imbiß auf die ganze Familie ausgedehnt wurde.

»Das hört sich nach Spaß an, das steht fest«, sagte Om. »Gehen wir hin.«

»Bist du verrückt? Dafür einen ganzen Tag Arbeit opfern?«

»Lohnt sich nicht«, stimmte Rajaram Ishvar zu. »Diese Leute erzählen uns Geschichten.«

»Woher weißt du das? Warst du schon mal auf so einer Kundgebung?«

»Ja, die sind immer gleich. Wenn ihr arbeitslos wärt, würde ich sagen, geht ruhig und nehmt euch die fünf Rupien. Beim ersten Mal macht es Spaß, sich den Tamasha der Regierung anzusehen. Aber dafür einen ganzen Tag Schneidern oder Haaresammeln zu opfern? Nein.«

Um halb acht war die Warteschlange bei den Bussen kaum lang genug, um einen einzigen Doppeldeckerbus zu füllen. Es waren arbeitslose Tagelöhner, einige Frauen und Kinder und eine Handvoll verletzter Hafen-Mathadis. Die Parteiarbeiter berieten die Lage und kamen überein, ihren Alternativplan zum Einsatz zu bringen.

Kurz darauf erteilte Sergeant Kesar, der die Polizeitruppe kommandierte, seinen Beamten den Befehl, den Bus zu verlassen. Ein Dutzend wurde angewiesen, die Ausgänge des Slums zu blockieren, die übrigen folgten ihm hinein. Er versuchte, sich mit einem langsamen großtuerischen Gang zu bewegen, aber seine platten Füße in dem Schlamm machten daraus eher ein schlingerndes Watscheln. Er hatte ein Megaphon, das er wie eine Trompete mit beiden Händen zum Mund hob.

»Achtung, Achtung! Zwei Personen aus jedem Jhopdi müssen den Bus besteigen! In fünf Minuten – und keine Verzögerung. Sonst werdet ihr wegen unbefugten Betretens von städtischem Boden verhaftet!«

Die Leute protestierten. Wie konnten sie hier unbefugt sein, wenn sie regelmäßig die volle Miete zahlten? Die Hüttenbewohner machten sich auf die Suche nach Navelkar, aber sein Büro war leer.

»Ob die Ministerpräsidentin weiß, daß wir hier gezwungen werden?« fragte Ishvar.

»Sie weiß nur wichtige Dinge«, sagte Rajaram. »Dinge, die ihre Freunde für wichtig halten.«

Die Polizisten begannen, die Busladungen zusammenzutreiben. Langsam füllten sich die Doppeldecker, die jetzt röter aussahen, nachdem der Regen Staub und Dreck heruntergespült hatte. In einigen Hütten wurden noch bestehende Meinungsverschiedenheiten schnell beigelegt, als die Polizisten ihre Lathis erhoben, um zu betonen, wieviel Wert sie auf die Einwilligung der Hüttenbewohner legten.

Affenmann war bereit teilzunehmen, wollte aber, daß seine Affen mitkamen. »Die Fahrt wird ihnen Spaß machen, sie amüsieren sich immer so schön im Zug, wenn wir zur Arbeit fahren«, erklärte er einem Parteiarbeiter. »Und ich verlange auch keinen extra Tee oder Imbiß für sie. Ich teile meinen mit ihnen.«

»Hab ich mich nicht klar ausgedrückt? Keine Affen. Das ist doch kein Zirkus oder so was.«

Hinter ihm raunte Rajaram seinen Freunden zu: »Genau das ist es.«

»Bitte, Sahab«, flehte Affenmann. »Der Hund kann allein bleiben. Aber nicht Laila und Majnoo. Sie werden weinen, wenn sie den ganzen Tag von mir getrennt sind.«

Sergeant Kesar wurde gerufen, um zu vermitteln. »Sind deine Affen ordentlich abgerichtet?«

»Polizei-Sahab, meine Leila und mein Majnoo sind wunderbar abgerichtet! Sie sind meine gehorsamen Kinder! Passen Sie auf, sie werden Salaam vor Ihnen machen!« Er gab ein Zeichen, und die Affen hoben gleichzeitig die Pfoten an die Köpfe.

Das belustigte Sergeant Kesar sehr, und er erwiderte lachend den Gruß. Affenmann klatschte mit den Leinen auf den Boden, und die Affen machten einen Knicks. Sergeant Kesar war ganz und gar begeistert.

»Ehrlich gesagt, ich sehe nicht, daß es irgend etwas schaden kann, wenn er die Affen mitnimmt«, sagte er zu dem Parteiarbeiter.

»Einen Moment, Sergeant«, sagte der Parteiarbeiter und nahm ihn beiseite. »Das Problem ist, die Affen könnten als eine Art politischer Kommentar gesehen werden, und die Feinde der Partei könnten es benutzen, um uns lächerlich zu machen.«

»Das ist möglich«, meinte Sergeant Kesar, sein Mikrophon

schwenkend. »Aber es könnte genausogut als Beweis dafür gesehen werden, daß die Ministerpräsidentin die Macht besitzt, nicht nur mit Menschen zu kommunizieren, sondern sogar mit Tieren.«

Der Parteiarbeiter verdrehte die Augen. »Möchten Sie schriftlich dafür gradestehen? Mit einer Erklärung in dreifacher Ausführung?«

»Ehrlich gesagt überschreitet das meine Kompetenz.«

Sergeant Kesar kehrte traurig zu Affenmann zurück und brachte es ihm bei. »Es tut mir leid, das hier ist eine wichtige Kundgebung für die Ministerpräsidentin. Keine Affen zugelassen.«

»Wartet's nur ab«, sagte Rajaram leise zu den Leuten in der Warteschlange. »Das Podium wird voll mit ihnen sein.«

Affenmann dankte Sergeant Kesar für seine Bemühungen. Er sperrte Laila und Majnoo zusammen mit Tikka in seine Hütte ein und erschien wieder mit jammervoller Miene. Die Busse waren jetzt fast voll, und der Konvoi war startbereit, sowie die restlichen paar hartnäckigen Fälle mit Stöcken und Schlägen zum Mitfahren überredet worden waren.

»So was Unfaires habe ich noch nicht erlebt«, sagte Ishvar. »Und was wird Dinabai denken?«

»Wir können nichts machen«, sagte Om. »Genieß einfach die kostenlose Fahrt.«

»Genau«, sagte Rajaram. »Wenn wir schon gehen müssen, dann wollen wir wenigstens unseren Spaß haben. Letztes Jahr haben sie uns in Lastwagen abgeholt. Eingepfercht wie die Schafe. Dieser Bus ist viel bequemer.«

»Mindestens hundert Leute in jedem«, meinte Ishvar. »Insgesamt über zweitausend. Das wird aber eine große Kundgebung.«

»Das ist nur von unserer Siedlung«, sagte Rajaram. »Die müssen die Busse überallhin geschickt haben. Bei der Kundgebung werden bestimmt fünfzehn- oder zwanzigtausend Leute anwesend sein, wartet's nur ab.«

Nach einstündiger Fahrt erreichten die Busse den Stadtrand. Om verkündete, er habe Hunger. »Ich hoffe, wir kriegen unseren Tee und Imbiß gleich nach der Ankunft. Und die fünf Rupien.«

»Du hast ständig Hunger«, sagte Ishvar mit Falsettstimme. »Hast du vielleicht Würmer?« Sie lachten und erklärten Rajaram den Witz über Dina Dalal.

Bald befanden sie sich auf ländlichen Straßen. Es hatte aufgehört zu regnen. Sie fuhren durch Dörfer, wo die Leute stehenblieben und verwundert den Bussen hinterherstarrten. »Das verstehe ich nicht«, sagte Ishvar. »Wieso uns den ganzen Weg hier rausschleppen? Wieso bringen sie nicht einfach diese Dorfbewohner zur Kundgebung?«

»Zu kompliziert, glaube ich«, erwiderte Rajaram. »Sie müßten zu viele Dörfer anfahren, wo die Leute überall verstreut wohnen – zweihundert hier, vierhundert dort. Viel leichter, sie sich im Großhandel in den Stadt-Jhopadpattis zu besorgen.« Er unterbrach sich und zeigte aufgeregt nach draußen. »Seht mal! Diese Frau da – beim Brunnen! Was für wunderschöne lange Haare!« Er seufzte. »Wenn ich doch nur mit meiner Schere durchs Land wandern und ernten könnte, was ich brauche. Dann wäre ich bald reich.«

Sie wußten, daß sie sich ihrem Ziel näherten, als der Verkehr zunahm und andere Fahrzeuge an ihnen vorbeifuhren, die ebenfalls das maßgeschneiderte Publikum der Ministerpräsidentin herankarrten. Hin und wieder fuhren die Busse an den Rand, um ein mit VIPs gefülltes Auto mit flatternder Standarte und lautem Hupen vorbeirauschen zu lassen.

Sie hielten bei einem riesigen weiten Feld. Als die Fahrgäste ausstiegen, sagte ihnen ein Ordner, sie sollten sich die Busnummer für die Rückfahrt einprägen. Er wies die Leute zu ihrer Sitzfläche und wiederholte für jede Gruppe die Applausanweisungen. »Bitte beobachtet die Würdenträger auf dem Podium. Wenn sie anfangen zu klatschen, müßt ihr auch klatschen.«

»Was ist mit dem Geld?«

»Das bekommt ihr nach der Kundgebung. Wir kennen eure Tricks. Wenn wir euch vorher bezahlen, lauft ihr Halunken schon während der Rede davon.«

»Weitergehen! Weitergehen!« rief ein Ordner und trieb die Neuankömmlinge mit einem Schulterklopfen an.

»Laß das Schieben!« fauchte Om und wischte die Hand von seiner Schulter.

»Aray, Om, nur die Ruhe bewahren«, sagte Ishvar.

Das Feld war durch Bambuspfosten und Geländer in verschiedene Abteilungen aufgeteilt, die größte befand sich am hinteren Ende, auf der sich ein überdachtes, drei Meter hohes Podium befand. Vor dem Podium lag der Bereich für Prominente. Dies war die einzige Abteilung, die mit Stühlen ausgestattet war, um deren Zuteilung heftig gestritten wurde. Es gab drei verschiedene Sorten von Stühlen: gepolstert, mit Armlehnen, für VVIPs; gepolsterte, aber ohne Armlehnen, für VIPs; und nackte Metallklappstühle für die bloßen IPs. Gäste zankten und feilschten mit den Ordnern und drängten sie, ihrem Status ein V hinzuzufügen.

»Versucht, am Rand des Feldes zu bleiben, in der Nähe von dem Zelt da«, sagte Rajaram. »Da gibt's sicher den Tee und den Imbiß.« Aber freiwillige Helfer mit Trikolore-Armbinden scheuchten die Ankömmlinge in die nächste zur Verfügung stehende Einzäunung.

»Seht euch das an, yaar!« sagte Om ehrfürchtig und zeigte auf die zwanzig Meter hohe Figur der Ministerpräsidentin rechts vom Podium. Die Figur aus Pappe und Sperrholz stand mit ausgestreckten Armen da, als wollte sie das Publikum umarmen. Hinter ihrem Kopf schwebte eine Silhouette der indischen Landkarte wie ein zerdellter Heiligenschein.

»Und seht euch den Bogen voller Blumen an!« sagte Ishvar. »Wie ein Regenbogen über der Bühne. Schön, nicht? Man kann sie bis hier riechen.«

»Seht ihr, ich hab euch doch gesagt, daß es euch gefallen wird«, meinte Rajaram. »Das erste Mal ist immer lustig.«

Sie machten es sich auf dem Boden gemütlich und sahen sich die Gesichter in ihrer Umgebung an. Die Leute lächelten und nickten. Der Toningenieur betrat die Bühne, um die Mikrophone zu überprüfen, und die Lautsprecher pfiffen. Die Menge verstummte erwartungsvoll, wurde aber fast sofort wieder laut, als immer mehr Busse eintrafen und ihnen die Fahrgäste zu Tausenden entströmten. Die Sonne war jetzt heiß, aber Ishvar meinte, wenigstens würde es nicht regnen.

Zwei Stunden später waren alle Einzäunungen gefüllt, das Feld war vollgestopft, und die ersten Hitzeopfer wurden fortgetragen, um in der Nähe im Schatten der Bäume wiederbelebt zu werden. Die Leute fragten sich, ob es besonders klug sei, eine Kundgebung während der heißesten Tageszeit abzuhalten. Ein Ordner erklärte, es habe keine Wahl gegeben, der Astrologe der Ministerpräsidentin habe die Himmelskörper berechnet und diese Stunde festgesetzt.

Achtzehn Würdenträger nahmen auf der Bühne allmählich ihre Plätze ein. Um zwölf Uhr ertönte ein Brüllen im Himmel, und fünfundzwanzigtausend Köpfe blickten hoch. Ein Hubschrauber kreiste dreimal über dem Feld und landete dann hinter der Bühne.

Einige Minuten später wurde die Ministerpräsidentin, in einen weißen Sari gekleidet, von jemandem auf die Bühne begleitet, der einen weißen Kurta und eine Gandhi-Mütze trug. Die achtzehn Notabeln legten nacheinander ihrer Führerin Girlanden um den Hals, verbeugten sich und berührten ihre Zehen. Ein Würdenträger übertrumpfte die übrigen, indem er sich vor ihr in voller Länge auf den Bauch legte. Er würde zu ihren Füßen bleiben, sagte er, bis sie ihm vergeben habe.

Die Ministerpräsidentin war verblüfft, obwohl niemand ihren verwirrten Blick bemerkte, wegen der achtzehn Girlanden, die sich um ihr Gesicht türmten. Ein Berater erinnerte sie an irgendeine kleine Unloyalität, die der Mann begangen hatte. »Madamji, er übt Reue, er sagt, es tut ihm leid, von ganzem Herzen.«

Die angestellten Mikrophone sorgten dafür, daß das sonnenversengte Publikum wenigstens die Clowneinlage genießen konnte. »Ja, okay«, sagte sie ungeduldig. »Und jetzt stehen Sie endlich auf und benehmen Sie sich nicht wie ein Trottel.« Der so Gerügte sprang auf wie ein Turner, der einen Salto beendet.

»Seht ihr?« sagte Rajaram. »Was hab ich euch gesagt? Es wird ein Tag im Zirkus – wir haben Clowns, Affen, Akrobaten, alles.«

Als sich der Sturm der Huldigung gelegt hatte, warf die Ministerpräsidentin ihre Girlanden nacheinander ins Publikum. Die

VIP-Sitze und Würdenträger jubelten wild über diese großartige Geste.

»Ihr Vater hat das auch immer gemacht, als er Ministerpräsident war«, sagte Ishvar.

»Ja«, stimmte Rajaram zu. »Ich hab's einmal gesehen. Aber bei ihm hat es demütig gewirkt.«

»Bei ihr sieht es aus, als würde sie uns mit Müll beschmeißen«, sagte Om.

Rajaram lachte. »Ist das nicht die Spezialität der Politiker?«

Der Parlamentsabgeordnete des Distrikts begann mit der Begrüßungsansprache, in der er der Ministerpräsidentin dankte, daß sie diesem armen, unwürdigen Ort eine solche Ehre erweise. »Dieses Publikum ist klein«, sagte er und machte eine Handbewegung zu der eingepferchten Menschenmenge von fünfundzwanzigtausend. »Aber es ist ein herzliches und dankbares Publikum, das eine große Liebe für die Ministerpräsidentin besitzt, die so viel getan hat, unser aller Leben zu verbessern. Wir sind einfache Leute, aus einfachen Dörfern. Aber wir verstehen die Wahrheit, und wir sind heute hier erschienen, um zu hören, was unsere Führerin ...«

Ishvar rollte sich die Ärmel hoch, machte zwei Knöpfe seines Hemds auf und blies hinein. »Wie lange das wohl gehen wird.«

»Zwei, drei, vier Stunden – je nachdem, wie viele Reden gehalten werden«, sagte Rajaram.

»... und gebt acht, all ihr Journalisten, die ihr die Zeitung von morgen schreiben werdet, vor allem die ausländischen Journalisten, denn es ist viel Schaden durch verantwortungsloses Geschreibsel angerichtet worden. Viele Lügen wurden über diesen Ausnahmezustand verbreitet, der ausdrücklich zum Wohl des Volkes verhängt wurde. Beachtet: Wo immer die Ministerpräsidentin hingeht, versammeln sich Menschen aus einem Umkreis von vielen Meilen, um sie zu sehen und sie zu hören. Das ist doch gewiß das Kennzeichen einer wahrlich großen Führerin.«

Rajaram zog eine Münze hervor und begann, mit Om Kopf oder Zahl zu spielen. Um sie herum wurden neue Freundschaften geschlossen, es wurde geplaudert und über den Monsun diskutiert. Kinder erfanden Spiele und malten Bilder in den

Staub. Einige schliefen. Eine Mutter streckte ihre saridrapierten Beine aus, legte das Kind in die Mulde ihrer Schenkel und fing an, leise vor sich hin singend, gymnastische Übungen mit ihm zu machen. Sie streckte die Ärmchen, kreuzte sie über der Brust, hob die winzigen Beinchen so weit an, wie es ging.

Die Aufpasser und freiwilligen Helfer patrouillierten an den Einzäunungen entlang und behielten die Lage im Auge. Solange die Leute sich unauffällig vergnügten, war es ihnen egal. Nur aufzustehen oder die Einzäunung zu verlassen war verboten. Außerdem war das hier bloß eine Aufwärmrede.

»... und doch gibt es Leute, die sagen, sie müsse zurücktreten, ihre Herrschaft sei illegal! Was sind das für Leute, die solche Lügen aussprechen? Brüder und Schwestern, das sind die verwöhnten wenigen, die in den großen Städten leben und Annehmlichkeiten genießen, von denen ihr und ich nicht einmal träumen können. Die Veränderungen, die die Ministerpräsidentin vornimmt, gefallen ihnen nicht, weil ihnen ihre ungerechten Privilegien weggenommen werden sollen. Aber es ist klar, daß in den Dörfern, wo fünfundsiebzig Prozent unseres Volkes leben, ausschließlich uneingeschränkte Unterstützung für unsre geliebte Ministerpräsidentin herrscht.«

Gegen Ende seiner Rede gab er jemandem, der mit einem Funkgerät in den Kulissen wartete, ein Zeichen. Sekunden später blitzten bunte Lampen, die in dem Blumenbogen versteckt waren, so kraftvoll auf, daß sie mit der Mittagssonne konkurrieren konnten. Das Publikum war beeindruckt. Aus dem schwachen verordneten Klatschen für die Rede des Parlamentsabgeordneten wurde jetzt aufrichtiger Beifall für die optische Bühnenshow.

Noch starrten alle fasziniert auf die blitzenden Lichter, als wieder das Dröhnen eines Hubschraubers die Luft erfüllte. Das *Whup-whup-whup* seiner Rotoren näherte sich von der Rückseite der Bühne. Aus dem Bauch der Maschine fiel ein Paket heraus. Es öffnete sich und heraus schwebten – Rosenblütenblätter!

Die Menge jubelte, aber das Timing des Piloten war schlecht gewesen. Anstatt die Ministerpräsidentin und die Würdenträger zu besprenkeln, rieselten die Blütenblätter auf eine Weide hinter der Bühne herab. Ein Ziegenhirte, der seine Tiere weidete, dankte dem Himmel für die Ehre und eilte nach Hause, um seiner Familie von dem Wunder zu berichten.

Das zweite Paket, das für die VIP-Abteilung bestimmt war, landete zielgenau, öffnete sich aber nicht. Jemand wurde auf einer Bahre abtransportiert. Als das letzte Paket über dem allgemeinen Publikum abgeworfen wurde, hatte der Pilot die Technik gemeistert, und es war ein makelloser Abwurf. Eine hilfsbereite Brise kam auf und verteilte die Blütenblätter großzügig unter die Menge. Die Kinder hatten großen Spaß damit, sie einzufangen.

Nach einem weiteren Bühnenzwischenspiel mit viel Verbeugen und Katzbuckeln näherte sich die Ministerpräsidentin dem Wald von Mikrophonen. Dann, mit einer Hand ihren Sari am Hals festhaltend, begann sie zu sprechen. Jeder Satz wurde mit donnerndem Applaus von der Bühne und der VIP-Abteilung quittiert, was wiederum die Gewissenhaften unter dem Publikum zu Beifallskundgebungen veranlaßte. Ihre Rede drohte an einem Übermaß an Klatschen zu ersticken. Schließlich trat sie von den Mikrophonen weg und flüsterte einem Berater etwas zu, der den Würdenträgern entsprechende Anweisungen gab. Dies hatte sofortige Wirkung. Von nun an wurde der Applaus etwas vernünftiger verteilt.

Sie rückte den weißen Sari zurecht, der ihr vom Kopf zu rutschen drohte, und fuhr fort. »Es braucht sich niemand Sorgen zu machen, nur weil der Ausnahmezustand ausgerufen wurde. Es ist eine notwendige Maßnahme, um die Mächte des Bösen zu bekämpfen. Er wird bewirken, daß es den einfachen Leuten bessergeht. Nur die Gauner, die Schmuggler und Schwarzmarkthändler müssen sich Sorgen machen, denn wir werden sie bald hinter Gitter bringen. Und das wird uns trotz der abscheulichen Verschwörung gelingen, die sich zusammenbraut, seit ich Programme durchsetze, die das Los der einfachen Menschen verbessern. Eine ausländische Hand ist da gegen uns im Spiel – die Hand von Feinden, denen es nicht recht ist, daß es uns gutgeht.«

Om war begeistert, als Rajaram ein Kartenspiel hervorzog und anfing, die Karten zu mischen. »Du hast dich wirklich gut vorbereitet, das steht fest.«

»Natürlich. Hört sich so an, als würde es diesmal lange dauern. Spielst du mit?« fragte er Ishvar und teilte für ihn mit aus. Die Leute um sie herum merkten auf, dankbar für die Abwechslung. Sie drehten sich um und bildeten einen Kreis um die Spieler.

». . . aber das spielt keine Rolle, denn wir sind entschlossen, diese zersetzenden Kräfte zu vernichten. Der Staat wird so lange zurückschlagen, bis in unserem Land die Gefahr für die Demokratie gebannt ist.«

Om weigerte sich jetzt zu klatschen, er sagte, seine Hände täten ihm weh. Er spielte seine Karte, und jemand in seiner Nähe plärrte: Fehler, Fehler. Om erkannte seinen Irrtum, nahm die Karte wieder an sich und spielte eine andere aus, während die Merkmale des neuen Zwanzig-Punkte-Programms umrissen wurden.

»Wir möchten folgendes: genügend Wohnungen für alle schaffen. Genügend Nahrungsmittel, damit niemand hungern muß. Textilien zu kontrollierten Preisen. Wir möchten Schulen für unsere Kinder bauen und Krankenhäuser, in denen wir unsere Kranken pflegen können. Geburtenkontrolle wird auch für jeden möglich sein. Und der Staat wird nicht länger zulassen, daß Menschen verantwortungslos die Bevölkerungszahl in die Höhe treiben und die Ressourcen schwächen, die allen gehören. Wir versprechen, daß wir die Armut aus unseren Städten und Dörfern verbannen werden.«

Das Kartenspiel war mittlerweilen recht ausgelassen geworden. Als Om an der Reihe war, klatschte er seine Karten mit Verve hin und stieß ein triumphierendes »Tan-tan-tana-nana!« aus.

»Ist das alles?« sagte Rajaram. »So viel Krach für das bißchen? Nur ein kleines Hindernis. Biete mehr, wenn du die Kraft hast!«

»Hoi-hoi – wartet erst mal, was ich hab«, sagte Ishvar, der beide Karten übertrumpfte. Die anderen beiden stöhnten auf. Die Zuschauer belohnten sein geschicktes Spiel mit einer Runde Applaus.

Es dauerte nicht lange, bis ein Publikumsordner herüberkam,

um nachzusehen. »Was soll dieser Unsinn? Habt etwas Respekt vor der Ministerpräsidentin.« Er drohte, ihnen ihr Geld und den Imbiß zu streichen, wenn sie sich nicht benahmen und nicht auf die Rede achtgaben. Er befahl ihnen, die Karten wegzustecken.

». . . und unsere neugebildeten Einsatzkommandos werden die Goldschmuggler fangen, Korruption und Schwarzgeld aufdekken und die Steuerflüchtlinge bestrafen, die unser Land arm halten. Ihr könnt auf eure Regierung vertrauen, daß sie diese Aufgaben erfüllt. Euer Teil dabei ist sehr einfach: die Regierung zu unterstützen, den Ausnahmezustand zu unterstützen. Das Gebot der Stunde heißt Disziplin – Disziplin in jedem Aspekt des Lebens, wenn wir die Nation neu beleben wollen. Hütet euch vor Aberglaube jeglicher Art, glaubt nicht an Horoskope und heilige Männer, nur an euch allein und an harte Arbeit. Hütet euch vor Gerüchten und losem Gerede, wenn ihr euer Land liebt. Tut eure Pflicht, vor allem anderen! Das, meine Brüder und Schwester, ist mein Appell an euch! Jai Hind!«

Die achtzehn auf der Bühne erhoben sich wie ein Mann, um die Ministerpräsidentin zu einer höchst inspirierenden Rede zu beglückwünschen. Das läutete eine weitere forsche Runde des Speichelleckens ein. Als sie zu Ende war, trat der Parteifunktionär, der der Ministerpräsidentin offiziell danken würde, grinsend und schniefend ans Mikrophon.

»O nein!« sagte Om. »Nicht noch eine Rede! Wann kriegen wir denn endlich unseren Imbiß?«

Nachdem die Standard-Danksagungen und abgedroschenen Ehrbezeugungen erschöpft waren, zeigte der Redner dramatisch in den Himmel zum hinteren Ende des Feldes. »Seht nur! Da drüben in den Wolken! Oh, wir sind wahrlich gesegnet!«

Das Publikum blickte hoch und sah sich nach der Quelle seines schwärmerischen Anfalls um. Diesmal gab es keinen sirrenden Hubschrauber. Doch am Horizont glitt ein riesiger Heißluftballon auf das Feld zu. Die Kappe aus Orange, Weiß und Grün trieb über den wolkenlosen blauen Himmel, und jetzt konnten die Scharfäugigen das hochschwebende Gesicht hinter der dunklen Sonnenbrille erkennen. Die Gestalt erhob einen weißgekleideten Arm und winkte.

»Oh, wir sind heute zweimal gesegnet bei dieser Kundgebung!« sang der Mann ins Mikrophon. »Die Ministerpräsidentin mit uns auf der Bühne und ihr Sohn im Himmel über uns! Was können wir uns Schöneres noch wünschen!«

Der Sohn im Himmel hatte währenddessen begonnen, Broschüren über Bord zu werfen. Mit Sinn für Dramatik ließ er zuerst ein Blatt herunterflattern, um das Publikum in Schwung zu bringen. Alle Blicke richteten sich darauf, als es träge kreisend herabschwebte. Er ließ zwei weitere Blätter folgen, bevor er sich des Rests mit vollen Händen entledigte.

»Ja, meine Brüder und Schwestern, Mutter Indien sitzt bei uns auf der Bühne, und der Sohn Indiens leuchtet vom Himmel auf uns herab! Die glorreiche Gegenwart hier, jetzt, und die goldene Zukunft dort oben, die darauf wartet, herabzukommen und unser Leben zu umarmen! Was für eine gesegnete Nation wir doch sind!«

Zur Erde herab flatterten die ersten paar Blätter, auf denen sich ein Konterfei der Ministerpräsidentin und das Zwanzig-Punkte-Programm befanden. Wieder amüsierten sich die Kinder damit, hinter ihnen herzujagen, um zu sehen, wer die meisten fangen konnte. Der Heißluftballon räumte den Luftraum und überließ das Feld dem Hubschrauber für einen letzten Angriff.

Diesmal flog er viel tiefer als vorher. Das Risiko zahlte sich in Form von Präzision aus: Ein großes Finale von Rosenblütenblättern regnete auf die Bühne herab. Aber die dreißig Meter hohe Figur der Ministerpräsidentin begann im Sturm der Hubschrauberrotoren zu schwanken. Die Menge brüllte erschrocken. Die Figur mit den ausgestreckten Armen stöhnte, und die Seile zogen an ihren Verankerungen. Sicherheitsmänner winkten dem Hubschrauber verzweifelt zu, während sie sich abmühten, die Seile und die Winkel festzuhalten. Aber der Wirbelwind war viel zu stark. Die Figur begann langsam zu kippen, mit dem Gesicht voran. Wer sich in der Nähe der Riesin aus Pappe und Sperrholz befand, rannte um sein Leben.

»Niemand will von der Umarmung der Ministerpräsidentin erwischt werden«, sagte Rajaram.

»Aber sie versucht, jeden zu besteigen«, meinte Om.

»Schamloser Bursche«, sagte sein Onkel.

Sie eilten zu den Erfrischungen, wo eine endlose Warteschlange von Sicherheitspersonal überwacht wurde. Tassenknappheit verhinderte, daß sie sich schneller bewegte. Der Imbiß – ein Pakora pro Kopf – war ausgegangen. Mit abnehmendem Teevorrat wurden die Austeiler weniger großzügig. »Es ist nicht weniger Tee«, erklärten sie jenen, die sich über den Geiz beschwerten. »Er ist bloß konzentrierter.«

Während die Warteschlange vorankroch, rasten Krankenwagen mit heulenden Sirenen am Rand des Feldes vorbei, um die Opfer des Kollapses der dreißig Meter großen Ministerpräsidentin abzutransportieren. Nach einer Stunde Warten waren Ishvar, Om und Rajaram immer noch weit hinten in der Schlange, als der Tee ausging. Gleichzeitig wurde angekündigt, daß die Busse in zehn Minuten abfahren würden. Voller Angst, mitten in der Pampa festzusitzen, ließen alle von dem Streit mit den Teeverteilern ab und eilten zu der Abfahrtstelle. Beim Besteigen des Busses bekam jeder vier Rupien.

»Wieso vier?« fragte Ishvar. »Man hat uns doch fünf versprochen.«

»Eine Rupie für Busfahrt, Tee und Imbiß.«

»Wir haben nicht mal Tee und Imbiß bekommen!« Om schob sein Gesicht wütend an das seines Gegenübers heran. »Und die haben gesagt, die Busfahrt wäre kostenlos!«

»He? Du willst eine kostenlose Busfahrt? Ist dein Vater Divali, oder was?«

Om spannte sich an. »Ich warne dich, nimm nicht den Namen meines Vaters in den Mund.«

Ishvar und Rajaram schoben ihn in den Bus. Der Mann lachte und sagte etwas von wegen einem Mann, der wie ein Insekt aussieht und wie ein Tiger redet.

Die Rückfahrt verbrachten sie in einer mißmutigen Stimmung, durstig und müde wie sie waren. »Was für ein verschwendeter Tag«, sagte Ishvar. »Wir hätten sechs Kleider nähen können. Sechsunddreißig Rupien verloren.«

»Und wieviel Haare hätte ich inzwischen sammeln können.«

»Vielleicht sollte ich zu Dinabai fahren, wenn wir wieder da sind«, meinte Ishvar. »Einfach um es ihr zu erklären. Um ihr zu versprechen, daß wir auf jeden Fall morgen kommen.«

Zwei Stunden später hielt der Bus in einer unvertrauten Umgebung. Der Fahrer befahl allen auszusteigen. Er habe seine Anweisungen, sagte er. Als Vorsichtsmaßnahme kurbelte er sein Fenster hoch und schloß sich in der Kabine ein.

Die Hüttenbewohner rüttelten an der Tür, spuckten drauf, traten ein paarmal dagegen. »Ihr unanständigen Leute!« brüllte der Fahrer. »Öffentliches Eigentum zu beschädigen!«

Der Bus bekam noch einige Schläge, bevor die Menge weiterzog. Ishvar und Om hatten keine Ahnung, wo sie waren, aber Rajaram kannte den Weg. Es donnerte, und bald begann es wieder zu regnen. Sie gingen eine Stunde lang. Als sie endlich im Slum eintrafen, war es Nacht.

»Laß uns schnell was essen«, sagte Ishvar. »Dann fahr ich los, um Dinabai zu beruhigen.«

Während er den Primuskocher aufpumpte und ein Streichholz anzündete, wurde die Dunkelheit durch einen entsetzlichen Schrei zerrissen. Er schien weder von einem Menschen noch von einem Tier zu kommen. Die Schneider schnappten sich ihre Sturmlaterne und rannten zusammen mit Rajaram dorthin, wo der Lärm herkam, zu Affenmann.

Sie fanden ihn hinter seiner Hütte bei dem Versuch, seinen Hund zu erwürgen. Tikka lag mit hervorquellenden Augen auf der Seite, von Affenmanns Knie am Boden festgenagelt. Die Pfoten des Hundes kratzten haltsuchend in der Luft, um dem unerklärlichen Schmerz in seiner Kehle zu entkommen.

Affenmanns Finger schlossen sich immer fester um den Hals des Hundes. Seine wahnsinnigen Schreie vermischten sich mit Tikkas markdurchdringendem Geheul. Die schreckliche Harmonie menschlicher und tierischer Schreie zerriß die Nacht.

Es gelang Ishvar und Rajaram, Affenmanns Finger vom Hals des Tieres zurückzubiegen. Tikka erhob sich strampelnd. Anstatt wegzulaufen, wartete er treu in der Nähe, hustete und rieb sich mit den Pfoten übers Gesicht. Affenmann versuchte ihn wieder zu packen, wurde aber von anderen daran gehindert, die inzwischen herbeigekommen waren.

»Beruhige dich«, sagte Rajaram. »Sag uns, was passiert ist.«

»Laila und Majnoo!« sagte er weinend, zur Hütte deutend, zu keiner Erklärung fähig. Er versuchte, den Hund mit Zischlauten zurückzulocken. »Tikka, Tikka, komm, mein Tikka!«

Das Tier näherte sich vertrauensvoll, um von seinem Herrchen Verzeihung zu erbetteln. Affenmann konnte ihm einen Tritt in die Rippen versetzen, bevor die anderen ihn wieder zurückzogen. Sie hoben die Laterne hoch und leuchteten in die Hütte hinein. Das zischende Licht fiel auf die Wände, glitt dann auf den Boden. In einer Ecke fanden sie die Leichen der Affen. Lailas und Majnoos lange braunen Schwänze, die im Leben so ausgelassen gewesen waren, wirkten jetzt seltsam geschrumpft. Wie zerzauste alte Seile lagen die Schwänze auf der Erde. Eins der Tiere war teilweise gefressen worden, die Eingeweide hingen heraus, dunkelbraun, lang und dünn.

»Hai Ram«, sagte Ishvar, sich die Hand vor den Mund haltend. »Was für eine Tragödie.«

»Laßt mich sehen«, sagte jemand, der versuchte, sich durch die Menge zu drängen.

Es war die alte Frau, die am ersten Tag, als der Hahn schon trocken war, ihr Wasser mit Om geteilt hatte. Der Harmonikaspieler sagte, man solle sie sofort durchlassen, sie könne Eingeweide ebenso fließend lesen wie ein Swami das Bhagavad Gita.

Die Menge teilte sich, und die alte Frau trat ein. Sie verlangte, daß die Laterne näher gebracht werde. Mit dem Fuß stieß sie den Kadaver an, bis die Eingeweide besser zu sehen waren. Sie beugte sich vor und rührte mit einem Zweig in ihnen herum.

»Der Verlust zweier Affen ist nicht der größte Verlust, den er erleiden wird«, verkündete sie. »Der Mord an dem Hund ist nicht der schlimmste Mord, den er begehen wird.«

»Aber der Hund«, begann Rajaram, »wir haben ihn doch gerettet, er ist ...«

»Der Mord an dem Hund ist nicht der schlimmste Mord, den er begehen wird«, wiederholte sie mit grimmiger Beharrlichkeit und ging. Ihr Publikum zuckte die Achseln und nahm an, daß die alte Frau trotz ihres entschlossenen Auftretens von dem Ereignis wohl etwas verwirrt und erregt war.

»Ich bring ihn um!« begann Affenmann wieder zu heulen. »Meine Babys sind tot! Ich bringe ihn um, diesen schamlosen Hund!«

Jemand brachte Tikka in Sicherheit, während andere versuchten, Affenmann etwas Vernunft beizubringen. »Der Hund ist ein dummes Tier. Wenn Tiere Hunger bekommen, wollen sie fressen. Was hat es für einen Sinn, ihn zu töten? Es ist deine Schuld, weil du sie zusammen eingesperrt hast.«

»Er hat mit ihnen immer wie mit Bruder und Schwester gespielt«, weinte er. »Alle drei waren wie meine Kinder. Und jetzt das. Ich bring ihn um.«

Ishvar und Rajaram führten Affenmann von seiner Hütte fort. Es wäre leichter, ihn zu trösten, wenn die blutverschmierten kleinen Körper nicht zu sehen waren. Sie betraten Rajarams Hütte und marschierten gleich wieder hinaus. Die Haarbündel, die überall wie makabre haarige kleine Kadaver herumlagen, konnte Affenmann in seinem momentanen Zustand nicht ertragen. Und so gingen sie in die Hütte der Schneider und gaben ihm etwas Wasser zu trinken. Er saß mit dem Glas in seinen Händen da, winselte, zitterte, murmelte vor sich hin.

Ishvar beschloß, daß es jetzt nicht mehr in Frage kam, bei Dinabai vorbeizuschauen, es war zu spät. »Was für ein Tag«, flüsterte er Om zu. »Wir erklären ihr morgen alles.«

Sie blieben bis nach Mitternacht mit Affenmann zusammen und ließen ihn trauern, solange er wollte. Für Laila und Majnoo wurde ein Begräbnis geplant, und sie überredeten ihn, dem Hund zu vergeben. Rajaram brachte die Frage des Lebensunterhalts zur Sprache. »Wie lange brauchst du, um neue Affen abzurichten?«

»Sie waren meine Freunde – meine Kinder! Ich will nichts von irgendeinem Ersatz hören!«

Er schwieg eine Weile, und dann sprach er das Thema seltsamerweise von selber an. »Ich habe auch noch andere Talente, wißt ihr. Akrobatik, Hochseil, Jonglieren, Balancieren. Eine neue Nummer ohne Affen ist möglich. Ich überlege mir später, was ich tun werde. Zuerst muß ich fertig trauern.«

Dina verbarg nicht ihr Mißvergnügen, als Maneck sich bei seiner Rückkehr vom College verspätete. Und das an seinem allerersten Tag, dachte sie. Niemand glaubte mehr an Pünktlichkeit. Vielleicht hatte Mrs. Gupta recht, der Ausnahmezustand war gar nicht so eine schlechte Sache, wenn die Leute dadurch lernten, pünktlich zu sein.

»Dein Tee war schon vor einer Stunde fertig«, sagte sie, während sie ihm eine Tasse eingoß und eine Scheibe Britannia Bread mit Butter bestrich. »Was hat dich aufgehalten?«

»Tut mir leid, Tante. Ich mußte sehr lange an der Bushaltestelle warten. Am Morgen hab ich mich auch zum Unterricht verspätet. Alle schimpfen, daß die Busse anscheinend plötzlich von den Straßen verschwunden sind.«

»Immer müssen die Leute schimpfen.«

»Und die Schneider – sind sie schon mit der Arbeit fertig?«

»Sie sind überhaupt nicht gekommen.«

»Was ist denn passiert?«

»Wenn ich das wüßte, würde ich dann so besorgt aussehen? Zuspätkommen ist für sie wie eine Religion, aber es ist das erste Mal, daß sie überhaupt nicht gekommen sind.«

Maneck stürzte den Tee hinunter und ging in sein Zimmer. Er streifte die Schuhe ab, schnüffelte an seinen Socken – ein leichter Mief – und zog seine Sandalen an. Es gab noch ein paar Kisten auszupacken. Warum es nicht jetzt erledigen. Kleidung, Handtücher, Zahnpasta, Seife wanderten in den Schrank. Das Regal strömte einen schönen Geruch aus. Er atmete ihn tief ein: Er erinnerte ihn an Tante Dina, sie war wunderschön – schöne Haare, freundliches Gesicht.

Als er ausgepackt hatte, wußte er nicht, was er als nächstes tun könnte. Sein Blick fiel auf den Regenschirm, der am Schrank hing. Er spannte ihn auf, bewunderte seine Pagodenform und stellte sich Tante Dina vor, wie sie damit die Straße entlangging. Wie die Frauen beim Pferderennen in *My Fair Lady*. Sie sah viel jünger aus als Mummy, obwohl Mummy geschrieben hatte, sie seien gleichaltrig, zweiundvierzig dieses Jahr. Und daß sie ein hartes Leben gehabt, viel Unglück erlebt, ihren Mann früh verloren habe, und daß Maneck freundlich zu ihr sein solle, selbst wenn sie manchmal schwierig sei.

Das würde Tante Dinas Ton erklären, dachte er, das harte Leben. Ihre Stimme klang alt, so als habe sie wirklich schon unglaublich viel durchgemacht. Ihre Worte waren immer scharf – die Worte einer müden, zynischen Person. Er wünschte, er könnte sie aufheitern, sie hin und wieder zum Lachen bringen.

Das kleine Zimmer ging ihm auf die Nerven. Wie öde es war, und das restliche Schuljahr würde sich noch ewig hinziehen. Er nahm ein Buch in die Hand, blätterte es durch und warf es wieder auf den Tisch zurück. Die Schachfiguren. Er stellte das Spiel auf und machte ein paar mechanische Züge. Er hatte das Vergnügen an den Plastikgestalten verloren. Er schüttete sie in den braunen Kasten mit seinem Schiebedeckel zurück – aus dem Gefängnis ihrer Felder in das Gefängnis des Sarges.

Aber er war wenigstens seinem Gefängnis entkommen, dachte er, würde dieses verdammte Wohnheim nie wiedersehen. Er bedauerte nur, daß er sich nicht von Avinash hatte verabschieden können, dessen Zimmer verlassen und abgeschlossen geblieben war. Versteckt sich wahrscheinlich immer noch bei seinen Eltern – es wäre tollkühn, zurückzukehren, solange auf dem Campus die Willkürherrschaft des Ausnahmezustandes herrschte und ständig Leute verschwanden.

Maneck erinnerte sich an die erste Zeit mit ihm, als ihre Freundschaft noch neu war. Alles, was ich mache, ist Schach, hatte Avinash einmal gesagt. Jetzt war er ernsthaft von Schachmatt bedroht. Hatte er rechtzeitig seinen Turm gezogen, geschützt durch drei Bauern und einen Läufer? Und Tante Dina, die gegen ihre Schneider spielte, ihre Züge zwischen dem Vorder- und dem Hinterzimmer machte. Und Daddy, der versuchte, es mit seinen Getränkegegnern aufzunehmen, die die Spielregeln nicht beachteten, die mit Schachfiguren Dame spielten.

Der Abend tauchte das Zimmer in tiefe Schatten, aber Maneck machte sich nicht die Mühe, das Licht anzumachen. Seine grillenhaften Gedanken über Schach nahmen in der Dämmerung plötzlich einen dunklen, deprimierenden Ton an. Alles war bedroht und so kompliziert. Das Spiel war erbarmungslos. Das Gemetzel auf dem Schachbrett des Lebens hinterließ überall Verletzte. Avinashs Vater mit Tuberkulose, seine drei Schwestern, die auf ihre Mitgift warteten, Tante Dina, die sich abmühte, ihre Mißgeschicke zu überleben, Daddy, vernichtet, mit gebrochenem Herzen, während Mummy so tat, als würde er wieder ganz der alte werden, der starke, lächelnde Mann von früher, als würde ihr Sohn nach einem Jahr College zurückkehren und anfangen, im Keller Kohlahs Cola abzufüllen, als würde ihrer aller Leben wieder voller Hoffnung und Fröhlichkeit sein, wie damals, bevor er aufs Internat geschickt worden war. Aber so tun als ob funktionierte nur in der Welt der Kindheit, es würde nie wieder so werden wie früher. Das Leben schien so hoffnungslos zu sein, und jedem war nur Elend beschieden ...

Er schlug das zusammenklappbare Schachbrett zu. Ein Lufthauch küßte sein Gesicht. Wo seine Wangen feucht von Tränen waren, fühlte sich der Kuß kalt an. Er trocknete sich die Augen und klappte die beiden Seiten wieder zusammen, wie einen Blasebalg, dann fächerte er sich mit dem Brett Luft zu.

Als Tante Dina endlich »Abendessen« rief, war das wie eine Entlassung aus dem Gefängnis. Er war sofort am Tisch, stand herum und setzte sich erst, als ihm sein Platz zugewiesen wurde.

»Hast du Schnupfen?« fragte sie. »Deine Augen sehen wäßrig aus.«

»Nein, ich hab mich nur ausgeruht.« Ihr entgeht nicht viel, dachte er.

»Ich habe gestern vergessen, dich zu fragen – ißt du lieber mit Messer und Gabel oder mit den Fingern?«

»Das ist egal, mir ist beides recht.«

»Wie macht ihr es zu Hause?«

»Wir benutzen Besteck.«

Sie legte Messer, Gabel und Löffel um seinen Teller herum, ihren eigenen ließ sie unbestückt, und trug dann das Essen auf.

»Ich kann auch mit den Fingern essen«, protestierte er. »Du brauchst bei mir keine Ausnahme zu machen.«

»Du brauchst dir nichts drauf einzubilden, billiger Edelstahl ist nichts Besonderes.« Sie füllte seinen Teller und setzte sich ihm gegenüber. »Als ich jung war, hatten wir immer richtige Gedecke. Silberbesteck. Mein Vater legte sehr viel Wert auf solche Dinge. Nach seinem Tod haben sich unsere Gewohnheiten verändert. Vor allem als mein Bruder Nusswan Ruby geheiratet hat. Sie hat das Besteck verkauft. Sie hat gesagt, wir brauchten nicht die Ausländer nachzuäffen, wo Gott uns doch völlig geeignete Finger geschenkt hat. Was irgendwo auch stimmt. Aber ich glaube, sie war einfach zu faul, immer das Besteck zu putzen.«

Mitten während des Essens ging sich Dina die Hände waschen und holte sich auch Messer und Gabel. »Du hast mich inspiriert«, sagte sie mit einem Lächeln. »Das ist fünfundzwanzig Jahre her, daß ich zum letzten Mal diese Dinger benutzt habe.«

Er sah weg, um sie nicht nervös zu machen. »Werden die Schneider morgen kommen?«

»Hoffentlich«, sagte sie, indem sie das Thema kurz und bündig abtat. Dann ließ ihre Sorge sie wieder dorthin zurückkehren. »Es sei denn, sie haben irgendwo eine bessere Arbeit gefunden und sind verschwunden. Aber was kann ich schon von diesen Leuten erwarten? Seit ich mit diesem Schneidergeschäft angefangen habe, machen sie mir das Leben schwer. Jeden Tag machen sie mich ganz krank vor Sorge, daß die Kleider auch rechtzeitig fertig werden.«

»Vielleicht sind sie krank oder so was.«

»Beide gleichzeitig? Vielleicht ist es die Krankheit, die aus einer Flasche Schnaps kommt – sie haben nämlich gestern ihren Lohn gekriegt. Keinerlei Disziplin, kein Verantwortungsgefühl. Was soll's, ich weiß gar nicht, warum ich dich mit meinen Problemen belästige.«

»Das ist schon okay.« Er half ihr, das schmutzige Geschirr in die Küche zu tragen. Draußen miauten die streunenden Katzen. Er hatte sie gestern nacht schon gehört, beim Einschlafen, und hatte von den Pariah-Hunden geträumt, die sich auf der Veranda des Ladens versammelten, und wie Daddy sie fütterte und seinen üblichen Scherz machte, daß er wohl bald eine neue Abteilung für seine Hundekunden eröffnen müsse.

»Nicht aus dem Fenster, Maneck – in den Mülleimer«, sagte Dina, als er die Reste hinauswarf.

»Aber ich wollte die Katzen füttern, Tante.«

»Nein, sie sollen nicht ermutigt werden.«

»Sie sind hungrig – guck, wie sie warten.«

»Unsinn. Eine Belästigung vor meinem Fenster, das sind sie. Und sie brechen ein und stellen eine Sauerei in der Küche an. Das einzig Gute an ihnen sind ihre Gedärme. Um Geigensaiten draus zu machen, wie mein Mann immer gesagt hat.«

Maneck war überzeugt, sie würde es bald so sehen wie er, wenn er jeden Tag von den Katzen redete, als wären es Menschen. Das war der Trick, den Daddy benutzt hatte. Als sie ihm den Rücken zukehrte, warf er den Rest hinaus. Er wußte jetzt schon, wer sein Liebling war: die braunweißgetigerte mit dem deformierten Ohr, die sagte, beeil dich mit dem Fressen, ich hab nicht den ganzen Tag Zeit.

Nach dem Aufräumen lud Dina ihn ein, sich mit ihr zusammen ins vordere Zimmer zu setzen, wo er lesen, lernen oder tun könne, was immer er wolle. »Du brauchst dich nicht da drin einzuschließen. Betrachte das hier als dein Zuhause. Und wenn du irgend etwas brauchst, trau dich ruhig zu fragen.«

»Danke, Tante.« Ihm hatte schon davor gegraust, vor dem Schlafengehen in seine Gefängniszelle zurückgehen zu müssen. Er setzte sich in den Sessel ihr gegenüber und blätterte eine Zeitschrift durch.

»Hast du die Familie deiner Mummy schon besucht?«

Er schüttelte den Kopf. »Ich kenne sie kaum. Wir sind nie besonders gut mit ihnen ausgekommen. Daddy sagt immer, sie sind so langweilig, daß sie Gefahr laufen, sich zu Tode zu langweilen.«

»Tsch-tsch-tsch«, sagte sie mit einem Stirnrunzeln und lächelte gleichzeitig, während sie ihre Stoffreste und Flicken sortierte. Das halbe Dutzend Quadrate, die sie so angeordnet hatte, daß sie zusammenpaßten, lag auf dem Sofa ausgebreitet.

Maneck kam näher. »Was ist das da?«

»Meine Stoffsammlung.«

»Wirklich? Wofür?«

»Muß es einen Grund geben? Leute sammeln alles mögliche.

Briefmarken, Münzen, Postkarten. Ich habe eben Stoffe anstatt eines Fotoalbums oder eines Sammelalbums.«

»Ja«, sagte er mit einem zweifelnden Nicken.

Sie ließ ihn eine Weile zugucken und sagte dann: »Keine Sorge. Ich spinne nicht etwa. Diese Teile sind für eine Bettdecke. Eine schöne Überdecke für mein Bett.«

»Ach, jetzt verstehe ich.« Er begann, den Haufen durchzusehen, machte Vorschläge, wählte Reste aus, die, wie er meinte, gut zusammenpassen würden. Einige, wie die Reste von Chiffon und Seide, fühlten sich zwischen seinen Fingern wunderbar an. »Zu viele verschiedene Farben und Muster«, meinte er.

»Spielst du jetzt den Kritiker, oder was?«

»Nein. Ich meine, es wird sehr schwierig, sie richtig zusammenzufügen.«

»Schwierig schon, aber da kommen Geschmack und Geschicklichkeit ins Spiel. Was wählt man aus, was läßt man weg – und was kommt neben was.«

Sie schnippte ein paar ausgefranste Ränder ab und heftete die sechs provisorisch zusammen, um einen besseren Überblick zu bekommen. »Was meinst du?« fragte sie.

»So weit, so gut.«

Ein netter freundlicher Junge, dachte sie. Ihre Ängste, daß sie sich vielleicht einen verwöhnten Bubi ins Haus geholt hatte, hätten unbegründeter nicht sein können. Und es war gut, jemanden zu haben, mit dem sie reden konnte. Noch jemand anderen außer den Schneidern, die ihr gegenüber immer so mißtrauisch waren – nicht daß sie ihrerseits ihnen getraut hätte.

Als Maneck am nächsten Nachmittag vom College wiederkam, fing sie ihn auf der Veranda ab und flüsterte ihm zu, daß die Schneider erschienen seien. »Aber kein Wort darüber, wie sehr ich mich gestern aufgeregt habe.«

»Okay.« Das Spiel der Königin, dachte er und schmiß seine Bücher aufs Bett. Er ging ins Vorderzimmer, gerade als die Schneider für ihre Teepause herauskamen.

»Ah, da ist er ja, da ist er ja«, sagte Ishvar. »Nach einem ganzen Monat sehen wir uns wieder, was?«

Er streckte die Hand aus und fragte Maneck, wie es ihm gehe, während Om grinsend dabeistand. Gut, sagte Maneck, und Ishvar sagte, ihnen gehe es beiden erstklassig, hauptsächlich dank der regelmäßigen Arbeit, die Dinabai ihnen gebe, die so eine gute Arbeitgeberin sei. Er lächelte ihr zu, um sie in das Gespräch mit einzubeziehen.

Während des ganzen Nachmittags beobachtete sie die drei mißbilligend – wie sie so taten, als wären sie lang getrennte Freunde. Wenn man bedachte, daß sie sich erst einmal zuvor begegnet waren, im Zug, als sie versucht hatten, ihre Wohnung zu finden.

Am Abend, als sich die Schneider bereitmachten, ihre Arbeit für den Tag zu beenden, gab sie ihnen noch einen Rat mit auf den Weg: »Sagt der Ministerpräsidentin lieber Bescheid, daß eure Arbeitsplätze gefährdet sind, wenn sie euch noch mal zu einer Kundgebung mitnimmt. Es gibt noch zwei andere Schneider, die mich um Arbeit anbetteln.«

»Nein, nein«, sagte Ishvar. »Wir wollen unbedingt für Sie arbeiten. Wir sind sehr glücklich, bei Ihnen arbeiten zu können.«

Nachdem die Schneider gegangen waren, setzte sich Dina allein ins hintere Zimmer. Der Raum schien noch von den Singer-Maschinen zu vibrieren. Bald würde die Trübnis des Abends einsetzen, die fasergefüllte Luft infizieren, sich über das Bett drapieren, es von jetzt bis morgen früh niederdrücken.

Aber als die Abenddämmerung hereinbrach und die Straßenlichter angingen, blieb ihre Stimmung heiter. Wie Zauberei, dachte sie, der Unterschied, den die Anwesenheit eines anderen Menschen in der Wohnung ausmachte. Sie kehrte ins Vorderzimmer zurück, um mit Maneck zu reden, so wie sie es sich vorgenommen hatte.

Königin gegen Läufer des Königs, dachte er.

»Du verstehst, warum ich streng mit ihnen sein muß«, sagte sie. »Wenn sie merken, daß ich verzweifelt bin, dann tanzen sie mir auf der Nase rum.«

»Ja, das verstehe ich. Übrigens, Tante, kannst du Schach spielen?«

»Nein. Und ich sollte es dir lieber gleich sagen – ich mag es nicht, wenn du so viel mit ihnen plauderst. Sie sind meine Angestellten, du bist Aban Kohlahs Sohn. Es muß eine Distanz gewahrt werden. Diese ganze Vertraulichkeit ist nicht gut.«

Am nächsten Nachmittag wurde es noch schlimmer. Sie traute ihren Ohren nicht – die Unverschämtheit von diesem Omprakash, der Maneck frech fragte: »Hast du Lust, mit uns Tee trinken zu gehen?« Und was das allerschlimmste war, auf Manecks Gesicht flackerte die Neigung, ja zu sagen. Höchste Zeit, einzuschreiten, beschloß sie.

»Er trinkt seinen Tee hier. Bei mir.« Dinas Stimme war eisig.

»Ja, aber vielleicht ... vielleicht kann ich heute ausnahmsweise mit ihnen gehen, Tante?«

Sie sagte, wenn er unbedingt das Geld seiner Eltern für Wohnung und Verpflegung verschwenden wolle, bitte sehr, von ihr aus.

Im Vishram Vegetarian Hotel war die Luft erfüllt von herzhaften Kochdüften. Maneck hatte das Gefühl, er müsse nur die Zunge herausstrecken, um das Menü zu kosten. Sein Magen knurrte.

Sie setzten sich an den einzigen Tisch und bestellten drei Tees. Das, was bei zahllosen würzigen Mahlzeiten verschüttet worden war, hatte dem Holz eine scharfriechende Politur verliehen. Ishvar holte das Päckchen Beedis aus seiner Tasche und bot Maneck eine an.

»Nein danke. Ich rauche nicht.«

Die Schneider zündeten sich ihre an. »Sie läßt uns nicht an der Maschine rauchen«, sagte Om. »Und jetzt ist es in dem Raum so eng, wo auch noch ihr Bett drinsteht. Das ist wie in einer schäbigen Absteige.«

»Na und?« sagte Ishvar. »Du mußt ja schließlich nicht drin herumlaufen und Ziegen oder so was fangen.«

Der Koch arbeitete in einer Ecke des Restaurants in einem Kreis von Töpfen und Pfannen. Sie konnten sehen, wie ihr Tee in einem offenen Kessel zog. Von drei bullernden Herden wallten Wolken fettigen Rauchs an die Decke. Flammen züngelten um den schwarzen Boden eines riesigen Karai, der mit siedendem Öl gefüllt war. Es blubberte bedrohlich, bereit zum Frittieren. Ein

Tropfen Schweiß von der glänzenden Stirn des Kochs fiel hinein und ließ es zornig aufzischen.

»Gefällt dir dein Zimmer?« fragte Ishvar.

»O ja. Viel schöner als im Wohnheim.«

»Wir haben auch was gefunden«, sagte Om. »Zuerst konnte ich es nicht ausstehen, aber jetzt ist es in Ordnung. Da wohnen ein paar nette Leute in unsrer Nähe.«

»Du mußt uns mal besuchen kommen«, sagte Ishvar.

»Klar. Ist es weit?«

»Nicht sehr. Dauert ungefähr eine Dreiviertelstunde mit dem Zug.« Die Tees wurden so schwungvoll serviert, daß die Tassen auf ihren Untertassen in kleinen braunen Pfützen standen. Ishvar schlürfte den Tee von der Untertasse. Om goß seine Pfütze in die Tasse zurück. Maneck folgte seinem Beispiel.

»Und wie ist das College?«

Maneck verzog das Gesicht. »Hoffnungslos. Aber ich muß es irgendwie fertigmachen, meinen Eltern zuliebe. Dann geht's nach Hause, mit dem ersten Zug.«

»Sowie wir etwas Geld angesammelt haben, gehen wir auch zurück«, sagte Ishvar, hustend und rotzend. »Um für Om eine Frau zu suchen. Stimmt's, mein Neffe?«

»Ich will nicht heiraten«, sagte er mit böser Miene. »Wie oft soll ich dir das noch sagen.«

»Sieh dir dieses Saure-Limonen-Gesicht an. Komm, trink aus, wir müssen wieder an die Arbeit.« Ishvar erhob sich. Die Jungen schluckten die letzten Tropfen herunter und eilten hinter ihm aus dem kleinen Teeladen hinaus. Sie liefen zu Dinas Wohnung zurück, vorbei an dem Bettler auf seiner rollenden Plattform.

»Erinnerst du dich an ihn?« sagte Om zu Maneck. »Wir haben ihn am ersten Tag hier gesehen. Er ist inzwischen unser Freund geworden. Wir kommen jeden Tag an ihm vorbei, und er winkt uns zu.«

»O babu!« sang der Bettler. »Aray babu! O großer Paisawalla babu!« Er lächelte dem Trio zu und klapperte mit seiner Bettelschale. Maneck ließ das Rückgeld von dem Vishram hineinklimpern.

»Was ist das für ein Geruch?« Dina lehnte sich verärgert vor, um an Manecks Hemd zu schnüffeln. »Hast du mit den beiden geraucht?«

»Nein«, flüsterte er. Es war ihm peinlich, daß sie vielleicht im hinteren Zimmer mithören könnten.

»Sei ehrlich. Ich vertrete hier deine Eltern.«

»Nein, Tante! Sie haben geraucht, und ich habe neben ihnen gesessen, weiter nichts.«

»Wenn ich dich jemals dabei erwischen sollte, schreibe ich sofort deiner Mummy. Ich warne dich. Und jetzt sag mir, haben sie noch irgendwas wegen gestern gesagt? Der wirkliche Grund, warum sie nicht da waren?«

»Nein.«

»Worüber habt ihr geredet?«

Er nahm ihr das Verhör übel. »Über nichts Besonderes. Dies und das.«

Sie verfolgte es nicht weiter, brüskiert von seiner Wortkargheit. »Und da ist noch was, wovor ich dich warnen muß. Omprakash hat Läuse.«

»Wirklich?« fragte er interessiert. »Hast du sie gesehen?«

»Halte ich meine Hand ins Feuer, um zu prüfen, ob es heiß ist? Den ganzen Tag lang kratzt er sich. Und nicht nur am Kopf. Probleme an beiden Enden – Würmer an einem, Läuse am andern. Also hör auf meinen Rat, wenn du weißt, was für dich gut ist. Sein Onkel ist keine Gefahr, er ist fast kahlköpfig, aber du hast eine schöne dicke Matte. Die Läuse werden begeistert sein.«

Dinas Warnung blieb ungehört. Als die Tage zu Wochen wurden, wurde die nachmittägliche Pause im Vishram Vegetarian Hotel zu einer regelmäßigen Einrichtung für die drei. Einmal verspätete Maneck sich bei seiner Heimkehr vom College, und Om flüsterte Ishvar zu, daß sie auf ihn warten sollten.

»O je, o je«, sagte Dina, die es mitbekommen hatte. »Verschiebt eure Pause. Fühlt ihr euch auch wohl? Seid ihr sicher, ihr könnt so lange überleben?«

Ishvar überlegte sich, wieso es Dinabai so störte, daß sie zu dritt losgingen. Als Maneck endlich kam und Om von seiner Singer aufsprang, beschloß er da zu bleiben. »Geht ihr Jungs ruhig los, ich will diesen Rock noch fertig machen.«

Dina war des Lobes voll für ihn. »Hör auf deinen Onkel, folge seinem Beispiel«, sagte sie zu Om, als die beiden gingen. Sie goß Manecks Tee in die beiseite gestellte Tasse mit den rosa Rosen und brachte sie Ishvar. »Trink du ihn ruhig.«

Er dankte ihr für ihre Mühe. Er nahm einen Schluck und sagte, daß Maneck und Om offenbar gut miteinander auskämen und Spaß miteinander hätten. »Sie sind gleichaltrig. Om muß es satthaben, die ganze Zeit mit seinem alten Onkel zusammenzusein. Tag und Nacht sind wir zusammen.«

»Unsinn.« Sie sagte, ihrer Meinung nach würde Om sich zu einem Herumtreiber entwickeln, wenn da nicht die stabilisierende Anwesenheit seines Onkels wäre. »Ich hoffe nur, daß er keinen schlechten Einfluß auf Maneck hat.«

»Nein, nein, keine Sorge. Om ist kein schlechter Junge. Wenn er manchmal ungehorsam oder schlecht gelaunt ist, dann nur, weil er frustriert und unglücklich ist. Er hat ein sehr unglückliches Leben gehabt.«

»Meins ist auch nicht leicht gewesen. Aber wir müssen das Beste aus dem machen, was wir haben.«

»Uns bleibt keine andere Wahl«, pflichtete er bei.

Von diesem Tag an blieb er immer öfter zurück, während Dina fortfuhr, in Manecks Namen Tee zu machen, den sie dann aber in Ishvars Tasse goß. Sie plauderten über Schneiderarbeit und auch über andere Dinge. Sein dankbares Halblächeln war immer etwas, worauf sie sich freute, wenn sein Gesicht die rosa Rosen am Untertassenrand anstrahlte und die erstarrte Hälfte sich bemühte nachzukommen.

»Oms Näherei wird besser, nicht, Dinabai?«

»Ja, er macht weniger Fehler.«

»Ja, ja. Er ist viel fröhlicher, seit Maneck da ist.«

»Ich mache mir aber Sorgen um Maneck. Ich hoffe, er lernt ordentlich – seine Eltern verlassen sich darauf. Sie haben einen kleinen Laden, und er läuft nicht gut.«

»Jeder hat seine Probleme. Keine Sorge, ich werde mit ihm

reden, ihn dran erinnern, daß er hart arbeiten soll. Das müssen diese beiden jungen Burschen tun, hart arbeiten.«

Ishvar bemerkte, daß sich Dinabai jetzt nicht mehr über die Teepausen aufregte. Es bestätigte seinen Verdacht, daß sie sich einfach nach Gesellschaft sehnte.

Als sie alleine waren, nahmen die Gespräche der Jungen unvermeidlich eine andere Richtung. Om war neugierig, etwas über das Wohnheim zu erfahren, das Maneck verlassen hatte. »Haben da auch Mädchen gewohnt?«

»Denkst du, ich wäre da weggegangen, wenn das der Fall wäre? Sie haben ein eigenes Wohnheim. Da dürfen keine Jungs rein.«

Vom Vishram aus konnten sie eine Kinowerbung sehen, die auf dem Dach des Hauses gegenüber angebracht war und für einen Film namens *Revolver Rani* warb. Das Plakat war ein Dyptichon. Auf dem ersten Brett waren vier Männer abgebildet, die einer Frau die Kleider vom Leib rissen. Ein riesiger BH-geschützter Busen war zu sehen, während die Männer lüstern lachten und zwischen ihren Lippen scharfe Raubtierzähne und leuchtendrote Zungen zum Vorschein kamen. Das zweite Brett zeigte die gleiche Frau, ihre Kleidung in Fetzen, wie sie die vier Männer mit einer automatischen Waffe niedermähte.

»Wieso heißt es *Revolver Rani*?« sagte Om. »Was die da in der Hand hat, ist ein Maschinengewehr.«

»Sie hätten es auch *Maschinengewehr-Maharani* nennen können. Aber das klingt nicht so gut.«

»Müßte Spaß machen, es sich anzusehen.«

»Gehen wir nächste Woche hin.«

»Kein Geld. Ishvar sagt, wir müssen sparen.«

»Das ist schon okay. Ich bezahle.«

Om betrachtete Manecks Gesicht, während er an der Beedi zog, und versuchte festzustellen, ob er das wirklich meinte. »Nein, das kann ich dir nicht zumuten.«

»Das ist schon okay. Das macht mir nichts aus.«

»Ich frag meinen Onkel.« Seine Beedi ging aus, und er griff nach den Streichhölzern. »Weißt du, in unserer Nähe wohnt ein Mädchen, die hat Brüste, die genauso wie die da aussehen.«

»Unmöglich.«

Manecks offenkundige Ungläubigkeit veranlaßte Om, sich das Plakat noch einmal anzusehen. »Vielleicht hast du recht«, gab er nach. »Nicht genauso groß. Die malen die immer so riesengroß. Aber dieses Mädchen hat ein festes Paar, genauso schön geformt wie die da. Manchmal darf ich sie berühren.«

»Na komm, yaar. Erzähl mir keine Geschichten.«

»Ich schwör's dir. Sie heißt Shanti. Sie öffnet ihre Bluse und läßt sie mich drücken, wann immer ich Lust habe«, sagt er, seiner Phantasie freien Lauf lassend. Als er Maneck lachen und sich aufs Knie klatschen sah, erkundigte er sich scheinheilig: »Soll das heißen, du hast so was noch nie mit einem Mädchen gemacht?«

»Natürlich hab ich das schon mal gemacht«, antwortete Maneck hastig. »Aber du hast gesagt, du lebst mit deinem Onkel in einem kleinen Haus. Wie könntest du denn überhaupt die Gelegenheit dazu bekommen?«

»Ganz leicht. Am Rand der Siedlung ist ein Graben, und dahinter sind ganz viele Büsche. Da gehen wir hin, wenn es dunkel ist. Aber nur für ein paar Minuten. Wenn sie länger wegbleiben würde, finge man an, sie zu suchen.« Er paffte lässig an seiner Beedi, während er darüber phantasierte, wie er Shantis Haare und Glieder erkundet und komplizierte Exkursionen unter ihren Kleidern unternommen habe.

»Ein Glück, daß du Schneider bist«, meinte Maneck. »Da kennst du dich ja mit all den Ein- und Ausgängen bei Kleidung aus.«

Doch Om fuhr unbeirrt fort, machte erst vor dem letzten endgültigen Erlebnis halt. »Einmal war ich auf ihr drauf, und wir hätten es fast gemacht. Aber dann war da ein Geräusch im Gebüsch, und sie hat Angst gekriegt.« Er leerte seine Untertasse und goß sich wieder etwas von der Tasse drauf. »Und du? Hast du's schon mal gemacht?«

»Fast. In einem Zug.«

Jetzt war Om an der Reihe zu lachen. »Du bist der Oberflunkerer, das steht fest. In einem Zug!«

»Nein, wirklich. Das war vor ein paar Monaten, auf meiner Reise hierher in die Stadt.« Von Oms Phantasien in Gang gesetzt, trat Manecks Erfindungsgeist in gestrecktem Galopp zur Schlacht an. »Da war eine Frau auf der oberen Liege gegenüber meiner. Sehr schön.«

»Schöner als Dinabai?«

Er zögerte mit der Antwort. Er mußte einen Moment überlegen. »Nein«, sagte er loyal. »Aber sowie ich den Zug bestiegen hab, hat sie mich ständig angestarrt und gelächelt, wenn niemand geguckt hat. Das Problem war, daß ihr Vater mit ihr reiste. Schließlich wurde es Nacht, und die Leute legten sich schlafen. Sie und ich blieben wach. Als alle eingeschlafen waren, auch ihr Vater, schob sie das Laken weg und zog eine Brust aus ihrem Choli.«

»Und dann?« fragte Om, glücklich, die eingebildeten Früchte zu genießen.

»Dann hat sie angefangen, ihre Brust zu massieren, und gab mir ein Zeichen, daß ich zu ihr rüberkommen solle. Ich hatte Schiß, von meiner Liege runterzuklettern. Es hätt ja jemand aufwachen können. Aber dann hat sie sich die Hand zwischen die Beine gesteckt und angefangen, sich zu reiben. Da beschloß ich, daß ich zu ihr gehen mußte.«

»Klar. Wärst schön doof gewesen, wenn du es nicht getan hättest.« Om atmete schwer.

»Ich bin runter, ohne jemand zu stören, und eine Sekunde später habe ich ihre Brust gestreichelt. Sie hat meine Hand gepackt und mich gebeten, zu ihr zu steigen. Aber ich wußte nicht, wie ich am besten da hochkomme. Ich wollte die Liege ihres Vaters darunter nicht berühren. Und plötzlich hat sich was bewegt. Er hat gestöhnt und sich umgedreht. Da hat sie so eine Angst gekriegt, daß sie mich weggestoßen und angefangen hat, laut zu schnarchen. Und ich hab so getan, als wollte ich gerade auf die Toilette.«

»Wenn der Mistkerl doch nur weitergeschlafen hätte.«

»Ich weiß. Das ist so schade. Ich werde dieser Frau nie wieder begegnen.« Maneck fühlte sich plötzlich betrübt, als wäre der Verlust real gewesen. »Du hast Glück, daß Shanti in deiner Nähe wohnt.«

»Du kannst sie dir irgendwann mal angucken«, sagte Om

großzügig. »Wenn du mich und Ishvar besuchen kommst. Aber du wirst nicht mit ihr reden können, sondern sie nur von weitem angucken. Sie ist sehr schüchtern und trifft sich heimlich mit mir, wie gesagt.«

Sie stürzten ihren Tee hinunter und rannten die ganze Strecke zurück, denn sie waren schon spät dran.

Batata wada, Bhel puri, Pakora, Bhajia, Brause – Maneck bezahlte für alle Snacks und Getränke im Vishram, weil Om von Ishvar gerade genug für eine Tasse Tee bekommen hatte. Das Geld, das Maneck von seinen Eltern erhielt, reichte für all die leckeren Sachen aus, weil er nicht mehr dauernd Ersatz für ungenießbares Mensaessen kaufen mußte. In der folgenden Woche hielt er Wort und lud Om ein, sich *Revolver Rani* mit ihm anzusehen, nachdem die Näharbeit des Tages beendet war. Er bot an, auch für Ishvar zu bezahlen, der ablehnte und meinte, seine Zeit sei besser verbracht, wenn er noch ein Kleid fertig machte.

»Und du, Tante? Willst du mitkommen?«

»Ich würde mir so einen Müll nicht mal ansehen, wenn du mich dafür bezahlen würdest«, sagte Dina. »Und wenn dir dein Geld zu schwer wird in der Tasche, dann sag mir Bescheid. Ich kann deiner Mummy schreiben, daß sie keins mehr zu schicken braucht.«

»Bilkool korrekt«, stimmte Ishvar zu. »Ihr jungen Leute wißt den Wert von Geld nicht zu schätzen.«

Unbeeindruckt von den Vorwürfen, zogen sie zum Kino los. Dina erinnerte Maneck, er solle nach dem Film sofort nach Hause kommen, sein Abendessen würde auf ihn warten. Er versprach es, murrte aber, daß Tante Dina ihre selbsternannte Rolle als Vormund etwas zu ernst nehme.

»Die Prophezeiung der alten Frau ist wahr geworden«, sagte Om, als sie auf dem Weg zum Bahnhof waren. »Jedenfalls die Hälfte – Affenmann hat schließlich Rache geübt.«

»Was hat er getan?«

»Etwas Furchtbares. Es ist gestern nacht passiert.« Tikka war wieder zu Affenmann zurückgekehrt, und seine Nachbarn nahmen an, die beiden waren wieder Freunde. Aber nachdem alle andern schlafen gegangen waren, stellte Affenmann eine Holzkiste vor seine Hütte und schmückte sie mit Blumen und einer Öllampe. In der Mitte wurde ein Foto von Laila und Majnoo aufgestellt, wie sie auf Tikkas Rücken reiten. Es war ein Polaroidfoto, das vor vielen Jahren einmal von einem amerikanischen Touristen gemacht worden war, der von der Nummer begeistert war. Der Altar war bereit. Affenmann führte Tikka hin, befahl ihm, sich hinzulegen, und schlitzte ihm die Kehle auf. Dann ging er herum und sagte den Leuten Bescheid, daß er seine Pflicht erfüllt habe.

»Es war grausig«, sagte Om. »Als wir hinkamen, schwamm Tikka in seinem Blut. Er hat noch ein bißchen gezuckt. Mir ist fast schlecht geworden.«

»Wenn mein Vater dabeigewesen wäre, hätte er Affenmann umgebracht«, sagte Maneck.

»Prahlst du, oder beklagst du dich?«

»Wahrscheinlich beides.« Er trat einen Stein vom Gehweg auf die Straße. »Meinem Vater sind streunende Hunde wichtiger als sein eigener Sohn.«

»Erzähl keinen Unsinn, yaar.«

»Wieso Unsinn? Paß auf, er füttert jeden Tag die Hunde auf der Veranda, aber mich schickt er fort. Die ganze Zeit, wo ich da war, hat er ständig mit mir gestritten, hat mich nicht in der Nähe haben wollen.«

»Red doch keinen Unsinn, dein Vater hat dich hierher aufs College geschickt, weil ihm deine Zukunft wichtig ist.«

»Bist du ein Fachmann für Väter, oder was?«

»Ja.«

»Und was macht dich dazu?«

»Weil mein Vater tot ist. Das macht dich schnell zu einem Fachmann. Du kannst mir glauben – hör auf, so einen Unsinn über deinen Vater zu reden.«

»Okay, mein Vater ist ein Heiliger. Aber was ist mit Affenmann passiert?«

»Die Leute in der Siedlung waren sehr aufgebracht, sie haben gesagt, man soll es bei der Polizei melden, denn seit die Affen gestorben sind, hat Affenmann zwei kleine Kinder bei sich wohnen, so um die drei, vier Jahre alt. Der Sohn und die Tochter seiner Schwester, die er für seine neue Nummer trainiert. Und wenn er verrückt werden würde, wäre das gefährlich für die Kinder. Aber dann haben andere in der Siedlung gesagt, es hat keinen Zweck, Gaunern einen Geistesgestörten anzuvertrauen. Außerdem liebt Affenmann die Kinder. Er hat bis jetzt sehr gut für sie gesorgt.«

Sie stiegen aus dem Zug aus, schoben sich durch die Menge, die darauf wartete einzusteigen. Draußen vor dem Bahnsteig saß eine Frau in der Sonne, einen kleinen Korb mit Gemüse neben sich. Sie trocknete ihren gewaschenen Sari, zunächst die eine Hälfte. Den nassen Teil hatte sie sich, so weit er reichte, um die Hüfte und über ihre faltigen Brüste gewickelt. Die zum Trocknen bestimmte Hälfte war entlang des Gleiszaunes ausgebreitet und wallte von ihrem Körper weg wie ein Gebet in der Abendsonne. Sie winkte Om zu, als die beiden vorbeigingen.

»Sie lebt in unserer Siedlung«, sagte er, während sie sich zwischen dem Verkehr hindurchfädelten, um zum Kino auf der anderen Straßenseite zu gelangen. »Sie verkauft Gemüse. Sie hat nur einen Sari.«

Revolver Rani dauerte länger, als sie erwartet hatten. Während der Abspann lief, rückten sie langsam den Gang hinunter, blieben immer wieder stehen, um noch einmal die Titelmelodie zu hören. Dann erschien die flatternde Landesfahne auf der Leinwand, ›Jana Gana Mana‹ ertönte, und es gab einen Ansturm auf die Ausgänge.

Aber das hinausstrebende Publikum stieß auf ein Hindernis. Ein Trupp Shiv-Sena-Freiwilliger, die die Türen bewachten, versperrte ihnen den Weg. Die Leute weiter hinten, denen der Grund für den Stau verborgen blieb, begannen zu rufen: »Bitte beiseite! Aray bhai, bitte beiseite! Weitergehen, Mister! Film ist zu Ende!«

Doch die Menge vorne konnte nicht weitergehen, bedroht von den Shiv Senas, die mit Stöcken und einer Sammlung von Plakaten herumfuchtelten: RESPEKTIERT DIE NATIONALHYMNE! EUER MUTTERLAND BRAUCHT EUCH WÄHREND DES AUSNAHMEZUSTANDES! PATRIOTISMUS IST

EINE EILIGE PFLICHT! Niemand durfte den Raum verlassen, bevor nicht die Fahne auf der Leinwand ausgeblendet wurde und die Lichter angingen.

»Wieso ist Patriotismus denn eine eilige Pflicht?« Om lachte. »Haben sie Angst, daß die Leute vielleicht sonst vergessen, patriotisch zu sein?«

»Diese Idioten können nicht mal heilig richtig schreiben und wollen uns vorschreiben, was wir zu tun haben«, sagte Maneck.

Om bemerkte, daß die Protestler insgesamt etwa nur fünfzig Mann ausmachten, während das Publikum über achthundert Personen stark war. »Wir hätten sie leicht überwältigen können. Dhischuum! Dhischuum! Wie dieser Typ in dem Film«, sagte er und ballte die Fäuste vor der Brust.

In ausgelassener Stimmung wiederholten sie einige der dramatischeren Dialoge, die sie aus *Revolver Rani* behalten hatten. »Blut kann nur mit Blut gerächt werden!« knurrte Maneck und machte eine Geste, als würde er ein Schwert schwingen.

»So wie ich hier auf diesem geheiligten Boden stehe, schwöre ich, und der Himmel ist mein Zeuge, daß du keinen Tagesanbruch mehr erleben wirst!« verkündete Om.

»Das kommt daher, weil ich jeden Tag zu spät aufwache, yaar«, sagte Maneck. Die plötzliche Abweichung vom Drehbuch brachte Om zum Lachen, und er verlor seine Pose.

Die Frau mit dem Gemüsekorb saß immer noch vor dem Bahnhof. Die trockene Hälfte des Saris war um sie herumgewickelt, und der feuchte Teil lag jetzt am Zaun entlang. Der Korb war fast leer. »Amma, Zeit heimzugehen«, sagte Om, und sie lächelte.

Auf dem Bahnsteig beschlossen sie, das Gerät auszuprobieren, auf dem stand: Gewicht und Weissagung 25 p. Maneck stellte sich zuerst drauf. Die rotweiße Scheibe wirbelte herum, Glühbirnen blitzten auf, es erklang ein Bimmeln, und eine kleine Kartonkarte glitt in den gebogenen Behälter.

»Einundsechzig Kilo«, sagte Maneck und las die Weissagung auf der Rückseite. »›Ein glückliches Wiedersehen erwartet dich in der nahen Zukunft.‹ Das klingt richtig – ich werde nach Hause gehen, wenn dieses College-Jahr vorbei ist.«

»Oder es bedeutet, daß du dieser Frau im Zug wieder begegnen wirst. Dann kannst du mit ihrer Brustmassage weitermachen. Komm, jetzt bin ich dran.« Er stieg hinauf, und Maneck kramte in seiner Tasche nach einer weiteren 25-Paisa-Münze.

»Sechsundvierzig Kilo«, sagte Om und drehte die Karte um. »›Du wirst bald viele neue und aufregende Orte besuchen.‹ Das macht keinen Sinn. In unser Dorf zurückkehren – das ist doch kein neuer Ort.«

»Ich glaube, damit sind die Orte in Shantis Bluse und Rock gemeint.«

Om nahm eine Pose ein und hob die Hand, erneut in den Filmdialog verfallend. »Erst wenn diese Finger um deinen Hals sich winden und dein elendes Leben herauspressen, werde ich wieder Ruhe finden!«

»Nicht, wenn du nur sechsundvierzig Kilo wiegst«, sagte Maneck. »Du wirst erst mal an einem Hühnchenhals üben müssen.«

Der Zug kam, und sie rannten vom Fahrkartenschalter los, um einzusteigen. »Diese Zugfahrkarten sehen genauso aus wie die Gewichtskärtchen«, sagte Om.

»Ich hätte mir das Fahrgeld sparen können«, meinte Maneck.

»Nein, das ist zu riskant. Die sind jetzt sehr streng geworden wegen dem Ausnahmezustand.« Er erzählte, wie Ishvar und er in die Razzia gegen Schwarzfahrer geraten waren.

Die Hauptverkehrszeit war vorbei, und das Abteil war spärlich besetzt. Sie legten die Füße hoch. Maneck band seine Schuhe auf, zog sie aus und streckte seine Zehen. »Wir sind viel gelaufen heute.«

»Du solltest nicht solche engen Schuhe tragen, yaar. Meine Chappals sind viel bequemer.«

»Meine Eltern würden sich sehr aufregen, wenn ich in Chappals herumlaufen würde.« Er knetete die Zehen und Sohlen, zog dann seine Socken hoch und seine Schuhe wieder an.

»Ich hab meinem Vater immer die Füße massiert«, sagte Om. »Und er die Füße meines Großvaters.«

»Mußtest du das jeden Tag tun?«

»Ich mußte nicht, aber es war ein Brauch. Wir saßen abends draußen, auf dem Charpoy. Es wehte eine kühle Brise, und die Vögel sangen in den Bäumen. Ich hab das gerne für meinen Vater gemacht. Er hat es so genossen.« Sie schwankten leicht auf ihren Plätzen, während der Zug weiterschaukelte. »Er hatte eine Hornhaut unter dem großen Zeh seines rechten Fußes – von dem vielen Treten an seiner Nähmaschine. Als ich klein war, hat mich diese Hornhaut zum Lachen gebracht, wenn er mit dem Zeh wackelte, sah es aus wie das Gesicht eines Mannes.«

Om schwieg für die restliche Fahrt und starrte nachdenklich aus dem Fenster. Maneck versuchte ihn abzulenken, indem er Figuren aus *Revolver Rani* imitierte, aber er konnte ihm bloß ein schwaches Lächeln entlocken, und so verstummte er auch.

»Du hättest mitkommen sollen«, sagte Maneck. »Es war lustig. So aufregende Kämpfe.«

»Nein, vielen Dank, ich hab im meinem Leben genug Kämpfe gesehen«, sagte Ishvar. »Aber wann besuchst du unser Haus?« Daß Maneck ständig für Om bezahlte, schuf eine zu große Verpflichtung, fand er. Es war Zeit, sich auf eine bescheidene Weise zu revanchieren. »Du mußt bald mal mit uns zu Abend essen.«

»Klar, jederzeit«, erwiderte Maneck, der aber zögerte, sich festzulegen. Es würde Tante Dina aufregen – der Ausflug ins Kino war schlimm genug gewesen.

Zum Glück drängte Ishvar in dem Moment nicht auf einen bestimmten Tag. Er deckte seine Singer mit der Schutzhülle zu und ging mit Om fort.

»Nun, hoffentlich hast du deinen Spaß gehabt«, sagte Dina. »Gegen meinen Wunsch zu gehen, dich immer mehr mit ihm abzugeben, trotz allem, was ich dir gesagt habe.«

»Wir sind doch bloß einmal ins Kino gegangen, Tante. Das war das erste Mal, daß Om in so einem großen Saal war. Er war so begeistert.«

»Ich hoffe, er ist morgen in der Lage zu nähen, und du, dich auf dein Studium zu konzentrieren. Diese Filme über Kämpfen und Töten können nur eine schlechte Wirkung auf das Gehirn haben. Früher war das Kino so sanft. Etwas Tanzen und Singen, etwas Komisches oder eine Liebesgeschichte. Jetzt ist es immer nur Mord und Totschlag.«

Als wollte er Dinas Theorie bestätigen, nähte Om am nächsten Tag das Oberteil eines Kleides Größe sieben an den Rock eines Kleides Größe elf und stopfte den überschüssigen Stoff in die geraffte Taille. Der Fehler wurde bei drei weiteren Kleidungsstücken wiederholt und erst am Nachmittag entdeckt.

»Laß alles andere liegen, bring die hier zuerst in Ordnung«, sagte Dina, aber er beachtete sie nicht.

»Ist schon gut, Dinabai«, sagte Ishvar. »Ich trenn die Nähte auf und nähe sie noch mal zusammen.«

»Nein, er hat die Fehler gemacht, und er sollte sie korrigieren.«

»Machen Sie's doch«, sagte Om mißgelaunt und kratzte sich am Kopf. »Ich hab Kopfschmerzen. Sie haben mir die falschen Teile gegeben, also ist es Ihr Fehler.«

»Jetzt hört euch den mal an! Lügt schamlos! Und nimm deine Finger aus deinen Haaren, bevor du den Stoff mit Fett verschmierst! Kratz-kratz-kratz den ganzen Tag!«

Als Maneck vom College wiederkam, war der Streit immer noch im Gange. Die Schneider machten keine Teepause. Er ging in sein Zimmer und schloß sich ein. Er wünschte, sie würden aufhören zu streiten. Für den Rest des Nachmittags sickerte das Gemecker unter seiner Tür herein und bildete einen Tümpel der Verzweiflung um ihn herum.

Um sechs klopfte Dina an seine Tür und bat ihn herauszukommen. »Die beiden sind gegangen. Ich brauche die Gesellschaft eines vernünftigen Menschen.«

»Wieso hast du denn mit ihnen gestritten, Tante?«

»Ich gestritten? Wie kannst du es wagen! Kennst du etwa die ganze Geschichte, daß du sagen kannst, wer gestritten hat?«

»Verzeihung, Tante. Ich meine, worum ging es in dem Streit?«

»Um das gleiche wie immer. Fehler und nachlässige Arbeit. Aber Gott sei Dank ist Ishvar anders. Ich weiß nicht, was ich ohne ihn tun würde. Ein Engel und ein Teufel. Das Problem ist, wenn der Engel dem Teufel Gesellschaft leistet, ist keinem von beiden zu trauen.«

»Vielleicht benimmt Om sich so, weil er sich Sorgen macht – vielleicht weil du sie einsperrst, wenn du weggehst.«

»Ah. Das hat er dir also erzählt, ja? Und hat er dir auch erzählt, warum ich das mache?«

»Wegen dem Vermieter. Aber er glaubt, das ist bloß eine Ausrede. Er sagt, du gibst ihnen das Gefühl, Verbrecher zu sein.«

»Sein schlechtes Gewissen gibt ihm das Gefühl. Die Drohung des Vermieters ist real, merk du dir das auch. Laß dich von dem süßen Lächeln des Mieteintreibers nicht dazu verleiten, irgend etwas zuzugeben. Gib dich immer als meinen Neffen aus.« Sie begann im Zimmer aufzuräumen, hob die Stoffreste auf und stopfte die größeren Teile in die unterste Schublade. »Die Augäpfel von diesem Ibrahim können von der Wohnungstür die ganze Wohnung sehen, so wie sie herumwandern, hin und her. Schneller als Buster Keatons. Aber du bist zu jung, um Buster Keaton zu kennen.«

»Mummy hat ihn mal erwähnt. Sie hat gesagt, er ist komischer als Dick und Doof.«

»Egal – es gibt auch noch einen zweiten Grund. Die Schneider stehlen mir das Geschäft, wenn ich sie nicht einsperre. Weißt du, daß Om versucht hat, mir zur Exportgesellschaft zu folgen? Hat er dir das erzählt? Nein, natürlich nicht. Meine winzige Kommission ist ihnen ein Dorn im Auge. Ich komme ohnehin kaum zurecht.«

»Soll ich Mummy schreiben, daß sie mehr Geld schicken soll? Für meine Miete und Verpflegung?«

»Auf keinen Fall! Ich berechne ihr einen fairen Preis, und sie bezahlt ihn. Glaubst du, ich erzähl dir das alles, weil ich dein Mitleid will?«

»Nein, ich hab nur gedacht ...«

»Meine Probleme sind nicht wie die Wunden eines Bettlers! Nur ein Bettler entfernt seine Kleidung, um dich mit seiner Verstümmelung zu schockieren. Nein, Mr. Mac Kohlah, ich erzähl dir das alles, damit du deinen geliebten Omprakash Darji etwas besser verstehst.«

* * *

Als sie das nächste Mal zu Au Revoir Exports ging, beschloß Dina, Maneck noch weiter ins Vertrauen zu ziehen. »Paß auf, ich schließe die Tür heute nicht ab. Da du zu Hause bist, überlaß ich dir die Aufsicht.« Sie war überzeugt, sie könnte ihn mit der

Übertragung von Verantwortung auf ihre Seite ziehen. Außerdem würde Om die Nummer mit dem Fahrrad nicht ein zweites Mal probieren.

Nachdem Dina gegangen war, fuhr Ishvar mit dem Nähen fort, weil er sich nicht traute, in Manecks Anwesenheit seine übliche Ruhepause auf dem Sofa zu machen. Aber Om hörte sofort auf und eilte ins vordere Zimmer. »Zwei Stunden Freiheit«, verkündete er, streckte sich und ließ sich neben Maneck aufs Sofa plumpsen.

Während er rauchte, blätterten sie Dinas alte Strickbücher durch. Mannequins, die verschiedene Arten von Pullover trugen, zierten die Innenseiten. Wollüstige rote Lippen, weiche Haut und luxuriöse Frisuren leuchteten ihnen von dem eselsohrigen Hochglanzpapier entgegen. »Sieh dir diese beiden an«, sagte Om und zeigte auf eine Blondine und eine Rothaarige. »Meinst du, die Haare zwischen ihren Beinen haben die gleiche Farbe?«

»Schreib der Zeitschrift doch einen Leserbrief und frag nach. ›Sehr geehrte Damen und Herren, wir haben eine Anfrage bezüglich der Choot-Haare Ihrer Mannequins – genaugenommen, ob sie farblich den Haaren auf ihren Köpfen entsprechen. Die fraglichen Mannequins sind auf Seite 47 Ihrer Ausgabe vom« – er blätterte zum Umschlag – »Juli 1961 abgebildet.‹ Vergiß es, yaar, das ist vierzehn Jahre her. Egal, was sie damals für eine Farbe hatten, inzwischen müssen sie grau oder weiß sein.«

»Ich sollte Rajaram den Haarsammler fragen«, sagte Om. »Er ist Fachmann für Haare.«

Die Jungs stellten die Strickbücher in ihre Ecke zurück und gingen in Manecks Zimmer. Eine Weile amüsierten sie sich mit dem Pagodenregenschirm, dann erforschten sie die Küche, riefen die Katzen, die sich weigerten, ans Fenster zu kommen, da es noch nicht Abendessenszeit war. Om wollte Wasser nach ihnen schütten, damit sie jaulten, aber Maneck ließ es nicht zu.

Im hinteren Zimmer untersuchten sie die Stoffteile, die Anfänge der Patchworkdecke. »Finger weg von Dinabais Sachen«, sagte Ishvar, von seiner Maschine aufblickend.

»Sieh dir nur diese ganzen Stoffe an«, sagte Om. »Sie bestiehlt uns, indem sie uns nicht ordentlich bezahlt, und die Firma bestiehlt sie auch.«

»Du redest Unsinn, Omprakash«, sagte sein Onkel. »Das sind kleine Abfallreste, die sie gut verwertet. Los, zurück an deine Maschine, hör auf, deine Zeit zu vertrödeln.«

Om tat die Flicken zurück und zeigte auf die Truhe, die auf dem Tapeziertisch in der Ecke stand. Maneck hob die Augenbrauen bei diesem gewagten Vorschlag. Sie öffneten sie und entdeckten ihren Vorrat an selbstgemachten Hygienebinden.

»Weißt du, wozu die sind?« flüsterte Om.

»Kleine Kopfkissen«, sagte Maneck grinsend und hob ein paar von den Binden auf. »Kleine Kopfkissen für kleine Leute.«

»Mein kleiner Mann kann sein Köpfchen drauflegen.« Om hielt sich eine zwischen die Beine.

»Finger weg von der Truhe da«, sagte Ishvar.

»Okay, okay.« Sie nahmen eine Handvoll Binden mit ins vordere Zimmer und machten mit ihren Spielchen dort weiter.

»Was ist das?« sagte Maneck und hielt sich zwei über den Kopf.

»Hörner?«

»Nein.« Er wackelte damit. »Eselsohren.«

Om hielt eine hinter sich. »Hasenschwänzchen.«

Sie hielten sie sich wie Phalli zwischen die Beine und stolzierten im Zimmer herum, wobei sie große masturbatorische Gesten machten. Der Knoten am Ende von Manecks Binde löste sich. Die Füllung fiel heraus, so daß er nur noch den schlaffen Überzug in der Hand hielt.

»Sieh dir das an!« rief Om lachend. »Dein Lund ist schon schlafen gegangen, yaar!«

Maneck nahm sich eine feste frische Binde und schlug Om damit. Es entwickelte sich ein Duell, aber die Waffen fielen bald in sich zusammen und verstreuten Stoffschnipsel im ganzen Zimmer. Sie nahmen sich noch zwei und stürzten im Galopp aufeinander zu, wie Ritter auf ihren Schlachtrössern, während ihre Hygienelanzen aus ihrem Hosenstall herausguckten.

»Tan-tanna tan-tanna tan-tanna!« trompeteten sie und ritten ihre Attacke. Sie wichen in ihre Ecken zurück, um ihre Binden zwischen den Beinen zu ordnen, während Om sich aufbäumte und wieherte, wie ein Schlachtroß, das an der Gebißstange kaut.

Gerade als sie sich zur nächsten Attacke bereitmachten, schloß Dina die Haustür auf und kam durch die Veranda herein. Die Fanfare erstarb mitten im Stoß. Dina kam bis zum Sofa und erstarrte dann. Die Szene machte sie sprachlos: der Boden mit den Schnipseln ihrer sorgfältig genähten Hygienebinden übersät, die zwei Jungs, die beschämt dastanden und sich an ihrem peinlichen Spielzeug festhielten.

Sie ließen die Hände sinken und versuchten die Binden hinterm Rücken zu verstecken, erkannten dann aber, daß die Geste ebenso sinnlos wie lächerlich war. Sie senkten die Köpfe.

»Ihr schamlosen Jungs! Ihr schamlosen Jungs!«

Sie rannte ins hintere Zimmer, wo Ishvar immer noch an seiner Maschine schuftete, völlig ahnungslos über die Vorgänge im vorderen Zimmer. »Laß das!« sagte sie mit bebender Stimme. »Komm und sieh dir an, was diese beiden getrieben haben!«

Om und Maneck hatten die Binden weggelegt, aber Dina stieß jedem eine in die Hand. »Na los!« sagt sie. »Macht es noch mal für ihn, damit er euer schamloses Benehmen sieht!«

Ishvar brauchte es nicht zu sehen. Er konnte sich zusammenreimen, daß sich irgend etwas Schmutziges ereignet hatte, vor allem wenn sie so aufgeregt war. Er ging zu Om und gab ihm eine Ohrfeige. »Dich kann ich nicht schlagen«, sagte er zu Maneck. »Aber jemand sollte es tun. Zu deinem eigenen Besten.«

Er führte Om ins hintere Zimmer und schleuderte ihn auf den Schemel. »Ich will kein Wort von dir hören, weder jetzt noch später. Mach einfach still deine Arbeit, bis es Zeit ist zu gehen.«

Das Abendessen war eine stumme Mahlzeit, nur die Messer und Gabeln sprachen. Dina räumte schnell ab, ging dann ins Nähzimmer und verriegelte die Tür.

Als wäre ich irgendein Sexlüstling oder so was, dachte Maneck, der sich elend fühlte. Er wartete eine Weile im Vorderzimmer, in der Hoffnung, sie würde herauskommen und ihm die Chance geben, sich zu entschuldigen. Seine Ohren registrierten das Öffnen und Schließen einer Schublade. Das Knarren ihres Betts. Ein Klappern, das von ihrer Haarbürste kommen konnte. Der dumpfe Aufschlag, als die Schemel der Schneider beiseite geschoben wurden. Er hörte das Geräusch des Truhendeckels, und sein Gesicht brannte vor Scham. Als die helle Linie unter ihrer Tür dunkel wurde, fühlte er sich vollends elend.

Würde sie seinen Eltern schreiben und sich beschweren? Verdient hatte er es auf jeden Fall. Seit fast zwei Monaten jetzt hatte sie ihn in ihrer Wohnung so gut behandelt, und er hatte sich so abscheulich benommen. Zum ersten Mal seit seinem Weggang von zu Hause hatte er Frieden empfunden, sich unbedroht gefühlt, dank Tante Dina. Vor diesem Wohnheim gerettet, das ihn krank gemacht hatte, mit dieser Enge in der Brust, diesem allmorgendlichen Gefühl von Übelkeit. Jetzt hatte er alles zurückgeholt, durch sein eigenes Verschulden. Er knipste das Licht neben dem Sofa aus und schleppte sich in sein Zimmer.

Der Morgen konnte Manecks Beschämung vom letzten Abend nicht lindern. Damit sie ordentlich weiterbrannte, knallte Dina seinen Frühstücksteller mit den zwei Spiegeleiern vor ihn hin. Als es Zeit war, zum College zu gehen, und er »Wiedersehen, Tante« sagte, weigerte sie sich, herauszukommen und ihm nachzuwinken. Bedrückt machte er die Tür hinter sich zu, mit einem Blick auf die leere Veranda, die wie ein stummer Vorwurf wirkte.

Nach dem Abendessen schwebte die erste Andeutung von Vergebung in der Luft. Wie am Abend zuvor zog sie sich ins hintere Zimmer zurück, anstatt die Patchworkdecke zum Sofa zu bringen. Aber sie ließ ihre Tür angelehnt.

Während er voller Hoffnung im vorderen Zimmer wartete, verbrachte er die Zeit damit, den Nachbarn zu lauschen. Jemand hielt eine lautstarke Strafpredigt – die, wie er annahm, einer Tochter galt. »Mui Hündin!« ertönte eine Männerstimme. »Benimmst dich wie eine Schlampe, so spät nachts fort zu sein! Glaubst du, mit achtzehn bist du schon zu alt für eine Tracht Prügel? Ich werd's dir zeigen! Wenn wir sagen, um zehn Uhr bist du zu Hause, dann meinen wir auch zehn Uhr!«

Maneck sah auf seine Uhr. Zwanzig nach zehn. Tante Dina kam immer noch nicht heraus. Aber das Licht ging auch nicht aus. Als die Zeit kam, wo sie üblicherweise ins Bett ging, beschloß er, bei ihr hineinzuschauen und gute Nacht zu sagen.

Sie war in ihrem Nachthemd, mit dem Rücken zur Tür. Er überlegte es sich anders und versuchte, sich zurückzuziehen, aber sie sah ihn durch den Spalt. O Gott, dachte er voller Panik – jetzt würde sie denken, er wollte spionieren.

»Ja?« sagte sie scharf.

»Verzeihung, Tante, ich wollte dir nur gute Nacht sagen.«

»Ja, gute Nacht.« Ihre Steifheit hielt an.

Er wiederholte die Worte und begann zurückzuweichen, dann blieb er stehen. Er räusperte sich. »Und außerdem ...«

»Und außerdem was?«

»Und außerdem wollte ich sagen, daß es mir leid tut ... wegen gestern ...«

»Murmel nicht vor meinem Zimmer herum. Komm rein und sag, was du zu sagen hast.«

Er trat schüchtern ein. Ihre nackten Arme in dem Nachthemd sahen so schön aus, und durch den leichten Baumwollstoff die Umrisse ihrer ... aber er traute sich nicht, seinen Blick verweilen zu lassen. Mummys Freundin, war der ungebetene Gedanke, der ihn in Schrecken versetzte, während er seine Entschuldigung zu Ende brachte.

»Ich möchte, daß dir eins klar ist«, sagte sie. »Ich war über dein schamloses Benehmen nicht deswegen böse, weil ich mich verletzt gefühlt hätte. Ich habe mich für dich geschämt, zu sehen, wie du dich benimmst. Wie ein Straßen-Mavali. Von Omprakash kann ich nichts anderes erwarten. Aber von dir, der du aus einer guten Parsi-Familie kommst. Und ich habe mich darauf verlassen, daß du auf sie aufpaßt. Ich habe dir vertraut.«

»Es tut mir leid.« Er ließ den Kopf hängen. Sie hob die Hände zu ihrem Haar, befestigte eine Klammer, die locker geworden war. Er fand die Büschel in ihren Achselhöhlen äußerst erotisch.

»Geh jetzt schlafen«, sagte sie. »Beweise nächstes Mal besseres Urteilsvermögen.«

Als er einschlief und an Tante Dina in ihrem Nachthemd dachte, vermischte sie sich allmählich mit der Frau im Zug, auf der oberen Liege.

VII

Unterwegs

Nach dem Vorfall mit den Hygienebinden war sich Dina sicher, daß weder Ishvar noch Om es wagen würden, das geplante Abendessen mit Maneck bei sich zu Hause noch einmal anzusprechen. Und selbst wenn sie es täten, würde er ablehnen, aus Angst, sie zu verletzen.

Nach einigen Tagen jedoch wurde die Einladung tatsächlich erneuert, und eine Zusage schien kurz bevorzustehen. »Ich kann's nicht fassen«, raunte sie Maneck wütend zu. »Reicht es immer noch nicht? Nach dem, was du letztens angestellt hast? Hast du mir nicht schon genug Sorgen bereitet?«

»Aber dafür hab ich mich doch entschuldigt, Tante. Und Om hat es auch sehr leid getan. Wo ist da die Verbindung zwischen den beiden Dingen?«

»Du meinst, mit Leidtun ist alles wieder in Ordnung? Du verstehst das Problem nicht. Ich habe nichts gegen die beiden, aber es sind Schneider – meine Angestellten. Es muß eine gewisse Distanz gewahrt werden. Du bist der Sohn von Farokh und Aban Kohlah. Es gibt einen Unterschied, und du kannst nicht so tun, als gäbe es ihn nicht – ihre Gemeinschaft, ihre Herkunft.«

»Aber Mummy und Daddy hätten nichts dagegen«, sagte er und versuchte zu erklären, daß er nicht erzogen worden war, so zu denken; daß seine Eltern ihn ermutigt hätten, ohne Vorurteile auf jeden zuzugehen.

»Damit willst du also sagen, daß ich engstirnig bin und deine Eltern aufgeschlossene moderne Leute?«

Er wurde des Streitens müde. Manchmal hatte er das Gefühl, daß sie vielleicht doch noch vernünftig werden könnte, aber dann machte sie wieder eine weitere absurde Bemerkung: »Wenn du sie so gern hast, warum packst du nicht deine Siebensachen und ziehst zu ihnen? Ich kann deiner Mama ohne weiteres schreiben, an welche Adresse sie das nächste Mietgeld schicken soll.«

»Ich will sie doch nur einmal besuchen. Ich finde es unhöflich, ständig abzulehnen. Sie denken, ich halte mich für zu bedeutend, um sie in ihrem Haus zu besuchen.«

»Und hast du auch bedacht, welche Folgen ein Besuch haben kann? Gute Manieren schön und gut, aber was ist mit Gesundheit und Hygiene? Wie bereiten sie ihr Essen? Können sie sich vernünftiges Öl leisten? Oder kaufen sie billiges, gepanschtes Vanaspati, wie die meisten armen Leute?«

»Das weiß ich nicht. Bis jetzt sind sie noch nicht krank geworden und tot umgefallen.«

»Weil ihre Mägen daran gewöhnt sind, du dummer Junge, und deiner nicht.«

Maneck dachte an das widerwärtige Mensaessen, das sein eigener Magen ertragen hatte, und die Snacks von dem Straßenstand, die er wochenlang verschlungen hatte. Er fragte sich, ob sie ihre kulinarische Theorie ändern würde, wenn er ihr das erzählte.

»Und was ist mit Wasser?« fuhr sie fort. »Gibt es in dem Viertel sauberes Wasser, oder ist es verseucht?«

»Ich paß schon auf, ich werde kein Wasser trinken.« Er war fest entschlossen zu gehen. Sie kommandierte ihn zuviel herum. Nicht einmal Mummy hatte sein Leben je so kontrolliert, wie Dina es jetzt versuchte.

»Bitte, mach, was du willst. Aber wenn du dir was holst, dann bilde dir nicht ein, daß ich auch nur für einen Moment die Krankenschwester für dich spiele. Dann wirst du mit Eilzustellung zu deinen Eltern zurückgeschickt.«

»Das ist für mich in Ordnung.«

Das nächste Mal, als Ishvar und Om ihn fragten, sagte er ja. Sie errötete und knirschte mit den Zähnen. Maneck lächelte unschuldig.

»Dann also morgen?« sagte Ishvar begeistert. »Wir gehen zusammen um sechs los.« Er fragte ihn, was er gerne essen möchte. »Reis oder Chapati? Und was ist dein Lieblingsgemüse?«

»Egal«, sagte Maneck zu allen Fragen. Den restlichen Nachmittag verbrachten die Schneider damit, das Menü zu besprechen und das bescheidene Fest zu planen.

Ishvar bemerkte als erster, daß der Rauch der Kochfeuer nicht über der Siedlung hing. Er stolperte auf dem zerbröckelnden Gehsteig, während seine Augen den Horizont absuchten. Um diese Zeit hätte der Dunst schon dicht aufsteigen müssen. »Fasten alle, oder was?«

»Kümmer dich nicht um alle – ich sterbe vor Hunger.«

»Du stirbst immer vor Hunger. Hast du Würmer?«

Om lachte nicht. Der Witz wurde allmählich schal. Der fehlende Rauch beunruhigte Ishvar. Statt dessen war in der Ferne ein dumpfes Brüllen zu hören, wie von schweren Maschinen. »Am Abend Straßenarbeiten?« fragte er sich, als der Lärm stärker wurde, je mehr sie sich näherten. Dann, an Manecks Essen denkend, sagte er: »Morgen kaufen wir gleich in der Früh ein und halten alles bereit. Nach der Arbeit sollten wir keine Zeit verlieren. Siehst du, wenn du jetzt verheiratet wärst, hätte deine Frau das Essen schon fertig und bereit für unseren Gast.«

»Wieso heiratest *du* denn nicht?«

»Ich bin zu alt.« Aber Spaß beiseite, dachte er, es war wirklich höchste Zeit für Om – es war nicht klug, solche Dinge zu verschleppen.

»Aber ich hab sogar schon eine Frau für dich ausgesucht«, sagte Om.

»Wen?«

»Dinabai. Ich weiß, daß du sie magst, du ergreifst immer Partei für sie. Du solltest ihr mal an die Wäsche gehen.«

»Schamloser Bursche«, sagte Ishvar und gab ihm eine leichte Kopfnuß, als sie um die Ecke in die Slumstraße bogen.

Die grollende Lärmkugel, die langsam und träge in der Dämmerung auf sie zugerollt war, wurde jetzt größer und lauter. Dann detonierte sie. Die Luft war plötzlich erfüllt von Lauten des Schmerzes, Entsetzens und Zorns.

»Hai Ram! Was ist da los?« Sie rannten die restliche Strecke und stießen auf ein Schlachtgetümmel.

Die Hüttenbewohner waren auf der Straße versammelt und kämpften darum, zu ihren Hütten zurückzukehren, ihre Schreie vermischten sich mit den durchdringenden Sirenen von Krankenwagen, die nicht durchkamen. Die Polizei hatte vorübergehend die Kontrolle verloren. Die Bewohner nutzten ihren Vorteil und stürmten vor. Dann sammelten sich die Polizeikräfte wieder und schlugen sie zurück. Menschen stürzten, wurden niedergetrampelt, Krankenwagen ließen ihre Sirenen aufheulen, hupten, Kinder schrien, voller Angst, von ihren Eltern getrennt zu werden.

Die Hüttenbewohner schleppten sich von dem Angriff verausgabt auf die Straße zurück und machten ihrer Qual in hilfloser Empörung Luft. »Herzlose Tiere! Für die Armen gibt es nie Gerechtigkeit! Wir hatten fast nichts, jetzt ist es weniger als nichts! Was haben wir verbrochen, wo sollen wir hin?«

Während der Flaute fanden Ishvar und Om Rajaram. »Ich war dabei, als alles anfing«, keuchte er. »Die sind gekommen und – haben es einfach zerstört. Einfach alles – zertrümmert. Solche Gauner, solche Lügner ...«

»Wer war das?« Sie versuchten ihn dazu zu bringen, langsamer zu reden.

»Die Männer, die, die gesagt haben, sie wären Sicherheitsinspektoren. Sie haben uns ausgetrickst. Wären vom Staat geschickt, haben sie gesagt, um die Siedlung zu überprüfen. Zuerst haben sich die Leute gefreut, daß die Behörden etwas Interesse zeigen. Vielleicht würde es jetzt bald Verbesserungen geben – Wasser, Latrinen, Strom, wie sie es bei den Wahlen immer versprochen haben. Und so haben wir getan, was sie uns gesagt haben, sind aus unseren Hütten raus. Aber als die Siedlung leer war, sind die großen Maschinen angerückt.«

Die meisten Bulldozer waren alte Jeeps und Lastwagen, an deren Stoßstangen Stahlplatten und kurze Holzbalken befestigt waren, die wie Rammböcke benutzt wurden. Sie hatten angefangen, die Gebäude aus Sperrholz, Wellblech und Plastik abzureißen. »Und als wir das gesehen haben, sind wir losgestürmt, um sie daran zu hindern. Aber die Fahrer haben immer weitergemacht. Leute wurden zerquetscht. Überall Blut. Und die Polizei beschützt diese Mörder. Sonst wären die Dreckskerle schon längst tot.«

»Aber wie können sie denn unsere Häuser einfach so zerstören?«

»Die haben gesagt, das ist ein neues Notstandsgesetz. Danach können illegal gebaute Hütten beseitigt werden. Das neue Gesetz sagt, die Stadt soll verschönert werden.«

»Was ist mit Navalkar? Und seinem Boß, Thokray? Die haben die Miete dieses Monats erst vor zwei Tagen eingesammelt.«

»Sie sind hier.«

»Und beschweren die sich nicht bei der Polizei?«

»Beschweren? Thokray ist derjenige, der das alles leitet. Er trägt ein Schild: Slum-Kontrolleur. Und Navalkar ist Stellvertretender Kontrolleur. Sie reden mit niemandem. Wenn wir versuchen, in ihre Nähe zu kommen, drohen ihre Goondas, uns zusammenzuschlagen.«

»Und unser ganzes Eigentum in den Hütten?«

»Verloren, wie's aussieht. Wir haben sie gebeten, es uns holen zu dürfen, aber das haben sie abgelehnt.«

Ishvar fühlte sich plötzlich sehr müde. Er ging von der Menschenmenge weg, überquerte die Straße, wo er in die Hocke ging. Rajaram zog seine Hose hoch und hockte sich neben ihn. »Hat keinen Zweck, um diese dreckigen Jhopdis zu weinen. Wir finden irgendwas anderes, das ist nur ein kleines Hindernis. Stimmt's, Om? Wir suchen uns zusammen ein neues Haus.«

Om nickte. »Ich geh da rein und guck mir das genauer an.«

»Tu's nicht, es ist gefährlich«, sagte Ishvar. »Bleib hier bei mir.«

»Ich bin gleich wieder da, yaar«, sagte Om und ging los, um sich das Werk der Zerstörung anzusehen.

Es war kurz vor Einbruch der Dunkelheit. Mit einer energischen Lathi-Attacke war die Fläche im vorderen Teil der Siedlung schließlich geräumt worden. Der Boden war mit Schlappen und Sandalen übersät, die die Menge bei der Flucht verloren hatte, wie das verstreute Strandgut einer gliederlosen menschlichen Flut. Der Polizeikordon, der jetzt fest installiert war, hielt die Wut der Bewohner auf sichere Distanz.

Die Bulldozer hatten den ersten Teil ihres Zerstörungswerkes beendet. Die Reihen klappriger Hütten waren niedergewalzt, und jetzt nahmen sie sich die stabileren vor, setzten zurück und krachten in die Backsteinmauern. Om empfand nichts – die Hütte hatte ihm nichts bedeutet. Vielleicht wäre sein Onkel jetzt damit einverstanden, zu Ashraf Chacha zurückzukehren. Ihm fiel ein, daß Maneck morgen zu Besuch kommen sollte. Ein bitteres Lachen entfuhr ihm, als er daran dachte, wie er ihm sagen würde, daß das Abendessen ausfallen müsse – wegen des unerwarteten Verschwindens ihres Hauses.

Sergeant Kesars Megaphon plärrte in der Dämmerung: »Die Arbeiten werden für dreißig Minuten unterbrochen. Ehrlich gesagt, das ist nur, um allen Gelegenheit zu geben, ihr persönliches Hab und Gut zu holen. Dann werden die Maschinen wieder weitermachen.«

Die Menge nahm die Ankündigung mit einigem Spott auf – eine Beschwichtigungsgeste der Polizei, um noch mehr Ärger zu vermeiden. Aber die meisten waren dankbar für die Chance, ihre wenigen Besitztümer zu retten. Es begann ein verzweifeltes Herumsuchen in den Trümmern. Es erinnerte Om an die Kinder auf den Müllhaufen. Er sah sie jeden Morgen vom Zug aus. Er gesellte sich wieder zu seinem Onkel, um sich mit ihm gemeinsam dem Treiben zwischen den Ruinen anzuschließen.

Die Maschinen hatten das vertraute Feld mit seiner sorgfältig geordneten Gemeinschaft in einen fremden Ort verwandelt. Es herrschte viel Verwirrung unter den Menschen, die nach ihren Habseligkeiten fahndeten. Auf welchem Stück Boden hatte welche Hütte gestanden? Und welcher Trümmerhaufen von Holz und Metall war derjenige, den sie nach ihren Sachen durchstöbern konnten? Andere nutzten das Chaos aus und schnappten sich, was sie konnten, und die Leute gerieten in Streit über Stücke von zersplittertem Sperrholz, zerrissenen Wachstüchern und Plastikfolien. Jemand versuchte, das beschädigte Instrument des Harmonikaspielers zu ergattern, während dieser nach seinen Kleidungsstücken stocherte. Er wehrte den Dieb mit einer Eisenstange ab. Aber das Handgemenge hatte nur zur Folge, daß der Harmonika mehr Schaden zugefügt wurde als dem Dieb und ihr Balg zerrissen wurde.

»Meine Nachbarn sind zu Räubern geworden«, sagte er unter Tränen. »Ich hab für die einmal gesungen, und sie haben dazu geklatscht.«

Ishvar bot ihm nur flüchtigen Trost, denn er machte sich

Sorgen wegen ihrer eigenen Sachen. »Wenigstens haben unsere Nähmaschinen ein sicheres Zuhause bei Dinabai«, sagte er zu Om. »Das ist unser Glück.«

Sie zogen das Wellblech, das einmal das Dach gewesen war, zur Seite und legten die Truhe frei. Der Deckel hatte mehrere tiefe Dellen abbekommen. Er schwang mit einem protestierenden Quietschen auf. Nachdem Om der tiefsten Einbuchtung einen gutgezielten Tritt versetzt hatte, ließ sich der Deckel ein wenig leichter bewegen. Sie schafften weitere Trümmer beiseite und stießen auf den kleinen Spiegel, den sie zum Rasieren benutzten. Er war intakt: Die Aluminiumpfanne war wie ein Helm darübergefallen.

»Kein Pech für uns«, sagte Om und stopfte beide Gegenstände in den Koffer. Der Primuskocher war so zertrümmert, daß er nicht mehr zu reparieren war, und er warf ihn zurück auf den Schutt. Ishvar fand einen Bleistift, eine Kerze, zwei Emailleteller und ein Plastikglas. Om fand ihren Rasierapparat, aber nicht das Päckchen mit den Klingen. Indem sie weitere Stücke Sperrholz beiseite schoben, gruben sie den kupfernen Wasserkessel aus. Jemand anders erspähte ihn im gleichen Moment, schnappte ihn sich und rannte davon.

»Dieb!« rief Om. Niemand achtete auf ihn. Sein Onkel hielt ihn davon ab, den Mann zu verfolgen.

Sie zogen noch ihre Bastmatte, Laken, Decken und die beiden Handtücher heraus, die sie als Kopfkissen benutzten. Nachdem er Wolken von Staub ausgeschüttelt hatte, rollte Ishvar alles in ein ordentliches Bettzeugbündel und wickelte es in Sackleinen ein.

Rajaram sorgte sich einzig und allein um seine Haarsammlung. Das Lager war geplündert, die Plastiksäcke aufgerissen, ihr Inhalt verstreut. »Die kostbare Ausbeute eines ganzen Monats«, trauerte er. »Alles im Schlamm verstreut.« Die zugeteilten dreißig Minuten waren bald vorüber. Ishvar und Om halfen ihm, soviel wie möglich einzusammeln, wobei sie sich auf die längsten Exemplare konzentrierten.

»Es ist hoffnungslos«, sagte Rajaram verbittert. »Die Dreckskerle haben mich ruiniert. Die Locken und Zöpfe sind auseinandergezerrt, es ist unmöglich, sie wieder zusammenzukriegen.

Wie wenn man Zuckerkörner aus einer Tasse Tee einsammeln wollte.«

Die drei gingen durch die Polizeisperre, wo der Kontrolleur der Slums seinen Arbeitern Anweisungen gab. »Ich will, daß dieses Feld plattgewalzt wird. Ich will es so leer und sauber sehen, wie es war, bevor all diese illegalen Gebäude errichtet wurden.« Der Schutt sollte in dem Graben entlang der Eisenbahngleise abgeladen werden.

Die Entrechteten standen draußen herum und sahen benommen zu. Die Arbeiter machten noch die Mauern und Ecken platt, die dem ersten Angriff widerstanden hatten, und stellten dann ihre Arbeit ein, mit der Behauptung, es sei zu dunkel, die Maschinen könnten den Schutt nicht transportieren, ohne dabei in den Graben zu fallen. Das konnte der Kontrolleur der Slums nicht riskieren, es wartete noch zuviel Arbeit auf seine Maschinen, es mußten noch viele illegale Siedlungen niedergewalzt werden. Er erklärte sich damit einverstanden, daß die letzte Phase auf den nächsten Morgen verschoben wurde, und die Arbeiter gingen.

»Ich werde die Nacht hier verbringen«, sagte Rajaram. »Vielleicht finde ich noch was Wertvolles auf dem Feld. Und ihr?«

»Wir sollten zu Nawaz gehen«, sagte Ishvar. »Vielleicht läßt er uns wieder unter seinem hinteren Vordach schlafen.«

»Aber er war so gemein zu uns.«

»Trotzdem – vielleicht hilft er uns, ein Haus zu finden, so wie das letzte Mal.«

»Ja, der Versuch lohnt sich«, meinte Rajaram. »Und ich paß auf, was hier passiert. Wer weiß, vielleicht plant irgendein anderer Bandenboß, hier neue Hütten zu bauen.«

Sie vereinbarten, sich am nächsten Abend zu treffen und Neuigkeiten auszutauschen. »Könnt ihr mir inzwischen einen Gefallen tun?« fragte Rajaram. »Bewahrt diese paar Locken für mich auf. Sie sind sehr leicht. Ich hab keinen Platz, wo ich sie hintun kann.«

Ishvar war einverstanden und tat sie in den Koffer.

In Nawaz' Haus wohnten Fremde. Der Mann, der an die Tür kam, behauptete, nichts über ihn zu wissen.

»Wir müssen Nawazbhai dringend finden«, sagte Ishvar. »Vielleicht weiß Ihr Vermieter irgendwas. Können Sie uns seinen Namen und seine Adresse geben?«

»Das geht euch nichts an.« Jemand rief von innen: »Hört auf, uns so spät am Abend zu belästigen!«

»Entschuldigen Sie die Störung«, sagte Ishvar, schulterte sein Bettbündel und ging wieder zurück die Stufen hinunter.

»Und jetzt?« keuchte Om, dessen Gesicht das Gewicht des Koffers anzumerken war.

»Ist dir schon die Puste ausgegangen?«

Er nickte. »Wie ein kaputter Ballon.«

»Okay, trinken wir einen Tee.« Sie gingen zu dem Stand an der Ecke, zu dem sie während der Monate, die sie unter dem Vordach gelebt hatten, immer gegangen waren. Der Besitzer erinnerte sich an sie und daß sie Bekannte von Nawaz waren.

»Hab euch ja schon lange nicht mehr gesehen«, sagte er. »Irgendwas Neues von Nawaz gehört, seit die Polizei ihn abgeholt hat?«

»Die Polizei? Weswegen?«

»Wegen Goldschmuggel, vom Golf.«

»Wirklich? Hat er geschmuggelt?«

»Natürlich nicht. Er ist bloß ein Schneider, so wie ihr.« Aber Nawaz hatte mit jemandem gestritten, dessen Tochter heiraten wollte. Der Mann, der gute Verbindungen hatte, hatte ihm einen großen Auftrag gegeben – Hochzeitskleidung für die gesamte Familie. Nach der Hochzeit hatte er sich geweigert, dafür zu bezahlen, mit der Behauptung, die Sachen würden schlecht sitzen. Nawaz blieb hartnäckig und verlangte sein Geld, aber ohne Erfolg. Dann fand er heraus, wo der Mann sein Büro hatte. Er tauchte dort auf, um ihn vor seinen Kollegen bloßzustellen. »Und das war ein großer Fehler. Der Dreckskerl hat sich gerächt. Noch in der gleichen Nacht wurde Nawaz von der Polizei abgeholt.«

»Einfach so? Wie können sie denn einen unschuldigen Mann ins Gefängnis stecken? Der andere Bursche ist der Gauner.«

»Im Ausnahmezustand ist alles eine verkehrte Welt. Man kann Schwarz zu Weiß machen und den Tag zur Nacht. Mit den richtigen Beziehungen und etwas Bargeld kann man sehr leicht Leute ins Gefängnis bringen. Es gibt sogar ein neues Gesetz namens GSIS, das den ganzen Vorgang vereinfachen soll.«

»Was heißt GSIS?«

»Gesetz zum ... irgendwas ... innere Sicherheit ... oder so. Ich weiß nicht genau.«

Die Schneider tranken ihren Tee aus und machten sich mit ihrem Gepäck wieder auf den Weg. »Der arme Nawaz«, sagte Ishvar. »Ob er wirklich irgendeine Gaunerei im Schilde geführt hat?«

»Muß wohl«, meinte Om. »Die sperren doch nicht jemanden wegen nichts ins Gefängnis. Ich hab ihn nie leiden können. Aber was jetzt?«

»Vielleicht können wir am Bahnhof schlafen.«

Der Bahnsteig war voller Bettler und Obdachloser, die dort für die Nacht ihr Lager aufgeschlagen hatten. Die Schneider suchten sich eine Ecke und säuberten sie, indem sie den Staub mit einer Zeitung wegfegten.

»Oiee, paßt doch auf! Ich krieg alles ins Gesicht!« schrie jemand.

»Verzeihung, bhai«, sagte Ishvar und hörte mit dem Fegen auf. Beide verspürten das starke Bedürfnis, darüber zu sprechen, was der Morgen angesichts ihrer plötzlichen Obdachlosigkeit bringen könnte und was man als nächstes tun sollte, aber jeder wollte, daß der andere das Thema ansprach. »Hunger?« fragte er.

»Nein.«

Ishvar ging trotzdem hinunter zu dem Bahnhofsimbißstand. Er kaufte eine würzige Mischung aus gebratenen Zwiebeln, Kartoffeln, Erbsen, Chilis und Koriander, die in zwei kleine Brötchen gestopft war. Er hatte ein schlechtes Gewissen, als er damit wieder zu Om ging, durch die Gasse hungriger Augen hindurch, die auf dem Bahnsteig aufgereiht waren. »Pao-bhaji. Eins für dich und eins für mich.«

Auf dem Hochglanzpapier, in welches das Brötchen eingewikkelt war, hatten sich kleine Kreise warmen Fetts gebildet. Om verschlang seins gierig.

Ishvar aß langsamer, um ihm noch etwas von seinem abzugeben. »Ich kann nicht mehr, iß du auf.«

Sie gingen abwechselnd zum Trinkbrunnen. Der Koffer und das Bettzeug mußten bewacht werden. Danach standen keine weiteren Ablenkungen mehr zur Verfügung.

»Vielleicht hat Rajaram morgen abend gute Nachrichten für uns«, begann Om behutsam.

»Ja, wer weiß. Wir könnten sogar selber etwas bauen, sowie der Tamasha sich wieder gelegt hat. Mit Sperrholz, Stangen und Plastikplanen. Rajaram ist ein geschickter Bursche, er wird wissen, was zu tun ist. Wir könnten zu dritt in einer großen Hütte wohnen.«

Sie suchten das Ödland hinter dem Bahnhof auf, um zu urinieren, und tranken noch etwas Wasser, bevor sie ihr Bettzeug aufbanden. Jetzt, wo es allmählich spät wurde, kamen immer weniger Züge. Sie legten sich hin und legten die Füße schützend auf den Koffer.

Nach Mitternacht wurden sie von einem Bahnhofspolizisten geweckt, der gegen den Koffer trat. Er sagte, Schlafen auf dem Bahnsteig sei verboten.

»Wir warten auf den Zug«, sagte Ishvar.

»Das ist hier nicht so ein Bahnhof. Kein Warteraum. Kommt morgen früh wieder.«

»Aber diese anderen Leute schlafen auch.«

»Die haben eine Sondererlaubnis.« Der Polizist klimperte mit den Münzen in seiner Tasche.

»Okay, dann schlafen wir eben nicht auf dem Bahnsteig, wir sitzen einfach.«

Der Polizist ging achselzuckend von dannen. Sie setzten sich auf und rollten das Bettzeug zusammen.

»Sssst«, rief eine Frau, die neben ihnen lag. »Ssst. Ihr müßt ihn bezahlen.« Die Plastikplane, auf der sie lag, gab bei der geringsten Bewegung ein lautes Rascheln von sich. Ihre Füße waren mit Bandagen umwickelt, die mit einem dunkelgelben Schleim befleckt waren.

»Wofür bezahlen? Das ist doch nicht der Bahnsteig seines Vaters.«

Sie lächelte, so daß der Schmutz auf ihrem Gesicht rissig wurde. »Kino, Kino!« sagte sie und zeigte aufgeregt auf die Filmplakate, die die Bahnsteigwand bedeckten. »Eine Rupie pro Bettler. Fünfzig Paisa für Kinder. Kino jede Nacht.«

Ishvar hob heimlich eine Hand an die Stirn und machte das ›Schraube locker‹-Zeichen, aber Om wollte unbedingt erklären. »Wir sind keine Bettler, wir sind Schneider. Und was wird er machen, wenn wir nicht bezahlen? Er kann uns deswegen doch nicht ins Gefängnis stecken.«

Die Frau drehte sich auf die Seite, fuhr aber fort, sie genau zu beobachten, schweigend, bis auf ein gelegentliches Kichern. Eine halbe Stunde verstrich, ohne daß sich der Polizist noch einmal blicken ließ.

»Ich glaube, es ist jetzt sicher«, sagte Om. Er entrollte das Bettzeug, und sie legten sich wieder hin. Die Frau beobachtete sie immer noch belustigt. Ihre bandagierten Füße sonderten einen leichten Fäulnisgeruch ab.

»Willst du uns die ganze Nacht lang anglotzen?« fragte Om. Sie schüttelte den Kopf, starrte sie aber weiter an. Ishvar beruhigte seinen Neffen, und dann schlossen sie die Augen.

Nur wenige Minuten nachdem sie eingenickt waren, kehrte der Polizist mit einem Eimer kalten Wassers zurück und leerte ihn über die beiden Schläfer aus. Sie sprangen aufheulend von ihrem Bettzeug auf. Der Polizist entfernte sich wortlos, beschwingt seinen Eimer schwenkend. Die Frau auf der Plastikplane schüttelte sich vor Lachen.

»So ein Tier!« zischte Om, und Ishvar brachte ihn zum Schweigen. Er hätte sich die Mühe sparen können, das hysterische Gelächter der Frau übertönte die Worte. Sie schlug begeistert die Hände auf die Plastikplane.

»Kino! Kino! Johnnie-Walker-Komödie!« brachte sie zwischen ihren Lachsalven heraus.

»Sie hat's gewußt! Die verrückte Hexe hat's gewußt und uns nichts gesagt, yaar!«

Völlig durchnäßt sammelten sie alles ein und zogen zu der

einzigen noch freien Stelle um, ganz am Ende des Bahnsteigs, wo der Uringeruch stark war. Die trockene Kleidung im Koffer war ein kostbarer Schatz. Sie zogen sich nacheinander um. Ihre nassen Sachen hängten sie über den geöffneten Deckel des Koffers. Laken und Decke wurden über eine kaputte Schildbefestigung drapiert, die aus der Wand herausragte.

Die Bastmatte trocknete schnell, aber sie hatten Angst, sich wieder hinzulegen. Sie saßen zitternd da, hielten, schwankend vor Müdigkeit, Wache bei ihren Besitztümern und nickten hin und wieder ein. Wegen der kalten Dusche mußten sie mehrmals das Ödland aufsuchen. Nachdem der Bahnhof eingeschlafen war, war es nicht mehr nötig, die Gleise hinunterzugehen. Sie entleerten ihre Blasen von der Bahnsteigkante aus.

Um vier Uhr morgens gingen die Stahlgitter des Imbißstands des Bahnhofs krachend auf. Tassen und Untertassen klirrten, Töpfe und Pfannen klapperten. Ishvar und Om gurgelten beim Trinkbrunnen, dann kauften sie sich zwei Tees und ein krosses Brot. Die heiße Flüssigkeit reinigte ihre schlafverstopften Schädel. Der Plan für den Tag wurde allmählich klar: Zur geeigneten Stunde würden sie den Zug zur Arbeit nehmen, wie üblich bis sechs nähen, dann zurückfahren, um sich mit Rajaram zu treffen.

»Wir lassen den Koffer bei Dinabai, nur für heute nacht«, sagte Ishvar. »Aber wir erzählen ihr nicht, daß unser Haus zerstört ist. Die Leute haben Angst vor Obdachlosen.«

»Ich geb dir, was du willst, wenn sie uns erlaubt, ihn bei ihr abzustellen.«

Sie verbrachten noch zwei Stunden auf dem Bahnsteig, rauchend und die frühmorgendlichen Pendler beobachtend, in der Mehrzahl Verkäufer, die Körbe voller Kürbisse, Zwiebeln, Fische, Salz, Eier und Blumen auf den Köpfen balancierten, während sie auf ihren Zug warteten. Ein Regenschirmreparateur bereitete sich auf die Arbeit vor, zerlegte kaputte Regenschirme, barg die intakten Rippen und Griffe. Ein Bauunternehmer ging mit seinem Trupp von Malern und Maurern vorbei, die mit Leitern, Eimern, Pinseln, Kellen und Tragmulden bewaffnet waren und wie ein frischgestrichenes Haus rochen.

Die Schneider nahmen einen Zug um halb sieben. Um sieben waren sie bei Dina. Sie warf sich einen Hausmantel über ihr Nachthemd und öffnete die Tür.

»So früh?« Typisch für sie, so rücksichtslos zu sein, dachte sie – die Sonne war kaum aufgegangen, die Wäsche mußte noch gewaschen, Manecks Frühstück vorbereitet werden, und hier waren sie schon und erwarteten, daß man sich um sie kümmerte.

»Die Züge sind jetzt endlich pünktlich. Wegen des Ausnahmezustandes«, sagte Om und kam sich ziemlich klug vor.

Sie vermutete, daß die freche Ausrede sie erzürnen sollte. Dann fügte Ishvar besänftigend hinzu: »Ein längerer Tag bedeutet mehr Kleider, nicht wahr, Dinabai?«

Da hatte er recht. »Aber was soll dieses riesige Gepäck?«

»Wir müssen es am Abend zu einem Freund bringen. Oh, Maneck. Bevor ich's vergesse. Du mußt uns verzeihen, Abendessen ist heute nicht möglich. Es ist was sehr Dringendes dazwischengekommen.«

»Das ist schon okay«, sagte Maneck. »Ein anderes Mal.«

Dina bestand darauf, daß sie den Koffer und das Bettzeug bei der Tür ließen. Es konnte ja völlig verlaust sein. Und ihr Benehmen war sehr verdächtig. Wenn es so dringend war, hätten sie ja jetzt zu ihrem Freund gehen können. Vor allem, wo sie so früh dran waren. Aber wenigstens war Manecks Einladung zum Abendessen abgesagt, was schon eine Erleichterung war.

Den ganzen Tag lang war Ishvar nicht der gelassene Alte, und einmal hätte er beinahe einen Rock und ein Oberteil verkehrtherum vernäht. »Stopp!« rief Dina, als die Nadel die erste Reihe Stiche hineintrieb. »Du, Ishvar? Wenn Omprakash das tun würde, wäre ich nicht überrascht. Aber du?« Mit einem betretenen Lächeln trennte er die fehlerhafte Naht mit einer Rasierklinge auf.

Um vier Uhr wollten sie gehen, zwei Stunden früher als üblich. Soviel über die zusätzlichen Kleider, die sie nähen wollten, dachte Dina, aber sie war froh, daß sie endlich gingen und die düstere Stimmung mitnahmen, die den ganzen Tag in der Luft gelastet hatte.

Bevor sie merkte, daß sie den Koffer stehengelassen hatten,

hatten sie die Tür zugemacht und waren Richtung Bahnhof davongeeilt.

Während des Tages hatte es stark geregnet, so daß große Teile des gestrigen Schutts in schlammigen kleinen Teichen unter Wasser lagen. Stücke von Sperrholz oder Metall ragten wie Segel und Wracks aus dem trüben Wasser. Möwen kreischten über dem verwandelten Slum. Ein paar ehemalige Bewohner irrten davor umher und starrten auf das Land, aber Rajaram war nirgends zu sehen.

»Vielleicht hat er herausbekommen, daß keine Chance besteht, hier noch mal was zu bauen«, meinte Ishvar.

Der behäbige Sergeant Kesar war im Moment nicht zu sehen. Sechs Beamte seiner neuen Ordnungstruppe bewachten das Feld. Sie gingen auf die Schneider und auf die anderen Herumstehenden zu und warnten sie: »Wenn ihr versucht, hier neue Jhopdis aufzustellen, dann müssen wir euch gleich ins Gefängnis stecken.«

»Wieso?«

»Das ist unser Auftrag – Slumverhinderung und Stadtverschönerung.« Die Beamten begaben sich wieder auf ihre Posten an der Ecke.

»Ich finde, wir sollten zurückfahren und Dinabai die Wahrheit sagen«, sagte Ishvar.

»Wieso?«

»Sie könnte uns helfen.«

»In deinen Träumen«, entgegnete Om.

Ein Arbeitstrupp errichtete zwei neue Plakatwände, eine auf jeder Seite der Straße. Sie klebten das Konterfei der Ministerpräsidentin über die Bretter und debattierten dann über die begleitende Botschaft. Es gab mehrere zur Auswahl. Sie entrollten die Spruchbänder und legten sie auf den Gehsteig, um sie zu vergleichen, wobei sie sie mit Steinen beschwerten.

Über die erste Parole waren sich die Arbeiter einig: DIE STADT GEHÖRT EUCH! HALTET SIE SCHÖN! Die zweite machte Schwierigkeiten. Der Aufseher entschied sich für ESSEN FÜR DIE HUNGRIGEN! HÄUSER FÜR DIE OBDACH-

LOSEN! Seine Untergebenen rieten ihm, daß etwas anderes geeigneter wäre. Ihr Vorschlag lautete DIE NATION IST UNTERWEGS!

Die Schneider warteten, bis die Tafeln fertig waren. Die Menge klatschte, als die riesigen Rahmen hochgezogen wurden. Die Pfosten wurden in Löcher eingelassen, mit diagonalen Streben abgestützt, und der Boden wurde festgeklopft. Jemand bat Om, ob er bitte vorlesen könne, was auf den beiden Plakatwänden stand. Om übersetzte für ihn. Der Mann sann kurz über die Bedeutung nach und ging dann kopfschüttelnd von dannen, vor sich hin murmelnd, daß diesmal die Regierung völlig verrückt geworden sei.

»Ich wußte, ihr würdet wiederkommen«, sagte Dina. »Ihr habt euren Koffer vergessen.« Sie schüttelten die Köpfe, und sie sah, wie verschreckt und erschöpft sie waren. »Was ist los?«

»Uns ist ein furchtbares Unglück widerfahren«, sagte Ishvar.

»Kommt rein. Möchtet ihr etwas Wasser?«

»Hahnji, bitte.« Maneck holte es in ihrem Extraglas. Sie tranken und wischten sich die Lippen ab.

»Dinabai, wir haben großes Pech gehabt. Wir brauchen Ihre Hilfe.«

»In diesen unsicheren Zeiten weiß ich nicht, wie sehr ich jemandem helfen kann. Aber erzählt es mir trotzdem.«

»Unser Haus ... es ist weg«, sagte Ishvar kleinlaut.

»Du meinst, euer Vermieter hat euch rausgeworfen?« Sie taten ihr leid. »Vermieter sind solche Schurken.«

Er schüttelte den Kopf. »Ich meine ... es ist völlig weg«, und er wischte mit der Handfläche durch die Luft. »Es wurde von riesengroßen Maschinen zerstört. Alle Häuser auf dem Feld.«

»Sie haben gesagt, es wäre illegal, da zu wohnen«, fügte Om hinzu.

»Ist das euer Ernst?« sagte Maneck. »Wie können die denn so was tun?«

»Die sind der Staat«, sagte Ishvar. »Die können tun, was sie wollen. Die Polizei hat gesagt, es ist ein neues Gesetz.«

Dina nickte. Sie erinnerte sich, daß erst vor einer Woche Mrs. Gupta in höchsten Tönen von dem neuen Slumbeseitigungsprogramm geredet hatte. Aber was für ein Pech für die Schneider. Die armen. Und in einem hatte sie recht gehabt – sie hatten also doch in einer unhygienischen Gegend gelebt. Gott sei Dank war es Maneck erspart geblieben, mit ihnen zusammen zu essen. »Das ist schrecklich«, sagte sie. »Die Regierung macht Gesetze, ohne nachzudenken.«

»Jetzt weißt du, warum wir das Abendessen absagen mußten«, sagte Om zu Maneck. »Heute morgen war es uns zu peinlich, es dir zu sagen.«

»Das hättet ihr aber tun sollen«, sagte Maneck. »So hätten wir mehr Zeit gehabt, uns irgendwas auszudenken, wie wir euch helfen –« Er verstummte, als er sah, wie Dina zornig die Stirn runzelte.

»Die Miete für diesen Monat war schon bezahlt«, sagte Ishvar. »Jetzt haben wir weder ein Zuhause noch Geld. Könnten wir nicht auf Ihrer Veranda schlafen ... für ein paar Nächte?«

Maneck wandte sich mit einem appellierenden Blick zu Dina, die ihre Anwort abwog. »Ich persönlich hätte nichts dagegen«, sagte sie. »Aber wenn es der Mieteintreiber sieht, dann gibt es Ärger. Er wird das als Vorwand benutzen, um zu behaupten, ich würde hier ein illegales Gästehaus führen. Dann werden wir alle, ihr, Maneck und eure Nähmaschinen auf der Straße landen, ohne ein Dach über dem Kopf.«

»Ich verstehe«, sagte Ishvar. Sein Stolz ließ nicht zu, daß er sich gegen die Absage wehrte. »Wir probieren es anderswo.«

»Vergeßt nicht, euren Koffer mitzunehmen«, sagte Dina.

»Können wir ihn für heute nicht hierlassen?«

»Wo denn? In dieser Wohnung kann man sich ohnehin kaum bewegen.«

Angewidert von ihrer Antwort, drückte Om seinem Onkel das Bettzeug in die Hand und hob den Koffer auf. Sie nickten und gingen.

»Du hättest sie doch wenigstens heute nacht übernachten lassen können. Sie hätten gut und gerne in meinem Zimmer schlafen können.«

»Das hätte hundertprozentigen Ärger gegeben. Eine Nacht reicht schon, damit der Vermieter gegen mich vorgehen kann.«

»Und was ist mit dem Koffer? Wieso kannst du ihn nicht für sie aufbewahren?«

»Was ist das denn hier, ein Polizeiverhör? Du hast so ein behütetes Leben geführt, du hast keine Ahnung, was für Unehrlichkeit in dieser Stadt herrscht. Ein Koffer, eine Tasche oder auch nur ein Ranzen mit zwei Schlafanzügen und einem Hemd ist der erste Schritt in eine Wohnung hinein. Das Lagern persönlicher Gegenstände in den Räumen – das ist der übliche Trick, sich ein Anrecht zu sichern. Und das Justizsystem braucht Jahre, um den Fall zu regeln, Jahre, in denen die Gauner in der Wohnung bleiben dürfen. Ich behaupte nicht, daß Ishvar und Om heute abend mit diesem Plan im Kopf aufgetaucht sind. Aber wie kann ich das Risiko eingehen? Was ist, wenn ihnen später irgendein Halunke diese Idee in den Kopf setzt? Jeglicher Ärger mit dem Vermieter bedeutet, daß ich Nusswan um Hilfe bitten muß. Mein Bruder ist absolut unerträglich. Er würde sich hämisch drüber freuen.«

Maneck sah aus dem Fenster und versuchte sich über das Ausmaß von Tante Dinas Mißtrauen klarzuwerden. Er stellte sich die Invasion schmutziger Wäsche vor, die sie befürchtete, die ausgedachte Besatzungsmacht.

»Mach dir nicht so viele Sorgen um die Schneider«, sagte sie. »Die finden schon einen Platz zum Wohnen. Solche Leute haben überall Verwandte.«

»Sie nicht. Sie sind erst vor ein paar Monaten aus einem weit entfernten Dorf gekommen.« Er beobachtete mit Genugtuung, wie langsam eine Spur von Sorge über ihr Gesicht wanderte.

Aber dann sagte sie verärgert: »Es ist erstaunlich. Es ist einfach erstaunlich, wieviel du über sie weißt, nicht?«

Für den größten Teil des restlichen Abends ignorierten sie sich gegenseitig, aber während sie nach dem Abendessen an der Patchworkdecke arbeitete, breitete sie die Quadrate aus und versuchte ihn zum Reden zu bringen. »Nun, Maneck? Wie findest du, sieht sie jetzt aus?«

»Schrecklich.« Er war nicht bereit, ihr zu verzeihen, während die Schneider in der Nacht ohne Unterkunft blieben.

Auf dem Schild stand ›Sagar Darshan – Ocean View Hotel‹. Das einzige sichtbare Meer war das blaue Rechteck, das auf das verwitterte Schild gemalt war, mit einem kleinen Segelboot auf einer Welle.

Drinnen saß ein Junge in einer abgewetzten weißen Uniform auf dem Boden neben einem Schirmständer und starrte in ein Exemplar der Illustrierten *Filmfare*. Er sah nicht auf, als die Schneider hereinkamen. Hinter dem Tresen war ein grauhaariger Mann, der damit beschäftigt war, Stücke von einem Brot abzubrechen und sie in schneller Folge in vier Metallschalen zu tunken. »Dreißig Rupien die Nacht«, murmelte er durch einen vollen Mund hindurch, wobei ein Goldzahn zum Vorschein kam. Zerkaute Teile seines Abendessens flogen zwischen den feuchten Lippen hindurch auf den Tresen. Er wischte sie auf den Boden und polierte dann den Schmierer mit seinem Ärmel weg.

»Siehst du? Ich hab dir doch gesagt, daß wir uns kein Hotel leisten können«, sagte Ishvar, als sie wieder draußen waren.

»Probieren wir es bei einem anderen.«

Sie erkundigten sich in einem nach dem anderen. Paradise Lodge, zwanzig Rupien die Nacht, das über einer Bäckerei lag, deren Decke schlecht isoliert war, so daß man oben die glühende Hitze der Ofenflammen spüren konnte; Ram Nivas – das Schild verkündete, alle Kasten seien willkommen –, in dessen Zimmer ein fürchterlicher Gestank herrschte, frei Haus geliefert von einer kleinen Chemiefabrik nebenan; Aram Hotel, wo ihr Gepäck fast gestohlen worden wäre, während sie sich erkundigten. Der verhinderte Dieb nahm Reißaus, als sie den Flur zurückgingen.

»Reicht's?« fragte Ishvar, und Om nickte.

Sie nahmen ihr Gepäck und gingen Richtung Bahnhof, blieben immer wieder stehen, um jeden Türeingang, jedes Vordach und jede Fassade zu inspizieren, die ihnen Unterschlupf bieten könnte.

Aber wo immer Unterschlupf möglich gewesen wäre, war der Platz bereits besetzt. Um Gehsteigbewohner abzuschrekken, hatte man in einen Ladeneingang ein mit Dornen bedecktes Eisengestell gelegt, das an Scharnieren befestigt war und morgens hochgeklappt werden konnte. Dieses Nagelbett wurde von einer findigen Person benutzt – zuerst ein Rechteck aus Sperrholz über den Dornen und dann seine Decke.

»Wir werden auch solche Tricks lernen müssen«, sagte Ishvar bewundernd.

Sie kamen an dem Bettler auf seiner Plattform vorbei, der sie mit dem üblichen Geklapper seiner Dose begrüßte. Sie waren so auf ihre Suche konzentriert, daß sie ihn nicht beachteten. Er starrte ihnen traurig nach. Vor einem Möbelladen, der noch geöffnet hatte, gab es ein paar freie Plätze. »Wir könnten es dort probieren«, sagte Om.

»Bist du verrückt? Willst du riskieren, umgebracht zu werden, weil du jemandem den Platz weggenommen hast? Hast du vergessen, was damals auf dem Gehsteig passiert ist, in der Nähe von Nawaz' Geschäft?«

Sie gingen an dem Laden vorbei, der nie zumachte, die Rund-um-die-Uhr-Drogerie. In der Hauptabteilung gingen die Lichter aus, und die Angestellten verließen das Geschäft. Nur die Medikamentenausgabe, in der ein Mischer seinen Nachtdienst begann, blieb erleuchtet.

»Warten wir hier«, sagte Ishvar. »Und gucken, was passiert.«

Jemand stellte einen Holzschemel hinaus in den Eingang, den sich die Drogerie und der Antiquitätenladen nebenan teilten. Stahlrollos senkten sich wie Augenlider über die beiden Schaufenster. Seifen, Körperpuder, Hustensirup auf der einen Seite, bronzene Natarajas, Mughal-Miniaturen, Intarsien-Schmuckkästchen auf der anderen Seite, alles verschwand. Die beiden Geschäftsführer schlossen ab und übergaben die Schlüssel dem Nachtwächter. Die Schneider warteten, bis der Nachtwächter sich den Gürtel gelockert, die Schuhe ausgezogen und es sich auf dem Schemel bequem gemacht hatte. Dann näherten sie sich mit ihrem Päckchen Beedis. »Streichhölzer?« fragte Ishvar und machte die Geste des Anzündens.

Der Nachtwächter unterbrach sein Wadenreiben, um in seiner Tasche zu kramen. Die Schneider teilten sich ein Streichholz. Sie boten dem Nachtwächter ihre Beedis an. Er schüttelte den Kopf und zog eine Schachtel Panama-Zigaretten hervor. Die drei pafften eine Weile schweigend vor sich hin.

»Und«, sagte Ishvar. »Sitzt du die ganze Nacht hier?«

»Das ist mein Job.« Er griff nach dem Nachtstock, der an der Tür lehnte, und klopfte zweimal dagegen. Die Schneider nickten lächelnd.

»Schläft jemand in diesem Eingang?«

»Niemand.«

»Manchmal hast du bestimmt Lust, dich auszuruhen.«

Der Nachtwächter schüttelte den Kopf. »Nicht erlaubt. Ich muß auf zwei Läden aufpassen.« Er beugte sich zu ihnen und flüsterte in vertraulichem Ton, nach innen auf den Nachtmischer zeigend: »Aber er. Er ruht sich aus. Er schläft stundenlang da drinnen, auf einer Matte auf dem Boden, jede Nacht. Und dafür bekommt der Kerl auch noch Geld, und zwar viel mehr als ich.«

»Wir haben keinen Platz zum Schlafen«, sagte Ishvar. »Die Siedlung, wo wir gewohnt haben – sie wurde gestern von den Behörden zerstört. Mit ihren Maschinen.«

»Das passiert oft zur Zeit«, sagte der Nachtwächter. Er fuhr fort, sich über den Mischer zu beklagen. »Dieser Bursche hat nachts sehr wenig Arbeit. Manchmal kommt ein Kunde, um Medizin zu kaufen. Dann schließ ich die Tür auf und weck den Burschen auf, damit er die Mischung zubereitet. Aber wenn er geschlafen hat, ist sein Geist benebelt. Er hat Schwierigkeiten, die Etiketten zu lesen.« Er beugte sich wieder vor. »Einmal hat er was Falsches zusammengemischt. Der Kunde ist gestorben, und die Polizei kam, um den Fall zu untersuchen. Der Geschäftsführer hat mit der Polizei geredet. Der Geschäftsführer hat Geld angeboten, die Polizei hat Geld genommen, und alle waren glücklich.«

»Allesamt Gauner«, sagte Ishvar, und die anderen beiden nickten zustimmend. »Kannst du uns hier schlafen lassen?«

»Nicht erlaubt.«

»Wir könnten dir was bezahlen.«

»Selbst wenn ihr bezahlt, wo ist hier denn Platz?«

»Der Platz reicht. Wir können unser Bettzeug in die Nähe der Tür tun, wenn du mit deinem Schemel ein Stück rückst.«

»Und was ist mit den anderen Sachen? Es gibt hier keinen Abstellplatz.«

»Was für Sachen? Ist nur ein Koffer. Den nehmen wir morgen wieder mit.«

Sie verschoben den Stuhl und rollten das Bettzeug aus. Es paßte genau hinein. »Wieviel könnt ihr bezahlen?« fragte der Nachtwächter.

»Zwei Rupien pro Nacht.«

»Vier.«

»Wir sind arme Schneider. Nimm drei, und wir machen ein paar kostenlose Schneiderarbeiten für dich. Wir können deine Uniform ausbessern.« Er zeigte auf die abgewetzten Knie und fadenscheinigen Ärmel.

»Okay. Aber ich warne euch, manchmal sind die Nächte hier sehr laut. Wenn ein Kunde wegen Medizin kommt, müßt ihr Platz machen. Dann werft mir nicht vor, daß ich euch den Schlaf verdorben hab. Keine Entschädigung für verdorbenen Schlaf.« Und falls der Nachtmischer nachfragen sollte, sollten sie sagen, sie zahlten zwei Rupien, weil der Halunke eine Beteiligung verlangen würde.

»Bilkool«, sagten die Schneider zu all seinen Bedingungen. Nach einer weiteren Beedi holten sie Nadel und Zwirn aus dem Koffer und machten sich an die Arbeit. Der Nachtwächter saß in seiner Unterwäsche da, während sie seine Uniform ausbesserten.

»Erstklassig«, sagte er und schlüpfte wieder in seine Hose.

Das Kompliment freute Ishvar, und er sagte, sie würden gerne jederzeit für ihn und seine Familie auch noch andere Sachen ausbessern. »Wir können alles machen. Salwar-kameez, Ghaghra-Choli, Baby-Baba-Sachen.«

Der Nachtwächter schüttelte traurig den Kopf. »Ihr seid nett. Aber meine Frau und die Kinder wohnen in meinem Heimatdorf. Ich bin allein hierhergekommen, um nach Arbeit zu suchen.«

Später, als die Schneider schliefen, betrachtete er sie von seinem Holzschemel aus. Als Omprakash im Schlaf zuckte, erinnerte ihn das an seine Kinder: Diese besonderen Nächte, als die Familie noch zusammen und er in den Träumen seiner Kleinen gegenwärtig war.

Die Straße erwachte früh und weckte die Schneider noch vor Morgengrauen. So richtig schlafe die Straße eigentlich nie, erklärte der Nachtwächter, döste nur leicht zwischen zwei und fünf Uhr morgens – nachdem die Nachtschwärmer mit Spielen und Trinken fertig waren und bevor Zeitung, Brot und Milch kamen. »Aber euer Schlaf war wunderschön«, sagte er mit einem besitzergreifenden Lächeln.

»Das war der Schlaf von zwei Nächten in eine hineingepackt«, sagte Ishvar.

»Seht nur, der Bursche da drinnen schnarcht immer noch.« Als sie durch das Fenster spähten, gingen die Augen des Mischers plötzlich auf. Er schnitt eine Grimasse, als er die drei Gesichter sah, die platt an die Scheibe gepreßt waren, drehte sich um und schlief weiter.

Sie rauchten im Eingang, beobachteten den Straßenkehrer bei der Arbeit, wie er die Stummel der gestrigen Zigarette und der Beedis auffegte. Sein Besen vollführte ordentliche Muster im Staub.

Später rollten sie ihr Bettzeug zusammen, bezahlten die drei Rupien und zogen mit ihrem Gepäck von dannen, nachdem sie versprochen hatten, am Abend wiederzukommen.

Oms linke Schulter und der Arm schmerzten von dem Koffertragen, aber er weigerte sich, ihn an seinen Onkel abzugeben. »Benutz deine rechte Hand«, sagte Ishvar. »Trainiere sie beide gleich viel, dann werden sie stark.«

»Dann werden beide nutzlos sein. Wie soll ich dann noch nähen?«

Sie machten Pause am Bahnhof und wuschen sich, bevor sie weitergingen, um sich im Vishram Vegetarian Hotel mit Tee und Brötchen zu stärken. »Ihr seid ja gestern gar nicht gekommen«, sagte der Kellner-Kassierer.

»Wir hatten zu tun – haben was zum Mieten gesucht.«

»Damit könntet ihr euer ganzes Leben verbringen«, warf der Koch aus seiner Ecke ein, der schreien mußte, um sich über den brüllenden, blauflammigen Herden verständlich zu machen.

Im Fenster bemerkte Om ein großes Bild der Ministerpräsidentin, das vorher nicht dort gewesen war, zusammen mit einem

Plakat des Zwanzig-Punkte-Programms. »Hast du eine neue Kundin, oder was?«

»Das ist keine Kundin«, sagte der Kassierer. »Das ist unsere Schutzgöttin. Ihr Segen ist eine geschäftliche Notwendigkeit. Pflicht-Puja.«

»Wie meinst du das?«

»Ihre Gegenwart verhindert, daß meine Fensterscheibe eingeschlagen und mein Laden angesteckt wird. Könnt ihr folgen?«

Die Schneider nickten. Sie erzählten dem Kassierer und dem Koch von der Kundgebung der Ministerpräsidentin, zu der man sie zwangsweise hingekarrt hatte. Ihre Geschichten von dem Hubschrauber, den Rosenblütenblättern, dem Heißluftballon und der Riesenfigur brachten sie zum Lachen.

Nach der ersten Nacht ungestörten Schlafs bewahrheitete sich die Prophezeiung des Nachtwächters. Er entschuldigte sich jedesmal, wenn er die Schneider wachrütteln mußte. Nach seinem Glaubenssystem gab es nichts Verabscheuenswürdigeres, als einen Mitmenschen entweder seiner Nahrung oder seines Schlafs zu berauben. Er half, das Bettzeug beiseite zu schieben, um die Tür aufschließen zu können, und redete ihnen besänftigend zu, während sie im Dunkeln herumwankten und sich von beiden Seiten schwer gegen ihn lehnten.

Während die Kunden auf ihre Medizin warteten, murmelten sie ständig vor sich hin. »Wieso müssen all diese Leute immer nur nachts krank werden?« schimpfte Ishvar. »Wieso belästigen sie uns?«

»Ich hab solche Kopfschmerzen«, stöhnte Om.

Der Nachtwächter rieb ihm sanft die Stirn. »Es dauert nicht mehr lange. Nur noch zwei Minuten, okay? Dann könnt ihr sehr sehr friedlich schlafen. Ich versprech's, ich laß euch von keinem Kunden mehr stören.« Aber er mußte sein Versprechen immer aufs neue brechen.

Später erfuhren sie, daß es viele Fälle von Durchfall gegeben hatte – im Viertel war verdorbene Milch verkauft worden. Wären die Schneider tagsüber in der Nähe geblieben, hätten sie herausgefunden, daß Krankheit ein unparteiischer Räuber war, der bei Sonnenschein und bei Dunkelheit zuschlug. Fünfundfünfzig Erwachsene und dreiundachtzig Kinder tot, sagte ihnen der Nachtwächter, der die offizielle Zahl vom Mischer erfahren hatte, welcher erklärte, es sei zum Glück Bazillenruhr gewesen und nicht die schlimmere Amöbenruhr.

Die Schneider schleppten ihr Bettzeug und Gepäck mit zur Arbeit. Als sie dort eintrafen, mit dunklen Ringen unter ihren rotgeäderten Augen, waren sie kurz davor zusammenzubrechen. Die Arbeit geriet immer mehr ins Hintertreffen. Ishvars makellose Nähte gingen auf Wanderschaft. Om, mit seinem steifen Arm, hatte Probleme, überhaupt etwas richtig zu machen. Der Rhythmus der Singer-Maschinen geriet durcheinander, die Stiche wurden nicht mehr graziös in langen eleganten Sätzen artikuliert, sondern stoßweise ausgepuckt, wie Schleim aus einer kranken Lunge.

Dina sah in ihren hageren Gesichtern, wie schlecht es ihnen ging. Sie bangte um ihre Gesundheit und um den nahenden Ablieferungstermin – die beiden waren wie siamesische Zwillinge verbunden. Das Gewicht des Koffers lastete schwer auf ihrem Gewissen. An diesem Abend gab ihr der Anblick, wie Om sich abmühte, seine Last hochzuheben, fast den entscheidenden Ruck, zu sagen, der Koffer könne dableiben. Maneck beobachtete sie aus dem Türeingang, begierig, es zu hören. Aber die anderen Ängste ließen die Worte unausgesprochen bleiben.

»Wartet, ich komme mit«, sagte Maneck und eilte zur Veranda. Om protestierte schwach und überließ ihm dann den Koffer.

Dina war erleichtert – und wütend und verletzt. Nett von ihm, seine Hilfe anzubieten, dachte sie. Aber wie er es getan hatte. Ohne ein Wort hinauszugehen, so daß sie wie eine herzlose Person dastand.

»Da ist es, dies ist unser neuer Schlafplatz«, sagte Om und stellte den Nachtwächter vor. »Unser neuer Vermieter.«

Dieser lachte und winkte sie zum Eingang. Sie kauerten sich zusammen auf die Stufen, um zu rauchen und die Straße zu beobachten. »Ach, was bin ich denn schon für ein Vermieter? Ich kann nicht einmal für ordentlichen Schlaf garantieren.«

»Nicht deine Schuld«, sagte Om. »Das ist wegen dieser ganzen Krankheit. Und außerdem hab ich ständig schlechte Träume.«

»Ich auch«, sagte Ishvar. »Die Nächte sind voller Geräusche, Gestalten und Schatten. Unheimlich.«

»Ich sitze hier mit meinem Stock«, sagte der Nachtwächter. »Wovor habt ihr Angst?«

»Läßt sich schwer genau sagen«, erwiderte Ishvar und drückte hustend seine Beedi aus.

»Wir sollten einfach in unser Dorf zurückkehren«, meinte Om. »Ich hab es satt, so zu leben, von einem Ärger zum nächsten zu kriechen.«

»Rennst du ihm lieber entgegen?« Ishvar drückte die Spitze seiner Beedi, um zu überprüfen, ob sie aus war, und steckte sie dann wieder in die Packung.

»Wenn die Zeit ein Ballen Stoff wäre«, sagte Om, »würde ich all die schlechten Teile herausschneiden. Die unheimlichen Nächte herausschnippeln und die guten Teile zusammennähen, um die Zeit haltbar zu machen. Dann könnte ich sie wie einen Mantel tragen und immer glücklich leben.«

»So einen Mantel hätte ich auch gerne«, sagte Maneck. »Aber welche Teile würdest du rausschneiden?«

»Daß der Staat unser Haus zerstört hat, das steht fest«, sagte Om. »Und daß wir für Dinabai arbeiten.«

»Hoi-hoi«, warnte Ishvar. »Wenn sie nicht wäre, wo würde da unser Geld herkommen?«

»Okay, behalten wir die Zahltage und schmeißen den Rest raus.«

»Was noch?« fragte Maneck.

»Kommt drauf an, wie weit du zurückgehen willst.«

»Den ganzen Weg. Bis zu deiner Geburt.«

»Das ist zuviel, yaar. Da gibt's so viel rauszuschneiden, daß die Schere stumpf werden würde. Und es wäre sehr wenig Stoff übrig.«

»Was ihr Jungs nur wieder für einen Unsinn redet«, meinte Ishvar. »Habt ihr Ganja geraucht, oder was?«

Der Abendhimmel wurde dunkler, und die Straßenlichter gingen an. Ein zerrissener schwarzer Drachen stieß von einem

Dach wie eine aggressive Krähe herunter und erschreckte sie. Om packte ihn, und als er sah, daß er stark beschädigt war, warf er ihn weg.

»Manche Dinge lassen sich mit der Schere nur sehr schwer trennen«, sagte Maneck. »Gut und Schlecht sind so miteinander verbunden.« Er verschränkte seine Finger fest ineinander.

»Wie zum Beispiel?«

»Meine Berge. Sie sind wunderschön, aber sie erzeugen auch Lawinen.«

»Das stimmt. Wie unsere Teepause im Vishram, die gut ist. Aber von der Ministerpräsidentin, die im Fenster hockt, bekomm ich Bauchschmerzen.«

»In der Siedlung zu leben war auch gut«, schlug Ishvar vor. »Es hat Spaß gemacht, Rajaram als Nachbarn zu haben.«

»Ja«, sagte Om. »Aber wegen einem Schnellzug mitten beim Scheißen aufspringen zu müssen – das war schrecklich.«

Sie lachten, auch Ishvar, obwohl er betonte, daß das nur einmal passiert sei.

»Es war ein neuer Zug, nicht mal Rajaram hat davon gewußt.« Er räusperte sich und spuckte aus. »Was aus ihm wohl geworden ist?«

In der hereinbrechenden Dämmerung tauchten die ersten Gehsteigbewohner auf. Pappe, Plastik, Zeitung, Decken erschienen plötzlich auf den Gehsteigen. Innerhalb weniger Minuten hatten zusammengekauerte Leiber sich sämtlicher Betonflächen bemächtigt. Fußgänger paßten sich der neuen Topographie an, stapften behutsam durch das Feld von Armen, Beinen und Gesichtern.

»Mein Vater beschwert sich zu Hause, daß es sehr voll und schmutzig geworden sei«, sagte Maneck. »Er sollte das hier erst mal sehen.«

»Er würde sich dran gewöhnen«, sagte der Nachtwächter. »Genau wie ich. Du siehst es dir Tag für Tag an, dann fällt's dir irgendwann nicht mehr auf. Vor allem, wenn du keine Wahl hast.«

»Bei meinem Vater wäre das anders. Der würde immer weiter meckern.«

Ishvar plagte wieder sein Husten, und der Nachtwächter schlug vor, den Mischer um eine Medizin zu bitten.

»Kann ich mir nicht leisten.«

»Geh und frag ihn einfach. Er hat ein besonderes System für arme Leute.« Er schloß die Tür auf, um ihn hineinzulassen.

Jenen, die sich keine ganze Flasche leisten konnten, verkaufte der Mischer Medizin löffel- oder tablettenweise. Die Armen waren dankbar für diese besondere Verabreichung, und der Mischer verdiente auf diese Weise bis zum Sechsfachen des ursprünglichen Preises und steckte die Differenz in die eigene Tasche. »Mund auf«, wies er Ishvar an und schüttete geschickt einen Löffelvoll Glycodin Terp Vasaka hinein.

»Schmeckt gut«, sagte Ishvar und leckte sich die Lippen.

»Kommen Sie morgen abend wieder.«

Der Nachtwächter erkundigte sich, wieviel ihm für die Dosis berechnet worden sei. »Fünfzig Paisa«, sagte Ishvar, und der Nachtwächter nahm sich vor, später seinen Anteil zu verlangen.

Noch drei weitere Tage lang hing der Koffer an Oms Arm während des Fußmarsches zwischen dem Nachtwächter und Dina Dalal. Die Entfernung war kurz, aber das Gewicht machte sie lang. Er hatte Schmerzen von der Schulter bis zum Handgelenk, die Hand war nicht mehr in der Lage, den Stoff durch die Maschine zu führen. Es brauchte zwei Hände, um die gefräßige Nadel präzise mit dem Stoff zu füttern: die Rechte vor dem Nähfuß und die Linke dahinter.

»Der Koffer hat mich gelähmt«, sagte er und gab auf.

Dina betrachtete ihn, ihr Mitleid war gedämpft, aber nicht erstorben. Meinem fröhlichen kleinen Spatz geht es wirklich nicht gut heute, wie er seinen verletzten Flügel hinter sich herzieht, dachte sie. Kein Hüpfen und Zwitschern mehr, keine Arroganz und Diskussion.

Mitten an diesem Vormittag voller verknoteter Fäden und krummer Nähte klingelte es an der Haustür. Sie ging zur Veranda, um nachzusehen, und kam sehr verärgert wieder. »Jemand, der euch sprechen will. Stört uns mitten am Tag bei der Arbeit.«

Überrascht und entschuldigend eilte Ishvar zur Haustür. »Du!« sagte er. »Was ist passiert? Wir waren an dem Abend bei der Siedlung. Wo hast du gesteckt?«

»Namaskaar«, sagte Rajaram und legte die Hände zusammen. »Es tut mir sehr leid, aber was konnte ich machen. Ich habe eine neue Arbeit gefunden, und sie wollten mich sofort haben. Ich mußte also gehen. Aber paßt auf, mein Arbeitgeber hat noch mehr offene Stellen. Ihr solltet euch bewerben.«

Ishvar spürte, wie Dina im Hintergrund versuchte mitzuhören. »Wir werden uns später treffen müssen«, sagte er und gab ihm die Adresse der Drogerie.

»Okay. Ich komme heute abend hin. Und sag mal, kannst du mir zehn Rupien leihen? Nur bis ich meinen Lohn kriege?«

»Hab nur fünf.« Ishvar gab sie ihm und fragte sich, ob Rajarams Gewohnheit, sich Geld zu borgen, nicht allmählich lästig wurde. Das erste Darlehen war nach wie vor nicht zurückgezahlt. Hätte ihm nie sagen sollen, wo wir arbeiten, dachte er. Er kehrte zu seiner Singer zurück und erzählte Om von dem Besuch.

»Was interessiert mich Rajaram. Ich sterbe hier.« Er streckte seinen wunden linken Arm aus, der empfindlich wie Porzellan war.

Diese Geste erweichte Dina schließlich. Sie holte ihre Flasche Amrutanjanbalsam. »Komm, das hier wird dir guttun«, sagte sie.

Er schüttelte den Kopf.

»Dinabai hat recht«, sagte Ishvar. »Ich reib dich ein.«

»Du näh weiter. Ich mach's«, sagte Dina. »Sonst riecht das ganze Kleid nach dem Balsamgeruch von deinen Fingern.« Außerdem, dachte sie, wenn *er* auch noch anfängt, Zeit zu verschwenden, dann kann ich jetzt schon um die nächste Miete betteln gehen.

»Ich reib's selber drauf«, sagte Om.

Sie schraubte die Flasche auf. »Na komm, zieh dein Hemd aus. Warum so schüchtern? Ich bin alt genug, um deine Mutter zu sein.«

Er knöpfte es widerstrebend auf, und zum Vorschein kam ein Unterhemd mit vielen Löchern. Wie Schweizer Käse, dachte sie. Ein salzig-säuerlicher Geruch umgab ihn. Sie nahm einen dunkelgrünen Klacks aus der Flasche und begann bei der Schulter, verteilte die kalte Salbe in starren Ein-Finger-Linien zum Ellbogen hinunter. Ihn schauderte. Die Kühle verursachte eine Gänsehaut. Dann begann sie zu massieren, und die Salbe gab ihre Hitze ab, wodurch sein Arm und ihre Hand prickelten. Die Gänsehaut wurde schwächer und verschwand.

»Wie ist es?« fragte sie, während sie seine Muskeln knetete.

»Abwechselnd kalt und heiß.«

»Das ist das Schöne an dem Balsam. Ein schönes Zhumzhum-Gefühl. Wart's nur ab, die Schmerzen werden bald weg sein.«

Der Geruch von seiner Haut war verschwunden, übertönt von der Schärfe des Balsams. Wie weich seine Haut ist, dachte sie. Wie die eines Kindes. Und fast keine Haare, nicht mal auf der Schulter.

»Wie fühlt es sich jetzt an?«

»Gut.« Er hatte die Einreibung genossen.

»Tut sonst noch irgendwas weh?«

Er zeigte auf die Partie vom Ellbogen bis zum Handgelenk. »Das Ganze hier.«

Dina holte noch einen Klacks heraus und rieb seinen Unterarm ein. »Nimm heute abend etwas davon mit, reib dich damit ein, wenn du dich schlafen legst. Morgen wird dein Arm so gut wie neu sein.«

Vor dem Händewaschen ging sie in die Küche zu dem staubigen Regal neben dem Fenster. Sie stellte sich auf Zehenspitzen, konnte aber trotzdem nichts sehen, so daß sie herumtasten mußte. Die blinde Hand verrückte einen tragenden Kasten. Der Stapel geriet ins Wanken, und dann kam es heruntergepoltert: Brett und Nudelholz, die Kokosreibe mit ihrer runden gezahnten Klinge, Mörser und Stößel.

Sie wich der Lawine aus und ließ die Küchenutensilien auf den Boden krachen. Die Schneider kamen angerannt. »Dinabai! Ist alles in Ordnung?« Sie nickte, etwas mitgenommen, aber erfreut, den sorgenvollen Blick in Oms Miene zu entdecken, bevor er ihn wegwischte.

»Vielleicht könnten wir Ihnen das Regal etwas tiefer anbringen«, sagte Ishvar, während er ihr half, die heruntergefallenen Gegenstände zurückzustellen. »Damit Sie besser drankommen.«

»Nein, laß ruhig. Ich hab diese Dinge seit fünfzehn Jahren nicht mehr benutzt.« Sie fand jetzt, wonach ihre Finger getastet hatten. Die Rolle Wachspapier, in das sie immer Rustoms Mittagessen eingewickelt hatte. Sie blies den Staub weg, riß ein taschentuchgroßes Quadrat ab und strich etwas Amrutanjan drauf.

»Hier«, sagt sie und faltete das Stück zu einem kleinen dreieckigen Päckchen zusammen. »Vergiß nicht, es mitzunehmen – dein Balsam-Samosa.«

»Vielen Dank«, sagte Ishvar lachend, der versuchte, Om zu animieren, auch seine Dankbarkeit zu zeigen. Und gegen Oms Wunsch schob sich ein schwaches Lächeln über sein Gesicht.

Am Abend, als sie im Begriff waren zu gehen, erwähnte sie den Koffer. »Wieso laßt ihr ihn nicht dort, wo ihr schlaft?«

»Da ist kein Platz.«

»Dann laßt ihn doch ruhig hier. Es hat keinen Sinn, diese Last morgens und abends herumzuschleppen.«

Ishvar war von dem Angebot überwältigt. »So großzügig, Dinabai! Wir sind Ihnen so dankbar!« Er dankte ihr ein halbes Dutzendmal zwischen dem hinteren Zimmer und der Veranda, faltete die Hände, strahlte und nickte. Om war auch diesmal wieder vorsichtiger, seine Dankbarkeit zu zeigen. Als die Tür zuging, ließ er ein leise gemurmeltes »Danke« entschlüpfen.

»Siehst du? Sie ist gar nicht so schlecht, wie du denkst.«

»Das hat sie nur getan, weil sie aus meinem Schweiß Geld machen will.«

»Vergiß nicht, sie hat dich mit dem Balsam eingerieben.«

»Soll sie uns ordentlich bezahlen, dann können wir unseren eigenen Balsam kaufen.«

»Es geht nicht um das Kaufen, Omprakash – ich möchte, daß du dich an das Einreiben erinnerst.«

Rajaram kam auf einem Fahrrad bei der Drogerie vorgefahren, was Om beeindruckte. »Es gehört nicht direkt mir«, sagte der Haarsammler. »Der Arbeitgeber hat es für die Arbeit zur Verfügung gestellt.«

»Was ist das für eine Arbeit?«

»Ich muß dem Himmel dafür danken. In jener Nacht, als die Siedlung zerstört wurde, bin ich einem Mann aus meinem Dorf begegnet. Er arbeitet für den Kontrolleur der Slums, bedient eine der Abbruchmaschinen. Er hat mir von der neuen Arbeit erzählt und ist mit mir am nächsten Morgen zu dem Amt gegangen. Die haben mich auf der Stelle eingestellt.«

»Und besteht deine Arbeit auch darin, fremde Häuser zu zerstören?«

»Nein, niemals. Meine Berufsbezeichnung ist Motivierer, für Familienplanung. Die Behörde gibt mir Broschüren zum Verteilen.«

»Weiter nichts? Und die Bezahlung ist gut?«

»Das kommt drauf an. Sie geben mir eine Mahlzeit, einen Schlafplatz und das Fahrrad. Als Motivierer muß ich herumgehen und die Maßnahmen zur Geburtenkontrolle erklären. Für jeden Mann oder jede Frau, die ich zu der Operation überreden kann, bekomme ich eine Kommission.«

Er sagte, er sei zufrieden mit dem Arrangement. Wenn er jeden Tag nur zwei Vasektomien oder eine Tubenligatur vereinbaren könne, würde das seinen Einnahmen als Haarsammler entsprechen. Seine Verantwortung endete, wenn die Kandidaten die Formulare unterschrieben hatten und zur Klinik gebracht wurden. Es gab keine Beschränkungen, jeder durfte sich operieren lassen, jung oder alt, verheiratet oder unverheiratet. Die Ärzte nahmen das nicht so genau.

»Am Schluß ist jeder zufrieden«, sagte Rajaram. »Die Patienten bekommen Geschenke, ich werde bezahlt, die Ärzte erfüllen ihre Quoten. Und es ist auch ein Dienst an der Nation – kleine Familien sind glückliche Familien, Bevölkerungskontrolle ist äußerst wichtig.«

»Wieviel Operationen hast du denn schon gesammelt?« fragte Ishvar.

»Bis jetzt noch keine. Aber ich mach das erst seit vier Tagen. Ich muß in meinen Redestil noch mehr Überzeugungskraft reinbringen. Ich mach mir keine Sorgen, ich bin sicher, es wird mir gelingen.«

»Weißt du«, sagte Om, »mit dieser neuen Arbeit könntest du deine alte Arbeit doch nebenher weitermachen.«

»Wie? Es gibt nicht genug Zeit, um Haare zu sammeln.«

»Wenn du die Patienten zur Klinik bringst, rasiert der Doktor dann die Bärte zwischen ihren Beinen?«

»Das weiß ich nicht.«

»Das muß er«, meinte Om. »Die werden immer vor der Operation rasiert. Dann kannst du also die ganzen Haare einsammeln und verkaufen.«

»Aber es gibt keine Nachfrage für so kurze, lockige Haare.«

Om kicherte über die Antwort, und Rajaram begriff. »Halunke, machst dich über mich lustig«, sagte er lachend. »Aber hört mal, das Büro stellt mehr Motivierer ein. Ihr solltet euch sofort bewerben.«

»Wir sind mit unserer Schneiderei zufrieden«, sagte Ishvar.

»Aber ihr habt mir doch erzählt, die Frau wäre schwierig und würde euch bescheißen.«

»Trotzdem, das ist das Handwerk, das wir bei Ashraf Chacha gelernt haben. Motivierer – also das ist etwas, wovon wir keine Ahnung haben.«

»Das ist nur ein kleines Hindernis. Das bringen die euch in der Stelle für Familienplanung bei. Habt keine Angst davor zu wechseln, das ist eine große Gelegenheit. Millionen von potentiellen Kunden. Geburtenkontrolle ist eine Wachstumsbranche, das sag ich euch.«

Doch Rajarams Bemühungen, die Schneider und den Nachtwächter zu überzeugen, blieben erfolglos. Er hob sein Fahrrad auf und machte sich bereit loszufahren. »Ist irgendeiner von euch an Vasektomie interessiert? Ich kann meinen Einfluß benutzen, damit ihr eine Sonderbehandlung bekommt, doppelte Geschenke.«

Sie lehnten dankend ab.

»Übrigens, was ist mit deinen Haaren in unserem Koffer?« fragte Ishvar.

»Könnt ihr sie noch eine Weile behalten? Wenn ich erst mal meine Probezeit als Motivierer bestanden habe, kann ich diese Locken loswerden.«

Er verschwand winkend die Straße hinunter und klingelte zum Abschied mit seiner Klingel. Om sagte, die Arbeit höre sich doch irgendwie interessant an. »Und es wäre herrlich, so ein Fahrrad zu haben.«

Ishvar war der Meinung, daß nur jemand wie Rajaram, der mit einer langen, gefährlichen Zunge sprach, als Motivierer erfolgreich sein konnte. »Uns zu sagen, wir hätten Angst vor Veränderung. Was weiß der denn schon? Hätten wir unser Heimatdorf verlassen und wären wir bis hierhergekommen, wenn wir Angst vor Veränderung gehabt hätten?«

Der Nachtwächter stimmte ihm zu. »Im übrigen kann das kein Mensch entscheiden. Alles verändert sich, ob wir wollen oder nicht.«

* * *

Im Laufe des Abends ging Dina mehrmals zu dem eingedellten Koffer, um ihn sich anzusehen. Maneck sah ihr belustigt zu und fragte sich, wie lange sie damit noch weitermachen würde. »Ich hoffe, du bist jetzt zufrieden«, sagte sie nach dem Abendessen. »Jetzt kannst du nur drum beten, daß sich meine Freundlichkeit nicht an mir rächt.«

»Hör doch endlich auf, dir so viel Sorgen zu machen, Tante. Wie kann sie sich denn rächen?«

»Muß ich dir alles zweimal erklären? Ich habe das nur getan, weil dieser arme dürre Schneider allmählich so aussieht wie sein zerbeulter Koffer. Du denkst, ich bin unfreundlich zu ihnen, meinst, ihre Probleme wären mir gleichgültig. Du wirst es seltsam finden, wenn ich dir das sage, aber wenn sie am Abend gegangen sind, dann fehlen sie mir – ihr Reden, das Nähen und Scherzen.«

Maneck fand es überhaupt nicht seltsam. »Hoffentlich geht es Oms Arm morgen besser«, sagte er.

»Eins steht fest, er hat nicht simuliert. So wie sich seine Muskeln anfühlten, als ich den Balsam eingerieben habe, wußte ich, daß er Schmerzen hatte. Ich hab Erfahrung mit Massage. Mein Mann hatte chronische Rückenschmerzen.«

Sie habe damals Sloane's Liniment benutzt, sagte sie, der sei wirkungsvoller als Amrutanjanbalsam, und habe seine verknoteten Muskeln unter ihren Fingern gelockert. »Rustom hat immer gesagt, meine Finger besäßen einen Zauber, der besser wirkt als die krampflösende intramuskuläre Injektion des Arztes.«

Sie sah wehmütig auf ihre Hand, streckte sie von sich weg. »Die haben ein langes Gedächtnis, diese Finger. Sie erinnern sich noch an das Gefühl, wie sich Rustoms Muskeln entspannt haben.« Sie ließ die Hand sinken. »Und trotz seiner Rückenschmerzen fuhr er sehr gerne Rad. Bei jeder Gelegenheit sprang er drauf und radelte los.«

Dina erzählte bis zur Schlafenszeit von Rustom. Wie sie sich kennengelernt hatten, wie ihr Esel von einem Bruder reagiert hatte, und dann die Hochzeit. Ihre Augen leuchteten, und Maneck war von den Geschichten gerührt. Aber er begriff nicht, warum er sich, indem er ihr zuhörte, wieder unter der vertrauten Last der Verzweiflung krümmte, während sie sich an ihren Erinnerungen ergötzte.

VIII

Verschönerung

Ungefähr nach einer Woche hatte die Alchemie der Zeit die lärmige nächtliche Straße vor der Drogerie für die Schneider in einen einschläfernden Hintergrund umgewandelt. Jetzt war ihr Schlaf nicht mehr von Alpträumen vergiftet. Die Schatten und Störungen – Buchmacher, die die mitternächtlichen Matka-Nummern ausriefen, Gewinner, die vor Freude jubelten, heulende Hunde, Betrunkene, in tödlichen Kampf mit ihren Dämonen verstrickt, das Krachen der Milchflaschenkästen, zuschlagende Türen von Bäckereiwagen – alle diese Laute wurden für Ishvar und Om zu den Stundenschlägen einer verläßlichen Uhr.

»Ich hab euch doch gesagt, daß man vor der Straße keine Angst zu haben braucht«, sagte der Nachtwächter.

»Stimmt«, sagte Ishvar. »Geräusche sind wie Menschen. Wenn man sie erst mal kennengelernt hat, werden sie freundlicher.«

Die Ringe um ihre Augen verblaßten, ihre Arbeit verbesserte sich, und ihr Schlaf wurde angenehm. Ishvar träumte von einer Hochzeitsfeier im Dorf. Oms Braut war wunderschön. Und Om träumte von dem verlassenen Slum. Shanti und er hielten sich an den Händen, holten Wasser von der Zapfstelle, tollten dann durch das öde Feld, das jetzt in einen Garten verwandelt war, wo es von Blumen und Schmetterlingen wimmelte. Sie sangen, tanzten um Bäume herum, liebten sich, während sie auf einem fliegenden Zauberteppich aus Wolken durch die Luft segelten, mähten Sergeant Kesar und seine bösen Polizisten mit Maschinengewehren nieder, wie auch den Kontrolleur der Slums, und ließen die Hüttenbewohner an ihren rechtmäßigen Platz zurückkehren.

Die Drogerie war der neue Lebensmittelpunkt der Schneider. Wenn sie Dinas Wohnung am Ende des Tages verließen, suchten sie sich aus dem Koffer Wäsche zum Wechseln aus. Seife und Zahnbürsten wanderten mit ihnen hin und her. Nach dem Abendessen im Vishram wuschen sie ihre Kleidung in den Waschräumen des Bahnhofs und trockneten sie im Eingang der Drogerie. Elektrische Drähte, die ihren Halt verloren hatten, dienten als Wäscheleine. Hosen und Hemden wachten wie schwebende, gestutzte Wächter über ihren Schlaf, und in windigen Nächten tanzten die Kleidungsstücke wie freundliche, artistische Geister auf dem Draht herum.

Dann kam die Nacht der Geräusche, die Fremde in der Straße waren. Polizeijeeps und ein Lastwagen rasten die Straße entlang und parkten gegenüber der Drogerie. Sergeant Kesar bellte seinen Männern kurze, scharfe Anweisungen zu. Die Stöcke der Beamten wummerten hohl auf die Pappkartons herab, mit denen sich die Schläfer auf den Gehsteigen zugedeckt hatten, und schwere Schritte von Militärstiefeln hallten auf dem Boden.

Die Geräusche platzten wie bedrohliche Eindringlinge in den Schlummer der Schneider hinein. Ishvar und Om erwachten zitternd, wie aus einem schlechten Traum, und versteckten sich ängstlich hinter dem Nachtwächter. »Was passiert da? Was siehst du?« fragten sie ihn.

Er spähte um den Eingang herum. »Sieht aus, als würden sie alle Bettler aufwecken. Sie schlagen sie, schubsen sie auf einen Lastwagen.«

Die Schneider schüttelten ihren Schlaf ab und überzeugten sich selbst. »Das ist wirklich Sergeant Kesar«, sagte Om und rieb sich die Augen. »Ich dachte, ich träume schon wieder von unserem Jhopadpatti.«

»Und dieser andere Bursche, der neben Segeant Kesar – der kommt mir auch bekannt vor«, sagte Ishvar.

Der kleine, bürokratisch aussehende Mann hüpfte wie ein Hase nebenher und schniefte, offenbar von einer Erkältung geplagt. In regelmäßigen Abständen schnaubte er den Schleim zurück und schluckte ihn herunter. Om rückte ein Stückchen vor. »Das ist der Bursche, der uns eine Lebensmittelkarte für zweihundert Rupien verkaufen wollte – der Erleichterer.«

»Du hast recht. Und er hustet und niest immer noch. Komm zurück, besser, wir bleiben versteckt. Das ist sicherer.«

Der Erleichterer machte sich Notizen auf einem Klemmbrett, zählte mit, während der Lastwagen beladen wurde. »Einen Moment mal, Sergeant«, protestierte er. »Sehen Sie sich die an – völlig verkrüppelt. Die können Sie doch auslassen, ja?«

»Tun Sie Ihre Arbeit«, sagte Sergeant Kesar. »Ich tue meine. Und wenn Sie noch etwas Zeit übrig haben, kümmern Sie sich um Ihre Brille.«

»Danke«, sagte der Erleichterer, und seine Hand schoß hoch, um seine rutschende Brille aufzuhalten. Auf dem Weg nach unten sammelten seine Finger die Perle ein, die ihm von der Nase baumelte. Es war eine fließende Kombination von Gesten. »Aber bitte hören Sie, ja?« schniefte er. »Diese Bettlerin ist nutzlos in ihrem Zustand.«

»Ehrlich gesagt, das geht mich nichts an. Ich habe meine Befehle zu befolgen.« Heute nacht hatte Sergeant Kesar beschlossen, sich auf keinen Unsinn einzulassen, sein Job wurde von Tag zu Tag schwieriger. Menschenmengen für politische Kundgebungen eintreiben war nicht schlimm. GSIS-Verdächtige hochnehmen war auch okay. Aber Hüttensiedlungen, Straßenstände und Jhopadpattis demolieren hatte schlimme Folgen für sein reines Gewissen. Und bevor seine Vorgesetzten diese fortschrittliche neue Strategie für das Bettlerproblem formuliert hatten, hatte er Gehsteigbewohner auf Ödland außerhalb der Stadtgrenze abladen müssen. Er kam von diesen Einsätzen immer in einer elenden Stimmung zurück, betrank sich, beschimpfte seine Frau, schlug seine Kinder. Jetzt, wo sich sein Gewissen allmählich wieder erholte, war er nicht bereit, die Dinge von diesem nasetriefenden Idioten verkomplizieren zu lassen.

»Aber was nützt sie mir denn?« protestierte der Erleichterer. »Was für eine Arbeiterin soll denn so ein Krüppel abgeben?«

»Mit Ihnen ist es immer das gleiche Problem«, sagte Sergeant Kesar und steckte die Daumen in den schwarzen Ledergürtel, der der großzügigen Rundung seines Bauches folgte. Er war ein Fan von Cowboy-Filmen und Clint Eastwood. »Vergessen Sie nicht, die arbeiten alle kostenlos.«

»Wohl kaum, Sergeant. Sie berechnen genug pro Kopf.«

»Wenn Sie sie nicht haben wollen, dann find ich schon andere Abnehmer. Ehrlich gesagt, ich habe es gründlich satt, mir jeden Abend Ihr Gejammer anzuhören. Ich kann für Sie nicht gesunde

Exemplare auswählen – das hier ist kein Viehmarkt. Mein Befehl lautet, die Straßen freizuräumen. Also wollen Sie sie haben oder nicht?«

»Ja, okay. Aber sagen Sie Ihren Männern wenigstens, daß sie vorsichtig schlagen sollen, damit kein Blut fließt. Sonst habe ich große Schwierigkeiten, Plätze für sie zu finden.«

»Also da stimme ich Ihnen zu«, sagte Sergeant Kesar. »Aber Sie brauchen sich keine Sorgen zu machen, meine Beamten sind gut ausgebildet. Sie wissen, wie wichtig es ist, nur verborgene Verletzungen zuzufügen.«

Die Razzia nahm ihren Fortgang. Die Polizisten gingen effizient vor, schubsten, schlugen und traten. Kein Hindernis vermochte sie aufzuhalten, weder Schreien noch Heulen, noch die komischen Drohungen von Betrunkenen und Verrückten.

Die unbeteiligte Art der Polizisten erinnerte Ishvar an den Straßenfeger, der um fünf Uhr morgens den Müll einsammelte. »O nein«, sagte er schaudernd. »Die sind hinter dem kleinen Burschen auf Rädern her.«

Der beinlose Bettler versuchte zu entkommen. Sich mit seinen Händen abstoßend, bewegte er seine Plattform voran. Die Polizisten amüsierten sich und feuerten ihn an, wollten sehen, wie schnell er auf seinen Rollen fahren konnte. Dem Fluchtversuch ging vor der Drogerie die Energie aus. Zwei Beamten trugen ihn zu dem Lastwagen, samt Plattform.

»Jetzt sehen Sie sich doch den hier mal an!« rief der erregte Erleichterer. »Keine Finger, keine Füße, keine Beine – das wird ja ein toller Arbeiter!«

»Sie können mit ihm machen, was Sie wollen«, sagte ein Beamter.

»Lassen Sie ihn hinter der Stadtgrenze raus, wenn Sie ihn nicht brauchen«, sagte der andere. Ein leichter Schubser, und die Plattform rollte, bis sie gegen das vordere Ende der Ladefläche stieß.

»Was sagen Sie da? Wie soll ich das machen? Ich muß für alle Rechenschaft ablegen«, sagte der Erleichterer. Sich an Sergeant Kesars Ultimatum erinnernd, blickte er sich vorsichtig um und kaute an der Kappe seines Kulis – hatte er es gehört? Zum Ausgleich gab er ausnahmsweise einmal etwas Zustimmendes von sich. »Diese Blinden sind in Ordnung. Blindheit ist kein Problem, die können was mit ihren Händen machen. Auch Kinder, viele kleine Arbeiten für sie.«

Die Beamten ignorierten ihn, während sie ihrer Beute nachjagten. Nachdem sich die erste Panik gelegt hatte, gingen die Bettler lammfromm mit. Die meisten von ihnen hatten solche Razzien schon erlebt, vor Geschäften oder Wohnhäusern, deren Inhaber die Polizei mit etwas Bakschisch überreden konnten, die Schandflecken zu beseitigen. Manchmal stationierte die Polizei selber die Bettler dort, um dann begierig auf den lukrativen Beseitigungswunsch zu warten.

Die am Lastwagen aufgereihten Gehsteigbewohner wurden abgezählt und aufgefordert, ihre Namen zu nennen, die der Erleichterer auf seinem Klemmbrett eintrug, zusammen mit Geschlecht und körperlichem Zustand. Ein alter Mann blieb stumm, sein Name war in seinem Schädel verschlossen, der Schlüssel verlegt. Ein Polizist schlug ihn und fragte ihn wieder. Der graue Kopf rollte mit jedem Schlag von einer Seite zur anderen.

Seine Freunde versuchten zu helfen, riefen die verschiedenen Namen, die sie für ihn benutzten. »Burfi! Bevda! Vier-Zwanzig!« Der Erleichterer wählte Burfi und trug ihn in die Liste ein. Für die Spalte Alter machte er eine grobe Schätzung nach dem Aussehen.

Die Betrunkenen und die geistig Behinderten waren etwas schwieriger zu handhaben, weigerten sich, sich zu bewegen, schrien Beschimpfungen, die meisten davon unzusammenhängend, und brachten die Polizisten zum Lachen. Dann begann ein Betrunkener wild mit den Fäusten um sich zu schlagen. »Räudige Hunde!« brüllte er. »Von verseuchten Huren geboren!« Die Beamten hörten auf zu lachen und bearbeiteten ihn mit ihren Stöcken. Als er zu Boden sank, machten sie mit den Füßen weiter.

»Aufhören, bitte, aufhören!« flehte der Erleichterer. »Wie soll er denn arbeiten, wenn ihr ihm die Knochen brecht?«

»Keine Sorge, diese Burschen sind zäh. Unsere Stöcke brechen, aber die nicht.« Der bewußtlose Betrunkene wurde auf den

Laster geworfen. Auf dem Gehsteig wurden restliche Diskussionen durch Stockschläge in die Nieren vertagt und, bei besonders gesprächigen Fällen, durch einen Schlag auf den Schädel.

»Das sind keine verborgenen Verletzungen!« beschwerte sich der Erleichterer bei Sergeant Kesar. »Sehen Sie sich das ganze Blut an!«

»Manchmal geht es nicht anders«, erwiderte Sergeant Kesar, aber trotzdem ermahnte er seine Beamten, ihren Eifer zu zügeln, sonst würde sich die nächtliche Arbeit in die Länge ziehen, wenn noch Ärzte und Versorgung von Verletzten und medizinische Berichte ins Spiel kämen.

Immer noch im Eingang der Drogerie verborgen, fragten sich die Schneider, was jetzt passierte. »Fahren sie weg? Sind sie fertig?«

»Sieht so aus«, sagte der Nachtwächter, und die startenden Motoren bestätigten es. »Gut, ihr könnt wieder schlafen gehen.«

Sergeant Kesar und der Erleichterer überprüften die Liste. »Vierundneunzig«, sagte letzterer. »Ich brauche noch zwei, um die Quote zu erfüllen.«

»Ehrlich gesagt, als ich acht Dutzend gesagt habe, habe ich das als eine ungefähre Zahl gemeint. Eine Lastwagenladung. Verstehen Sie nicht? Wie kann ich denn genau voraussagen, wieviel wir fangen werden?«

»Aber ich habe meinem Vertragspartner acht Dutzend versprochen. Er wird denken, ich will ihn betrügen, ja? Können Sie nicht noch zwei suchen?«

»Okay«, sagte Sergeant Kesar erschöpft, »suchen wir noch zwei.« Mit diesem Burschen würde er nie wieder Geschäfte machen. Heulte und winselte ohne Ende, wie ein geschlagener Hund. Wenn es nicht darum ginge, die Sitar-Stunden für seine Tochter zu bezahlen, würde er ohne zu zögern auf diese Überstunden-Einsätze verzichten. Nicht nur mußte er sich mit Abschaum wie diesem Erleichterer abgeben, die späten Nächte hinderten ihn auch daran, vor Tagesanbruch aufzustehen und eine Stunde Yoga einzulegen, wie er es früher immer getan hatte. Kein Wunder, daß seine Nerven in letzter Zeit so dünn waren, dachte er. Und diese ganze Magensäure. Aber was hatte er für eine Wahl? Es war seine Pflicht, die Heiratsaussichten seiner Tochter zu verbessern.

Die Schneider und der Nachtwächter hörten die sich nähernden Stiefel und Stöcke. Zwei Silhouetten, gesichtslos wie ihre Schatten, blickten in den Eingang. »Wer ist da drin?«

»Das ist schon in Ordnung, keine Sorge, ich bin der Nachtwächter und ...«

»Mund halten und rauskommen! Allesamt!« Sergeant Kesars Geduld war von dem Erleichterer aufgebraucht worden.

Der Nachtwächter erhob sich von seinem Schemel, beschloß, daß es klug wäre, seinen Stock nicht mitzunehmen, und trat auf den Gehsteig hinaus. »Keine Sorge«, sagte er, die Schneider herauswinkend. »Ich werde es ihnen erklären.«

»Wir haben nichts Unrechtes getan«, sagte Ishvar, sein Hemd zuknöpfend.

»Ehrlich gesagt, wer auf der Straße schläft, verstößt gegen das Gesetz. Holt eure Sachen und ab auf den Lastwagen.«

»Aber Polizei-Sahab, wir schlafen hier nur, weil Ihre Männer mit Maschinen gekommen sind und unser Jhopadpatti zerstört haben.«

»Was? Ihr habt in einem Jhopadpatti gelebt? Zwei Unrechte ergeben kein Recht. Ihr könnt dafür doppelt bestraft werden.«

»Aber Polizei-Sahab«, unterbrach der Nachtwächter, »Sie können sie nicht verhaften, sie haben nicht auf der Straße geschlafen, sie waren hier in dem ...«

»Verstehst du, was Mundhalten bedeutet?« warnte ihn Sergeant Kesar. »Oder willst du rausfinden, was Einsperren bedeutet? Schlafen an jedem nicht dafür vorgesehenen Ort ist illegal. Das hier ist ein Eingang, kein Schlafplatz. Und wer sagt, daß sie verhaftet werden? So verrückt ist der Staat auch nicht, daß er herumgeht und Bettler einsperrt.« Er hielt abrupt inne und fragte sich, wieso er eine Rede hielt, wenn die Lathis seiner Männer schneller zum Ziel kämen.

»Aber wir sind keine Bettler!« sagte Om. »Wir sind Schneider, sehen Sie, diese langen Fingernägel, um die Nähte auszustreichen, und wir arbeiten für ...«

»Wenn ihr Schneider seid, dann näht eure Mäuler zusammen! Genug! Ab in den Lastwagen!«

»*Er* kennt uns«, sagte Ishvar, auf den Erleichterer deutend. »Er hat gesagt, er kann uns eine Lebensmittelkarte für zweihundert Rupien verkaufen, zahlbar in Raten, und ...«

»Was ist das für ein Gerede von wegen Lebensmittelkarten?« wollte Sergeant Kesar wissen und wandte sich um.

Der Erleichterer schüttelte den Kopf. »Die verwechseln mich offenbar mit irgendeinem krummen Kundenfänger.«

»Das waren *Sie*!« sagte Om. »Sie haben geniest und gehustet, und die Rotze ist Ihnen aus der Nase geflossen, genau wie jetzt!«

Sergeant Kesar gab einem Beamten ein Zeichen. Der Stock landete auf Oms Waden. Er schrie auf.

»Nein, bitte, keine Schläge«, flehte der Nachtwächter. »Es ist schon in Ordnung, sie werden auf euch hören.« Er klopfte den Schneidern beruhigend auf die Schulter. »Keine Sorge, das ist eindeutig ein Irrtum. Erklärt es einfach den Leuten, die hierfür zuständig sind, und die werden euch wieder freilassen.«

Der Beamte hob wieder seinen Stock, aber Ishvar und Om begannen ihr Bettzeug zusammenzurollen. Der Nachtwächter umarmte sie, bevor sie abgeführt wurden. »Kommt bald wieder. Ich halt euch diesen Platz frei.«

Ishvar versuchte es ein letztes Mal. »Wir haben wirklich Arbeit, wir betteln nicht ...«

»Mund halten.« Sergeant Kesar war gerade dabei, seine Einkünfte aus dem Fang dieser Nacht auszurechnen, und Mathematik war nicht seine Stärke. Durch die Unterbrechung war er gezwungen, seine Berechnung wieder von vorne anzufangen.

Die Schneider kletterten auf die Ladefläche, dann wurde die Klappe zugeknallt und der Bolzen vorgeschoben. Die Männer, die für die Eskorte des Transports abgestellt waren, nahmen ihre Plätze in dem Polizeijeep ein. Der Erleichterer einigte sich mit Sergeant Kesar über den Endbetrag und stieg neben dem Lastwagenfahrer ein.

Innen an der Ladefläche des Lastwagens, der vor kurzem noch für Bauarbeiten benutzt worden war, klebten Lehmplacken. Und auf dem Boden lag Kies verstreut, der der menschlichen Fracht ins Fleisch stach. Als der Fahrer den Rückwärtsgang einlegte, um zu wenden und den Weg zurückzufahren, den er gekommen war, flogen einige Passagiere, die noch standen, durcheinander. Der Polizeijeep folgte in dichtem Abstand.

Sie fuhren durch die Nacht, von der nicht mehr viel übrig war. Durch die Erschütterungen und Schlaglöcher stießen ihre Körper ständig zusammen. Dem Bettler auf den Rollen erging es am schlimmsten. Jedesmal, wenn er in jemanden hineinrutschte, wurde er unsanft fortgestoßen. Er lächelte den Schneidern nervös zu. »Ich sehe euch oft auf meinem Gehsteig. Ihr habt mir viele Münzen gegeben.«

Ishvar machte eine ›Nicht-der-Rede-wert‹-Handbewegung. »Warum steigst du nicht von deinem Gaadi?« schlug er vor, und mit Oms Hilfe hob er den Bettler von der Plattform. Seine Nachbarn waren erleichtert. Bewegungslos wie ein Sack Zement preßte er mit seinen fingerlosen Händen das Brett an die Brust, legte es sich dann auf seinen gekürzten Schoß und zitterte in der warmen Nacht.

»Wo bringen sie uns hin?« rief er über das Brüllen des Motors. »Ich hab solche Angst! Was wird passieren?«

»Keine Sorge, das werden wir bald erfahren«, sagte Ishvar. »Wo hast du denn diesen hübschen Gaadi her?«

»Mein Bettlermeister hat ihn mir gegeben. Ein Geschenk. Er ist so ein großzügiger Mann.« Durch seine Angst wurde seine ohnehin schrille Stimme noch schärfer. »Wie werde ich Bettlermeister bloß wiederfinden? Er wird denken, ich bin abgehauen, wenn er morgen zum Geldabholen kommt.«

»Wenn er sich erkundigt, wird ihm jemand das mit der Polizei erzählen.«

»Das ist das, was ich nicht verstehe. Wieso hat die Polizei uns mitgenommen? Bettlermeister bezahlt sie jede Woche – alle seine Bettler dürfen ohne Belästigung arbeiten.«

»Das hier ist eine andere Polizei«, sagte Ishvar. »Die Verschönerungspolizei – es gibt ein neues Gesetz, mit dem die Stadt verschönert werden soll. Vielleicht kennen die deinen Bettlermeister nicht.«

Er schüttelte den Kopf über diese absurde Vermutung. »Aray Babu, jeder kennt Bettlermeister.« Er begann an den Rollen herumzudrehen, was ihn offenbar beruhigte. »Dieser Gaadi hier, das ist ein neuer, den er mir vor kurzem geschenkt hat. Der alte ist kaputtgegangen.«

»Wie?« fragte Om.

»Unfall. Da war ein Gefälle. Ich bin vom Gehsteig runtergesaust. Hab fast jemandem sein Auto beschädigt.« Er kicherte, als er sich an den Vorfall erinnerte. »Dieser neue ist viel besser.« Er forderte Om auf, sich die Rollen anzusehen.

»Sehr glatt«, sagte Om und fuhr mit dem Daumen drüber. »Was ist mit deinen Beinen und Händen passiert?«

»Weiß ich nicht genau. War immer schon so. Aber ich beschwer mich nicht. Ich bekomm genug zu essen und hab außerdem einen reservierten Platz auf dem Gehsteig. Bettlermeister kümmert sich um alles.« Er untersuchte die Bandagen an seinen Händen und wickelte sie unter Zuhilfenahme seines Mundes auf, was ihn für ein paar Minuten verstummen ließ. Es war ein langsamer, mühseliger Vorgang, bei dem viel Hals- und Kieferbewegung notwendig war.

Als die Handflächen freigelegt waren, kratzte er sie sich, indem er sie gegen das Bettzeug der Schneider rieb. Die köstliche Rauheit des Sackleinens linderte das Jucken. Dann fing er an, die Bandagen wieder anzulegen, den mühseligen Vorgang mit Hals und Kiefer in umgekehrter Richtung zu wiederholen. Om bewegte seinen eigenen Kopf vor lauter Mitgefühl mit – hoch und runter, herum, jetzt vorsichtig, ja, und wieder herum. Als er merkte, was er da machte, kam er sich töricht vor und hörte auf.

»Die Bandage schützt meine Haut. Ich stoße mich mit den Händen ab, um den Gaadi zu rollen. Ohne Bandagen würden sie von dem rauhen Boden bluten.«

Diese beiläufig dargebotene Tatsache sorgte dafür, daß sich Om unbehaglich fühlte. Aber der Bettler redete weiter, um seine eigene Angst und Besorgnis zu lindern. »Ich hatte nicht immer einen Gaadi. Als ich klein war, zu klein, um alleine zu betteln, wurde ich herumgetragen. Bettlermeister hat mich jeden Tag vermietet. Das war der Vater von dem, der sich jetzt um mich kümmert. Ich war sehr gefragt. Bettlermeister hat gesagt, ich hätte ihm die höchsten Gewinne gebracht.«

Die Erinnerung an glücklichere Zeiten hatte die Panik in seiner Stimme vertrieben. Er erinnerte sich, wie gut die Kunden sich um ihn gekümmert und ihn gefüttert hatten, denn wenn sie nachlässig waren, verprügelte Bettlermeister sie und brach die Geschäftsbeziehungen mit ihnen ab. Zum Glück sah er wegen seiner geringen Größe bis zum Alter von zwölf wie ein kleines Kind aus. »Ein Kind, ein verkrüppelter Säugling, verdient eine Menge Geld beim Publikum. Ich hab in den Jahren von so vielen verschiedenen Brüsten Milch getrunken.«

Er lächelte gerissen. »Ich wünschte, ich könnte immer noch in Frauenarmen herumgetragen werden, mit ihren süßen Brustwarzen in meinem Mund. Macht mehr Spaß, als den ganzen Tag lang auf dieser Plattform herumzuhoppeln, mir die Eier aufzuschlagen und den Arsch aufzureißen.«

Ishvar und Om waren überrascht, lachten dann erleichtert. Auf dem Gehsteig mit einem Winken oder einer Münze an ihm vorbeizugehen war eine Sache, aber neben ihm zu sitzen und sich mit seinen Verstümmelungen abzugeben eine andere – und auch ziemlich beunruhigend. Sie waren froh, daß er auch lachen konnte.

»Schließlich haben mich mein Babygesicht und meine Babygröße verlassen. Ich wurde zu schwer zum Tragen. Dann hat mich Bettlermeister alleine Betteln geschickt. Ich mußte mich herumschleppen. Auf dem Rücken.«

Er wollte es ihnen vormachen, aber in dem vollbesetzten Laster war nicht genug Platz. Er beschrieb, wie Bettlermeister ihn in der Technik ausgebildet hatte, wie er alle seine Bettler ausbildete, jeden mit einer persönlichen Note, ihnen verschiedene Stile beibrachte, das, was im jeweiligen Fall am besten funktionieren würde. »Bettlermeister erzählt gern den Witz, daß er Diplome ausgeben würde, wenn wir Wände hätten, an die wir sie hängen könnten.«

Die Schneider lachten wieder, und der Bettler glühte vor Vergnügen. Er entdeckte ein neues Talent an sich. »Und so habe ich gelernt, auf dem Rücken zu kriechen, wobei ich Kopf und Ellbogen benutzte. Es war mühselig. Zuerst schob ich meine Bettelschale ein Stück vor und dann schlängelte ich mich hinterher. Es war sehr wirkungsvoll. Die Leute haben mir voller Mitleid und Neugier zugesehen. Manchmal dachten kleine Kinder, es wäre ein Spiel, und versuchten, mich nachzumachen. Zwei Spieler schlossen jeden Tag Wetten ab, wie lange ich brauchen würde, um das Ende des Gehsteigs zu erreichen. Ich tat so, als wüßte ich nicht, was sie machen. Der Gewinner warf immer etwas Geld in meine Schale.

Aber ich brauchte sehr lange, um zu den verschiedenen Stellen zu gelangen, die Bettlermeister für mich reserviert hatte. Morgens, mittags und abends – Büropublikum, Mittagspublikum, Einkaufspublikum. Da hat er beschlossen, mir die Plattform zu besorgen. So ein netter Mann. Ich kann ihn gar nicht genug loben. An meinem Geburtstag bringt er mir Süßigkeiten. Manchmal bringt er mich zu einer Prostituierten. Er hat viele, viele Bettler in seiner Mannschaft, aber ich bin sein Liebling. Seine Arbeit ist nicht leicht, es gibt so viel zu tun. Er bezahlt die Polizei, findet die besten Stellen zum Betteln, sorgt dafür, daß einem niemand den Platz wegnimmt. Und wenn sich ein guter Bettlermeister um dich kümmert, wagt es niemand, dir dein Geld zu stehlen. Das ist das größte Problem, das Stehlen.«

Ein Mann nebenan meckerte und versetzte dem Bettler einen Stoß. »Kreischt hier rum wie eine brennende Katze. Deine Lügen interessieren doch niemand.«

Der Bettler schwieg für ein paar Minuten, richtete seine Bandagen und spielte mit seinen Rollen. Er stellte besorgt fest, daß den schläfrigen Schneidern immer wieder die Köpfe wegkippten. Wenn seine Freunde einschliefen, würde er allein gelassen sein in dem dunklen Rauschen dieser entsetzlichen Nacht. Er setzte seine Geschichte wieder fort, um ihren Schlaf zu vertreiben.

»Bettlermeister muß auch sehr einfallsreich sein. Wenn alle Bettler die gleichen Verletzungen haben, dann gewöhnt sich das Publikum dran und empfindet kein Mitleid mehr. Das Publikum hat gerne Abwechslung. Einige Verletzungen sind so verbreitet, daß sie nicht mehr funktionieren. Zum Beispiel einem Baby die Augen auszustechen bringt einem nicht automatisch Geld ein.

Blinde Bettler gibt es überall. Aber blind, mit fehlenden Augäpfeln, leere Augenhöhlen im Gesicht, plus abgehackter Nase – also dafür gibt jeder Geld. Krankheiten sind auch hilfreich. Ein großes Geschwür am Hals oder im Gesicht, aus dem gelber Eiter fließt. Das funktioniert gut.

Manchmal werden normale Leute Bettler, wenn sie keine Arbeit finden können oder wenn sie krank werden. Aber die sind hoffnungslos unterlegen, die kommen gegen die Profis nicht an. Überlegt mal – wenn ihr eine Münze zu verschenken habt und ihr zwischen mir und einem anderen Bettler mit einem ganzen Körper wählen müßtet.«

Der Mann, der ihn vorher angestoßen hatte, sagte: »Halt endlich den Mund, du Affe. Ich warne dich! Sonst schmeiß ich dich über Bord! In so einem Moment haben wir keine Lust, uns so einen Unsinn anzuhören! Wieso gehst du nicht einer ehrlichen Arbeit nach, so wie wir?«

»Was machst du denn?« fragte Ishvar höflich, um ihn zu beruhigen.

»Schrotthändler. Sammeln und Verkaufen nach Gewicht. Und sogar meine arme kranke Frau hat ihre eigene Arbeit. Lumpen.«

»Das ist sehr gut«, sagte Ishvar. »Und wir haben einen Freund, der Haarsammler ist, obwohl er vor kurzem auf Motivierer für Familienplanung umgestiegen ist.«

»Ja, Babu, alles sehr schön«, sagte der Bettler. »Aber sag mir, Schrottsammler, was könnte ich denn tun, ohne Beine oder Finger?«

»Komm mir nicht mit Ausreden. In so einer riesigen Stadt gibt es sogar Arbeit für eine Leiche. Aber du mußt sie auch haben wollen und sie ernsthaft suchen. Ihr Bettler belästigt einen immer auf der Straße, und dann kommt die Polizei und macht uns allen Ärger. Sogar hart arbeitenden Leuten wie uns.«

»O Babu, wenn es keine Bettler gäbe, wie würden sich dann die Leute von ihren Sünden reinigen?«

»Wen interessiert das denn? Wir machen uns Sorgen, wie wir Wasser finden, um unsere Haut zu reinigen!«

Die Diskussion wurde lauter, der Bettler schrie schrill, und der Schrottsammler brüllte zurück. Die anderen Passagiere begannen, Partei zu ergreifen. Die Betrunkenen wachten auf und überhäuften alle mit Beschimpfungen. »Ziegenfickende Idioten! Brut von verrückten Eseln! Schamlose Eunuchen, dahergelaufene.«

Schließlich wurde die Unruhe so groß, daß der Fahrer an den Rand fuhr und hielt. »Ich kann nicht fahren, wenn ihr da oben so viel Unruhe macht«, beschwerte er sich. »Sonst passiert noch ein Unfall oder so was.«

Seine Scheinwerfer beleuchteten einen steinigen Straßenrand mit Grasbüscheln. Die Passagiere verstummten. Zu beiden Seiten herrschte tiefste Finsternis, die nichts verriet – jenseits des schmalen Seitenstreifens der Straße konnte die Nacht Berge, leere Felder, einen dichten Wald oder Dämonen verbergen.

Ein Polizist trat in den Lichtstrahl und warnte sie: »Wenn ihr nicht mit dem Krach aufhört, dann werdet ihr verprügelt und hier an Ort und Stelle rausgeschmissen, im Dschungel, anstatt zu euren schönen neuen Heimen gebracht zu werden.«

Die zum Schweigen gebrachte menschliche Ladung setzte sich wieder in Bewegung. Der Bettler begann zu weinen. »O Babu, ich hab wieder solche Angst.« Nach einer Weile versank er in einen dumpfen erschöpften Schlaf.

Die Schneider waren jetzt hellwach. Ishvar fragte sich, was passieren würde, wenn sie am Morgen nicht zur Arbeit erschienen. »Die Kleider werden wieder mit Verspätung fertig sein. Das zweite Mal in zwei Monaten. Was wird Dinabai bloß machen?«

»Neue Schneider suchen und uns vergessen«, sagte Om. »Was sonst?«

Die Morgendämmerung färbte die Nacht erst grau und dann rosa, als der Lastwagen und der Jeep die Landstraße verließen, auf eine unbefestigte Nebenstraße abbogen und schließlich vor einem kleinen Dorf hielten. Die Ladeklappe schwang auf. Die Passagiere wurden aufgefordert, dem Ruf der Natur zu folgen. Für einige war der Halt zu spät gekommen.

Der Bettler kippte auf eine Gesäßbacke, während Om die Plattform unter ihn schob. Er paddelte sich bis zum Rand der

Ladefläche und winkte zwei Polizisten mit einer bandagierten Hand zu. Sie drehten sich um und zündeten sich Zigaretten an. Die Schneider sprangen herab und hoben ihn herunter, überrascht, wie wenig er wog.

Die Männer benutzten die eine Seite der Straße, die Frauen hockten sich auf die andere, Kinder waren überall. Die Babys waren hungrig und weinten. Eltern fütterten sie aus Päckchen mit halb verfaulten Bananen, Apfelsinen und Resten, die sie in der Nacht zuvor aufgetrieben hatten.

Der Erleichterer ging ins Dorf, um eine Teeausgabe zu organisieren. Der Dorf-Chaiwalla richtete beim Lastwagen eine provisorische Teeküche ein, machte ein Feuer an, um einen großen Kessel voll Wasser, Milch, Zucker und Teeblätter zu erhitzen. Alle beobachteten ihn durstig. Die Flüssigkeit gleißte im Licht der frühen Morgensonne, die gesprenkelt durch die Bäume schien. Nach einigen Minuten war der Tee fertig und wurde in kleinen Tonschalen serviert.

Währenddessen hatte die Nachricht die Runde durch das kleine Dorf gemacht, und die Bevölkerung versammelte sich und bildete einen neugierigen Kreis um die Ankömmlinge. Sie waren stolz darauf, mit welchem Vergnügen die Besucher den Tee schlürften. Der Dorfvorsteher begrüßte den Erleichterer und stellte die üblichen freundlichen Dörflerfragen – wer, wohin, warum –, bereit, Hilfe und Rat anzubieten.

Der Erleichterer sagte ihm, er solle sich um seine eigenen Angelegenheiten kümmern und seine Leute in ihre Hütten zurückschicken, sonst würde die Polizei sie zerstreuen. Verletzt von diesem unhöflichen Benehmen, zogen sich die Leute zurück.

Der Tee wurde getrunken und die kleinen Tonschalen dem Chaiwalla zurückgegeben. Er zertrümmerte sie auf die traditionelle Weise, worauf einige Gehsteigbewohner spontan herbeieilten, um sie zu retten. »Warte, warte! Wir nehmen sie, wenn du sie nicht haben willst!«

Aber der Erleichterer erlaubte es nicht. »Dort, wo ihr hingeht, bekommt ihr alles, was ihr braucht.« Sie wurden zurück auf den Lastwagen beordert. Während des Aufenthaltes war die Sonne über die Baumwipfel gestiegen. Die Morgenhitze gewann schnell die Oberhand. Das Anlaßgebrüll des Motors erschreckte die Vögel und scheuchte sie in einer flatternden Wolke aus den Bäumen.

Später am Tag traf der Lastwagen bei einem Bewässerungsprojekt ein, wo der Erleichterer die sechsundneunzig Personen ablud. Der Projektleiter zählte sie, bevor er die Empfangsbestätigung unterschrieb. Die Baustelle hatte ihren eigenen Sicherheitsdienst, und der Polizeijeep fuhr fort.

Der Sicherheitshauptmann befahl den sechsundneunzig, die Taschen zu leeren, ihre Päckchen zu öffnen und alles auf den Boden zu legen. Zwei seiner Männer gingen die Reihe entlang, unterzogen jeden einer Leibesvisitation und untersuchten den Haufen von Gegenständen. Das hätte nicht lange dauern müssen, da über die Hälfte von ihnen halbnackte Bettler waren und ihre Besitztümer mager. Aber es waren auch Frauen dabei, und so dauerte es eine Weile, bis die Wärter mit dem Filzen fertig waren.

Sie beschlagnahmten Schraubenzieher, Kochlöffel, eine dreißig Zentimeter lange Eisenstange, Messer, eine Rolle Kupferdraht, eine Zange und einen beinernen Kamm, dessen Zähne für zu groß und zu spitz befunden wurden. Ein Wärter machte mit Oms Plastikkamm den Biegetest. Er brach entzwei. Om durfte die Teile behalten. »Wir dürfen eigentlich nicht hier sein, mein Onkel und ich«, sagte er.

Der Wärter stieß ihn in die Reihe zurück. »Red mit dem Vorarbeiter, wenn du eine Beschwerde hast.«

An die äußerst Abgerissenen wurden kurze Hosen und Unterhemden ausgeteilt oder Unterröcke und Blusen. Der Bettler auf Rollen bekam nur ein Unterhemd, da man nichts Geeignetes fand, in das seine stoffumwickelte amputierte untere Hälfte hineingepaßt hätte. Weder Ishvar noch Om bekam neue Sachen, noch die Lumpensammlerin oder der Schrotthändler. Letzterer, dessen viele scharfrandigen Gegenstände beschlagnahmt worden waren, war zutiefst niedergeschlagen über die Ungerechtigkeit, die ihm widerfahren war. Die Schneider hatten den Eindruck, daß die neuen Sachen schlecht genäht waren, und waren damit zufrieden, das zu behalten, was sie am Leibe hatten.

Die Gruppe wurde zu einer Reihe von Blechhütten geführt, die mit zwölf Personen pro Hütte belegt werden sollten. Alle rasten panisch zu der nächstgelegenen der völlig identischen Behausungen und balgten sich um die Plätze. Der Wärter trieb sie zurück, teilte die Plätze willkürlich zu. In jeder Hütte befand sich ein Stapel zusammengerollter Strohmatten. Einige Leute breiteten sie aus und legten sich drauf, mußten aber gleich wieder aufstehen. Ihnen wurde befohlen, ihr Hab und Gut zu verstauen und sich dann beim Vorarbeiter zu versammeln.

Der Vorarbeiter war ein gehetzt aussehender und üppig schwitzender Mensch, der sie in ihren neuen Häusern willkommen hieß. Er brauchte ein paar Minuten, um das großzügige Programm zu beschreiben, das sich der Staat für die Erbauung der Armen und Obdachlosen ausgedacht hatte. »Wir hoffen also, daß ihr dieses neue Programm annehmt. Also, es sind noch zwei Stunden Arbeitszeit übrig, aber heute dürft ihr euch ausruhen. Morgen früh fangt ihr mit eurer neuen Arbeit an.«

Jemand fragte, wie hoch der Lohn sei und ob er täglich oder wöchentlich ausgezahlt werde.

Der Vorarbeiter wischte sich den Schweiß vom Gesicht, seufzte und probierte es noch mal. »Habt ihr nicht verstanden, was ich gesagt habe? Ihr bekommt was zu essen, Unterkunft und Kleidung. Das ist euer Lohn.«

Die Schneider schoben sich vor, begierig, ihre irrtümliche Anwesenheit bei dem Bewässerungsprojekt zu erklären. Aber zwei Beamte erreichten den Vorarbeiter zuerst und entfernten sich mit ihm zu einer Besprechung. Ishvar entschied sich dagegen, hinter ihm herzurennen. »Warten wir lieber bis morgen früh«, flüsterte er Om zu. »Er ist jetzt sehr beschäftigt, es könnte ihn wütend machen. Aber es ist doch klar, daß die Polizei bei uns einen Fehler gemacht hat. Dieser Ort hier ist für arbeitslose Leute. Sie werden uns gehenlassen, wenn sie erst mal wissen, daß wir als Schneider angestellt sind.«

Einige Leute gingen in die Hütten, um sich hinzulegen. Andere breiteten ihre Matten lieber draußen aus. Nachdem sie den ganzen Tag lang in der sengenden Sonne gestanden hatten, herrschte im Innern der Blechhütten eine brutale Hitze. Im Schatten, der von dem Wellblech geworfen wurde, war es kühler.

Bei Einbruch der Abenddämmerung ertönte eine Pfeife, und die Arbeiter kamen von ihrer Arbeit wieder. Nach einer halben Stunde erklang wieder ein Pfiff, und dann begaben sich alle zum Eßplatz des Lagers. Den Neuankömmlingen wurde gesagt, sie sollten sich ihnen anschließen. Sie stellten sich vor der Küche an, um ihr Abendessen zu empfangen: Dal und Chapati, mit einer grünen Chili am Rand.

»Das Dal ist ja fast Wasser«, sagte Om.

Der Küchenhelfer bekam es mit und nahm es persönlich. »Was meinst du, wo du hier bist, im Palast deines Vaters?«

»Nimm den Namen meines Vaters nicht in den Mund«, sagte Om.

»Komm, gehen wir«, sagte Ishvar und zog ihn fort. »Morgen erzählen wir dem Leiter von dem Fehler des Polizisten.«

Sie aßen schweigend zu Ende, wobei sie sich wie alle anderen auf die verborgenen Gefahren des Essens konzentrierten. Die Chapatis waren aus grobkörnigem Mehl gemacht. Die Menschen unterbrachen ihre Mahlzeit immer wieder, um kleine Steinchen und andere Fremdkörper auszuspucken. Winzigere Teilchen, die nicht rechtzeitig erwischt werden konnten, wurden mit dem Essen zusammen zerkaut.

Sie hätten schon vor einer Stunde kommen sollen«, sagte Dina zu Maneck, als sie mit dem Frühstück fertig waren.

Jetzt ist sie wieder hinter den armen Burschen her, dachte er, während er die Bücher zusammensuchte, die er für den heutigen Unterricht brauchte. »Spielt das eine solche Rolle, wo es doch Stückarbeit ist?«

»Was weißt du denn schon davon, wie man einen Betrieb führt? Deine Mummy und dein Daddy bezahlen deine Studiengebühren und schicken dir Taschengeld. Wart's nur ab, bis du dein eigenes Geld verdienen mußt.«

Als er am Nachmittag wiederkam, ging sie bei der Tür auf und ab. Sowie sein leicht verbogener Schlüssel im Schloß klapperte, drehte sie den Knopf herum. »Sie haben sich den ganzen Tag lang nicht blicken lassen«, beklagte Dina sich bei ihm. »Mit welcher Ausrede sie wohl diesmal kommen werden? Wieder ein Treffen mit der Ministerpräsidentin?«

Als sich der Nachmittag Richtung Abend hinzog, wurde ihr sarkastischer Ton von ihrer Besorgnis unsanft beiseite geschoben. »Die Stromrechnung ist fällig und die Wasserrechnung. Rationen müssen gekauft werden. Und nächste Woche kommt Ibrahim, um die Miete zu kassieren. Du machst dir keine Vorstellung, wie er einen schikanieren kann.«

Nach dem Abendessen blubberten ihre Sorgen weiter wie Verdauungsbeschwerden. Was würde passieren, wenn die Schneider auch morgen nicht kämen? Wie würde sie schnell genug zwei neue bekommen? Und es ging nicht nur darum, daß diese Kleider verspätet abgeliefert würden – eine zweite Verzögerung würde die allmächtige Kaiserin von Au Revoir Exports ernsthaft verstimmen. Diesmal würde die Geschäftsführerin das schwarze Etikett ›Unzuverlässig‹ neben ihren Namen kleben. Dina fand, daß sie vielleicht zum Schönheitssalon Venus gehen und mit Zenobia reden sollte, um sie zu bitten, noch einmal ihren Einfluß bei Mrs. Gupta geltend zu machen.

»Ishvar und Om würden nicht einfach so wegbleiben«, sagte

Maneck. »Es muß irgendwas Dringendes dazwischengekommen sein.«

»Unsinn. Was könnte so dringend sein, daß sie nicht einmal ein paar Minuten Zeit haben, um vorbeizukommen?«

»Vielleicht haben sie sich irgendwo ein Zimmer zum Mieten angesehen. Mach dir keine Sorgen, Tante, morgen sind sie wahrscheinlich wieder da.«

»Wahrscheinlich? Wahrscheinlich ist nicht genug. Ich kann nicht *wahrscheinlich* die Kleider abliefern und *wahrscheinlich* die Miete bezahlen. Du, der du keine Verpflichtungen hast, verstehst das wahrscheinlich nicht.«

Er fand den Ausbruch ungerecht. »Wenn sie morgen nicht kommen, gehe ich hin und frage, was los ist.«

»Ja«, sagte sie, und ihre Miene hellte sich auf. »Gut, daß du weißt, wo sie wohnen.« Ihre Besorgnis schien abzunehmen. Dann sagte sie: »Gehen wir gleich hin. Wieso sich noch die ganze Nacht Sorgen machen?«

»Aber du sagst doch immer, du willst nicht, daß sie denken, du wärst verzweifelt. Wenn du da nachts hinläufst, werden sie sehen, daß du ohne sie hilflos bist.«

»Ich bin nicht hilflos«, sagte sie heftig. »Bloß eine weitere Schwierigkeit im Leben, weiter nichts.« Aber sie beschloß, bis zum Morgen zu warten, war einverstanden, daß er sich nach ihnen erkundigte, bevor er ins College ging. Sie war zu besorgt, um an der Patchworkdecke weiterzuarbeiten. Die Quadrate und Reste lagen in einem Haufen auf dem Sofa und verbargen ihre Muster.

Maneck rannte verzweifelt von der Drogerie zurück. Beim Vishram Vegetarian Hotel wurde er kurz langsamer, um schnell einen Blick hineinzuwerfen, in der Hoffnung, Ishvar und Om dort ihren Morgentee schlürfen zu sehen. Leer. Er kam atemlos an und wiederholte für Dina den Bericht des Nachtwächters.

»Es ist schrecklich! Er glaubt, sie wurden für Bettler gehalten – in den Polizeiwagen geschleppt – und weiß Gott, wo sie jetzt sind!«

»Hmm, soso«, sagte sie, die Geschichte nach Wahrheitsgehalt

und Substanz abwägend. »Und wie lange ist ihre Haftstrafe? Eine Woche, zwei Wochen?« Wenn diese Burschen irgendwo eine andere Arbeit ausprobierten, auf Zeit spielten, wäre das die ideale Methode.

»Das weiß ich nicht.« Er war so außer sich, daß er den Zynismus in ihrer Frage nicht bemerkte. »Es waren nicht bloß sie – alle von der Straße, all die Bettler und Gehsteigbewohner wurden von der Polizei mitgenommen.«

»Erzähl mir doch nichts, dafür gibt es kein Gesetz.«

»Das ist eine neue Politik – Stadtverschönerung oder so was, unter dem Ausnahmezustand.«

»Was für ein Ausnahmezustand? Ich kann dieses dumme Wort nicht mehr hören.« Immer noch skeptisch holte sie tief Luft und beschloß, direkt zu sein. »Maneck, sieh mich an. Sieh mir in die Augen.« Sie brachte ihr Gesicht nahe an seins heran. »Maneck, du lügst mich nicht zufällig an, oder? Weil Ishvar und Om deine Freunde sind und sie dich drum gebeten haben?«

»Ich schwör's beim Namen meiner Eltern, Tante!« Er zog sich schockiert von ihr zurück. Dann geriet er über die Unterstellung in Wut.

»Du brauchst mir ja nicht zu glauben. Denk doch, was du willst. Nächstes Mal brauchst du mich nicht zu bitten, deine Arbeit für dich zu erledigen.« Er verließ das Zimmer.

Sie folgte ihm. »Maneck.« Er ignorierte sie. »Maneck, es tut mir leid. Du weißt, wieviel Sorgen ich mir um diese Näharbeit mache – ich habe es ohne nachzudenken gesagt.«

Ein Augenblick des Schweigens war alles, was er fertigbrachte, bevor er ihr verzieh. »Ist schon gut.«

So ein süßer Junge, dachte sie, kann einem einfach nicht lange böse sein. »Wie lange schlafen die denn schon da draußen vor dem – was ist das, eine Drogerie?«

»Seit dem Tag, wo ihr Haus zerstört wurde. Weißt du nicht mehr, Tante? Als du sie nicht auf der Veranda schlafen lassen wolltest?«

Sie nahm ihm die Formulierung übel. »Du weißt ganz genau, wieso ich ablehnen mußte. Aber wenn du es gewußt hast, warum hast du es mir dann nicht gesagt? Bevor so was wie das hier passiert?«

»Und wenn? Was hätte das ausgemacht? Hättest du sie dann hierbleiben lassen?«

Sie wich der Frage aus. »Es fällt mir immer noch schwer, diese Geschichte zu glauben. Vielleicht lügt der Nachtwächter – deckt sie. Und in der Zwischenzeit werde ich meinen Bruder anbetteln müssen, daß er mir die Miete zahlt.«

Maneck spürte, womit sie versuchte zu jonglieren, was sie verbergen und im Gleichgewicht halten wollte: Sorge, Schuldgefühle, Angst. »Wir könnten bei der Polizei nachfragen«, schlug er vor.

»Und was soll das nützen? Selbst wenn sie die Schneider haben, meinst du, sie schließen einfach ihre Zelle auf, wenn ich's ihnen sage?«

»Wenigstens würden wir wissen, wo sie sind.«

»Im Moment mach ich mir mehr Sorgen um diese Kleider hier.«

»Ich hab's doch gewußt! Du bist so egoistisch, daß du immer nur an dich selbst denken kannst ...«

»Was fällt dir ein! Was fällt dir ein, in diesem Ton mit mir zu reden?«

»Wenn sie tot wären, würde dich das auch nicht stören!« Er ging in sein Zimmer und schlug hinter sich die Tür zu.

»Wenn du meine Tür beschädigst, dann schreib ich deinen Eltern! Und verlange Schadenersatz! Ist dir das klar?!«

Er schleuderte seine Schuhe fort und ließ sich aufs Bett plumpsen. Es war halb neun, er würde zu spät zum College kommen. Es konnte ihm gestohlen bleiben – und sie auch. Es reichte ihm jetzt, immer nett sein zu wollen.

Er sprang vom Bett auf und wechselte sein Hemd gegen ein altes abgetragenes aus dem Schrank. Die Tür klapperte von der unteren Angel herunter. Er bugsierte sie wieder auf den Zapfen und knallte sie zu.

Er ließ sich wieder auf die Matratze plumpsen und fuhr mit dem Finger wütend über das geschnitzte Blumenmuster in dem Kopfteil aus Teakholz. Das Bett war der identische Zwilling von dem im Nähzimmer. Tante Dinas und das ihres Mannes – sie müssen nebeneinander in ihnen geschlafen haben. Vor langer Zeit. Als ihr Leben noch glücklich war und die Wohnung mit den Lauten von Liebe und Lachen gefüllt war. Bevor es so still und schäbig darin geworden war.

Er hörte sie nebenan auf und ab gehen, spürte ihre Verzweiflung in ihren Schritten. Und vor kaum einer Woche war die Arbeit so gut gelaufen, nachdem sie Om mit dem Amrutanjanbalsam verarztet hatte. Das Massieren hatte sie in eine gute Stimmung versetzt, sie hatte sich ihren Erinnerungen an ihr gemeinsames Leben mit ihrem Mann hingegeben, wie sie ihm damals den Rücken massiert hatte.

All die Dinge, die sie Maneck erzählt hatte, kamen jetzt wieder und drängten sich in seinem Zimmer: Diese verzauberten Abende der Konzertveranstaltungen, und wie sie mit Rustom aus dem Konzertsaal trat, in die duftende Nacht hinein, als es in den Straßen still war – ja, sagte sie, damals war die Stadt noch schön, die Gehsteige waren sauber, noch nicht von den Gehsteigbewohnern in Beschlag genommen, und, ja, damals waren die Sterne am Himmel noch zu sehen, wenn sie und Rustom zusammen am Meer entlang spazierengingen, dem endlosen Wechsel der Wellen lauschten, oder in den Hängenden Gärten, unter den flüsternden Bäumen, wie sie ihre Hochzeit und ihr gemeinsames Leben planten, planten und zurechtlegten, in völligem Unwissen darüber, welchen Plan das Schicksal für sie bereithielt.

Wie sehr Dina ihre Erinnerungen genoß. Mummy und Daddy waren genauso, redeten über ihr Gestern und lächelten auf diese traurig-glückliche Art und Weise, während sie jedes einzelne Bild aus ihrer Vergangenheit festhielten und es liebevoll betrachteten, bevor es wieder im Nebel verschwand. Aber niemand vergaß etwas, nicht wirklich, obwohl sie manchmal so taten, wenn es ihnen gerade paßte. Erinnerungen hielten ewig. Traurige blieben traurig, selbst mit verstreichender Zeit, doch glückliche konnten nie neu erschaffen werden – nicht mit derselben Freude. Erinnern schuf seine eigene Trauer. Es schien so ungerecht: daß die Zeit sowohl Traurigkeit wie Glück zu einer Quelle des Schmerzes machte. Was hatte es also für einen Sinn, sich erinnern zu können? Das half doch nichts. Letztendlich war alles hoffnungslos. Das sah man doch an Mummy und Daddy und dem Laden, oder an Tante Dinas Leben, oder an dem Wohnheim und Avinash, und jetzt an Ishvar und Om, den armen beiden. Man konnte sich noch so sehr an glückliche Zeiten erinnern, sich noch so inniglich nach ihnen zurücksehnen – man fühlte sich deswegen kein bißchen weniger elend, andere lieben, sich um sie kümmern und sorgen, an ihnen Anteil nehmen – das war doch sinnlos, vollkommen sinnlos.

Maneck begann zu weinen, seine Brust bebte von der Anstrengung, leise zu bleiben. Alles endete schlecht. Und die Erinnerung machte es nur noch schlimmer, quälte und verspottete einen. Es sei denn. Es sei denn, man verliert den Verstand. Oder man begeht Selbstmord. Die Tafel saubergewischt. Kein Erinnern mehr, kein Leiden mehr.

Arme Tante Dina, wieviel von der Vergangenheit sie noch mit sich herumschleppte, auch wenn sie sich vormachte, daß es glückliche Erinnerungen seien, denen sie sich da hingab. Und jetzt die ganzen Probleme mit ihrer Nähwerkstatt, der Miete und den Rationierungen ...

Er schämte sich jetzt, daß er so ein Theater gemacht hatte. Er stieg aus dem Bett, stopfte sich das Hemd in die Hose, trocknete sich die Augen und ging zurück ins Hinterzimmer, wo Dina im Gefängnis ihrer unvollendeten Kleider auf und ab ging.

»Wann mußt du sie denn abliefern?« fragte er brummig.

»Oh, wieder da? Übermorgen. Bis zwölf.« Sie lächelte in sich hinein, denn sie hatte erwartet, daß er mindestens eine Stunde lang schmollen würde. Er war nach einer halbe Stunde schon wieder erschienen. »Deine Augen sehen wäßrig aus. Hast du eine Erkältung?«

Er schüttelte den Kopf. »Bloß müde. Übermorgen – das sind zwei ganze Tage. Viel Zeit.«

»Für zwei geschickte Schneider schon. Aber nicht für mich allein.«

»Ich helf dir.«

»Daß ich nicht lache. Du und nähen? Und ich mit meinen Augen. Ich kann kaum genug sehen, um meinen Finger durch einen Ehering zu stecken, geschweige denn einen Faden durch ein Nadelöhr zu fädeln.«

»Ich habe das ernst gemeint, Tante.«

»Aber das sind sechzig Kleider. Sechs null. Es bleiben nur noch die Knöpfe und Säume zu machen, das stimmt, aber es ist trotzdem viel Arbeit.« Sie nahm eins in die Hand. »Siehst du die Taille? Wie sie ganz faltig ist? Das nennt man ›Kräuselung‹. So, die Länge beträgt« – sie hielt das Meterband dran – »knapp fünfundsechzig Zentimeter. Aber wegen der Kräuselung ist der Saum des Kleides, mal sehen, ein Meter dreiundsechzig, was per Hand gemacht werden muß. Das erfordert viel ...«

»Wie können die denn merken, wenn du es mit der Maschine machst?«

»Das ist ein Unterschied wie Tag und Nacht. Und dann acht Knöpfe an jedem Kleid. Sechs vorne und einer an jedem Ärmel. Für jemanden wie mich heißt das eine Stunde Arbeit pro Kleid. Insgesamt sechzig Stunden.«

»Wir haben achtundvierzig bis zum Abliefertermin.«

»Ja, wenn wir weder essen noch schlafen, noch auf die Toilette gehen.«

»Wir können es doch wenigstens versuchen. Du kannst abgeben, was wir schon fertig haben, und irgendeine Ausrede erfinden, daß die Schneider krank geworden seien oder so was.«

»Wenn du mir wirklich helfen willst ...«

»Das will ich wirklich.«

Sie begann, alles für die Arbeit vorzubereiten. »Du bist ein guter Junge, weißt du das? Deine Eltern haben großes Glück, einen Sohn wie dich zu haben.« Dann drehte sie sich abrupt um. »Moment mal – was ist mit deinem College?«

»Heute ist kein Unterricht.«

»Hmmm«, sagte sie zweifelnd, während sie den Faden auswählte. Sie schafften die Kleider ins vordere Zimmer, wo das Licht besser war. »Ich bring dir bei, wie man Knöpfe annäht. Das ist leichter als Säume.«

»Ist egal. Ich lerne schnell.«

»Das werden wir ja sehen. Erst nimmst du Maß und markierst die Stellen mit Kreide, in einer graden Linie. Das ist das wichtigste, sonst sieht die Vorderseite schief aus. Gott sei Dank sind das hier einfache Popelinkleider und nicht so rutschiger Chiffon wie letzten Monat.« Sie ging mit ihm die Handgriffe durch, betonte, daß die Stiche in dem vierlöchrigen Knopf parallel und nicht über Kreuz geführt werden mußten.

Er versuchte den nächsten alleine. »Ach, wenn man doch nur wieder junge Augen haben könnte«, seufzte sie, als er den Faden zwischen den Lippen anfeuchtete und ihn durch die Nadel schob. Von der linken Seite aus die Löcher im Knopf zu finden erforderte etwas Herumgestochere mit der Nadel. Aber er brauchte nicht allzu lange und riß triumphierend das Fadenende ab.

Zwei Stunden später hatten sie zusammen sechzehn Knöpfe und drei Säume geschafft. »Siehst du, wie lange es dauert?« sagte sie. »Und jetzt muß ich aufhören, um das Mittagessen zu machen.«

»Ich hab keinen Hunger.«

»Keinen Hunger heute, keinen Unterricht heute. Sehr seltsam.«

»Aber es stimmt, Tante. Vergiß das Mittagessen. Ich habe wirklich keinen Hunger.«

»Und was ist mit mir? Vor lauter Sorge habe ich gestern keinen Bissen heruntergekriegt. Darf ich wenigstens heute das Vergnügen haben?«

»Erst die Arbeit, dann das Vergnügen«, sagte er und lächelte mit einem schrägen Blick nach oben.

»Hast wohl vor, mein Chef zu werden, was?« sagte sie mit gespielt strenger Miene. »Wenn ich nicht wenigstens eine Kleinigkeit esse, wird es weder Arbeit noch Vergnügen geben. Dann kannst du nur erleben, wie ich über Nadel und Faden in Ohnmacht falle.«

»Okay, ich kümmere mich um das Mittagessen. Mach du mit den Säumen weiter.«

»Wirst mir ja noch eine richtige Hausfrau. Was gibt es? Brot und Butter? Tee und Toast?«

»Eine Überraschung. Ich bin gleich wieder da.«

Bevor er ging, legte er sechs Nadeln mit Faden bereit, damit ihre Augen es nicht mit den kleinen Nadelöhren aufnehmen mußten.

»So eine Geldverschwendung«, schimpfte Dina. »Deine Eltern bezahlen mich schon für dein Essen.«

Maneck leerte das Alayti-Palayti aus dem A-1-Restaurant in eine Schale und brachte sie zum Tisch. »Das ist von meinem Taschengeld. Das kann ich ausgeben, wie ich will.«

Stücke von Hühnerleber und Muskelmagen schwammen verlockend in der dicken würzigen Soße. Sie beugte sich über die Schale und schnüffelte. »Mmm, immer noch genau der gleiche wunderbare Duft wie damals. Kein Wunder, daß es eins von Rustoms Lieblingsgerichten war. Nur das A-1 macht es mit lekkerer Soße – bei den anderen ist es immer viel zu trocken.« Sie tunkte einen Löffel ein, führte ihn an den Mund und nickte. »Köstlich. Wir könnten ohne weiteres etwas Wasser hinzufügen, ohne daß der Geschmack drunter leidet. Dann reicht es auch noch fürs Abendessen.«

»Okay. Und das hier ist extra für dich.« Er reichte ihr eine Tüte.

Sie griff hinein und zog ein Bund Karotten heraus. »Soll ich die hier für uns kochen?«

»Nicht für uns, Tante – für dich, zum Rohessen. Gut für deine Augen. Vor allem weil sie jetzt sehr viel zu tun haben werden.«

»Danke, aber lieber nicht.«

»Ohne Karotte kein Alayti-Palayti. Du mußt mindestens eine mit deinem Mittagessen zusammen essen.«

»Du bist verrückt, wenn du denkst, daß ich rohe Karotten essen werde. Nicht einmal meine Mutter konnte mich dazu bringen.« Während sie den Tisch deckte, schälte er ein mittelgroßes Exemplar, schnitt die Enden ab und legte die Karotte neben Dinas Teller.

»Ich hoffe, das ist deine«, sagte sie.

»Ohne Karotte kein Alayti-Palayti.« Er weigerte sich, ihr die Schale zu geben. »Ich mache die Vorschriften. Nur zu deinem Besten.«

Sie lachte, aber ihr lief das Wasser im Mund zusammen, während er aß. Sie ergriff das Gemüse am dünnen Ende, als wollte sie ihm damit eins überziehen, und biß mit Schwung hinein. Er reichte ihr grinsend ihre Schale. »Mein Vater sagt, sein eines Auge ist so gut wie bei den meisten Leuten beide Augen zusammen, weil er regelmäßig Karotten ißt. Eine Karotte am Tag schützt vor Blindheit, behauptet er.«

Während der Mahlzeit schnitt sie jedesmal eine Grimasse, wenn sie von der Karotte abbiß. »Zum Glück haben wir dieses köstliche Alayti-Palayti. Ohne die Soße würden mir diese rohen Ballaststoffe in der Kehle steckenbleiben.«

»Jetzt sag mal, Tante«, sagte er, nachdem sie fertig gegessen hatten. »Kannst du schon besser sehen?«

»Gut genug, um zu erkennen, was du für ein Teufel bist.«

Nach dem Mittagessen ging es mit dem Nähen flott voran, aber am späten Nachmittag wurden Dina die Augen schwer. »Ich muß jetzt eine Teepause machen. Okay, Boß?«

»Aber nur eine Viertelstunde, klar? Und für mich bitte auch eine Tasse.«

Sie ging lächelnd und kopfschüttelnd in die Küche.

Als es sieben wurde, wanderten ihre Gedanken zur Vorbereitung des Abendessens. »Dieses Alayti-Palayti, das da in der Küche steht, macht mich heute früher hungrig als sonst. Wie sieht's bei dir aus? Jetzt, oder warten wir bis acht?«

»Wann du willst«, murmelte er durch die zusammengepreßten Lippen, zwischen denen eine leere Nadel steckte. Er entrollte ein Stück Faden von der Spule.

»Sieh sich das mal einer an! Näht zum ersten Mal und führt sich schon wie ein verrückter Schneider auf! Nimm sofort die Nadel aus dem Mund! Auf der Stelle! Bevor du sie verschluckst!« schimpfte Dina.

Er entfernte die Nadel etwas verlegen. Dina hatte ihn mühelos durchschaut – er versuchte, Oms angeberische Art zu kopieren, Stecknadeln, Nähnadeln, Klingen, Scheren mit den Lippen festzuhalten, seine tollkühne Angewohnheit, scharfe, gefährliche Gegenstände in die unmittelbare Nähe von weichem, schutzlosem Fleisch zu bringen.

»Wie soll ich das deiner Mutter erklären, wenn ich ihr einen

Sohn zurückschicken muß, der eine Nadel im Kropf stecken hat?«

»Om hast du deswegen nie so angeschrien.«

»Das ist was anderes. Er ist ausgebildet, er ist unter Schneidern aufgewachsen.«

»Ist er nicht. Seine Familie gehörte früher zu den Schustern.«

»Das ist das gleiche – sie können mit Werkzeug umgehen, können schneiden und nähen. Und außerdem hätte ich es ihm auch verbieten sollen. Sein Mund kann genauso bluten wie deiner.«

Mitten beim Essen fiel ihr wieder ein, was er über die Schneider gesagt hatte. »Sie waren Schuster? Wieso haben sie ihr Handwerk gewechselt?«

»Sie haben mich gebeten, es niemandem zu sagen. Es hat mit ihrer Kaste zu tun, sie haben Angst, schlecht behandelt zu werden.«

»Du kannst es mir ruhig erzählen. Ich glaube nicht an diese dummen Sachen.«

Und so erzählte er ihr in Kürze die Geschichte, die Ishvar und Om ihm im Laufe der Wochen beim Tee im Vishram Vegetarian Hotel in kleinen Häppchen mitgeteilt hatten, über ihr Dorf, über die Grundbesitzer, die die Chamaar immerzu mißhandelt hatten, die Auspeitschungen und Schläge, die Verbote, die die unantastbaren Kasten gezwungen waren zu beachten.

Sie hörte auf zu essen und spielte mit ihrer Gabel. Sie stützte einen Ellbogen auf den Tisch und legte das Kinn auf ihre Faust. Während er fortfuhr, glitt ihr die Gabel aus der Hand und fiel klappernd neben den Teller. Er beendete seine Erzählung schnell, als er zu den Morden an Eltern, Kindern und Großeltern kam.

Dina nahm ihre Gabel wieder in die Hand. »Das habe ich nicht gewußt ... Ich hätte nie gedacht ... diese ganzen Zeitungsgeschichten über den Wahnsinn zwischen den oberen und unteren Kasten, plötzlich so unmittelbar, hier in meiner eigenen Wohnung. Das ist das erste Mal, daß ich solchen Leuten persönlich begegnet bin. Mein Gott – wie schrecklich sie gelitten haben.« Sie schüttelte ungläubig den Kopf.

Sie versuchte weiterzuessen, gab dann aber auf. »Verglichen

mit ihrem Leben ist meins nichts als Behaglichkeit und Glück. Und jetzt sind sie in noch größeren Schwierigkeiten. Hoffentlich kommen sie wohlbehalten wieder. Die Leute sagen immer, Gott ist groß, Gott ist gerecht, aber ich bin mir nicht so sicher.«

»Gott ist tot«, sagte Maneck. »Das hat ein deutscher Philosoph geschrieben.«

Sie war schockiert. »Das sieht den Deutschen ähnlich, so was zu sagen«, bemerkte sie mit einem Stirnrunzeln. »Und glaubst du das?«

»Früher habe ich es geglaubt. Aber jetzt stelle ich mir lieber vor, daß Gott jemand ist, der an einer riesigen Patchworkdecke gearbeitet hat. Mit einer unendlichen Vielfalt von Mustern. Und die Patchworkdecke ist so groß und unüberschaubar geworden, daß das Muster nicht mehr zu erkennen ist, die Rechtecke und Karos und Dreiecke passen nicht mehr gut zusammen, es ist alles bedeutungslos geworden. Und deswegen hat Er sie aufgegeben.«

»Was für einen Unsinn du manchmal redest, Maneck.«

Während sie den Tisch abräumte, machte er das Küchenfenster auf und miaute. Hinaus flogen Stücke Brot und Alayti-Palayti. Er hoffte, es war nicht zu scharf für die Katzen. Er ging ins Nähzimmer zurück und nahm sich ein neues Kleid, wobei er Dina daran erinnerte, sich zu beeilen.

»Dieser Junge dreht allmählich durch. Läßt mich nicht einmal fünf Minuten nach dem Abendessen ausruhen. Ich bin eine alte Frau, nicht so ein junges Hündchen wie du.«

»Du bist überhaupt nicht alt, Tante. Eigentlich bist du ziemlich jung. Und schön«, fügte er kühn hinzu.

»Und du, Mr. Mac, wirst mir allmählich zu frech«, sagte sie, unfähig, ihre Freude zu verbergen.

»Da ist nur eine Sache, die ich nicht verstehe.«

»Welche?«

»Wieso jemand, der so jung aussieht, sich immer so ältlich und grantig anhört.«

»Du Schlingel. Erst schmeichelst du mir, und dann beleidigst du mich.« Sie lachte, während sie den Saum faltete und feststeckte und dann das Kleid vor sich hochhielt, um zu sehen, ob der Rand gleichmäßig war. Während sie die Kanten begradigte, sagte sie: »Jetzt weiß ich die langen Fingernägel der Schneider zu schätzen. Du hast dich ja richtig mit ihnen angefreundet, nicht? Daß sie dir alles über ihr Leben im Dorf erzählt haben.«

Er blickte kurz auf und zuckte mit den Achseln.

»Tag für Tag haben sie hier gesessen und gearbeitet und haben mir kein einziges Wort davon erzählt. Wieso?«

Er zuckte wieder mit den Achseln.

»Hör auf, mit deinen Schultern zu reden. Dein deckenmachender Gott hat dir eine Zunge in den Mund genäht. Wieso haben sie mit dir darüber geredet und nicht mit mir?«

»Vielleicht hatten sie Angst vor dir.«

»*Angst* vor mir? Was für ein Unsinn. Wenn überhaupt, hatte ich Angst vor ihnen. Daß sie die Exportfirma finden und mich aus dem Geschäft drängen könnten. Oder daß sie bessere Arbeit finden könnten. Manchmal hatte ich sogar Angst, sie auf ihre Fehler aufmerksam zu machen – ich habe sie dann später am Abend selber ausgebessert, wenn die Schneider gegangen waren. Aus welchem Grund sollten sie vor mir Angst haben?«

»Sie haben gedacht, du könntest bessere Schneider finden und sie wieder loswerden wollen.«

Sie dachte einen Moment darüber nach. »Wenn du mir das doch nur früher gesagt hättest. Ich hätte sie beruhigen können.«

Er zuckte wieder mit den Achseln. »Das würde nichts dran ändern, Tante. Du hättest sie nur retten können, wenn du ihnen einen Platz zum Schlafen gegeben hättest.«

Sie schleuderte ihre Näharbeit weg. »Immer sagst du das! Nur zu, nimm bloß keine Rücksicht auf meine Gefühle! Wiederhole es, bis ich von lauter Schuldgefühlen blind werde!«

Maneck stach sich in den Daumen, als die Nadel durch den Knopf kam. »Aua!« rief er und steckte sich den Daumen in den Mund.

»Na los, du hartherziger Junge! Wirf mir vor, daß ich schuld bin. Wirf mir vor, daß ich sie draußen auf der Straße gelassen habe, weil ich herzlos bin!«

Er wünschte, er könnte die Verletzung in seinen Worten ungeschehen machen. Sie hantierte mit dem Saum, begann zu husten, als wäre ihr irgend etwas in der Kehle steckengeblieben.

Für ihn klang es wie ein um Aufmerksamkeit heischender Husten, und so brachte er ihr ein Glas Wasser.

Als sie getrunken hatte, sagte sie: »Du hast recht gehabt von wegen den Karotten. Ich kann schon viel besser sehen.«

»Es ist ein Wunder!« Er hob theatralisch die Hände, womit er ein Lächeln auf ihr Gesicht zauberte. »Jetzt bin ich als Maharishi Karotten-Baba inkarniert, und alle Optiker werden Pleite machen!«

»Ach, sei nicht so albern«, sagte sie und leerte das Glas. »Ich will dir sagen, was ich besser sehen kann. Als ich zwölf war, beschloß mein Vater, in einem Epidemiegebiet zu arbeiten. Das machte meiner Mutter große Sorgen. Sie wollte, daß ich ihn dazu brachte, es sich anders zu überlegen – ich war nämlich sein Liebling. Dann ist mein Vater gestorben, während er dort gearbeitet hat. Und meine Mutter hat gesagt, wenn ich ihren Rat befolgt hätte, hätte ich ihn vielleicht retten können.«

»Das war nicht fair.«

»Es war fair und auch wieder nicht. Genau wie das, was du gerade gesagt hast.«

Er verstand.

Dina erhob sich, hob die Glashenne an, die auf dem Arbeitstisch hockte, und verstaute Fingerhut, Schere und Nadel in ihrem Porzellanbauch.

»Wo gehst du hin, Tante?«

»Was glaubst du – zu Laylas Hochzeit? Es ist zehn Uhr. Ich gehe ins Bett.«

»Aber wir haben erst sechzehn Kleider fertig gemacht. Die heutige Quote ist zweiundzwanzig.«

»Na hör sich mal einer den leitenden Geschäftsführer an.«

»Mein Plan sieht so aus, daß wir heute zweiundzwanzig machen, morgen dreißig und übermorgen acht, so daß alles bis Mittag abgeliefert werden kann.«

»Moment mal, Mister. Was ist mit dem College, morgen und übermorgen – was ist mit deinem Lernen? Ich glaube nicht, daß man dir ein Diplom in Kühltechnik für das Annähen von Knöpfen verleihen wird.«

»Der Unterricht fällt die nächsten beiden Tage aus.«

»Richtig. Und am dritten Tag gewinne ich in der Staatslotterie.«

»Vergiß es, Tante. Du glaubst mir nie was.« Er nähte weiter, mit gekränkter Märtyrermiene vor sich hin seufzend, zog die Nadel, als wäre der Faden eine Eisenkette. »Ist schon okay. Ich arbeite weiter, geh du ruhig schlafen.«

»Und deine oscarreife Leistung verpassen?«

Er ließ einen Knopf fallen, stöhnte, bückte sich, tastete mit den Fingern danach wie ein alter Mann. »Geh ruhig, Tante, geh, ruh dich aus, kümmer dich nicht um mich.« Er winkte sie mit zitternder Hand fort.

»Du hast gesagt, du könntest gut schauspielern, aber daß du so gut bist, hätte ich nicht gedacht. Okay, machen wir noch ein Kleid fertig.«

Die Verhandlungen waren eröffnet. Er setzte sich forsch auf. »Wir brauchen noch sechs für die heutige Quote.«

»Vergiß deine Quote. Eins habe ich gesagt.«

»Dann wenigstens drei.«

»Zwei ist mein letztes Angebot. Und keine Diskussion mehr. Aber zuerst brauche ich etwas aus der Küche.«

Sie kam kurz darauf wieder, in jeder Hand einen dampfenden Becher, und stellte einen neben ihn. »Horlicks. Zur Erfrischung.« Als Beweis nahm sie einen Schluck und setzte sich aufrecht auf ihren Stuhl, die Schultern zurückgelegt, und strahlte übers ganze Gesicht.

»Du hörst dich ja wie die Werbung an«, meinte er. »Und es ist nicht mal ein professionelles Modell nötig, so schön wie du aussiehst.«

»Glaub ja nicht, du kannst dir jeden Tag mit deiner Schmeichelei einen Becher verdienen. Das kann ich mir nicht leisten.«

Unter Blasen und Schlürfen arbeiteten sie sich scherzend durch zwei weitere Kleider. Als es schon fast Mitternacht war, war das Licht in Dinas Wohnung das einzige im ganzen Gebäude, das noch brannte. Die späte Stunde, die Stille der Straßen draußen vor dem Fenster, die in Dunkel gehüllte Wohnung verliehen ihrem unschuldigen Treiben etwas Verschwörerisches.

»Das macht achtzehn«, sagte sie, als sie kurz nach Mitternacht fertig waren. »Und mit diesen Fingern kann ich keinen einzigen Stich mehr machen. Können wir jetzt schlafen gehen, Boß?«

»Sowie sie alle ordentlich zusammengelegt sind.«

»Jawohl, Mr. Mac Kohlah.«

»Bitte nicht – ich kann diesen Namen nicht ausstehen.«

Während sie zu ihren Zimmern gingen, drückte sie ihn an sich und flüsterte: »Gute Nacht. Und danke fürs Helfen.«

»Gute Nacht, Tante«, sagte er und schwebte glücklich zu Bett.

Eine Stunde vor Sonnenaufgang beendete der Ton aus der Trillerpfeife die Nacht und riß die Arbeiter von ihrer dunklen, tröstenden Brust fort. Sie schleppten sich aus den Blechhütten und schlichen zur Essensausteilung. Zwei Pariah-Hunde schnüffelten an den staubigen Füßen, verloren bald das Interesse und verdrückten sich hinter die Küche. Es wurde Tee mit den Chapatis vom Vortag ausgegeben. Dann wurde mit einem weiteren Pfiff der Arbeitsbeginn angekündigt.

Die Neuankömmlinge mußten gesondert Aufstellung nehmen und bekamen ihre Arbeiten vom Vorarbeiter zugewiesen. Es gab für jeden etwas zu tun, außer für den Bettler auf der Rollplattform. »Du bleibst hier«, sagte der Vorarbeiter. »Was du machen kannst, kläre ich später.«

Om kam in eine Gruppe von sechs anderen, die einen neuen Graben ausheben sollten. Ishvars Aufgabe bestand darin, Kies dorthin zu schleppen, wo Beton gemischt wurde. Als der Vorarbeiter die Liste durch hatte, verteilte sich das abgerissene Arbeitsheer zu den von den Aufsehern bestimmten Einsatzorten. Die Schneider warteten, bis alle gegangen waren.

»Es liegt ein Irrtum vor, Sahab«, sagte Ishvar und näherte sich dem Vorarbeiter mit zusammengelegten Handflächen.

»Name?«

»Ishvar Darji und Omprakash Darji.«

Der Vorarbeiter las ihre Arbeitszuweisungen vor. »Kein Irrtum.«

»Der Irrtum ist, daß wir gar nicht hier sein sollten, wir sind ...«

»Das denkt ihr doch alle, ihr faulen Kerle, daß ihr nicht hier sein solltet. Der Staat duldet es nicht mehr. Ihr *werdet* arbeiten. Dafür bekommt ihr was zu essen und einen Platz zum Schlafen.«

»Wir *haben* schon Arbeit, wir sind Schneider, und der Polizist hat gesagt, wir sollen mit Ihnen reden ...«

»Meine Aufgabe ist es, euch Arbeit und Unterkunft zu geben. Wenn ihr euch weigert, bringen euch die Sicherheitsleute fort.«

»Aber wieso werden wir bestraft? Was ist unser Verbrechen?«

»Ihr benutzt das falsche Wort. Es ist keine Frage von Verbrechen und Strafe – sondern von Problem und Lösung.« Er winkte zwei khakiuniformierte und mit Stöcken bewehrte Männer herbei, die gerade ihren Kontrollgang machten. »Wir haben hier keinen Ärger. Alle Leute arbeiten gerne. Jetzt müßt ihr euch entscheiden.«

»Okay«, sagte Ishvar. »Aber wir würden gerne mit dem Chef sprechen.«

»Der Projektleiter kommt später. Er ist jetzt mit seiner Morgenzeitung beschäftigt.«

Der Vorarbeiter eskortierte die Schneider persönlich zur Baustelle. Er übergab sie ihren jeweiligen Aufsehern mit der Anweisung, sie gut im Auge zu behalten, um sicherzugehen, daß sie bei der Arbeit nicht trödelten. Der Bettler rollte auf seiner Plattform neben ihnen her. Dort, wo der Weg aufhörte, war mit seinen Rollen auf dem unebenen Gelände kein Fortkommen mehr. Er kehrte um, winkte den Schneidern zu und versprach, am Abend bei ihrer Hütte zu warten.

Auf dem Hügel wimmelte es von einer Herde winziger hockender Gestalten. Auf den ersten Blick sah es aus, als wären die Kinder im Sonnenlicht erstarrt, aber dann verriet das Klopfen ihrer Hämmer die Bewegung ihrer Hände. Sie klopften Steine klein, um Kies daraus zu machen. Klumpen vertrockneten Grases übersäten den kahlen Hang wie Pocken. Die begrünende Hand des Regens mußte diese Erde erst noch berühren. Gelegentlich löste sich ein Felsblock und fiel krachend irgendwo in die Tiefe. In der Ferne erhob sich das Dröhnen von Bulldozern, Kränen und Zementmischern wie eine Mauer, auf die das gleichmäßige Klirren der Steine zerkleinernden Hämmer ein Muster eingravierte. Aus dem Himmel donnerte der Schlaghammer der Hitze unablässig herab.

Eine Frau füllte Ishvars Kieskorb und half ihm, ihn sich auf den Kopf zu heben. Ihr zitterten die Hände von der Anstrengung, so daß die runzligen Hautsäcke unter ihren Armen bebten. Er wankte unter dem Gewicht. Als sie losließ, spürte er, wie die

Last aus dem Gleichgewicht kam. Seine Hände klammerten sich verzweifelt an den Seiten fest, während er den Kopf in die andere Richtung kippte, aber der Korb fiel zu Boden, wobei er Ishvars Kopf einen scharfen Stoß versetzte.

»Das ist das erste Mal, daß ich so was mache«, erklärte er. Es war ihm peinlich, daß der schwere Kiesschauer ihr über die Füße geprasselt war.

Wortlos stemmte sie den Korb schräg gegen ihre Schienbeine und bückte sich, um ihn wieder zu füllen. Ihr dünner grauer Zopf fiel ihr nach vorn über die Schulter. Rajaram der Haarsammler könnte nicht viel damit anfangen, dachte Ishvar geistesabwesend. Mit jedem Ziehen der Hacke klirrten ihre Plastikreifen mit einem matten Ton gegeneinander. Leise Echos der steinehämmernden Kinder. Er beobachtete, wie sich ihre schweißglänzenden Unterarme kraftvoll hin und her bewegten. Dann merkte er plötzlich, daß hinter ihm die Kiesträgerkette ins Stocken geraten war. Er kniete sich hin, um der Frau zu helfen, bemüht, seine Ungeschicklichkeit wieder wettzumachen. Er schöpfte den Kies mit bloßen Händen in den Korb.

»Füllen ist meine Aufgabe, deine ist tragen«, sagte sie.

»Das ist schon in Ordnung. Es macht mir nichts aus.«

»Dir vielleicht nicht, aber dem Aufseher.«

Ishvar fragte sie, ob sie diese Arbeit schon lange mache.

»Seit meiner Kindheit.«

»Ist die Bezahlung gut?«

»Genug, um nicht zu verhungern.« Sie zeigte ihm, wie er Kopf und Schultern halten mußte, um das Gewicht zu tragen, und dann hoben sie die Last an. Er wankte wieder, schaffte es aber diesmal, den Korb auf dem Kopf zu behalten.

»Siehst du, es ist ganz leicht, wenn du erst mal gelernt hast, das Gleichgewicht zu behalten«, sagte sie aufmunternd und zeigte ihm den Weg zu den Männern, die den Beton mischten. Nach wiederholtem Wanken und Taumeln erreichte er sein Ziel und kippte den Kies aus. Dann ging er mit dem leeren Korb zurück zu der Frau, die ihn wieder füllte. Wieder und immer wieder.

Nach ein paar Gängen strömte ihm der Schweiß übers Gesicht. Der Boden drehte sich. Er fragte den Aufseher, ob er sich einen Schluck Wasser holen könne. Der Aufseher verneinte. »Der Bhistee kommt, wenn es Zeit für Wasser ist.«

Unter dem prüfenden Blick des Mannes füllte die Frau den Korb so langsam, wie sie es wagen konnte. Ishvar war ihr dankbar für die Sekunden der Ruhe, die sie für ihn stahl. Er schloß die Augen und holte tief Luft.

»Bis zum Rand auffüllen!« schrie der Aufseher. »Du wirst nicht dafür bezahlt, daß du halbe Körbe füllst!« Sie tat noch vier Hakken voll hinein. Während sie die Ladung hochhob, kippte sie sie leicht, um das zusätzliche Gewicht wieder loszuwerden.

Während des langen Vormittags, der ihn immer mehr zermürbte, stolperte Ishvar hin und her und kämpfte gegen das Schwindelgefühl an. Er konnte keinen klaren Gedanken mehr fassen. Durch das Sprengen am anderen Ende der Baustelle rollten Staubwolken über das Kiesgebiet, und die Frauen zogen sich die Saris über die Nase. Er hatte das Gefühl, er würde sich in dem Nebel verlaufen, wenn er nicht die schlagenden Hämmer als Orientierung hätte. Das Gefühl, nicht sehen zu können, hielt sogar an, wenn die Luft aufklarte. Die Geräusche waren wie ein Seil, an das er sich klammerte, und auf diese Weise schwebte er zwischen dem Kies und den Betonmischern.

Es kam ihm wie eine Ewigkeit vor, bis der Wasserträger kam. Die steinezerbrechenden Hämmer verstummten. Noch bevor er den Mann erblickte, hörte Ishvar das Schlürfen durstiger Zungen. Die geschwollene Wasserhaut hing dem Bhistee wie ein dunkelbraunes Tier über die Schulter, der Lederriemen schnitt ihm tief ins Fleisch. Unter der schweren Wasserblase wankend, ging der Blinde zwischen den Arbeitern umher. Wer durstig war, berührte seine Hand, damit er stehenblieb. Er sang leise ein Lied, das er sich ausgedacht hatte:

Oh ruft mich und ich
werde euren Durst nach Wasser stillen.
Aber wer hier auf Erden
kann die Sehnsucht meiner
verdorrten Augen stillen?

Ishvar ging vor dem Bhistee auf die Knie, hielt den Mund unter die Ledertülle und trank. Dann bewegte er seinen Mund, und kaltes Wasser spritzte ihm über das dankbare Gesicht. Der Aufseher brüllte: »Vorsicht, nicht vergeuden! Das ist nur zum Trinken!« Ishvar erhob sich schnell und kehrte zu seinem Kieskorb zurück.

Als der Bhistee die Stelle erreichte, wo Om arbeitete, war die Wasserhaut schon leichter geworden. Und die Schritte des Bhistee auch. Die sechs Gräber tranken zuerst und anschließend die Frauen, die die Aufgabe hatten, die ausgehobene Erde wegzuschaffen. Ihre Kinder spielten in der Nähe des Grabens. Die Frauen schöpften Wasser in ihre Handflächen und ließen ihre Kinder es aufschlürfen.

Om befeuchtete seine Finger und glättete sich die Haare. Er zog seinen halben Kamm hervor und strich ihn durch. »Aray, Held-ka-batcha!« brüllte der Aufseher. »Zurück an die Arbeit!«

Om steckte den Kamm weg und wandte seine zerfranste Aufmerksamkeit wieder der Schaufel zu. Er genoß den Augenblick, wenn die Frauen sich vorbeugten, um den Schutt aufzusammeln, und ihre Brüste in ihren Cholis nach vorne herunterhingen. Als sie ihre Last auf den Köpfen hatten, rückten sie ihre Saris zurecht und gingen, aufrecht und stattlich, mit weichen, fließenden Bewegungen fort. Wie Shanti an der Wasserstelle, dachte er, mit dem Kupferkessel, der ihrer Hüfte so einen herrlichen Schwung gab.

Als die Stunden ihm immer länger wurden, reichten die Frauen nicht mehr aus, um ihn von der Qual seiner Arbeit abzulenken. Gebückt überm Graben stehend, die Spitzhacke schwerfällig in seinen Händen haltend, die an Schere, Nadel und Faden gewöhnt waren, kämpfte er mit der harten Erde. Das einzige, was ihn noch bei der Stange hielt, war die Angst vor der Beschämung, in den Augen der Frauen schwach zu erscheinen. Die Blasen, die sich schon wenige Minuten nach Beginn der Arbeit gebildet hatten, waren jetzt aufgeplatzt. Er konnte kaum mehr den Rücken grademachen, und ihm brannten die Schultern.

Eines der Kinder beim Graben begann zu weinen. Die Mutter

ließ ihren Korb fallen und ging zu ihm. »Saali faule Frau«, sagte der Aufseher. »Geh an deine Arbeit.«

»Aber das Baby weint.« Sie nahm es auf den Arm. Seine Tränen zeichneten glitzernde Wege über die staubbedeckten Wangen.

»Das ist ganz normal, daß Babys weinen. Sie weinen, und dann hören sie wieder auf. Komm mir nicht mit Ausreden.« Er ging auf sie zu, als wollte er ihr das Kind wegnehmen. Sie setzte es wieder sachte auf den Schutt, damit es dort weiterspielte.

Als der Pfiff zur Mittagspause ertönte, fühlte sich Om, wie auch Ishvar, zu erschöpft, um die wäßrige Gemüsemischung zu essen. Aber sie wußten, daß sie essen mußten, wenn sie den Tag überstehen wollten. Sie schlangen schnell das Essen hinunter und schlüpften in den Schatten ihrer Blechhütte.

Die Trillerpfeife beendete die Mittagspause. Schon wenige Minuten nach ihrer Rückkehr zur Baustelle begannen sie zu würgen, dann folgte ein Schwall Erbrochenes. Um ihre Mägen zu entleeren, brauchte es nur einen Bruchteil der Zeit, der erforderlich gewesen war, sie zu füllen. Gegen das Schwindelgefühl ankämpfend, hockten sie sich auf den Boden und weigerten sich, sich zu bewegen. Nah am Boden fühlten sie sich sicher.

Der Aufseher zog ihnen ein paarmal was über den Kopf, zerrte an ihren Kragen und schüttelte sie an den Schultern. Die Schneider baten stöhnend, von der Arbeit befreit zu werden. Es wurde nach dem Vorarbeiter geschickt.

»Was ist denn jetzt wieder los? Ihr seid wohl fest entschlossen, Ärger zu machen, wie?« fragte der Vorarbeiter.

»Wir sind krank«, sagte Ishvar. Zum Beweis zeigte er auf die beiden Lachen Erbrochenes, die gerade von einer Krähe untersucht wurden. »Wir sind diese Art von Arbeit nicht gewöhnt.«

»Ihr werdet euch schon dran gewöhnen.«

»Wir wollen mit dem Chef reden.«

»Er ist nicht da.« Der Vorarbeiter griff Ishvar unter die Achseln und zog. Ishvar erhob sich schwankend, den Mund mit Erbrochenem verklebt, und wankte auf den Vorarbeiter zu. Dieser stieß ihn hastig zurück, aus Furcht, mit dem Erbrochenen in Berührung zu kommen. »Okay, geht. Schlaft ein bißchen. Ich komme später zu euch.«

Für den Rest des Tages blieben sie in der Blechhütte ungestört. Als es dämmerte, hörten sie Leute zur Essensausgabe gehen. Ishvar fragte Om, ob er etwas essen wolle. »Ja, ich habe Hunger«, sagte er, und sie setzten sich auf. Aber dann war ihnen wieder schwindlig, und sie legten sich gleich wieder hin. Sie wehrten sich nicht gegen die Müdigkeit, die sie ein weiteres Mal überfiel.

Etwas später kam der Bettler auf seiner Plattform hereingerollt und brachte ihnen etwas zu essen. Er paddelte sehr langsam, darauf achtgebend, daß er von dem Essen nichts verschüttete, das er auf seinen Stümpfen balancierte. »Ich hab gesehen, wie euch schlecht geworden ist. Eßt, das wird euch stärken. Aber gut kauen und nicht schlingen.«

Die Schneider dankten ihm für das Essen. Er sah zufrieden zu, wie sie ihren ersten Bissen aßen, und lehnte ab, als sie ihm etwas abgeben wollten. »Ich habe schon gegessen.« Ishvar leerte den Wasserkrug, und der Bettler rollte los, um mehr zu holen. »Warte, ich hol's«, sagte Om. »Mir geht's jetzt wieder besser.«

Der Bettler wollte nichts davon wissen und kam bald mit einem vollen Krug wieder. Er erkundigte sich, ob sie noch Chapatis haben wollten. »Ich habe mich mit jemand in der Küche angefreundet, ich kann soviel kriegen, wie ich will.«

»Nein, nein, Bas, wir sind satt, vielen Dank«, sagte Ishvar und fragte ihn dann nach seinem Namen.

»Alle nennen mich Wurm.«

»Wieso?«

»Das habe ich dir doch gesagt, Babu. Bevor mein Bettlermeister mir den Gaadi gegeben hat, bin ich herumgekrochen.«

»Aber jetzt hast du den Gaadi. Wie heißt du richtig?«

»Shankar.«

Er blieb noch eine halbe Stunde bei ihnen, plauderte mit ihnen und beschrieb ihnen das Bewässerungsprojekt, wo er den ganzen Tag lang umhergewandert war. Dann schlug er vor, daß sie versuchten zu schlafen, damit sie am nächsten Morgen frisch gestärkt für die Arbeit des Tages aufwachten. Als sie nach ein paar Minuten leicht vor sich hin schnarchten, ruderte er glücklich lächelnd auf seiner Plattform davon.

IX

Welches Gesetz gilt

Aus einem Türeingang winkte eine Frau Dina zu sich heran und zeigte ihr verstohlen einen Korb. »Tamaater, bai?« flüsterte die Frau. »Große frische Tamaater?«

Dina schüttelte den Kopf. Sie suchte, wie immer, nach Schneidern, nicht nach Tomaten. Weiter vorne in einer Nische versteckt stand jemand mit einer Schachtel voller Lederbrieftaschen. Ein weiterer halbversteckter Mann balancierte eine Staude Bananen auf den Armen. Alle hielten sie Ausschau nach der Polizei, bereit, sofort loszurennen. Der Boden war mit dem Schutt zerstörter Stände übersät.

Sie wanderte durch mehrere trostlose Straßen, deren pulsierendes Bürgersteigleben vom Ausnahmezustand weggefegt worden war. Aber vielleicht standen ihre Chancen, Ersatz für Ishvar und Om zu finden, jetzt besser, tröstete sie sich. Vielleicht würden die Schneider, die vormals in Straßenständen ihrem Handwerk nachgegangen waren, jetzt andere Arbeit suchen.

Als sie die letzten Kleider bei Au Revoir Exports abgeliefert hatte, hatte sie Mrs. Gupta beiläufig informiert, daß ihre Angestellten einen zweiwöchigen Urlaub machen wollten. Doch als die schneiderlosen zwei Wochen zur Neige gingen, erkannte sie, daß ihr Optimismus fehl am Platz war. Die Geschäftsführerin mußte informiert werden, daß die Wiederaufnahme der Arbeit sich weiter verzögern würde.

Dina lobte zuerst Mrs. Guptas Frisur. »Ihr Haar sieht wunderschön aus. Waren Sie gerade im Venus-Schönheitssalon?«

»Nein«, antwortete Mrs. Gupta barsch. »Ich mußte woanders hingehen. Zenobia hat mich im Stich gelassen.«

»Was ist passiert?«

»Ich brauchte dringend einen Termin, und sie hat mir gesagt, sie sei völlig ausgebucht. Das mir – ihrer treuesten Kundin.«

O nein, dachte Dina, falsches Thema. »Übrigens, die Rückkehr meiner Schneider wird sich verzögern.«

»Das kommt aber sehr ungelegen. Wie lange?«

»Ich weiß nicht genau, vielleicht noch um zwei Wochen. Sie sind in ihrem Dorf erkrankt.«

»Das behaupten sie alle. Zu viele Produktionstage gehen wegen solcher Ausreden verloren. Wahrscheinlich trinken und tanzen sie in ihrem Dorf. In wirtschaftlicher Entwicklung sind wir Dritte Welt, aber im Krankfeiern und Streiken sind wir ganz vorn.«

Dumme Frau, dachte Dina. Wenn sie nur wüßte, wie hart die armen Schneider arbeiteten und wie sehr sie gelitten hatten.

»Egal«, sagte Mrs. Gupta. »Der Ausnahmezustand ist gute Medizin für die Nation. Er wird sie bald von ihren schlechten Angewohnheiten kurieren.«

Sich insgeheim wünschend, der Kopf der Geschäftsführerin könnte von seiner Gehirnlosigkeit kuriert werden, stimmte Dina zu. »Ja, das wäre ein großer Fortschritt.«

»Also noch zwei Wochen – aber dann keine Verzögerungen mehr, Mrs. Dalal. Verzögerungen sind die Nebenprodukte von Unordnung. Denken Sie daran, strenge Regeln und scharfe Überwachung führen zum Erfolg. Disziplinlosigkeit ist die Mutter des Chaos, aber die Früchte der Disziplin sind süß.«

Dina hörte ungläubig zu und verabschiedete sich dann. Sie fragte sich, ob Mrs. Gupta begonnen hatte, Parolen für den Ausnahmezustand zu schreiben, als Nebenbeschäftigung oder Hobby. Oder vielleicht hatte sie eine Überdosis von den staatlichen Bannern und Plakaten genommen und die Fähigkeit, normal zu reden, verloren.

Während die Worte der Geschäftsführerin wie ein Ultimatum über Dina schwebten und die zweiten vierzehn Tage begannen, erschien der Mieteintreiber an seinem gewohnten Tag. Er hob die Hand zu seinem braunen Fez, als wollte er ihn lüpfen. Doch wegen seiner steifen Schulter blieb die Begrüßung unvollständig. Wie als Ersatz legte er die Hand auf den Kragen seines schwarzen Sherwani und zog daran.

»Oh, Mieteintreiber«, schniefte sie. »Moment. Ich hole das Geld.«

»Danke, Schwester«, sagte Ibrahim gewinnend, als die Tür ihm vor der Nase wieder zugemacht wurde. Er ließ den Kragen los, um sich seine von Schnupftabak gestreiften Nasenflügel zu reiben. Aber seine Finger verfehlten das Gesprenkel braunen Staubs auf seiner glattrasierten Oberlippe, die aus dem weißen Vollbart kahl hervorstach.

Er tastete unter den Sherwani, ergriff die Spitze seines Taschentuchs und zog. Er betupfte sich die Stirn und stopfte es dann wieder in seine Hosentasche, schob mehrmals nach, bis es bis auf eine baumelnde Spitze verschwunden war.

Er lehnte sich mit einem Seufzer an die Mauer. Erst Mittag, und er war schon erschöpft. Selbst wenn er seine Runden frühzeitig beendete, konnte er nirgends hingehen – von neun Uhr bis einundzwanzig Uhr hatte er sein Zimmer an einen Fabrikarbeiter vermietet, der nachts arbeitete. Dazu verurteilt, durch die Straßen zu streifen, setzte Ibrahim sich auf Parkbänke, hockte sich auf Sitzstangen an Bushaltestellen, schlürfte ein Glas Tee an einem Straßenstand, bis es Zeit war, nach Hause zu gehen und im Geruch des Arbeiters einzuschlafen. War das etwa Leben? Oder ein grausamer Scherz? Er glaubte nicht mehr daran, daß die Waagschalen jemals gerecht ausgewogen würden. Wenn seine Schale nicht ganz leer war, wenn da noch ein wenig Nahrung für seine Tage und Nächte drin war, dann reichte ihm das. Jetzt erwartete er nichts mehr vom Schöpfer des Universums.

Er beschloß, nach Dinas Quittung zu suchen, während er draußen vor der Tür wartete. Das Gummiband wurde vorsichtig hochgezogen. Er brachte es sicher bis zum Rand der Mappe, dann schnippte es ihm weg und erwischte ihn an der Nase, so daß er vor Schreck die Mappe fallen ließ.

Der Inhalt verstreute sich auf dem Boden. Er ging auf die Knie, um die kostbaren Papiere einzusammeln. Seine Hände flatterten orientierungslos zwischen ihnen herum. Für jedes zweite Blatt, das er aufhob, glitt eins ihm wieder aus den Fingern. Als eine leichte Brise die Papiere gefährlich rascheln ließ, geriet er in Panik. Er fegte sie mit den Handflächen zusammen. Jetzt war es ihm egal, ob sie verknitterten.

Dina öffnete die Tür, das Geld für die Miete in der Hand. Einen Moment lang dachte sie, der alte Mann sei gestürzt. Sie bückte sich, um ihm zu helfen. Aber als sie erkannte, was passiert war, richtete sie sich wieder auf, ging auf Distanz zum Emissär des Vermieters und genoß die mißliche Lage des Feindes.

»Tut mir leid«, sagte er und lächelte zu ihr hinauf. »Alte Hände sind ungeschickte Hände. Was soll man machen.« Es gelang ihm, alles wieder in die Plastikmappe zu stopfen. Das große Gummiband wickelte er sich fürs erste um sein Handgelenk. Er wankte etwas, als er sich wieder aufrichtete. Dinas Hand schoß hervor, um ihn zu stützen.

»Heh, heh, keine Sorge. Die Beine arbeiten noch, glaube ich.«

»Bitte zählen Sie nach«, sagte sie und reichte ihm mit ernster Miene das Geld.

Da er mit beiden Händen die ungesicherte Mappe festklammerte, wurde das Geld nicht angenommen. Er lauschte angestrengt auf das Geklapper der Nähmaschinen. Nichts. »Bitte, Schwester, kann ich mich einen Moment hinsetzen, um Ihre Quittung zu suchen? Sonst fällt mir alles wieder auf den Boden. Meine Hände zittern zu sehr.«

Sie sah, daß er wirklich einen Stuhl brauchte, und er würde das ohne Zweifel ausnutzen. »Sicher, kommen Sie rein.« Sie machte die Tür weit auf. Heute hatte sie nichts zu verbergen.

Aufregung verstärkte Ibrahims Erschöpfungszittern. Endlich, nach monatelangen Versuchen, war er drinnen. »Die Papiere sind alle durcheinander«, sagte er entschuldigend, »aber ich werde Ihre Quittung schon finden, Schwester, keine Sorge.« Er lauschte wieder auf Geräusche aus dem Hinterzimmer. Aber die waren natürlich mucksmäuschenstill.

»Ja, hier ist sie, Schwester.« Name und Adresse waren schon eingetragen. Er schrieb den erhaltenen Betrag und das Datum auf. Eine Unterschrift schlängelte sich über die Wertmarke am Fuß des Blattes, und dann wurde das Geld entgegengenommen.

»Bitte zählen Sie nach.«

»Nicht nötig, Schwester. Eine Mieterin seit zwanzig Jahren, so wie Sie – wenn ich Ihnen nicht trauen kann, wem dann?« Aber dann zählte er trotzdem nach. »Nur damit Sie beruhigt sind.« Aus einer Innentasche seines Sherwanis holte er ein dickes Bündel Banknoten hervor und machte es mit Dinas Beitrag noch dicker. Wie die Plastikmappe war das Geld mit einem Gummiband gesichert.

»So«, sagte er, »was kann ich sonst noch für Sie tun, wo ich schon hier bin? Leckt irgendein Wasserhahn? Ist irgendwas kaputt? Ist der Putz im hinteren Zimmer in Ordnung?«

»Ich weiß nicht.« So eine Frechheit, dachte sie entrüstet. Die Mieter konnten sich bis zur Erschöpfung beschweren, und hier spielte ihr dieser Gauner mit seinem automatischen Lächeln sein Theater vor. »Sehen Sie lieber selber nach.«

»Wie Sie wünschen, Schwester.«

Im Hinterzimmer klopfte er mit den Handknöcheln gegen die Wände. »Putz ist in Ordnung«, murmelte er, wobei er seine Enttäuschung über die stummen Nähmaschinen nicht verbergen konnte. Dann, als würde er die Singer zum ersten Mal bemerken, sagte er: »Sie haben ja *zwei* Maschinen in diesem Zimmer.«

»Es gibt kein Gesetz, das zwei Maschinen in einem Zimmer verbietet, oder?«

»Natürlich nicht, ich habe nur gefragt. Obwohl heutzutage, mit diesem verrückten Ausnahmezustand, weiß man nie genau, welches Gesetz gilt. Die Regierung überrascht uns täglich.« Sein Lachen klang hohl, und sie fragte sich, ob sich hinter seinen Worten eine Drohung verbarg.

»Eine hat eine leichte Nadel, die andere eine schwere«, improvisierte sie. »Nähfüße und Spannung sind auch verschieden. Ich nähe viel – meine Gardinen, Bettlaken, Kleider. Dafür braucht man spezielle Maschinen.«

»Für mich sehen sie haargenau gleich aus, aber was verstehe ich schon vom Nähen?« Sie gingen in Manecks Zimmer, und Ibrahim beschloß, hier auf Andeutungen zu verzichten. »Das muß wohl das Zimmer sein, wo der junge Mann wohnt.«

»Was?«

»Der junge Mann, Schwester. Ihr zahlender Gast.«

»Was fällt Ihnen ein! Wie können Sie es wagen, mir zu unterstellen, ich würde junge Männer in meiner Wohnung halten? Für was für eine Frau halten Sie mich eigentlich?? Nur weil . . .«

»Bitte, das wollte ich . . .«

»Was fällt Ihnen ein, mich zuerst zu beleidigen und dann auch noch zu unterbrechen! Nur weil ich eine arme schutzlose Witwe bin, meinen die Leute, sie können es sich leisten, schmutzige Dinge über mich zu sagen! Wie mutig Sie auf einmal sind, wie tapfer, wenn es darum geht, eine schwache, einsame Frau zu beschimpfen!«

»Aber Schwester, ich . . .«

»Was ist bloß aus den Männern geworden? Anstatt die Ehre der Frauen zu verteidigen, beschmieren und beschmutzen sie die Unschuldigen. Und Sie! Sie mit Ihrem weißen Bart, solche häßlichen, schamlosen Dinge zu sagen! Haben Sie keine Mutter, keine Tochter? Sie sollten sich schämen!«

»Bitte verzeihen Sie mir, ich habe es doch nicht böse gemeint, ich wollte nur . . .«

»Nicht böse gemeint! Das läßt sich leicht sagen, wenn der Schaden angerichtet ist!«

»Aber nein, Schwester. Welcher Schaden denn? Ein törichter alter Mann wie ich wiederholt ein dummes Gerücht und bittet Sie um Vergebung.«

Ibrahim ergriff die Flucht, die Plastikmappe an sich drückend. Der Versuch, zum Abschied seinen Fez zu lüpfen, wurde, wie schon bei der Begrüßung, umgangen. Er ersetzte es wieder durch ein kurzes Zerren am Kragen des Sherwani. »Vielen Dank, Schwester, vielen Dank. Ich komme nächsten Monat wieder, mit Ihrer Erlaubnis. Ihr ergebener Diener.«

Sie spielte mit dem Gedanken, ihn ins Gebet zu nehmen, dafür daß er »Schwester« so heuchlerisch benutzte. Er war am Schluß zu leicht davongekommen, fand sie. Trotzdem, er war ein alter Mann. Sie hätte lieber einen jüngeren Söldling des Vermieters gescholten.

Am Nachmittag spielte sie die Szene für Maneck nach, einige Stellen doppelt so dramatisch. Am besten gefiel es ihm, als sie zu dem Teil mit der verleumdeten Frau kam. »Habe ich dir meine Pose für die belästigte und hilflose Frau gezeigt?« Sie kreuzte die Arme schützend vor der Brust und legte die Hände auf die Schultern. »So habe ich dagestanden. Als wollte er mich angreifen. Der arme Bursche hat sogar beschämt weggesehen. Ich war so gemein. Aber er hat es verdient.«

Nach einer Weile nahm ihr Lachen einen Anflug von tapferer Verzweiflung an, wie wenn man ein Brot sehr dünn schneidet und so tut, als wäre reichlich da. Dann herrschte plötzlich Stille im Raum. Der letzte Krümel Spaß von dem Besuch des Mieteintreibers war verbraucht worden.

»Das Stück ist gespielt und das Geld fort«, sagte sie.

»Wenigstens ist die Miete bezahlt, und Wasser und Strom auch.«

»Strom können wir nicht essen.«

»Du kannst mein Taschengeld haben, ich brauche es diesen Monat nicht«, sagte er und griff nach seiner Brieftasche.

Sie beugte sich vor und berührte seine Wange.

Weitere vierzehn Tage flogen vorbei, so rasch, fand Dina, wie die Reihen von Stichen, die in glücklicheren Zeiten fröhlich aus den Singer-Maschinen herausmarschiert gekommen waren. Es fiel ihr nicht auf, daß jetzt schon in ihrer Erinnerung jene Monate mit Ishvar und Om voller Ärger, Verzögerungen, Streitereien und krummer Nähte in etwas Kostbares umgewandelt worden waren, an das man sich mit Sehnsucht erinnerte.

Gegen Ende des Monats kam der Mann vom Nähmaschinenverleih vorbei, um wegen der Maschinen nachzufragen. Die Rate war überfällig. Sie zeigte ihm die Singer, um zu beweisen, daß sie in Sicherheit waren, und überredete ihn, ihr eine Frist einzuräumen. »Keine Sorge, Bhai, die Schneider können Ihre Rate dreimal bezahlen. Aber eine dringende Familienangelegenheit hat sie in ihrem Heimatdorf aufgehalten.«

Ihr tagelanges Suchen nach neuen Schneidern erbrachte weiterhin nichts. Maneck begleitete sie manchmal, und sie war dankbar für seine Gesellschaft. Wenn er dabei war, waren die Wanderungen weniger entmutigend. Er war froh, das College zu schwänzen, und wäre gerne öfter mitgegangen, wenn sie nicht gedroht hätte, seinen Eltern zu schreiben. »Mach mir nicht noch zusätzliche Probleme«, sagte sie. »Denn so wie es jetzt aussieht, wenn ich bis nächste Woche nicht zwei Schneider finde, dann werde ich mir von Nusswan Geld für die Miete borgen müssen.« Sie schauderte bei dem Gedanken. »Ich werd mir wieder den ganzen Unsinn anhören müssen – ›Was hab ich dir gesagt, heirate wieder, Dickköpfigkeit macht nur unglücklich‹.«

»Ich komme mit, wenn du willst.«

»Das wäre nett.«

Abends beschäftigten sie sich mit der Patchworkdecke. Mangels neuer Stoffe schmolz der Haufen Reste zunehmend zusammen, wodurch Dina auf Stücke zurückgreifen mußte, die sie bis jetzt vermieden hatte, wie dünner Chiffon, der eigentlich nicht zu ihrem Muster paßte. Sie nähten ihn zu kleinen rechteckigen Taschen zusammen und stopften sie mit Resten stärkeren Stoffs aus. Als der Chiffon alle war, hörte die Decke auf zu wachsen.

Willkommen«, begrüßte der Vorarbeiter den Erleichterer, als er eine frische Lastwagenladung Gehsteigbewohner im Arbeitslager ablieferte.

Der Erleichterer verneigte sich und präsentierte eine riesige in Zellophan gewickelte Schachtel mit getrockneten Früchten. Er kam auf eine hübsche Gewinnspanne bei dem, was er Sergeant Kesar bezahlte und was er von dem Vorarbeiter kassierte. Die Rädchen mußten schön geschmiert bleiben.

Cashewnüsse, Pistazien, Mandeln, Rosinen und Aprikosen waren durch die Fenster im Deckel zu sehen. »Für Ihre Frau und Ihre Kinder«, sagte der Erleichterer und fügte hinzu: »Bitte, bitte nehmen Sie sie, ja«, als der Vorarbeiter so tat, als könne er das Geschenk nicht annehmen. »Es ist nichts, nur ein kleines Zeichen meiner Anerkennung.«

Der Projektleiter war ebenfalls begeistert über die Ankunft weiterer Gehsteigbewohner. Das Arrangement gestattete ihm große Freiheiten bei der Manipulation der Beschäftigten. Was den kostenlosen Arbeitskräften an Effizienz fehlte, machten sie mit ihrer Zahl wett. Das expandierende Bewässerungsprojekt brauchte keine zusätzlich bezahlten Arbeiter mehr einzustellen.

Tatsächlich wurden einige von ihnen entlassen, und die restlichen Tagelöhner fühlten sich bedroht. Für sie entwickelte sich dieser Zustrom verhungernder, verschrumpelter, knochendürrer Wesen zu einer feindlichen Armee. Nachdem sie zunächst mit Mitleid oder Belustigung betrachtet worden waren, während sie sich mit kleineren Arbeiten verausgabten, wirkten die Bettler und Gehsteigbewohner jetzt wie Eindringlinge, die es darauf abgesehen hatten, ihnen ihren Lebensunterhalt streitig zu machen. Die bezahlten Arbeiter begannen, ihren Ärger an ihnen auszulassen.

Die Neuankömmlinge wurden ständig schikaniert. Beschimpfungen, Schubsen und Stoßen waren an der Tagesordnung. Ein Spatengriff tauchte aus einer Grube auf, um jemanden drüber stolpern zu lassen. Von Gerüsten und erhöhten Plattformen kam Spucke wie Vogelscheiße herab, nur mit größerer Genauigkeit. Bei den Mahlzeiten stieß ein Gestöber von plötzlich ungeschickten Ellbogen Teller um, und da die Vorschriften eine zweite Portion nicht zuließen, aßen die Bettler und Gehsteigbewohner oft von der Erde. Die meisten von ihnen waren es gewohnt, im Müll herumzusuchen, aber das wasserdünne Dal versickerte schnell in der trockenen Erde. Nur Festes wie Chapati oder Gemüsestücke konnten gerettet werden.

Ihre Klagen wurden vom Vorarbeiter ignoriert. Von oben betrachtet war es ein reibungslos verlaufendes, wirtschaftliches Unternehmen, bei dem wenig Anlaß für Einmischung seitens der Betriebsleitung bestand.

Am Ende der ersten Woche hatten Ishvar und Om das Gefühl, als hätten sie schon eine Ewigkeit in dieser Hölle zugebracht. Sie schafften es kaum, sich beim frühmorgendlichen Pfiff zu erheben. Wenn sie aus dem Bett stiegen, brachten Schwindelanfälle die Welt um sie herum zum Tanzen. Nach einem Glas starken, verkochten Tees stabilisierte sich dann ihr Vormittag etwas. Sie taumelten durch den Tag, lauschten den verwirrenden Drohungen und Beleidigungen der Aufseher und bezahlten Arbeiter. Sie schliefen schon früh am Abend ein, gewiegt im dürren Schoß der Erschöpfung.

Eines Nachts wurden ihnen, während sie schliefen, die Chappals gestohlen. Sie fragten sich, ob es vielleicht einer der Männer war, der bei ihnen in der Hütte schlief. Sie gingen barfuß zum Vorarbeiter, um sich zu beschweren, in der Hoffnung, er würde ihnen Ersatz geben.

»Ihr hättet besser aufpassen sollen«, sagte der Vorarbeiter, während er sich bückte, um seine Sandalen zuzuschnallen. »Soll ich vielleicht neben jedem stehen und seine Chappals bewachen? Außerdem ist es kein großes Problem. Sadhus und Fakire reisen alle mit bloßen Füßen. Und M. F. Husain tut es auch.«

»Wer ist M. F. Husain, Sahab?« fragte Ishvar demütig. »Ein Minister der Regierung?«

»Er ist ein sehr berühmter Künstler in unserem Land. Er

verhüllt nie seine Füße, weil er nicht die Verbindung mit Mutter Erde verlieren möchte. Wozu braucht ihr also Chappals?«

Im Vorratslager gab es kein Schuhwerk. Die Schneider sahen noch einmal im Innern der Hütte nach, für den Fall, daß jemand die Chappals aus Versehen mitgenommen hatte. Dann gingen sie vorsichtig zur Baustelle, bemüht, nicht auf spitze Steine zu treten.

»Ich werde bald wieder die Füße meiner Kindheit haben«, sagte Ishvar. »Weißt du, dein Großvater Dukhi hat nie Chappals getragen. Und dein Vater und ich konnten uns unser erstes Paar erst leisten, als wir unsere Lehre bei Ashraf Chacha beendet hatten. Inzwischen waren unsere Fußsohlen wie Leder geworden – als hätten die Chamaar sie gegerbt, hart wie Kuhhaut.«

Am Abend behauptete Ishvar, daß seine Sohlen schon hart würden. Er untersuchte zufrieden die staubverkrustete Haut, genoß die Rauheit unter seinen Fingern. Aber für Om war es qualvoll. Er hatte sich nie zuvor mit bloßen Füßen bewegt.

Bei Beginn der zweiten Woche hielt Ishvars Schwindelgefühl auch noch nach dem morgendlichen Tee an und verschlimmerte sich unter der aufsteigenden Kuppel der Hitze. Die Sonne hämmerte wie eine riesige Faust auf seinen Schädel. Gegen Mittag stolperte er und fiel mit seiner Ladung Kies in einen Graben.

»Bringt ihn zum Doktor Sahab«, befahl der Aufseher zwei Männern. Ishvar legte die Arme um ihre Schultern und hüpfte auf einem Bein zur Ambulanz des Arbeitslagers.

Bevor Ishvar dem Doktor Sahab sagen konnte, was passiert war, drehte sich der Mann in dem weißen Kittel zu einem Sammelsurium von Röhren und Flaschen um. Die meisten waren leer. Trotzdem sah die Sammlung beeindruckend aus. Er wählte eine Salbe, während Ishvar auf einem Bein balancierend seinen verletzten Knöchel hochhielt, um den Arzt zu einer Untersuchung zu animieren. »Doktor Sahab, es tut hier unten weh.«

Ihm wurde befohlen, den Fuß abzusetzen. »Nichts gebrochen, keine Sorge. Diese Salbe wird deinen Schmerz heilen.«

Der Mann im weißen Kittel erlaubte ihm, sich für den Rest des Tages auszuruhen. Shankar verbrachte viel Zeit mit Ishvar in der

Hütte, machte sich zwischendurch auf seiner rollenden Plattform davon, um Essen und Tee zu holen. »Nein, Babu, steh nicht auf, sag mir, was du brauchst.«

»Aber ich muß Wasser lassen.«

Shankar schlüpfte von seiner Plattform herunter und bedeutete ihm, draufzusteigen. »Du solltest deinen verletzten Fuß nicht belasten«, sagte er.

Ishvar war gerührt, daß er, der keine Füße hatte, sich so sehr um die eines anderen sorgte. Er setzte sich unsicher auf die Plattform, kreuzte die Beine und rollte los, indem er seine Hände wie Shankar benutzte. Es war nicht so leicht, wie es aussah, stellte er fest. Die Fahrt zur Latrine und zurück ermüdete seine Arme.

»Hat dir mein Gaadi gefallen?« fragte Shankar.

»Sehr bequem.«

Am nächsten Tag mußte Ishvar sein Lager verlassen und zur Kiesstelle humpeln, obwohl sein Knöchel geschwollen war und schmerzte. Der Aufseher befahl ihm, zusammen mit den Frauen Körbe zu füllen, anstatt sie zu transportieren. »Das kannst du auch im Sitzen machen«, sagte er.

Es gab auch andere Unfälle, die schlimmer als Ishvars waren. Eine blinde Frau, die zum Steinhauen abgestellt war, hatte sich die Finger mit dem Hammer zertrümmert. Ein Kind fiel von einem Gerüst herunter und brach sich beide Beine. Ein armloser Mann, der mit einem Schulterjoch Sand in Tragekörben trug, erlitt Nackenverletzungen, als er sein Gleichgewicht verlor und das Joch wegrutschte.

Am Ende der Woche wurden Dutzende von Neuankömmlingen von dem Vorarbeiter als unbrauchbar klassifiziert. Doktor Sahab behandelte sie mit seiner Lieblingssalbe. In seinen inspirierteren Momenten benutzte er sogar Schienen und Verbände. Shankar hatte den Auftrag, den Patienten ihre Mahlzeiten zu bringen. Ihm machte seine neue Aufgabe Spaß, er freute sich immer schon auf die Essenszeiten, paddelte auf seiner Plattform mit neuem Lebenssinn von der heißen Küche zu den mit Stöhnen erfüllten Hütten. Bei jedem Halt wurde er von den dankbaren Invaliden mit Dank und Segen überschüttet.

Aber am liebsten wollte er ihre Verletzungen pflegen und ihre Schmerzen lindern, wozu Doktor Sahab nicht fähig zu sein schien. »Ich glaube, er ist kein besonders schlauer Arzt«, vertraute er Ishvar und Om an. »Er benutzt ständig die gleiche Medizin für alle.«

Die Patienten riefen während der langen heißen Tage immer wieder nach Hilfe, und Shankar redete mit ihnen, benetzte ihnen die Stirn mit Wasser, tröstete sie, daß wieder bessere Zeiten kommen würden. Wenn die Arbeiter abends hungrig und erschöpft zurückkamen, störte sie das endlose Gestöhne. Es ging bis spät in die Nacht, so daß sie nicht schlafen konnten. Nach ein paar Nächten ging sich schließlich jemand beschweren.

Verärgert, daß man ihn aufgeweckt hatte, ermahnte der Vorarbeiter die Verletzten. »Doktor Sahab kümmert sich so gut um euch. Was wollt ihr denn noch? Wenn wir euch zu einem Krankenhaus bringen würden, meint ihr, es würde euch dort bessergehen als hier? Krankenhäuser sind so überfüllt, so schlecht geführt, die Krankenschwestern werfen euch in schmutzige Korridore und lassen euch dort verrotten. Hier habt ihr wenigstens einen sauberen Platz, wo ihr euch ausruhen könnt.«

Während der nächsten Tage war der Vorarbeiter, dem jetzt Leute fehlten, gezwungen, die entlassenen Lohnarbeiter wieder einzustellen. Sie begriffen schnell, daß dies die Lösung ihres Problems war: Macht die kostenlosen Arbeitskräfte arbeitsunfähig, und die Jobs kommen wieder.

Die Feindseligkeit gegenüber den Bettlern und Gehsteigbewohnern nahm gefährliche Ausmaße an. Die Tagelöhner fingen an, sie von Vorsprüngen und Gerüsten zu stoßen, schwenkten achtlos ihre Spitzhacken, ließen Felsbrocken aus Versehen die Hänge hinunterrollen. Die Zahl der Verletzten nahm dramatisch zu. Shankar hieß seine neuen Pflegefälle willkommen. Er legte seine ganze Seele in seine wachsenden Aufgaben.

Jetzt sah der Projektleiter die Beschwerden der Opfer in einem anderen Licht. Das Sicherheitspersonal wurde verstärkt und bekam den Auftrag, auf der Baustelle zu jeder Tageszeit zu patrouillieren, nicht nur nachts. Tagelöhner wurden gewarnt, daß Nachlässigkeit bei der Arbeit mit Entlassung bestraft würde.

Die Angriffe nahmen ab, aber das Bewässerungsprojekt begann wie ein bewaffnetes Lager auszusehen.

Als der Erleichterer das nächste Mal mit einer frischen Ladung Gehsteigbewohner eintraf, beklagte sich der Vorarbeiter, daß seine kostenlosen Arbeitskräfte eine schlechte Investition seien. Er tat so, als wären die Verletzungen vor dem Eintreffen im Lager entstanden. »Sie haben mir zu viele unproduktive Krüppel angedreht, die ich jetzt unterbringen und füttern muß.«

Der Erleichterer öffnete sein Register bei dem fraglichen Liefertermin und zeigte ihm die Einzelheiten, die sich auf den körperlichen Zustand der Festgenommenen bezogen. »Ich gebe zu, es waren ein paar schlechte dabei. Aber das ist nicht meine Schuld. Die Polizei schiebt alles, ob lebendig oder halbtot, auf meinen Lastwagen.«

»Wenn das so ist, dann will ich keine mehr.«

Der Erleichterer versuchte den Vorarbeiter zu besänftigen, um sein Geschäft zu retten. »Geben Sie mir ein paar Tage, ja, ich werde mir was einfallen lassen. Ich werde dafür sorgen, daß Sie keinen Totalverlust haben werden.«

Währenddessen wartete die neue Lieferung von Gehsteigbewohnern darauf, entladen zu werden. Es waren verschiedene Straßenkünstler dabei. Es gab Jongleure, Musiker, Akrobaten und Zauberer. Der Vorarbeiter beschloß, ihnen die Wahl zu lassen – sich dem Arbeitstrupp anzuschließen wie die anderen Gehsteigbewohner oder gegen Unterkunft und Verpflegung das Lager zu unterhalten.

Die Künstler wählten das zweite Angebot, so wie der Vorarbeiter es erwartet hatte. Sie wurden getrennt von den anderen untergebracht, und ihnen wurde befohlen, sich auf eine Vorführung vorzubereiten, die noch am selben Abend stattfinden sollte. Der Projektleiter stimmte dem Vorschlag des Vorarbeiters zu. Die Ablenkung wäre gut für die Moral der Arbeiter, und sie würde helfen, die Spannungen abzubauen, die das Arbeitslager bedrohten.

Die Vorstellung fand nach dem Abendessen statt, bei den Lichtern der Küche. Der Hauptmann der Sicherheitstruppe erklärte sich einverstanden, den Conférencier zu spielen. Das

Programm begann mit Akrobatik, einem Mann, der mit Holzkeulen jonglierte, und einem Hochseiltänzer. Dann gab es ein muskalisches Zwischenspiel mit patriotischen Liedern, die spontanen Beifall des Projektleiters auslösten. Danach erwies sich ein Schlangenmensch-Ehepaar als sehr beliebt, gefolgt von Kartentricks und weiteren Jongleuren.

Shankar, der mit Ishvar und Om zusammensaß, um sich die Vorstellung anzusehen, amüsierte sich prächtig, hüpfte aufgeregt auf seiner Plattform auf und ab, klatschte herzhaft, obwohl seine bandagierten Handflächen nur einen gedämpften Ton erzeugten. »Ich wünschte, die andern könnten sich auch amüsieren«, sagte er ab und zu, an seine Patienten in den Blechhütten denkend. Er konnte ihr Stöhnen hören, in den stillen Augenblikken, in denen das Publikum vor Aufregung verstummte, wenn ein Darsteller irgend etwas besonders Kühnes, mit Messern und Schwertern oder auf dem Hochseil, vorführte.

Der Projektleiter nickte dem Vorarbeiter immer wieder anerkennend zu. Die Entscheidung war gut gewesen. Der letzte Künstler wartete im Schatten der Küche. Die Requisiten der vorherigen Nummer wurden weggeschafft. Der Hauptmann der Sicherheitstruppe verkündete, daß das Publikum als Finale Zeuge eines erstaunlichen Balanceakts sein würde. Der Künstler trat ins Licht.

»Das ist ja Affenmann!« sagte Om.

»Und die zwei Kinder seiner Schwester«, sagte Ishvar. »Das muß die neue Nummer sein, von der er uns erzählt hat.«

Bei Affenmanns Eröffnungsnummer, bei der er ein wenig jonglierte, so wie man es bereits gesehen hatte, waren die Kinder nicht beteiligt. Es wurde nicht besonders gut aufgenommen. Jetzt stellte er das kleine Mädchen und den kleinen Jungen vor, hob sie in die Luft, ein Kind auf jeder Handfläche. Beide waren erkältet und niesten. Dann band er sie an die Enden einer fünf Metern langen Stange. Anschließend ließ er sich auf den Boden nieder, rollte sich auf den Rücken und balancierte die Stange horizontal auf den Sohlen seiner nackten Füße. Als sie stabil war, fing er an, sie mit den Zehen zu drehen. Die Kinder kreisten, schlaff und stumm, auf dem rudimentären Karussell, zunächst langsam, während er Gleichgewicht und Rhythmus prüfte, dann schneller und immer schneller, bis ihre Körper nur noch verschwommen zu sehen waren.

Es gab nur vereinzelten Beifall, denn das Publikum war besorgt und unsicher. Dann wurde das Klatschen drängend, als hoffte man, die gefährliche Leistung würde bald aufhören, wenn man dem Mann die Anerkennung zollte, die ihm gebührte, oder wenigstens als könnte man mit dem Applaus irgendwie die Kinder im Gleichgewicht halten und ihre Sicherheit gewährleisten.

Die Stange wurde wieder langsamer und kam zum Stillstand. Affenmann band die Kinder los und wischte ihnen den Mund ab. Die Zentrifugalkraft hatte einen Strom von Schleim aus ihren laufenden Nasen herausgezogen. Als nächstes legte er sie mit dem Gesicht zueinander auf den Boden. Diesmal wurden sie zusammen an ein Ende der Stange gebunden, wobei ihre Füße auf einer kleinen Querstange ruhten. Er überprüfte die Bindungen und richtete die Stange auf.

Die Kinder wurden hoch über den Boden gehoben. Ihre Gesichter verschwanden in der Nacht, außer Reichweite der Küchenlampen. Dem Publikum stockte der Atem.

Affenmann hob die Stange noch höher, gab ihr einen kleinen Stoß und fing das Ende auf seiner Handfläche auf. Seine sehnigen Armmuskeln zitterten. Er bewegte die Stange hin und her, ließ das obere Ende wie einen Baumwipfel im Wind schwanken. Dann ein weiterer kleiner Stoß, und die Stange balancierte auf seinem Daumen.

Von den Zuschauern ergoß sich eine Kaskade von Protesten. Zweifel und Vorwürfe wirbelten in der Dunkelheit um Affenmann herum. In der Taubheit seiner Konzentration hörte er nichts. Er ging jetzt innerhalb des Lichtkreises hin und her, fing dann an zu rennen, warf die Stange von einem Daumen auf den anderen.

»Es ist zu gefährlich«, sagte Ishvar. »Es macht mir keinen Spaß.« Shankar, der wie gebannt auf seiner Plattform hockte, schüttelte ebenfalls den Kopf und wiegte seinen Torso zu der Bewegung der Stange.

»Er hätte besser bei Affen bleiben sollen«, meinte Om, den Blick auf die winzigen Gestalten im Himmel geheftet.

Dann warf Affenmann den Kopf zurück und balancierte die Stange auf seiner Stirn. Leute sprangen aufgebracht auf. »Aufhören!« brüllte jemand. »Aufhören, bevor du sie umbringst!«

Andere fielen mit ein. »Saala schamloser Budmaas! Unschuldige Kinder zu quälen!«

»Salaa gandoo! Spar dir das für die Mohallas der herzlosen Reichen auf! Wir wollen so was nicht sehen!«

Das Geschrei störte Affenmanns Konzentration. Er konnte wieder hören. Er ließ eilig die Stange herunter und band die Kinder los. »Was ist denn? Ich mißhandele sie doch nicht. Fragt sie selbst, es macht ihnen Spaß. Jeder muß sich sein Geld verdienen.«

Aber der Aufruhr ließ ihm nicht viel Gelegenheit, sich zu verteidigen. Noch mehr als über Affenmann regten sich die Leute über den Vorarbeiter auf, der diese grausame Unterhaltung veranstaltet hatte. »Ungeheuer, dahergelaufenes! Schlimmer als Ravan!« brüllten sie ihm zu.

Die Sicherheitswachen vertrieben die Zuschauer schnell, die sich in ihre Hütten zurückzogen, während sich die vorherige Anerkennung des Projektleiters in Kritik verwandelte. Er wedelte dem Vorarbeiter tadelnd mit dem Finger vor dem Gesicht herum. »Das haben Sie völlig falsch eingeschätzt. Diese Leute brauchen weder Freundlichkeit, noch wissen sie sie zu schätzen. Wenn man nett zu ihnen ist, tanzen sie einem auf der Nase herum. Harte Arbeit ist die einzige Medizin.«

Es wurden keine weiteren Vorstellungen angesetzt. Am nächsten Tag wurden die Straßenkünstler verschiedenen Arbeitergruppen zugeteilt. Affenmann wurde die unbeliebteste Person im ganzen Bewässerungsprojekt, und bevor die Woche zu Ende war, gesellte er sich mit schweren Kopfverletzungen zu den Unfallopfern. Ishvar und Om tat er leid, weil sie wußten, daß er eigentlich so ein weiches Herz hatte.

»Erinnerst du dich an die Prophezeiung der alten Frau?« sagte Om. »In der Nacht, wo seine Affen starben?«

»Ja«, sagte Ishvar. »Von wegen, daß er seinen Hund töten und einen noch schlimmeren Mord begehen würde. Im Moment sieht der Bursche so aus, als wäre er selbst ermordet worden.«

Zwei Wochen später erschien der Erleichterer wieder im Bewässerungsprojekt in Begleitung eines Mannes, den er dem Vorarbeiter als den »Mann, der Ihre akuten Probleme mit den Arbeitskräften lösen wird« vorstellte.

Der Vorarbeiter und der Erleichterer lachten über den Scherz. Die Miene des Fremden blieb todernst und zeigte eine Spur von Mißbilligung.

Sie gingen zu den Blechhütten, wo die Verletzten lagen, insgesamt zweiundvierzig Personen. Shankar trudelte zwischen ihnen umher, streichelte dem einen die Stirn, klopfte dem anderen auf die Schulter, flüsterte, tröstete. Der Geruch eiternder Wunden und ungewaschener Körper waberte durch die Türen und bereitete dem Vorarbeiter Übelkeit.

»Ich bin in meinem Büro, wenn Sie mich brauchen«, entschuldigte er sich.

Der Besucher sagte, er wolle einen kurzen Blick auf die Wunden werfen und ihr Potential einschätzen. »Erst dann kann ich ein vernünftiges Angebot machen.«

Sie traten in die erste Hütte, kurzzeitig geblendet durch den Wechsel vom grellen Sonnenlicht in das Halbdunkel. Shankar rollte seine Plattform herum, um zu sehen, wer es war. Er reckte den Hals, und dann entfuhr ihm ein Schrei des Wiedererkennens.

»Wer ist das?« sagte der Besucher. »Wurm?« Seine Augen hatten sich noch nicht an das Dunkel gewöhnt, aber er kannte das vertraute Rumpeln der Rollen. »Hier steckst du also. All diese Wochen habe ich mich schon gefragt, was mit dir passiert ist.«

Shankar paddelte seine Plattform zu den Füßen des Mannes, seine Handflächen fuchtelten aufgeregt auf dem Boden herum. »Bettlermeister! Die Polizei hat mich mitgenommen! Ich wollte nicht weg!« Erleichterung und Angst vermischten sich in seinem Schluchzen, während er die Schienbeine des Mannes umklammerte. »Bettlermeister, bitte hilf mir, ich will nach Hause!«

Die Ablenkung in der Hütte veranlaßte die Verletzten, zu

stöhnen und zu husten, um die Aufmerksamkeit auf sich zu lenken, in der Hoffnung, dieser Fremde, wer immer es war, würde ihnen endlich Erlösung bringen. Der Erleichterer rückte näher zur Tür und zur frischen Luft.

»Keine Sorge, Wurm, natürlich bringe ich dich hier weg«, sagte Bettlermeister. »Wie soll ich denn ohne meinen besten Bettler auskommen?« Er beendete eine schnelle Inspektion der Verletzten und wandte sich dann zum Gehen. Shankar wollte auf der Stelle mit ihm gehen, wurde aber angewiesen zu warten. »Ich muß erst ein paar Dinge regeln.«

Draußen fragte Bettlermeister den Erleichterer: »Gehört Wurm zu den Ausgemusterten?«

»Natürlich.«

»Ich bezahle Ihnen nicht für etwas, was mir bereits gehört. Ich habe ihn von meinem Vater geerbt. Und mein Vater hatte ihn, seit er ein kleines Kind war.«

»Aber sehen Sie es mal von meiner Seite, ja«, feilschte der Erleichterer. »Ich mußte der Polizei etwas für ihn bezahlen.«

»Vergessen Sie das alles. Ich bin bereit, zweitausend Rupien für die ganze Truppe zu bezahlen. Einschließlich Wurm.«

Der Betrag war höher, als der Erleichterer erwartet hatte. Den Rabatt mitgerechnet, den er dem Vorarbeiter versprochen hatte, würde er immer noch einen hübschen Profit machen. »Wir haben noch viele Geschäfte vor uns«, sagte er, seine Begeisterung verbergend. »Ich will nicht feilschen. Zweitausend sind okay, Sie können Ihren Wurm mitnehmen.« Er kicherte. »Und soviel Wanzen oder Tausendfüßler, wie Sie wollen.«

Mißbilligung verdüsterte Bettlermeisters Miene. Diesmal wies er den Erleichterer scharf zurecht. »Ich mag es nicht, wenn man sich über meine Bettler lustig macht.«

»Das habe ich doch nicht böse gemeint.«

»Und noch eins. Ihr Lastwagen muß sie in die Stadt zurückbringen – das ist im Preis inbegriffen.«

Der Erleichterer stimmte zu. Er führte Bettlermeister in die Küche und brachte ihm ein Glas Tee, um ihn für die Beleidigung zu entschädigen. Dann ging er zum Vorarbeiter, über dessen Anteil noch verhandelt werden mußte.

Mit allen Kräften rudernd, eilte Shankar los, um seinen beiden Freunden die gute Nachricht zu erzählen, wurde aber von dem Aufseher abgefangen, der nicht zuließ, daß der Rhythmus der Arbeit unterbrochen wurde. Er scheuchte ihn weg, stampfte mit dem Fuß auf und tat so, als hebe er einen Stein auf. Shankar zog sich zurück.

Er wartete, bis der Pfiff für die Mittagspause ertönte, und holte Ishvar und Om in der Nähe der Essensausgabe ein. »Bettlermeister hat mich gefunden! Ich geh nach Hause!«

Om beugte sich herunter, um ihm auf die Schulter zu klopfen, und Ishvar tröstete ihn. »Ja, ist schon gut, Shankar, keine Sorge. Irgendwann werden wir alle nach Hause gehen, wenn die Arbeit hier fertig ist.«

»Nein, ich geh schon morgen früh nach Hause, wirklich! Mein Bettlermeister ist hier!« Sie wollten ihm immer noch nicht glauben, er mußte es ihnen erst genauer erzählen.

»Aber wieso freust du dich denn so darauf, hier wegzugehen?« fragte Ishvar. »Du mußt nicht diese Sklavenarbeit machen wie wir. Freie Mahlzeiten, ein bißchen Holen und Tragen auf deinem Gaadi. Ist dir das denn nicht lieber als Betteln?«

»Es hat mir schon eine Zeitlang Spaß gemacht, besonders mich um dich zu kümmern und um die anderen Kranken. Aber jetzt vermisse ich die Stadt.«

»Du hast Glück«, sagte Om. »Diese Arbeit wird uns umbringen, das steht fest. Wenn wir doch nur mit dir mitgehen könnten.«

»Ich kann Bettlermeister bitten, euch mitzunehmen. Reden wir doch mit ihm.«

»Ja, aber wir ... na gut, frag ihn.«

Sie fanden Bettlermeister auf einer Bank bei der Küche, wo er seinen Tee schlürfte. Shankar rollte heran und zupfte an seinem Hosenbein. »Was ist los, Wurm? Ich habe dir doch gesagt, du sollst in der Hütte warten.« Aber er ließ seinen Tee stehen, um sich neben ihn zu knien, hörte zu, nickte, zerstrubbelte ihm dann die Haare und lachte. Er ging zu den Schneidern hinüber.

»Wurm sagt, ihr seid seine Freunde. Er möchte, daß ich euch helfe.«

»Hahnji, bitte, wir werden Ihnen sehr dankbar sein.«

Er taxierte sie argwöhnisch. »Habt ihr irgendwelche Erfahrung?«

»O ja, viele Jahre Erfahrung«, sagte Ishvar.

Bettlermeister war skeptisch. »Mir kommt ihr nicht so vor, als könntet ihr sehr erfolgreich sein.«

Om war empört. »Ich kann Ihnen sagen, daß wir sehr erfolgreich sind.« Er hielt seine zwei kleinen Finger wie Votivkerzen hoch. »Unsere langen Fingernägel sind bei dieser ganzen groben Arbeit abgebrochen, aber sie werden wieder wachsen. Wir sind voll ausgebildet, wir können sogar direkt vom Körper des Kunden Maß nehmen.«

Bettlermeister lachte. »Vom Körper des Kunden Maß nehmen?«

»Natürlich. Wir sind geschickte Schneider, die ...«

»Vergeßt es. Ich dachte, ihr wolltet als Bettler für mich arbeiten. Ich habe keine Verwendung für Schneider.«

Ihre Hoffnungen zerstoben. »Wir taugen hier nichts, wir werden ständig krank«, flehten sie. »Können Sie uns denn nicht mitnehmen? Wir können Sie für Ihre Mühe bezahlen.« Shankar unterstützte ihre Bitten und erzählte, daß sie so gut zu ihm gewesen seien, vom ersten Moment an, wo die Polizei ihn in den Lastwagen geworfen hatte, in dieser furchtbaren Nacht vor fast zwei Monaten.

Bettlermeister und der Erleichterer diskutierten mit gesenkten Stimmen über das Geschäft. Letzterer wollte zweihundert Rupien pro Schneider, weil er, wie er behauptete, es dem Vorarbeiter schmackhaft machen mußte, zwei kräftige Exemplare ziehenzulassen. Ishvars verstauchter Knöchel zählte nicht.

Bettlermeister nahm sein Teeglas und ging zu den Schneidern zurück. »Ihr könnt mitkommen, wenn der Vorarbeiter einverstanden ist. Aber es wird euch was kosten.«

»Wieviel?«

»Normalerweise berechne ich, wenn ich mich um einen Bettler kümmere, einhundert Rupien pro Woche. Dazu gehört Bettelplatz, Essen, Kleidung und Schutz. Auch besondere Dinge wie Verbände oder Krücken.«

»Ja, Shankar – Wurm – hat uns davon erzählt. Er hat Sie gelobt und gesagt, Sie wären ein sehr großherziger Bettlermeister. Was für ein Glück für ihn, daß Sie hergekommen sind.«

Sosehr er sich auch über das Kompliment freute, stellte er die Dinge ohne falsche Bescheidenheit klar. »Glück hat wenig damit zu tun. Ich bin der berühmteste Bettlermeister der Stadt. Natürlich hat sich der Erleichterer mit mir in Verbindung gesetzt. Aber euer Fall ist anders gelagert, ihr braucht nicht die gleiche Art von Zuwendung. Außerdem wart ihr gut zu Wurm. Bezahlt mir einfach fünfzig pro Woche und Person, ein Jahr lang. Das wird reichen.«

Sie waren entsetzt. »Aber das heißt ja fast zweitausendfünfhundert für jeden!«

»Ja, das ist das Minimum für das, was ich anzubieten habe.«

Die Schneider diskutierten den Betrag untereinander. »Das heißt, daß wir drei Tage die Woche für ihn arbeiten müssen«, flüsterte Ishvar. »Das ist zuviel, das können wir uns nicht leisten.«

»Was haben wir für eine Wahl?« sagte Om. »Willst du dich zu Tode schuften in diesem Narak herzloser Teufel? Sag einfach zu.«

»Warte, ich handele ihn etwas herunter.« Ishvar näherte sich dem Mann mit einer weltklugen Miene auf dem Gesicht. »Hören Sie, fünfzig sind zuviel – wir geben Ihnen fünfundzwanzig die Woche.«

»Eins will ich klarstellen«, erwiderte Bettlermeister kalt. »Ich verkaufe nicht Zwiebeln und Kartoffeln im Basar. Mein Geschäft ist es, mich um menschliches Leben zu kümmern. Versuch nicht, mit mir zu feilschen.« Er wandte sich verächtlich ab, um zu der Küchenbank zurückzukehren.

»Jetzt sieh nur, was du angestellt hast!« sagte Om in Panik. »Unsere einzige Chance ist verspielt!«

Ishvar wartete einen Augenblick und schlurfte zum Bettlermeister zurück. »Wir haben drüber geredet. Es ist teuer, aber wir machen es.«

»Seid ihr sicher, daß ihr es euch leisten könnt?«

»O ja, wir haben gute Jobs, regelmäßige Arbeit.«

Bettlermeister kaute an seinem Daumennagel und spuckte

aus. »Manchmal verschwindet einer meiner Kunden, ohne zu bezahlen, nachdem er meine Gastfreundschaft genossen hat. Aber ich finde sie immer. Und dann hat derjenige großen Ärger. Bitte vergeßt das nicht.« Er trank seinen Tee aus und begleitete den Erleichterer, um dem Vorarbeiter ein neues Angebot zu machen.

Als die Mittagspause vorbei war, widerstrebte es den Schneidern, sich wieder dem Kiestrupp und den Grubengräbern anzuschließen. Jetzt, wo die Rettung so unmittelbar bevorstand, hatten sie das Gefühl, daß sie sich der Knochenarbeit keine Minute länger fügen konnten.

»Aray Babu, noch ein wenig Geduld«, sagte Shankar. »Es ist doch nur noch ein Tag, macht jetzt keinen Ärger. Ihr wollt doch nicht, daß die euch schlagen. Hört jetzt auf, euch Sorgen zu machen, der Vorarbeiter wird zustimmen, mein Bettlermeister ist sehr einflußreich.«

Unterstützt von Shankars Zuspruch fanden sie die Kraft, zum Aufseher zurückzukehren. Am späten Nachmittag lauschten sie ungeduldig auf das Lied des Bhistees. Seine Ankunft signalisierte die letzten zwei Stunden Arbeit. Sie tranken aus seiner Wasserhaut und standen so den Rest des Tages durch.

Als sie am Abend zu ihrer Hütte zurückwankten, wartete Shankar schon auf sie, sich aufgeregt auf seiner Plattform windend. »Es ist alles geregelt. Sie bringen uns morgen früh fort. Haltet euch bereit mit eurem Bettzeug, verpaßt nicht den Lastwagen. Jetzt muß ich noch was erledigen.«

Er fuhr zu dem Mechaniker, der für die schwere Maschinerie zuständig war und ihm Öl für seine Rollen gab. Der Splitt und Staub von der Baustelle hatten sie allmählich langsamer gemacht. Shankar wollte für seine Rückkehr zum Gehsteig die Plattform in Topform haben. Er kam mit der Kanne zurück, die er an seinen Bauch gedrückt hielt. Om half ihm, die trägen Rollen zu schmieren.

Früh am nächsten Morgen befahl ein Sicherheitsposten Shankar, den Schneidern und den Verletzten, sich mit ihren Sachen am Tor zu versammeln. Diejenigen, die nicht gehen konnten, wurden von Männern getragen, die von einer Arbeitsgruppe abkommandiert wurden. Sie taten es widerwillig, weil sie den Invaliden ihre bevorstehende Freiheit neideten. Aber die volle Wucht der verbitterten Blicke trugen die Schneider.

»Sieh nur, wieviel Glück wir haben, Om«, sagte Ishvar, während er die beschädigten Körper betrachtete, die sich auf dem Lastwagen ansammelten. »Wir könnten hier auch mit gebrochenen Knochen liegen, wenn unsere Sterne nicht in der richtigen Stellung wären.«

Affenmann war noch bewußtlos von seiner Kopfverletzung, und Bettlermeister weigerte sich, ihn zu nehmen. Aber die Kinder wollte er haben, sie hatten wirkliches Potential, sagte er. Der kleine Junge und das kleine Mädchen widersetzten sich, klammerten sich weinend an ihren reglosen Onkel. Als der Lastwagen abfahrbereit war, mußten sie fortgezerrt werden.

Der Erleichterer und der Vorarbeiter glichen die Differenz zwischen Soll und Haben mit einem Rabatt für die nächste Lieferung aus. Dann gab es eine kurze Verzögerung. Der Vorarbeiter bestand darauf, daß die bei Ankunft ausgegebene Kleidung vor der Abfahrt wieder zurückgegeben wurde – er mußte für jedes Stück seinem Vorgesetzten Rechenschaft ablegen.

»Nehmen Sie, was Sie wollen«, sagte Bettlermeister. »Aber bitte beeilen Sie sich, ich muß rechtzeitig für eine Tempelzeremonie zurück sein.«

Diejenigen, die zum Lastwagen getragen worden waren, waren nicht in der Lage, sich auszuziehen. Die Arbeiter, die im Begriff waren, zu ihrer normalen Arbeit zurückzukehren, wurden angewiesen, ihnen beim Ausziehen zu helfen. Sie machten ihrem Ärger Luft, indem sie die Kleidungsstücke grob von den verletzten Körpern herunterzerrten. Bettlermeister achtete nicht darauf. Doch als Shankar an der Reihe war, sorgte er dafür, daß sie sanft mit seinem Unterhemd umgingen.

Jetzt waren die Gehsteigbewohner so nackt oder halbnackt wie an dem Tag, als sie das Arbeitslager betreten hatten. Das Tor öffnete sich, und der Lastwagen durfte herausfahren.

Sich für den Besuch in Nusswans Büro etwas Besonderes anzuziehen war Manecks Idee. »Wenn wir da hingehen, sollten wir tipptopp aussehen. Dann wird er mehr Respekt zeigen. Für manche Leute ist Aussehen sehr wichtig.«

In Dinas Zustand war alles, was nach halbwegs vernünftigem Rat klang, willkommen. Sie ging mit dem Bügeleisen über seine graue Gabardinehose. Für sich selbst suchte sie ihren wirkungsvollsten Rock aus, den blauen von ihrem zweiten Hochzeitstag, mit dem munteren Volant, der beim Gehen lebendig wurde. Würde er noch passen, fragte sie sich. Sie machte die Zwischentür zu und probierte ihn an, erfreut zu entdecken, daß sie nur ein bißchen drücken mußte, um den Reißverschluß zuzubekommen. Sie ging wieder ins vordere Zimmer.

»Wie wär's mit etwas Make-up, Tante?«

Der seit Jahren unbenutzte Lippenstift schob widerstrebend seinen Kopf heraus, als sie den Boden drehte. Zuerst gab es einen Fehlstart, als sie sich den Lippenrand verschmierte, aber die labiale Akrobatik wurde ihr schnell wieder geläufig, das Schürzen, Spitzen und Straffen, die affenartigen Verrenkungen, die in dem Spiegel so lächerlich wirkten.

Das Rouge war hart geworden, aber unter der verfärbten Kruste fand sie noch genug, um sich die Wangen zu röten. Das runde Samtkissen war zu einem ledrigen Schorf ausgetrocknet. Einmal hatte Rustom sie geneckt, als sie sich gerade geschminkt hatte, und sie hatte reagiert, indem sie ihm mit dem Kissen die Nase rötete. Weich wie das Blatt einer Rosenblüte, hatte er gesagt.

Wenn Nusswan heute irgend etwas von Heiraten erwähnte, wüßte sie nicht, was sie machen würde – vielleicht seinen Schreibtisch umkippen. Sie betrachtete sich im Spiegel. Ihr Spiegelbild nickte anerkennend. Sie hoffte, Manecks Theorie, die Aussehen mit Respekt koppelte, würde sich als korrekt erweisen.

»Bist du soweit?« rief sie in sein Zimmer.

»Mann! Du siehst unglaublich schön aus.«

»Das reicht jetzt«, tadelte sie ihn und inspizierte ihn von Kopf bis Fuß. Sie war mit ihm zufrieden, bis auf die Schuhe. Er mußte sie noch putzen, bevor sie gingen.

Der Bürodiener ließ die beiden im Flur warten, während er verschwand, um dem Chef Bescheid zu sagen. »Wart's nur ab, Nusswan wird beschäftigt sein«, prophezeite sie.

Der Mann kam wieder und verkündete mit bedauerndem Ton: »Sahab ist beschäftigt.« Der Diener arbeitete schon seit vielen Jahren hier, aber es machte ihn immer verlegen, die Farce seines Arbeitgebers mitzuspielen. »Bitte nehmen Sie für ein paar Minuten Platz.« Er senkte den Kopf und zog sich zurück.

»Weiß der Himmel, warum Nusswan immer noch versucht, mich mit diesen Albernheiten zu beeindrucken«, sagte Dina. »Sein Beschäftigtsein wird in genau fünfzehn Minuten enden.«

Aber bei ihrer zweiten Prophezeiung irrte sie sich, denn der Diener hatte Nusswan berichtet, daß seine Schwester heute wunderschön gekleidet und in Begleitung gekommen sei.

»Wer ist es?« fragte Nusswan. »Haben wir sie hier schon mal gesehen?«

»Nicht sie, Sahab. Ihn.«

Sehr sonderbar, dachte Nusswan und befühlte sein Kinn, wo er sich am Morgen geschnitten hatte. »Jung? Alt?«

»Jung«, sagte der Diener. »Sehr jung.«

Noch seltsamer, befand Nusswan und ließ seiner Phantasie freien Lauf. Vielleicht ein Freund? Dina sah mit ihren zweiundvierzig noch sehr attraktiv aus. Fast so schön wie vor zwanzig Jahren, als sie diesen armen unglückseligen Rustom geheiratet hatte. Unglückselig von Anfang bis Ende. Mit seinem Aussehen, seinem Geld, mit seiner Lebenserwartung ...

Nusswan hielt in seinen Gedanken inne, starrte zur Decke und klopfte sich mit den Fingerspitzen der rechten Hand ehrfurchtsvoll abwechselnd auf die Wangen, um sicherzugehen, daß sein Schwager in Frieden ruhte. Er hatte nicht den Wunsch, schlecht über die Dahingeschiedenen zu reden. So traurig, sein Tod. Aber auch eine gottgegebene Chance für Dina, die Dinge zu richten und einen geeigneten Ehemann zu finden. Wenn sie doch nur die Gelegenheit ergriffen hätte!

So was Schreckliches, ihr Stolz, und ihre seltsame Vorstellung von Unabhängigkeit. Arbeitete wie eine Sklavin, um einen Hungerlohn zu verdienen, demütigte die ganze Familie. Und jetzt dieses neueste Fiasko mit der Exportgesellschaft. Langsam hatte er gelernt, sich eine dicke Haut zuzulegen. Aber Peinlichkeit abzuschütteln war leichter, als sein Pflichtgefühl abzulegen. Sie war immer noch seine kleine Schwester, und er mußte sein Bestes für sie tun.

Was für eine Verschwendung, dachte er, was für eine Verschwendung von Leben. Wie wenn man einer Tragödie beiwohnen würde. Nur hatte sie statt drei Stunden fast drei Jahrzehnte gedauert – eine entfremdete Familie, Xerxes und Zarir, die ohne die Liebe und Aufmerksamkeit ihrer Tante Dina aufgewachsen waren, und sie, die ihre beiden Neffen kaum kannte. Es war alles so unendlich traurig.

Aber vielleicht gab es ja noch eine Chance für ein glückliches Ende. Es gäbe nichts Besseres, als wieder eine glückliche, vereinte Familie zu werden. Bald würde es in seinem eigenen Leben Zeit für Enkelkinder sein. Wenn Dina schon als Tante abgedankt hatte, dann könnte sie wenigstens Großtante werden.

Und dieser junge Mann, der heute mit ihr zusammen gekommen ist, ihr Freund. Wenn es etwas Ernstes wäre und sie heiraten würden, wie wunderbar das wäre. Selbst wenn der Bursche erst dreißig wäre, sollte er sich glücklich schätzen, Dina zu haben – so attraktiv, daß sie Frauen, die halb so alt waren wie sie, in den Schatten stellen konnte.

Ja, das war's – sie wollte ihm den jungen Mann vorstellen und die Zustimmung ihres älteren Bruders einholen. Warum sollte sie ihn sonst mitbringen?

Und was den Altersunterschied betraf, da konnte es keine Einwände geben, beschloß Nusswan widerstrebend. In den modernen Zeiten heutzutage mußte man aufgeschlossen sein. Ja, er würde ihnen seinen Segen geben, sogar für diese zweite Hochzeit bezahlen. Solange sich die Unkosten im Rahmen hielten – einhundert Gäste, bescheidene Blumenarrangements, eine kleine Band ...

Während er ein ganzes Leben Revue passieren ließ, brütete, bedauerte und revidierte, erschien es Nusswan wie eine Ewigkeit, seit man ihm ihre Ankunft gemeldet hatte. Er sah auf seine Uhr – es war weniger als fünf Minuten her. Er hielt sich das Zifferblatt ans Ohr: sie funktionierte. Erstaunlich, wie Zeit und Gedanken sich verschworen, um einen zu täuschen.

Er befahl dem Bürodiener, die Besucher sofort hereinzuführen. Er wollte in der Wirklichkeit die Feier fortsetzen, die er in der Phantasie begonnen hatte.

»Was?« sagte Dina zum Diener. »So schnell?« Dann flüsterte sie zu Maneck: »Siehst du, du hast jetzt schon Glück gebracht – normalerweise ruft er mich nie so schnell herein.«

Nusswan erhob sich und zog seine Manschetten hervor, bereit, den Mann, der sein Schwager werden würde, mit einem warmen Handschlag zu begrüßen. Als er den jungen Maneck das Büro betreten sah, sackten ihm fast die Knie weg. Seine verrückte Schwester hatte es wieder geschafft! Er klammerte sich an dem Rand seines Schreibtisches fest und erblaßte bei dem Gedanken, wie sie damit bei Freunden und Verwandten Gespött und Empörung auslösen würde.

»Verwandelst du dich allmählich in einen Europäer, Nusswan? Oder bist du krank?« fragte Dina.

»Mir geht's gut, danke«, antwortete er steif.

»Wie geht es Ruby und den Jungs?«

»Bestens.«

»Gut. Es tut mir leid, dich zu stören, wo du so beschäftigt bist.«

»Ist schon gut.« Kaum zwei Sekunden im Büro, und schon machte sie ihm wieder Ärger. Es war töricht von ihm gewesen, sich Hoffnungen zu machen. Wenn es um Dina ging, war es klüger zu verzweifeln. Keine einzige Paisa würde er für diese Hochzeit ausgeben. Wenn Kinderehen eine schreckliche Plage der alten Zeit waren, dann war eine Ehe zwischen Kindern und Erwachsenen ein moderner Wahnsinn. Er wollte nichts damit zu tun haben. Und wo der Arzt ihn extra ermahnte, auf seinen

Blutdruck achtzugeben, seine Aktivitäten auf dem Aktienbasar einzuschränken – erschien hier seine eigene Schwester und trug ihren Teil dazu bei, sein Leben zu verkürzen.

»Aber wo sind bloß meine Manieren geblieben«, sagte Dina. »Einfach loszureden, ohne meinen Begleiter vorzustellen. Maneck, das ist mein Bruder Nusswan.«

»Guten Tag«, sagte Maneck.

»Freut mich ... freut mich, Sie kennenzulernen.« Nusswan sank nach dem Handschlag in seinen Stuhl zurück. Im Raum nebenan hämmerte eine Schreibmaschine. Der Deckenventilator eierte diskret. Unter einem Briefbeschwerer flatterte ein Stapel Papiere wie ein Vogel, der in Schwierigkeiten war.

»Maneck hat von mir schon viel über dich gehört«, sagte Dina, »und ich wollte, daß ihr euch beide mal kennenlernt. Er lebt seit ein paar Monaten bei mir.«

»Lebt bei dir?« Seine Schwester war verrückt geworden! Was glaubte sie denn, wo sie war, in Hollywood?

»Ja, lebt bei mir. Was sollte ein zahlender Gast denn sonst machen?«

»O ja! Natürlich! Was sonst?« Die Erleichterung war so heftig, daß sie unerträglich war. Er wollte auf die Knie fallen. Oh, Gott sei Dank! Gerettet! Danke Gott dem Allmächtigen!

Dann entdeckte Nusswan hinter dem Sonnenschein und dem Regenbogen, der am Horizont erstrahlt war, den Topf Schlamm: Es würde keine Hochzeit geben. Er fühlte sich betrogen. Das sah ihr ähnlich. Grausam, gefühllos, führte ihn mit falschen Hoffnungen in die Irre. Wenn man bedachte, wie aufrichtig er sich noch vor wenigen Minuten für sie gefreut hatte. Wieder hatte sie ihn verspottet.

»Die Preise steigen ständig«, sagte sie. »Ich kam nicht mehr zurecht. Ich mußte einen Pensionsgast nehmen. Und ich habe so ein Glück gehabt, daß ich so einen wunderbaren Jungen wie Maneck gefunden habe.«

»Ja, natürlich. Schön, dich kennenzulernen, Maneck. Und wo arbeitest du?«

»Arbeiten?« sagte Dina empört. »Er ist erst siebzehn, er geht aufs College.«

»Und was studierst du?«

»Kühl- und Klimatechnik.«

»Eine sehr kluge Entscheidung«, sagte Nusswan. »Heutzutage bringt man es nur zu was, wenn man eine technische Ausbildung hat. Die Zukunft liegt in der Technologie und Modernisierung.« Die Stille mit Worten zu füllen war eine Art, mit dem Tumult von Gefühlen fertigzuwerden, den seine Schwester in ihm hatte explodieren lassen. Leere Worte, um das Gefühl von Torheit wegzuspülen, das er empfand.

»Ja, das Land wurde schon viel zu lange durch veraltete Ideologien gebremst. Aber unsere Zeit ist gekommen. Es finden großartige Veränderungen statt. Und das haben wir unserer Ministerpräsidentin zu verdanken. Ein wahrer Geist der Wiedergeburt.«

Dina hatte nichts gegen sein Geschwafel, erleichtert, daß wenigstens das Thema Ehe nicht wiederbelebt wurde. »Ich habe einen zahlenden Gast, aber ich habe meine Schneider verloren«, sagte sie.

»Wie bedauerlich«, sagte Nusswan, etwas verwirrt durch ihre Unterbrechung. »Das Wichtigste ist, daß wir jetzt eine pragmatische Politik haben anstatt irrelevanter Theorien. Armut zum Beispiel wird jetzt frontal bekämpft. All die häßlichen Bustees und schmutzigen Jhopadpattis werden ausgemerzt. Junger Mann, du bist nicht alt genug, um dich daran zu erinnern, wie wunderschön diese Stadt einmal war. Aber dank unserer visionären Führerin und des Verschönerungsprogramms wird sie wieder in ihrer früheren Pracht auferstehen. Dann wirst du es sehen und schätzen.«

»Ich konnte die Kleider nur fertigstellen, weil Maneck mir half«, warf Dina ein. »Er hat so hart gearbeitet, an meiner Seite.«

»Das ist sehr gut«, sagte Nusswan. »Wirklich sehr gut.« Der Klang seiner eigenen Stimme hatte ihn wie immer gesprächig gemacht. »Fleißige, gebildete Leute wie Maneck – das ist das, was wir brauchen. Nicht faule, ungebildete Millionen. Und wir brauchen auch strenge Familienplanung. Diese ganzen Gerüchte von wegen erzwungener Sterilisation sind nicht hilfreich. Ihr habt doch sicherlich von diesem Unsinn gehört.«

Dina und Maneck schüttelten beide gleichzeitig die Köpfe.

»Wahrscheinlich von der CIA in Umlauf gebracht – daß Leute in entlegenen Dörfern aus ihren Hütten gezerrt und zur Zwangssterilisation geschleppt werden. Solche Lügen. Aber selbst wenn das Gerücht stimmt, was wäre denn da schlecht dran, bei so einem riesigen Bevölkerungsproblem?«

»Wäre es nicht undemokratisch, Menschen gegen ihren Willen zu verstümmeln?« fragte Maneck in einem Ton, der eher vollständige Zustimmung andeutete als Widerspruch.

»Verstümmeln. Hahaha«, sagte Nusswan onkelhaft, so als wäre es ein geistreicher Scherz. »Es ist alles relativ. Bestenfalls ist Demokratie eine Wippe zwischen totalem Chaos und erträglichem Durcheinander. Verstehst du, um ein demokratisches Omelett zu machen, muß man ein paar demokratische Eier zerbrechen. Um den Faschismus und andere böse Mächte zu bekämpfen, die unser Land bedrohen, ist nichts Falsches daran, energische Maßnahmen zu ergreifen. Vor allem wenn die ausländische Hand sich ständig einmischt, um uns zu destabilisieren. Habt ihr gewußt, daß die CIA versucht, das Familienplanungsprogramm zu sabotieren?«

Maneck und Dina schüttelten wieder die Köpfe, wieder in völliger Synchronität und mit ernsten Mienen.

Nusswan beäugte sie mißtrauisch, bevor er fortfuhr. »Das ist nämlich so, daß CIA-Agenten Lieferungen von Mitteln zur Geburtenkontrolle manipulieren und unter den Religionsgemeinschaften Unruhe schüren. Findet ihr denn nicht auch, daß Notstandsmaßnahmen erforderlich sind, um solche Gefahren zu bekämpfen?«

»Kann sein«, sagte Dina. »Aber ich finde, daß der Staat Obdachlose auf den Gehsteigen schlafen lassen sollte. Dann wären meine Schneider nicht verschwunden, und ich wäre nicht hierhergekommen, um dich zu belästigen.«

Nusswan hob seinen Zeigefinger und wackelte damit, als wäre seine Hand ein hyperaktiver Scheibenwischer. »Wenn Leute auf den Gehsteigen schlafen, ist das schlecht für den Ruf der Industrie. Erst letzte Woche hat mein Freund gesagt – er ist Direktor eines Multis, wohlgemerkt, nicht von irgendeinem Zwei-Paisa-

Betrieb, – er hat gesagt, daß wir mindestens zweihundert Millionen Menschen zuviel haben, daß sie eliminiert werden sollten.«

»Eliminiert?«

»Ja. Na ja – daß man sie loswerden sollte. Sie Jahr für Jahr in der Arbeitslosenstatistik zu führen bringt uns nicht weiter, das bewirkt nur, daß die Zahlen schlecht aussehen. Was haben die denn schon für ein Leben? Sie hocken in der Gosse und sehen wie Leichen aus. Der Tod wäre eine Gnade.«

»Aber wie würde man sie eliminieren?« erkundigte sich Maneck in seinem gefälligsten, unterwürfigsten Ton.

»Ganz einfach. Eine Möglichkeit wäre, ihnen eine kostenlose Mahlzeit zu geben, die Arsen oder Zyankali enthält, je nachdem, was kostengünstiger ist. Lastwagen könnten bei den Tempeln und Stellen vorbeifahren, wo sie sich zum Betteln versammeln.«

»Denken viele Geschäftsleute so?« fragte Dina neugierig.

»Viele von uns denken so, aber bis jetzt hatten wir nicht den Mut, es zu sagen. Jetzt, wo der Ausnahmezustand herrscht, können die Leute endlich ihre Meinung sagen. Das ist eine weitere gute Sache dabei.«

»Aber die Zeitungen werden zensiert«, sagte Maneck.

»Na ja, na ja«, sagte Nusswan, bei dem endlich Ungeduld spürbar wurde. »Und was ist so schlimm daran? Das ist doch nur, weil die Regierung nicht will, daß irgend etwas veröffentlicht wird, das die Öffentlichkeit beunruhigen könnte. Das ist eine vorübergehende Maßnahme – damit Lügen unterdrückt werden und die Menschen wieder Vertrauen fassen können. Solche Schritte sind nötig, um die demokratische Struktur zu erhalten. Man kann nicht sauber fegen, ohne den neuen Besen schmutzig zu machen.«

»Aha«, sagte Maneck. Die bizarren Aphorismen begannen ihm auf die Nerven zu gehen, aber er besaß nicht die Munition, um auch nur einen bescheidenen Gegenangriff zu starten. Wenn doch nur Avinash da wäre. Der würde es diesem Idioten schon zeigen. Er wünschte jetzt, er hätte besser aufgepaßt, als Avinash über Politik geredet hatte.

Noch mit der vorher erwähnten Maxime kämpfend, von wegen demokratische Eier zerbrechen, um ein demokratisches

Omelett zu machen, versuchte Maneck eine Variation zu formulieren, indem er Demokratie, Tyrannei, Pfanne, Feuer, Henne, hartgekochte Eier und Bratöl zusammenmischte. Er dachte, er hätte eine gefunden: Ein demokratisches Omelett läßt sich nicht aus Eiern herstellen, die demokratische Etiketten tragen und von einer despotischen Henne gelegt worden waren. Nein, zu umständlich. Und außerdem war der passende Augenblick vorüber.

»Wichtig ist«, fuhr Nusswan fort, »daß man mal die konkreten Errungenschaften des Ausnahmezustandes würdigt. Bei der Eisenbahn herrscht wieder Pünktlichkeit. Und wie mein Direktorfreund gesagt hat, hat sich das Verhältnis zwischen Arbeitgebern und Arbeitnehmern auch verbessert. Jetzt kann er auf der Stelle die Polizei rufen, um die Unruhestifter von der Gewerkschaft aus dem Verkehr zu ziehen. Ein paar ordentliche Abreibungen auf dem Polizeirevier, und sie sind weich wie Butter. Mein Freund sagt, die Produktion hat sich ungeheuer verbessert. Und wer profitiert von alldem? Die Arbeiter. Die einfachen Leute. Sogar die Weltbank und der IWF begrüßen die Veränderungen. Jetzt bieten sie größere Kredite an.«

Mit so ernster Miene, wie es ihr möglich war, sagte Dina: »Nusswan, darf ich dich um etwas bitten?«

»Ja, natürlich.« Er fragte sich, wieviel es diesmal sein würde, zweihundert Rupien oder dreihundert?

»Wegen dem Plan, zweihundert Millionen zu eliminieren. Könntest du deinen Geschäftsfreunden und Direktoren bitte sagen, daß sie keine Schneider vergiften sollen? Weil Schneider jetzt schon schwer zu finden sind.«

Maneck unterdrückte ein Lachen, bevor es herausplatzen konnte. Nusswan entgingen die Bemühungen von Manecks Mimik nicht, während er ihr angewidert entgegnete: »Es ist sinnlos, mit dir über ernste Dinge reden zu wollen. Ich weiß wirklich nicht, warum ich mir jedesmal wieder die Mühe mache.«

»Es war mir ein Vergnügen zuzuhören«, sagte Maneck ernst.

Nusswan fühlte sich hintergangen – zuerst sie, jetzt auch noch er. Er fragte sich, was für ein Spott auf seine Kosten stattfand, wenn die beiden allein waren.

»Ich hatte auch Spaß«, sagte Dina. »Zu dir ins Büro zu kommen ist die einzige Unterhaltung, die ich mir leisten kann, das weißt du.«

Mit finsterer Miene schob er Papiere auf seinem Tisch herum. »Sag mir, wieviel du brauchst, und laß mich dann in Ruhe. Ich habe eine Menge Arbeit zu erledigen.«

»Vorsicht, Nusswan, deine Augenbrauen machen komische Verrenkungen.« Sie beschloß, den Bogen nicht zu überspannen, und kam zur Sache. »Ich habe die Export-Arbeit nicht aufgegeben. Es ist nur eine Frage der Zeit, bis ich neue Schneider finde. Aber bis dahin kann ich keine neuen Aufträge annehmen.«

Der Augenblick des Bittens, der Augenblick, den sie so haßte, wurde nicht weniger unerquicklich durch die forsche, sachliche Erklärung oder die Leichtigkeit, die zu ihm hinführte. »Zweihundertfünfzig werden reichen, um mich durch diesen Monat zu bringen.«

Nusswan klingelte nach dem Bürodiener und füllte eine Bargeldanweisung aus. Dina und Maneck bekamen eine Vorstellung vehementer Schreibtätigkeit geboten. Der Kuli kratzte grimmig über das Formular. Nusswan kreuzte seine Ts und punktierte seine Is, mit schweren Schlägen, als würde er mit der Schreibmaschine konkurrieren, auf der im Nachbarraum gehämmert wurde.

Der Diener brachte die Anweisung zu dem Kassierer auf der anderen Seite des Flurs. Der altersschwache Deckenventilator ächzte wie eine lärmige kleine Fabrik. So viel Geld, dachte Dina, und er hat in sein Büro immer noch keine Klimaanlage einbauen lassen. Sie senkte den Blick und richtete ihn auf einen Brieföffner aus Sandelholz, der in einem halbgeöffneten Briefumschlag steckte. Der Bürodiener brachte das Geld und zog sich zurück.

Nusswan sagte: »Nichts von alledem wäre nötig, wenn du nur...« Er warf Dina einen Blick zu, konnte ihre gesenkten Augen aber nicht erreichen, und sah dann zu Maneck und gab den Gedanken schließlich auf. »Hier«, sagte er und hielt ihr die Scheine hin.

»Danke«, sie nahm sie entgegen, immer noch mit gesenktem Blick.

»Gern geschehen.«

»Ich zahle es dir so bald wie möglich zurück.«

Er nickte, nahm den Brieföffner und öffnete den Umschlag.

»Wenigstens hat er mir heute seine Lieblingspredigt erspart, dem Ausnahmezustand sei Dank«, sagte Dina, als sie aus dem Bus stiegen. »Dafür kann man schon dankbar sein. ›Und was ist so schlimm dabei, wieder zu heiraten?‹« äffte sie ihn mit einer scheinheiligen Stimme nach. »›Du siehst immer noch gut aus, ich garantiere dir, daß ich für dich einen guten Ehemann finden kann.‹ Du glaubst ja nicht, wie oft er mir das schon gesagt hat.«

»Doch, glaube ich wohl«, sagte Maneck. »Das ist das einzige, worin ich mit deinem Bruder einer Meinung bin. Du siehst wirklich gut aus.«

Sie gab ihm einen Klaps auf die Schulter. »Auf wessen Seite stehst du eigentlich?«

»Auf der Seite von Wahrheit und Schönheit«, verkündete er großspurig. »Aber es muß ganz schön komisch sein, wenn Nusswan und seine Geschäftsfreunde zusammenkommen und ihren Unsinn verzapfen.«

»Weißt du, woran ich gedacht habe, als wir in seinem Büro waren? An die Zeit, als er ein kleiner Junge war. Damals hat er immer davon geredet, daß er mal Großwildjäger werden, Leoparden und Löwen töten will. Und mit Krokodilen ringen, wie Tarzan. Eines Tages kam eine kleine Maus in unser Zimmer, und unsere Ayah hat zu ihm gesagt, Baba sieh mal, da ist ein wilder Tiger, du kannst jetzt der Jäger sein. Und Nusswan rannte davon und schrie nach seiner Mama.«

Sie drehte den Schlüssel im Schloß. »Jetzt will er zweihundert Millionen eliminieren. Er hört nie auf mit seiner Prahlerei.«

Als sie die Wohnung betraten, waren sie plötzlich mit den stummen Nähmaschinen konfrontiert. Ihr Lachen wirkte jetzt fehl am Platz. Es verflüchtigte sich schnell und erstarb.

X

Unter einer Flagge segeln

Es war nach Mitternacht, als der Lastwagen grummelnd die Flughafenstraße entlang in die Stadt fuhr. Zu beiden Seiten der Landstraße drängten sich schlafende Shanty-Towns, als könnten sie sich im nächsten Moment über die Verkehrsader ergießen, wäre da nicht die Bedrohung der entlangdonnernden Schwerlaster, die die zerrissenen Existenzen hinter den Rändern zurückhielten. Scheinwerfer beleuchteten Spätschichtarbeiter, müde Geister, die sich behutsam ihren Weg zwischen dem Verkehr und der offenen Kanalisation suchten.

»Ich dachte, die Polizei hat den Befehl, alle Jhopadpattis zu beseitigen«, sagte Ishvar. »Wieso stehen die hier dann noch?«

Bettlermeister erklärte, das sei nicht so einfach. Es hing alles von dem langfristigen Arrangement ab, das jeder Slumlord mit der Polizei hatte.

»Das ist nicht fair«, meinte Om, während seine Augen versuchten, die ranzige Nacht zu durchdringen. Flecken blassen Mondlichts enthüllten eine endlose Reihe von zusammengeschusterten Hütten, grobes Flickwerk aus Plastik, Pappe, Papier und Sackleinen, wie Schorfe und Blasen, die einem dermatologischen Alptraum gleich über den verwesenden Körper der Metropole krochen. Wenn der Mond von Wolken verdeckt wurde, verschwand der Slum. Aber der Gestank bürgte weiterhin für seine Anwesenheit.

Nach einigen Kilometern fuhr der Lastwagen in die Innereien der Stadt hinein. Straßenlaternen und Neonleuchten badeten die Gehsteige in einem Meer gelben, wäßrigen Lichts, wo die verschrumpften, hohläugigen Statuen der Nacht schlummerten, die Galateas, Gangabehns, Gokhales und Gopals, die bald durch das Chaos der Morgendämmerung zu Leben erweckt würden, um zu schleppen und zu tragen, zu heben und zu bauen, um ihre Sehnen anzuspannen für die Stadt, die so verzweifelt nach Verschönerung strebte.

»Seht mal«, sagte Om, »wie friedlich die Leute da schlafen,

und keine Polizei, die sie stört. Vielleicht ist der Ausnahmezustand aufgehoben.«

»Nein, ist er nicht«, sagte Bettlermeister. »Aber er ist ein Spiel geworden, wie alle Gesetze. Leicht zu spielen, wenn man die Spielregeln kennt.«

Die Schneider baten darum, bei der Drogerie abgesetzt zu werden. »Vielleicht läßt uns der Nachtwächter wieder im Eingang schlafen.«

Doch Bettlermeister bestand darauf, zuerst ihren Arbeitsplatz zu sehen. Der Lastwagen fuhr noch ein paar Minuten weiter und hielt vor dem Gebäude, wo Dina lebte. Die Schneider deuteten auf ihre Wohnungstür.

»Okay«, sagte Bettlermeister und sprang heraus. »Prüfen wir bei eurer Arbeitgeberin nach, ob ihr auch wirklich bei ihr angestellt seid.« Er bat den Fahrer zu warten und schritt schnell zur Tür.

»Es ist zu spät, um Dinabai zu wecken«, flehte Ishvar, der, das Gesicht verzerrt, mit seinem verletzten Knöchel hinterhereilte. »Sie regt sich leicht auf. Wir bringen Sie morgen hierher. Das versprech ich Ihnen – ich schwöre es beim Namen meiner toten Mutter.«

Die Bettler und die verletzten Arbeiter, die auf dem Lastwagen zitternd warteten, sehnten sich nach der tröstenden Bewegung, die sie während der Reise gewiegt hatte. Der im Leerlauf ratternde Motor sättigte die Nacht mit einem tiefen bedrohlichen Dröhnen. Einige fingen an zu weinen.

An der Tür hielt Bettlermeister inne, um das Namensschild zu betrachten, und machte sich eine Notiz in seinem Kalender. Dann schoß sein Zeigefinger vor, und er drückte die Klingel.

»Hai Ram!« Ishvar faßte sich verzweifelt an den Kopf. »Wie böse sie sein wird, daß man sie um diese Zeit aus dem Bett reißt!«

»Für mich ist es auch spät«, sagte Bettlermeister. »Ich habe mein Tempel-Puja verpaßt, aber ich beschwere mich auch nicht, oder?« Er drückte die Klingel wieder und immer wieder, als sich nichts tat. Der Lastwagenfahrer hupte, um ihn zur Eile zu drängen.

»Bitte hören Sie auf!« bettelte Om. »Wenn das so weitergeht, werden wir mit Sicherheit unsere Arbeit verlieren!« Bettlermeister lächelte geduldig und fuhr mir seinen Notizen fort. Im Dunklen zu schreiben machte ihm keine Schwierigkeiten.

Drinnen regte die Klingel Dina ebensosehr auf wie draußen die Schneider. Sie eilte in Manecks Zimmer. »Wach auf, schnell!« Er mußte einige Male ordentlich geschüttelt werden, bevor er sich rührte. »Sieht wie ein Engel aus, aber schnarcht wie ein Büffel! Wach auf, los! Hörst du? Da ist jemand an der Tür!«

»Wer?«

»Ich habe durch den Spion geguckt, aber du kennst ja meine Augen. Ich kann nur feststellen, daß da drei Burschen sind. Ich will, daß du nachsiehst.«

Sie hatte noch kein Licht gemacht, in der Hoffnung, die ungebetenen Besucher würden wieder weggehen. Ihn ermahnend, leise aufzutreten, ging sie vor zur Tür und hielt die Spionklappe zurück. Er warf einen Blick hindurch und drehte sich aufgeregt um.

»Mach doch auf, Tante! Es sind Ishvar und Om und noch jemand!«

Draußen hörten sie seine Stimme und riefen: »Hallo, wir sind's, Dinabai, tut uns sehr leid, Sie zu stören. Bitte verzeihen Sie uns, es wird nicht lange dauern ...« Ihre Stimmen verflüchtigten sich zu einem ängstlichen Fragezeichen.

Immer noch auf der Hut, knipste sie das Verandalicht an und öffnete die Tür einen Spaltbreit – und dann ganz weit. »Ihr seid es! Wo habt ihr gesteckt? Was ist passiert?«

Sie unternahm keinen Versuch, ihre Erleichterung zu verbergen. Es überraschte sie, wie sehr sie dieses Gefühl genoß, wie ihre Empfindungen ihr direkt auf die Zunge stiegen, ohne sich vorher zu maskieren und zu tarnen.

»Kommt rein, kommt rein!« sagte sie. »Mein Gott, wir haben uns die ganze Zeit solche Sorgen um euch gemacht!«

Bettlermeister trat zurück, als Ishvar über die Schwelle humpelte und sich ein Lächeln abrang. Von seinem Knöchel hingen Doktor Sahabs verschmutzte Bandagen. Om folgte ihm dicht auf den Fersen, wobei er in der Eile auf den Stoffzipfel trat. Sie schlichen mit beschämten Mienen durch den dunklen Türeingang in das enthüllende Verandalicht.

»Du meine Güte! In was für einem Zustand ihr seid!« sagte Dina, überwältigt von den verhärmten Gesichtern, schmutzigen Sachen und verfilzten Haaren. Die nächsten paar Sekunden konnten sie und Maneck die beiden Schneider nur sprachlos anstarren. Doch dann brach eine Flut von durcheinanderwirbelnden Fragen los, und ebenso hektisch fielen die bruchstückhaften Antworten der Schneider aus.

Bettlermeister, der immer noch an der Tür stand, unterbrach Ishvars und Oms verworrene Erklärungen. »Ich wollte mich nur vergewissern – diese beiden Schneider arbeiten für Sie?«

»Ja. Wieso?«

»Das ist gut. Es ist so schön, alle wieder glücklich vereint zu sehen.« Der Laster hupte erneut, und er wandte sich zum Gehen.

»Warten Sie«, sagte Ishvar. »Wo sollen wir unsere wöchentlichen Zahlungen abliefern?«

»Ich komme vorbei.« Er fügte hinzu, wenn sie ihn irgendwann erreichen wollten, sollten sie Wurm Bescheid sagen, dessen neuer Einsatzort vor dem Vishram Vegetarian Hotel sein würde.

»Was für Zahlungen, was für ein Wurm?« fragte Dina, als die Tür zugegangen war. »Und wer ist dieser Mann?«

Um es ihr zu erklären, schweiften die Schneider von der Hauptgeschichte ab und begannen mit Bettlermeisters Ankunft im Arbeitslager, machten dann einen Sprung zu Shankars Bericht, schwenkten wieder nach vorne und verhedderten sich schließlich vollends, so daß ihre Zuhörer gründlich verwirrt waren. Die grauenhafte Zeit in der Hölle war vorbei, Erschöpfung überflutete den Platz, den die Angst geräumt hatte. Ishvar hantierte mit dem Verband, um ihn sich richtig um den Knöchel zu wickeln. Seine Hände zitterten, und Om steckte das lose Ende für ihn rein.

»Da war der Vorarbeiter dran schuld, weil er ...«

»Aber das war, bevor der Erleichterer kam ...«

»Jedenfalls, nachdem ich mir den Knöchel verletzt hatte, war es unmöglich ...«

Der Faden der Ereignisse entzog sich ihrem Zugriff, Ishvar hob hier ein Stückchen auf, Om packte dort etwas. Dann verloren sie völlig den Überblick über ihre Erzählung. Ishvars Stimme stockte. Er drückte sich beide Hände an den Kopf, versuchte die Worte herauszupressen. Om stammelte und begann zu weinen.

»Es war schrecklich, wie sie uns behandelt haben«, schluchzte er, sich an den Haaren zerrend. »Ich dachte, mein Onkel und ich würden dort sterben ...«

Maneck klopfte ihm auf die Schulter und sagte, sie seien jetzt in Sicherheit, und Dina beharrte darauf, daß es das beste sei, sich erst einmal ordentlich auszuruhen und sich dann am Morgen zu unterhalten. »Ihr habt ja noch euer Bettzeug. Breitet es hier einfach auf der Veranda aus und legt euch schlafen.«

Jetzt war es Ishvar, der die Fassung verlor. Er fiel vor ihr auf die Knie und berührte ihre Füße. »O Dinabai, wie sollen wir Ihnen danken! So großherzig! Wir haben große Angst, draußen zu sein ... dieser Ausnahmezustand, die Polizei ...«

Sein Verhalten war ihr peinlich. Sie zog ihre Zehen außer Reichweite. So drängend war sein Griff, daß ihr linker Schlappen zwischen seinen klammernden Fingern zurückblieb. Er schob ihn ihr wieder sanft auf den Fuß.

»Bitte steh auf – sofort«, sagte sie mit einer verwirrten Strenge. »Hör zu. Ich werde dies nur einmal sagen. Fall vor keinem Menschen auf die Knie.«

»Okayji«, sagte er und erhob sich gehorsam. »Verzeihen Sie mir. Ich hätte es besser wissen müssen. Aber was soll ich tun, Dinabai, ich weiß einfach nicht, wie ich Ihnen danken soll.«

Immer noch verlegen entgegnete sie, es habe jetzt genug Dank für eine Nacht gegeben. Om entrollte das Bettzeug, nachdem er sich die Augen an seinem Ärmel abgewischt hatte. Er fragte, ob sie sich den Staub von Gesicht und Händen waschen könnten, bevor sie sich schlafen legten.

»Es gibt nicht viel Wasser, nur das, was im Eimer ist, also geht sparsam damit um. Wenn ihr Durst habt, nehmt etwas von dem Trinkkrug in der Küche.« Sie schloß die Verandatür ab und ging mit Maneck hinein.

»Ich bin so stolz auf dich, Tante«, flüsterte er.
»Bist du das? Danke, Opa.«

Das Morgenlicht brachte keine Antworten auf die Fragen, mit denen Dina die ganze Nacht lang gerungen hatte. Sie konnte es nicht riskieren, die Schneider noch einmal zu verlieren. Aber wie standfest sollte sie sein, wie sehr sollte sic sich beugen? Wo war die Grenze zwischen Mitgefühl und Torheit, zwischen Großherzigkeit und Schwäche? Und das war von ihrer Warte aus gesehen. Von der Warte der beiden Schneider könnte es als eine Grenze zwischen Barmherzigkeit und Grausamkeit, zwischen Verständnis und Hartherzigkeit erscheinen. Sie könnte die Grenze auf dieser Seite ziehen, aber die beiden könnten sie auf der anderen Seite sehen.

Die Schneider erwachten um sieben und rollten ihr Bettzeug zusammen. »Wir haben so gut geschlafen«, sagte Ishvar. »Es war so friedlich wie im Paradies auf Ihrer Veranda.«

Sie holten sich Wäsche zum Wechseln aus ihrem Koffer und machten sich bereit, zum Waschraum des Bahnhofs zu gehen. »Wir trinken einen Tee im Vishram und kommen dann sofort zurück – wenn das in Ordnung ist.«

»Ihr meint, um zu nähen?«

»Ja, das steht fest«, sagte Om mit einem schwachen Lächeln.

Sie wandte sich zu Ishvar. »Was ist mit deinem Knöchel?«

»Tut noch weh, aber ich kann die Tretkurbel mit einem Fuß treten. Kein Grund, die Dinge zu verzögern.« Sie bemerkte ihre aufgesprungenen und zerschlagenen Füße. »Wo sind eure Chappals?«

»Gestohlen.«

»Manchmal liegen Scherben auf der Straße. Betrunkene, die ihre Flaschen zertrümmern. Ihr könnt mit euren restlichen drei Füßen kein Risiko eingehen.«

Sie fand ein altes Paar Schlappen, die Om paßten, und Maneck gab Ishvar seine Turnschuhe.

»So bequem«, sagte Ishvar. »Vielen Dank.« Dann erkundigte er sich kleinlaut, ob er sich fünf Rupien für Tee und Essen borgen könne.

»Ihr kriegt noch viel mehr als fünf Rupien von der letzten Lieferung«, sagte sie.

»Hahnji? Wirklich?« Sie waren überglücklich, denn sie hatten angenommen, die Arbeit unbeendet zu lassen bedeutete, das Recht auf jegliche Bezahlung verwirkt zu haben, und sagten das auch.

»Kann sein, daß manche Arbeitgeber das so handhaben. Ich glaube an ehrliche Bezahlung für ehrliche Arbeit.« Dann fügte sie scherzhaft hinzu: »Vielleicht könnt ihr es euch mit Maneck teilen, er hat etwas verdient.«

»Ach was. Ich habe nur bei ein paar Knöpfen geholfen. Tante Dina hat alles gemacht.«

»Vergiß dein College, yaar«, sagte Om. »Werd unser Partner.«

»In Ordnung. Und dann machen wir unsere eigene Werkstatt auf«, sagte Maneck.

»Setz ihm keine Flausen in den Kopf«, tadelte Dina. »Jeder sollte eine Ausbildung haben. Ich hoffe, wenn du mal Kinder hast, wirst du sie auf die Schule schicken.«

»O ja, das wird er«, sagte Ishvar. »Aber erst müssen wir eine Ehefrau für ihn finden.«

Nachdem Maneck sich widerstrebend auf den Weg zum College gemacht hatte und Dina zu Au Revoir Exports, um neuen Stoff zu holen, vertrödelten die beiden Schneider ihre Zeit im Vishram Vegetarian Hotel. Der Kassierer-Kellner hieß seine Stammgäste begeistert willkommen. Er fertigte schnell die Kunden am vorderen Tresen ab – ein Glas Milch, sechs Pakoras, eine Portion Quark – und gesellte sich dann zu ihnen an den einzigen Tisch.

»Ihr beide habt abgenommen«, bemerkte er. »Wo habt ihr so lange gesteckt?«

»Spezielle staatliche Diät«, sagte Ishvar und erzählte ihm von ihrem Mißgeschick.

»Ihr Burschen seid wirklich erstaunlich«, brüllte der schwitzende Koch über den Lärm der Herde. »Alles passiert immer nur euch. Jedesmal, wenn ihr hierherkommt, habt ihr für uns eine neue Abenteuergeschichte auf Lager.«

»Das liegt nicht an uns, sondern an dieser Stadt«, sagte Om. »Das ist eine richtige Geschichtenfabrik, eine Spinnerei.«

»Nenn sie, wie du willst, wenn alle unsere Kunden so wären wie ihr, könnten wir ein modernes *Mahabharat* produzieren – die Vishram-Fassung.«

»Bitte, Bhai, wir haben genug von Abenteuern«, sagte Ishvar. »Leidensgeschichten sind nicht so lustig, wenn man darin die Hauptrolle spielt.«

Der Kassierer-Kellner brachte ihnen ihren Tee und ihr Bun-muska und ging dann weitere Kunden am Tresen bedienen. Die Milch im Tee hatte eine cremige Haut gebildet. Om löffelte sie sich in den Mund und leckte sich die Lippen. Ishvar bot ihm seine Tasse an, und Om zog auch dort die Haut ab. Sie klappten die Hälften des Bun-muska auf, um nachzusehen, ob beide Seiten mit Butter bestrichen waren. Das waren sie, und zwar üppig.

Während einer Fußgängerflaute auf dem Gehsteig kam Shankar, der schon bei ihrer Ankunft draußen gebettelt hatte, vor die Tür gerollt, um sie zu begrüßen. Ishvar winkte. »Und, Shankar, bist du glücklich, wieder zurück zu sein und hart zu arbeiten?«

»Aray Babu, was soll ich tun. Bettlermeister hat gesagt, es ist dein erster Tag, ruh dich aus, schlaf. Und so bin ich hier eingeschlafen. Dann begannen Münzen in meine Schale zu fallen. Ein schreckliches Geklirre – direkt neben meinem Kopf. Jedesmal, wenn ich die Augen zumache, reiße ich sie wieder vor Schreck auf. Die Leute lassen mich einfach nicht ausruhen.«

Seine Nummer an diesem Morgen war einfach. Er klapperte mit den Münzen und machte ein winselndes Geräusch oder hustete heiser, bis ihm die Tränen die Wangen herunterrannen. Um es optisch reizvoller zu machen, paddelte er auf seiner Plattform ein paar Schritte nach links und dann wieder nach rechts. »Wißt ihr, ich habe Bettlermeister extra gebeten, mich vom Bahnhof hierher zu verlegen«, vertraute er ihnen an. »Jetzt können wir uns öfter sehen.«

»Das ist gut«, sagte Om und winkte zum Abschied. »Bis bald.«

Die Wohnungstür war mit dem Vorhängeschloß zugesperrt, und sie beschlossen, dort auf Dinas Rückkehr zu warten. »Hoffentlich schleicht nicht gerade dieser verrückte Mieteintreiber im Gebäude herum«, sagte Om.

Es dauerte noch zehn angespannte Minuten, bis das Taxi vorfuhr. Sie halfen Dina, die Stoffballen auszupacken und sie ins Hinterzimmer zu tragen.

»Nicht zu sehr belasten, Vorsicht mit deinem Knöchel«, ermahnte sie Ishvar. »Übrigens, in der Fabrik wird demnächst gestreikt. Es gibt erst wieder Stoff, wenn es vorbei ist.«

»Hai Ram, immer wieder gibt es neuen Ärger.« Plötzlich fiel Ishvar wieder ein, was er am Abend zuvor getan hatte, und er entschuldigte sich noch einmal bei Dina, daß er ihr zu Füßen gefallen war. »Ich hätte es besser wissen sollen.«

»Das hast du gestern nacht auch schon gesagt. Aber wieso?« fragte Dina.

»Weil das jemand mal bei mir gemacht hat. Und ich habe mich sehr schlecht dabei gefühlt.«

»Wer war das?«

»Das ist eine sehr lange Geschichte«, sagte Ishvar, zwar nicht bereit, ihr alles über sein Leben zu erzählen, aber begierig, ihr ein wenig mitzuteilen. »Als mein Bruder – Oms Vater – und ich bei einem Schneider in der Lehre waren, haben wir ihm etwas geholfen.«

»Was habt ihr gemacht?«

»Na ja«, sagte er zögernd. »Ashraf Chacha ist Moslem, und es war die Zeit der Unruhen zwischen Hindus und Moslems. Während der Unabhängigkeit, wissen Sie. Es gab Ärger in der Stadt, und – wir konnten ihm helfen.«

»Und deswegen hat er deine Füße berührt, dieser Ashraf?«

»Nein.« Die Erinnerung war Ishvar peinlich, selbst noch nach achtundzwanzig Jahren. »Nein, seine Frau, Mumtaz Chachi. Und ich habe mich sehr schlecht dabei gefühlt. Als würde ich irgendwie ihr Unglück ausnutzen.«

»Genauso habe ich mich gestern nacht gefühlt. Vergessen wir es jetzt.« Sie wollte noch ein Dutzend weitere Fragen stellen, aber sie respektierte seine Zurückhaltung. Wenn sie das Bedürfnis hatten, würden sie ihr irgendwann mehr erzählen, wenn sie dazu bereit waren.

Fürs erste fügte sie die Stücke zu dem, was Maneck ihr bereits über ihr Leben in dem Dorf enthüllt hatte. Wie ihre Patchworkdecke nahm die Chronik der Schneider allmählich Gestalt an.

Während dieses ganzen ersten Tages kämpfte Dina weiter mit den Worten, um die entscheidende Fragc zu konstruieren. Wie würde sie sie formulieren, wenn die Zeit kam? Wie wäre es mit: Schlaft auf der Veranda, bis ihr einen Platz findet. Nein, das klang, als wollte sie sie dringend dortbehalten. Fang mit einer Frage an: Habt ihr schon einen Platz für heute nacht? Aber das klang heuchlerisch, es war klar, daß sie keinen hatten. Eine andere Frage: Wo werdet ihr heute nacht schlafen? Ja, nicht schlecht. Sie probierte es noch einmal aus. Nein, das drückt zuviel Sorge aus – viel zu offen. Gestern nacht war es so leicht gewesen, die Worte waren von selbst herausgesprungen, schlicht und aufrichtig.

Den ganzen Nachmittag lang beobachtete sie die Schneider, wie ihre Füße mit den Tretkurbeln geradezu verschweißt waren, bis Maneck nach Hause kam und sie an die Teepause erinnerte. Nein, sagten sie, heute nicht, was Dina wohlwollend zur Kenntnis nahm. »Verleite sie nicht dazu, Geld zu verschwenden. Sie haben in diesen letzten Wochen genug verloren.«

»Aber ich wollte bezahlen.«

»Deins ist auch nicht zum Verschwenden da. Was ist an meinem Tee auszusetzen?« Sie setzte für alle Wasser auf und stellte die Becher hin, wobei sie die mit dem rosa Rosenrand von den anderen beiden getrennt hielt. Während sie darauf wartete, daß der Kessel schnatterte, brütete sie über ihrem Wortepuzzle. Was wäre, wenn sie anfinge mit: War die Veranda bequem? Nein, das klang hoffnungslos falsch.

Als es Zeit zum Gehen war, deckten die Schneider mit traurigen Mienen die Nähmaschinen zu. Sie erhoben sich schwerfällig, seufzten und gingen zur Tür.

Einen Augenblick lang kam sich Dina wie eine Zauberin vor. Sie konnte alles glänzend und golden machen, es hing nur von ihren Worten ab – sie brauchte sie nur auszusprechen.

»Wann kommt ihr wieder?«

»Wann Sie wollen«, sagte Om. »So früh Sie wollen.« Ishvar nickte stumm.

Sie ergriff die Chance, die Teile fügten sich zusammen. »Na ja, kein Grund zur Eile. Eßt zu Abend und kommt dann wieder. Maneck und ich haben bis dahin auch gegessen.«

»Sie meinen, wir können ...?«

»Auf der Veranda?«

»Nur bis ihr was gefunden habt«, sagte sie, erfreut, wie neutral ihre Worte klangen – die Linie war präzise gezogen.

Ihre Dankbarkeit wärmte sie, aber die angebotene Bezahlung lehnte sie ab. »Nein. Auf keinen Fall Miete. Ich vermiete gar nichts, sorge nur dafür, daß ihr nicht wieder diesen Gaunern von der Polizei in die Hände fallt.«

Und sie stellte klar, daß ihr Kommen und Gehen reduziert werden müsse, das Risiko, daß der Vermieter davon erfuhr, war zu groß. Der allmorgendliche Waschgang zum Bahnhof konnte schon mal gestrichen werden. »Ihr könnt euch hier waschen und Tee trinken. Solange ihr früh aufsteht, bevor das Wasser abgestellt wird. Denkt dran, ich habe nur ein Badezimmer.« Was Om veranlaßte, sich zu fragen, warum jemand so dumm wäre, mehr als eines zu haben, aber er fragte nicht.

»Und denkt dran, ich will da drinnen keinen Dreck haben.«

Sie erklärten sich mit all ihren Bedingungen einverstanden. »Aber es ist uns wirklich unangenehm, hier kostenlos zu bleiben«, sagte Ishvar.

»Wenn ihr noch einmal von Geld redet, dann müßt ihr euch was anderes suchen.«

Sie dankten ihr wieder und gingen dann essen, nachdem sie versprochen hatten, um acht zurück zu sein und noch eine Stunde vor dem Schlafengehen zu nähen.

»Aber Tante, wieso lehnst du ab, wenn sie anbieten, etwas zu zahlen? Sie werden sich gut fühlen, wenn du etwas Geld nimmst. Und dir hilft es auch mit deinen Unkosten.«

»Kapierst du denn nichts? Wenn ich Geld annehme, dann heißt das ein Mietverhältnis auf meiner Veranda.«

Über das Waschbecken gebeugt, putzte Dina sich die Zähne mit Kolynos. Ishvar sah zu, wie ihr der Schaum vom Mund tropfte. »Ich habe mich immer gefragt, ob das für die Zähne gut ist«, sagte er.

Sie spuckte und gurgelte, bevor sie antwortete. »So gut wie jede andere Zahnpasta, glaube ich. Welche benutzt du denn?«

»Wir benutzen Kohlestaub. Und manchmal Neem-Stangen.«

Maneck sagte, Ishvar und Om hätten bessere Zähne als er. »Zeig her«, sagte sie, und er entblößte sein Gebiß. »Und jetzt ihr?« forderte sie die Schneider auf.

Die drei stellten sich vor dem Spiegel auf, wölbten die Lippen hoch und entblößten ihre Schneidezähne. Dina verglich sie mit ihren eigenen. »Maneck hat recht, eure sind weißer.«

Ishvar bot ihr etwas Kohlestaub zum Ausprobieren an, und sie quetschte einen Zentimeter Kolynos auf seinen Finger. Er teilte es sich mit Om. »Schmeckt köstlich«, befanden die beiden.

»Das ist schön und gut«, sagte sie. »Aber für Geschmack zu bezahlen ist Verschwendung, es sei denn, es geht um Essen. Ich glaube, ich steige auf Kohlestaub um und spar mir das Geld.« Maneck beschloß, es ihr nachzumachen.

Der erweiterte Haushalt drehte das Rad des Morgens mit minimaler Reibung. Dina stand als erste auf, Maneck als letzter. Wenn sie im Bad fertig war, folgten ihr die Schneider. Sie waren so schnell drinnen und wieder draußen, daß Dina einen Mangel in Sachen Körperhygiene vermutete, bis sie ihre gutgeschrubbten Gesichter und nassen Haare sah. Ein tiefes Luftholen in ihrer Nähe bestätigte den sauberen Duft frisch gewaschener Haut.

Obwohl das Badezimmer unvorstellbarer Luxus war, hielten sich die Schneider nicht länger als nötig auf. Hochgeschwindigkeitswaschen war inzwischen etwas ganz Natürliches für sie geworden. Während der letzten Monate hatten sie ihre Geschicklichkeit an öffentlichen Plätzen perfektioniert, wo es auf Schnelligkeit ankam. Der Hahn in der Gasse in der Nähe von Nawaz' Vordach, die einzige Wasserstelle im Zentrum der Hüttensiedlung, die zerbröckelnden Klos in der überfüllten Bahnhofstoilette, das Rinnsal im Bewässerungsprojekt: All das hatte geholfen, ihre Technik zu verfeinern, so weit, daß jeder binnen drei Minuten fertig sein konnte. Sie benutzten nie Dinas Tauchsieder, da sie kaltes Wasser bevorzugten, und da sie ordentlich waren, hinterließen sie alles tipptopp.

Dina war trotzdem unwohl bei dem Gedanken, daß ihre Körper jetzt auch im Badezimmer anwesend waren. Sie war wachsam, bereit, sofort einzugreifen, falls sie Hinweise entdeckte, daß ihre Seife oder ihr Handtuch benutzt worden waren. Wenn sie schon für ein paar Tage hier wohnten, dann unter ihren, Dinas, Bedingungen, sie würde die Zügel nicht schleifen lassen.

Was ihr am stärksten mißfiel, war Ishvars Ritual, sich morgens den Finger in den Hals zu stecken, um sich zu erbrechen. Die Prozedur wurde von einem atavistischen Gejaule begleitet, etwas, was sie schon oft aus anderen Wohnungen gehört hatte, aber noch nie so nahe. Es bescherte ihr eine Gänsehaut.

»Du meine Güte, hast du mir einen Schrecken eingejagt«, sagte sie, nachdem das Gegurgel und Gejapse ertönten.

Er lächelte. »Sehr gut für den Magen. So wird man die alte überschüssige Galle los.«

»Sachte, yaar«, sagte Om und ergriff für Dina Partei. »Hört sich an, als würde deine Leber gleich zusammen mit der Galle herauskommen.« Er hatte die Angewohnheit seines Onkels stets mißbilligt. Ishvar hatte versucht, ihm die therapeutische Wirkung dieser Methode nahezubringen, es aber mangels Entgegenkommen wieder aufgegeben.

»Was du brauchst, ist ein Klempner«, sagte Maneck. »Damit er dir drinnen einen kleinen Hahn installiert. Dann brauchst du ihn nur noch aufzudrehen und die überschüssige Galle herauszulassen.« Er und Om stimmten einen wiehernden Begleitchor an, als Ishvar wieder mit seinem Geheule anfing.

Nach ein paar Tagen verstärkten Neckens mäßigte Ishvar seine Gewohnheit. Seine Heuler wurden zurückhaltender, und seine Finger erkundeten seine Kehle nicht mehr ganz bis in die kühnsten Tiefen.

Om schnüffelte an Manecks Haut. »Dein Geruch ist besser als meiner. Muß deine Seife sein.«

»Ich benutze auch Puder.«

»Zeig.«

Maneck holte die Dose aus seinem Zimmer.

»Und wo tust du den hin? Überallhin?«

»Ich tue einfach etwas in meine Handflächen und verteile es unter den Achselhöhlen und auf der Brust.«

Am nächsten Zahltag erwarb Om einen Block Sinthol-Seife und eine Dose Lakmé-Talkpuder.

Das Muster jeden Tages, dachte Dina am Ende der ersten Woche, war wie der Schnitt eines gelungenen Kleides. Sie vier paßten zusammen, ohne daß gezogen oder gezerrt werden mußte, damit sich die Ränder trafen. Die Nähte waren grade und sauber.

Doch Ishvar machte es immer noch zu schaffen, daß er und sein Neffe Dinas Güte ausnutzten. »Sie wollen keine Miete von uns annehmen«, sagte er. »Sie lassen uns Ihre Veranda und Ihr Badezimmer benutzen. Sie geben uns Tee. Das ist zuviel, das ist uns unangenehm.«

Seine Erklärung erinnerte sie an ihr eigenes schlechtes Gewissen. Sie wußte, daß Grundlage dessen, was sie tat, ihr Selbsterhaltungstrieb war – sie wollte vermeiden, daß die Schneider wieder von der Polizei aufgegriffen wurden, und daß neugierige Nachbarn und der Mieteintreiber sie zu sehen bekamen. Jetzt wickelten Ishvar und Om sie in den Mantel von Güte und Großzügigkeit ein. Täuschung, Heuchelei, Manipulation – das war eher der Stoff ihres Gewandes, dachte sie.

»Und wie sieht also euer Plan aus?« sagte sie barsch. »Mich mit fünfzig Paisa für Tee zu beleidigen? Wollt ihr mich wie einen Straßen-Chaiwalla behandeln?«

»Nein, nein, niemals. Aber gibt es denn nichts, was wir zum Dank für Sie tun können?«

Sie sagte, sie würde Bescheid sagen.

Am Ende der zweiten Woche wartete Ishvar immer noch auf eine Antwort. Dann nahm er die Dinge selbst in die Hand.

Während sie im Bad war, holte er den Besen und die Kehrschaufel aus der Küche und fegte die Veranda, das vordere Zimmer, Manecks Zimmer und das Nähzimmer. Wenn er mit einem fertig war, machte sich Om mit Eimer und Lappen zu schaffen und wischte die Böden.

Sie waren immer noch dabei, als Dina aus dem Badezimmer kam. »Was ist denn hier los?«

»Verzeihen Sie mir, aber ich habe entschieden«, sagte Ishvar energisch. »Ab jetzt werden wir uns an dem täglichen Saubermachen beteiligen.«

»Das erscheint mir nicht richtig«, sagte sie.

»Erscheint mir goldrichtig«, sagte Om, indem er forsch den Mop ausdrückte.

Tief bewegt goß sie den Tee ein, während sie fertig putzten. Als sie in die Küche kamen, um die Putzsachen zurückzustellen, gab Dina Om zwei Becher.

Als er die roten Rosenränder sah, wollte er Dina auf ihren Irrtum aufmerksam machen: »Die rosanen für uns«, und hielt dann inne. Ihre Miene verriet ihm, daß sie sich dessen bewußt war.

»Was?« fragte sie und nahm den rosafarbenen für sich. »Stimmt irgendwas nicht?«

»Nein, nein«, sagte er, und dann versagte ihm die Stimme. Er drehte sich weg, hoffend, daß sie nicht den wäßrigen Film bemerkte, der sich ihm über die Augen legte.

* * *

»Da ist jemand an der Tür für euch«, sagte Dina. »Der gleiche langhaarige Bursche, der schon mal hier war.«

Ishvar und Om tauschten Blicke aus – was wollte er jetzt schon wieder? Sie entschuldigten sich für die Unterbrechung und gingen zur Veranda.

»Namaskaar«, sagte Rajaram und legte die Hände zusammen. »Tut mir leid, euch bei der Arbeit zu stören, aber der Nachtwächter hat gesagt, daß ihr dort nicht mehr schlaft.«

»Ja, wir haben einen anderen Platz gefunden.«

»Wo?«

»In der Nähe.«

»Hoffentlich ist es schön. Hört mal, können wir uns später treffen? Ich muß mit euch reden. Irgendwann heute, egal, wo, wie es euch recht ist.« Er klang verzweifelt.

»In Ordnung«, sagte Ishvar. »Komm um eins zum Vishram. Weißt du, wo das ist?«

»Ja, ich werde dort sein. Und könnt ihr mir bitte meine Haare aus dem Koffer mitbringen?«

Nachdem Rajaram gegangen war, fragte Dina die Schneider, ob irgend etwas nicht stimme. »Er hat hoffentlich nichts mit diesem anderen Mann zu tun – der, der euch jede Woche Geld abpreßt?«

»Nein, nein, er arbeitet nicht für Bettlermeister«, sagte Ishvar. »Er ist ein Freund, will sich wahrscheinlich nur wieder Geld borgen.«

»Paßt bloß auf«, sagte Dina. »Heutzutage sehen sich Freunde und Feinde ziemlich ähnlich.«

Im Vishram war es voll, und Rajaram wartete nervös auf dem Gehsteig, als sie kamen. »Hier sind deine Haare«, sagte Ishvar und gab ihm das Päckchen. »Und? Was wirst du essen?«

»Nichts. Mein Magen ist voll«, sagte Rajaram, aber sein Mund verriet seinen Hunger, denn auf die Düfte, die aus dem Vishram kamen, reagierte er, indem er begann, auf einer Phantomspeise herumzukauen.

»Iß doch was«, sagte Ishvar, der Mitleid mit ihm hatte. »Probier etwas, wir laden dich ein.«

»Okay, das gleiche, was ihr eßt.« Er rang sich ein Lächeln ab. »Ein voller Magen ist nur ein kleines Hindernis.«

»Drei Pao-Bhajis und drei Bananen«, bestellte Ishvar bei dem Kassierer-Kellner.

Sie gingen mit ihrem Essen zu einem eingestürzten Haus, weiter unten an der Straße, und suchten sich einen Fenstersims im Schatten einer halb zerbröckelten Mauer. Als Tisch diente ihnen eine umgekippte Tür, deren Angeln und Griffe schon geplündert worden waren. Der Einsturz hatte sich vor mehreren

Wochen ereignet. Vier Kinder mit Säcken kletterten stöbernd und suchend in den Trümmern umher.

»Und wie läuft deine Arbeit als Motivierer für Familienplanung?«

Rajaram schüttelte den Kopf, während er einen großen Bissen hinunterschlang. »Nicht gut.« Er aß, als hätte er seit Tagen kein Essen gesehen. »Sie haben mich vor zwei Wochen entlassen.«

»Was ist passiert?«

»Sie haben gesagt, ich bringe keine Ergebnisse.«

»Plötzlich? Nach zwei Monaten?«

»Ja«, sagte er zögernd. »Ich meine, nein, es gab von Anfang an Probleme. Nach dem Einweisungskurs bin ich so vorgegangen, wie sie es mir gezeigt hatten. Ich besuchte jeden Tag verschiedene Bezirke. Ich habe sorgfältig alles so wiederholt, wie sie es mir beigebracht hatten, habe den richtigen Ton benutzt, freundlich und verständnisvoll, so daß niemand Angst bekommen würde. Und meistens haben die Leute geduldig zugehört, haben die Broschüren genommen. Manchmal haben sie gelacht, und junge Burschen haben dreckige Witze gerissen. Aber niemand wollte sich für die Operation anmelden.

Nach ein paar Wochen rief mich mein Aufseher zu sich ins Büro. Er hat gesagt, ich würde nicht die richtigen Kunden ansprechen. Er sagte, es sei Zeitverschwendung, einem nackten Fakir einen Hochzeitsanzug verkaufen zu wollen. Ich fragte ihn, wie er das meine.«

Rajaram wiederholte für die Schneider die Antwort des Aufsehers – daß die Menschen in der Stadt zu zynisch seien, alles immer in Zweifel zögen und daher schwer zu motivieren seien. Die Slums in den Vororten, die müsse man sich vornehmen. Schließlich lebten dort die ignoranten Menschen, die die Hilfe des Staates am meisten brauchten. Das Programm, mit seinen Geschenken und Anreizen, sei speziell auf sie zugeschnitten.

»Ich befolgte also seinen Rat und ging in die Vorstadt. Und wißt ihr was? Gleich am ersten Tag hat mein Rad einen Platten gekriegt.«

»Ein schlechter Anfang«, meinte Ishvar kopfschüttelnd.

»Der Platten war nur ein kleines Problem. Der richtige Ärger kam später.« Während der Reifen in einem Fahrradladen repariert wurde, erzählte Rajaram, sei er mit einem älteren Mann ins Gespräch gekommen, bei einem Wartehäuschen, in der Nähe eines Hydranten. Der ältere Mann wollte sich waschen und hoffte, daß irgendwelche Straßenkinder vorbeikämen, die ihm den Hydranten anstellen könnten.

Zur Übung und um zu sehen, wie lange er die Aufmerksamkeit des Mannes fesseln könne, erzählte Rajaram ihm, daß er ein Motivierer sei, der für die gute Sache des Familienplanungszentrums arbeite. Er beschrieb die Methoden zur Geburtenkontrolle, nannte die Sterilisationsoperationen und den Bargeldanreiz für jeden einzelnen Posten: Für eine Tubenligatur bekam man mehr Geschenke als für eine Vasektomie, weil der Staat Eingriffe vorziehe, die endgültig und unumkehrbar seien.

Die will ich machen, unterbrach der Alte, die teure, die Tuben – wie auch immer. Rajaram fiel fast von seinem Platz. Nein, nein, Opa. Das ist nichts für Sie, ich habe nur davon erzählt, um was zu sagen, sagte er. Ich bestehe darauf, sagte der Alte, es ist mein Recht. Aber Tubenligatur kann nur an den Teilen einer Frau vorgenommen werden, erklärte Rajaram, für die Teile eines Mannes gibt es die Vasektomie, und in Ihrem Alter ist selbst das unnötig. Das Alter ist mir egal, ich mach sie, die, die für meine Teile die richtige ist, beharrte der Alte.

»Vielleicht wollte er unbedingt ein Kofferradio haben«, sagte Om.

»Genau das hatte ich auch vermutet«, sagte Rajaram. »Dann habe ich mir gesagt, wenn dieser Großvater sie unbedingt machen will, warum sollte ich es ihm ausreden? Wenn Musik ihn glücklich macht, warum sie ihm vorenthalten?«

Und so zog er das entsprechende Formular hervor, nahm einen Daumenabdruck ab, bezahlte den Mann vom Fahrradladen und eskortierte seinen Patienten zur Klinik. Am Abend erhielt er das Geld für seine Kommission, sein allererstes.

Jetzt betrachtete er den Platten als Vorboten des Glücks: der spitze Finger des Schicksals, der seinen Reifen und sein Pech geplättet hatte. Das Abzeichen des Motivierers hing jetzt mit größerer Berechtigung an seinem Hemd. Überquellend vor Selbstbewußtsein, kehrte er zu dem Vorortsbezirk zurück, überzeugt, er könne jetzt dutzendweise Vasektomien und Tubenligaturen sammeln.

Nach einer Woche führten ihn seine Wanderungen wieder in das Viertel seines ersten Kunden. Er radelte zwischen den Hütten hindurch, begierig, die Massen zu motivieren, sein Kopf gefüllt mit tausend Ideen, wie er die eine Sache auf unterschiedliche Art und Weise sagen könnte, und formulierte gerade ein paar Argumente, die eine Sterilisation als gut und sogar wünschenswert erscheinen ließen, als ihn jemand aus der Familie des Alten erkannte und losschrie: Der Multivierer ist da! Aray, dieser Dreckskerl von Multivierer ist wieder da!

Rajaram war bald von einer wütenden Menschenmenge umringt, die damit drohte, ihm jeden Knochen im Leib zu brechen. Als Antwort auf seine flehenden Bitten um Gnade und seine entsetzten Schreie von Warum? Warum? erfuhr er, daß die Operation schiefgelaufen war. Die Wunde zwischen den Beinen des Alten hatte geeitert. Als sich die Fäulnis ausbreitete, konnte die Klinik auch nicht mehr helfen, und der Alte starb.

Ishvar nickte teilnahmsvoll, während er sich seine Banane schälte. Er hatte von Anfang an das Gefühl gehabt, daß die neue Arbeit des Haarsammlers voller Gefahren war. »Haben Sie dich schlimm geschlagen?«

Rajaram knöpfte sein Hemd auf und zeigte ihnen die violetten Prellungen auf seinem Rücken. Über der Brust war eine Furche, schon dabei zu verheilen, die von irgendeinem scharfen Gegenstand verursacht worden war. Er senkte den Kopf, um auf die aufgerissene Stelle seines Schädels hinzuweisen, wo ein Angreifer ein Büschel Haare herausgerissen hatte. »Aber ich habe Glück gehabt, daß ich mit dem Leben davongekommen bin. Sie haben mir gesagt, ich hätte es besser wissen müssen. Ihr Großvater hatte die Operation nur wegen der Bargeldprämie und den Geschenken machen wollen. Der Alte hatte etwas zur Mitgift seiner Enkelin beitragen wollen.

Ich bin sofort zu meinem Aufseher gegangen und habe mich

beschwert. Wie könnte ich Ergebnisse bringen, habe ich gesagt, wenn die Ärzte die Patienten umbringen? Aber er hat gesagt, der Mann sei gestorben, weil er schon alt gewesen sei, und die Familie würde einfach dem Familienplanungszentrum die Schuld in die Schuhe schieben.«

»Ziegenfickender Dreckskerl«, sagte Om.

»Genau. Aber ratet mal, was der Aufseher mir noch gesagt hat. Ab jetzt würde meine Arbeit leichter werden, hat er gesagt, weil man die Vorgehensweise geändert habe.« Das neue Programm war Rajaram erklärt worden: Es sei nicht länger nötig, Personen für die Operation anzuwerben. Statt dessen sollte ihnen ein kostenloser Gesundheits-Checkup angeboten werden. Und das sollte man nicht als Lüge betrachten, nur als einen Schritt zu einer Verbesserung der Lebensumstände dieser Menschen. Wenn sie erst einmal in der Klinik waren, isoliert von dem primitiven Einfluß von Familien und Freunden, würden sie schnell die Vorteile der Sterilisation erkennen.

Rajaram pickte die Krümel von dem Papier, in das sein Pao-Bhaji eingewickelt gewesen war, und warf es dann auf den Schutt. »Obwohl mir das neue System nicht gefiel, erklärte ich mich einverstanden, es auszuprobieren. Inzwischen hatten alle kapiert, daß die Motivierer den Leuten Geschichten erzählten. Egal, wo ich hinging, ob in die Stadt oder in die Vororte, haben sie mich beleidigt, ich wäre eine Bedrohung für ihre Männlichkeit, ein Verteiler von Napusakta, ein Kastrator, ein Beschaffer von Eunuchen. Und dabei habe ich doch bloß eine staatliche Arbeit gemacht, habe versucht, mir meinen Lebensunterhalt zu verdienen. Wie soll man denn so was Tag für Tag aushalten? Nein, habe ich gesagt, das ist nichts für mich.«

Er sagte seinen Arbeitgebern, er sei bereit, in der alten Weise zu arbeiten, Broschüren zu verteilen und Maßnahmen zu erklären, aber mit Täuschung wolle er nichts mehr zu tun haben. Man sagte ihm, die alte Methode stehe nicht mehr zur Debatte – die Quoten seien stark zurückgegangen. Es seien konkrete Ergebnisse nötig, um Verpflegung, Unterkunft und Fahrrad eines jeden Motivierers zu rechtfertigen.

»Und so habe ich letzte Woche alle drei verloren, als sie mich rausgeschmissen haben. Jetzt bin ich verzweifelt. Es bleibt mir nichts übrig, als zu meinem alten Beruf zurückzukehren.«

»Haaresammeln?«

»Ja. Ich werde diese Zöpfe sofort verkaufen.« Er zeigte auf das Paket, das die Schneider aus ihrem Koffer mitgebracht hatten. »Und ich fange auch wieder mit meinem ursprünglichen Handwerk an, Barbier. Ich werde beides machen müssen, denn ohne Lagerraum sind die Möglichkeiten für das Haaresammeln begrenzt. Aber ich brauche fünfundachtzig Rupien. Für Kämme, Schere, Haarschneidemaschine, Rasierer. Könnt ihr mir das Geld leihen?«

»Laß mich drüber nachdenken«, sagte Ishvar. »Treffen wir uns morgen wieder.«

»Wir würden wirklich gerne etwas für ihn tun, Dinabai«, sagte Ishvar. »Er war unser Nachbar in der Hüttensiedlung, und er war sehr gut zu uns.«

»Ich habe nicht genug, um euch den Betrag vorzuschießen.« Aber sie schlug ihnen eine alternative Lösung vor. Von ganz hinten in ihrem Schrank grub sie die Haarschneideutensilien aus, mit denen Zenobia sie vor so vielen Jahren ausgestattet hatte.

»Aray wah«, sagte Om beeindruckt. »Barbier sind Sie auch?«

»Früher mal – Kinderfriseurin.«

Maneck legte die Hand um die Haarschneidemaschine und tat so, als würde er sich über Oms Tolle hermachen. »Das ist ein schönes Gestrüpp zum Üben.«

»Tauschst du jetzt Klimatechnik gegen Friseur?« fragte Dina. Sie legte die Ausrüstung vor Ishvar. »Sie sind alt, aber sie funktionieren noch. Euer Freund kann sie haben, wenn er will.«

»Sind Sie sicher? Und was, wenn Sie sie wieder brauchen?«

»Das ist unwahrscheinlich. Die Zeiten, wo ich noch Haare schneiden konnte, sind vorbei.« Sie sagte, jetzt, da ihre Augen so schlecht waren und sie schon so viel verlernt hatte, wären die Ohren der Kinder hoch gefährdet.

»Da ist nur noch ein Problem«, sagte Rajaram am nächsten Tag, nachdem er die Utensilien dankbar entgegengenommen hatte.

»Was denn jetzt noch?«

»Mein Haaragent kommt nur einmal im Monat in die Stadt. Und da ich auf der Straße schlafe, habe ich keinen Platz, wo ich das, was ich sammle, lagern kann. Könnt ihr es für mich in eurem Koffer aufbewahren? Für mich? Euren guten Freund?«

»Eine Monatsladung paßt nicht in den Koffer«, wandte Ishvar ein, der nicht begeistert war, die unappetitlichen Päckchen zu sammeln.

»Aber sicher. Ich werde mich auf lange Haare spezialisieren – in einem Monat wird es höchstens zehn Zöpfe geben, wenn ich Glück habe. Die werden nicht mehr als eine kleine Ecke in eurem Koffer belegen. Und am Monatsende verkaufe ich sie dem Agenten.«

»Wenn du so oft zu der Wohnung kommst – das wird unsere Arbeitgeberin stören.« Er wünschte, Rajaram würde aufgeben. Ihm war unbehaglich dabei, ständig Ausreden erfinden zu müssen, um ihn abzuwimmeln. »Das ist nicht unser Zuhause, weißt du, wir können nicht ständig Besucher empfangen.«

»Das ist nur ein kleines Hindernis. Ich kann euch draußen treffen. Hier im Vishram, wenn ihr wollt.«

»Wir gehen hier nur noch selten hin«, sagte Ishvar und gab schließlich nach. »Okay, du kannst folgendes machen. Laß das Päckchen bei Shankar, dem Bettler da draußen, der auf den Rollen. Er kennt uns. Wir machen dich mit ihm bekannt.«

»Dieser Bettler da ist euer Freund? Ihr habt schon seltsame Freunde.«

»Ja, sehr seltsame«, sagte Ishvar, doch dem Haarsammler, darin vertieft, die Knoten und Knäuel seines Lebens zu glätten, entging die Ironie.

* * *

Wenn es bei Ishvar die gallesuchenden Finger waren, was Dina störte, dann war es bei Om sein juckender Schädel. Früher hatte sie das Gekratze erduldet, wissend, daß es um sechs Uhr vorbei sein würde. Jetzt, abgesehen von dem störenden Anblick und dem ständigen, irritierenden Kratzgeräusch, befürchtete sie, daß das Jucken auf ihre eigenen Haare wandern würde.

Sie redete unter vier Augen mit Ishvar. Läuse seien so schlimm wie jede andere Krankheit auch, und der Gesundheitszustand seines Neffen würde sich verbessern, wenn man die Parasiten ausmerzen könnte.

»Aber das Problem ist das Geld«, sagte Ishvar. »Ich kann es mir nicht leisten, ihn zu einem Arzt zu bringen.«

»Für Läuse braucht man keinen Arzt. Es gibt ein völlig ausreichendes Hausmittel.« Und als sie ihm erklärte, wie es funktionierte, erinnerte er sich, daß seine Mutter es auch benutzt hatte.

Als sie den Ofen mit Kerosin auffüllte, nutzte sie die Gelegenheit, um etwas davon in eine leere Haarölflasche zu gießen. »Mach es nach dem Tee«, sagte sie. »Massiere es ordentlich ein und laß es vierundzwanzig Stunden einziehen. Morgen kann man es wieder rauswaschen.«

»Nur vierundzwanzig? Ich dachte, laut Rezept sollten es achtundvierzig sein. So lange hat meine Mutter es immer draufgelassen.«

»Dann war deine Mutter eine tapfere Frau. In achtundvierzig Stunden kann alles mögliche passieren. Wir wollen ja nicht, daß sich dein Neffe in eine menschliche Fackel verwandelt.«

»Worüber redet ihr denn da?« fragte Om neugierig. Er nahm die Flasche und drehte den Verschluß auf. »Iiih! Das ist ja Kerosin!«

»Hast du vielleicht Rosenwasser erwartet? Willst du die Läuse verwöhnen oder sie töten?«

»Ganz recht«, sagte Ishvar. »Mach kein Theater. Deine Roopa Daadi hat das auch immer für deinen Vater und mich gemacht, als wir klein waren.«

Om murrte und wand sich, aber schließlich beugte er sich über das Waschbecken und beschwerte sich, daß andere Leute nicht genug Kerosin hätten, um sich ihr Essen zu kochen, und hier verschwendete man es auf seine Haare. Ishvar tat immer nur ein paar Tropfen auf einmal auf seine Handfläche und rieb sie ein. Unter dem Licht der Glühbirne begannen Oms ölgestreifte schwarze Haare zu schillern. »Schön wie ein Pfau«, sagte Ishvar.

»Ordentlich Druck mit den Fingern geben«, wies Dina ihn an. »Und gut verteilen.« Seine energischen Hände folgten ihrem Rat und schaukelten den protestierenden Om hin und her.

»Hör auf, yaar! Du vergiftest mich noch, wenn es in mein Blut kommt!«

Als sie fertig waren, gab Dina ihm einen kaputten Löffel, mit dem er sich kratzen konnte. »Nicht deine Finger benutzen, sonst kommt es auf die Kleider.«

Er saß todunglücklich und naserümpfend an der Maschine und atmete schwer aus, um den Geruch wegzublasen. Das Jucken mit dem Löffel zu bekämpfen war nicht so befriedigend wie mit den Fingernägeln. Ab und zu, wenn sie ihn neckten, schüttelte er den Kopf wie ein nasser Hund.

»Würdest du gerne eine Beedi rauchen? Damit du auf andere Gedanken kommst?« fragte Ishvar. »Ich bin sicher, Dinabai wird heute eine Ausnahme machen.«

»Aber natürlich. Soll ich die Streichhölzer bringen?«

»Lacht nur«, sagte Om düster, »während ich an diesen Dämpfen hier ersticke.«

Zur Mittagszeit sagte er seinem Onkel, er werde nicht zum Vishram gehen, mit dem Gestank in der Nase könne er unmöglich etwas essen. Und so blieb Ishvar auch da.

Später am Nachmittag kam Maneck nach Hause und begann herumzuschnüffeln. »Riecht hier ja wie in einer Küche.« Die Nase wie ein Bluthund auf den Boden gerichtet, folgte er der Fährte bis zu Om. »Beginnst du eine neue Karriere als Ofen?«

»Ja ja«, sagte Dina. »Heute abend kochen wir unser Essen auf seinem Kopf. Er war doch schon immer ein Hitzkopf.«

Es war ihr eigener Scherz, der Dina auf die Idee brachte, den Schneidern anzubieten, an diesem Abend bei ihr zu essen. Die Idee wurde durch andere Faktoren noch verstärkt. Das würde diesen Burschen Ibrahim völlig verwirren. Die Schneider waren nicht zum Mittagessen herausgekommen und würden auch nicht zum Abendessen erscheinen. Und außerdem hatte Om, der den ganzen Tag geduldig sein Kerosin ertragen hatte, eine Belohnung verdient.

Und so hackte sie noch eine Zwiebel und kochte drei weitere Kartoffeln, damit die beiden mitessen konnten. In der Abenddämmerung kam der Brotmann. Anstatt zwei kleine Brote kaufte sie vier. »Maneck, komm mal her«, rief sie aus der Küche und weihte ihn ein.

»Wirklich? Das ist ja toll, Tante! Sie werden begeistert sein, mit uns zu essen!«

»Wer hat denn was von mit uns essen gesagt? Ich tue ihnen ihre Teller auf die Veranda.«

»Willst du nett zu ihnen sein oder beleidigend?«

»Was ist daran beleidigend? Es ist eine gute, saubere Veranda.«

»Schön. In dem Fall esse ich auch auf der Veranda. Ich kann mich an so einer Beleidigung nicht beteiligen. Mein Vater füttert nur streunende Hunde auf der Veranda.«

Sie schnitt eine Grimasse, und er wußte, er hatte gewonnen.

Dina erinnerte sich an das letzte Mal, als alle Seiten des Tischs besetzt gewesen waren: Das war an ihrem dritten Hochzeitstag gewesen, an dem Abend, als Rustom ums Leben gekommen war, vor achtzehn Jahren. Sie deckte vier Teller und rief die Schneider herein. Ihre Mienen verrieten deutlich, wie ungeheuer groß diese Ehre für sie war.

»Du hast dein Heilmittel wie ein braver Junge genommen«, sagte sie zu Om, »und jetzt bekommst du dein Abendessen.« Sie brachte den Topf zum Tisch und schabte sich eine Karotte. Die Schneider betrachteten Dina neugierig, als sie hineinbiß. »Ihr seid nicht die einzigen, die ein Hausmittel benutzen. Das hier ist Medizin für meine Augen. Richtig, Dr. Mac?«

»Ja, das ist ein Rezept für die Verbesserung der Sehkraft.«

»Weißt du, inzwischen mag ich rohe Karotten richtig. Aber ich hoffe, Om entwickelt keine Schwäche für seine Medizin. Sonst müssen wir jeden Tag den Kerosingestank ertragen.«

»Aber wie funktioniert es denn? Vergiftet es die Läuse in meinen Haaren?«

»Ich erklär's dir«, sagte Maneck.

»Du bist doch der Oberspinner«, sagte Om.

»Nein, hör zu. Zuerst saugt sich jede Laus mit Kerosin voll. Dann, mitten in der Nacht, wenn du eingeschlafen bist, gibt Dina jeder ein winziges Streichholz. Sie zählen bis drei, und dann begehen sie Selbstmord. Sie jagen sich mit winzigen Explosionen in die Luft, ohne daß du irgendwas merkst. Und wenn das passiert, gibt es einen wunderschönen Heiligenschein um deinen Kopf herum.«

»Das ist nicht komisch«, sagte Dina.

»Das soll Selbstmord auch gar nicht sein, Tante.«

»Ich will solche Themen nicht am Eßtisch hören. Auch nicht als Witz. Du solltest das Wort nicht einmal aussprechen.«

Sie fing an zu essen, und auch Maneck hob mit einem Augenzwinkern zu Om seine Gabel auf. Die Schneider saßen reglos da und betrachteten das Essen. Als Dina aufsah, lächelten sie nervös. Sie tauschten Blicke aus und berührten unsicher das Besteck, zögerten aber, es in die Hände zu nehmen.

Dina begriff. Wie dumm von mir, dachte sie, es heute abend aufzulegen. Sie legte Messer und Gabel weg und nahm sich mit den Fingern ein Stück Kartoffel, das sie sich in den Mund steckte. Als Maneck ihrem Beispiel folgte, begannen endlich auch die Schneider zu essen.

»Sehr lecker«, sagte Ishvar, und Om nickte zustimmend mit vollem Mund. »Essen Sie jeden Tag Brot?«

»Ja«, sagte Dina. »Schmeckt es dir nicht?«

»Oh, es ist sehr gut«, sagte Ishvar. »Nein, ich habe nur gedacht, es muß teuer sein, jeden Tag fertiges Brot zu kaufen. Bekommen Sie keinen Weizen auf Ihre Lebensmittelkarte?«

»Man kann ihn bekommen. Aber ihn zur Mühle zum Mahlen zu bringen, Mehl zu mischen und Chapatis zu machen – das ist mir zuviel Arbeit. Das habe ich früher gemacht, als mein Mann noch lebte. Danach war es mir egal. Gibt nichts Schlimmeres, als für eine Person zu kochen.« Sie brach ein Stück von ihrem Fladen ab, um etwas Soße aufzutunken. »Muß für euch auch teuer sein, immer im Vishram zu essen.«

Ishvar bestätigte es, ja, es sei schwierig, vor allem wo sie jetzt jede Woche Bettlermeister bezahlen mußten. »Als wir unser eigenes Haus hatten, in der Siedlung, und einen Primuskocher, haben wir viel weniger ausgegeben, selbst ohne die Vergünstigung einer Lebensmittelkarte. Wir haben jeden Tag Chapatis gemacht.«

»Wenn ihr wollt, könnt ihr Weizen auf meine Karte kaufen. Ich kaufe damit nur Reis und Zucker.«

»Das Problem ist, wo kochen?«

Es war eine rhetorische Frage, aber Maneck hatte eine Antwort. Er ließ die Stille ein paar Augenblicke lang über dem Tisch liegen und sagte dann munter: »Ich habe eine tolle Idee. Ishvar und Om sind es gewohnt, Chapatis zu machen, richtig? Und Tante hat diese ganze Weizenquote auf der Lebensmittelkarte, richtig? So könnt ihr euch an den Essenskosten beteiligen, und wir können zusammen essen. Beide Seiten sparen Geld.«

Sie würde sich nicht nur Geldausgaben ersparen, sondern vor allem Ärger mit dem Vermieter, dachte Dina, indem sie Ibrahim ins Leere laufen ließ. Dann könnte er vierundzwanzig Stunden lang vor der Wohnung warten, ohne daß er jemanden ein oder aus gehen sah. Und den neugierigen Nachbarn würde sie so auch ein Schnippchen schlagen, falls sie vorhatten, bei Ibrahim zu petzen und sich damit bei ihm einzuschmeicheln, um ihre eigenen Probleme zu lösen. Und außerdem waren frische Puris und Chapatis absolut köstlich.

Aber war das Grund genug, mit den Schneidern noch vertrauter zu werden? War es klug, die Linie wieder in Frage zu stellen, die sie so sorgfältig gezogen hatte? »Ich weiß nicht«, sagte sie. »Vielleicht wollen Ishvar und Om nicht jeden Tag mein Essen essen.«

»Wie kommen Sie denn darauf? Es ist so lecker!« sagte Om.

Sie dachte in aller Ruhe nach, während sie langsam vor sich hin kaute. »Na ja, für eine Woche können wir es ja probieren.«

»Das ist sehr gut«, meinte Ishvar.

»Ich mache die Chapatis«, sagte Om. »Ich bin der Chapati-Weltmeister.«

Vor dem Bezugsladen stand der staatliche Lastwagen und lieferte gerade frische Vorräte an. Während zwei Kulis sich Fünfzig-Kilo-Säcke auf den Rücken luden, reihten sich Dina und die Schneider in die Warteschlange ein. Die großen Stahlhaken, die die Kulis schwangen, um einen Haltegriff in das Sackleinen hineinzukrallen, blitzten in der Sonne. Auf den beigefarbenen Jutesäcken bildete sich ein Muster dunkelbrauner Punkte, dort wo der Schweiß der Träger herabgetropft war. Im Laden landeten die Getreidesäcke säuberlich in einer Reihe, wie Leichen in einem Leichenschauhaus, gleich neben der Waage, die an einer schweren Kette von der Decke hing.

»Diese Burschen brauchen zu lange«, sagte Ishvar, »wenn sie immer nur einen tragen. Na los, Om, zeig ihnen, wie man zwei trägt.«

»Neck den armen Jungen nicht«, sagte Dina, während Om so tat, als würde er sich die Ärmel hochkrempeln. »Wieso ist er überhaupt so dünn? Bist du sicher, daß er keine Würmer hat?«

»Nein, nein, Dinabai, keine Würmer, glauben Sie mir. Bas, ich werde ihn bald verheiraten, und dann wird schon seine Frau mit ihren Kochkünsten dafür sorgen, daß er ein paar Pfund zulegt.«

»Er ist zu jung zum Heiraten.«

»Fast achtzehn – das ist nicht jung.«

»Dinabai hat recht – vergiß deine verrückte Idee«, maulte Om. »Saures-Limonen-Gesicht.«

Die Schlange wurde länger. Jemand rief von hinten, man solle sich gefälligst beeilen, und sofort erschien der streitlustige Banya, um sich den Zwischenrufer vorzunehmen. »Gebrauch deinen Verstand, wenn du redest! Wenn der Lastwagen nicht entladen werden kann, was soll ich euch dann geben? Steine und Sand?«

»Das ist sowieso das, was du uns normalerweise verkaufst!« rief der Mann zurück, und die Leute lachten. »Hast du jemals deine eigene Ware probiert?« Es war ein kleiner Mann mit einem großen Kropf, der die Blicke der Leute in der Schlange auf sich zog.

»Aray saala, verschwinde! Niemand zwingt dich, hier zu kaufen!«

Die Leute in der Umgebung des Zwischenrufers bemühten

sich, den Streit zu entschärfen. Sie erinnerten ihn daran, daß es nicht klug sei, sich mit dem Besitzer eines Bezugsladens anzulegen, man könne unmöglich gewinnen, wenn man darauf angewiesen sei, von ihm seine Nahrungsmittel zu bekommen. Jemand anders meinte, die Schwellung an seinem Hals könne platzen, wenn er sich zu sehr aufrege.

»Diese Schwellung wurde auch von diesen Gaunern von Banyas verursacht!« wütete er. »Sie verkaufen schlechtes Salz – Salz ohne Jod! Diese fetten, gierigen Banyas sind an unserm ganzen Leiden schuld! Schwarzmarkthändler, Nahrungsmittelverderber, Giftmischer allesamt!«

Der Getreidelastwagen rollte davon. Ein Gesprenkel von Weizen markierte die Stelle, wo er gestanden hatte. Ein barfüßiger Mann in einem Unterhemd und kurzen Hosen sammelte schnell das verschüttete Getreide in einer leeren Vanaspati-Dose ein und rannte dann hinter dem Lastwagen her zu seinem nächsten Ziel. Heute abend würde er gut essen.

Der Ladengehilfe betätigte die Waage, und der Verkauf wurde wieder fortgesetzt. Auf Dinas Lebensmittelkarte wurden die entsprechenden Eintragungen gemacht. Neben dem üblichen Zucker und Reis kaufte sie auf Anraten der Schneider ihre komplette Quote von rotem und weißem Weizen sowie die Zuteilung von Jowar und Bajri, was, wie die beiden ihr versicherten, sehr schmackhaft sei, sehr nahrhaft, und vor allem nicht teuer.

Sie beobachteten, wie jeder Posten gewogen wurde, und starrten auf die Nadel der Waage, bis der Balken zur Ruhe kam. Als der Mann die Schale in Dinas Säcke auskippte und das Getreide wie ein leiser Wasserfall herabregnete, stieg eine Staubwolke auf. Danach brachten die Schneider die Säcke zur Mühle.

Am Abend machte Oms Ruf als selbsternannter Chapati-Weltmeister ihn doch etwas nervös. Er mischte das Mehl und knetete den Teig angestrengter, als er es normalerweise getan hätte, rollte die Chapatis mit größter Konzentration aus, in dem Versuch, sie makellos rund hinzukriegen. Wenn sich eine eigensinnige Ausbuchtung bildete, dann wurde der Teig sofort wieder zu einer Kugel zusammengedrückt und noch einmal ausgerollt.

Beim Abendessen gratulierten ihm alle zu seinem Erfolg. Das Lob wurde ebenso schnell ausgesprochen, wie die acht Chapatis, die er gemacht hatte, verschwanden. Glücklich beschloß er, in Zukunft zwölf zu machen.

Sowie das Fenster aufging, kamen die Katzen miauend herbeigelaufen. Maneck erzählte Ishvar und Om, welche Namen er einigen von ihnen gegeben hatte: John Wayne, der gerne herumstolzierte und zu verstehen gab, daß er die Gasse unter Kontrolle hatte. Vijayanthimala, Manecks Liebling, die braunweiß getigerte, die wie bei einer Gesangs- und Tanzeinlage in einem indischen Film herumtänzelte. Raquel Welch, die träge dasaß und sich räkelte und die sich nie dazu herabließ, sich zu beeilen, wenn es Fressen gab. Und Shatrughan Sinha, Rabauke und Bösewicht, für den die Reste weit weggeworfen werden mußten, damit die anderen eine Chance hatten, etwas abzubekommen.

»Wer ist John Wayne?« fragte Om.

»Amerikanischer Schauspieler. Heldentyp – so ähnlich wie Amitabh Bachchan. Läuft rum, wie wenn er Hämorrhoiden hätte und Zwiebeln in den Achselhöhlen. Gewinnt immer am Schluß.«

»Und Raquel Welch?«

»Amerikanische Filmschauspielerin.« Er beugte sich vor. »Große Brüste«, flüsterte er, während das Miauen vor dem Fenster anhielt.

Om grinste. »Gut, daß ich heute zusätzliche Chapatis gemacht habe. Scheint ihr zu schmecken.«

»Was ist denn da los?« sagte Dina. »Jetzt bringst du meinen Schneidern noch deine schlechten Angewohnheiten bei. Bitte mach das Fenster zu.« Sie fragte sich, ob hier etwas Unkontrollierbares in Gang gesetzt worden war, mit diesem ganzen zusammen Kochen und zusammen Essen. Zu viel Vertrautheit. Sie hoffte, sie würde es nicht noch eines Tages bereuen müssen.

Ishvar stand daneben, während die beiden Jungen unbeirrt weitermachten. »Es heißt, es ist eine gesegnete Tat, Dinabai, stumme Kreaturen zu füttern.«

»Wird nicht so gesegnet sein, wenn sie auf der Suche nach

Eßbarem hier reinkommen. Die könnten uns mit all den schmutzigen Bakterien umbringen, die sie aus der Gosse hier einschleppen.«

In der Toilette war der Uringeruch, der wie eine Fahne in der Luft in Dinas Nase geflattert hatte, nicht mehr zu bemerken. Seltsam, dachte sie, wie man sich an Dinge gewöhnt.

Dann wurde es ihr klar: Der Geruch war jetzt unauffällig, weil er für alle gleich war. Sie aßen alle das gleiche Essen, tranken das gleiche Wasser. Segelten unter einer Flagge.

»Laßt uns heute Masala Wada essen«, schlug Ishvar vor. »Rajarams Rezept.«

»Ich weiß nicht, wie das geht.«

»Das ist schon in Ordnung, ich mache es, Dinabai. Ruhen Sie sich heute mal aus.« Er übernahm das Kommando, schickte Om und Maneck los, die eine frische halbe Kokosnuß, grüne Chilis, Minzeblätter und einen kleinen Strauß Koriander kaufen sollten. Die übrigen Zutaten – getrocknete rote Chilis, Kumin und Tamarinde – waren im Gewürzschrank vorrätig. »Beeilt euch«, sagte er. »Es gibt noch mehr für euch zu tun.«

»Soll ich irgendwas machen?« fragte Dina.

»Wir brauchen eine Tasse Gram Dal.«

Sie maß die Hülsenfrucht ab, bedeckte sie mit Wasser und stellte dann den Topf auf den Herd. »Wenn wir es über Nacht eingeweicht hätten, müßten wir es nicht kochen«, sagte er. »Aber so geht's auch.«

Als die Jungs zurückkamen, gab er Om die Aufgabe, die Kokosnuß zu raspeln, und Maneck, zwei Zwiebeln zu schneiden, während er selbst vier grüne und sechs rote Chilis, den Koriander und die Minzeblätter kleinhackte.

»Diese Zwiebeln sind aber scharf, yaar«, sagte Maneck schniefend und wischte sich die Augen mit dem Ärmel ab.

»Das ist eine gute Übung für dich«, sagte Ishvar. »Jeder muß irgendwann mal in seinem Leben weinen.« Er warf einen Blick über den Tisch und sah die dicken weißen Ringe, die vom Messer fielen. »Hoi-hoi, dünner schneiden.«

Das Dal war bereit. Er goß das Wasser ab und leerte den Topf in den Mörser. Er fügte einen halben Teelöffel Kumin und die kleingehackten Chilis zu und fing dann an, alles zusammenzustampfen. Der trommelnde Stößel veranlaßte Maneck, mit seinem Messer einen passenden Rhythmus gegen den Topf zu schlagen.

»Aray, Bandleader, sind deine Zwiebeln fertig?« fragte Ishvar. Das Gemisch in dem Mörser verwandelte sich langsam in eine grobe Paste, die gelb war, mit Flecken von Grün, Rot und Braun. Er mischte die restlichen Zutaten hinein und hielt sich ein bißchen an die Nase, um den Duft zu prüfen. »Perfekt. Jetzt ist es an der Zeit, die Pfanne singen zu lassen. Während ich die Wadas mache, macht Om das Chutney. Los, stampf das restliche Kopra und Kothmeer-mirchi.«

Die Pfanne zischte und brutzelte, als Ishvar sachte die tischtennisballgroßen Bällchen in das glitzernde Öl gleiten ließ. Er wendete sie öfters mit einem Löffel, damit sie eine gleichmäßige Farbe annahmen. Währenddessen wälzte Om den runden Masala-Stein auf der Platte hin und her. Nach einiger Zeit löste Maneck ihn ab. Schließlich kamen als Lohn ihrer Mühe nach und nach die kostbaren Tropfen des grünen Chutneys zum Vorschein.

Dina stand daneben, und bei dem Duft der Wadas, die in dem blubbernden Öl langsam braun wurden, lief ihr das Wasser im Munde zusammen. Sie sah zu, wie sie sich mit Gelächter und Necken ans Aufräumen machten. Ishvar ermahnte die Jungs, den Mahlstein auch ja tipptopp zu säubern, sonst müßten sie ihn sauberlecken, wie Katzen. Was für eine Veränderung, dachte Dina – vom traurigsten, trübsten Raum in der ganzen Wohnung war die Küche in einen freundlichen Ort voller Fröhlichkeit und Energie verwandelt worden.

Eine halbe Stunde später war das Festessen fertig. »Essen wir, solange es heiß ist«, sagte Ishvar. »Los, Om, hol uns Wasser.«

Jeder nahm sich ein Wada und tat sich Chutney drauf. Ishvar wartete strahlend vor Stolz auf das Urteil.

»Köstlich!« sagte Maneck.

Dina tat so, als sei sie verletzt, daß er ihre Mahlzeiten nie mit

Superlativen gelobt hatte. Er versuchte sich herauszuwinden. »Deine Essen sind auch köstlich, Tante, aber sie sind den Parsi-Gerichten so ähnlich, die meine Mutter macht. Das ist der Grund, warum meine Geschmacksknospen nicht ausgerastet sind.«

Ishvar und Om taten bescheiden. »Es ist nichts Besonderes. Ganz einfach zu machen.«

»Es ist köstlich«, bestätigte Dina. »Das war eine sehr gute Idee von Maneck, zusammen zu essen. Wenn ich von Anfang an gewußt hätte, daß ihr so gut kochen könnt, dann hätte ich euch als Köche angestellt, nicht als Schneider.«

»Tut mir leid«, sagte Ishvar, indem er sich für das Kompliment mit einem Lächeln bedankte, »wir kochen nicht für Geld – nur für uns und unsere Freunde.«

Durch seine Worte wurde bei Dina der vertraute Bodensatz von Schuldgefühlen aufgewirbelt. Es gab immer noch eine Kluft zwischen ihnen. Sie betrachtete die beiden nicht so, wie sie von ihnen betrachtet wurde.

Im Verlauf der folgenden Wochen erweiterten die Schneider ihren Beitrag von Chapatis, Puris und Wadas um vegetarische Gerichte wie Paneer Masala, Shak-Bhaji, Aloo Masal. Am Abend wirbelten immer vier Personen, oder mindestens zwei, in der Küche herum. Meine trostloseste Stunde, dachte Dina, ist jetzt meine glücklichste geworden.

An den Tagen, wo Dina ein Reisgericht machte, machten die Schneider Pause mit Chapatis, gingen aber in die Küche, um zu helfen, wenn sie nicht gerade unterwegs waren, um ein Zimmer zum Mieten zu suchen. »Als ich ein kleiner Junge im Dorf war«, sagte Ishvar, während er den Reis säuberte und Steinchen herauspickte, »habe ich so was immer für meine Mutter gemacht. Nur andersherum. Wir sind nach der Ernte auf die Felder gegangen und haben nach Reiskörnern gesucht, die von dem Dreschen und Worfeln übriggeblieben waren.«

Dina wurde klar, daß die beiden ihr Bruchstücke aus ihrer Vergangenheit anvertrauten, und sie war sich bewußt, wie kostbar das war. Weitere Stücke, die sie der immer mehr Gestalt annehmenden Geschichte der Schneider hinzufügen konnte.

»Damals«, fuhr Ishvar fort, »schien mir, daß man vom Leben

nicht mehr erwarten konnte. Eine harte Straße, die mit spitzen Steinen übersät war und, wenn man Glück hatte, etwas Getreide.«

»Und später?«

»Später entdeckte ich, daß es verschiedene Arten von Straßen gab. Und eine unterschiedliche Art, auf jeder zu gehen.«

Es gefiel ihr, wie er sich ausdrückte. »Du beschreibst es gut.«

Er kicherte. »Muß meine Schneiderausbildung sein. Schneider sind darin geübt, Muster zu untersuchen, die Umrisse zu lesen.«

»Und du, Om? Hast du auch deiner Mutter geholfen, Reiskörner zu sammeln?«

»Nein.«

»Er brauchte es nicht«, fügte Ishvar hinzu. »Als er geboren wurde, hatte sein Vater, mein Bruder, schon ein gutes Einkommen als Schneider.«

»Aber er hat mich trotzdem losgeschickt, damit ich alles über das stinkende Leder lerne«, sagte Om.

»Das hast du mir ja noch gar nicht erzählt«, sagte Maneck.

»Es gibt vieles, was ich dir noch nicht erzählt habe. Hast du mir alles erzählt?«

»Das Gerberhandwerk kennenzulernen hatte den Sinn, Oms Charakter zu bilden«, erklärte Ishvar. »Damit er etwas über seine Herkunft erfährt, und um ihn an seine eigene Gemeinschaft zu erinnern.«

»Aber wieso mußte er daran erinnert werden?«

»Das ist eine lange Geschichte.«

»Erzähl sie uns«, sagten Dina und Maneck unisono und mußten lachen.

»In unserem Dorf waren wir früher Schuster«, begann Ishvar.

»Er will damit sagen«, unterbrach Om, »daß unsere Familie der Kaste der Gerber und Lederarbeiter angehörte.«

»Ja«, sagte Ishvar, wieder die Zügel in die Hand nehmend, »vor langer Zeit, lange bevor Omprakash geboren wurde, als sein Vater Narayan und ich kleine Jungs waren, so zehn oder zwölf Jahre alt, wurden wir von unserem Vater, der Dukhi hieß, fortgeschickt, um bei einem Schneider in die Lehre zu gehen ...«

Zeig mir, wie man sie benutzt«, sagte Om.

»Was?«

»Messer und Gabel.«

»Okay«, sagte Maneck. »Erste Lektion. Ellbogen vom Tisch.«

Ishvar nickte anerkennend. Er bemerkte, es würde alle beeindrucken und Oms Wert steigern, wenn sie ins Dorf zurückgingen, um für ihn eine Frau zu suchen. »Mit raffinierten Werkzeugen essen – das ist eine große Kunst, wie ein Musikinstrument spielen.«

Dinas Patchworkdecke wuchs jetzt wieder. Nun, da die Schneider sich energisch durch Au Revoirs Exportbestellungen hindurcharbeiteten, häuften sich die Reste wie die Anschwemmungen in einem gesunden Fluß. Dina setzte sich nach dem Abendessen mit den Flicken hin, sortierte und kombinierte die besten der Neuzugänge.

»Diese neuen Stücke sind im Stil völlig anders als die alten«, sagte Maneck. »Meinst du, die werden passen?«

»O je, der Deckenexperte hat wieder das Wort«, stöhnte sie.

»Quadrate und Dreiecke und Vielecke«, sagte Om. »Das ist ein bißchen verwirrend, das steht fest.«

»Es wird wunderschön aussehen«, sagte Ishvar mit Kennermiene. »Einfach alles geduldig miteinander verbinden, Dinabai – das ist das Geheimnis. Ji-hahn, es wirkt alles wie sinnlose Stücke und Fetzen, bis man es zusammensetzt.«

»Genau«, sagte sie. »Diese Burschen verstehen das nicht. Da ist übrigens noch eine Menge Stoff in der Schublade, wenn du auch was machen willst.«

Ishvar dachte an Shankar – es wäre schön, ihm ein neues Unterhemd zu schenken. Er beschrieb Dina das Problem: die amputierte untere Hälfte, wo nichts hielt, weder ein Lendenschurz noch Unterwäsche, noch Hosen, weil er auf der Plattform ständig hin und her rutschte. Und wenn das Kleidungsstück ihm erst mal von der Hüfte gerutscht war, war er hilflos, bis Bettlermeister auf seiner Runde vorbeikam.

»Ich glaube, ich habe die Lösung«, sagte Dina. Sie fand ihren alten Badeanzug aus der Schulzeit, ein Einteiler, und erklärte ihm den Schnitt. Es wäre leicht, ihn zu kopieren, etwas abgewandelt, Ärmel hinzufügen, einen Kragen und vorne Knöpfe.

»Ihre Idee ist bilkool erstklassig«, sagte Ishvar.

Er legte ein paar Teile hellbraunes Popelin beiseite, und am nächsten Nachmittag nahm er sein Metermaß mit zum Vishram. Während sie auf ihre Tee-Untertassen bliesen, beobachteten er und Om durchs Fenster, wie Shankar eine neue Nummer auf dem Gehsteig ausprobierte.

Der stets erfinderische Bettlermeister hatte die Plattform mit einem Stück Holz verlängert. Shankar lag flach auf dem Rücken und wedelte mit seinen Schenkelstümpfen in der Luft herum. Bei dem Herumgezappel rollten ihm die Hoden aus der Windel heraus. Er stopfte sie immer wieder zurück, aber es war sehr mühsam für ihn, und nach einer Weile ließ er seinen Hodensack einfach heraushängen.

»O babu ek paisa day-ray«, sang er und rasselte auf dem ersten und dritten Schlag mit der Bettelschale. Sie ruhte auf seiner Stirn zwischen seinen fingerlosen Handflächen. Wenn er müde wurde, stellte er sie neben seinen Kopf, so daß er die Hände frei hatte, um damit wie mit den Oberschenkelstümpfen herumzuwedeln.

Als die Schneider mit ihrem Tee fertig waren, hatte er sich wieder aufgesetzt. Die horizontale Perspektive war neu für ihn, und er konnte sie nur in kleinen Dosen ertragen, verbrachte die Minuten in Angst und Schrecken, voller Furcht, jemand könnte auf ihn drauftreten. Die Rush-hour, wenn die Horden über den Gehsteig strömten, war eine Zeit reinen Entsetzens.

Als er Ishvar und Om herauskommen sah, paddelte er seine Plattform von der Bordsteinkante weg, um mit ihnen zu plaudern.

»Neues verbessertes Gaadi-Modell, was, Shankar?«

»Was soll man machen, das Publikum muß zufrieden bleiben. Bettlermeister fand, es sei Zeit für Abwechslung. Er ist sehr gut zu mir, seit wir von diesem schrecklichen Ort zurück sind. Noch freundlicher als vorher. Und er nennt mich nicht mehr Wurm, er benutzt jetzt meinen richtigen Namen, wie ihr.«

Er war ganz aufgeregt, als er hörte, daß sie extra für ihn ein Unterhemd anfertigen wollten. Die drei zogen sich in die Gasse hinterm Vishram zurück, wo sie ungestört waren und Ishvar einige Maße nehmen konnte.

»Muß schön für dich sein«, sagte Om, »daß du jetzt bei deiner Arbeit sogar schlafen kannst.«

»Du machst dir keine Vorstellung, das ist das reinste Paradies«, sagte Shankar listig. »Ich mache das erst seit drei Tagen, und was ich alles schon so gesehen habe. Vor allem wenn die Röcke über meinem Kopf schweben.«

»Wirklich?« Om war neidisch. »Was siehst du denn?«

»Worte sind zu schwach, um zu beschreiben, an welch saftigen Du-weißt-schon-Was meine Augen sich geweidet haben.«

»Vielleicht möchte mein Neffe für ein paar Tage mit dir tauschen«, bemerkte Ishvar trocken.

»Zuerst müßte er etwas wegen seinen Beinen unternehmen«, sagte Shankar, der seinen schwarzen Humor genoß. »Ich weiß – hör einfach auf, Bettlermeister zu bezahlen. Das bringt automatisch gebrochene Glieder.«

Das Geschenk war am nächsten Tag fertig, und als die Schneider am Abend loszogen, um ihre Suche nach Unterkunft fortzusetzen, gingen sie bei Shankars Gehsteig vorbei. Sie wollten mit ihm in die Gasse gehen, um ihm das Unterhemd anzuziehen und um zu sehen, ob es paßte, aber er war etwas skeptisch. »Bettlermeister würde das nicht gefallen«, sagte er.

»Wieso?«

»Der neue Stoff sieht zu gut aus.« Er wollte es lieber erst anziehen, wenn es genehmigt worden war.

Sie gingen enttäuscht davon und nahmen das Päckchen mit Haaren mit, das Shankar unter seiner Plattform aufbewahrt hatte. Eine ganze Zeit lang war nichts von dem Haarsammler gekommen, aber in den letzten paar Tagen hatte er seine Sachen regelmäßig abgeliefert. Ihr Koffer füllte sich allmählich.

»Wenn lange Haare so selten sind, wie er sagt, wieso sammelt Rajaram plötzlich so viel davon?« fragte sich Om.

»Ich hab keine Lust, meinen Kopf mit den Haaren von diesem Burschen zu belasten.«

In der folgenden Woche durften die Schneider schließlich den Bettler in ihrem Geschenk erleben. Es war auf den ersten Blick schwer zu erkennen, denn Bettlermeister hatte den braunen Popelin modifiziert. Erst jetzt, da es über und über verschmutzt und vorne auf der Brust zerrissen war, war das Gewand für Shankar geeignet.

»Dieser Mistkerl von Bettlermeister«, sagte Om. »Unsere Schöpfung so zu verhunzen.«

»Beurteile ihn nicht nach seiner Kleidung«, sagte Ishvar. »Du würdest auch nicht mit Kragen und Krawatte oder einem großen Hochzeitsturban zu Dinabai arbeiten gehen, oder?«

XI

Die glänzende Zukunft verdüstert

Nachdem dank der Sicherheit und des Komforts der Veranda die Dringlichkeit, eine neue Unterkunft zu finden, abgenommen hatte, verkümmerten die abendlichen Wohnungssuch-Exkursionen der Schneider zu einer halbherzigen Pflichtübung. Ishvar hatte deswegen ein etwas schlechtes Gewissen, denn er fand, sie nutzten Dinas Gastfreundschaft zu sehr aus, die ihnen jetzt schon seit über zwei Monaten zuteil geworden war. Um sein Gewissen zu beruhigen, gewöhnte er sich an, ihr die gescheiterten Bemühungen in allen Einzelheiten zu beschreiben: Die Orte, die sie besuchten, die Chawals und Kholis und Hütten, die sie inspizierten, und wie knapp sie oft davor gewesen waren, etwas zu finden.

»So enttäuschend«, sagte er an mehr als einem Abend. »Grade zehn Minuten bevor wir kamen, hat jemand das Zimmer genommen. Und so ein schönes Zimmer war das.«

Aber mit der Zeit hatten sich Dinas Sorgen wegen des Vermieters verflüchtigt. Ihr war es ganz recht, die Schneider weiter auf ihrer Veranda schlafen zu lassen. Niemand hätte es ihr ausreden können, nicht einmal Zenobia, die zu ihrem Entsetzen den Koffer und das Bettzeug der Schneider dort entdeckte, als sie eines Abends vorbeikam.

»Das ist gefährlich«, warnte sie. »Du spielst mit dem Feuer.«

»Ach, es wird schon nichts passieren«, sagte Dina zuversichtlich. Sie hatte Nusswan das geliehene Geld zurückgezahlt, der Mieteintreiber hatte ihr keinen Ärger mehr gemacht, und das Nähen ging flotter denn je voran.

Der mit Angst erwartete Streik bei Au Revoir Exports war auch abgewendet worden, was Mrs. Gupta als einen Triumph des Guten über das Böse feierte. »Das Unternehmen hat jetzt seine eigenen starken Männer«, erklärte sie Dina. »Jetzt heißt es ihre Goondas gegen unsere Goondas. Sie nehmen sich die Gewerkschaftsgauner vor, bevor die Ärger machen oder die armen Arbeiter in die Irre führen können. Wohlgemerkt, sogar die Polizei unterstützt uns. Alle haben jetzt die Nase voll von den lästigen Gewerkschaften.«

Die Schneider jubilierten, als Dina mit der guten Nachricht nach Hause kam. »Unsere Sterne sind in der richtigen Position«, meinte Ishvar.

»Ja«, sagte sie. »Aber wichtiger ist es, daß eure Nähte in der richtigen Position sind.«

Ishvar und Om machten sich gewöhnlich nach dem Abendessen auf ihre Zimmersuche, und manchmal vorher, wenn sie an dem Tag nicht kochten.

Dina wünschte ihnen viel Glück, aber fügte immer »bis bald« hinzu und meinte es auch. Oft ging Maneck mit. Wenn sie dann allein war und auf ihre Rückkehr wartete, wanderte ihr Blick immer wieder zur Uhr.

Und wenn ihr später über die abendlichen Wanderungen berichtet wurde, lautete ihr Rat immer: »Nur nichts überstürzen.« Es wäre töricht, sagte sie, eine Prämie für eine Wohnung zu bezahlen, die wieder demoliert werden könnte, weil sie illegal errichtet worden war. »Spart lieber euer Geld, und besorgt euch ein richtiges Zimmer, wo euch niemand hinauswerfen kann. Laßt euch Zeit.«

»Aber Sie nehmen doch keine Miete von uns. Wie lange können wir Sie denn noch so belasten?«

»Ich spüre keine Last. Und Maneck auch nicht. Stimmt's, Maneck?«

»O doch, ich habe eine große Last. Meine Prüfungen stehen bevor.«

»Das andere Problem ist«, fuhr Ishvar fort, »mein lieber Neffe kann erst heiraten, wenn wir unsere eigene Wohnung gefunden haben.«

»Also das ist etwas, wobei ich euch nicht helfen kann«, sagte Dina.

»Wer hat gesagt, daß ich heiraten will?« maulte Om, während sie und Ishvar ein elterliches Lächeln austauschten.

Als sie einmal einem Tip nachgingen, daß in einem der nördlichen Vororte ein halbes Zimmer frei sei, kamen sie in das Viertel, wo sie am Anfang, als sie in die große Stadt gekommen waren, nach Arbeit gesucht hatten. Als sie endlich bei der genannten Adresse eintrafen, war das Zimmer schon vermietet. Zufällig kamen sie bei Advanced Tailoring Company vorbei und beschlossen, Jeevan guten Tag zu sagen.

»Ah, meine alten Freunde sind zurück«, begrüßte Jeevan sie. »Mit einem neuen Freund. Ist er auch Schneider?«

Maneck lächelte und schüttelte den Kopf.

»Ach, macht nichts, wir machen schnell einen aus dir.« Dann schwärmte Jeevan von der Zeit, als sie zu dritt rund um die Uhr gearbeitet hatten, um die Frist für die Nachwahl einzuhalten. »Wißt ihr noch, wie wir damals hundert Hemden und hundert Dhotis für diesen Burschen gemacht haben, der sie für seine Bestechungsgeschenke gebraucht hat?«

»Kam mir wie tausend vor«, meinte Om.

»Ich habe später herausgefunden, daß er an mehr als zwei Dutzend Schneider Aufträge erteilt hatte. Er hat fünftausend Hemden und Dhotis verschenkt.«

»Wo kriegen diese Politikergauner eigentlich das Geld her?«

»Schwarzgeld von Geschäftsleuten, die wollen, daß die Politiker ihnen einen Gefallen tun – was sonst? So funktioniert doch dieser ganze Raj mit den Lizenzen, Genehmigungen und Quoten.«

Aber obwohl er die Gewänder unter seinen wichtigsten Wählern verteilt hatte, hatte der Kandidat die Nachwahl letztendlich verloren, denn die Opposition hatte mit schlauen Reden gekontert: daß es nämlich kein Verbrechen sei, die Hand aufzuhalten, um schöne Geschenke zu empfangen, solange beim Wählen kluge Köpfe die Oberhand behielten.

»Er hat versucht, mir die Schuld für seine Niederlage zu geben. Daß die Wähler ihn abgelehnt hätten, weil die Kleidung schlecht genäht sei. Ich habe gesagt, bringen Sie sie her, und zeigen Sie's mir. Ich habe ihn nie wiedergesehen.« Jeevan räumte seine Arbeit vom Tresen und wischte sich ein paar Flusen vom Hemd. »Kommt, setzt euch, und trinkt etwas mit mir.«

Die Einladung zum Hinsetzen konnte nur im übertragenen Sinn gemeint sein, denn das Durcheinander in der winzigen Werkstatt machte es schwer, sie wörtlich zu nehmen.

Seitdem die Schneider das letzte Mal hiergewesen waren, waren Renovierungen vorgenommen worden. Der rückwärtige Teil war abgetrennt worden, so daß jetzt auch Platz für eine mit einem Vorhang abgeschirmte Kabine zum Anprobieren war.

Ishvar nahm eine Untertasse Tee am Tresen an. Jeevan schlürfte aus seiner Tasse. Die Jungs teilten sich eine und gingen damit zu den Stufen vor dem Eingang.

Es wurde ein geschäftiger Abend für Advanced Tailoring. »Ihr habt mir Glück gebracht«, sagte Jeevan. Eine Familie kam, um Kostüme für die drei kleinen Töchter zu bestellen. Die Mutter trug die Stoffbündel stolz unterm Arm, und der Vater runzelte wild die Stirn. Sie wollten für jedes Kind eine Bluse und einen Rock, rechtzeitig für Divali.

Mit einem Finger auf seinen Lippen klimpernd tat Jeevan so, als würde er sein Auftragsbuch studieren. »Das ist ja schon in einem Monat«, beklagte er sich. »Alle haben es immer so eilig.« Er druckste herum, wobei er ausgiebig mit Zunge und Zähnen schnalzte, und verkündete schließlich, daß es möglich sei, aber gerade so.

Die kleinen Mädchen hüpften vor Erleichterung und Aufregung in die Luft. Der wilde Vater fuhr sie an, daß sie still sein sollten, sonst würde er ihnen die Schädel zerbrechen. Seine Familie achtete nicht auf die übertriebene Drohung. Sie waren an diese väterliche Sprachentgleisung gewöhnt.

Jeevan nahm den Stoff, Polyester mit einem Pfauenmuster, und maß ihn aus. Er runzelte finster die Stirn, nahm wieder Maß, und erklärte, indem er auf seinen Lippen klimperte, daß er für drei Blusen und drei lange Röcke nicht ausreiche. Die Kinder waren kurz davor, in Tränen auszubrechen.

»Der krummbeinige Halunke lügt«, flüsterte Om Maneck zu. »Paß auf.«

Er nahm ein drittes Mal Maß und sagte dann, mit der Miene eines Menschenfreundes, daß es doch noch eine andere Möglichkeit gebe. »Es wird sehr schwierig werden, aber ich könnte knielange Röcke machen.«

Die Eltern ergriffen verzweifelt diese Möglichkeit und forderten Jeevan auf, es so zu machen, wie er es vorgeschlagen hatte. Er schnippte sein Maßband durch die Luft und forderte die Kinder auf, hervorzutreten, damit er ihre Maße nehmen konnte. Sie standen steif und starr da, wie die Marionetten eines Puppenspielers, drehten sich, hoben Kopf und Arme.

»Der Halunke wird mindestens drei Meter davon einstecken, wenn nicht vier«, murmelte Om, als er die Stufen räumte, um die Familie durchzulassen. Die drei kleinen Mädchen beschwerten sich leise, daß sie so gerne lange Röcke gehabt hätten. Ihr Vater umarmte sie liebevoll und drohte, ihnen die Zähne auszuschlagen, wenn sie sich nicht benähmen, und die glückliche Familie entschwand den Gehsteig entlang.

Jeevan faltete den Stoff zusammen und steckte das Blatt mit den Maßen der Kinder hinein. »Wir Schneider müssen doch auch von etwas leben, oder?« meinte er, bemüht, Anerkennung für seine Leistung zu bekommen.

Ishvar nickte unverbindlich.

»Diese Kunden – erwarten immer viel zuviel von uns«, sagte Jeevan in einem weiteren Versuch, sich hinter Banalitäten zu verstecken.

Durch das Erscheinen einer Kundin wurde er aus seiner peinlichen Lage befreit. Er reichte der Frau, die zu einer Anprobe bestellt war, den vorläufigen Schnitt ihres seidenen Cholis. Sie verschwand in der Kabine und zog die Vorhänge zu.

Maneck stupste Om an, und sie drehten sich um, um zuzugukken. Der schaukelnde Vorhang pendelte sich ein paar Zentimeter über dem Boden ein, so daß der Sari der Frau, der sich um ihre Füße schmiegte, noch zu sehen war. Jeevan drohte ihnen mit dem Finger und gaffte dann selber zur Kabine.

»Ein dünnerer Vorhang würde meinem Leben mehr Würze geben«, sagte Om. Sie hörten das Geklirre ihrer Armreifen.

»Schhh!« warnte Jeevan kichernd. »Ihr vergrault mir noch eine Stammkundin.«

Das Wiedererscheinen der Frau ließ sie in ein schuldbewußtes

Schweigen hineinstolpern. Sie betrachteten sie heimlich, mit gesenkten Köpfen zur Seite blickend. Ihren Sari hatte sie nicht über die Schulter gelegt, damit Jeevan die in Arbeit befindliche Bluse begutachten konnte. »Bitte die Arme etwas anheben«, sagte er und schob sein Maßband darunter. Jetzt war sein Ton klinisch, wie ein Arzt, der seine Patientin auffordert, die Zunge herauszustrecken.

Zwischen dem Choli und der Hüfte war ihr Bauch nackt. Sie trug einen jener tiefsitzenden Saris, die gerade in Mode waren, so daß ihr Nabel freilag. Maneck und Om glotzten, als Jeevan zwei Säume am Rücken und einen tieferen Ausschnitt empfahl. Sie verschwand wieder hinter dem Vorhang.

Om raunte Maneck zu, daß er diesen Teil am meisten vermisse, wenn er nach Dinabais Papierschnittmustern arbeitete. »So habe ich keine Gelegenheit, bei Frauen Maß zu nehmen.«

»Als könntest du beim Maßnehmen irgendwas machen.«

»Du hast ja keine Ahnung, was da alles möglich ist, yaar.« Eine Bluse zu machen, besonders einen engen Choli wie den hier, sagte er, sei himmlisch, weil das Band über die Körbe ging. Um es herumzulegen und es mit der anderen Hand nach vorne zu führen, mußte man sehr nah an ihr dranstehen. Allein das schon war aufregend. Dann hielten die Finger das Maßband in der Höhlung zwischen den beiden Brüsten – damit man sie nicht berührte –, aber es war immer möglich, ein bißchen zu streifen. Man mußte vorsichtig sein und wissen, wann man schnell die Position wechseln mußte. Wenn sie zurückwich, sowie das Band sie berührte, war es gefährlich, irgendwas zu versuchen. Aber einige von ihnen hatten nichts dagegen, und man konnte an ihren Blicken und ihren Brustwarzen feststellen, ob man seine Finger herumbewegen konnte.

»Hast du es jemals gemacht?«

»Schon oft. Bei Muzaffar Tailoring, mit Ashraf Chacha.«

»Vielleicht sollte ich wirklich das College schmeißen und Schneider werden.«

»Das solltest du. Das macht mehr Spaß.«

Maneck lächelte. »Eigentlich habe ich vor, mit dem College weiterzumachen, wenn mein Jahr um ist.«

»Wieso? Ich dachte, du kannst es nicht ausstehen.«

Maneck schwieg für einen Moment und trommelte auf seinen Knöcheln. »Ich habe einen Brief von meinen Eltern bekommen. Sie schreiben, wie ungeduldig sie darauf warten, daß das Jahr endlich vorbei ist, und wie einsam sie ohne mich sind – der übliche Quatsch. Als ich bei ihnen war, haben sie gesagt – geh, geh, geh. Und so habe ich beschlossen, ihnen zu schreiben, daß ich noch drei Jahre länger bleiben will, um den Fortgeschrittenenkurs zu machen anstatt das einjährige Diplom.«

»Das ist dumm von dir, yaar. An deiner Stelle würde ich so bald wie möglich zu meinen Eltern zurückkehren.«

»Wozu? Um wieder mit meinem Vater zu streiten? Außerdem macht es mir jetzt Spaß hier.«

Om inspizierte seine Nägel und fuhr sich durch die Tolle. »Wenn du vor hast zu bleiben, solltest du dein Fachgebiet wirklich auf Schneidern umstellen, das steht fest. Weil man Frauen nicht mit Kühlschränken messen kann.« Er kicherte. »Was würdest du denn sagen? Madam, wie tief sind Ihre Regale?«

Maneck lachte. »Ich könnte fragen: ›Madam, dürfte ich Ihre Kompressoren untersuchen?‹ Oder: ›Madam, Sie brauchen einen neuen Thermostat in Ihrem Thermostat-Hohlraum.‹«

»Madam, Ihre Temperaturregler müssen justiert werden.«

»Madam, Ihre Fleischschublade öffnet sich nicht richtig.«

Die Kundin ging, und als die beiden immer alberner wurden, sagte Ishvar: »Na los, ihr beiden, Zeit, daß wir gehen. Worüber gibt's denn so viel zu lachen, ha?«

»Als wüßten wir das nicht«, sagte Jeevan grinsend und wünschte ihnen Glück. »Hoffentlich findet ihr ein Zimmer.«

Während der letzten Woche vor Manecks Prüfung stattete der Mieteintreiber Dina einen außerplanmäßigen Besuch ab. Beim Ertönen der Türglocke stellten die Schneider die Nähmaschinen aus.

»Wie geht es Ihnen, Schwester?« sagte Ibrahim, während seine Hand sich zum Fez hob.

»Was ist denn jetzt schon wieder?« sagte Dina und versperrte ihm den Weg. »Die Miete für diesen Monat ist schon bezahlt.«

»Die Miete ist nicht das Problem, Schwester.« Er schrumpfte sichtlich zusammen, als er in einem einzigen Satz herausplatzte, daß er vom Büro geschickt worden sei, die Kündigung zu übergeben und auszurichten, daß die Wohnung in dreißig Tagen zu räumen sei, weil man Beweise habe, daß Dina ihre Wohnung zu gewerblichen Zwecken benutze, trotz der vor Monaten ausgesprochenen Warnung.

»Unsinn! Was für Beweise haben die denn?«

»Bitte lassen Sie es nicht an mir aus, Schwester«, flehte er, indem er auf sein Notizbuch in seiner Tasche klopfte. »Es steht alles hier drin – Daten, Tageszeiten, Kommen und Gehen, Taxi, Kleider. Und weitere Beweise sitzen im Hinterzimmer.«

»Im Hinterzimmer? Wollen Sie sie mir zeigen?« Sie trat zur Seite und winkte ihn herein.

Die direkte Herausforderung überraschte ihn. Ihm blieb keine andere Wahl, als anzunehmen. Er trat mit gebeugtem Kopf ein und steuerte sogleich auf den Nähraum zu. Die an ihren Nähmaschinen erstarrten Schneider warteten nervös, während Maneck aus seinem Zimmer zusah.

»Das ist das Problem, Schwester. Sie können nicht Schneider anstellen und hier einen Betrieb führen.« Er machte eine gequälte Handbewegung, um das andere Schlafzimmer miteinzubeziehen. »Und dann auch noch einen zahlenden Gast. So ein Wahnsinn, Schwester. Das Büro wird Sie mit Sicherheit hinauswerfen.«

Dina ging zum Gegenangriff über. »Sie reden Unsinn«, sagte sie. »Dieser Mann«, sagte sie, auf Ishvar deutend, »ist mein Ehemann. Die zwei Jungs sind unsere Söhne. Und die Kleider sind alles meine. Teil meiner Garderobe von 1975. Gehen Sie, sagen Sie Ihrem Vermieter, daß er gegen mich überhaupt nichts in der Hand hat.«

Es war schwer zu sagen, wen sie mit ihrer apokryphen Enthüllung mehr schockierte: Ishvar, der errötete und mit seiner Schere spielte, oder Ibrahim, der die Hände rang und seufzte.

Sie nutzte ihren Vorteil und fragte herausfordernd: »Haben Sie sonst noch irgendwas zu sagen?«

Ibrahim zog die Schultern hoch, bis sie hinreichend flehend

aussahen. »Heiratsurkunde bitte? Geburtsurkunden? Kann ich sie bitte sehen?«

»Meine Sandale auf Ihrem Mund werden Sie sehen! Wie können Sie es wagen, mich zu beleidigen! Sagen Sie Ihrem Vermieter, wenn er nicht aufhört, meine Familie zu schikanieren, werde ich vor Gericht gehen!«

Während er den Rückzug antrat, murmelte er, daß er im Büro umfassend Bericht erstatten werde, und warum ihn wegen seiner Arbeit beschimpfen, sie mache ihm auch nicht mehr Spaß als den Mietern.

»Wenn sie Ihnen keinen Spaß macht, dann lassen Sie es doch sein. In Ihrem Alter sollten Sie sowieso nicht mehr arbeiten müssen. Ihre Kinder können sich um Sie kümmern.«

»Ich muß arbeiten, ich bin ganz allein«, sagte er, als die Tür zuging.

Die Süße ihres Sieges verflüchtigte sich. Sie blieb neben der Tür stehen und hörte ihn draußen keuchen und Atem holen, bevor er weitergehen konnte. Seine wenigen Worte hatten gereicht, um in ihr all die einsamen, sorgenvollen Jahre ihres eigenen Lebens zurückströmen zu lassen und sie daran zu erinnern, wie jung und unbeständig das Glück war, das sie in diesen letzten Monaten entdeckt hatte.

Mittlerweile hatte sich Ishvar im Hinterzimmer von der ehelichen Überraschung einigermaßen erholt. Die Jungs glucksten vor sich hin und machten sich über seinen Gesichtsausdruck lustig.

»Du redest ständig davon, eine Frau für mich zu finden«, sagte Om. »Statt dessen hast du selbst eine gefunden.«

»Das war eine wahnsinnige Idee, Tante. Hast du das im voraus geplant?«

»Kümmere dich nicht drum, plan du lieber deine Prüfung.«

Das College schloß für die dreiwöchigen Divali-Ferien, und Dina ermunterte Maneck, sich als Tourist zu betätigen. »Die ganze Zeit ging es nur von zu Hause zum Unterricht und vom Unterricht nach Hause. Aber es gibt in dieser Stadt so viel zu sehen. Das Museum und das Aquarium und die modellierten Höhlen werden dich faszinieren. Victoria Garden und die Hängenden Gärten sind auch einen Besuch wert, glaub mir.«

»Aber die habe ich schon mal gesehen.«

»Wann? Vor Jahren, mit deiner Mummy? Du warst damals erst ein kleines Baba, du kannst dich doch an nichts mehr erinnern. Du mußt noch mal hingehen. Und du mußt auch deine Sodawalla-Verwandten besuchen – das ist die Familie deiner Mummy.«

»Okay«, sagte er gleichgültig und rührte sich nicht aus der Wohnung.

In jener Woche hörte man das erste Feuerwerk vor Divali. »Hai Ram«, sagte Ishvar. »Was für eine Bombardierung.«

»Das ist noch gar nichts«, sagte Dina. »Warte nur, bis der eigentliche Tag näher rückt.«

Der Lärm verzögerte die Schlafenszeit jeden Abend um etwa zwei Stunden, wodurch Manecks leere Ferientage noch länger und leerer wurden. Zum Ausgleich versuchte er, spät aufzustehen, aber der lärmende Tagesanbruch, gefüllt mit klappernden Milchmännern und streitsüchtigen Krähen, war immer stärker als sein Schlaf.

Dina notierte für ihn Busnummern und Wegbeschreibungen. »Es ist sehr leicht, diese Touristenattraktionen zu finden, du wirst dich schon nicht verlaufen«, sagte sie, in der Annahme, es sei vielleicht das, wovor er Angst hatte. Aber Maneck rührte sich nicht.

Irgendwann hatte sie die Nase voll, ihn immer in der Wohnung zu haben, und begann mit ihm zu schimpfen. »Die ganze Zeit zu Hause, wie ein trüber Opa. Das ist nicht natürlich für einen jungen Mann. Und du machst uns ganz verrückt, wenn du den ganzen Tag auf und ab gehst.«

Seine untätige Anwesenheit begann jetzt auch Om abzulenken, der wieder ausgedehnte Teepausen mit ihm im Vishram machte oder auf der Veranda Karten spielte und eine allgemeine Abneigung gegen Arbeit an den Tag legte. Ishvar tadelte seinen Neffen, und Dina wies ihn auch zurecht, aber ohne Erfolg.

Gegen Ende der Woche nahmen sie eine andere Haltung ein. Sie beschlossen, es wäre das beste, Om auch freizugeben. Es war unrealistisch zu erwarten, daß er an der Singer schuftete, während sein Freund herumlungerte. Schließlich war es schlimm genug, daß er in einem Alter seinen Lebensunterhalt verdienen mußte, wo er eigentlich aufs College gehen sollte, so wie Maneck.

Und so bekam Om die Erlaubnis, seine Stunden zu reduzieren, so daß er nur noch vormittags von acht bis elf zu nähen brauchte. »Du hast in diesen letzten Monaten sehr hart gearbeitet«, sagte Dina. »Du hast einen Urlaub verdient.«

Jetzt waren sie nicht mehr zu Hause zu halten. Sowie Om seine kurze Schicht beendet hatte, wurden die beiden bis zum Abendessen nicht mehr gesehen. Dann wurde während der Mahlzeit bis zur Schlafenszeit nonstop geredet, denn sie waren voll der Dinge, die sie erlebt hatten.

»Das Meer war so rauh, daß die Fähre wie ein wildes Pferd herumgesprungen ist«, sagte Om. »Wir hatten ganz schön Schiß, yaar.«

»Ich sag dir, Tante, dein zahlender Gast und deine halbe Schneidereifabrik wären beim Landesteg fast ertrunken.«

»Sag nicht solche unheilverkündenden Dinge«, sagte Ishvar.

»Nach dieser Fahrt mit der Fähre wurde mir sogar im Aquarium schwindlig – dieses ganze Wasser um uns herum.«

»Aber die Fische waren wunderschön, yaar. Und was für modische Schwimmstile die haben. Als würden sie spazierengehen oder im Basar einkaufen und die Tomaten drücken, oder wie die Polizei, die einen Dieb verfolgt.«

»Einige waren so bunt wie die Stoffe von Au Revoir«, sagte Maneck. »Und die Nase des Sägefisches sah genau wie eine richtige Säge aus, ehrlich.«

»Morgen will ich mir am Strand eine Massage machen lassen«, sagte Om. »Wir haben sie heute gesehen, mit ihren Ölen, Lotionen und Handtüchern.«

»Sei vorsichtig«, warnte Dina. »Diese Massagewallas sind Gauner. Sie geben dir wunderschönen Chumpee, bis du so entspannt bist, daß du einschläfst. Dann bestehlen sie dich.«

Doch die nächsten drei Tage wurden im Museum verbracht. Om erzählte zu Hause, die Erbauer mußten das Kuppeldach nach dem Bauch seines Onkels modelliert haben. »Wenn ich solche Wohlgenährtheit nur beanspruchen könnte«, sagte Ishvar. Drei Abende lang erfuhren er und Dina alles über die chinesische Galerie, die tibetische Galerie, die nepalesische Galerie, Samowars, Teeurnen, Elfenbeinschnitzereien, Jadeschnupfdosen und Wandteppiche.

Besonders faszinierend war die Rüstungensammlung gewesen – die Kettenanzüge, Dolche mit Jadegriffen, Krummsäbel mit gezackter Klinge (»wie die Kokosraspel auf dem Küchenregal«, sagte Om), juwelenbesetzte zeremonielle Schwerter, Bogen und Pfeile, Keulen, Piken, Lanzen und dornenbewehrte Streitkolben.

»Die sehen wie die Waffen in diesem alten Film aus, *Mughal-e-Azam*«, sagte Maneck, und Om fügte hinzu, daß sie nützlich wären, um alle Chamaar in den Dörfern zu bewaffnen und ein Massaker unter den Grundbesitzern und oberen Kasten zu veranstalten, worauf Ishvar mißbilligend die Stirn runzelte, bis das Gelächter der Jungen ihn wieder beruhigte.

Und so verschlangen sie ihre Ferien mit jugendlichem Appetit. Die Wunder der Stadt purzelten ihnen nur so von der Zunge. Ishvar machte es Spaß, indirekt an ihren Besichtigungen teilzunehmen, und Dina konnte in der Flut ihrer Begeisterung etwas von ihrer eigenen Schulzeit wiederentdecken.

Als die Ferien zur Hälfte um waren, verdüsterte ein verspäteter Monsunschwall den Himmel. Wegen der schweren Regenfälle waren die Jungs gezwungen, daheim zu bleiben. Gelangweilt und rastlos erinnerte sich Maneck an die Schachfiguren. Om hatte noch nie ein solches Spiel gesehen, und die Plastikfiguren fesselten seine Phantasie. Er verlangte von Maneck, ihm das Spiel beizubringen.

Maneck nannte ihm zuerst die Namen der Figuren: »König, Dame, Läufer, Springer, Turm, Bauer.« Die Wörter klangen ihm mit einer vertrauten Liebkosung in den Ohren. Er fand Vergnügen daran, die Figuren nach so langer Zeit wieder zwischen den Fingern zu spüren, sie aus ihrem braunen Sperrholzsarg auferstehen zu lassen und sie auf ihre angestammten Plätze zu stellen, bereit zur Schlacht.

Dann ertönte plötzlich aus dem Klang seiner Stimme das ferne

Echo einer anderen – einer Stimme, die einmal die Schachfiguren für ihn benannt hatte, in dem Wohnheim des Colleges. Er hielt inne, nicht in der Lage, mit seiner Erklärung des Spiels fortzufahren. Die Stimme begann die Knochen seiner jüngsten Vergangenheit auszugraben, diejenigen, die er vergessen wollte, schon halb vergessen hatte und nie wieder sehen wollte. Jetzt kamen sie plötzlich mit grotesker Bereitwilligkeit zum Vorschein.

Er starrte auf das Schachbrett, wo jede Figur einen Geist auf seinem Quadrat beherbergte. Zweiunddreißig Geister begannen ihre eigenen Züge, ein tanzendes, miteinander kollidierendes, höhnisches Heer von Erinnerungen, das bereit war, gegen ihn anzutreten, gegen seinen Wunsch nach Vergessen. Dann wechselten die tanzenden Schachfiguren ihre Partner, und es war Avinashs Gesicht, das ihm von allen vierundsechzig Quadraten entgegenlächelte.

Es kostete Maneck Überwindung, das Brett stehenzulassen und ans Fenster zu gehen. Der Regen prasselte auf die Straße. Das Motorrad von irgend jemandem stand unter einer laut trommelnden Plane. Die Pfützen drumherum waren schlammig und häßlich. Es gab keine spielenden oder planschenden Kinder, die Straße lag freudlos in diesem Regen da, der zu lange ausgeblieben war und jetzt wolkenbruchartig herunterkam. Er wünschte, er hätte die Schachtel mit den Schachfiguren nie geöffnet.

»Was ist los?« fragte Om.

»Nichts.«

»Na, dann komm. Hör auf zu trödeln, bring mir das Spiel bei.«

»Es ist ein blödes Spiel. Vergiß es.«

»Wieso hast du es dann, wenn es blöd ist?«

»Jemand hat es mir geliehen. Ich muß es bald zurückgeben.« Er beobachtete, wie der Strudel der Kanalisation leere Zigarettenpackungen und Kronkorken verschluckte. Kohlahs Cola würde nicht dabeisein. Nicht, solange Daddy mit seiner sturen Art weitermachte. Wie erfolgreich das Geschäft hätte werden können. Und er hätte nie zu diesem verdammten College gehen müssen. Muß irgendwo in seinem Leben einen falschen Zug gemacht haben, dachte er, um in dieses Schach zu laufen.

»Du willst es mir einfach nicht beibringen«, sagte Om und

wischte die Figuren wieder in die Schachtel. Sie fielen mit einem anklagenden Geklapper hinein. Maneck sah hin und machte den Mund auf, als wollte er etwas sagen. Om, der den Deckel zuschob, bemerkte es nicht.

Maneck verweilte noch etwas am Fenster, bevor er zu dem Schachbrett zurückkehrte. »Ich will dich nicht belästigen«, sagte Om sarkastisch. »Bist du sicher, daß du es mir beibringen willst?«

Er sagte nichts, stellte das Brett auf und fing an, die Regeln zu erklären. Der Regen schlug hart auf die Plane des Motorrads.

Im Verlauf der nächsten beiden Tage lernte Om, wie die Figuren bewegt und geschlagen wurden, aber die Vorstellung von Schachmatt wollte ihm nicht in den Kopf. Wenn Maneck auf dem Brett ein Beispiel konstruierte, begriff er es ohne Probleme, konnte die Hilflosigkeit des eingekreisten Königs mit geradezu körperlicher Qual nachempfinden. Aber während seines eigenen Spiels eine ähnliche Auflösung zu finden, dazu war er nicht fähig, und er wurde ungeduldig.

Maneck hatte das Gefühl, es war eigentlich sein Versagen – er war einfach nicht so ein guter Lehrer wie Avinash. Die Entsprechungen von Patt und Unentschieden waren gleichermaßen schwierig. »Manchmal sind auf beiden Seiten nicht genug Figuren übrig, so daß der König endlos aus dem Schach gehen kann«, erklärte er immer wieder.

Wieder verstand Om es, wenn es auf dem Brett erklärt wurde, aber die Metapher von Königen und Armeen wurde für seinen Geschmack nicht konsequent genug beibehalten, und er weigerte sich, sie aufzugeben. »Das ergibt doch keinen Sinn«, wandte er ein. »Schau mal, deine Armee und meine Armee kämpfen gegeneinander, und alle unsere Männer sind tot. Bleiben wir beide übrig. Jetzt muß einer von uns gewinnen, der Stärkere wird den andern töten, richtig?«

»Vielleicht. Aber bei Schach sind die Regeln anders.«

»Die Regeln sollten immer so sein, daß einer gewinnen kann«, beharrte Om. Der logische Zusammenbruch bereitete ihm Schwierigkeiten.

»Manchmal gewinnt eben keiner«, sagte Maneck.

»Du hast recht gehabt, es *ist* ein blödes Spiel«, sagte Om.

Auch nach fünf Tagen Regen zeigte sich keine Veränderung am Himmel, und die beiden entwickelten sich zu gründlichen Nervensägen in der Wohnung. Sie vergnügten sich damit, Ishvar und Dina bei der Arbeit zuzusehen. »Schau mal«, flüsterte Maneck. »Seine Zunge schiebt sich immer in die Wange, wenn er die Maschine anwirft.« Und Dinas Angewohnheit, beide Lippen zwischen den Zähnen zu verstecken, wenn sie etwas ausmaß, fanden sie zum Kreischen.

»Das ist zu langsam, yaar«, bemerkte Om, als sein Onkel innehielt, um eine Rolle von der Spule zu laden. »Ich kann sie in dreißig Sekunden aufwickeln.«

»Du bist jung, und ich bin alt«, erwiderte Ishvar gutmütig. Er ließ die frische Rolle in den Schützen gleiten und schob die Metallplatte vor.

»Ich habe immer sechs Rollen bereit«, sagte Om. »Dann kann ich sie phuta-phut wechseln, ohne mitten in einem Kleid zu unterbrechen.«

»Tante, du solltest dir auch lange Nägel an deinen kleinen Fingern wachsen lassen, so wie Ishvar. Das würde ganz toll aussehen.«

Sie war mit ihrer Geduld schnell am Ende. »Ihr beide macht mir hier allmählich hundertprozentigen Ärger. Nur weil ihr Ferien habt, heißt das nicht, daß ihr hier herumsitzen und uns mit eurem Unsinn auf die Nerven gehen könnt. Entweder geht ihr raus oder ihr fangt an zu arbeiten.«

»Aber es regnet, Tante. Du willst doch sicher nicht, daß wir naß werden, oder?«

»Meinst du, die ganze Stadt zieht sich eine Decke über den Kopf, nur weil es ein bißchen regnet? Nehmt den Regenschirm, er hängt in deinem Zimmer am Schrank.«

»Das ist ein Damenregenschirm.«

»Dann werdet eben naß. Aber hört auf, uns zu belästigen.«

»Okay«, sagte Om. »Wir gehen am Nachmittag irgendwohin.«

Sie zogen sich auf die Veranda zurück, und Maneck schlug einen zweiten Besuch im Aquarium vor. Om sagte, er habe eine bessere Idee: »Jeevans Werkstatt.«

»Langweilig, yaar – da gibt's doch nichts zu tun.«

Om enthüllte Maneck seinen Plan: Jeevan zu überzeugen, daß er sie bei Kundinnen Maß nehmen lassen sollte.

»Okay, gehen wir«, sagte Maneck mit einem Grinsen.

»Dieses Spiel bringe ich dir bei«, sagte Om. »Die Brust messen ist leichter als Schach spielen. Und macht viel mehr Spaß, das steht fest.«

Als sie in der Werkstatt eintrafen, war gerade nichts los. Jeevan machte eben ein Nickerchen und lag ausgestreckt auf dem Boden hinter dem Ladentisch. Auf einem Schemel neben seinem Kopf stand ein Kofferradio, aus dem leise Sarangi-Musik erklang. Om drehte die Lautstärke auf, und Jeevan schreckte aus seinem Schlaf hoch.

Einen Moment lang saß er da und rang mit heraustretenden Augen nach Luft. »Wieso hast du das gemacht? Soll das ein Witz sein, oder was? Jetzt werde ich den ganzen Nachmittag lang Kopfschmerzen haben.«

Er weigerte sich, über Oms Hilfsangebot überhaupt nachzudenken. »Meine Kundinnen messen? Vergiß es. Ich weiß schon, was du im Schilde führst. Diese Schwellung zwischen deinen Beinen wird den guten Ruf meines Ladens in den Schmutz ziehen.«

Om versprach, sich professionell zu benehmen und seine Finger nicht wandern zu lassen. Er erklärte, seine Fähigkeiten würden verrosten, weil er nur noch nach Papiermustern arbeitete. »Ich will nur mit der richtigen Schneiderarbeit in Berührung bleiben.«

»Mit Titten willst du in Berührung bleiben. Du kannst mir nichts vormachen. Bleib bloß meinen Kundinnen vom Leib, ich warne dich.«

Maneck schlenderte hinter den Vorhang in die Umkleidekabine. »Wäre es nicht lustig, sich hier drin zu verstecken, wenn sie zum Anproben reinkommen.«

Om inspizierte ebenfalls das Innere. Er fand drei Kleiderhaken und einen Spiegel, aber keinen Platz, wo man sich verstecken konnte. »Es ist unmöglich«, schloß er.

»So, meint ihr, ja?« sagte Jeevan. »Dann will ich euch neunmalklugen Jungs mal was zeigen.« Er führte sie um den Tresen herum hinter die Trennwand, die die Rückseite der Kabine bildete. »Seht mal da durch«, sagte er und deutete auf einen Spalt in der Ecke.

Om verschlug es den Atem. »Man kann ja von hier alles sehen!«

»Laß mich mal«, sagte Maneck und schob ihn beiseite. »Das ist ideal, yaar!«

Jeevan spielte mit seinen Lippen und grinste. »Ja, aber kommt mir nicht auf falsche Ideen. Ich laß mich in ein Irrenhaus einliefern, bevor ich euch da reinlasse.«

»Aray, bitte!« sagte Om. »Es ist so eine ideale kostenlose Oben-bis-unten-Show!«

»Ideal, ja. Kostenlos, nein. Alles hat einen Preis. Wenn ihr ins Kino geht, müßt ihr eine Karte kaufen. Nehmt ihr einen Zug, gilt es den Fahrpreis zu bezahlen.«

»Wieviel?« fragte Om.

»Egal, wieviel. Ich kann nicht die Ehre meines Geschäfts aufs Spiel setzen.«

»Bitte, yaar, Jeevan, bitte!«

Er begann weich zu werden. »Benehmt ihr euch auch? Dreht ihr auch nicht durch, wenn ihr Fleisch seht?«

»Wir machen alles, was du sagst.«

»Okay. Jeder zwei Rupien.«

Om beobachtete, wie Maneck in seiner Hosentasche nachsah. »Ja, wir haben genug.«

»Aber ich will nur einen da hinten haben. Und keinen Mucks, klar? Nicht mal Atmen.« Sie nickten. Jeevan sah in das Auftragsbuch. Zwei Frauen waren an diesem Abend bestellt, eine für eine Bluse und eine für eine Hose. »Wer will welche?«

Maneck schlug vor, eine Münze zu werfen. »Kopf«, sagte Om und gewann. Er schloß lächelnd die Augen, versuchte sich zu entscheiden und wählte Hose. Jeevan sagte, sie hätten mindestens eine Stunde zu warten, die Kundinnen würden erst nach fünf kommen. Da der Regen nachgelassen hatte, beschlossen die beiden, einen Spaziergang zu machen.

Es war ein angespannter Gang, die Luft war schwer vor Erwartung. Sie sprachen nur einmal, und zwar um darin übereinzustimmen, daß sie lieber zurückgehen sollten, falls die Frauen früher kämen. Es war kaum eine Viertelstunde vergangen.

Sie warteten am Rande des Geschäfts und gingen Jeevan auf die Nerven. Es gab viermal falschen Alarm – Leute, die wegen Reparaturen und Änderungen vorbeikamen. Um Viertel vor sechs wurde ihre Geduld endlich belohnt.

»Ja, Madam, Ihre Bluse ist fertig zur Anprobe«, sagte Jeevan und nickte den Jungs diskret zu. Er stöberte durch einen Stapel Kleidung, um Maneck Zeit zu geben, hinter den Tresen in den dunklen Zwischenraum zu schlüpfen. Dann zog er die Bluse hervor und gab sie der Frau, auf den Vorhang deutend. »Dort hinein, bitte sehr, Madam, vielen Dank.«

Maneck dachte, das Hämmern seines Herzens würde die Trennwand umhauen. Hohe Absätze tappten scharf auf dem Steinfußboden, und dann trat sie ein, hängte die neue Bluse an einen Haken und zog den Vorhang vor. Sie zog ihr säuberlich eingestecktes Oberteil aus dem Rock und knöpfte es auf, den Rücken zu ihm gewandt. Er beobachtete sie im Spiegel.

Er hielt den Atem an, als sich das Oberteil löste. Sie trug einen weißen Büstenhalter. Ihre Daumen wanderten unter die Träger und veränderten deren Position. Zwei rote Streifen auf der Haut ihrer Schultern markierten die Stelle. Dann bewegte sie ihre Hände nach hinten und öffnete den Büstenhalter.

Einen verrückten Moment lang dachte er, sie würde ihn ganz abnehmen. Er ballte die Faust. Aber der Haken wurde lediglich zur nächsten Schlaufe auf dem zerschlissenen Plastikband verschoben. Sie rollte ein paarmal mit den Schultern und richtete die Körbe, schob sie höher, bis sie sich schön anschmiegten, und zog dann die neue Bluse an.

Schweißtropfen rollten Maneck die Stirn herunter und brannten ihm in den Augen. Sie verließ die Kabine. Er benutzte die Gelegenheit, um tief einzuatmen. Durch den Spalt, an dem offenen Vorhang vorbei, konnte er sehen, wie Jeevan den Sitz überprüfte. Om drehte sich plötzlich um und blinzelte in Richtung des Spalts, wobei er sich die Hände auf die Brust drückte.

Die Bluse war zufriedenstellend. Die Kundin betrat wieder die Kabine, um sich umzuziehen, und verließ sie nach weniger als einer Minute. Maneck wartete. Er konnte hören, wie Jeevan ihr dankte und ihr einen Ablieferungstermin nannte. Dann tappten die hohen Absätze die Stufen hinunter, und Maneck erschien wieder aus seinem Versteck.

Er wischte sich die Stirn an seinem Ärmel ab, schüttelte das Hemd unter seinen Achselhöhlen aus. »Es ist so heiß hinter der Trennwand.«

»Gib nicht der Trennwand die Schuld. Deine Hitze steigt von deinen unteren Teilen auf«, sagte Jeevan lachend. Er winkte nach dem Geld, und Maneck bezahlte.

»Wie war's?« fragte Om. »Was hast du gesehen?«

»Es war toll. Aber sie hat einen BH getragen.«

»Was hast du denn erwartet?« sagte Jeevan. »Meine Kundinnen sind nicht irgendwelche Dorffrauen aus den unteren Schichten. Sie arbeiten in großen Büros – Sekretärinnen, Empfangsdamen, Schreibkräfte. Sie legen Lippenstift und Rouge auf und tragen Unterwäsche erster Qualität.«

Om mußte eine weitere halbe Stunde warten, bevor seine Kundin kam. Er schob sich beiläufig am Tresen vorbei und verschwand, bevor Jeevan das Kleidungsstück fand und die Frau aufforderte, in die Kabine zu gehen.

Als sie wieder heraustrat, wünschte sich Maneck, er hätte diese wählen können. Als er sah, wie ihre neue Hose sich um ihre Hüfte spannte und sich zwischen ihren Beinen anschmiegte, bekam er einen Kloß im Hals. Jeevan kniete vor ihr, um den Schritt zu messen, und Maneck schluckte schwer.

Sie verschwand wieder hinter dem Vorhang. Sekunden später ertönte ein gedämpftes Klopfen und dann ein Schrei.

Jeevan fuhr zusammen. »Madam! Ist alles in Ordnung?«

»Ich habe ein Geräusch gehört! Von dahinten!«

»Bitte, Madam, es ist alles in Ordnung, ich versichere Ihnen«, sagte er kriecherisch mit meisterhafter Geistesgegenwart, »es sind nur Ratten. Bitte machen Sie sich keine Sorgen.«

Sie kam aufgeregt heraus und schleuderte die Hose auf den Tresen. Er hängte sie wieder ehrfürchtig auf ihren Bügel. »Es tut mir sehr leid, daß Sie einen Schrecken bekommen haben, Madam. Ratten sind überall in der Stadt ein Problem, egal, wo man hingeht.«

»Sie sollten etwas dagegen unternehmen«, sagte sie zornig. »Das ist nicht angenehm für Ihre Kunden.«

»Ja, Madam. Manchmal versteckt sie sich in den Kästen hinter der Trennwand und macht ein Geräusch. Ich werde noch mehr Gift auslegen müssen.« Er entschuldigte sich wieder, und sie verabschiedete sich.

Om erschien mit einem verlegenen Lächeln, bereit, sich wegen seiner Hosenratte necken zu lassen. Jeevan versetzte ihm einen heftigen Schlag auf den Kopf. »Salaa Idiot! So einen Riesenärger hättest du mir einbrocken können! Was hat das Geräusch verursacht?«

»Tut mir leid, ich bin ausgerutscht.«

»Ausgerutscht! Was für schmutzige Dinge hast du da gemacht, daß du ausgerutscht bist? Raus mit euch, alle beide! Laßt euch nie wieder in meinem Geschäft blicken!«

Maneck versuchte, Jeevan zu besänftigen, indem er ihm die zwei Rupien für Oms Vorstellung anbot, aber das regte Jeevan nur noch mehr auf. Er stieß die Hand beiseite und machte Anstalten, ihn auch zu schlagen. »Behalt dein Geld! Und sorg dafür, daß dieser lästige Bursche meinem Geschäft fernbleibt!« Er stieß sie durch die Tür und die Stufen hinunter.

Sie waren kleinlaut, als sie die Gasse zur Hauptstraße hochgingen. Von einem Fenstersims kreischte eine Krähe herunter. Die ernüchternde Wirkung von Jeevans Zorn wurde noch durch das Abendlicht verstärkt, das am Rande der Dunkelheit leckte. Die Straßenlampen begannen zögernd aufzuflackern – gelbe Knospen, die versprachen, daß die Lampen bald voll erglühen würden. Etwas wetzte vor ihren Füßen vorbei in eine Gasse hinein.

»Guck«, sagte Maneck. »Da läuft Madams Ratte.« Sie bemerkten beide die rosa Haut zwischen dem verseuchten Fell, das fleckig und räudig war.

»Die sucht bestimmt Advanced Tailoring«, meinte Om. »Will sich ein neues Kostüm bestellen.« Sie lachten. Die Ratte verschwand in die dunklen Winkel der Gasse, wo ein Gully gurgelte. Es ertönten ein schrilles Quietschen und dann ein Platscher. Sie steuerten auf die Bushaltestelle zu.

»Erzähl mal«, sagte Maneck, Om mit dem Ellbogen anstupsend. »Was hast du da drin gemacht?«

Om machte mit einem listigen Lächeln eine Faust und bewegte sie auf und ab. Maneck entfuhr ein kurzes Lachen, das mehr wie ein Husten klang.

Vor ihnen spritzte etwas von einem Fenster in einem höheren Stockwerk auf den Gehsteig herab. Passanten, die etwas abbekommen hatten, schrien das Gebäude an. Sie erreichten die Eingangsstufen und rasten hoch, obwohl nicht festzustellen war, hinter welchem Fenster sich der Übeltäter verbarg.

»Hast du viel gesehen?« fragte Maneck.

»Alles. Ihre neue Hose war so eng, daß sie ihr Höschen mit runtergezogen hat, als sie sie auszog.«

Maneck trat einen Stein in den Rinnstein. »Hast du die Haare gesehen?«

Om nickte. »Ein richtiger Busch.« Er beschrieb es mit beiden Händen, wackelte mit den Fingern, um ein dichtes Gestrüpp anzudeuten. »Hast du jemals eine gesehen?«

»Nur einmal. Früher, als ich klein war, hatten wir eine Ayah. Einmal, als sie gebadet hat, bin ich auf einen Stuhl gestiegen und habe durch die Lüftung über der Tür geguckt. Es hat mir angst gemacht. Es hat so wild gewirkt, als würde es gleich beißen.«

Om lachte. »Jetzt würde es dir keine angst mehr machen, das steht fest. Du würdest mittenrein springen.«

»Brauchst mir nur die Chance zu geben.«

Sie warteten auf Grün, um die Straße zu überqueren. Am Rand des Gehsteiges standen zwei Polizisten, die zwischen sich ein Seil straff gespannt hielten, um zu verhindern, daß die Menge sich in den Verkehr ergoß. Die Menschen wogten gegen die Sperre wie Wellen gegen eine Küste. Die Polizisten stemmten die Hacken in den Boden, brüllten, zerrten und zogen, um die ungeduldig heimwärtsstrebende Menge in Schach zu halten.

»Weißt du, es ist gut, daß die Ratte wirklich nicht hinter der Trennwand war«, meinte Maneck. »Sie hätte dir deinen kleinen Soosoti in Null Komma nichts abgebissen.«

»Was heißt hier klein?« erwiderte Om. »Der steht so da.« Und er riß energisch seinen Unterarm hoch.

Die verbietende rote Hand auf der Ampel verschwand, und dann beleuchtete eine grüne Strichfigur das runde Glas. Die Polizisten sprangen mit dem Seil behende zur Seite, und die Menge strömte hinüber.

Das Feuerwerk erreichte in der Nacht vor Divali seinen Höhepunkt, und erst lange nach Mitternacht war an Schlaf zu denken. Bei jeder Detonation, vor allem der roten Kuben, die Atombomben hießen, seufzte Ishvar »Hai Ram« und hielt sich die Ohren zu.

»Was für einen Sinn hat es, sich erst nach dem Knall die Ohren zuzuhalten?« sagte Om.

»Was soll ich sonst tun? Bilkool verrückt, eine Zeit des Lichts und des Feierns, die sich in Kopf- und Ohrenschmerzen verwandelt. Ist das vielleicht die richtige Art, den Fürsten Ram zu seiner Rückkehr in Ayodhya aus seinem Waldexil zu begrüßen?«

»Das Problem ist zuviel Wohlstand in der Stadt«, sagte Dina. »Wenn die Leute schon Rauch aus ihrem Geld machen müssen, dann sollen sie es wenigstens auf eine hübsche Weise tun.« Sie zuckte zusammen, als eine weitere ›Atombombe‹ explodierte. »Wenn ich das Sagen hätte, wären nur Wunderkerzen, Goldregen und Chakardees zugelassen.«

»Hahnji, aber die großen religiösen Experten würden Ihnen sagen, daß das nicht ausreicht, um die bösen Geister zu verjagen«, erwiderte Ishvar sarkastisch.

»Diese Atombomben werden auch die Götter verjagen«, sagte sie und zog sich von der Veranda zurück. »An Fürst Rams Stelle würde ich sofort in den Wald zurückrennen, anstatt die Explosionen dieser Fanatiker zu ertragen.«

Mit einem Stöpsel Watte in jedem Ohr begann Dina an ihrer Patchworkdecke zu arbeiten. Als Ishvar ihr nach ein paar Minuten folgte und dann mit den Händen über den Ohren dasaß, brachte sie ihm auch etwas Watte. Beim nächsten Knall strahlte er und sagte, es funktioniere.

Maneck und Om weigerten sich, die Veranda zu verlassen, aber sie steckten sich jedesmal die Finger in die Ohren, wenn ein Feiernder einen Strang roter Kuben vorbereitete. »Pech, daß wir zugucken«, sagte Om. »Sonst wären sie schon im Bett und würden herumhüpfen, das steht fest.«

»Wer?«

»Dinabai und mein Onkel, wer sonst?«

»Du hast eine schmutzige Phantasie.«

»Allerdings«, sagte Om. »Paß auf, ein Rätsel für dich: Um ihn steif zu machen, damit er hochsteht, reibt sie ihn. Um ihn geschmeidig zu machen, damit er hineinrutscht, leckt sie ihn. Was macht sie?« Er lachte, noch bevor er die Frage fertig aufgesagt hatte, während Maneck versuchte, ihn mit einem Finger an den Lippen zum Schweigen zu bringen.

»Los, antworte. Was macht sie?«

»Sie fickt, was sonst?«

»Falsch. Gibst du auf? Sie fädelt eine Nadel ein«, sagte Om süffisant, als Maneck sich gegen die Stirn schlug. »Wer hat hier eine schmutzige Phantasie?«

Es waren noch sechs Tage übrig, bis das College wieder begann, und Om wartete mit einer weiteren Idee auf, wie man sich die Zeit vertreiben könnte. Er wußte, daß die Badezimmertür und ihr Rahmen durch Alter und Feuchtigkeit verzogen waren, so daß, wenn sie geschlossen war, ein beträchtlicher Spalt blieb. Er schlug vor, sie könnten abwechselnd spionieren, während Dina im Bad war und sich wusch. Der andere würde Wache stehen, um zu verhindern, daß Ishvar sie dabei erwischte.

»Deine Geschichte von der badenden Ayah hat mich inspiriert. Was meinst du?«

»Du bist verrückt«, sagte Maneck. »Ich mach das nicht.«

»Wovor hast du denn Schiß? Sie wird's gar nicht merken, yaar.«

»Ich will einfach nicht.«

»Okay, aber ich.« Er stand auf.

»Von wegen.« Maneck packte seinen Arm.

»Aray laß das! Was hast du mir zu befehlen?« Er zerrte seinen Arm weg, worauf Maneck ihn an den Schultern packte und ihn auf den Stuhl zurückstieß. Sie rangen jetzt ernsthaft miteinander. Om trat mit den Füßen, aber Maneck kämpfte sich zur Rückseite des Stuhls vor und drückte Om fest dagegen. Als Om sich nicht mehr bewegen konnte, gab er auf.

»Du bist ein egoistischer Dreckskerl«, sagte er leise. »Ich kenne dich. All die Monate, wo du mit ihr allein gelebt hast, mußt du sie jeden Morgen nackt im Badezimmer beobachtet haben. Jetzt willst du mir nicht den gleichen Spaß gönnen.«

»Das stimmt nicht«, erwiderte Maneck entrüstet hinter dem Stuhl. »Das habe ich nie gemacht.«

»Du lügst. Gib's wenigstens zu. Los, beschreib sie für mich, wenn du mich schon nicht gucken läßt. Wie sehen ihre Titten aus? Sind die Brustwarzen schön spitz? Und die ...«

»Hör auf.«

»... und die braunen Kreise um die Brustwarzen, wie groß sind die denn?«

»Halt den Mund, ich warne dich.«

»Und die Muschi? Ist sie groß und saftig, mit ganz viel ...«

Maneck stürmte nach vorne und schlug Om auf den Mund. Om war so schockiert, daß er sich einige Momente lang das Gesicht hielt. Der Schmerz trieb ihm Tränen in die Augen. »Du gemeiner Dreckskerl!« Jetzt wurde er wieder lebendig und stürzte sich wild die Fäuste schwingend auf Maneck.

Der Stuhl fiel um. Ein Schlag erwischte Maneck am Kopf, die anderen landeten harmlos auf seinen Armen. Um Om zu überwältigen, ohne ihm weh zu tun, packte er ihn am Hemd und zog ihn in eine enge Umarmung. Jetzt hatten die Fäuste keinen Spielraum mehr. Dann war zu hören, wie etwas zerriß. Die Tasche blieb zwischen Manecks Fingern hängen, und unterhalb der Schulter erschien ein Riß.

»Dreckskerl!« brüllte Om und verdoppelte seine Anstrengungen. »Du hast mein Hemd zerrissen!«

Der Lärm wurde so laut, daß Ishvar ihn über dem Krach seiner Maschine hörte und auf die Veranda kam, um nachzusehen. »Hoi-hoi, was soll dieses ganze Goonda-Giri?«

In seiner Gegenwart verflüchtigte sich plötzlich ihr Wunsch, sich zu prügeln. Es fiel ihm nicht schwer, sie zu trennen. Jetzt lag die Feindseligkeit ganz in ihren Blicken. Sie funkelten sich gegenseitig an, bevor sie sich voneinander abwandten.

»Er hat mein Hemd zerrissen!« klagte Om, auf die abgerissene Tasche hinunterstarrend.

»Solche Dinge passieren, wenn man sich prügelt. Aber wieso habt ihr euch so aufgeführt?«

»Er hat mein Hemd zerrissen«, jammerte Om wieder.

Währenddessen hatte Dina, die das Geschrei gehört hatte, ihren Aufenthalt im Bad abgekürzt.

»Ich kann's nicht fassen«, sagte sie, als Ishvar es ihr erzählt hatte. »Ich dachte, es wären Rabauken auf der Straße. Ihr beide? Wieso?«

»Frag ihn«, murmelten beide.

»Er hat mein Hemd zerrissen«, fügte Om hinzu, »sehen Sie«, und wedelte mit der abgerissenen Tasche vor ihr herum.

»Hemd, Hemd, Hemd! Ist das alles, was du sagen kannst?« schimpfte Ishvar. »Ein Hemd kann repariert werden. Wieso habt ihr euch geprügelt?«

»Ich bin nicht reich wie er. Ich habe nur zwei Hemden. Und er hat eins zerrissen.«

Maneck rannte in sein Zimmer, schnappte sich das erstbeste Hemd, kam wieder und schleuderte es in Oms Richtung. Der fing es auf und warf es zurück. Maneck ließ es liegen, wo es hinfiel.

»Ihr benehmt euch wie zwei kleine Babas«, sagte Dina. »Komm, Ishvarbhai, gehen wir an die Arbeit.« Sie hatte das Gefühl, die beiden würden sich schneller versöhnen, wenn sie nicht noch damit belastet wären, das Gesicht wahren zu müssen.

Maneck blieb den ganzen Tag in seinem Zimmer, und Om saß auf der Veranda. Ishvars Versuche, über das Saure-Limonen-Gesicht oder Held Nummer Null Witze zu machen, scheiterten kläglich. Dina tat es leid, daß die Ferien in dieser vergifteten Stimmung zu Ende gingen.

»Sieh sie dir an«, sagte sie, »zwei trübsinnige Eulen, die in meinem Haus nisten«, und sie schnitt vor den Jungs eine säuerliche Grimasse. Ishvar lachte allein.

Am nächsten Morgen verkündete Om mit Märtyrermiene, daß er wieder ganztägig arbeiten wolle. »Dieser Urlaub war viel zu lang für meinen Geschmack.« Maneck tat so, als habe er es nicht gehört.

Das Nähen nahm einen schlechten Anfang und entwickelte sich zu einer ausgewachsenen Katastrophe. Dina mußte Om warnen. »Die Firma wird so was nicht durchgehen lassen. Du darfst deine schlechte Laune nicht an den Nähten auslassen.«

Als Abzeichen seines Märtyrertums trug er weiterhin das zerrissene Hemd, mit lose herabhängender Tasche, obwohl es weniger als zehn Minuten gebraucht hätte, es wieder zu flicken. Bei den Mahlzeiten verzichtete er betont auf Messer und Gabel, die er inzwischen handhaben konnte, und aß mit den Fingern. Mangels eines Gesprächs brach am Tisch ein Krieg von Geräuschen aus. Maneck klapperte mit dem Besteck gegen seinen Teller und säbelte an einer Kartoffel herum, als wäre sie ein Deodar-Ast. Om parierte, indem er seine Finger ableckte, wobei seine Zunge saugte und lutschte wie ein geschäftig schlabbernder Bodenmop. Maneck spießte Fleisch auf wie ein Gladiator, der sich auf einen Löwen stürzt. Om schlug zurück, indem er auch von seiner Handfläche Speise mit kleinen Gurgelgeräuschen absaugte.

Ihre extravaganten Darbietungen hätten lustig sein können, wäre da nicht die spürbar elende Stimmung gewesen, die am Tisch herrschte. Dina fühlte sich um die Glückliche-Familien-Atmosphäre betrogen, auf die sie sich inzwischen so verließ. Statt dessen saß dieser elende Trübsinn als ungebetener Gast am Tisch und machte sich in ihrem Zuhause breit.

Noch zwei Wochen lang nach Divali sprengten sporadische Feuerwerksexplosionen Löcher in die Nacht, bevor sie schließlich ganz erstarben. »Endlich Ruhe und Frieden«, sagte Ishvar und warf die Wattestöpsel weg, die er sorgfältig neben seinem Bettzeug aufbewahrt hatte.

Maneck bekam seine Prüfungsnoten für das erste Trimester, und sie waren nicht sehr gut. Dina meinte, das läge daran, daß er seine Studien vernachlässigt habe. »Ab jetzt will ich dich mindestens zwei Stunden lang mit deinen Büchern sehen. Jeden Abend nach dem Essen.«

»Nicht mal meine Mutter ist so streng«, brummte er.

»Sie wäre es, wenn sie diese Noten sähe.«

Ihn zur Erfüllung seines neuen täglichen Lernpensums anzutreiben war leichter, als Dina befürchtet hatte. Er leistete nur symbolischen Widerstand, denn es gab wenig, womit er sich sonst beschäftigen konnte. Seit der Prügelei mit Om redeten sie kaum noch miteinander, obwohl Ishvar immer wieder versuchte, ihre Freundschaft neu zu entfachen. Er unterstützte auch Dinas Versuche, Maneck zu fleißigerem Arbeiten zu animieren.

»Denk doch nur mal daran, wie glücklich deine Eltern sein werden«, sagte er.

»Unsinn«, widersprach sie. »Es geht nicht um deine Eltern, Maneck. Es geht um dich. Tu es dir zuliebe. Und du hör auch zu, Om. Wenn du Kinder hast, sorg dafür, daß du sie auf die Schule und aufs College schickst. Seht nur, wie ich mich jetzt abrackern muß, nur weil mir eine Ausbildung verweigert wurde. Es gibt nichts Wichtigeres als Bildung.«

»Bilkool korrekt«, sagte Ishvar. »Aber wieso wurde Ihnen eine Ausbildung verweigert, Dinabai?«

»Das ist eine sehr lange Geschichte.«

»Wir wollen sie hören«, sagten Ishvar, Maneck und Om wie aus einem Mund. Sie mußte lächeln, vor allem als die Jungs die Stirn runzelten, um sich von ihrer Einmütigkeit zu distanzieren.

Sie begann. »Ich habe es noch nie gemocht, mit Bedauern oder Verbitterung auf mein Leben und meine Kindheit zurückzublikken.«

Ishvar nickte.

»Aber manchmal kommen mir die Gedanken an die Vergangenheit gegen meinen Willen in den Sinn. Dann frage ich mich, wieso die Dinge so geworden sind, wieso es dazu kam, daß die strahlende Zukunft verdüstert wurde, die mir jeder prophezeit hatte, als ich auf die Schule ging und noch Dina Shroff hieß . . .«

Geräusche auf der Veranda kündigten an, daß die Schneider sich zum Schlafengehen bereitmachten. Das Bettzeug wurde entrollt und ausgeschüttelt. Bald begann Om, die Füße seines Onkels zu massieren. Maneck hörte es an den leisen Lustseufzern. Dann sagte Ishvar: »Ja, bei dem fester, die Ferse schmerzt sehr«, und Maneck, der drinnen über seine Bücher gebeugt saß, beneidete sie um diese Nähe.

Er gähnte und sah auf die Uhr – alle waren in neutralen Ecken. Er vermißte ihre Gesellschaft, die Spaziergänge, die Zusammenkünfte nach dem Abendessen im Vorderzimmer, wo Tante Dina an ihrer Patchworkdecke arbeitete, während die anderen zusahen, über die Arbeit des nächsten Tages plauderten oder was sie morgen zum Abendessen kochen sollten: die einfachen Abläufe, die dem Leben von jedem eine sichere, bedeutungsvolle Form verliehen.

Im Nähzimmer brannte noch Licht. Dina hielt ihre Nachtwache so lange aufrecht, bis Maneck seine Bücher zuklappte, um sicherzugehen, daß er am Ende seines abendlichen Lernens nicht ein paar Minuten abzwackte.

Es klingelte an der Haustür.

Die Schneider schossen auf ihrem Bettzeug hoch und griffen nach ihren Hemden. Dina kam auf die Veranda und rief durch die Tür: »Wer ist da?«

»Tut mir leid, Sie zu stören, Schwester.«

Sie erkannte die Stimme des Mieteintreibers. So was Absurdes, dachte sie, um diese Uhrzeit zu erscheinen. »Was ist los, so spät?«

»Tut mir leid, Sie zu stören, Schwester, aber das Büro hat mich geschickt.«

»Jetzt? Konnten Sie nicht bis morgen warten?«

»Sie haben gesagt, es ist dringend, Schwester. Ich tue das, was man mir sagt.«

Sie blickte mit einem Achselzucken zu den Schneidern und öffnete die Tür, wobei sie den Griff festhielt. Im nächsten Moment stießen zwei Männer, die hinter Ibrahim standen, die Tür ganz auf, wobei sie Dina beiseite schoben, und stürmten herein, als erwarteten sie heftigen Widerstand.

Der eine war fast glatzköpfig, und der andere hatte einen Schopf schwarzer Haare, aber ihre zottigen Schnurrbärte, kalten Augen und vorgebeugten stämmigen Oberkörper machten bedrohliche Zwillinge aus ihnen. Als hätten sie ihr Gehabe den Bösewichtern aus dem Kino abgeguckt, dachte Maneck.

»Tut mir leid, Schwester«, sagte Ibrahim und setzte sein automatisches Lächeln auf. »Das Büro hat mich beauftragt, Ihnen die endgültige Kündigung zuzustellen – mündlich. Bitte hören Sie genau zu. Sie müssen die Wohnung innerhalb von achtundvierzig Stunden räumen. Wegen Verstoßes gegen die Mietvereinbarungen und Vorschriften.«

Angst streifte Dinas Gesicht, ganz leicht, wie eine Feder. Sie blies sie weg. »Ich werde auf der Stelle die Polizei rufen, wenn Sie Ihre Goondas nicht sofort mitnehmen und meine Wohnung verlassen! Hat der Vermieter ein Problem? Sagen Sie ihm, er soll doch vor Gericht gehen, ich werde ihn dort sehen!«

Der Kahlköpfige ergriff das Wort, leise und besänftigend. »Wieso beleidigen Sie uns und bezeichnen uns als Goondas? Wir sind Angestellte des Vermieters. Genauso wie diese Schneider Ihre Angestellten sind.«

Der andere sagte: »Wir handeln anstelle von Gerichten und Anwälten. Die sind nur Zeit- und Geldverschwendung. Heutzutage können wir schnellere Ergebnisse erzielen.« Er hatte den Mund voller Paan, wodurch ihm das Sprechen Mühe bereitete. Dunkelrote Rinnsale sickerten ihm aus den Mundwinkeln heraus.

»Ishvarbhai, lauf zur Ecke!« sagte Dina. »Hol die Polizei!«

Der Glatzkopf blockierte die Tür. Ishvar, der versuchte, an ihm vorbeizukommen, wurde ans andere Ende der Veranda geschleudert.

»Bitte, bitte! Keine Gewalt«, sagte Ibrahim, und sein weißer Bart zitterte bei den Worten.

»Wenn Sie nicht sofort gehen, werde ich um Hilfe schreien«, sagte Dina.

»Wenn Sie schreien, werden wir Sie daran hindern«, versicherte ihr der glatzköpfige Partner. Er bewachte weiterhin die Tür, während der paankauende Mann ins Hinterzimmer schlenderte. Ibrahim, Dina und die beiden Schneider folgten ihm hilflos. Maneck verfolgte das Geschehen von seinem Zimmer aus.

Der Mann stand unbewegt da, als würde er den Raum bewundern. Dann explodierte er. Er nahm einen der Schemel und begann, damit auf die Nähmaschinen einzuschlagen. Als die Holzbeine zerbrachen, machte er mit dem zweiten Schemel weiter, bis auch dieser zertrümmert war.

Er schleuderte ihn beiseite, trat die Nähmaschinen um und machte sich jetzt daran, die fertigen Röcke zu zerreißen, die auf dem Tisch gestapelt waren. Er versuchte, sie an den Nähten auseinanderzuzerren. Er hatte jetzt Mühe – neuer Stoff und frische Nähte gaben nicht so leicht nach. »Reiß, maaderchod, reiß!« fluchte er.

Ishvar und Om, die bis jetzt wie gelähmt zugesehen hatten, eilten herbei, um die Produkte ihrer Arbeit zu retten. Sie wurden beide wie Stoffbündel zurückgeschleudert.

»Sagen Sie ihm, er soll aufhören!« sagte Dina zu Ibrahim. Sie packte ihn am Arm und zerrte ihn zu dem Kampfplatz. »Sie haben diese Goondas mitgebracht! Tun Sie was!«

Ibrahim rang nervös die Hände und beschloß, die ruinierten Röcke einzusammeln. So schnell wie der paankauende Mann sie verstreuen konnte, hob Ibrahim sie wieder auf, faltete die zerrissenen Stücke zusammen und legte sie behutsam auf den Tisch.

»Brauchst du Hilfe?« rief der Partner von der Tür.

»Nein, alles bestens.« Als es keine Kleider mehr zum Zerreißen gab, nahm er sich die Stoffballen vor, aber der Stoff war in seiner Masse so widerstandsfähig, daß er sich nicht zerreißen ließ.

»Zünde es an«, lautete der Rat des Glatzkopfes, und er bot sein Feuerzeug an.

»Nein«, sagte Ibrahim in Panik. »Das ganze Gebäude könnte brennen! Das würde dem Vermieter nicht gefallen!«

Der paankauende Mann gab ihm recht. Er entrollte den Stoff zu einem Haufen auf dem Boden und bespritzte ihn mit dem

Paansaft, den er in seinem Mund herausgekaut hatte. »Da«, sagte er, Ibrahim angrinsend. »Mein roter Nektar ist genauso feurig wie die Flammen.«

Während er innehielt, um seinen Blick durch den Raum schweifen zu lassen, erspähte er die Zickzackschere, die Ashraf Chacha den Schneidern geschenkt hatte. Er untersuchte sie. »Hübsch«, sagte er anerkennend und hob die Hand, um sie aus dem Fenster zu schleudern.

»Nein!« schrie Om.

Der Goonda lachte und ließ das kostbarste Eigentum der Schneider los. In dem Moment, als die Schere draußen vor dem Fenster auf den Gehsteig krachte, stürzte sich Om auf ihn. Der jämmerliche Angriff amüsierte den Mann, der ihn schließlich beendete, indem er Om zwei Ohrfeigen gab und ihm dann einen Schlag in den Magen versetzte.

»Dreckskerl«, sagte Maneck. Er schnappte sich den Pagodenschirm, der vom Schrank hing, und stürzte sich auf Oms Angreifer.

»Bitte! Keine Gewalt!« flehte Ibrahim. »Es besteht kein Grund für Gewalt!«

Nachdem der Mann einen Schlag auf die Schulter eingesteckt hatte, bemerkte er die bedrohliche Spitze des Stahlschafts und ging hinter den umgestürzten Nähmaschinen in Deckung. Maneck kostete seine Überlegenheit aus, als er antäuschte und der Mann zurückwich. Er täuschte wieder an und schlug ihm zweimal über den Kopf.

Jetzt betrat der Glatzkopf seelenruhig den Raum. Er stellte sich hinter die beiden, zog ein Klappmesser hervor und ließ es, zur Decke gerichtet, aufschnappen. Wie ein Filmschauspieler, dachte Maneck und begann zu zittern.

»Okay, Batcha«, sagte der Glatzkopf mit seiner sanften Stimme. »Dein kleiner Spaß ist vorbei.«

Die anderen drehten sich zu ihm um. Dina schrie, als sie das Messer sah, und Ibrahim wurde jetzt fuchsteufelswild. »Tu das weg! Und raus mit euch beiden! Eure Arbeit ist getan, ich habe hier das Kommando!«

»Halt den Mund«, sagte der Glatzkopf. »Wir kennen unseren

Job.« Sein Partner riß Maneck den Schirm aus den Händen und rammte ihm die Faust ins Gesicht. Maneck taumelte gegen die Wand. Blut rann ihm aus dem Mund, eine schmerzhafte Spiegelung des Paansaftes, der dem anderen zwischen den Lippen heraussickerte.

»Aufhören! Ich war dabei, als ihr eure Befehle bekommen habt! Da war keine Rede von Gewalt und Messern!« Der Mieteintreiber stampfte mit dem Fuß auf und schüttelte die Faust.

Seine ohnmächtige Wut amüsierte den Glatzkopf. »Zertrittst du Kakerlaken mit deinem Schuh?« sagte er lachend und befühlte die Klinge mit seinem Finger, bevor er sie zurückschnappen ließ. Dann ließ er sie wieder aufschnappen und schlitzte Dinas Kissen und Matratzen auf. Er warf sie durcheinander und sah zu, wie sich die Füllung verteilte. Die Sofakissen im Vorderzimmer wurden der gleichen Behandlung unterzogen.

»So«, sagte er. »Der Rest liegt in Ihrer Hand, Madam. Sie wollen doch sicher nicht, daß wir Ihnen die Kündigung noch einmal überbringen müssen, oder?«

Der andere Bursche trat Maneck im Vorbeigehen gegen die Schienbeine. Nachdem er das Paan noch einmal ordentlich durchgekaut hatte, entleerte er den Inhalt seines Mundes über das Bett und den Boden. »Kommst du oder nicht?« fragte er Ibrahim.

»Später«, erwiderte dieser mit finsterer Miene. »Ich bin hier noch nicht fertig.«

Die Wohnungstür ging zu. Dina warf einen haßerfüllten Blick auf den Mieteintreiber und ging dann zu Maneck, dessen Kopf Ishvar in seinem Schoß hielt, und fragte ihn, wie es ihm gehe. Ibrahim folgte ihr auf den Fersen und flüsterte immerzu »Vergib mir, Schwester«, wie ein heimliches Gebet.

Manecks Nase blutete, und die Oberlippe war aufgeplatzt. Er überprüfte mit seiner Zunge – keine Zähne abgebrochen. Sie wischten das Blut mit ein paar Stoffetzen ab, die um die Nähmaschinen herumlagen. Er versuchte, etwas zu murmeln, und erhob sich benommen.

»Nicht reden«, sagte Om, der wieder zu Atem gekommen war. »Sonst blutet es stärker.«

»Gott sei Dank wurde das Messer nicht benutzt«, sagte Dina.

Aus dem Vorderzimmer kam der Lärm zersplitternden Glases. Ibrahim rannte zur Veranda. »Aufhören, ihr Idioten!« brüllte er. »Was soll denn das? Das kostet den Vermieter doch nur Geld!« Ein paar weitere Steine zerbrachen die restlichen Fenster, und dann herrschte Stille.

Sie brachten Maneck zum Waschbecken, um ihm sein Gesicht zu waschen. »Ich kann selber gehen«, murmelte er. Nachdem sie ihn etwas gesäubert hatten, führten sie ihn zum Sofa, wobei sie ihm ein Tuch an die Nase hielten.

»Diese Lippe braucht dringend etwas Eis«, sagte Dina.

»Ich gehe welches beim Vishram kaufen«, bot Om an.

»Nicht nötig«, sagte Maneck, wurde aber von den anderen überstimmt. Ein Zehn-Paisa-Würfel würde reichen, befanden sie. Ibrahim angelte schnell eine Münze aus seinem Sherwani und hielt sie Om hin.

»Rühr sein Geld nicht an!« befahl Dina und holte ihr Portemonnaie. Nachdem der Mieteintreiber vergeblich darum gebettelt hatte, daß man sein Geld annehme, ließ er die Münze wieder in seine Tasche fallen.

Während sie auf Om warteten, begutachteten sie den Schaden. Die Füllung aus den aufgeschlitzten Kissen schwebte herum und sank langsam zu Boden. Dina hob die zerstörten Bezüge auf. Sie fühlte sich beschmutzt, als hätten sich die Goondas an ihr selbst vergriffen. Die zerrissenen Kleider und die mit Paan verschmutzten Stoffballen drückten ihr schwer aufs Gemüt. Wie sollte sie das bloß Au Revoir erklären? Was könnte sie nur Mrs. Gupta erzählen?

»Ich bin erledigt«, sagte sie, kurz davor, in Tränen auszubrechen.

»Vielleicht lassen sich die Röcke reparieren, Dinabai«, sagte Ishvar, der sich Mühe gab, sie zu trösten. »Und das rote Zeug können wir abwaschen.«

Aber seine Worte klangen, sogar für ihn selbst, so hoffnungslos, daß er statt dessen Ibrahim anfuhr. »Schämen Sie sich nicht? Wieso versuchen Sie, diese arme Dame zu vernichten? Was sind Sie denn für ein Ungeheuer?«

Ibrahim stand zerknirscht da, bereit, alles über sich ergehen zu lassen. Er begrüßte die Schmähung, verlangte ein Übermaß davon, um sein Gewissen zu beruhigen.

»Ihr Bart ist von einem reinen Weiß, aber Ihr Herz ist verdorben«, sagte Ishvar.

»Sie böser, sündiger Mann!« zischte Dina. »Eine Schande für das Alter!«

»Bitte, Schwester! Ich wußte nicht, daß sie ...«

»Sie haben das hier angerichtet! Sie haben diese Goondas mitgebracht!« Sie bebte vor Angst und Zorn.

Ibrahim konnte sich nicht länger beherrschen. Er legte die Hände vors Gesicht und gab ein seltsames Geräusch von sich. Es war nicht sofort erkennbar, daß er versuchte, geräuschlos zu weinen. »Es hat keinen Zweck«, sagte er mit brechender Stimme. »Ich kann diese Arbeit nicht machen. Ich hasse sie! Oh, was ist aus meinem Leben geworden!«

Er tastete unter den Sherwani und zog sein Taschentuch heraus, um sich die Nase zu putzen.

»Vergeben Sie mir, Schwester«, schluchzte er. »Als ich sie mitgebracht habe, wußte ich nicht, daß sie soviel Schaden anrichten würden. All die Jahre habe ich die Befehle des Vermieters befolgt. Wie ein hilfloses Kind. Er sagt mir, ich soll jemand bedrohen. Ich drohe. Er sagt mir, ich soll betteln. Ich bettle. Wenn er wütet, daß ein Mieter ausgewiesen werden soll, wiederhole ich das Wüten vor der Tür des Mieters. Ich bin sein Geschöpf. Alle denken, ich bin ein böser Mensch, aber das bin ich nicht, ich will, daß Gerechtigkeit geschieht, mir, Ihnen, allen. Aber die Welt wird von bösen Menschen beherrscht, wir haben keine Chance, wir haben nichts als Ärger und Leid ...«

Er verlor völlig die Fassung. Ishvar, dessen Feindseligkeit schon nachließ, ergriff seinen Arm und führte ihn zu einem Stuhl. »Hier, setzen Sie sich, und weinen Sie nicht. Sieht nicht schön aus.«

»Was kann ich sonst tun außer weinen? Diese Tränen sind alles, was ich anzubieten habe. Vergeben Sie mir, Schwester. Ich habe Ihnen Schaden zugefügt. Jetzt werden die Goondas nach achtundvierzig Stunden zurückkehren. Sie werden Ihre Möbel und

Ihre Sachen auf den Gehsteig schmeißen. Arme Schwester, wo werden Sie hingehen?«

»Ich werde ihnen einfach nicht die Tür aufmachen.«

Ihre kindische Behauptung rührte Ibrahim, und er begann wieder zu weinen. »Das wird sie nicht aufhalten. Sie werden Polizisten holen, um das Schloß aufzubrechen.«

»Als ob die Polizei ihnen helfen würde.«

»Diese Zeiten des Ausnahmezustandes sind schrecklich, Schwester. Mit Geld kann man den erforderlichen polizeilichen Befehl kaufen. Gerechtigkeit wird an den Höchstbietenden verkauft.«

»Aber was stört es denn den Vermieter, wenn meine Schneider und ich hier nähen?« Ihre Stimme wurde unbeherrscht lauter. »Wem schade ich denn mit meiner Arbeit?«

»Der Vermieter braucht einen Vorwand, Schwester. Diese Wohnungen sind ein Vermögen wert. Durch das Mietgesetz darf er nur die alte wertlose Miete berechnen, und deswegen ...«

Ibrahim brach ab und wischte sich die Augen. »Aber das wissen Sie doch schon alles, Schwester. Es sind ja nicht nur Sie, er macht das gleiche mit anderen Mietern, die schwach sind und keinen Einfluß haben.«

Om kam mit einem Eiswürfel wieder, der zu groß war, um ihn bequem an die Lippe zu halten. Er wickelte ihn in Stoff ein und schlug ihn auf den Boden. »Du bist ja wie ein richtiger Held herbeigeeilt, um mich zu retten«, sagte er grinsend, um Maneck aufzumuntern, der sehr blaß aussah. »Du bist genau wie Amitabh Bachchan hereingesprungen.«

Er wickelte die Eisstücke aus und wandte sich an die anderen. »Habt ihr das gesehen? Einen Moment lang hat dieser Wichser wirklich Schiß vor Manecks Regenschirm gehabt.«

»Bitte ein anderer Ton«, sagte Dina.

Maneck lächelte, wodurch sich seine aufgeplatzte Lippe spannte. Er riß sich zusammen und nahm ein Eisstück.

»Das ist es – das ist dein neuer Name«, sagte Om. »Regenschirm-Bachchan.«

»Worauf warten Sie noch?« sagte Dina, sich wieder zornig zu dem Mieteintreiber wendend. »Sagen Sie Ihrem Vermieter, daß ich hier nicht weggehe. Ich werde diese Wohnung nicht aufgeben.«

»Ich glaube nicht, daß das helfen wird, Schwester«, sagte Ibrahim traurig, »aber ich wünsche Ihnen viel Glück.« Und dann ging er.

Maneck sagte, er wolle durch seine Anwesenheit Tante Dina keinen Ärger machen. »Mach dir keine Sorgen um mich«, sagte er mit minimaler Lippenbewegung. »Ich kann immer nach Hause gehen.«

»Sag nicht so was«, erwiderte sie. »Nach all diesen Monaten, und wo du schon auf dem besten Weg zum Diplom bist. Wie kannst du da deine Eltern enttäuschen?«

»Nein, nein«, sagte Ishvar. »Er hat recht. Es ist nicht fair, daß Sie unseretwegen so viel leiden müssen. Wir werden zum Nachtwächter zurückgehen.«

»Hört auf, so einen Unsinn zu reden, allesamt«, fauchte Dina. »Laßt mich einen Augenblick lang nachdenken.« Sie sagte, sie hätten das Wesentliche nicht begriffen. »Ihr habt doch gehört, was Ibrahim gesagt hat – der Vermieter will nur einen Vorwand haben. Wenn ihr weggeht, wird das nicht meine Wohnung retten.«

Jetzt blieb ihr, wie sie meinte, nur noch ein Ausweg, und zwar die Hoffnung, daß ihr Bruder den Streit regeln könnte – mit Geld, glatten Worten oder was immer es war, was er bei seinen Geschäften so geschickt einsetzte. »Ich werde einfach wieder einmal meinen Stolz herunterschlucken und ihn um Hilfe bitten müssen, weiter nichts.«

XII

Die Spur des Schicksals

Sie absolvierten mit mechanischen Bewegungen ihr morgendliches Waschen, Säubern und Teemachen. Oms Magen tat an der Stelle weh, wo er den Schlag erhalten hatte, aber er sagte seinem Onkel nichts davon. Sie schlichen sich in Manecks Zimmer, um nachzusehen, wie es ihm ging. Er schlief noch. Auf seinem Kissen waren Flecken. Seine Lippe und seine Nase hatten in der Nacht wieder geblutet. Sie riefen Dina, daß sie es sich ansehen solle.

Im Geiste ging sie ihr Treffen mit Nusswan durch, stellte sich sein selbstgefälliges Gesicht vor, die Miene, mit der er seine Unentbehrlichkeit verkündete. Sie beugte sich über Maneck – wie unschuldig sein Schlaf ist, dachte sie und verspürte in dem Moment den Wunsch, ihm die Stirn zu streicheln. Die Lippe war schwarz, dort wo das Blut geronnen war. Das letzte Rinnsal aus der Nase war auch fest geworden. Sie zogen sich leise wieder aus dem Zimmer zurück. »Alles in Ordnung mit ihm«, flüsterte sie. »Die Wunde ist getrocknet, lassen wir ihn schlafen.«

Gerade als sie zum Büro ihres Bruders aufbrechen wollte, erschien Bettlermeister an der Tür, in der linken Hand die Aktentasche, die am Handgelenk angekettet war. Es war der vereinbarte Zahltag. Ishvar hatte das Geld von dem Lohn der vorigen Woche beiseite gelegt und sicher in Dinas Schublade verwahrt.

Sie drängte ihn, dem Mann klarzumachen, daß es mit der nächsten Rate schwierig werden würde. »Besser, man sagt es ihm jetzt, als daß er dich nachher mit einem Stock suchen geht.«

Bettlermeister hörte sich Ishvars Erklärung mit skeptischer Miene an. Gemessen an seinen Erfahrungen, kam ihm der Bericht über den nächtlichen Überfall der Goondas zu übertrieben vor, um wahr zu sein. Er hatte den Verdacht, daß seine Kunden die Geschichte erfanden, um sich vor ihren vertraglichen Verpflichtungen zu drücken.

Dann führten sie ihn herein, und als sie ihm die eingeschlagenen Fensterscheiben, die zertrümmerten Nähmaschinen, zerrissenen Kleider und beschmutzten Stoffe zeigten, brauchte er nicht weiter überzeugt zu werden. »Das ist schlimm«, sagte er. »Sehr schlimm. Das müssen Amateure sein, daß sie sich so aufführen.«

»Ich bin ruiniert«, sagte Dina. »Und es ist nicht die Schuld der Schneider, wenn sie nächste Woche nichts bezahlen können.«

»Glauben Sie mir, sie werden bezahlen«, sagte er grimmig.

»Aber wie?« flehte Ishvar. »Wenn wir hinausgeworfen werden und nicht arbeiten können? Haben Sie Erbarmen mit uns!«

Ohne ihn zu beachten, ging Bettlermeister durch den Raum, inspizierte, klopfte auf den Tisch, machte sich Notizen in seinem kleinen Notizblock. »Sagen Sie mir, wieviel es kosten wird, allen Schaden zu beheben.«

»Was soll das denn nützen?« jammerte Dina. »Diese Goondas werden morgen wiederkommen, wenn wir die Wohnung nicht räumen! Und Sie wollen Zeit auf eine Rechnung verschwenden? Ich habe dringendere Dinge zu erledigen. Ich muß sehen, daß ich überhaupt ein Dach über dem Kopf habe!«

Bettlermeister blickte leicht überrascht von seinem Notizblock auf. »Sie haben doch schon ein Dach über dem Kopf. Hier. Das *ist* doch Ihre Wohnung, oder?«

Sie beantwortete die Frage mit einem ungeduldigen Nicken.

»Diese Goondas haben einen großen Fehler begangen«, fuhr er fort, »und ich werde ihn korrigieren.«

»Und wenn sie wiederkommen?«

»Sie werden nicht wiederkommen. Ihr Schneider habt eure Zahlungen regelmäßig geleistet, ihr habt also nichts zu befürchten – ihr steht unter meinem Schutz. Man wird sich um alles kümmern. Aber wie kann ich Sie entschädigen, wenn ich nicht die Höhe des Schadens kenne? Wollen Sie Ihren Nähbetrieb wieder beginnen oder nicht?«

Jetzt war Dina an der Reihe, skeptisch dreinzuschauen. »Was sind Sie denn, eine Versicherungsgesellschaft?«

Er antwortete mit einem bescheidenen Lächeln.

Sie hatte nichts zu verlieren, beschloß sie, und fing an, die beschmutzte Stoffbahn von Au Revoir mit dem Meterpreis zu multiplizieren. Der Verlust belief sich auf neunhundertfünfzig

Rupien plus Steuer. Ishvar schätzte die Kosten für die Reparatur der Nähmaschinen auf etwa sechshundert. Die Treibriemen und Nadeln waren zerbrochen, und die Schwingräder und Tretkurbeln müßten neu justiert oder ersetzt werden, und dazu käme noch eine Generalüberholung.

Bettlermeister notierte es und schätzte die Kosten für die aufgeschlitzten Matratzen und Kissen, die Schemel, das Sofa und die Fensterscheiben. »Sonst noch was?«

»Der Schirm«, sagte Maneck, der von den Stimmen wach geworden war. »Sie haben ein paar Rippen zerbrochen.«

Bettlermeister fügte es der Liste zu und notierte sich dann die Adresse des Vermieters sowie die Beschreibung der beiden Männer. »Gut«, sagte er. »Mehr brauche ich nicht. Wenn Ihr Vermieter nicht weiß, daß Sie meine Kunden sind, dann wird er es bald erfahren. Er wird den Schaden begleichen, wenn ich ihm erst mal einen kleinen Besuch abgestattet habe. Also keine Sorge, warten Sie einfach auf mich, ich komme heute abend wieder.«

»Soll ich bei der Polizei Anzeige erstatten?« fragte Dina.

Er warf ihr einen müden Blick zu. »Wenn Sie wollen. Aber Sie könnten ebensogut bei der Krähe da auf Ihrem Fenster Anzeige erstatten.« Der Vogel krächzte und flog davon. Bettlermeister fühlte sich bestätigt.

Bettlermeisters Versicherungen vermochten Dinas Zweifel nicht völlig auszuräumen. Sie ging zu Nusswans Büro, um ihn über die Lage zu informieren, falls seine Hilfe später doch noch erforderlich sein sollte. Sonst würde er sagen: Du gräbst erst einen Brunnen, wenn das Haus schon brennt.

Der Bürodiener informierte sie mit trauriger Miene, daß Nusswan Sahab geschäftlich unterwegs sei. Er war immer traurig wegen Sahabs Schwester. »Er kommt erst morgen abend wieder.«

Dina verließ das Büro und war versucht, im Venus-Schönheitssalon vorbeizuschauen und mit Zenobia zu reden. Aber zu welchem Zweck? Leerer Trost würde nichts lösen, außerdem würde er von Zenobias aufreizendem »Ich habe dich gewarnt, aber du wolltest ja nicht auf mich hören« begleitet werden.

Sie kehrte zur Wohnung zurück und betete, daß Bettlermeister Wort halten würde. Ein Gestank folgte ihr zur Tür hinein, und sie wunderte sich, wo er herkam. »Kannst du es riechen?« fragte sie Ishvar.

Sie gingen von einem Zimmer zum nächsten, sahen auch in der Küche und in der Toilette nach. Der üble Geruch folgte ihnen überallhin. »Vielleicht kommt es von draußen, vom Gully«, sagte Om. Aber als sie die Köpfe zum Fenster hinausstreckten, schien der Geruch eher abzunehmen.

»Diese stinkenden Goondas müssen ihn hinterlassen haben«, sagte sie, und Ishvar stimmte zu. Dann entdeckte Om, der auf dem Boden kniete, um die letzten Scherben aufzusammeln, daß der Geruch von ihrem Schuh kam. Sie war auf dem Gehsteig in etwas hineingetreten. Sie ging hinaus, kratzte das braune Zeugs von der Sohle und wusch sie ab.

Maneck blieb den größten Teil des Tages mit rasenden Kopfschmerzen im Bett. Dina und die Schneider versuchten, in das heillose Durcheinander, das in der Wohnung herrschte, etwas Ordnung zu bringen. Sie fegten die Baumwollfüllungen zusammen, stopften sie wieder hinein und nähten die Schlitze zu, aber die Kissen sahen immer noch schlaff aus. Auch durch Aufschütteln und Klopfen wurden sie nicht praller. Als nächstes nahmen sie sich die Paanflecken vor, die überall waren.

»Weiß Gott, wieso wir hier unsere Energien verschwenden«, sagte sie. »Morgen abend können wir hier rausgeworfen werden, wenn euer Bettlermeister nur groß dahergeredet hat.«

»Ich glaube, es wird alles gutgehen«, meinte Ishvar. »Shankar sagt immer, daß Bettlermeister sehr einflußreich ist.«

Als er dies spät am Tag schon zum vierten Mal wiederholte, reagierte Dina gereizt: »Jetzt ist also ein armer beinloser Bettler deine Quelle der Weisheit und der guten Ratschläge, wie?«

»Nein«, sagte Ishvar bestürzt. »Aber er kennt Bettlermeister schon seit langem. Ich meine ... in dem Arbeitslager hat er uns auch geholfen.«

»Und wieso ist er dann noch nicht hier?«

»Bettlermeister hat uns im Stich gelassen«, sagte Om. Sein Onkel widersprach ihm nicht.

Ihre Hoffnung auf Rettung verblaßte mit dem Zwielicht. Als

die Nacht tiefer wurde, saßen sie zu viert schweigend beisammen und versuchten, das Gesicht des kommenden Tages zu erkennen. Das war es also, dachte Dina, das Ende der Unabhängigkeit, für deren Erhalt sie sich so lange abgekämpft hatte. Es hatte keinen Sinn, ihre Hoffnung auf Nusswan zu setzen. Auch seine Anwälte konnten nicht viel ausrichten, wenn die Goondas des Vermieters ihre Möbel auf die Straße warfen. Was sagten die Anwälte immer: Das Recht steht auf der Seite der Besitzenden. Und die Vorstellung von Unabhängigkeit war sowieso eine Illusion. Jeder hing von irgend jemandem ab. Wenn nicht auf Nusswan, dann wäre sie weiterhin auf die Schneider angewiesen und auf Au Revoir Export – was auf dasselbe hinauslief... und Nusswan könnte einen Lastwagen organisieren, um ihre Habseligkeiten zu transportieren, sie zum Haus ihrer Eltern zu bringen – das er gerne als sein Haus bezeichnete. Wo er doch immer sagte, es sei seine Pflicht, sich um seine Schwester zu kümmern. Jetzt konnte er es, solange er wollte.

Draußen vor dem Küchenfenster kreischte eine Katze, und sie fuhren erschreckt auf. Andere Katzen stimmten mit ein. »Was ihnen wohl angst macht?« fragte Ishvar unbehaglich.

»Die kreischen einfach manchmal gerne«, sagte Maneck. Aber er ging nachsehen, und die anderen folgten. In der Gasse war nichts Ungewöhnliches zu entdecken.

»Ob die Goondas heute nacht wieder kommen?« fragte Om.

»Ibrahim hat uns eine Frist von achtundvierzig Stunden gegeben«, sagte Dina. »Also dann vielleicht morgen nacht. Hört zu, auch wenn ich meinen Bruder um Hilfe bitten werde, stehen unsere Chancen nicht sehr gut. Die Zeit ist so knapp. Und wer weiß, was passieren wird? Ich will hier nicht noch mehr Gewalttätigkeit erleben. Morgen früh müßt ihr gehen. Später, wenn alles in Ordnung ist, könnt ihr wiederkommen.«

»Das habe ich auch gedacht«, sagte Ishvar. »Wir werden zum Nachtwächter gehen. Und Maneck kann es im Wohnheim probieren.«

»Aber wir müssen in Verbindung bleiben«, sagte Om. »Vielleicht können wir im Haus Ihres Bruders nähen. Andere Firmen werden Ihnen Aufträge geben, auch wenn diese storniert.«

»Ja, wir werden irgendwas machen«, sagte sie. Sie brachte es nicht übers Herz, ihnen zu sagen, daß Nusswan es verbieten würde. »Aber ihr solltet euch nicht nur auf mich verlassen. Ihr müßt auch woanders nach Arbeit suchen.«

Maneck schwieg, während die anderen versuchten, die Fetzen ihrer Existenz zu retten. Die würden sie nicht mehr zusammennähen können, dachte er, mochten sie noch so geschickt mit Nadel und Faden sein. Behandelte das Leben jeden so willkürlich, riß die guten Dinge in Stücke, während es die schlechten Dinge eitern und wie Schimmel auf Lebensmitteln wachsen ließ? Vasantrao Valmik, der Korrektor, würde sagen, es sei alles Teil des Lebens, daß das Geheimnis des Überlebens darin bestehe, ein Gleichgewicht zwischen Hoffnung und Verzweiflung zu finden, sich auf Veränderungen einzulassen.

Aber hieß das, daß man auch Unglück und Zerstörung akzeptieren mußte? Nein. Wenn es einen Kühlschrank gäbe, der groß genug wäre, würde er die glücklichen Zeiten in dieser Wohnung aufbewahren, sie daran hindern können zu verderben. Und Avinash und Schach, die so schnell sauer geworden waren, die würde er auch erhalten. Und die Schneeberge und den Gemischtwarenladen, bevor es dort so trist geworden war, bevor Daddy nicht mehr wiederzuerkennen war, und bevor Mummy seine willige Sklavin geworden war.

Aber es war eine ungekühlte Welt. Und alles endete schlecht. Was konnte er jetzt tun? Der Gedanke an das Wohnheim war ihm mehr zuwider denn je. Und wenn er nach Hause ginge, würden die Streitereien mit Daddy wieder anfangen. Es gab keinen Ausweg, es hieß schachmatt für ihn.

»Hört mal, die Katzen haben aufgehört«, sagte Ishvar. »So still ist es jetzt.« Sie lauschten angestrengt. Die Stille war ebenso beunruhigend, wie es das Kreischen gewesen war.

Die Schneider erledigten schnell ihre Morgenwäsche, bevor das Wasser abgestellt wurde. Man konnte nicht wissen, wann sie wieder diesen Luxus haben würden. In ihrer unmittelbaren Zukunft konnten sie nur Gassen und Standleitungen sehen.

Maneck hatte es nicht eilig. Seiner Lippe ging es heute schon besser, die Schwellung war zurückgegangen, und seine Kopfschmerzen waren weg. Er saß lustlos herum oder wanderte von einem Zimmer zum andern, als würde er etwas suchen.

»Na los, Maneck«, sagte Dina. »Es wird spät. Tu was, pack deine Sachen. Oder geh zuerst ins Wohnheim und erkundige dich, ob sie einen Platz für dich haben.«

Er ging wieder in sein Zimmer, zog den Koffer unter dem Bett hervor und öffnete ihn. Als sie ein paar Minuten später zu ihm hereinsah, hatte er das Schachspiel aufgestellt und starrte darauf.

»Bist du verrückt?« fuhr sie ihn an. »Die Zeit wird knapp, und du hast noch so viel zu tun!«

»Ich tue es, wenn mir danach ist. Ich bin ein unabhängiger Mensch, auch wenn du aufgibst.« Er wählte absichtlich das Wort, das sie benutzte, wenn sie von sich sprach.

Es tat weh, aber sie ignorierte es. »Große Worte sind billig. Wir werden ja sehen, wie unabhängig du bist, wenn die Goondas zurückkommen und dir den Schädel einschlagen. Das hat dir offenbar nicht gereicht, einmal verprügelt zu werden.«

»Wieso kümmert dich das? Du packst und gehst, zeigst nicht einmal ein bißchen Bedauern.«

»Bedauern ist ein Luxus, den ich mir nicht leisten kann. Und wieso machst du so ein langes Gesicht? Du wärst sowieso gegangen, nach deinem Diplom. Wenn nicht jetzt, dann sechs Monate später.« Sie ging zornig aus dem Zimmer.

Ishvar ließ den Koffer, den er packte, auf der Veranda und kam herein. Er setzte sich aufs Bett und legte den Arm um Maneck. »Weißt du, Maneck, das menschliche Gesicht hat nur begrenzten Platz. Meine Mutter hat immer gesagt, wenn du dein Gesicht mit Lachen füllst, ist kein Platz mehr für Weinen.«

»Was für ein nettes Sprichwort«, entgegnete er bitter.

»Im Moment ist Dinabais Gesicht, Oms und meins ganz besetzt. Sorge um Geld und Wohnen, und wo wir heute nacht schlafen sollen. Aber das bedeutet nicht, daß wir nicht traurig sind. Das zeigt sich vielleicht nicht auf unseren Gesichtern, aber es sitzt hier drin.« Er legte sich die Hand aufs Herz. »Hier drin ist grenzenlos Platz – Glück, Großherzigkeit, Trauer, Zorn, Freundschaft –, alles paßt hier rein.«

»Ich weiß, ich weiß«, sagte Maneck und begann die Schachfiguren zu verstauen. »Geht ihr jetzt zum Nachtwächter?«

»Ja, wir klären das mit ihm und kommen dann wieder. Um Dinabai beim Packen zu helfen.«

»Vergiß nicht, uns die Adresse von dem Wohnheim zu geben, bevor du gehst«, sagte Om. »Wir besuchen dich dort.«

Maneck leerte den Schrank und legte seine Kleidung im Koffer zusammen. Dina sah herein und lobte ihn für seine Schnelligkeit. »Kannst du mir einen Gefallen tun, Maneck?«

Er nickte.

»Weißt du, das Namensschild an der Tür? Könntest du den Schraubenzieher vom Küchenregal holen und es abschrauben? Ich will es mitnehmen.«

Er nickte wieder.

Ishvar und Om kamen mit schlechten Neuigkeiten wieder. Der Nachtwächter war ersetzt worden, und der neue Mann wollte mit dem alten Arrangement der Schneider nichts zu tun haben. Er dachte sogar, sie wollten seine Unerfahrenheit ausnutzen.

»Jetzt weiß ich nicht, was ich tun soll«, sagte Ishvar müde. »Wir werden Straße um Straße absuchen müssen.«

»Und ich werde den Koffer tragen müssen«, sagte Om.

»Nein, das darfst du nicht«, sagte Dina. »Das ist schlecht für deinen Arm.« Sie bot an, den Koffer zu Nusswans Haus mitzunehmen und so zu tun, als gehöre er ihr. Die Schneider konnten zur Hintertür kommen, wenn sie frische Kleidung brauchten. Es war ein großes Haus, sagte sie, Nusswan würde nichts sehen, er ging nie in die Küche, es sei denn, er hatte gerade wieder einmal einen seiner Inspektions- und Sparfimmel.

»Paßt auf, ich weiß, wo ihr schlafen könnt«, sagte Maneck.

»Wo?«

»In meinem Wohnheimzimmer. Ihr könnt nachts hereinschleichen und früh am nächsten Morgen wieder hinausschleichen. Euer Koffer kann auch dableiben.«

Während sie über diese Idee beratschlagten, klingelte es an der Wohnungstür. Es war Bettlermeister.

»Gott sei Dank, daß Sie gekommen sind!« Ishvar und Dina

eilten herbei, um ihn wie einen Erretter zu begrüßen. Es erinnerte Om daran, wie Shankar, auf seiner rollenden Plattform winselnd, um den Mann herumscharwenzelt war, als er bei dem Bewässerungsprojekt erschienen war. Die Erinnerung war ihm peinlich. Wie stolz Ishvar und er damals Bettlermeister gegenüber verkündet hatten: Wir sind Schneider, keine Bettler.

»Was ist passiert?« fragte Dina. »Sie haben gesagt, Sie wollten gestern abend kommen.«

»Tut mir leid, ich wurde durch außergewöhnliche Umstände aufgehalten«, erwiderte er, die Aufmerksamkeit genießend. Er war es gewohnt, von Bettlern vergöttert zu werden, aber von normalen Menschen angebetet zu werden war noch viel befriedigender.

»Dieser elende Ausnahmezustand – macht jedem Scherereien.«

»Nein, es ging um etwas anderes«, sagte Bettlermeister. »Ich hatte ein geschäftliches Problem. Nachdem ich Sie gestern verlassen hatte, erhielt ich die Nachricht, daß man zwei meiner Bettler, ein Ehepaar, tot aufgefunden hatte. Ermordet. Deswegen mußte ich schnell dorthin.«

»Ermordet!« sagte Dina. »Wie böse muß denn ein Mensch sein, daß er arme Bettler ermordet?«

»Oh, das kommt vor. Sie werden für ihr Bettelgeld umgebracht. Aber dieser Fall ist sehr sonderbar – das Geld wurde nicht angerührt. Muß irgendein Wahnsinniger sein. Es wurden ihnen nur die Haare abgenommen.«

Ishvar und Om fuhren sichtlich zusammen und schluckten.

»Haare?« sagt Dina. »Sie meinen, von ihren Köpfen?«

»Ja«, sagte Bettlermeister. »Abrasiert. Ehemann und Ehefrau hatten beide wunderschöne lange Haare. Was sehr ungewöhnlich war. Daß sie schön waren, meine ich – die meisten Bettler haben lange Haare, aber sie sind immer schmutzig. Diese beiden waren anders. Sie haben immer Stunden damit zugebracht, sie sich gegenseitig zu säubern, die Nissen herauszupicken, es zu kämmen, es zu waschen, jedesmal, wenn es regnete oder ein Wasserrohr auf ihrem Gehsteig brach.«

»Wie süß«, sagte Dina und nickte mitfühlend zu Bettlermeisters zärtlicher Beschreibung des liebevollen Paares.

»Sie wären überrascht, wie viele Bettler wie ganz normale Menschen sind. Das Ergebnis ihrer ganzen Pflege waren natürlich diese schönen Haare. Und das war nicht gut fürs Geschäft. Ich habe ihnen oft gesagt, sie sollten es verknäueln und schmutzig machen, damit es traurig wirkt. Aber sie sagten immer, sie hätten nichts in der Welt, auf das sie stolz sein könnten, außer ihren Haaren, und ob ich ihnen sogar das verwehren wollte?«

Er hielt inne und dachte über die Frage erneut nach. »Was konnte ich tun? Ich habe ein weiches Herz, ich habe nachgegeben. Jetzt haben diese schönen Haare sie das Leben gekostet. Und mich um zwei gute Bettler gebracht.«

Er wandte sich an die Schneider. »Was ist los? Ihr beide wirkt sehr beunruhigt.«

»Nein – nicht beunruhigt«, stotterte Ishvar. »Nur sehr überrascht.«

»Ja«, sagte Bettlermeister, »das war die Polizei auch – überrascht. Sie hatten schon einige Beschwerden bekommen, daß lange Zöpfe und Pferdeschwänze auf geheimnisvolle Weise verschwinden. Frauen gingen auf den Basar, machten ihre Einkäufe, gingen nach Hause, sahen in den Spiegel und stellten fest, das ihre Haare fehlten. Aber nie so was wie das hier, noch nie wurde jemand umgebracht oder verletzt. Deswegen sind die Detektive an dem Fall meiner Bettler sehr interessiert. Sie lieben Abwechslung. Den hier nennen sie den Fall des haarehungrigen Mörders.«

Er öffnete die Aktentasche, die an sein Handgelenk gekettet war, und nahm ein dickes Bündel Rupien heraus. Die Kette klirrte, als er die Scheine abzählte. »Um wieder zum Geschäftlichen zu kommen – hier ist das Geld, um Ihre Schäden zu dekken. Sie können wieder anfangen zu arbeiten.«

Ishvar trat die Verantwortung, das Bargeld anzunehmen, an Dina ab. Seine Hände zitterten heftig.

Als sie die zweitausend Rupien in der Hand hielt, fand sie es immer noch schwer zu glauben, daß Bettlermeister den Vermieter besiegt hatte. »Heißt das, wir können bleiben?«

»Natürlich können Sie bleiben. Ich habe Ihnen doch gesagt, es würde keinen Ärger mehr geben. Diese Männer haben einen Fehler gemacht.«

Die Schneider nickten schnell, um ihre Überzeugung auf Dina zu übertragen. »Nur ein Problem«, sagte Ishvar. »Was ist, wenn der Vermieter neue Goondas schickt?«

»Solange ihr mich bezahlt, wird der Vermieter keinen einzigen Mann finden, der bereit ist, hierherzukommen. Dafür habe ich gesorgt.«

»Und wenn die Raten alle bezahlt sind?«

»Das liegt an euch. Unser Vertrag kann jederzeit verlängert werden. Ich gebe euch gute Raten, ihr seid Shankars Freunde. Und – ach ja, Shankar schickt euch seine Grüße. Er sagt, er hat euch in letzter Zeit nicht gesehen.«

»Durch diesen ganzen Ärger mit dem Vermieter sind wir seit einigen Tagen nicht mehr ins Vishram gegangen«, sagte Ishvar. »Wir treffen ihn morgen. Und ich habe mich auch gefragt, wie es Affenmann und seinen beiden Kindern geht?«

»Gut, gut – die Kinder, meine ich. Sie lernen schnell. Affenmann habe ich nicht mehr gesehen. Ich war seitdem nicht wieder im Arbeitslager. Aber er wurde zu schlimm zusammengeschlagen, wahrscheinlich ist er inzwischen tot.«

»Die Prophezeiung der alten Frau hat sich dann also fast bewahrheitet«, sagte Om.

»Welche Prophezeiung?« fragte Bettlermeister.

Die Schneider beschrieben die Nacht in der Hüttensiedlung, als Affenmann seine vom Hund getöteten kleinen Affen entdeckt hatte und als die alte Frau ihre geheimnisvollen Worte verkündet hatte. »Ich weiß noch genau, was sie uns gesagt hat«, sagte Om. »›Der Verlust zweier Affen ist nicht der schlimmste Verlust, den er erleiden wird. Der Mord an dem Hund ist nicht der schlimmste Mord, den er begehen wird.‹ Und später hat er auch wirklich Tikka getötet, um Laila und Majnoo zu rächen.«

»Was für eine schreckliche Geschichte«, sagte Dina.

»Reiner Zufall«, bemerkte Bettlermeister. »Ich glaube nicht an Prophezeiungen und bin auch nicht abergläubisch.«

Ishvar nickte. »Und sind die beiden Kinder glücklich ohne Affenmann?«

Bettlermeister machte mit seiner kettenlosen Hand eine Werweiß-Geste. »Sie werden sich dran gewöhnen müssen. Das Leben bietet einem keine Garantie auf Glück.« Er hob dieselbe Hand zum Abschied und wollte schon zur Tür hinausgehen, als er innehielt.

»Da wäre etwas, was ihr für mich tun könnt. Ich brauche zwei neue Bettler. Wenn ihr jemanden seht, der in Frage kommt, sagt ihr mir Bescheid?«

»Sicher«, sagte Ishvar. »Wir halten die Augen auf.«

»Aber die Kandidaten müssen irgendein einmaliges Merkmal aufweisen. Ich will euch zeigen, was ich meine.« Er holte einen großen Skizzenblock aus seiner Aktentasche, der seine Notizen und Zeichnungen zum Thema Dramaturgie des Bettelns enthielt. Der Einband war sehr abgenutzt, und die Ecken der Seiten wellten sich. Er schlug das Buch bei einer alten Bleistiftzeichnung auf, die den Titel ›Geist der Hilfsbereitschaft‹ trug. »Hier, das versuche ich schon seit langem zu erschaffen.«

Sie drängten sich um ihn, um die Skizze zu betrachten: Zwei Gestalten, von denen die eine auf den Schultern der anderen saß. »Hierfür brauche ich einen lahmen Bettler und einen blinden Bettler. Der Blinde wird den Krüppel auf den Schultern tragen. Eine lebendige, lebende Darstellung der uralten Geschichte von Freundschaft und Hilfsbereitschaft. Und es wird ein Vermögen von Münzen bringen, da bin ich mir ganz sicher, weil die Leute nicht nur aus Mitleid spenden werden, sondern auch aus Bewunderung.« Der Haken war, einen blinden Bettler zu finden, der stark genug war, oder einen lahmen, der leicht genug war.

»Würde sich Shankar nicht eignen?« fragte Maneck.

»Ohne Beine und nur mit Viertelschenkel könnte er nie auf jemandes Schulter balancieren – er würde den Rücken hinunterrutschen. Ich brauche einen Krüppel, dessen Beine nicht amputiert sind, aber leblos und verstümmelt, damit sie schön vor der Brust des Trägers herumbaumeln können. Außerdem ist Shankar sehr erfolgreich mit seiner rollenden Plattform. Das wollen wir doch nicht verderben.«

Sie versprachen Bettlermeister, nach geeigneten Kandidaten Ausschau zu halten. Er sagte, er wäre für jegliche Vorschläge dankbar. »Übrigens, die beiden Goondas, die mit eurem Mieteintreiber gekommen waren ...«

»Ja?«

»Sie lassen sich entschuldigen, daß sie nicht hier sein können, um das Durcheinander aufzuräumen, das sie verursacht haben.«

»Wirklich?«

»Ja. Sie hatten einen bedauernswerten Unfall – haben sich sämtliche Finger gebrochen. Wer weiß, wenn sie noch ein paar Unfälle haben, erfüllen sie vielleicht sogar die nötigen Voraussetzungen, um in meine Bettlertruppe einzutreten.« Er lachte über seinen eigenen Witz, den die anderen mit einem angestrengten Lächeln quittierten.

»Aber jetzt müßt ihr mich wirklich entschuldigen«, sagte er. »Ich muß jetzt los und mich um meine beiden ermordeten Bettler kümmern.«

»Werden Sie sie heute einäschern lassen?«

»Nein, das ist zu teuer. Wenn das Leichenschauhaus die Leichen freigibt, werde ich sie meinem Agenten verkaufen.« Als er ihre schockierten Mienen sah, fühlte sich Bettlermeister bemüßigt, seine Handlung zu rechtfertigen. »Bei den steigenden Preisen und der Inflation habe ich keine Wahl. Außerdem ist das viel besser, als die Leichen auf der Straße zu lassen, damit die Müllmänner sie wegschaffen, so wie das früher üblich war.«

»Ja, natürlich«, stimmte Dina zu, als würde sie jeden Tag Kadaver kaufen und verkaufen. »Und was macht Ihr Agent mit den – Leichen?«

»Er verkauft einige an Colleges, wo Studenten zu Ärzten ausgebildet werden. Stellt euch vor, meine Bettler könnten sich am Fortschritt der Wissenschaft beteiligen.« Seine Miene bekam etwas Visionäres, als er zum Fenster hinaus auf einen grenzenlosen Horizont starrte. »Einige Leichen werden auch von Ausübenden der Schwarzen Magie gekauft. Und eine Menge Knochen werden exportiert. Für Düngemittel, glaube ich. Ich kann mich genauer erkundigen, wenn es Sie interessiert.«

Dina lehnte das Angebot mit einem Kopfschütteln ab.

Bettlermeister hinterließ nach seinem Weggang ein Frösteln in der Luft. »Wir müssen mit dem Mann vorsichtig umgehen«, sagte Dina. »Was für ein seltsamer Bursche. Und diese Aktentasche, die er sich ans Handgelenk gekettet hat – ein Sklave des Geldes.

Er sieht aus, als wäre er imstande, unsere Knochen zu verkaufen, noch bevor wir mit ihnen fertig sind.«

»Er ist bloß ein durch und durch moderner Geschäftsmann, der immer einen Blick für den Gewinn hat«, sagte Maneck. »Ich habe viele wie ihn in dem Cola-Geschäft erlebt, als sie sich mit Daddy getroffen haben, um ihn zum Verkauf von Kohlahs Cola zu nötigen.«

Ishvar schüttelte traurig den Kopf. »Wieso sind Geschäftsleute bloß so herzlos? Sie sehen immer noch so unglücklich aus, obwohl sie so viel Geld haben.«

»Das ist eine unheilbare Krankheit«, sagte Dina. »Wie Krebs. Und sie wissen nicht einmal, daß sie sie haben.«

»Na ja«, sagte Maneck, dessen Lebensgeister allmählich wiederkehrten. »Om ist der einzige, der was von Bettlermeister zu befürchten hat. Er könnte wirklich für ein laufendes Gerippe gehalten werden.«

»Du solltest dich auch lieber in acht nehmen«, schlug Om zurück. »Du mit deinen gesunden Bergknochen, gewässert von dem reinen Schnee des Himalaja, sie werden pro Kilo mehr einbringen als meine.«

»Genug von diesem makabren Thema«, sagte Dina,

Doch Maneck konnte seine alberne Stimmung nicht zügeln, so erleichtert war er, daß der Haushalt erhalten geblieben war. »Denk doch nur, Tante. Jetzt, wo wir glänzende Zähne haben, die mit Kohlestaub gereinigt sind, müssen sie eine Menge wert sein. Wir könnten sie einzeln oder im Dutzend verkaufen. Vielleicht als eine Halskette.«

»Das reicht, hab ich gesagt. Spaß beiseite, vor diesem Burschen muß man sich in acht nehmen, denkt dran.«

»Solange er pünktlich bezahlt wird, brauchen wir uns keine Sorgen zu machen«, sagte Ishvar.

»Das hoffe ich. Ab jetzt werde ich die Hälfte der Rate bezahlen, da er mich auch beschützt.«

»Niemals«, erwiderte Ishvar empört. »Deswegen habe ich das nicht erwähnt. Sie nehmen keine Miete von uns, das ist also unser Anteil.« Er weigerte sich, von seiner Position abzurücken.

Sie gingen ins Nähzimmer, um zu schätzen, wieviel Entschädigung Au Revoir zustand. Ishvar flüsterte Dina zu, daß es schön sei, Maneck und Om wieder lachen und scherzen zu sehen.

»Ja, diese letzten beiden Tage waren für uns alle furchtbar«, stimmte sie zu, und dann bat sie die Jungs, das Namensschild wieder an die Tür zu schrauben.

»Rajaram werden wir nie wiedersehen, das steht fest«, sagte Om an diesem Abend, als sie ihr Bettzeug ausbreiteten. »Wenn er der Mörder ist.«

»Natürlich ist er es«, sagte sein Onkel. Er starrte durch das Verandafenster auf die Straßenlaterne, in Gedanken an ihren früheren Freund. »Es ist unglaublich. Jemand, der so sympathisch gewirkt hat – daß der zwei Bettler ermordet. Wir hätten von Anfang an vorsichtiger sein sollen, an diesem allerersten Morgen in der Hüttensiedlung – mit seinem ganzen schmutzigen Toilettengerede auf dem Eisenbahngleis. Und welcher normale Mensch verdient seinen Lebensunterhalt mit Haaresammeln?«

»Darum geht's doch nicht, yaar. Leute sammeln und verkaufen alles mögliche. Lumpen, Papier, Plastik, Glas. Sogar Knochen.«

»Aber bist du jetzt nicht froh, daß ich dir damals verboten habe, dir die Haare wachsen zu lassen? Dieser Mörder hätte dich abgeschlachtet, während du nebenan geschlafen hättest.«

Om zuckte die Achseln. »Ich mache mir Sorgen wegen Dinabai. Angenommen, die Polizei findet die Haarschneidegeräte, die sie Rajaram geschenkt hat? Ihre und unsere Fingerabdrücke werden da drauf sein. Man wird uns alle verhaften und aufhängen.«

»Du hast dir mit Maneck eindeutig zu viele verrückte Filme angesehen. So was kommt doch nur im Kino vor. Was mir Sorgen macht, ist, daß er wieder zu uns kommen könnte, um uns um Hilfe zu bitten. Was sollen wir dann tun? Die Polizei rufen?«

Ishvar lag noch lange wach und mußte dauernd an Rajaram denken. Sie hatten in der Hüttensiedlung neben diesem Mörder gelebt, hatten sein Essen gegessen und ihres mit ihm geteilt. Ihn schauderte bei dem Gedanken.

Om wußte, daß sein Onkel nicht einschlafen konnte. Er stützte sich auf seinen Ellbogen und kicherte: »Weißt du, der

Koch und der Kellner im Vishram, denen unsere Geschichten so gut gefallen? Wie begeistert sie von der hier wären.«

»Denk nicht mal daran, Witze darüber zu machen«, warnte Ishvar, »sonst geraten wir in endlose Probleme mit der Polizei.«

* * *

Der Gehsteig war dicht bevölkert mit dem morgendlichen Strom von Hausangestellten, Schulkindern, Büroangestellten und Straßenhändlern. Die Schneider warteten auf eine Flaute, in der Shankar zur Hintergasse des Vishram paddeln konnte. Er winkte ihnen ständig zu, was Ishvar ganz nervös machte – je weniger Aufmerksamkeit entstand, desto besser, angesichts der schaurigen Fracht auf seiner Plattform.

Nach ein paar Minuten wurde Shankar ungeduldig und wagte die Überquerung des Gehsteigs, seine Ladung durch das Dickicht der Passantenmassen steuernd. »O Babu! Vorsicht!« rief er, während er dem endlosen Wirrwarr von Beinen und Füßen auswich und diese ihm auswichen.

Die Plattform stieß mit jemandes Schienbein zusammen. Flüche prasselten auf Shankar hinab, und er sah eingeschüchtert hoch. Der Mann drohte ihm, er werde ihm den Kopf vom Leib treten. »Saala bhikari denkt, ihm gehört der ganze Gehsteig! Bleib gefälligst an einer Stelle!«

Shankar bat um Vergebung und flitzte davon. In seiner Eile fiel ihm das Päckchen von der Plattform. Die Schneider sahen besorgt zu, wagten aber nicht, ihm zu Hilfe zu kommen. Mit mühsamen Verrenkungen und Verdrehungen schaffte es Shankar irgendwie, das Päckchen wieder auf seine Plattform zu bugsieren und herüberzubringen.

»Gut gemacht«, sagte Ishvar. Er bildete sich ein, daß der Verkehrspolizist von der belebten Kreuzung sie argwöhnisch beobachtete – was wäre, wenn er herüberkäme und verlangte, daß sie das Päckchen öffneten? »Und«, sagte er, bemüht, das Zittern aus seiner Stimme herauszuhalten, »wann hat unser langhaariger Freund denn das hier abgeliefert?«

»Vor zwei Tagen«, erwiderte Shankar, worauf Ishvar das Päckchen fast fortgeschleudert hätte. »Nein, stimmt nicht«, verbesserte Shankar sich und rieb sich die Stirn mit seiner bandagierten Hand. »Nicht vor zwei Tagen. Es war ein Tag, nachdem ich euch zum letzten Mal gesehen habe – vor vier Tagen.«

Ishvar nickte Om erleichtert zu. *Die* Haare enthielt das Päckchen jedenfalls nicht. »Unser Freund wird dich ab jetzt nicht mehr besuchen kommen.«

»Nicht?« Shankar war enttäuscht. »Ich hab mit seinen Päckchen immer so gern gespielt. So wunderschöne Haare.«

»Du meinst, du hast reingeguckt?«

»Habe ich was Falsches gemacht?« fragte er besorgt. »Aray Babu, ich habe nichts beschädigt. Ich habe es mir nur an die Wange gehalten, weil das so ein schönes Gefühl war. Es war so weich und schön.«

»Das war es, das steht fest«, sagte Om. »Unser Freund sammelt nur Haare von bester Qualität.«

Die Spöttelei bekam Shankar nicht mit. »Ich wünschte, ich hätte einen Haufen für mich allein«, seufzte er. »Ich könnte es nachts auf meine Plattform tun und zum Schlafen meinen Kopf drauflegen. Wie mir das guttun würde, nach der ganzen Gemeinheit der Leute tagsüber. Selbst die, die mir Münzen zuwerfen, sehen mich an, als würde ich sie ausrauben. Was für ein Trost die Haare wären.«

»Wieso eigentlich nicht?« sagte Om spontan. »Hier, behalt das Päckchen – unser Freund braucht es nicht.«

Ishvar wollte protestieren, ließ es dann aber. Om hatte recht, was spielte es jetzt noch für eine Rolle?

Während die Kälte von Rajarams Tat durch Shankars Dankbarkeit etwas zu tauen begann, gingen die Schneider zur Wohnung zurück. »Ich will seinen ganzen Krempel aus unserem Koffer wegwerfen«, sagte Ishvar. »Weiß Gott, wo das alles herkommt, wie viele andere er schon umgebracht hat.«

In jener Nacht, als Dina und Maneck schliefen, entfernte Ishvar die Zöpfe aus dem Koffer und verstaute sie in einem kleinen Pappkarton, um sie später endgültig loszuwerden. Danach fühlte er sich besser, jetzt wurde ihre Kleidung nicht länger durch die Sammlung des Wahnsinnigen beschmutzt.

In der Früh, lange vor der Wasserzeit, als der Himmel noch dunkel wie die Nacht war, wurde Dina von Geräuschen aus der Küche geweckt. Seit Bettlermeister das Problem mit dem Vermieter geregelt hatte, waren zwei Monate in Frieden vergangen, und in der Wohnung hatte sich wieder alles normalisiert. Aber in ihrem Zustand zwischen Träumen und Wachen war sie überzeugt, daß das Geklapper von Töpfen und Pfannen nur eines bedeuten konnte: Die Goondas des Vermieters waren wieder da. Mit klopfendem Herzen, die Hände schwer vom Schlaf, griffen ihre Finger nach dem Laken, in dem Versuch, sich zuzudecken.

Aber vielleicht war es auch bloß ein Alptraum, der vorübergehen würde – wenn sie still liegenblieb ... die Augen geschlossen hielt ...

Die Geräusche verstummten. Gut, die Strategie funktionierte, keine Goondas, nur ein Traum, ja, und Bettlermeister schützte die Wohnung. Kein Grund, sich Sorgen zu machen, dachte sie, während sie über die Schwelle des Schlafes hin- und herschwebte.

Als ein hartnäckiges Miauen ertönte, wachte sie endgültig auf. Lästige Katze! Sie schälte sich aus dem Laken, stieg aus dem Bett und stieß im nächsten Moment gegen die Holzschemel. Einer fiel mit einem Krach um und weckte Maneck im Zimmer nebenan.

»Ist alles in Ordnung, Tante?«

»Ja, bloß so eine freche Katze in der Küche. Ich werd ihr den Hals umdrehen. Schlaf du wieder.«

Er fand seine Schlappen und folgte Dina, ebensosehr um dafür zu sorgen, daß sie der Katze nicht wirklich etwas tat, wie aus Neugier. Als Dina das Licht anknipste, konnten sie gerade noch sehen, wie die Katze aus dem Fenster sprang: Manecks Liebling, Vijayanthimala, die braunweiß getigerte.

»Dieses böse Tier«, schimpfte Dina. »Weiß Gott, woran sie überall mit ihrem dreckigen Maul herumgeleckt hat.«

Maneck untersuchte den Maschendraht, der von der zerbrochenen Fensterscheibe heruntergerissen war. »Sie muß schon wirklich verzweifelt gewesen sein, um das hier zu machen. Hoffentlich hat sie sich nicht verletzt.«

»Du machst dir mehr Gedanken um das dreckige Viech als um den Ärger, den es mir macht.« Sie hob die Utensilien auf, die von ihrem Platz heruntergefallen waren und gründlich gescheuert werden müßten.

»Moment mal«, sagte sie und hielt inne. »Was ist das für ein Geräusch?«

Da sie nichts hörten, fuhren sie fort, in der Küche aufzuräumen. Einige Augenblicke später erstarrte Dina wieder, und diesmal fädelte sich ein schwaches Winseln durch die Stille. Es gab keinen Zweifel, es kam aus der Küche.

In der Ecke, in dem Hohlraum, wo früher das Kohlefeuer fürs Kochen gebrannt hatte, lagen drei braunweiße Kätzchen. Ein Chor winziger Miaus begrüßte Dina und Maneck, als sie sich darüberbeugten.

»O je!« sagte Dina und hielt den Atem an. »Wie süß!«

»Kein Wunder, daß Vijayanthimala in letzter Zeit so dick ausgesehen hat«, sagte Maneck mit einem Grinsen.

Als sich die Kätzchen bemühten, auf die Füße zu kommen, meinte Dina, noch nie so etwas Hilfloses gesehen zu haben. »Ob sie sie hier zur Welt gebracht hat?«

Er schüttelte den Kopf. »Sie scheinen mir schon ein paar Tage alt zu sein. Sie muß sie während der Nacht hereingebracht haben.«

»Warum wohl. Ach, sind die süß.«

»Würdest du immer noch gerne Geigensaiten aus ihnen machen, Tante?«

Sie warf ihm einen vorwurfsvollen Blick zu. Aber als er die Tiere sanft streichelte, zog sie ihn zurück. »Nicht anfassen. Woher willst du wissen, was sie für Bakterien haben?«

»Das sind doch nur Babys.«

»Na und? Sie können trotzdem schon Krankheiten übertragen.« Sie breitete ein Blatt einer alten Zeitung aus und packte es in der Mitte.

»Was machst du?« fragte er besorgt.

»Meine Hände schützen. Ich tue alle drei gleich vor das Fenster, wo die Katze sie sehen kann.«

»Das kannst du nicht tun!« Er gab zu bedenken, daß die Kätzchen verhungern würden, wenn die Mutter sie ausgesetzt hatte. Das heißt, wenn Krähen und Ratten sie nicht zuerst angriffen, ihnen die winzigen Augen aushackten, ihre kleinen Körper aufschlitzten, ihre Eingeweide herausrissen und ihre zarten Knochen abnagten.

»Es ist nicht nötig, so ins Detail zu gehen«, sagte sie. Die Kätzchen setzten während dieses schaurigen Szenarios ihr jämmerliches Gewinsel fort. »Was willst du denn machen?«

»Sie füttern.«

»Kommt nicht in Frage«, erklärte Dina. Wenn sie erst einmal gefüttert würden, würden sie nie mehr weggehen. Und die Mutter, selbst wenn sie eine Rückkehr erwog, würde sich vor ihren Pflichten drücken. »Ich kann nicht für alle obdachlosen Geschöpfe dieser Welt die Verantwortung übernehmen.«

Es gelang ihm schließlich, für die Kätzchen eine Frist herauszuschlagen. Dina erklärte sich einverstanden, sie vorerst nicht vor die Tür zu setzen und Vijayanthimala die Gelegenheit zu geben, die Rufe ihres Wurfs zu hören. Vielleicht würden die Schreie der Kleinen die Mutter veranlassen, wiederzukommen.

»Sieh mal«, sagte er nach draußen zeigend. »Die Morgendämmerung.«

»Was für ein wunderschöner Himmel.« Dina hielt inne und starrte verträumt durch das Fenster.

Dann gurgelte Wasser aus den Hähnen und unterbrach ihre Träumerei. Sie eilte ins Badezimmer, während Maneck den Hof nach schlafenden Katzen absuchte. Er richtete den Blick weiter nach hinten, wo das Gewusel der Gassen begann. In diesem optimistischen ersten Licht leuchtete die Verheißung auf Verwandlung auf die schlafende Stadt herab. Er wußte, das Gefühl würde nicht länger als ein paar Minuten anhalten – er hatte es schon zuvor erlebt, mit stärker werdendem Licht verschwand es immer.

Trotzdem war er dankbar dafür, solange es anhielt. Als die Schneider aufwachten, erzählte er ihnen die Neuigkeiten und führte sie zur Küche. Ihr Kommen bewirkte, daß sich das stetige Winseln verstärkte.

Dina scheuchte sie hinaus. »Bei so viel Zuschauern wird die Katze nie wiederkommen.« Sie ging selbst hinein, vorgeblich um Tee zu machen, und stand dann in der Ecke und sah lächelnd und seufzend zu, wie die Kätzchen in der Feuerstelle herumwankten, übereinanderkletterten und in einem Haufen zusammenpurzelten. Ihre Mutter hatte den Platz sehr gut gewählt, dachte Dina, denn der Hohlraum war so tief, daß sie nicht herausklettern und herumwandern konnten.

An diesem Morgen wurde nicht viel Arbeit erledigt. Maneck behauptete, er hätte erst am Nachmittag Unterricht. »Wie günstig«, meinte Dina, als er bei der Küchentür Wache hielt und die Schneider zwischendurch mit den neuesten Meldungen versorgte. Sie hörten oft auf zu treten, um den Kätzchen zu lauschen.

Mit der Zeit wurde ihr Jaulen so laut, daß es über dem Geräusch der Singer-Maschinen zu hören war. »Wieviel sie schreien«, meinte Om. »Sie haben sicher Hunger.«

»Genau wie menschliche Babys«, sagte Maneck. »Sie müssen regelmäßig gefüttert werden.« Er beobachtete Dina aus dem Augenwinkel. Er wußte, das Winseln ging ihr allmählich unter die Haut. Sie erkundigte sich beiläufig, ob solche winzigen Wesen vielleicht Kuhmilch vertrugen.

»Ja«, antwortete er sofort. »Aber verdünn sie mit Wasser, sonst ist sie zu schwer für sie. Nach ein paar Tagen können sie auch in Milch eingeweichtes Brot fressen. Das gibt mein Vater zu Hause den Welpen und Kätzchen immer zu fressen.«

Noch eine weitere Stunde blieb Dina standhaft und wehrte das flehende Bitten aus der Küche ab. Dann sagte sie schließlich: »Ach, das hat ja doch keinen Sinn. Na los, Mr. Mac, du bist der Experte.«

Sie wärmten die Milchwassermischung und gossen sie dann in eine Alu-Untertasse. Die Kätzchen wanden sich, als sie aus der Kohlefeuerstelle herausgehoben und auf eine Zeitung gesetzt wurden, die auf dem Boden ausgebreitet war. »Ich will auch eins tragen«, sagte Om, und Maneck überließ ihm das letzte.

Die drei Kätzchen kauerten zitternd auf der Zeitung. Allmählich lockte der Milchgeruch sie näher heran, und sie leckten ein paarmal zögernd am Rand entlang. Bald drängten sie sich um die Untertasse und schleckten eifrig drauflos. Als sie leer war, stellten die Kleinen sich mit den Pfoten hinein und blickten hoch. Maneck füllte die Untertasse auf und ließ die Kätzchen wieder trinken, dann nahm er das Gefäß weg.

»Wieso so geizig?« fragte Dina. »Gib ihnen mehr.«

»In zwei Stunden. Sie werden krank, wenn sie sich überfressen.« Aus seinem Zimmer holte er einen leeren Pappkarton und legte den Boden mit frischer Zeitung aus.

»Ich will sie nicht in der Küche haben«, protestierte sie. »Das ist unhygienisch.«

Om bot an, den Karton auf der Veranda aufzubewahren.

»In Ordnung«, sagte sie. Doch nachts wollte sie, daß die Kätzchen wieder in den Hohlraum der Feuerstelle zurückgebracht wurden. Sie hoffte immer noch, daß die Mutter ihre Kleinen wiederholen würde. Die zerbrochene Fensterscheibe ließen sie unrepariert, um es der Katze leichter zu machen.

Siebenmal räumte Dina nachts Pfannen und Töpfe aus der Küche, sicherte den Schrank und schloß die Küchentür. Siebenmal ging sie im Morgengrauen gleich nach dem Aufstehen zur Kohlefeuerstelle, in der Hoffnung, sie leer vorzufinden, aber die Kätzchen begrüßten sie fröhlich, begierig auf ihr Frühstück wartend.

Dann begann sie sich auf die morgendliche Wiedervereinigung zu freuen. Am Ende der Woche stellte sie fest, daß sie sich schon beim Zubettgehen Sorgen machte – was wäre, wenn es in dieser Nacht geschähe, wenn die Katze sie wegholen würde? Nach dem Aufwachen eilte sie zur Küche und – ah, Erleichterung! Sie waren nicht verschwunden!

Das nächtliche Umzugsritual vom Kasten zur Feuerstelle wurde aufgegeben. Die Schneider freuten sich, ihr Quartier mit den Kätzchen zu teilen. Die drei wuchsen schnell und begannen bald, die Veranda zu erkunden, so daß die Türen geschlossen gehalten werden mußten, damit sie nicht in den Nähraum wanderten und den Stoff zerkratzten. Und es dauerte nicht lange, bis sie zwischen den Stäben des Verandafensters hindurchschlüpften und ihre ersten kurzen Streifzüge in die Nachbarschaft veranstalteten.

»Wissen Sie, Dinabai«, sagte Ishvar eines Abends nach dem Essen. »Die Katze hat Ihnen eine große Ehre erwiesen. Indem sie ihre Babys hiergelassen hat, hat sie gesagt, sie vertraut diesem Haus – was Ihnen zur Ehre gereicht.«

»Was für ein völliger Quatsch.« Sie wollte nichts von diesem sentimentalen Unsinn hören. »Es ist ganz natürlich, daß die Katze mit ihren Kleinen hierherkam. Dies war das Fenster, aus dem drei weichherzige Toren ihr regelmäßig was zu fressen hinwarfen.«

Doch Ishvar war entschlossen, der Situation irgendeine Moral, irgendeine höhere Wahrheit abzuringen. »Egal, was Sie sagen, dieses Haus ist gesegnet. Es bringt Glück. Selbst der böse Vermieter konnte uns hier nichts anhaben. Und die Kätzchen sind ein gutes Omen. Es bedeutet, daß Om auch eine Menge gesunde Kinder haben wird.«

»Zuerst braucht er eine Frau«, sagte sie trocken.

»Bilkool korrekt«, sagte er ernst. »Ich habe viel darüber nachgedacht, und wir dürfen nicht viel länger warten.«

»Wie kannst du denn so töricht reden?« sagte sie, etwas verärgert. »Om fängt im Leben erst an, Geld ist knapp, und ihr habt keine eigene Wohnung. Und du denkst an eine Ehefrau für ihn?«

»Alles wird zur rechten Zeit kommen. Wir müssen Vertrauen haben. Wichtig ist, daß er bald heiratet und eine Familie gründet.«

»Hast du gehört, Om?« rief sie in Richtung Veranda. »Dein Onkel will, daß du bald heiratest und eine Familie gründest. Sorg nur dafür, daß es nicht in meiner Küche passiert.«

»Sie müssen Nachsicht mit ihm haben«, sagte Om in einem väterlichen Tonfall. »Manchmal werden bei meinem Onkel die Schrauben etwas locker, und dann sagt er verrückte Dinge.«

»Egal, was du machst, auf mich darfst du dich nicht wegen einer Unterkunft verlassen«, sagte Maneck. »Ich habe keine Pappkartons mehr zu vergeben.«

»Was, yaar«, beklagte sich Om. »Ich hatte gehofft, du würdest zwei Kästen für mich aufeinanderstapeln und mir einen zweistöckigen Bungalow bauen.«

»Es ist nicht nett, sich über glückbringende Ereignisse lustig zu machen«, sagte Ishvar, etwas verletzt. Er fand nicht, daß sein Vorschlag Spott verdiente.

Pünktlich zu den Essenszeiten kehrten die Kätzchen von ihren Wanderungen zurück und schlüpften zwischen den Stäben des Verandafensters hindurch. »Seht sie euch an«, sagte Dina zärtlich. »Kommen und gehen, als wären sie hier in einem Hotel.«

Dann wurden die Abwesenheiten länger, als sie lernten, nach Futter zu suchen und mit ihresgleichen durch die Gassen zu streifen. Die Gullys und Müllhaufen lockten mit unwiderstehlichen Gerüchen, und die Kätzchen folgten dem Ruf.

Ihr willkürliches Verschwinden stimmte alle traurig. Maneck und Om hoben ständig Leckerbissen auf, die sie auf einem Teller stapelten. Jeden Tag hofften sie, die Kätzchen würden sich herablassen zu erscheinen. Nachdem sie bis spät in die Nacht gewartet hatten, warfen sie die Reste weg, bevor sie Ungeziefer anlockten. Es fanden sich immer irgendwelche hungrigen Abnehmer, die vor dem Küchenfenster herumstrichen und deren Augen im Dunkeln aufleuchteten.

Wenn die Kätzchen erschienen, freuten sich alle. Gab es gerade keine passenden Reste, rannten Maneck und Om schnell los, um beim Vishram Brot und Milch zu kaufen. Manchmal blieben die Kätzchen nach dem Imbiß noch eine Weile, bereit, ein bißchen mit den Stoffetzen zu spielen, die unter den Nähmaschinen herumlagen. Aber meistens machten sie sich gleich wieder aus dem Staub.

»Fressen und verschwinden«, sagte Dina, »als würde ihnen der Laden gehören.«

Allmählich wurden die Besuche immer seltener und kürzer. Aus der für Jungtiere so typischen Neugier waren sie herausgewachsen, und Milch und Brot wurden völlig ignoriert. Beim Herumstöbern in den Straßen hatten sie offensichtlich einen abenteuerlustigeren Geschmack entwickelt.

Um ihre Aufmerksamkeit zu erregen, gingen Om und Maneck neben der Schale auf alle viere. »Miau!« riefen sie im Chor. »Miiauuu!« Om schnüffelte geräuschvoll am Rand herum, während Maneck hektisch mit seiner Zunge hin und her schlabberte. Die Kätzchen waren nicht beeindruckt. Sie betrachteten die Vorstellung desinteressiert, gähnten und begannen sich zu putzen.

Drei Monate nach ihrer Entdeckung in der Kohlefeuerstelle verschwanden die Kätzchen endgültig. Als zwei Wochen vergingen, ohne daß sie sich blicken ließen, war Dina überzeugt, daß sie überfahren worden waren. Maneck meinte, sie könnten ebensogut von einem verrückten Pariah-Hund angegriffen worden sein.

»Oder von diesen Riesenratten«, sagte Om. »Sogar ausgewachsene Katzen haben Schiß vor denen.«

Während sie diese düsteren Möglichkeiten in Betracht zogen, wurden sie trübsinnig, obwohl Ishvar weiterhin glaubte, daß die Kätzchen wohlauf waren. Sie seien schlaue, robuste kleine Tiere, erinnerte er die anderen, und an das Leben auf der Straße gewöhnt. Niemand teilte seinen Optimismus. Sie ärgerten sich über ihn, als hätte er irgend etwas Morbides vorgeschlagen.

Mitten in ihrer Trauer und Niedergeschlagenheit erschien Bettlermeister, um seine Rate abzuholen. Die Dämmerung wirkte dunkler als sonst, weil die Straßenbeleuchtung nicht angegangen war. »Was ist los?« fragte er. »Macht der Vermieter euch wieder Ärger?«

»Nein«, sagte Dina. »Aber unsere süßen kleinen Kätzchen sind verschwunden.«

Bettlermeister mußte lachen. Das Geräusch erschreckte sie, denn es war das erste Mal, daß sie es aus seinem Mund gehört hatten. »Solche trüben Gesichter«, sagte er. »Nicht mal bei diesen Goondas habt ihr so besorgt gewirkt.« Er lachte wieder. »Tut mir leid, daß ich euch nicht helfen kann – ich bin kein Kätzchenmeister. Aber ich habe eine fröhliche Nachricht, vielleicht muntert euch das auf.«

»Was?« fragte Ishvar.

»Es geht um Shankar.« Er lächelte von einem Ohr zum anderen. »*Ihm* kann ich die Neuigkeit noch nicht erzählen, zu seinem eigenen Schutz. Aber ich muß sie einfach mit jemandem teilen – sie ist so wunderbar –, und ihr seid seine einzigen Freunde. Ihr müßt schwören, daß ihr ihm nichts erzählt.«

Sie gaben ihm alle ihr Wort.

»Passiert ist es vor ein paar Wochen, nachdem ich Shankar und euch aus diesem Bewässerungsprojekt herausgeholt habe. Eine meiner Bettlerinnen, die sehr krank war, hat angefangen, mir Dinge aus ihrer Kindheit zu erzählen und über Shankars Kindheit. Jedesmal, wenn ich zum Kassieren vorbeikam, fing sie an, sich ihren Erinnerungen hinzugeben. Sie war alt, sehr alt für eine Bettlerin, etwa vierzig. Letzte Woche ist sie schließlich gestorben. Aber kurz vor ihrem Tod hat sie mir erzählt, sie sei Shankars Mutter.«

Dies für sich genommen sei keine Überraschung gewesen, erklärte Bettlermeister, denn er hatte es immer schon vermutet. Als kleiner Junge, wenn er seinen Vater auf dessen Runden begleitete, habe er sie oft gesehen, wie sie ein Baby stillte. Jeder nannte sie Nosey, wegen ihrem nasenlosen Gesicht. Sie war damals jung, etwa fünfzehn, mit einem vollkommenen Körper, der, wie die Bordellbesitzer einmütig meinten, einen vernünftigen Preis erzielt hätte, wäre nicht das entstellte Gesicht gewesen. Angeblich hatte bei ihrer Geburt ihr betrunkener Vater ihr in seiner Wut die Nase abgeschnitten, aus Enttäuschung über die Mutter, daß sie eine Tochter anstatt einen Sohn zur Welt gebracht hatte. Die Mutter hatte die Wunde gepflegt und das Leben des Neugeborenen gerettet, obwohl der Vater ständig sagte, laß sie doch sterben, ihr häßliches Gesicht ist die einzige Mitgift, die sie zu erwarten hat, laß sie sterben. Wegen seiner ständigen Schikanen und Mißhandlungen wurde das Kind schließlich in die Bettlerzunft verkauft.

»Ich weiß nicht genau, in welchem Alter mein Vater Nosey erwarb«, sagte Bettlermeister. »Ich kann mich nur erinnern, daß ich sie mit ihrem kleinen Baby gesehen habe.« Dann, ein paar Monate später, wurde ihr das Kind, das Shankar hieß, weggenommen und irgendwohin gebracht, wo die für den Beruf erforderlichen Veränderungen an ihm vorgenommen wurden.

Das Kind wurde der Mutter nicht zurückgegeben. Es war gewinnbringender, es unter Bettlerinnen in verschiedenen Vierteln zirkulieren zu lassen. Auch fiel es Fremden, die ihn stillten, leichter, die grenzenlose Verzweiflung in ihren Mienen zu zeigen, die erfolgreiches Betteln garantierte, während wenn Nosey das Vergnügen gehabt hätte, den ganzen Tag lang ihren kleinen Sohn an die Brust zu drücken, wäre es unmöglich gewesen, einen Funken Freude, so winzig er auch sein mochte, aus ihrem Blick herauszuhalten, was sich ungünstig auf die Einnahmen ausgewirkt hätte.

»Und so wurde Shankar erwachsen, machte sich selbständig, bekam die rollende Plattform, ohne je seine Mutter zu kennen«, sagte Bettlermeister. »Und als ich das Geschäft übernahm, hatte ich den Verdacht aus meiner Kindheit vergessen, daß er Noseys Sohn sein könnte. Bis vor kurzem.«

Es war Nosey gewesen, die ihn wieder daran erinnerte, als sie sterbend auf dem Gehsteig lag. Nicht nur das, sie behauptete auch, daß Bettlermeisters Vater auch Shankars Vater sei. Zuerst war Bettlermeister wie vor den Kopf gestoßen, daß sie die Kühnheit besaß, etwas derart Beleidigendes zu behaupten. Er drohte, sie von seiner Kundenliste zu streichen, wenn sie sich nicht entschuldigte. Sie sagte, das sei ihr einerlei, so kurz vor dem Tod sei es ihr egal.

Obwohl er sich immer noch weigerte, ihr zu glauben, fragte er sich, wieso sie eine so sinnlose Lüge von sich geben sollte. Was hoffte sie damit zu gewinnen?

Ganz benommen vor Zorn beobachtete er, wie Passanten Münzen in Noseys Blechschale warfen. Einige, die nichts von dem Drama ahnten, das sich gerade abspielte, blieben stehen und beäugten ihn mißtrauisch.

»Wahrscheinlich haben sie gedacht, Sie warten nur auf eine Gelegenheit, die Bettlerin bestehlen zu können«, sagte Maneck.

»Du hast recht. Und ich war so aufgeregt, daß ich Lust hatte, sie anzubrüllen, sie sollten sich selbst ficken.«

Dina zuckte zusammen und war kurz davor, ihn wegen seiner Ausdrucksweise zu ermahnen. Im vorderen Zimmer war es dunkel geworden, und sie schaltete das Licht an. Alle mußten blinzeln und hielten sich kurz die Hände schützend vor die Augen.

»Aber ich habe mich zurückgehalten«, sagte Bettlermeister. »In meinem Beruf haben wir ein Sprichwort – der Almosengeber hat immer recht.«

Und so ignorierte er den neugierigen Pöbel und ließ sich Noseys Behauptung durch den Kopf gehen. Nach der Empörung kam die Unsicherheit. Er warf ihr vor, sie würde ihm eine billige Lüge erzählen, ein grausames Spiel mit ihm treiben und ihn auf ewig in Zweifel lassen, während sie durch die Pforte des Todes ging.

»Sei still und hör zu«, sagte sie zu Bettlermeister. »Ich bin deine Stiefmutter, ob dir das paßt oder nicht. Und ich habe einen Beweis. Hast du jemals deinem Vater den Rücken und die Schultern massiert?«

»Ja«, antwortete er, »ich war ein guter Sohn. Ich habe meinen Vater immer massiert, wenn er mich gerufen hat, bis zum Tag seines Dahinscheidens.«

»In dem Fall«, sage Nosey, »dürftest du mit einer ungewöhnlich großen Beule vertraut sein, einer großen Schwellung im Genick deines Vaters, gleich wo die Wirbelsäule beginnt.«

»Ich habe mich gefragt, wie sie das nur wissen konnte«, sagte Bettlermeister. »Aber sie bestand auf einer Antwort: Hatte er eine Beule an der Stelle oder nicht? Sie wollte kein Wort mehr sagen, bis ich – widerwillig – zugab, daß mein Vater dieses Merkmal besessen hat, das sie beschrieben hatte. Dann fuhr sie begierig fort.«

Es war vor langer, langer Zeit passiert, als Nosey noch jung war und ihr Körper gerade gelernt hatte zu bluten. Bettlermeisters Vater war spät eines Abends zu ihrem Platz auf dem Gehsteig gekommen, als er betrunken war, zu betrunken, um sich von ihrer Physiognomie abgestoßen zu fühlen, und hatte mit ihr geschlafen.

Als sein nach Alkohol stinkender Mund sie berührte, wollte sie sich zuerst zur Wehr setzen, aber dann drehte sie das Gesicht weg und unterdrückte den Drang. Sie lag bewegungslos, wie tot unter ihm, ließ ihn machen, was er wollte. Nachdem er fertig war, setzte sie sich auf und erleichterte sich neben seinem schnarchenden, grummelnden Körper. Während der Nacht erwachte er und vergrößerte ihre kleine Pfütze mit einem Sturzbach von galligem Erbrochenem. Später hörte sie ein Schlürfgeräusch, und als sie die Augen öffnete, sah sie, daß Ratten von der Lache tranken.

Nosey nahm an, daß er ihren Körper genossen hatte, denn er kam in anderen Nächten wieder, selbst wenn er nicht betrunken war. Jetzt haßte sie es weniger. Wenn er auf ihr lag und ohne seine Rüstung von Alkohol ihr Gesicht betrachtete, begann er ihr zu gefallen. Sie ließ ihr Fleisch lebendig werden und genoß es, mit ihm zu verschmelzen. Dann erkundeten ihre Hände seinen Körper und entdeckten die große Beule im Genick. Sie kicherte und fragte ihn danach. Er scherzte, er habe sie zu ihrem Vergnügen wachsen lassen – so daß sie nicht nur einen, sondern zwei Knochen hätte, mit denen sie spielen könnte.

Und so geschah es, daß der Mann, der ihr grauenhaftes Gesicht betrachten und sie trotzdem lieben konnte, einen Platz in ihrem Herzen fand. Er erklärte ihr, was der Arzt ihm über seinen besonderen Knochen erzählt hatte. Er war mit vierunddreißig Wirbeln geboren worden, statt mit den üblichen dreiunddreißig, der zusätzliche war oben auf der Säule zusammengewachsen und die Ursache seiner chronischen Schmerzen.

»Ist es nicht dein Vater, den ich beschreibe«, sagte Nosey, »hast du jetzt noch irgendwelche Zweifel?«

Bettlermeister stimmte zu, daß all das zutreffe. Aber es war nur ein Beweis für die betrunkenen Hurereien seines Vaters und sonst nichts.

»Nicht nur betrunken«, korrigierte sie ihn stolz, »sondern auch nüchtern.« Diese Unterscheidung war ihr das Kostbarste in ihrem Leben und von größter Wichtigkeit für sie, selbst jetzt, da sie sich so dicht vor der Pforte des Todes befand.

Er gab es widerwillig zu. Aber es sei immer noch kein Beweis, behauptete er, daß Shankar der Sohn seines Vaters und sein Halbbruder sei. Sei es wohl, sagte Nosey, weil Shankar genau die gleiche Schwellung in seinem Genick habe, und es werde nur einen Augenblick dauern, das zu überprüfen. Bettlermeister könne natürlich so tun, als sei es ein Zufall, sagte sie, aber im Grunde seines Herzens kenne er die Wahrheit.

»Und sie hatte recht, im Grunde meines Herzens wußte ich, daß es die Wahrheit war. Aber in meinem Herz herrschte auch eine große, hoffnungslose Gefühlsverwirrung. Ich war zornig, erschrocken und verwirrt. Aber auch glücklich. Denn ich begriff, daß ich, ein Einzelkind, ohne Eltern oder Verwandte in der Welt, plötzlich mit einem Bruder gesegnet war. Und mit einer Stiefmutter, selbst wenn sie fast in meinem eigenen Alter war und kurz vor dem Tod stand.«

Und so, nachdem er die Wahrheit akzeptiert hatte, wurde der ganze Zorn und Groll, den er gegen die Sterbende empfunden hatte, von Dankbarkeit verdrängt. Er fragte sie, wieso sie es ihm nicht früher gesagt habe.

Sie sagte, aus Angst davor, was er vielleicht getan hätte, wenn das Geheimnis ihn erzürnt oder beschämt hätte – vielleicht hätte er sie und Shankar getötet oder sie an einen weniger angenehmen Besitzer in einer fernen Gegend verkauft, wo sie Fremde gewesen wären. Ihre größte Angst war, die vertrauten Gehsteige ihrer Jugend zu verlieren.

Aber jetzt spiele es keine Rolle, sie werde bald tot sein, und er sei der einzige Besitzer dieses Wissens, mit dem er machen könne, was er wolle. Es sei an ihm, es Shankar zu erzählen oder nicht.

Er versicherte ihr, daß es ihm nichts als Glück gebracht habe, daß sie ihn ins Vertrauen gezogen habe. Aber jetzt müsse er sie dringend in ein gutes Krankenhaus bringen. Er wollte es ihr für die Zeit, die ihr noch blieb, so angenehm wie möglich machen und ging ein Taxi rufen.

Die ersten paar, die hielten, verweigerten die Fahrt, als sie die kranke Bettlerin sahen, aus Sorge um das Wageninnere. Schließlich stoppte Bettlermeister eins, indem er dem Fahrer mit einem dicken Bündel Rupien zuwedelte. Das Taxi hatte einen zerbrochenen Scheinwerfer und eine klappernde Stoßstange. Auf dem Rücksitz, wo er Nosey in den Armen hielt, hörte sich Bettlermeister die Unglücksgeschichte des Fahrers an. Ein Polizist habe böswillig sein Fahrzeug beschädigt, erzählte er, weil er, der Fahrer, ihm diese Woche den Umschlag mit dem Parking-Hafta zu spät zugesteckt hatte.

Im Krankenhaus mußten sie endlos lange warten. Nosey wurde auf dem Boden eines Flurs liegengelassen, wo dichtgedrängt mittellose Menschen auf die Behandlung warteten. Der menschliche Gestank vermischte sich mit dem antiseptischen Geruch von Phenol, der von den Steinfliesen aufstieg. Bettlermeister tat sein Bestes, die Verantwortlichen zu motivieren, und sprach mit einem freundlich aussehenden Arzt. Sein weißer Kittel war an der großen unteren Tasche gerissen, wo er sein Stethoskop hineingezwängt hatte. Bettlermeister bat ihn, sich bitte zu beeilen und sich um seine Mutter zu kümmern, es würde sich für ihn lohnen. Der Arzt sagte mit sanfter Stimme, er solle sich keine Sorgen machen, man würde sich um alle kümmern. Dann eilte er davon, die Hand in der zerrissenen Tasche.

Bettlermeister nahm an, daß Mediziner, erfüllt wie sie waren von ihrer edlen Berufung, von seinem schweißdurchtränkten Bündel Rupien nicht so beeindruckt waren wie die Mehrzahl der gewöhnlichen Sterblichen. Aber er kam nicht mehr dazu, weitere Ärzte und Schwestern zu testen, um zu einer wirklich statistisch aussagekräftigen Schlußfolgerung zu gelangen. Denn bevor seine Stiefmutter behandelt werden konnte, war ihr Leben zu Ende gegangen. Er tröstete sich mit dem Gedanken, daß er dann eben ein gutes Begräbnis bezahlen würde anstatt einer Krankenhausrechnung.

»Und als das alles erledigt war, ging ich zu Shankar«, sagte Bettlermeister seufzend. »Natürlich habe ich nicht gleich die große Neuigkeit erwähnt, weil ich erst in aller Ruhe über das nachdenken wollte, was Nosey mir erzählt hatte.«

Er fragte Shankar, wie das Betteln laufe, ob die Plattform gut funktioniere, ob die Rollen geölt werden mußten – das übliche Geplauder, das er auf seinen Inspektionsrunden machte. Shankar beklagte sich, daß in diesem Viertel von Geizhälsen immer seltener Almosen gegeben würden, die Leute seien alle so mißgelaunt. Bettlermeister kniete neben ihm und legte ihm eine Hand auf die Schulter. Er sagte, das sei zur Zeit überall das gleiche – eine richtige Krise der menschlichen Natur, gegen die nur eine Revolution im Herzen der Menschen helfen könne. Aber er würde sich drum kümmern, ihm vielleicht einen neuen Platz zuteilen. Er klopfte Shankar auf den Rücken und sagte, er solle sich keine Sorgen machen, dann ließ er seine Finger unter den Kragen gleiten, um sein Genick zu befühlen.

»Und da, unter meinen Fingerspitzen, war der Wirbel meines Vaters. Die gleiche große Beule. Ich war so aufgewühlt, daß meine Hand zitterte. Ich bebte am ganzen Körper und konnte beim Hocken kaum noch das Gleichgewicht halten. Da vor mir war mein Bruder, und da war auch mein Vater, der da in dieser Wirbelsäule lebte. Ich konnte mich kaum beherrschen, Shankar zu umarmen, ihn an meine Brust zu drücken und ihm alles zu gestehen.«

Es hatte ihn übermenschliche Anstrengung gekostet, sich zu zügeln. Eine zu frühe Enthüllung hätte unsagbares Leid verursachen können. Zuerst mußte er entscheiden, was für Shankar der beste Kurs wäre. Es war schön und gut, sich vorzustellen, er könnte seinen Bruder zu sich nach Hause nehmen, es ihm für den Rest seines Lebens behaglich machen und glücklich mit ihm zusammenleben. Das waren billige Träume, wie die Leute sie ständig hatten.

Aber was, wenn Shankar sich an das neue Leben nicht gewöhnen konnte? Angenommen, es würde ihm sinnlos erscheinen oder schlimmer als sinnlos? Wie ein Gefängnis, das ihm seine Mängel nur schmerzlich bewußtmachte, anstatt daß sie, indem er auf dem Gehsteig bettelte, nutzbringend angewandt wurden? Und vor allem, was wäre, wenn die grauenvolle Geschichte seiner Kindheit zu einem Geschwür auf Shankars Seele würde, ihn von innen zerfressen und den Rest seines Lebens zu einer einzigen bitteren und verwüstenden Anklage gegen Bettlermeister und seinen Vater machen würde? Konnte es mit so einem Wissen noch Vergebung geben?

»Ich hatte das Gefühl, es wäre besser, diesen seelischen Kampf mit mir selbst auszufechten, innerhalb der Grenzen meiner Seele die Wahrheit aufzubewahren, die mir Nosey anvertraut hatte. Meinen armen unglücklichen Bruder in das Elend mithineinzuziehen, nur damit es mir bessergehe – das wäre zu egoistisch gewesen.« Shankars Leben und Körper waren schon einmal zerstört worden, in seiner Kindheit. Aber er hatte gelernt, dieses Wrack zu bewohnen. Eine zweite Zerstörung bei ihm anzurichten wäre unverzeihlich gewesen.

»So habe ich beschlossen zu warten. Zu warten und mit ihm über seine Kindheit zu reden. Vielleicht werde ich ihm ein paar Kleinigkeiten erzählen und seine Reaktion beobachten. Nach und nach werde ich wissen, welcher der beste Kurs für uns ist. Und hier brauche ich eure Hilfe.«

»Was können wir tun?« fragte Ishvar.

»Stellt Shankar Fragen, ermuntert ihn, über seine Vergangenheit zu reden. Seht, was er für Erinnerungen hat. Er hat immer noch etwas Angst vor mir, euch erzählt er wahrscheinlich mehr. Haltet ihr mich auf dem laufenden?«

»Sicher, das können wir machen.«

»Vielen Dank. In der Zwischenzeit möchte ich ihm sein Leben auf dem Gehsteig so angenehm machen wie möglich. Ich habe angefangen, ihm jeden Tag seine Lieblingssüßigkeiten zu kaufen – Laddoo und Jalebi. Und sonntags Ras-Malai. Ich habe auch seine Plattform mit Polstern verbessert und ihm einen besseren Platz zum Schlafen für die Nacht besorgt.«

»Jetzt verstehe ich es«, sagte Ishvar. »Er erzählt uns ständig, wie nett Sie zu ihm sind.«

»Das ist das mindeste, was ich tun kann. Ich habe auch vor, ihm meinen persönlichen Friseur zu schicken. Er soll die vollständige Luxusbehandlung bekommen – Haarschnitt, Rasieren, Gesichtsmassage, Maniküre, alles. Und wenn die Leute ihm weniger Almosen geben, weil er so gepflegt aussieht, dann sollen sie sich doch selbst ficken.«

Wieder unterdrückte Dina den Drang zu sagen: Bitte ein anderer Ton. Aber diesmal war es für ihre Ohren nicht mehr so ein großer Schock. »Die Neuigkeiten, die Sie gebracht haben, sind wunderbar«, sagte sie. »Wie glücklich Shankar sein wird, wenn Sie es ihm irgendwann sagen.«

»Nicht wenn, sondern falls. Werde ich jemals den Mut dazu haben? Habe ich die Weisheit, die richtige Entscheidung zu treffen?«

Die Last dieser Fragen stürzte ihn plötzlich in Verzweiflung. Die Neuigkeit, die alle fröhlich machen sollte, wurde jäh zu einer Wolke, die die Sonne verhüllte.

»Ich bin sicher, mit der Zeit wird es Ihnen klarwerden«, sagte Ishvar.

»Was jetzt schon klar ist, ist, daß es eine feine Linie zwischen Shankar und mir gibt. Feiner als das seidige Haar meiner armen ermordeten Bettler. Ich habe sie nicht gezogen – es ist die Spur des Schicksals. Aber jetzt habe ich die Macht, sie auszuradieren.« Er seufzte. »So eine einschüchternde, erschreckende Macht. Wage ich es? Denn wenn diese Linie erst einmal gelöscht ist, kann sie nicht mehr neu gezogen werden.« Er zitterte. »Was für ein Erbe meine Stiefmutter mir hinterlassen hat.«

Er öffnete seine Aktentasche, holte sein Skizzenbuch heraus und zeigte ihnen seine neueste Zeichnung. »Ich habe sie gestern nacht gemacht, als ich sehr niedergeschlagen war und nicht schlafen konnte.«

Das Bild bestand aus drei Gestalten. Die erste saß auf einer Plattform mit winzigen Rädern. Sie hatte weder Beine noch Finger, und die Stümpfe der Oberschenkel standen wie Bambusstangen ab. Die zweite war eine abgemagerte Frau ohne Nase, mit einem klaffenden Loch mitten im Gesicht. Aber die dritte Gestalt war die groteskeste. Ein Mann, der eine Aktentasche an sein Handgelenk gekettet hatte, stand auf vier spindeldürren Beinen. Seine vier Beine waren zu den vier Punkten des Kompasses ausgestreckt, als befänden sie sich in einem ewigen Disput darüber, welche Richtung die richtige sei. Seine beiden Hände hatten je zehn Finger, nutzlose Bananen, die aus den Handtellern sprossen. Und sein Gesicht hatte zwei Nasen, nebeneinander liegend, doch auf bizarre Art voneinander weggedreht, als könnten sie den Geruch der anderen nicht ertragen.

Sie starrten auf die Zeichnung, unsicher, wie sie auf Bettlermeisters Kreation reagieren sollten. Er ersparte ihnen die Peinlichkeit, indem er seine eigene Interpretation zum besten gab. »Monster, das sind wir – allesamt.«

Ishvar wollte gerade sagen, er sei zu hart mit sich selbst, daß er Shankars und Noseys Schicksal nicht ausschließlich sich selbst anlasten solle, als Bettlermeister klarstellte: »Ich meine, jeder von uns, jeder einzelne Mensch. Und wer kann uns einen Vorwurf machen? Was für eine Chance haben wir denn, wenn unser Anfang und unser Ende so bizarr sind? Geburt und Tod – was gibt es Monströseres? Wir machen uns gerne was vor und nennen es wundersam, schön und majestätisch, aber es ist monströs, ist doch wahr.«

Er schloß das Skizzenbuch und tat es in seiner bestimmten kurzangebundenen Art wieder in seine Aktentasche, womit er zu verstehen gab, daß seine Saga von Glück und Elend und Zweifel und Entdeckung vorüber war, daß die menschlichen Gefühle weggepackt wurden und es jetzt wieder geschäftlich zuging. »In vier Monaten wird euer Jahr um sein. Ich muß es im voraus wissen – habt ihr vor, den Vertrag mit mir zu erneuern?«

»O ja«, sagte Ishvar. »Auf jeden Fall. Sonst fängt der Vermieter wieder mit seinen Schikanen an.«

Sie folgten Bettlermeister zur Veranda, um ihn zu verabschieden. Draußen blieb die Nacht von Straßenlaternen unbeleuchtet. Es schien ein Stromausfall zu sein, denn die gesamte Lampenreihe war dunkel.

»Hoffentlich funktioniert Shankars Laterne«, sagte Bettlermeister. »Ich beeile mich mal lieber und sehe bei ihm nach. Er kriegt Angst, wenn der Gehsteig dunkel ist.«

Wie er in seinem weißen Hemd und seiner weißen Hose über den schwarzen Asphalt schritt, sah er aus wie Kreide, die über eine leere Tafel wandert. Er drehte sich einmal um, um zu winken, und wurde dann allmählich unsichtbar.

»Was für eine sonderbare Geschichte«, sagte Om. »Die würden unsere Freunde im Vishram bestimmt gerne hören. Da ist alles drin – Tragik, Romantik, Gewalt und ein spannender unaufgelöster Schluß.«

»Aber du hast ja gehört, was Bettlermeister uns gesagt hat«, sagte Ishvar. »Sie muß geheim bleiben, Shankar zuliebe. Das ist noch eine Geschichte, die nicht in das *Mahabharat* des Kochs hineinkommen kann.«

XIII

Hochzeit, Würmer und Sanyas

Als die Kätzchen einen Monat später wieder vor dem Küchenfenster auftauchten, war die Freude gedämpft, denn es war deutlich, daß sie nur gekommen waren, um sich die Mägen zu füllen. Om und Maneck hätten sich über irgendein Zeichen des Wiedererkennens gefreut – ein lautes Miauen vielleicht oder ein Blick, ein Schnurren, ein Katzbuckeln. Statt dessen schnappten sich die Kätzchen einen Fischkopf und liefen gleich wieder fort, um ihn in aller Ruhe zu verzehren.

»Wieso überrascht euch das?« fragte Dina. »Undankbarkeit ist nichts Ungewöhnliches in der Welt. Irgendwann werdet ihr mich auch vergessen – alle drei. Wenn ihr eure eigenen Wege geht und Familien gründet, werdet ihr mich nicht mehr kennen.« Sie zeigte auf Maneck. »In zwei Monaten wirst du deine Abschlußprüfung machen, deine Sachen packen und dann verschwinden.«

»Bestimmt nicht, Tante«, protestierte er. »Ich werde mich immer an dich erinnern und dich besuchen und dir schreiben, egal, wo ich bin.«

»Na ja, das werden wir ja sehen«, sagte sie. »Und ihr Schneider werdet irgendwann auf eigenen Füßen stehen und auch fortgehen. Was nicht heißen soll, daß ich mich nicht für euch freue, wenn es passiert.«

»Dinabai, ich werde Ihren Mund mit Zucker segnen, wenn das passiert«, sagte Ishvar. »Aber bevor es für Menschen wie uns Häuser oder Werkstätten geben kann, werden die Politiker ehrlich werden müssen.« Er hielt einen Zeigefinger hoch, krümmte ihn und streckte ihn wieder. »Der krumme Stock mag grade werden, aber nicht der Staat.« Das, sagte er, sei überhaupt seine größte Sorge – wie könnte Om sich eine Frau nehmen, wenn sie keine Wohnung finden konnten?

»Bis er soweit ist, daß er heiraten will, wird sich bestimmt irgendwas ergeben«, sagte Dina.

»Ich glaube, er ist jetzt soweit«, meinte Ishvar.

»Und ich glaube, er ist nicht soweit«, fauchte Om. »Wieso

redest du ständig vom Heiraten? Sieh dir Maneck an. Er ist genauso alt wie ich, und niemand hat es eilig, ihm seine Hochzeit zu organisieren. Haben es deine Eltern eilig, Maneck? Los, sag was, yaar, bring meinen Onkel zur Vernunft.«

Maneck zuckte die Achseln und sagte, nein, sie hätten es nicht eilig.

»Los, sag ihm auch das andere. Daß deine Eltern warten wollen, bis du jemand kennenlernst, den du magst. Und erst wenn du dich zur Heirat entschließt, werden sie die Vorbereitungen treffen. Bei mir soll das auch so sein.«

»Omprakash, du redest Unsinn.« Sein Onkel kochte innerlich über diese absurde Vorstellung. »Wir kommen von unterschiedlichen Gesellschaften, mit unterschiedlichen Bräuchen. Weil deine Eltern nicht bei uns sind, ist es meine Pflicht, dir eine Frau zu suchen.«

Om verzog das Gesicht.

»Saures-Limonen-Gesicht«, sagte Maneck, in dem Versuch, die Schlacht abzuwehren, die sich anbahnte. »Und dich, Tante, muß ich warnen. Vielleicht bist du mich nicht schon in zwei Monaten los.«

»Was soll das denn heißen?«

»Ich habe beschlossen, noch drei weitere Jahre aufs College zu gehen und ein richtiges Diplom zu erwerben statt bloß das Technikerzertifikat.«

Freude sprang ihr ins Gesicht. Sie verdrängte sie schnell dorthin, wo sie nicht so leicht zu sehen war. »Das war eine kluge Entscheidung. Ein Diplom ist wertvoller.«

»Kann ich dann also bei dir bleiben? Ich meine, nach meinen Ferien?«

»Was meint ihr beide dazu? Sollen wir Maneck erlauben wiederzukommen?«

Ishvar lächelte. »Unter einer Bedingung. Daß er meinem Neffen nicht seine verrückten Ideen in den Kopf setzt.«

Die Verheiratung seines Neffen war eine Frage, die Ishvar jetzt ständig beschäftigte. Er brachte sie bei jeder Gelegenheit zur Sprache, während Dina auf sanfte Weise versuchte, es ihm auszureden. »Es gibt reichlich Arbeit, und endlich schafft ihr es, etwas Geld zu sparen. Wieso sich jetzt eine neue Verpflichtung aufhalsen? Gerade wenn sich die Lage verbessert?«

»Ein Grund mehr«, entgegnete Ishvar. »Falls die Dinge sich wieder verschlechtern.«

»Das werden sie sowieso, egal, ob Om heiratet oder nicht«, sagte Maneck. »Alles endet schlecht. Das ist das Gesetz des Universums.«

Ishvar machte eine Miene, als hätte er gerade eine Ohrfeige bekommen. »Ich dachte, du bist unser Freund«, sagte er, und seine Stimme zog sich vor Schmerz zusammen.

»Das bin ich doch auch. Ich sage das nicht aus Gehässigkeit. Sieh dir doch nur mal die Welt um dich herum an. Zu bestimmten Zeiten sehen die Dinge recht vielversprechend aus, aber am Schluß ist alles ...«

»Du hast mir jetzt genug philosophiert«, unterbrach Dina ihn. »Wenn du nicht etwas Nettes sagen kannst, dann sag lieber gar nichts. Behalt deine schwarzen Gedanken für dich. Ich stimme auch nicht mit Ishvar überein, aber das ist kein Grund, solche unheilverheißenden Worte auszusprechen.«

»Aber ich bin ja gar nicht anderer Meinung, ich wollte nur ...«

»Das reicht! Du hast Ishvar schon genug verletzt!«

Die Verletzung hinderte Ishvar nicht daran, sich weiter in seine fixe Idee hineinzusteigern. Zwei Tage später verkündete er mit einer Stimme, die vor Unsicherheit troff, daß er sich entschieden habe. »Am besten schreibt man Ashraf Chacha einen Brief und bittet ihn, es in unserer Gemeinschaft bekanntzumachen.«

Om unterbrach sein Nähen und warf seinem Onkel einen verächtlichen Blick zu. »Zuerst hast du geträumt, wir würden sparen, in unser Dorf zurückkehren und eine kleine Werkstatt kaufen. Jetzt hast du einen neuen Traum. Wieso wachst du zur Abwechslung nicht mal auf?«

»Was ist so schlimm daran, einen unmöglichen Traum gegen einen möglichen einzutauschen? Das mit der Werkstatt wird noch sehr lange dauern. Aber eine Heirat kann nicht aufgeschoben werden. Bas, ich werde Chachaji schreiben.«

»Ich warne dich, schreib ihm nur, wenn *du* eine Frau haben willst.«

»Habt ihr das gehört? Mein Neffe *warnt* mich.« Er gab sich jetzt nicht einmal mehr Mühe, Ruhe vorzutäuschen. Die beschädigte linke Wange verfinsterte sein Gesicht. »Du wirst das tun, was man dir sagt, verstanden? Ich bin viel zu nachsichtig mit dir gewesen, Omprakash – ja, zu nachsichtig. Ein anderer an meiner Stelle hätte dir im Laufe der Jahre schon längst die Knochen weichgeprügelt.«

»Hör auf, yaar. Deine Drohungen machen mir keine angst.«

»Hört ihn euch an. Noch vor ein paar Monaten, im Arbeitslager, hast du mir jede Nacht weinend in den Armen gelegen. Du hast Angst gehabt, dir war schlecht, hast gekotzt wie ein Baby. Und jetzt bist du ganz stark und störrisch. Und warum? Nur weil ich dein Bestes will.«

»Das bestreitet doch niemand«, mischte Dina sich ein, in der Hoffnung, Ishvar würde zur Vernunft kommen, wenn sie sich auch gegen ihn aussprach. »Aber solch blinde Hast ist unklug. Wenn Om sich nach einer Ehefrau sehnen würde, wäre das etwas anderes. Wieso hast du es so eilig?«

Er hatte das Gefühl, daß sie sich alle gegen ihn verschworen. »Es ist meine Pflicht«, murmelte er mit der aufreizenden Miene eines Weisen und erklärte sich damit zum moralischen Sieger. Dann ging er wieder an die Arbeit. Als er geistesabwesend ein Stück Stoff hervorzog, brachte er den gesamten Stapel zum Umstürzen.

»Na wundervoll!« fauchte Dina ihn an. »Bravo! Als nächstes läßt du uns allen noch die Decke auf die Köpfe fallen. Siehst du, was deine dringliche Pflicht mit dir anstellt? Eine Manie ist das – eine Manie, keine Pflicht.« Sie half ihm, die heruntergefallenen Kleider aufzusammeln. »Wenn doch nur diese verfluchte Katze nicht ihre Jungen in meiner Küche gelassen hätte. Die hat dir diese verrückte Idee in den Kopf gesetzt.«

Während der nächsten Tage machte sich Ishvars innere Unruhe in seiner Arbeit an der Singer bemerkbar. Er wurde fahrig. In seine Näherei schlichen sich Fehler ein wie falsche Karten bei einem Zaubertrick, was Dina Gelegenheit gab, ihn auf die gefährlichen Folgen seiner Einstellung hinzuweisen. »Mit deiner Heiratsmanie wirst du uns noch unser Geschäft kaputtmachen. Du wirst uns noch das Essen von den Tellern wegzaubern.«

»Es tut mir leid, mir liegt so viel auf der Seele«, sagte Ishvar. »Aber keine Sorge, es ist nur vorübergehend.«

»Was soll das heißen, keine Sorge? Wie kann es vorübergehen? Wenn erst mal eine Ehefrau da ist, werden auch bald Kinder da sein. Dann wird dir noch viel mehr auf der Seele liegen. Wo sollen sie alle wohnen? Und alle diese Mäuler, die gefüttert werden müssen. Wie viele Leben willst du denn ruinieren?«

»Ihnen kommt es vielleicht wie ruinieren vor. Aber ich will doch nur eine Grundlage für Oms Glück schaffen. Eine Heirat ergibt sich nicht in ein paar Monaten. Es wird mindestens ein Jahr dauern, bevor wir irgendwie weiterkommen. Wenn das Mädchen zu jung ist, werden die Eltern vielleicht noch etwas warten wollen. Ich will doch nur die richtige finden und sie für meinen Neffen reservieren.«

»Wie eine Zugfahrkarte«, warf Maneck ein, und Om lachte.

»Das ist eine sehr schlechte Angewohnheit von dir«, sagte Ishvar. »Dich immer über Dinge lustig zu machen, die du nicht verstehst.«

Was gab es für eine andere Wahl, dachte Maneck. Aber er verkniff sich eine Entgegnung, um Ishvar nicht noch weiter zu reizen.

Schwarze Stempel bedeckten die Briefmarke auf dem Umschlag, der Ashrafs Antwort enthielt. Sie setzten sich zusammen aus Datum, Postbezirk und einer Parole: EINE ÄRA DER DISZIPLIN, gefolgt von einem bedrohlichen Ausrufezeichen, das wie ein Knüppel geformt war.

Die andern warteten ungeduldig darauf, daß Ishvar endlich den Brief aufmachte und die Neuigkeiten vorlas. Sein Blick wanderte über das Blatt mit der Unsicherheit eines Menschen, der das Lesen nicht gewohnt ist, und stolperte über Ashrafs zittrige Handschrift. Einmal lächelte er breit, dann blickte er verwundert drein und runzelte gegen Ende die Stirn, was zusammengenommen Om sehr nervös machte.

»Chachaji ist bei guter Gesundheit«, begann Ishvar. »Er hat uns vermißt. Er schreibt, der Teufel muß die Zeit gefangengenommen haben, sie vergeht so langsam. Er freut sich, daß Om heiraten wird. Er ist auch der Meinung, daß man nicht zu lange damit warten soll.«

»Was noch?«

Ishvar seufzte. »Er hat mit Leuten von unserer Gemeinschaft gesprochen.«

»Und?«

»Es gibt vier Chamaar-Familien, die interessiert sind.« Er seufzte wieder.

»Hurra«, sagte Maneck und klopfte Om auf die Schulter. »Du bist sehr gefragt.« Om schob seine Hand weg.

»Aber Ishvarbhai, freust du dich denn nicht über die Nachricht?« fragte Dina. »Wieso so besorgt? Das war doch das, was du wolltest, oder?«

Er schob die beiden Blätter herum, als wünschte er sich, es wären mehr. »Dieser Teil erfreut mich. Die Schwierigkeit liegt in dem anderen Teil.«

Sie warteten. »Hast du vor, uns das heute noch zu erzählen oder erst morgen?« fragte Om.

Ishvar betastete seine erstarrte Wange. »Die vier interessierten Familien haben es eilig. Es gibt nämlich noch andere Parteien mit heiratsfähigen Söhnen. Zum Glück hat Chachaji unseren Stand verbessert – dadurch, daß Om für eine große Exportgesellschaft in der Stadt arbeitet, ist er eine gute Partie für jedes Mädchen. Deswegen wollen die Familien, daß wir innerhalb der nächsten acht Wochen wählen und uns endgültig festlegen.«

»Das ist zu früh«, sagte Dina. »Du wirst ablehnen müssen.«

Im Verlauf des Jahres, in dem er und sein Neffe für Dina gearbeitet hatten, war Ishvar kein einziges Mal laut geworden. Als er es jetzt tat, überraschte es alle, einschließlich ihn selbst.

»Was haben Sie mir denn zu sagen! Wie kommen Sie dazu, mir zu sagen, was für meinen Neffen das Beste ist, in dieser wichtigsten Entscheidung seines Lebens! Was wissen Sie denn schon über uns, über seine Erziehung, über meine Pflicht, daß Sie sich anmaßen, uns gute Ratschläge zu erteilen!«

Ishvar der Friedensstifter, sanft und immer leise, wütete und fuchtelte mit den Händen. »Meinen Sie, mein Neffe und ich sind Ihr persönliches Eigentum? Wir sind nicht Ihre Sklaven, wir arbeiten nur für Sie! Oder wollen Sie uns vielleicht sagen, wie wir leben und wann wir sterben sollen?«

Und dann, weil er keine Übung mit dem Gefühl der Wut hatte und nicht wußte, wie man einen Wutanfall beendet, brach er in Tränen aus und flüchtete auf die Veranda.

»Na schön!« rief Dina hinter ihm her, als sie endlich die Sprache wiedergefunden hatte. »Tu doch, was du willst! Aber erwarte bloß nicht, daß ich hier Unterkunft für Ehefrau, Kinder und Enkelkinder bereitstelle!«

»Ich erwarte überhaupt nichts von Ihnen!« schrie er mit versagender Stimme zurück.

Dina floh ins vordere Zimmer, um allein zu sein. Sie wußte nicht, wozu sie in ihrer Aufregung fähig wäre. Sie setzte sich zitternd neben Maneck aufs Sofa.

»Beruhig dich, Tante, er meint es nicht so.«

»Mir ist egal, was er meint.« Ihre Stimme bebte. »Aber siehst du, was passiert? Du hast es mit eigenen Ohren gehört. Nach allem, was ich für sie getan habe – sie bei mir aufgenommen, sie wie meine eigene Familie behandelt –, brüllt er mich an, als wäre ich irgendeine Hündin. Ich sollte sie auf der Stelle hinauswerfen.«

»Na los, tun Sie's doch!« schrie Ishvar von der Veranda. »Ist mir doch egal!« Er schnaubte, um seine laufende Nase freizubekommen, und schmeckte Salz.

Maneck legte einen Finger auf die Lippen, um Dina zu bedeuten, sie solle ihn nicht beachten.

»Er verhält sich völlig irrational in dieser Heiratsgeschichte«, flüsterte er. »Was hat es für einen Sinn, mit ihm zu streiten?«

»Nur weil Om mir leid tut. Aber du hast recht, das müssen die beiden miteinander klären. Sie können machen, was sie wollen. Die Geschichte hat sich zu hundertprozentigem Ärger entwikkelt.«

Om hörte sie im hinteren Zimmer und vergrub das Gesicht in den Händen.

Die verstreichenden Stunden brachten keine Bewegung in den erstarrten Nachmittag. Ashrafs Brief lag einsam auf dem Eßtisch. Der Stundenzeiger der Uhr fiel wie ein Stein von einer Markierung zur nächsten. Niemand machte Tee, niemand ging Tee trinken. Ishvar auf der Veranda, Om hinten, Maneck und Dina im vorderen Zimmer: Der Haushalt war erstarrt.

Schließlich senkte sich die Sonne zum Horizont, und das Licht begann sich zu verändern. Der Brief auf dem Tisch raschelte in der Brise, die durch die offenen Fenster hereinkam. Bald wäre Zeit fürs Abendessen – Zeit, Chapatis zu machen. Om hatte Hunger.

Laut mit seinen Chappals schlappend lief er im Zimmer hin und her, ging in die Küche, um Wasser zu trinken, und ließ sein Glas gegen den Topf klirren. Er wollte mit seinen Geräuschen die anderen berühren. Freundliche Geräusche konnten Feindseligkeit zum Schmelzen bringen. Er setzte sich, trommelte auf der Bank der Singer, klapperte mit der Schere, lud sechs Spulen. Dann ging er ins vordere Zimmer.

Sie waren erleichtert, daß er gekommen war. Maneck zwinkerte ihm zu. »Das war ja was, yaar. Er ist explodiert wie eine Divali-Atombombe.«

Om quälte sich ein kurzes Lachen ab. »Ich weiß einfach nicht, was ich mit meinem Onkel machen soll«, vertraute er ihnen mit gesenkter Stimme an. »Ich mach mir Sorgen um ihn.«

Seine Worte amüsierten Dina, denn es waren die gleichen, die Ishvar der Versöhner zu benutzen pflegte, wenn Om unhöflich war, schlecht nähte oder sich allgemein danebenbenahm. »Hab Geduld«, sagte sie.

»Was ist das bloß mit Heiraten und Hochzeiten, was die Leute so verrückt macht? Wenn's um diese eine Sache geht, dreht er einfach durch.«

»Ja, das stimmt«, sagte Dina und schnitt eine Grimasse. »Erinnert mich an meinen Bruder.«

»Keine Sorge, ich werde meinen Onkel schon zurechtstauchen.« Er ging zur Veranda, wo Ishvar neben dem Bettzeug im Schneidersitz auf dem Boden saß.

»Sag mal, spinnst du, in so einem Ton mit jemandem zu reden, der so gut zu uns gewesen ist?« schimpfte er los, die Arme vor der Brust verschränkt.

Ishvar blickte mit einem schwachen Lächeln zu ihm hoch. Er hörte in der Stimme seines Neffen das gleiche Echo, das Dina bemerkt hatte. Nach seinem unkontrollierten Wutausbruch fühlte er sich verunsichert und lächerlich und war bereit, sich zu versöhnen.

»Geh sofort zu Dinabai und sag ihr, daß es dir leid tut. Sag ihr, daß du den Kopf verloren hast und die ganzen häßlichen Dinge nicht so gemeint hast. Los, geh. Sag ihr, daß du ihre Meinung respektierst, daß du eingesehen hast, daß sie uns das nur sagt, weil sie sich Sorgen um uns macht. Jetzt steh auf, und geh zu ihr.«

Sein Onkel streckte ihm die Hand entgegen. Om packte sie, lehnte sich zurück und hievte ihn hoch. Ishvar schlurfte ins vordere Zimmer und stand dann betreten vor dem Sofa, um sich zu entschuldigen. Für Dina war es eine Reprise, denn die Strafpredigt auf der Veranda war drinnen auch zu hören gewesen. Aber sie rührte sich nicht, starrte nur die Wand zu ihrer Rechten an.

Ishvar, dem schon fast die Worte ausgegangen waren, seufzte. »Dinabai, um Ihnen für Ihre Güte zu danken und um für meine Unhöflichkeit um Vergebung zu bitten, fall ich Ihnen zu Füßen.« Er begann sich vorzubeugen, und die Drohung funktionierte.

»Wehe«, sagte sie, ihr Schweigen brechend. »Du weißt, wie ich darüber denke. Wir wollen über die ganze Sache kein Wort mehr verlieren.«

»Okaiji. Es ist mein Problem. Ich verspreche, es in meinem Kopf zu klären.«

»Gut. Er ist dein Neffe, und die väterlichen Pflichten liegen bei dir.«

Doch schon am folgenden Abend wurde die Vereinbarung von Ishvar gebrochen. Der Antwortbrief, den er bereits begonnen hatte, mußte noch erledigt werden, und die Qual, die ihm das bereitete, stürzte ihn immer aufs neue in entsetzliche Zweifel. Ständig kam ihm ein gequältes »Hai Ram« über die Lippen. Jetzt war die wahre Ursache für den Ausbruch vom Vortag allen klar.

»Die Gelegenheit ist ideal«, grübelte er. »Nur kommt sie, bevor wir bereit sind.«

»Om ist doch ein gutaussehender Bursche«, meinte Maneck. »Sieh dir doch nur seine chikna Frisur an. Er braucht keine Heiratsreservierung. Erstklassige Mädchen werden dutzendweise um ihn Schlange stehen.«

Ishvar wirbelte herum, und sein Finger schoß hervor, bis dicht vor Manecks Gesicht. »Du hör auf, dich über so eine ernste Sache lustig zu machen.«

Einen Augenblick lang sah es so aus, als wollte er Maneck schlagen. Dann ließ er die Hand sinken. »Wie meinen eigenen Sohn betrachte ich dich – wie einen Bruder von Om. Und so behandelst du mich? Hast nur Spott und Hohn für das, was mir so wichtig ist?«

Maneck war verblüfft. Er meinte zu sehen, daß Ishvar Tränen in die Augen traten. Aber bevor ihm etwas einfiel, womit er ihn beruhigen konnte, mischte Om sich ein. »Jetzt bist du aber wirklich durchgedreht, das steht fest, kannst nicht einmal mehr Spaß verstehen. Bei jeder Gelegenheit machst du gleich ein Riesendrama und Naatak.«

Sein Onkel nickte betreten. »Was soll ich machen, ich mache mir eben so viele Sorgen um diese Sache. Bas, von nun an halt ich den Mund und denk in Ruhe nach.«

Aber er wollte dringend ihre Meinung hören, wollte eine richtige Diskussion, einen positiven Konsens, um seine Obsession zu tarnen. Und schon nach wenigen Minuten fing er wieder an. »Wer weiß, wann sich so eine einmalige Gelegenheit wie diese wieder bietet? Vier gute Familien, unter denen man auswählen kann. Manche Leute gehen durchs Leben, ohne auch nur eine passende Partie zu finden.«

»Es ist zu früh für mich zum Heiraten«, wiederholte Om erschöpft.

»Lieber zu früh als zu spät.«

»Und was ist, wenn unser Nähbetrieb wegen einem Streik oder irgendwas kaputtgeht?« sagte Dina. »Dies sind schlechte Zeiten, da ist nichts selbstverständlich.«

»Ein Grund mehr zu heiraten. Das Kismet einer neuen Ehefrau wird unser aller Leben zum Besseren verändern.«

»Selbst wenn das so wäre, wo soll da in dieser winzigen Wohnung Platz für sie sein?«

»Mir würde nicht im Traum einfallen, um mehr Platz zu bitten. Die Veranda reicht.«

»Für dich und Om *und* seine Frau? Alle drei auf der Veranda?« Die Vorstellung kam ihr ungeheuerlich vor. »Machst du dich etwa über mich lustig?«

»Nein, Dinabai, das tue ich nicht. Das nächste Mal, wenn ich auf Wohnungssuche gehe, sollten Sie mit mir kommen und sich einmal ansehen, wie Familien wohnen. Acht, neun oder zehn Personen in einem kleinen Raum. Schlafen einer über dem andern auf großen Regalen, vom Boden bis zur Decke, wie Liegen in der Dritten Klasse der Eisenbahn. Oder in Schränken oder im Bad. Hausen wie Waren in einem Lagerhaus.«

»Das weiß ich alles. Du brauchst mir keinen Vortrag zu halten, ich habe mein ganzes Leben lang in dieser Stadt gelebt.«

»Verglichen mit so einem Elend sind drei Personen auf der Veranda ein Luxuswohnen«, sagte er leidenschaftlich. »Aber ich bestehe nicht darauf. Wenn Sie es nicht wollen, dann gehen wir einfach in unser Dorf zurück. Hauptsache, Om heiratet. Wenn das erst mal erledigt ist, ist meine Pflicht erfüllt. Der Rest spielt keine Rolle.«

* * *

Eine Woche nach Ashraf Chachas Brief fand Ishvar den Mut, die Schau der vier zukünftigen Bräute in die Wege zu leiten. Mühselig die Worte formend, schrieb er zurück, daß Om und er in einem Monat eintreffen würden. »Was uns Zeit geben wird, die Kleider fertig zu machen, die Sie gestern gebracht haben«, sagte er zu Dina. Sowie er seine Antwort abgeschickt hatte, kehrte bei ihm die alte Ruhe wieder ein, streifte sich ihm wie ein wiedergefundenes Hemd über.

Dina fand es verblüffend: ein vernünftiger Mann wie Ishvar, der plötzlich völlig irrational wurde. Konnte er vielleicht eine Form von Erpressung betreiben? Hoffte er vielleicht, daß sie dadurch, daß sie auf ihre Fähigkeiten angewiesen war, gezwungen wäre, Oms Frau mit aufzunehmen?

Ihr Verdacht nahm abwechselnd zu und ab. Er war stärker in den Zeiten, in denen Ishvar betonte, wie sehr sich Dinas Geschicke zum Guten wenden würden, wenn die Braut erst mal in der Wohnung wohnte. »Sie werden den Unterschied bemerken, sowie sie über Ihre Schwelle tritt, Dinabai. Schwiegertöchter sollen schon das Schicksal einer gesamten Familie verändert haben.«

»Sie wird weder meine noch deine Schwiegertochter sein«, stellte Dina klar.

Aber er ließ sich nicht durch eine unbedeutende Formsache aus der Fassung bringen. »Schwiegertochter ist bloß ein Wort. Nennen Sie sie, wie Sie wollen. Die Hand des Glücks ist nicht wählerisch mit Worten.«

Sie schüttelte frustriert und gleichzeitig amüsiert den Kopf. Ishvar und Täuschung – das paßte einfach nicht zusammen. Seine Unfähigkeit, sich zu verstellen, war wohlbekannt. Wenn seine Gedanken in Aufruhr waren, dauerte es nie lange, bis seine Finger seine Verwirrung verrieten. Wenn er sich über etwas freute, erstrahlte sein halbes Lächeln, und er breitete die Arme aus, als wollte er die ganze Welt umarmen. Wer so ein offenes Wesen hatte, war nicht zu gerissenem Taktieren fähig.

Sie verwarf ihren Verdacht auf Erpressung. Das hätte nahegelegen, wenn sie es mit jemandem wie Nusswan zu tun hätte. Der – der war zu jedem Winkelzug und Trick fähig. Er konnte einen wahnsinnig machen, wenn man versuchte, sein Verhalten vorauszusagen. Sie war neugierig, wie es werden würde, wenn es für die Kinder Zeit wurde, zu heiraten – es waren keine Kinder mehr, Xerxes und Zarir waren jetzt schon erwachsene Männer.

Wie Nusswan versuchen würde, geeignete Ehefrauen für sie auszusuchen, wobei er sicher all die Erfahrung einbringen würde, die er damals erworben hatte, als er mit solcher Hartnäckigkeit einen Ehemann für Dina gesucht hatte.

Sie dachte an die Zeit, als ihre Neffen noch klein waren. Wieviel Spaß sie in dieser Zeit gehabt hatten, die so schnell vorüber war. Und wie unglücklich die beiden gewesen waren, wenn Nusswan, Ruby und sie sich gestritten hatten und geschrien und gebrüllt wurde. Wußten nie, für wen sie Partei ergreifen sollten, ob sie zu Daddy oder zur Tante laufen oder ob sie vermitteln sollten. Am Schluß war ihr soviel entgangen. Die ganze Schulzeit, die Zeugnisse, Preisverleihungen, Kricketspiele, die ersten langen Hosen. Für ihre Unabhängigkeit hatte sie einen hohen Preis zahlen müssen: Schulden mit einer Tilgung, die aus Verletzungen und Bedauern bestand. Aber die andere Option – unter Nusswans Fuchtel zu leben – war unannehmbar gewesen.

Wie immer, wenn sie zurückblickte, war Dina überzeugt, daß sie besser damit gefahren war, alleine zu bleiben. Sie versuchte, sich Om als verheirateten Mann vorzustellen, versuchte, sich eine Ehefrau neben ihm vorzustellen, eine Frau mit einer kleinen zarten Figur wie seine. Ein Hochzeitsbild. Om in steifen, frischgestärkten Sachen, einen extravaganten Hochzeitsturban auf dem Kopf. Die Frau in einem roten Sari. Eine bescheidene Halskette, Nasenring, Ohrringe, Armreifen – und der Geldverleiher, der in der Kulisse wartet und sich schon darauf freut, ihnen die Schlinge um den Hals zu legen. Und wie würde sie sein? Und wie wäre es, überhaupt neben sich eine andere in dieser Wohnung zu haben?

Allmählich entstand ein Bild, und Dina ließ sich zwei Tage Zeit, es sich entwickeln zu lassen, fügte Tiefe und Details hinzu, Farbe und Struktur. Oms Frau, wie sie in der Haustür steht. Den Kopf demütig gesenkt. Wenn sie aufblickt, strahlen ihre Augen, und sie lächelt scheu hinter vorgehaltener Hand. Die Tage vergehen. Manchmal sitzt die junge Frau allein am Fenster und denkt an all das Vertraute, das sie aufgegeben hat. Dina setzt sich neben sie und ermuntert sie zum Reden, fordert sie auf, ihr von ihrem Leben zu erzählen, das sie zurückgelassen hat. Und endlich beginnt Oms Frau zu sprechen. Mehr Bilder, mehr Geschichten ...

Am dritten Tag sagte Dina zu Ishvar: »Wenn du wirklich meinst, daß die Veranda für drei Leute groß genug ist, dann können wir es probieren.«

Er hörte sie durch das Hämmern und Summen der Singer hindurch und schlug mit der flachen Hand auf das Schwingrad, um es zu bremsen.

»Gut, daß du an einer Nähmaschine sitzt und nicht am Steuer eines Autos«, sagte sie. »Bei dem Stil würdest du deine Passagiere direkt ins Jenseits befördern.«

Er sprang lachend vom Hocker hoch. »Om! Om, hör mal!« rief er zur Veranda hinaus. »Dinabai hat ja gesagt! Komm her – komm und bedank dich!« Dann merkte er, daß er das selbst noch nicht getan hatte. »Danke, Dinabai!« Er faltete die Hände. »Ein weiteres Mal helfen Sie uns so, daß wir es Ihnen nie zurückzahlen können!«

»Es ist nur ein Versuch. Bedank dich später bei mir, wenn es funktioniert.«

»Das werde ich, das verspreche ich! Ich hatte doch recht wegen der Katze ... daß die Kätzchen hierher zurückgekommen sind ... und hier werde ich auch recht haben, glauben Sie mir«, sagte er, atemlos vor Freude. »Hauptsache ist, daß Sie uns helfen wollen. Das ist so, als würden wir Ihre guten Wünsche und Ihren Segen empfangen. Das ist das Wichtigste – das Allerwichtigste.«

Die Stimmung in der Wohnung veränderte sich, und Ishvar mußte immerzu die Nähte anstrahlen, die er anfertigte. »Es wird ideal werden, Dinabai, glauben Sie mir. Für uns alle. Sie wird Ihnen auch nützlich sein. Sie kann die Wohnung putzen, zum Basar gehen, kochen ...«

»Besorgst du Om eine Ehefrau oder eine Dienerin?« erkundigte Dina sich mit sarkastischem Ton.

»Nein, nein, keine Dienerin«, erwiderte er vorwurfsvoll. »Wieso macht sie das zur Dienerin, wenn sie ihre Pflichten als Ehefrau erfüllt? Wie sonst finden Menschen ihr Glück, außer in der Erfüllung ihrer Pflichten?«

»Es kann kein Glück ohne Gerechtigkeit geben«, sagte sie. »Vergiß das nicht, Om – laß dir nie etwas anderes weismachen.«

»Genau«, sagte Maneck, indem er die unerklärliche Traurigkeit verbarg, die ihn übermannte. »Und wenn du dich danebenbenimmst, kommt Regenschirm Bachchan mit seinem Pagodenschirm und staucht dich zurecht.«

* * *

Dina fand, daß sie sich dadurch, daß sie ihre Zustimmung für die Benutzung der Veranda gegeben hatte, ein Mitspracherecht bei Oms Heirat erworben hatte. Er hatte sich in den letzten Monaten ganz positiv entwickelt, dachte sie. Das Schädeljucken war verschwunden, und seine Haare waren gesund, trieften nicht mehr von ranzigem Kokosöl. Letzterer Umstand war Maneck zu verdanken und seiner Abneigung gegen öliges Zeug im Haar.

Langsam, aber sicher hatte Om sich in Manecks Ebenbild neu erschaffen, von der Frisur über den spärlichen Schnurrbart bis zur Kleidung. Als letztes hatte er sich ein Paar ausgestellte Hosen geschneidert, wofür er sich Manecks als Vorlage ausgeliehen hatte. Er roch sogar wie Maneck, dank Cinthol-Seife und Lakmé-Talkpuder. Und Maneck hatte auch von Om gelernt – anstatt in der Hitze immer Socken und Schuhe zu tragen, wodurch seine Füße am Tagesende stark rochen, trug er jetzt Chappals.

Aber Nachahmung betonte nur die Unterschiedlichkeit der beiden: Maneck, stämmig und grobknochig, Om mit seiner zarten, vogelähnlichen Gestalt. Wenn überhaupt einer von beiden ein Ehemann werden sollte, dachte Dina, dann schien Maneck eher reif dafür zu sein, nicht Om, der dünne achtzehnjährige Junge.

Wieder war sie sich seiner erschreckend mageren Erscheinung bewußt, die in der Wohnung herumflitzte, und besonders abends in der Küche, wenn sie fasziniert seine flinken mehlbedeckten Finger beobachtete, die den Teig kneteten und die Chapatis ausrollten. Unter seinen Händen bewegte sich die Teigrolle wie durch Zauberkraft. Seine Geschicklichkeit und die Begeisterung, die er darin fand, hatten etwas Fesselndes. Das bewirkte immer, daß Dina ihre eigene Arbeit stehen- und liegenlassen und einfach nur dastehen und zugucken wollte.

Sie dachte über die Zeit nach, in der Om bei ihr gewohnt hatte. Sie hatte beobachtet, wie er herzhafte Portionen verzehrte, Mengen, die alles andere als Spatzenmahlzeiten waren. Wodurch eine Erklärung ausgeschlossen wurde – er war nicht untergewichtig, weil er zu wenig aß. Und ihr uspründlicher Verdacht, den sie schon vor einem Jahr gehabt hatte, kroch wieder hervor.

»So geht das einfach nicht weiter«, sagte sie, als sie mit Ishvar über die Sache sprach. »Dank dir wird der Junge eine große Verantwortung übernehmen. Aber was wird er denn für einen Ehemann und Vater abgeben, wenn er einen Bauch voller Würmer hat?«

»Wie können Sie sich so sicher sein, Dinabai?«

»Er klagt über Kopfschmerzen und kratzt sich an intimen Stellen. Er verschlingt große Mahlzeiten, besteht aber nach wie vor nur aus Haut und Knochen. Das sind eindeutige Zeichen.«

Am nächsten Tag zeigte sie Ishvar die dunkelbraune Flasche mit dem Wurmmittel, das sie in der Apotheke erstanden hatte. »Das ist das beste Hochzeitsgeschenk, das ich dem Jungen machen kann.«

Die rosafarbene Flüssigkeit sollte in einer einzigen Dosis eingenommen werden. Ishvar untersuchte sie, schraubte den Dekkel auf, um daran zu schnüffeln: kein angenehmer Geruch. Wie gut es wäre, wenn Om vor der Hochzeit geheilt werden könnte, dachte er. »Aber was ist, wenn es etwas anderes ist, keine Würmer?«

»Das macht nichts, die Medizin schadet nichts. Sie wirkt wie eine Reinigung. Heute abend muß er fasten und sie spät in der Nacht nehmen. Schau, es steht hier auf dem Etikett.«

Aber die Anweisungen waren zu kompliziert für sein rudimentäres Englisch, das schnell auf der Strecke blieb, wenn es sich zu weit von ›Brust‹, ›Ärmel‹, ›Kragen‹ und ›Taille‹ entfernte. Er versprach, seinen Neffen dazu zu bringen, die Medizin vor dem Zubettgehen zu schlucken.

Der schwierigere Teil war, Om zu überreden, auf das Abendessen zu verzichten. »So eine Ungerechtigkeit«, beklagte er sich. »Den Koch verhungern zu lassen, der eure Chapatis macht.«

»Wenn du ißt, essen die Würmer mit. Sie müssen in deinem Bauch richtig hungrig werden, bis sie mit weit aufgesperrten Mäulern dasitzen. Und wenn du dann die Medizin nimmst, schlingen sie sie gierig hinunter und sterben.«

Maneck erzählte, er habe mal einen Film über einen Arzt gesehen, der ganz winzig wurde, um in den Körper des Patienten zu gelangen und die Krankheit zu bekämpfen. »Ich könnte eine winzige Pistole mitnehmen und alle deine Würmer totschießen.«

»Klar«, sagte Om. »Oder einen winzigen Regenschirm, um sie zu erstechen. Dann brauchte ich dieses eklige Zeug nicht zu trinken.«

»Eins hast du dabei vergessen«, meinte Ishvar. »Wenn du sehr winzig im Bauch bist, dann werden die Würmer wie riesige Kobras und Pythons sein. He, Mister, stell dir vor, Hunderte von denen, die sich zischend um dich herumschlängeln und winden.«

»Daran hatte ich gar nicht gedacht«, sagte Maneck. »Vergiß es. Ich verzichte auf meine Reise.«

Nach Oms ersten sieben Gängen auf die Toilette am nächsten Morgen verlor Dina den Überblick. »Ich bin tot«, stöhnte er. »Es ist nichts von mir übrig.«

Dann, am späten Nachmittag, stürmte er aus der Toilette, mitgenommen, aber triumphierend. »Er ist raus! Sieht aus wie eine kleine Schlange!«

»Hat er gezappelt, oder war er leblos?«

»Wie wild gezappelt.«

»Das heißt, die Medizin konnte ihn nicht lähmen. Was für ein starker Parasit. Wie groß war er?«

Om dachte einen Moment nach und streckte die Hand aus. »Von hier bis hier«, sagte er, von den Fingerspitzen bis zum Handgelenk zeigend. »Ungefähr zwanzig Zentimeter.«

»Jetzt weißt du, warum du so dünn bist. Dieses böse Vieh und seine Kinder haben dir deine Nahrung weggegessen. Hunderte von Mägen in deinem Magen. Und keiner von euch hat mir geglaubt, als ich sagte, daß es Würmer sind. Egal, du wirst jetzt bald zunehmen. Bald wirst du so gut gebaut sein wie Maneck.«

»Ja«, sagte Maneck, »wir haben drei Wochen Zeit, einen starken Ehemann aus dir zu machen.«

»Und den Vater von einem halben Dutzend Jungs«, fügte Ishvar hinzu.

»Erteil keine schlechten Ratschläge«, sagte Dina. »Nur zwei Kinder. Höchstens drei. Hast du nicht gehört, was die Leute von der Familienplanung sagen? Und denk dran, Om, behandele deine Frau mit Respekt. Kein Brüllen, Anschreien oder Schlagen. Und eins steht fest, mir kommt kein Kerosinofen auf die Veranda.«

Ishvar verstand ihre Anspielung, so verhüllt sie auch war. Er protestierte, daß Brautverbrennungen und Mitgiftmorde nur in den gierigen oberen Kasten geschähen, seine Gemeinschaft würde so was nicht machen.

»Tatsächlich? Und wie hält man es in deiner Gemeinschaft mit männlichen und weiblichen Kindern? Irgendwelche Vorlieben?«

»Diese Dinge können wir nicht bestimmen«, erklärte er. »Das liegt alles in Gottes Händen.«

Maneck stupste Om an und flüsterte: »Es liegt nicht in Gottes Händen, es liegt in deiner Hose.«

Om brauchte einen Tag, um sich von dem Wurmmittel zu erholen. Am nächsten Abend plante Maneck, die Rückkehr des Appetits mit Bhel-puri und Kokosmilch am Strand zu feiern.

»Du verwöhnst meinen Neffen«, sagte Ishvar.

»Eigentlich nicht. Es ist das erste Mal, daß ich ihn persönlich einlade. Vorher hat sein Hauswurm das Essen für ihn erledigt.«

Ishvar starrte den Mann in der Tür an, versuchte ihn einzuordnen, denn die Stimme war ihm vertraut, aber nicht das Gesicht. Dann wich er zurück, als er den stark verwandelten Haarsammler erkannte. Sein Schädel war glatt und glänzend, und er hatte sich den Schnurrbart abrasiert.

»Du! Wo kommst du denn her?« Er fragte sich, ob er ihm sagen solle, daß er verschwinden solle, oder ob er drohen solle, die Polizei zu rufen.

Rajaram, der mit hängenden Schultern und gesenktem Kopf dastand, wich Ishvars Blick aus. »Ich habe es riskiert«, sagte er. »Es ist so viele Monate her, ich wußte nicht, ob ihr noch hier arbeitet.«

»Was ist mit deinen langen Haaren passiert?« fragte Om, was Ishvar veranlaßte, mißbilligend mit der Zunge zu schnalzen. Er wollte nicht, daß sein Neffe mit diesem Mörder wieder zu vertraut wurde.

»Es ist okay, nach meinen Haaren zu fragen«, sagte Rajaram und hob den Kopf. Sein Blick war leer, das Feuer unbeirrbaren Unternehmungsgeistes erloschen. »Ihr seid meine einzigen Freunde. Und ich brauche eure Hilfe. Aber ich fühle mich auch aus einem anderen Grund schlecht ... ich hab euch immer noch nicht zurückgezahlt, was ihr mir letztes Mal geborgt habt.«

Ishvar unterdrückte seinen Abscheu. Mit der Polizei zu tun zu haben, so wenige Tage vor der Heiratsreise, wäre höchst unglückbringend. Wenn er den Mörder mit ein paar Rupien loswerden konnte, dann würde er es tun. Er trat zurück, so daß Rajaram auf die Veranda kommen konnte. »Und was ist diesmal los?«

»Schreckliche Probleme. Nichts als Probleme. Seit unsere Hütten zerstört wurden, ist mein Leben voller riesiger Hindernisse. Ich bin bereit, der Welt zu entsagen.«

Je früher, desto besser, dachte Ishvar.

»Entschuldigung«, sagte Dina. »Ich kenne Sie nicht sehr gut, aber als eine Parsi sagt mir mein Glaube, daß Selbstmord unrecht ist, Menschen sind nicht dazu bestimmt, den Zeitpunkt ihres Todes zu wählen. Dann würden sie auch den Augenblick der Geburt aussuchen dürfen.«

Rajaram starrte auf ihre Haare und ließ ein paar Sekunden verstreichen, bevor er antwortete. »Das Ende zu wählen hat nichts damit zu tun, daß man auch den Anfang wählt. Beides ist unabhängig voneinander. Außerdem haben Sie mich mißverstanden. Ich wollte damit nur sagen, daß ich der materiellen Welt entsagen will, ein Sanyasi werden und mein restliches Leben meditierend in einer Höhle verbringen will.«

Das betrachtete sie ebensosehr als eine Flucht wie Selbstmord. »Das ist alles das gleiche.«

»Ich bin anderer Meinung«, sagte Maneck.

»Bitte unterbrich mich nicht, Maneck«, sagte sie, sich wieder an Rajaram wendend. »Und wie geht's meinen alten Friseurutensilien? Funktionieren sie noch? Die sind übrigens in England hergestellt.«

Er erbleichte. »Ja, sie funktionieren erstklassig.«

Dann wollte er in Manecks und Dinas Gegenwart nicht mehr über sich reden. »Kann ich meine beiden alten Freunde zu einem Tee einladen? Wie heißt das Restaurant, wo ihr immer hingeht – Aram?«

»Vishram«, sagte Ishvar und sah nach, ob er in der Tasche genug Geld für Tee hatte. Obwohl der Haarsammler sie eingeladen hatte, war die Wahrscheinlichkeit groß, daß letztendlich er bezahlen mußte.

Sie gingen schweigend zur Ecke und ließen sich an dem einsamen Tisch nieder. Der Koch winkte ihnen von seiner Ecke aus mit seiner fettigen Hand zu. »Geschichtenzeit!« rief er fröhlich. »Und welches Thema haben wir heute?«

Die Schneider schüttelten lachend die Köpfe. »Die Geschichte ist die, daß unser Freund durstig nach deinem Spezialtee ist«, sagte Ishvar. »Er ist von weither gekommen, um uns zu treffen.«

Rajaram blickte sich unbehaglich um. Er hatte vergessen, wie winzig und exponiert das Vishram war. Aber er war dankbar für die Ungestörtheit, die die brüllenden Herde mit ihrem Lärm ermöglichten.

»Also, was soll diese ganze Spinnerei von wegen Sanyasi?« fragte Om.

»Nein, das ist mein Ernst. Ich will der Welt entsagen.«

»Was ist mit deinem Barbierhandwerk?«

»Damit hat das ganze Problem angefangen. Ich war vom ersten Tag an ein Versager. Durch meine Zeit als Haarsammler war ich als Barbier nicht mehr zu gebrauchen.«

Ishvar weigerte sich, auch nur ein einziges Wort aus dem Munde dieses Killers zu glauben. »Du meinst, du hast vergessen, wie man Haare schneidet?«

»Viel schlimmer. Immer wenn ein Kunde sich auf den Gehsteig setzte, um sich die Haare nachschneiden zu lassen, hab ich fast einen Glatzkopf aus ihm gemacht.«

»Und wie ist das passiert?«

»Da kam dann immer etwas über mich. Anstatt das Haar zu trimmen, zu stutzen und zu formen, habe ich alles abgehackt. Irgendwie war es auch komisch – einige waren so freundlich und höflich, und als ich ihnen den Spiegel hinhielt, haben sie gesagt: ›Gut, wunderbar, vielen Dank.‹ Wahrscheinlich wollten sie mich nicht kränken und mir sagen, daß ich als Friseur eine Null bin. Aber die meisten Kunden waren nicht so nett. Sie haben wütend herumgebrüllt, haben sich geweigert zu zahlen, gedroht, mich zu verprügeln. Und ich konnte meine Haarschneidemaschine und Schere einfach nicht stoppen. Mein Haarsammlerinstinkt war zu stark geworden, ich wurde zum Ungeheuer.«

Schließlich verbreitete sich die Kunde von dem Verrückten mit der Schere, und es kam niemand mehr zu seinem Straßenstand. Bald blieb ihm keine andere Wahl. Er mußte sich wieder als Vollzeit-Haarsammler betätigen. Aber es gab ein Problem: Er hatte keinen Ort, wo er die Säcke mit minderwertigen Haarabfällen lagern konnte, die seine Haupteinnahmequelle ausmachten. »Und in eurem Koffer hättet ihr es auch nicht aufbewahren können. Dafür braucht man ein kleines Lagerhaus. Ihr habt ja meine Hütte in der Siedlung gesehen, wie sie vom Boden bis zur Decke vollgestapelt war.«

Rajaram rang die Hände und schüttelte den Kopf. »Wenn ich auch nur an einen Satz von dreißig Zentimeter langen Haaren pro Woche rangekommen wäre, hätte ich damit überleben können. Ich hätte mir eine Mahlzeit am Tag leisten können. Aber in meinem Horoskop waren keine langen Haare.«

»Was ist mit den Päckchen, die du bei Shankar gelassen hast?« unterbrach Om. »Da waren doch lange Haare drin.«

»Das kam später«, sagte Rajaram. »Hab Geduld, ich lege ein vollkommenes Geständnis ab.« Er starrte wehmütig in die Ferne, wie auf eine Parade langhaariger Schönheiten. »Ich werde nie verstehen, wieso Frauen sich nicht von ihren langen Haaren trennen können. Sicher, es ist schön anzusehen, aber die Pflege ist so aufwendig.«

Er trank einen Schluck Tee und leckte sich die Lippen. »Ich war noch nicht bereit aufzugeben. Noch nicht. Ich fing an, Bettlern, Landstreichern und Säufern kostenloses Haareschneiden anzubieten.« Spät am Abend, wenn das Saufen und Betteln beendet war, näherte er sich denen mit langen Haaren. Einige mußten mit einer kleinen Münze überredet werden. Wenn sie komatös waren oder zu behindert, um zu merken, was mit ihnen passierte, bediente er sich einfach selbst.

Aber das Unternehmen scheiterte. Die Qualität seiner Ernte war sehr minderwertig. Der Agent sagte, diese Art von langen Haaren, verknotet und schmutzig, sei nicht mehr wert als die Haarabfälle der Straßenbarbiere. Außerdem wurde die Versorgung unberechenbar, als die Polizei im Rahmen des Ausnahmezustandes mit ihren Razzien begann, um die Verschönerungsverordnung durchzusetzen.

Hungrig und obdachlos starrte Rajaram sehnsüchtig hinter den Frauen her, die mit ihren aufreizenden baumelnden Zöpfen vorbeischlenderten und ihn mit dem Reichtum auf ihren Köpfen verhöhnten. Manchmal suchte er sich eine aus, die er verfolgte, eine gutgekleidete Dame der Gesellschaft, eine wahrscheinliche Kandidatin für einen Besuch beim Friseur, die vielleicht vorhatte, sich die langen Haare abschneiden zu lassen. Die Frauen, die er verfolgte, führten ihn zu den Häusern ihrer Freundinnen, zu Arztpraxen, Astrologen, sprituellen Heilern, Restaurants, Sari-Läden, aber nie zu einem Haarsalon.

Er nahm auch langhaarige Männer unter die Lupe: Hippies,

ausländische und einheimische, mit ihren Perlen und Bärten – ausländische, die wie Eingeborene herumliefen, in Chappals, Kurtas und Pyjamas, und einheimische in Turnschuhen, ausgestellten Hosen und T-Shirts, allesamt gleichermaßen übelriechend. Er fragte sich, wieviel ein Kopf blonder oder roter Haare einbringen würde, aber er machte sich nie die Mühe, sie zu verfolgen, weil er wußte, daß sie sich sowieso nie die Haare schneiden lassen würden.

Es war schade, begann er zu sinnieren, daß Haare so fest am Kopf des Besitzers befestigt waren, was es so schwer machte, sie zu stehlen. Besser als die festumklammerte Tasche, gutsitzender als eine fette Brieftasche in einer hautengen Hose. Sicher vor dem Griff auch des geschicktesten Taschendiebes. Oder besser gesagt, Haardiebes. Die Vorstellung, daß so etwas Dünnes und Leichtes wie Haare sich so hartnäckig festklammern konnte, war wirklich erstaunlich. Sie waren so fest im Schädel verwurzelt wie ein mächtiger Banyanbaum in der Erde. Es sei denn, daß Haarschwund einsetzte und die Haare ausfielen.

Zum Zeitvertreib, so erzählte Rajaram den Schneidern, habe er davon geträumt, der erste Haardieb zu sein, der sich geschäftlich etabliert. Er träumte davon, ein System zu entwickeln, mit dem sich der Widerwille gesunder Haare, sich vom Kopf zu trennen, überwinden ließ. Vielleicht einen chemischen Stoff zu erfinden, der, wenn er dem Opfer auf den Schädel gesprüht wurde, die Wurzeln auflöste, ohne die Haare zu beschädigen. Oder ein magisches Mantra, das die Person hypnotisierte und die Haare abspringen ließ, so wie von den Sadhus rezitierte uralte vedische Shlokhas bewirken konnten, daß Flammen aus Baumstämmen schossen und Regen aus Wolken strömte.

Während er in den hungrigen Stunden vor sich hin träumte, kam er zu dem Schluß, daß ein Haardieb eigentlich weder eine neue Erfindung noch übernatürliche Kräfte brauchte: Die bereits bekannten Techniken des Taschendiebstahls, etwas modifiziert, reichten aus. An belebten Orten hätte man leichtes Spiel, wenn man ungefähr die gleiche Prozedur anwandte, deren sich die Beutelschneider bedienten. Es war bekannt, daß sie eine scharfe Klinge benutzten, um schwer zugängliche Taschen zu lockern. Er hatte immer noch seine messerscharfe Schere. Ein Schnipp, und das Haar konnte seins sein.

Ab einem bestimmten Punkt wurde aus Rajarams Phantastereien Ernst. Jetzt begann er sich einzureden, daß Diebstahl und das Verabreichen eines unfreiwilligen Haarschnitts ethisch nicht vergleichbar waren. Das eine war ein Verbrechen, durch welches das Opfer seines Geldes beraubt wurde. Das andere war eine gute Tat, mit der man das Opfer im Grunde von einer Last befreite und eine Brutstätte für Läuse beseitigte, was dem Betroffenen Zeit, Mühe und einen juckenden Schädel ersparte, ganz zu schweigen von den kostspieligen Ausgaben für Shampoo und Haarlotionen. Und ›Opfer‹ war in diesem Fall wohl kaum das geeignete Wort, fand er. ›Nutznießer‹ wäre doch sicherlich zutreffender. Es war doch gewiß Eitelkeit, was die Menschen daran hinderte zu erkennen, was gut für sie war, und deswegen mußte man etwas nachhelfen. Außerdem wäre der Verlust ja nur vorübergehend, da das Haar nachwuchs.

»Ich fing ernsthaft an zu trainieren«, sagte er, sich über den kahlen Schädel streichend, während die Schneider auf ihrer Bank herumrutschten, sprachlos angesichts der bisherigen Geschichte des Haarsammlers. »Ich zog durch die Vororte, bis ich einen Platz auf dem öden Land fand, wo ich üben konnte.«

Dort, geschützt vor neugierigen Blicken, stopfte er einen Sack mit Zeitungen aus, bis er eine Kugel von der Größe eines Kopfes hatte, nur viel leichter, leicht genug, um bei der geringsten Berührung ins Schaukeln zu geraten, wenn sie mit einer Schnur an einen Ast gehängt wurde. An dem Sack befestigte er einen üppigen Knäuel Fäden. Dann übte er, sie dicht am Kopf durchzuschneiden, ohne den Sack zu bewegen. Zur Abwechslung knüpfte er die Fäden zu Zöpfen zusammen oder hängte sie als dichten Pferdeschwanz oder breitete sie wie eine Lockenkaskade aus.

Als seine Geschicklichkeit zunahm, wurde die Anordnung verändert, um lebensechte Situationen zu simulieren. Er hielt einen Sack unter den Zopf, um ihn noch im Fall aufzufangen, ließ die Schere in den Sack fallen und zog ihn zu – alles in einer glatten Bewegung. Er übte diese Handgriffe auf sehr beengtem

Raum, um seine Hände daran zu gewöhnen, in dichtem Gedränge zu arbeiten. Und als sie gut trainiert waren, kehrte er zu den geschäftigen Straßen und Basaren der Stadt zurück.

»Aber wieso hast du dir diesen ganzen Wahnsinn aufgehalst?« fragte Ishvar. »Wenn du mit deiner Haaresammlerei Pleite gemacht hast, wäre es nicht einfacher gewesen, irgend etwas anderes zu sammeln? Zeitungen, Dabba, Flaschen?«

»Die Frage habe ich mir auch gestellt. Die Antwort lautet: ja. Es gab ein Dutzend Möglichkeiten. Schlimmstenfalls hätte ich Bettler werden können. Selbst das wäre besser gewesen als die schreckliche Straße, auf die ich mich begab. Jetzt ist das klar zu sehen. Aber eine Blindheit war über mich gekommen. Je schwieriger das Haaresammeln wurde, um so verzweifelter wollte ich den Erfolg, als würde mein Leben davon abhängen. Und so erschien mir mein Plan überhaupt nicht so verrückt.«

Im Gegenteil, als er ihn in die Praxis umsetzte, erkannte er, daß er ein brillantes System entwickelt hatte. Mit Sack und Schere ausgerüstet, drängte er sich in eine Menschenmenge hinein, wählte das Opfer (oder die Nutznießerin) sorgfältig aus, nie ungeduldig, nie gierig. Ein Kopf mit zwei Zöpfen konnte ihn nicht in Versuchung bringen, sich beide zu holen – er gab sich mit einem zufrieden. Und er widerstand immer der Versuchung, zu nah am Nacken zu schneiden – die zusätzlichen paar Zentimeter konnten ihm zum Verhängnis werden.

Im Basar mied Rajaram die Käuferinnen, die in Begleitung von Bediensteten unterwegs waren, egal, wie prachtvoll ihre Haare waren. Matronen mit Kindern im Schlepptau wurden ebenfalls gemieden – Kinder waren unberechenbar. Die Auserwählte, die die Gnade seiner Schere empfangen durfte, würde allein sein, vorzugsweise eine, die ärmlich gekleidet war, damit beschäftigt, Gemüse für ihre Familie zu kaufen, erregt über die hohen Preise, die beharrlich feilschte oder darin vertieft war, die Waage und die Gewichte des Verkäufers zu beobachten, um sicherzugehen, daß ihr nicht zuviel abgeknöpft wurde.

Doch bald würde ihr etwas anderes abgeknöpft werden. In dem Gewimmel von Käufern kam Rajarams scharfes Werkzeug unbemerkt zum Vorschein. Es machte ein einziges Mal schnipp, schnell und präzise. Der Zopf fiel in den Sack, und dann verschwand Rajaram, glücklich, eine weitere Mitbürgerin von der Last befreit zu haben, die die Ahnungslose niedergedrückt hatte.

An Bushaltestellen wählte Rajaram die Frau aus, die sich am auffälligsten um ihre Handtasche sorgte, sie fest unter den Arm klemmte, das heiße Leder oder Plastik an die schwitzende Haut gepreßt. Er gesellte sich zu den wartenden Pendlern, ein weiterer erschöpfter Arbeiter auf dem Weg nach Hause. Und wenn die Ankunft des Busses die Schlange in eine wilde Horde verwandelte, zögerte die nervöse Frau so lange an der Peripherie, daß die Schere ihr Werk verrichten konnte.

Er arbeitete nie zweimal am selben Marktplatz oder an derselben Bushaltestelle. Das wäre zu riskant. Doch oft kehrte er mit leeren Händen zu dem Schauplatz seines Verbrechens (oder seiner Wohltat) zurück, um sich die Basargespräche anzuhören. Zuerst war eine Zeitlang nichts zu hören. Wahrscheinlich war es den Frauen, wie er vermutete, zu peinlich, um irgendein Aufhebens um den Verlust ihrer Haare zu machen. Oder vielleicht glaubte ihnen niemand, oder man hielt die Sache nicht für gravierend genug.

Doch schließlich begannen Witzeleien über verlorene, gestohlene oder verlegte Haare zu sprießen. In den Paanläden machte ein Witz die Runde, daß sich während des Ausnahmezustandes, jetzt, nachdem die Slums beseitigt waren, eine neue Rasse städtischer Nagetiere entwickelt habe, die sich mangels verfaulenden Abfalls von weiblichen Haaren ernährte. Am Hafen bejubelten die Mathadis, die die Schiffsladung löschten, die Heldentaten des geheimnisvollen Haarejägers, überzeugt, es sei das Werk eines unterkastigen Bruders, der Rache übte für die jahrhundertelange Unterdrückung durch die oberen Kasten, die die niedrigen Kasten durch Entkleidung, Vergewaltigung und Kahlscherung ihrer Frauen demütigten. An den Teeständen und in den iranischen Restaurants bemerkten die Intellektuellen ironisch, daß bürokratische Stümperei dem Slumbeseitigungsprogramm zu weitreichenderen Befugnissen verholfen habe. In einer auf höchster Ebene erlassenen Direktive sei durch einen Druckfehler aus der ›Beautification Police‹ eine ›Beautician Police‹ geworden, so daß sie jetzt mit Haaren ebenso grob umsprangen, wie sie es mit den Slums getan hatten. Die unvermeidliche ausländische Hand hatte auch ihren Auftritt, in Form von CIA-Agentinnen, die angeblich Geschichten über abhanden gekommene Haarprachten verbreiteten, um die Nation zu demoralisieren.

»Da alle Witze drüber machten, machte ich mir keine Sorgen«, sagte Rajaram. »Ich wurde selbstsicherer, und ich dachte an Erweiterung.«

Die Hippies, die er bislang als ideale, aber unmögliche Nutznießer betrachtet hatte, wurden jetzt das Ziel seiner Fürsorge. Er stellte fest, daß sie in den frühen Morgenstunden um den Addaa des Dealers herum, bei dem sie ihr Haschisch kauften, in drogenschwerem Schlummer lagen.

Katatonische Ausländer um ihre Locken zu erleichtern war ein Kinderspiel. Wenn einer von ihnen zufällig die Augen aufschlug und sah, wie sein Gefährte geschoren wurde, nahm er an, daß es eine Halluzination war. Er kicherte albern oder flüsterte so etwas wie »groovy, Mann« oder »wow, echt cool«, und schlief, nachdem er sich zwischen den Beinen gekratzt hatte, wieder ein. Einmal scherte Rajaram sogar ein kopulierendes Paar. Zuerst den Mann, der oben lag, und dann die Frau, als sie ihn mittendrin bestieg. Das Geschaukel und Gestoße stellte für die fachmännische Hand des Haarsammlers kein Problem dar. »Oh, Mann!« sagte der Bursche, erregt von seiner Vision. »Extrem! Ich sehe Kama, der dich fürs Nirvana kämmt!« Und die Frau murmelte: »Na ja, Baby, Instant-Karma!«

Rajaram hatte das Gefühl, daß es für ihn allmählich wieder bergauf ging. Er begrüßte die Invasion von Ausländern, anders als die konservativen Teile der Bürgerschaft, die sich über die degenerierten Amerikaner und Europäer beklagten, die die beeinflußbare einheimische Jugend mit ihren widerlichen Angewohnheiten und dekadenten Manieren infizierten. Solange die Fremden schulterlange oder noch längere Haare trugen, war es Rajaram nur allzu recht, wenn sie scharenweise in die Stadt strömten.

Um diese Zeit, als das Verschönerungsgesetz an seiner eigenen Schizophrenie zu scheitern begann, nahmen die Bettler allmählich wieder ihre Plätze auf den Gehsteigen ein. Der professionelle Blick des Haarsammlers bemerkte es sofort. Jetzt, da sein Geschäft florierte, war er natürlich nicht mehr hinter den verfilzten schmutzigen Haaren der Bettler her. Einige, die ihn wiedererkannten, riefen ihn und baten um kostenloses Haareschneiden, aber er ignorierte sie.

»Wenn ich doch dabei geblieben wäre«, sagte Rajaram mit einem tiefen Seufzer, »dann wäre mein Leben heute so anders. Aber unser Schicksal wird uns bei der Geburt auf die Stirn geschrieben. Und Bettler waren es, die meinen Untergang bedeuteten. Nicht die schönen Frauen in den Basaren, denen ich mich mit so großer Angst näherte. Nicht die haschischrauchenden Hippies, die, wie ich dachte, mich eines Tages zusammenschlagen würden. Nein – es mußten zwei hilflose Bettler sein.«

Rajaram hielt inne und beäugte den Kellner, der ihnen vom Tresen zulächelte, immer noch hoffend, in die Geschichte mit eingeweiht zu werden. Die Schneider reagierten nicht auf ihn.

»Wir wissen genau Bescheid über die Bettler«, sagte Ishvar ruhig. »Wieso mußtest du sie umbringen?«

»Ihr wißt davon?« rief Rajaram entsetzt aus. »Aber natürlich! Euer Bettlermeister – aber ich habe es nicht, das heißt, ich habe es ... ich meine, es war alles ein Irrtum!« Er verbarg das Gesicht in seinen Händen, die er auf den Tisch gelegt hatte, unfähig, seinen Freunden in die Augen zu sehen. Dann setzte er sich auf und rieb sich die Nase. »Dieser Tisch stinkt. Aber bitte helft mir! Bitte! Laßt mich nicht ...!«

»Beruhig dich, ist schon in Ordnung«, sagte Ishvar. »Bettlermeister weiß nichts von dir. Er hat nur erwähnt, daß zwei seiner Bettler ermordet wurden und daß man ihnen die Haare gestohlen hat. Wir haben sofort an dich gedacht.«

Jetzt sah Rajaram gekränkt aus. »Es hätte ja auch ein anderer Haarsammler sein können. Es gibt Hunderte in der Stadt. Ihr mußtet doch nicht gleich an mich denken.« Er schluckte. »Ihr habt ihm also nichts gesagt?«

»Das geht uns nichts an.«

»Gott sei Dank. Ich wollte den Bettlern nichts Böses antun, es war so ein furchtbarer Irrtum, wie das passiert ist, glaubt mir.«

Eines Nachts kam er auf einer seiner Runden an zwei Bettlern vorbei, einem Mann und einer Frau, die zusammengerollt unter einem Vordach schliefen. Er wäre achtlos an ihnen vorbeigegangen, wenn die Straßenlaterne nicht ihre Haare beleuchtet hätte. Und sie waren schön. Beide Köpfe schimmerten mit einem üppigen Glanz, wie er es auf seinen umfangreichen Reisen bisher selten erlebt hatte. Solche Haare waren der Stoff, aus dem die Träume von Werbemanagern waren. Kunden hätten sich darum gebalgt, sie präsentieren zu dürfen – ihre Strahlkraft hätte Produkte wie Shikakai-Seife oder Tatas Parfümiertes Kokoshaaröl auf ungeahnte Höhen des Profits getrieben.

Aber wie seltsam, dachte Rajaram, daß so ein Schatz die Köpfe von zwei verschrumpelten Bettlern schmückte. Er kniete neben ihnen nieder und berührte die schimmernden Locken mit den Fingerspitzen. Sie fühlten sich seidig an. Er konnte nicht widerstehen, häufte sie in beide Hände, um sich an ihrer Beschaffenheit zu ergötzen. Seine Finger wurden ganz steif vor Begierde, als könnten sie den Haaren das Geheimnis ihres Glanzes und ihrer Weichheit entwenden.

Die Bettler bewegten sich und brachen den Zauber. Rajaram erinnerte sich an seine berufliche Pflicht. Er holte seine Schere hervor und machte sich an die Arbeit, indem er bei der Frau anfing. Zum esten Mal in seiner Laufbahn empfand er Bedauern. Es war ein Verbrechen, dachte er, solche prächtigen Haare von ihren Wurzeln zu trennen – ihr Zauberglanz würde verblassen, so sicher wie der frische Farbton einer gepflückten Blume.

Die Locken lösten sich ab. Er wickelte sie zusammen und steckte sie in den Sack. Dann machte er sich an die Haare des Mannes. Sie waren von denen der Frau kaum zu unterscheiden.

Gerade als der Haarsammler im Begriff war, seine Arbeit zu beenden, wachte die Frau auf und sah ihn mit der Schere, die im Dunkeln wie eine mörderische Waffe glänzte, neben sich hokken. Sie stieß einen markerschütternden Schrei aus, wodurch der Mann aufwachte, der dann sein eigenes grauenerregendes Brüllen anstimmte.

»Diese Schreie«, sagte Rajaram schaudernd, als würden sie ihm immer noch in den Ohren hallen. »Die haben mir solche angst gemacht. Ich war überzeugt, die Polizei würde kommen und mich totschlagen. Ich bat die Bettler, mit dem Krach aufzuhören. Es sei alles in Ordnung, habe ich ihnen gesagt, ich wolle ihnen nichts tun. Ich schnitt eine Locke meiner eigenen Haare ab, um ihnen zu zeigen, daß ich etwas ganz Harmloses machte. Ich habe sie angefleht, Geldscheine und Münzen aus meiner Tasche gezogen und sie damit überschüttet. Aber sie haben immer nur weitergeschrien. Immer weiter und immer weiter! Es hat mich wahnsinnig gemacht!«

Dann geriet er in Panik, holte mit der Schere aus und hieb auf die beiden ein, zuerst auf die Frau und dann auf den Mann. In die Kehle, in die Brust, in den Bauch: in all die elenden Stellen, die den Atem erzeugten und die Organe betätigten, die diese grauenhaften Schreie hervorbrachten. Wieder und immer wieder stach er zu, bis endlich Ruhe herrschte.

Es kam niemand, um nachzusehen. Die Straßen waren an das Gejaule einsamer Verrückter und das Geheul enttäuschter Trunksüchtiger gewöhnt. Auf der anderen Straßenseite lachte jemand hysterisch, Hunde bellten, eine Tempelglocke schepperte. Rajaram flüchtete von dem Tatort, lief so schnell, wie er es wagen konnte, ohne Aufmerksamkeit zu erregen.

Später warf er die Schere, die blutdurchtränkte Kleidung und die Haare weg. Bei der ersten Gelegenheit rasierte er sich den Kopf und den Schnurrbart, denn wenn die Polizei die Leute in der Gegend befragte, würden die Bettler mit Sicherheit den Burschen beschreiben, der früher regelmäßig vorbeigekommen war, um Haare zu schneiden und zu sammeln.

»Aber ich bin nicht in Sicherheit«, sagte Rajaram. »Obwohl es schon Monate her ist, suchen sie immer noch nach mir. Weiß Gott, warum mein Fall sie so fasziniert – es werden jeden Tag Hunderte von anderen Verbrechen begangen.« Der Tee in seiner Tasse war kalt geworden. Er verzog das Gesicht, als er ihn hinunterschluckte. »Jetzt wißt ihr über jedes Unglück Bescheid, das mir widerfahren ist. Helft ihr mir jetzt?«

»Aber wie?« sagte Ishvar. »Vielleicht ist es das beste, wenn du dich stellst. Es sieht so hoffnungslos für dich aus.«

»Es gibt Hoffnung.« Rajaram hielt inne und beugte sich vor, wobei er sie durchdringend ansah. Seine Augen glänzten jetzt ein wenig. »Wie ich euch anfangs gesagt habe, ich will dieser Welt voller Ärger und Kummer entsagen. Ich möchte das schlichte Dasein eines Sanyasi führen. Ich möchte stundenlang in einer kalten dunklen Höhle im Himalaja meditieren. Ich werde auf harten Böden schlafen. Mich mit der Sonne erheben und mit den Sternen zur Ruhe begeben. Regen und Wind, wie stark sie auch sein mögen, werden meinem kasteiten Fleisch wenig antun. Ich werde meinen Kamm fortwerfen, und Haare und Bart werden lang wachsen und verfilzen. Winzige Geschöpfe werden darin friedlichen Unterschlupf finden, können darin graben und wühlen, denn ich werde sie nicht stören.«

Ishvar hob die Augenbrauen, und Om verdrehte die Augen, aber Rajaram bemerkte weder den einen noch den anderen. Er schob seine Teetasse langsam beiseite, entschlossen, als vollführe er seine erste Tat der Entsagung. Die kühne, romantische Vision vom Asketen stimulierte seine Phantasie, verlieh ihr einen plastischen Drall.

»Ich werde auf bloßen Füßen wandeln, meine Sohlen und Fersen aufgesprungen und zerrissen, aus einem Dutzend Wunden und Schnitten blutend, auf die weder Salbe noch Liniment aufgetragen werden soll. Schlangen, die meinen Weg in dunklen Urwäldern kreuzen, werden mich nicht schrecken. Streunende Hunde werden nach meinen Knöcheln schnappen, während ich durch fremde Städte und entlegene Dörfer streife. Ich werde um mein Essen betteln. Kinder, und manchmal sogar Erwachsene, werden mich verspotten und mit Steinen nach mir werfen, voller Angst vor meiner seltsamen Erscheinung und meinem irren, nach innen gerichteten Blick. Ich werde hungernd und nackt gehen, wenn es nötig ist. Ich werde über steinige Ebenen und steile Hänge hinunterwanken. Ich werde nie klagen.«

Sein Blick war von seinem Publikum abgeschweift, richtete sich wehmütig auf etwas in der Ferne, hatte schon die Reise über den Subkontinent angetreten. Er schien richtiggehend Spaß daran zu finden, als wäre es eine Urlaubsreise, was er da plante. In der Kochecke ging dem Ofen der Brennstoff aus. Ohne sein Brüllen war es still im Vishram.

Die Stille zog Rajaram von seinem Tagtraum fort, zurück zu

dem einsamen und stinkigen Tisch des Vishram. Der Koch ging nach hinten, um die Kerosinkanne zu holen. Sie sahen zu, wie er den Trichter hineinsteckte und den Ofen auffüllte.

»Das weltliche Leben hat mich in die Katastrophe geführt«, sagte Rajaram. »Das tut es immer, bei allen von uns. Es ist nur nicht immer so naheliegend wie in meinem Fall. Und jetzt bin ich euch auf Gedeih oder Verderb ausgeliefert.«

»Aber wir haben keine Ahnung, wie man ein Sanyasi wird«, sagte Ishvar. »Was willst du von uns?«

»Geld. Ich brauche Fahrgeld für den Zug in den Himalaja. Es besteht Hoffnung auf Erlösung – wenn ich der Polizei und dem CID entkommen kann.«

Sie kehrten zur Wohnung zurück. Rajaram wartete an der Tür, während Ishvar hineinging und Dina bat, ihm aus ihren Ersparnissen das Geld für eine Fahrkarte dritter Klasse für den *Frontier Mail* zu geben.

»Es ist euer Geld, und ich habe euch nicht dreinzureden, wie ihr es ausgebt«, sagte sie. »Aber wenn er der Welt entsagt, wieso braucht er dann eine Bahnfahrkarte? Er kann doch zu Fuß dorthin gehen und sich durchbetteln, wie andere Sadhus.«

»Das stimmt«, meinte Ishvar. »Aber das würde sehr lange dauern. Er hat es eilig, Erlösung zu finden.«

Er ging mit dem Geld hinaus auf die Veranda zu Rajaram, der es zählte und dann zögerte. »Könnte ich vielleicht noch zehn Rupien bekommen?«

»Wofür?«

»Liegewagenzuschlag. Es ist sehr ungemütlich, auf so einer langen Zugreise die ganze Nacht lang sitzen zu müssen.«

»Tut mir leid«, sagte Ishvar, kurz davor, Rajaram die Geldscheine wieder aus der Hand zu reißen. »Mehr können wir nicht erübrigen. Aber bitte besuch uns, wenn du mal wieder in der Stadt bist. Dann können wir einen Tee zusammen trinken.«

»Das bezweifle ich«, sagte Rajaram. »Sanyasis machen keinen Urlaub.« Dann stieß er ein freudloses Lachen aus und war verschwunden.

Om fragte sich, ob sie ihn jemals wiedersehen würden. »Seine Angewohnheit, sich ständig Geld zu leihen, war schon lästig, aber er war ein interessanter Bursche. Er hat uns Neuigkeiten aus der Welt gebracht.«

»Keine Sorge«, sagte Ishvar. »Wie ich Rajaram kenne, werden alle Höhlen besetzt sein, wenn er dort ankommt. Er wird wiederkommen und uns eine Geschichte erzählen, von wegen daß im Himalaja überall Schilder mit der Aufschrift ›Belegt‹ stehen.«

XIV

Wiederkehr der Einsamkeit

Staub und Fusseln brachten Dina zum Niesen, als sie das Nähzimmer putzte und die Reste aussortierte. Mit ihrem Atem wirbelte sie kleine Stoffstücke auf. Die letzten Kleider waren bei Au Revoir abgeliefert worden, und Mrs. Gupta war über die sechswöchige Pause informiert worden.

Jetzt sah Dina der bevorstehenden leeren Zeit mit Neugier entgegen. Wie ein Auffrischungskurs in Einsamkeit, dachte sie. Es wäre eine gute Übung. Ohne Schneider, ohne zahlenden Gast, allein mit ihren Erinnerungen, um sie eine nach der anderen durchzusehen, sie wie eine Münzensammlung zu untersuchen, ihren Glanz, ihre Flecken, ihre Prägungen. Wenn sie vergessen hatte, wie man mit der Einsamkeit lebte, würde es irgendwann schwer werden für sie.

Die besten Stoffreste legte sie für die Patchworkdecke beiseite und stopfte die übrigen in das untere Regal. Die Singer-Maschinen wurden in eine Ecke geschoben und die Schemel daraufgestellt, so daß um das Bett herum mehr Platz war. Der Koffer der Schneider stand gepackt und bereit auf der Veranda. Die Dinge, die sie nicht mitnahmen, waren in Pappkartons verstaut.

Da die Abreise erst in zwei Tagen stattfinden sollte und es nichts mehr zu tun gab, hatten die verstreichenden Stunden etwas Eigentümliches an sich, wirkten lose und unstrukturiert, als wären die Nähte gerissen und als würde das Zelt der Zeit mal zusammensacken und mal sich aufblähen.

Nach dem Abendessen nahm Dina ihre Arbeit an der Patchworkdecke wieder auf. Bis auf eine sechzig Quadratzentimeter große Lücke in einer Ecke hatte sie die geplante Größe erreicht, zwei zehn mal eins achtzig. Om saß auf dem Boden und massierte seinem Onkel die Füße. Maneck sah ihnen zu und fragte sich, wie es wäre, Daddys Füße zu massieren.

»Diese Decke sieht wirklich gut aus«, sagte Om. »Müßte fertig sein, bis wir wiederkommen.«

»Kann sein, wenn ich noch weitere Stücke von alten Arbeiten

hinzufüge«, entgegnete Dina. »Aber Wiederholung ist langweilig. Ich warte lieber, bis es neues Material gibt.« Sie ergriffen die Decke an ihren beiden Enden und breiteten sie aus. Die säuberlichen Nähte kreuzten sich wie symmetrische Kolonnen von Ameisen.

»Wie schön«, meinte Ishvar.

»Ach, eine Patchworkdecke machen kann doch jeder«, sagte sie bescheiden. »Es sind doch bloß Abfälle von den Kleidern, die man genäht hat.«

»Ja, aber die Begabung besteht darin, die Stücke miteinander zu verbinden, so wie Sie es getan haben.«

»Guck mal«, sagte Om und deutete auf eine Stelle, »sieh dir das an – das Popelin von unserer ersten Arbeit.«

»Du erinnerst dich«, meinte Dina erfreut. »Und wie schnell ihr diese ersten Kleider genäht habt. Ich dachte, ich hätte zwei Genies gefunden.«

»Hungrige Mägen haben unsere Finger angetrieben«, Ishvar kicherte.

»Dann kam dieser gelbe Kaliko mit den orangefarbenen Streifen. Und dieser junge Bursche hat mir das Leben ganz schön schwergemacht. Hat wegen jeder Kleinigkeit gestritten.«

»Ich? Gestritten? Niemals.«

»Ich erkenne diese blauweißen Blumen wieder«, sagte Maneck. »Von den Röcken, die du an dem Tag gemacht hast, wo ich eingezogen bin.«

»Bist du sicher?«

»Ja, das war der Tag, als Ishvar und Om nicht zur Arbeit gekommen sind – sie waren zu dem Zwangstreffen mit der Ministerpräsidentin entführt worden.«

»Ach, stimmt. Und erinnerst du dich an diesen wunderschönen Voile, Om?«

Er wurde rot und tat so, als könne er sich nicht erinnern. »Na komm, überleg mal«, ermunterte sie ihn. »Das ist der, auf dem du dein Blut vergossen hast, als du dich mit der Schere in den Daumen geschnitten hast.«

»Daran kann ich mich gar nicht erinnern«, sagte Maneck.

»Das war in dem Monat, bevor du gekommen bist. Und der

Chiffon hat auch Spaß gemacht, das war der, bei dem Om wütend wurde. Der Stoff war so schlüpfrig, daß er Schwierigkeiten hatte, den Schnitt zu übertragen.«

Ishvar beugte sich vor, um auf ein Quadrat Kambrik zu zeigen. »Seht ihr das hier? Unser Haus wurde von den Behörden zerstört an dem Tag, als wir damit begonnen haben. Macht mich traurig, immer wenn ich es sehe.«

»Bring mir die Schere«, scherzte sie. »Ich schneide es raus und werf es weg.«

»Nein, nein, Dinabai, lassen Sie, es sieht sehr schön da drin aus.« Seine Finger strichen über den Kambrikbatist, um die Zeit wieder einzufangen. »Ein Stück traurig zu nennen ist sinnlos. Sehen Sie, es ist mit einem glücklichen Stück verbunden – als wir auf der Veranda schlafen durften. Und das nächste Quadrat – Chapatis. Dann diese violette Tussahseide, als wir Masala Wada gemacht und angefangen haben, gemeinsam zu kochen. Und vergessen Sie nicht diesen Flicken Georgette, als Bettlermeister uns vor den Goondas des Vermieters gerettet hat.«

Er trat zurück, zufrieden mit sich selbst, als hätte er ein kompliziertes Theorem erhellt. »Das ist also die Regel, die wir uns einprägen müssen, die ganze Patchworkdecke ist viel wichtiger als jedes einzelne Quadrat.«

»Vah, vah!« riefen die Jungs und applaudierten.

»Das klingt sehr weise«, bemerkte Dina.

»Aber ist es Philosophie oder Spinnologie?«

Ishvar revanchierte sich, indem er seinem Neffen die Haare zerstrubbelte.

»Laß das, yaar, ich muß für meine Hochzeit ordentlich aussehen.« Om zog seinen Kamm hervor und stellte den Scheitel und die Tolle wieder her.

»Meine Mutter sammelt Fäden und tut sie zu einem Knäuel zusammen«, erzählte Maneck. »Als ich klein war, haben wir ein Spiel gespielt. Wir haben die Kugel abgewickelt und versucht, uns daran zu erinnern, wo jeder Faden herkam.«

»Probieren wir das Spiel mit der Decke«, schlug Om vor. Gemeinsam orteten sie das älteste Stück Stoff und gingen chronologisch voran, Flicken um Flicken, rekonstruierten die Kette ihrer Mißgeschicke und Triumphe, bis sie die leere Ecke erreichten.

»Wir stecken in dieser Lücke fest«, sagte Om. »Endstation.«

»Ihr müßt einfach nur warten«, sagte Dina. »Es hängt davon ab, was wir mit der nächsten Lieferung für ein Material bekommen.«

»He, Mister, du mußt Geduld haben. Bevor du diese Ecke benennen kannst, muß unsere Zukunft Vergangenheit geworden sein.«

Ishvars unbekümmerte Worte überspülten Maneck wie kalter Regen. Seine Fröhlichkeit erlosch wie eine Lampe. Die Zukunft *wurde* zur Vergangenheit, alles verschwand im Nichts, und wenn man nach hinten griff, um sich an etwas festzuklammern, was hatte man dann in den Händen? Ein Stück Faden, Stoffreste, Schatten der goldenen Zeit. Wenn man es doch nur umkehren könnte, die Vergangenheit in die Zukunft umwandeln, und sie im Flug erwischen könnte, auf ihrer Reise über die stets sich verschiebende Linie der Gegenwart ...

»Hörst du zu?« fragte Dina. »Wie gut ist dein Gedächtnis? Kannst du dich an alles erinnern, was in diesem einen Jahr passiert ist, ohne auf meine Decke zu gucken?«

»Kommt mir viel länger als ein Jahr vor«, sagte Om.

»Quatsch«, sagte Maneck. »Es ist genau umgekehrt.«

»Hoi-hoi«, sagte Ishvar. »Wie kann Zeit lang oder kurz sein? Zeit ist ohne Länge oder Breite. Die Frage ist, was ist passiert, während sie verstrichen ist. Und passiert ist, daß unsere Leben miteinander verbunden wurden.«

»Wie diese Flicken«, sagte Om.

Maneck meinte, die Decke müsse nicht unbedingt aufhören, wenn die Ecke aufgefüllt war. »Du könntest immer weiter was hinzufügen, Tante, sie wachsen lassen.«

»Jetzt redest du wieder albernes Zeug«, sagte Dina. »Was sollte ich denn mit so einem Ungeheuer von Decke anfangen? Verwechsel mich nicht mit deinem Patchworkgott.«

Mitten am Vormittag geriet Dina in eine Flaute. Die Wasserarbeiten waren erledigt, das Geschirr vom Vorabend war gespült, die Wäsche gewaschen. Ohne das Geschnatter und Gehämmer der Singer-Maschinen streckte sich der Tag leer vor ihr hin. Sie setzte sich und sah zu, wie Maneck ein spätes Frühstück zu sich nahm.

»Du hättest mit Ishvar und Om gehen sollen«, versuchte er sie aufzumuntern. »Hättest mithelfen können, die Braut auszusuchen.«

»Wirst du mir jetzt etwa wieder oberschlau?«

»Nein, ich bin sicher, sie hätten dich gerne mitgenommen. Du hättest dem Brautauswahlkomitee beitreten können.« Er verschluckte sich an seinem Toast und konnte den Bissen nur mit Mühe bei sich behalten.

Sie klopfte ihm auf den Rücken, bis der Anfall vorüber war. »Hat man dir nicht beigebracht, nicht mit vollem Mund zu reden?«

»Das ist Ishvar in meiner Kehle«, sagte er grinsend. »Übt Rache, weil ich mich über sein glückverheißendes Ereignis lustig mache.«

»Der Arme. Ich hoffe nur, daß er weiß, was er da tut. Und ich hoffe, daß diejenige, die sie aussuchen, versucht, sich einzufügen und mit uns allen auszukommen.«

»Das wird sie bestimmt, Tante. Om wird keine übellaunige oder unfreundliche Frau bekommen.«

»Ach, ich weiß. Aber vielleicht hat er gar keine Wahl. Bei diesen arrangierten Ehen wird alles von den Astrologen und Familien entschieden. Dann wird die Frau Eigentum der Familie des Mannes, um beschimpft und herumkommandiert zu werden.

Es ist ein schreckliches System und macht die nettesten Mädchen zu Hexen. Aber eins muß ihr gleich klar sein, daß es mein Haus ist und sie sich meinem Stil anpassen muß, so wie du,

Ishvar und Om es getan haben. Sonst können wir unmöglich miteinander auskommen.«

Sie brach ab, als sie merkte, daß sie sich wie eine Schwiegermutter anhörte. »Na komm, iß dein Ei auf«, sagte sie, das Thema wechselnd. »Deine Abschlußprüfung beginnt morgen?«

Er nickte kauend. Sie begann die Frühstückssachen wegzuräumen. »Und fünf Tage später fährst du. Hast du schon deinen Platz reserviert?«

»Ja, es ist alles erledigt«, sagte er, während er seine Bücher für die Bücherei zusammensuchte. »Und ich bin bald wieder zurück, also vermiete mein Zimmer an niemand anderen, Tante.«

In der Post war ein Brief von Manecks Eltern. Er öffnete ihn, gab Dina den Scheck für die Miete und las dann den Brief.

»Mummy und Daddy geht es hoffentlich gut?« fragte sie und beobachtete, wie sich seine Miene verdüsterte.

»O ja, alles normal. Wie immer. Jetzt fangen wieder ihre Klagen an. Sie sagen: ›Wieso willst du noch drei Jahre lang aufs College gehen? Die Gebühren sind nicht das Problem, aber wir werden dich vermissen. Und es gibt so viel Arbeit in dem Laden, wir schaffen das alleine nicht mehr, du solltest ihn übernehmen.‹« Er legte den Brief hin. »Wenn ich mich entschließen würde zurückzugehen, wird es jeden Tag Streit und Herumgebrülle mit Daddy geben.«

Sie sah, wie sich seine Faust zusammenballte, und drückte seine Schulter. »Eltern sind vom Leben genauso verwirrt wie jeder andere auch, aber sie geben sich große Mühe.«

Er gab ihr den Brief, und sie las den Rest. »Maneck, ich finde wirklich, du solltest tun, worum deine Mummy dich bittet – besuch die Sodawallas. Du hast sie in diesem einen Jahr nicht ein einziges Mal gesehen.«

Er schnitt achselzuckend eine Grimasse und ging in sein Zimmer. Als er wieder erschien, bemerkte sie den Kasten unter seinem Arm. »Nimmst du dein Schachspiel ins College mit?«

»Das ist nicht meins. Es gehört einem Freund. Ich werde es heute zurückbringen.«

Auf dem Weg zur Bushaltestelle dachte er über den Brief nach – wie sich Daddys Seelenqual, Mummys Sorgen, ihre Zweifel und Ängste durch die Worte hindurchschlängelten. Und wenn sie wirklich meinten, was sie geschrieben hatten? Vielleicht würde es diesmal gutgehen, vielleicht hatte die einjährige Abwesenheit Daddy wirklich geholfen, sich mit den Veränderungen in seinem Leben abzufinden.

Er machte einen kleinen Umweg am Vishram vorbei, um Shankar zuzuwinken. Aber der Bettler, der mit schiefem Hals den Gehsteig zur Straßenecke hinunterstarrte, bemerkte ihn nicht. Maneck beugte sich vor und winkte noch einmal, und jetzt reagierte Shankar, indem er mit seiner Dose gegen seine Plattform klopfte. »O Babu, geht es dir gut? Sind meine Freunde gut abgereist?«

»Gestern«, sagte Maneck.

»Wie aufregend für sie. Und heute ist auch für mich ein aufregender Tag. Bettlermeisters Friseur kommt, um mich zu rasieren. Aber schade, daß Ishvar und Om nicht da sind. Wie sie sich freuen würden, mein Gesicht danach zu sehen.«

»Ich werde kommen, keine Sorge. Wir sehen uns morgen«, sagte Maneck und setzte seinen Weg zur Bushaltestelle fort.

Shankar blickte Maneck nach, bis er um die Ecke verschwand, dann hielt er wieder Ausschau nach dem Friseur. Die Plattform stand unbewegt bei der Bordsteinkante. Die Betteldose blieb leer, das Bettellied ungesungen. Shankar tat nichts, um die Aufmerksamkeit der Almosengeber zu erregen. Er konnte an nichts anderes denken als an die üppige Pflege, die volle Luxusbehandlung, die ihm in Kürze unter den fachkundigen Händen von Bettlermeisters persönlichem Friseur zuteil werden würde.

Shankar ahnte nicht, daß früher an diesem Vormittag der persönliche Friseur den Auftrag abgelehnt hatte. Er arbeite grundsätzlich nicht auf der Straße, sagte er Bettlermeister. Aber er hatte jemand anderen vorgeschlagen, der die Arbeit an seiner Stelle erledigen würde. »Das hier ist Rajaram. Er ist sehr gut und sehr billig und macht Straßenarbeit.«

»Namaskaar«, sagte Rajaram.

»Passen Sie auf«, sagte Bettlermeister. »Shankar mag vielleicht nur ein Bettler sein, aber ich liebe ihn sehr. Ich will, daß er das Allerbeste bekommt. Ich will Sie nicht beleidigen, aber ich kann nicht umhin, Ihre Fähigkeit anzuzweifeln. Wieviel kann ein kahlköpfiger Mann von Haaren verstehen?«

»Das ist keine faire Frage«, sagte Rajaram. »Besitzt ein Bettler viel Geld? Nein. Aber er weiß, wie er damit umgehen muß.«

Bettlermeister hatte die Antwort gefallen, und er hatte seine Zustimmung gegeben. Und so war es Rajaram, der vor dem Vishram erschien, ausgerüstet mit seinen Frisiergeräten.

Shankar meinte den Mann von irgendwoher zu kennen. »Babu, sind wir uns schon mal begegnet?«

»Hab dich noch nie im Leben gesehen«, sagte Rajaram. Die Verbindung, die durch seine Haarpäckchen zwischen ihnen bestand, machte ihm bange, und er war bemüht, sie zu verleugnen. In der Stadt zu bleiben war riskant, das wußte er, aber er hatte beschlossen, es wäre sicherer, die Reise in der Montur eines Sanyasi anzutreten. Safranfarbene Roben, Perlen und eine handgeschnitzte hölzerne Bhiksha-Schale waren jedoch nicht billig. Bettlermeisters Prämie für diesen besonderen Job würde auf jeden Fall hilfreich sein.

Er band dem Bettler ein weißes Tuch um den Hals und schlug mit dem Rasierpinsel Schaum in einer Schale auf. Shankar streckte den Kopf vor, um den Duft einzuatmen, wobei er fast das Gleichgewicht verlor. Rajaram schob ihn zurück. »Sitz still«, sagte er in einem mürrischen Ton, um nicht zu einem Gespräch zu ermutigen.

Ein mürrischer Ton war für Shankar tägliche Kost und konnte seine fröhliche Stimmung nicht beeinträchtigen. »Sieht aus wie Schlagsahne«, meinte er, als der Schaum in der Schale hochstieg.

»Dann iß doch eine Schale voll.« Rajaram feuchtete die Wangen an und klatschte den Schaum drauf. Durch die achtlosen Pinselbewegungen schob sich etwas Seifenschaum in Shankars offenen Mund. Rajaram war so außer Übung, daß er auch vergaß, die Nasenlöcher zuzuhalten, während er ihm die Oberlippe einschäumte. Er öffnete das Rasiermesser und wetzte die glänzende Klinge.

Shankar mochte das Streichgeräusch. »Passiert es Ihnen manchmal, daß Ihnen das Rasiermesser ausrutscht?« fragte er.

»Sehr oft. Manche Leute haben so merkwürdig geformte Kehlen, daß sie sich leicht verletzen. Und ein Barbier kann laut Gesetz wegen einem Betriebsunfall nicht verhaftet werden.«

»Bei meiner Kehle rutschen Sie lieber nicht aus, sie hat die richtige Form! Und außerdem würde Bettlermeister Sie bestrafen!«

Trotz der großen Worte hielt Shankar sehr still, bis die Klinge ihre gefährliche Runde auf seinem Gesicht beendet hatte. Schaumteile, die beim Rasieren übriggeblieben waren, wischte Rajaram weg, und dann fuhr er mit einem Alaunstein über die rasierten Partien. Die unreine Haut war an einigen Stellen stark geschnitten worden.

»Zeigen Sie mir den Spiegel«, verlangte Shankar, der das Brennen spürte und Angst hatte, daß die Rasierklinge vielleicht doch danebengegangen war.

Rajaram hielt den Spiegel hoch. Das besorgte Gesicht des Bettlers spähte zurück, aber der Alaunstein hatte das Bluten gestillt, und es war kein einziger roter Tropfen mehr zu sehen.

»Okay, als nächstes kommt Gesichtsmassage dran. Anweisung von Bettlermeister.« Aus einer Flasche in seinem Kasten holte er einen Tupfen Creme heraus und verteilte ihn über die Wangen.

Shankar erstarrte zunächst, da er nicht wußte, was diese muskulösen Hände vorhatten. Aber dann entspannte er sich und überließ seinen Kopf dem Rhythmus des Reibens und Streichens. Er begann vor Lust zu stöhnen, als die Finger seine Wangen kneteten, die Partien unter den Augen bearbeiteten, sowie Nase, Stirn und Schläfen, als würden sie ein ganzes Leben voller Schmerz und Leid wegmassieren.

»Noch ein bißchen«, bettelte er, als der Barbier aufhörte und sich die Hände abwischte. »Noch eine Extraminute, ich bitte Sie, Babu, es ist so ein herrliches Gefühl.«

»Wir sind fertig«, sagte Rajaram, die Nase rümpfend. Er hatte noch nie gerne Gesichtsmassagen gegeben, nicht einmal Mittelschichtgesichtern in den besten Zeiten seiner Laufbahn. Bevor er Schere und Kamm ergriff, streckte er die Finger, um sie zu lokkern. »Und jetzt Haareschneiden«, sagte er.

»Nein, ich will nicht.«

»Bettlermeister hat mir gesagt, was ich tun soll.« Er drückte

Shankars Kopf grob nach unten, um die Haare im Nacken zu kürzen. Er wollte die Sache möglichst schnell erledigen und verschwinden.

»Aray Babu, ich will nicht!« Shankar begann zu schreien. »Ich will nicht, hab ich gesagt! Ich mag lange Haare!« Er schüttelte seine Dose, um ein Geräusch zu machen, aber an dem Morgen war nicht viel los gewesen, und die Dose blieb still. Er schlug sie gegen den Gehsteig.

Passanten blieben stehen, um das Duo neugierig zu betrachten, und Rajaram ließ von ihm ab, aus Angst, noch mehr Aufmerksamkeit zu erregen. »Du brauchst keine Angst zu haben, ich schneid dir die Haare ganz vorsichtig, so daß du ganz schick aussiehst.«

»Ist mir egal wie schick! Ich will mir nicht die Haare schneiden lassen!«

»Bitte hör auf zu schreien. Sag mir, was du willst. Ich mach es für dich. Schädelmassage? Schuppenbehandlung?«

Shankar griff unter seine Plattform und holte ein Päckchen hervor. »Sie sind der Haarfachmann, richtig?«

Er nickte.

»Ich möchte, daß Sie mir das hier an meinen Haaren befestigen.« Er schob ihm das Päckchen hin.

Rajaram öffnete es und fuhr zusammen, als zwei wunderschöne Pferdeschwänze herausglitten. »Soll ich dir die an die Haare binden?«

»Nicht bloß binden. Ich will es dauerhaft haben. Es soll von meinem eigenen Kopf wachsen.«

Rajaram war ratlos. In seiner Zeit als Barbier hatte er mit reichlich unüblichen Aufträgen fertigwerden müssen: einer bärtigen Zirkusfrau sollte er den Bart pflegen; einem Gigolo die Schamhaare zu kleinen Zöpfen flechten; für ein Bordell, das sich einen anspruchsvolleren Kundenkreis erschließen wollte (Minister und Manager), kunstvolle Schamhaarfrisuren entwerfen; mit verbundenen Augen (im Interesse des Anstandes) die Ehefrau eines kastenbewußten Mannes zwischen den Beinen rasieren, weil der Ehemann nicht wollte, daß sie sich verunreinigte, indem sie die niedere Tätigkeit selbst verrichtete. Diesen und anderen Herausforderungen war Rajaram mit der professionellen Gelassenheit des Barbiers begegnet. Aber Shankars Wunsch überstieg seine Möglichkeiten.

»Das geht nicht«, sagte er kategorisch.

»Sie müssen aber, Sie müssen, müssen, müssen!« schrie Shankar. In letzter Zeit hatten Bettlermeisters Zuwendungen, mit denen Shankar so plötzlich und übermäßig überhäuft worden war, den sanftmütigen Bettler verwöhnt. Er weigerte sich, sich die Erklärung des Barbiers anzuhören. »Eine Rose kann auch aufgepfropft werden!« brüllte er. »Also pfropfen Sie diese Haare auf! Sie sind der Fachmann! Sonst beschwer ich mich bei Bettlermeister über Sie!«

Rajaram bat ihn, doch leise zu reden, die Pferdeschwänze erst mal wegzutun, er würde morgen mit der Spezialausrüstung wiederkommen, um die komplizierte Arbeit zu erledigen.

»Ich will sie heute haben!« schrie Shankar. »Ich will meine langen Haare jetzt sofort haben!«

Der Kellner-Kassierer vom Vishram Vegetarian Hotel sah vom Türeingang zu und der Koch auch. Weitere Passanten blieben stehen, in der Erwartung, daß sich irgend etwas Interessantes anbahnte. Dann brachte ein Lotterieverkäufer den Fall von den beiden Bettlern zur Sprache, die vor vielen Monaten wegen ihrer Haare umgebracht worden waren. So ein Zufall, sagte er, daß zwei dicke Haarschwänze im Besitz dieses Bettlers waren.

Jetzt wurde wild drauflosspekuliert. Vielleicht gab es da irgendeine Verbindung – ein Ritual der Bettler, zu dem Menschenopfer gehörten. Oder vielleicht war dieser Bettler ein Psychopath. Jemand erwähnte die schaurigen Raman-Raghav-Serienmorde, die sich vor einigen Jahren ereignet hatten. Der Mord an den Bettlern wies auf ein ähnliches blutrünstiges Muster hin.

Rajaram, der vor Angst schlotterte, versuchte, von Shankar abzurücken. Er packte seine Sachen zusammen und wich zurück, bis er Teil der Menge wurde, die den Bettler umgab. Bei der ersten Gelegenheit glitt er davon.

Die Menge, die sich um Shankar gebildet hatte, rückte näher. Er bekam Angst. Jetzt tat es ihm leid, daß er bei dem Barbier so ein Theater gemacht hatte. Er bedauerte, daß er die Kardinalregel aller guten Bettler vergessen hatte: Bettler sollten gesehen und auch gehört werden, aber nicht zu laut – vor allem nicht, wenn es um Dinge ging, die mit dem Betteln nichts zu tun hatten.

Klaustrophobie erfaßte ihn, als die Menge über ihm aufragte und die Sonne verdeckte. Sein Gehsteig verdunkelte sich. Er versuchte sie zu besänftigen, indem er das Bettlerlied sang: »O babu ek paisa day-ray«, wobei er mit seinen bandagierten Handflächen wiederholt die Stirn berührte. Es funktionierte nicht. Die Stimmung brodelte weiter gefährlich gegen ihn.

»Wo hast du diese Haare gestohlen, du Gauner?« rief jemand.

»Die haben mir meine Freunde geschenkt«, winselte Shankar, verängstigt, doch empört über die Anschuldigung.

»Saala Mörder!«

»Was er für ein Ungeheuer ist!« staunte ein anderer, hin- und hergerissen zwischen Abscheu und Bewunderung. »So flink! Selbst ohne Finger und Beine kann er diese brutalen Verbrechen begehen!«

»Vielleicht versteckt er einfach seine Finger und Beine. Diese Leute haben Methoden, ihren Körper zu verändern.«

Shankar heulte, daß er nichts Schlechtes getan habe, daß er ein guter Bettler sei, der niemanden belästigte und an seinem Platz blieb. »Möge Gott auf ewig über euch wachen! O Babu, bitte hört zu, ich biete den Menschen, die vorbeikommen, immer ein Salaam an! Selbst wenn ich Schmerzen habe, lächle ich euch an! Manche Bettler fluchen, wenn der Betrag beleidigend ist, aber ich gebe immer einen Segen, ob die Münze klein oder groß ist! Ihr könnt jeden fragen, der hier vorbeikommt!«

Ein Polizist kam heran, um die Ursache des Auflaufs zu untersuchen. Er bückte sich, und Shankar erspähte sein Gesicht hinter dem Wald von Beinen.

Als sich die Menge teilte, damit der Polizist besser sehen konnte, dachte sich Shankar: Jetzt oder nie. Er stieß seine Plattform ab und schoß durch die Lücke.

Die Menge lachte, wie er tief vorgebeugt und verzweifelt mit den Armen rudernd an ihnen vorbeijagte. »*Chalti Ka Naam*

Gaadi!« sagte jemand und verursachte weiteres Gelächter bei jenen, die sich an den alten Film erinnerten.

»Der Grand Prix der Bettler!« sagte ein anderer.

Hundert Meter hinter dem Vishram fand sich Shankar auf unvertrautem Gelände wieder. Hier ging der Gehsteig recht steil bergab, und die Rollen drehten sich schneller. Es war unmöglich, mit dieser hohen Geschwindigkeit um die Ecke zu fahren. Aber Shankar hatte nicht so weit vorausgedacht. Er hatte nur einen Gedanken: der angsteinflößenden Menge zu entkommen.

Er schrie, als er das Ende des Gehsteigs erreichte. Die Plattform erhob sich in die Luft und segelte hinaus auf die belebte Kreuzung.

Maneck hielt sich in der Mitte der Treppe, in sicherer Entfernung von dem paanfleckigen Geländer und den häßlichen Schmierern von Weißgottwas an der Wand. Das alte Ekelgefühl stellte sich wieder ein, als er die Stufen des Wohnheims erklomm. Leere Zigarettenpackungen, eine zertrümmerte Glühlampe, eine schwarze Bananenschale, in Zeitungspapier eingewickelte Chapatis und Orangenschalen lagen auf dem Boden des Flurs herum. War der Jharoowalla spät dran, oder war dieser ganze Müll seit dem morgendlichen Fegen entstanden, fragte er sich.

Er erwartete nicht, Avinash anzutreffen, beschloß aber, den Kasten bei jemandem zu hinterlegen, vielleicht am Empfang in der Eingangshalle. Als er seinen alten Flur erreichte und an den Toiletten vorbeigehen mußte, hielt er die Luft an. Der Gestank bestätigte ihm, daß sie immer noch nicht repariert worden waren. Der Geruch ging so tief, daß er ihn sogar in der Kehle schmecken konnte.

Sein altes Zimmer war leer, die Tür nicht abgeschlossen. Niemand hatte es seit seinem Weggang bewohnt, es war genauso, wie er es verlassen hatte. Unheimlich zu betrachten – als wäre er zweigeteilt –, als lebte die eine Hälfte noch hier und die andere bei Tante Dina. Und das Bett, dreißig Zentimeter von der Wand abgerückt, die vier Beine in Dosen mit Wasser. Avinashs Methode, um Krabbelviecher abzuwehren – es hatte richtig gut funktioniert. Avinash hatte öfters gescherzt, daß das, was er nicht über Kakerlaken und Bettwanzen wußte, nachdem er in den Arbeiterwohnungen groß geworden war, auch nicht wissenswert sei.

Maneck ging näher, erwartete fast, Wasser in den Dosen vorzufinden. Sie waren ausgetrocknet, leer bis auf braune Kakerlakeneier, eine tote Motte und eine benommene Spinne. Das Wasser hatte an den Holzbeinen Ringe hinterlassen. Seine Wassermarke: Maneck was here. Tisch und Stuhl, die treuen Zeugen so vieler Schachpartien, standen beim Fenster, wo er sie hingeschoben hatte, um besseres Licht zu haben. Es schien alles so lange her zu sein.

Er zog sich zurück und schloß sanft die Tür hinter der Vergangenheit. Zu seiner Überraschung kamen Laute aus dem Nachbarzimmer. Was würde Avinash sagen, wenn er ihn sähe? Was würde er zu Avinash sagen? Er sammelte sich. Er wollte nicht besorgt oder unsicher wirken.

Er klopfte.

Die Tür ging auf, und ein Paar mittleren Alters starrte ihn fragend an. Sie waren beide grauhaarig, der Mann war hohlwangig und hustete fürchterlich, die Frau hatte gerötete Augen. Müssen die Eltern sein, meinte er.

»Hallo, ich bin Avinashs Freund.« Vielleicht erwarteten sie ihn bald zurück, vielleicht war er irgendwo im Gebäude. »Warten Sie auf ihn?«

»Nein.« Der Mann sprach leise. »Das Warten ist vorüber. Alles ist vorüber.« Sie zogen sich langsam wieder in das Zimmer zurück, niedergedrückt von einer unsichtbaren Last, und winkten ihn herein. »Wir sind seine Eltern. Heute haben wir ihn eingeäschert.«

»Wie bitte? Heute haben Sie was?«

»Ihn eingeäschert, ja. Und das nach einer sehr langen Verzögerung. Monatelang haben wir unseren Sohn gesucht. Waren bei all den verschiedenen Polizeistationen und haben um Hilfe gebettelt. Niemand wollte uns helfen.«

Seine Stimme bebte, und er hielt inne, versuchte, sich wieder zu fangen. »Vor vier Tagen haben sie uns gesagt, es gäbe eine Leiche im Leichenschauhaus. Sie haben uns hingeschickt und gesagt, wir sollen mal nachsehen.«

Die Mutter begann zu weinen und verbarg das Gesicht in einem Zipfel ihres Saris. Das Husten des Vaters klang stechend, als er versuchte, sie zu trösten. Seine Finger berührten leicht ihre Arme. Irgendwo im Flur wurde eine Tür zugeschlagen.

»Aber was – ich meine ... nicht, niemand ...«, stammelte Maneck. Der Vater legte ihm eine Hand auf die Schulter.

Maneck räusperte sich und probierte es noch einmal. »Wir waren befreundet.« Und die Eltern nickten, schienen in dieser schwachen Tatsache einen Trost zu finden. »Aber ich hab nicht gewußt ... Was ist passiert?«

Jetzt redete die Mutter. Ihre Worte flatterten beinahe ungehört fort. »Das wissen wir auch nicht. Wir sind nach der Einäscherungszeremonie direkt hierhergekommen. Sie verlief gut, dank Gottes Gnade. Kein Regen, und der Scheiterhaufen hat gut gebrannt. Wir sind die ganze Nacht dortgeblieben.«

Der Vater nickte. »Sie haben uns erzählt, der Leichnam wäre vor vielen Monaten auf dem Eisenbahngleis gefunden worden, ohne Papiere. Sie haben gesagt, er sei gestorben, weil er von einem Schnellzug gefallen wäre. Sie haben gesagt, er muß an der Tür gehangen oder auf dem Dach gesessen haben. Aber Avinash war ein vorsichtiger Mensch, solche Dinge hat er nie getan.« Seine Augen wurden wieder feucht. Er hielt inne, um sie sich zu wischen. Die Mutter berührte seinen Arm leicht mit ihren Fingern.

Dann konnte er wieder fortfahren. »Endlich, nach so langer Zeit, haben wir unseren Sohn wiedergesehen. Wir haben Verbrennungen auf vielen schamvollen Teilen seines Körpers gesehen, und als seine Mutter seine Hand ergriff, um sie sich an die Stirn zu drücken, konnten wir sehen, daß er keine Fingernägel mehr hatte. Also haben wir die im Leichenschauhaus gefragt, wie so was passieren kann, wenn man vom Zug fällt. Sie haben gesagt, alles kann passieren. Niemand wollte uns helfen.«

»Sie müssen Anzeige erstatten!« sagte Maneck, der wütend mit den Tränen rang. »Unbedingt! Beim ... beim Minister – ich meine, Gouverneur. Oder beim Polizeipräsidenten!«

»Das haben wir schon. Wir haben Anzeige erstattet. Auf der Polizei haben sie alles in ihrem Buch notiert.«

Sie wandten sich wieder der Aufgabe zu, Avinashs Sachen zusammenzusuchen. Maneck sah hilflos zu, wie sie Kleidung, Fachbücher und Papiere herbeitrugen und ehrfürchtig in den Koffer legten, wobei sie ab und zu einen Gegenstand an die Lippen drückten, bevor sie ihn verstauten. Im Zimmer war es still bis auf ihre gedämpften Schritte.

»Hat er dir von seinen drei Schwestern erzählt?« fragte die Mutter plötzlich. »Als sie klein waren, hat er mir geholfen, für sie zu sorgen. Es hat ihm großen Spaß gemacht, sie zu füttern. Manchmal haben sie ihm in die Finger gebissen und ihn zum Lachen gebracht. Hat er dir das jemals erzählt?«

»Er hat mir alles erzählt.«

Nach ein paar Minuten waren sie bereit zum Aufbruch. Er bestand darauf, für sie den Koffer hinunterzutragen, froh über die Verausgabung, die verhinderte, daß ihm die Tränen kamen. Die Dankbarkeit der Eltern erinnerte ihn daran, wie wenig er tun konnte, um ihnen zu helfen, die Last der Trauer zu tragen. Er konnte immer nur an diesen ersten Tag denken, als Avinash mit der Flit-Pumpe an der Tür erschienen war. Sie hatten die Kakerlaken getötet. Sie hatten Dame gespielt. Sie hatten sich gegenseitig ihre Lebensgeschichte erzählt. Und jetzt war er tot.

Erst als er sich verabschiedet hatte und schon auf dem Weg zum Technischen Gebäude war, fiel ihm ein, daß er immer noch die Schachfiguren und das Brett hatte. Er eilte zum Tor. Die Eltern waren nicht mehr zu sehen. Wie dumm von mir, dachte er, es hätte ihnen so viel bedeutet, die Erinnerung, Avinashs High-School-Preis für seinen Turniersieg.

Er ging unschlüssig zurück und fand sich schließlich in der Eingangshalle des Wohnheims wieder. Dann blieb er stehen und beschloß, daß er das Schachspiel irgendwie den Eltern zurückgeben mußte. Er kam sich wie ein Dieb vor, der sie einer Quelle des Trostes beraubt hatte. Er machte ihren Kummer nur noch größer, je länger er es behielt.

Die Aufgabe, das Spiel zurückzubringen, wurde eine Angelegenheit von höchster Dringlichkeit, eine Frage von Leben und Tod. Er weinte jetzt lautlos, während er die Stufen erklomm, wobei er von einer Handvoll neugieriger Studenten beobachtet wurde. Jemand johlte und rief etwas, was er nicht mitbekam. Dann begannen sie zu skandieren: »Heulsuse, Heulsuse, deine Mummy legt dich trocken, dein Daddy holt dir die Socken …«

Er schlich in sein altes Zimmer und setzte sich auf das muffig riechende Bett. Vielleicht gab es etwas in Avinashs Zimmer, in dem Papierkorb, ein alter Umschlag oder ein Brief mit der Adresse. Er ging nachsehen. Nichts. Kein einziger Fetzen Papier. Die Adresse, er mußte die Adresse der Eltern finden, um ihnen das Spiel zu schicken. Er könnte auf diesem Stock herumfragen. Aber diese Dreckskerle auf dem Flur würden wieder mit ihrem pubertären Genecke anfangen, während sie zusahen, wie er in die Zimmer hinein- und wieder hinausstolperte und sich lächerlich machte.

Er preßte die Schachtel an die Brust, schloß die Augen und versuchte, ruhig zu denken. Die Adresse. Die Lösung war einfach – das Büro des Hausmeisters. Ja, dort würde man die Adresse haben. Er konnte es Avinashs Eltern schicken.

Er öffnete die Augen und starrte auf die braune Sperrholzschachtel, die durch seine Tränen hindurchschwamm. Er erinnerte sich an jenen Tag in der Mensa: Weiß sollte spielen und in drei Zügen matt setzen – und dann hatten die Vegetarier gekotzt. Er mußte bei der Erinnerung lächeln. Revolution durch Erbrechen, hatte Avinash gesagt. Und dann hatte er ihn gebeten, auf das Schachspiel aufzupassen.

Und er hatte es nie zurückverlangt. Sein Geschenk. Das Spiel des Lebens. Es wäre nicht richtig, es zurückzuschicken. Er würde es behalten. Er würde es jetzt für immer behalten.

* * *

Dina drängte Maneck, bloß die Ruhe zu bewahren, im stillen ein Ashem Vahu zu rezitieren, bevor er den Prüfungsbogen las, und noch eins, bevor er mit der Beantwortung der Fragen begann. »Ich bin auch nicht sehr religiös«, sagte sie. »Aber betrachte es als eine Versicherung. Ich finde, das hilft. Und viel Glück.«

»Danke, Tante.« Er öffnete die Tür, um das Haus zu verlassen, und wäre fast über Bettlermeister gestolpert, der hinter der Tür stand, den Zeigefinger erhoben, um die Klingel zu drücken.

»Verzeihung«, sagte Bettlermeister. »Ich komme mit einer sehr schlechten Nachricht.« Er war vollkommen erschöpft, seine Augen waren rot vom Weinen. »Könnte ich bitte die Schneider sprechen?«

»Aber sie sind doch vor zwei Tagen abgereist.«

»Ach, natürlich. Das habe ich ganz vergessen – die Hochzeit.« Er sah aus, als würde er gleich zusammenbrechen.

»Kommen Sie rein«, sagte Dina.

Er trat auf die Veranda, und nachdem er einen Schluchzer heruntergewürgt hatte, eröffnete er ihnen, daß Shankar tot sei.

Maneck flüchtete sich in jene Art von Ungläubigkeit, die einem Zeit gibt, mit dem Schock fertigzuwerden. »Aber wir haben doch erst vor drei Tagen mit ihm geredet – Ishvar, Om und ich, als wir Tee trinken gegangen sind. Und gestern morgen hat er mir erzählt, daß der Barbier kommen würde. Er war putzmunter und ist wie immer herumgerollt.«

»Ja, bis gestern morgen.«

»Was ist denn passiert?«

»Ein schrecklicher Unfall. Er hat die Kontrolle über seinen Gaadi verloren. Ist vom Gehsteig heruntergeflogen ... direkt in einen Doppeldeckerbus.« Er schluckte und sagte, er habe es nicht selbst miterlebt, aber er habe die Überreste identifizieren müssen. »In all den Jahren in diesem Gewerbe haben meine Augen viel Grauenhaftes gesehen. Aber noch nie etwas so Schreckliches. Sowohl Shankar als auch der Gaadi wurden vollkommen zerdrückt – es war unmöglich, die beiden voneinander zu trennen. Hätte man das Holz und die Rollen entfernen wollen, die in seinem Fleisch steckten, hätte man seinen geschundenen Körper nur noch mehr verstümmeln müssen. Der Gaadi wird mit ihm zusammen eingeäschert werden müssen.«

Sie versuchten schweigend, das grausige Bild zu verkraften. Bettlermeister brach zusammen und weinte hemmungslos. Er zitterte bei dem Versuch, das Schluchzen zu unterdrücken. »Ich hätte ihm sagen sollen, daß wir Brüder sind. Ich habe zu lange gewartet. Und jetzt ist es zu spät. Wenn er doch nur Bremsen an seiner Plattform gehabt hätte ... Ich hatte es mir mal überlegt, aber die Vorstellung erschien mir albern. Er konnte sich ja kaum fortbewegen ... er war ja kein schnelles Auto oder so was. Vielleicht hätte ich ihn von der Straße nehmen sollen.«

»Sie dürfen sich keine Vorwürfe machen«, sagte Dina. »Sie haben versucht, das Beste für ihn zu tun, wie Sie gesagt haben.«

»Habe ich das? Wie kann ich mir da sicher sein?«

»Er war so ein lieber Mensch«, sagte Maneck. »Ishvar und Om haben uns erzählt, wie er sie gepflegt hat, als sie in diesem

Arbeitslager erkrankt waren. Du hast ihn nie kennengelernt, Tante, aber in vielem war er genau wie jeder andere. Er hat sogar manchmal komische Witze gemacht.«

»Mir geht es so, als würde ich ihn kennen. Ishvar und Om haben mir seine Maße gebracht und ihn für mich beschrieben, weißt du noch? Und das besondere Hemd, das ich für ihn entworfen habe?«

»Das war sehr nett von Ihnen«, sagte Bettlermeister, wieder in Tränen, als er sich erinnerte, wie er liebevoll das Kleidungsstück zerrissen und beschmutzt hatte, um es für Shankars Bedürfnisse zurechtzumachen.

»Möchten Sie vielleicht ein Glas Wasser?« fragte sie. Er nickte, und Maneck brachte es ihm.

Nachdem er sich gestärkt hatte, gewann Bettlermeister seine Fassung wieder. »Ich wollte die Schneider zu Shankars Einäscherung einladen. Morgen nachmittag um vier Uhr. Sie waren seine einzigen Freunde. Es werden viele Bettler da sein, aber Ishvar und Om wären etwas Besonderes gewesen.« Er gab das leere Glas zurück.

»Ich gehe mit«, sagte Maneck.

Bettlermeisters Überraschung war selbst durch seinen Kummer hindurch zu spüren. »Wirklich? Da wäre ich sehr dankbar.« Er ergriff Manecks Hand und schüttelte sie. »Der Trauerzug beginnt vor dem Vishram. Ich dachte, es wäre ein geeigneter Sammelplatz für alle Teilnehmer – aus Respekt vor Shankar. Findest du nicht? Sein letzter Platz?«

»Ja, wir sehen uns dort.«

»Was ist mit deiner Prüfung?« fragte Dina.

»Die ist um drei zu Ende.«

»Ja, aber was ist mit der Prüfung am nächsten Tag?« Sie versuchte es ihm auszureden. Der Gedanke, daß er an einer Trauerfeier für einen Bettler teilnahm, behagte ihr nicht. »Solltest du nicht gleich nach Hause kommen und dafür lernen?«

»Das werde ich, nach der Einäscherung.«

»Entschuldigen Sie mich einen Moment«, sagte sie zu Bettlermeister und ging in die Wohnung zurück. »Maneck!« rief sie aus dem hinteren Zimmer. Er zuckte die Achseln und folgte ihr.

»Was soll dieser Unsinn? Wieso mußt du unbedingt da hingehen?«

»Weil ich es will.«

»Komm mir nicht mit frechen Antworten! Du weißt genau, daß dieser Mann mir angst macht. Der einzige Grund, warum ich mich mit ihm abgebe, ist, weil er die Wohnung beschützt. Kein Grund, noch vertraulicher zu werden.«

»Ich will nicht darüber diskutieren, Tante. Ich gehe zu der Einäscherung.« Er sprach leise und betonte jedes Wort.

Es wunderte Dina, daß ihm die Bestattung des Bettlers so wichtig war. Sie schrieb sein Verhalten dem Prüfungsstreß zu, der ihn gerade plagte. »Na schön. Ich kann dich nicht daran hindern. Aber wenn du gehst, dann gehe ich mit.« Um ein Auge auf ihn zu behalten, wenn auch aus keinem anderen Grund, sagte sie sich.

Sie kehrten zur Veranda zurück. »Wir haben uns wegen morgen nachmittag besprochen«, sagte sie. »Wir werden beide kommen.«

»Oh, das ist wunderbar«, sagte Bettlermeister. »Wie werde ich Ihnen je danken können? Wissen Sie, in gewisser Weise ist es gut, daß Ishvar und Om vor zwei Tagen abgereist sind. Der Kummer hätte die Hochzeit verdorben. Und Heirat ist wie der Tod, es passiert nur einmal.«

»Wie wahr«, sagte sie. »Wenn doch mehr Leute das begreifen würden.« Sie war überrascht, daß seine Worte so trefflich zu ihrer Meinung zu diesem Thema paßten.

Bettlermeister gab allen den Nachmittag frei, damit sie an der Einäscherungszeremonie teilnehmen konnten. Die Versammlung verkrüppelter, blinder, armloser, beinloser, von Krankheit befallener und gesichtsloser Individuen auf dem Gehsteig lockte bald Publikum an. Schaulustige erkundigten sich, ob irgendein Krankenhaus aus Platzmangel eine Freiluftbehandlung durchführe.

Dina und Maneck gesellten sich zu Bettlermeister, der im Vishram Tee trank. »Sehen Sie sich diese Gaffer an«, sagte er angewidert. »Die denken, das ist hier ein Zirkus.«

»Und keine einzige Münze spenden sie«, sagte Dina.

»Das überrascht mich nicht. Mitleid kann nur in kleinen Dosen gezeigt werden. Wenn so viele Bettler an einem Ort versammelt sind, machen die Leute so« – er hielt sich die Fäuste vor die Augen wie ein Fernglas. »Es ist eine Freak-Show. Die Leute vergessen, wie verletzlich sie sind, trotz ihrer Hemden, Schuhe und Aktentaschen, wie diese hungrige und grausame Welt ihnen alles rauben kann, sie in die gleiche Lage wie meine Bettler versetzen kann.«

Maneck fiel Bettlermeisters übermäßiges Geplapper auf, wie er sich anstrengte, seinen seelischen Schmerz zu verbergen. Wieso taten die Menschen das ihren Gefühlen an? Egal, ob es Zorn, Liebe oder Trauer ist, immer versuchen sie, etwas an deren Stelle zu setzen. Und dann gab es jene, die so taten, als wären ihre Gefühle größer und großartiger als die aller anderen. Eine kleine Verärgerung bauschten sie zu einer riesigen Wut auf; wo ein Lächeln oder Kichern genügen würde, lachten sie hysterisch. So oder so war es unaufrichtig.

»Außerdem«, fuhr Bettlermeister fort, »veranschaulicht die öffentliche Gleichgültigkeit, die Sie hier erleben, einen wichtigen Punkt. In diesem Geschäft, wie in anderen, sind die drei wesentlichen Punkte Standort, Standort und Standort. Wenn ich jetzt diese Bettler vom Vishram zu irgendeinem größeren Tempel oder einem Wallfahrtsort verlegen würde, würde das Geld nur so hereingeflossen kommen.«

Shankars Leichnam lag auf einer frischen Bambusbahre draußen vor der Hintertür des Vishram, neben einem Lagerschuppen, der Geschirr, Utensilien, Ersatzöfen und Brennstoff enthielt. Bettlermeister erklärte, das Gesicht sei nicht, wie üblich, unbedeckt gelassen, damit die Trauergäste es sehen konnten, weil der Anblick unerträglich sei. Ein Laken verhüllte den verstümmelten Leichnam, und über dem Laken lag eine Decke frischer Blumen: Rosen und Lilien.

Während er auf die Bahre starrte, fragte sich Maneck, ob Avinashs Eltern seinen Trauerzug von dem Leichenschauhaus aus begonnen hatten. Oder war es erlaubt, den Leichnam für die Gebete heimzubringen? Hing wahrscheinlich vom Verwesungszustand der Leiche ab und wie lange sie bei Zimmertemperatur hielt. In der nichtgekühlten Welt. Wo alles schlecht endete.

»Es ist nett vom Vishram Vegetarian Hotel, daß Shankar vor der Bestattung hier liegen darf«, sagte Dina.

»Von wegen nett. Ich habe den Koch und den Kellner fürstlich bezahlt.« Bettlermeister verdrehte den Hals, um durch das Fenster zu sehen, und winkte vier Männern zu, die gerade eingetroffen waren. »Gut, wir können jetzt anfangen.«

Die vier Männer waren Träger vom Bahnhof, die angeheuert waren, die Bahre zu tragen. »Mir blieb keine andere Wahl«, sagte er bedauernd. »Ich bin der einzige Verwandte. Natürlich werde ich meinen Bruder ab und zu auf die Schultern nehmen, um ihn zu ehren, aber ich kann es keinem Bettler erlauben. Sie sind nicht stark genug. Das Ganze könnte herunterkrachen.«

Er hatte für Shankar keine Kosten gescheut, hatte den besten Ghee und Weihrauch gekauft und Berge von Sandelholz. Es wartete alles auf dem Einäscherungsplatz, zusammen mit einem qualifizierten Mahapaatra, der die Bestattungszeremonie leiten würde. Es standen Körbe mit Rosenblütenblättern bereit, mit denen die Trauergäste während des langen Marsches die Bahre besprenkeln konnten. Und nach den Zeremonien würde Bettlermeister in Shankars Namen an den Tempel eine Spende entrichten.

»Nur eins macht mir Sorgen«, sagte er. »Ich hoffe, die anderen Bettler denken jetzt nicht, daß das hier das übliche Verfahren ist, daß jeder so eine üppige Verabschiedung bekommt.«

Kurz nach vier setzte sich die langsamste Prozession, die sich je durch die Straßen der Stadt gewunden hatte, in Bewegung in Richtung Einäscherungsplatz. Wegen der großen Zahl von Krüppeln kam sie über ein Schneckentempo nicht hinaus. Bei einigen waren die Körper durch ihre Deformierungen so verkümmert, daß sie nur noch zu einer froschähnlichen Hocke fähig waren. Sie wankten vor sich hin, indem sie ihre Arme als Stütze benutzten. Einige brachten nur das seitliche Schlurfen eines Krebses zustande. Andere, in sich verkrümmt, krochen auf Händen und Füßen, das Gesäß wie ein Kamelhöcker in die Luft gereckt.

Durch stillschweigendes Einvernehmen bewegte sich der Leichenzug mit der geringsten gemeinsamen Geschwindigkeit voran, aber dabei herrschte eine ausgelassene Stimmung, denn man lachte und plauderte und genoß dieses besondere Erlebnis, so daß es eher wie ein Fest wirkte als wie eine Bestattung.

»Es ist sehr traurig«, sagte Dina mißbilligend. »Es gibt einen Tod, aber keine Trauer. Und Bettlermeister sagt ihnen nicht einmal, daß sie sich benehmen sollen.«

»Was erwartest du, Tante«, entgegnete Maneck. »Wahrscheinlich beneiden sie Shankar.« Und außerdem, dachte er, was hatte es für einen Sinn zu trauern? Er könnte selbst dort auf der Bahre liegen, und die Welt wäre auch nicht anders.

Bettlermeister zog entlang der Kolonne wie ein Ordner hin und her und sorgte dafür, daß es keine unnötigen Verzögerungen gab. Als er sich dem hinteren Ende der Prozession näherte, winkte Dina ihn zu sich. »Weder Maneck noch ich sind je auf einer Hindu-Bestattung gewesen«, gestand sie. »Was müssen wir tun, wenn wir dort sind?«

»Nichts«, sagte Bettlermeister. »Sie ehren Shankar schon dadurch, daß Sie da sind. Der Pujari wird die Gebete verrichten. Und ich werde am Schluß den Scheiterhaufen anzünden und den Schädel zertrümmern müssen, da Shankar keinen Sohn hat.«

»Ist es schwer zuzusehen? Ich habe gehört, daß es ein sehr durchdringender Geruch ist. Sieht man richtig, wie das Fleisch verbrennt?«

»Ja, aber keine Sorge, es ist ein schöner Anblick. Sie werden mit einem guten Gefühl dort weggehen, werden das Gefühl haben, daß Shankar zu seiner weiteren Reise ordentlich verabschiedet wurde, für die er hoffentlich keine Plattform mehr braucht. So fühle ich mich immer, nachdem ich einen brennenden Scheiterhaufen betrachtet habe – eine Vollständigkeit, eine Ruhe, ein vollkommenes Gleichgewicht zwischen Leben und Tod. Aus dem Grund gehe ich sogar zu den Einäscherungen von Fremden. Wann immer ich etwas freie Zeit habe und einen Leichenzug sehe, schließe ich mich ihm an.«

Dann eilte er zur Spitze des Zuges, um irgendeinen aufgebrachten Polizisten zu besänftigen. Der träge Leichenzug ging den Ordnungshütern auf die Nerven, die das Tempo für völlig falsch hielten. »In Bewegung bleiben« war ihr einziges Credo im Leben, und sie hatten eine Phobie gegen alles, was sich in Zeitlupe bewegte, egal, ob es Autos waren, Handkarren, Pariah-Hunde oder Menschen. Und wenn sie gelegentlich eine Ausnahme machten, dann nur bei Kühen. Bemüht, die Trauernden in forschem Tempo durchzuschleusen, winkten sie mit den Armen, ließen ihre Pfeifen gellen, brüllten, gestikulierten, grimassierten, schlugen sich gegen die Stirn und ballten die Fäuste. Aber diese bewährten Methoden wurden vergeblich eingesetzt: Fehlende Glieder konnten nicht reagieren, egal, wie durchdringend gepfiffen oder energisch gewunken wurde.

Die Gepäckträger, an einen schnellen Trott mit schwerem Gepäck gewöhnt, hatten auch ihre Mühe, sich dem unüblichen Tempo anzupassen. Immer wenn die Gesänge von »Ram naam satya hai!« hinter ihnen schwächer wurden, erkannten sie, daß sie zu weit vorgerannt waren, und hielten an, bis sich die Lücke wieder geschlossen hatte.

Auf halbem Wege zum Einäscherungsplatz, nach einer Stunde des Schleichens, stürmte eine kleine Einheit behelmter Bereitschaftspolizei ohne Vorwarnung mit schwingenden Knüppeln den Leichenzug. Shankars Leichnam rollte von der Bahre, als die Träger herumschwenkten, um den Schlägen auszuweichen. Mit Schreien des Entsetzens sanken die Bettler zu Boden. Ein halbes Dutzend Körbe mit Rosenblütenblättern stürzte um, und eine zartrosa Lache breitete sich über der Straße aus.

»Siehst du, genau wegen so was hatte ich Angst, dich gehen zu lassen«, sagte Dina keuchend, während sie und Maneck zum schützenden Gehsteig eilten. »Dies sind schlechte Zeiten – plötzlich steckt man ohne Vorwarnung im Ärger. Aber was ist denn mit der dummen Polizei los? Wieso schlagen sie die Bettler zusammen?«

»Vielleicht jagen sie wieder Leute für ein Arbeitslager. So wie sie Ishvar und Om geschnappt haben.«

Dann zog sich die Truppe ebenso plötzlich zurück, wie sie erschienen war. Ihr Befehlshaber suchte Bettlermeister und entschuldigte sich bei ihm wortreich für die Entweihung der Zeremonie. »Ich selbst bin ein gläubiger Mensch und sehr empfindlich, was religiöse Dinge betrifft. Dies ist ein sehr bedauernswerter Irrtum. Alles durch falsche Information verursacht.«

Er sagte, im Rundfunk sei die Meldung gekommen, daß ein Scheintrauerzug unterwegs sei, mit dem anscheinend irgendeine politische Aussage gemacht werden solle, die mit Sicherheit gegen die Vorschriften des Ausnahmezustandes verstoßen würde. Besonderen Verdacht habe die auffällige Ansammlung so vieler Bettler erregt, erklärte er. »Man hat sie für verkleidete politische Aktivisten gehalten – Unruhestifter, die Straßentheater betreiben und die Persönlichkeiten der Regierung als Gauner und Kriminelle darstellen, die darauf aus sind, das Volk zu Bettlern zu machen. Sie wissen schon.«

»Ein verständlicher Irrtum«, meinte Bettlermeister, der die Erklärung gelten ließ. Er ärgerte sich mehr über die Leute, die die Bahre vorbereitet hatten – sie mußten sehr nachlässig vorgegangen sein, als sie Shankars Leichnam festgebunden hatten, daß er so leicht hatte herunterrutschen können. Andererseits, überlegte er sich, war es nicht ausschließlich ihre Schuld, wahrscheinlich hatten sie wenig Erfahrung darin, sterbliche Überreste herzurichten, die so zerstückelt waren wie Shankars.

Der Einsatzleiter, der sich immer noch vor Verlegenheit wand, fuhr fort, sich zu entschuldigen. »Sowie wir sahen, daß der Leichnam keine symbolische Puppe war, haben wir unseren Irrtum erkannt. Das ist alles sehr bedauerlich.« Er zog seinen Helm mit dem schwarzen Visier ab. »Darf ich Ihnen mein Beileid aussprechen?«

»Danke«, sagte Bettlermeister und schüttelte seine Hand.

»Verlassen Sie sich drauf, für diesen Schnitzer werden einige Köpfe rollen«, versprach der Einsatzleiter, während seine Männer sich beeilten, den wiederzuholen, der bereits gerollt war – von der Bahre und auf die Straße, zusammen mit ein paar anderen Körperteilen.

Als Wiedergutmachung für das Debakel bestand er darauf, für den restlichen Weg einen offiziellen Begleitschutz zu stellen. Der Einsatztruppe wurde befohlen, die Bahre wieder zusammenzustellen und die Rosenblütenblätter, die auf der Straße verstreut lagen, wieder in die Körbe der Bettler zu füllen. »Keine Angst«, beruhigte er Bettlermeister. »Das haben wir gleich geregelt. Wir werden dafür sorgen, daß Ihre Truppe zackig zum Einäscherungsplatz marschieren kann.«

Gerade als die Prozession den Schauplatz des Überfalls verließ, hielt ein Auto am Bordstein und hupte. »O nein«, sagte Dina. »Mein Bruder. Wahrscheinlich ist er gerade auf dem Heimweg von der Arbeit.«

Nusswan winkte vom Rücksitz und kurbelte das Fenster herunter. »Gehörst du zu der Prozession? Ich hab gar nicht gewußt, daß du Hindu-Freunde hast.«

»Habe ich aber«, sagte Dina.

»Wer wird bestattet?«

»Ein Bettler.«

Er setzte zum Lachen an, brach dann ab und stieg aus dem Auto. »Über so ernste Dinge macht man keine Witze.« Muß eine recht wichtige Persönlichkeit sein, dachte er, um eine Polizeieskorte zu haben. Vielleicht irgendein hohes Tier von der Au Revoir Corporation – ein Vorsitzender oder Geschäftsführer. »Na komm, laß die Neckerei, wer ist es?«

»Das hab ich dir doch gesagt. Ein Bettler.«

Nusswan öffnete den Mund und schloß ihn wieder: im ersten Fall vor Gereiztheit, im zweiten vor Entsetzen, als er erkannte, aus wem die Prozession bestand. Ihm wurde klar, daß sie keine Witze machte.

Jetzt stand der Mund wieder offen, diesmal vor Sprachlosigkeit, und Dina sagte: »Mach ihn zu, Nusswan, sonst fliegt dir eine Fliege hinein.«

Er tat es. Er konnte nicht glauben, daß ihm das hier passierte. »Und alle diese Bettler sind – Freunde des Verstorbenen?«

Sie nickte.

Ein Dutzend Fragen schossen ihm durch den Kopf. Wieso eine Bestattung für einen Bettler? Mit einer Polizeieskorte? Und wieso nahm Dina daran teil, und Maneck? Wer bezahlte dafür? Aber die Antworten konnten warten. »Steig ein«, befahl er und öffnete die Autotür.

»Was soll das heißen, steig ein?«

»Los, keine Diskussion. Steigt ein, beide. Ich bring euch zu eurer Wohnung zurück.« Seine Liste von Beschwerden, die er im Verlauf von dreißig Jahren zusammengestellt hatte, blitzte ihm durch den Kopf. Und jetzt das hier. »Du gehst mir keinen Schritt mehr in dieser Prozession mit! Ausgerechnet – zur Bestattung eines Bettlers zu gehen! Wie tief willst du denn noch sinken? Was werden die Leute sagen, wenn sie meine Schwester sehen ...«

Bettlermeister und der Einsatzleiter kamen auf sie zu. »Werden Sie von diesem Mann belästigt?«

»Überhaupt nicht«, sagte Dina. »Er ist mein Bruder. Er wollte nur sein Beileid für Shankars Tod aussprechen.«

»Vielen Dank«, sagte Bettlermeister. »Darf ich Sie einladen, sich uns anzuschließen?«

Nusswan zögerte. »Äh ... Ich habe es sehr eilig. Tut mir leid, ein anderes Mal.« Er schlüpfte ins Auto und zog schnell die Tür zu.

Sie winkten und gingen los, um wieder ihre Plätze einzunehmen, nicht, daß sie viel aufzuholen hatten. Die Kolonne hatte sich kaum ein Dutzend Meter weiterbewegt. Bettlermeister ging wieder nach vorne und löste einen der Träger ab.

»Das war lustig«, sagte Dina zu Maneck. »Ich glaube, er wird heute nacht schlecht träumen. Alpträume von Scheiterhaufen – wie sein Ansehen in Rauch und Flammen aufgeht.«

Maneck lächelte, aber er war mit den Gedanken bei der anderen Einäscherung, vor drei Tagen. An der er hätte teilnehmen sollen. Wo die Generationenfolge des Sterbens aus den Fugen geraten war. Avinashs hohlwangiger Vater hätte den Scheiterhaufen angezündet. Das Krachen des Anmachholzes. Rauch, der in den Augen brennt. Und Flammenfinger, die mit der Leiche spielen, sie necken und kitzeln, bis sie sich krümmt, als wollte sie sich aufsetzen ... ein Zeichen, heißt es, daß die Seele protestiert. Avinash hatte sich oft so gekrümmt, wenn er Schach spielte, hatte sich vorgelehnt, fast platt auf das Bett, den Kopf seitwärts gedreht, und hatte das Brett betrachtet. Hatte sich auf seinen Ellbogen aufgestützt, um die Figur zu erreichen, um seinen Zug zu machen.

Schachmatt. Und dann die Flammen.

Die Zeit verging langsam, als hätte sie das Interesse an der Welt verloren. Dina staubte nachdenklich die Singer in der Ecke des Zimmers ab. Nichts ist so leblos wie stumme Nähmaschinen, dachte sie.

Sie beschäftigte sich wieder mit ihrer Patchworkdecke. Begradigte einen Saum, schnitt einen Flicken gerade, änderte, was ihrer Meinung nach nicht gut aussah. Die Nachmittagssonne, die durch die Lüftungsscheibe schien, warf Lichtflecken auf die Quadrate in ihrem Schoß.

»Schieb sie ein bißchen nach links, Tante«, sagte Maneck.

»Wieso?«

»Ich möchte sehen, wie das gelbe Stück aussieht, wenn die Sonnenkreise draufscheinen.«

Sie schnalzte mit der Zunge und tat ihm den Gefallen.

»Wunderschön«, sagte er.

»Weißt du noch, wie skeptisch du warst, als du sie das erste Mal gesehen hast?«

Er lachte. »Ich hatte damals keine Erfahrung mit Farben und Mustern.«

»Und jetzt bist du wohl der große Fachmann, wie?« Sie zog die entgegengesetzte Ecke in ihren Schoß.

»Beziehst du damit dein Bett, wenn sie fertig ist?«

»Nein.«

»Dann willst du sie wohl verkaufen?«

Sie schüttelte den Kopf. »Kannst du ein Geheimnis für dich behalten? Das wird Oms Hochzeitsgeschenk.«

Er hätte sich nicht mehr darüber freuen können, wenn er selbst darauf gekommen wäre. Ihre Geste rührte ihn, und seine Miene wurde weich.

»Sieh nicht so beleidigt aus«, sagte sie. »Ich mach dir auch eine für deine Hochzeit.«

»Ich bin nicht beleidigt, ich finde es eine tolle Idee.«

»Aber plauder nicht gleich alles aus, wenn du Ishvar und Om

wiedersiehst. Ich mache sie fertig, wenn es mit dem Nähen weitergeht, sowie wir neue Stoffe von Au Revoir bekommen. Bis dahin kein Wort darüber.«

Manecks Prüfungen gingen zu Ende. Er hatte das Gefühl, daß er bei den meisten ziemlich schlecht abgeschnitten hatte. Er betete, daß er zumindest so viele Punkte bekäme, daß er in den dreijährigen Diplomkurs kam.

Dina fragte, wie es ihm ergangen sei, und er antwortete »gut«. Sie hörte den Mangel an Überzeugung in seiner Stimme. »Wir werden die Ergebnisse abwarten müssen, um zu sehen, wie gut.«

Am letzten Abend gab er, gedrängt von Dina, dem Bitten und Flehen im Brief seiner Mutter nach und besuchte seine Verwandten. Er verbrachte zwei Stunden damit, die überschwengliche Familie Sodawalla zu ertragen und ein Dutzend verschiedene Arten von Speisen und kalten Getränken abzuwehren. »Vielen Dank, aber ich habe schon gegessen.«

»Das nächste Mal mußt du mit leerem Magen kommen«, sagten sie. »Wir möchten das Vergnügen haben, dich zu füttern.« Sie taten die Speisen wieder weg und versuchten ihn dazu zu überreden, mit ihnen ins Kino zu gehen und danach etwas zusammen zu essen, und luden ihn ein, bei ihnen zu übernachten.

»Bitte entschuldigt mich, ich sollte jetzt wirklich gehen«, sagte Maneck, als er das Gefühl hatte, daß er seine Zeit abgesessen hatte. »Ich muß morgen früh los.«

Als er wieder in Dinas Wohnung war, warf er ihr vor, seinen Abend ruiniert zu haben. »Ich geh da nie wieder hin, Tante. Die reden nonstop und benehmen sich wie alberne Kinder.«

»Sei nicht so gemein, es ist die Familie deiner Mutter.«

Sie half ihm, seinen leeren Koffer oben von dem Schrank herunterzuholen, und staubte ihn dann für ihn ab. Während sie Maneck beim Packen zusah, mischte sie sich oft mit Ratschlägen, Erinnerungen und Anweisungen ein: Vergiß das nicht, nimm das mit, tu das. »Und vor allem, sei nett zu deinen Eltern, streite dich nicht mit ihnen. Sie haben dich in diesem Jahr so sehr vermißt. Genieße deine Ferien.«

»Danke, Tante. Und bitte vergiß nicht, die Katzen zu füttern.«

»O ja, ich werde sie füttern. Ich werde ihnen sogar ihre Lieblingsgerichte kochen. Soll ich mit Besteck servieren, oder essen sie mit den Fingern?«

»Nein, Tante, heb das Besteck für deine Schwiegertochter auf. Sie wird in drei Wochen hier sein.«

Sie drohte ihm mit einer Tracht Prügel. »Das Problem ist, deine Mutter hat es nicht oft genug gemacht, als du klein warst.«

Früh am nächsten Morgen umarmte er sie.

Die Wiederkehr der Einsamkeit verlief nicht ganz so, wie Dina es erwartet hatte. All diese Jahre habe ich aus der unentrinnbaren Wirklichkeit eine Tugend gemacht, dachte sie, habe sie Ruhe und Frieden genannt. Aber wie war es möglich, sich so einsam zu fühlen, nachdem sie den größten Teil ihres Lebens alleine gelebt hatte? Hatten Herz und Geist denn nichts gelernt? Konnte ein einziges Jahr ihrer Widerstandskraft so viel Schaden zufügen?

Zum x-ten Mal sah sie die Daten auf dem Kalender nach: Drei Wochen bis Ishvar und Om wiederkämen und dann noch mal drei Wochen bis zu Manecks Rückkehr.

Die Tage schlurften träge dahin. Sie beschloß, es wäre eine gute Gelegenheit, einen gründlichen Wohnungsputz zu machen. In jedem Zimmer hörte sie Echos der unermüdlichen Witzeleien der Schneider, die sie verfolgten, während sie die Küche schrubbte, die Decken mit dem langstieligen Besen abstaubte, die Fenster und Ventilatoren putzte und alle Böden wischte.

In Manecks Zimmer fand sie das Schachspiel seines Freundes im Schrank. Das zurückgegeben werden sollte, wenn das College wieder begann, vermutete sie.

Als nächstes wurde ihr eigener Schrank ausgeleert, alles bis auf das unterste Fach. Sie wischte das Innere sauber, stapelte die Reste von Au Revoir und sortierte ihre Kleidung. Die Sachen, die sie nicht mehr trug, kamen auf einen separaten Haufen. Um sie Oms Frau anzubieten. Es kam natürlich darauf an, wie groß sie war. Und was für ein Typ sie wäre.

Dann nahm sich Dina das unterste Fach vor, das mit den

Schnipseln von einem Jahr täglichen Nähens vollgestopft war, die winzigen Stückchen, die zu nichts zu gebrauchen waren, außer als Füllung für die selbstgemachten Binden. Sie tauchte die Arme hinein, und der Berg von farbigen Stoffschnipseln fiel heraus. Sie mußte laut lachen. Nicht einmal wenn sie noch fünfzig weitere Jahre Periode vor sich hätte, würde sie all diese Baumwollfüllung aufbrauchen. Sie stopfte eine ansehnliche Menge in einen Sack und machte sich daran, den Rest wegzuschmeißen.

Dann dachte sie wieder an Oms Ehefrau. Sie war bestimmt so jung und vital, daß sie eine ordentliche Menge davon gebrauchen könnte. Besser, sie vorläufig aufzuheben, dachte sie und schob die Fetzen fröhlich wieder in das Fach zurück.

Dank ihrer Putzaktion vergingen die Tage wie im Flug. Sie wandte ihre Aufmerksamkeit der Veranda zu, die bald das Zuhause für das Ehepaar und den Onkel werden würde. Das eine Bettzeug der Schneider würde nicht ausreichen, befand sie, und machte sich daran, aus Resten von Au-Revoir-Material zusätzliche Laken und Überzüge zu machen.

Die Tretkurbel von Ishvars Singer bereitete ihr große Mühe. Zu ihrer Zeit hatte sie nie an so einem Modell gearbeitet. Sie stieg auf Tante Shirins kleine handgetriebene Maschine um, und jetzt machte es ihr Spaß. Mit jeder Naht, die sie nähte, sagte sie sich: So ein Glück, daß wir genug Stoff haben, um alle unsere Bedürfnisse zu befriedigen.

Sie störte sich an der Vorstellung, daß Om und seine Frau zusammen mit Ishvar auf der Veranda schlafen mußten. Nicht auszudenken, dachte sie, wenn Rustom und ich in unserer Hochzeitsnacht im selben Zimmer mit Onkel Darab und Tante Shirin hätten schlafen müssen.

Ihr fiel nur eine Lösung ein, und zwar, einen Vorhang quer durch die Mitte der Veranda zu ziehen. Sie maß die Entfernung aus und nähte dann die dicksten Stoffe, die sie in der Masse der Reste finden konnte, zusammen. Besser eine notdürftige Wand als gar nichts.

Sie hoffte, Ishvar und Om würden sich über ihre Bemühungen freuen. Sie hatte getan, was sie konnte. Wenn die neue Ehefrau sich auch nur halb so sehr bemühte, war sie sicher, daß sie gut miteinander auskommen würden.

Zwei Nägel plus ein Stück Schnur, und die symbolische Teilung war errichtet. Sie trat zurück und betrachtete prüfend jede Seite des Vorhangs. Das Leben der Armen war reich an Symbolen, fand sie.

XV

Familienplanung

Als sie ihren Koffer aus dem Abteil hinaus auf den Bahnsteig zerrten, eilte den Schneidern eine hagere bärtige Gestalt entgegen. »Endlich!« Er klatschte vor Freude in die Hände. »Da seid ihr ja.«

»Ashraf Chacha! Wir wollten dich in der Werkstatt überraschen!« Sie schleppten ihre Habseligkeiten an die Seite, schüttelten Ashraf Chachas Hände und umarmten ihn lachend.

Ishvar und Om waren die einzigen Passagiere, die ausgestiegen waren. Zwei Kulis, die sich neben dem Wasserhahn ausruhten, blieben in der Hocke. Ihr Instinkt sagte ihnen, daß ihre Dienste nicht gefragt waren. Unter dem Pulsschlag der Lokomotive erwachte der schläfrige kleine Bahnhof zum Leben. Verkäufer mit Obst, kalten Getränken, Tee, Pakoras, eiskalter Gola, Sonnenbrillen und Zeitschriften belagerten den Zug und erfüllten die Luft mit ihren Rufen.

»Kommt«, sagte Ashraf. »Gehen wir nach Hause, ihr müßt müde sein. Zuerst essen wir etwas, und dann könnt ihr mir erzählen, was für Wunder ihr in der Stadt erlebt habt.«

Eine Frau mit einem kleinen Korb Feigen sang neben ihnen: »Unjir!« Der schrille Ruf begann als Bitte und verwandelte sich dann in Tadel, als sie an ihr vorbeigingen. Der Ruf wurde nicht wiederholt. Sie probierte es bei den Passagieren im Zug, die von den Fenstern wie Porträts in einer Wandergalerie eingerahmt waren. Den Korb in die Hüfte gestemmt, trabte sie an den Abteilen entlang. Er hüpfte wie ein Baby. Der Schaffner ließ den Warnpfiff ertönen, womit er einen beigefarbenen Köter aufschreckte, der bei dem Abstellgleis döste. Er kratzte sich träge hinterm Ohr, das Gesicht zusammengequetscht wie bei einem Mann, der sich rasiert.

»Chachaji, du bist ein Genie«, sagte Om. »Ohne daß wir dir unsere Ankunftszeit geschrieben haben, holst du uns vom Zug ab. Woher hast du gewußt, daß wir heute kommen?«

»Hab ich nicht«, sagte er lächelnd. »Aber ich wußte, es würde diese Woche sein. Und der Zug rollt hier jeden Tag zur selben Zeit herein.«

»Dann hast du also jeden Tag hier gewartet? Und was ist mit der Werkstatt?«

»Da ist nicht so viel Betrieb.« Er streckte den Arm aus, um ihnen mit dem Gepäck zu helfen. Seine knotige Hand zitterte heftig. Es ertönte ein zweiter Pfiff, und der Zug rumpelte vorbei. Die Verkäufer verschwanden. Wie in einem Haus, das verlassen wird, machte sich in dem verschlafenen Bahnhof eine große Stille breit.

Aber das war nur von kurzer Dauer. Langsam tauchte ein gutes Dutzend Gestalten aus den Schatten der Schuppen und Lagerhäuser auf. In Lumpen gewickelt, in Hunger gehüllt, ließen sie sich mit ihren spröden Körpern über die Bahnsteigkante auf die Gleise hinab und gingen dann systematisch die Strecke entlang, von Schwelle zu Schwelle, auf der Suche nach dem Treibgut der Züge, bückten sich hin und wieder und sammelten den Müll auf, den die Reisenden fortgeworfen hatten. Wenn zwei Hände nach demselben Fund griffen, gab es ein Handgemenge. Dort, wo die Zugtoilette zum Stehen gekommen war, waren Holz und Schotter feucht und übelriechend und von Fliegenschwärmen umschwirrt. Die zerlumpte Truppe fand Papier, Essensreste, Plastiktüten, Flaschenverschlüsse, Scherben, alles Kostbarkeiten, die aus dem abfahrenden Zug über Bord geworfen worden waren. Nachdem sie die Fundstücke in ihren Säcken verstaut hatten, verschmolzen sie wieder mit den Schatten des Bahnhofs, um ihre Sammlung zu sortieren und auf den nächsten Zug zu warten.

»Die Stadt war also gut zu euch?« sagte Ashraf, als sie den Bahnübergang zur anderen Seite überquerten. »Ihr seht beide wohlgenährt aus.«

»Chachaji, deine Augen sind großzügig«, sagte Ishvar. Ashrafs Zittern beunruhigte ihn. Und während der Abwesenheit der Schneider hatte das Alter auch seine Schultern gekrümmt. »Wir können uns nicht beklagen. Aber wie geht es dir?«

»Erstklassig, für mein Alter.« Ashraf richtete sich auf und klopfte sich auf die Brust, aber er sackte fast sofort wieder in seine gebückte Haltung zurück. »Und du, Om? Du wolltest so ungern von hier weg. Und sieh nur, wie gesund du jetzt aussiehst.«

»Das liegt daran, daß meine Würmer das Gelände geräumt haben.« Er beschrieb begeistert, wie die Parasiten von dem Wurmmittel besiegt worden waren.

»Nach anderthalb Jahren siehst du Chachaji wieder, und du kannst nur über deine Würmer reden?«

»Warum nicht?« sagte Ashraf. »Gesundheit ist das Allerwichtigste. Siehst du, hier hättest du nie so gute Medizin bekommen. Noch ein Grund, froh zu sein, daß du in die Stadt gegangen bist, wie?«

An der Ecke, wo die Pension war, wurden Ishvar und Om langsamer, doch Ashraf lotste sie weiter zur Werkstatt. »Wieso Geld verschwenden für ein Bett, das mit Wanzen gefüllt ist? Bleibt bei mir.«

»Das ist zuviel Mühe für dich.«

»Aber ich bestehe darauf – die Hochzeit müßt ihr unbedingt in meinem Haus ausrichten. Tu mir den Gefallen. Dieses letzte Jahr war so einsam für mich.«

»Mumtaz Chachi wird aber gar nicht erfreut sein, wenn sie das hört«, sagte Om. »Zählt ihre Gesellschaft denn nicht?«

Verwunderung trübte Ashrafs Lächeln. »Habt ihr denn den Brief nicht bekommen? Meine Mumtaz ist verstorben, etwa sechs Monate nach eurer Abreise.«

»Was?« Sie blieben stehen und ließen das Gepäck fallen. Der Koffer knallte auf den Boden.

»Vorsicht!« Ashraf bückte sich, um ihn aufzuheben. »Aber ich habe euch doch geschrieben, über Nawaz.«

»Er hat ihn uns nicht gegeben«, sagte Om entrüstet.

»Vielleicht kam der Brief später – als wir schon in die Hüttensiedlung gezogen waren.«

»Er hätte ihn uns ja bringen können.«

»Ja, aber wer weiß, ob er ihn erhalten hat.«

Sie gaben ihre Spekulationen auf und umarmten Ashraf Chacha nacheinander. Sie küßten ihm dreimal die Wangen, ebensosehr um ihn zu trösten wie sich selbst.

»Ich hatte mir Sorgen gemacht, als keine Antwort von euch kam«, sagte er. »Ich nahm an, ihr wart zu beschäftigt, mit Arbeitssuche.«

»Egal, wie beschäftigt wir gewesen wären, wir hätten dir geschrieben, wenn wir es gewußt hätten«, sagte Ishvar. »Wir wären zu dir gekommen. Das ist ja schrecklich – wir hätten zur Bestattung hier sein müssen, sie war wie meine Mutter, wir hätten nie weggehen sollen ...«

»Na na, das ist törichtes Gerede. Niemand kann in die Zukunft sehen.«

Während sie ihren Weg fortsetzten, erzählte Ashraf ihnen von der Krankheit, die Mumtaz Chachi ergriffen und schließlich weggerafft hatte. Als er über seinen Verlust sprach, wurde klar, wieso er jeden Tag am Bahnsteig gewartet hatte, um sie vom Zug abzuholen: Er versuchte der Zeit, der großen Quälerin, ein Schnippchen zu schlagen.

»Es ist seltsam. Als meine Mumtaz noch gelebt hat, saß ich den ganzen Tag alleine da, habe genäht oder gelesen. Und sie war allein hinten, hat gekocht, geputzt und gebetet. Aber ich habe mich nie einsam gefühlt, die Tage vergingen wie im Flug. Es reichte schon, nur zu wissen, daß sie da war. Und jetzt vermisse ich sie so sehr. Zeit ist so was Unzuverlässiges – wenn ich möchte, daß sie fliegt, kleben die Stunden wie Leim an mir. Und sie ist auch so veränderlich. Zeit ist der Faden, mit dem wir unser Leben in Päckchen von Jahren und Monaten packen. Oder ein Gummiband, das wir strecken können, wie wir wollen. Zeit kann das hübsche Band im Haar eines kleinen Mädchens sein. Oder die Falten in unserm Gesicht, und das, was uns unsere jugendliche Farbe und unsere Haare stiehlt.« Er seufzte und lächelte traurig. »Aber am Schluß ist Zeit eine Schlinge um den Hals, die einen langsam erdrosselt.«

Ein Gemisch beunruhigender Gefühle erfüllte Ishvar – Schuld, Trauer, eine Vorahnung vom Alter, das seiner eigenen Zukunft auflauerte. Er wünschte, er könnte Ashraf Chacha versichern, daß sie ihn nicht wieder allein lassen würden. Stattdessen sagte er: »Wir würden gerne Mumtaz Chachis Grab besuchen.«

Ashraf freute sich sehr über die Bitte. »Nächste Woche ist ihr Todestag. Wir können zusammen hingehen. Aber ihr habt diese lange Reise wegen einem frohen Ereignis gemacht. Laßt uns jetzt darüber reden.«

Er wollte unbedingt verhindern, daß ihnen die traurige Nachricht aufs Gemüt schlug. Er erklärte, daß ein erstes Treffen mit jeder der vier Familien in drei Tagen stattfände. »Einige von ihnen hatten sich anfangs Sorgen gemacht. Daß ich, ein Moslem, für euch das arrangiere.«

»Wie können sie es wagen«, empörte sich Ishvar. »Wußten sie denn nicht, daß wir eine Familie sind?«

»Zuerst nicht«, sagte Ashraf. Aber andere, die über die langjährigen Beziehungen zwischen den beiden Familien Bescheid wußten, hatten ihnen versichert, daß es keinen Grund zur Besorgnis gebe. »Es ist jetzt also geregelt. Der Bräutigam ist sicher schon ungeduldig«, sagte er und versetzte Om einen spielerischen Stups in den Bauch. »Du wirst dich noch etwas gedulden müssen. Inshallah, wird alles gut verlaufen.«

»Ich mach mir keine Sorgen«, meinte Om. »Dann erzähl doch mal, was gibt es Neues in der Stadt?«

»Nicht viel. Ein Familienplanungszentrum hat eröffnet. Ich glaube nicht, daß dich das interessiert«, sagte Ashraf kichernd. »Und alles andere, Gutes wie Schlechtes, ist so geblieben, wie es war.«

Om beschleunigte erregt seine Schritte, als ihre Straße und dann das Ladenschild von Muzaffar Tailoring in Sicht kam. Er ging vor, begrüßte den Eisenwarenhändler, den Banya, den Müller, den Kohlenhändler, die aus ihren Haustüren schauten und ihm ihre guten Wünsche und ihren Segen für das freudige Ereignis zuriefen.

* * *

»Sagt mir Bescheid, wenn ihr Hunger habt«, sagte Ashraf. »Ich habe etwas Dal und Reis gekocht. Ich hab auch euren Lieblings-Achaar aus Mangos.«

Om leckte sich die Lippen. »Es ist so schön, wieder zurück zu sein.«

»Es tut gut, euch wieder hier zu haben.«

»Ja«, sagte Ishvar. »Weißt du, Chachaji, Dinabai ist sehr nett, und wir kommen jetzt sehr gut miteinander aus, aber hier ist es doch anders. Dies ist unser Zuhause. Hier kann ich mich besser entspannen. Wenn ich in der Stadt irgendwohin gehe, habe ich immer ein bißchen Angst.«

»Ach was, yaar, du läßt dich immer noch von all diesen Problemen verfolgen. Vergiß sie jetzt, das ist lange her.«

»Was für Probleme?«

»Nichts Besonderes«, sagte Ishvar. »Das erzählen wir dir später. Komm, laß uns essen, bevor der Reis und das Dal trocken werden.«

Sie setzten sich in die Werkstatt, unterhielten sich bis spät in die Nacht, wobei Ishvar und Om bemüht waren, die Einzelheiten ihrer Schicksalsprüfungen abzuschwächen. Sie taten dies instinktiv, da sie Ashraf Chacha den Schmerz ersparen wollten, als sie sahen, wie er bei allem, was sie beschrieben, vor Mitgefühl zusammenzuckte.

Gegen Mitternacht begann Om einzunicken, und Ashraf schlug vor, schlafen zu gehen. »Mein alter Kopf könnte die ganze Nacht lang aufbleiben und zuhören, er braucht nicht viel Schlaf. Aber ihr beide müßt euch ausruhen.«

Ishvar rückte die Stühle beiseite, um auf dem Boden Platz für das Bettzeug zu machen. Ashraf hielt ihn davon ab. »Wieso hier? Oben bin nur ich. Kommt.« Sie erklommen die Stufen von der Werkstatt zu dem Raum darüber. »Wieviel Leben hier einmal war. Mumtaz, meine vier Töchter, meine beiden Lehrlinge. Was wir für einen Spaß zusammen hatten, nah?«

Aus einer Truhe, die nach Naphthalin roch, holte er zusätzliche Laken und Decken. »Meine Mumtaz hatte alles weggepackt, als unsere Töchter geheiratet und das Haus verlassen haben. Sie war so vorsichtig – jedes Jahr hat sie sie gelüftet und neue Mottenkugeln hineingetan.«

Om schlief ein, sowie sein Kopf das Kissen berührte. »Erinnert mich an dich und Narayan«, flüsterte Ashraf, »als ihr als kleine Jungs hier angekommen seid, weißt du noch? Nach dem Abendessen seid ihr in die Werkstatt hinuntergegangen und habt eure

Matten ausgebreitet. Ihr seid so friedlich eingeschlafen, als wäre es euer eigenes Haus gewesen. Ihr hättet mir kein größeres Kompliment machen können.«

»So wie du und Mumtaz Chachi für uns gesorgt habt, hat es sich wie unser eigenes Zuhause angefühlt.« Sie gaben sich noch ein paar Minuten lang ihren Erinnerungen hin und machten dann das Licht aus.

Ashraf wollte Ishvar und Om neue Hemden schenken. »Wir holen sie heute nachmittag«, sagte er.

»Hoi-hoi, Chachaji. Das ist zuviel, was du für uns tust.«

»Wollt ihr mich unglücklich machen, indem ihr mein Geschenk ablehnt?« protestierte er. »Für mich ist Oms Heirat auch sehr wichtig. Laßt mich tun, was ich tun will.« Die Hemden sollten bei den vier Brautschaubesuchen getragen werden. Die Hochzeitsgewänder würden später ausgehandelt, mit der Familie des Mädchens, das sie aussuchten.

Ishvar gab nach, aber nur unter einer Bedingung – daß er und Om ihm halfen, die Hemden zu machen. Daß Chachaji ganz allein an der Nähmaschine schuftete, kam nicht in Frage.

»Aber es braucht niemand zu nähen«, sagte Ashraf. »Es gibt den neuen Laden mit Konfektionsware im Basar. Der, der uns unsere Kunden gestohlen hat. Wie konntet ihr das nur vergessen? Dieser Laden war doch der Grund, warum ihr gehen mußtet.«

Er erzählte ihnen von den treuen Kunden, die einer nach dem andern Muzaffar Tailoring verlassen hatten, einschließlich jener Familien, die seit den Zeiten seines Vaters Kunden gewesen waren. »Die Treue von zwei Generationen hat sich in nichts aufgelöst, wie Rauch an einem windigen Tag, einfach durch die Aussicht auf billigere Preise. So ein mächtiger Teufel ist das Geld. Gut, daß ihr damals gegangen seid, denn hier gibt es keine Zukunft.«

Es dauerte nicht lange, bis Om den anderen, stets unausgesprochenen Grund zur Sprache brachte, warum sie in die Stadt geflohen waren. »Und Thakur Dharamsi? Du hast ihn noch nicht erwähnt. Lebt dieser Daakoo immer noch?«

»Der Bezirk hat ihm die Leitung der Familienplanung übertragen.«

»Und was hat er für eine Methode? Bremst er das Bevölkerungswachstum, indem er kleine Kinder umbringt?«

Sein Onkel und Ashraf tauschten unbehagliche Blicke.

»Ich finde, unsere Leute sollten sich zusammentun und diesen Hund töten.«

»Fang nicht wieder an, Unsinn zu reden, Omprakash«, warnte Ishvar. Die alte unglückliche Wut seines Neffen schien kurz davor zu sein wiederzukommen, und es bereitete ihm Sorgen.

Ashraf ergriff Oms Hand. »Mein Kind, dieser Teufel ist zu mächtig. Seit Beginn des Ausnahmezustandes hat sich sein Einfluß von seinem eigenen Dorf bis hierhin ausgedehnt. Er ist jetzt eine wichtige Persönlichkeit in der Congress Party, es heißt, er wird bei der nächsten Wahl Minister – falls die Regierung beschließen sollte, Wahlen abzuhalten. Inzwischen will er respektvoll wirken und vermeidet jegliches Goonda-Giri. Wenn er jemandem drohen will, schickt er nicht mehr seine eigenen Männer, sondern sagt einfach der Polizei Bescheid. Sie schnappen sich den armen Burschen, schlagen ihn zusammen und lassen ihn wieder laufen.«

»Wieso vergeuden wir unsre Zeit, indem wir über diesen Mann reden?« sagte Ishvar aufgebracht. »Wir sind zu einem freudigen Anlaß hier, wir haben nichts mit ihm zu tun. Gott wird sich um Thakur Dharamsi kümmern.«

»Genau«, pflichtete Ashraf bei. »Kommt, laßt uns die Hemden kaufen.« Er hängte ein Schild raus, auf dem stand, daß die Werkstatt um sechs wieder aufmachen würde. »Nicht daß das irgendeine Rolle spielen würde. Es kommt sowieso niemand.« Er mühte sich mit den Stahlgittern ab, und Om kam ihm zu Hilfe. Das Gitter klemmte in seiner Spur, wollte zurückgelegt, freigeschüttelt und wieder hervorgelockt werden.

»Muß mal geölt werden«, keuchte Ashraf. »Wie meine alten Knochen.«

Sie nahmen die ungepflasterte Straße zum Basar, an Getreideschuppen und Arbeiterunterkünften vorbei. Ihre Sandalen knirschten leicht auf der trockenen Erde und wirbelten winzige Staubwölkchen auf.

»Wie war der Regen in der Stadt?«

»Zuviel«, sagte Ishvar. »Die Straßen waren oft überflutet. Und hier?«

»Zuwenig. Der Teufel hat seinen Regenschirm über uns gehalten. Hoffen wir, daß er ihn dieses Jahr schließt.«

Der Weg zum Bekleidungsladen führte an dem neuen Familienplanungszentrum vorbei, und Om wurde langsamer und spähte hinein. »Hast du gesagt, daß Thakur Dharamsi das hier leitet?«

»Ja, und er macht eine Menge Geld damit.«

»Wie das denn? Ich dachte, der Staat bezahlt die Patienten dafür, daß sie die Operation machen lassen.«

»Der Lump steckt das ganze Geld in die eigene Tasche. Die Dörfler sind machtlos. Wenn sie sich beklagen, bringt ihnen das nur noch mehr Leid ein. Wenn die Bande des Thakurs auf Freiwillige Jagd macht, schicken die armen Burschen klaglos ihre Frauen hin oder bieten sich selbst für die Operation an.«

»Hai Ram. Wenn es so einem Teufel gutgehen darf, dann muß die Welt wirklich die Finsternis von Kaliyug durchlaufen.«

»Und du erzählst mir, ich würde Unsinn reden«, sagte Om verächtlich. »Dieses Schwein zu töten wäre die vernünftigste Methode, Kaliyug zu beenden.«

»Beruhig dich, mein Kind«, sagte Ashraf. »Wer Paan an die Decke spuckt, blendet nur sich selbst. Für die Verbrechen in dieser Welt erfolgt die Bestrafung in der nächsten Welt.«

Om verdrehte die Augen. »Ja, mit Sicherheit. Aber sag mir, wieviel Geld kann er damit machen? Die Prämie für die Operation ist nicht sehr groß.«

»Ja, aber das ist nicht seine einzige Quelle. Wenn die Patienten in die Klinik gebracht werden, versteigert er sie.«

»Was heißt das denn?«

»Die staatlichen Angestellten sind verpflichtet, zwei oder drei Kandidaten für die Sterilisation zu vermitteln. Wenn sie ihre Quote nicht erfüllen, wird ihr Gehalt für den Monat vom Staat zurückgehalten. Und so lädt der Thakur alle Schullehrer, Block

Development Officers, Steuereintreiber, Lebensmittelinspektoren in die Klinik ein. Jeder, der will, kann auf die Dorfbewohner bieten. Wer am meisten bietet, bekommt die Fälle, die dann seiner Quote angerechnet werden.«

Ishvar schüttelte verzweifelt den Kopf. »Kommt, gehen wir weiter«, sagte er, sich die Ohren zuhaltend. »Bas, ich will nichts mehr davon hören.«

»Das kann ich dir nicht verübeln«, sagte Ashraf. »Sich all die Dinge anzuhören, die sich zu unseren Lebzeiten abgespielt haben, ist so, als würde man Gift trinken – es vergiftet meinen Frieden. Jeden Tag bete ich, daß sich diese böse Wolke, die auf unserem Land lastet, wieder hebt, daß Gerechtigkeit sich um diese fehlgeleiteten Menschen kümmern möge.«

Als sie im Begriff waren, sich von dem Gebäude zu entfernen, kam jemand vom Familienplanungszentrum an die Tür. »Bittet tretet ein«, sagte er. »Es gibt keine Wartezeit, der Arzt hat gerade Dienst, wir können die Operation auf der Stelle machen.«

»Hände weg von meiner Männlichkeit«, sagte Om.

Der Bursche begann erschöpft zu erklären, daß die Leute eine falsche Vorstellung von Vasektomie hätten, die Männlichkeit hätte nichts damit zu tun, der Doktor würde diese Stelle nicht einmal berühren.

»Ist schon gut«, sagte Ashraf lächelnd. »Das wissen wir. Der Junge will Sie nur necken.« Er winkte freundlich, und sie gingen weiter ihres Wegs.

Draußen vor dem Bekleidungsgeschäft flatterten Hemden und Hosen, die wie kopflose Vogelscheuchen an Metallbügeln von der Markise hingen. Aber der größte Teil der Ware befand sich in Pappkartons auf Regalen. Nachdem er ihre Größe geschätzt hatte, begann der Verkäufer, ihnen ein paar Hemden zu zeigen. Om verzog das Gesicht.

»Gefällt Ihnen nicht?«

Om schüttelte den Kopf. Der Mann schob die Kästen beiseite und zeigte ihnen eine andere Kollektion. Er beobachtete seine Kunden besorgt.

»Das da ist schön«, sagte Ishvar aus Rücksicht auf den Mann. Er sah sich ein kurzärmeliges Hemd mit Karomuster an. »Genau wie das, das Maneck hat.«

»Ja, aber schau mal, wie schlecht die Knöpfe angenäht sind«, widersprach Om. »Einmal waschen und sie sind ab.«

»Wenn dir das Hemd gefällt, nimm es«, sagte Ashraf. »Ich näh dir die Knöpfe fest an.«

»Lassen Sie mich Ihnen noch mehr zeigen«, sagte der Verkäufer. »Diese Schachtel enthält unsere besonderen Muster, beste Qualität, von der Liberty Garment Company.« Er legte ein halbes Dutzend Exemplare auf dem Ladentisch aus. »Streifen sind zur Zeit sehr beliebt.«

Om nahm ein hellblaues Hemd mit dunkelblauen Streifen in die Hand und zog die Plastikhülle ab. »Sehen Sie sich das an«, sagte er und schüttelte das Hemd auf. »Die Tasche ist schief, die Streifen treffen sich nicht einmal.«

»Sie haben recht«, gab der Verkäufer zu und deckte weitere Kästen ab. »Ich verkaufe die Sachen bloß, ich mache sie nicht. Was soll man machen, niemand legt mehr Wert auf gute Handarbeit.«

»Sehr wahr«, stimmte Ishvar zu. »So ist das überall.«

Nachdem sie gemeinsam die Klage darüber angestimmt hatten, wie sehr sich die Zeiten doch geändert hatten, fiel es leichter, annehmbare Hemden zu finden. Der Mann faltete diejenigen, die sie sich ausgesucht hatten, an ihren Originalfalten wieder zusammen und steckte sie in die Plastikhüllen zurück. Das Zellophan knisterte opulent. Die Illusion von Wert und Qualität wurde wiederhergestellt. Der Verkäufer wickelte die ausgewählten Hemden in braunes Packpapier und schnürte sie mit etwas Schnur zu, die er von einer großen Rolle abbiß. »Bitte kommen Sie wieder, ich werde Sie gerne bedienen.«

»Vielen Dank«, sagte Ashraf.

Sie standen auf der Straße und überlegten, was sie als nächstes tun sollten. »Wir könnten durch den Basar streifen«, meinte Om, »und sehen, ob da noch irgend jemand ist, den wir kennen.«

»Ich habe eine bessere Idee«, sagte Ashraf. »Morgen ist Markt. Gehen wir morgen hin. Dann sind auch alle aus den Dörfern da. Ihr werdet viele Freunde treffen.«

»Das ist eine gute Idee«, stimmte Ishvar zu. »Und jetzt laß dich zu einem Paan einladen, bevor wir nach Hause gehen.«

»Erzähl mir nicht, daß ihr euch das Paankauen angewöhnt habt«, sagte Ashraf mißbilligend.

»Nein, nein, aber heute ist ein besonderer Tag, weil wir dich nach so langer Zeit wiedersehen.«

Die Backen mit einer Mischung aus Betelnuß, Chunnam und Tabak gefüllt, machten sie sich auf den Weg zurück zur Muzaffar Tailoring. Sie kamen wieder an dem Familienplanungszentrum vorbei, wo Ashraf seinen saftgefüllten Mund in den Graben entleerte und zu einem geparkten Auto deutete. »Das ist Thakur Dharamsis neuer Wagen. Er sitzt sicher drin und zählt seine Opfer.«

Ishvar begann sofort, sie auf die andere Straßenseite zu lotsen.

»Wieso rennst du so?« sagte Om. »Wir brauchen vor diesem Hund keine Angst zu haben.«

»Besser, wir gehen Ärger aus dem Weg.«

»Das finde ich auch«, meinte Ashraf. »Wieso soll man das Gesicht des Teufels sehen, wenn man es vermeiden kann?«

In dem Moment kam Thakur Dharamsi aus dem Gebäude, und Om schritt in kühnem Kollisionskurs auf ihn zu. Ishvar versuchte, ihn zurück an Ashraf Chachas Seite zu ziehen. Die glatten Ledersohlen von Oms Sandalen rutschten auf dem Gehsteig.

Er kam sich töricht vor. Sein Onkel gewann das Tauziehen, und seine Auflehnung verwandelte sich vor den Augen des Thakurs in Demütigung.

Om spuckte.

Der rote Bogen verfehlte um ein paar Schritte sein Ziel, und der klebrige Saft durchtränkte die Erde zwischen ihnen. Der Thakur blieb stehen. Die beiden Männer in seiner Begleitung warteten auf Anweisungen. Die Menschen im Umkreis verschwanden wie das Licht, voller Angst davor, was folgen könnte.

Der Thakur sagte sehr leise: »Ich weiß, wer du bist.« Er stieg ins Auto, knallte die Tür zu und fuhr los.

Auf dem weiteren Weg nach Hause war Ishvar außer sich vor Wut und Sorge. »Du bist verrückt! Bilkool paagal! Wenn du sterben willst, warum schluckst du nicht gleich Rattengift? Bist du zu einer Hochzeit oder zu einer Bestattung gekommen?«

»Zu meiner Hochzeit und zur Bestattung des Thakurs.«

»Laß dein schlaues Gerede! Ich sollte dir eine ordentliche Ohrfeige geben!«

»Wenn du mich nicht daran gehindert hättest, hätte ich ihn vollspucken können. Genau ins Gesicht.«

Ishvar hob die Hand zum Schlag, doch Ashraf hielt ihn zurück. »Was passiert ist, ist passiert. Ab jetzt müssen wir diesem Teufel aus dem Weg gehen.«

»Ich hab keine Angst vor ihm«, sagte Om.

»Natürlich nicht. Wir wollen doch bloß keinen Ärger, der die Hochzeitsvorbereitungen verdirbt, weiter nichts. Unsere Freude braucht nicht von dem Schatten dieses Teufels verdunkelt zu werden.«

Er mußte immerzu seine Worte wie Balsam auf Ishvars Verzweiflung auftragen. Aber trotzdem brach hin und wieder Ishvars Entsetzen durch, indem er die Dummheit seines Neffen heftig verurteilte: »Handelt wie ein Held und denkt wie eine Null. Ich bin selber schuld, daß ich dir Paan gekauft habe. Eine schlechtgelaunte Eule, wie Dinabai dich früher genannt hat. Wo ist dein Humor geblieben? Ohne Maneck hast du vergessen, wie man lacht, wie man das Leben genießt.«

»Hättest ihn ja mitnehmen können, wenn du ihn so wunderbar findest. Ich wäre dortgeblieben.«

»Du redest bilkool Unsinn. Wir sind bloß für ein paar Tage hier. Bald kehren wir zu unserer Arbeit zurück. Kannst du dich nicht einmal für diese kurze Zeit vernünftig benehmen?«

»Das hast du auch in der Stadt gesagt – daß wir nur eine kurze Zeit dortbleiben und bald in unsere Heimat zurückkehren würden.«

»Aha. Ist es vielleicht meine Schuld, daß sich in der Stadt schwerer Geld verdienen läßt, als wir erwartet hatten?«

Dann ließen sie das Thema fallen. Hätten sie weitergestritten, hätte Ashraf Chacha unweigerlich von dem Leid erfahren, das in den Einzelheiten steckte, die sie ihm bis jetzt erspart hatten.

Auf dem Markt ging es lärmiger als sonst zu, weil das Familienplanungszentrum an einem Stand auf dem Platz mit voll aufgedrehten Lautsprechern für sein Sterilisationslager warb. Über die Straße waren Spruchbänder gespannt, die zur Teilnahme an dem Nussbandhi Mela aufforderten. Das übliche Brimborium des Rummelplatzes – Ballons, Blumen, Seifenblasen, bunte Lichter und Erfrischungen – wurde eingesetzt, um die Städter und die besuchenden Dörfler zu ködern. Die Filmsongs wurden oft durch Mitteilungen unterbrochen, in denen betont wurde, wie wichtig die Geburtenkontrolle für das Land sei, und in denen den Sterilisierungswilligen Wohlstand, Glück und großzügige Prämien für Vasektomie und Tubenligatur versprochen wurden.

»Wo machen sie die Operationen?« fragte Om. »Gleich hier?«

»Wieso? Willst du zugucken, oder was?« sagte Ishvar.

Ashraf sagte, das Zentrum errichtete normalerweise Zelte außerhalb der Stadt. »Sie bauen das auf wie eine Fabrik. Hier schneiden, dort schnippeln, noch ein paar Nähte – und die Waren sind versandfertig.«

»Hört sich an wie bei uns in der Schneiderbranche, yaar.«

»Aber wir Schneider nehmen unsere Arbeit ernster. Wir gehen mit unseren Stoffen rücksichtsvoller um als diese Ungeheuer mit den Menschen. Es ist eine Schande für unsere Nation.«

Nicht weit entfernt von dem Stand, an dem für Geburtenkontrolle geworben wurde, war ein Mann, der Mittel gegen Impotenz und Unfruchtbarkeit verkaufte. »Der Quacksalber hat ein größeres Publikum als die Leute vom Staat«, sagte Ishvar.

Der Mann, der sein Haar in einen glänzenden schwarzen Heiligenschein ausgekämmt hatte, trug ein Tierfell über der Schulter. Seine Brust war nackt, und ein enger Lederriemen, der ihm in den rechten Oberarm schnitt, ließ seine Adern auf dem ganzen Arm hervortreten. Immer wenn ein Reproduktionsmittel Versinnbildlichung benötigte, fuchtelte er mit seinem muskulösen Unterarm herum.

Vor ihm, ausgebreitet auf einer Matte, stand eine Reihe von Gläsern, die Kräuter und Rindenbrocken enthielten. Und damit man ihn nicht für irgendeinen langweiligen Apotheker hielt, hatte er sie noch mit einer Sammlung toter Eidechsen und

Schlangen angereichert, um seiner Präsentation eine tierische Virilität zu verleihen, eine reptilische Spannung. In einer Ecke lag ein menschlicher Totenschädel, und in der Mitte der Matte prangte ein Bärenkopf mit großen, blitzenden Augen und weit aufgerissenem Rachen. Die Trophäe hatte auf ihren Reisen gelitten und zwei Zähne verloren, die durch winzige weiß angemalte Holzkegel ersetzt worden waren. Mit dem lächerlichen Zahnersatz büßte das wilde Funkeln des Bären seine Wirkung ein, und der Gesamteindruck war eindeutig komisch.

Der Potenzhändler zeigte mit einem Stock auf Schaubilder, die Symptome und Heilmittel darstellten, und auf Diagramme, die wie elektrische Schaltkreise aussahen. Mitten während der Exegese hob er den Saum seines Dhoti und zog ihn hoch, bis seine Waden, Knie und schließlich seine muskulösen Oberschenkel zum Vorschein kamen. Seine dunkelbraune Haut glänzte in der Sonne. Für einen Mann mit behaarter Brust waren seine Beine merkwürdig glatt. Dann, um seine Worte zu unterstreichen, klatschte er sich mehrmals auf das feste Fleisch seiner Schenkel. Der Knall war scharf, wie ein perfektes Händeklatschen.

Sein Verkaufsgespräch folgte einem Frage-Antwort-Muster. »Haben Sie Schwierigkeiten, Kinder zu zeugen? Zögert Ihr Hathiyar, sich aufzurichten? Oder schläft er und vergißt aufzuwachen?« Er ließ seinen Zeigestock traurig hängen. »Keine Angst, es gibt ein Heilmittel! Wie ein Soldat in Hab-acht-Stellung wird er stehen! Eins, zwei, drei – buum!« Er hielt seinen Zeigestock hoch.

Einige im Publikum kicherten, andere waren so kühn, laut zu lachen, während wieder andere mißbilligend die Stirn runzelten.

»Steht er, aber nicht grade genug? Hat das Instrument einen Knick? Neigt er sich nach links wie die Marxistisch-Leninistische Partei? Nach rechts wie die Jan-Sangh-Faschisten? Oder wackelt er hirnlos in der Mitte, wie die Congress Party? Keine Angst, denn er kann begradigt werden! Weigert er sich, hart zu werden, trotz Reiben und Massage? Dann probieren Sie meine Salbe, und er wird hart wie das Herz des Staates! All Ihre Probleme werden verschwinden mit diesem erstaunlichen Mittel, das aus den Organen dieser wilden Tiere hergestellt ist! Es ist in der Lage, alle Männer zu Lokomotivführern zu machen! Pünktlich wie die Züge im Ausnahmezustand! Ihr Kolben wird die ganze Nacht durchstampfen! Die Eisenbahn wird sich Ihre Energie zunutze machen wollen! Tragen Sie einmal täglich diese Salbe auf, und Ihre Frau wird stolz auf Sie sein! Tragen Sie zweimal täglich auf, und Ihre Frau wird Sie sich mit der ganzen Nachbarschaft teilen müssen!«

Die letzte Bemerkung löste bei einigen jungen Männern heftiges Gelächter aus. Die Frauen versteckten ihr Lächeln hinter vorgehaltenen Händen. Etwas Gegluckse konnte noch entweichen, bevor sie es ersticken konnten. Die stirnrunzelnden Zensoren gingen angewidert von dannen.

Der Potenzhändler nahm den grinsenden Schädel und hielt ihn hoch. »Würde ich meine Salbe diesem Burschen auf den Schädel reiben, würde sogar er anfangen zu hüpfen! Aber ich wage es nicht, ich muß an die anwesenden Damen denken und an die Sicherheit ihrer Ehre!«

Das Publikum applaudierte herzhaft.

Er fuhr in diesem Stil noch eine Weile fort, bevor er auf Frauenprobleme einging. Jetzt redete er in seiner alternativen Rolle – als Fakir der Fruchtbarkeit. »Herrscht Traurigkeit in Ihrem Leben, weil Ihre Nachbarin mehr Kinder hat als Sie? Brauchen Sie mehr Hände, die Ihnen bei der endlosen Arbeit auf den Feldern helfen, beim Wassertragen und Brennholzsammeln? Machen Sie sich Sorgen, wer sich um Sie kümmern wird, wenn Sie alt und hilflos sind, weil Sie keine Söhne haben? Keine Angst! Mit diesem Tonikum werden starke Kinder aus Ihrem Bauch herausströmen! Ein Löffelvoll am Tag, und Sie werden Ihrem Mann sechs Söhne schenken! Zwei Löffelvoll und Ihr Schoß wird ein ganzes Heer hervorbringen!«

Trotz der großen Menschenmenge, die sich um den Verkäufer versammelt hatte, gab es tatsächlich nur wenige Kunden. Sie waren hauptsächlich wegen der Unterhaltung dort. Die Produkte am hellichten Tag zu erwerben wäre außerdem ein öffentliches Eingeständnis mangelhafter Lendenkraft. Der Verkauf würde später stattfinden, wenn die Vorstellung vorbei war und die Schaulustigen weitergezogen waren.

»Hast du vor, was zu kaufen?« fragte Ishvar und kitzelte Om, der mit ernster Miene aufmerksam zuhörte.

»Ich hab diesen ganzen Schrott nicht nötig.«

»Natürlich nicht«, sagte Ashraf und legte Om den Arm um die Schultern. »Inshallah, werden Söhne und Töchter zur rechten Zeit erscheinen.«

Sie setzten ihren Spaziergang durch den Basar fort, bis sie zu den Ständen der Chamaar kamen. »Laßt uns einfach nur dastehen und nichts sagen«, schlug Om vor. »Mal sehen, wie lange es dauert, bis sie uns erkennen.«

Sie taten so, als würden sie sich Sandalen, Wasserhäute, Taschen, Gürtel, Gurte und Barbierriemen ansehen. Der satte Geruch von frischem Leder weckte vergessene Erinnerungen. Schließlich erkannte sie jemand vom Dorf.

Ein Freudenschrei erklang, dem andere folgten. Sie wurden schnell umringt und überschwenglich begrüßt. Alles redete wild durcheinander. Jeder war begierig, die Leere zu füllen, die die lange Abwesenheit der Schneider verursacht hatte.

Von den Dörflern erfuhren Ishvar und Om, daß Dukhis lebenslanger Freund, Gambhir, dem man vor vielen Jahren geschmolzenes Blei in die Ohren gegossen hatte, kürzlich gestorben war. Obwohl die Verbrennungswunde immer geeitert hatte, hatte ihn letztendlich eine Blutvergiftung dahingerafft, nachdem er sich das Bein an einer rostigen Sense geschnitten hatte. Die alten Frauen, Amba, Payri, Padam und Savitri, waren wohlauf. Sie waren diejenigen, die sich an die Familie der Schneider am besten erinnerten. Ihre Lieblingsgeschichte war immer noch diejenige, wie sie mit Roopa und Dukhi und ein paar Dutzend anderen eine Busfahrt unternommen hatten, um Narayans zukünftige Ehefrau zu inspizieren.

Nachdem man den Toten und den Alten gebührenden Tribut gezollt hatte, ging man zur Gegenwart über. Die Nachricht von der bevorstehenden Brautschau hatte sich in der Gemeinschaft der Chamaar ausgebreitet. Zwei Männer hoben Om auf ihre Schultern und paradierten mit ihm wie mit einem siegreichen Helden herum, als wäre die Hochzeit bereits vollzogen. Glückwünsche kamen aus aller Munde und machten Om ganz verlegen. Ausnahmsweise war er mal nicht in der Lage, eine schlagfertige Entgegnung zu liefern. Sein Onkel stand strahlend und nickend neben ihm.

Für jene, die seinen Vater gekannt hatten, hatte der Anlaß eine besondere Bedeutung. Sie freuten sich, daß die Linie von einem so bemerkenswerten Menschen wie Narayan, dem Chamaar-Schneider, der den oberen Kasten die Stirn geboten hatte, nicht aussterben würde. »Wir haben gebetet, daß der Sohn eines Tages zurückkommen möge«, sagten sie, »und unsere Gebete sind erhört worden. Om muß das Werk seines Vaters fortsetzen. Und die Enkel werden es ebenso tun.«

In Ishvars Ohren klangen die Sehnsüchte seiner Gemeinschaft unbedacht und forderten auf gefährliche Weise das Schicksal heraus. Die Angst, die Oms Tollkühnheit gegenüber Thakur Dharamsi vom Vortag in ihm ausgelöst hatte, bebte noch in seinen Adern. Er schnitt den Gratulanten das Wort ab. »Es besteht keine Chance, daß wir zurückkommen. Wir haben sehr gute Arbeit in der Stadt. Die Zukunft dort ist strahlend für Omprakash.«

Die Chamaar redeten von der Zeit, als Ishvar und sein Bruder das Dorf verlassen hatten, um bei der Muzaffar Tailoring Company in die Lehre zu gehen. Sie erzählten Om, was für ein brillanter Schneider sein Vater gewesen war, während Ashraf, der stolze Lehrer, lächelnd nickte, um zu signalisieren, daß alles der Wahrheit entspreche. »Es war wie Zauberei«, erzählten sie. »Narayan konnte die abgetragenen Sachen eines fetten Grundbesitzers nehmen und sie mit seiner Maschine so ändern, daß sie uns wie neu gepaßt haben. Er konnte unsere Lumpen nehmen und sie in Kleider verwandeln, die für einen König angemessen waren. So jemanden wie ihn werden wir nie wieder erleben. So großzügig, so tapfer.«

Ishvar wechselte ein weiteres Mal das Thema, da er besorgt war, welche Wirkung ihre Erinnerungen auf seinen Neffen haben würden. »Seit unserer Ankunft erzählt uns Ashraf von den alten Zeiten«, sagte er. »Erzählt uns doch mal, was in diesen neuen Tagen passiert.«

Und so erfuhren Ishvar und Om, daß kürzlich ein Bach ausgetrocknet war, und in seinem Bett war ein kugelrunder Felsen entdeckt worden, der heilende Eigenschaften hatte. In einem anderen Dorf hatte ein Sadhu unter einem Baum meditiert, und als er ging, bildeten sich auf dem Stamm Furchen, die das Bild des Gottes Ganesh ergaben. Woanders, während der religiösen Prozession von Mata Ki Sawari, war jemand in Trance verfallen und hatte eine Bhil-Frau als jene Hexe entlarvt, die die Leiden der Gemeinschaft verursacht hatte. Sie wurde totgeschlagen, und das Dorf wartete auf bessere Zeiten. Bedauerlicherweise wartete es ein Jahr später immer noch.

Bevor die Unterhaltung wieder in die Vergangenheit abgleiten konnte, sagte Ishvar: »Wir sehen euch bei der Hochzeit wieder, wenn alles gut verläuft«, und sie verabschiedeten sich unter Hochrufen und Lachen.

Sie schlenderten in die Gemüseabteilung des Markts, wo Ishvar Erbsen, Koriander, Spinat und Zwiebeln kaufte. »Heute abend koche ich für uns meine Spezialität.«

»Und der Chapati-Experte wird uns mit seinem Können beglücken«, sagte Ashraf und legte Om wieder den Arm um die Schultern. Es fiel ihm schwer, sich zurückzuhalten und die beiden, die ihm wie Sohn und Enkel waren, nicht ständig zu berühren und zu umarmen. Außerdem versuchte er, den gefürchteten Tag der Abreise zu verdrängen, der unweigerlich anbrechen würde, wenn die Feierlichkeiten vorbei waren.

»Noch einen kurzen Halt, bevor wir nach Hause gehen«, sagte Ishvar. Er führte sie zu den religiösen Waren und erstand eine teure Gebetskette. »Ein kleines Geschenk von uns«, sagte er zu Ashraf. »Wir hoffen, du wirst sie noch viele Jahre benutzen.«

»Inshallah«, sagte er und küßte die Bernsteinperlen. »Ihr habt das richtige für mich ausgewählt.«

»Meine Idee«, behauptete Om. »Uns ist aufgefallen, daß du mehr Zeit im Gebet verbringst.«

»Ja, wenn wir Sterbliche über den Tod und das Alter nachdenken, hat das in der Regel diese Wirkung.« Er unterbrach den Verkäufer, der eine Tüte aus Zeitungspapier machte, um die Perlen einzupacken. »Das ist nicht nötig«, sagte er und wickelte sich die kostbare Kette um die Finger.

In der Nähe stieß der Zuckerwattemann seinen einladenden Ruf aus: »Aga-ni-dadhi! Aga-ni-dadhi!«

»Ich will eins«, sagte Om.

»Aray, iß mehr, nimm zwei!« Er klingelte mit seinem kleinen Messingglöckchen.

Ishvar hielt einen Finger hoch, und der Zuckerwattemann stellte seine Maschine an.

Sie sahen zu, wie aus der kreisenden, summenden Mitte rosa Fäden herausgesponnen wurden. Dann erntete der Mann die süßen Strähnen mit einem Stock, mit dem er in dem Zuber herumquirlte. Als die Kugel die Größe eines menschlichen Kopfes hatte, stellte er die Maschine ab.

»Wißt ihr, wie das funktioniert?« fragte Ashraf. »In der Maschine sitzt eine große Spinne, die sich von Zucker und rosa Farbe ernährt. Auf Befehl des Mannes fängt sie an, ihr Netz zu spinnen.«

»Na klar«, sagte Om und versetzte ihm einen Kinnstüber, wobei er seinen feinen weißen Bart befingerte. »Wurde dein Dadhi auch so gemacht?«

Es war kurz vor Mittag. Leere Lastwagen rumpelten die Straße entlang und hielten draußen vor dem Marktplatz. Niemand achtete darauf. An diesem Wochentag herrschte immer viel Verkehr.

»Wollt ihr mal kosten?« Om hielt den Stock hin.

Ishvar lehnte ab. Doch Ashraf beschloß, etwas zu probieren, und manövrierte die Watte behutsam durch seinen Bart hindurch. Aber einige der rosa Fäden blieben kleben, und Om brüllte vor Lachen. Er führte ihn zum Fenster eines Sari-Ladens und zeigte ihm seinen Zuckerwattebart. »Sieht sehr schick aus, Chachaji. Du könntest eine neue Mode einführen.«

»Jetzt weißt du, warum es Aga-ni-dadhi heißt«, sagte Ashraf und zupfte sich die Strähnen aus dem Bart.

Ishvar sah ihnen mit einem glücklichen Lächeln zu. Das Leben war doch trotz allem schön, dachte er. Wie konnte er klagen, wenn Om und er mit der Freundschaft von Menschen wie Ashraf Chacha und Dinabai und Maneck gesegnet waren.

Weitere Lastwagen erschienen am Marktplatz und versperrten

die Gassen, die in den Basar führten. Dies waren Müllwagen, mit runden Dächern und Öffnungen auf der Rückseite.

»Wieso kommen die so früh heute?« wunderte sich Ashraf. »Der Markt geht noch viele Stunden. Saubergemacht wird doch erst abends.«

»Vielleicht wollen die Fahrer ein bißchen einkaufen.«

Plötzlich kamen Polizeiwagen mit heulenden Hupen auf den Marktplatz gerast. Die Menschenmenge teilte sich. Die Fahrzeuge hielten in der Mitte und spuckten ein Bataillon Polizisten aus, die auf dem Platz Stellung bezogen.

»Eine Polizeibewachung für den Basar?« sagte Ishvar.

»Irgendwas stimmt hier nicht«, sagte Ashraf.

Die Käufer sahen verwirrt zu. Dann rückten die Polizisten vor und begannen aus der Menge wahllos Personen herauszugreifen. Die völlig verwirrten Festgenommenen leisteten heftigen Widerstand und riefen: »Sagt uns zuerst, was wir getan haben! Wie könnt ihr denn einfach so die Leute verhaften? Wir haben ein Recht hier zu sein, es ist Markttag!«

Die einzige Antwort der Beamten bestand darin, unerbittlich durch die Menge vorzurücken. Widerstand wurde mit schwingenden Lathis begegnet. Auf dem Marktplatz breitete sich Panik aus, als die Menschen mit den Beamten diskutierten, sie schoben und schubsten, in dem Versuch, den Kordon zu durchbrechen. Aber der Platz war lückenlos abgeriegelt worden. Wer es bis zum Rand schaffte, wurde in die wartenden Arme weiterer Polizisten zurückgeprügelt.

Stände stürzten ein, Körbe wurden umgekippt, Kästen zertrümmert. Binnen weniger Sekunden war der Platz übersät mit Tomaten, Zwiebeln, Tontöpfen, Mehl, Spinat, Koriander, Chilis – Lachen von Orange, Weiß und Grün, die aus ihren ordentlichen Reihen herausbrachen und sich in Chaos auflösten. Der Bär des Potenzhändlers wurde zertrampelt, wobei er noch mehr Zähne verlor, während seine toten Eidechsen und Schlangen einen zweiten Tod starben. Die Musik von dem Stand des Familienplanungszentrums dröhnte weiter über dem Geschrei der Menschen.

»Kommt auf diese Seite, schnell«, sagte Ashraf. »Hier werden wir Unterschlupf finden.« Er führte sie in den Türeingang eines Textilhändlers, der früher seine Kunden an Muzaffar Tailoring weiterempfohlen hatte. Der Laden war geschlossen, und Ashraf klingelte. Es machte niemand auf. »Macht nichts, wir bleiben einfach hier, bis sich die Dinge wieder beruhigt haben. Wahrscheinlich sucht die Polizei unter der Menge nach Verbrechern.«

Aber die Polizei schnappte sich die Leute völlig willkürlich. Alte Männer, kleine Jungs, Hausfrauen mit Kindern wurden in die Lastwagen geschleppt. Einigen gelang es zu entkommen. Aber die meisten waren wie Hühner im Gehege gefangen und konnten nichts anderes tun, als darauf warten, daß sie von den Hütern des Gesetzes eingesammelt wurden.

»Seht mal«, sagte Ashraf, »in der Ecke da drüben steht nur ein Havaldar. Wenn ihr schnell rennt, schafft ihr es durchzukommen.«

»Und was ist mit dir?«

»Ich bin hier in Sicherheit, wir treffen uns später in der Werkstatt.«

»Wir haben nichts Unrechtes getan«, sagte Ishvar, der sich weigerte, ihn im Stich zu lassen. »Wir brauchen nicht wie Diebe davonzurennen.«

Sie sahen vom Türeingang aus zu, wie die Polizisten weiter Jagd auf jene machten, die panisch zwischen dem verschütteten Obst und Getreide und den zerbrochenen Glaswaren hin und her rannten. Jemand stolperte, fiel auf die Scherben und schnitt sich das Gesicht auf. Sein Verfolger verlor das Interesse und suchte sich eine neue Beute.

»Hai Ram!« sagte Ishvar. »Seht nur, das ganze Blut! Und jetzt lassen sie ihn einfach liegen! Was ist hier los?«

»Es würde mich nicht wundern, wenn dieser Teufel Dharamsi dahintersteckt«, meinte Ashraf. »Ihm gehören die Müllwagen.«

In dem Maße, wie sich die Fahrzeuge füllten, wurde es auf dem Platz leerer. Die Polizei mußte sich jetzt anstrengen, um die restlichen zu fangen. Es dauerte nicht lange, bis sechs Beamte die Schneider ins Visier nahmen. »Ihr drei! Ab in den Lastwagen!«

»Aber wieso denn, Polizei-Sahab?«

»Geht schon, keine Diskussion«, sagte einer und hob seinen Lathi.

Ashraf riß die Hände vors Gesicht. Der Beamte packte die Gebetsperlen um seine Finger, zog und zerbrach die Kette. Die Perlen rollten träge über den Boden.

»Oiee!« brüllten zwei andere, als sie auf den winzigen Bernsteinkugeln ausrutschten. Als er seine Kameraden stürzen sah, reagierte der erste, indem er wütend mit seinem Lathi ausholte.

Ashraf stöhnte und sank langsam zu Boden.

»Tun Sie ihm nicht weh, bitte, es war ein Versehen!« flehte Ishvar. Er und Om knieten nieder, um Ashrafs Kopf zu betten.

»Aufstehen!« sagte der Polizist. »Ihm fehlt nichts, er markiert bloß. Ich hab ihm nur einen leichten Schlag verpaßt.«

»Aber sein Kopf blutet.«

»Nur ein wenig. Los, steigt in den Lastwagen.«

Die Schneider ignorierten den Befehl. Der Polizist gab jedem einen Tritt. Sie schrien auf und hielten sich die Rippen. Als er mit dem Fuß ausholte, um sie ein weiteres Mal zu treten, erhoben sie sich. Er schubste sie zum Lastwagen.

»Was ist mit Ashraf Chacha?« kreischte Ishvar. »Wollt ihr ihn auf dem Pflaster liegenlassen?«

»Brüll mich nicht an, ich bin nicht dein Diener oder so was! Saala, einen Schlag ins Gesicht werde ich dir gleich geben!«

»Verzeihung, Polizei-Sahab, bitte verzeihen Sie! Aber Chachaji ist verletzt, ich möchte ihm helfen!«

Der Beamte wandte sich wieder um, um einen Blick auf den verletzten Alten zu werfen. Blut sickerte durch das schüttere weiße Haar und tröpfelte in einem langsamen Rinnsal auf die Bordsteinkante. Aber die Polizei hatte die Anweisung, niemanden auf die Fahrzeuge aufzuladen, der bewußtlos war. »Es wird sich schon jemand um ihn kümmern, das ist nicht eure Sorge«, sagte er und schob die beiden auf den Lastwagen.

Auf dem Gehsteig schnüffelte ein Hund an der Zuckerwatte, die Om fallen gelassen hatte. Die Watte blieb ihm an der Schnauze kleben. Das Tier kratzte mit einer Pfote an dem rosa Bart herum, und ein Kind in dem Lastwagen, das auf dem Schoß seiner Mutter saß, lachte über die Verrenkungen des Tieres. Als die Müllwagen voll waren, brach die Polizei die Razzia ab. Den Menschen auf dem Platz stand es plötzlich wieder frei zu gehen, wohin sie wollten.

* * *

Das Sterilisationslager war nur eine kurze Fahrt von der Stadt entfernt. Am Ortsrand war auf einem Feld, wo die Stoppeln von der kürzlich eingeholten Ernte noch zu sehen waren, ein Dutzend Zelte errichtet worden. Spruchbänder, Ballons und Lieder – die gleichen wie an dem Stand auf dem Marktplatz – begrüßten die Müllautos. Das entsetzte Geheul der Passagiere wurde lauter, als die Fahrzeuge auf einem offenen Gelände hinter den Zelten neben einem Krankenwagen und einem Dieselgenerator parkten.

Zwei der Zelte waren größer und solider gebaut als der Rest. Von dem Generator, dessen kräftiges Wummern noch durch die Musik zu hören war, führten elektrische Kabel in die Zelte. Draußen vor der Plane lagen rote Gasflaschen. Drinnen hatte man Bürotische, die man mit Plastikplanen bedeckt hatte, als Operationstische aufgestellt.

Als der medizinische Beamte, der das Lager leitete, in die Nähe der Müllautos kam, rümpfte er die Nase. Ihnen haftete noch der Verwesungsgeruch ihrer üblichen Ladung an. Er wechselte ein Wort mit den Polizisten. »Wartet noch zehn Minuten, bis dahin sind wir mit unserem Tee fertig. Und bringt nur vier Patienten auf einmal – zwei Männer und zwei Frauen.« Er wollte nicht mehr in den Zelten haben, als von den anwesenden Ärzten behandelt werden konnten, sonst würde nur noch größere Panik entstehen.

»Niemand bietet uns Tee an«, murrten die Polizisten untereinander. »Und diese dämliche Musik. Immer wieder dieselben Lieder.«

Eine halbe Stunde später bekamen sie grünes Licht. Vom Lastwagen, der am nächsten stand, wurden vier Personen ausgewählt, die dann schreiend zu den beiden Hauptzelten gezerrt und auf die Bürotische gedrückt wurden. »Hört auf, Widerstand zu leisten«, sagte der Arzt. »Wenn das Messer ausrutscht, werdet ihr euch nur weh tun.« Die Warnung ängstigte sie so, daß sie sich stumm unterwarfen.

Die Polizisten beobachteten die Zelte genau und versuchten, wie angewiesen für stetigen Nachschub zu sorgen. Aber einige, die nicht lesen konnten, kamen immer wieder durcheinander. Sie führten Frauen ins Zelt für Vasektomie.

Die Verwechslung war verständlich: Bis auf die handgeschriebenen Zeichen waren die Zelte vollkommen gleich, und das medizinische Personal in seinen weißen Kitteln sahen einer wie der andere aus.

»Männer ins linke Zelt, Frauen nach rechts«, mußten die Ärzte sie immer wieder erinnern. Ihre Verärgerung wurde durch den Verdacht verstärkt, daß es mit Absicht geschah – vielleicht irgendeine Art von hirnlosem Polizeihumor. Schließlich verbesserte ein medizinischer Assistent die Markierungen. Mit einem schwarzen Filzstift malte er Figuren auf die Schilder, so wie sie in öffentlichen Toiletten zu sehen waren. Der Turban auf dem für Männer und Sari und langer Zopf auf dem für Frauen waren unmißverständlich, und jetzt konnten die Polizisten mit größerer Genauigkeit arbeiten.

Im Verlauf der Sterilisierungen versuchte eine ältere Frau den Arzt zur Einsicht zu bringen. »Ich bin schon alt«, sagte sie. »Mein Schoß ist unfruchtbar, es sind keine Eier mehr drin. Wieso verschwenden Sie die Operation an mir?«

Der Arzt ging zu dem Bezirksbeamten, der über die Vorgänge des Tages Buch führte. »Diese Frau ist jenseits des gebärfähigen Alters«, sagte er. »Sie sollten sie von Ihrer Liste streichen.«

»Ist das eine medizinische Schlußfolgerung?«

»Natürlich nicht«, sagte der Arzt. »Hier gibt es keine Geräte für einen klinischen Nachweis.«

»In dem Fall machen Sie weiter. Diese Leute geben oft ein falsches Alter an. Und das Äußere kann täuschen. Bei ihrem Lebensstil kann dreißig wie sechzig wirken, ganz verschrumpelt von der Sonne.«

Zwei Stunden nach Beginn der Aktion eilte eine Krankenschwester mit neuen Anweisungen zu den Polizisten. »Bitte drosseln Sie den Nachschub von Patientinnen«, sagte sie. »Im Tubenligatur-Zelt gibt es ein technisches Problem.«

Ein Mann mittleren Alters nutzte die Gelegenheit, um an die Schwester zu appellieren. »Ich flehe Sie an«, weinte er. »Machen Sie es mit mir, es macht mir nichts aus – ich habe drei Kinder gezeugt. Aber mein Sohn hier ist erst sechzehn! Noch nie verheiratet! Verschonen Sie ihn!«

»Ich habe keine Befugnis, Sie müssen mit dem Arzt reden«, erwiderte sie und eilte zurück, um sich um das technische Problem zu kümmern. Der Druckkocher funktionierte nicht, sie mußte Wasser abkochen, um die Instrumente zu sterilisieren.

»Siehst du, ich hatte recht«, flüsterte Ishvar Om zu, den er in seinen zitternden Armen an sich drückte. »Der Arzt wird dich gehenlassen, das hat die Krankenschwester doch gerade gesagt. Wir müssen mit dem Arzt reden und ihm sagen, daß du noch keine Kinder hast.«

Neben den Schneidern saß eine Frau, die, unberührt von der Verzweiflung um sie herum, ihr Kind stillte. Sie summte leise ein Lied und wiegte sich hin und her, um dem Kind beim Einschlafen zu helfen. »Können Sie für mich mein Kind halten, wenn ich an der Reihe bin?« fragte sie Ishvar.

»Natürlich, keine Sorge, Schwester.«

»Ich mache mir keine Sorgen. Ich freue mich drauf. Ich habe schon fünf Kinder, aber mein Mann will nicht, daß ich aufhöre. Auf diese Weise hat er keine andere Wahl – der Staat beendet es.« Sie fing wieder an zu singen. »Na-na-na-na Narayan, mein kleiner schläfriger Narayan ...«

Nach einer Weile forderte der Polizist sie mit einem Winken auf herunterzukommen, und sie entfernte das Kind von ihrer Brust. Die geschwollene Brustwarze trennte sich mit einem kleinen Pop. Om sah zu, wie sie die Brust wieder in ihren Choli steckte, und Ishvar streckte eifrig die Arme aus und nahm das Kind entgegen. Als die Mutter aus dem Lastwagen stieg, fing es an zu weinen.

Er nickte, um sie zu beruhigen, und schaukelte das Kind sanft auf seinem Schoß. Om versuchte das Kind abzulenken, indem er

Grimassen schnitt. Dann begann Ishvar wie die Mutter zu singen, imitierte ihr kleines Lied: »Na-na-na-na Narayan, mein schläfriger kleiner Narayan.«

Das Baby hörte auf zu weinen. Sie tauschten triumphierende Blicke aus. Minuten später rollten Ishvar Tränen die Wangen herunter. Om wandte sich ab. Er brauchte nicht nach dem Grund zu fragen.

Frustriert über die nicht funktionierende Ausrüstung operierten die Ärzte den Nachmittag hindurch, und der Nussbandhi Mela wurde über die normale Schließungszeit von 18 Uhr hinaus verlängert. Der zweite Druckkocher hatte ebenfalls seinen Geist aufgegeben. Gegen sieben traf ein leitender Verwaltungsbeamter vom Familienplanungszentrum mit seinem persönlichen Assistenten ein.

Die Polizisten scharrten mit den Füßen und standen etwas aufrechter, während das Lager inspiziert wurde. Der Beamte äußerte sein Mißvergnügen über die Zahl der Patienten, die sich noch auf den Lastwagen befanden. Dann stieß er auf die Ärzte bei den Gasöfen, die darauf warteten, daß ein frischer Kessel Wasser kochte, und beschloß, ihnen die Meinung zu sagen.

»Hören Sie auf, hier Zeit zu verschwenden«, fauchte er, als sie ihm einen guten Abend wünschten. »Haben Sie denn kein Pflichtgefühl? Es gibt noch Dutzende von Operationen zu erledigen. Den Tee kann ein Chupraasi für Sie machen.«

»Wir machen hier nicht Tee. Das Wasser brauchen wir zum Reinigen der Instrumente. Die Maschine funktioniert nicht.«

»Die Instrumente sind sauber genug. Wie lange wollen Sie das Wasser denn noch erhitzen? Bei einem Nussbandhi Mela ist Effizienz das oberste Gebot. Quoten müssen innerhalb des Budgets erzielt werden. Wer soll denn für so viele Gasflaschen bezahlen?« Er drohte damit, bei der vorgesetzten Behörde wegen mangelnder Kooperationsbereitschaft Bericht zu erstatten, mit der Folge, daß Beförderungen abgelehnt und Gehälter eingefroren würden.

Die Ärzte, die von Kollegen wußten, deren Karriere durch

zuviel Gewissenhaftigkeit gelitten hatte, nahmen ihre Arbeit wieder mit nur teilweise sterilisierten Instrumenten auf.

Der Beamte sah eine Weile zu, stoppte die Operationen mit der Uhr und errechnete die durchschnittliche Zeit pro Patient. »Zu langsam«, sagte er zu seinem persönlichen Assistenten. »Aus einem einfachen Schnippschnapp machen sie eine große Sache.«

Bevor er wieder ging, gab er die letzte Drohung aus seinem Arsenal zum besten. »Vergessen Sie nicht, Thakur Dharamsi wird später vorbeikommen, um die Endergebnisse zu überprüfen. Wenn er mit Ihnen nicht zufrieden ist, können Sie gleich Ihre Kündigung einreichen.«

»Ja, Sir«, sagten die Ärzte.

Er setzte zufrieden seinen Rundgang fort, um die anderen Zelte zu inspizieren. Sein persönlicher Assistent blieb wie ein Dolmetscher an seiner Seite und illustrierte die Worte seines Vorgesetzten mit seiner Mimik.

»Wir müssen den Ärzten gegenüber energisch auftreten«, vertraute der Beamte seinem Assistenten an. »Wenn man es ihnen überläßt, die Bedrohung der Bevölkerungsexplosion zu bekämpfen, wird die Nation ertrinken, ersticken und untergehen – das Ende unserer Zivilisation. Also liegt es an uns, dafür zu sorgen, daß der Krieg gewonnen wird.«

»Ja, Sir – vollkommen richtig, Sir«, sagte der Assistent, begeistert, diese Perle der Weisheit zu empfangen.

Die Sonne verschwand gerade am Horizont, als die Schneider an die Reihe kamen. Ishvar sagte flehend zu dem Polizisten, der seinen Arm packte: »Polizei-Sahab, es liegt ein Irrtum vor. Wir wohnen hier nicht. Wir sind aus der Stadt gekommen, weil mein Neffe heiraten will.«

»Da kann ich nichts machen.« Er verlängerte seine Schritte.

Ishvar mußte hüpfen, um nicht gezerrt zu werden. »Kann ich den Mann sprechen, der hier zuständig ist?« keuchte er mit wackliger Stimme.

»Der Arzt ist zuständig.«

Im Zelt sprach Ishvar kleinlaut den Arzt an. »Es liegt ein Irrtum vor, Doktorji. Wir wohnen hier nicht.«

Der erschöpfte Mann reagierte nicht.

»Doktorji, Sie sind wie Mutter-Vater für uns arme Leute, Ihre guten Werke halten uns gesund. Ich finde auch, daß Nussbandhi sehr wichtig ist für das Land. Ich werde nie heiraten, Doktorji, bitte machen Sie die Operation an mir, ich werde dankbar sein, aber bitte verschonen Sie meinen Neffen, Doktorji, er heißt Omprakash und seine Hochzeit wird bald stattfinden, bitte hören Sie auf mich, Doktorji, ich flehe Sie an.«

Sie wurden auf die Tische gestoßen, und dann wurden ihnen die Hosen ausgezogen. Ishvar begann zu weinen. »Bitte, Doktorji! Nicht meinen Neffen! Schneiden Sie an mir soviel herum, wie Sie wollen! Aber haben Sie Erbarmen mit meinem Neffen! Seine Hochzeit wird gerade arrangiert!«

Om schwieg. Er schloß sich den Appellen seines Onkels nicht an und wünschte sich, er würde sich würdevoller verhalten. Das Zeltdach wogte leicht in der Brise. Er starrte wie betäubt hoch, als die Zeltschnüre ächzten und die Glühbirnen schwankten.

Die Abenddämmerung war zur Nacht geworden, als Krankenschwestern den Schneidern von den Tischen herunterhalfen. »Aiee!« sagte Om. »Es tut weh!«

»Das ist normal, daß es sich für ein paar Stunden wund anfühlt«, sagte der Arzt. »Kein Grund zur Sorge.«

Sie wurden hinkend über das dunkle Feld zum Ruhezelt geführt. »Wieso behalten Sie uns jetzt noch hier?« schluchzte Ishvar. »Können wir nicht nach Hause gehen?«

»Das könnten Sie«, sagte die Schwester. »Aber es ist besser, zuerst eine Weile auszuruhen.«

Ein halbes Dutzend Schritte später war der Schmerz stechender. Sie beschlossen, den Rat der Schwester zu befolgen und sich auf die Strohmatten zu legen. Niemand beachtete Ishvars Weinen. Im ganzen Zelt herrschte Trauer und wurden Tränen vergossen. Ihnen wurden Wasser und je zwei Kekse gegeben.

»Jetzt ist alles ruiniert«, weinte er, während er Om seine Kekse gab. »Die vier Familien werden uns jetzt nie für ihre Töchter akzeptieren.«

»Das ist mir egal.«

»Du bist ein dummer Junge, dir ist nicht klar, was das bedeutet! Ich habe deinen toten Vater enttäuscht! Unser Familienname wird ohne Kinder aussterben, das ist das Ende von allem – alles ist verloren!«

»Für dich vielleicht. Aber ich habe immer noch meine Würde. Ich heule nicht wie ein Baby.«

Ein Mann auf der Matte nebenan lauschte ihrem Gespräch mit aufmerksamer Miene. Er stützte sich auf einen Ellbogen auf. »O Bhai«, sagte er, »weine nicht. Hör mal, ich habe gehört, daß die Operation rückgängig gemacht werden kann.«

»Aber wie kann das denn gehen? Wenn der Nuss durchgeschnitten ist?«

»Nein, Bhai, es ist möglich. Spezialisten in großen Städten können den Nuss wieder verbinden.«

»Bist du sicher?«

»Absolut sicher. Die Sache ist nur, daß es sehr teuer ist.«

»Hast du das gehört, Om? Es gibt noch Hoffnung!« Ishvar wischte sich das Gesicht ab. »Egal, wie teuer es ist – wir werden es machen lassen! Wie die Verrückten werden wir für Dinabai nähen, Tag und Nacht! Ich werde es für dich rückgängig machen lassen!«

Er wandte sich zu seinem Wohltäter, dem Schöpfer von Hoffnung. »Gott segne dich für diese Information. Mögest du es auch rückgängig machen können.«

»Ich will's gar nicht«, sagte der Mann. »Ich habe vier Kinder. Vor einem Jahr bin ich zu meinem Arzt gegangen und habe die Operation freiwillig machen lassen. Diese Tiere haben es heute ein zweites Mal an mir gemacht.«

»Das ist, wie wenn man einen Toten hinrichtet. Hören die denn auf gar nichts?«

»Was soll man machen, Bhai, wenn gebildete Menschen sich wie Wilde aufführen. Wie soll man mit ihnen reden? Wenn diejenigen, die an der Macht sind, den Verstand verloren haben, gibt es keine Hoffnung.« Als er einen stechenden Schmerz zwischen seinen Beinen verspürte, legte er sich wieder hin.

Ishvar wischte sich die Augen und legte sich auch hin. Er griff hinüber zur Matte nebenan und streichelte seinem Neffen den Arm.

»Bas, mein Kind, wir haben unsere Lösung gefunden, du brauchst dich jetzt nicht mehr zu sorgen. Wir werden zurückkehren, das Nussbandhi rückgängig machen und nächstes Jahr für die Hochzeit wiederkommen. Bis dahin gibt es wieder andere Familien, die interessiert sein werden. Und vielleicht ist bis dahin auch dieser verfluchte Ausnahmezustand vorüber und der Staat kommt wieder zur Vernunft.«

Es war ein Geräusch wie von einem Hahn zu hören und dann ein Zischen. Jemand urinierte draußen. Der laute Strahl, der auf den Boden prasselte, erzürnte den zweimal vasektomierten Mann im Zelt. Er stützte sich wieder auf seinen Ellbogen. »Siehst du, was hab ich dir gesagt? Wie die Tiere. Diese Polizisten haben nicht einmal den Anstand, zum Wasserlassen hinten ins Feld zu gehen.«

Die Dunkelheit brach herein, und die Ärzte waren bei ihren letzten paar Operationen angelangt, als Thakur Dharamsi eintraf. Die Polizisten und die Angestellten des Familienplanungszentrums eilten herbei, um sich vor ihm zu verneigen, drängelten sich, um seine Füße zu berühren. Er sprach kurz zu den Ärzten und Krankenschwestern, schlenderte dann durch das Erholungszelt, winkte den Patienten zu und dankte ihnen für ihre Zusammenarbeit und daß sie das Sterilisationslager zu einem Erfolg gemacht hatten.

»Schnell, dreh dein Gesicht weg, Om«, flüsterte Ishvar drängend, als sich der Thakur ihrer Reihe näherte. »Bedecke es mit deinen Armen, tu so, als würdest du schlafen.«

Thakur Dharamsi blieb am Fuß von Oms Matte stehen und starrte auf ihn hinunter. Er murmelte ein paar Worte zu dem Mann an seiner Seite. Der Mann ging und kam einen Moment später mit einem der Ärzte wieder.

Der Thakur sprach leise mit ihm, und der Arzt wich zurück, heftig den Kopf schüttelnd. Der Thakur flüsterte wieder etwas. Der Arzt erbleichte.

Kurz darauf kamen zwei Krankenschwestern und halfen Om auf die Beine. »Aber ich will mich ausruhen«, protestierte er. »Es tut noch weh.«

»Der Doktor will dich sehen.«

»Wieso denn?« rief Ishvar. »Ihr habt seine Operation schon gemacht! Was wollt ihr denn jetzt noch?«

Im Operationszelt stand der Arzt mit dem Rücken zum Eingang und beobachtete, wie das Wasser energisch aufkochte. Auf dem Boden lag das Skalpell, das unter den Blasen glänzte. Er machte den Schwestern ein Zeichen, daß sie den Patienten auf den Tisch schaffen sollten.

»Hodentumor«, fühlte er sich bemüßigt, ihnen zu erklären. »Thakur hat die Entfernung autorisiert, als ein besonderer Gefallen dem Jungen gegenüber.« Das Zittern in seiner Stimme verriet die Lüge.

Om wurde zum zweiten Mal die Hose ausgezogen. Ein mit Chloroform getränkter Lappen wurde ihm auf die Nase gedrückt. Er konnte noch kurz daran zerren, bevor er wegsackte. Mit einem schnellen Schnitt entfernte der Arzt die Hoden, nähte die Wunde und deckte sie mit einem dicken Verband ab.

»Schickt diesen Patienten nicht mit den andern nach Hause«, sagte er. »Er wird heute nacht hier schlafen müssen.« Sie deckten ihn mit einer Decke zu und trugen ihn auf einer Bahre in das Erholungszelt zurück.

»Was habt ihr mit ihm gemacht?« kreischte Ishvar. »Er ist auf seinen Füßen rausgegangen! Und ihr bringt ihn besinnungslos wieder! Was habt ihr meinem Neffen angetan?«

»Ruhe«, ermahnten sie ihn und ließen Om auf seine Matte rollen. »Er war sehr krank, und der Doktor hat eine kostenlose Operation gemacht, um sein Leben zu retten. Sie sollten dankbar sein, anstatt einfach herumzubrüllen. Keine Angst, es wird ihm gutgehen, wenn er wieder aufwacht. Der Doktor sagt, er soll bis morgen hier ausruhen. Sie können auch hierbleiben.«

Ishvar ging zu seinem Neffen, um selbst nachzusehen. Er wollte aus seinem eigenen Mund beruhigt werden. Om, der fest schlief, antwortete nicht. Ishvar zog die Decke weg und fing an, ihn zu untersuchen: Hände, Finger, Zehen waren unversehrt. Er überprüfte den Rücken – es gab keine blutigen Striemen von Peitschenhieben. Und der Mund war in Ordnung, Zunge und Zähne waren unbeschädigt. Seine Angst begann nachzulassen, vielleicht hatte der Thakur ihn in Ruhe gelassen.

Dann entdeckte er Blutflecken auf der Unterseite des Hosenschritts. Konnten die von der Nussbandhi-Operation kommen? Er sah an sich selbst herunter – da war kein Blut. Mit zitternden Fingern knöpfte er Om die Hose auf und sah den großen Verband. Er knöpfte seine eigene Hose auf, um zu vergleichen: Da war nur ein kleines Stück Gaze und ein Stück Verbandsklebestreifen. Er legte die Finger auf Oms Verband und spürte, daß etwas fehlte. Schwer schluckend, bewegte er panisch seine Finger umher, in der Hoffnung, die Hoden irgendwo zu orten, weigerte sich zu glauben, daß sie nicht mehr da waren.

Dann heulte er auf.

»Hai Ram! Seht nur! Seht, was sie getan haben! Was sie meinem Neffen angetan haben! Seht! Sie haben einen Eunuchen aus ihm gemacht!«

Jemand kam von dem Hauptzelt herüber und sagte ihm, er solle ruhig sein. »Was brüllen Sie jetzt schon wieder herum? Haben Sie nicht verstanden? Der Junge war sehr krank, in dem Teil war eine bösartige Geschwulst, ein Gaanth voller Gift, es mußte entfernt werden.«

Der zweifach vasektomierte Mann war bereits gegangen. Und von den restlichen Insassen des Zelts war jeder mit seinem eigenen Kummer beschäftigt und hatte mit Übelkeit und Schwindelgefühl zu kämpfen. Einer nach dem andern erhoben sie sich, wenn sie sich stark genug fühlten, und gingen mit betretenen Mienen nach Hause. Es war niemand mehr übrig, um Ishvar zu trösten.

Allein gelassen, heulte und weinte er die ganze Nacht hindurch, schlief für ein paar Minuten, wenn er erschöpft war, weinte dann wieder. Om erwachte nach Mitternacht aus dem Chloroform, erbrach sich und schlief wieder ein.

* * *

Nach der Razzia auf dem Marktplatz war Ashraf Chacha zum städtischen Krankenhaus gebracht worden, und seine Verwandten am Sägewerk wurden benachrichtigt. Er starb ein paar Stunden später. Gemäß der offiziellen Sprachregelung gab man im

Krankenhaus als Todesursache Unfall mit Todesfolge an: »Dadurch verursacht, daß der Verstorbene stolperte, stürzte und sich den Kopf am Bordstein anschlug.« Seine Verwandten begruben ihn am nächsten Tag neben Mumtaz Chachi, während Ishvar und Om sich noch auf dem Rückweg vom Sterilisationslager befanden.

Abgesehen von dem wunden Gefühl zwischen den Beinen verspürte Ishvar keine Beschwerden. Aber Om hatte große Schmerzen. Schon nach ein paar Schritten fing er wieder an zu bluten. Sein Onkel versuchte, ihn auf dem Rücken zu tragen, was noch qualvoller war. Die einzige bequeme Lage für Om war, wenn er wie ein Säugling flach in den Armen seines Onkels lag, aber das war zu anstrengend für Ishvar. Er mußte ihn alle paar Meter am Straßenrand absetzen.

Gegen Nachmittag hielt ein Mann mit einem leeren Handkarren an. »Was fehlt dem Jungen denn?«

Ishvar erzählte es ihm, und er bot an, ihnen zu helfen. Sie legten Om auf die Tragefläche. Der Mann entfernte seinen Turban, um ein Kissen daraus zu machen. Er und Ishvar schoben den Karren gemeinsam, was nicht sehr anstrengend war, aber sie mußten sich sehr langsam über die mit tiefen Spurrillen durchfurchte Straße bewegen. Die Erschütterungen bohrten sich in Oms Leib hinein, und seine furchtbaren Schreie markierten die Entfernung, die sie zurücklegten.

Es war bereits dunkel, als sie bei Muzaffar Tailoring eintrafen. Der Handkarrenmann lehnte eine Bezahlung ab. »Ich mußte sowieso in diese Richtung«, sagte er.

Ashrafs Neffe vom Sägewerk war da, um die Werkstatt zu sichern. »Ich habe eine traurige Nachricht«, sagte er. »Chachaji hatte einen Unfall und ist dahingeschieden.«

Doch die Schneider waren zu verzweifelt, um den Verlust zu betrauern oder ihn überhaupt voll zu begreifen. Die gestrigen Ereignisse auf dem Marktplatz hatten sich mit all den anderen Tragödien in ihrem Leben vermischt. »Danke, daß du gekommen bist, um uns Bescheid zu sagen«, sagte Ishvar immer wieder mit mechanischer Stimme. »Ich muß zur Bestattung, und Om wird auch kommen, ja, morgen wird es ihm schon bessergehen.«

Der Mann wiederholte es viermal, bevor sie begriffen, daß Ashraf Chacha bereits beerdigt war. »Keine Sorge, ihr könnt hierbleiben, bis ihr wieder gesund seid«, sagte er. »Ich habe noch nicht beschlossen, was ich mit diesem Besitz machen werde. Und bitte sagt mir Bescheid, wenn ihr irgendwas braucht.«

Sie legten sich ohne etwas zu essen schlafen, denn sie hatten kein Verlangen nach Speise. Um nicht die Treppe hochgehen zu müssen, richtete Ishvar eine Matratze unten neben dem Ladentisch. In der Nacht schlug Om im Delirium um sich. »Nein! Nicht Ashraf Chachas Schere! Wo ist der Regenschirm? Gib ihn mir, ich werd's den Goondas zeigen!«

Ishvar wachte in Angst auf und tastete nach dem Lichtschalter. Er sah einen dunklen Fleck auf dem Laken. Er säuberte Oms Wunde und blieb die restliche Nacht wach, um ihn zurückzuhalten, falls er den Verband aufreißen sollte.

Am nächsten Morgen schaffte er ihn halb zerrend, halb tragend zu einer privaten Ambulanz in der Stadt. Der Arzt reagierte angewidert auf die Kastration, war aber nicht weiter überrascht. Hin und wieder behandelte er Opfer von Kastengewalt aus den umliegenden Dörfern und hatte es schon aufgegeben, das Gesetz dazu zu bringen, die Sache der Gerechtigkeit zu verfolgen. »Keine ausreichenden Beweise für eine Anzeige«, lautete die Standardantwort, egal, ob es ein Finger, eine Hand, eine Nase oder ein Ohr war, was fehlte.

»Sie haben Glück gehabt«, sagte der Arzt. »Das hier wurde sehr sauber gemacht und ordentlich genäht. Wenn der Junge eine Woche lang ruht, wird es heilen.« Er desinfizierte die Wunde und legte einen neuen Verband an. »Er darf nicht laufen, durch das Laufen fängt es wieder an zu bluten.«

Ishvar bezahlte das Honorar von dem Heiratsgeld und fragte dann, obwohl er die Antwort schon wußte: »Wird er Kinder zeugen können?«

Der Arzt schüttelte den Kopf.

»Obwohl die Röhre intakt ist?«

»Die Gefäße, die den Samen produzieren, wurden abgeschnitten.«

Sich an den Rat des Arztes erinnernd, wankte Ishvar, seinen

Neffen in den Armen, heim und legte ihn ins Bett. Er fand eine Flasche und eine Schüssel, so daß Om sich erleichtern konnte, ohne daß er auf die Toilette gehen mußte. Ashraf Chachas Nachbarn gingen ihnen aus dem Weg. In der winzigen Küche, wo Mumtaz Chachi für ihre sechsköpfige Familie plus zwei Lehrlinge gekocht hatte, bereitete Ishvar die freudlosen Mahlzeiten vor. Die guten Geister seiner Kindheit konnten ihm keinen Trost spenden, und sie aßen schweigend an Oms Lager.

Nach Ablauf von sieben Tagen trug Ishvar ihn wieder zu der privaten Ambulanz. Es war leicht, auf der Straße die Opfer der Zwangssterilisation zu erkennen, vor allem jene, die nur einen Satz Kleidung besaßen. Eiterflecken im Schritt verrieten es.

»Es ist fast völlig verheilt«, sagte der Arzt. »Er kann jetzt wieder gehen – aber nicht zu schnell.« Für die zweite Untersuchung berechnete er nichts.

Von der Ambulanz aus machten sie kleine, vorsichtige Schritte zum Polizei-Chowki und sagten, sie wollten Anzeige erstatten. »Man hat meinen Neffen zu einem Eunuchen gemacht«, sagte Ishvar, unfähig, einen Schluchzer zu unterdrücken, während er das Wort aussprach.

Der diensthabende Beamte war verwirrt. Er fragte sich, ob dies einen neuen Ausbruch von Kastenunruhen bedeutete und folglich Kopfschmerzen für ihn und seine Kollegen. »Wer hat es getan?«

»Das ist beim Nussbandhi Mela passiert. Im Zelt des Arztes.«

Die Antwort erleichterte den Polizisten. »Fällt nicht in die Kompetenz der Polizei. Das ist ein Fall für das Familienplanungszentrum. Beschwerden über deren Leute werden von ihrem Büro bearbeitet.« Und höchstwahrscheinlich, dachte er, war es bloß wieder ein Fall von Verwechslung von Sterilisation mit Kastrierung. Ein Besuch im Zentrum würde das schon klären.

Die Schneider verließen den Polizei-Chowki und gingen sehr langsam zum Familienplanungszentrum. Ishvar war dankbar für das ruhige Tempo. Ein schrecklicher Schmerz hatte sich im Verlauf der letzten drei Tage zwischen seinen Beinen ausgebreitet, den er vor lauter Sorge um seinen Neffen ignoriert hatte.

Om bemerkte seinen merkwürdigen Gang und fragte seinen Onkel, was er habe.

»Nichts.« Er zuckte zusammen, als Wellen von Schmerz gemächlich seine Beine hinunterrollten. »Bloß etwas Steifheit von der Operation. Das geht schon wieder weg.« Aber er wußte, daß es schlimmer wurde. An diesem Morgen hatten die Beine angefangen anzuschwellen.

Sowie Ishvar im Familienplanungszentrum das Wort Eunuch aussprach, weigerten sie sich, ihn noch weiter anzuhören. »Raus hier«, befahl der Beamte. »Wir haben die Nase voll von euch ignoranten Leuten. Wie oft sollen wir euch das noch erklären? Nussbandhi hat nichts mit Kastrierung zu tun. Wieso hört ihr nicht auf unsre Vorträge? Wieso lest ihr nicht die Broschüren, die wir euch geben?«

»Ich verstehe den Unterschied«, sagte Ishvar. »Wenn Sie nur einen Blick drauf werfen, werden Sie sehen, was der Arzt gemacht hat.« Er machte Om ein Zeichen, daß er die Hose herunterlassen solle.

Aber als Om anfing, die Knöpfe aufzumachen, kam der Beamte herbeigeeilt und packte seinen Hosenbund. »Ich verbiete dir, in meinem Büro deine Kleidung auszuziehen. Ich bin kein Arzt, und was da in deiner Hose ist, interessiert mich nicht. Wenn wir anfangen, euch zu glauben, dann werden alle Eunuchen des Landes hier antanzen und uns die Schuld für ihren Zustand geben und versuchen, uns Geld abzuknöpfen. Wir kennen eure Tricks. Das gesamte Familienplanungsprogramm wird zum Stillstand kommen. Das Land wird ruiniert. Erstickt durch unkontrolliertes Bevölkerungswachstum. Und jetzt verschwindet, bevor ich die Polizei rufe.«

Ishvar bat ihn, es sich anders zu überlegen und wenigstens einen kurzen Blick darauf zu werfen. Om flüsterte seinem Onkel ins Ohr und warnte ihn, bloß nicht wieder in Tränen auszubrechen. Der Mann ging mit drohenden Gebärden auf sie zu. Sie waren gezwungen zurückzuweichen.

Als sie draußen auf der Straße waren, wurde die Tür abgeschlossen und ein Schild mit der Aufschrift »Wegen Mittagspause geschlossen« darangehängt.

»Hast du wirklich gedacht, sie würden uns helfen?« sagte Om. »Begreifst du denn nicht? Für sie sind wir weniger als Tiere.«

»Halt deinen Mund«, sagte Ishvar. »Das hast du uns alles mit deiner Dummheit eingebrockt.«

»Wie das? Durch meine Dummheit habe ich meine Eier verloren. Aber wieso ist dein Nussbandhi meine Schuld? Das wäre sowieso passiert. Das ist jedem auf dem Markt passiert.« Er hielt inne und fuhr dann verbittert fort: »Eigentlich ist das alles *deine* Schuld. *Dein* Wahn, hierherzukommen und für mich eine Frau zu finden. Wir hätten in Sicherheit in der Stadt bleiben können, auf Dinabais Veranda.«

Ishvar traten die Tränen in die Augen. »Du willst also sagen, wir hätten bis ans Ende unserer Tage auf der Veranda versteckt bleiben sollen? Was ist denn das für ein Leben, was ist denn das für ein Land, wo man nicht kommen und gehen kann, wie es einem beliebt? Ist es eine Sünde, meinen Heimatort zu besuchen? Meinen Neffen zu verheiraten?« Er konnte nicht weitergehen und sank zitternd auf den Gehsteig nieder.

»Komm«, zischte Om, »mach kein Drama auf der Straße, das sieht schlecht aus.«

Aber sein Onkel fuhr fort zu weinen, und Om setzte sich neben ihn. »Das hab ich nicht so gemeint, yaar, es ist nicht deine Schuld. Nicht weinen.«

»Die Schmerzen«, sagte Ishvar zitternd. »Sie sind überall ... zu stark ... ich weiß nicht, was ich tun soll.«

»Gehen wir nach Hause«, sagte Om sanft. »Ich helf dir. Du mußt dich ausruhen und die Füße hochlegen.«

Sie erhoben sich und gelangten schließlich zu Ashraf Chachas Werkstatt. Ishvar humpelte und zitterte schon vor Schmerzen. Sie fanden, daß eine gute durchgeschlafene Nacht ihn heilen würde. Om richtete die Matratze und die Kissen so, daß sein Onkel es bequem hatte, und dann massierte er ihm die Beine. Sie schliefen beide ein, Ishvars Füße in den Händen seines Neffen.

Eine Woche später waren Ishvars Beine wie Säulen angeschwollen. Sein Körper brannte vor Fieber. Vom Schritt bis zu den

Knien war das Fleisch schwarz geworden. Sie kehrten zum Familienplanungszentrum zurück und spähten schüchtern vom Eingang hinein. Zum Glück war diesmal ein Arzt anwesend, und der Mann, mit dem sie bei ihrem letzten Besuch gesprochen hatten, war nicht zu sehen.

»Das Nussbandhi ist in Ordnung«, sagte der Arzt nach einem kurzen Blick. »Das hat nichts mit der Krankheit in Ihren Beinen zu tun. Da ist Gift in Ihrem Körper, was die Schwellung verursacht. Sie sollten ins Krankenhaus gehen.«

Als er sah, daß dies ein vernünftiger Mann zu sein schien, erwähnte Ishvar die Kastrierung seines Neffen, worauf der Arzt mit einem Schlag wie verwandelt war. »Verschwindet!« sagte er. »Wenn ihr hier nur Unsinn reden wollt, dann verschwindet hier auf der Stelle!«

Sie gingen zum Krankenhaus, wo Ishvar Pillen verschrieben wurden: viermal täglich zwei Wochen lang. Die Pillen senkten das Fieber, aber in seinen Beinen zeigte sich keine Verbesserung. Am Ende der zweiwöchigen Behandlung konnte er überhaupt nicht mehr gehen. Die schwarze Farbe hatte sich wie ein Fleck nach unten zu den Zehen ausgebreitet, und es erinnerte ihn an den Lederfarbstoff, der seine Haut imprägniert hatte, als er ein kleiner Junge gewesen war und zusammen mit seinem Vater und den Chamaar gearbeitet hatte.

An diesem Nachmittag suchte Om den Handkarrenmann auf dem Markt auf und bat ihn um Hilfe. »Diesmal ist es mein Onkel. Er kann nicht gehen. Er muß ins Krankenhaus gebracht werden.«

Der Mann entlud gerade Zwiebeln von seinem Karren. Ein paar waren während des Transports zerdrückt worden, und der durchdringende scharfe Geruch lag schwer in der Luft. Er wischte sich die Augen, hievte sich einen Sack auf die Schulter und trug ihn zur Annahmestelle. Die Dämpfe drangen auch Om in die Augen, obwohl er in einiger Entfernung stand.

»So, ich bin soweit«, sagte der Handkarrenmann zwanzig Minuten später. Er staubte die Ladefläche ab, und dann gingen sie zu Muzaffar Tailoring, um Ishvar abzuholen. Sie stellten den Karren vor den Stufen ab und hoben Ishvar drauf. Die Nachbarn, hinter Vorhängen versteckt, blickten ihnen nach, wie sie mit dem klapprigen Handkarren Richtung Krankenhaus davonzockelten.

Der Fuhrmann wartete vor dem Gebäude, während Ishvar im Eingang kauerte und Om sich auf die Suche nach der Notaufnahme machte. »Die Pillen haben nicht gewirkt«, sagte der diensthabende Arzt nach der Untersuchung. »Das Gift in dem Blut ist zu stark. Die Beine müssen entfernt werden, um zu verhindern, daß das Gift sich nach oben ausbreitet. Das ist die einzige Möglichkeit, sein Leben zu retten.«

Am nächsten Morgen wurden die schwarz angelaufenen Beine amputiert. Der Chirurg sagte, die Stümpfe würden einige Tage lang beobachtet, um sicherzugehen, daß das Gift vollständig abgeflossen wäre. Ishvar verbrachte zwei Monate im Krankenhaus. Om kam jeden Morgen mit Essen und blieb bis in die Nacht.

»Du mußt Dinabai einen Brief schreiben«, erinnerte Ishvar ihn mehrmals. »Sag ihr, was passiert ist, sie wird sich Sorgen um uns machen.«

»Ja«, sagte Om, aber er wagte sich nicht an diese Aufgabe. Was würde er schreiben? Wie konnte er das auf einem Stück Papier auch nur annähernd erklären?

Nach Ablauf der beiden Monate kam der Handkarrenmann wieder zum Krankenhaus und half, Ishvar zu Muzaffar Tailoring heimzubringen. »Mein Leben ist vorbei«, weinte Ishvar. »Schmeiß mich einfach in den Fluß, der neben unserem Dorf fließt. Ich will dir nicht zur Last fallen.«

»Hör auf damit, yaar«, sagte Om. »Red keinen Unsinn. Was soll das heißen, das Leben ist vorbei? Hast du Shankar vergessen? Er hat nicht einmal Finger oder Daumen. Du hast noch beide Hände, du kannst nähen. Dinabai hat eine alte Handmaschine, die wird sie dich benutzen lassen, wenn wir wieder dort sind.«

»Du bist ein verrückter Kerl. Ich kann nicht sitzen, ich kann mich nicht bewegen, und du redest von Nähen.«

»Sagt mir Bescheid, wenn ihr weitere Transportfahrten braucht«, sagte der Handkarrenmann, wobei er schnell hinzufügte: »Ab jetzt befördere ich dich zum Preis eines Busfahrscheines.«

»Ja, wir werden dich bezahlen, keine Sorge«, sagte Om. »Mein Onkel wird öfters ins Krankenhaus müssen. Und vielleicht, in ein paar Wochen, wenn er sich wieder kräftig genug fühlt, kannst du uns zum Bahnhof bringen. Wir werden bald in unsere Stadt zurückkehren.«

Die Genesung verlief langsam. Ihr Geld ging zur Neige. Ishvar aß schlecht, und seine Nächte verbrachte er weiterhin in der Umarmung von Fieber und Alpträumen. Er wachte oft weinend auf. Om tröstete ihn, fragte ihn, was er gerne hätte.

»Massier mir meine Beine, sie tun so weh«, sagte er immer.

Eines Abends wurden sie von Ashraf Chachas Neffen vom Sägewerk aufgesucht. Er hatte einen Käufer für die Werkstatt gefunden. »Tut mir sehr leid, daß ihr gehen müßt. Aber wer weiß, wann ich wieder ein Angebot bekomme?« Er schlug eine alternative Unterkunft in einem Schuppen oder einer Hütte vor, überzeugt, daß man im Sägewerk irgendeine Ecke für sie finden könnte.

»Danke, das ist schon in Ordnung«, sagte Om. »Wir fahren einfach in die Stadt zurück und fangen wieder an zu nähen.«

Diesmal stimmte Ishvar ihm zu. Es war besser fortzugehen, fand er, als an diesem Ort zu bleiben, der ihnen nichts als Elend beschert hatte. Jetzt empfanden sie jeden weiteren Tag als beschämend, nachdem die Leute, die sie kannten, vor allem die Nachbarn, dazu übergegangen waren, ihnen bei ihren Gängen zum Krankenhaus und zurück nachzustarren, zu tuscheln und zurückzuweichen, wenn sie den Handkarren kommen sahen.

»Kannst du uns einen letzten Gefallen tun?« fragte Om Ashraf Chachas Neffen. »Kannst du den Tischler im Sägewerk fragen, ob er einen kleinen Wagen mit kleinen Rädern machen kann für meinen Onkel?«

Das sei leicht zu machen, erwiderte er. Am nächsten Tag lieferte er die rollende Plattform in der Werkstatt ab. Vorne war ein Haken angebracht, an dem ein Seil befestigt war, mit dem Om die Plattform ziehen konnte.

»Dieses Seil ist unnötig«, beharrte Ishvar. »Ich werde den Gaadi selber bewegen, wie Shankar. Ich will unabhängig sein.«

»Okay, yaar, das werden wir ja sehen.«

Sie entfernten das Seil, und Ishvar begann, im Haus zu üben. Er mußte sich eine vorgebeugte Haltung angewöhnen, um das fehlende Gegengewicht der Beine auszugleichen. Seine Frustration nahm zu. In seinem geschwächten Zustand konnte er die Plattform nicht vorwärtsbewegen. Es war nicht daran zu denken, sich auf die Straße hinauszuwagen.

»Geduld«, sagte Om. »Du wirst es lernen, sowie du kräftiger geworden bist.«

»Was für eine Geduld«, schluchzte Ishvar. »Geduld gibt mir nicht meine Beine zurück.« Völlig entmutigt ließ er zu, daß das Seil wieder angebunden wurde.

Fast vier Monate nachdem sie gekommen waren, um Hochzeitsvorbereitungen zu treffen, machten sich die Schneider auf den Weg zum Bahnhof, um ihre Rückreise in die Stadt anzutreten. Unterwegs besuchten sie die Gräber von Ashraf Chacha und Mumtaz Chachi. »Ich beneide sie«, sagte Ishvar. »Sie haben jetzt so viel Frieden.«

»Fang nicht wieder an, Unsinn zu reden«, sagte Om und wendete die Plattform, um ihren Weg fortzusetzen.

»Können wir hier nicht noch ein bißchen bleiben?«

»Nein, wir müssen weiter.« Om zerrte an dem Seil, und die Rollen ruckten über den unebenen Erdboden des Friedhofs. Wie leicht mein Onkel ist, dachte er, leicht wie ein Baby, es ist überhaupt nicht anstrengend, ihn zu ziehen.

XVI

Der Kreis schließt sich

Das erste, was Zenobia sah, als Dina die Tür öffnete, war der Patchworkvorhang, der quer über die Veranda verlief. »Was ist das denn, deine Wäsche?« kicherte sie. »Oder startest du jetzt einen Dhobi-Dienst?«

»Nein, das ist die Brautsuite«, sagte Dina und brach in Gelächter aus. Sie hatte vier Wochen erzwungener Einsamkeit voller Groll ertragen. Sie war sehr erleichtert, daß ihre Freundin vorbeikam.

Zenobia fand den Witz zum Schreien, ohne zu verstehen, worauf Dina anspielte. Sie gingen ins vordere Zimmer. Zwischen weiteren Ausbrüchen von Gelächter erfuhr sie, wieso die Veranda abgeteilt war.

»Sie müßten jetzt jeden Tag zurückkommen«, sagte Dina. »Der Vorhang ist zwar nicht dick genug, um die Geräusche der Jungvermählten zu dämpfen, aber was Besseres habe ich nicht zustande gebracht.«

Zenobia fand es nicht mehr komisch. Sie starrte Dina an, als wäre sie verrückt geworden. »Wie du dich verändert hast. Hörst du eigentlich das, was du da sagst? Noch vor einem Jahr warst du dagegen, einen harmlosen zahlenden Gast aufzunehmen. Ich habe Tage gebraucht, um dich zu überzeugen, daß Aban Kohlahs Sohn keine Bedrohung ist, daß er dir nicht deine Wohnung auffressen wird.«

»Und du hattest völlig recht – Maneck ist ein wunderbarer Junge. Noch zwei Wochen, und dann ist er auch wieder da. Sieh dir diese Patchworkdecke an, die ich gemacht habe. Das wird Oms Hochzeitsgeschenk.«

Zenobia ignorierte sie und fuhr fort. »Und auf einmal bist du ganz mutig geworden und hast die Schneider hier wohnen lassen. Das war schon schlimm genug. Jetzt erlaubst du ihnen auch noch, eine Ehefrau einzuschleppen? Du wirst es bereuen, glaub mir. Der komplette Clan wird sich auf deiner Veranda einfinden. Ihr halbes Dorf. Und du wirst sie nie wieder loswerden. Deine

Wohnung wird sich in einen Saustall verwandeln, bei all den primitiven unhygienischen Gewohnheiten, die die haben.«

Die düstere Prophezeiung amüsierte Dina, aber diesmal lachte sie allein. Um ihre Freundin zu besänftigen, befleißigte sie sich eines ernsteren Tones. »Sie würden mich nie ausnutzen. Ishvar ist der perfekte Gentleman. Und Om ist ein guter, intelligenter Junge, genau wie Maneck. Er hat nur weniger Glück.«

Zenobia blieb noch eine halbe Stunde, bettelte, drohte, argumentierte, gab sich die größte Mühe, ihre Freundin zu einer Änderung ihres Entschlusses zu bewegen. »Sei nicht dumm, laß die Schneider einfach gehen. Wir können jederzeit neue Schneider für dich finden. Mrs. Gupta wird uns helfen, da bin ich mir sicher.«

»Aber darum geht es nicht. Ich würde sie hier wohnen lassen, selbst wenn sie nicht für mich arbeiteten.«

Als Zenobia begriff, daß sie nichts ausrichten konnte, hatte sie bereits ihre Gefühle in den Streit investiert. Mit verletztem Stolz ging sie eingeschnappt von dannen.

* * *

Dinas Hand zitterte, als sie Manecks Brief öffnete. »Liebe Tante«, las sie. »Ich hoffe, es geht Dir gut und Du bist in Topform, so wie alle hier oben. Mummy und Daddy schicken Dir ihre Grüße. Sie haben gesagt, sie freuen sich sehr, mich wiederzusehen, und daß sie mich vermißt haben.

Ich habe jetzt endlich Nachricht vom College. Tut mir leid, Dir sagen zu müssen, daß meine Noten nicht sehr gut waren. Man hat mir die Aufnahme in den Diplomkurs verweigert, also muß ich mich mit meinem einjährigen Abschluß zufriedengeben.«

Sie wußte, was jetzt kam, aber sie las weiter und versuchte, das Gefühl von Übelkeit in ihrer Magengrube zu ignorieren. »Du hättest das Theater miterleben müssen, als die Nachricht kam. Wenn Du Dich erinnerst: Als ich ursprünglich vorgeschlagen hatte, noch drei weitere Jahre zu machen, waren meine Eltern dagegen gewesen. Aber jetzt haben sie sich aus den entgegengesetzten Gründen über mich aufgeregt. Was wirst du mit deinem Leben anfangen, hat Daddy ständig wiederholt. Aus, es ist alles aus, dieser Junge hat keine Ahnung, was das für eine Katastrophe ist, mein ganzes Leben ist eine Katastrophe nach der anderen gewesen, ich dachte, mein Sohn würde das Muster ändern, aber ich hätte es besser wissen sollen, die Linien auf meiner Handfläche sind dauerhaft, es sind keine Änderungen erlaubt, es ist mein Schicksal, ich kann nicht dagegen ankämpfen.

Erinnerst Du Dich an Ishvars Theater wegen einer Ehefrau für Om? Das war nichts, Tante, verglichen mit dem, wie Daddy sich aufgeführt hat. Ich hätte ihnen nie sagen sollen, daß ich diesen blöden Diplomkurs machen will.

Als das ganze Theater vorbei war, kam ein Freund meiner Eltern zum Glück mit einer guten Nachricht vorbei. Brigadier Grewal hat Beziehungen zu diesen reichen arabischen Ländern am Golf, wo das Geld auf Bäumen wächst. Er hat mir einen guten Job in einem Unternehmen für Kühl- und Klimatechnik in Dubai versprochen. Der Brigadier hält sich für einen großen Komiker. Er sagt, jeder besitzt ein Aggregat, um sein Zelt in der Wüste zu kühlen, und bei all den Sandstürmen, die den Motor und dein Ventilator verstopfen, herrscht ständig Bedarf an neuen Klimaanlagen und Wartungsarbeit.

Wegen Brigadier Grewals erbärmlichem Sinn für Humor habe ich beschlossen, den Job anzunehmen. Wenn ich nach Dubai gehe, brauche ich mir nicht seine Witze anzuhören. Und das Gehalt, Prämien und Wohngeld sind phantastisch. Angeblich kann man da drüben in bloß vier oder fünf Jahren ein kleines Vermögen zusammensparen. Vielleicht kann ich dann zurückkommen und meinen eigenen Klimatechnikbetrieb in der Stadt gründen. Oder noch besser, wir könnten ein Schneidergeschäft aufmachen. Mit all meiner Erfahrung vom letzten Jahr wäre ich natürlich der Chef. (Haha, bloß ein Witz.)«

Die Tränen brannten ihr in den Augen, und sie hatte Mühe weiterzulesen. Sie blinzelte schnell ein paarmal und holte tief Luft. »Ich muß in drei Wochen in Dubai sein, und so macht Mummy alle verrückt mit den Bemühungen, alles für mich vorzubereiten. Es ist eine Neuauflage von dem, was sie letztes

Jahr gemacht hat, vor meiner Abreise zum College. Und Daddy ist derselbe wie vorher. Nicht ein einziges Mal, seit ich wieder hier bin, hat er richtig mit mir geredet, obwohl ich genau das gemacht habe, was er wollte. Jetzt stellt er es so dar, als würde ich ihn und den Laden im Stich lassen. Er will seinen Kuchen behalten und gleichzeitig essen. Was erwartet er denn, wenn er alles auf seine altmodische Weise betreibt? Wenn ich versuche, irgendwelche Vorschläge zu machen, wirft er mir bloß seinen tragischen Blick zu. Er wird sich besser fühlen, wenn ich erst einmal wieder weg bin, es macht ihm einfach keinen Spaß, mich um sich zu haben. Das wußte ich schon an dem Tag, als er mich in der fünften Klasse aufs Internat geschickt hat.

Bitte richte Om aus, daß es mir leid tut, daß ich nicht da sein werde, um seine Frau kennenzulernen. Ich bin sicher, sie wird sehr glücklich sein bei so einer wunderbaren Schwiegermutter wie Dir. (Haha, schon wieder ein Witz, Tante.) Aber nächstes Jahr, wenn ich vom Golf auf Urlaub nach Hause komme, habe ich vor, vorbeizukommen und euch alle zu besuchen.

Schließlich möchte ich Dir danken, daß ich bei Dir wohnen durfte und daß Du Dich so gut um mich gekümmert hast.« Der nächste Satz war durchgestrichen, aber sie konnte noch zwei Fragmente unter den heftigen Kratzern entziffern: »das Glück« und »Leben«.

Danach kam nicht mehr viel. »Viel Glück mit dem Nähen. Ganz liebe Grüße an Ishvar und Om, und an Dich.«

Unter seinem Namen hatte er ein PS zugefügt. »Ich habe Mummy gebeten, den beiliegenden Scheck für drei Monate Miete auszustellen, da ich nicht richtig gekündigt habe. Ich hoffe, das ist in Ordnung so. Nochmals vielen Dank.«

Die Schrift verschwamm jetzt. Sie nahm ihre Brille ab und wischte sich die Augen. So ein wunderbarer Junge. Würde sie sich je wieder daran gewöhnen, ihn nicht um sich zu haben? Seine Neckereien, sein ständiges Geplapper, seine hilfsbereite Art, seine Scherze mit den Katzen, auch wenn seine Gedanken über Leben und Tod etwas düster waren. Und wie großzügig der Scheck war. Sie war überzeugt, er hatte seine Mutter gedrängt, ihn auszustellen.

Aber es war egoistisch, traurig zu sein, dachte sie, wo sie sich doch über Manecks Chance freuen sollte. Er hatte recht, es gab viele Leute, die mit einigen Jahren Arbeit in diesen reichen Ölländern ein Vermögen gemacht hatten.

Zwei Tage nach Erhalt des Briefes ging Dina zum Schönheitssalon Venus. Die Empfangsdame kam von hinten und verkündete, Zenobia habe gerade eine Kundin. »Bitte warten Sie im Warteraum, Madam.«

Dina setzte sich neben eine verdorrte Pflanze und nahm, vor sich hin lächelnd, eine abgestandene Ausgabe von *Woman's Weekly* in die Hand. Offensichtlich war Zenobia immer noch eingeschnappt wegen der Sache mit Oms Frau, und dies war ihre Art, es ihr zu zeigen, sonst wäre sie herbeigeeilt, Schere und Kamm in den Händen, hätte atemlos hallo gesagt und wäre zurückgelaufen.

Es vergingen fünfundvierzig Minuten, bevor Zenobia erschien, um ihre Kundin zur Tür zu geleiten. Die extravagant frisierte Frau war niemand anders als Mrs. Gupta. »So eine Überraschung, Sie hier zu sehen, Mrs. Dalal«, sagte sie. »Macht Zenobia Ihnen die Haare?« Trotz des Lächelns war da etwas in ihrem linken Mundwinkel, was darauf hinwies, daß sie die Vorstellung mißbilligte.

»O nein, ich könnte mir ihre Dienste niemals leisten! Ich bin nur für einen Plausch vorbeigekommen.«

»Ich hoffe, ihre Preise fürs Plauschen sind vernünftiger als die fürs Frisieren«, kicherte Mrs. Gupta. »Aber ich will mich nicht beschweren, sie ist ein Genie. Sehen Sie nur – was sie heute wieder für Wunder vollbracht hat.« Sie drehte ihren Kopf langsam von links nach rechts und wieder zurück und ließ ihn dann mit einem erstarrten Blick zum Deckenventilator statuenhaft zur Ruhe kommen.

»Wunderschön«, sagte Dina, ohne Zeit zu verlieren. Mrs. Gupta war in der Lage, ihre Pose auf unbegrenzte Zeit beizubehalten, wenn kein Kompliment erfolgte.

»Danke«, sagte sie kokett und gestattete ihrem Schädel, sich wieder zu bewegen. »Aber wann werden wir Sie wieder bei Au Revoir sehen? Sind Ihre Schneider wieder zurück oder nicht?«

»Ich glaube, wir können nächste Woche beginnen.«

»Hoffen wir, daß sie nicht um Flitterwochenurlaub bitten, wenn ihr Hochzeitsurlaub vorbei ist. Sonst gibt es ein weiteres Bevölkerungswachstum.« Mrs. Gupta kicherte wieder und warf einen Blick in den Spiegel hinter dem Empfangstisch. Sie tätschelte ihr Haar und verließ widerstrebend den Salon. Das eigene Abbild in diesem speziellen Spiegel zu sehen hatte ihr ungeheure Befriedigung verschafft.

Allein mit ihrer Freundin lächelte Dina vertraulich, um wortlos eine Meinung über Mrs. Gupta zu teilen. Doch Zenobias Reaktion war kalt. »Du wolltest mich etwas fragen?«

»Ja, ich habe einen Brief von Maneck Kohlah bekommen. Er braucht mein Zimmer nicht mehr.«

»Das wundert mich nicht«, schniefte sie. »Muß die Nase voll haben, mit Schneidern zusammenzuwohnen.«

»Eigentlich sind sie gut miteinander ausgekommen.« Sie war sich bewußt, als sie die Worte hersagte, daß diese Beschreibung ihrer Hausgemeinschaft nicht gerecht wurde. Aber was sollte sie sonst sagen? Konnte sie Zenobia beschreiben, wie unzertrennlich Maneck und Om geworden waren und daß Ishvar beide Jungs wie seine eigenen Söhne betrachtete? Daß sie alle vier zusammen kochten und aßen, gemeinsam putzten, wuschen, einkauften, lachten und sich umeinander sorgten? Daß Dina ihnen wichtig war und daß ihr von ihnen mehr Achtung entgegenbracht wurde, als sie von einigen ihrer Verwandten bekommen hatte? Daß sie während dieser letzten paar Monate erfahren hatte, was eine Familie ist?

Es ließ sich unmöglich erklären. Zenobia würde sagen, sie sei albern und würde sich falsche Vorstellungen machen, würde eine finanzielle Notwendigkeit sentimental verklären. Oder sie würde den Schneidern vorwerfen, Dina durch Katzbuckeln und Schmeicheleien zu manipulieren.

Und so fügte Dina lediglich hinzu: »Maneck kommt deswegen nicht wieder, weil er einen sehr guten Job am Golf bekommen hat.«

»Nun«, sagte Zenobia. »Was immer der eigentliche Grund sein mag, du brauchst einen neuen zahlenden Gast.«

»Ja, deswegen bin ich gekommen. Hast du jemanden?«

»Im Moment nicht. Ich werde dran denken.« Sie erhob sich, um zu ihrer Arbeit zurückzukehren. »Es wird schwierig werden. Jeder, der deinen Technicolor-Vorhang und eine Horde Schneider auf der Veranda sieht, wird Reißaus nehmen.«

»Keine Sorge, ich werde den Vorhang abhängen.« Dina erwartete, daß ihre Freundin wieder zur Vernunft kommen würde. Wenn Zenobia sauer war, brauchte sie ein paar Tage, um sich zu erholen, weiter nichts.

Sie ging nach Hause und versicherte sich, daß Manecks Zimmer tadellos sauber war. Aber sie mußte jetzt aufhören, es als Manecks Zimmer zu sehen, beschloß sie.

Beim Staubwischen und Saubermachen fand sie das Schachspiel im Schrank. Sollte sie es Maneck schicken? Bis es in dem Bergort ankam, wäre er schon zum Golf aufgebrochen. Lieber es aufbewahren, bis er nächstes Jahr auf Besuch kam, wie er geschrieben hatte.

Dina gefiel diese Vorstellung, und sie verstaute das Spiel zwischen ihrer Kleidung im Nähzimmer. Es kam ihr wie ein Garant vor, daß Maneck wiederkommen würde. Es war ein tröstender Gedanke, der den anderen, schmerzhaften – daß er nie wieder hier wohnen würde – ertränkte.

Nachts ging sie zum Küchenfenster und fütterte die Katzen, rief sie mit den Namen, die er ihnen gegeben hatte.

* * *

Die sechs Wochen waren schon abgelaufen, und doch wartete sie weiter geduldig, bei jedem Klingeln überzeugt, daß Ishvar und Om vor der Tür standen. Dann kam der Mann von der Verleihfirma und verlangte den überfälligen Betrag für die beiden Singer-Maschinen.

»Die Schneider kommen nächste Woche«, hielt sie ihn hin. »Sie wissen ja, wieviel es zu tun gibt, wenn Hochzeit gefeiert wird.«

»Sie haben sich schon zu oft verspätet«, klagte der Mann. »Die Firma meckert mich an, daß ich die Raten nicht rechtzeitig einsammle.« Er erklärte sich aber damit einverstanden, noch sieben weitere Tage zu warten.

Später am Morgen klingelte es wieder an der Tür. Sie lief auf die Veranda.

Es war Bettlermeister. Er hatte ein kleines Hochzeitsgeschenk dabei. »Ein Teekessel aus Aluminium«, sagte er, enttäuscht, daß die Schneider noch nicht zurück waren.

»Ich hoffe auf nächste Woche, allerspätestens«, sagte Dina. »Die Exportgesellschaft wird auch schon ungeduldig.«

»Dann bring ich das Geschenk nächsten Donnerstag vorbei.«

Sie wußte, worauf er hinauswollte: Seine Rate, wie die des Mannes von der Verleihfirma, war überfällig. »Es wird doch kein Problem mit dem Vermieter geben, oder? Weil die Schneider nicht bezahlt haben? Ich kann Ihnen jetzt ein wenig geben, wenn Sie darauf bestehen.«

»Nein, überhaupt nicht. Ich kümmere mich um die Wohnung, keine Sorge. Bei solchen guten Menschen mache ich mir keine Sorgen wegen zeitweiliger Rückstände. Sie sind zu Shankars Bestattung gekommen, das werde ich Ihnen nie vergessen.«

Er machte sich eine Notiz in seinen Kalender und schloß seine Aktentasche. »Gestern habe ich endlich die Schenkung an den Tempel gemacht zu Shankars Gedenken. Es gab einen kleinen Puja, und als der Priester mit dem Glöckchen klingelte, habe ich so einen Frieden verspürt. Vielleicht ist es an der Zeit, daß ich dieses Geschäft aufgebe und mich ganz dem Gebet und der Meditation widme.«

»Ist das Ihr Ernst? Was passiert dann mit all Ihren Bettlern? Und mit den Schneidern und mit mir?«

Bettlermeister nickte müde. »Das ist es eben. Meinen weltlichen Pflichten zuliebe muß ich mich in meinen spirituellen Bedürfnissen einschränken. Keine Sorge, ich werde keinen von meinen Abhängigen im Stich lassen.« Das Kettchen von der Aktentasche klapperte leise, als er ging. Dina bemerkte, daß es angefangen hatte zu rosten.

Die Beruhigung, die von seinem feierlichen Gelöbnis ausgegangen war, verflüchtigte sich binnen weniger Minuten. Nach den beiden Besuchen an diesem Morgen rückte die Besorgnis, die sie bis dahin abgewehrt hatte, näher heran, begann sie wie ein Raubtier zu umschleichen. Jetzt war sie überzeugt, daß das Ausbleiben der Schneider mehr als nur eine kurze Verzögerung bedeutete. Und nicht einmal die Höflichkeit einer Postkarte. Was konnte passiert sein, daß sie ihr nicht mit ein paar Worten Bescheid sagen konnten: Bitte verzeihen Sie uns, Dinabai, wir haben beschlossen, uns in unserem Dorf niederzulassen. Om und seiner Frau ist das lieber so. Nur ein paar Zeilen. War das zuviel erwartet? Zenobia hatte recht, es war töricht, Leuten wie ihnen zu vertrauen. Sie hatten sie benutzt und sie dann weggeworfen.

Um das Maß vollzumachen, verspottete die Klingel sie ein drittes Mal, am späten Nachmittag. Sie drehte den Türgriff, ohne die Kette vorzulegen. Angesichts der strahlenden Sonne schien diese Vorsichtsmaßnahme unnötig zu sein. Aber als sie die Tür öffnete, bot sich ihr eine grauenerregende Erscheinung.

»Ohhh!« kreischte sie, heftig erschrocken. Der Mann, der frisch verheilte Narben auf der Stirn hatte und Dina mit glasigem Blick anstarrte, sah aus, als wäre er soeben von den Toten auferstanden.

Sie wollte die Tür schnell wieder zumachen. Aber als er anfing zu sprechen, war er nicht mehr so furchteinflößend. »Haben Sie keine Angst, Ma-ji«, keuchte er. »Ich will nichts Böses.« Es war das jämmerliche Winseln eines verwundeten Geschöpfes, das Pfeifen einer beschädigten Lunge. »Arbeiten zwei Schneider hier? Ishvar und Omprakash?«

»Ja.«

Der Mann brach fast vor Erleichterung zusammen. »Bitte, kann ich mit ihnen sprechen?«

»Sie sind für ein paar Tage verreist«, sagte Dina und wich zurück. Er roch stark.

»Kommen sie bald wieder?« In seinen Worten lag etwas verzweifelt Tastendes.

»Vielleicht. Wer bist du?«

»Ein Freund. Wir haben im selben Jhopadpatti gewohnt, bevor die Behörden es niedergewalzt haben.«

Einen Moment lang fragte sich Dina, ob dies Rajaram sein

konnte, der der Welt entsagen und ein Sanyasi werden wollte. Sie hatte ihn nur ein- oder zweimal gesehen – konnten ihn die Entbehrungen als Sanyasi schon so stark verändert haben? »Sie sind nicht der Haarsammler, oder?« fragte sie.

Er schüttelte den Kopf. »Ich bin der Affenmann. Aber meine Affen sind tot.« Er befingerte seine Stirn, berührte vorsichtig die juckenden Narben. »Die Schneider hatten mir erzählt, daß sie in diesem Viertel arbeiten. Seit gestern bin ich hier in der Straße unterwegs und klopfe bei jedem an. Und jetzt – sind sie nicht da.« Er sah aus, als würde er gleich in Tränen ausbrechen. »Ishvar und Om sind noch bei Bettlermeister, ja?«

»Ich glaube schon.«

»Wissen Sie, wo er wohnt?«

»Nein. Bettlermeister kommt zum Kassieren immer hierher. Gerade heute war er da.«

Affenmanns Augen leuchteten auf. »Wie lange ist das her? Wo ist er hingegangen?«

»Ich weiß nicht – das ist schon Stunden her, am Vormittag.« Die Hoffnung entschwand wieder aus seinem Gesicht. Wie bei einer Glühbirne, dachte sie, an und aus.

»Ich habe etwas sehr Wichtiges mit ihm zu besprechen. Und ich weiß nicht, wie ich ihn finden kann.«

Seine Hilflosigkeit, der Anblick seines zerschundenen Körpers, die Verzweiflung in seiner Stimme erregten Dinas Mitleid. »Bettlermeister kommt nächsten Donnerstag wieder«, sagte sie.

Affenmann berührte seine Stirn und verneigte sich. »Möge Gott Sie segnen und Ihnen alle Wünsche erfüllen, weil Sie einem armen Teufel wie mir geholfen haben.«

In der folgenden Woche kam der Mann von der Verleihfirma wieder und sagte, er könne nicht länger auf die Bezahlung warten. Da er erneute Ausreden von Dina erwartete, war er entschlossen, diesmal hart zu bleiben.

»Ich möchte nicht, daß Sie länger warten«, fauchte sie. »Nehmen Sie die Maschinen auf der Stelle mit, ich weigere mich, sie noch eine Minute länger zu behalten.«

»Danke«, sagte er überrascht. »Unser Lieferwagen wird sie morgen früh abholen.«

»Haben Sie mich nicht verstanden? Jetzt, habe ich gesagt. Wenn sie in einer Stunde nicht verschwunden sind, dann werfe ich sie aus meiner Wohnung. Ich lasse sie mitten auf der Straße stehen.« Der Mann eilte davon, um im Büro anzurufen und die Leute dort zu bitten, einen dringenden Transport zu organisieren.

Nachdem sie die Nähmaschinen verbannt hatte, fühlte sie sich besser. Sollen die Halunken ruhig zurückkommen und feststellen, daß ihre Singer verschwunden sind, dachte sie. Das würde ihnen für den Rest ihres Lebens eine Lehre sein.

Als nächstes wartete sie auf Bettlermeister und sein Hochzeitsgeschenk. Auch bei ihm beschloß sie, die Taktik zu ändern und ihm Bescheid zu sagen, daß die Schneider verschwunden seien. Wenn seine Raten ausblieben, würde er schnell handeln und die beiden aufspüren, wo immer sie waren.

Aber Bettlermeister hielt seine Verabredung nicht ein. Wie untypisch für ihn, dachte sie, als der Tag verstrich und er nicht erschienen war. Konnten er und die Schneider sich irgendwie gegen sie verschworen haben, um sie loszuwerden und die Wohnung zu übernehmen? Angst beflügelte ihre Phantasie, Vorstellungen von Verrat und Arglist trieben wilde Blüten und plagten sie bis zum nächsten Morgen, als ein Klopfen an der Tür schließlich die Wahrheit enthüllte.

Enttäuschung, Täuschung, Freude, Seelenschmerz, Hoffnung – sie alle traten durch die gleiche Tür in ihr Leben, dachte sie. Sie lauschte auf das Klappern von Bettlermeisters Aktentaschenkette. Nichts. Und dann ein weiteres leises Klopfen. Wer immer es war, rührte die klirrende Klingel nicht an. Sie öffnete die Tür, ließ aber die Sicherheitskette eingehängt.

Eine Strähne weißen Barts kam durch den Spalt, und dann sagte eine Stimme: »Bitte, Schwester, lassen Sie mich rein! Ich werde bestraft, wenn mich jemand vom Büro sieht, ich darf eigentlich nicht hier sein!«

Widerstrebend löste sie die Kette und ließ Ibrahim herein. »Was soll das heißen, Sie dürfen nicht hier sein? Sie sind doch der Mieteintreiber.«

»Nicht mehr, Schwester. Der Vermieter hat mich letzte Woche

entlassen. Er hat gesagt, ich würde mit dem Eigentum des Büros fahrlässig umgehen, ich würde zu viele Mappen kaputtmachen. Er hat mir die Rechnungen der Papierwarenhandlung gezeigt, aus den achtundvierzig Jahren, die ich für den Vermieter und seinen Vater gearbeitet habe. Sieben Mappen habe ich durchgebracht – eine ledergebundene, drei aus Buckram und drei aus Plastik. Sieben ist die Grenze, hat der Vermieter mir gesagt, sieben Mappen, und dann fliegst du raus.«

»So ein Unsinn«, sagte Dina. »Sie sind immer so behutsam damit umgegangen, haben sie saubergehalten, haben sie vorsichtig geöffnet und geschlossen. Es ist nicht Ihre Schuld, wenn man Ihnen minderwertige Mappen gibt, die nach ein paar Jahren auseinanderfallen.«

»Er wollte nur eine Ausrede haben, um mich loszuwerden, Schwester. Ich kenne den wahren Grund.«

»Was ist der wahre Grund?«

Er zögerte, als würde er sich überlegen, ob er ihn ihr mitteilen sollte, und seufzte. »Der wahre Grund ist: Ich habe keine Leidenschaft mehr für meine Pflichten. Ich bin nicht mehr gemein genug zu den Mietern, ich bedrohe sie nicht so, daß sie Angst kriegen. Ich habe mein Feuer verloren. Und deswegen bin ich für den Vermieter nutzlos geworden.«

»Können Sie sich nicht Mühe geben? Sich bedrohlicher ausdrücken oder so was?«

Er schüttelte den Kopf. »Wenn die Flamme erst einmal ausgegangen ist, kann sie nicht neu entfacht werden. Es ist genau hier passiert, in dieser Wohnung, Schwester. Erinnern Sie sich nicht? An dem Abend, als ich die Goondas mitgebracht habe, vor vielen Monaten? Nach dem, was hier passiert ist, konnte ich keinem kleinen Kind mehr angst machen. Und dafür danke ich Gott.«

Sie erinnerte sich daran, wie sehr er sie in jener Nacht in Angst und Schrecken versetzt hatte, aber anstatt Wut zu empfinden, fühlte sie sich irgendwie dafür verantwortlich, daß er seinen Arbeitsplatz verloren hatte. »Haben Sie andere Arbeit gefunden?«

»In meinem Alter? Wer würde mich einstellen?«

»Und wie kommen Sie dann zurecht?«

Er blickte beschämt zu Boden. »Einige der Mieter helfen mir ein bißchen. In letzter Zeit habe ich mit einigen Freundschaft geschlossen. Ich stehe vor dem Gebäude, und sie, Sie wissen schon – helfen mir. Aber kümmern Sie sich nicht darum, Schwester, ich möchte Ihnen den Grund für meinen Besuch sagen. Ich bin gekommen, um Sie zu warnen, Sie sind in großer Gefahr vor dem Vermieter.«

»Ich habe keine Angst vor diesem Halunken. Bettlermeister kümmert sich um mich.«

»Aber Schwester, Bettlermeister ist tot.«

»Was sagen Sie da? Sind Sie verrückt geworden?«

»Nein, er wurde gestern ermordet. Ich habe alles gesehen, ich stand draußen, es war grauenhaft! Grauenhaft!« Ibrahim begann zu zittern und zu wanken. Dina führte ihn zu einem Stuhl und bestand darauf, daß er sich setzte.

»Jetzt holen Sie mal tief Luft und erzählen mir alles genau«, sagte sie.

Er holte tief Luft. »Gestern morgen stand ich beim Tor mit meiner Blechdose und habe auf Hilfe von meinen Mietern gewartet – ich meine, meinen Freunden. Ich konnte alles sehen. Die Polizei hat gesagt, ich wäre ihr Starzeuge, und hat mich mitgenommen, damit ich eine vollständige Aussage mache. Sie haben mich bis in die Nacht dabehalten und Fragen gestellt.«

»Wer hat Bettlermeister umgebracht?«

Er holte wieder tief Luft. »Ein sehr krank aussehender Mann. Er hatte sich hinter der Steinsäule am Tor versteckt. Als Bettlermeister eintrat, sprang er ihm auf den Rücken und versuchte, ihn zu erstechen. Aber er war so ein kraftloser Bursche, seine Hiebe waren zu schwach, das Messer wollte nicht eindringen. Jeder hätte so einem hinfälligen Angreifer entkommen können.«

»Und wieso nicht Bettlermeister?«

»Weil Bettlermeister an diesem Tag kein Glück hatte.«

Aber was er hatte, erklärte Ibrahim, war der große Koffer voller Münzen, der an sein Handgelenk gekettet war und mit dem er unterwegs gewesen war, um bei seinen Bettlern zu kassieren. Durch das bleierne Gewicht des Koffers an den

Boden gefesselt, der ihm die eine Hand außer Gefecht setzte, steckte er in der Falle. Er schlug und ruderte mit seinem freien Arm, trat mit den Beinen um sich, während der entkräftete Mörder seinem Opfer auf dem Rücken hockte und sich abmühte, mit der Klinge seines Messers die Kleidung zu durchstechen, in das Fleisch einzudringen und das Herz zu durchbohren.

»Zuerst sah es so komisch aus. Als würde er mit einem ausklappbaren Messer aus Plastik vom Ballonverkäufer spielen. Aber er hat sich viel Zeit genommen, und schließlich hat sich Bettlermeister nicht mehr bewegt. Er, der von dem Bettelgeld hilfloser Krüppel gelebt hat, ist durch dieses Bettelgeld gestorben, gelähmt von seiner Last. Sehen Sie, Schwester, ab und zu gibt es doch ein winziges Stück Gerechtigkeit im Universum.«

Aber Dina dachte an all die Bettler bei Shankars Bestattung. Es stimmte, sie waren jetzt frei. Aber was nutzte ihnen ihre Freiheit? Verstreut auf den elenden Gehsteigen der Stadt, verwaist, niemand, der sich um sie kümmerte – ging es ihnen nicht besser unter Bettlermeisters Obhut?

»Er war kein durch und durch schlechter Mensch«, sagte sie.

»Steht es uns zu, über die Frage von Gut oder Schlecht zu urteilen? Aber diesmal sieht es so aus, als wären die Waagschalen ausgeglichen. Um ehrlich zu sein, Schwester, gestern morgen, als ich Bettlermeister kommen sah, dachte selbst ich daran, ihn um Hilfe zu bitten – mich irgendwo an einem guten Standort zu plazieren. Aber der Mörder war zuerst bei ihm.«

»Hat er versucht, das Geld zu stehlen?«

»Nein, an dem Koffer war er nicht interessiert. Und wenn er es gewesen wäre, hätte er ihm das Handgelenk durchhacken müssen. Nein, er warf einfach sein Messer weg und sagte, er sei der Affenmann, er habe Bettlermeister aus Rache getötet.«

Dina erblaßte und sank auf einen Stuhl. Ibrahim mühte sich von seinem eigenen hoch, um ihren Arm zu berühren. »Ist alles in Ordnung, Schwester?«

»Der, der gesagt hat, er sei Affenmann – hatte er eine große Narbe auf der Stirn?«

»Ich glaube schon.«

»Er war letzte Woche hier und wollte Bettlermeister wegen einer dringenden Sache sprechen. Ich hatte ihm gesagt, Bettlermeister würde am Donnerstag wiederkommen, gestern.« Sie ballte die Hand zur Faust und bedeckte ihren Mund damit. »Ich habe dem Mörder geholfen.«

»Sagen Sie das nicht, Schwester. Sie wußten nicht, daß er töten wollte.« Er tätschelte ihre Hand, und sie sah, daß seine Nägel schmutzig waren. Vor ein paar Monaten hätte die Berührung sie abgestoßen. Jetzt war sie dankbar dafür. Seine Haut, faltig und schuppig wie die eines harmlosen Reptils, erfüllte sie mit Staunen und Trauer. Wieso fand ich ihn eigentlich so unsympathisch, fragte sie sich. Wenn es um Menschen ging, machte nur ein Gefühl Sinn, nämlich Staunen über ihre Fähigkeit zu erdulden und Trauer über die Hoffnungslosigkeit von allem. Und vielleicht hatte Maneck recht, daß alles schlecht endete.

»Werfen Sie sich nichts vor, Schwester«, sagte er und tätschelte wieder ihre Hand.

»Wieso sagen Sie ständig Schwester zu mir? Sie könnten mein Vater sein.«

»Na gut, dann sage ich eben Tochter.« Er lächelte, und es war nicht sein automatisches Lächeln. »Sehen Sie, dieser Bursche, dieser Affenmann, hätte Bettlermeister früher oder später gefunden, ob Sie ihm nun geholfen hätten oder nicht. Die Polizei hat gesagt, er ist geistesgestört, er hat nicht einmal versucht zu fliehen, hat einfach dagestanden und hat allen möglichen Unsinn gebrüllt, daß Bettlermeister ihm zwei Kinder gestohlen hätte, während er bewußtlos war, ihnen die Hände abgeschnitten, ihnen die Augen ausgestochen und sie zu Bettlern gemacht hätte, aber jetzt habe er seine Prophezeiung erfüllt, seine Rache sei vollendet. Wer weiß, welche Teufel den Geist des armen Mannes quälen.«

Er berührte wieder ihre Hand. »Jetzt, wo Bettlermeister tot ist, wird der Vermieter bald jemanden schicken, der Sie hinauswirft. Deswegen bin ich gekommen, um Sie zu warnen.«

»Ich kann nicht viel gegen seine Goondas ausrichten.«

»Sie müssen handeln, bevor er es tut. Sie haben vielleicht noch etwas Zeit. Ihr zahlender Gast und ihre Schneider sind weg, also braucht er eine neue Ausrede. Besorgen Sie sich einen Anwalt und ...«

»Ich kann mir keine teuren Anwälte leisten.«

»Ein billiger Anwalt reicht völlig aus. Er muß ...«

»Ich weiß nicht, wie ich einen finden soll.«

»Gehen Sie zum Gerichtsgebäude. Dort sind alle Anwälte versammelt. Die werden Sie finden. Sowie Sie durch das Tor spazieren, werden sie hinter Ihnen her rennen.«

»Und dann?«

»Fragen Sie sie aus, wählen Sie einen aus, den Sie sich leisten können. Sagen Sie ihm, sie wollen eine Unterlassungsklage gegen den Vermieter bewirken, daß er jegliche drohenden Handlungen und andere Formen der Schikanierung unterläßt, daß der Status quo erhalten werden müsse, bis zum gegebenen Zeitpunkt, wo...«

»Lassen Sie mich das aufschreiben, das merk ich mir nicht.« Sie holte Papier und Bleistift. »Meinen Sie, das funktioniert?«

»Wenn Sie sich beeilen. Verlieren Sie keine Zeit, meine Tochter. Gehen Sie – gehen Sie jetzt.«

Sie grub in ihrem Portemonnaie und fand einen Fünf-Rupien-Schein. »Bis Sie eine Arbeit gefunden haben«, sagte sie und stopfte ihm den Schein in die schuppige Hand.

»Nein, ich kann nichts von Ihnen nehmen, Sie haben genug Sorgen.«

»Kann eine Tochter nicht ihrem alten Vater helfen?«

Seine Augen waren feucht, als er das Geld annahm.

Vor den Toren des Gerichtsgebäudes hatte sich ein improvisierter Basar breitgemacht, wo sich die Menschen, die schon einige Stunden mit der Suche nach ihrem Recht zugebracht hatten und denen noch Tage, Wochen und Monate bevorstanden, etwas zur Stärkung kauften. Die alten Hasen unter den Prozeßführenden waren unschwer zu erkennen – sie waren diejenigen, die sich mit mitgebrachten Eßpaketen eingedeckt hatten und jetzt an der Seite standen und in aller Ruhe vor sich hin mampften. Der Mann, der Bhajia briet, hatte eine große hungrige Menge angelockt. Kein Wunder, dachte Dina, es duftete köstlich. Neben ihm wurden Ananasscheiben angeboten, die auf einem großen Eisblock kühlten. Dina bewunderte die sorgfältig gezackten runden Scheiben und sah zu, wie die Frau mit ihrem langen scharfen Messer die Früchte auskerbte und die Augen entfernte.

Eine entscheidende Rolle für das Treiben draußen vor dem Gerichtsgebäude spielten die Schreiber. Wie vor einem Schrein saßen sie in ihren Verschlägen im Schneidersitz vor ihren majestätischen Underwoods und tippten in Windeseile Schriftsätze für die wartenden Kläger und Antragsteller. Papier, Büroklammern und Aktenmappen wurden zum Verkauf angeboten, scharlachrotes Stoffband, um die getippten Unterlagen zu sichern, blaue und rote Stifte, Füller und Tinte.

In der Menge schlichen schwarzbejackte Mitglieder der Anwaltzunft auf der Jagd nach Fällen umher. Dina ging ihnen sorgfältig aus dem Weg und beschloß, sich zuerst auf dem Gelände des Gerichts umzusehen. »Nein, danke«, sagte sie wiederholt zu jenen, die ihr ihre Hilfe anboten.

Näher am Hauptgebäude wurde das Gedränge dichter, und es lag eine chaotische Stimmung in der Luft. Leute stürmten ins Gebäude hinein, andere heraus, einige, die schon drinnen waren, gaben ihren Kontaktleuten draußen auf dem Gelände hektische Zeichen, andere, die draußen waren, brüllten den im Gebäude Befindlichen zu herauszukommen. Immer wieder ließ jemand kostbare Unterlagen fallen, und bei dem Versuch, sie aufzuheben, entstand ein Gedränge, bei dem wiederum andere Dinge wie Chappals, Mützen und Dupattas verlorengingen.

Als wieder ein großer Pulk hineinströmte, ließ sich Dina einfach mittragen. Sie landete in einem Korridor, von dem sie das Treiben gut überschauen konnte. Auch hier waren die Menschen in ständiger Bewegung, schoben sich in überfüllte Gerichtssäle hinein oder aus ihnen heraus, eilten Treppen hinauf und hinunter, so als wären alle von einer Epidemie der Orientierungslosigkeit erfaßt. In Räumen und Fluren hallte ständig lautes Stimmengewirr. Manchmal war es ein stetiges Summen, aus dem hin und wieder wie ein Blitz Geschrei hervorschoß. Dina fragte sich, wie irgend jemand in der Lage sein konnte, den Verhandlungen zu folgen.

Sie blieb eine Weile neben der Tür zu einem Saal stehen, wo anscheinend gerade ein Fall verhandelt wurde. Der Richter saugte meditativ an den Bügeln seiner Brille. Der Verteidiger sprach gerade, aber es war kein Wort zu verstehen. Seine exakten Handbewegungen und geschwollenen Halsmuskeln waren die einzigen Anzeichen, daß er dabei war, die Tatsachen zu präsentieren.

Hin und wieder blieben Leute im Flur wie angewurzelt stehen und brüllten aufgeregt einen Namen oder eine Nummer. Manchmal teilte sich der Suchtrupp und flitzte in verschiedene Richtungen los, mit einem bestimmten Namen oder einer Nummer auf den Lippen. Konnte irgend etwas im Justizapparat passiert sein, dachte Dina, ein Streik vielleicht? Vielleicht hatten sich die Gerichtsdiener, Sachbearbeiter und Sekretäre krank gemeldet und dadurch das Gericht in dieses verrückte Chaos gestürzt.

Sie beschloß, sich einer Familie an die Fersen zu heften, die sich auszukennen schien. Sie rannte los, wenn sie losrannten, sie hörte sich an, was sie sagten, sie folgte ihren Blicken. Und nach eingehender Beobachtung begann sich für sie aus dem ganzen Tumult und der Unordung ein Muster herauszubilden. Genau wie wenn man mit einem neuen Kleid arbeitet, dachte sie. Schnittmuster wirkten auch erst einmal chaotisch, bis sie systematisch zusammengelegt wurden.

Jetzt konnte sie erkennen, daß die ganze hektische Betriebsamkeit Teil eines normalen Tages am Gericht war. Die losstürmenden Massen in den Fluren zum Beispiel versuchten lediglich, die Informationstafel zu finden, auf der ihre Fallnummer und der Standort des Saales angezeigt wurden, wo der Fall verhandelt wurde. Die Grüppchen, die verdächtig in dunklen Ecken herumlungerten, waren Mittelsmänner, die Schmiergelder vereinbarten. Diejenigen, die Namen brüllten, waren Anwälte, die ihre Mandanten suchten, oder umgekehrt, weil ihre Fälle zur Verhandlung kamen. Nachdem sie Monate und manchmal Jahre gewartet hatten, war die wilde Aufregung der Prozeßführenden verständlich. Es wäre keine größere Katastrophe denkbar gewesen, als wenn das Gericht die Anhörung vertagt hätte, nur weil der Anwalt sich ausgerechnet diesen Augenblick ausgesucht hatte, um auf die Toilette zu gehen oder sich eine Tasse Tee zu holen, ohne den Gerichtsdiener zu informieren.

Nachdem Dina erst einmal den roten Faden der Ordnung in dieser ganzen Verwirrung aufgespürt hatte, fühlte sie sich schon sicherer. Sie ging wieder hinaus auf den Hof und nahm die Anwälte unter die Lupe, die sich anboten. Einige präsentierten handgeschriebene Schilder, auf denen ihre Dienste und Spezialitäten aufgelistet waren: SCHEIDUNGSFÄLLE WERDEN HIER BEHANDELT; TESTAMENTE UND BEGLAUBIGTE ABSCHRIFTEN; VERMITTLUNG VON NIERENVERKÄUFEN; EIDLICHE AUSSAGEN WERDEN SCHNELL & KLAR IN GUTEM ENGLISCH AUFGESETZT.

Andere zogen es vor, ihre Angebote wie Verkäufer auf dem Marktplatz auszurufen. »Echte Kopien nur fünfzehn Rupien! Eidesstattliche Erklärungen fünfzehn Rupien! Alle Fälle, alle Straftaten, niedrige Gebühren!«

Sie blieb bei einem stehen, auf dessen Tafel, ganz oben auf der Karte, stand: MIETSTREITIGKEITEN – NUR RS 500. Als sie im Begriff war, ihn anzusprechen, stieß eine ganze Horde von Anwälten, eine Gelegenheit witternd, mit wehenden schwarzen Jacken auf sie herab. Viele davon konnte man kaum als schwarz durchgehen lassen, denn die Farbe war durch das viele Waschen schon zu Grau erblaßt.

Die Anwälte wetteiferten um Dinas Aufmerksamkeit, achteten aber darauf, dabei würdevoll zu bleiben, indem sie sich von der Rivalität, die zwischen ihnen herrschte, nichts anmerken ließen. Es gab zwischen ihnen kein einziges Stirnrunzeln oder böses Wort. Während jeder darum bat und bettelte, ausgewählt zu werden, schienen alle anderen für ihn überhaupt nicht zu existieren.

Einer drängte sich vor die anderen und hielt Dina seine juristischen Referenzen unter die Nase. »Bitte, Madam! Sehen Sie hier – echter Abschluß von guter Universität! Eine Menge Halunken geben sich als Anwälte aus! Egal, wen Sie aussuchen, seien Sie vorsichtig, lassen Sie sich immer seine Referenzen zeigen!«

»Sonderangebot!« brüllte ein Mann am hinteren Rand der Meute. »Keine extra Gebühren für das Tippen von Schriftsätzen – alles inklusiv bei einer einzigen billigen Gebühr!«

Sie hatten Dina völlig umzingelt. Sie fühlte sich bedrängt von der ungebetenen Aufmerksamkeit und versuchte, sich aus dem Gemenge zu befreien. »Entschuldigen Sie mich, ich bin ...«

»Wie lautet die Anklage, Madam?« rief jemand, der sich auf Zehenspitzen stellte, um gesehen zu werden. »Ich kann Strafrecht und Zivilrecht bearbeiten!«

Spritzer seines Speichels landeten auf ihrer Brille und ihrer Wange. Sie zuckte zusammen und versuchte wieder, sich zu befreien. Dann kniff ihr in dem Gedränge eine Hand in den Hintern, und eine andere streifte ihre Brust.

»Ihr Halunken! Ihr schamlosen Unholde!« Sie schlug mit den Ellbogen aus, und es gelang ihr noch, gegen ein paar Schienbeine zu treten, bevor sie sich zerstreuten. Sie wünschte, sie hätte ihren Pagodenschirm dabeigehabt – was sie ihnen für eine Lektion erteilt hätte!

Ihr zitterten die Hände, und sie mußte sich sehr konzentrieren, um einen Fuß vor den anderen zu setzen, ohne das Gleichgewicht zu verlieren. Sie zog sich zu einem weniger belebten Teil des Hofes zurück, an die Seite des Gebäudes. Ohne Anwälte war es auf einmal still und friedlich. Holzbänke säumten den Zaun des Hofes. Auf dem Rasen lagerten Leute, die sich ausruhten oder ein Nickerchen hielten, wobei sie sich ihre Sandalen als Kopfkissen, und zur Sicherheit, unter den Kopf legten. Andere stärkten sich aus glänzenden Edelstahl-Jausenbüchsen. Eine Mutter schälte eine Chickoo mit einem Taschenmesser und fütterte ihr Kind mit der süßen braunen Frucht. Aus einem Kofferradio kam leise Musik, die wie eine Libelle durch den heißen Nachmittag summte.

In dieser friedlichen Szenerie saß, auf einer kaputten Bank, ein Mann, der in einen Mangobaum hochstarrte. Drei kleine Jungs warfen Steine nach den harten grünen Früchten, während ihre Eltern auf dem Rasen dösten. Es gelang ihnen, eine Mango herunterzuholen. Sie bissen hinein und ließen sie reihum gehen. Sie zitterten vor Wonne und kniffen die Augen zu, als ihnen das saure Fruchtfleisch den Mund zusammenzog.

Der Mann auf der kaputten Bank nickte lächelnd, während er den Erinnerungen an seine eigene Kindheit nachhing. Seine Hemdtasche war mit Stiften und Füllern ausgebeult, die im Innern in einem Spezialetui befestigt waren. Zu seinen Füßen befand sich ein Pappdeckel, etwa vierzig mal zwanzig Zentimeter, der durch einen Backstein gestützt wurde.

Neugierig ging Dina näher und las die Aufschrift auf dem Deckel: Vasantrao Valmik – B.A., L.L.B. Seltsam, dachte sie, daß er sich damit zufriedengab, hier untätig herumzusitzen, wenn er ein Anwalt war. Und nicht einmal eine schwarze Jacke hatte er an und gab sich nicht die geringste Mühe, einen Auftrag zu bekommen.

»Madam, im Namen meines Berufsstandes möchte ich mich für das skandalöse Verhalten am Eingang entschuldigen«, sagte Mr. Valmik.

»Danke«, sagte Dina.

»Nein, bitte, ich muß Ihnen danken, daß Sie die Entschuldigung annehmen. Es war beschämend, wie die Sie bedrängt haben. Ich habe von hier aus alles gesehen.« Als er seine Beinstellung veränderte, kam er mit dem Zeh gegen das Pappschild und stieß es um. Er richtete es wieder auf und verschob den unterstützenden Backstein.

»Von meinem Platz hier auf der Bank gibt es jeden Tag viel zu beobachten. Und das meiste davon läßt mich verzweifeln. Aber was soll man anderes erwarten, wenn Urteilsvermögen vor rohen

Bestien die Flucht ergriffen hat und die politischen Führer des Landes weise Staatslenkung gegen Feigheit und Selbstbereicherung eingetauscht haben? Unsere Gesellschaft verwest von oben nach unten.«

Er rutschte an den Rand der klapprigen Bank, damit Dina sich auf den weniger beschädigten Teil setzen konnte. »Bitte nehmen Sie doch Platz.«

Dina nahm die Einladung an, beeindruckt von seiner Ausdrucksweise und seinen Manieren. Sie fand, er war in dieser Umgebung fehl am Platz. Ein geschmackvoll eingerichtetes Büro mit einem Mahagonischreibtisch, einem ledergepolsterten Sessel und gut bestückte Bücherregale hätten besser zu ihm gepaßt. »Auf dieser Seite des Gerichts ist alles so ruhig«, sagte Dina.

»Ja, ist es nicht schön? Familien, die sich friedlich entspannen und sich die Zeit vertreiben, bis das Räderwerk der Justiz auch ihren Fall endlich zur Verhandlung bringt. Wer würde glauben, daß diese wunderschöne Lokalität in Wirklichkeit nichts anderes ist als der schäbige Schauplatz für Boshaftigkeit und Rache, die splittervolle Bühne, wo Tragödien und Farcen gegeben werden? Hier draußen sieht es eher wie ein Picknickplatz aus als wie ein Schlachtfeld. Vor ein paar Monaten wurde ich sogar Zeuge, wie eine Frau ihre Wehen bekam und hier direkt vor mir gebar, höchst vergnügt. Sie wollte nicht ins Krankenhaus, wollte keine weiteren Verzögerungen ihres Falles. Sie war meine Mandantin. Wir haben gewonnen.«

»Sie sind also praktizierender Anwalt?«

»Ja, in der Tat«, erwiderte er und deutete auf das Schild. »Voll qualifiziert. Aber früher einmal, vor vielen Jahren, als ich auf dem College war, in meinem ersten Jahr, pflegten meine Freunde zu mir zu sagen, daß ich nicht mehr zu studieren brauchte, daß ich schon ein L.L.B. sei.«

»Was haben Sie gesagt?«

»Lord of the Last Bench«, sagte Mr. Valmik lächelnd. »Sie verliehen mir dieses Ehrendiplom, weil ich immer den hintersten Platz im Hörsaal einnahm – von dort hatte ich einen guten Überblick. Und ich muß zugeben, von dem Standort aus lernte ich mehr über das menschliche Wesen und über Gerechtigkeit, als man in den Vorlesungen der Professoren lernen konnte.«

Er berührte die Garbe von Füllern in seiner Hemdtasche, als wollte er sich vergewissern, daß sie alle anwesend waren und keiner verlorengegangen war. Sie sahen fast bedrohlich aus in ihrer Plastikschutzhülle, wie ein Köcher voller Pfeile. »Jetzt bin ich hier, mit einem neuen Diplom: L.B.B. – Lord der Beschädigten Bank. Und meine Ausbildung geht weiter.« Er lachte, und Dina stimmte höflich mit ein. Ihr klappriger Sitz wackelte.

»Aber wie kommt es, Mr. Valmik, daß Sie nicht da vorne sind wie die anderen Anwälte und versuchen, einen Mandanten zu finden?«

Er richtete seinen Blick in den Mangobaum und sagte: »Ich betrachte derlei Verhalten als überaus ungehobelt, gänzlich *infra dig.*« Er fügte schnell hinzu: »Es ist unter meiner Würde«, besorgt, daß Dina den Latinismus als eine Form von Snobismus deuten könnte.

»Aber wenn Sie einfach nur hier sitzen, wie können Sie da Ihren Lebensunterhalt verdienen?«

»Mein Lebensunterhalt verdient sich von selbst. Immer ein bißchen. Irgendwann entdecken die Leute mich. Leute wie Sie, die angewidert sind von diesen juristischen Rüpeln und geschmacklosen Kundenfängern. Natürlich sind es nicht alles schlechte Menschen – bloß verzweifelt auf der Suche nach Arbeit.« Er winkte freundlich einem vorbeikommenden Gerichtsdiener zu und berührte wieder seine Füller. »Selbst wenn ich eine Neigung zu vulgärem Verhalten hätte, würde meine stimmliche Beeinträchtigung mir nicht gestatten, mich an diesem lauten Wettbewerb zu beteiligen. Sehen Sie, ich habe eine ernste Halserkrankung. Wenn ich meine Stimme erhebe, verliere ich sie ganz.«

»O, wie bedauerlich.«

»Nein, eigentlich nicht«, versicherte Mr. Valmik ihr. Er betrachtete aufrichtiges Mitgefühl als ein kostbares Gut, und er fand es schrecklich, wenn es verschwendet wurde. »Nein, es bedeutet mir keinen Deut. Heute herrscht nicht mehr viel Nachfrage nach Anwälten, die ihre Stimmen wohlklingend durch den

Gerichtssaal tönen lassen können und Richter und Geschworene mit brillanter Rhetorik in den Bann schlagen.« Er kicherte. »Hier gibt es keinen Bedarf für einen Clarence Darrow – es finden keine Scopes-Affenprozesse statt. Obwohl es Affen in rauhen Mengen gibt, in jedem Gerichtssaal, bereit, für ein paar Bananen und Erdnüsse ihre Kunststückchen vorzuführen.«

Er seufzte tief, und sein Sarkasmus wurde von Kummer verdrängt. »Was sollen wir sagen, Madam, was sollen wir über den Zustand dieser Nation denken? Wenn das höchste Gericht des Landes die Schuld der Ministerpräsidentin in Unschuld verwandelt, dann wird all das hier« – er deutete auf das imposante Steingebäude – »wird all das hier ein Museum billiger Tricks anstatt das lebendige, atmende Gesetz, das die Sehnen der Gesellschaft stärkt.«

Berührt von dem Gewicht seiner Pein fragte Dina: »Wieso hat das Oberste Gericht das denn getan?«

»Wer weiß, Madam. Wieso gibt es Krankheit, Hunger und Leiden? Wir können nur das Wie und das Wo und das Wann beantworten. Die Ministerpräsidentin betrügt bei den Wahlen, und das entsprechende Gesetz wird prompt geändert. *Ergo* ist sie nicht schuldig. Wir armen Sterblichen müssen akzeptieren, daß vergangene Ereignisse sich unserem Griff entziehen, während die Ministerpräsidentin mit vergangener Zeit Jonglierkunststücke vollbringt.«

Mr. Valmik hielt plötzlich inne, als ihm klarwurde, daß er hier ausschweifte, während neben ihm eine potentielle Kundin saß. »Aber was ist mit Ihrem Fall, Madam? Sie wirken wie eine Veteranin dieser Institution.«

»Nein, ich bin noch nie vor Gericht gegangen.«

»Ah, dann haben Sie ein gesegnetes Leben geführt«, murmelte er. »Ich möchte nicht neugierig sein, aber besteht die Notwendigkeit für einen Anwalt?«

»Ja, es geht um meine Wohnung. Der Ärger begann vor neunzehn Jahren, nach dem Tod meines Mannes.« Sie erzählte ihm alles, angefangen von der ersten Kündigung des Vermieters wenige Monate nach Rustoms Tod an ihrem dritten Hochzeitstag, und von den Schneidern, dem zahlenden Gast, den fortwährenden Schikanen des Mieteintreibers, den Drohungen der Goondas, Bettlermeisters Schutz und Bettlermeisters Tod.

Mr. Valmik legte die Fingerspitzen aneinander, so daß sie ein spitzes Dach bildeten, und hörte zu. Er bewegte sich kein einziges Mal, nicht einmal um seine geliebten Füller zu streicheln. Dina bewunderte es, wie aufmerksam er ihr lauschte – fast so sorgfältig, wie er sprach.

Als sie geendet hatte, nahm er die Hände herunter. Dann sagte er mit seiner leisen Stimme, die anfing, heiser zu werden: »Das ist eine sehr schwierige Situation. Wissen Sie, Madam, manchmal erscheint es ratsam, *ex curia* zu handeln.« Als er ihren fragenden Blick sah, fügte er hinzu: »Das heißt außergerichtlich. Aber letztendlich führt es zu noch mehr Problemen. Es ist wahr, es gibt Goondas in Hülle und Fülle in der Wildnis unserer Zeit. Schließlich ist dies ein Goonda-Raj. Wer kann Ihnen also vorwerfen, diesen Weg zu wählen? Wer wollte schon den beschmutzten Tempel der Gerechtigkeit betreten, in dem Justitias Leichnam liegt, von ihren eigenen Wärtern erschlagen? Und jetzt verhöhnen ihre Mörder den heiligen Prozeß, verkaufen Nachbildungen ihrer blinden Tugend an den Höchstbietenden.«

Dina wünschte sich allmählich, Mr. Valmik würde endlich aufhören, in dieser hochgestochenen Art zu reden. Eine Weile lang war es unterhaltsam gewesen, aber jetzt ging es ihr allmählich auf die Nerven. Wie gerne die Leute Reden hielten, dachte sie. Bombast und leere Rhetorik infizierten die Nation, von Ministern bis Anwälten, von Mieteintreibern bis Haarsammlern.

»Wollen Sie damit sagen, daß keine Hoffnung besteht?« unterbrach sie ihn.

»Es besteht immer Hoffnung – genug Hoffnung, um unsere Verzweiflung auszubalancieren. Sonst wären wir verloren.«

Jetzt nahm er einen Schreibblock aus seiner Aktentasche, wählte liebevoll einen Stift aus seiner gut bestückten Tasche und begann, sich Notizen zu machen. »Vielleicht irrt Justitias Geist noch umher, bereit, uns zu helfen. Wenn ein anständiger Richter unsere Petition anhört und eine einstweilige Verfügung erläßt, sind Sie in Sicherheit, bis über den Fall entschieden wird. Ihr Name, Madam?«

»Mrs. Dalal. Dina Dalal. Aber was berechnen Sie?«

»Was immer Sie sich leisten können zu bezahlen. Darüber machen wir uns später Gedanken.« Er notierte sich Name und Büroadresse des Vermieters und relevante Einzelheiten zur Fallgeschichte. »Mein Rat an Sie ist, lassen Sie die Wohnung nicht leer stehen. Das Recht ist auf der Seite der Besitzenden. Und Goondas sind im Grunde Feiglinge. Ist es möglich, daß jemand bei Ihnen wohnt, Verwandte oder Freunde?«

»Es gibt niemanden.«

»Ja, das ist immer so, nicht? Verzeihen Sie mir die Frage.« Er hielt inne und hatte dann einen schrecklichen Hustenanfall. »Entschuldigen Sie mich«, krächzte er, »ich glaube, ich habe die Gesprächsquote überzogen, die mir meine Kehle erlaubt.«

»Meine Güte«, sagte Dina, »das hört sich aber wirklich schlimm an.«

»Und so klingt das schon *nach* der Behandlung«, sagte er in einem angeberischen Ton. »Sie hätten mich mal vor einem Jahr hören sollen. Da konnte ich nur noch quietschen wie eine Maus.«

»Aber was hat Ihre Kehle denn so beschädigt? Hatten Sie einen Unfall oder irgendwas?«

»In gewisser Weise«, seufzte er. »Letztendlich ist unser Leben doch nur eine Reihe von Unfällen, Zufällen und Zwischenfällen – eine klirrende Kette zufälliger Ereignisse. Eine Aneinanderreihung von Entscheidungen, beiläufigen oder absichtlichen, die diese eine große Kalamität ergeben, die wir Leben nennen.«

Jetzt fängt er schon wieder an, dachte sie. Aber seine Worte klangen wahr. Sie überprüfte sie an ihrer eigenen Erfahrung. Zufällige Ereignisse bestimmten alles: der Tod ihres Vaters, als sie zwölf war. Und das gesamte Leben der Schneider. Und Maneck – in einem Moment wollte er wiederkommen, im nächsten auf nach Dubai. Sie würde ihn wahrscheinlich nie wiedersehen, und Ishvar und Om auch nicht. Sie kamen aus dem Nichts in ihr Leben und verschwanden wieder im Nichts.

Mr. Valmik, unterdessen im Begriff, ihre Frage zu beantworten, streichelte seine geliebten Füller und begann seine Geschichte. Dina fand, daß diese Angewohnheit von ihm etwas leicht Obszönes an sich hatte. Aber immerhin war das Berühren von Stiften dem Berühren von Genitalien vorzuziehen, wie es manche Männer taten, die grundlos ihr Gemächte hin und her schoben.

Seine Stimme war kehlig, als er von dem begeisterten jungen Jurastudenten erzählte, dessen Begabung frühzeitig von seinen Lehrern erkannt worden war, der aber, nachdem er als Anwalt vor Gericht zugelassen worden war, sich nach Frieden und Einsamkeit sehnte und dies im Korrekturlesen fand. »Fünfundzwanzig Jahre lang genoß ich die zivilisierte Gesellschaft von Wörtern. Bis eines Tages meine Augen eine Allergie bekamen und meine Welt kopfstand.«

Die schabenden Geräusche aus seiner Kehle waren so verzerrt, daß Dina Mühe hatte, ihn zu verstehen. Aber ihre Ohren stimmten sich auf die seltsamen Timbres und bizarren Frequenzen ein. Sie erkannte, daß Mr. Valmik zwar das Leben als eine Folge von Unfällen und Zufällen bezeichnen mochte, aber daß es an seiner fachmännischen Erzählung nichts Zufälliges gab. Seine Sätze strömten wie perfekte Nähte hervor, hielten das Gewand seiner Geschichte zusammen, ohne auf die Nähte aufmerksam zu machen. War er sich bewußt, daß er die Ereignisse für sie ordnete? Vielleicht nicht – vielleicht schuf der Akt des Erzählens ein natürliches Muster. Vielleicht war es ein Trick, den die Menschen hatten, um ihre unordentlichen Existenzen zu ordnen – eine verborgene Überlebenswaffe, wie Antikörper im Blut.

Beim Sprechen zog er geistesabwesend einen Füller hervor, schraubte den Verschluß auf und hielt sich die Feder an die Nase. Dina sah verblüfft zu, als jedes Nasenloch nacheinander zugedrückt wurde und der Tintenduft tief inhaliert wurde.

Gestärkt von seiner Dosis Royal Blue, fuhr er fort: »Jetzt mußte ich es mit der lärmigen Welt von Morcha-Produktionen und Protestmärschen aufnehmen, um meinen Magen zu füllen. Parolenmachen und Parolenbrüllen wurde mein neuer Beruf. Und so begann die Vernichtung meiner Stimmbänder.«

Die Geschichte des Anwalts erinnerte sie an ihre unfertige Patchworkdecke. Oms Hochzeitsgeschenk. Und Mr. Valmik hatte seine eigenen Fragmente, mit denen er seine mündliche Patchworkdecke schneidern konnte, die er jetzt Dina zuliebe rezitierte. Wie ein Zauberer, der sich eine endlose Kette von Seidenschals aus dem Mund zieht.

»Letztendlich war es bloß ein weiteres zufälliges Ereignis – daß ich den Hauptfeldwebel fand zu genau dem Zeitpunkt. Brüllen war ihm zur zweiten Natur geworden. Er brüllte sogar, wenn es gar nicht nötig war. Seine Lederkehle gedieh darauf, und ich konnte meiner endlich Ruhe gönnen.«

Er hielt inne, um ihr eine Hustenpastille anzubieten. Sie lehnte ab. Er steckte sich eine in den Mund. »Was ich für Pläne hatte, ich wollte expandieren, in jeder großen Stadt Zweigstellen eröffnen. Ich stellte mir vor, einen Hubschrauber zu kaufen und eine Einheit von Fliegenden Paroleuren auszubilden. Wo immer es Streik oder Unruhen gab, wo immer ein Protestmarsch benötigt wurde, sollte ein Anruf genügen, und meine Männer würden vom Himmel herabstoßen, Spruchbänder bereit.«

Der unternehmerische Glanz in seinem Blick verblaßte widerstrebend. »Bedauerlicherweise sind während dieses Ausnahmezustandes Morchas und Demonstrationen von der Regierung verboten worden. Und so sitze ich seit einem Jahr auf dieser kaputten Bank, bewaffnet mit meinem Anwaltsdiplom. Der Kreis hat sich geschlossen.«

Als er es müde war, sie von einer Backe zur anderen zu schieben, zerkaute er die halb aufgelutschte Pastille. »Was ich alles verloren habe, während ich diesen Kreis beschrieben habe. Ehrgeiz, Einsamkeit, Wörter, Sehkraft, Stimmbänder. Das ist eigentlich das zentrale Thema meiner Lebensgeschichte – Verlust. Aber ist das nicht das gleiche mit allen Lebensgeschichten? Verlust ist essentiell. Verlust ist ein fester Bestandteil dieser notwendigen Kalamität namens Leben.«

Sie nickte, nicht ganz überzeugt.

»Aber ich beschwere mich nicht. Dank irgendeiner unerklärlichen universellen führenden Kraft sind es immer die wertlosen Dinge, die wir verlieren – abstoßen, wie eine sich häutende Schlange. Verlieren und immer wieder verlieren, das ist die eigentliche Basis des Lebensprozesses, bis uns nur noch die nackte Essenz der menschlichen Existenz bleibt.«

Jetzt wurde Dina äußerst ungeduldig mit Mr. Valmik. Dieser letzte Teil hörte sich wie ein Haufen langweiliger Unsinn an. »Die Schlange hat darunter eine brandneue Haut«, sagte sie, ihn unterbrechend. »Ich würde es vorziehen, meine Wohnung nicht zu verlieren, bevor sich nicht eine neue an ihrer Stelle auftut.«

Mr. Valmik sah so aus, als hätte er einen Schlag ins Zwerchfell bekommen. Aber er erholte sich schnell und lächelte und zollte ihr seine Anerkennung für ihr Argument. »Sehr gut. Wirklich sehr gut, Mrs. Dalal. Ich habe da ein schlechtes Beispiel angeführt. Und Sie haben mich erwischt. Sehr gut. Und auch einen guten Sinn für Humor. Einer der Nachteile meines Berufs ist das vollständige Fehlen von Humor. Das Gesetz ist eine grimmige Angelegenheit. Aber nicht Justitia. Justitia ist geistreich und grillenhaft und großzügig und fürsorglich.«

Er hob sein Schild auf, verstaute es und schob den Backstein unter die Bank. Er klopfte sich den roten Staub von den Händen ab und deklamierte: »Ich werde mich jetzt erheben und losziehen, diese Fürbitte zu verfassen, eine Petition gefertigt aus Worten der Überzeugung und Leidenschaft.«

Diese merkwürdige Ausdrucksweise veranlaßte Dina, Mr. Valmik einen befremdeten Blick zuzuwerfen. Sie fragte sich, ob sie wirklich den richtigen Anwalt ausgesucht hatte.

»Achten Sie nicht auf mich«, sagte er. »Ich bin von dem Dichter Yeats inspiriert. Ich finde seine Worte während dieses beschämenden Ausnahmezustandes besonders relevant. Wissen Sie – Dinge, die auseinanderfallen, die Mitte, die nicht hält, Anarchie, die auf die Welt losgelassen wird, und solche Sachen.«

»Ja«, sagte Dina. »Und alles endet schlecht.«

»Ah«, sagte Mr. Valmik. »Das ist aber zu pessimistisch für Mr. Yeats. Diese Zeile hätte er nie schreiben können. Aber bitte kommen Sie in mein Büro, übermorgen, und ich werde Sie auf den neuesten Stand bringen.«

»Büro? Wo?«

»Gleich hier«, sagte er lachend. »Diese kaputte Bank ist mein Büro.« Er klopfte zärtlich auf den Füller, den er wieder in das Plastiketui zurückgesteckt hatte. »Mrs. Dalal, ich muß Ihnen danken, daß Sie sich meine Geschichte angehört haben. Nicht viele Menschen haben heutzutage die Zeit, mir diesen Gefallen zu erweisen. Die letzte Gelegenheit, die sich mir bot, war vor einem Jahr, mit einem College-Studenten. Wir befanden uns beide auf einer sehr langen Zugreise.«

»Gern geschehen, Mr. Valmik.«

Nachdem er gegangen war, beschäftigte sich eine neue Gruppe Kinder damit, die spärlichen grünen Schätze des Mangobaumes zu plündern. Es machte Spaß, ihnen bei ihren aufgeregten Bemühungen zuzusehen. Dina blieb noch ein paar Minuten lang sitzen, bevor sie sich wieder auf den Weg zu ihrer Wohnung machte.

* * *

Ein Polizei-Sergeant und ein Wachtmeister befanden sich in einer Diskussion mit zwei Männern darüber, wie mit dem Vorhängeschloß an der Wohnungstür zu verfahren sei. Dina hatte die Szene schon oft in Gedanken durchgespielt, so daß sie jetzt nicht besonders alarmiert war.

Eine Phase ihres Lebens ging zu Ende, eine andere begann. Zeit für die neueste Folge, dachte sie. Ein neuer Flicken in der Patchworkdecke.

Sie erkannte die beiden Männer, es waren die Goondas des Vermieters. Ihre Hände sahen so anders aus, stellte sie fest, dank Bettlermeister. Die Finger waren grotesk verbogen und verformt, wie auf einer Kinderzeichnung. Der Mann war tot, aber sein Werk lebte weiter.

»Was ist los, was wollen Sie hier?« bluffte sie.

»Sergeant Kesar, Madam«, sagte der Polizei-Sergeant und nahm die Daumen aus dem Gürtel, in den er sie während seines Gesprächs mit den Goondas in einer aggressiven Geste eingehakt hatte. »Tut mir sehr leid für die Unannehmlichkeiten. Es liegt ein Räumungsbefehl für diese Wohnung vor.«

»Das können Sie nicht tun. Ich war gerade bei meinem Anwalt, er beantragt eine einstweilige Verfügung des Gerichts.«

Der kahlköpfige Goonda grinste. »Pech gehabt, Schwester, wir waren zuerst da.«

»Was soll das heißen, zuerst da?« Sie appellierte an Sergeant

Kesar. »Das ist doch hier kein Wettrennen oder so was. Ich habe ein Recht, vor Gericht zu gehen.«

Er schüttelte traurig den Kopf. Die Goondas waren alte Kunden von ihm, und er wartete auf den Tag, an dem er sie endlich hinter Schloß und Riegel bringen konnte. »Ehrlich gesagt, Madam, gibt es nichts, was ich tun kann. Manchmal funktioniert das Gesetz genau wie ein Zitronen-Löffel-Rennen. Die Räumung muß erfolgen. Sie können später Berufung einlegen.«

»Ich könnte genausogut mit dem Kopf durch eine Backsteinmauer rennen.«

Die Goondas stimmten ihr teilnahmsvoll lächelnd zu. »Gerichte sind nutzlos. Plädoyers und Vertagungen, Beweisaufnahme und Zeugenbefragung. Dauert ewig. Unter dem Ausnahmezustand sind all diese albernen Dinge unnötig.« Sein Partner klapperte mit dem Vorhängeschloß, um das Gesetz daran zu erinnern, daß es sich gefälligst beeilen solle.

»Bitte, Madam«, sagte Sergeant Kesar. »Werden Sie jetzt öffnen?«

»Und wenn ich mich weigere?«

»Dann werde ich das Schloß aufbrechen müssen«, sagte er traurig.

»Und was passiert, wenn ich es geöffnet habe?«

»Dann wird die Wohnung leer geräumt«, murmelte er undeutlich vor lauter Beschämung.

»Wie bitte?«

»Leer geräumt«, widerholte er etwas lauter. »Ihre Wohnung wird leer geräumt.«

»Was? Ich werde mit all meinen Sachen einfach auf die Straße gesetzt? Wieso führen Sie sich denn wie die Tiere auf? Geben Sie mir wenigstens ein paar Tage Zeit, damit ich Vorkehrungen treffen kann.«

»Ehrlich gesagt, Madam, die Entscheidung liegt beim Vermieter.«

»Die Zeit ist abgelaufen«, sagte der kahlköpfige Goonda. »Als Agenten des Vermieters können wir keinerlei Verzögerungstaktik zulassen.«

Sergeant Kesar wandte sich an Dina. »Keine Sorge, Madam,

Ihren Möbeln wird nichts passieren. Ich werde dafür sorgen, daß man mit allem vorsichtig umgeht. Mein Wachtmeister wird sie bewachen. Wenn Sie möchten, kann ich ihn losschicken, damit er einen Umzugswagen für Sie mietet.«

Sie fand den Schlüssel in ihrer Handtasche und schloß die Tür auf. Die Goondas versuchten hineinzustürmen, als hätten sie Angst, die Tür könnte wieder zuschlagen, wurden aber von Sergeant Kesars Arm gestoppt. Wie ein Verkehrspolizist hielt er ihn hoch, um ihnen den Weg zu versperren.

»Nach Ihnen, Madam«, sagte er mit einer Verbeugung und folgte ihr.

Das erste, was die Goondas sahen, waren die Pappkartons der Schneider, die in einer Ecke der Veranda gestapelt waren. Sie machten sich daran, sie hinauszutragen.

»Das sind nicht meine Kästen. Ich will sie nicht haben«, platzte Dina heraus, die ihren Zorn jetzt gegen die Abwesenden richtete – *sie* hatten sie im Stich gelassen, *sie* hatten sie verlassen, so daß sie mit dem hier jetzt alleine fertigwerden mußte.

»Nicht Ihre? Gut, dann nehmen wir die Kästen mit.«

Sie verstaute Kleidung und Krimskrams in Schubladen und Schränken, versuchte den Goondas, die begannen, die Möbel hinauszutragen, immer ein paar Schritte voraus zu sein. Sergeant Kesar watschelte ständig hinter ihr her, begierig, irgendwie zu helfen. »Haben Sie entschieden, wohin Sie alles bringen wollen, Madam?«

»Ich gehe zum Vishram und rufe meinen Bruder an. Er wird den Lieferwagen von seinem Büro schicken können.«

»In Ordnung. Ich behalte die beiden da im Auge. Kann ich noch irgend etwas tun, während Sie weg sind, Madam?«

»Dürfen Sie denn einer Kriminellen helfen?«

Er schüttelte traurig den Kopf. »Ehrlich gesagt, Madam, die Kriminellen sind diese beiden da und der Vermieter.«

»Und doch werde ich hinausgeworfen.«

»Das ist die verrückte Welt, in der wir leben. Glauben Sie, ich würde diese Arbeit tun, wenn ich keine Familie ernähren müßte? Besonders nach den Magengeschwüren, die sie mir beschert hat? Mit dem Ausnahmezustand sind auch meine Magengeschwüre gekommen. Zuerst dachte ich, es ist bloß ein übersäuerter Magen. Aber der Arzt hat die Diagnose bestätigt, ich werde mich bald operieren lassen müssen.«

»Das tur mir sehr leid zu hören.« Sie fand den Schraubenzieher auf dem Küchenregal und gab ihn ihm. »Wenn Sie möchten, können Sie für mich das Namensschild vorne an der Wohnungstür abschrauben.«

Er ergriff freudig das Werkzeug. »Oh, gewiß. Mit Vergnügen, Madam.« Er ging davon, sein schlechtes Gewissen jetzt ein klein wenig beruhigt, und kämpfte bald keuchend und schweißgebadet mit den Schrauben des fleckigen Messingschilds.

»Was?« schrie Nusswan durch das Telefon. »Geräumt? Und du rufst mich erst an, wenn die Möbel schon auf der Straße stehen? Gräbst einen Brunnen, wenn das Haus schon brennt?«

»Es ist völlig überraschend passiert. Kannst du jetzt einen Lieferwagen schicken oder nicht?«

»Was habe ich denn für eine Wahl? Es ist meine Pflicht. Wer hilft dir denn sonst, wenn ich es nicht tue?«

Als sie zur Wohnung zurückkehrte, waren die Männer schon fast fertig. Töpfe und Pfannen und der Ofen aus der Küche wurden als letztes hinausgetragen. Der Wachtmeister bewachte alles auf dem Gehsteig. Ihr Haushalt, auf diese Weise gestapelt, wirkte nicht sehr groß, dachte sie, schien nicht in der Lage zu sein, die drei Räume zu füllen oder die einundzwanzig Jahre ihres Lebens, die sie in ihnen verbracht hatte.

Sergeant Kesar war erleichtert, daß die Rettung unterwegs war. »Sie haben ja so ein Glück, Madam, wenigstens haben Sie etwas anderes, wo Sie hinkönnen. Täglich sehe ich Fälle, wo die Leute gezwungen sind, ihr Zuhause auf dem Gehsteig aufzuschlagen. Liegen dort erschöpft, verloren, besiegt. Das Erstaunliche ist, wie schnell sie lernen, Pappe, Plastik und Zeitungspapier zu benutzen.«

Er bat Dina, die Räume zu inspizieren, bevor er die Wohnung übergab. »Sind Sie sicher, daß Sie die Sachen von der Veranda nicht mehr haben wollen?« flüsterte er.

»Es gehört mir nicht – Abfall, soweit es mich betrifft.«

»Es ist nämlich so, Madam, daß alles, was hierbleibt, automatisch Eigentum des Vermieters wird.«

»Das sind wir«, sagten die Goondas und schnappten sich die Kästen. Sie machten die Wohnungstür zu und schoben ein neues Vorhängeschloß auf den Bügel. Sergeant Kesar erledigte die restlichen Formalitäten, hektographierte Dokumente wurden in dreifacher Ausfertigung unterschrieben.

Dann wandten die beiden Goondas ihre Aufmerksamkeit den Kästen zu, begierig, ihre unerwartete Prämie zu inspizieren. »Moment mal«, sagte der Glatzkopf und hob eine Handvoll schwarzer Haare heraus. »Was ist denn das für ein Müll?«

»Wieso Müll?« lachte sein Partner. »Haare sind doch genau das, was du brauchst.«

Der Kahlköpfige fand das nicht komisch. »Mal sehen, was in dem andern Kasten ist.«

Sergeant Kesar beobachtete sie eine kurze Weile und hängte dann seine Daumen in den Gürtel. Er war bereit zu handeln. Er erinnerte sich an die Morde an den beiden Bettlern – den berüchtigten Fall des Haarehungrigen Mörders. Hier war die Chance, auf die er gewartet hatte. Er knöpfte die Klappe seiner Pistolentasche auf, nur für alle Fälle, und flüsterte dem Wachtmeister Anweisungen zu.

»Verzeihung«, sagte er höflich zu den Goondas. »Ihr seid beide wegen Mordes verhaftet.«

Sie lachten. »Häh-hä, Sergeant Kesar wird allmählich zum Witzbold.« Als der Wachtmeister ihnen forsch die Handschellen um die Handgelenke legte, protestierten sie, daß der Scherz zu weit gehe. »Was reden Sie da! Wir haben niemand umgebracht!«

»Ehrlich gesagt, habt ihr wohl: zwei alte Bettler. Dieser Fall ist eindeutig. Die Haare der ermordeten Bettler wurden abgehackt und gestohlen. Jetzt sind die Haare in eurem Besitz. Damit ist die ganze Geschichte klar.«

»Aber wir haben sie hier gefunden! Sie haben doch selbst gesehen, wie wir die Kästen aufgemacht haben!«

»Ehrlich gesagt, habe ich nichts gesehen.«

»Sie haben keine Beweise für Mord! Woher wissen Sie, daß es dieselben Haare sind?«

»Macht euch darüber keine Sorgen. Wie ihr vorhin gesagt habt, dumme Dinge wie Beweise sind heutzutage nicht mehr nötig. Heutzutage haben wir schöne Sachen wie den Ausnahmezustand und das GSIS.«

»Was ist GSIS?« fragte Dina.

»Das Gesetz zum Schutz der Inneren Sicherheit, Madam. Sehr praktisch. Erlaubt Inhaftierung ohne Prozeß bis zu zwei Jahren. Auf Antrag ist auch eine Verlängerung möglich.« Er lächelte freundlich und wandte sich wieder an die Goondas. »Ich habe fast vergessen, es euch zu sagen – ihr habt das Recht zu schweigen, aber wenn ihr das tut, werden meine Jungs euch auf der Wache einer Knochenbehandlung unterziehen und euch helfen, ein Geständnis abzulegen.«

Die beiden mußten sich hinhocken und ihre gefesselten Hände über die Köpfe legen. Sergeant Kesar war noch nicht bereit, sie mitzunehmen. Er stopfte die Haare in den Kasten zurück. »Beweisstück A«, sagte er zu Dina. »Keine Sorge, Madam, ich warte hier, bis Ihr Lastwagen kommt. Wer weiß, wieviel von Ihrem Eigentum verschwindet, wenn ich gehe. Wenn Sie sicher auf dem Weg sind, bringe ich diese Hunde auf die Wache.«

»Vielen Dank«, sagte Dina.

»Nein, ich danke Ihnen. Sie haben mir einen erfolgreichen Tag beschert.« Er überprüfte, ob seine Gurtklappe gesichert war. »Mögen Sie Clint-Eastwood-Filme, Madam? *Dirty Harry*?«

»Ich habe nie welche gesehen. Sind sie gut?«

»Sehr spannend. Extrem actionreiche Dramen.« Er fügte mit einem wehmütigen Lächeln hinzu: »Dirty Harry ist ein Detektiv der Superklasse. Er sorgt für Gerechtigkeit, selbst wenn das Gesetz es unmöglich macht.« Seine Stimme zu einem Flüstern senkend, sagte er: »Übrigens, Madam, wie kamen die Haare eigentlich auf Ihre Veranda?«

»Ich weiß es nicht genau. Für mich haben zwei Schneider gearbeitet, und sie hatten einen Freund, einen Haarsammler, und – ich bin mir nicht sicher, sie sind alle verschwunden.«

»Eine Menge Leute sind im Ausnahmezustand verschwunden«, sagte er mit einem Kopfschütteln. »Aber wissen Sie, Sie hatten vielleicht, ohne es zu ahnen, mit mörderischen Wahnsinnigen zu tun. Sie können von Glück sagen, Madam, daß Sie unbeschadet davongekommen sind.«

»Aber dann sind diese beiden Goondas eigentlich nicht schuldig, nicht?«

»Ehrlich gesagt, sie sind es – wegen anderer Verbrechen. Sie haben auf jeden Fall Gefängnis verdient, Madam. Das ist wie Soll und Haben, doppelte Buchführung. In gewisser Weise ist Dirty Harry auch ein Buchhalter. Die Schlußbilanz, das ist das, was für ihn zählt.«

Sie nickte und beobachtete einen Schwarm Krähen, die in dem verstopften Rinnstein auf der anderen Straßenseite herumwühlten. Sie schubsten und zankten sich über kleine Häppchen. Dann kam der Wagen.

»Haben Sie Kinder?« fragte sie Sergeant Kesar, während Nusswans Männer die Möbel einluden.

»O ja«, sagte er stolz, über ihre Frage erfreut. »Zwei Töchter. Eine ist fünf Jahre alt, die andere neun.«

»Gehen sie in die Schule?«

»O ja. Die ältere nimmt auch Sitar-Unterricht, einmal die Woche nach der Schule. Sehr teuer, aber ich mache ihretwegen Überstunden. Kinder sind unser einziger Schatz, nicht?«

Als der Lieferwagen abfahrbereit war, stieg sie neben dem Fahrer ein und dankte Sergeant Kesar noch einmal für seine Hilfe. »Es war mir ein Vergnügen«, sagte er. »Alles Gute, Madam.«

»Ihnen auch. Ich hoffe, Ihre Operation verläuft gut.«

Der Fahrer brauchte eine Weile zum Wenden, denn die Straße war schmal. Als sie durch das Tor fuhren, sah Dina Ibrahim hinter der Säule stehen, wie er Passanten seine Dose hinhielt.

Als der Lieferwagen vorbeifuhr, versuchte Ibrahim als Abschiedsgruß seine Hand an den Fez zu heben. Aber der Schmerz in der Schulter blockierte die Bewegung. Er zog statt dessen am Kragen seines Sherwani und winkte.

Tut mir leid, daß ich mich verspätet habe«, sagte Nusswan, der Rubys Wange küßte und dann seine Schwester umarmte. »Diese endlosen Besprechungen.« Er rieb sich die Stirn. »Hat der Lastwagen alles sicher hergebracht?«

»Ja, vielen Dank«, sagte Dina.

»Ich nehme an, deine Bettler, deine Schneider und dein zahlender Gast haben dir alle au revoir gewünscht.« Er lachte über seinen Scherz.

»Laß das, Nusswan«, sagte Ruby. »Sei nett zu ihr, sie hat eine Menge durchgemacht.«

»Ich necke sie ja nur. Ich kann dir gar nicht sagen, wie sehr ich mich freue, daß Dina wieder da ist.«

Seine Stimme wurde leiser vor lauter Ergriffenheit. »Schon seit Jahren bete ich zu Gott, daß er sie heimbringen möge. Es hat mich so verletzt, daß du dich entschieden hattest, alleine zu leben. Am Ende hilft einem nur die Familie – wenn der Rest der Welt einem den Rücken zukehrt.«

Er schluckte schwer, und Dina war gerührt. Sie half Ruby, den Tisch zu decken, und holte den Wasserkrug und die Gläser. Sie waren auf ihrem üblichen Platz auf der Anrichte. Nichts hatte sich hier verändert in all diesen Jahren, dachte Dina.

»Jetzt ist Schluß mit diesem demütigenden Umgang mit Schneidern und Bettlern«, sagte Nusswan. »Die sind nicht mehr nötig, du brauchst dir keine Sorgen mehr wegen Geld zu machen. Mach dich einfach im Haushalt nützlich – mehr verlange ich nicht.«

»Nusswan!« schalt ihn Ruby. »Die arme Dina hat mir immer geholfen. Also, wenn sie eins nicht ist, dann faul.«

»Ich weiß, ich weiß«, er kicherte. »Dickköpfig ist sie, nicht faul.«

Nach dem Abendessen besahen sie sich die Gegenstände aus der Wohnung. Nusswan war entsetzt. »Wo hast du denn diesen Schrott gefunden?«

Sie zuckte die Achseln. Eine Antwort war nicht immer nötig. Das war eine nützliche Sache, die sie von Maneck gelernt hatte.

»Also für so was ist hier kein Platz. Sieh dir nur diesen häßlichen kleinen Eßtisch an. Und das Sofa muß ja noch aus Bawa Adams Zeit stammen.« Er versprach, einen Jaripuranawalla zu bestellen und das Ganze in ein paar Tagen fortschaffen zu lassen.

Sie widersprach ihm nicht. Sie legte kein gutes Wort für die Erinnerungen ein, die ihren mageren Habseligkeiten Substanz gegeben hatten.

Nusswan wunderte sich über die Veränderung, die sich in seiner Schwester vollzogen hatte. Dina war zu lammfromm, viel zu duldsam und still, überhaupt nicht so, wie er sie kannte. Es wurde ihm etwas unbehaglich. Konnte sie sich verstellen? War das Teil irgendeines Planes, mit dem sie ihn überraschen würde, wenn er es am wenigsten erwartete?

Sie räumten den Inhalt ihrer Kommode in den Kleiderschrank um, der in ihrem alten Zimmer stand. »Er hat auf dich gewartet«, vertraute Ruby ihr an. »Der Kleiderschrank deines Vaters. Ich freue mich wirklich, daß du wiedergekommen bist.«

Dina lächelte. Sie entfernte den Bezug von der Matratze und verstaute ihn unten im Kleiderschrank. An seiner Stelle drapierte sie ihre eigene Patchworkdecke, zusammengefaltet, über das Fußende des Bettes.

»Die ist ja wunderschön!« sagte Ruby und breitete sie aus, um sie zu bewundern. »Absolut prachtvoll! Aber was ist in der Ecke da passiert, wieso die Lücke?«

»Mir ist der Stoff ausgegangen.«

»Wie schade.« Sie überlegte einen Moment. »Weißt du, ich habe da einen wunderschönen Stoff, der wird die Decke ideal abrunden. Du kannst sie damit fertigmachen.«

»Vielen Dank.« Aber Dina hatte schon entschieden, daß es nichts mehr hinzuzufügen gab.

Nachts im Bett deckte sie sich mit der Patchworkdecke zu und machte sich daran, die Fülle von Ereignissen nachzuerzählen, die sich in der eng verwobenen Familie von Flicken befanden, die Fragmente, die sie mit Nadel, Zwirn und Liebe zusammengesetzt hatte. Wenn sie dabei ins Stocken geriet, half die Patchworkdecke ihr weiter. Die Straßenlaterne, die durch das offene Fenster schien, war gerade hell genug, um das buntscheckige Muster zu erkennen. Ihre Bettgeschichte.

Einmal, nach Mitternacht, klopften Ruby und Nusswan an ihre Tür und kamen hereingestürzt, als sie mitten in ihrer Erzählung war. »Dina? Brauchst du irgendwas?«

»Nein.«

»Ist alles in Ordnung?«

»Natürlich.«

»Wir haben Stimmen gehört«, sagte Ruby. »Wir dachten, du redest im Schlaf, hast einen Alptraum oder so was.«

Da wußte Dina, daß ihre innere Stimme nach außen gerutscht war. »Ich habe nur meine Gebete gesagt. Tut mir leid, daß ich euch gestört habe.«

»Das ist schon in Ordnung«, sagte Nusswan. »Aber ich konnte die Passage überhaupt nicht wiedererkennen. Du solltest lieber mal etwas Nachhilfeunterricht bei Dustoor Daab-Chaabs Nachfolger im Feuertempel nehmen.« Sie lachten über seinen Scherz und gingen wieder zu Bett.

»Weißt du noch, wie sie war, nach Rustoms Tod?« flüsterte Nusswan Ruby zu. »Wie sie fast jede Nacht seinen Namen gerufen hat?«

»Ja, aber das ist lange her. Wieso sollte sie das jetzt noch so bewegen?«

»Vielleicht ist sie nie darüber hinweggekommen.«

»Ja. Vielleicht erholt man sich nie von bestimmten Dingen.«

In ihrem Zimmer legte Dina die Decke zusammen. Das Patchwork hatte ihr Schweigen in ungebetene Worte verwandelt. Die Decke mußte jetzt in den Kleiderschrank gesperrt werden. Der seltsame Zauber, den sie auf ihren Geist ausübte, machte ihr angst, sie fürchtete sich davor, in welches Gelände sie geraten könnte. Sie wollte diese Grenze nicht für immer überschreiten.

Nusswan hörte auf, Dina zu necken, weil es keinen Spaß machte, wenn sie nicht zurückschlug. Es gab Zeiten, wo er allein in seinem Zimmer saß und sich an seine dickköpfige, unbeugsame

Schwester erinnerte und ihr Verschwinden bedauerte. Nun, sagte er sich, das tat das Leben eben jenen an, die sich weigerten, seine Lektionen zu lernen. Es schlägt sie nieder und bricht ihnen den Geist. Aber wenigstens hatte sie die Zeiten endloser Schufterei hinter sich. Jetzt würde für sie gesorgt werden, von ihrer eigenen Familie.

Nicht lange danach wurde das Dienstmädchen, das vormittags zum Wischen, Putzen und Möbelabstauben kam, entlassen. »Die unverschämte Frau hat mehr Geld verlangt«, gab Nusswan als Erklärung für seinen Schritt an. »Hat gesagt, jetzt sei eine zusätzliche Person im Haus, die ihrem Besen und ihrem Mop mehr Arbeit macht. Die Ausreden, mit denen diese Halunken einem kommen.«

Dina verstand den Wink und übernahm die Hausarbeit. Sie saugte alles wie ein großer Schwamm in sich auf. Wenn sie allein war, wrang sie sich aus und war dann wieder aufnahmebereit.

Ruby war jetzt den größten Teil des Tages außer Haus. Aber bevor sie ging, erkundigte sie sich immer, ob sie helfen könne. Dina ermunterte sie, doch ruhig zu gehen, denn sie zog es vor, allein zu sein.

»Ich habe es Dina zu verdanken, daß ich jetzt meine Mitgliedschaft im Willingdon Club nutzen kann«, sagte sie abends zu Nusswan. »Vorher war es schade um die teuren Beiträge.«

»So jemanden wie Dina findet man so bald nicht wieder«, stimmte er zu. »Das habe ich schon immer gesagt. Wir hatten viele Auseinandersetzungen und Diskussionen, stimmt's, Dina? Vor allem ums Heiraten. Aber ich habe immer deine Kraft und Entschlossenheit bewundert. Ich werde nie vergessen, wie tapfer du dich verhalten hast, als der arme Rustom an eurem dritten Hochzeitstag verunglückt ist.«

»Nusswan! Mußt du uns unbedingt beim Essen daran erinnern und die arme Dina damit aufregen?«

»Tut mir leid, tut mir sehr leid.« Er wechselte gehorsam das Thema und ließ sich über den Ausnahmezustand aus. »Das Problem ist, die Begeisterung ist verflogen. Die anfängliche Angst, die die Menschen zur Disziplin gebracht hat, sie pünktlich und fleißig gemacht hat – diese Angst ist verschwunden. Die

Regierung sollte etwas unternehmen, um das Programm wieder in Schwung zu bringen.«

Das Thema Heirat wurde in ihren Unterhaltungen am Abendessenstisch nicht mehr berührt. Mit dreiundvierzig sei die Angelegenheit erledigt und die Ware leicht beschädigt, vertraute er Ruby an.

* * *

Sonntagabends spielten sie Karten. »Auf geht's«, forderte Nusswan sie pünktlich um fünf auf. »Zeit zum Kartenspielen.«

Er betrieb die Kartenrunde mit religiösem Ernst. Sie hauchte seinem Traum von Familienzusammenhalt eine schwache Wirklichkeit ein. Manchmal, wenn ein besuchender Freund den vierten Spieler übernahm, spielten sie Bridge. Aber meistens waren sie nur zu dritt, und Nusswan trieb sie mit verbissener Begeisterung durch eine Runde Rommé nach der anderen, finster entschlossen, eine glückliche Familie aus ihnen zu machen.

»Habt ihr eigentlich gewußt, daß das Kartenspielen ursprünglich aus Indien stammt?« fragte er.

»Wirklich?« sagte Ruby. Solche Bemerkungen aus Nusswans Mund beeindruckten sie immer sehr.

»O ja, und Schach auch. Die Theorie lautet sogar, daß sich das Kartenspielen aus dem Schach entwickelt hat. Und die Karten sind erst im dreizehnten Jahrhundert nach Europa gelangt, über den Nahen Osten.«

»Na so was«, sagte Ruby.

Er ordnete sein Blatt um, legte eine Karte mit dem Gesicht nach unten ab und verkündete: »Rommé!«

Nachdem er seine vollständigen Serien präsentiert hatte, analysierte er die Fehler der anderen. »Du hättest nicht den Herzbuben ablegen sollen«, sagte er zu Dina. »Deswegen hast du verloren.«

»Ich hab's riskiert.«

Er sammelte die Karten ein und begann sie erneut zu mischen. »Okay, wer ist mit Geben dran?«

»Ich«, sagte Dina und nahm das Spiel entgegen.

Epilog

1984

Es war schon Morgen, als die verspätete Linienmaschine vom Golf, die Maneck heimbrachte, in der Hauptstadt landete. Er hatte versucht, während des Fluges zu schlafen, aber das lästige Geflacker eines Films, der in der Economy Class gezeigt wurde, hatte ständig, wie eine defekte Neonröhre, vor seinen Augenlidern gesummt. Mit verschwiemelten Augen stellte er sich in die Schlange vor der Zollkontrolle.

Auf dem Flughafen fanden gerade Ausbauarbeiten statt, und die Passagiere wurden in ein provisorisches Wellblechgebäude gezwängt. Der Ausbau hatte gerade begonnen, als er vor acht Jahren nach Dubai abgeflogen war, erinnerte er sich. Die Hitze, die von dem glänzenden sonnengetränkten Metall zurückprallte, setzte den dichtgedrängt Wartenden arg zu. Die Leute fächerten sich mit Pässen und Zollerklärungen Kühlung zu. Jemand fiel in Ohnmacht. Zwei Diener versuchten, den Mann wiederzubeleben, indem sie ihn in den Luftstrom des Tischventilators von einem der Zollbeamten legten. Es wurde nach Wasser geschickt.

Nach der Unterbrechung wurde die Durchsuchung des Gepäcks fortgesetzt. Ein Passagier hinter Maneck beklagte sich über die Langsamkeit, und Maneck zuckte die Achseln. »Vielleicht haben sie einen Tip erhalten, daß heute ein großer Schmuggler aus Dubai eintrifft.«

»Nein, das ist immer so«, sagte der Mann. »Bei allen Flügen aus dem Nahen Osten. Die suchen Schmuck, Goldstücke, elektronische Geräte.« Er erklärte, seitdem vor kurzem eine behördliche Anweisung erlassen worden sei, die jedem Beamten Sonderprämien – ein Prozent des beschlagnahmten Wertes – in Aussicht stelle, sei der Zoll besonders eifrig. »Deswegen schikanieren sie uns jetzt mehr als sonst.«

»Meine ganzen sorgfältig zusammengelegten Saris werden jetzt zerknittert«, beschwerte sich die Frau des Mannes.

Der Beamte, der Manecks Koffer durchsuchte, schob die Finger unter die Kleidung und tastete herum. Maneck fragte sich, ob es strafbar sei, in seinem Gepäck eine Mausefalle zu verstecken. Nach vielem Herumgetaste zog der Beamte die Hände zurück und winkte ihn widerstrebend durch.

Maneck drückte den Koffer zu, eilte hinaus zu einem Taxi und wies den Fahrer an, ihn zum Bahnhof zu fahren. Aber der Fahrer wollte die Fahrt nicht machen. »Das ist mitten in dem Gebiet, wo die Unruhen sind. Zu gefährlich.«

»Was für Unruhen?«

»Wissen Sie das denn nicht? Leute werden zusammengeschlagen, abgeschlachtet und lebendig verbrannt.«

Anstatt mit ihm zu diskutieren, probierte Maneck es woanders. Aber jeder Taxifahrer, den er ansprach, verweigerte die Fahrt mit derselben Warnung. Einige rieten ihm, sich in einem Hotel in der Nähe des Flughafens einzuquartieren, bis sich die Lage wieder beruhigt hatte.

Frustriert beschloß er, dem nächsten einen Anreiz anzubieten. »Sie bekommen das Doppelte, was auf der Uhr steht, okay? Ich muß nach Hause, mein Vater ist gestorben. Wenn ich den Zug verpasse, verpasse ich die Bestattung meines Vaters.«

»Wegen dem Fahrpreis mache ich mir keine Sorgen, Sahab. Ihr Leben und meines sind viel mehr wert. Aber steigen Sie ein, ich werde tun, was ich kann.«

Das Taxi löste sich aus dem Schwarm von Fahrzeugen, die die Flughafenzufahrt verstopften, und bald befanden sie sich auf der Landstraße. Während er den Verkehr beobachtete, betrachtete der Fahrer seinen Fahrgast immer wieder im Rückspiegel. Maneck fühlte, wie der Blick des Mannes auf ihm ruhte.

»Sie sollten sich überlegen, ob Sie sich nicht den Bart abrasieren, Sahab«, sagte der Fahrer. »Man könnte Sie für einen Sikh halten.«

Maneck war sehr stolz auf seinen Bart, und was machte das schon, wenn Leute ihn für einen Sikh hielten? Er hatte vor zwei Jahren angefangen, ihn sich wachsen zu lassen, und ihn bis zu seiner gegenwärtigen Pracht gepflegt. »Wie kann man mich für einen Sikh halten? Ich trage doch keinen Turban.«

»Viele Sikhs tragen keinen Turban, Sahab. Aber ich glaube, glattrasiert wäre viel sicherer für Sie.«

»Sicherer? Was soll das heißen?«

»Wollen Sie damit sagen, Sie wissen nicht Bescheid? Es sind Sikhs, die bei den Unruhen massakriert werden. Seit drei Tagen zünden sie Geschäfte und Wohnungen von Sikhs an, zerhacken Sikh-Männer und -Jungs. Und die Polizei läuft bloß hier und dort herum und tut so, als würde sie die Viertel beschützen.«

Er fuhr ganz an die linke Seite, als sich von hinten ein Konvoi von Armeelastern näherte. Er brüllte über die Schulter zu Maneck, um sich über das Donnern der Fahrzeuge hinweg verständlich zu machen. »Das ist die Border Security Force! In der Zeitung stand, daß sie heute verlegt würden!«

Der Konvoi fuhr vorbei, und er senkte seine Stimme wieder. »Unsere besten Soldaten, die BSF. Erste Verteidigungslinie gegen feindliche Invasoren. Jetzt müssen sie Grenzen innerhalb unserer Städte bewachen. Wie beschämend für das ganze Land.«

»Aber wieso nur Sikhs?«

»Sahab?«

»Sie haben gesagt, nur Sikhs würden angegriffen.«

Der Fahrer starrte ungläubig in den Rückspiegel. Tat der Passagier nur so ahnungslos? Dann kam er zu dem Schluß, daß die Frage doch ernst gemeint war. »Es begann, als die Ministerpräsidentin vor drei Tagen ermordet wurde. Sie wurde von ihren Sikh-Leibwächtern erschossen. Das hier soll die Rache sein.«

Jetzt drehte er sich um und sah Maneck direkt an. »Wo waren Sie, Sahab, haben Sie denn nicht mitbekommen, was passiert ist?«

»Von der Ermordung habe ich gewußt, aber nicht von den Unruhen.« Er betrachtete die Risse in dem Vinylsitz vor ihm und den zerschlissenen Kragen des Fahrers, der über der Rückenlehne sichtbar war. Auf dem Hals des Mannes glänzten kleine Furunkel, die noch nicht reif zum Platzen waren. »Ich hatte sehr viel zu tun, um rechtzeitig zur Bestattung meines Vaters zurückzukommen.«

»Ja«, sagte der Fahrer teilnahmsvoll. »Muß sehr schwer für Sie sein.« Er wich einem Hund auf der Straße aus, ein gelber, räudiger, abgemagerter Köter.

Maneck warf einen Blick durch das Rückfenster, um zu sehen, ob das Tier sich hatte in Sicherheit bringen können. Ein Lastwagen hinter ihnen zerquetschte es. »Das Problem ist, ich bin seit acht Jahren nicht mehr hiergewesen«, bot er als weitere Entschuldigung an.

»Das ist eine sehr lange Zeit, Sahab. Das heißt, Sie sind weggegangen, bevor der Ausnahmezustand aufgehoben wurde – vor den Wahlen. Für die normalen Leute hat sich natürlich nichts verändert. Der Staat zerstört immer noch die Wohnungen und Jhopadpattis der armen Leute. In den Dörfern haben sie gesagt, sie werden nur dann Brunnen bohren, wenn soundso viele Sterilisationen gemacht werden. Den Bauern sagen sie, sie kriegen nur Düngemittel, wenn sie Nussbandhi durchgeführt haben. Jeden Tag muß man sich mit diesem oder jenem Ausnahmezustand auseinandersetzen.« Er hupte jemandem warnend zu, der am Straßenrand entlangtrottete. »Sie haben doch von dem Angriff auf den Goldenen Tempel gehört, nicht?«

»Ja, es ist schwer, solche Dinge nicht mitzukriegen«, sagte Maneck. Was glaubte der Bursche, wo er herkam, vom Mond? In dem Schweigen, das folgte, erkannte er, daß er tatsächlich sehr wenig über die Jahre wußte, in denen er fort gewesen war. Er fragte sich, welche anderen Tragödien und Farcen sich in dem Land ereignet hatten, während er die Kühlung der heißen Wüstenluft überwachte.

Er ermunterte den Fahrer weiterzureden. »Was ist Ihre Meinung zum Goldenen Tempel?«

Der Mann freute sich über die Frage. Am Stadtrand der Hauptstadt fuhr er von der Landstraße herunter. Sie kamen an dem ausgebrannten Wrack eines umgekippten Fahrzeugs vorbei. »Ich werde einen Umweg zum Bahnhof nehmen müssen, Sahab. Manche Straßen meidet man lieber.« Dann kam er auf Manecks Frage zurück. »Die Ministerpräsidentin hatte behauptet, im Goldenen Tempel würden sich Sikh-Terroristen verstecken. Der Angriff der Armee war erst vor ein paar Monaten. Aber die entscheidende Frage ist doch, wie ist das Problem vor vielen Jahren entstanden, nicht?«

»Ja. Wie denn?«

»So wie alle ihre Probleme angefangen haben. Mit ihrer eigenen Unruhestifterei. Genau wie in Sri Lanka, Kaschmir, Assam, Tamil Nadu. Im Punjab hat sie einer Gruppe geholfen, der Bundesregierung Ärger zu machen. Danach, als sie für ein eigenständiges Khalistan kämpfte, wurde die Gruppe so mächtig, daß sie nur noch der Ministerpräsidentin Ärger gemacht hat. Sie gab den Gewehren und Bomben ihren Segen, und dann fingen diese bösen, gewalttätigen Werkzeuge an, sich gegen ihre eigene Herrschaft zu richten. Wie sagt man doch gleich: Wer anderen eine Grube gräbt, ist selbst ein Schwein, nicht?«

»Fällt selbst hinein«, murmelte Maneck.

»Ja, genau«, sagte der Fahrer. »Und dann hat sie das Problem noch verschlimmert, als sie der Armee befohlen hat, den Goldenen Tempel anzugreifen und die Terroristen zu fangen. Mit Panzern und Mordwaffen sind sie hineingestürmt, wie Hooligans. Der Schrein hat so viel Schaden erlitten. Es ist der heiligste Ort für Sikhs, und die Gefühle aller waren verletzt.«

Maneck war gerührt von der schmerzhaften Untertreibung. »Sie hat ein Ungeheuer erschaffen«, fuhr der Fahrer fort, »und das Ungeheuer hat sie verschluckt. Jetzt verschluckt es unschuldige Menschen. Seit drei Tagen ist so ein furchtbares Abschlachten im Gange.« Seine Finger umklammerten das Lenkrad und seine Stimme zitterte. »Sie übergießen Sikhs mit Benzin und zünden sie an. Sie fangen Männer, reißen ihnen die Haare aus den Gesichtern oder hacken sie mit Schwertern ab, und dann töten sie sie. Ganze Familien sind in ihren Wohnungen verbrannt.«

Er fuhr sich mit der Hand über den Mund, holte tief Luft und fuhr fort, das Massaker zu beschreiben, das er miterlebt hatte. »Und das alles, Sahab, in der Hauptstadt unseres Landes. Und all das, während die Polizei schamlos so tut, als würde sie etwas unternehmen, und die Politiker sagen, die Menschen sind aufgebracht, sie rächen bloß den Mord an ihrer Führerin, was können wir tun. Das sage ich zu den stinkenden Hunden – *phthoo!*« Er spuckte aus dem Fenster.

»Aber ich dachte, die Ministerpräsidentin war nicht so beliebt bei den Leuten. Wieso regen sie sich so auf?«

»Das stimmt, Sahab, die normalen Menschen haben sie nicht

gemocht, auch wenn sie wie eine Devi in einem weißen Sari herumgelaufen ist. Aber nehmen wir an, sie wäre geliebt worden – glauben Sie, daß normale Menschen sich so verhalten würden? Aray, das ist das Werk von Verbrecherbanden, die von ihrer Partei bezahlt werden. Einige Minister helfen den Banden sogar, stellen offizielle Listen von Sikh-Wohnungen und Geschäften zur Verfügung. Sonst könnten die Mörder nicht so effizient vorgehen, so präzise, in so einer großen Stadt.«

Sie kamen jetzt durch eine Gegend, wo rauchende Ruinen und Haufen von Schutt die Straße säumten. Frauen und Kinder hockten benommen oder weinend mitten zwischen den Trümmern. Das Gesicht des Fahrers verzog sich, aus Angst, dachte Maneck. »Keine Sorge«, sagte er. »Es wird keinen Ärger geben wegen meinem Bart. Wenn wir angehalten werden, werden sie sofort wissen, daß ich ein Parsi bin – ich zeig ihnen den Sudra und den Kusti, die ich trage.«

»Ja, aber sie wollen vielleicht meinen Führerschein überprüfen.«

»Und?«

»Haben Sie es denn nicht erraten? Ich bin Sikh – ich habe mir vor zwei Tagen den Bart abrasiert und die Haare geschnitten. Aber ich trage immer noch meinen Kara.« Er hielt seine Hand hoch und zeigte Maneck den eisernen Armreif um sein Handgelenk.

Maneck betrachtete das Gesicht des Fahrers, und plötzlich war es klar: seine Haut, nicht ans Rasiermesser gewöhnt, zeigte an mehreren Stellen Schnitte. Plötzlich nahm alles, was der Mann beschrieben hatte – wie Menschen verstümmelt, totgeschlagen und enthauptet worden waren, die zahlreichen Methoden, die der Mob ersonnen hatte, um Knochen zu brechen, Fleisch zu durchstechen, Blut zu vergießen –, alles, was Maneck sich eben noch mit innerer Distanz angehört hatte, nahm jetzt in den Schnitten des Rasiermessers eine schreckliche Unmittelbarkeit an. Die geronnenen roten Flecken auf Kinn und Wangen hätten Flüsse von Blut sein können, so intensiv war ihre Wirkung auf der blassen, frischrasierten Haut.

Maneck wurde schlecht, sein Gesicht fühlte sich kalt und

schwitzig an. »Die Dreckskerle!« sagte er mit erstickter Stimme. »Ich hoffe, sie werden alle erwischt und erhängt!«

»Die wahren Mörder werden nie bestraft. Für Wählerstimmen und Macht spielen sie mit Menschenleben. Heute sind es die Sikhs. Letztes Jahr waren es Moslems, davor die Harijans. Eines Tages könnte es passieren, daß Ihnen Ihr Sudra und Kusti auch nicht mehr helfen.«

Das Taxi fuhr am Bahnhof vor. Maneck sah auf der Uhr nach und zählte die doppelte Menge aus seiner Brieftasche ab, aber der Fahrer weigerte sich, mehr als den tatsächlichen Fahrpreis zu nehmen. »Bitte«, sagte Maneck, »bitte nehmen Sie es.« Er drängte ihm das Geld auf, als könnte ihm das helfen, den Terror zu überleben, und schließlich nahm der Fahrer es an.

»Hören Sie«, sagte Maneck. »Wieso entfernen Sie Ihren Kara nicht und verstecken ihn vorläufig?«

»Er geht nicht ab.« Er hob das Handgelenk hoch und zog fest an dem Armreif. »Ich hatte vor, ihn durchschneiden zu lassen. Aber zuerst muß ich einen zuverlässigen Lohar finden, einen, der es nicht den falschen Leuten weitererzählt.«

»Lassen Sie mich probieren.« Maneck packte die Hand des Fahrers, zog und drehte an dem Kara. Er bewegte sich nicht weiter als bis zum Daumenballen.

Der Fahrer lächelte. »Solide wie eine Handschelle. Ich bin an meine Religion gefesselt – ein glücklicher Gefangener.«

»Tragen Sie wenigstens lange Ärmel. Bedecken Sie ihn, verstecken Sie Ihr Handgelenk.«

»Aber manchmal muß ich die Hand ausstrecken, um Zeichen zu geben, wenn ich abbiegen will. Sonst erwischt mich die Verkehrspolizei wegen schlechten Fahrens.«

Maneck gab auf und ließ den Kara los. Der Fahrer nahm Manecks Hand in seine beiden und drückte sie fest. »Reisen Sie vorsichtig«, sagte er.

Aban Kohlah brach in Tränen aus, als ihr Sohn eintraf. Wie wunderbar, ihn wiederzusehen, sagte sie, aber wieso war er acht Jahre fortgeblieben, war er über irgend etwas erzürnt, hatte er das Gefühl, ungeliebt zu sein? Sie umarmte ihn, tätschelte seine Wangen und strich ihm übers Haar, während sie mit ihm redete.

»Aber dein Bart gefällt mir«, sagte sie pflichtgetreu. »Steht dir sehr gut. Du hättest uns ein Foto schicken sollen, dann hätte Daddy es auch sehen können. Aber macht nichts, ich bin sicher, er schaut von oben zu.«

Maneck hörte schweigend zu. Kein einziger Tag in seinem langen Exil war vergangen, an dem er nicht an sein Zuhause und seine Eltern gedacht hatte. In Dubai hatte er sich gefangen gefühlt. Gefangen, dachte er, so gründlich wie diese junge Frau, der er bei einem seiner Hausbesuche begegnet war, als man ihn zur Wartung eines Kühlschranks bestellt hatte. Sie war als Dienstmädchen an den Golf gekommen, weil ihr gute Bezahlung in Aussicht gestellt worden war.

»Was ist denn, Maneck?« flehte Mrs. Kohlah. »Willst du denn nicht mehr hier in den Bergen leben – ist es das? Findest du es hier zu langweilig?«

»Nein, hier ist es wunderschön«, sagte er und tätschelte ihr geistesabwesend die Hand. Er mußte ständig daran denken, was mit dem Dienstmädchen passiert war. Überarbeitet, wiederholt von den Männern des Haushalts belästigt, nachts in ihrem Zimmer eingesperrt, ihr Paß konfisziert, hatte sie ihn um Hilfe angefleht, hatte Hindi gesprochen, damit ihr Arbeitgeber sie nicht verstehen konnte. Aber sie wurde aus der Küche gerufen, bevor Maneck irgend etwas sagen konnte. Da er sich nicht traute einzugreifen, hatte er bloß anonym beim Indischen Konsulat angerufen.

Wie gut es ihm ging, verglichen mit dieser armen Frau, dachte er. Aber wieso fühlte er sich dann ebenso hilflos wie sie, selbst hier, zu Hause?

Und jetzt, während seine Mutter weinte, wünschte er sich, er hätte Antworten auf ihre Fragen. Aber er war zu keiner Erklärung in der Lage, weder ihr noch sich selbst gegenüber. Das einzige, was er anbieten konnte, waren die abgedroschenen, üblichen Ausreden: ein anstrengender Beruf, Arbeitsdruck, Zeitmangel – eine Wiederholung der leeren Worte, die er in seinem jährlichen Brief an sie hingekritzelt hatte.

»Nein, sag mir den wahren Grund«, sagte sie. »Ist schon gut, wir unterhalten uns später, wenn du dich ausgeruht hast. Armer Daddy, wie sehr er dich vermißt hat, und doch hat er sich nie, nie beklagt. Aber ich wußte, daß es ihn innerlich auffraß.«

»Also machst du mich jetzt verantwortlich für seinen Krebs.«

»Nein, so hab ich das doch nicht gemeint! Wirklich nicht!« Seine Mutter nahm sein Gesicht in die Hände und wiederholte ihre Beteuerungen, bis sie sicher war, daß er ihr glaubte. »Weißt du, Daddy hat mir einmal erzählt, es sei der schlimmste Tag in seinem Leben gewesen, als er sich von Brigadier Grewal überzeugen ließ, daß ein Job am Golf das richtige für dich wäre.«

Während sie auf der Veranda saßen, erläuterte sie ihm die Bestattungsfeierlichkeiten für den nächsten Morgen: Dustoors würden von dem nächstgelegenen Feuertempel kommen, der immer noch ziemlich weit entfernt war. Es war schwierig gewesen, zwei aufzutreiben, die bereit gewesen waren, die Zeremonie durchzuführen. Die meisten hatten den Auftrag abgelehnt, als sie erfuhren, daß der Verstorbene eingeäschert werden sollte, und gesagt, ihre Dienste stünden nur Zoroastrern zur Verfügung, die zu den Türmen des Schweigens wollten – egal, ob es eine lange Zugreise war.

»Wie engstirnig diese Leute sind«, sagte sie kopfschüttelnd. »Natürlich äschern wir ihn ein, weil es Daddys Wunsch war, aber was ist mit den Leuten, die sich die Überführung des Leichnams nicht leisten können? Würden diese Priester ihnen die Gebete verweigern?«

Es würde kein Scheiterhaufen im Freien sein, erklärte sie. Man hatte das elektrische Krematorium im Tal gemietet – das wäre schicklicher. Und Daddy war in diesem Punkt nicht eindeutig gewesen, es spielte also keine Rolle.

Der Laden war seit seinem Tod geschlossen geblieben. Sie wollte ihn nächste Woche wieder öffnen und wie vorher weitermachen.

»Hast du vor, dich hier wieder niederzulassen?« fühlte sie schüchtern vor, ängstlich, daß es aussehen könnte, als würde sie sich in seine Angelegenheiten einmischen.

»Ich habe noch nicht drüber nachgedacht.«

In diesem Moment begann das Tageslicht nachzulassen. Er betrachtete eine Eidechse, die reglos auf der Steinmauer saß. Ab und zu schoß ihr kleiner Körper wie ein Pfeil vor, um eine Fliege zu fangen.

»Bist du glücklich in Dubai? Ist deine Arbeit interessant?«

»Sie ist okay.«

»Erzähl mir mehr darüber. Du hast geschrieben, daß du jetzt Geschäftsführer bist?«

»Aufseher. Leite ein Wartungsteam – zentrale Klimaanlagen.«

Sie nickte. »Und wie ist Dubai so?«

»Okay.« Er überlegte angestrengt, was er noch hinzufügen könnte, und erkannte, daß er den Ort gar nicht kannte und ihn auch gar nicht kennenlernen wollte. Die Menschen, ihre Bräuche, die Sprache – es war ihm alles immer noch so fremd wie an dem allerersten Tag, als er vor acht Jahren dort gelandet war. Seine Entwurzelung schien nie aufzuhören. »Eine Menge große Hotels. Und Hunderte von Geschäften, in denen Goldschmuck, Stereogeräte und Fernseher verkauft werden.«

Sie nickte wieder. »Muß sehr schön sein dort.« Sein Unglücklichsein berührte sie wie etwas Greifbares. Sie fand, es war der richtige Moment, wieder über seine Heimkehr zu sprechen. »Das Geschäft gehört dir, das weißt du. Wenn du wiederkommen und es weiterführen willst, modernisier es. Was du willst. Falls du es lieber verkaufen und mit dem Geld deinen eigenen Betrieb für Kühltechnik gründen willst, kannst du das auch machen.«

Er hörte den zaghaften Ton in ihrer Stimme und fühlte sich elend. Eine Mutter, die Angst hatte, mit ihrem eigenen Sohn zu reden – war er wirklich so einschüchternd? »Ich habe über all das noch nicht nachgedacht«, wiederholte er wieder.

»Laß dir Zeit, es hat keine Eile. Wie du willst.«

Er zuckte zusammen bei ihren Bemühungen, ihn zu beschwichtigen. Wieso sagte sie nicht, daß sie sein Verhalten unmöglich fand, seine lange Abwesenheit, seine seltenen, oberflächlichen Briefe? Und wenn sie es sagen würde – würde er sich rechtfertigen? Würde er Gründe nennen, würde er versuchen zu erklären, wie sinnlos ihm jedes Bemühen erschien? Nein, denn dann würde sie wieder anfangen zu weinen, er würde ihr sagen, sie solle aufhören, albern zu sein, sie würde nach Einzelheiten fragen, und er würde ihr sagen, daß sie das nichts angehe.

»Ich habe mir überlegt«, sagte Mrs. Kohlah, zu einem weniger heiklen Thema übergehend, »da du nach so vielen Jahren wiedergekommen bist, solltest du vielleicht die Gelegenheit nützen und unsere Verwandten besuchen. Die Sodawallas können es kaum erwarten, dich endlich wiederzusehen.«

»Das ist zu weit weg. Ich hab keine Zeit.«

»Nicht einmal für zwei, drei Tage? Du könntest auch bei der Dame vorbeischauen, bei der du gewohnt hast, als du im College warst. Die würde sich so freuen, dich zu sehen.«

»Die hat mich nach dieser langen Zeit bestimmt schon vergessen.«

»Das glaube ich nicht. Wenn sie nicht gewesen wäre, hättest du dein Diplom nie fertig gemacht. Du hast das Wohnheim nicht gemocht, du wolltest sofort wieder heimkommen, weißt du noch? Du hast deinen Erfolg Dina Dalal und ihrer Unterkunft zu verdanken.«

»Ja, ich erinnere mich.« Er wand sich, als er seine Mutter ›Erfolg‹ sagen hörte.

Die Dämmerung brach herein, und die Eidechse, die er beobachtet hatte, verschmolz allmählich mit der Steinmauer. Wenn sie sich bewegte, wurde sie wieder deutlich sichtbar. Aber sie mußte ihren Appetit inzwischen gestillt haben, dachte er, denn sie flitzte nicht mehr hinter den Fliegen her – ihr Bauch schien deutlich geschwollen zu sein.

»Maneck.« Sie wartete, bis er ihr den Kopf zudrehte. »Maneck, wieso bist du so weit weg?«

Er kniff die Augen zusammen, um ihr Gesicht zu betrachten – seine Mutter neigte normalerweise nicht dazu, solche Dummheiten von sich zu geben. »Das liegt daran, daß meine Arbeit in Dubai ist.«

»Die Entfernung habe ich nicht gemeint, Maneck.«

Er kam sich töricht vor bei ihrer Antwort. Sie berührte ihn sanft an der Schulter und sagte: »Zeit, das Essen vorzubereiten«, und ging hinein.

Er lauschte auf die Geräusche aus der Küche, die auf die Veranda hinauswehten, so kleinlaut wie die Worte seiner Mutter. Töpfe und Pfannen, und dann das Messer – ein Wirbel von Schlägen auf dem Brett, als sie etwas kleinhackte. Wasser, das in die Spüle lief. Ein dumpfer Schlag und ein rasselnder Riegel, als sie das Fenster schloß, um die Abendkälte auszusperren.

Maneck rutschte unbehaglich auf seinem Stuhl herum. Die Kochgeräusche, die Kühle der Dämmerung, der Nebel, der allmählich vom Tal hochstieg, setzten ein Heer von Erinnerungen frei, die sich jetzt zu seinen aufgewühlten Gedanken gesellten. Die Morgenstunden seiner Kindheit, aufzuwachen, an dem riesigen Panoramafenster seines Zimmers zu stehen, die schneebedeckten Gipfel zu beobachten, während die Sonne aufging und die Bergnebel ihren Tanz begannen, während Mummy das Frühstück vorbereitete und Daddy sich bereit machte, das Geschäft zu öffnen. Dann machte der Duft von Toast und gebratenen Eiern ihn hungrig, und so schob er seine warmen Füße in die kalten Hausschuhe, genoß den Schauer, der ihn durchschoß, putzte sich die Zähne und eilte hinunter, umarmte Mummy zur morgendlichen Begrüßung und kuschelte sich auf seinen Stuhl. Bald kam Daddy herein, rieb sich die Hände, nahm im Stehen einige große Schlucke Tee aus seiner besonderen Tasse, starrte auf das Tal hinaus, bevor er sich setzte, um zu frühstücken und noch mehr Tee zu trinken, und Mummy sagte...

»Maneck, es wird kühl draußen. Möchtest du einen Pullover haben?«

Die Störung schubste die Erinnerung weg, seine Gedanken fielen wie ein Kartenhaus zusammen. »Nein, ich komme gleich rein«, rief er zurück, von der Unterbrechung verärgert, als hätte er diese glücklichen Zeiten wieder einfangen, wiederherstellen, einlösen können, wenn man ihm nur lange genug Zeit gelassen hätte.

Die Eidechse klammerte sich immer noch an die Steinmauer, getarnt durch die Färbung der Steine. Maneck beschloß, er würde reingehen, wenn die Eidechse im schwächer werdenden Licht ganz verschwunden war. Er fand sie abstoßend, ihre Gestalt, ihre Farbe, ihren häßlichen Kopf. Die Art, wie sie mit ihrer bösen Zunge züngelte. Die erbarmungslose Art, wie sie die Fliegen verschluckte. So wie die Zeit menschliche Bemühungen und Freude verschluckte. Die Zeit, die endgültige Großmeisterin, die man nie schachmatt setzen konnte. Es gab keinen Weg aus ihrem geschwollenen Bauch heraus. Er wollte das widerliche Geschöpf vernichten.

Er nahm einen Gehstock, der in der Ecke der Veranda lehnte, schlich sich vor und zielte auf die Eidechse. Der Stock schlug mit einem dumpfen *Wack* auf den Stein. Er trat schnell zurück, untersuchte den Boden zu seinen Füßen, bereit, wenn nötig ein zweites Mal zuzuschlagen. Aber da war nichts. Er sah die Mauer an. Nichts. Er hatte in leere Luft geschlagen.

Jetzt empfand er Erleichterung, daß er die Eidechse nicht getötet hatte. Er fragte sich, wohin sie geflohen war, um ihn mit dem Phantombild ihrer reptilischen Präsenz allein zu lassen.

Er betrachtete eingehend die Struktur der Mauer. Er fuhr mit den Fingern über die Oberfläche, um die Stelle zu finden. Es mußte irgendeine seltsame Markierung in dem Stein geben, eine Beule oder einen Spalt oder eine Höhle, was seinen Augen da einen Streich gespielt hatte.

Aber der Umriß war verschwunden. Sosehr er es auch versuchte, er konnte das Bild nicht mehr zurückholen. Die eingebildete Eidechse war ebenso sauber entwischt wie die wirkliche.

Am Morgen nach der Einäscherung machten sich Maneck und seine Mutter mit dem Holzkasten auf den Weg, um die Asche seines Vaters auf dem Hang zu verteilen, wo er immer so gerne spazierengegangen war. Er wollte in all diese Ausblicke hineingestreut werden, dieses Panorama so sehr mit sich selbst durchdringen, wie es durch menschliche Bemühungen nur irgend zu erreichen war. *Mietet euch einen Sherpa, wenn es sein muß*, hatte er gewitzelt. *Ladet mich nicht nur an einer einzigen Stelle ab.*

»Ich glaube, Daddy zwingt mich, wenigstens *einen* langen Spaziergang mit ihm zu machen«, sagte Mrs. Kohlah, während sie sich mit dem Handrücken die Tränen wegwischte, damit ihre Finger, mit denen sie die Asche verstreuen wollte, trocken blieben.

Maneck wünschte sich, er hätte seinen Vater öfter auf seinen Wanderungen begleitet. Er wünschte sich, die Begeisterung, die Begierde, die er als Kind gezeigt hatte, hätte bis in spätere Jahre angehalten, als sein Vater ihn am meisten gebraucht hätte.

Statt dessen hatte er sich von einem Gefühl von Peinlichkeit erfassen lassen, als sein Vater immer überschwenglicher von Vögeln und Blumen geschwärmt hatte, vor allem nachdem die Leute im Dorf begonnen hatten, über Mr. Kohlahs seltsames Benehmen zu reden, der jetzt Felsen tätschelte und Bäume streichelte.

Die Luft war ruhig an diesem Morgen. Es ging keine Brise, die einem helfen konnte, die Asche zu verteilen. Maneck und seine Mutter wechselten sich damit ab, in den Kasten zu greifen und den grauen Staub zu verstreuen.

Als die Asche zur Hälfte verteilt war, bekam Aban Kohlah plötzlich ein schlechtes Gewissen. Sie hatte das Gefühl, daß sie es nicht so gründlich machte, wie ihr Mann es gern gehabt hätte. Sie wagte sich in schwierigeres Gelände, versuchte eine Faustvoll in einen kleinen Wasserfall zu werfen, etwas in einen unerreichbaren Büschel Wildblumen hineinzumischen, ein wenig um einen Baum herum zu verteilen, der auf einem Überhang wuchs.

»Das war Daddys Lieblingsplatz«, sagte sie. »Er hat mir diesen Baum oft beschrieben, wie seltsam er gewachsen ist.«

»Sei vorsichtig, Mummy«, sagte Maneck. »Sag mir, wo du sie verteilen möchtest, lehn dich nicht so weit über den Rand.«

Aber das wäre nicht das gleiche, dachte sie und fuhr mit ihren prekären Kraxeleien auf steilen Pfaden fort. Schließlich passierte das, was Maneck befürchtet hatte. Sie verlor den Halt und rutschte einen Hang hinunter.

Er rannte zu der Stelle, wo sie kauerte und sich das Knie rieb. »Ohhh!« sagte sie, als sie sich erhob und zu laufen versuchte.

»Nicht«, sagte er. »Warte einfach hier, ich hol Hilfe.«

»Nein, ist schon in Ordnung, ich kann selber hinaufklettern.« Sie tat zwei Schritte und sank wieder zu Boden.

Er versteckte den Kasten mit Asche hinter einem Felsen, eilte dann den Hang hinauf zur Straße und rief jemandem, der gerade vorbeiging, zu, daß seine Mutter sich verletzt habe.

Innerhalb von dreißig Minuten kam eine Gruppe von Freunden und Nachbarn zur Rettung herbeigeeilt, angeführt von der achtunggebietenden Mrs. Grewal.

Die Frau von Brigadier Grewal war seit dem Tod ihres Mannes in ihrem Auftreten immer dominanter geworden. Wo immer sie sich befand, übernahm sie automatisch das Kommando. Die meisten ihrer Freundinnen begrüßten das, da es weniger Arbeit für sie bedeutete, ob es nun die Planung einer Dinnerparty betraf oder die Organisierung eines Ausfluges.

Nachdem sie Mrs. Kohlahs Notlage taxiert hatte, schickte Mrs. Grewal nach zwei Trägern, die jetzt als Kellner in einem Fünf-Sterne-Hotel arbeiteten. Früher hatten die beiden ältere oder gebrechliche Touristen auf einem Besichtigungssessel mit langen Armlehnen über Bergwege und Pfade getragen, damit sie die Landschaft genießen konnten. Nach dem Bau der neuen Straße, auf der jetzt auch Touristenbusse fahren konnten, waren die Träger arbeitslos geworden.

Aber die beiden freuten sich, für Mrs. Kohlah den Palkhi aus dem Lager zu holen. Maneck fragte, ob sie seine Mutter auch sicher tragen würden, da sie nach all den Jahren in ihren wenig anstrengenden Hoteljobs, bei denen sie nur zwischen Küche und

Speisesaal hin- und herschlurfen mußten, ihre Trittsicherheit eingebüßt haben könnten.

»Haben Sie keine Angst, Sahab«, sagten sie. »Diese Arbeit war unsere Familientradition, die liegt uns im Blut.« Sie waren sichtbar erregt angesichts der Gelegenheit, wie kurz sie auch sein mochte, ihre alten Fähigkeiten wieder zu praktizieren.

»Maneck, bleibst du hier und machst den Kasten leer?« fragte Mrs. Kohlah, als ihr auf den Palkhi geholfen wurde.

»Ja, er wird hierbleiben«, entschied Mrs. Grewal für ihn. »Maneck, verteil du nur die Asche zu Ende und komm dann nach. Deine Mummy wird bei mir sicher sein.«

Sie gab den Trägern ein Zeichen. Sie hievten den Palkhi auf ihre Schultern und trabten in perfektem Gleichschritt los, ihre Beine und Arme bewegten sich wie gutgeschmierte Maschinen, glitten in einem sanften Rhythmus über die holprigen Wege, um ihrer Passagierin unnötige Erschütterungen zu ersparen. Es erinnerte Maneck an die Dampflokomotive, die sein Vater ihm einmal von nahem gezeigt hatte ... Wie Daddy ihn auf dem Bahnhof hochgehoben hatte, wie der Lokführer die Pfeife ertönen ließ ... Wellen, Kolben, Kurbeln, die in kraftvoller, klappernder Symmetrie stießen und schoben ...

»Wenn Farokh das bloß sehen könnte«, sagte Mrs. Kohlah, lächelnd und weinend. »Wie seine Frau in einem Palkhi heimkehrt, nachdem sie seine Asche verstreut hat. Wie er über meine stilvolle Unbeholfenheit lachen würde.«

Maneck sah den Trägern nach, bis sie um die nächste Ecke verschwunden waren, dann holte er den Kasten, der hinter dem Felsen stand. Er machte sich wieder daran, die Asche zu verteilen. Allmählich kam ein Wind auf. Die langsamen, träge dahintreibenden Wolken veranstalteten jetzt ein derbes Wettrennen über den Himmel und warfen bedrohliche Schatten auf das Tal unter ihnen. Er ließ die Asche aus den Fingern in die Krallen des Windes rieseln. Er kratzte den Kasten aus, drehte ihn um und klopfte außen auf den Boden. Die letzten Spuren flogen davon, um die Unendlichkeit zu erforschen.

Ab und zu rief Mrs. Grewal, die direkt hinter den Trägern schritt, ihnen Anweisungen zu. »Vorsicht, dieser Ast da hängt sehr tief. Wir wollen doch nicht, daß Mrs. Kohlah sich den Kopf anstößt.«

»Haben Sie keine Angst, Memsahab«, keuchten sie. »Wir sind nicht aus der Übung.«

»Hmmm«, meinte Mrs. Grewal skeptisch. »Achtung jetzt, das ist ein sehr großer Stein, nicht stolpern.«

Diesmal war es Mrs. Kohlah, die Mrs. Grewal beruhigte. »Keine Sorge, sie sind Experten. Ich sitze sehr bequem.«

Die Freunde und Nachbarn, die ihnen folgten, spendeten den beiden Palkhiwallas eine Runde Applaus, als sie von dem Bergpfad auf die Straße bogen, die in den Ort führte. Es war schon Jahre her, daß irgend jemand einen Palkhi durch die Straßen schweben gesehen hatte. Der Geist aus der Vergangenheit wurde von allen mit Begeisterung begrüßt, die ihm auf seiner Reise begegneten. Viele beschlossen, sich ihm anzuschließen, und ließen die Reihen der spontan Feiernden anschwellen.

Hin und wieder mußte die Sänftegruppe am Straßenrand anhalten, um Lastwagen und Busse vorbeizulassen. Nach der fünften Unterbrechung dieser Art entrüstete sich Mrs. Grewal. »Schluß mit diesem Unsinn«, sagte sie. »Los, Leute. Tretet hinaus – in die Mitte der Straße. Wir machen niemandem mehr Platz. Nicht heute, Mrs. Kohlah hat Vorfahrt, dies ist ein besonderer Tag für sie. Der Verkehr kann warten.«

Alle stimmten Mrs. Grewal zu, und fünfunddreißig glorreiche Minuten lang marschierten sie in einer entschlossenen Prozession in die Stadt ein, gefolgt von einer Schlange ungeduldiger Fahrzeuge, deren Fahrer hupten und brüllten. Meistens ignorierte Mrs. Grewal sie, entschlossen, ihre billige Kakophonie nicht mit einer Entgegnung aufzuwerten. Doch gelegentlich ließ ihre Empörung sie innehalten und zurückbrüllen: »Zeigt etwas Respekt! Die Frau ist eine Witwe!«

Etwa eine Stunde nach ihrem Aufbruch traf die Rettungsmannschaft sicher zu Hause ein, und Mrs. Kohlah wurde in einen Sessel gebettet, mit einem Eiswickel ums Knie. Mrs. Grewal saß ihr gegenüber, auf einem Stuhl mit grader Rückenlehne, aufrecht wie ein Wachmann. Sie weigerte sich, mit den anderen fortzugehen, und erklärte entschieden: »Du kannst an dem Tag nach der Bestattung nicht ganz allein sein.«

Mrs. Kohlah war etwas belustigt über ihre Art und dankbar für die Gesellschaft. Sie ergingen sich in Erinnerungen an den Laden, die blühenden guten alten Zeiten, wie süß und gesund die Luft damals gewesen war – wann immer man sich krank oder müde fühlte, brauchte man nur hinaus ins Freie zu treten, tief einzuatmen, und man fühlte sich gleich besser, es war nicht nötig, Medizin oder Vitamintabletten zu schlucken. »Heutzutage hat sich die ganze Atmosphäre verändert«, sagte Mrs. Grewal.

In dem Moment kam Maneck herein, und es entstand ein verlegenes Schweigen. Er fragte sich, worüber sie gesprochen hatten.

»Du bist aber schnell zurück«, bemerkte Mrs. Grewal. »Junge Leute, kräftige Beine. Und bist du mit der Asche zurechtgekommen?«

»Ja, vielen Dank.«

»Bist du auch sicher, daß du es richtig gemacht hast, Maneck?« erkundigte sich seine Mutter.

»Ja.«

Es trat wieder eine kleine Schweigepause ein.

»Und was hast du so in Dubai gemacht?« fragte Mrs. Grewal. »Außer dir einen Bart wachsen lassen?«

Er antwortete mit einem Lächeln.

»Sehr geheimniskrämerisch. Verdienst hoffentlich viel Geld.«

Er lächelte wieder. Ein paar Minuten später verabschiedete sie sich mit den Worten, sie werde nun wohl nicht mehr gebraucht. »Du kannst dich jetzt um deine Mutter kümmern«, fügte sie bedeutungsvoll hinzu.

Maneck überprüfte den Eiswickel und bot dann an, zum Mittagessen ein paar Käse-Sandwiches zu machen.

»Mein Sohn kommt nach acht Jahren nach Hause, und ich kann ihm nicht einmal sein Essen machen«, klagte seine Mutter.

»Was spielt es für eine Rolle, wer die Sandwiches macht?«

Sie beachtete die Warnung in seiner Stimme und zog sich zurück, versuchte es dann wieder. »Maneck, bitte werde nicht böse. Willst du mir nicht den Grund sagen, warum du so unglücklich bist?«

»Es gibt nichts zu sagen.«

»Wir sind beide traurig wegen Daddys Tod. Aber das kann nicht der einzige Grund sein. Wir haben es erwartet, seit bei ihm sein Darmkrebs diagnostiziert wurde. Da ist etwas anderes in deiner Traurigkeit, ich spüre es.«

Sie wartete, beobachtete ihn, während er das Brot schnitt, aber seine Miene blieb ausdruckslos. »Ist es, weil du nicht zu Besuch gekommen bist, als er noch gelebt hat? Du solltest dir deswegen keinen Vorwurf machen. Daddy hat schon verstanden, daß es schwierig für dich war zu kommen.«

Er legte das Brotmesser hin und drehte sich um. »Willst du wirklich wissen, warum?«

»Ja.«

Er nahm das Messer wieder in die Hand, und während er den Laib vorsichtig aufschnitt, sagte er, bemüht, seine Stimme ruhig zu halten: »Ihr habt mich fortgeschickt, du und Daddy. Und dann konnte ich nicht wiederkommen. Ihr habt mich verloren, und ich habe – alles verloren.«

Sie humpelte an seine Seite und ergriff seinen Arm. »Sieh mich an, Maneck!« sagte sie unter Tränen. »Was du da denkst, ist nicht wahr, du bedeutest mir und Daddy alles! Was immer wir getan haben, haben wir für dich getan! Bitte, glaub mir!«

Er entzog ihr sanft seinen Arm und machte mit den Sandwiches weiter.

»Wie kannst du so etwas Verletzendes sagen und dann schweigen? Du hast dich immer beschwert, daß Daddy es gerne dramatisch hat. Aber jetzt machst du genau das gleiche.«

Er weigerte sich, weiter darüber zu reden. Sie folgte ihm humpelnd durch die Küche und flehte ihn an, doch ein Einsehen zu haben.

»Was hat es für einen Sinn, daß ich die Sandwiches mache, wenn du mit diesem Knie da herummarschieren willst?« sagte er ungeduldig.

Sie setzte sich gehorsam hin, bis er fertig war und das Essen auf dem Tisch stand. Während sie aßen, warf sie immer wieder einen kurzen prüfenden Blick auf sein Gesicht, wenn sie sicher war, daß er nicht hinsah. Der Himmel verdunkelte sich bedrohlich. Maneck spülte die Teller und stellte sie auf das Gestell zum Trocknen. Donnergrollen rollte durchs Tal.

»Wir hatten so ein Glück heute morgen«, sagte sie, als es zu nieseln begann. »Ich gehe jetzt nach oben, um mich auszuruhen. Machst du die Fenster zu, wenn es reinregnet?«

Er nickte und half ihr die Treppe hoch. Sie lächelte durch den Schmerz hindurch, lehnte sich mit Freude auf die Schulter ihres Sohnes, voller Stolz darüber, wie kräftig und fest sie war.

Als seine Mutter ins Bett gegangen war, ging Maneck wieder nach unten und stellte sich ans Fenster, um das Schauspiel der Blitze zu betrachten und die Donnerschläge zu genießen. Er hatte in Dubai die Regenfälle vermißt. Das Tal verschwand allmählich unter einer Nebeldecke. Er strich rastlos durchs Haus und ging dann in den Laden.

Er untersuchte die Regale, las genußvoll die Markennamen auf den Gläsern und Schachteln, die er seit Jahren nicht mehr gesehen hatte. Aber wie klein, wie schäbig war der Laden, dachte er. Das Geschäft war einmal das Zentrum seines Universums gewesen. Und jetzt hatte er sich so weit von ihm fortbewegt. So weit, daß es ihm unmöglich vorkam, zurückzukehren. Er fragte sich, was ihn fernhielt. Bestimmt nicht das saubere und glänzende Dubai.

Er ging die Stufen in den Keller hinunter, wo die Abfüllmaschinerie schlief. Spinnweben hatten sich ausgebreitet und die besiegten Apparate verhängt. Die Nachfrage nach Kohlahs Cola war in letzter Zeit fast völlig versiegt, hatten seine Eltern geschrieben – bloß ein halbes Dutzend Flaschen am Tag, für treue Freunde und Nachbarn.

Er stöberte zwischen den leeren Flaschen und Holzkisten herum. In einer Ecke des Kellers war ein Stapel vermodernder Zeitungen, teilweise verdeckt durch ein Bündel Säcke. Er strich über den groben Jutestoff, spürte den Biß der Faser, atmete ihren extravaganten grünen Duft von Holz und Vegetation ein. Das Datum auf den Zeitungen ging bis zehn Jahre zurück und sprang wild in dem Jahrzehnt hin und her. Seltsam, dachte er, denn

Daddy benutzte sie regelmäßig oben im Laden, um Pakete zu packen oder Päckchen auszustopfen. Diese müssen übersehen worden sein.

Er beschloß, sie mit hochzunehmen und durchzusehen. Alte Zeitungen zu lesen schien eine angemessene Art zu sein, den trüben, regnerischen Nachmittag zu verbringen.

Er machte es sich in einem Sessel am Fenster bequem und schlug die gelben, staubigen Seiten der ersten Ausgabe in dem Stapel auf. Sie stammte aus der Zeit der Wahlen nach dem Ausnahmezustand, die die Ministerpräsidentin an die Koalition der Opposition verloren hatte. Es gab Artikel über Fälle von Mißbrauch während des Ausnahmezustandes, Zeugenaussagen gefolterter Opfer, Empörung über die zahllosen Todesfälle, die sich im Polizeigewahrsam ereignet hatten. Leitartikel, die während des Regimes der Ministerpräsidentin unterdrückt worden waren, riefen nach einer Sonderkommission, um die Vergehen zu untersuchen und die Schuldigen zu bestrafen.

Als es ihm mit der immer gleichen Berichterstattung reichte, wechselte er zu einer anderen Zeitung. Das Zaudern der neuen Regierung, wie mit der Exministerpräsidentin zu verfahren sei, bot auch keine anregende Lektüre, außer einem Artikel, in dem ein Kabinettsminister mit den Worten zitiert wurde: »Sie muß bestraft werden, sie ist eine furchtbare Frau, böse wie Kleopatra.« Und die einzige einmütige Entscheidung der gelähmten Regierung bestand darin, Coca-Cola des Landes zu verweisen, weil das Unternehmen sich geweigert hatte, die Geheimformel preiszugeben. Mit einigem Gedrehe paßte die Maßnahme allen in dem Koalitionsgebräu vertretenen Ideologien ins Konzept.

Nicht viele Zeitungen später hatte sich die Koalition in endlose Streitereien verflüchtigt, und es sollten Neuwahlen abgehalten werden. Die Exministerpräsidentin war bereit, ihr Präfix abzustreifen und an die Macht zurückzukehren. Die Leitartikel zügelten jetzt ihre Angriffe gegen sie, verfielen wieder in den unterwürfigen Ton, der an den Ausnahmezustand erinnerte. Ein kriecherischer Tintenkleckser hatte geschrieben: »Könnte die Ministerpräsidentin zumindest einige der Götter in sich inkarniert haben? Ohne Zweifel besitzt sie eine latente Macht, die zusammengerollt am Ende ihrer Wirbelsäule ruht, das Kundalini Shakti, das jetzt erwacht und sie in die Transzendenz transportiert.« Es war nicht sarkastisch gemeint, da es Teil einer längeren Lobrede war.

Maneck reichte es, und er blätterte zu den Sportseiten. Es gab Bilder von Kricketspielen und den Kommentar des australischen Mannschaftskapitäns über »einen Haufen von Dritte-Welt-Bettlern, die sich einbilden, daß sie Kricket spielen können«. Und dann der Jubel, das Feuerwerk und Feiern, als der Haufen von Bettlern Australien in der Vorrunde besiegte.

Er blätterte die Zeitungen jetzt schneller durch. Nach einer Weile sahen sogar die Bilder gleich aus. Zugentgleisungen, Monsun-Überschwemmungen, Brückeneinstürze, Minister, die dekoriert wurden, Minister, die Reden hielten, Minister, die Gebiete besuchten, in denen sich Naturkatastrophen oder menschengemachte ereignet hatten.

Während er die Seiten durchblätterte, blickte er zwischendurch immer wieder aus dem Fenster, um das Schauspiel des Wetters zu betrachten – den prasselnden Regen, die windgepeitschten Deodars und die Blitzschläge.

Dann stieß er in der Zeitung auf etwas, was seine Aufmerksamkeit erregte. Er blätterte zurück, um noch mal einen Blick darauf zu werfen. Es war ein Foto von drei jungen Frauen in Cholis und Unterröcken. Sie hingen an einem Deckenventilator. Ein Ende jedes Saris war um den Ventilatorhaken geknotet, das andere um ihren Hals. Ihre Köpfe waren zur Seite gekippt. Die Arme hingen schlaff herunter, wie die Glieder von Stoffpuppen.

Er las den Bericht zu dem Bild, wobei sein Blick immer wieder zu der Szene wanderte, die da wie ein grauenhaftes Stilleben vor ihm schwebte. Die drei Schwestern, im Alter von fünfzehn, siebzehn und neunzehn, hatten sich erhängt, während die Eltern außer Haus waren. Sie hatten eine Nachricht hinterlassen, in der sie ihre Tat erklärten. Sie wußten, ihr Vater war unglücklich darüber, daß er sich keine Mitgift für sie leisten konnte. Nach langer Diskussion und großen Gewissenskonflikten hätten sie sich zu diesem Schritt entschlossen, um ihren Eltern die Schande zu ersparen, drei unverheiratete Töchter zu haben. Sie baten ihre

Eltern um Vergebung für diese Tat, die ihnen Kummer bereiten würde, aber sie sähen keinen anderen Ausweg.

Manecks Blick schweifte immer wieder zu dem Foto ab, zu dem Ereignis, das in seiner kristallklaren Stille gleichzeitig beunruhigend, bedauernswert und irritierend war. Die drei Schwestern sahen enttäuscht aus, fand er, als hätten sie sich vom Erhängen etwas mehr versprochen, etwas mehr als den Tod, und hätten dann entdeckt, daß es nichts weiter gab als den Tod. Er konnte nicht umhin, ihren Mut zu bewundern. Welche Kraft und Überwindung es gekostet haben muß, dachte er, sich den Sari vom Körper zu wickeln und ihn sich um den Hals zu knoten. Oder vielleicht war es leicht gewesen, wenn die Tat erst einmal die Schönheit der Logik und das Gewicht von Vernunft angenommen hatte.

Er riß den Blick von dem Foto los, um den Artikel zu Ende zu lesen. Der Reporter hatte mit den Eltern gesprochen. Er schrieb, sie hätten mehr als ihren Anteil an Kummer erlitten – sie hatten während des Ausnahmezustandes ihren Ältesten unter Umständen verloren, die nie ganz aufgeklärt worden waren. Die Polizei behauptete, es sei ein Zugunfall gewesen, aber die Eltern sprachen von Wunden, die sie am Körper ihres Sohnes im Leichenschauhaus gesehen hatten. Dem Reporter zufolge entsprachen die Verletzungen anderen bestätigten Fällen von Folter. »Außerdem, angesichts des politischen Klimas während des Ausnahmezustandes und der Tatsache, daß ihr Sohn, Avinash, in der Studentengewerkschaft aktiv war, sieht es so aus, als wäre dies ein weiterer ungerechtfertigter Tod in Polizeigewahrsam.«

Im weiteren Verlauf des Artikels wurde die Untersuchung des Parlamentsausschusses über Exzesse während des Ausnahmezustandes kommentiert, aber Maneck hatte aufgehört zu lesen.

Avinash.

Der Regen hämmerte auf das Dach und kam durch die Fenster herein. Er versuchte, die vergilbte Zeitung säuberlich entlang dem Falz zu falten, aber seine Hände zitterten, und die Zeitung zerknitterte auf seinem Schoß. Es war stickig im Zimmer. Er erhob sich mühsam aus dem Sessel. Die Zeitung, mit ihrem Kellergeruch von Schimmel und Verwesung, fiel raschelnd zu

Boden. Er ging zur Veranda und atmete tief die kräftige, regengeladene Luft ein. Der Wind rauschte durch die geöffnete Tür. Die zu Boden gefallenen Zeitungsseiten wurden durch das Zimmer geblasen, und die Vorhänge peitschten gegen die Fensterscheiben. Er machte die Tür zu, schritt ein paarmal die feuchte Veranda ab und ging dann mit tränenüberströmtem Gesicht in den Regen hinaus.

Innerhalb weniger Sekunden war er völlig durchnäßt, und seine Haare klebten ihm an der Stirn. Er umkreiste das Haus: den Hang hinunter, in den Garten, um die tiefere Ebene herum und von der anderen Seite wieder hoch.

Durch die Regenwand hindurch sah er die Stahlkabel, mit denen das Fundament an den Felsen gekettet war. Die zuverlässigen Kabel, die vier Generationen lang gehalten hatten. Aber er konnte schwören, das Haus hatte sich in den Jahren, die er fortgewesen war, bewegt. *Ein Haus mit selbstmörderischen Neigungen,* hatte Avinash es genannt. Ein kleines Stück, und dann noch etwas mehr – und schließlich würde es die Anker herausreißen und Hals über Kopf den Hang hinunterstürzen. Es schien zu passen. Alles verlor seine Verankerung, rutschte unwiederbringlich weg.

Er ging die Straße hinunter, die vom Hauptplatz abging, rannte jetzt fast. Er bemerkte nicht die Leute, die hinter ihm her starrten. Er sah nur dieses Foto. Drei Saris, die diese zerbrechlichen Hälse umklammerten ... Avinashs drei Schwestern ... Als sie klein gewesen waren, hatte er sie gerne gefüttert, und sie hatten ihm zum Spaß in die Finger gebissen. Und die armen Eltern ... Was für einen Sinn machte die Welt noch? Wo blieb Gott, dieser blöde Dummkopf? Hatte Er keine Vorstellung von gerecht und ungerecht? Konnte Er keine einfache Bilanz lesen? Er wäre schon längst gefeuert worden, wenn Er ein Unternehmen geleitet hätte, bei den Dingen, die Er geschehen ließ ... dem Dienstmädchen und den Tausenden von Sikhs, die in der Hauptstadt umgebracht worden waren, und meinem armen Taxifahrer mit einem Kara, der nicht abging.

Maneck blickte zum Himmel. Daddys Asche, die an diesem Morgen verteilt worden war. Sie wurde naß, wurde weggespült.

Die Vorstellung war unerträglich, weil dann nichts wäre ... und Mummy, ganz allein gelassen ...

Er rannte den Weg entlang, der schnell weich und schlüpfrig wurde. Rannte, rutschte, stolperte, hoffend, einen Platz zu finden, der noch grün und angenehm war, einen Platz des Glücks, des Friedens, wo sein Vater wandern würde, stämmig und selbstbewußt, den Arm um die Schultern seines Sohnes gelegt.

Er quietschte durch den Schlamm und glitt plötzlich aus. Seine Arme schossen seitwärts hinaus, um den Sturz abzufangen. Jetzt empfand er die Verzweiflung, die sein Vater empfunden hatte, als die vertraute Welt um ihn herum weggerutscht war, als die Täler vernarbt und häßlich wurden, die Wälder verschwanden. Daddy hatte recht, dachte er, die Berge starben, und ich war so dumm zu glauben, die Berge wären ewig, ein Vater könnte für immer jung bleiben. Wenn ich doch nur mit ihm geredet hätte. Wenn er mich doch nur an sich herangelassen hätte.

Aber die Asche – sie lag im kalten, treibenden Regen. Er rannte zu der Stelle, wo er die Holzschachtel am Morgen ausgeleert hatte. Keuchend blieb er bei jeder vertrauten Stelle stehen, an der seine Mutter angehalten hatte, konnte aber keine Spur der grauen Asche finden. Sein Atem kam in großen Schluchzern, er streifte Laub zur Seite, trat einen Stein weg, verschob einen abgebrochenen Ast.

Nichts. Er kam zu spät. Er stolperte und fiel auf die Knie, die Finger im Schlamm. Der Regen prasselte erbarmunglos nieder. Er fühlte sich unfähig aufzustehen. Er hielt sich seine schlammverschmierten Hände vors Gesicht und weinte und weinte und weinte.

* * *

Ein Hund tappte leichtfüßig durch den Schlamm auf Maneck zu. Er konnte ihn wegen dem Lärm, den der Regen machte, nicht hören. Er fuhr zusammen und nahm die Hand vom Gesicht weg, als er die feuchte Schnauze spürte. Der Hund leckte ihm die Wange. Er streichelte ihn. War dies einer von der Meute, die Daddy immer auf der Veranda gefüttert hatte? Er bemerkte ein eiterndes Geschwür an seinem Hinterlauf, und fragte sich, ob die selbstgemachte Salbe, mit der sein Vater die Streuner behandelt hatte, immer noch in dem Fach unter dem Ladentisch war.

Es regnete jetzt weniger stark. Er stand auf, wischte sich das Gesicht mit dem nassen Ärmel ab und blickte über den Hang. Die Wolkendecke brach stellenweise auf, und aus dem Nebel tauchten Bruchstücke des Tals auf.

Er blieb, wo er war, bis der Regen fast aufgehört hatte. Er war zu einem sehr feinen Nieseln geworden, so fein, daß es sich leichter anfühlte als menschlicher Atem auf der Haut. Er ging zu der Stelle zurück, wo der Baum aus dem Überhang herauswuchs. Der Hund folgte ihm eine Weile. Er humpelte wegen dem Abszeß, wahrscheinlich hatte die Entzündung schon den Knochen durchdrungen. Nur noch ein paar Wochen, die dem armen Tier zu leben übrigblieben, dachte Maneck, niemand, der es pflegen und heilen konnte. Und wen kümmerte es schon, jetzt, wo Daddy nicht mehr da war?

Wieder traten ihm die Tränen in die Augen, und er machte sich auf den Heimweg. Durch den Regen waren zahlreiche kleine Rinnsale enstanden, die den Hang hinunterflossen. Die Bergströme würden anschwellen, und die spontanen Wasserfälle würden kräftig rauschen. Morgen würde alles vor lauter Grün und Frische bersten. Er stellte sich die Asche vor, von all diesem glänzenden Wasser getragen, das überall durch die Bergwelt wanderte. Seinem Vater war sein Wunsch erfüllt worden – er wurde üppig verstreut, mit mehr Gründlichkeit, als irgendein Mensch es fertiggebracht hätte: Die mächtige und gewissenhafte Hand der Natur hatte das Kommando übernommen, und er war jetzt überall, untrennbar von dem Ort, den er so innig geliebt hatte.

Mrs. Kohlah, in einen Kaschmirschal gewickelt, wartete besorgt auf der Veranda und spähte die Straße hinunter. Sie winkte hektisch, als Maneck in Sicht kam. Er beschleunigte seine Schritte.

»Maneck! Wo warst du? Als ich von meinem Nickerchen

aufgewacht bin, warst du weg! Und es hat so stark geregnet, daß ich mir Sorgen gemacht habe.« Sie packte seinen Arm. »Sieh dich nur an, du bist ja völlig durchnäßt! Und dein Gesicht und deine Kleidung sind ganz schlammverschmiert! Was ist denn passiert?«

»Ist schon in Ordnung«, sagte er sanft. »Mir geht's gut. Ich hatte einfach Lust, einen Spaziergang zu machen. Ich bin ausgerutscht«, fügte er hinzu, um den Schlamm zu erklären.

»Du bist genau wie Daddy, stellst so verrückte Dinge an. Er ist auch so gern im Regen spazierengegangen. Aber geh dich jetzt umziehen, ich mach dir Tee und Toast.« Der Regen hatte die Jahre fortgespült. Er war wieder ihr kleiner Junge, durchnäßt und hilflos.

»Wie geht's deinem Bein?«

»Viel besser. Der Eiswickel hat geholfen.«

Er ging zu seinem Zimmer hoch, wusch sich und zog sich trockene Sachen an. Als er wieder hinunterkam, stand der Tee schon bereit. Seine Mutter tat ihm zwei Löffel Zucker hinein und nahm einen für sich selbst. Den Tee hatte sie ihm in die Tasse seines Vaters gegossen. Sie rührte um, bevor sie ihm die Tasse hinschob. »Weißt du noch, wie Daddy immer die erste Tasse getrunken hat und damit in der Küche herumspaziert ist?«

Er nickte.

Sie lächelte. »Ist mir immer in die Quere gekommen, wenn ich am meisten zu tun hatte. Aber in den letzten Jahren hat er das nicht mehr gemacht. Er ist einfach reingekommen und hat sich still hingesetzt.« Sie lehnte sich auf ihrem Stuhl zur Seite und berührte Manecks Kopf leicht mit den Fingern. »Sieh dir das an, deine Haare tropfen ja noch.«

Sie holte eine Serviette vom Wäscheschrank und fing an, ihm die Haare trockenzureiben. Unter den kurzen energischen Rubbelbewegungen rollte sein Kopf hin und her. Er wollte schon protestieren, aber er fand es entspannend und ließ sie weitermachen. Seine Augen schlossen sich. Er sah vor sich die Masseure am Strand, damals vor acht Jahren in der großen Stadt, als er mit Om unterwegs gewesen war. Die Kunden, die im Sand saßen, um sich ihre Köpfe kneten, reiben und betrommeln zu lassen. Im Hintergrund die Brandung und eine sanfte Brise in der

Dämmerung. Und der Duft von Jasmin, der von den Ständen herübertrieb, wo die Verkäufer Ketten der milchweißen Blumen an Frauen verkauften, die sie sich in ihre Haare flochten.

»Ich glaube, ich werde doch unsere Verwandten besuchen. Und auch Tante Dina.« Durch ihre forschen Bemühungen, seine Haare zu trocknen, bekam seine Stimme ein merkwürdiges Vibrato.

»Wie komisch du dich anhörst. Als wolltest du gleichzeitig reden und gurgeln.« Sie lachte und legte die Serviette weg. »Die werden sich ja so freuen, dich zu sehen. Wann willst du fahren?«

»Morgen früh.«

»Morgen?« Sie fragte sich, ob es eine List war, um von ihr wegzukommen. »Und kommst du wieder?«

»Ich glaube, ich fliege direkt von dort nach Dubai zurück. Bequemer.«

Sie wußte, daß ihr der Schmerz anzusehen war, aber er schien sich dessen nicht bewußt zu sein. Seine Worte klangen undeutlich in ihren Ohren, begannen sich schon zu entfernen, so wie er sich bald von ihr entfernen würde.

»Weißt du, was ich will«, sagte er, »ich will schnell zu meiner Arbeit zurück – will kündigen und herausfinden, wie schnell sie mich gehenlassen.«

»Du meinst, du willst wirklich kündigen? Und dann?«

»Ich habe beschlossen, hierher zurückzukommen und mich hier niederzulassen.«

Ihr Atem beschleunigte sich. »Das ist ein wundervoller Plan«, sagte sie und gab sich Mühe, die Flut von Gefühlen zu bremsen, die über sie hereinbrachen. »Du kannst dein eigenes Geschäft gründen, wenn du den Laden verkaufst, und ...«

»Nein. Der Laden ist der Grund, warum ich wiederkomme.«

»Das hätte Daddy gefallen.«

Er verließ den Tisch und ging zum Fenster. Es mußte nicht immer schlecht enden – das würde er sich selbst beweisen. Zuerst würde er noch einmal alle seine Freunde treffen: Om, glücklich verheiratet, und seine Frau, und inzwischen zwei oder drei Kinder, was hätten sie für Namen? Wenn es einen Jungen gab, dann sicher Narayan. Und Ishvar, der stolze Großonkel, strahlend an seiner Nähmaschine, die Kleinen zurechtweisend, sie warnend, wenn sie zu nah an die wirbelnden Räder und galoppierenden Nadeln herankamen. Und Tante Dina, die die Export-Schneiderei in ihrer kleinen Wohnung überwachte, den Haushalt leitete und in der geschäftigen Küche das Kommando führte.

Ja, das würde er alles mit seinen eigenen Augen sehen. Wenn es einerseits eine Fülle von Elend in der Welt gab, so gab es auch reichlich Freude, ja – sofern man wußte, wo man nach ihr suchen mußte. Bald würde er wiederkommen, um Kohlahs Cola und den Laden zu übernehmen. Die Fundamentkabel mußten beobachtet und gewartet werden. Das Haus würde renoviert. Er würde eine neue Abfüllanlage installieren. Er hatte jetzt mehr als genug Geld gespart.

Mrs. Kohlah stellte sich neben ihn ans Fenster. Seine Hände lagen auf dem Sims, umklammerten ihn so fest, daß die Knöchel weiß hervortraten. Es waren starke Hände, wie die seines Vaters, dachte sie.

»Es bewölkt sich wieder«, sagte er. »Es wird heute abend wieder eine Menge Regen geben.«

»Ja«, stimmte sie zu, »was bedeutet, daß morgen alles grün und frisch sein wird. Es wird ein wunderschöner Tag.«

Er legte den Arm um seine Mutter und umarmte sie mit seiner alten Guten-Morgen-Umarmung, obwohl es Abend war. Ihr zufriedener Seufzer war kaum hörbar. Sie ergriff seine Hand, die auf ihrer Schulter ruhte, und preßte sie mit einem festen, warmen Druck.

Der Regen folgte Maneck übers Land, die Berge hinunter und über die Ebenen, zweiunddreißig Stunden lang im Zug nach Süden. Er hätte den Zug beinahe verpaßt. Der Bus vom Dorfplatz zum Bahnhof war durch Schlammlawinen aufgehalten worden.

Das gestrige Versprechen von Sonne, Grün und Frische blieb unerfüllt, das Gewitter war noch kräftig im Gange. Und am Ende der Reise, als er aus der Menschenmenge und dem Lärm des Bahnhofsgeländes auftauchte, waren die Straßen der Stadt glänzendnaß von einem schweren Guß.

Der Taxistand war leer. Er wartete am Bordstein, umgeben von Pfützen. Da es keine trockene Stelle gab, wo er seinen Koffer abstellen konnte, nahm er ihn in die andere Hand.

Dann bemerkte er den Spalt in den Pflastersteinen hinter ihm. Dunkelrote Würmer strömten aus ihm heraus und krochen über den regenglatten Gehsteig. *Phylum Annelida.* Etliche waren schon unter den Füßen von Passanten zerquetscht worden. Immer neue quollen hervor, glitten auf einem Film von Wasser über die Toten hinüber.

Während er zusah, ging die Zeit mühelos in den Rückwärtsgang, und der betriebsame Gehsteig wurde zu Tante Dinas Badezimmer. Es war sein erster Morgen in ihrer Wohnung, er konnte sie durch die Tür rufen hören, und er erstarrte, wobei er die heranrückenden Bataillone sich windender Würmer sorgfältig im Auge behielt. Wie sie ihn danach aufgezogen hatte. Er lächelte bei der Erinnerung. Der Spalt in den Steinplatten war jetzt fast frei von Würmern, als die letzten Nachzügler sich in die Sicherheit des Gullys schleppten.

Er beschloß, den Abend mit den Verwandten seiner Mutter zu verbringen, damit er das schon mal hinter sich hatte. Dann würde er den morgigen Tag ganz Tante Dina, Ishvar und Om widmen.

Ein Taxi kam klappernd vorgefahren. Der Fahrer, der den Arm

aus dem Fenster hängen ließ, blickte erwartungsvoll, da er eine Fahrt roch.

»Grand Hotel«, sagte Maneck und öffnete die Tür.

Er wusch sich, zog ein frisches Hemd an und machte sich auf den Weg, um die liebevollen Zuwendungen der Familie Sodawalla über sich ergehen zu lassen. Im Verlauf des Abends ließ er geduldig zu, daß man ihn Mac nannte, zuckte aber zusammen, als sie ihn umarmten, betätschelten und um ihn herumscharwenzelten. Er kam sich ein wenig so vor, als wäre er der preisgekrönte Hund bei einer Hundeschau.

»Das war vielleicht ein Schock, als wir die Nachricht erhalten haben, daß dein Daddy von uns gegangen ist«, sagten sie. »Und ihr wohnt so weit weg, daß wir nicht einmal zur Bestattung kommen konnten. Das tut uns wirklich leid.«

»Das ist schon in Ordnung. Ich kann das verstehen.« Ihm fiel ein, was Daddy über die Familie Sodawalla immer gesagt hatte – kein Pep, langweilig wie ein abgestandenes Soda, in Gefahr, sich zu Tode zu langweilen. Und am Schluß hatte Daddy sein eigenes überschäumendes Temperament verloren.

Maneck fühlte sich in dem Haus plötzlich bedrückt, erschöpft von dem Besuch. Er hatte das Gefühl, er könnte jeden Moment zusammenbrechen, wenn er noch mehr Zeit mit seinen Verwandten verbrachte. Er erhob sich und streckte die Hand aus. »Es war sehr schön, euch wiederzusehen.«

»Bleib doch noch ein bißchen, übernachte bei uns«, beharrten sie. »Das wird so schön. Am Morgen essen wir Omelett und machen etwas frisches Krabben-Patia.«

Er lehnte nachdrücklich ab. »Ich habe am Abend ein Geschäftsessen. Und auch noch ein paar Besprechungen zum Frühstück. Ich muß zum Hotel zurück.«

Sie zeigten Verständnis. Das mit den Frühstücksbesprechungen hatte sie sehr beeindruckt. Zum Abschied gaben sie ihm ihren Segen, wünschten ihm alles Gute und nahmen ihm das Versprechen ab, sie bald wieder zu besuchen. »Laß uns nicht wieder so viele Jahre warten«, sagten sie.

Unterwegs zurück zum Hotel ging er beim Büro der Fluggesellschaft vorbei und ließ sich seine Reservierung bestätigen. »Also für übermorgen, Sir«, sagte der Angestellte. »Ihr Abflug ist um dreiundzwanzig Uhr fünfunddreißig. Bitte seien Sie vor einundzwanzig Uhr am Flughafen.«

»Danke«, sagte Maneck.

Im Grand Hotel aß er im Restaurant ein Lamm-Biryani. Danach setzte er sich für ein paar Minuten in die Lobby und las Zeitung. Anschließend holte er sich seinen Schlüssel und ging ins Bett. Beim Einschlafen dachte er an Tante Dina und die Zeit, als Ishvar und Om verschwunden waren, und wie sie bis spät in der Nacht aufgeblieben waren, um die Kleider für Au Revoir fertig zu machen. Die Zeit, als es Ärger gab, hundertprozentigen.

* * *

Maneck erkannte den Wohnblock fast nicht wieder, und im ersten Moment dachte er, er hätte sich in der Adresse geirrt. Die Häuser waren inzwischen modernisiert worden. Es gab eine Marmortreppe, einen Wachmann, die Foyerwände waren mit glänzendem Granit verkleidet, jede Wohnung war klimatisiert und hatte einen Dachgarten – der Wohnblock mit Niedrigstmieten war in Luxusapartments verwandelt worden.

Er überprüfte die Namensschilder am Eingang. Der Dreckskerl von Vermieter hatte es also doch geschafft, hatte Tante Dina rausgeschmissen – für sie *hatte* es schlecht geendet. Und die Schneider, wo arbeiteten die jetzt?

Draußen, wo die Sonne auf seinen Schädel einhämmerte, spürte er, wie die Verzweiflung ihn wieder packte. Vielleicht wußte Tante Dina, wo Ishvar und Om waren. Es gab nur einen Ort, wo sie hatte hingehen können: zu ihrem Bruder Nusswan. Aber er hatte seine Adresse nicht. Und wieso sich die Mühe machen – würde sie sich wirklich freuen, ihn zu sehen? Er konnte im Telefonbuch nachsehen. Unter welchem Familiennamen?

Er suchte seine Erinnerung nach Tante Dinas Mädchennamen ab. Sie hatte ihn einmal erwähnt. Eines Abends, vor all diesen Jahren, als Ishvar, Om und er zusammengesessen und ihr zugehört hatten, als sie ihnen aus ihrem Leben erzählte. Es war nach dem Abendessen, und sie hatte die Patchworkdecke auf dem Schoß und nähte einen neuen Flicken an. *Man soll nie mit Bedauern auf die Vergangenheit zurückblicken,* hatte Tante Dina gesagt. Und irgendwas von wegen, daß ihre glänzende Zukunft verloren war ... nein, bewölkt ... damals, als sie noch zur Schule ging und sie – Dina Shroff hieß.

Er ging bei der Drogerie vorbei, um im Telefonbuch nachzusehen. Es gab mehrere Shroffs, aber nur einen Nusswan Shroff, und er notierte sich die Adresse. Der Verkäufer meinte, es sei nicht weit. Er beschloß, zu Fuß hinzugehen.

Nachdem er das alte Viertel hinter sich gelassen hatte, wurde ihm die Gegend unvertraut. Er erkundigte sich bei einem Schreiner, der mit seinem Werkzeugsack am Bordstein saß, nach dem Weg. Der Schreiner hatte einen großen Verband um den Daumen. Er sagte Maneck, er müsse bei der nächsten Kreuzung rechts gehen, an dem Kricket-Maidaan vorbei.

Am Rand des Feldes stand ein Zelt, obwohl kein Kricketspiel im Gange war. Neugierige Menschenmengen strömten darum herum und spähten hinein. Über dem Eingang verkündete ein Schild: JEDER & ALLE WILLKOMMEN BEI SEINER HEILIGKEIT BAL BABA – DARSHAN VON 10.00 BIS 16.00 UHR TÄGLICH EINSCHL. SONNTAGS & FEIERTAGS.

Sicher ein hart arbeitender Gottesmann, dachte Maneck, der sich fragte, was wohl seine Spezialität war – aus dem Nichts goldene Uhren hervorzuzaubern, Tränen aus den Augen einer Statue, Rosenblütenblätter aus dem Ausschnitt einer Frau?

Aber sein Name deutete auf einen Trick hin, der mit Haaren zu tun hatte. Er fragte jemanden am Eingang: »Wer ist Bal Baba?«

»Bal Baba ist ein sehr sehr heiliger Mann«, sagte der Angestellte. »Er ist zu uns zurückgekehrt nach vielen vielen Jahren des Meditierens in einer Höhle im Himalaja.«

»Was macht er?«

»Er hat eine sehr besondere, sehr heilige Kraft. Er sagt Ihnen alles, was Sie nur wissen wollen. Er braucht nur ein paar von Ihren Haaren zwischen den Fingern zu halten für bloße zehn Sekunden.«

»Und was verlangt er dafür?«

»Bal Baba verlangt nichts«, sagte der Mann empört. Dann fügte er mit einem schmierigen Lächeln hinzu: »Aber alle Spenden sind höchst willkommen für die Bal-Baba-Stiftung, jeder beliebige Betrag.«

Maneck wurde neugierig und ging hinein. Nur um einen kurzen Blick drauf zu werfen, sagte er sich – auf den neuesten Obermarkierer der Stadt, wie Om sagen würde. Es würde lustig sein, den Schneidern zu erzählen, was er gesehen hatte. Etwas, worüber sie zusammen lachen könnten, nach acht Jahren.

Die Menschenmengen vor dem Zelt waren größer als drinnen. Nur ein paar Leute warteten bei einer Trennwand, hinter der der sehr sehr heilige Bal Baba saß. Dürfte nicht lang dauern, dachte Maneck, bei zehn Sekunden Meditation pro Kunden. Das war Fließband-Darshan und -Beratung.

Er stellte sich an, und bald kam er an die Reihe. Der Mann hinter der Wand war in ein gelbes Gewand gekleidet, kahl und glatt rasiert. Kein einziges Haar war auf seinem Gesicht oder auf der Haut zu sehen, die von dem Gewand unbedeckt geblieben war.

Doch trotz des bizarr glatten und glänzenden Antlitzes erkannte Maneck ihn. »Du bist Rajaram, der Haarsammler!«

»Häh?« entfuhr es Rajaram, der zusammenzuckte und erschrocken genug war, daß er den unheiligen Ausruf entschlüpfen ließ. Dann fand er seine Fassung wieder, hob den Kopf und artikulierte mit salbungsvoller Miene, wobei er seine Worte mit graziösen Hand- und Fingerbewegungen ausschmückte: »Rajaram, der Haarsammler, hat seinem Leben entsagt, seinen Freuden und Sorgen, seinen Lastern und Tugenden. Warum? Damit Bal Baba inkarniert werden und seine bescheidene Gabe nutzen konnte, um der Menschheit auf dem Weg zu Moksha beizustehen.«

Nach dieser Erklärung wurden die neckischen Manierismen eingestellt. Er stellte den Kopf schief und erkundigte sich in einem normalen Ton: »Aber wer bist du?«

»Erinnerst du dich an Ishvar und Om? Die Schneider, die dir immer Geld geliehen haben, in deiner früheren Inkarnation – in deinen haarigen Tagen? Ich habe mit ihnen zusammen in derselben Wohnung gewohnt.« Während der Haarsammler das verdaute, fügte Maneck hinzu: »Ich habe mir einen Bart wachsen lassen. Vielleicht erkennst du mich deswegen nicht.«

»Überhaupt nicht. Keine Frisur und kein Bart der Welt kann Bal Baba täuschen«, sagte er großspurig. »Was hast du also für eine Frage an mich?«

»Du machst Witze.«

»Nein, probier's einfach. Los, frage. Frage über Arbeit, Gesundheit, Eheaussichten, Ehefrau, Kinder, Bildung, egal, was. Ich gebe dir die Antwort.«

»Die Antwort habe ich schon. Ich suche die Frage.«

Bal Baba sah ihn schief an, und Verärgerung verdüsterte sein speckiges Gesicht – rätselhafte Äußerungen dieser Art waren eigentlich seine Domäne. Aber er zügelte sein Mißvergnügen und setzte wieder das Standardlächeln der Erleuchtung auf.

»Wenn ich's mir recht überlege, habe ich doch eine Frage«, sagte Maneck. »Wie würdest du jemandem helfen, der so einen kahlen Kopf hat wie du?«

»Das ist nur ein kleines Hindernis. Die Bal-Baba-Stiftung verkauft ein besonderes Haartonikum zum Selbstkostenpreis – Versand- und Bearbeitungsgebühren extra. Aus seltenen Himalaja-Kräutern hergestellt, wirkt wie ein Wunder. In ein paar Wochen ist der kahle Kopf mit dichtem Haar bedeckt. Dann kommt derjenige her, ich halte die neugewachsenen Haare zur Meditation und beantworte die Frage.«

»Hast du jemals Lust, es abzuhacken? Für deine Sammlung?«

Bal Baba wurde zornig. »Das war ein anderes Leben, eine andere Person. Das ist alles vorbei, verstehst du das denn nicht?«

»Aha. Und hast du Ishvar und Om besucht, seit deiner Rückkehr aus der Höhle? Sie könnten Fragen für dich haben.«

»Bal Baba kann sich nicht den Luxus leisten, irgend jemanden zu besuchen. Er ist an diesen Ort gebunden, um den Leuten die Gelegenheit für Darshan zu geben.«

»Richtig«, sagte Maneck. »In dem Fall will ich lieber nicht deine Zeit vergeuden. Draußen warten Tausende.«

»Mögest du bald die Seligkeit der Zufriedenheit finden«, sagte

Bal Baba, die Hand zu einem transzendenten Gruß hebend. Sein Blick war immer noch wütend.

Maneck beschloß, am nächsten Morgen wiederzukommen und diesmal Ishvar und Om mitzubringen – er mußte erst am Abend zum Flughafen. Es wäre ein Riesenspaß, dem aufgeblasenen Bal Baba einen Dämpfer aufzusetzen. Ihn ein paar Stufen herunterzuholen, ihn zu zwingen, einen Blick auf sein Gestern zu werfen.

Der Weg nach draußen führte durch die Hinterseite des Zeltes, an einem Mann vorbei, der an einem wackligen Tisch schrieb, auf dem sich Briefe und Umschläge stapelten. Maneck starrte ihn an und versuchte sich zu erinnern, wo sie sich schon einmal begegnet waren. Dann entdeckte er das Plastiketui in der Hemdtasche, mit seiner Batterie von Füllern und Kugelschreibern. Jetzt fiel es ihm wieder ein – der Zug, der Fahrgast mit der heiseren Stimme.

»Entschuldigen Sie, Sie sind doch der Korrektor, oder?«

»Ehemals«, sagte er. »Vasantrao Valmik, zu Diensten.«

»Sie erkennen mich nicht, weil ich jetzt einen Bart trage, aber ich war der Student, der mit Ihnen zusammen im Zug war, vor vielen Jahren, als Sie unterwegs waren, um sich wegen Ihrem Halsproblem in Behandlung zu begeben.«

»Sprechen Sie nicht weiter«, sagte Mr. Valmik mit einem begeisterten Lächeln. »Ich erinnere mich bestens, ich habe Sie nie vergessen. Wir haben auf dieser Reise viel geredet, nicht wahr?« Er kicherte und schraubte den Verschluß auf seinen Füller. »Wissen Sie, es kommt so selten vor, daß man ein gutes Publikum für seine Geschichte findet. Die meisten Leute werden unruhig, wenn ein Fremder ihnen seine Lebensgeschichte erzählt. Aber Sie waren ein mustergültiger Zuhörer.«

»Oh, es hat mir Spaß gemacht, Ihnen zuzuhören. Es hat die Reise verkürzt. Außerdem ist Ihr Leben so interessant.«

»Sie sind sehr freundlich. Ich verrate Ihnen mal was: Ein uninteressantes Leben gibt es nicht.«

»Versuchen Sie's mal mit meinem.«

»Würde ich liebend gerne. Irgendwann müssen Sie mir Ihre vollständige Geschichte erzählen, ungekürzt und unzensiert.

Unbedingt. Wir werden uns etwas Zeit dafür reservieren und uns treffen. Das ist sehr wichtig.«

Maneck lächelte. »Wieso ist das wichtig?«

Mr. Valmik machte große Augen. »Das wissen Sie nicht? Das ist wichtig, weil es hilft, Sie daran zu erinnern, wer Sie sind. Dann können Sie weitergehen, ohne Angst haben zu müssen, daß Sie sich in dieser sich stetig verändernden Welt verlieren.«

Er hielt inne und berührte seine Füllertasche. »Ich bin wirklich gesegnet, denn ich konnte meine ganze Geschichte schon zweimal erzählen. Das erste Mal Ihnen im Zug und dann einer netten Dame im Garten des Gerichts. Aber das ist auch schon viele Jahre her. Ich dürste danach, ein neues Publikum zu finden. Ach ja, wenn man seine Geschichte mit jemandem teilen kann, entschädigt einen das für alles.«

»Wie?«

»Wie, weiß ich nicht genau. Aber ich spüre es hier.« Er legte die Hand wieder an seine Brusttasche.

Er spürte es in seinen Füllern? Dann begriff Maneck, daß der Korrektor sein Herz meinte. »Und was machen Sie jetzt so, Mr. Valmik?«

»Ich bin für Bal Babas Mail-Order-Betrieb verantwortlich. Er macht auch Prophezeiungen per Korrespondenz. Leute schicken Haarreste ein. Ich öffne die Umschläge, werfe die Haare weg, löse die Schecks ein und schreibe Antworten auf ihre Fragen.«

»Macht Ihnen das Spaß?«

»Sehr viel. Die Möglichkeiten sind groß. Ich kann alle möglichen Techniken in meinen Antworten verwenden – Essayform, Prosagedichte, poetische Prosa, Aphorismen.« Er klopfte auf die Füllertasche und fügte hinzu: »Meine kleinen Süßen strömen nur so dahin, erschaffen Fiktion auf Fiktion, die im Leben der Empfänger wirklicher werden als alle ihre traurigen Wirklichkeiten.«

»Es war schön, Sie wiederzusehen«, sagte Maneck.

»Und wann wollen wir uns wieder treffen? Sie müssen mir wirklich alles über sich erzählen.«

»Vielleicht morgen. Ich habe vor, Bal Baba zwei Freunde von ihm zu bringen.«

»Gut, gut. Dann bis bald.«

Am Ausgang hielt der Angestellte eine Messingschale hin, die etwas Kleingeld enthielt. »Jedwede Spende ist willkommen.«

Maneck warf ein paar Münzen hinein, mit dem Gefühl, daß er wirklich auf seine Kosten gekommen war.

Es dauerte eine Weile, bis sich die Tür auf Manecks Klingeln öffnete. Die Gestalt mit den dürren Handgelenken hatte keine Ähnlichkeit mehr mit der Tante Dina, die er vor acht Jahren verlassen hatte. Acht Jahre waren berechtigt, ihren Zoll zu fordern, aber das hier, das war mehr als ein Zoll – das war schierer Raub.

»Ja?« sagte sie, sich vorbeugend. Ihre Augen waren Stecknadelköpfe in den Brillengläsern, die doppelt so dick waren, wie er sie in Erinnerung hatte. Das Grau in ihren Haaren hatte das Schwarz endgültig besiegt.

»Tante.« Seine Stimme stockte. »Ich bin's, Maneck.«

»Was?«

»Maneck Kohlah – dein zahlender Gast.«

»Maneck?«

»Ich hab mir einen Bart wachsen lassen. Deswegen erkennst du mich nicht.«

Sie kam näher. »Ja. Du hast dir einen Bart wachsen lassen.«

Er spürte die Kälte in ihrer Stimme. Dumm von mir, irgend etwas anderes zu erwarten, dachte er. »Ich war zuerst bei deiner Wohnung ... und ... und du warst nicht da.«

»Wie konnte ich? Es ist nicht meine Wohnung.«

»Ich wollte dich wiedersehen und die Schneider, und ...«

»Es gibt keine Schneider mehr. Komm rein.« Sie machte die Tür zu und ging mit kleinen vorsichtigen Schritten voran durch den dunklen Flur, wobei sie sich an den Wänden und Möbelstükken entlangtastete. »Setz dich«, sagte sie, als sie das Wohnzimmer erreichten. »Du bist plötzlich erschienen. Aus dem Nichts.«

Er hörte den Vorwurf heraus und nickte. Er hatte keine Rechtfertigung.

»Dieser Bart. Du solltest ihn dir abnehmen. Damit siehst du wie eine Klobürste aus.«

Er lachte, und sie auch, ein wenig. Er war erleichtert, das

kleine silbrige Blitzen in ihrem Lachen zu hören, aber es reichte nicht ganz aus, um die Kälte zu neutralisieren. Das Zimmer, in dem sie saßen, war opulent eingerichtet. Prächtige alte Möbel, altes Porzellan in Glasvitrinen, ein exquisiter persischer Teppich an einer Wand.

»Das nächste Mal, wenn du mich siehst, wird der Bart auf jeden Fall ab sein, Tante, das versprech ich dir.«

»Vielleicht erkenn ich dich dann schneller wieder.« Sie kämpfte mit einer Haarnadel und drückte sie sich wieder ins Haar. »Meinen Augen geht es jetzt sehr schlecht. Die Karotten, die du mir damals zu essen gegeben hast, haben leider nicht geholfen. Diese Augen sind nicht mehr zu retten.«

Er lachte unsicher, aber diesmal stimmte sie nicht mit ein.

»Du bist nach sehr langer Zeit gekommen. In ein paar Jahren werde ich dich überhaupt nicht mehr sehen können. Selbst jetzt schon bist du nur ein Schatten in dem Zimmer.«

»Ich war fort, habe am Golf gearbeitet.«

»Und wie war's?«

»Es war ... es war – leer.«

»Leer?«

»Leer ... wie eine Wüste.«

»Aber es ist doch ein Wüstenland.« Sie hielt inne. »Du hast mir nicht von dort geschrieben.«

»Es tut mir leid. Aber ich habe niemandem geschrieben. Es schien mir so ... so sinnlos.«

»Ja«, sagte sie. »Sinnlos. Und meine Adresse hat sich sowieso geändert.«

»Aber was ist mit der Wohnung passiert, Tante?«

Sie erzählte es ihm.

Er beugte sich vor, um zu flüstern. »Und dir geht's gut hier? Behandelt dich Nusswan gut?« Er senkte seine Stimme noch weiter. »Gibt er dir genug zu essen?«

»Du brauchst nicht zu flüstern, es ist niemand zu Hause, der dich hören könnte.« Sie nahm die Brille ab, wischte sie mit dem Saum ihres Rockes ab und setzte sie wieder auf. »Es gibt mehr zu essen, als ich essen mag.«

Er rutschte unbehaglich auf seinem Stuhl herum. »Und was ist mit Ishvar und Om? Wo arbeiten sie jetzt?«

»Sie arbeiten nicht.«

»Wie kommen sie dann zurecht? Besonders mit Oms Frau und Kindern?«

»Es gibt keine Frau und keine Kinder. Sie sind Bettler geworden.«

»Wie bitte – was hast du gesagt, Tante?«

»Sie sind jetzt beide Bettler.«

»Das ist doch unmöglich! Das hört sich verrückt an! Ich meine – schämen sie sich nicht zu betteln? Konnten sie nicht irgendeine andere Arbeit machen, wenn sie nicht als Schneider arbeiten? Ich meine . . .«

»Du willst über sie urteilen, ohne die ganze Geschichte zu kennen?« schnitt sie ihm das Wort ab.

Ihr schneidender Ton mäßigte ihn. »Bitte sag mir, was passiert ist.«

Während sie erzählte, schnitt ihm eine Kälte wie ein Messer durch die Eingeweide. Er saß erstarrt da, wie eine der Figurinen in den Vitrinen um ihn herum.

Als sie zum Ende kam, hatte er sich immer noch nicht bewegt. Sie lehnte sich vor und schüttelte seine Knie. »Hörst du zu?«

Er nickte unmerklich. Ihren Augen entging die kleine Bewegung, und sie fragte noch einmal, irritiert: »Hörst du zu, oder verschwende ich meine Luft?«

Diesmal antwortete er mit Worten. »Ja, Tante, ich höre zu.« Seine Stimme war leblos.

Leer wie sein Gesicht, dachte sie. »Du würdest sie nicht wiedererkennen, wenn du sie sehen würdest. Ishvar ist geschrumpft, nicht nur, weil seine Beine weg sind – alles von ihm. Und Om ist sehr pummelig geworden. Eine der Wirkungen der Kastration.«

»Ja, Tante.«

»Erinnerst du dich, wie wir zusammen gekocht haben?«

Er nickte.

»Erinnerst du dich an die Kätzchen?«

Er nickte wieder.

Sie versuchte ein weiteres Mal, ihm Leben einzuhauchen. »Wie spät ist es?«

»Halb eins.«

»Wenn du es nicht eilig hast, könntest du Ishvar und Om treffen. Sie kommen um eins her.«

In seine Stimme kam jetzt wieder Regung, aber nicht die, die sie sich erhofft hatte. »Es tut mir leid – ich kann nicht bleiben.« In seiner Absage und in der Hast, mit der die Worte herausstürzten, klang Panik durch. »Ich habe noch so viel zu tun ... bevor mein Flug morgen geht. Die Verwandten meiner Mutter, und was einkaufen, und dann zum Flugplatz. Vielleicht wenn ich das nächste Mal wiederkomme.«

»Nächstes Mal. Ja, okay. Das nächste Mal werden wir dich alle erwarten.«

Sie erhoben sich und gingen den Flur entlang. »Warte«, sagte sie, als sie die Tür erreichten. »Ich habe etwas für dich.«

Sie kam mit ihren kleinen vorsichtigen Schritten wieder. »Das hast du in meiner alten Wohnung liegenlassen.«

Es war Avinashs Schachspiel.

»Danke.« Er wankte, aber seine Stimme blieb ruhig. Er streckte eine Hand aus, um das Brett und die braune Holzschachtel entgegenzunehmen. Dann sagte er: »Ich brauche es eigentlich nicht, Tante. Behalt du es.«

»Und was soll ich damit machen?«

»Schenk es jemandem ... deinen Neffen?«

»Xerxes und Zarir spielen nicht. Sie sind sehr beschäftigte Männer.«

Maneck nickte. »Danke«, sagte er wieder.

»Gern geschehen.«

Er zögerte, drehte die Schachtel in seinen Händen herum, fuhr sanft mit den Fingern am Rand entlang. »Auf Wiedersehen, Tante.«

Sie nickte stumm. Er beugte sich vor und küßte sie flüchtig und schnell auf die Wange. Sie hob die Hand, als wollte sie winken, trat zurück und begann die Tür zuzumachen. Er wandte sich um und eilte den Gehweg hinunter.

Er blieb stehen, als er die Tür hinter sich zugehen hörte. Er befand sich unter einem Baum am Ende des Weges. Ein Vogel sang in den Zweigen. Er lauschte, den Blick starr auf das Brett und die Schachtel in seinen Händen gerichtet.

Etwas fiel ihm auf den Kopf, und er sprang zur Seite, um einer zweiten Ladung auszuweichen. Seine Finger spürten den klebrigen Platscher. Mit einigen Blättern vom Baum wischte er sich die Haare sauber und sah hoch. Da war nur eine Krähe, der Sänger war fortgeflogen. Er fragte sich, von welchem der beiden der Dreck in seinen Haaren stammte. Daddy hatte immer gesagt, der Kot einer gewöhnlichen Krähe würde einem ungewöhnliches Glück bringen.

Er warf einen Blick auf seine Uhr: zwanzig vor eins. Ishvar und Om würden bald kommen. Wenn er ein paar Minuten hier verbrachte, würde er sie sehen können. Und sie würden ihn sehen. Aber – was würde er sagen?

Er begann, die ruhige Straße vor dem Haus auf und ab zu schlendern. Hoch, bis zum Ende der Straße, und wieder zurück, zu Tante Dinas Haus. Nach mehreren Runden sah er zwei Bettler um die Ecke von der Hauptstraße kommen.

Der eine saß zusammengesunken auf einer niedrigen Plattform, die sich auf Rollen bewegte. Er hatte keine Beine. Der andere zog die Plattform an einem Seil, das er sich über die Schulter geschlungen hatte. Seine Molligkeit sah an ihm seltsam aus, wie zu große, wattierte Kleidung. Unter dem Arm trug er einen zerrissenen Regenschirm.

Was soll ich bloß sagen? fragte sich Maneck verzweifelt.

Sie kamen näher, und der auf der Plattform klapperte mit den Münzen in seiner Dose. »O babu, ek paisa?« flehte er und blickte mit schlauer Miene hoch.

Ishvar, ich bin's, Maneck! Erkennst du mich denn nicht! Die Worte rasten nutzlos in seinem Kopf herum, unfähig, einen Ausgang zu finden. Sag etwas, befahl er sich selbst, sag irgend etwas!

Der andere Bettler forderte: »Babu! Aray, paisa day!« Seine Stimme war hoch, herausfordernd, sein Blick direkt und spöttisch. Sie blieben erwartungsvoll stehen, die Hände ausgestreckt, mit ratternden Dosen.

Om! Saures-Limonen-Gesicht, mein Freund! Hast du mich vergessen?

Aber seine Worte der Liebe, des Kummers und der Hoffnung blieben stumm wie Steine.

Der beinlose Bettler hustete und spuckte aus. Maneck warf einen Blick auf den Auswurf. Er war mit Blut gefärbt. Die Plattform rollte an ihm vorbei, und er bemerkte, daß Ishvar auf einem Kissen saß. Nein, kein Kissen. Es war schmutzig und zerschlissen, zur Größe eines Kissens zusammengefaltet. Die Patchworkdecke.

Wartet, wollte er rufen – wartet auf mich. Er wollte hinter ihnen her eilen, mit ihnen zusammen zu Tante Dina gehen, ihr sagen, daß er es sich anders überlegt hatte.

Er tat nichts. Die zwei bogen in den Kopfsteinpflasterweg ein und verschwanden. Er konnte die Rollen kurz über die unebenen Steine rattern hören. Das Geräusch erstarb. Er setzte seinen Weg fort.

An dem Kricket-Maidaan vorbei, an Bal Babas Zelt vorbei, an dem verletzten Schreiner vorbei, der am Bordstein saß, eilte Maneck dahin, bis er sich wieder in vertrauter Umgebung befand. Er sah das Neonschild des Vishram Vegetarian Hotel. Es schien jetzt ein blühendes Restaurant zu sein und hatte sich auch vergrößert, indem es offenbar die Geschäfte zu beiden Seiten verschluckt hatte. Seine Lichter summten und flackerten albern in der Nachmittagssonne. ESSEN, TRINKEN UND GENIESSEN SIE IN UNSEREM KLIMATISIERTEN KOMFORT stand auf dem kleineren Schild unter der Leuchtreklame.

Er trat ein und wurde zu einem Tisch mit glänzender Glasplatte geführt. Ein adretter uniformierter Kellner erschien und brachte eine große Hochglanz-Speisekarte. Maneck stellte das Schachspiel auf einen leeren Stuhl neben sich und bestellte einen Kaffee.

Das Speiselokal war voll, es war Mittagszeit. Der Kellner kam mit einem Glas Wasser zurückgeeilt. »Es wird frischer Kaffee gemacht, Sahab. Noch zwei Minuten.«

Maneck nickte. Aus einem Lautsprecher auf einem hohen

Regal hinter der Kasse dudelte nichtssagende Instrumentalmusik, die sich im Lärm des Restaurants verlor. Er starrte auf die Tische. Büroangestellte in Safarihemden, Krawatten und Jakketts, die mit laut klapperndem Besteck zügig speisten und sich dabei angeregt unterhielten – Bürotratsch, in dem es um üble Manöver der Geschäftsführung, um Zulagen, Budgets und Beförderungen ging. Dies war eine neue Klasse von Kunden, weit entfernt von den Bürodienern und verschwitzten Arbeitern, die früher hierhergekommen waren.

Der Kaffee kam. Maneck tat Zucker hinein, rührte lange um, nippte ein wenig. Sofort trat der Kellner, der in der Nähe geblieben war, herbei. »Ist er gut, Sahab?«

»Ja, vielen Dank.«

Der Mann richtete die Salz- und Pfefferstreuer und wischte energisch den Aschenbecher aus. »Also, Sahab, der Sohn der Ministerpräsidentin hat jetzt die Macht übernommen. Meinen Sie, er wird ein guter Herrscher sein?«

»Wer weiß. Das müssen wir abwarten.«

»Das stimmt. Sie sagen immer das eine und machen das andere.« Er ging, um sich um einen anderen Tisch zu kümmern, wo der Gast fertig gegessen hatte. Maneck beobachtete, wie der Kellner die Teller stapelte, dann diesem Stapel den vom nächsten Tisch hinzufügte, und vom nächsten, und schließlich mit dem ganzen Turm zur Küche wankte.

Er kam bald wieder und inspizierte Manecks halbleere Tasse. »Irgendwas zu essen, Sahab?«

Maneck schüttelte den Kopf.

»Wir haben auch schönes leckeres Eis.«

»Nein, danke.« Die übertriebene Aufmerksamkeit ging ihm auf die Nerven – das höfliche Lächeln wirkte wie ein Teil des neuen Dekors im Vishram, dachte er. Wo er allein war. Ins alte Vishram war er immer zusammen mit Om und Ishvar gekommen. Nachmittage an diesem einen muffigen Tisch. Und Shankar, der draußen herumrollte, mit seinen unvollständigen Händen winkte, mit seinen Beinstümpfen wackelte und lächelnd mit seiner Dose klapperte. Und dann seine Einäscherung. Der Gesang des Priesters, das brennende Sandelholz, der duftende Rauch.

Vollständigkeit. Im Krematorium mit Daddy fehlte das, ein offener Scheiterhaufen war eindeutig besser. Besser für die Lebenden ...

Eine Gruppe von Gästen, die fertig gegessen hatte, schob geräuschvoll ihre Stühle zurück, und ein neuer Pulk nahm ihre Plätze ein. Sie begrüßten das Personal mit Namen. Offenbar Stammgäste. Maneck nahm die braune Sperrholzschachtel, schob den Deckel auf und angelte willkürlich eine Figur heraus. Ein Bauer. Während er ihn zwischen Daumen und Finger drehte, bemerkte er, daß sich der grüne Filz auf dem Boden ablöste.

Der Kellner sah es auch. »Sie sollten Camelpaste benutzen, Sahab, die klebt es wieder gut zusammen.«

Maneck nickte. Er trank den Rest Kaffee aus und ließ den Bauern wieder in die Schachtel fallen.

»Mein Sohn spielt auch dieses Spiel«, sagte der Kellner stolz.

Maneck sah auf. »Ach ja? Hat er sein eigenes Spiel?«

»Nein, Sahab, das ist zu teuer. Er spielt nur in der Schule.« Als er die leere Tasse bemerkte, bot er wieder das Menü an. »Zwei Uhr, Sahab, die Küche schließt bald. Wir haben sehr schönes Karai-Chicken, auch Biryani. Oder etwas Kleines? Lammbrötchen, Pakora mit Chutney, Puri-Bhaji?«

»Nein, nur noch einen Kaffee.« Maneck erhob sich und ging nach hinten auf der Suche nach dem WC.

Es war besetzt. Er wartete im Flur, von wo er das forsche Treiben in der Küche beobachten konnte. Der schwitzende Gehilfe des Kochs hackte, briet und rührte. Ein kleiner dünner Junge kratzte schmutzige Teller ab und weichte sie im Spülbekken ein.

Bei all dem Chrom und Glas und den Neonlampen war doch noch etwas vom alten Vishram übriggeblieben, dachte Maneck – die Öfen wurden mit Kerosin und Kohle geheizt. Als die WC-Tür knarrte, ging er hinein.

Als er wieder herauskam, war der Tisch, der der Küche am nächsten war, frei geworden. Er beschloß, sich dorthin zu setzen. Der Kellner kam herübergeflitzt, um ihn daran zu erinnern, daß sein zweiter Kaffee am anderen Tisch auf ihn wartete.

»Ich trinke ihn hier«, sagte Maneck.

»Aber das ist kein guter Platz, Sahab. Hier kriegt man den ganzen Lärm und Geruch von der Küche ab.«

»Das ist schon okay.«

Der Kellner erfüllte seinen Wunsch, holte den Kaffee und das Schachspiel, bevor er sich wieder zurückzog, um mit einem Kollegen über die Ticks und Eigenheiten der Gäste zu diskutieren.

Jemand rief eine Bestellung Shish-Kebab in die Küche. Der Gehilfe des Kochs schürte die Kohlen, und als sie angefacht waren, verteilte er ein paar über einem Becken. Mit Lamm- und Leberstücken beladene Spieße wurden darübergelegt. Die Kohlen glühten auf, als sie gefächert wurden.

Wie sie glühen, dachte Maneck – Lebewesen, die atmen und pulsieren. Fangen ganz klein an, geben eine bescheidene Wärme ab, entwickeln dann eine starke rote Leuchtkraft, spucken und fauchen, ihre Feuerzungen krachen, ganz Hitze und Leidenschaft, transformieren, drohen, verschlingen. Und dann – lassen sie wieder nach. Kühlen zu einer milden Wärme ab, werden fügsam, und schließlich dann die vollkommene Ruhe . . .

Die Mittagsstunden des Vishram waren zu Ende. Nach drei Uhr begann der Kellner bedauernd Andeutungen zu machen, mit einem schwachen Versuch, humorvoll zu sein. »Alle sind schon längst in ihre Büros zurückgerannt, Sahab«, sagte er lächelnd. »Aus lauter Schiß vor ihren Chefs. Aber Sie müssen ein sehr großer Chef sein, nur Sie sind noch übrig.«

Ja, nur noch ich, dachte Maneck. *Wer trödelt, verpaßt den Anschluß.*

»Machen Sie gerade Urlaub?«

»Ja. Die Rechnung bitte.« Er warf wieder einen Blick in die Küche. Die Öfen waren ausgestellt, die Gehilfen des Kochs machten sauber, um die Küche für die Abendgäste vorzubereiten. Auf dem Kohlenbecken waren die Kohlen zu Asche zerkrümelt.

Die zwei Kaffees kosteten zusammen sechs Rupien. Maneck legte zehn auf den Teller und ging zur Tür.

»Warten Sie, Sahab!« rief der Kellner, der hinter ihm hergerannt kam. »Sahab, Sie haben Ihre Paakit auf dem Stuhl liegenlassen! Und auch Ihr Spiel!«

»Danke.« Maneck steckte die Brieftasche in seine Gesäßtasche und nahm das Schachspiel.

»Sie vergessen ja heute alle Ihre Sachen«, sagte der Kellner mit einem schwachen Lachen. »Geben Sie acht, Sahab.«

Maneck nickte lächelnd, öffnete dann die Tür und trat aus der klimatisierten Kühle des Vishram in die harte Umarmung der Nachmittagssonne.

Allmählich bereitete es Maneck Schwierigkeiten, auf dem Gehsteig voranzukommen. Er stellte fest, daß er gegen den Strom ging. Während er durch die Straßen der Stadt gestreift war, war der Abend hereingebrochen. Menschen kamen drängend aus Bürogebäuden herausgeströmt, begierig, nach Hause zu kommen. Auf seiner Uhr war es Viertel nach sechs. Er wandte sich um, Richtung Bahnhof, um sich von der menschlichen Flut davontragen zu lassen.

Die volle Wucht der Rush-hour war vorbei, aber in der Halle mit der hohen Decke vibrierte immer noch das Donnern der Züge. Vor dem Schalter stand eine Schlange. Er erinnerte sich an eine Geschichte, die er einmal gehört hatte, übers Schwarzfahren, vor langer Zeit.

Er verließ die Schlange und drängte sich durch die Menschenmenge, um auf den Bahnsteig zu gelangen. Die Anzeigentafel kündigte als nächsten Zug einen Schnellzug an, der nicht hier halten würde.

Er blickte sich nach den wartenden Reisenden um – in ihre Zeitungen vertieft, mit Gepäck hantierend, Tee trinkend. Eine Mutter zog ihr Kind an den Ohren, um ihm eine Lehre zu erteilen. Es war ein fernes Rumpeln zu hören, und Maneck ging ans Ende des Bahnsteigs. Er starrte auf die Gleise. Wie sie glänzten, wie das Versprechen des Lebens selbst, wie sie sich endlos in beide Richtungen erstreckten, silberne Bänder, die über das Schotterbett flitzten und das geschwärzte, verbrauchte Holz der Bahnschwellen miteinander verknüpften.

Er bemerkte eine ältere Frau mit Sonnenbrille, die neben ihm stand. Er fragte sich, ob sie blind war. Es könnte gefährlich sein, so nah am Rand zu stehen – vielleicht sollte er ihr helfen, in Sicherheit zu gehen.

Sie lächelte und sagte: »Schnellzug, hält hier nicht. Ich habe die Anzeige gesehen.« Sie tat einen Schritt zurück und winkte ihm zu, ihrem Beispiel zu folgen.

Also doch nicht blind, nur modisch. Er erwiderte ihr Lächeln und blieb, wo er war, das Schachspiel an sich gedrückt. Jetzt war der Schnellzug in der Ferne zu sehen, nachdem er in die Kurve eingefahren war. Das Rumpeln wurde lauter, wuchs zu einem Brüllen an, als der Zug sich näherte. Als der erste Wagen den Bahnhof erreichte, trat Maneck vom Bahnsteig herunter auf die glänzenden silbernen Gleise.

Die ältere Frau mit der dunklen Brille schrie als erste. Dann übertönte das Gekreisch der pneumatischen Bremsen alle anderen Geräusche. Der Schnellzug kam erst nach mehreren hundert Metern zum Stillstand.

Manecks letzter Gedanke war, daß er immer noch Avinashs Schachfiguren hatte.

Unter dem Baum, wo der Kopfsteinpflasterweg auf den Bürgersteig einmündete, ließ Om Ishvars Schleppseil fallen, und sie ließen sich nieder, um zu warten. In dem dichten Laub über ihnen schreckte ein Vogel auf. Sie warfen immer wieder Blicke auf die Armbanduhren von Passanten, die sie um Almosen angingen.

Um ein Uhr verließen sie den Bürgersteig und schaukelten über das Kopfsteinpflaster. Das Gebüsch und die Gartenmauer der Shroff-Residenz schirmten sie von den Blicken der Nachbarn ab. Sie steuerten direkt auf die Hintertür zu, wobei sie sich dicht an der Hausmauer hielten, und klopften leise.

Dina führte sie herein. Sie brachte ihnen Gläser mit Wasser, und während sie tranken, servierte sie ihnen Masroor auf Tellern, die sie von Rubys täglich benutztem Geschirr aus dem Regal genommen hatte. Wie viele Jahre könnte sie das noch tun, bevor Ruby oder Nusswan dahinterkamen, fragte sie sich. »Hat euch jemand reinkommen sehen?«

Sie schüttelten die Köpfe.

»Beeilt euch mit dem Essen«, sagte sie. »Meine Schwägerin kommt heute früher nach Hause als sonst.«

»Es schmeckt sehr lecker«, sagte Ishvar, den Teller vorsichtig auf seinem Schoß balancierend.

Om grunzte zustimmend und fügte hinzu: »Chapatis sind etwas trocken, nicht so gut wie gestern. Haben Sie meine Methode nicht befolgt, oder was?«

»Dieser Bursche hält sich für oberklug«, beschwerte sie sich bei Ishvar.

»Was soll man machen«, sagte Ishvar und lachte. »Er ist der Chapati-Weltmeister.«

»Sie sind von gestern abend«, sagte Dina. »Ich habe keine frischen gemacht. Ich hatte Besuch. Ihr kommt nie drauf, wer.«

»Maneck«, sagten sie.

»Wir haben ihn vor einer halben Stunde vorbeigehen sehen. Wir haben ihn trotz seines Bartes erkannt«, sagte Ishvar.

»Habt ihr nicht mit ihm geredet?«

Sie schüttelten die Köpfe.

»Er hat uns nicht erkannt«, sagte Om. »Oder er hat uns ignoriert. Wir haben sogar ›Babu ek paisa‹ gesagt, um ihn auf uns aufmerksam zu machen.«

»Ihr habt euch sehr verändert im Vergleich zu damals, als er mit uns zusammen war.« Sie hielt ihnen die Platte mit den Chapatis hin. »Nehmt noch eins.« Ishvar nahm eins, riß es auseinander und gab Om die eine Hälfte.

»Ich hatte ihm gesagt, ihr würdet um eins kommen«, fuhr sie fort. »Ich bat ihn zu warten, aber es wurde ihm zu spät. Nächstes Mal, hat er gesagt.«

»Das wäre schön«, meinte Ishvar.

Om zuckte aufgebracht die Achseln. »Der Maneck, den wir gekannt haben, hätte heute gewartet.«

»Ja«, sagte Ishvar, während er den letzten Rest Masoor von seinem Teller auftunkte. »Aber er ist so weit weggegangen. Wenn man so weit weggeht, verändert man sich. Entfernung ist eine schwierige Sache. Wir sollten ihm keinen Vorwurf machen.«

Dina stimmte ihm zu. »Jetzt vergeßt nicht, morgen ist Samstag, es werden alle zu Hause sein – die nächsten beiden Tage dürft ihr nicht kommen.« Sie stellte ihre Teller in die Spüle und machte die Tür auf, um die beiden hinauszulassen.

»Hoi-hoi«, sagte Ishvar. »Was ist das?« Ein Faden hatte sich von der Decke aufgedröselt, auf der er saß, und sich in einer der Rollen verfangen.

»Laß mal sehen.« Om griff hinunter, um die Decke herauszuschieben, während sein Onkel sich leicht auf den Armen hochhievte. Sie fanden den Flicken, von dem der Faden sich gelöst hatte.

»Gut, daß du es bemerkt hast«, sagte Dina. »Sonst wäre dieser Teil ganz abgegangen.«

»Es ist leicht zu reparieren«, sagte Ishvar. »Kann ich Ihre Nadel leihen, Dinabai? Für ein paar Minuten?«

»Nicht jetzt. Ich hab euch doch gesagt, daß meine Schwägerin